ज्ञान गरिमा के
68 वर्ष

भारतीय

णाणं
पयासयं
वीर नि.सं. 2470
भारतीय ज्ञानपीठ
ई.सन् 1944

सात फेरे

(उपन्यास)

सात फेरे

चन्द्रकिशोर जायसवाल

भारतीय ज्ञानपीठ

लोकोदय ग्रन्थमाला : ग्रन्थांक 1115

ग्रन्थमाला सम्पादक

रवीन्द्र कालिया

सह-सम्पादक

गुलाबचन्द्र जैन

पहला संस्करण : 2009

दूसरा संस्करण : 2012

ISBN 978-81-263-4035-4

प्रकाशक :

भारतीय ज्ञानपीठ

18, इन्स्टीट्यूशनल एरिया, लोदी रोड

नयी दिल्ली-110 003

मुद्रक : बालाजी ऑफसेट, दिल्ली-110032

छाया चित्र : देबाशीष मुखर्जी

आवरण-सज्जा : ज्ञानपीठ कला प्रभाग

दूसरा संस्करण : 2012

मूल्य : 680 रुपये

SAAT PHERE

(Novel)

by Chandra Kishore Jayaswal

Published by

Bharatiya Jnanpith

18, Institutional Area, Lodi Road

New Delhi-110 003

e-mail : jnanpith@satyam.net.in, sales@jnanpith.net

website : www.jnanpith.net

Second Edition : 2012

Price : Rs. 680

सात फेरे

अनुक्रम

कथापीठ

अगर यहाँ किसी से पूछा जाता कि इस इलाके का सबसे बड़ा झूठ क्या है, तो उसे जवाब मिलता, ''एक मर्द अपनी औरत की मौत पर रो रहा था, जार-जार रो रहा था।''

इलाके के इस 'महाझूठ' की मिट्टी पलीद कर दी फुलकाहा के बैजनाथ मंडल ने। यह नामाकूल अपनी औरत की मौत पर सचमुच रो रहा था, जार-जार रो रहा था। यह सच है कि मरनेवाली औरत उसकी तीसरी बीवी थी, पर थी तो वह एक अदद औरत ही। पैसे सेर के हिसाब से औरत यहाँ मिलती रही है या नहीं!

'महाझूठ' को तो यह मरदूद अपनी पहली औरत की मौत पर ही दफना चुका होता, मगर उसे मौका ही नहीं मिला। अभी उसने रोने का मन बनाया ही होगा कि कोठियापुरवाली काकी आ धमकी, आँगन के ओसारे पर गुमसुम बैठे बैजू को हाथ पकड़कर उठाया और अन्दर एक कमरे में ले जाकर कहा, ''तू जरा भी उदास मत होना, बैजू। आँखों में आँसू आ रहे हों, तो पोंछ लो। क्यों रोएगा? किस बात का रोना? मरनेवाली मर गयी, तो अब उसके लिए रोना क्यों? बहू मर गयी, तो फिर क्या बहू नहीं आएगी? बाँझ ही तो थी; कुछ दिनों के बाद डायन हो जाती। तुम कहीं के नहीं रहते। अच्छा हुआ, मेरे रहते मर गयी। मैं तुम्हें कोई दुख नहीं होने दूँगी। ऐसी मेहरारू ला दूँगी कि तुम्हारा जनम सफल हो जाएगा। लड़की मेरी देखी हुई है। तू जिस दिन चाहेगा, उसी दिन तुम्हारा ब्याह करा दूँगी।''

कोठियापुरवाली काकी ने जो कहा, सो कर दिखाया।

दूसरी बीवी के मरने पर नहीं आयी कोठियापुरवाली काकी, मगर, भला हो भगवान का, उसने अविलम्ब बैजनाथ की उसके गाँव के रिश्ते की एक महथीवाली भाभी को उसके पास भेज दिया और बैजनाथ को जार-ज़ार रोने को क्या, आँसू टपकाने का भी अवसर नहीं दिया। आते-आते उसने सुनाया बैजनाथ को, ''कोई नहीं आया, तो मैं आयी हूँ इस बार। इस बार तुम्हारी कोठियापुरवाली काकी कैसे आती? किस मुँह से आती? जान-बूझकर एक रोगिन को डाल दिया था तुम्हारे गले में। थी भी बड़ी मनहूस वह औरत। मैं आज ही निकलती हूँ लड़की की तलाश में। ऐसी ला दूँगी जो घर को गुलजार रखेगी। तुम्हें जरा भी उदास होने की जरूरत नहीं है; अभी जिन्दा है तुम्हारी महथीवाली भाभी।''

महथीवाली भाभी कोठियापुरवाली काकी से जरा भी उन्नीस साबित नहीं हुई।

तीसरी बीवी का मौत पर न कोठियापुरवाली काकी आयी, न महथीवाली भाभी, न कोई

और।

बैजनाथ मंडल अथाह में डूबने लगा।

कैसे आती कोठियापुरवाली काकी? काकी की बात मानी थी बैजनाथ ने?

काकी ने तो उपकार किया था कि जब कोई भी रँडुआ के ब्याह के लिए खड़ा नहीं हुआ था, रँडुआ का चचेरा भाई कदमलाल तक नहीं, तब उसने अपना पूरा जोर लगाकर रँडुआ का ब्याह करा दिया। अब काकी यह तो नहीं जानती थी कि ब्याह होते ही दैव इस ललिया में कोई रोग डाल देगा। क्या पता, रोग बैजा में ही हो और वह ब्याह होते ही ललिया में समा गया हो!

रोग ही था, तो क्या अनहोनी हो गयी? रोग है, तो इलाज भी तो है। कोई-कोई तो जिन्दगी भर बीमार बीवी को झेलते रह जाते हैं। यह मरदूद तो साल भर भी नहीं रुका। बीमार बीवी को बैलगाड़ी पर लदवाया और गाड़ीवान के साथ भेज दिया उसके मायके। काकी तक को खबर नहीं लगने दी। न खुद आया कहने कि ललिया को कोठियापुर भेज रहा है और न एक बार ललिया को ही मिलने आने दिया। कोई भला आदमी करता ऐसा!

महीने भर बेटी का इलाज करया ललिया के बाप ने, गाय-भैंस बेचकर कराया। उससे अधिक का सामर्थ्य तो था नहीं उसके पास। ललिया के बाप ने कुछ मदद की गुहार भी लगायी, मगर बैजा साफ इन्कार कर गया। काकी को भी उसने टका-सा जवाब दे दिया, एक बात नहीं मानी उसकी। काकी गयी थी उससे कहने, ''बैजू! ललिया तुम्हारी धरमपत्नी हुई; उसे इस तरह मरने मत दे, बेटा।''

''तू ही बता, काकी, मैं क्या कर सकता हूँ?''

''तू उसका इलाज करा।''

''यह दोष क्यों देती हो, काकी? इलाज तो मैं करा ही रहा था। जब भोला झा रोग को टस से मस नहीं कर सका, तभी तो उसे मायके भेज दिया। वहाँ का रोग है, काकी, तो उस रोग का अच्छा इलाज भी वहीं होगा।''

''तुमने उसे धुर देहात में भेज दिया; वहाँ भला इसका क्या इलाज होगा! जब डाक्टर का इलाज बेकार जाने लगा, तभी तो उसे भेजा, काकी। अब उसका इलाज तो जन्तर-मन्तर से ही होगा।''

''अब रोग का इलाज करने के लिए कोई ओझा-मन्तरिया को बुलाता है क्या? नये हवा-पानी में उसे रोग ने पकड़ लिया था; कोई भूत-प्रेत की बाधा नहीं थी, बेटे। उसका इलाज किसी अच्छे डाक्टर से कराओ।''

''डाक्टर से इलाज नहीं करवा रहा था क्या?''

''भोला झा भी कोई डाक्टर है क्या! बात-बात में पैसा ऐंठने के लिए पानी चढ़ाता है''

''अच्छा डाक्टर कैसे नहीं है भोला झा? पूरा गाँव उससे इलाज कराता है।''

''नहीं, नहीं कराता है, बेटा। सिर्फ उस रोग का कराता है जिसमें तुरन्त मरने का डर नहीं हो। जिसके पास पैसा होता है, वह जल्दी ही भोला झा को छुट्टी दे देता है, और रोगी को पूर्णिया-पटना ले जाता है।''

''पूर्णिया-पटना में भी तो रोगी मरते हैं, काकी।''

''यह सोचकर तो लोग भोला झा के पास रुके नहीं रह जाते। पूर्णिया-पटना जाते हैं या नहीं, बोलो? ललिया का बाप ललिया को लेकर एक बार पूर्णिया गया था। वहाँ का इलाज काम नहीं कर रहा है। तुम एक बार उसे लेकर पटना जाओ।''

''काकी, मैं तुम्हें समझा नहीं पाऊँगा।''

''इसमें समझाना-समझना क्या है, बेटा! उसे ले आओ और पटना ले जाओ।''

''सुनो, काकी, एक तो तुमने एक रोगिन को मुझसे बाँध दिया, और अब कह रही हो कि मैं उसका इलाज भी करवाऊँ, वह भी पटना ले जाकर। नहीं, काकी, तुम समझती क्यों नहीं कि ऐसे इलाज में बहुत पैसे लगते हैं।''

''तुम्हारे पास पैसे नहीं रहते, तो नहीं कहती, बेटा।''

''अब कहाँ हैं मेरे पास पैसे!''

''दुर, यह क्या बोल गये, बेटा! यह कोई मानेगा कि तुम्हारे पास पैसे नहीं हैं?''

''मेरे पास क्या है, यह तो मैं ही जानूँगा न। मेरे पास जो पैसे थे, वे खर्च हो गये। बीवी मद के सारे पैसे खर्च हो गये, काकी।''

''बीवी मद में ही तो अभी सब मदों से अधिक पैसे होंगे, तुम्हारे पास, बैजू। इस बीवी के इलाज में तुमने भला क्या खर्च किया है! और पहली बीवी के साज-सिंगार में ही तुमने कब अपना पैसा टूटने दिया था। उस बाँझ को तो कभी कंघी-चोटी करते भी नहीं देखा था।''

''जीते जी कुछ नहीं माँगा उस बाँझ ने, मगर मरने के बाद तो सब वसूल कर ले गयी, बीवी मद का सारा पैसा साफ कर दिया। तुम्हें भी तो खबर होगी कि कदमलाल और बरदाहावाली के भाई ने ऐसा जाल फैलाया कि नकली या असली दारोगा आ गया अपने सिपाही के साथ मुझे हथकड़ी लगाकर ले जाने। उस असली या नकली हथकड़ी से बचने के लिए मुझे पूरे पाँच हजार रुपये की मार सहनी पड़ी। सारे मद के पैसे साफ हो गये। एक धोती खरीदनी है मुझे, मगर कपड़ा मद में पैसा ही नहीं है।''

''बातें मत बनाओ, बैजू। किसी मद में पैसा नहीं है, मगर तुम्हारा पोटा तो तर ही होगा।''

''मेरी बातों का विश्वास करना हो, तो करो; पैसा नहीं है मेरे पास।''

''पैसा नहीं है, तो क्या हुआ! जमीन तो है तुम्हारे पास! बीवी को बचाने के लिए तो लोग क्या-क्या नहीं करते हैं! एक-आध बीघा बेच देने से गरीब नहीं हो जाओगे।''

''एक-आध बीघा?''

''बीघा नहीं, तो कट्ठा ही सही। पाँच कट्ठे बेचकर पाँच हजार निकाल लो और उसे इलाज में लगा दो।''

''पाँच हजार झोंक दूँ इलाज में?''

''पाँच हजार रुपया ध्यान में मत लाओ; सोचो, पाँच कट्ठे की ऐसी-तैसी।''

''सुनो, काकी; मेरे बाबू मुझसे कुछ कहकर मरे हैं; मैं उनकी बात काटूँगा नहीं। जमीन बेचकर मैं पैसे नहीं लगाऊँगा। जमीन बेचना शुरू करूँगा, तो फिर बेचता ही चला जाऊँगा। अभी पाँच लगा दूँ और रोग ठीक नहीं हुआ, तो कहोगी पाँच और लगा दो; पाँच नहीं तो दो लगाकर

ही देखो; लगा दो, एक और लगा दो; जब इतना लगाया तो एक बार और हिम्मत करो और पूरे पाँच लगाओ। नहीं, काकी, यह सब नहीं होगा। सब लगाकर मैं कंगाल हो जाऊँ, तो कंगाली में रोगी बीवी को रखकर मैं क्या सुख भोगूँगा?''

''तुम पाँच हजार लगा दो; मैं फिर कभी कुछ कहने नहीं आऊँगी।''

''नहीं, काकी, जिस औरत का इलाज हजार में होगा, उस औरत को मैं रखनेवाला नहीं। उसके भाई-बाप उसका रोग दूर कर यहाँ पहुँचा दें; तब रख लूँगा मैं।''

काकी गुस्से में बहुत कुछ बड़बड़ाकर चली गयी थी।

अब क्यों आती काकी? ललिया के माँ-बाप भी उसे ही कोस रहे थे कि कैसा दुलहा कर दिया उसकी बेटी का!

तीसरी बहू मरी, तो महथीवाली भाभी भी हाथ झाड़कर अलग हो गयी।

तीसरी बहू भी खूब मरी! शादी के बाद गयी, तो फिर लौटकर आयी ही नहीं। गौना का दिन तय हो गया था, मगर उसके पहले ही खबर आ गयी कि बहू मर गयी, उसे साँप ने डँस लिया था। मरने की खबर भी मरने के पन्द्रह दिनों के बाद!

बैजनाथ दौड़ा-दौड़ा महथीवाली भाभी के पास गया था, ''भाभी! अभी-अभी महथी का एक आदमी बहुत बुरी खबर देकर गया है। महथीवाली मर गयी; साँप ने डस लिया था। उसके मरे भी पन्द्रह दिन हो गये। पता नहीं खबर झूठी है या सच्ची? जो संवदिया आया था, वह घड़ी भर रुका तक नहीं, तुरन्त वापस लौट गया।''

''खबर तो सच्ची है, बैजू।''

''तुम्हें कब मिली खबर?''

''जिस दिन वह मरी, उसके तीन-चार दिन बाद ही मैं पहुँची थी महथी। कल आयी हूँ महथी से।''

''महथी से इतने दिनों बाद क्यों खबर आयी?''

''वे लोग तो शायद ही अभी या कभी खबर करते। वह तो मैं थी जो उन लोगों से कहकर आयी थी तुम्हें खबर कर देने के लिए।''

''उन लोगों से कहकर आयी थी मुझे खबर कर देने, पर तुम तो यहाँ आते ही मुझे खबर करने आ जाती।''

''मुझे खबर देनी होती, तो महथी से ही भागी-भागी आती तुम्हें खबर करने, मगर मैं अपने मुँह से इतनी बुरी खबर तो नहीं दे सकती थी।''

''महथीवाले खबर नहीं करते, तुम बुरी खबर देने नहीं आती, तब तो मैं निश्चित तिथि को गौना कराने पहुँच जाता महथी। यह बात क्या बहू के मरने की खबर से भी अधिक बुरी नहीं होती?''

''यही तो महथीवाले चाह रहे थे कि तुम गौना कराने पहुँचो वहाँ, मगर मैं क्या ऐसा होने देती? गौना का दिन मेरे ध्यान में था, बैजू, मैं तुम्हें वहाँ जाने से पहले रोक लेती।''

''महथीवाले क्यों चाह रहे थे कि मैं मरी बीवी का गौना कराने वहाँ पहुँचूँ? वे लोग पागल

हो गये हैं क्या?''

''पागल नहीं हुए हैं, मगर भारी गुस्से में हैं।''

''किस बात का गुस्सा?''

''गुस्सा इस बात का कि तुमने उनकी बेटी को मार दिया।''

''मैंने मार दिया! मैं गया था साँप बनकर डँसने? मैंने छोड़ा था साँप उसके पीछे? अजीब बात है! अभी वह मेरे साथ रही ही थी कितने दिन कि उसके मरने-मारने की बात भी मेरे दिमाग में आती! अजीब लीला है; डसा साँप ने, गुस्सा मुझ पर!''

''गुस्सा इस बात पर कि तुमने उन्हें धोखा दिया।''

''मैंने धोखा दिया! कैसा धोखा?''

''पूछते हो, तो बता ही देती हूँ। तुम्हारी दो-दो बहुएँ मर गयीं, और बिना बिल्ली से ब्याह किये तुमने अपना तीसरा ब्याह रचा लिया।''

''बिल्ली से ब्याह करता?''

''हाँ, जरूरी था। जिसकी दो-दो बहुएँ मर चुकी हों, उसे बिल्ली से ब्याह कर लेने के बाद ही किसी औरत से ब्याह करना चाहिए, नहीं तो उसकी अगली बीवी के मरने का पूरा खतरा रहता है।''

''यह मैं तो नहीं जानता था, भाभी, और किसी ने बताया भी नहीं, तुमने भी नहीं।''

''मैं तो सोच रही थी कि तुमने अवश्य अब तक बिल्ली से ब्याह कर लिया होगा। मैं क्या जानती थी कि जिसकी दो-दो बहुएँ मर चुकी हों, उसने अपनी अगली बहू की सुरक्षा के लिए यह मामूली-सा इन्तजाम भी नहीं किया होगा!''

''बिल्ली से ब्याह करता, तब क्या तुम्हें पता नहीं होता!'' बैजनाथ बुदबुदाया, ''मेरा भाग्य ही खराब है, भाभी!'' और फिर पूछ बैठा, ''अगर मैं गौना के दिन चला जाता, तो वे गुस्से में क्या करते?''

''अधिक-से-अधिक क्या करते, यह तो मैं अभी नहीं कह सकती, मगर उस वक्त उनका गुस्सा देखकर मुझे लगा था कि उनके दिमाग में तुम्हें कम-से-कम लूला और लँगड़ा बनाने की बात जरूर आ गयी है।''

''लूला और लँगड़ा!'' सुनकर ही काँप गया था बैजनाथ। तब तो वह जीवन भर रँडुआ ही रह जाता और निर्वंश ही मर जाता।

बहुत देर तक चुप बैठा रह गया था वह और फिर पूछा था, ''जब ऐसा गुस्सा है, तब तो यह उतरेगा भी बहुत देर से?''

''जब तक अपनी बेटी को नहीं भूल जाते वे, तब तक तुम्हें तो नहीं भूलेंगे।''

''इसका मतलब तो यह हुआ, भाभी,'' आवाज में गम्भीरता टपक आयी, ''कि मैं कभी महथी जाऊँ ही नहीं?''

''भूल से भी नहीं।''

कैसे नहीं रोकती महथीवाली भाभी बैजनाथ को महथीवाली ससुराल जाने से?

इधर जब–जब महथीवाली भाभी अपने मायके गयी थी, उसकी एक भाभी उसके पास रट लगाती रही थी, ''कपूरी दीदी! अब जल्दी से एक लड़का ढूँढ़ दो मुझे। टूरी के चाल–चलन ठीक नहीं लग रहे हैं मुझे। लगता है, छौंड़ी हाथ से निकल गयी। अब जितनी जल्दी हो, हाथ पीले कर देने हैं उसके, नहीं तो छौंड़ी छिनाल निकल जाएगी। तब तो जहर देकर ही न मारूँगी उसे। लड़का कुछ उन्नीस–बीस भी हो, तो कोई हर्ज नहीं। इतना उपकार मुझ पर करो, दीदी।''

''उपकार कैसा, भाभी?'' कपूरी दीदी ने जवाब दिया था, ''टुरनी क्या मेरी बेटी नहीं हुई? उसके पैर ऊँच–नीच पड़ेंगे, तो क्या मेरी बदनामी नहीं होगी? और लड़का भी उन्नीस–बीस क्यों ढूँढ़ूँगी? अपनी बेटी के लिए क्या मैं उन्नीस ढूँढ़ती? सोना ढूँढ़कर दूँगी तुम्हें।''

जिस दिन बैजनाथ को घर गुलजार करने का वचन दिया था महथीवाली भाभी ने, उसी दिन उसने मायके का रुख किया और अपनी भाभी को खुशखबरी सुना आयी, ''कहा था न कि सोना लाकर दूँगी। मगर समझो कि मैंने कुछ नहीं किया है। टुरनी भागवंती है। समझ लो कि उसके भाग्य से इस लड़के की दो–दो बहुएँ पटापट मर गयीं। लड़का बेचारे का कोई दोष नहीं। मरनेवाली लड़कियों को धोखे से उसके घर में फेंका गया था। लड़का को बिल्कुल कच्चा कुँआरा ही मानो। टुरनी तो राज करेगी उस घर में।''

टुरनी को भला बैजनाथ के घर में राज करना कहाँ मंजूर! शादी के बाद ससुराल से मायके पहुँचने के पन्द्रह दिनों के अन्दर ही दिल्ली में काम कर रहे एक गाँव के ही छोकरे के साथ, जिसके साथ कुछ पहले से ही छौंड़ी ने लिपटना शुरू कर दिया था, वह उड़ भागी।

जब छौंड़ी को वापस लाने का कोई जुगाड़ नहीं सूझा, तो कपूरी दीदी को तुरन्त खबर भेजकर उसकी भाभी ने महथी बुलवाया और राय माँगी कि क्या किया जाये। कपूरी दीदी ने राय दी, ''यहाँ जिससे जो कहना हो कहो, मगर फुलकाहा यही खबर भिजवाना कि टुरनी मर गयी और साँप ने उसे डस लिया था।''

जब भाभी के पास से चलने को हुआ बैजनाथ, तो उसने भाभी से पूछा, ''अब क्या करोगी भाभी?''

''मैं तो अब कुछ नहीं कर सकूँगी, बैजू। मेरे हाथ में अब कोई लड़की है भी नहीं। हाँ, तुम्हें दो काम करने की सलाह दूँगी। पहला काम तो यह करो कि झटपट बिल्ली से ब्याह कर लो और दूसरा काम यह करना है कि लोगों में यह बात फैलने से रोको कि तुम बहूखौका हो। उसके बाद भगवान का ध्यान करो कि वह किसी लड़कीवाले को भेजे।''

अब ब्याह कौन कराये?

इस बात का क्या भरोसा कि जिस भगवान ने एक बार कोठियापुरवाली काकी को और दूसरी बार महथीवाली भाभी को भेज दिया था, वह इस बार भी किसी को भेज ही देगा? गाँववालों ने तो उसे बुरी निगाहों से देखना तब से ही शुरू कर दिया था, जब उसकी पहली बीवी की मौत हुई थी।

तब क्या वह रँडुआ ही मर जाएगा, निर्वंश?

महथीवाली भाभी के पास से अपने घर आते-आते उसे सच्ची रुलाई छूट गयी और घर में घुसते ही खाँटी अपना रोना नहीं रोकर उसने लोगों का दिल दहलाने और दिल पिघलाने के लिए बनावटी रोना रोने का मन बनाया।

बनावटी रोना वह कब का भूल चुका था, मगर बुक्का फाड़कर रोते हुए कुछ लोग उसकी स्मृति में अभी भी मौजूद थे। उसे तेजू भगत याद आया जो आग में घर जल जाने के बाद चिंघाड़-चिंघाड़कर रोया था; उसे बैकुंठ चौधरी याद आया जो किसी गैरसरकारी बैंक में जमा अपने सत्रह हजार रुपये डूब जाने पर सारे देवी-देवताओं को गालियाँ पढ़ते हुए रोया था; उसे वह चोर भी याद आया जो थाना में एक सिपाही के डंडे खाते हुए लगातार बाप को स्मरण करते हुए रो रहा था। उसने अपनी रुलाई में इन तीनों की रुलाई का मिश्रण किया और बुक्का फाड़कर रोया।

लोगों ने उसका रोना सुना और जान गये कि इस बार भी उसकी बीवी ही मरी होगी। जान गये, मगर कोई सहानुभूति प्रकट करने भी नहीं आया। उसका अपना चचेरा भाई कदमलाल शायद गाँव में नहीं था और दूर का चचेरा भाई देवन अपने घर से बाहर तक नहीं निकला। जो दो-चार आये भी, वे सब बैजनाथ मंडल के नौकर रीतलाल से ही मिलकर चले गये। ताराचन्द और उसकी तरह दूसरे बटाईदारों का आना-क्या-आना!

गाँव के मर्दों पर जो भी असर हुआ हो बैजनाथ के रोने का, मगर गाँव की औरतों के लिए दिल्लगी हो गयी।

कितनी ही औरतें बैजनाथ का रोना सुनकर अपने को घर के अन्दर बन्द नहीं रख सकीं और ठीक से सुनने के लिए बैजनाथ के घर के पास-पास तक चली गयी थीं। मर्द को रोते देख उन्हें हँसी छूटती थी। आँचल से हँसी दबाकर वे गिरती-भागती अपने-अपने घर आतीं और घर आकर हँसते-हँसते लोट-पोट हो जातीं।

जब उन सबकी हँसी थमी, तो उनमें से कुछ को बैजनाथ की रुलाई ने मथना शुरू किया। धीरे-धीरे हर एक को बैजू की बहू के भाग्य से ईर्ष्या होने लगी थी। हर एक के मन में आया, जो औरत की मौत पर इस तरह रो रहा है, वह कितना प्यार करता होगा अपनी इस औरत को! क्या उसका अपना मर्द भी करता है उसे इतना प्यार? सबने अपने-अपने मरद को मन-ही-मन 'मरलाहा-मरलाहा' की गाली दे दी।

कुछ दूसरों की ही तरह कुठनीवाली ने अपने पति देवेन से कहा, "भगवंती है बैजू भैया कि बहू की सुहागन मरी और दुलहा उसकी मौत पर रोया।"

देवन ने मुस्कराकर जवाब दिया, "तुम मरोगी, तो मैं भी रोऊँगा।"

"दुर, आप क्या रोएँगे!" कुठनीवाली झट जवाब दे बैठी, "मैं ऐसी भगवंती कहाँ!"

"तुम्हें विश्वास नहीं होता?"

"नहीं, बिल्कुल नहीं!"

''मरी नहीं और मुझे बुक्का फाड़कर रोते देखा नहीं, तो फिर कैसे कह रही हो कि मैं तुम्हें प्यार नहीं करता? बैजू भैया खाक प्यार करते थे अपनी बीवी को! वे तो इसलिए रो रहे हैं कि रोने में पैसा नहीं लगता।''

''कोई बीवी यह कहकर नहीं मरेगी कि पैसा लगे, तब भी रोइएगा, मगर यह तो देखेगी कि मरद का दिल रो रहा है या नहीं।''

''अभी तो सिर्फ बोल ही सकता हूँ न, रोकर तो नहीं दिखा सकता, चाहे आँख रोये या दिल। मरना तो देख लेना कि दिल से रो रहा हूँ या नहीं और मैं तुम्हें कितना प्यार करता हूँ।''

''बैजू भैया बराबर?'' पत्नी ने मुस्कराकर पूछा और फिर बोली, ''कैसे मान लूँ मैं कि आप भी बैजू भैया बराबर हैं? कुछ बोलकर सुनाइए, कुछ करके दिखाइए, तब तो मानूँ।''

''तुम क्या बैजू भैया-बैजू भैया की रट लगाने लगी! इसे अपना सौभाग्य मानो कि तुम मेरे हाथ पड़ी, बैजू भैया के हत्थे नहीं चढ़ी।''

''क्यों, क्या हो जाता बैजू भैया के हाथ पड़ती तो?''

''वही हाल होता, जो उनकी तीन-तीन बहुओं का हुआ है।''

''तीनों बहुओं के करम में लिखा था मरना; इसमें बैजू भैया का क्या दोष?''

''तुम्हें पता है कि बरदाहावाली पोखर में डूबकर मर गयी?''

''पता है, ससुराल में नहीं मरी, मायके में मरी है।''

''मायके में डूब मरी और मरी ससुराल के दुख से।''

''क्या दुख था उसे ससुराल में?''

''जो दुख मेरे घर में भोगने से तुम बच गयी,'' बोलकर देवन ने आगे सुनाया, ''याद करो, तुम्हें भी इस घर में आने के बाद पूरे तीन साल तक बच्चा नहीं हुआ था। कभी इसके लिए मैंने तुम पर हाथ छोड़ा था, लात चलायी थी? किसी ने कभी तुम्हें कोसा भी क्या? इशारे से बस घरवालों ने इतना भर कहा था, 'बच्चे के लिए कुछ पूजा-व्रत करो, बहू।' बैजू भैया ने तो दूसरे साल से ही भाभी पर लात-मुक्का चलाना शुरू कर दिया था। छह साल तक बेचारी सहती रही यह सब। जब बिल्कुल निराश हो गयी, तो डूब मरी।''

''लात-मुक्का की बात मैंने तो कभी नहीं सुनी; आपने कहाँ से जान लिया?''

''तुम घर में पड़ी रहती हो; बाहर की बात क्या जानो! बैजू भैया साला अपने गाँव के दो-चार लोगों के साथ यहाँ दो-दो बार शिकायत करने आया था, पंचायत तक बटोरी थी। पता नहीं, उसकी बहन ने ही अपना हाल अपने भाई को बताया था या बैजू भैया के किसी बैरी ने यहाँ से उसे खबर कर दी थी। उसका कहना था कि बैजनाथ बाबू उसकी बहन के साथ अच्छा सलूक नहीं कर रहे हैं और उसका जीना दूभर कर दिया है। पंचायत में बैजू को समझाया भी गया था कि अगर उनकी बीवी बाँझ ही है, तो वे एक और शादी कर लें, मगर उस औरत को भी घर में इज्जत के साथ रहने दें। मगर बैजू भैया को तो एक बाँझ औरत का बोझ उठाना बड़ा भारी लग रहा था।''

''बाँझ का बोझ तो किसी को भी भारी लगेगा। उस औरत को भी तो समझना चाहिए कि जब वह बाँझ है, तो बात-बोली सहकर किसी तरह जी ले।''

"मैं कह रहा हूँ कि वे लात-थप्पड़ चलाते थे, और तुम बात-बोली पर अटकी हुई हो।"

"क्या बैजू भैया ने स्वीकार किया था कि वे बीवी के साथ मार-पीट करते थे?"

"बैजू भैया कैसे स्वीकार कर लेते? मगर पास-पड़ोस के लोग तो थे कहने के लिए।"

"उन लोगों ने देखा था लात-मुक्का चलाते?"

"देखा होता, तब तो पंचायत में गवाही ही दे देते। भाभी को घर से बाहर निकालकर तो लात-मुक्का नहीं चलाते थे बैजू भैया; बन्द घर में बीवी पर वार करते थे। मार-पीट की गवाही किसी ने नहीं दी, मगर उन लोगों ने यह जरूर कहा कि जब भी किसी के घर बच्चा हुआ है, तो बैजनाथ के घर में हो-हल्ला मचा है और उस घर से जो आवाजें आती थीं वे मुकियाने-लतियाने और चीखने-चिल्लाने की आवाजों से मिलती-जुलती होती थीं।"

"मैं यह सब क्या जानूँ!" कुठनीवाली बोली, "मैं तो यह भी नहीं जानती कि कोठियापुरवाली कैसे मरी।"

"कोठियापुरवाली भी मरी बैजू भैया के कारण ही," देवन ने सुनाया, "रोग हो जाने पर कौन इलाज नहीं कराता है अपनी घरवाली का? बैजू भैया को पैसा प्यारा था, घरवाली नहीं। बीमार औरत को उसके मायके भिजवा दिया और उसके इलाज के लिए एक पैसा देने में भी इन्कार कर दिया। जब तक बेचारी का बाप उसे जिन्दा रख सकता था, रखा; गाय-भैंस तक बेच दी थी बेटी के इलाज के पीछे। बैजू भैया का दिल कभी नहीं पसीजा।"

"तीसरी बहू तो..."

"खबर तो यही मिल रही है कि उसे साँप ने डस लिया था, पर मुझे तो लगता है कि ससुराल से मायके पहुँचते ही महथीवाली ने साँप के बिल में हाथ घुसा दिया होगा। यहाँ आकर जो दो-चार दिन रही वह, उतने में ही जान-सुन लिया होगा कि वह नरक में आ गिरी है और यहीं से मरने का मन बनाकर मायके गयी होगी। अब तो गाँववाले मुँह खोलकर कहने लगे हैं कि बैजनाथ मंडल 'बहूखौका' है।"

"गाँववाले कुछ भी कहें, आप जब अपने को उनका भाई मानते हैं, तब आपको उनसे बिगाड़ करना नहीं चाहिए। किस तरह रोये हैं वे! आपको एक बार उनके पास जाना चाहिए।"

"देख रही हो किसी को उनके पास जाते?" देवन बोला, "मैं भी अभी गुस्से में हूँ; अभी तुरन्त नहीं जाऊँगा। गुस्सा उतर जाये, फिर जाऊँगा।"

बैजनाथ को रह-रहकर इस बात पर गुस्सा आता रहा कि मौत हुए इतने दिन हो गये और अब जाकर उसके पास मौत की खबर आयी है। इतने दिन खराब हो गये! अब तक तो यह बात दूर-दूर तक फैलायी जा सकती थी कि बैजनाथ मंडल की 'तीसरी' मर चुकी है और वह 'चौथी' के लिए तर व ताजा तैयार है।

उसे खयाल आया कि अब तक तो उसके एक बार फिर रँडुआ हो जाने की खबर पूरे गाँव में भी नहीं फैली होगी। उसका रोना कितनों ने सुना होगा! और जिनके कान में केवल उसका रोना गया, उसके कान में यह बात तो नहीं चली गयी होगी कि बैजनाथ क्यों रो रहा है?

इस खयाल के आते ही बैजनाथ मंडल ने अपना मुंड मुड़ाया और सात दिनों तब सुबह-

शाम पूरे गाँव की, गाँव के एक-एक टोले की, चकफेरी करता रहा। आश्चर्य कि किसी एक ने भी नहीं पूछा, ''सिर क्यों मुड़ा लिया?'' लोग भी भला क्यों पूछते? जो जान रहे थे, उन्हें क्या पूछना! और जो नहीं जान रहे थे, उन्होंने कुछ पूछना बेकार समझा और तुरन्त मान लिया कि यह फिर रँडुआ ही हुआ होगा। बैजनाथ को लगा कि जैसे उसके ललाट पर ही लिखा चला गया हो 'बहूखौका' जिसे लोग दूर-दूर से ही पढ़ लेते रहे हों।

हर तरफ नजर दौड़ायी उसने, पर कहीं बाँह की छाँह नजर नहीं आयी। उसका सोचना गलत निकला। जैसा कुछ हो जाने का खयाल उसके दिमाग में आया था, वैसा कुछ भी नहीं हुआ।

सातवें दिन एक बार इच्छा हुई थी उसकी जगत चौधरी से जा मिलने की जो अब तक गाँव के पचासों लड़के-लड़कियों का ब्याह करा चुका था, मगर वह जान रहा था कि यह जगत चौधरी तो उसे दूर से ही दुरदुरा देगा।

वह जगत चौधरी के घर पर एक घड़ी निगाह टिकाकर वहाँ से सीधे घर चला आया और गाँव की परिक्रमा उसने उसी दिन समाप्त कर दी।

अब क्या हो? अब क्या करे वह? बिल्ली से ब्याह रचा लेने के बाद भी क्या किसी औरत से ब्याह होगा उसका? कोई औरत, किसी भी उम्र की, उसके साथ ब्याह करने को तैयार हो जाएगी? वह सोच-सोचकर थका जा रहा था और हर सोच के साथ तिलमिला उठता था, ''नहीं, रँडुआ होकर नहीं रहूँगा मैं...नहीं, निर्वंश रहकर नहीं मरूँगा मैं...''

अथाह में डूबने लगा बैजनाथ और डूबते ने तिनके का ध्यान किया। जब बिल्ली से ब्याह रचाने की परम्परा कायम है, तब 'तीसरी' के जाने के बाद 'चौथी' को ले आनेवाले बहुत मिलेंगे। इलाके में बहुत गाँव हैं। वह एक-एक गाँव जाकर अपनी-अपनी 'चौथी' के साथ जिन्दगी काट रहे लोगों को ढूँढ़-ढूँढ़कर उनसे मिलेगा और अपना दुखड़ा सुनाकर उनसे पूछेगा कि उन्होंने अपनी 'चौथी' को किस तरह हासिल किया था।

उसने अपने अभियान पर निकलने का पक्का निर्णय ले लिया।

(2)

मन में पक्का निर्णय लेते ही बैजनाथ मंडल ने अपने कार्यक्रम पर मगज खपाना शुरू कर दिया।

''अपने अभियान पर कब निकलूँ मैं?'' उसने अपने ब्रह्म से पूछा।

ब्रह्म ने कहा, ''कल करो सो आज करो, आज करो सो अभी।''

'अभी' का मतलब उसने निकाला कल सुबह ही।

ब्रह्म से उसका दूसरा सवाल था, ''क्या किसी को अपने साथ लेकर निकलूँ?''

''क्या कोई तुम्हारे साथ जाने को तैयार भी होगा?'' ब्रह्म पूछ बैठा था।

उसका उत्तर था, ''तैयार तो मैं किसी-न-किसी को कर ही लूँगा। मेरे इतने बटाईदार हैं।

पेटभत्ता पर जाने को तैयार नहीं होगा कोई, तो दिन भर की मजदूरी पर ले जाऊँगा। कितने दिन लगेंगे ही!''

''मगर यह भी सोचो कि इस अभियान की खबर गाँववालों को लगेगी, तो वे तुम्हारा मखौल उड़ाएँगे या नहीं? आज तक इस इलाके में किसी का भी रँड़ुआ बाप या दादा या परदादा, तिहेजू ही क्यों न हो वह, ऐसे किसी अभियान पर नहीं निकला है। गाँववाले जानेंगे, तो तुरन्त तुम्हारी आँखों के सामने तुम्हारे खानदान की नाक काट लेंगे।''

''गाँववालों को भला कैसे खबर लगेगी! किसी विश्वासी बटाईदार को अपने साथ ले जाऊँगा।''

''गाँव में अब किसका किस पर विश्वास! गाँव का नजारा नहीं देखते हो क्या? तुम अकेले खड़े हो और तुम्हारे विरुद्ध तुम्हारा पूरा गाँव! सब विश्वासघात का सुख भोगने के लिए तरस रहे होंगे। जिसे चुप रहने को कहोगे, वही हर किसी के कान में फुसफुसाता फिरेगा। अब किसी के दुख से किसी दूसरे के मन में दया ऐसे भी नहीं उपजती है! एक के दुखी होने पर हर दूसरे के मन में सुख का संचार होता है। देखते नहीं, गाँव के मचानों पर कैसी बातें होती हैं आजकल? एक जाति दूसरी जाति की खिल्ली उड़ाती है, एक टोला दूसरे टोला पर ठहाके मारता है। किसी बटाईदार को किरिया-कसम खिलाकर ले जाओगे, तब भी वह कभी-न-कभी तुम्हारी बात कहीं और नहीं तो अपने टोले में उगल ही देगा। अब गाँववाले भी पूरे शहरी हो गये हैं। वे भी अब थाना-कचहरी में गीता-रामायण पर हाथ रखकर झूठ बोल सकते हैं, दुर्गाथान-चंडीथान में झूठी कसमें खा सकते हैं। मैं तो कहूँगा कि किसी को साथ मत ले जाओ।''

''ठीक है, किसी को साथ नहीं ले जाऊँगा।''

ब्रह्म से कुछ और पूछना, यात्रा की दिशा वगैरह के बारे में, उचित नहीं समझा बैजनाथ ने। ब्रह्म तुरन्त किसी पंडित-ज्योतिषी से मिलने की सलाह दे देगा। और पंडित-ज्योतिषी तुरन्त-जैसा कि एक बार पहले कभी मुहूर्त्त निकालने के पहले जयनाथ पंडित ने किया था—दिशाशूल, नक्षत्रशूल, योगिनी चन्द्रमा शुभ तिथि, शुभ नक्षत्र पर विचार करना शुरू कर देगा। ऐसे में तो वह उसका सारा कार्यक्रम ही उलट-पलटकर रख देगा। अभी तो इतने से भी काम चलाया जा सकता है, ''सोम बुध पूरब न चालू खाये पनही।

अपने मुहूर्त्त विचार पर खुश हो गया वह। कैसा सुन्दर मिलान हुआ है कि यहाँ की सड़क पूरब-पश्चिम है और वह कल बस पर सवार होकर किसी ओर भी निकल सकता है, पूरब भी और पश्चिम भी।

अब निर्णय यह लेना था कि वह पूरब की ओर जाये या पश्चिम की ओर। मनमानी करना उसने उचित नहीं माना। अन्तरात्मा की आवाज सुनने की बजाय अब वह किसी तरह की परमात्मा की आवाज को सुनना चाह रहा था। सपने में वह आवाज सुनायी पड़ जाये, यह ध्यान में आया तो, मगर ऐसा कोई उपाय नहीं सूझा कि वह सपना को आज रात में ही अपनी नींद में ले आये।

उसके दिमाग में अचानक एक दूसरा उपाय कौंधा जो आज तक उसका अपना और आखिरी उपाय बना हुआ था।

बच्चों का एक खेल होता है 'अटकन-मटकन' जिसे बैजनाथ मंडल बचपन में अपने संगी बच्चों के साथ खेला करता था। इस खेल में एक 'अटकन-मटकन' भँड़ौआ गाया जाता था,

अटकन-मटकन दहिया चटकन
केरा कूस महागर जागर
पुरैनीक पत्ता हिल्लै-डोल्लै
माघ मास करैला फुल्लै
ताहि करैलाक नाम की,
आम गोटी जाम गोटी
बाँस काटे ठाँय-ठाँय
नदी गोंगिआयल जाय
कमलक फूल दुहू अलगल जाय
सिंगही लेबें कि मुंगरी?

इस खेल में बच्चे एक गोल में अपनी-अपनी बायीं हथेली जमीन पर रोपते हैं। एक बच्चा अपनी उँगलियों से उनकी हथेलियों को एक-एक कर छूते हुए यह गीत पढ़ता है और जिसकी हथेली पर 'मंगुरी' आती है उसे गंगास्नान कर शुद्ध हो जाने के लिए गोल से विदा किया जाता है।

बैजनाथ का एक साथी बच्चा लालजी इस गीत का उपयोग अपना कोई व्यक्तिगत निर्णय लेने के लिए किया करता था। बैजनाथ ने इस उपाय को अपना लिया और अक्सर इसका उपयोग करने लगा।

उसने अपनी बायीं हथेली जमीन पर रोपी, हथेली की अन्य उँगलियों को मोड़कर तर्जनी और मध्यमा को जमीन पर फैलाया, तर्जनी को पूरब माना और मध्यमा को पश्चिम, और फिर दायें हाथ की तर्जनी से दोनों को बारी-बारी से छूते हुए 'अटकन-मटकन' पढ़ने लगा।

'मंगुरी' पर दायें हाथ की तर्जनी बायें हाथ की तर्जनी पर रुक गयी और वह कुहक पडा, "पूरब!"

"ठीक है, पूरब ही" बोलते हुए वह उठ गया और कमरे में चहलकदमी करने लगा। चहलकदमी करते हुए उसने पूरब जानेवाली बस को ध्यान में लाया, उसमें जगह ली और पूरब की ओर बढ़ने लगा। अचानक वह ठिठककर खड़ा हुआ था, "बस में बैठ तो गया, पर उतरूँगा कहाँ?"

अब उतरने के लिए क्या करे वह? बैजनाथ कुछ सोचने लगा। सहसौल बाजार से फुलकाहा होते हुए राधोपुर बाजार तक चलनेवाली बस पूरे चालीस किलोमीटर का सफर तय करती है। बस में चढ़ने के बाद वह इस मार्ग पर कहीं भी उतर सकता है, यहाँ से राधोपुर तक कहीं भी और उसी बस से वापसी में राधोपुर से सहसौल तक कहीं भी। हाँ, इस मार्ग की बस से उतरकर किसी और मार्ग की बस को नहीं पकड़ना है।

मगर, इस मार्ग की बस पर ही कहाँ उतरना हो?

उसका उर्वर मस्तिष्क फिर झट से हाजिर हो गया उपाय लेकर, "जहाँ 'यह' देखो, वहाँ

उतर जाओ।'' वह खुश हो गया और 'यह' के रूप का निर्णय करने लगा। जरा भी वक्त नहीं लगाया उसने, सोच लिया कि जहाँ हाथी देख लो वहाँ उतर जाओ।

नहीं, हाथी नहीं, उसने कुछ देर हाथी पर चढ़े रहने के बाद हाथी को भगा दिया। हाथी आजकल दिखते कहाँ हैं! हाथी का जमाना गया। शायद ही कभी-कभार कोई हाथी दिख जाये। एक जमाना था कि गाँव-गाँव में हाथी दिख जाते थे। सारे बबुआनों के हाथी बिक गये। अब बच्चों को भी हाथी दिखाने के लिए चिड़ियाघर ले जाना पड़ता है। कलकत्ता-पटना का चिड़ियाघरवाला अपना हाथी लेकर सहसौल-राधोपुर सड़क पर कहीं सड़क के किनारे खड़ा तो नहीं रहेगा उसे हाथी दिखाने के लिए। मन में हाथी रखकर चलेगा वह, तब तो हो सकता है कि कई-कई दिनों तक वह उस एक बस से ही बस के ड्राइवर और चालक को हैरत में डालते हुए सहसौल और राधोपुर के बीच डोलता रह जाये और एक दिन मन मारकर अपना उतरा हुआ चेहरा लिये फुलकाहा में ही उतर जाये।

तो फिर घोड़ा? नहीं, घोड़ा भी नहीं। वह क्षण भर के लिए भी घोड़े पर सवार नहीं हुआ। घोड़े को देखकर ही मुँह बिचका दिया उसने। घोड़े भी कम हुए हैं, मगर ऐसा नहीं हुआ है कि गाँव-गाँव से घोड़े गायब हो गये हैं। अगर अभी घोड़े पर सवार हुआ, तो कोई ठीक नहीं कि बस के अगले ठहराव पर ही बस में उतर जाना पड़े और बस का ठहराव भी ऐसा होता है कि हर चार हाथ पर भी कोई अपना एक हाथ उठा दे तो बस रुक जाये। तब तो यही होगा कि घोड़ा देखकर बस से उतर गये और पता चला कि फुलकाहा में ही उतरना पड़ गया।

हाँ, गधा में यह खूबी है कि बस में चढ़कर उसे ध्यान में रखा जा सकता है। गधे न तो कठिनाई से मिलते हैं और न आसानी से। अगर दो-एक बार फुलकाहा में उतरना भी पड़ा, तो कोई बात नहीं; ऐसा नहीं होगा कि तीसरी बार भी फुलकाहा में ही उतरना होगा। अपनी इस खोज पर बैजनाथ ने खुद को और गधे को भी दाद दी।

यात्रा पर निकलने के पूर्व रात में बैजनाथ ने अपने नौकर रीतलाल को बुलाया।

रीतलाल का बाप जगलाल बैजनाथ मंडल के बाप के जमाने का नौकर था। बड़े मालिक के मरने के बाद भी वह बैजनाथ मंडल के साथ बहुत दिनों तक बना रहा था, मगर एक लम्बी उम्र काट लेने के बाद उसने छुट्टी ली और अपनी जगह अपने बेटे रीतलाल को देखकर अपने गाँव चला गया।

एक महीना साथ रहकर उसने रीतलाल को वहाँ का सारा काम-धाम समझा दिया और ताराचन्द बटाईदार और उसकी बेटी रतनी को उसकी मदद के लिए कहकर गया। रतनी गोबर-गोयठा के काम से अपनी माँ की जगह अब खुद आने लगी थी और रीतलाल को दूसरे ढेर सारे कामों में भी मदद करने लगी थी।

बैजनाथ ने रीतलाल को बुलाकर उससे कहा, ''मैं कुछ दिनों के लिए बाहर जा रहा हूँ और यह ठीक से बता नहीं सकता कि किस दिन लौट आऊँगा। मैं तुम्हें कुछ बातें बता देता हूँ; इन्हें ध्यान में रखना। तुम भारी भुलक्कड़ हो और इससे अब तक मेरा भारी नुकसान हुआ है। अभी जो बातें

बता रहा हूँ, उन्हें अच्छी तरह सुन लो, खूब अच्छी तरह। एक भी बात भूलनी नहीं है।''

रीतलाल कुछ सहमकर बोला, ''मालिक, रतनी को बुला लूँ?''

''किसलिए?''

''वह सुन लेगी, तो एक-एक बात अच्छी तरह याद रखेगी, एक बात भी नहीं भूलेगी।''

''बुला लो,'' मालिक ने अनुमति दे दी।

रतनी के सामने बैजनाथ मंडल ने रीतलाल को सब कुछ समझा दिया।

अगली सुबह की शुभ यात्रा के लिए जितनी तैयारियों की जानकारी थी बैजनाथ के पास, वे सब उसने रात उतरने के पहले ही पूरी कर लीं और गहरी नींद सो गया।

बैजनाथ घर से ही अपने गधे के साथ चला था और बस में चढ़ते हुए भीड़भाड़ होने के बावजूद गधा उससे बिछुड़ नहीं पाया था, मगर बस में जगह पकड़ लेने के बाद अचानक वह अपने गधे को भूल गया।

ऐसा भूलना बहुतों के साथ हुआ होगा।

बस कंडक्टर ने नये-पुराने यात्रियों से टिकट के पैसे वसूलना शुरू कर दिया था और इस वसूली में कंडक्टर को हर यात्री के साथ द्वन्द्व-युद्ध करना पड़ रहा था। यह युद्ध अक्सर वाक्युद्ध से शुरू होता था और कभी-कभी अर्द्धचन्द्र पर जाकर रुकता था। हर यात्री इन द्वन्द्व-युद्धों के आनन्द से तरबतर होता रहता था और यह भी सोचता रहता था कि उसका अपना द्वन्द्व-युद्ध कैसा होगा! ऐसे में किसी को कोई और बात कैसे याद रहे!

बैजनाथ जिस वक्त बस में घुसा था, बस कंडक्टर से लिपटने के लिए कई पहलवान ताल ठोंक रहे थे। बैजनाथ अपने गधे को भूल गया और झगड़ों का आनन्द लेने लगा था।

किसी एक यात्री से झगड़ते हुए कंडक्टर कई पड़ाव पार करने के बाद फुलकाहा पहुँचा था। कंडक्टर के पैसा माँगने पर वह यात्री बार-बार अपना पुराना जवाब दुहरा रहा था, ''जब तक मैं निजवाड़ा नहीं पहुँच जाता, तब तक नहीं दूँगा पैसे,'' और अब अपने जवाब में जोड़ रहा था, ''अगर निजवाड़ा पहुँचने के पहले बस खराब हो जाती है, तो क्या आप पैसे लौटा देंगे?''

''हाँ, लौटा दूँगा।''

''नहीं, आप नहीं लौटाएँगे। आज तक ऐसा नहीं हुआ है, आप आगे भी ऐसा नहीं होने देंगे। मुझे सब पता है; ड्राइवर और कंडक्टर दोनों भाग जाते हैं बस छोड़कर और यात्री एक-दूसरे का मुँह ताकते रह जाते हैं।''

''इस तरह तो बस नहीं चलती है। तब तो कोई टिकट कटाये ही नहीं, जहाँ पहुँचे वहीं तक का पैसा दे?''

''कौन क्या करता है, इससे मुझे मतलब नहीं; मैं यही कहता हूँ, हर बसवाले को इसी तरह पैसा देता हूँ।''

''तो ठीक है, आप फुलकाहा तक के पैसे ही दे दीजिए।''

बैजनाथ ने देखा कि वह यात्री फुलकाहा तक के पैसे देने में भी आनाकानी कर रहा है। यह उसे अच्छा नहीं लगा और उसके मन में आया कि वह उस यात्री को पैसा दे देने के लिए डाँटे,

मगर उस नौजवान यात्री की कद-काठी और बोल-चाल को देखकर वह इस डर से चुप लगा गया कि कोई ठीक नहीं कि निजवारा आते ही वह उतरे, वहाँ हाँक लगाकर अपने कुछ और साथियों को भी बुला ले और फिर उसे जबरन नीचे उतारकर थप्पड़ लगाते हुए कहे, "क्यों बे! तू कंडक्टर की तरफदारी क्यों कर रहा था? बोल तो, अब कौन बचाएगा?" ऐसे कितने ही किस्से सुन चुका था वह।

कई अन्य साहसी यात्रियों ने डाँटकर तो नहीं, मगर मान-मनौवल कर उस नवयुवक को फुलकाहा तक के पैसे देने को तैयार कर लिया था।

अब कंडक्टर सुनाने लगा था, "हम किसी की धौंस में नहीं आते। इस तरह तो बस चलाना ही सम्भव नहीं होगा। मैं भी अपने जमाने का 'हीरो' रह चुका हूँ और ऐसा कोई गाँव इधर नहीं है जहाँ मेरे पाँच-सात चेले-चपाटे नहीं हों। डरूँगा तो बस में कंडक्टरी कर पाऊँगा? मेरा मालिक दिलदार है, एक खून का पैसा लगाने के लिए हमेशा तैयार रहता है।"

बैजनाथ के कानों में किसी की फुसफुसाहट पड़ी, "यह कंडक्टर साला इस रूट में छह-सात बार लात-जूते खा चुका है।" बैजनाथ को इस बात की खुशी हुई कि कंडक्टर मार खाया हुआ है, मगर फुसफुसाहट के जवाब में वह कुछ फुसफुसाया नहीं, कंडक्टर से मुँह चुराकर धीरे-से मुस्करा दिया।

अब तक झगड़ों का कोरस शुरू हो चुका था।

कंडक्टर हर यात्री से टिकट के पूरे पैसे वसूलना चाहता था और हर यात्री वाजिब से कम पैसे देने के लिए मुँह का जोर लगा रहा था। यात्री तो अपनी बात इस तरह कहना चाह रहा था कि कोई और सुनने नहीं पाये, मगर कंडक्टर अपना जवाब और अपनी बातें चीख-चीखकर बस के सारे यात्रियों को सुना रहा था, "...जो माँग रहा हूँ वह भी कम है। उससे भी कम कैसे ले लूँ? मेरे बाप की गाड़ी नहीं है, मालिक की गाड़ी है। मालिक भी क्या करेगा? डीजल-मोबिल का दाम रोज बढ़ रहा है। एक टायर खरीदने में मालिक को बुखार आ जाता है। वह बोरा भर-भरकर पैसा लगाता है गाड़ी में। हम बटुआ में गाड़ी की कमाई लेकर जाते हैं, तो चिल्लाने लगता है। तुरन्त कह देता है, 'उतरो गाड़ी से।' इस रोड पर तो बस चलाना भी पुसाता नहीं है। सड़क भी कहीं इतनी टूटी-फूटी होती है! साल में दो-दो बार टायर बदलना पड़ता है। सरकार को कुछ सूझता ही नहीं है कि सड़क का क्या हाल है। हम तो अपने जोर से चला रहे हैं बस; मालिक तो जरा भी तैयार नहीं। उस पर आप लोग कहते हैं, 'उतना नहीं, इतना ही लीजिए, कंडक्टर साहब।' कैसे मान लें आपकी बात?"

सब सुनते-सुनाते कंडक्टर वाजिब-गैरवाजिब कम-बेश किराया वसूलता हुआ निकलता चलता है। बैजनाथ जासूस निगाहों से यह देखता रहता है कि कौन कहाँ जाने के कितने कम पैसे दे रहा है, ताकि वह भी वाजिब से कुछ कम किराया देने का साहस कर सके।

बस के पिछले गेट पर से आ रही एक आवाज ने बैजनाथ को आकर्षित किया। यह एक महिला की आवाज थी। महिला कुछ साफ-सुथरे कपड़े में जरूर थी, मगर बिल्कुल कुँजड़िनों की नेता जैसी लग रही थी। किसी ने उस महिला से कुछ कहा था और वह जवाब दे रही थी। बैजनाथ के सुनने में आया, "मुझसे कौन टिकट का पैसा माँगेगा? यहाँ तो कलक्टर-एसपी के

ऑफिस में जाने से कोई साला रोकता ही नहीं है, बस में चढ़ने से कौन रोक लेगा? सरकार की तरफ से मेरे लिए सब 'फ्री' है। मुख्यमंत्री जब भी सहसौल आते हैं, तो सबसे पहले मुझे ही ढूँढ़ते हैं; कहते हैं अपने सेक्रेट्री-फक्रेट्री से, सबसे पहले राधारानीजी को बुलाओ।''

कंडक्टर सचमुच राधारानीजी के पास पैसा माँगने नहीं आया था। बैजनाथ के मन में प्रश्न उठ आया था कि अगर उसे इस बार ऐसी ही घरवाली मिले, तो क्या वह खुश होगा? इस प्रश्न पर निर्णय लेने का वह कोई उपाय ढूँढ़ ही रहा था कि इसी समय कंडक्टर उसके पास आ गया और उसकी गरदन में उँगली कोंची। उसका ध्यान टूटा और इसके साथ ही अचानक उसे अपना भूला हुआ गधा याद आ गया। कंडक्टर को बैठे-बैठे कुछ कहने की बजाय वह उठ खड़ा हुआ और कुछ धीमी आवाज में उससे कहा, ''मैं एक तलाश में निकला हूँ। मेरा ठीक नहीं है कि मैं कहाँ उतरूँगा, राधोपुर तक भी जा सकता हूँ और उससे बहुत पहले भी उतर सकता हूँ। जिसे तलाशने निकला हूँ, वह जहाँ मिल जाये। मैं जहाँ कहूँ, वहाँ बस को रोक देना है। हाँ, किराया मैं अभी ही राधोपुर तक का दे देता हूँ। जहाँ मैं उतरूँगा वहाँ तक का वाजिब किराया काटकर आप शेष पैसे मुझे लौटा देंगे।'' इतना बोलकर उसने दस-दस के दो नोट कंडक्टर की ओर बढ़ा दिये। कंडक्टर ने कुछ हैरत से उसकी ओर देखते हुए दोनों नोट अपने थैले में डाल लिये और सोचने लगा कि लोग सच कहते हैं कि पापात्माओं के जोर लगाने पर भी दुनिया रसातल में जाने की बजाय पुण्यात्माओं के जोर से जहाँ की तहाँ टिकी हुई है।

अब बैजनाथ का ध्यान पूरी तरह अपने गधे पर केन्द्रित था। पहला गधा, कहीं भी और किसी का भी, उसका अपना गधा था। इस गधे के दर्शन हेतु वह खिड़की के पास बैठा हुआ था और अपनी निगाहों को खिड़की के बाहर तेजी से हर ओर, जहाँ तक निगाहें जा सकती थीं और गधा निगाहों को गधा की तरह नजर आ सकता था, फिराता रहा था।

फुलकाहा छोड़े अभी बहुत देर नहीं हुई थी और राधोपुर अभी भी बहुत दूर था, मगर अनुपस्थित गधे ने ऐसा जोर लगाया कि बैजनाथ के मन में शंका उठ आयी कि कहीं ऐसा नहीं हो कि कहीं भी कोई गधा उपस्थित नजर ही नहीं आये। उसका एक मन हुआ कि वह अगल-बगल बैठे और खड़े लोगों से पूछे कि वे कहाँ के रहनेवाले हैं और अगर इसी इलाके के रहनेवाले हैं तो क्या उन्होंने बस से आते-जाते कभी कोई गधा देखा है। यह सोचकर उसने अपने इस विचार को झटक दिया कि कहीं ऐसा नहीं हो कि गधे के बारे में जानकारी लेते-लेते उसके मन की असली और गुप्त बात उगली चली जाये। उसने अपने मुँह पर उँगली रख ली।

अगल-बगल और आगे-पीछे परस्पर बातें कर रहे लोग अचानक चुप हुए और विस्मित निगाहों से बैजनाथ की ओर देखने लगे थे। बैजनाथ के मुँह से अचानक कुछ चीख की तरह आवाज निकली थी, ''गधा!'' वह चीखकर उठ खड़ा हुआ था, कंडक्टर को आवाज लगायी थी, ''बस रुकवाइए,'' और हड़बड़ाते हुए बस के गेट की ओर बढ़ा था। कंडक्टर ने ड्राइवर को ''हौले-हौले'' कहकर बस रुकवायी और बैजनाथ के गेट पर पहुँचते ही पूछा, ''मिल गया?'' जल्दी से 'हाँ' बोलकर बैजनाथ नीचे उतरा और पीछे की ओर चल पड़ा। उसे यह होश तक नहीं रहा कि वाजिब किराया कटवाकर बाकी पैसे वापस माँग ले। कंडक्टर ने मौके का लाभ उठाया और ड्राइवर को झटपट सुनाया, ''बढ़ाओ।''

बस के चलते ही बैजनाथ की बगल में बैठे आदमी ने कंडक्टर से पूछा, ''इस आदमी को क्या मिल गया, कंडक्टर साहब?''

''यह तो मैं नहीं कह सकता, मगर रास्ते में इसे कुछ मिला है जरूर जिसे ढूँढ़ने के लिए यह फुलकाहा में ही बस पर सवार हुआ था।''

''मैं जानता हूँ, क्या ढूँढ़ रहा था।''

''क्या ढूँढ़ रहा था?''

''अपना गधा।''

कितने ही लोग हँस पड़े थे।

''अजीब बात है,'' कोई ज़ोल पड़ा, ''कि कोई गधा अपने मालिक से कह रखा हो कि अगर मैं खोऊँगा, तो फिर फुलकाहा-राधोपुर के रास्ते में ही कहीं मिलूँगा।''

''अचरज की बात तो यह है, ''बगलवाले ने सुनाया, ''कि यह आदमी अपने गधे को इतनी दूर से पहचान सकता है। इसके मुँह से 'गधा' तो सुना मैंने, मगर किसी गधे को आस-पास देखा नहीं। दूर से तो लदनी घोड़ा भी गधा जैसा ही दिखता है।''

''हो सकता है,'' कोई बोल गया, ''कि गधे ने दूर से ही अपने मालिक को पहचान लिया हो और कोई इशारा किया हो।''

इसके बाद बस में यात्रियों ने गधे के बारे में कितने ही किस्से सुने-सुनाये, मगर उन सबने माना कि आज का किस्सा गधों के किस्सों में सर्वश्रेष्ठ है।

जिधर गधे को देखा था बैजनाथ ने, उधर अब गधा नजर नहीं आ रहा था। उसने यह मानने से इन्कार कर दिया कि उसने गधा देखा ही नहीं था। पूरी एकाग्रता के साथ जिन निगाहों से वह बस की खिड़की के बाहर देख रहा था, उन निगाहों से कोई और जीव या जानवर अपनी पहचान भले छुपा ले, एक गधा नहीं बच सकता था। गधा इधर-उधर हो गया होगा, उसने यही माना।

गधा गुम था, पर गधे का गाँव अभी भी जहाँ का तहाँ मौजूद था। सीधे गाँव में घुसकर तिहेजुओं का पता लगाने के लिए घर-घर जाना उसने मुनासिब नहीं समझा। गाँव में कोई तिहेजू मिले नहीं और पूरा गाँव उसे देखने उमड़ आये, ''चलो, चलो, कोई तिहेजू आया है कहीं से, उसे देख आयें...रोककर रखना, जरा मैं अपनी घरवाली को भी ले आकर दिखा दूँ।'' बैजनाथ को खयाल आया कि उसे काफी चतुराई से अपना काम निकालना है।

उसने गाँव के सामने फैले बहियार की ओर देखा। खाली खेतों में कोई काम करता नहीं दिखा, मगर गायों को चराते दो-तीन चरवाहे उसे नजर आ गये। वे सब बच्चे थे, यह देखकर काफी खुश हो गया वह। जहाँ बच्चे नजर आये थे, वहीं पास ही एक छोटा-सा बबूल का पेड़ भी था। वह उस पेड़ की ओर बढ़ गया।

पेड़ के नीचे अपना झोला रखकर वह बैठ गया। किसी बच्चे को हाँक लगाकर बुलाने की नौबत नहीं आयी। किसी अजनबी को इस तरह बहियार में आकर पेड़ के नीचे सुस्ताते देखकर एक बच्चा कुछ अधिक उत्सुक हो गया उसके बारे में जानने के लिए। वह टहलते हुए बैजनाथ के पास आ गया और पूछा, ''कहाँ जाना है?''

बैजनाथ ने मुस्कराकर इस प्रश्न का स्वागत किया और पूछा, ''आस-पास कौन-कौन गाँव हैं?''

''उत्तर में या दक्खिन में?''

''पहले उत्तर में बताओ।''

''घोरनी है, मरुई है, दशरथपुर है; आपको जाना कहाँ है?''

''दशरथपुर कितनी दूर है?''

''एक कोस। आपको वहीं जाना है?''

''हाँ।''

''तो इस बहियार में क्यों चले आये? उधर किसी ने बताया नहीं या किसी से पूछा नहीं? बस्ती होकर जाइए; उधर से ही रास्ता फूटता है दशरथपुर का।''

''इस गाँव का नाम क्या है?''

''इस गाँव का?''

''हाँ।''

''आप बस से आये हैं न?''

''हाँ।''

''आपको न दशरथपुर याद था और न इस गाँव का नाम; तो आप यहाँ बस से उतर कैसे गये?''

बैजनाथ कुछ अकबकाया और फिर कुछ रुककर बोला, ''नाम याद नहीं था, जगह याद थी। हाँ, इधर चला आया तुम लोगों से कुछ पूछने।''

''क्या?''

''इस गाँव में गधे हैं या नहीं?''

''गधे?''

''हाँ।''

''खरीदना है?''

''नहीं-नहीं, यों ही पूछ रहा हूँ।''

''यों ही क्यों पूछेंगे? खरीदना नहीं है, तो बेचना है।''

''न खरीदना है, न बेचना है। तुम लोगों से कुछ बतियाने के लिए कुछ पूछ बैठा।''

''गधे के बारे में?''

''हाँ, कुछ भी पूछ सकता था।''

''देखिए, इस गाँव में कोई गधा नहीं है।''

''नहीं है!'' बैजनाथ बच्चे के जवाब पर नहीं, अपनी उस भूल पर चिहुँक उठा था कि जब कोई गधा नहीं है, तो फिर उसने देखा क्या था?

''धोबी तो है, पर वह बिना गधा का धोबी है। और, यह धोबी कपड़े नहीं धोता, खेतीबाड़ी करता है। यह छोटा गाँव है; यहाँ बबुआन नहीं रहते; धोबी से कपड़े कोई नहीं धुलवाता; सब खुद कपड़े धो लेते हैं और जरूरी हुआ तो इस्तिरी भी कर लेते हैं। आप तो बेकार

ही दशरथपुर जा रहे हैं। वहाँ के धोबी के पास भी कोई गधा नहीं है कि वह बेचे, और जब आज तक बिना गधा के काम चलाता रहा, तो अब क्यों खरीदेगा वह कोई गधा!''

''छोड़ो गधे की बात'' कुछ उकताकर बैजनाथ ने कहा, ''एक दूसरी बात पूछता हूँ।''

''पूछिए।''

''इस गाँव में कभी किसी बिल्ली का ब्याह हुआ है?''

''बिल्ली का ब्याह!''

''हाँ, अचरज क्यों हो रहा है?''

''बिल्ली का ब्याह भी होता है क्या?''

''हाँ, होता है। तुम बताओ, यहाँ कभी हुआ है बिल्ली का ब्याह?''

''हमारे यहाँ तो रिवाज नहीं है बिल्ली के ब्याह का; आपके यहाँ है क्या?''

''हाँ, है।''

''और किस-किस के ब्याह का रिवाज है? घोड़ा का? गाय का?''

''नहीं, और किसी के ब्याह का रिवाज नहीं है।''

''हमारे यहाँ जब पानी नहीं बरसता है, तो मेढक का ब्याह कराया जाता है। जब पानी बरस रहा हो और धूप भी निकली हुई हो, तो माना जाता है कि सियार का ब्याह हो रहा है। लोग यह भी कहते हैं कि अगहन में चूहे सात-सात चुहियों तक से ब्याह कर लेते हैं। बिल्ली के ब्याह के बारे में कभी सुना नहीं है। हमारे यहाँ बिल्ली बिना ब्याह के ही बच्चा दे देती है।''

''हाँ-हाँ, वह तो देती ही होगी, मगर ऐसा लगता है कि तुम्हारे गाँव में किसी आदमी की दो-या-दो से अधिक बीवियाँ नहीं मरी हैं।''

''यह तो मुझे नहीं मालूम, मगर पूछकर बता सकता हूँ।''

''किससे पूछकर बताओगे?''

''अपने दादा से।''

''कितनी देर में पूछकर आ जाओगे?''

''उस सामनेवाले बगीचे में मचान पर मेरे दादा बैठे हुए हैं। दौड़ता जाऊँगा और दौड़ता आऊँगा।''

''ठीक है, जाओ।''

बच्चे ने दौड़कर आने-जाने में कोई समय नहीं लगाया; जो समय लगा वह केवल दादा से पूछने में।

उसके आते ही बैजनाथ ने पूछा, ''पूछ लिया?''

''हाँ, एक साथ सब पूछ लिया,'' बच्चे ने जवाब दिया, ''यहाँ किसी की दो-या-दो से अधिक बीवियाँ मरी हैं या नहीं? हमारे यहाँ बिल्ली का ब्याह होता है या नहीं? दशरथपुर में गधा है या नहीं?''

''क्या कहा उन्होंने?''

''कहा, आपको बुला ले आने।''

''मुझे बुलाया है?''

"हाँ।"

कुछ सोचकर बैजनाथ ने पूछा, "गुस्से में आ गये थे क्या?"

"नहीं, हँसने लगे थे।"

गुस्सा और हँसी में कोई बहुत अन्तर नजर नहीं आया बैजनाथ को, मगर अब डर या लाज से वहाँ से खिसकना खतरनाक था। बूढ़े का गुस्सा भड़क उठा तब और उस पर हँसने के लिए पूरे गाँव को इकट्ठा करने का खयाल उसके मन में आ गया तब भी, उसके पीछे आदमी दौड़ा दिये जाएँगे उसे पकड़ ले आने के लिए। मन में संशय लिये वह बच्चे के पीछे-पीछे चल पड़ा।

उसके पास आते ही दादा ने कहा, "सुस्ताने के लिए बहियार में बबूल के नीचे क्यों चले गये? इधर बगीचे में आ जाना था।"

"मुझे पता नहीं था कि यहाँ मचान भी है।" बैजनाथ ने जवाब दिया।

बैजनाथ के मचान पर बैठते ही दादा ने कहना शुरू किया, "यह पूछना मुझे अच्छा नहीं लगता कि गधे से आपका क्या लेना-देना है; मगर यह बता दूँ कि दशरथपुर तक आपको कोई गधा नहीं मिलेगा। हाँ, यह जरूर पूछूँगा कि उस आदमी से आपका क्या लेना-देना जिसकी दो-या-दो से अधिक बीवियाँ मरी हैं?"

"उस आदमी से सिर्फ इतना जानना था कि उसने बिल्ली से ब्याह किया था या नहीं। मैं यह जानना चाह रहा था कि इधर दुहेजू-तिहेजू बिल्ली से ब्याह करते हैं या नहीं?"

"आप कहाँ के रहनेवाले हैं?"

"मैं फुलकाहा का हूँ।" गाँव का सही नाम बताने के बाद बैजनाथ को ख्याल आया कि उसे सही नाम नहीं बताना था; 'काहा' रहने देता, मगर 'फुल' की जगह कुल, गुल, मुल, टुल बोल देना था। वह सावधान हो गया कि अब बातचीत में कुछ अधिक सावधानी बरतेगा।

"आप-हम तो एक ही इलाके के हैं," दादा बोलने लगे थे, "जो रीति-रिवाज फुलकाहा में हैं, वही यहाँ भी हैं। दुहेजू-तिहेजू यहाँ भी बिल्ली से ब्याह करते हैं। और हमारे गाँव में बिल्ली से ब्याह किये हुए दुहेजू हैं, तिहेजू भी हैं।"

"यहाँ आकर मैं सोच रहा हूँ कि उनसे मिलूँ।"

"क्यों?"

बैजनाथ ने एक किस्सा बनाया और कहना शुरू किया, "मेरे गाँव के धोबी का गधा खो गया है। उसे एक सिद्ध बाबा ने, जो बता देते हैं कि गुम हो गया माल अभी कहाँ है, बताया था कि उसका गधा पूरब दिशा की ओर चला गया है और चलते-चलते भगवान राम के पिताश्री के नाम पर बसाये गये किसी गाँव में पहुँच गया है। धोबी ने कई दिनों तक मगज खपाने के बाद मुझे बताया था कि गाँव का नाम दशरथपुर दशरथगंज, दशरथनगर या दशरथाबाद हो सकता है। किसी गंज, नगर या बाद का पता हमें नहीं चला, इस दशरथपुर का पता मिल गया, और उस गधे के पीछे-पीछे मैं यहाँ चला आया।"

"किसी भागकर आये हुए गधे की जानकारी तो हमारे पास नहीं है," दादा ने बैजनाथ को टोक दिया, "हो सकता है, अब दशरथपुर में एक गधा भी हो। आप यहाँ तक आ गये हैं, तो

दशरथपुर से हो आइए। भगवान करे, धोबी का गधा धोबी को मिल जाये और यहाँ से फुलकाहा तक एक भगे हुए गधे को लौटा ले जाने का यश आपको।''

''यश तो मिलता,'' बैजनाथ बोला, ''मगर लगता है, यश हाथ में नहीं था या हाथ से निकल गया। मैं अकेला आदमी हूँ और सालों भर जिधर-तिधर घूमने के लिए निकलता रहता हूँ। गाँववालों को दस कोस और बारह महीने के अन्दर अगर किसी गाँव में कोई काम या कोई समाचार भेजना होता है, तो वे मेरी मदद माँगते हैं कि जब कभी मैं उस गाँव की ओर जाऊँ, तो उनका वह काम कर आऊँ। काम की जिम्मेवारी मैंने ले ली, मगर इस ओर निकला हूँ मैं करीब दो महीने बाद। सिद्ध बाबा ने सातवें दिन ही गधे के बारे में सूचना दे दी थी। जो गधा जिस तेजी से सात दिनों में ही फुलकाहा से दशरथपुर पहुँच गया, उस गधे से पार पाना मेरे लिए असम्भव है जो अपनी तेजी बरकरार रखते हुए अब तक कहाँ-से-कहाँ चला गया होगा। अगर मान भी लूँ कि गधा दशरथपुर तक आते-आते थक गया होगा और अभी भी वहीं पड़ा होगा, तब भी मैं उसे कैसे पकड़ लूँ? सब गधे तो एक जैसे होते हैं। धोबी ने गधे की कोई पहचान नहीं बतायी थी, यह नहीं कहा था कि वह लँगड़ा है, या काना है, या कनकटा है, या गूँगा है कि कभी रेंकता ही नहीं। ऐसे में मैं यहाँ से घसीटकर किसी गधे को ले जाऊँ और वहाँ धोबी कह बैठे कि वह गधा उसका नहीं है और, किसी और के गधे को वह अपने दरवाजे पर बाँधकर चोरी के मामले में फँसना नहीं चाहता, तब क्या करूँगा मैं? उस गधे को फिर फुलकाहा से दशरथपुर पहुँचाने आऊँगा? अगर रास्ते में ही पुलिस या गधेवाले ने धर लिया, तो? मैं अब दशरथपुर नहीं जाऊँगा, बाबा।''

''तो अब सिर्फ दुहेजू-तिहेजू से मिलना है?''

''हाँ,'' बैजनाथ ने सुनाया, ''मेरे गाँव में एक आदमी है जिसकी तीन बीवियाँ मर चुकी हैं। आदमी जमीन-जायदादवाला और निस्सन्तान है। उसे जरूरी है घर में एक औरत ले आना। उसने बिल्ली से ब्याह कर लिया है, मगर उसके बाद भी कोई लड़कीवाला, कैसी भी लड़कीवाला, उसके पास तक नहीं फटकता। यह तो मैं जानता हूँ कि जो लड़की उस घर जायेगी, वह राज करेगी, बहुत सुख में रहेगी। मगर अजीब मामला है कि इस तिहेजू को कोई लड़की नहीं मिल रही। उसने कभी मुझसे कहा था कि मैं जहाँ कहीं जाऊँ, यह पता जरूर लगाऊँ कि वहाँ के दुहेजू-तिहेजुओं को कैसे कामयाबी मिली। धोबी का काम नहीं कर पाया, मगर इस दुखिया का उपकार कर देना चाहता हूँ।''

''अच्छा हुआ कि आपकी मुझसे मुलाकात हो गयी। आपको किसी गाँव या किसी दुहेजू-तिहेजू के पास जाने की जरूरत नहीं है। मुझसे अधिक कोई कुछ नहीं बतायेगा। बतानेवाला यही बोलेगा कि उसके लिए लड़कियों का अकाल कभी नहीं रहा। मैं जानता हूँ कि कैसा अकाल हो जाता है और ब्याह के लिए क्या-क्या पापड़ बेलने होते हैं।''

बोलकर क्षण भर के लिए रुके दादा और फिर सुनाना शुरू किया, ''इस इलाके के कई धनी-मानी राज...आपका नाम क्या है?''

''नाम?''

''हाँ।''

''मेरा नाम है,'' बैजनाथ सँभलकर बोला, ''राजनाथ।''

दादा हँस पड़े, ''रँडुआ के ब्याह पर निकले हैं, तो अपने नाम को भी रँडुआ कर लिया?'' और फिर पूछा, ''आप राजपूत हैं?''

''नहीं।''

''जिसने बिल्ली से ब्याह किया है, वह राजपूत है?''

''नहीं, वह भी राजपूत नहीं है।''

''मैं अभी का नहीं, मगर कुछ पहले का किस्सा सुना रहा था कि इस इलाके के बहुत धनी-मानी राजपूत पहला ब्याह करने के बाद ही अपने दूसरे-तीसरे ब्याह के लिए लड़कियों का जुगाड़ करने लग जाते थे। वे ऐसी बच्चियों को पोसने लगते थे जिनसे वे अपने बुढ़ापे में या बीवियों के मरने के बाद ब्याह रचा सकें। राजपूतों ने तो बेटियों को इस कदर मारा है कि अब दुहेजू-तिहेजू को तो क्या, कुँआरों को भी दुलहन बड़ी मुश्किल से मिल रही है। यह अच्छा हुआ कि आपका रँडुआ राजपूत नहीं हैं। ढूँढ़ने पर उसकी जाति में कुँआरी लड़कियाँ भी मिल सकती हैं। मगर, हाँ, इसमें मेहनत करनी पड़ेगी और समय लग सकता है।''

''वह कितनी भी और कैसी भी मेहनत करने के लिए तैयार है, मगर अब उसके पास अधिक समय नहीं है।''

''तो उससे कहिये कि वह इलाके का एक-एक गाँव छान मारे। अगर उसके पास समय कम है, तो वह कुँआरी का खयाल छोड़कर दुहेजू-तिहेजू औरत के लिए भी अपना दरवाजा खोल दे। अगर उसके पास समय बहुत कम है, तो उसे अपनी जाति की लड़की लाने का खयाल भी छोड़ देना चाहिए और परजात की लड़की को भी उठा लाना चाहिए। अगर समय उससे भी कम है तो उसे परजात की कोई दुहेजू-तिहेजू औरत को भी स्वीकार कर लेना चाहिए। अगर उसके पास बिल्कुल समय नहीं हो, तो उसे तुरन्त नेपाल की ओर निकलना चाहिए और वहाँ से किसी लड़की को खरीदकर ले आना चाहिए। यह सब करे वह, उसका ब्याह हो जाएगा।''

''आपकी राय बड़ी अच्छी लग रही है, बाबा। मैं आपका गुण मानूँगा।''

''सिर्फ राय देकर ही मैं बैठा नहीं रह जाऊँगा,'' बाबा ने जवाब दिया, ''मैं भी आपके रँडुआ के लिए लड़की का पता लगाऊँगा। आप यह बता दीजिए कि आपका रँडुआ किस जाति का है?''

मंडल कहलाता है।''

''मंडल तो कोयरी-कुरमी भी कहलाते हैं, सूड़ी भी, ततमा भी, धानुक भी।''

''वह धानुक है, बाबा।''

''धानुक है!'' बुदबुदाकर बाबा ने सुनाया, ''तब तो कोई लड़की नजर में आ गयी, तो खुद फुलकाहा आ जाऊँगा आपको खबर करने।''

''आप जाएँगे खबर करने?''

''क्यों नहीं आऊँगा?'' बाबा बोले, ''रँडुआ का ब्याह कराने से एक मुर्दा जलाने के बराबर पुण्य मिलता है।''

बैजनाथ गद्गद हो गया; कहा, ''बाबा! आप मुझको 'तुम' कहिए।''

''ठीक है, ठीक है, मेरे लिए जैसा 'आप' वैसा 'तुम'।''

''और, बाबा! आप मुझे अपना शुभ नाम बता दीजिए।''

''बाबा मुस्कराए, ''रघुनी मड़ड़।''

बैजनाथ ने बाबा रघुनी मड़ड़ के चेहरे पर निगाह टिकायी और बोला, ''बाबा! मैंने आपको अपना असली नाम नहीं बताया था। मैंने अपना क्या नाम बताया था आपको?''

''राजनाथ।''

''यह मेरा बचपन का नाम था, जो अब नकली नाम है; मेरा असली नाम है बैजनाथ।''

''तुम निश्चिन्त रहो, मैं अगर नाम भूल भी गया, तो तुम्हें फुलकाहा में ढूँढ़ लूँगा। गाँव का नाम तो असली है न?''

''हाँ, बाबा।''

''अच्छा, अब तुम खाना खा लो; रसोई तैयार हो गयी होगी।'' बोलकर बूढ़ा मचान से उतरा।

''नहीं, बाबा,'' बैजनाथ ने जवाब दिया, ''मैं घर से सत्तू लेकर चला हूँ।''

''अरे, यह कैसे होगा कि यहाँ से तुम सत्तू खाकर जाओ! मैं अभी आता हूँ।''

बैजनाथ खाना खाते हुए कुछ लजाया और बाबा से बोला, ''बाबा! एक बात बताते हुए मुझे लाज आ रही है।''

''नहीं-नहीं,'' बाबा बोल गये, ''जरा भी मत लजाओ। जो भी कहने को बचा है, कह डालो।''

''बाबा! रँड़आ मैं ही हूँ।''

''तुम ही हो?'' बाबा खिल उठे।

''हाँ, बाबा।''

''तो इसमें क्या लजाना! दुहेजू हो या तिहेजू?''

''तिहेजू हूँ बाबा।''

''इसमें भी कोई लाज नहीं,'' बोलकर बाबा ने कहा, ''आगे से कुछ भी कहने से मत लजाना, किसी से भी कुछ कहने में। लजाओगे तो खाक ब्याह करोगे!''

खाना खाकर बैजनाथ मचान पर बाबा से यह कहकर सो गया कि फुलकाहा की बस पकड़ने के लिए उसे समय पर जगा देंगे। बाबा ने समय पर जगा दिया था और उसके जगने पर पूछा था, ''कैसी नींद आयी बैजनाथ?''

''गहरी नींद आयी, बाबा, और नींद में एक मीठे सपने का भी आनन्द आ गया।''

''क्या देखा सपने में?'' बाबा ने मुस्कराकर पूछा।

''देखा,'' बैजनाथ ने भी मुस्कराकर जवाब दिया, ''कि आप आधी रात को फुलकाहा आये हुए हैं, मेरे घर का दरवाजा खटखटा रहे हैं, और आवाज दे रहे हैं, बैजनाथ! बैजनाथ! जल्दी बाहर आओ; दरवाजे पर कौन खड़ी है!''

बाबा हो-हो कर हँस पड़े।

बैजनाथ ने अपना झोला उठाया और बाबा से विदा ली, ''प्रणाम, रघुनी बाबा।''

बाबा ने मुस्कराकर सिर पर हाथ रख दिया।

अभी बैजनाथ थोड़ी दूर ही गया होगा कि तेजी से वापस लौटकर बाबा से पूछा, ''बाबा! इस गाँव का नाम तो मैंने जाना ही नहीं।''

बाबा एक बार फिर हँसे और बोले, ''रघुनाथपुर, रघुनाथपुर।''

रघुनाथपुर में सवारियों को चढ़ाने के लिए जैसे ही खलासी ने बस का फाटक खोला, फाटक पर ही खड़े कंडक्टर ने बस में चढ़ने के लिए तैयार नीचे खड़े बैजनाथ को पहचान लिया और पूछा, ''गधा भी है?''

जब तक बैजनाथ कोई जवाब दे, तब तक तो बस के अन्दर बैठा एक यात्री बमक उठा, ''यह क्या तमाशा करते हैं आप, कंडक्टर साहब? परसों भी मैं इस बस से जा रहा था तो देखा कि आपने दो-तीन बकरियों को बस में लाद रखा है। पूरी बस बकरियों की लेंड़ी से भरी हुई थी। घर पहुँचा, तो पत्नी पूछ बैठी, 'आपकी देह से बकरी की गन्ध कैसे आ रही है?' घर गया था; अगर ससुराल गया होता, तो क्या होता? आज मैं ससुराल जा रहा हूँ अपनी साली को ले आने। आएगी वह मेरे साथ? मैं नहीं चढ़ने दूँगा बस में किसी गधे को।''

''आपकी बस है कि बस में चढ़ने नहीं देंगे?'' कंडक्टर ने भी कड़ककर कहा, ''मालिक का आदेश है कि कुछ भी लादकर पैसा लाओ। मालूम है, डीजल-मोबिल का क्या भाव है? एक टायर यहाँ की सड़क पर कितने दिन चलता है और टायर की कीमत कितनी चढ़ी हुई है? मेरा मालिक इतना शौकीन नहीं कि घर बेचकर बस चलावे। आप बहुत पैसेवाले हैं, तो दे दीजिए एक गधे का भाड़ा।'' इतना बोलकर उसने बस के और यात्रियों को सुनाया, ''कैसे नहीं चढ़ाऊँ इस आदमी को? यह आदमी बराबर इस बस से आता-जाता है। बेचारा आज सुबह ही अपने गधे को ढूँढ़ता हुआ फुलकाहा से रघुनाथपुर तक आ गया था। अब वह गधे को साथ लेकर जाना चाहता है, तो उसे चढ़ाऊँ और उसके गधे को नहीं? बोलिए, इन्सानियत क्या कहती है?'' इतना बोलकर उसने नीचे खड़े बैजनाथ से कहा, ''ले आइए गधा।''

''गधा तो नहीं है।'' बैजनाथ ने जवाब दिया।

''गधा मिल गया था न?''

''नहीं, नहीं मिला; किसी और का गधा देख लिया था।''

कंडक्टर अपने मालिक और बैजनाथ दोनों के दुख से दुखी हुआ; बोला, ''ठीक है, आइए अकेले ही।'' और उसने क्रुद्ध कनखियों से उस आदमी की ओर देखा जिसे गधे से परहेज था, जैसे कि उसने बस में सवार हो गये गधे को बस से उतरवा दिया हो।

फुलकाहा में बस से उतरकर बाबा से मिलन के सुख से सराबोर बैजनाथ मस्ती में अपने घर की ओर चला जा रहा था कि रास्ते में गाँव के धोबी लोकन ने टोक दिया, ''कहाँ गये थे, बैजू बाबू?''

बैजनाथ ने अपनी मस्ती में जवाब दिया, ''तुम्हारा गधा ढूँढ़ने।''

''मेरा गधा?''

''हाँ।'' बोलकर बैजनाथ आगे बढ़ गया।

लोकन कुछ सोच में पड़ गया, ''मेरे पास कहाँ है गधा? किसने इनसे कह दिया कि मेरा

गधा खो गया है?''

वह वापस झटककर बैजनाथ के पास पहुँचा और बोला, ''मुझ पर किस बात का गुस्सा, बैजू बाबू? मैंने तो आपको यात्रा पर नहीं टोका था? आप घर जा रहे थे, तब पूछा।''

''किसी बात का गुस्सा नहीं, लोकन,'' बैजनाथ ने शान्त लहजे में कहा, ''मगर मैंने जो तुमसे कहा, वह सच ही कहा। तुम्हारा गधा ही ढूँढ़ने गया था, नहीं मिला।''

(3)

रघुनाथपुर से फुलकाहा के रास्ते में ही बैजनाथ ने निर्णय ले लिया कि वह रघुनी बाबा से झूठ तो बोल गया कि रँडुआ ने बिल्ली से ब्याह कर लिया है, मगर अब घर पहुँचते ही वह झटपट बिल्ली से ब्याह करेगा और फिर पैरों में सनीचर बाँधकर अतिशीघ्र-अविलम्ब घरवाली की खोज में गाँव-गाँव की धूल उड़ाता फिरेगा।

फुलकाहा में जैसे मुरदा जलाने में शिवदेनी गुप्ता का नाम है कि जब भी कोई मरता है तो अच्छी दाह-क्रिया के लिए उसकी बुलाहट होती है, उसी तरह ब्याह कराने में जगत चौधरी का नाम है कि जब भी किसी ब्याह की ठहरौनी में मामला फँसाने-सलटाने का होता है, तो उन्हें सादर ले जाया जाता है। चौधरीजी कहीं आने-जाने में आनाकानी नहीं करते। अक्सर लोग उन्हें घर पर नहीं पाते और सुनने को मिलता कि कहीं बरेखी में गये हुए हैं। फुलकाहा के कितने ही लड़के-लड़कियों की शादियाँ उन्होंने करवायी हैं। इन शादियों के चक्कर में ही उन्होंने अब तक पूरा इलाका धाँग मारा है, और इलाके का शायद ही कोई ऐसा गाँव हो जहाँ इनका जाना नहीं हुआ है। लोग कहते हैं कि अगर चौधरीजी घर का ही खाना खाते रहते, तो उनकी ऐसी तोंद नहीं निकलती।

जब बैजनाथ के मन में 'गाँव-गाँव' का ख्याल आया, तो उस ख्याल के साथ ही जगत चौधरी का ख्याल भी आ गया।

बैजनाथ जान रहा था कि जगत चौधरी एक जमाने से गुस्से में हैं और आज दुरदुरा देंगे उसे। बैजनाथ के किसी ब्याह की ठहरौनी में जगत चौधरी को बुलाया नहीं गया था। बुलाना तो दूर, जब उसकी पहली शादी के लिए वे एक रिश्ता लेकर आये थे, तो उसकी माँ ने उन्हें खरा-खरा सुना दिया था कि 'बेटा बैजनाथ' की शादी के लिए उसे किसी और के लाए रिश्ते पर विश्वास नहीं और अपने हीरा बेटे के लिए वह खुद हजार में एक लड़की ढूँढ़ लेगी। उसके बाद तो फिर कभी जगत चौधरी का उसके घर आना ही नहीं हुआ, और गाँव की गली-सड़क पर जब कभी उनकी नजर बैजनाथ पर पड़ी भी तो उन्होंने नजर फिरा ली, मुँह टेढ़ा कर लिया।

कभी ऐसी जरूरत भी महसूस नहीं हुई बैजनाथ को कि वह जगत चौधरी के पास जाने का मन बनाये। मगर, अब तो वह भँवर में पड़ गया है और इस शख्स की सख्त जरूरत हो गयी है उसे। अगर सहारे के लिए कोई तिनका भी ढूँढ़े वह, तो पूरे फुलकाहा में इस विपत्ति की घड़ी में एकमात्र तिनका यह जगत चौधरी ही था।

यह सच था कि इधर जगत चौधरी का बाजार कुछ मन्दा चल रहा था और उनकी माँग में कुछ कमी आ गयी थी। बरेखी-घरदेखी में अभी भी लोग उन्हें ले जा रहे थे पर वे काफी

चौकस रहते थे कि चौधरीजी वहाँ घरवालों के साथ अकेले में कोई फुसफुस न करने पाएँ; यहाँ तक कि दिशा-मैदान जाने पर भी उनके साथ अपना एक आदमी लगा दिया जाता था।

जगत चौधरी बदनाम हो गये थे। गाँव में यह बात फैल गयी थी कि बरेखी-घरदेखी में जगत चौधरी अच्छा खाने-पीने और विवाह के ठहरते ही नयी धोती पहनाये जाने के बावजूद ठहरौनी के पहले ही गुप-चुप अपनी दलाली की भाँज बैठा लेते हैं। चेतलाल के लड़के की शादी के बाद यह बात खुली थी कि इस शादी में जगत चौधरी ने लड़कीवालों से रिश्त तय करा देने के एवज में एक हजार रुपये वसूले थे। इस बात का हल्ला शायद जयनाथ पंडित ने बरात से लौटकर आने के बाद फुलकाहा में किया था। बात बहुत नहीं फैलती, मगर जगत चौधरी ने जयनाथ पंडित के घर जाकर ऐसा रार मचाया था कि पूरा गाँव इस झगड़े का आनन्द लेने उलटकर आ गया था। हालाँकि प्रमाण देने के झमेले में पड़ने से बचने के लिए जयनाथ पंडित साफ इन्कार कर गया कि उसने ऐसा कोई हल्ला किया था, मगर लोगों के सामने यह प्रमाण तो था ही कि चेतलाल की बहू उसके बेटे के सामने बहुत उन्नीस दिखती थी।

मुसीबत से पार लगा दे कोई, तो हजार-बजार का क्या सोचना! हजार के बदले दो हजार ले ले जगत चौधरी, मगर उसके लिए कोई कन्या ढूँढ़ लाये, तो इस शादी में बदनामी होगी कि नाम होगा! वह तो जीवन भर उपकार मानेगा जगत चौधरी का, ऐसा बैजनाथ ने अपने मन में सोचा।

जगत चौधरी आज तक गुस्से में हैं तो आज वह उनका गुस्सा उतारकर दम लेगा। पत्थर नहीं है चौधरी कि पिघलेगा नहीं, पसीजेगा नहीं। चौधरी दुरदुराएँ, वह दफा नहीं होगा; दोनों हाथ जोड़कर खड़ा रह जाएगा उनके सामने। जहाँ जीवन-मरण का सवाल है, किसी के आगे भी शीश नवाया जाता है,चरणसेवा की जाती है, चरणामृत पिया जाता है। कहा भी तो गया है, मुसीबत में गधे को भी बाप कहो। गधे को बाप बोलकर वह अपनी नैया तो पार लगा लेगा।

यह सब सोचकर वह चला जगत चौधरी के घर की ओर।

जगत चौधरी घर पर ही मिल गये और उन्होंने अपनी सूक्ष्म बुद्धि से यह भी जान लिया कि बैजनाथ क्यों आया है उनके पास। उसके आते ही उन्होंने पूछा, "किसी काम से आये हो क्या?"

"हाँ, चाचा," बैजनाथ ने जवाब दिया, "एक बहुत ही जरूरी काम से आया हूँ।"

"तब तो अच्छा हुआ कि आज आ गये," जगत चौधरी ने सुनाया, "कल मुझसे भेंट नहीं होती। कल सुबह ही अमीरीलाल के बेटे के लिए लड़की देखने जाना है चोथौल। वहाँ से आऊँगा, तो शुभचन्द की लड़की के लिए लड़का देखने चला जाऊँगा बैजलपुर। धनजी गुप्ता ने भी कह रखा है नवरसिया जाने के लिए। बताओ, तुम किस काम से आये हो?"

"कोई काम लेकर नहीं, एक रोग लेकर आया हूँ, चाचा," बैजनाथ ने जवाब दिया, "और मेरे इस रोग का इलाज सिर्फ आपके पास है।"

"रोग!" कुछ अचरज से पूछा बैजनाथ ने, "कैसा रोग?"

"कठिन रोग, चाचा, "बोलकर बैजनाथ ने आगे कहा, 'आप तो समझ रहे कि विवाह मेरे लिए कितना जरूरी है?"

"विवाह तो हर किसी के लिए जरूरी है, बैजनाथ; तुम्हारे लिए तो और भी जरूरी।"

''आप समझते हैं मेरी इस जरूरत को, चाचा, मगर गाँववाले नहीं समझते। मेरे गोतिया-दियाद तो चाहते हैं कि मैं विवाह करूँ ही नहीं; उनके लिए मेरा विवाह नहीं करना ही अधिक जरूरी है।''

''गाँववाले ऐसा समझते नहीं हैं, मगर मानते हैं कि तुम फिर जिसे ब्याह कर लाओगे उसकी जान ले लोगे।''

''मैं जान ले लेता हूँ?''

''लोग तो यही मानते हैं।''

''यह झूठ है, चाचा, बिल्कुल झूठ है।''

''तुम्हारी पहली बीवी कैसे मरी थी?''

''ठीक है, डूबकर ही मरी थी, मगर क्यों मरी थी डूबकर? मैंने सात साल तक उसे जिलाये रखा, मगर कब तक रख सकता था? उसके पीछे तो कदमलाल भैया का पूरा घर पड़ा हुआ था। मुझे मारना होता, तो क्या मैं जयशंकर पंडित को बराबर 'सीधा-पानी' देता घरवाली को हरिवंशपुराण सुनाने के लिए? उसे हर साल गंगाघाट ले जाता गंगास्नान कर सूर्य भगवान की आराधना करते हुए पुत्र की याचना करने के लिए? कदमलाल भैया की बेटी, मेरी भतीजी, अपने आँगन से मारक गीत सुना-सुनाकर उसे यातना दिया करती थी। मैंने अपने कानों से ही वह गीत इतनी बार सुना कि अब उसकी कई पंक्तियाँ मुझ कंठस्थ हो गयी हैं। आप भी सुन लीजिए, चाचा।'' बोलकर भरसक अपनी भतीजी के सुर में बैजनाथ गीत गाने लगा,

गीत घर देल राम दुइ चार, काहु घर दस पाँच रे।
ललना मोर दिस घुरिओ न ताकए, हमरे कओन गति रे।
सासु मोरा पढ़थि गारी, ननदो ठुनकाबथि हो।
ललना, गोतनी घुरिओ ने ताकए, बाँझिनी कत आएल हो।

गीत समाप्त कर वह बोला, ''अब सोचिए, चाचा, कि कोई बाँझ रोज-रोज यह गीत सुनते हुए सात साल तक जिन्दा रह गयी, यही क्या कम है?''

कम नहीं है, ऐसा सोचा होगा जगत चौधरी ने, क्योंकि उन्होंने बैजनाथ की बात नहीं काटी; मगर उन्होंने अचरज प्रकट किया, ''मेरी समझ में यह नहीं आ रहा है कि कदमलाल तुम्हारा बुरा क्या चाहेगा?''

''विश्वास करनेवाली बात हो, तब तो समझ में आये!'' बैजनाथ ने जवाब दिया, ''दिल का बहुत बुरा है वह आदमी। वह चाहता है कि मैं निर्वंश रह जाऊँ। तीन-तीन बच्चे हो गये थे उसके, मगर उसके बाद भी हर बच्चे के जन्म पर खुशियाँ मनाता आया है वह। उसे इस बात की चिन्ता नहीं कि अब छह-छह बच्चों का भरण-पोषण कैसे करेगा। वह निश्चिन्त है कि मैं निर्वंश मरूँगा, मेरे मरने के बाद वह मेरी जमीन-जायदाद पर अपना हक कायम करेगा और फिर उसके सारे बच्चे आराम से पल-पुस जाएँगे।''

''ऐसा सोचता है वह?''

''सिर्फ सोचकर नहीं रह जाता, चाचा; तरह-तरह के चाल चलता है। वह तो चाहता है कि मैं भरी जवानी में रामशरण हो जाऊँ। गाँव में कोई साधु-फकीर आता है, तो उसे मेरे दरवाजे

पर ठेलकर भेजता है। न जाने, क्या-क्या सिखाता-पढ़ाता होगा उसे! मगर वह ईर, तो मैं भी वीर। मैं किसी साधु-फकीर को मुँह नहीं लगाता, दूर से ही दुरदुरा देता हूँ। मैं किसी सूरत में उसे अपनी चाल में सफल नहीं होने दूँगा, चाचा।''

जगत चौधरी ने कुछ गम्भीरता प्रकट की और फिर पूछा, ''लोगों के अनुसार तो तुम्हारी दूसरी बीवी बिल्कुल तुम्हारे कारण मरी।''

''मरी तो तीसरी भी, मगर मेरे कारण कोई नहीं मरी। दूसरी का इलाज मैंने यहाँ भोला झा से करवाया ही था, उसके मायके से ओझा-मन्तरिया ने झाड़-फूँक की ही होगी। उसे मायके से रोग लेकर एक बार मेरे घर आना था; मेरे घर से मायके गयी और रोग ने उसे रोग उठा लिया। तीसरी को साँप ने काट लिया; किसका दोष? मेरा?''

''तुम मेरे पास तब आये हो, बैजनाथ,'' जगत चौधरी ने कहा, ''जब तुम्हारी तीन-तीन बीवियाँ तुम्हारे घर आयीं और स्वर्ग सिधार गयीं। मैं तो पहली बीवी ही ऐसी ठोंक-बजाकर ला देता कि दूसरी-तीसरी को लाने की नौबत नहीं आती। तुम तो उनके पास ही जाकर रोना रोओ जिन्होंने तुम्हारी यह दुर्गति की है।''

''नहीं, चाचा, अब कोई मेरा रोना तक सुनने को तैयार नहीं है। नहीं आया अब तक आपके पास; यही सोचता रहा कि जहाँ सुई से काम चल रहा है, वहाँ तलवार को क्यों कष्ट दूँ। मेरी शादी क्या थी, रफूगरी थी।''

''यह जान लो कि मैं सुई भी हूँ और तलवार भी।''

''वह तो अब मैं मान रहा हूँ, चाचा,'' बैजनाथ जोर देकर बोला, ''पूरी दुनिया देख रही है, मान रही है।''

''मुझे तुमसे हमदर्दी है, बैजनाथ! तुम्हारी माँ ने कभी अपराध किया था, उसके बावजूद हमदर्दी है,'' जगत चौधरी बोले, ''मगर तुम्हारे मामले में मैं अब न सुई रहा, न तलवार। तुम्हारा मामला टेढ़ा है। मैं तो कुँआरों की शादी कराता आया हूँ, दुहेजू-तिहेजू का विशेषज्ञ नहीं हूँ। तुम ख़ुद बताओ कि जो आदमी ढोढ़िया का मन्तर जानता है, उससे कहोगे गेहुअन-करैत का विष झाड़ने? उतरेगा कभी विष?''

''आपने अपना हाथ मेरे सिर पर रख दिया, चाचा, तो मैं गेहुअन-करैत से ढोढ़िया हो जाऊँगा।''

''मैंने अपना हाथ तो तुम्हारे सिर पर रख दिया, ''बैजनाथ,'' जगत चाचा ने कहा, ''मगर अब तुम्हें मेरी राय पर चलना होगा।''

''आप बोलकर देखिए; मैं कुएँ में भी कूद सकता हूँ।''

''जब वैसी जरूरत देखूँगा, तब कहूँगा वैसा,'' जगत चौधरी ने कहा, ''अभी तो मैं यह देख रहा हूँ कि तुम्हारे सारे दुखों की जड़ में यह जयनाथ पंडित ही है। तुम्हारी तीनों शादियाँ उसने ही तो करायी थीं?''

''हाँ।''

''अब तुम उसे बदल डालो।''

''क्यों, चाचा, वे तो बहुत विद्वान पंडित हैं?''

"हो विद्वान, मगर उसके हाथ में यश नहीं है। मैंने उसका पूरा इतिहास उलटकर देख लिया है। उसने जितनी शादियाँ करायीं, सबमें कोई-न-कोई खोट निकल आया लालकृष्ण की बेटी ससुराल में जल मरी। बेचन साह की बेटी ने ससुराल जाते ही घर में अलगौझा करा दिया; उसके बूढ़े सास-ससुर अब अपना खाना अलग पकाते हैं। यहाँ जवारी भगत के घर का हाल देख ही रहे हो। ऐसी बहू आयी कि आते ही घर में कलह स्थापित कर दिया और साल भर के अन्दर बुढ़िया सास के सिर का आधा झोंटा नोंच लिया। ढेर किस्से हैं। सुखी जीवन किसी को नहीं दे पाया यह पंडित। विद्वान हो, मगर मन्त्र तो उलटा-सीधा पढ़ता आया है। तुम्हारी तीनों बीवियों की जान, जान लो, इसी ने ली है। तुम इस पंडित से पिंड छुड़ाओ और किसी और पुरोहित को बहाल करो।"

"जयनाथ पंडित के बाद तो रामभद्र झा ही बचते हैं न?"

"मैं उसे बहाल करने की सलाह भी नहीं दूँगा। जब सारा गाँव तुम्हारा दुश्मन बना हुआ है, तो उसके मन में भी कुछ खोट आ गया होगा। तुम उसके बेटे पलटू झा को साधो।"

"पलटू झा को?"

"हाँ।"

"वह तो, सुनने में अया है, शंकरपुर से भागकर आया है।"

"किसने सुनाया है? जयनाथ पंडित ने? यह अफवाह उसी ने उड़ायी होगी," जगत चौधरी ने कहा, "भागकर नहीं आया है वह; उसे भगाया गया है।"

"देवी के गहने तो उसने चुराये हैं?"

"शंकरपुर के लोग तो उसे ही चोर समझ रहे हैं?"

"चोर समझते तो क्या चोर को बिना लप्पड़-थप्पड़ के विदा कर देते? पलटू झा बिना किसी नोंच-खरोंच के वहाँ से आया है। लोगों को तो बाद में उसे चोर मानने पर मजबूर किया गया है।"

"मजबूर किया गया है?"

"हाँ, सच्चा किस्सा मैंने जान लिया है," जगत चौधरी ने अन्दर की बात बतायी, "आधी रात में गहनों की चोरी हुई और चोर के जाते ही उस आधी रात में ही मन्दिर के कर्ता-धर्ता ने पलटू को सुना दिया, 'गहने किसी चोर ने नहीं, आपने चुराये हैं।' पलटू ने इसका प्रतिवाद किया, तब भी कर्ता-धर्ता ने कहा, 'अपने गहनों की चोरी का देवी तो दंड देगी ही, मगर मैं भी यह दंड दूँगा आपको कि अब इस मन्दिर का पुजारी बनकर आपको नहीं रहने दूँगा।' पलटू ने सुना किया, 'मैं आपको ऐसा नहीं करने दूँगा। मैं शंकरपुर वालों के समक्ष अपना बयान दूँगा।' कर्ता-धर्ता ने जवाब दिया, 'अगर आप ऐसा करेंगे, तो सुबह होते ही मैं पुलिस को खबर कर दूँगा। पुलिस की मार पड़ते ही आप चोरी कबूल कर लेंगे।' पलटू कुछ घबराया और बोला, 'पुलिस तो मार-मारकर झूठा भी कबूल करवा देगी।' कर्ता-धर्ता ने जवाब दिया, 'अब जो हो।' पलटू हारकर बोला, 'अगर आपके मन में ऐसी बात है, तब तो मैं शंकरपुर वालों को अपना बयान दिये बगैर ही कल चला जाऊँगा।' कर्ता-धर्ता ने कहा, 'कल नहीं, पौ फटने से पहले आपको यहाँ से भागना है ताकि यहाँ के लोग समझ लें कि आप ही गहने चुराकर चम्पत हुए हैं। इतना और

करूँगा मैं आपके लिए कि किसी को भी आपके असली नाम-धाम का पता नहीं बताऊँगा।' पलटू झा के पास पौ फटने से पहले भाग जाने के सिवा और कोई चारा नहीं था।''

''मगर वह बहुत बदनाम हो गया है, चाचा।''

''मैं तो कहता हूँ कि वह तुम्हारे भाग्य से बदनाम हुआ है। सच क्या है, झूठ क्या है, कौन कह सकता है? चोरों ने चुराये होंगे देवी के गहने और बदनाम हो गया पुजारी! इतने सालों से तो रह रहा था पलटू झा शंकरपुर के दुर्गाथान में; मन में खोट रहा होता, तो अब तक पकड़कर रहा होता उस दुर्गाथान को? जिस देवी को पूजता रहा, उसी के गहने चुरा लाता? झूठे शक पर शंकरपुरवालों ने हटाया है उसे पुजारी के पद से। क्या बिगड़ेगा उसका? विद्या है उसके पास, भूखा नहीं मरेगा। और, तुम्हारे लिए तो बस वरदान बनकर आया है वह यहाँ।''

''उससे तो गाँव में अभी कोई मामूली पूजा-पाठ भी नहीं कराता है। उसके नाम से ही बिदकते हैं लोग।''

''इसी का तो लाभ मिलेगा तुम्हें। गाँव तुम्हारा दुश्मन, गाँव उसका भी दुश्मन। यहीं तो तुम दोनों की राशि बैठ गयी। पलटू तुम्हारे लिए तन-मन से काम करेगा। इसके साथ ही एक और बात भी है, फायदे की बात।''

''वह क्या?''

''तुम्हारा मामला तिहेजू का है। तुम्हें इलाके का गाँव-गाँव छान लेना पड़ेगा। इसमें मैं तुम्हारा साथ नहीं दे सकूँगा। तुम्हारा साथ देगा पलटू झा। उसके साथ होने से तुम्हें कहीं भी कोई कठिनाई नहीं होगी। हर गाँव में कोई एक मन्दिर मिल ही जाएगा। शंकरपुर के दुर्गाथान में इतने दिन रहा है पलटू, तो लगभग हर मन्दिर का पुजारी उसका परिचित भी निकल आएगा। मुझे तुम हमेशा अपने साथ समझना। मुझे तुम्हारे हित में जो भी जानकारी मिलेगी, उससे मैं तुम्हें अवगत कराता रहूँगा। हाँ, जब कहीं बात बनने की उम्मीद बँध जाये, तो तुरन्त मुझे खबर करना; मैं झट पुचारा देने पहुँच जाऊँगा।''

''पलटू झा मेरे साथ जाने को तैयर हो जाएगा?'' बैजनाथ ने शंका जतायी, ''अभी उसे कैसे पटाऊँ?''

''उसकी ओर से तुम निश्चिन्त रहो; उसे मैं तैयार कर लूँगा।''

''आप आज ही उससे बतिया लें, तो कल मैं मिलूँ उससे।''

''ठीक है, मैं आज ही बतिया लूँगा।''

''मैं याद दिलाने आज फिर एक बार किसी समय आऊँ क्या?''

''नहीं-नहीं, मैं नहीं भूलूँगा; अभी निकलता हूँ पलटू के घर की ओर।''

(4)

गाँव में पुरोहित बदलना गया में पंडा बदलने के बराबर होता है। बात मुँहचटौवल पर नहीं रुक जाती, सिरफुटौवल तक चली जाती है। यह सब जानते हुए भी जगत चौधरी ने बैजनाथ को राय दे दी पुरोहित बदलने की और बैजनाथ भी तैयार हो गया जगत चाचा की राय मान लेने को। यहाँ

तो जगत चौधरी या बैजनाथ मंडल को मुँहचटौवल तक का खतरा नहीं था, मगर रामभद्र झा को तो सिरफुटौवल तक के लिए तैयार रहता था।

पड़ोस के मदनपुर गाँव पर रामभद्र झा का पुश्तैनी कब्जा रहा है। एक दिन वहाँ के बेनीमाधव बाबू का आदमी दो बार उनके घर आकर लौट गया था। घर पर वे नहीं मिले और न कोई पक्की जानकारी मिली कि वे कब तक घर लौटेंगे। आदमी तीसरी बार जयनाथ पंडित के घर पहुँचा और उनसे अगले दिन एकादशी की पूजा कराने के लिए समय पर मदनपुर आ जाने के लिए कह गया।

रामभद्र झा को सही समय पर जयनाथ पंडित की करतूत की जानकारी मिल गयी और सही समय पर उस पर गुस्सा आ गया था। पूजा कराके लौट रहे जयनाथ पंडित को उनहोंने मदनपुर और फुलकाहा के बीच में ही घेर लिया और उन दोनों के बीच गुत्थमगुत्था हो गया था। बेनीमाधव बाबू के घर से मिला सीधा और गमछा खसोटकर वे विजयी भाव से फुलकाहा आये थे। गाँव की अदालत में जयनाथ मिश्र के समर्थन में अपना मत देनेवालों को उन्होंने करारा जवाब दिया था, ''मैं फुलकाहा लौट आने के बाद भी एकादशी की पूजा करा सकता था। एकादशी को अगले दिन के सूर्योदय के बाद भी दो घड़ी तक खींचकर नहीं लाया जा सकता था क्या? जयनाथ मिश्र दुर्गाथान में किरिया खाकर कहेंगे कि उन्होंने कभी किसी मामले में दो घड़ी इधर-उधर नहीं किया है? बोलिए, जवाब दीजिए।''

यह बहुत हाल की घटना थी। किस मुँह से तैयार हो जाते रामभद्र झा पलटू को बैजनाथ मंडल का पुरोहित बना देने पर?

जयनाथ मिश्र ने ही मुँह चुरा लिया। अपना घरबार छोड़कर एक तिहेजू रँड़ुआ के ब्याह के पीछे बिना सीधा-गमछा के अनन्त समय तक अनन्त इलाके की धूल फाँकते रहने से उन्होंने साफ इन्कार कर दिया।

रामभद्र झा ने इसे अपनी पूजा-प्रार्थना का फल ही माना कि जिसे शंकरपुरवालों ने दुर्गाथान से उठाकर फेंक दिया था, उसे बाबू जगत चौधरी ने फुलकाहा में रोक लिया और उसके लिए एक अस्थायी जगह तलाश दी, मगर उन्हें कतई विश्वास नहीं था कि उनकी पूजाप्रार्थना के बावजूद बेटा पलटू भविष्य में किसी ठौर स्थायी रूप से अपने पाँव जमाने मे कामयाब हो जाएगा। एक धानुक के साथ विदा करने के पूर्व उन्होंने बेटे को पास बैठाकर समझाया, ''मैं बैजनाथ मंडल के साथ तुम्हें जाने की अनुमति इसलिए नहीं दे रहा हूँ कि उसका ब्याह करा देने से ही तुम मालामाल हो जाओगे। गाँव में तुम्हारी कुचर्चा हो रही है और इस गाँव में तुम्हारा गुजर होनेवाला नहीं है। एक तिहेजू का ब्याह तुमने करा ही दिया, तो उससे क्या होनेवाला है। सिर्फ तिहेजू तुम्हें अपना पुरोहित बनाएँगे अपना ब्याह करा देने के लिए। कोई दूसरा तिहेजू है भी पूरे फुलकाहा में ब्याह करने के लिए? पाँच साल में पाँच तिहेजू भी मिलेंगे तुम्हें? तिहेजुओं के ब्याह कराते रहने से चलेगा तुम्हारा पेट?''

इतना बोलकर रुके रामभद्र झा और फिर बोले, ''नहीं चलेगा; मगर जिस मामले को तुम हाथ लगा रहे हो, वह कुछ कठिन तो है, पर इसने तुम्हारा रास्ता खोल दिया है। घर से यह सोचकर नहीं निकलना है तुम्हें कि तुम किसी तिहेजू धानुक का ब्याह कराने निकले हो; तुम्हें यह

सोचकर घर छोड़ना है कि तुम अपनी सोई किस्मत को ढूँढ़ने और जगाने निकले हो। अब दूसरे के पैसे पर दूर-दूर के इलाके में विचरण करो और देखो कि कहाँ तुम्हारी किस्मत सोई पड़ी है। अपनी सोई हुई किस्मत को जगाओ; और कब तक सुलाये रखोगे उसे! घर से बाहर हमेशा यह ध्यान में रखना कि घर में तुम्हारे बीवी-बच्चे भूख से बिलख रहे हैं। मेरी बात कान में जा रही है?''

''हाँ, पिताजी,'' पलटू ने अपना झुका सिर उठाया और फिर सिर झुकाने के पहले जवाब दिया, ''जा रही है।''

''मैं यह जान रहा हूँ'' रामभद्र झा आगे बढ़े, ''कि तुमने बहुत तरह की विद्याएँ हासिल कर ली हैं, मगर धन हासिल नहीं कर पा रहे हो क्योंकि तुम्हारी किस्मत सोई पड़ी है, गहरी नींद सो रही है। तुम इतने दिन शंकरपुर में रहकर भी घर खाली हाथ आये, आकर मेरे हाथ में एक पैसा नहीं दिया। यह जान लो कि आज के जमाने में वही विद्या विद्या है जो धन पैदा कर सकती है, घर भर सकती है। ध्यान दे रहे हो मेरी बात पर?''

''हाँ, दे रहा हूँ।''

''खूब ध्यान देकर सुनो। एक जमाने से मिथिला के पंडित धन कमाने के लिए परदेस जाते रहे हैं। परदेस में उन्हें राजाओं और जमींदारों से उनकी विद्वत्ता के लिए धन मिला है। कुछ अपनी कई पीढ़ियों को बैठाकर खिलाने लायक धन लेकर लौट आये, कुछ उतना धन पाकर वहीं परिवार को ले जाकर बस गये। पूर्णिमा के ही जगैली गाँव के रघुदेव मिश्र बादशाह शाहजहाँ के पास गये थे और कई गाँवों की जागीर लेकर आये थे। रघुनन्दन राय को तो बादशाह अकबर ने पूरा मिथिला राज्य ही दे दिया था जिसे रघुनन्दन राय ने अपने गुरु महेश ठाकुर को दे दिया। अब इस जमाने में वैसा दान देनेवाले राजे-महाराजे तो नहीं रहे, मगर ऐसे जमींदार जरूर मिल जाएँगे जो इतना धन दे सकते हैं तुम्हें कि तुम्हारे पोते-परपोते तक बैठकर खा सकें।

''एक सिरफिरे सचल मिश्र का किस्सा भी सुन लो। उसका कहना था कि परदेस की वह जमीन-जायदाद बेकार है जिसे पाकर अपने डाही प्रतिद्वन्द्वियों को ईर्ष्या की आग में जलाया न जा सके। तुम ऐसा सोचकर दान में मिली जमीन-जायदाद छोड़कर मत चले आना। अगर हमें जयनाथ पंडित को जलाना ही होगा, तो हम उसे किसी बहाने यहाँ से ले जाकर अपनी जमीन-जायदाद दिखा देंगे। ठीक बोल रहा हूँ न मैं?''

''हाँ, पिताजी।''

''तुम इस तरह शंकरपुर से आये हो जैसे कि तुम वहाँ अयाची मिश्र बनकर रह रहे थे जिसने कभी किसी से याचना ही नहीं की। सुन लो कि इसी अयाची मिश्र का बेटा शंकर मिश्र मिथिला राजा के पास याचना करने गया था और उसके पोते तो कितने ही शासकों के पास माँगने गये थे। याद रखना, तुम ब्राह्मण हो और याचना तुम्हारा जन्मसिद्ध अधिकार है। छोटे-छोटे दान तक ठुकराने की बजाय तुम छोटे-छोटे दान तक के लिए याचना कर बैठना।

''तुम जिस इलाके में भी घुसना, सबसे पहले यही पता लगाना कि वहाँ कोई जमींदार है या नहीं, कोई दाता है या नहीं। तुम उन्हें अपनी विद्या दिखाकर मोहित करना और अगर वे मुँह नहीं खोलें, तो तुम ही अपना मुँह खोलना, चोंच बन्द कर नहीं रहना।

"यह ध्यान में रहे कि दाता तुम्हारा मुँह देखकर दान नहीं दे देंगे; तुम्हें अपनी विद्या का प्रदर्शन करना पड़ेगा। मिथिला के पंडित तरह-तरह से अपनी विद्या का प्रदर्शन करते थे। राजाओं के यहाँ वे यज्ञ-महायज्ञ कराते थे और प्रचुर धन पाते थे। देवनाथ ठाकुर और धीरेन्द्र उपाध्याय ने तो तन्त्र-मन्त्र विद्या की जानकारी के बल पर अपने घर में धन बरसा लिया था। भविष्य बताकर भी तुम धन कमा सकते हो। यह जान लो कि भविष्यवक्ता की सफलता उसकी इस विद्या की जानकारी पर नहीं, उसके अपने भाग्य पर निर्भर करती है। जब बोलो कुछ अच्छा बोलो, बस।

"राजा-महाराजा प्रशंसा के भूखे होते हैं, मगर तुम्हारा प्रशंसा स्तोत्र, स्तुति गीत हो तो ऐसा कि उनके मर्म को छू ले। महेश ठाकुर ने तो सिर्फ एक श्लोक सुनाकर मिथिला राज्य पा लिया था; इतना भर कहा था, 'शिव ग्यारह थे, गौरी एक; सभी शिव आपस में झगड़ते थे। ओ राजा! आपने तो दशों दिशाओं को गौरी कर दिया अपनी ख्याति से।' एक किस्सा उस कवि का सुन लो जिसने तुगलक बादशाह से कहा था, 'अल्लाह के करम से आपके पास सब कुछ है, मगर दो चीजें नहीं हैं; एक तो आपमें कोई खोट नहीं है और दूसरा आपका कोई जोड़ नहीं है।' इतने पर ही बादशाह ने उसे छह सौ दीनार दे दिये थे। तुम भी कुछ ऐसा ही गीत गाने की कोशिश करना। तुरन्त नहीं सूझेगा ऐसा कोई गीत, इसलिए अभी से ही ऐसे गीतों की रचना पर बुद्धि लगाओ। सुन रहे हो न?"

"सुन रहा हूँ।"

"बहुत-से पंडित छोटा दान लेकर लौट नहीं आये, बड़े दान की आशा में वहीं टिक गये। वे पंडित राजमहल में अच्छे वेतन पर अध्यापक के पद पर नियुक्त हो गये और एक लम्बी उम्र काटकर जब घर आये, तो सात-सात जन्मों की कमाई लेकर आये। तुम भी कुछ ऐसा ही जुगाड़ बैठाना। वहाँ राजमहल में तुम सुख से रहोगे और यहाँ तुम्हारे बीवी-बच्चे राजमहल का सुख भोगेंगे।"

इतना सुनाकर रामभद्र झा कुछ देर चुप रहे और फिर कहा, "अब एक आखिरी बात और सबसे जरूरी बात सुन लो। अगर कहीं कोई राजा या जमींदार नहीं मिले, तो उल्टे पाँव लौट नहीं आना। तिहेजू धानुक की पालकी भले खाली लौट जाये, तुम्हें खाली हाथ नहीं लौटना है। इलाके में घूम-घूमकर यह देखना कि कहीं कोई ऐसा मन्दिर है या नहीं जहाँ पुजारी का पद खाली है या खाली होनेवाला है। अगर कहीं अभी मन्दिर बन ही रहा हो, तो वहाँ टिककर प्रयास करना कि उस मन्दिर का पुजारी बन जाओ। हर घड़ी ध्यान में रखना कि कोई ठौर मिले, खयाल रहे कि अपना ठिकाना लगाना है। अपनी बुद्धि से काम लेना। अगर कुछ भी गलत हो गया है तुमसे, तो माँ दुर्गा से क्षमा माँगते रहना, खास तौर से शंकरपुर की दुर्गा माँ से।"

बेटे को उसके भविष्य की जो राह रामभद्र झा ने दिखा दी, उस राह पर दनदनाते हुए दौड़ने की गरमी बैजनाथ मंडल ने पैदा कर दी पलटू झा में। उसने बड़े जोशीले स्वर में पलटू झा से कहा, "मैंने अपनी थैली का मुँह खोल देने का निर्णय ले लिया है, पलटू झा; आप कमर कसकर तैयार हो जाइए। शंकरपुर वालों की ऐसी तैसी! आज से आप गुरु, मैं चेला। हो जाये मेरा विवाह, फिर मैं यहीं एक मन्दिर खड़ा कर दूँगा आपके लिए। आप इस मन्दिर में स्थायी पुजारी बन रहेंगे।

मन्दिर बन जाने के बाद आप जानिये कि उस मन्दिर के देवता को माहात्म्य प्राप्त कर लेने में आप किस तरह कितनी मदद कर सकते हैं।''

पलटू झा ने महसूस किया कि उसके अन्धकारमय भविष्य में अभी से ही उजास भरने लगा है। उसने अपनी कमर कस ली। कमर कसते ही उसने बैजनाथ मंडल से कहा, ''मैं अब मुहूर्त्त निकाल ही लेता हूँ, ताकि अत्यन्त शुभ काल में हम यहाँ से पयान करें। आप तैयार रहिये, बैजनाथ बाबू; मैं कभी भी बिगुल बजा सकता हूँ।''

''मैं बिल्कुल तैयार बैठा हूँ, गुरुजी,'' बैजनाथ ने पहली बार पलटू झा को गुरुजी कहा, ''सिर्फ एक काम बाकी बचा हुआ है; गाँव छोड़ने के पहले उसे कर लेना है।''

''कैसा काम?''

''बिल्ली से ब्याह।''

''बिल्ली से ब्याह!'' पलटू झा ने अचरज प्रकट करते हुए कहा, ''मैंने कभी दुहेजू-तिहेजू का ब्याह नहीं करवाया है। ब्याह किसी दिन किसी एक बिल्ली से हो गया कई-कई दिनों तक कई-कई बिल्लियों से?''

''नहीं,'' बैजनाथ बोला, ''किसी एक दिन किसी एक बिल्ली से।

''तो आप जल्दी से निबटा लें इस काम को; सम्भव हो तो आज ही।''

''यह काम तो आपको ही करना होगा।''

''मुझे?'' पलटू झा की कसी कमर कुछ ढीली हो गयी, ''मैं करूँ बिल्ली से ब्याह?''

''नहीं, बिल्ली से ब्याह मैं करूँगा; ब्याह दुहेजू-तिहेजू को ही करना होता है,'' बैजनाथ ने जवाब दिया, ''मगर बिल्ली पकड़कर आपको लाना होगा।''

पलटू झा कुछ सोच में पड़ गया और फिर गम्भीर होकर बोला, ''मैं नहीं जानता कि इस ब्याह की चर्चा से बिल्ली-समाज में कोई उथल-पुथल होती है या नहीं। ऐसा तो नहीं होता होगा कि यह सुनगुन होते ही, कि कोई आदमी उनमें से किसी एक से ब्याह करनेवाला है, सारी बिल्लियाँ गाँव छोड़कर जंगलों की ओर भाग जाती होंगी या झाड़ियों में छिप जाती होंगी?''

''दुर, ऐसा कहीं होता है!'' बैजनाथ गुरुजी के अज्ञान पर हँसा, ''बिल्लियाँ गाँव छोड़कर कहीं नहीं जातीं और कोई ऐसा घर नहीं होता जहाँ कोई-न-कोई बिल्ली एक बार हाजिरी देने नहीं आ जाती। आपके घर जो बिल्ली आती है, उसे ही पकड़ ले आइए।''

''मैं नहीं जानता,'' पलटू झा बोले, ''कि आपके दिमाग में बिल्ली से ब्याह का खयाल कब आया, मगर अब मुझे याद आ रहा है कि कम-से-कम दस दिनों से किसी बिल्ली पर मेरी निगाह नहीं पड़ी है, न अपने घर में और न कहीं घर के बाहर।''

''ऐसा नहीं हो सकता,'' बैजनाथ ने जवाब दिया, ''बिल्लियाँ माँस-मछली की गन्ध कुछ देर से पाती हैं,तो देर से पहुँचती हैं किसी घर में, मगर दूध बेचनेवाले ग्वालों के तो वे पीछे-पीछे चलती हैं। दूध देकर ग्वाला गया नहीं कि बिल्ली उस घर में हाजिर हो जाती है, किसी ओट में छिपकर बैठ जाती है। यह हो सकता है कि इधर ढेर दिनों से आपके घर में दूध नहीं आया हो या माँस-मछली नहीं पका हो, और बिल्लियों ने आपके घर आना छोड़ दिया हो, मगर ऐसा नहीं हुआ है कि सारी बिल्लियाँ फुलकाहा से चली गयी हैं, क्योंकि गाँव में अभी भी ग्वाले दूध-दही

लेकर आ रहे हैं और मांस-मछली पकाया-खाया जा रहा है। मुझे लगता है कि बाहर की बिल्लियों पर आपका ध्यान ही नहीं गया होगा। जब से मेरे दिमाग में बिल्ली से ब्याह का खयाल आया है, तब से ही मैं बिल्लियों पर विशेष ध्यान देने लगा हूँ। जहाँ पहले कभी दिन-रात मिलाकर मुश्किल से दो या तीन बिल्लियाँ देखता रहा होऊँगा, वहीं अब हर दिन कम-से-कम सात-आठ बिल्लियों को देख लेता हूँ।''

''आप अपने घर आनेवाली बिल्ली को ही क्यों न पकड़ लें!'' पलटू झा ने प्रश्न नहीं पूछा, राय दी।

''जहाँ पहले मैं यह सोचकर खुश हो सकता था कि कोई बिल्ली मेरे घर नहीं परक गयी है,वहीं अब मुझे इस बात का भारी दुख हो रहा है कि अब कोई बिल्ली इस घर में नहीं फटकती। मुझे यह दुख मेरे नौकर रीतलाल ने दे दिया है। उसने मेरे घर आनेवाली बिल्लियों को इस तरह खदेड़-खदेड़कर ढेले मारना शुरू किया कि अब शायद बिल्लियाँ मेरे घर के आस-पास के घरों में भी नहीं आ रही हैं। आपके घर में न आ रही हो कोई बिल्ली, मगर आस-पास के घरों में तो बिल्लियाँ आ ही रही होंगी। बस, एक बिल्ली तो पकड़नी है।''

''मुझे बिल्ली पकड़ने का अभ्यास नहीं है, बैजनाथ बाबू,'' पलटू झा ने बड़े उदास स्वर में कहा, ''मैंने अपने बचपन में भी कभी कोई बिल्ली नहीं पकड़ी थी। बिल्ली पकड़कर आपको ही लाना होगा; मैं ब्याह के मन्त्र पढ़ दूँगा।''

''आप समझिए तो कि मैं क्यों इन्कार कर रहा हूँ,'' बैजनाथ ने अपनी बात कही, ''लोग मुझे बिल्ली पकड़ते देखेंगे; उसे पकड़कर घर लाते देखेंगे; अगर बिल्ली को गोद में ढँककर लाऊँ, तो उसकी 'म्याऊँ-म्याऊँ' सुनेंगे; तब क्या लोगों से यह बात छिपी रहेगी कि मैं बिल्ली के साथ क्या करने जा रहा हूँ? मैं अभी ही दुश्मनों को बता दूँ कि मैं शादी करने चला, तुम बिगाड़ने की चाल चलो? यह काम मैं अपने नौकर से भी नहीं करवा सकता; बात खुल जाएगी। आपने कभी बिल्ली नहीं पकड़ी, इसीलिए आपको यह काम बाघ पकड़ने के बराबर लग रहा है। आप किसी से भी पूछ लीजिए; जवाब मिलेगा, बिल्ली पकड़ना आसान है। मैं इस काम को और भी आसान बना देता हूँ। एक कटोरा दूध भिजवा देता हूँ आपके घर। आप दूध भरा कटोरा दिखाकर किसी बिल्ली को पुचकार लीजिए; वह आ जाएगी। आप दूध पिलाइए और फिर बिल्ली को काँख में दबाये चले जाइए अपने घर। मैं वहीं आकर बिल्ली से अपना ब्याह रचा लूँगा। आपका घर मेरे घर से अधिक सुरक्षित है। मेरे घर पर तो कदमलाल के घर की सोलहों आँखें लगी रहती हैं। यह काम आपको करना होगा। आप यह भी तो सोचिए कि मैं आपके लिए क्या-क्या सोच रहा हूँ। कोई फुसफुसा मन्दिर तो नहीं बनवाऊँगा कि देवता का माहात्म्य बढ़ाने में आपको जनम गुजर जाये।''

''ठीक है, पकड़ूँगा बिल्ली।'' पलटू झा ने स्वीकृति दे दी।

बिल्ली से ब्याह सम्पन्न हो जाने के बाद पलटू झा ने बैजनाथ से पूछा था, ''मैं आपकी दुलहन की तलाश में निकला हूँ; मुझे इस बात की पूरी जानकारी होनी चाहिए कि आपके दिमाग में दुलहन का कैसा नक्शा है?''

बैजनाथ ने शुभ यात्रा की तैयारी की बात पक्की होते ही अपनी पूरी तैयारियाँ कर ली थीं,

यहाँ तक कि लड़की की माँग भरने के लिए एक छोटी पोटली में 'भुसना सिन्दूर' तक बाँध लिया था, ताकि अगर कहीं फटाफट ब्याह की नौबत आ जाये तो ऐन मौके पर वही हाल नहीं हो जो बचनलाल की बेटी की शादी में हुआ था कि फुलकाहा की किसी दुकान में भुसना सिन्दूर मिला ही नहीं और लड़के को ईंट की सुर्खी से लड़की की माँग भरनी पड़ी थी।

तीसरी बहू के मरने के बाद अगले ब्याह का ध्यान करते ही उसके दिमाग में बहू का नक्शा बनने लगा था। कुछ बातें तो बिल्कुल साफ थीं, कुछ और बातों को जानने के लिए उसने कुछ परिश्रम और कुछ अधिक पैसा भी खर्च किया। बहू कैसी हो, इसमें विशेषज्ञता हासिल करने के लिए वह सहसौल और राधोपुर बाजार जाकर कुछ किताबें ले आया था और उनका लगातार अध्यन करता रहा था।

पलटू झा के प्रश्न का उत्तर तैयार था बैजनाथ के पास। उसने अपने को गुरुजी के सामने खोलते हुए कहा, "मेरी पहली पत्नी को उसके बाँझपन ने मारा था; यह खयाल रखना है कि औरत बाँझ नहीं हो।"

"क्या इसे आप सबसे महत्त्वपूर्ण मानते हैं कि औरत बाँझ नहीं हो?"

"हाँ, गुरुजी।"

"तब तो आपके लिए ऐसी औरत चाहिए जिसे कम-से-कम एक बच्चा हो चुका हो?"

"नहीं-नहीं," बैजनाथ ने झट जवाब दिया, "मुझे बच्चेवाली औरत नहीं चाहिए।"

"तब तो आपको उस औरत से ही सन्तोष करना होगा जो आपके घर आते ही सन्तान के लिए व्रत-उपवास शुरू कर दे, बराबर हरिवंश पुराण सुने, और गंगास्नान कर सूर्य भगवान की आराधना करे।"

"कर लूँगा सन्तोष, मगर साल-दो-साल के अन्दर उसे बच्चा नहीं हो गया, तो मैं एक और शादी करूँगा। उसके बाद एक और। उसके बाद एक और। मैं कदमलाल को पछाड़कर दम लूँगा। हर बार आपको मेरे साथ टोह-यात्रा पर निकलना होगा।"

"इतनी शादियों की नौबत नहीं आएगी। पहली ही बच्चा दे देगी। आप यह बताइए कि लड़की क्या-क्या नहीं हो?"

"मेरी दूसरी पत्नी रोग से मरी थी। मैं अब किसी रोगी औरत को नहीं ला सकता।"

"इसके लिए पता लगा लेना होगा। वह मैं कर लूँगा। और क्या नहीं हो आपकी घरवाली?"

"मेरी तीसरी औरत को साँप ने डस लिया था। मैंने सोच लिया है कि अब जो भी आएगी वह विषाहरीक पूजा करेगी और नागपंचमी के दिन साँप को दूध पिलाएगी।"

"आपकी बात पूरी हो गयी: कोई चौथी नहीं मरी है," पलटू ने कहा, "अब मैं पूछ लूँ।"

"अभी मेरी बात पूरी नहीं हुई है," बैजनाथ ने कहा, "पूरा नक्शा आपने देखा कहाँ! मगर पहले आप ही पूछ लीजिए।"

"लड़की कुँआरी हो?"

"हाँ, वह तो हो।"

"बाल-विधवा भी तो कुँआरी के बराबर ही हुई?"

"मान लिया।"

''लड़की आपकी जात की ही हो?''

''हो तो अच्छा, न हो तो परजात की भी चलेगी। बस, यहाँ किसी को पता न चले कि किसी और जात की लड़की उठा लाया हूँ।''

''अगर कुँआरी न मिले, तो बिना बच्चेवाली दुहेजू-तिहेजू चल सकती है?''

''जब घर से बटुआ भरकर और कमर कसकर निकलेंगे, गुरुजी, तो खाली हाथ लौटकर नहीं आएँगे। कैसी भी हो, मगर कम-से-कम नाम की तो औरत जरूर हो।''

''हाँ-हाँ, यहाँ तो हम टस से मस नहीं होंगे,'' पलटू झा बोल गया और फिर कहा, ''अब आप अपनी बात पूरी कर लीजिए।''

बैजनाथ ने बहू का पूरा नक्शा खींचना शुरू किया, ''जब दिया जलाकर ढूँढ़ने निकला हूँ और थैली का मुँह खोलकर निकला हूँ, तब यह तो देखूँगा ही कि लड़की रूपवती हो, गुणवती हो; हाँ, इस जिद या जोर से परहेज करूँगा कि लड़की रूप की खान हो, गुण का खजाना हो।''

''सही सोचा है, बैजनाथ बाबू,'' पलटू झा ने जवाब दिया, ''गुण-अवगुण का असली रंग तो शादी के बाद ही दिखता है, हम चाहकर भी खजाना पा लेने का दम नहीं भर सकते; हाँ, रूप हम देख सकते हैं। मगर रूप की खान खोजने के पहले अपने रूप का भी खयाल तो रखना ही चाहिए। अब यह बताइए कि किस तरह की लड़की को आप कुछ-कुछ रूपवती और कुछ-कुछ गुणवती मान लेंगे?''

बैजनाथ ने सुनाया, ''लड़की ललाई लिये भूरे रंग के बालवाली नहीं हो। पीली आँखोंवाली नहीं हो। लड़की न तो अधिक-अतिरिक्त अंगोंवाली हो, जैसे छंगुरी, और न टूटे-फूटे अंगोंवाली हो, जैसे कानी-कुतरी। कन्या के अधर या चिबुक पर बाल न हो, घुटने या पाँवों पर भी नहीं। उसका स्वर कौए की भाँति कर्कश नहीं हो। हँसने पर गालों में गड्ढे नहीं पड़े। कद न छोटा हो न बड़ा। कन्या भ्रातृहीन नहीं हो। और उसका नाम किसी वृक्ष, नदी, पर्वत,पक्षी या सर्प का नाम नहीं हो उसके नाम के अन्त में 'र' या 'ल' नहीं हो।''

''र या ल नहीं हो?''

''हाँ, लड़की के इस अवगुण के बारे में मैंने एक किताब में पढ़ा है।''

''ठीक है, र या ल नहीं हो?''

''बस इतना ही कि लड़की ऐसी नहीं हो।''

''कैसी नहीं हो, यह तो जान लिया,'' पलटू झा बोले, ''अब सुनाइए कि लड़की कैसी हो?''

''हाँ, वह भी सुना देता हूँ। मन की बात आपके आगे तो खोलूँगा ही,'' बोलकर बैजनाथ ने आगे सुनाया, ''वह बिल्कुल निर्दोष अंगोंवाली हो। चलती हो हंसा हाथी की तरह। कोमल शरीर हो उसका। छोटे-छोटे दाँत हों उसके। बस, इतने से भी काम चल जाएगा।''

''अगर हाथ से निकल जानेवाली आखिरी कुछ-कुछ पसन्द आ गयी लड़की में,'' पलटू झा ने कुछ गम्भीर होकर पूछा, ''जो होना चाहिए वह नहीं हो और जो नहीं होना चाहिए वह हो, तब क्या करेंगे हम?''

''हाथ से नहीं निकलने देंगे हम,'' बैजनाथ ने चट जवाब दिया, ''यह हो और वह नहीं

हो, तब भी हम खाली हाथ नहीं लौटेंगे। मेरी आखिरी शर्त याद रहे कि वह नाम की औरत जरूर हो।''

उम्र की ढलान पर लुढ़कते जा रहे कनिक मंडल ने बेटा बैजनाथ मंडल को अच्छी तरह रटा देने के लिए कितनी ही बार यह कहावत सुनायी थी,

खेती धन पूरा धन आधा धन गहना।
कपड़ा धन कुछुओ ना रोंआ धन लहना।

मरने से पहले बाप ने बेटा का खाता सहसौल डाकघर में खुलवा दिया था और अपना सारा नकद उसमें जमा कर दिया था। बेटे को डाकघर की पासबुक सौंपकर उसने हिदायत देते हुए कहा था, ''इस खाता में पैसे जमा करना, इससे निकालना नहीं। इससे पैसे निकालना तब, जब तुम्हें जमीन खरीदनी हो या तब, जब तुम्हें कोई जानलेवा रोग या कष्ट हो गया हो। जानलेवा रोग और कष्ट की अच्छी तरह पहचान कर लेना।''

बेटे ने बाप की हिदायत का पूरा-पूरा पालन किया, पैसे जमा करता रहा और कभी निकाला नहीं। अपने आज्ञापालन की सूचना वह बराबर बाप को देता रहा।

पिता की कोई तसवीर घर में नहीं थी जिसके सामने खड़ा होकर पुत्र अपनी सुनाता। उसने मान लिया था कि उसके पूजा-घर में उसके पिता सदा-सर्वदा विद्यमान हैं और पिता से कुछ कहने वह पूजा-घर में ही प्रवेश करता था।

उस दिन भी उसने पूजा-घर में प्रवेश किया और दोनों हाथ जोड़कर पिता को सुनाने लगा, ''बाबू! आज पहली बार यह कहने आया हूँ कि मैं डाकघर से कुछ पैसे निकालने जा रहा हूँ। यह जानलेवा रोग और कष्ट ही है कि मैं अभी रँड़ुआ हूँ और मेरा विवाह नहीं हो रहा है। यह तो किसी जानलेवा रोग से भी बढ़कर है, बाबू, कि मैं निर्वंश मर जाऊँगा और डाकघर में जमा पैसे सहित पूरी जमीन-जायदाद किसी और को हाथ लग जाएगी। आप अपनी कमाई मुझे सौंपकर मर गये, बाबू, मगर मेरा विवाह नहीं हुआ और आपके पोते नहीं हुए, तो मैं किसे आपकी ओर अपनी कमाई सौंपकर जाऊँगा? मैं पैसे निकाल रहा हूँ और आप मुझे आशीर्वाद दीजिए कि कम पैसे में ही मेरा विवाह हो जाए और फिर डाकघर से पैसे निकालने की नौबत नहीं आये।''

उसे महसूस हुआ कि पिता प्रसन्न मन से उसे आशीर्वाद दे रहे हैं। आशीर्वाद पाते ही वह पूजा-घर से बाहर निकल आया।

यात्रा पर निकलने के पूर्व बैजनाथ ने रीतलाल को बुलाया और उसने कहा, ''मैं एक बार फिर यात्रा पर निकल रहा हूँ, इस बार कुछ अधिक लम्बी यात्रा पर। तुम्हें याद है कि उस बार यात्रा पर निकलने के पहले मैंने तुमसे क्या-क्या याद रखने को कहा था?''

''हाँ, याद है।'' रीतलाल ने जवाब दिया।

''बताओ।''

''अभी बताता हूँ,'' बोलते हुए रीतलाल घर के बाहर भागा।

बैजनाथ हैरत में पड़ गया कि यह क्या हुआ इस लौंडे को! यह भाग तो नहीं गया! लड़का

भारी भुलक्कड़ है। जरूरत पर जरूरी बातें भूल जाता है। इसके लिए इसे कई बार थप्पड़ भी लग चुका है। ऐसा तो नहीं कि इस बार कुछ अधिक डर गया हो और मार के डर से भाग गया हो! अगर बहुत विश्वासी और सच्चा सेवक नहीं होता यह लड़का, तब तो उसे कब का भगा दिया होता। उसके भाग जाने में ही भलाई होती। मगर लगता तो नहीं है कि भाग गया; बोलकर तो गया है कि अभी बताता हूँ। अभी यह सब सोच ही रहा था बैजनाथ कि रीतलाल वापस आ गया।

नौकर के आते ही मालिक ने पूछा, "कहाँ गये थे?"

"रतनी को बुलाने।"

"क्यों?"

"मैं अगर कुछ भूलूँगा, तो वह याद करा देगी।"

बैजनाथ ने कुछ कुपित निगाहों से उसकी ओर देखा। अब तक रतनी भी आ गयी थी। रीतलाल ने उत्साहित होकर कहा, "अब पूछिए, मालिक।"

"वज्रगृह?" मालिक ने पूछा।

"उसका ताला नहीं तोड़ूँगा।" रीतलाल बोला।

रतनी ने जोड़ा, "किसी भी हालत में नहीं।"

"दिन में क्या खाना है?" मालिक ने नौकर से पूछा।

"भात।"

"रात में?"

"रोटी।"

"दूध?"

रीतलाल ने जवाब देने में देर लगायी, तो रतनी ने सुना दिया, "आधा सेर खाना है, बाकी बेच लेना है।"

"मेरे जाने के बाद?"

"जाने के बाद?" नौकर लड़खड़ाया, "उसके बाद तो..."

"कोई कुछ माँगने आये, तो?"

नौकर ने झट कहा, "तो नहीं देना है।"

"कुछ देने आये, तो?"

"तो रख लेना है।"

"अगर मेरे बारे में कोई गाँव का आदमी पूछने आये, तो उससे क्या कहना है?"

"कहना है कि आप अपने एक सम्बन्धी के पास गये हुए हैं और कोई ठीक नहीं कि कब तक आएँगे।"

"अगर कोई लड़कीवाला आये, तो?"

"तो..." नौकर तो-तो करने लगा और रतनी की ओर देखा।

रतनी बोली, "तो उससे कहना है कि मालिक कभी भी आ सकते हैं।"

"उसके साथ करना क्या है?" इस बार मालिक ने रतनी से ही पूछा।

"उस लड़कीवाले को छल-बल-कौशल से तब तक रोककर रखना है," रतनी ने जवाब

दिया, ''जब तक आप आ नहीं जाते हैं।''

जवाब सही मिल गया, मगर बैजनाथ ने रीतलाल को कड़ी निगाहों से घूरा और कहा, ''मैं जो बोलकर जाता हूँ, उसे तुम रोज सुबह-शाम रटा करो। इस भुलक्कड़ी से काम नहीं चलेगा तुम्हारा। मेरा कहा याद नहीं रखोगे, तो मेरे यहाँ टिक नहीं पाओगे। तब क्या इसकी ससुराल जाओगे इसे बुलाने?''

रतनी झेंपकर भाग गयी।

मालिक ने नौकर से कहा, ''तुम भी जाओ।''

रीतलाल रुका रहा और बोला, ''एक सवाल आपने नहीं पूछा।''

''क्या?''

रीतलाल ने सवाल सुनाया, ''ध्यान से सब सुन लिया न, रीतलाल?''

मालिक हँस पड़ा और बोला, ''ध्यान से सुन तो लेते हो, मगर याद तो नहीं रखते।''

पहला फेरा

'झट मँगनी पट ब्याह' के अभियान पर निकलना निश्चित होते ही पलटू झा यह निश्चित करने के लिए दिमाग दौड़ाने लगा कि उसका पहला, दूसरा, तीसरा और चौथा पड़ाव कहाँ-कहाँ हो। इसके बाद के पड़ावों पर, उसने मन में सोचा, वह तब तक की जानकारी और प्राप्त अनुभवों के आधार पर निर्णय लेगा। उसने इन पड़ावों की सूची बनायी और इसके साथ ही अपने उन पुराने परिचितों और संगी-साथियों के नाम भी लिख डाले जो उन पड़ावों पर या उनके आस-पास रह रहे थे और जिन्हें उसने अपनी कार्य-सिद्धि के लिए लगभग तैनात मान लिया था।

पिता की स्वीकृति के लिए उसने अपनी सूची उनके समक्ष प्रस्तुत की।

सूची को हाथ लगाने के पहले पिता ने पूछा, "मैंने तुम्हें अपना भविष्य सुनहला बनाने के लिए जो कुछ बताया है, उसे स्मरण कर लिया था सूची बनाने के लिए पहले?"

"हाँ, पिताजी," पलटू ने जवाब दिया, "स्मरण कर लिया था।"

सूची देखकर पिता गुस्से में आ गये, "स्मरण किया होगा, मगर उस पर गौर नहीं किया। तुम अपने मन में यह स्थिर कर लो कि तुम यह यात्रा अपने हित के लिए कर रहे हो कि कहीं अपना ठौर-ठिकाना पा जाओ, किसी धानुक-कीयट के लिए नहीं कि तुम जाओ और झटपट किसी नार-नवेली को डोली में डाल उसके घर पहुँचा दो। कल ही तुम्हारे लिए मन्दिर खड़ा नहीं करवा देगा बैजनाथ मंडल। तब तक क्या भूखे मरोगे? अब तक तुम्हारे बीवी-बच्चे के पेट के गड्ढे भरता आया; अब तुम्हारा भी गड्ढा भरूँ? कब तक बाप की रोटी तोड़ते रहोगे? शंकरपुर की कमाई भी नहीं निकाल रहे।"

शंकरपुर का नाम आते ही बेटे ने झुकी नजर बाप की ओर उठायी और कहा, "आपसे कितनी बार कह चुका हूँ कि मैं किरिया खाने तक को तैयार हूँ कि जिस कमाई पर आप दाँत गड़ाये हुए हैं उसका एक भी पैसा, देवी का एक भी तार, मेरे हाथ में नहीं है।"

"तुम झूठ भी बकोगे, तो मैं किरिया खाने नहीं कहूँगा," पिता ने जवाब दिया, "गुस्से में मत आओ और मेरी बातें गौर से सुनो। तुम्हें जहाँ जाना हो जाओ, मगर अपने भविष्य को ध्यान में रखो। इस सूची को देखकर यह भी लगता है कि तुमने यह दुनिया देखी ही नहीं है। जिन परिचितों और संगी-साथियों की सूची तुमने बनायी है, उनमें से एक भी तुम्हारे काम आनेवाला नहीं है। वे सब परदेस में बस दिन टेर रहे हैं। एक वेला से अधिक कोई खिलाएगा भी नहीं और तुरन्त अगली बस का समय बताने लगेगा। मैं जहाँ तुम्हें भेजना चाहता हूँ वहाँ तुम बिना ठेहुनिया

और गरदनिया खाये महीनों टिके रह सकते हो।''

इतना सुना देने के बाद पिता ने आगे सुनाया, ''यहाँ से तुम्हें सीधे बेलागंज जाना है। बेलागंज सहसौल बाजार से चार कोस उत्तर है। मैं पैदल गया था, मगर उस वक्त ही सड़क का बनना शुरू हो गया था। अब उस सड़क पर बस भले न चलती हो, ताँगा जरूर चल रहा होगा। बेलागंज पहुँचकर किसी से भी पूछ लेना, महन्थ अजगैबीदास मठ किधर है?

''मैं दसों साल पहले अपने एक परिचित के साथ वहाँ गया था जो हर साल वहाँ जाया करता था। इस मठ के पास भारी सम्पत्ति है; खेत-पतार हैं, बाग-बगीचे हैं,साधु-सन्त की सेवा-टहल के लिए दसों नौकर-चाकर हैं। हमेशा पाँच-दस साधु वहाँ मौज-मस्ती करते मिलेंगे। खाने-पीने का भंडार भरा रहता है और रोज ही भंडारा का भोजन साधुओं को नसीब होता रहता है। महन्थ को इस बात का जरा भी ध्यान नहीं कि कौन आता है, कौन जाता है और कौन कितना खाता है। तुम खाने-पीने में वहाँ जरा भी नहीं लजाना। वहाँ चूल्हा कभी ठंडा नहीं होता। जरा भी भूख महसूस हो, पंगत में बैठ जाया करना। दूसरे-तीसरे दिन ही घर का भोजन भूलकर साधुओं की तरह भोजन करना सीख लो। मैं एक पखवारा वहाँ रहा था और इन पन्द्रह दिनों में ही मेरे बदन पर चर्बी चढ़ गयी थी। महन्थ से मेरा भी बड़ा घनिष्ठ परिचय हो गया था और वे तो जिद कर रहे थे कि साल-छह महीने मैं वहाँ अवश्य रहूँ, मगर घर-परिवार की चिन्ता के कारण मुझे वापस आ जाना पड़ा।

''वहाँ पहुँचते ही महन्थ से जा मिलना, मेरा परिचय दे देना और फिर अपने हित की बात करना। उनसे कहना कि मैंने तुम्हें उनकी सेवा के लिए घर से ठेलकर बाहर कर दिया है। मैं वहाँ तुम्हारे साथ तो रहूँगा नहीं कि हर घड़ी तुम्हारे कान में फुसफुसाता रहूँ, तुम अपनी बुद्धि से काम लेना। जाते-जाते शंकरपुर...नहीं बेलागंज की बात कर रहा हूँ मैं। जीवन में मिली ठोकरों से सीख ले लो। जाते-जाते बेलागंज में कुछ ऐसा मत कर बैठना कि थाना-कचहरी का मुँह देखना पड़े। सब जगह लोग मेहरबान नहीं होते। मगर, सब जगह चोर-उचक्के हुआ करते हैं। मठ में भी अपने माल की रक्षा करना। मेरे साथ जो आदमी वहाँ गया था, एक रात उसकी टेंट से किसी ने तीन सौ रुपये निकाल लिये थे; किसी साधु की ही करतूत रही होगी। बैजनाथ मंडल को भी सावधान कर देना; ऐसा न हो कि रात में उसकी टेंट कटे और भोर होते ही चीखना-चिल्लाना शुरू करे वह कि मुझे फुलकाहा पहुँचा दीजिए, विवाह के लिए यहाँ मैं किससे भीख माँगूँ और कौन भला देगा मुझे विवाह करने के लिए भीख; रात में ही उसका किसी साधु से गुत्थमगुत्था हो जाये और सारे साधु चिमटों से मार-मारकर ऐसा घायल कर दें कि वह विवाह करने लायक रहे ही नहीं।

''वहाँ गुरुपूर्णिमा के अवसर पर बहुत बड़ा समारोह और साधुओं का समागम होता है। हजारों साधु कहाँ-कहाँ से तो आते हैं; काशी-प्रयाग से, अयोध्या-हरिद्वार तक से। तीन दिनों तक लगा रहता है साधुओं का मेला। महन्थ का उस इलाके में बहुत नाम है। तीन दिनों में लाख से अधिक लोगों का आगमन होता है वहाँ। नेपाल तक से उनके चेले और श्रद्धालु आते हैं। चढ़ावा तो साल भर मिलता है, मगर उन तीन दिनों में ही उस वक्त भी दस लाख से कम की आमदनी नहीं होती थी। अब तो भीड़ भी बढ़ी होगी और आमदनी भी। तुम अगली गुरुपूर्णिमा तक वहाँ

जरूर रहो; आराम से रहोगे। अगर बैजनाथ का ब्याह कहीं ठहर भी जाये, तो झट बाजा मत बजवा देना, ब्याह को अगली गुरुपूर्णिमा तक टालकर रखना।

"अब और नहीं भूँकूँगा," पिता ने प्रवचन समाप्त करते हुए कहा, "यह बात गाँठ बाँध लो कि अगर महन्थ के साथ तुम्हारी पटरी बैठ गयी और तुमने उसे पटा लिया, तो वह तुम्हें निहाल कर देगा।"

किस दिन किस दिशा में निकलना है, इस पर निर्णय लेने का जिम्मा पलटू झा का था। जब 'दिन' की जानकारी बैजनाथ को दी गयी, तब उसने 'दिशा' के बारे में जानने की भी इच्छा प्रकट की। पलटू ने जवाब दिया था, "यह निर्णय मैं यात्रा पर निकलने के एक घड़ी पहले लूँगा; तब तक मैं हर दिशा को तौलूँगा।"

बैजनाथ को खुशी हुई थी कि पलटू चारों दिशाओं को तौल रहा है।

यात्रा के लिए घर से निकलकर जब बैजनाथ मंडल और पलटू झा एक साथ हुए तो अपने छोटे झोले के मुकाबले पलटू झा का झोला काफी मोटा देखकर बैजनाथ ने पूछा, "झोले में क्या-क्या भर लिया है, गुरुजी?"

"झोला बिल्कुल खाली ही समझिए," गुरुजी ने जवाब दिया, "सिर्फ पुस्तकें हैं इसमें; कुछ पूजा-व्रत की और कुछ तन्त्र-मन्त्र की। रास्ते में क्या ठीक, कब किसकी जरूरत पड़ जाये! और फिर, पंडित को तो अपनी पंडिताई दिखाने की जरूरत पड़ेगी।"

"विवाह करानेवाली पुस्तक है या नहीं?" बैजनाथ ने धीरे से पूछा।

"वह तो है ही," पलटू ने हँसकर जवाब दिया, "बरात में दुलहा नदारद!"

बैजनाथ खुश हो गया कि पलटू झा उसका ब्याह कराने के लिए कुछ भी बाकी नहीं छोड़ेगा।

जब दोनों कुछ दूर बढ़े, तो बैजनाथ ने पूछा, "अब तक तो यह सोच ही लिया होगा कि किस दिशा में चलना है?"

"आपको?"

कुछ हैरत में पड़ा बैजनाथ और बोला, "हाँ।"

"आपको चलना है मेरे पीछे-पीछे।"

यह सोचकर बेहद खुश हुआ बैजनाथ कि उसे तो अब कुछ करना ही नहीं; अब तो यही होगा कि पलटू झा दुलहन ही उठा ले आएगा उसके सामने और उससे कहेगा, 'मुखड़ा देख लीजिए और भरिए माँग में सिन्दूर।"

सहसौलवाली बस में बैठने के बाद पलटू ने बैजनाथ को बताया कि उन्हें बेलागंज जाना है, और फिर बेलागंज के बारे में पिता से मिली पूरी जानकारी उसे देने के बाद अपनी ओर से जोड़ा, "बेलागंज के आस-पास धानुकों की बड़ी-बड़ी बस्तियाँ हैं। हम मठ में मस्त होकर रहेंगे और आराम से आपके मन के लायक लड़की ढूँढ़ेंगे। भगवान करे कि बेलागंज के लिए हमें सहसौल से बस मिल जाये।"

"मैं सहसौल तो बराबर जाता ही रहा हूँ," बैजनाथ ने सुनाया, "मगर मुझे याद नहीं आ रहा कि बस पड़ाव पर किसी बस वाले को कभी बेलागंज का नाम चिल्लाते सुना है।"

"बस नहीं मिली, तो कड़ी धूप में ताँगा से चलने का कष्ट उठाना होगा हमें।"

"कैसा कष्ट, गुरुजी!" बैजनाथ बोला, "यह भी तो सोचिए कि कितने बड़े काम पर निकले हैं हम। अगर ताँगा भी नहीं मिला, तो क्या हम पाँव-पैदल ही नहीं चल पड़ेंगे बेलागंज की ओर, कड़ी धूप हो या कड़ी धूप का बाप? काम देखेंगे या कष्ट? कष्ट से क्या डरना!"

पलटू ने कोई जवाब नहीं दिया।

बैजनाथ बस में ही कंडक्टर से पूछ आया कि कोई बस बेलागंज जाती है या नहीं और पलटू को बता दिया, "ताँगा से ही चलना होगा, गुरुजी।"

सहसौल में बस से उतरकर पलटू ने राय दी, "जब ताँगा से ही चलना है, तो यहाँ से दही-चूड़ा खाकर निकलें हम। चार कोस का लम्बा रास्ता है और कड़ी धूप में चलना है।"

बस पड़ाव के पास ही 'तृप्ति भोजनालय' में घुसे दोनों और पेट भरकर दही-चूड़ा खाया। पैसे देकर बैजनाथ ने दुकानदार से पूछा, "यहाँ से बेलागंज के लिए किधर ताँगा मिलेगा?"

"ताँगा!" दुकानदार बोला, "बेलागंज के लिए कोई ताँगा नहीं मिलेगा। आप लोगों को बेलागंज जाना है?"

"हाँ।"

"तो एक काम कीजिए," दुकानदार ने बताया, "बेलागंज से एक टप्पर गाड़ी सवारी लेकर आयी है। इधर से खाली जाएगी। गाड़ीवान थोड़ी देर पहले ही यहाँ से खाना खाकर गया है। आप उसकी तलाश कीजिए। सड़क के किनारे ही किसी गाछ के नीचे अपनी बैलगाड़ी के साथ अभी सुस्ता रहा होगा वह। उसे कुछ पैसे का लोभ दीजिएगा; वह गाड़ी पर बैठा लेगा।"

दोनों तुरन्त गाड़ीवान की तलाश में निकले। एक गाछ के नीचे कई बैलगाड़ियों के बीच एक टप्पर गाड़ी पर उनकी निगाह गयी, तो वे तेजी से उसके पास गये। गाड़ी पर ही नींद ले रहे गाड़ीवान को पलटू ने भरसक मीठे स्वर में जगाया। गाड़ीवान ने लेटे-लेटे ही आँखें खोलीं और पूछा, "क्या बात है?"

"आप बेलागंज जाएँगे?"

"जाऊँगा, देर से जाऊँगा," आँखें बन्द करते हुए गाड़ीवान ने जवाब दिया, "अभी नहीं जाऊँगा।"

पलटू ने गाड़ीवान को फिर जगाया, "हम लोगों को भी बेलागंज ही जाना है।"

"तो जाइए।"

"हम लोग आपकी टप्पर गाड़ी से जाना चाहते हैं।"

"फी सवारी दस रुपये लूँगा।"

"दे देंगे हम," पलटू बोला, "कितनी देर में चलेंगे?"

गाड़ीवान ने नींद तोड़ दी और कहा, "जरा धूप ढल जाये, फिर गाड़ी खोलूँगा। तब तक आप लोग भी यहीं छाँह में आराम कीजिए।"

"मेरा नाम पलटू झा," पलटू ने जवाब दिया, "और इनका नाम बैजनाथ मंडल।"

"साकिन?"

"साकिन फुलकाहा।"

"किधर है फुलकाहा?"

"सहसौल से राघोपुर के रास्ते में है।"

"दोनों आदमी फुलकाहा के ही हैं?"

"हाँ।"

यादवजी के आदेश का उन दोनों ने पालन किया। पलटू ने बैजनाथ से कहा, "रात उतर जाने पर भी हम बेलागंज पहुँचते हैं, तो कोई दिक्कत नहीं होगी। हम सीधे मठ चले जाएँगे। वहाँ चूल्हा कभी ठंडा नहीं होता। देर रात तक साधु-महात्मा का भंडारा चालू रहता है।"

धूप ढलते ही गाड़ीवान ने गाड़ी खोल दी। टप्पर में घुसते ही पलटू और बैजनाथ ने आपस में विचार-विमर्श किया और भाड़ा का पैसा-पैसा वसूलने की सुविधा देखकर दोनों आँखें बन्द कर लेट गये।

दस रुपये में ही बैजनाथ ने कई मीठे सपने भी देख लिये।

पलटू ने आँखें खोलीं और टप्पर के बाहर देखा तो उसे लगा कि आधा से ज्यादा रास्ता उन लोगों ने पार कर लिया है। उसने उठकर गाड़ीवान से पूछा, "हम लोग कितनी दूर आ गये, यादवजी?"

"अभी दूर जाना है," गाड़ीवान ने जवाब दिया, "अभी तो हम लोगों ने दुधानी ही पार किया है। अभी एक नींद और ले लीजिए। मैं मझौली बाजार में आप लोगों को जगा दूँगा। वहाँ से निझरा और उसके बाद ही बेलागंज।"

इस बातचीत से बैजनाथ की नींद भी भंग हो गयी थी और वह भी उठकर बैठ गया था। अभी भी सोया जा सकता था, मगर अब किसी को नींद नहीं आ रही थी।

कुछ दूर बढ़ते ही पलटू ने कहा, "जरा गाड़ी रोकिएगा, यादवजी; मुझे पेशाब करना है।"

पलटू के पीछे बैजनाथ भी गाड़ी से उतरा।

उनके उतरते ही गाड़ीवान ने हिदायत की, "किसी गाछ के नीचे पेशाब नहीं कीजिएगा। किसी-किसी गाछ पर भूत-पिशाच बैठा होता है और गुस्से में नीचे आकर पटकनिया मारता है।"

सड़क के जिस गाछ-वृक्षवाले किनारे की ओर वे बढ़े थे, उधर से पलटकर दोनों सड़क के दूसरे किनारे चले गये।

पेशाब कर फिर गाड़ी में आ बैठे वे दोनों। गाड़ी ने फिर एक लम्बा रास्ता तय किया। अब तक गाड़ी में पड़े-पड़े उकता गये थे वे। पलटू ने बैजनाथ से कहा, "मुँह से बोलने पर 'कोस' बहुत छोटा लगता है, मगर जमीन पर यही 'कोस' बहुत बड़ा हो जाता है। अब देखिए कि अभी तक हम लोग चार कोस जमीन तय नहीं कर पाये हैं।" और फिर उसने गाड़ीवान से कहा, "हम लोग कुछ दूर पैदल ही चलते हैं; गाड़ी में बैठे-बैठे देह अकड़ गयी है।"

गाड़ीवान ने मना किया, "अभी गाड़ी में ही बैठे रहिए। आगे मझेली बाजार है। वहाँ मैं गाड़ी खड़ा करूँगा। वहीं उतरकर थोड़ी देर आप लोग देह-हाथ सीधा कर लीजिएगा।"

जब गाड़ी आगे एक गाँव में घुसी, तो पलटू ने गाड़ीवान से पूछा, "इस गाँव के बाद है मझेली बाजार?"

"हाँ।"

"इस गाँव का नाम क्या है?"

"नाम है बेकापुर, मगर हम लोग," गाड़ीवान ने अपनी आवाज धीमी कर दी, "इसे डाइनपुर कहते हैं।"

"डाइनपुर क्यों?"

"गाँव से निकल चलिए, तब बताऊँगा।"

गाँव से बाहर निकल आने पर गाड़ीवान ने बताया, "यह गाँव डाइनों की खान है। यहाँ की डाइनें हैं भी बड़ी जाबिर और बदमाश, दूर-दूर तक 'बान' फेंकती है। यहाँ के किसी गाँव में अगर कोई आदमी बाधा-बलाय में फँसता है और झाड़-फूँक करने के लिए किसी ओझा-गुनी को बुलाया जाता है, तब उस आदमी के अन्दर से डाइन ही बोलती है कि वह बेकापुर की है; बहुत मार-पीट करने पर भी अपना नाम नहीं बताती, पर गाँव का नाम बोल जाती है।"

"इन डाइनों पर कोई कार्रवाई नहीं होती?"

"कई गाँवों के लोग बेकापुर के मुखिया को कह आये हैं कि वे अपनी डाइनों को काबू में रखें, मगर बेकापुर वाले यह मानने को तैयार ही नहीं कि उनके गाँव में कोई एक औरत भी डाइन है। वे सबूत माँगते हैं।"

"डाइनें अपने गाँव में भी तो उत्पात करती ही होंगी?"

"जरूर करती होंगी, मगर यहाँ वालों का इस बात पर ध्यान ही नहीं जाता कि उत्पात में किसी डाइन का करतब है। उन्हें तो सबूत चाहिए। डाइन कोई सबूत छोड़ती है क्या!"

"जब इतने गाँवों से शिकायतें पहुँची हैं मुखिया के पास, तो मुखिया को गाँव की डाइनों को पँकड़ने के लिए कुछ करना चाहिए।"

"नहीं करते हैं, तो नहीं करें," गाड़ीवान ने सुनाया, "इनका अपना ही कम नुकसान हो रहा है क्या! पिछले सात-आठ साल में यहाँ की किसी बेटी का ब्याह इस इलाके के किसी गाँव में नहीं हुआ है। कौन उठाकर ले जाएगा डाइन की बेटी को अपना घर और अपना गाँव खराब करने? डाइन अपनी बेटी को डाइन विद्या सिखाकर ही तो ससुराल भेजती होगी।"

"बेटियों के ब्याह तो हो ही रहे होंगे। यहाँ के गाँव नहीं, तो किसी और इलाके के गाँव खराब हो ही रहे होंगे।"

"आठ-दस साल बाद यह सुन लीजिएगा कि यहाँ की बेटियों के ब्याह हो ही नहीं रहे हैं।"

"यह तो बहुत बुरा होगा।"

"हो बुरा ऐसे गाँव का।"

मझेली बाजार आकर गाड़ीवान ने गाड़ी रोकी और बैलों के कन्धों से जूआ उतारकर

सवारियों से कहा, "आप लोग यहाँ चाय-पान कीजिए; तब तक मैं एक बनिया से भेंट करके आता हूँ।"

जब गाड़ी मझेली से चली, तो पलटू ने गाड़ीवान से पूछा, "अब बेलागंज कितनी दूर है?"

"यहाँ से दो कोस।"

"दो कोस!"

"हाँ,पक्का दो कोस।"

"तो अभी तक हम लोग सिर्फ दो कोस ही आये हैं?"

"नहीं, दो कोस कैसे! हम लोग चार कोस आ गये, पक्का चार कोस।"

"सहसौल से बेलागंज कितनी दूर है?"

"छह कोस, पक्का छह कोस।"

"मैं तो जान रहा हूँ चार कोस।"

"किसने बताया?"

"मेरे पिताजी ने।"

"उन्हें पता नहीं होगा।"

"पता कैसे नहीं है! वे एक बार बेलागंज आ चुके हैं।"

"किसी जमाने में आये होंगे, जब यह रास्ता चार कोस का रहा होगा। देख नहीं रहे हैं कि जमाना किस तरह बदल रहा है! अब यह रास्ता छह कोस का हो गया है, पक्का छह कोस।"

पलटू से कोई जवाब देते नहीं बना। उसके मन में आया, हो सकता है पिताजी से कहने में भूल हुई हो या फिर उसके सुनने में।

बेलागंज में घुसते ही गाड़ीवान ने सवारियों को सूचित करते हुए कहा, "बेलागंज आ गया। गाड़ी देवकान्त बाबू के घर के आगे लगाऊँगा। उनके बेटी-दामाद को सहसौल स्टेशन पहुँचाने गया था। उन्हें खबर कर दूँ कि वे लोग सकुशल पहुँच गये और रेलगाड़ी में सवार भी हो गये। वहीं आप लोग उतर जाइएगा।"

जब देवकान्त चौधरी के घर के आगे गाड़ीवान ने गाड़ी रोकी और बैलों के कन्धों से जूआ उतारा, तो पलटू और बैजनाथ भी गाड़ी से नीचे उतरे। बैजनाथ ने दस-दस के दो नोट गाड़ीवान को दिये और पलटू ने उससे पूछा, "यहाँ मठ किधर है?"

"मठ! कैसा मठ?"

"महन्थ अजगैबी दास का मठ।"

"यहाँ किसी दास का मठ नहीं है।"

"यह बेलागंज है न?"

"हाँ, बेलागंज है।"

"यहीं महन्थ अजगैबी दास का मठ है।"

"अजीब बात कर रहे हैं आप!" गाडीवान तैश में आ गया, "मैं यहाँ का रहनेवाला, मुझे

पता ही नहीं और आपको मठ का और उसके महन्थ तक का पता है!''

देवकान्त चौधरी दरवाजे पर ही बैठे हुए थे और तनुक को गाड़ी रोकते देख लिया था। जब उन्होंने तनुक को दो अजनबियों से उलझते देखा, तो उठकर उसके पास आ गये और पूछा, ''क्या बात है, तनुक?''

''यह लोग सहसौल से आये हैं और यहाँ किसी अजगैबी दास महन्थ का मठ खोज रहे हैं। ये लोग पहली बार यहाँ आये हैं। इनमें से एक के पिताजी कभी यहाँ आये हुए थे। उनसे ही पता लेकर ये लोग यहाँ आ गये हैं। यहाँ कभी किसी अजगैबी दास महन्थ का मठ था क्या?''

देवकान्त बाबू ने कुछ याद किया और पलटू झा से पूछा, ''आप लोगों को महन्थ अजगैबी दास के मठ में जाना है?''

''हाँ, श्रीमान।'' पलटू बोला।

''आप लोग गलत जगह आ गये हैं,'' देवकान्त बाबू ने सुनाया, ''अजगैबीदास महन्थ का मठ तो इस बेलागंज में नहीं है। वह तो फुलधरिया-बेलागंज में है। आप मझेली-बेलागंज आ गये हैं। वह बेलागंज सहसौल से उत्तर में है। आप सहसौल से छह कोस दक्खिन आ गये हैं।''

पलटू और बैजनाथ को काटो तो खून नहीं। अब क्या होगा?

यह तनुक यादव ही अब उन्हें सहसौल तक वापस पहुँचा दे, यह सोचकर पलटू ने तनुक को फँसाने के लिए उससे कहा, ''आपने यह नहीं बताया कि यहाँ दो-दो बेलागंज हैं?''

''आपने जितना पूछा था, उतना मैंने बताया था या नहीं?'' तनुक यादव ने जवाब दिया, ''मुझे तो अभी पता चला है कि यहाँ से दस कोस दूर कोई दूसरा बेलागंज भी है। अब मैं यह पता लगाकर बैठूँ कि दस-बीस कोस के अन्दर और कितने बेलागंज हैं? क्या पता, और भी दो-चार बेलागंज हों! आप तो यह पता भी लेकर नहीं आये थे कि आपका बेलागंज सहसौल के उत्तर में है। गाड़ी दक्खिन-दक्खिन चलती रही, मगर आपने एक बार भी कहा कि आपको उत्तर दिशा में जाना है? एक बार भी पूछा कि गाड़ी दक्खिन-दक्खिन क्यों चल रही है? दोष आपका या मेरा?''

''दोष किसी का नहीं,'' देवकान्त बाबू बीच में आये और पलटू से कहा, ''आप लोगों का एक दिन खराब हुआ। किस काम से जा रहे थे महन्थजी के पास?''

''हम लोग साधु बनने निकले हैं,'' पलटू ने जवाब दिया, ''घर त्यागकर मठ में रहेंगे।''

''साधु बनने जा रहे हैं?''

''हाँ।''

''तब आपका काम खराब नहीं हुआ है,'' देवकान्त बाबू ने सुनाया, ''एक दिन देर से साधु बनेंगे तो कुछ बिगड़ नहीं जाएगा। आप यहाँ रात काटकर सुबह निकल जाइए।''

''अब तो वही करना पड़ेगा,'' बोलकर पलटू ने तनुक यादव से कहा, ''आप हम लोगों को सुबह बैलगाड़ी से सहसौल पहुँचा दीजिए। अब सहसौल तक पैदल जाना हम लोगों के लिए सम्भव नहीं होगा।''

''नहीं, सुबह मेरी गाड़ी नहीं जाएगी,'' तनुक ने जवाब दिया, ''सुबह कैसे निकल जाऊँ? बैलों की जान मार दूँ क्या? बारह कोस के थके माँदे बैल हैं।

''रात भर तो आराम करेंगे ही बैल,'' पलटू बोला, ''सुबह कुछ देर से ही खोलिए बैलगाड़ी।''

''नहीं, मुझे कल शाम में मझेली बाजार से माल उठाना है। रात वहीं काटकर वहाँ से परसों सुबह जाऊँगा सहसौल।''

''तो ऐसा करो, तनुक,'' देवकान्त बाबू बोले, ''अगर ये लोग सुबह पैदल नहीं जा पाते हैं, तो शाम में इन्हें भी बैलगाड़ी पर बैठा लेना। ये लोग भी रात में मझेली में ही रुक जाएँगे। एक दिन और खराब होगा इनका।''

''ठीक है,'' तनुक बोला, ''मैं जाऊँगा, तो इन्हें साथ ले लूँगा।''

इतना बोलकर तनुक जाने को हुआ, तो पलटू बोला, ''हम लोग रात कहाँ काटें?''

''रात,'' देवकान्त बाबू ने कृपा की, ''यहीं हमारे ओसारे पर काट लीजिए।''

''तनुकजी का घर तो देख आऊँ?''

''मैं सुबह आकर ले जाऊँगा आप लोगों को अपना घर दिखाने।'' बोलकर तनुक यादव चला गया।

तनुक के जाते ही पलटू ने बैजनाथ से पूछा, ''आपके झोले में सत्तू है न?''

''नहीं,'' बैजनाथ ने भूखी आवाज में कहा, ''खाने को कुछ भी नहीं है।''

देवकान्त बाबू ने सुना और हँस पड़े, ''मैं अपने ओसारे पर किसी को भूखा नहीं सोने देता हूँ, आप लोग तो साधु ही ठहरे।''

जब खा-पीकर दोनों बिस्तर पर पसरे, तो बैजनाथ ने कहा, ''मैं तो आपके पीछे-पीछे चल रहा था, गुरुजी; आपको तो पूरा पता लेकर चलना चाहिए था कि चार कोसवाला बेलागंज जाना है, छह कोसवाला नहीं।''

''बात बराबर है, बैजनाथ बाबू,'' पलटू बोला, ''हम तो यात्रा पर निकले ही थे, जैसा चार कोसवाला बेलागंज वैसा छह कोसवाला बेलागंज।''

चार कोसवाले बेलागंज ने एक खटका पैदा कर दिया था बैजनाथ के मन में; उसने पलटू से पूछा, ''आप साधु बनने जा रहे हैं महन्थ के पास?''

''अभी तो यही कहना था इन लोगों से,'' पलटू बोला, ''नहीं तो मिलता भोजन-छाजन? कबीर बाबा ऐसे लोगों से कहकर गये हैं, 'छाजन भोजन प्रीति सों दीजे साधु बुलाय।' साधु नहीं बनते तो रात में कहीं बसेरा भी नहीं मिलता।''

(2)

सुबह नित्यक्रिया से निवृत्त होकर देवकान्त बाबू की चाय पीने के बाद पलटू झा इस तरह तैयार होकर बैठा जैसे कि तनुक यादव रात भर यही सोचता रहा होगा कि दो-दो मूरत को साधु बनने में एक दिन की देरी का कारण बनकर वह अपने ऊपर कोई पाप न चढ़ाये, और अब पुण्यार्जन हेतु किसी भी क्षण बैलगाड़ी के साथ यह कहने आ जाएगा, ''चलिए, महाराज, अब आप दोनों

मूरत को मैं सीधे फुलधरिया-बेलागंज पहुँचा दूँ।''

जब रात में बोलकर भी सुबह देर तक तनुक यादव नहीं आया, तब पलटू ने देवकान्त बाबू की अनुमति लेकर और तनुक यादव के घर का पता पूछकर उसे ढूँढ़ने निकला।

बैजनाथ मंडल उसके पीछे-पीछे चला।

तनुक यादव अपने मचान पर ही मिल गया। नजर मिलते ही वह बोला, ''अरे, अभी तक आप लोग यहीं हैं! मैं तो समझ रहा था कि भोर-भोर ही निकल गये होंगे।''

''नहीं, यादवजी,'' पलटू ने जवाब दिया, ''देह में इतनी ताकत नहीं थी कि पैदल ही सहसौल का रास्ता पकड़ लेते। अब तो आपकी बैलगाड़ी से ही जा पाएँगे हम।''

''तब तो शाम तक रुकिए।''

''रुकेंगे हम।''

''चाय पीकर आये हैं?''

''हाँ, देवकान्त बाबू ने चाय पिला दी थी।''

''हमारे घर में चाय नहीं बनती है,'' तनुक ने सुनाया, ''नहीं तो पिलाता। हाट पर चाय की दूकान है; चाय की तलब हो तो वहाँ जाकर पी लीजिएगा। वहाँ नाश्ता भी मिलता है। दोपहर के भोजन के लिए अगर अभी ही उसे कह दें, तो दो आदमियों का खाना भी बना देगा।''

''हम लोग अपना झोला-कपड़ा देवकान्त बाबू के घर पर ही छोड़कर आये हैं; लाने जाएँगे, तो हाट पर खाना के लिए बोल देंगे।''

''तो शाम तक आप लोग यहाँ मचान पर ही बैठे रहेंगे?''

''बस आज भर बैठेंगे आपके मचान पर,'' पलटू मुस्कराया, ''कल, हो सकता है, हम यहाँ अपना घर बना लें और कल से अपने मचान पर बैठें।''

''इस गाँव में?''

''यह गाँव मुझे बड़ा अच्छा लग रहा है,'' पलटू ने सुनाया, ''मन हो रहा है, यहीं बस जाऊँ।''

''आप लोग तो साधु बनने निकले हैं न?''

''साधु बनने फुलबरिया-बेलागंज जा रहा था, पंडित-पुजारी बनकर मझेली-बेलागंज में रह जाऊँगा।''

''ये भी?'' तनुक ने बैजनाथ मंडल की ओर लक्ष्य कर पूछा।

''ये पंडित नहीं हैं,'' पलटू ने सुनाया, ''ये चले जाएँगे उस बेलागंज साधु बनने। अगर इन्हें भी यह बेलागंज अच्छा लगा, तो रह जाएँगे यहाँ। यहीं शादी-ब्याह करके ये अपना घर बसा लेंगे।''

दो अजनबियों को मचान पर बैठकर तनुक से बतियाते देख अब तक टोले के कई घरों के लोग मचान पर आ बैठे थे और उनकी बातचीत ध्यान से सुनने लगे थे।

तनुक ने पलटू से पूछा, ''घर बनाने के लिए तो जमीन खरीदेंगे आप?''

''इस इलाके में कोई राजा-महाराजा या जमींदार है?''

''नहीं है,'' तनुक बोला, ''क्यों पूछ रहे हैं?''

"मेरे पास विद्या है; पूजा-पाठ तो कराता ही हूँ, तन्त्र-मन्त्र का भी ज्ञाता हूँ। राजा लोग विद्वान ब्राह्मणों का आदर करते हैं और उन्हें गाँव-का-गाँव दान कर देते हैं। कोई जमींदार मेरी विद्वता से प्रसन्न होकर मेरे बास के लिए थोड़ी भूमि का दान तो कर ही सकते हैं।"

"यहाँ किसी के पास दान के लिए जमीन नहीं है," तनुक बोला, "यहाँ धनी-मानी और जमीनवाले एक देवकान्त चौधरी ही हैं, मगर वे दान में एक धुर जमीन देनेवाले नहीं हैं।"

मचान पर बैठे लोगों में से एक ने कहा, "पूर्णमासी पंडित पाँच साल से एक गाछ दान में माँग रहे हैं,वह तो उन्हें मिल ही नहीं रहा है।"

"कहाँ के हैं पूर्णमासी पंडित?"

"इसी गाँव के हैं। बस, एक घर है ब्राह्मण का यहाँ,पुरबी टोला में।"

"एक घर मेरा भी हो जाएगा।"

"पहले जमीन तो हो जाये।" तनुक बोला।

"जब तक जमीन नहीं होती," पलटू ने मुस्कराकर कहा, "तब तक आपके मचान पर ही डेरा डाले रहेंगे हम।"

"नहीं-नहीं, यह ठीक नहीं होगा," तनुक ने जवाब दिया, "पंडित अपने घर में रहेगा कि किसी के मचान पर! और, यह भी सुन लीजिए कि कहने को एक घर है पंडित का, मगर उस घर में ही पाँच-पाँच पंडित हैं। पूर्णमासी पंडित के चार बेटे हैं, चारों पंडित। पूरा गाँव उनका जजमान है। आप इस गाँव में जजमान कहाँ से लाएँगे?"

"मैं केवल पूजा-पाठ ही तो नहीं कराता हूँ," पलटू बोला, "तन्त्र-मन्त्र भी जानता हूँ, यज्ञ-महायज्ञ भी कराता हूँ। महीने भर के अन्दर आप देख लीजिएगा कि दूर-दूर के लोग मुझे बुलाने आएँगे, यहाँ के लोगों के लिए तो मुझे समय निकालना मुश्किल हो जाएगा।"

"पूर्णमासी पंडित भी बहुत भारी पंडित हैं," तनुक ने सुनाया, "वे भी केवल पूजा-पाठ नहीं कराते, अपनी विद्या से भारी-भारी रोग का इलाज भी करते हैं।"

"ज्ञानचन्द भगत के दाद का इलाज किया है न पंडितजी," कोई एक बोला, "पूजा-जप के बाद भगतजी ने सोना का शिव-पार्वती भी दान किया। बोल तो रहे थे कि अब दाद छूट रहा है।"

"अभी सुफल दरबे के बहुमूत्र का इलाज कर रहे हैं," कोई दूसरा बोला, "अभी दरबे सिर्फ एक बार रात में भोजन करता है। उसे भी दुग्धधेनु का दान करना है। पंडितजी ने बताया था कि लोभ में आकर दूध आदि चुराने या उन्हें नष्ट-भ्रष्ट करने से बहुमूत्र होता है।"

"वे तो इतना तक बता देते हैं," तनुक बोला, "कि आज का रोग पिछले जनम के किन पापों के कारण हुआ है।"

"बता दिया न माधोलाल को," एक आवाज आयी, "कि पिछले जनम में किसी का जूठा और बिल्ली का जूठा किया हुआ भोजन खाने से रतौंधी हुई है। अभी भी गोमूत्र पी रहे हैं माधोलाल और सात दिनों तक पाँचों पंडित दिन का भोजन उनके ही घर करते रहे।"

एक और ने सुनाया, "जंगी सिंह को बता दिया न कि पिछले जनम में सास पर हाथ छोड़ने के कारण इस जनम में इतनी कम उम्र में बहरे होते जा रहे हैं। उन्हें भी तो इस बहरापन

को रोकने के लिए पंडितजी ने सोना और पुस्तक का दान करने के लिए कहा है।''

''आप अच्छी तरह सोच लीजिए, पंडितजी,'' तनुक ने पलटू से कहा, ''कि पूर्णमासी पंडित के आगे आप टिक पाएँगे यहाँ? ऐसा न हो कि आज घर बनाइए और कल घर उजाड़कर यहाँ से चले जाइए।''

''ऐसा नहीं होगा,'' पलटू ने जवाब दिया, ''घर बन तो जाए। मैं यहाँ टिक जाऊँगा।''

''आपकी जिद है, तो बनाइए घर,'' तनुक बोला, ''माधोलाल को अपनी जमीन बेचनी है। सड़क के किनारे ही है उनकी जमीन। आप एक कट्ठा खरीदकर उसमें घर बना लीजिए। अगर चलिए मेरे साथ, तो अभी ही बात करा दूँ।''

''पैसे तो हम लोगों के पास नहीं हैं, यादवजी,'' पलटू ने सुनाया, ''हम लोग तो बिना पैसे के घर से निकले हैं।''

''तब एक और उपाय है।''

''वही उपाय बताइए।''

''गाँव के पश्चिम जो ऊसर जमीन है, उस पर एक मड़ई बना लीजिए। मड़ई के आगे बाँस गाड़कर हनुमान ध्वजा फहरा दीजिए और नीचे पत्थर का शिव स्थापित कर दीजिए। भाग्य के साँड़ होंगे, तो इतने में फल-फूल जाएँगे।''

''जब तक मड़ई बन नहीं जाती है,'' पलटू ने कहा, ''तब तक तो इसी मचान पर रहेंगे।''

''मचान की दिक्कत नहीं है,'' किसी ने सुनाया, ''बहुत मचान हैं टोले में। दो-चार रात किसी भी मचान पर काट सकते हैं।''

''एक बात सोच लो, तनुक।'' मचान पर बैठे एक बुजुर्ग ने कहा।

''क्या?'' पूछा तनुक ने।

''एक पंडित को बसाने जा रहे हो, तो एक बार पूर्णमासी पंडित से पूछ लो,'' बुजर्ग ने राय दी, ''उन्हें इस बात की तकलीफ और गुस्सा तो हो सकता है कि जब गाँव में पाँच-पाँच पंडित पहले से हैं, तो फिर एक और पंडित को बुलाने की क्या जरूरत पड़ गयी? उनसे रार करना ठीक नहीं होगा। जजमानों के बीच कुछ तो तोड़-फोड़ होगी ही।''

''कोई तोड़-फोड़ नहीं होगी,'' पलटू बोल गया, ''उनका काम अलग है, मेरा काम कुछ और होगा। मैं उन्हें जरा भी दुखी नहीं होने दूँगा।''

''तब भी एक बार पूछ लेता हूँ उनसे। गेदन चाचा सही राय दे रहे हैं,'' बोलकर तनुक ने पलटू से कहा, ''आप भी चलिए मेरे साथ। आप अपनी बात ठीक से कह पाएँगे। मुझसे कुछ उल्टा-सीधा न बोल चला जाये।''

''हाँ-हाँ, चलता हूँ मैं।

पलटू के पीछे-पीछे बैजनाथ भी चला।

जब तनुक पलटू को साथ लिये पूर्णमासी पंडित के घर चला,तो मचान पर बैठे और भी कई लोग उसके साथ हो गये। गाँव में इस खबर के नाचते ही कि कोई नया पंडित बेलागाँव में बसने आया

है और पुराने पंडित के घर उसे ललकारने गया है, बहुत लोग पुराने पंडित के घर की ओर लपकते हुए पहुँच गये। पुराने पंडित के घर पहले से कई गृहस्थ अपनी-अपनी समस्याओं के हल के लिए पहुँचे हुए थे। पूर्णमासी पंडित अपने दरवाजे पर ही बैठे हुए गृहस्थों की समस्याओं का निदान कर रहे थे।

भीड़ को अपने साथ लिये जब तनुक उनके पास पहुँचा, तो अबूझ और सावधानी निगाहों से उन्होंने तनुक की ओर देखा और पूछा, ''क्या बात है, तनुक?''

तनुक ने पलटू झा की ओर लक्ष्य करके कहा, ''ये पंडित हैं। भूल से यहाँ आ गये हैं और अब यहीं बसना चाह रहे हैं। हम लोग बिना आपकी मरजी के बाहर के किसी पंडित को यहाँ बसने नहीं देंगे, इसीलिए इन्हें लेकर आपके पास आ गये। आपका जैसा आदेश होगा, वैसा हम करेंगे।''

''आप पंडित हैं?'' पूर्णमासी पंडित ने पलटू से पूछा।

''जी हाँ,'' पलटू ने सुनाया, ''कई मन्दिरों में पुजारी रहा हूँ; कथा भी बाँचता हूँ; कुछ तन्त्र-विद्या भी जानता हूँ।''

''आपका नाम?''

''पलटू झा।''

''साकिन फुलकाहा।'' तनुक ने जोड़ दिया।

''यहाँ भूल से आ गये हैं?''

''जी हाँ,'' पलटू बोला, ''नाम से फँस गया; जाना था कोई और बेलागंज, आ गया इस बेलागंज में।''

''और अब यहीं बस जाना चाहते हैं?''

''जी हाँ, यह गाँव मुझे बहुत अच्छा लग रहा है।''

''आप मुझसे बड़े पंडित हैं, तभी तो यहाँ बसना चाहते हैं?''

''यह मैं नहीं कहूँगा, मगर कुछ विद्या मेरे पास भी है और उससे मैं गाँववालों का उपकार करूँगा।''

''गाँववालों का उपकार करेंगे?''

''जी, भरसक।''

पूर्णमासी पंडित ने पलटू के ललाट पर निगाह जमायी और क्षण भर बाद अपने ओठों पर वक्र मुस्कराहट लाकर उससे पूछा, ''आपने अपना उपकार कर लिया है?''

प्रश्न पलटू की समझ में नहीं आया; उसने पूछा, ''अपना कैसा उपकार?''

पूर्णमासी पंडित ने आसन बदलकर जोर-जोर से एक मन्त्र पढ़ा, ''*आदित्यादिग्रहाः सर्वे नवरत्नप्रदानतः। विनाशयन्तु मे दोषान् क्षिप्रमेव भगन्दरम्,* '' और पलटू से पूछा, ''यह मन्त्र कभी पढ़ा है, कभी सुना है?''

पलटू कुछ याद करने की कोशिश करने लगा।

अपने ओठों पर वक्र मुस्कराहट लाकर पूर्णमासी पंडित ने कहा, ''न पढ़ा है, न सुना है। आप अपना उपकार कर ही नहीं सकते, तो औरों का क्या करेंगे! मैंने ललाट देखकर ही जान

लिया कि आपको भगन्दर रोग है।''

''भगन्दर रोग!''

''हाँ, भगन्दर।''

''यह झूठ है।''

''अगर यह झूठ हुआ, तो मैं आज ही सपरिवार गाँव छोड़कर चला जाऊँगा। झूठ-सच की जाँच अभी हो जाती है। भगन्दर कहीं भाग नहीं गया है। आप धोती खोलिये; लोग अपनी आँखों से देख लें कि मैंने जो कहा वह सच है या झूठ।''

''मैं धोती नहीं खोल सकता।''

''तो फिर यहाँ किसी भगन्दर पंडित की जरूरत नहीं है।''

''मैं भगन्दर पंडित नहीं हूँ,'' पलटू ने सुनाया, ''आपका ज्ञान गलत है। मैं धोती खोलकर नहीं दिखा सकता, मगर मुझे भगन्दर नहीं है।''

''चुपचाप चले जाइए,'' पूर्णमासी पंडित ने मुँह ऐंठकर कहा, ''नहीं तो अभी यह भी खोल दूँगा कि आपको अपने किन पापों के कारण यह भगन्दर रोग हुआ है।''

''मैं जानता हूँ, आपके मुँह से केवल कुबोल फूटेंगे। अब मेरा यहाँ से जाना ही उचित है। मैं उस गाँव में रह भी नहीं सकता जहाँ आप जैसे पंडित रहते हैं।'' बोलकर पलटू चला, तो उसके जाते-जाते पूर्णमासी पंडित ने उसे सुना दिया, ''मेरे मुँह से सुनना नहीं चाहते, तो घर जाकर पद्मपुराण पढ़कर अपने पापों को जान लीजिएगा।''

पलटू के पीछे भीड़ नहीं चली, केवल बैजनाथ मंडल उसके पीछे-पीछे चला।

देवकान्त चौधरी के घर का रुख करने की बजाय पलटू तनुक के मचान पर ही लौट आया। बिल्कुल गुमसुम बना पलटू मचान पर भी चुप ही रहा। कुछ देर गुजर जाने पर बैजनाथ ने चुप्पी तोड़ी और कहा, ''गुरुजी, आप राजगद्दी छोड़कर जा रहे हैं।''

''कैसे?''

''पंडित दस आदमियों के सामने बोल चुका था कि अगर बात झूठी हुई, तो वह सपरिवार गाँव छोड़कर चला जाएगा। अगर आपको भगन्दर नहीं है, तो धोती खोल देनी थी। गाँववाले अभी उसे सपरिवार गाँव से विदा कर देते। आप चाँदी काटते इस गाँव में। आपके साथ यहाँ मेरा भाग्य भी सीधा हो जाता।''

''पंडितों की लड़ाई झूठ-सच पर नहीं रुकती है, बैजनाथ बाबू। धोती खोलकर दिखाने के बाद भी वह कोई छिद्र निकाल लेता।''

''छिद्र निकाल लेता?''

''हाँ,'' पलटू सँभला, ''मेरी बात में।''

थोड़ी देर बाद तनुक भी कुछ लोगों के साथ आता दिखायी दिया, मगर मचान तक उसके साथ कोई और नहीं आया।

मचान पर बैठते ही वह बोला, ''डाक्टरी इलाज से रोग तो दूर हो सकता है, पलटू झा, मगर पाप से मुक्ति नहीं मलती। हम तो यह भी मानते हैं कि अगर पाप से मुक्ति नहीं मिली, तो रोग जड़ से कभी दूर नहीं होगा। आप भूल से यहाँ आ गये, मगर अब अपना भला करने से चूक

रहे हैं। रोग का इलाज आप कहीं करायें, मगर पाप से मुक्ति पूर्णमासी पंडित ही दिला सकते हैं। कुछ पूजा-पाठ, कुछ मन्त्र जाप। हम लोग कह-सुनकर अभी भी पूर्णमासी पंडित को मना सकते हैं। आप पाप की गठरी यहाँ फेंककर जाइए। भारी पाप हैं आपके। पंडितजी ने पद्मपुराण खोलकर पढ़ा दिया हम लोगों को।''

''मुझे रोग ही नहीं है, तो पाप कैसे? आपके पंडितजी पढ़ते-पढ़ाते रहें पद्मपुराण। पाप जानने के लिए मैं पद्मपुराण नहीं पढ़नेवाला।''

''नहीं पढ़िएगा पद्मपुराण, तो सुन लीजिए कि जो अपने गोत्र की स्त्री के साथ प्रसंग करता है, उसे ही यह भगन्दर रोग होता है। हम आपके घर-परिवार के आदमी नहीं हैं, नहीं तो जोर-जबर्दस्ती भी आपको पाप से मुक्त कराते।''

इसी समय देवकान्त चौधरी का एक नौकर पलटू और बैजनाथ का झोला-कपड़ा लिये तनुक के मचान के पास आया और बोला, ''मालिक बाहर जा रहे हैं। मुझे यह सब यहाँ पहुँचा देने को कहा।''

''आप दोनों यहाँ बैठिएगा तो बैठिए,'' तनुक ने पलटू और बैजनाथ से कहा, ''बहुत काम पड़े हैं करने के लिए। मुझसे अब शाम में ही भेंट होगी।''

जब बैलगाड़ी पर पलटू और बैजनाथ को बैठाकर तनुक यादव चला, तो उसने मझेली पहुँचने के पहले ही पलटू को सुना दिया, ''सुन लीजिए, झा जी, कि सहसौल से मेरी गाड़ी खाली आ रही थी, इसलिए आप दोनों को दस-दस रुपये में बैठा लिया। अब दस रुपये फी सवारी से काम नहीं चलेगी।''

''कैसी बात कर रहे हैं, यादव जी!'' पलटू ने जवाब दिया, ''बीस रुपये की चोट तो हमें पहले ही लग चुकी है, अब चोट-पर-चोट मारने की बात आपके मन में कैसे आ गयी! चलिए, सहसौल में आपके चाय-पान करा देंगे।''

''नहीं, झा जी,'' तनुक बोला, ''चाय-पान आप मुझसे ही खा लीजिएगा। मैं चाय-पान पर आदमी या माल नहीं ढोता। बैलगाड़ी की कमाई से ही मेरा परिवार पलता है। मैं मझेली से माल लादकर चलूँगा। मझेली से सहसौल माल ढोने का भाड़ा दस रुपये मन है। बेलागंज से मझेली का भाड़ा पाँच रुपये फी सवारी लगेगा। मझेली से जो माल का भाड़ा है, वही आप दोनों को भी देना होगा।''

''अब मजाक मत कीजिए, यादव जी,'' पलटू ने हँसकर कहा, ''मझेली तक तो आपकी गाड़ी खाली ही जा रही थी। मझेली में भी आपको जितना माल लादना हो, लाद लीजिएगा। हम माल के ऊपर बैठकर चले जाएँगे। हम यह तो नहीं कह रहे कि हमें आराम से बैठाकर ले चलिए।''

''जाना तो आपको उसी तरह होगा जिस तरह माल जाएगा,'' तनुक ने सुनाया, ''मगर मैं बैलगाड़ी पर बीस मन से अधिक लादता भी तो नहीं। चार मन के आप दोनों हो गये, तब तो चार मन कम माल लादूँगा मैं गाड़ी पर।''

''हम दो आदमियों का क्या बोझ! आप बीस मन माल लाद लीजिए।''

"नहीं, बैल को भी जान होती है," तनुक ने स्पष्ट सुना दिया, "हम चार मन का भाड़ा ले लेंगे आपसे, फी मन दस रुपये की दर से चालीस रुपये।"

"हम लोग चार मन नहीं हैं," पलटू बोला, "डेढ़-दो मन से अधिक नहीं होंगे।"

"उसका फैसला मझेली में हो जाएगा," तनुक बोला, "मझेली तक के दस रुपये अभी ही दे दीजिए।"

"दे देंगे, यादव जी, मझेली में; हम लोग भागे थोड़े ही जा रहे हैं।"

"नहीं, हिसाब साफ रहना चाहिए। अभी दे दीजिए, नहीं तो उतर जाइए गाड़ी से। हम यहाँ तक का भाड़ा छोड़ रहे हैं।"

मझेली तक का भाड़ा चुकाकर दोनों मझेली पहुँचे।

मझेली तक आने में रात के आठ बज चुके थे। तनुक ने द्वारका भगत के गोदाम के आगे गाड़ी लगायी। दो और बैलगाड़ियाँ वहाँ पहले से लगी हुई थीं और तनुक भगत खुद खड़ा होकर उन पर पाट के बोझ तौल-तौलकर लदवा रहा था।

गाड़ी से उतरकर पलटू ने तनुक से कहा, "हम लोग एक घंटा के अन्दर लौटकर आते हैं।"

"रुकिए," तनुक ने टोका, "आप लोगों को चलना है बैलगाड़ी से?"

"हाँ, भाई, चलना है," पलटू ने कहा, "अभी खाना खाकर आ जाते हैं!"

"चार मन का भाड़ा लगेगा।"

"चर मन नहीं, दो मन," पलटू ने जवाब दिया, "यहाँ किसी से भी पूछ लीजिए, हम दोनों का कुल वजन दो मन से अधिक नहीं बताएगा।"

"किसी से पूछना क्या।" तनुक बोला, "काँटा लगा हुआ है; हम अभी आप दोनों का वजन ले लेते हैं।" बोलकर तनुक ने तोलनहार को आवाज दी, "रुकिए, धरमपाल भाई, अभी दूसरा बोझ नहीं चढ़ाइएगा पलड़ा पर। जरा इन दोनों को तौल दीजिए।"

धरमपाल ने तनुक को जवाब देने की बजाय द्वारका भगत की ओर देखा। भगत ने तनुक से पूछा, "क्या बात है तनुक।"

"ये दोनों सहसौल जाएँगे। वजन से भाड़ा लेने की बात तय हुई है। इन्हें तौलवाना है।"

"भगत ने धरमपाल से कहा, "तौल दो।"

धरमपाल ने इन दोनों को कहा, "एक-एक कर आइए।"

जिस तरह सुनार की निकती पर सोना तौला जाता है, उस तरह धरमपाल ने तौला इन दोनों को। पलटू, एक मन पाँच पसेरी सवा सेर; बैजनाथ, दो मन में डेढ़ सेर कम।"

पलटू और बैजनाथ के लौटकर आने तक बैलगाड़ी पर पाट के बोझ लादे जा चुके थे और तनुक मोटे रस्से से उन्हें बाँध रहा था। इन दोनों के आने पर तनुक ने पूछा, "आप लोग सोएँगे कहाँ?"

"इस पर तीन आदमी अँटेंगे नहीं; फिर तो मुझे कहीं और सोना पड़ेगा।"

एक दूसरे गाड़ीवान बेचन ने समस्या का हल कर दिया, "तुम मेरी गाड़ी पर मेरे साथ सो रहना, तनुक।"

अपनी गाड़ी पर दोनों सवारों को लादकर और बैलों को गाड़ी के एक बल्ले से बाँधकर तनुक यादव दूसरी गाड़ी पर सोने चला गया।

सबको नींद आते-आते काफी रात गुजर गयी।

कैसे तो नींद टूटी बेचन की और उसने झकझोरकर तनुक को उठाया, ''तनुक! उठो, उठो तुम्हारे बैल नहीं देख रहा हूँ।''

तनुक हड़बड़ाकर उठा और अपने बैलों को नहीं देखकर गाड़ी से कूद पड़ा। उसने अभी भी नींद में पड़े पलटू ओर बैजनाथ को जगाया और उनसे पूछा, ''मेरे बैल कहाँ हैं?''

वे दोनों नीचे उतर आये और तब पलटू ने जवाब दिया, ''हम तो नींद में थे; हम क्या जानें, बैल किधर गये।''

''कैसी नींद में थे कि बैलों के खुलने का पता नहीं चला?'' बोलकर तनुक आस-पास बैलों को ढूँढ़ने लगा कि कहीं रस्सी खुलने से इधर-उधर नहीं हो गये हों। पलटू और बैजनाथ भी उसके साथ हो गये।

बेचन के साथ तीसरे गाड़ीवान ने भी बैलों की तलाश में हिस्सा लिया और इस निष्कर्ष पर पहुँचे कि बैलों को चोर चुरा ले गये।

अब क्या हो?

तीसरे गाड़ीवान ने कहा, ''चोर सड़क से नहीं गये होंगे, बहियार के रास्ते से जा रहे होंगे। अभी अँधेरी रात में उनका पीछा करना सम्भव नहीं है और बहुत खतरनाक भी है। अब भोर होते ही जाओ विषहरिया; जानते ही हो, चोरी के सारे माल-मवेशी वहीं जाते हैं।''

बेचन ने सुनाया, ''सुबह जाने से बैल मिल सकते हैं; चोर के दलाल से भेंट हो जाएगी। आधी कीमत चुकाने पर बैल वापस मिल जाएँगे। वहाँ से बैलों की निकासी कल शाम में ही होगी। सारे बैल नेपाल भेज दिये जाते हैं या फिर दूर के मवेशी हाटों में बिकने के लिए जाते हैं।''

''दो हजार का जोड़ा है,'' तनुक ने सुनाया, ''बैल नहीं मिले, तो मैं कीमत इन दोनों से वसूल लूँगा। कहाँ से तो ये दोनों पापी आ गये मेरी गाड़ी पर!''

''मनाओ भगवान से,'' तीसरे गाड़ीवान ने कहा, ''कि कुछ पैसे लेकर चोर वापस कर दें बैल। इस गाँव ने तो पूरे इलाके की नींद हराम कर दी है।''

''ऐसा चोर गाँव है यह विषहरिया की भोर होते-होते गाँव में सबको पता हो जाता है कि रात में कहाँ से किसके घर मवेशी आया। वहाँ जाकर बैलों की चोरी की चर्चा करोगे, तो लोग चोर का घर बता देंगे। घर पर चोर या बैल तो नहीं मिलेंगे, मगर मोल-जोल करने के लिए चोर की बीवी तैयार मिलेगी; बोलेगी, 'पन्द्रह सौ से कम नहीं लूँगी, हजार से कम नहीं लूँगी; जान का खतरा उठाकर आदमी काम करता है।' पैसे देकर भी माल वापस लाने के लिए बहुत रिरियाना पड़ता है।''

''अब तो जो होना होगा, सुबह में ही होगा।'' बेचन ने कहा।

तनुक ने दूसरे गाड़ीवानों को भी अपने साथ जगाये रखा और देर तक भूले-भटके बेलागंज पहुँचने वाले 'भगन्दर पंडित' की पापकथा सुनाता रहा।

पलटू और बैजनाथ की हिम्मत नहीं हुई कि वे फिर से बैलगाड़ी पर जाकर बैठें। वे दोनों गाड़ियों से कुछ दूर अँधेरे में बैठकर आपस में फुसफुसाते हुए बतियाते रहे।

उनका फुसफुसाना एकबारगी बन्द हो गया।

(3)

फुसफुसाहटों के बीच अचानक बैजनाथ ने बायीं हथेली जमीन पर रोपी, तर्जनी और मध्यमा को जमीन पर फैलाया, तर्जनी को माना 'रुको' और मध्यमा को 'भागो', और फिर दायें हाथ की तर्जनी से दोनों को बारी-बारी से छूते हुए मन-ही-मन 'अटकन-मटकन' पढ़ने लगा। 'मंगुरी' पर दायें हाथ की तर्जनी बायें हाथ की मध्यमा पर रुक गयी और वह फुसफुसाया, ''भागिये, गुरुजी।''

'अटकन-मटकन' को निर्णय लेते देख पलटू पूछ बैठा, ''क्यों?''

''हम दुलहन खोजने निकलेंगे कि बैलों को खोजने?'' बैजनाथ ने जवाब दिया, ''अब भोर होते ही यह यादव हमें जबरदस्ती साथ लेकर चोरों के गाँव जाएगा। चोर की बीवी हजार-डेढ़-हजार माँगेगी, तो यह जबरदस्ती हमारी टेंट खुलवाएगा। हजार-डेढ़-हजार में हमें क्या मिलेगा! यादव को तो इसके बैल मिल जाएँगे। हम लुट जाएँगे। हमारी भाग निकलने में भलाई है।''

''इस अँधेरी रात में?''

''यहाँ तो भोर के बाद भी अँधेरा है।''

''किधर भागेंगे?''

''इधर-उधर नहीं; सड़क से, सहसौल की ओर।''

''अच्छी तरह सोच लीजिए, रात की बात है।''

''अच्छी तरह सोच लिया है,'' बैजनाथ ने कहा, ''मेरा ब्रह्म कह रहा है, 'अगर वर्षा-पानी में, आँधी-तूफान में, तब भी जब आसमान से ओला-पत्थर बरस रहा हो, तुम अपनी दुलहन की तलाश में निकल सकते हो, तो फिर इस फुसफुसी रात से क्या डरना!' मैं तो हर हाल में निकल सकता हूँ, गुरुजी। यादव गाड़ीवान के जोर देने पर अभी आप भी क्या बैलों की खोज में नहीं निकलते?''

''ठीक है, निकल चलिए।''

वे दोनों सड़क का एक किनारा पकड़कर सुनसान सड़क पर इस तरह चुपचाप चले जा रहे थे जैसे कि सहसौल पहुँचकर ही दम लेंगे और तब मुँह खोलेंगे। हालाँकि वे अपनी नजरें हर तरफ दौड़ाते चल रहे थे, मगर अँधेरा घुप्प में उन्हें कुछ नजर नहीं आ रहा था।

अचानक उन्होंने अपनी दायीं ओर कुछ दूर बहियार में झिलमिल प्रकाश देखा।

उस प्रकाश को देखते हुए कुछ और आगे बढ़े वे और सब ठिठककर पलटू ने बैजनाथ से पूछा, ''यह कैसा प्रकाश हो सकता है?''

''कई दिये जल रहे हैं।''

"कुछ लोग भी नजर आ रहे हैं।"

"होगा उधर का कोई पर्व-त्योहार जिसे लोग बहियार में मना रहे हैं," बैजनाथ बोला, "आप गीत-नाद का शोर नहीं सुन रहे? पास में कोई गाँव है।"

"गीत-नाद का शोर बायीं ओर से आ रहा है। बहियार से कोई आवाज नहीं आ रही।"

"हमें क्या लेना-देना! हम लोग अपनी राह चलें।"

"अपनी राह तो चलें, मगर बहुत सोचकर चलना होगा।"

"क्या सोचकर?"

"ये लोग डकैत हैं और डाका डालकर आने के बाद अपने माल का बँटवारा बहियार में बैठकर कर रहे हैं। आप जो शोर सुन रहे हैं,वह रुलाई की आवाज है। उसी गाँव में डाका डाला गया है।"

"यह रुलाई की नहीं, गीत की आवाज है, गुरुजी।"

"आपने क्या कभी औरतों को गीत गा-गाकर रोते हुए नहीं देखा है? गाँव में भारी डाका पड़ा है।"

"तो अब क्या हम शोर मचाते हुए गाँव में घुसें कि डाकुओं को पकड़ो?"

"नहीं, हम यह सावधानी बरतें कि डाकू हमें नहीं पकड़ें।"

"डाकू बहियार में हैं।"

"हो सकता है," पलटू ने सुनाया, "आगे सड़क पर डाकुओं ने अपने दो-एक आदमी छोड़ रखे हों।"

"मैं दूर तक अँधेरे में देख सकता हूँ," बैजनाथ बोला, "अगर किसी पर नजर पड़ी, तो हम गाँव की ओर दौड़ जाएँगे।"

अब वे दोनों एक साथ कदम उठाते हुए अत्यन्त सावधानी के साथ चलने लगे।

पन्द्रह-बीस कदम और आगे चलकर पलटू फिर ठिठका, "रुकिए, मैं कुछ और देख रहा हूँ।"

"क्या?"

"ये सब डाकू नहीं हैं," पलटू बोला, "सब-की-सब औरतें हैं। आप भी गौर से देखिए।"

"हाँ, गुरुजी, औरतें हैं, और," बैजनाथ बुदबुदाया, "सब-की-सब नंगी।"

"और सब नाच रही हैं।"

"स्थिर नहीं हैं, मगर नाच तो नहीं रही हैं।"

"आपने डाइनों का नाच कभी देखा है? ये सब डाइनें हैं। इनका ऐसा ही नाच होता होगा। कुछ याद आ रहा है आपको?"

"क्या?"

"यादव गाड़ीवान ने डाइनों के गाँव के बारे में बताया था। बगलाला गाँव बेकापुर ही है और ये सब बेकापुर गाँव की डायनें हैं।"

"हमें बेकापुर और यहाँ की डाइनों से क्या लेना-देना, गुरुजी! अब डाइनों का नाच देखने के लिए नहीं रुकें हम लोग, चुपचाप निकल चलें। सहसौल अभी दूर है।"

"वह तो है, बैजनाथ बाबू," पलटू ने कहा, "मगर अब मेरे पैर झूठे पड़ रहे हैं और मेरी जाँघें भर आयी हैं। मैं पैदल सौ कदम भी नहीं चल पाऊँगा, कहीं भी सड़क पर लड़खड़ाकर गिर जाऊँगा। अब सहसोल जल्दी पहुँचने के लिए जरूरी है कि हम इस गाँव का उद्धार करें और आराम से रात यहाँ काटकर सुबह गाँववालों से कहें कि वे हमें बैलगाड़ी से सहसौल तक पहुँचाने का इन्तजाम कर दें।"

"कैसा उद्धार करेंगे, गुरुजी?"

पलटू ने पाँच कदम और आगे जाकर डाइनों को अच्छी तरह देख लिया और फिर वापस आकर बैजनाथ से कहा, "आइए, मेरे पीछे-पीछे।"

आवाज का पीछा करते हुए वे गाँव पहुँच गये। अब यह स्पष्ट हो गया कि गाँव में भजन-कीर्तन चल रहा है। कुछ और आगे बढ़ते ही उन्हें एक मंडप दिख गया जहाँ गाँववालों की भीड़ थी और लगा कि वहाँ कोई यज्ञ चल रहा है। पलटू ने बैजनाथ से कहा, "डाइनों का तिरियाचरित्तर देख लीजिए। यह सोचकर कि गाँव के सारे मर्द यज्ञ देखने चले गये और रात भर भजन-कीर्तन करते रहेंगे, वे सब चली गयीं बहियार अपनी तन्त्र-सिद्धि के लिए।"

बैजनाथ ने सिर हिलाकर सहमति जतायी।

बैजनाथ को साथ लिये पलटू मंडप के पास पहुँचा और भीड़ में सबसे पीछे खड़े एक आदमी के कन्धे को छूकर कहा, "जरा सुनिए।"

"क्या बात है?" वह आदमी एक कदम पीछे आकर बोला।

"मुझे इस गाँव के मुखिया से बात करनी है।"

"क्या बात करनी है?"

"बात उनसे ही करनी है। बहुत जरूरी बात करनी है। आप उन्हें खबर कीजिए।"

"वे अभी मंडप के भीतर बैठे हुए हैं।"

"अभी ही बात करनी है। आप बुला लाइए उन्हें।"

कुछ और नहीं पूछकर वह आदमी मंडप के अन्दर गया और मुखियाजी को बुला लाया।

मुखिया के आते ही पलटू ने उससे कहा, "मुझे आपसे कुछ जरूरी बातें करनी हैं।"

"बोलिए।"

"यहाँ खड़े-खड़े नहीं, कहीं बैठकर, बातें करेंगे।"

मुखिया उन दोनों को साथ लिये मंडप के बहुत पास ही एक मचान पर आया। जब मचान पर सब स्थापित हो गये, तब मुखिया ने पूछा, "बोलिये, क्या बात है?"

"क्यों?"

"आपको पता है कि पिछले सात-आठ सालों में यहाँ की किसी बेटी का ब्याह इस इलाके के किसी गाँव में नहीं हुआ है?"

"ऐसी कोई मजबूरी तो नहीं है कि हम इस इलाके में ही अपनी बेटियों के ब्याह करें। हमें जहाँ अच्छे रिश्ते मिलते हैं, वहाँ हम ब्याहते हैं बेटियों को।"

''तो यह भी सुन लीजिए कि आठ-दस सालों के बाद यहाँ की बेटियों के ब्याह इलाके के बाहर भी नहीं होंगे।''

''ऐसा क्यों कह रहे हैं आप?''

''क्योंकि आपका गाँव बदनाम हो चुका है। इलाके के जिस किसी गाँव में भूतबाधा होती है, बात खुलती है कि डाइन बेकापुर की है। जो डाइनों का गाँव है, उस गाँव की बेटी को बहू बनाने का खतरा कोई नहीं उठाएगा। आज आपका गाँव इलाके में बदनाम हुआ है, कल इलाके के बाहर भी होगा। तब कहाँ होंगे इस गाँव की बेटियों के ब्याह?''

''यह अफवाह उन लोगों ने उड़ायी होगी जो हमारे यहाँ रिश्ते लेकर आये थे और जिनके रिश्तों को हमने मंजूर नहीं किया था। इन अफवाहों में कोई दम नहीं है; ये अफवाहें जल्दी ही दम तोड़ देंगी।''

''कुछ लोगों की उड़ायी अफवाह मानकर आप इसे अनसुना मत कीजिए। कई गाँवों के लोग आपको कहने आ चुके हैं कि आप अपनी डाइनों को काबू में रखें, मगर आप एक कान से सुनकर दूसरे कान से निकाल देते हैं। किस गाँव में एक-आधा डायन नहीं होगी! मगर आप तो यह तक मानने को तैयार नहीं कि कोई एक औरत भी आपके गाँव में डाइन है, जबकि सच यह है कि यह गाँव डाइनों की खान है। आपके गाँव में भी ये उत्पात करती होंगी, मगर आपका ध्यान कभी इस ओर गया ही नहीं।''

''हमारे गाँव में डाइनों का कोई उत्पात नहीं होता, और जो लोग अफवाह सुनकर शिकायत करने आ जाते हैं, वे बेसिर-पैर की बातें करते हैं।''

''खान का मतलब यह नहीं कि यहाँ की सारी औरतें डाइन हैं, मगर इनकी संख्या दस से कम नहीं होगी।''

''आप भी बेसिर-पैर की बातें कर रहे हैं।''

''मैं सिर-पैरवाली बात कर रहा हूँ। जो भी शिकायत करने आया है आपके पास, उससे आप सबूत माँग बैठे हैं; तो सुन लीजिए कि मैं सबूत के साथ सिर-पैरवाली बात कर रहा हूँ।''

''क्या सबूत है आपके पास?''

''सबूत यह है कि इधर आप यज्ञ कर रहे हैं और उधर डाइनें तन्त्र-सिद्धि कर रही हैं।''

''किधर?''

''बहियार में।''

''बहियार में! क्या देखा आपने?''

''नंगी डाइनों को।''

''अरे बाप!'' बोलकर मुखिया मचान से नीचे कूदा।

पलटू ने जोड़ा, ''नंगी होकर नाचते देखा।''

मुखिया का झन्नाटेदार तमाचा पलटू के गाल पर पड़ा और उसके साथ ही अपना सिर पीटकर वह चिल्लाया, ''शिववचन! मुनेसर!...दौड़ो...यज्ञ भ्रष्ट हो गया...यज्ञ भ्रष्ट हो गया...पकड़ो इन दोनों को...''

भीड़ में खलबली मच गयी। मंडप खाली हो गया। सब एक साथ दौड़ पड़े थे। उनके आते

ही मुखिया ने कहा, ''पकड़ लो इन दोनों को। गाँव की इज्जत लूट ली इन दोनों ने।''

तमाचा खाकर पलटू मचान से लुढ़ककर नीचे आ गया था। बैजनाथ के चेहरे का रंग उड़ गया था। भीड़ ने आते ही उन दोनों को पकड़ लिया। मुखिया अभी भी अपना सिर पीट रहा था। शिववचन ने पूछा, ''क्या हुआ, मुखियाजी?''

''सब हो गया। गाँव का मटियामेट हो गया। अब बाकी क्या रहा!'' सिर पीटना रोककर मुखिया ने जवाब दिया, ''ये लोग बहियार में घुसे गये थे।''

जमीन पर लुढ़के पलटू को छोड़कर शिववचन ने बैजनाथ की ओर देखा, तो बैजनाथ ने पलटू की ओर इशरा करते हुए धीरे-से जवाब दिया, ''मैं तो इनके पीछे था। ये किधर गये, कहाँ घुसे, क्या देखा, मैं कुछ नहीं जानता।''

सिर का झोंटा पकड़कर शिववचन ने पलटू को खड़ा किया। खड़ा होते ही पलटू की आँखें खुल गयीं। शिववचन ने पूछा, ''बहियार में घुसे थे?''

पलटू ने टूटती आवाज में कहा, ''नहीं, बहियार में नहीं घुसे थे हम। हम सड़क से जा रहे थे।''

''मगर इन लोगों ने देखा,'' मुखिया गरजा, ''अभी-अभी मुझसे कह रहा था कि इसने सब कुछ देखा। इन दोनों की दोनों आँखें फोड़ दो।''

''नहीं, ऐसा नहीं करें,'' पलटू गिड़गिड़ाया, ''मुझे रात में यों भी कम सूझता है। अँधेरी रात में कितना देखता! बस देखा कि औरतें हैं।''

''अभी तुमने कहा नहीं है कि तुमने औरतों को निर्वस्त्र नाचते देखा?''

''कोई देखकर तो नहीं कहा,'' पलटू बोला, ''सोचकर कहा। मैंने सोचा कि जब अभी इस आधी रात में बहियार में औरतें हैं, तो ये जरूर डाइनें होंगी, और जब डाइनें बहियार में हैं, तब ये अभी जरूर नाच रही होंगी, और डाइनें तो निर्वस्त्र होकर ही नाचती हैं। यह सब सुनता आया हूँ, इसलिए ऐसा सोचा।''

''मेरा गुस्सा कम नहीं होगा। तुमने औरतों को देखा, तो यह क्यों नहीं देखा कि वे हल चला रही हैं?'' बोलकर मुखिया ने शिववचन से कहा, ''शिववचन! दोनों की एक-एक आँख तो जरूर फोड़ो।''

''मैंने एक आँख फुड़वाने का भी अपराध नहीं किया है, श्रीमान,'' पलटू ने दोनों हाथ जोड़कर कहा, ''मैंने हल चलाते देखकर भी उन्हें हल चलाते नहीं देखा।''

''देखा ही नहीं?''

''देखा होगा, सोचा तो नहीं। कभी देखा होता, तब तो ऐसा सोचता।''

''कभी सुना भी नहीं था कि औरतों को कभी-कभी रात में हल भी चलाना पड़ता है?''

''कभी नहीं सुना था।''

''किस इलाके के हो?''

''हैं तो हम भी इसी इलाके के; सहसौल के आगे फुलकाहा गाँव है हमारा।''

''क्या नाम है तुम्हारा?''

''पलटू झा।''

''तुम ब्राह्मण हो; तुम्हें क्या मतलब कि पानी बरसता है या नहीं! तुम्हारा पेट तो दान-दक्षिणा से भर ही जाता है। पानी के लिए तो किसान तरसते हैं जिन्हें खेत जोतना होता है, अन्न उपजाना होता है। तुम्हारे गाँव के किसान जानते होंगे कि वर्षा को बुलाने के लिए औरतों को अधी रात में खेत में हल चलाना होता है।''

''नहीं,'' पलटू बोला, ''हमारे गाँव के किसान भी नहीं जानते। ये मेरे साथी बैजनाथ मंडल किसान हैं, मगर इन्हें भी कुछ नहीं मालूम।'' बोलकर पलटू बैजनाथ से पूछ बैठा, ''आपको कुछ मालूम?''

''कुछ नहीं मालूम,'' बैजनाथ ने झट जवाब दिया, ''मेरे जन्म के पहले ऐसा कुछ होता हो, तो मैं नहीं कह सकता।''

''ऐसा तो नहीं ही होता होगा कि इलाके में चारों तरफ सूखा पड़ा हो और तुम्हारे फुलकाहा गाँव में झमाझम वर्षा होती रही हो?'' मुखिया ने पलटू से पूछा।

''नहीं, ऐसा नहीं होता,'' पलटू बोला, ''हमारा गाँव भी अनावृष्टि का शिकार होता है। हमारा गाँव इलाके से बाहर थोड़े ही है!''

''जब वर्षा नहीं होती, तब वहाँ के किसान क्या हाथ-पर-हाथ धरे बैठे रह जाते हैं? वर्षा को आने के लिए आमन्त्रित नहीं करते? इन्द्र देवता को प्रसन्न करने के लिए कोई उपाय नहीं करते?''

''हाँ, करते हैं,खूब करते हैं, मगर औरतें रात में...''

''हल नहीं चलातीं,'' मुखिया ने पूरा किया और पूछा, ''तब क्या करते हैं?''

''हमारे यहाँ भी औरतें ही वर्षा को आमन्त्रित करती हैं, मगर इसके लिए वे मेढकों को कूटती हैं।''

''मेढकों को! कूटती हैं!'' मुखिया ने अचरज प्रकट किया और बोला, ''हमारे यहाँ औरतें चावल-चूड़ा तो कूटती हैं, मगर उन्होंने मेढकों को कभी नहीं कूटा है। पता नहीं, वे मेढकों को कूटने के लिए तैयार होंगी या नहीं!''

''जब हमारे फुलकाहा की औरतें मेढकों को कूट सकती हैं,'' पलटू बोला, ''तब खेतों की हरियाली के लिए, घर की खुशहाली के लिए, यहाँ की औरतें क्यों नहीं कूट सकतीं?''

''सीधे-सीधे मेढकों को कूटना!'' बुदबुदाकर मुखिया ने शिववचन से पूछा, ''क्यों रे, शिववचन, औरतें तैयार हो जाएँगी?''

जवाब मुनेसर ने दिया, ''अगर तैयार नहीं होती है, तो कूटनेवाली को चाँदी का एक-एक तार पंचायत की ओर से देने की घोषणा कर दीजिएगा, औरतों के बीच कूटने के लिए झोंटाझोंटी हो जाएगी।''

पूरी भीड़ खुलकर हँसी। हँसी रुकने पर पलटू बोला, ''सीधे-सीधे कूटना भी तो नहीं है।''

''कैसे क्या करना है?'' मुखिया ने पलटू से पूछा।

''आँगन में एक छोटा-सा गड्ढा खोदना है,'' पलटू ने बताना शुरू किया, ''कुछ मेढकों को पकड़कर उस गड्ढे में डालना है और गड्ढे को हल्की मिट्टी और पुआल से ढँक देना है। अब उसके ऊपर एक ओखली रख देनी है। इस खाली ओखली को औरतें मूसल से कूटती हैं।''

''यही कूटना हुआ?'' बोलकर हँसा मुखिया।

''हाँ, मगर आमन्त्रण अभी पूरा नहीं हुआ,'' बोलकर आगे सुनाया पलटू ने, ''गड्ढे में कितने ही मेढक मर गये होंगे। इन मरे हुए मेढकों को रात में किसी झगड़ालू स्त्री के आँगन में या दरवाजे पर फेंक आना है। सुबह मरे हुए मेढकों को देखकर झगड़ालू औरत समझ जाएगी कि किसी ने टोना-टोटका किया है और वह जी भरकर गालियाँ देगी। वह जितनी गालियाँ देगी, पानी उतना ही बरसेगा।''

''गालियों के साथ ही पानी बरसना शुरू हो जाएगा?''

''तुरन्त नहीं,'' पलटू बोला, ''सरगना बादल इन गालियों को सुनेगा, फिर समझेगा कि क्यों गालियाँ दी जा रही हैं, और जैसे ही समझ लेगा कि टर्राने-टरटरानेवाले मेढक कूटे गये हैं, वैसे ही वह चिंघाड़कर सारे बादलों को बुलाएगा और उन्हें आदेश देगा कि बेकापुर में बरसो।''

''बादल के खुश होते ही,'' भीड़ में से कोई एक बोल पड़ा, ''इन्द्र भगवान भी प्रसन्न हो जाएँगे?''

''नहीं,'' अगर मेढकों के कूटे जाने पर भी किसी कारण से सरगना बादल प्रसन्न नहीं होता है और बादलों को बरसने का आदेश नहीं देता है, तब इन्द्र भगवान को प्रसन्न करना पड़ता है। इन्द्र भगवान प्रसन्न हो गये, तब तो बादल के बाप को भी बरसना होगा।''

''तब तो हम मान लेते हैं कि मेढकों को कूटने से कुछ नहीं हुआ,'' मुखिया बोला, ''हमें इन्द्र भगवान को प्रसन्न करने का उपाय बताइए।''

''मेढकों को कूटने से कुछ नहीं हुआ, तब तो झिझिया खेलकर इन्द्र भगवान को प्रसन्न करना होगा।''

''झिझिया किस तरह खेला जाएगा?''

''इसमें औरतें दीप जले घड़े को सिर पर रखकर नाचते-गाते हुए गाँव की परिक्रमा करती हैं, विशेष रूप से खेत-खलिहान की।''

''नाचते-गाते हुए?''

''हाँ।''

''नाचेंगी कैसे?'' मुखिया बोला, ''हमारी औरतों को नाचना तो आता नहीं।''

''दुर, नाचना किस औरत को नहीं आता!'' पलटू ने जवाब दिया, ''औरत को भी नाच सिखाना पड़ता है क्या! जब झगड़ती हैं औरतें, तो गाली-गलौज नाच-नाचकर देती हैं या नहीं? अगर कभी किसी मेला-ठेला में भी कोई नाच नहीं देखा हो किसी एक ने भी, तो झगड़ावाला नाच-ही-नाच लेंगी। कैसे भी नाच से काम चलेगा।''

''नाच हो जाएगा न?'' मुखिया ने मुनेसर की ओर देखकर पूछा।

''आप घोषणा तो कीजिए,'' मुनेसर ने जवाब दिया, ''चाँदी के तार पर सब नाच हो जाएगा।''

''ठीक है, नाच हो जाएगा, मगर गीत?'' मुखिया बोला, ''हमारे यहाँ तो औरतें शादी-ब्याह के गीत और सोहर-छठिहार गाती हैं। इन्द्र भगवान का कोई गीत तो उन्होंने कभी गाया नहीं है। क्या गाकर प्रसन्न करेंगी इन्द्र भगवान को?''

''झिझिया के गीत गाकर,'' बोलकर पलटू ने कुछ-कुछ याद एक गीत गाना शुरू किया,

''चाँर सूखल चाँचर सूखल
सूखल जिरात हो न
हाली हाली बरसऽ हो इन्नर देवता
पानी बिनु पड़लऽ अकाले हो ना
झिझिया खेलइते दैवा दुअरा पर अइली
जी भर के दीहऽ आसीसे हो ना
हाली हाली बरसऽ हो इन्नर देवता
पानी बिनु जियरा बेहाल हो नाँऽऽ

पलटू को गीता गाकर चुप हो जाते देख मुखिया ने पूछा, ''बस एक गीत? एक यही गीत गाती रह जाएँगी औरतें?''

''गीत औरतें बनाती चली जाएँगी,'' पलटू बोला, ''जिस तरह गीत बनाते हुए औरतें रोती हैं, गीत बनाते हुए गलियाती हैं, उसी तरह।'' सुनाने के लिए कोई और गीत याद नहीं आने पर उसने 'कुछ इस तरह' बोलकर झटपट एक गीत बनाया और सुना दिया,

''आओ इन्दर राजा आओ
जल्दी से पानी बरसाओ
वर्षा नहीं तो खाना नहीं
वर्षा नहीं तो कपड़ा नहीं
वर्षा नहीं, तो मरद न देगा गहना एक
कैसे करूँगी सिंगार-पटार?
वर्षा नहीं तो कुछ भी नहीं
आओ इन्दर राजा आओ
घी में चुपड़ी रोटी खाओ।''

''ठीक है, ठीक है,'' मुखिया ने खुश होकर कहा, ''अब ऐसा करता हूँ कि मेढकों को मैं अभी ही कुटवा देता हूँ और मरे हुए मेढकों को भोर होने के पहले किसी के दरवाजे-आँगन में फिंकवा देता हूँ। अगर वर्षा नहीं होती है, तो आप कल रुककर झिझिया खेलवा दीजिए।''

''मुझे रोकिए मत, मुखियाजी,'' पलटू बोला, ''आप सोचिए कि मेरा जाना कितना जरूरी है कि मैं रात में पाँव पैदल चल पड़ा! बेलागंजवालों ने बैलगाड़ी का इन्तजाम कर दिया था। मगर मझेली बाजार आते-आते गाड़ी का एक पहिया ही टूट गया। मैं नये पहिये के इन्तजार में रुक नहीं सकता था, चल पड़ा। कल मुझे मदनपुर में एक यज्ञ कराना है। हर हाल में दोपहर से पहले पहुँच जाना है वहाँ। मगर आप वर्षा के लिए निश्चिन्त रहें। अगर झिझिया खेलने से भी वर्षा नहीं होती है, तो मैं कौआ-तन्त्र से वर्षा करवा दूँगा। आज के सातवें दिन मैं फिर आ रहा हूँ। बेलागंज में एक महायज्ञ कराना है। वहाँ के पूर्णमासी पंडित ने इस महायज्ञ के सिलसिले में ही आने के लिए अपना आग्रह भेजा था। आप लोग एक काम यह कर लेंगे कि परसों शनिवार को सूर्यास्त के समय एक ऐसे बेर के वृक्ष की तलाश कर लेंगे जिस पर कौए का घोंसला हो और उस

घोंसले में कौवी रहती हो।'' इतना बोलकर पलटू ने बैजनाथ से कहा, ''चलिए, बैजनाथ बाबू।''

''नहीं, पंडितजी,'' मुखिया ने रोका, ''अब आपको ऐसे नहीं जाने देंगे हम। आप तो हमारे लिए इन्द्र भगवान ही हुए। बैलगाड़ी से जाएँगे आप और यहाँ से घी में चुपड़ी रोटी खाकर जाएँगे। *आओ इन्दर राजा आओ, घी में चुपड़ी रोटी खाओ।''* इतना बोलकर मुखिया ने शिववचन से कहा, ''तुम जल्दी से एक बैलगाड़ी का इन्तजाम कर दो; मैं पंडितजी और बैजनाथ बाबू को अपने घर लिये चलता हूँ भोजन कराने।''

घर की ओर कदम उठाते ही मुखिया को बहियार की याद आयी और उसने मुड़कर शिववचन से कहा, ''औरतें अभी भी बहियार में ही होंगी। ढोल बजा दो कि अब वे लौट आयें।''

रास्ते में मुखिया ने पलटू से कहा, ''हम सातवें दिन आपका इन्तजार करेंगे, पंडितजी। अगर किसी कारणवश आपका आना नहीं हो पाया, तो उसके अगले दिन ही हम यहाँ से किसी आदमी को आपके पास भेज देंगे आपको ले आने। बेलागंज के महायज्ञ से बड़ा है इलाके का महायज्ञ। पानी यज्ञ से बड़ा कौन यज्ञ!''

''ठीक है,'' पलटू ने जवाब दिया, ''अगर कोई अनहोनी हो जाती है, तो भेज दीजिएगा आदमी।''

''आदमी फुलकाहा तो पहुँच जाएगा,'' मुखिया बोला, ''मगर आपको ढूँढ़ेगा कैसे? वहाँ पलटू झा नाम के आप अकेले हैं न; कोई और तो नहीं?''

''अच्छा हुआ, आपने पूछ लिया,'' पलटू का जवाब था, ''मेरे नाम को शुभ मानकर बहुत लोग अपने बच्चों का नाम पलटू रखने लगे हैं। फुलकाहा में आपका आदमी किसी पलटू को नहीं, 'महामहोपाध्यायजी' को खोजेगा।''

''महामहोपाध्याय!'' मुखिया बुदबुदाया।

''हाँ,'' पलटू मुसकाया, ''काशी के पंडितों ने पाँच साल पहले मुझे इस उपाधि से विभूषित किया था।''

पलटू पंडित को विदा करते हुए मुखिया ने दीन स्वर में कहा, ''महाराज! हमारी गलती क्षमा कर दें।''

''आप निश्चिन्त रहें,'' बोलकर पलटू मुस्कराया और सुनाया,

''छिमा बड़ेन को चाहिए, छोटन को उत्पात।
कहा विष्णु को घट गयो जो भृगु मारी लात।''

(4)

बेकापुर की बैलगाड़ी पलटू और बैजनाथ को सहसौल बस पड़ाव पहुँचाकर वापस चली गयी। सहसौल पहुँचते ही बैजनाथ ने पलटू से कहा, ''हम लोगों को तुरन्त सहसौल छोड़ देना है। मझेली के गाड़ीवान बैलों के साथ-साथ हमें भी ढूँढ़ते आ रहे होंगे। चलिए, डटकर खा-पी लें और निकल चलें।''

''चलिए,'' पलटू बोला, ''तृप्ति भोजनालय में ही खाना-पीना कर लें।''

''उस पर तो मुझे गुस्सा आ रहा है, गुरुजी,'' बैजनाथ ने कहा, ''किस चक्कर में डाल

दिया था उसने! आदमी अशुभ है।''

''अभी तो उसे शुभ मानिए, बैजनाथ बाबू,'' पलटू बोला, ''उसकी दुकान से चले थे और उसकी दुकान शुभ-शुभ आ गये।''

बैजनाथ हँसकर रह गया।

तृप्ति भोजनालय में घुसते ही मालिक ने उन दोनों को पहचान लिया और पूछा, ''बेलागंज से लौट आये?''

''हाँ, बेलागंज से लौट आये और फिर बेलागंज जा रहे हैं।'' बैजनाथ ने जवाब दिया।

''फिर जा रहे हैं?''

''हमें जाना था फुलधरिया-बेलागंज,'' पलटू बोला, ''और आपने हमें रवाना कर दिया मझेली-बेलागंज।''

''आपने मुझे बताया तो नहीं था कि आपको किस बेलागंज जाना है,'' दुकानदार ने सुनाया, ''आपको गाड़ीवान से तो पूछ लेना था। मेरे खयाल में तो यह आया ही नहीं कि आपको फुलधरिया-बेलागंज जाना है। वहाँ तो लोग गुरुपूर्णिमा के अवसर पर जाते हैं। किसी और समय में तो साधु-सन्तों को ही जाते देखा है उधर। आप दोनों को भी मठ में ही जाना है?''

''हाँ, वहीं जाना है,'' पलटू बोला, ''और अब आप यह बताइए कि वहाँ कैसे जाना है?''

''पैदल जाना होगा,'' दुकानदार बोला, ''गुरुपूर्णिमा के अवसर पर आये होते, तो सवारी मिल सकती थी। चार कोस का रास्ता है।''

''उस रास्ते में हमें पहला गाँव कौन-सा मिलेगा?''

''सहसौल के बाद घोरमारा।''

''घोरमारा एक है या दो-दो घोरमारे हैं?''

''उस रास्ते में एक ही घोरमारा है।''

''घोरमारा के बाद?''

''उसके बाद ठीक से याद नहीं कि मसुरिया है या अचलपुर,'' दुकानदार ने सुनाया, ''मगर इतना जानने की जरूरत नहीं है। आप बेलागंज मठ पूछकर चलते चले जाइएगा।''

''तब भी यह बता दीजिए,'' बैजनाथ बोला, ''एक नाम के दो गाँव तो नहीं हैं रास्ते में?''

''नहीं, रास्ते में एक नाम का सिर्फ एक गाँव है।''

खा-पीकर उन दोनों ने फुलधरिया-बेलागंज का रास्ता पकड़ लिया।

जैसा सुनाया था पिता ने वैसा ही पाया पलटू ने और जैसा कहा था पिता ने वैसा ही किया पलटू ने। मठ के अन्दर आकर उसने एक जगह अपना झोला-कपड़ा रखा और बैजनाथ को वहाँ बैठाकर तुरन्त महन्थ के सामने हाजिर हुआ। उसके पिता और उनके साथ बिताये दिनों का तो स्मरण नहीं कर पाये महन्थजी, मगर उसे दुरदुराया नहीं। वे लगातार मुस्कराते रहे और पलटू का प्राक्कथन समाप्त हुआ नहीं कि बोल गये, ''दूर से आये हो; थक गये होगे; भूख भी लगी होगी। जाओ, स्नान-ध्यान कर पहले जीम लो और फिर आराम करो। हम और बातें बाद में करेंगे।''

बाद की बातें महन्थजी के साथ उस रात ही कर लीं पलटू ने। महन्थजी ने जवाब दिया था, ''तुम आये हो, तो निराश नहीं करूँगा मैं। मगर एक काम करना होगा तुम्हें; कल से ही सिर पर जटा धारण करना शुरू करो और जटाधारी बन जाओ।''

''स्वामीजी!'' कुछ सहमते हुए पलटू ने पूछा, ''जटा कहाँ से लाऊँगा मैं?''

''कहीं से लाओगे नहीं,'' मुस्कराये महन्थजी, ''सिर पर जमाओगे।''

''वह कैसे, स्वामीजी?''

''बरगद के दूध से सिर के बालों को आपस में चिपकाते जाना है। मैं तुम्हारे साथ किसी साधु को कर दूँगा; वह तुम्हें जल्दी ही जटाधारी बना देगा। कल से दाढ़ी-मूँछ बनाना बन्द। तैयार हो न?''

पलटू ने तो नहीं, मगर उसके भविष्य ने जवाब दिया, ''तैयार हूँ।''

''एक बात और,'' महन्थ ने सुनाया, ''तुम मठ में रहोगे, तो अभी से ही साधु का बाना धारण कर रहोगे। तुम्हारे लिए नया चोला-कफनी मैं बाद में मँगा दूँगा; तब तक किसी साधु का उतरन पहनकर रहो। मैं किसी को बोल देता हूँ अपना उतरन दे देने के लिए।'' इतना बोलकर महन्थ पूछ बैठा, ''मुझे खबर मिली है कि तुम्हारे साथ एक और आदमी आया हुआ है; वह कौन है?''

''वह अपने एक काम से निकला है, स्वामीजी,'' पलटू ने जवाब दिया, ''आपके दर्शन और आशीर्वाद के लिए मेरे साथ यहाँ तक आ गया है।''

''क्या काम है उसका?''

''वह मेरे ही गाँव का एक तिहेजू है और ब्याह के लिए लड़की ढूँढ़ने निकला है।''

''पत्नीनाशी है क्या?''

''नहीं-नहीं, ऐसा नहीं है,'' पलटू ने जवाब दिया, ''ऐसा रहता, तो मैं अपने साथ लिये नहीं आता यहाँ। उसकी तीनों औरतें अभागिन थीं, अपनी मौत मरी थीं। यह आदमी तो भाग्यवान है कि इसकी किसी और की किस्मत में विधवावाली लकीर नहीं थी।''

''किस जाति का है?''

''यह खुद तो धानुक है,'' पलटू ने बताया, ''मगर किसी भी जाति की लड़की के साथ ब्याह करने को तैयार है।''

''धनदौलत भी है या बिल्कुल निसँठ है?''

''धानुकों में तो इसे धनीमानी ही माना जाएगा; दस बीघे की जोत है इसके पास।''

''कोई लड़की इसे अपने इलाके में नहीं मिली?''

''हाल ही में तिहेजू हुआ था। उस इलाके की औरत उसे नहीं धारती, मर-मर जाती है। भरोसा नहीं रहा उसका अपने इलाके पर, तो इधर चला आया ढूँढ़ने।''

''कैसी लड़की चाहिए?''

''चाहने का क्या, स्वामीजी! तिहेजू क्या चाहेगा, रूप की खान कि गुण का खजाना? एक अदद औरत चाहिए इसे। कोई कुँआरी मिल जाये, तो बहुत अच्छा, नहीं तो बाल-विधवा से भी काम चलेगा।''

"मैं समझ रहा हूँ तिहेजू की मुसीबत; मगर तुम समझ लो कि इसे लड़की मिल गयी।"

"यह आशीर्वाद दे दीजिए, स्वामीजी, कि लड़की बाँझ नहीं हो।"

"दे दिया आशीर्वाद।"

"लड़की को कोई जान लेनेवाला रोग नहीं हो।"

"दिया यह आशीर्वाद भी।"

"सात फेरे कब तक पड़ जाएँगे?"

"जब चाहो, तब; तैयारी में जो समय लग जाये।"

"नहीं, वैसी कोई हड़बड़ी नहीं है," पलटू ने कहा, "यह आदमी भी किसी ऐसी हड़बड़ी में नहीं है कि किसी और काम का हर्ज हो रहा है और देर होने पर हल्ला मचाएगा। जीवन में बस एक यही काम बचा है इसके लिए, बिना किसी हड़बड़ी के निश्चिन्त होकर निबटाएगा। और फिर यह आदमी तो घर से सोचकर चला है कि इस काम में उसे साल लग सकता है, साल से ऊपर दो साल लग सकते हैं, तीन साल लग सकते हैं, या और भी अधिक। ऐसा भी नहीं हो कि किसी तिहेजू का ब्याह भी उसे आसान दिख जाये। यह माना कि आपके आशीष से लँगड़ा भी पहाड़ लाँघ सकता है, मगर जो ब्याह इसके लिए महाकठिन था, उस ब्याह के पक्का हो जाने की खुशी मनाने के लिए उसे एक साल का समय तो अवश्य दीजिए, स्वामीजी, कम-से-कम अगली गुरुपूर्णिमा तक का।"

"नहीं," महन्थ ने सुनाया, "उतना लम्बा समय लोगे, तो लड़की हाथ से निकल जाएगी। मँगनी हो जाये, तो पट ब्याह भी हो जाने दो। यह तिहेजू तो भाग्यवान है कि मेरे हाथ में लड़की आयी और मेरे मठ में यह आ गया।"

"तब हो जाये अब ब्याह ही," पलटू बोला, "खुशियाँ तो उसके बाद मनाता ही रहेगा वह।"

दिन गुजर चुका था, मगर रात बाकी थी। सुबह होने का इन्तजार नहीं किया पलटू झा ने और रात में ही स्वामीजी से बतियाकर आने के बाद सोये हुए बैजनाथ को जगाकर उसे शुभ ब्याह पक्का हो जाने का शुभ समाचार दे दिया और कहा कि वह अभी से ही मूसल से नगाड़ा बजाना शुरू कर दे।

शुभ समाचार सुनकर बैजनाथ बाँसों उछल गया, मगर अकेले में इस समाचार का आनन्द उठाने के लिए वह अपनी पलकें रखकर कहा, "सोने से पहले यह तो सुन लीजिए कि मैंने आपको एक सुखी संसार देने के लिए किस तरह अपनी दुनिया मटियामेट कर ली। मेरे त्याग और बलिदान की कथा सुन लीजिए।"

इतना बोलकर उसने गहरी साँस छोड़ी और आगे कहा, "आपके ब्याह के लिए मेरे सामने पहली और आखिरी शर्त यह थी कि मैं साधु हो जाऊँ। मैंने पल की देर नहीं लगायी और शर्त मान ली। कल से अपने सिर पर जटा रोपूँगा मैं और मठ में साधु का झाँगला कुरता पहनकर रहूँगा। आप सोइए, आराम से सोइए। मैंने खुशी-खुशी दुख का वरण किया है, मगर दुख-तो-दुख है, वह तो रात में भी जगाएगा ही।"

बैजनाथ काफी गम्भीर हुआ था और सोने से पहले वचन दे दिया, "आप मेरे लिए एक करेंगे, गुरुजी, तो मैं आपके लिए चार करूँगा। सिर पर जटा जमाने और साधु का बाना धारण कर लेने का मलाल नहीं होने दूँगा आपको। सोइए, आप भी आराम से सोइए।"

यह मानकर भी कि उसने जो कुछ किया था, अपने हित में किया था, पलटू ने इस सौदे को शुद्ध लाभ का सौदा नहीं माना। पिता को भले यह स्वीकार हो कि वह संसार में कोई और कैसा भी रूप धारण कर रोजी-रोटी का जुगाड़ करे, मगर क्या उसकी पत्नी उसके इस रूप पर चिहुँक नहीं उठेगी? 'रे मुड़ीमोचडा रे! अब मैं किस मुँह से जाऊँगी मायके? इस फुलकाहा में ही कैसे निकलूँगी घर से बाहर रे पदुआ का पोता?'—अनायास ही क्या ये बोल उसके मुँह से नहीं फूट पड़ेंगे? उसने मठ में अब तक दिख गये पाँच-छह जटाधारियों के रूप का स्मरण किया, एक-एक के सिर को अपने धड़ पर रखकर देखा, मगर कोई एक सिर भी आश्वस्त नहीं कर पाया कि उसे देखकर उसकी अर्द्धांगिनी गुस्से में काली माई नहीं खेलेगी। छाती पर एक भारी बोझ लिये उसने सोने का प्रयास तो किया, मगर उसे लगातार महसूस होता रहा कि छाती पर ढेंकी कूटी जा रही है। आँख कब तो भोर में लगी थी; तब तक पूरी रात वह गहरी नींद में सोये बैजनाथ को देखता रह गया था।

अगले दिन ही महन्थजी ने एक जटाधारी को पलटू के कायापलट हेतु तैनात कर दिया। जहाँ जटाधारी को तैनात करने के बाद ही महन्थ की यह चिन्ता समाप्त हो गयी कि जटा कब तक जमती है, स्वयं पलटू ने चाहा कि साल से कम नहीं लगे, तैनात साधु ने आँका कि छह महीने से कम नहीं लगेंगे, वहीं बैजनाथ जिस लगन और मेहनत के साथ अपने गुरुजी के पीछे पड़कर उनके कायापलट पर काम कर रहा था कि लगता था, महीने भर के अन्दर गुरुजी के सिर से छह-छह हाथ की जटा लटकाकर रहेगा।

करीब एक सप्ताह बीता होगा कि एक रात तीसरे पहर में बैजनाथ ने बगल में सोये पलटू गुरुजी को झँझोड़कर जगाया और कहा, "मैं कह नहीं सकता कि अभी-अभी मैंने कोई सपना देखा है या कोई मेरे कान में फुसफुसाकर चला गया है।"

"क्या देखा सपने में?"

"या कोई फुसफुसाया था!"

"क्या फुसफुसाया था?"

"कह रहा था, भागो यहाँ से; जिस लड़की से तुम्हारा ब्याह होने जा रहा है, वह पेट से है, चार महीने का पेट।"

"यह स्वीकार नहीं है आपको?"

"नहीं, कतई नहीं।"

"यहाँ मठ में भला कौन आएगा आपके कान में फुसफुसाने! आपने सपना देखा है। किसी सपने की ऐसी-तैसी। अधिक-से-अधिक इसमें इतना भर सच हो सकता है कि आपकी तीन पत्नियों में से किसी एक की आत्मा अपना कोई बैर काढ़ने आपके सपने में आ गयी है। वह

मर गयी तो अब आपको भी रँडुआ ही मार देना चाहती है। सो जाइए; अभी से भागने की बात मन में आ गयी, तो सब किया-कराया बेकार चला जाएगा। भागने के लिए तो पूरी जिन्दगी पड़ी है।''

बैजनाथ ने धीरे-धीरे मन को स्थिर किया और सो गया।

कान में फुसफुसाहट पड़ी हो या नींद में सपना आया हो, जो भी सुना बैजनाथ ने उसका यह सच अगली सुबह ही प्रकट हो गया कि उससे ब्याह के लिए एक लड़की उपरा ली गयी है। स्वयं महन्थजी ने पलटू झा को बुलाकर दो-तीन नये आये साधुओं के समक्ष उसे सूचित कर दिया कि ब्याह की लड़की मठ में उपस्थित है और रात में ब्याह सम्पन्न हो जाएगा। पलटू झा ने तुरन्त बैजनाथ को यह शुभ समाचार पहुँचा दिया। शुभ समाचार मिलने के बावजूद बैजनाथ बेचैन हुआ कि आधा सच तो सुन लिया, मगर इसके बाद का आधा भी तो सच नहीं है!

इस बेचैनी के कारण बैजनाथ के पेट में शूल उठने लगा और वह रह-रहकर हाथ में लोटा लिये दिशा-मैदान के लिए निकलने लगा। तीसरी बार उसके मठ से बाहर निकलते ही एक आदमी किसी ओर से आकर उसके पीछे-पीछे चलने लगा था और कुछ दूर चलने के बाद ही सुनसान में उसे टोक दिया था, ''रात में आपके कान में किसी ने कुछ फुसफुसाया था?''

बैजनाथ ने उसकी ओर हैरत से देखा और ठमककर कुछ लड़खड़ाती आवाज से पूछा, ''सपने में क्या?''

''नहीं, सपने में नहीं, आपके पास जाकर आपके कान में?''

''हाँ,'' बैजनाथ ने जवाब दिया और फिर पूछा, ''आपको कैसे मालूम?''

''मैं उसी साधु का दूत हूँ जो आपके कान में फुसफुसा आये थे।''

''कहाँ के साधु?''

''इसी मठ के।''

''ऐसा हो सकता है क्या?''

''हो सकता है; यही हुआ है।''

''इस मठ का कोई साधु इस मठ के महन्थ के विरुद्ध?''

''यह महन्थ बहुत बड़ा पापी है। उसने अपने और अपने जैसे ही कुछ और मठों के महन्थों और साधुओं का कुकर्म छिपाने के लिए आपको फँसाया है। जो साधु आपके कान में कुछ कह आया है, वह महन्थ की गद्दी का असली हकदार है। इस महन्थ के हटते ही वह नया महन्थ होगा। क्या आप भागेंगे नहीं? गर्भिणी से ब्याह कर लेंगे?''

''मैं कैसे जानूँ कि सच क्या है, झूठ क्या है?''

''आप कन्या-निरीक्षण तो करेंगे?''

''अवश्य।''

''तो पेट छिपेगा नहीं; आप सच जान जाएँगे। मगर उससे पहले पूरा सच मैं सुना दूँ आपको।''

साधु के दूत ने महन्थ का सच सुना दिया...

''बेलागंज मठ की स्थापना महन्थ अजगैबीदास के माता-पिता ने की थी। वे दोनों ही बहुत शुद्ध, सात्विक और धार्मिक विचार के थे। जो साधु आपके कान में कुछ फुसफुसा गया था, वह भी मठ की स्थापना के समय से ही यहाँ रह रहा है। अजगैबीदास के माता-पिता का वह भी प्रियपात्र रहा है। अगर बेटे का मोह नहीं रहा होता, तो वे इस साधु को ही मठ का महन्थ बनाते।

''अजगैबीदास भी शुरू-शुरू में अत्यन्त चरित्रवान और सदाचारी था। पिता के मरने के बाद ही उसका पतन होना शुरू हुआ और वह लँगोट का ढीला हो गया। अब तो वह बहुत ही पतित हो चुका है और उसके दिवंगत पिता की आत्मा को भीषण कष्ट हो रहा होगा। जब तक यह महन्थ यहाँ की गद्दी से नहीं उतरता या उतारा जाता, तब तक इसके पिता की आत्मा का कल्याण नहीं होगा।

''फुलमतिया शायद बाल-विधवा है। उसने अपनी माँ से मठ में दासिन की तरह रहने के लिए अनुमति माँगी थी। माँ ने अनुमति दे दी और महन्थ की माँ से मिलकर इसे महन्थ के सुपुर्द कर दिया। महन्थ ने सहर्ष इस दान को स्वीकार किया।

''सम्भव है, महन्थ की नजर इस बाल-विधवा पर तब भी पड़ती रही हो जब वह जब-तब किसी खास-खास अवसर पर अपनी माँ के साथ मठ में आया करती थी। फुलमतिया के मठ में आते ही वह गिद्ध की नजरों से उसे देखने लगा। बहुत दिनों तक अपने को बचाकर रखा था इस लड़की ने, मगर जल के मगर ने एक दिन उसे दबोच लिया।

''फुलमतिया की माँ महन्थ की माँ के पास शिकायत लेकर पहुँची, तो उस माँ ने जवाब दिया था, मेरा बेटा बालब्रह्मचारी है। जीवन में एक बार उसका फिसलना जरूरी था, नहीं तो उसका ब्रह्मांड फट जाता। अब वह फिर नहीं फिसलेगा। तुम्हारी बेटी ने मेरे बेटे की जान बचायी है; मैं उसका उपकार मानती हूँ; मेरा बेटा भी जीवन भर अब उसे माँ ही मानेगा।''

''फुलमतिया मठ की दासिन बनी रही, मगर फिर वह कीचड़ में धँसती ही चली गयी। वह अपने को बचा नहीं सकी। इस इलाके के मठों के जिन-जिन महन्थों और साधुओं का ब्रह्मांड फटने को था और जिन्हें फुलमतिया ने बचा लिया, उनमें से कुछ अभी इस मठ में उपस्थित हैं।

''फुलमतिया को करीब चार महीने पहले गर्भ ठहर गया और उसने माँ से कुएँ में डूब मरने की अनुमति माँगी। माँ ने हाँ कहने से इन्कार कर दिया। महन्थ की माँ संसार से उठ चुकी थी। फुलमतिया की माँ सीधे अजगैबीदास के पास गयी और सुना दिया, जो बच्चा पैदा होने जा रहा है, उसे एक बाप चाहिए। अगर बच्चा पैदा होने के पहले उसे बाप नहीं मिल जाता, तो मैं सारे महन्थों और साधुओं के कुकर्मों का ढिंढोरा पीट दूँगी। मैं बेटी को साथ लिये जा रही हूँ और बच्चे के बाप का इन्तजार करूँगी।''

''कुकर्मियों के बीच खलबली मच गयी और उस दिन से ही फुलमतिया का पति और बच्चे का पिता बनाने के लिए आदमी ढूँढ़ा जाने लगा। उस फुलमतिया से ही आपका ब्याह कराया जाएगा और कुकर्मी अपने कुकर्मों पर परदा डाल देंगे। महन्थ आपको मनाने के लिए बड़ा-से-बड़ा लोभ दे सकता है।

''मैं चाहूँगा, आप भाग जाएँ।'' इतना बोलकर वह आदमी चला गया।

फारिग होकर मठ की ओर वापस आते हुए बैजनाथ के पैर लड़खड़ाने लगे थे। दहशत भरी निगाहों से चारों ओर देखते हुए वह मठ में अपनी जगह पर आ बैठा। उसकी छाती जोर-जोर से धड़क रही थी और उसके मुँह से बोल नहीं फूट रहे थे। जब देर तक वह गुमसुम बैठा रह गया, तब पलटू ने पूछा, "तबियत ठीक तो है, बैजनाथ बाबू?"

बैजनाथ ने अपने मन को कुछ स्थिर किया और अत्यन्त गम्भीर स्वर में पलटू झा से पूछा, "गुरुजी, कन्या-निरीक्षण तो होगा?"

"हाँ, हो जाएगा।"

"आप महन्थजी से मिलकर समय तय कर लीजिए।"

"अभी ही जाऊँ?"

"हाँ, अभी ही।"

पलटू झट उठ गया। "मैं अभी महन्थजी से बात करके आता हूँ," बोलकर पलटू झा तुरन्त महन्थ से मिलने चला गया।

महन्थ से मिलकर आने में देर नहीं हुई पलटू झा को; आया और बैजनाथ को सुना दिया, "महन्थजी तैयार हैं। विवाह रात में होगा; कन्या-निरीक्षण दोपहर में करा दिया जाएगा।"

दोपहर की बजाय शाम में कन्या-निरीक्षण कराया गया। कन्या-निरीक्षण के लिए बैजनाथ मंडल और पलटू झा को महन्थजी के कमरे में ही बुलाया गया। वहाँ पहले से ही कई जटाधारी और बिना जटा के साधु आसन जमाये हुए थे। इन दोनों को भी सादर एक ओर बैठाया गया।

कन्या आयी।

कन्या को देखते ही बैजनाथ की भौंहों में बल पड़ गये। उसने कन्या पर से नजर हटाकर पलटू झा की ओर ताका।

महन्थजी ने निरीक्षण-कार्य सम्पन्न हुआ देखकर कहा, "अब कन्या जा सकती है?"

पलटू झा बोल गया, "हाँ-हाँ, जा सकती है।"

कन्या चली गयी।

"अब हम लोग भी चले," महन्थजी उठे, "शादी की तैयारी भी तो करनी है।"

महन्थजी के उठते ही सारे साधु उठ खड़े हुए, सबके साथ पलटू झा भी। बैजनाथ मंडल जहाँ का तहाँ बैठा रह गया, जैसे कि उसे काठ मार गया हो।

"क्या हुआ, बैजनाथ बाबू?" महन्थजी ने जरा झुककर पूछा।

"लड़की बहुत मोटी है," बैजनाथ ने कुछ टूटती आवाज में कहा।

महन्थजी हो-हो कर हँसे और पुनः अपने आसन पर बैठ गये।

उन्हें बैठते देख पलटू झा भी बैठ गया, दूसरे सारे साधु भी।

आसन पर बैठकर महन्थजी ने कहा, "किसी बनिया घर की बेटी नहीं है कि पकाने-खाने के लिए निकती पर तौलकर चावल-दाल मिले, और न किसी टुटियल किसान घर की बेटी है कि खेत में जो सुथनी-शकरकन्द उपजा उसी से पेट पाट लिया। बेलागंज मठ की दासिन रही

है; दूध-घी का पोसा हुआ शरीर दे रहा हूँ; आपको तो खुश होना चाहिए।''

बैजनाथ खुश नहीं हुआ।

पलटू उसके कान के पास मुँह ले जाकर फुसफुसाया, ''यह मत देखिए कि लड़की कितनी मोटी है; यह देखिए कि कितनी हृष्ट-पुष्ट है। आप तो नीरोग लड़की खोज ही रहे थे। कोई रोग हिम्मत करेगा इसके पास आने की!''

बैजनाथ के कान में इतना फुसफुसाकर पलटू ने साधु-समाज से कहा, ''इनकी दूसरी पत्नी किसी रोग से ही मरी थी। इन्हें नीरोग लड़की ही चाहिए, हट्टी-कट्टी, दूसरी पत्नी की तरह पिलपिली नहीं। यह लड़की सही है, चलेगी।''

बैजनाथ ने ना में सिर हिला दिया और बोला, ''मोटी होने पर एतराज नहीं है; इस लड़की का तो ढींढा फूला हुआ है।''

''ढींढा फूला हुआ है!'' महन्थजी चकित स्वर में बुदबुदाए, ''नहीं-नहीं, ऐसा नहीं है।''

मंडली का एक साधु बैजनाथ की ओर मुँह करके कड़क उठा, ''यह कैसे कह रहे हैं आप?''

ऐसा कहने का बैजनाथ के पास सिर्फ सुबह की सूचना का आधार ही नहीं था। पहली पत्नी के बाँझपन ने उसे इतना पारखी तो बना ही दिया था कि वह किसी भी पेटवाली जनाना को एक नजर में पहचान ले। फुलकाहा में जब भी उसकी नजर किसी औरत पर गयी है, तो उसके पेट पर ही गयी है। कोई औरत किसी दाई से भले ही छिपा ले अपना पेट, फुलकाहा के बैजनाथ मंडल से नहीं छिपा सकती थी।

बैजनाथ ने साधु-समाज को बड़े ही शान्त स्वर में अपना जवाब सुनाया, ''मैं पेटवाली औरतों की पहचान रखता हूँ। यहाँ की दाई कह सकती है, लड़की पेट से नहीं है, मगर मैं कह रहा हूँ कि लड़की के पेट में कम-से-कम चार महीने का बच्चा है।''

क्षण भर के लिए मौन पसर गया वहाँ। इस क्षण का पलटू ने सदुपयोग किया और बैजनाथ के कान से एक बार फिर अपना मुँह सटाया, ''सोने में सुगन्ध आ गयी बैजनाथ बाबू। यह चिन्ता तो जाती रही कि लड़की बाँझ निकल गयी, तो क्या होगा! आप तुरन्त हाँ भर दीजिए। महन्थजी को गुस्सा आ गया, तो मामला हाथ से निकल जाएगा।''

साधु-समाज ने कन्या-निरीक्षण के पूर्व ही बहुत सूझ-बूझ के साथ आम सहमति से यह निर्णय ले लिया था कि अगर असामी हीला-हवाला करता है और रंग में नहीं रँगता, तो उस पर कोई हाँगा नहीं करना है, उसे इस तरह समझा-बुझाकर डौल पर लाना है, बहला-फुसलाकर चंग पर चढ़ाना है कि वह अपनी इच्छा से हाँगी भर दे।

महन्थजी ने चुप्पी तोड़ी, ''अगर पेट में बच्चा है भी, तो क्या हर्ज है? किसी ढोढ़ाय-मँगरू का बच्चा नहीं होगा वह; उसमें तो किसी देवपुरुष का ही अंश होगा। साधु-महात्माओं के बीच रही है यह प्रजावती।'' और फिर आगे कहा, ''अगर इस बच्चे का निर्वाह आपको भारी लगता हो, तो बच्चे को पैदा होते ही हम ले आएँगे। बच्चा इस मठ में बड़ा होगा।''

''मगर पैदा होनेवाले बच्चे की माँ को हम कैसे ले जाएँ?''

''ले जाने में कैसी दिक्कत? दिक्कत है, तो हम आपके घर पहुँचा देंगे।''

"वह दिक्कत नहीं है; एक दूसरी दिक्कत है," कुछ खिन्न आवाज में बैजनाथ ने जवाब दिया, "प्रजावती तो रुकेगी नहीं, पाँच महीने पूरे होते ही बच्चा दे देगी।"

"हाँ, दे देगी।"

"गाँव में लोग क्या कहेंगे?"

"क्या कहेंगे भला?"

"ठट्ठा नहीं लगाएँगे कि किस चार महीने की पेटवाली को उठा लाया था मरदूद ने?"

"नहीं लगाएँगे ठट्ठा," महन्थ ने जवाब दिया, "हर समस्या का समाधान है। अगर यह आपको कोई भारी समस्या लगती है, तो आप गाँववालों को कह सकते हैं कि यह लड़की जिस इलाके से लायी गयी है वहाँ औरतें वहाँ की प्रथा के अनुसार पाँच महीने में ही बच्चे जनती हैं, और अब यही लड़की नये इलाके में आने के बाद यहाँ की प्रथा के अनुसार भविष्य में नौ महीने पर बच्चे को जन्म दिया करेगी।"

"हमारे इलाके में," बैजनाथ ने सुनाया, "आज तक किसी इलाके से कोई ऐसी लड़की नहीं आयी है जो सात से नीचे उतरी हो।"

"पाँच और सात में कोई बड़ा अन्तर नहीं है।"

"हमारे गाँव के लोगों के लिए तो अन्तर है, बड़ा अन्तर है।"

"हम सारे साधु," एक साधु बोला, "आपके गाँव जाकर गाँववालों को समझा देंगे कि कैसे उनके इलाके में नौ सात पर चला जाता है और कैसे हमारे इलाके में यह पाँच तक उतर आता है।"

"आप लोग चलेंगे फुलकाहा?" पलटू पूछ बैठा।

कई साधु एक साथ बोल पड़े, "अवश्य चलेंगे।"

"तब तो ठीक है," पलटू ने साधु-समाज को निर्णय सुना दिया, "बात पक्की।" और फिर अपने निर्णय पर बैजनाथ को मुहर लगा देने को कहा, "बोल दीजिए, बैजनाथ बाबू, 'पक्की'।"

"ठीक है," बैजनाथ ने अपने होंठों पर मुस्कराहट उतारी, "पक्की।"

साधुओं का साधुवाद लूटने-बटोरने के लिए पलटू झा को बाहर ही छोड़कर बैजनाथ अपनी पक्की मुस्कराहट बरकरार रखते हुए अपने कमरे में आ गया। कुछ देर के बाद ही उसने कुछ देर इधर-उधर कुछ ताक-झाँक की, फिर पेट में शूल उठाकर लोटा उठाया और अपने को ठेलकर मठ से बाहर निकाला।

बाहर निकलते ही पहले उसकी मुस्कराहट गायब हुई और फिर वह स्वयं अन्तर्धान होने लगा।

(5)

पाणिग्रहण की तैयारी तो पूरी हो गयी, मगर बैजनाथ ने अपने अन्तर्धान से पूरे साधु-समाज को बे-पानी कर दिया। जब विवाह-मंडप में दुलहा की सदेह उपस्थिति का समय आया, तो साधुओं ने पलटू झा को हाँक लगायी। पलटू झा बैजनाथ बाबू को दसों दिशाओं में हाँक लगा-लगाकर

थक गया। लोग हड़बड़ाए। मठ की खाक छानी गयी; तिहेजू का झोला तो मिला, मगर तिहेजू लापता। अन्वेषण के क्रम में खोजी निगाहों ने देखा कि दुलहे के साथ दुलहे का लोटा भी गायब था।

अन्दर की गहन तलाशी के बाद बाहर की सघन तलाशी का निर्णय लिया साधुओं ने।

भगोड़े को निकल भागते किसी ने नहीं देखा था, इसलिए वह भागकर कहाँ तक निकल गया होगा, यह अनुमान लगाना कठिन हो रहा था। अगर दूर निकल गया होगा, तो उसे ढूँढ़-पकड़कर लाना भी कठिन था। अधिक सम्भव यह लग रहा था कि इस रात में वह कहीं दूर नहीं गया होगा और रात काट लेने के इरादे से आस-पास ही कहीं छिपा बैठा होगा।

बहुत सोच-विचारकर तलाशी की युक्ति ढूँढ़ी गयी।

बैजनाथ के भागते ही पलटू झा को लगा था कि अब उस पर गाज गिरेगी। अपने को बचा लेने और बैजनाथ को फँसा लाने के लिए उसने साधुओं की युक्ति को झट अपना समर्थन दे दिया।

साधु साथ-साथ चलते हुए भी दूर-दूर रहे और पलटू बैजनाथ की तरह भाग निकलने की इच्छा मन में रखकर भी उसकी तलाश में भिड़ गया। उसने बेलागंज की राह-डगर, बाग-बगीचे और खेत-बहियार को छान मारा। हर पचीसवें डेग पर उसे दायें-बायें और आगे-पीछे मुँह करके तेज फुसफुसाहट में फुसफुसाना पड़ता, "बैजनाथ बाबू! मैं भी भाग आया हूँ। आइए, अभी ही निकल भागें। यहाँ रुकने में खतरा है।"

बैजनाथ जिद्दी निकला, नहीं निकल आया; आधी रात तक की कसरत से पलटू की जान निकलने को आयी।

थक-हारकर खोजी दल पलटू को लिये हुए वापस मठ में आ गया। महन्थ के आगे पलटू को पेश किया गया। महन्थ ने पलटू से ही पूछा, "अब क्या होगा?"

"मैं तो आपकी शरण में हूँ, स्वामी, आपकी कृपाकांक्षी। कलेजा चीरकर दिखा सकता, तो दिखा देता कि आपके आगे मैं अपने पिता को भी तुच्छ समझता हूँ। मैं अपने इस दुख को सहन नहीं कर पा रहा हूँ कि आपके अगले आदेश का मैं तुरन्त पालन नहीं कर पाऊँगा। बहुत विवश हूँ, बहुत लाचार हूँ, स्वामी।"

"मेरा अगला आदेश!"

"मैं समझ रहा हूँ, मगर आप सोचिए तो, स्वामी," पलटू ने स्वामी को सोचने के लिए सुनाया, "मैं पिता से पूछकर नहीं आया था कि सिर पर जटा जमाकर साधु होना है या नहीं, मगर यह पूछने के लिए तो जाना ही होगा कि मैं एक और विाह करके सुकन्या को घर ले आऊँ या नहीं। मैं बैजनाथ मंडल की तरह रँडुआ नहीं हूँ, स्वामी; विवाहित हूँ और मेरे दो बच्चे भी हैं। मुझे विश्वास है कि मैं पिता को अपनी कच्ची गृहस्थी में एक ओर पतोहू को अँटाने के लिए मना लूँगा, मगर बिना उनकी पूर्व अनुमति लिये अपने मन का कुछ कर लूँगा, तो वे कभी सुकन्या को स्वीकार नहीं करेंगे। मैं एक बार पिताश्री से पूछ आऊँ?"

"मैं अगर अभी तुम्हें भागने को कहूँ, तो भागोगे?"

पलटू ने दायें-बायें देखा और जवाब दिया, "नहीं भाग पाऊँगा।"

''मगर अब तुम्हें भी भागना ही होगा। तुम्हारा बैजा खुद तो भागा ही, तुम्हारा भाग्य लेकर भी भाग गया। अब तुम भी घर लौट जाओ अपना करम कूटने।''

''आपके इस आदेश से मेरी तो छाती फटी जा रही है, स्वामी, मगर आपके किसी भी आदेश का मुझे पालन तो करना ही है।''

''मगर उससे पहले बैजा के अपराध की सजा मिलेगी तुम्हें।''

''आपने जो अभी-अभी भाग जाने का आदेश दिया, स्वामी, वह मेरे लिए किसी बड़ी-से-बड़ी सजा से कम है क्या?''

''कम है, बहुत कम है।''

''सजा देने की जिम्मेवारी,'' एक साधु बोल पड़ा, ''मुझे दे दीजिए, महन्थजी।''

पलटू ने भीगी हुई निगाहों से उस साधु की जलती हुई आँखों को देखा और जान गया कि गर्भस्थ बच्चे का बाप जरूर यह साधु ही होगा।

महन्थ के होंठों पर उतर आयी रहस्यमय मुस्कराहट को देखकर पलटू काँप गया। उसने विनीत स्वर में निवेदन किया, ''मेरा यह अपराध हुआ कि मैंने इस बैजा की भलाई की बात सोची; उससे भी बड़ा अपराध यह हुआ कि मेरे रहते वह यहाँ से भाग गया। मैं सजा भुगतने को तैयार हूँ, स्वामी। हाँ, ऐसा नहीं हो कि सजा पूरी होने के पहले मेरे प्राण छूट जाएँ। आप छह मूरत हैं यहाँ; मैं फी मूरत एक लात और दो घूँसे ग्रहण करने को तैयार हूँ। मैं ब्राह्मण हूँ, इससे अधिक नहीं झेल पाऊँगा। ऐसी कुटम्मस नहीं हो कि मैं भागने लायक भी नहीं रहूँ।'' बोलकर पलटू ने उस साधु की ओर दृष्टि घुमायी जिसे उसके सिर पर जटा जमाने के लिए तैनात किया गया था और जो अभी उसकी ओर नेक निगाहों से देखता नजर आ रहा था।

''मैं इसे,'' एक और साधु ने अपनी राय दी, ''लात-घूँसों की सजा देने के विरुद्ध हूँ। हमारे अपने ही लात-मुक्कों को सजा मिलेगी; व्यर्थ अपने अंगों को क्यों दुखाऊँ!''

''तो क्या इसे छोड़ दिया जाये?''

''यह कैसे होगा?'' जटा जमाने पर तैनात साधु बोल गया, ''मैंने जो अब तक इसके सिर पर मेहनत की है, उसका क्या होगा? पहली बार किसी को चेला बनाने का विचार मेरे मन में उपजा था। मन तो हो रहा है, इसका सिर उतार लूँ।''

पलटू अपने भावी गुरु की मुद्रा देखकर डर गया। उसने अपनी पुरानी राय में संशोधन किया और उसे इस बार इस बात का पुख्ता यकीन हो गया कि दासिन के पेट में किसी और साधु का नहीं, इस गुरु का ही बच्चा है।

सजा देने के विरुद्ध खड़े साधु ने कहा, ''सिर उतार लेने से भी इसका कुछ नहीं बिगड़ेगा और आपकी मेहनत बेकार जाएगी। कुछ और सजा देनी होगी। यह दोनों वेला तीन-तीन भोजनभट्टों का भोजन अकेले उदरस्थ कर लेता था। मेरी राय है कि यहाँ रहकर जो इसने अपनी देह पर चर्बी चढ़ायी है, वह चर्बी उतार ली जाये।''

देह की चर्बी उतार ली जाये! पलटू डूबने लगा था। वह नहीं जान रहा था कि देह की चर्बी किस विधि से उतारी जाती है। फिर उसकी राय में संशोधन की नौबत आ गयी, कहीं दासिन के पेट में इस साधु का बच्चा तो...

"ठीक है, चर्बी उतारी जाये," महन्थ पूछ बैठा, "मगर, कैसे?"

"यहाँ ढेरों काम हैं," साधु ने सुझाया, "क्यों न जलावन की लकड़ी फड़वायी जाये इससे? तब तक जब तक पूरी चर्बी उतर नहीं जाती है। हमारे रामदास को भी कुछ आराम मिल जाएगा।"

"मुझे तो नींद आ रही है," महन्थ बोला, "अब आपको इससे जो करवाना हो, करवाइए। मैं चलता हूँ।"

चलने के पहले महन्थ ने उस साधु के कान में फुसफुसाकर कुछ कहा। महन्थ के साथ ही दूसरे साधु भी सोने चले गये। सिर्फ दो साधु रह गये और उनके साथ पलटू झा।

पलटू झा मन-ही-मन इस बात की खुशियाँ मना रहा था कि फकत उसकी चर्बी उतारी जाएगी, उसका सिर नहीं।

दोनों साधु पलटू झा को लेकर मठ के पिछवाड़े की ओर चले, तो पलटू पूछ बैठा, "अभी ही लकड़ी चीरूँगा?"

"अभी तुम्हारी पहरेदारी कौन करेगा?" साधु ने जवाब दिया, "मगर लकड़ी के कुन्दे अभी ही देख लो। सुबह चार बजे ही रामदास जग जाता है। उससे कुल्हाड़ी ले लेना और काम पर लग जाना।"

"ठीक है," पलटू बोल गया, "दो घड़ी सो लूँगा।"

दूसरे साधु ने पलटू के चूतड़ पर लात जमा दी, "साला! अभी से ही नींद आने लगी! सोनेवाला काम किया क्या है? हम सब दिन भर के थके-माँदे हैं। चलकर हमारी पाँवचप्पी करो।"

पलटू अकबका गया। उसकी आत्मा चीत्कार कर उठी, "रे बैजा! कहाँ फँसा दिया रे।"

लगभग पूरी रात यह पाँवचप्पी करता रहा, सिर्फ साथ के दो साधुओं की ही नहीं, उनके आदेश पर सारे सोये-जगे साधुओं की। पाँवचप्पी में कुशलहस्त नहीं होने और आँखों में नींद झमकने के कारण उसे रात भर साधुओं की लताड़ खाते रहनी पड़ी थी।

उसे यह भी पता नहीं चला कि कब आखिरी साधु का लताड़ चलाना बन्द हुआ और कब आखिरी बार उसकी पलकें बिल्कुल मुँद गयीं।

नींद अचानक उचटी, तो उसने पाया कि हर ओर निस्तब्धता थी, न कोई हिल-डोल, न कोई गति, न कोई व्यापार। सारे साधु नींद में मरे पड़े थे।

बिल्ली के पाँवों चलकर वह अपने कमरे में गया और अपना झोला उठाया। दिल की धड़कनों को समझाते हुए कि वह तो रामदास से कुल्हाड़ी माँगने जा रहा है और ज्ञात-अज्ञात सारे देवी-देवताओं को सुमिरते हुए कि वे सब मिलकर उसकी नैया पार लगा दें, वह चोर की तरह हर बन्द दरवाजे को ठेलता-खोलता मठ के बाहर निकल आया और फिर...

फिर राह छोड़कर खेत में उतरा वह, साधु का चोला उतार फेंका और अँधेरे में भी मुड़-मुड़कर देखते हुए कुछ दूर तक पत्तातोड़ उस दिशा में भागा जिस दिशा में सहसौल बाजार था।

दम मारने के लिए तो रुका वह, मगर यह नहीं भूल पाया कि अभी भी उसका दम सूली पर था। एक भयंकर रहस्य को तो चुराकर भागा ही था वह। जिस रहस्य पर परदा डालने के लिए

साधुवृंद क्या-क्या तिकड़म करने को तैयार नहीं था, उस रहस्य पर से परदा उठ जाने का डर तो उसके भागने के साथ उस वृंद को हो ही गया होगा। क्या पता कि उसे साधुओं के सुपुर्द करते हुए महन्थ ने एक के कान में यही फुसफुसाया हो कि जलावन चिरवाने के बाद उसे भी जलावन की तरह चीरकर किसी गड्ढे में डाल देना। अवश्य महन्थ ने साधुओं को बैजनाथ के पीछे भी दौड़ाया होगा और कोई ठीक नहीं कि वे आगे पहुँचे हुए हों। उसे लगा कि वह आगे और पीछे दोनों ओर से घिरा हुआ है।

उजास फूटने लगा था।

पलटू झा के दिमाग ने तेजी से काम किया और उसे अविलम्ब अपनी सूरत बदल लेने का खयाल आया। खोज में निकल पड़े साधु उसके कान-नाक से उसे क्या पकड़ पाएँगे! मगर जिस सिर पर फूट रही जटा की कोंपल और बेतुके ढंग से बढ़ आयी दाढ़ी-मूँछ से उन्होंने परिचय स्थापित कर लिया था, उसे पहचानने में तो उनसे कोई भूल नहीं होगी।

सूरत बदलने का उपाय सोचते हुए वह धीरे-धीरे आगे बढ़ा, तो कुछ दूर पर उसे एक गाँव दिख गया। लोगबाग अब खेतों की ओर निकल रहे होंगे और अब उसका खेत-खेत चलना खतरे से खाली नहीं होगा, यह सोचकर वह फिर सड़क पर चला आया और चौकसी बरतते हुए गाँव में घुस गया।

वह गाँव में एक नाई की तलाश करने लगा। वह नजर दौड़ाने लगा कि किसी घर के सामने उसे बिखरे-कटे बाल दिख जाएँ। वह ध्यानपूर्वक अपना काम कर ही रहा था कि किसी ने उसका ध्यान भंग किया, "कुछ ढूँढ़ रहे हैं क्या?"

वह चौंककर पलटा तो देखा कि एक आदमी हाथ में लोटा लिये मैदान जा रहा है। उसने जवाब दिया, "हाँ, नाई की दुकान ढूँढ़ रहा हूँ।"

उस आदमी को अचरज हुआ कि ढूँढ़नेवाला दुकान ढूँढ़े और उस ढूँढ़नेवाले को देखकर देखनेवाले को लगे कि वह सड़क पर अपनी खोयी हुई सुई ढूँढ़ रहा है! उसने पूछा, "क्या काम है?"

"बाल बनवाना है।"

"मूँछ-दाढ़ी भी?"

"हाँ।"

"सिर्फ बाल छँटवाना है या मुंडन करवाना है?"

"हाँ, मुंडन करवाना है।"

"भोर-भोर चले आये मुंडन करवाने?"

"हाँ, चला आया।"

"मुंडन की घड़ी बीती जा रही होगी?"

"हाँ, कुछ वैसा ही।"

उस आदमी ने आगे नहीं पूछा कि वह किस गाँव से आ रहा है। पलटू को साथ लिये वह आदमी नाई की दुकान पर गया, दरवाजा खटखटाकर उसे जगाया और उससे कहा, "इस बाबू का मुंडन कर दो, ना-नुकर मत करना।"

''भोर-भोर मुंडन?'' नाई ने उस ग्रामीण से नजर मिलाकर पूछा।

''हाँ, कर दो।'' बोलकर वह आदमी वहाँ से चला गया।

थोड़ी ही देर बाद नाई की दुकान को ग्रामीणों की भीड़ ने लाठी-भाले के साथ घेर लिया।

सिर्फ एक पखवारा पहले की बात थी। अभी भोर भी नहीं हुआ था कि एक आदमी इसी गाँव के इसी नाई के पास पहुँचा और दरवाजे को थपथपाकर उसे जगाया और बोला, ''मेरा मुंडन कर दो।''

''सुबह तो हो जाने दीजिए,'' नाई ने जवाब दिया था।

''नहीं, मुझे अभी ही मुंडन कराना है।''

''अभी ही कराना है? वह भला क्यों?''

''मैं अशौच में हूँ। चाची मर गयी है। कल ही मुझे मुंडन करा लेना था। भूल गया। भोर होने के पहले करा लूँगा, तो काम चल जाएगा। जल्दी करो; मुंडन की घड़ी बीती जा रही है।''

नाई ने घड़ी बीतने के पहले मुंडन कर दिया और वह आदमी वहाँ से तेजी से निकल गया।

गाँव के सिवान तक ही पहुँच पाया होगा वह आदमी कि गाँव के दूसरे सिवान से शोर और उसके पीछे से एक भीड़ गाँव में घुसी। शोर सुनकर गाँववाले जग गये और घरों से बाहर निकल आये। आनेवाली भीड़ ने गाँववालों की भीड़ को बताया कि एक डाकू, जिसके लम्बे-लम्बे झोंटे और काफी बढ़ी हुई दाढ़ी-मूँछ हैं, इसी ओर भागता हुआ आया है, अभी कहीं दूर नहीं निकल पाया होगा और हम लोगों को पीछे से शोर मचाते हुए आता देख आस-पास ही कहीं छिप गया होगा, और गाँववालों से निवेदन किया कि बस लोग बाग-बगीचों और खेत-बहियार में फैलकर इस आदमी को ढूँढ़ निकालें।

लोगों ने चारों ओर फैलकर डाकू को ढूँढ़ने का प्रयास किया था, मगर कोई झोंटा और बढ़ी हुई दाढ़ी-मूँछवाला आदमी नहीं मिला।

नाई को उस वक्त यह बताने का ख्याल ही नहीं रहा कि अभी-अभी उसने एक झोंटावाले का मुंडन किया है। उसने तो मामला ठंडा हो जाने के बाद गाँववालों को बताया कि डाकू उसके पास आया था।

हँसी-हँसी में ही यह बात उस गाँव में भी पहुँच गयी जहाँ के लोगों ने डाकू का खदेड़ते हुए पीछा किया था, और फिर यह शिकायत थाना तक पहुँच गयी कि किस गाँव का कौन नाई डाकुओं का सखा है और किस तरह उसने एक डाकू को भाग निकलने में मदद की थी।

हालाँकि गाँववालों की मदद से नाई निर्दोष माना गया और हल्की पूछताछ के बाद ही थाना से छूटकर आ गया था, मगर आदमी की जात में सबसे चतुर माने जाने के बाद भी उसने जो भोर से भी पहले के कुसमय में एक गाँव के बाहर के आदमी का मुंडन किया था, इस अपराध के लिए उसे थाना में पाँच सौ रुपये का दंड भरना पड़ा था जिसमें गाँववालों ने उसे कोई मदद नहीं की थी। भविष्य में, दारोगा गाँववालों से कहकर गया था, अगर गाँव का कोई भी आदमी उसे मुंडित आदमी को, मुंडन के पहले या बाद में, देखकर भी अनदेखा कर जाता है, तो उसे भी नाई माना जाएगा और नाई के बराबर अपराधी भी।

भीड़ के आने तक पलटू का मुंडन नहीं हो पाया था और नाई अब तक अपना उस्तरा ही तेज करने में लगा हुआ था। लाठी-भाले की भीड़ देखकर पलटू के दिमाग से मुंडन का खयाल जाता रहा और चकमा देकर निकल भागने की कोई सूरत नहीं देखकर वह अपने मुंड की खैर मनाने लगा।

कुछ लाठी-भाले दुकान के अन्दर भी घुस आये, तो पलटू ने नाई से पूछा, "क्या बात है?"

एक भाला ने जवाब दिया, "एक डाकू पकड़ा गया है।"

"कहाँ है?"

"यहाँ है।" पलटू का झोंटा पकड़ते हुए भाला बोला और उसे झँझोड़ते हुए दुकान के बाहर खींच ले गया।

पलटू अकबकाया हुआ था; उसने भयजड़ित कंठ से कहा, "भाई, मैं तो चोर भी नहीं हूँ, मामूली चोर भी नहीं।"

"अभी पता चल जाता है," किसी ने सुनाया, "लोग तुम्हें ढूँढ़ते हुए आ ही रहे होंगे।"

किसी एक ने राय दे दी, "जब तक वे लोग आ नहीं जाते, तब तक हम इसे यहीं किसी खूँटे से बाँधकर छोड़ दें। वे लोग आयें और पहचानें अपना चोर या डाकू।"

भीड़ के अगुआ ने कहा, "कुछ पूछत.छ तो हम लोग कर ही लें।"

डाकू का पीछा कर रहे लोगों के आगमन की प्रतीक्षा करते हुए डाकू को पकड़कर रखे हुए लोगों ने पलटू को एक जाबिर डाकू सिद्ध कर देने का मन बनाकर उससे पूछताछ प्रारम्भ कर दी।

"क्या नाम है तुम्हारा?" अगुआ ने पूछा।

पलटू जल्दी से अपना कोई दूसरा नाम सोच नहीं पाया और बोल गया, "कलटू झा।"

"झा हो या नोनिया-धुनिया? सच-सच बोलो।"

"झा हूँ, ब्राह्मण।" पलटू को लगा कि उसकी बुद्धि काम कर रही है, क्योंकि घबराहट में भी उसने 'झा' का त्याग नहीं किया था।

"कहाँ घर है?"

सच बोलने की खतरनाक धमकी मिल चुकी थी उसे। इस बार वह बिल्कुल सच बोला, "सहसौल बाजार से पूरब राघोपुर के रास्ते में एक गाँव है फुलकाहा; वहीं का रहनेवाला हूँ।"

"कहाँ से आ रहे हो?"

"बेलागंज से।"

"क्यों गये थे?"

कुछ सोचकर सच में कुछ झूठ और झूठ में कुछ सच का मिश्रण करके जवाब देना शुरू किया पलटू ने, "एक साधु के साथ घर से निकल गया था।"

"साधु बनने?"

"हाँ।"

"चिमटा कमंडल कहाँ है।"

''साधु के पास ही छोड़कर आया हूँ।''

''इस झोले में क्या है?'' पलटू के कंधे से लटक रहे झोले की ओर इशारा करते हुए अगुआ ने पूछा।

''मेरा अपना सामान है।''

''उतारो झोला।'' बोलकर अगुआ ने एक आदमी से कहा, ''इसके झोले की जाँच करो।''

जाँचकर्ता ने झोले का सामान बाहर निकाला, तुरन्त सामान की जाँच पूरी की और खुशी से उछल पड़ा, ''पकड़ा गया चोर?''

सबकी निगाहें जाँचकर्ता पर जा टिकीं, तो वह बोला, ''किसी ब्राह्मण पुजारी के घर चोरी की है इसने। सारी किताबें पूजा-पाठ विधि की हैं। उस बेचारे की पूरी लुटिया ही ले भागा है यह।''

''नहीं-नहीं,'' पलटू ने बात काटी, ''ये सारी किताबें मेरी हैं।''

''इतनी किताबों साथ लेकर चलने का मतलब?'' अगुआ ने पूछा।

''पुजारी हूँ; सारी किताबें साथ रखता हूँ; कब किसकी जरूर पड़ जाये!''

''साधु का चेला बनने निकले थे कि गाँव-गाँव में पूजा कराने?''

''गरीब ब्राह्मण हूँ। विपत्ति का सहारा अपने साथ रखता हूँ। भूख से पटपटाकर तो नहीं मरूँगा कहीं! किसी गृहस्थ के पैर पकड़कर भी उसके घर कोई पूजा करा दूँगा। कुछ तो दान-दक्षिणा मिल ही जाएगा, कुछ भी नहीं तो सीधा-पानी।''

जाँचकर्ता इस बात से खुश नहीं था कि चोर लगातार अपने को साधु और पुजारी सिद्ध किये जा रहा था और इस बात से अत्यन्त दुखी होता जा रहा था कि एक डाकू को चोर सिद्ध करने में भी उसे पूर्ण सफलता प्राप्त नहीं हो रही थी। अब तक को अपनी जाँच को अधूरी मानकर उसने पुनः अपनी जाँच शुरू की और चोरी के माल को उलट-पलटकर देखने लगा था।

वह अचानक आगे बढ़ा और एक झन्नाटेदार तमाचा चोर के गाल पर जड़कर पूछा, ''बोल, साला, तू चोर है या नहीं?''

पलटू की आँखों के आगे अँधेरा छा गया। जब अँधेरा छँटा, तब उसने जवाब दिया, ''नहीं हूँ, चोर नहीं हूँ।''

''तू चोर है,'' बोलकर जाँचकर्ता ने भीड़ से कहा, ''बहुत चालू चोर है यह। हर किताब-पर-किताब के मालिक का नाम लिखा हुआ है। इसने पढ़ तो लिया था नाम, पर हमारे पूछने पर याद नहीं रख पाया कि क्या नाम पढ़ा था। किताब पर नाम लिखा हुआ है पलटू झा और इसने अपना नाम बताया कलटू झा। बोल,'' वह फिर चोर से मुखातिब हुआ, ''अब क्या बोलना है?''

चोर ने हकलाते हुए कहा, ''मैंने पलटू झा ही बताया था न?''

कई आवाजें एक साथ उभरीं, ''इसने कलटू झा बताया था।''

''हो सकता है,'' पलटू बोला, ''भय के कारण मेरी जबान लड़खड़ा गयी हो। सच कहता हूँ, मैं पलटू झा हूँ, सारी किताबें मेरी हैं और मैं पुजारी हूँ।''

''अगर पुजारी हो,'' जाँचकर्ता ने पूछा, ''तब तो संस्कृत पढ़ लोगे?''

"हाँ।"

"पढ़कर दिखाओ तो," बोलकर जाँचकर्ता ने एक किताब खोलकर उसके आगे बढ़ा दी, "पढ़ो तो यह पन्ना।"

पलटू ने दम लेकर पढ़ना शुरू किया,

"मन्दारमालाकुलितालकायै कपालमालांकितशेखराय।
दिव्याम्बरायै च दिगम्बराय नमः शिवायै च नमः शिवाय।
कैलासशिखरे रम्य गौरी पृच्छति शंकरम्।
गुह्याद गुह्यतरं..."

"रुको," जाँचकर्ता ने पलटू के हाथ से किताब झपटकर लेते हुए कहा, "पंडित-पुजारी हो, तब तो कुछ श्लोक भी याद होंगे?"

"हाँ, याद हैं।"

"बोलकर सुनाओ तो।"

पलटू झा तुरत सस्वर चालू हो गया,

"शान्ताकारं भुजगशयनं पद्मनाभं सुरेशं,
विश्वाधारं गगनसदृशं मेघवर्णं शुभांगम्।
लक्ष्मीकान्तं कमलनयनं..."

जाँचकर्ता ने हाथ की किताब नीचे फेंक दी और बोला, "बहुत शातिर चोर है। अब जिन्होंने चोर को पहचाना है, वे ही आकर पहचानें चोर को। चोर को बाँध दीजिए खूँटे से और चलिए। कब तक रुके रहेंगे हम सब यहाँ, और चोर को पकड़ने के लिए हम लोग व्यायाम क्यों करें!" भीड़ को इतना सुनाकर जाँचकर्ता चला गया।

अगुआ ने भीड़ से पूछा, "क्या कहते हैं आप लोग? इसे बाँध दिया जाये खूँटे से? आनेवालों को तो अब तक आ जाना चाहिए था। किसी ओर कोई शोर भी सुनायी नहीं पड़ रहा है।"

"आप लोग मेरी दुखभरी कथा सुन लीजिए," पलटू ने निवेदन किया, "और फिर सोच लीजिए कि मैं चोर हूँ या नहीं। चेला को ढूँढ़ते हुए इधर सिर्फ एक साधु आ सकता है, चोर को ढूँढ़ते हुए कोई नहीं आएगा।"

"सुनाओ," अगुआ ने चोर को अपनी कथा सुनाने की अनुमति दे दी, "कुछ समय तुम्हारी झूठी-सच्ची कथा सुनने में भी कट जाये।"

पलटू ने अपनी दर्दभरी कथा शुरू की, "एक साधु मेरे गाँव में तीन दिनों से टिका हुआ था। उसे एक चेले की तलाश थी और उसने शायद सोच लिया था कि फुलकाहा से एक चेला उड़ाकर ले ही जाएगा वह। मैं उसकी निगाहों में आया और उसे जँच गया। उसने मुझसे कहा कि यह संसार निस्सार है। सुन लीजिए कि उसने क्या कहा, मगर सुनाने के पहले ही मैं आपसे निवेदन करता हूँ कि यह संसार कैसा भी लगे आपको, आप इसे निस्सार नहीं मानिएगा।"

इतना बोलकर उसने सुनाया,

"कह रहा है आस्माँ यह सब समाँ कुछ भी नहीं।

रोती है शबनम कि नैरंगे जहाँ कुछ भी नहीं।
जिनके महलों में हजारों रंग के फानूस थे।
झाड़ उनकी कब्र पर है औ निशाँ कुछ भी नहीं।
जिनकी नौबत की सदा से गूँजते थे आस्माँ
दम बखुद है कब्र में अब हूँ न हाँ कुछ भी नहीं।
तख्तवालों को पता देते हैं तख्ते गोर के।
खोज मिलता तक नहीं बादे अजाँ कुछ भी नहीं।''

इतना सुनाकर उसने आगे कहा, ''संसार को निस्सार बताकर ही वह चुप नहीं रह गया, उसने मुझसे रामशरण हो जाने को भी कहा। सुन लीजिए कि क्या कहा उसने, मगर सुनाने के पहले मैं आप सब के पैर पकड़ता हूँ कि मेरे मुँह से उनका कहा सुनकर भी आप रामशरण नहीं हो जाइएगा। उस साधु ने सुनाया था,

सुमिरन कर मन रामनाम दिन नीके बीते जाते हैं।
पाप गठरिया सिर पर भारी पग नहिं आगे जाते हैं।
मात पिता पति कुल धन दारा संग नहीं कोई जाते हैं।
दुनिया दौलत माल खजाना काम नहीं कुछ आते हैं।
सुमिरन कर मन रामनाम दिन नीके बीते जाते हैं।

''उसकी बोली में जादू था। मैं उसकी बातों में आ गया और एक रात माता-पिता और पुत्र-पत्नी को सोया छोड़कर उसके साथ निकल गया।

''पन्द्रह दिनों तक उसके साथ रहा मैं। पन्द्रहवीं रात मैंने सपना देखा और सपने में पत्नी और पुत्र को बिलखते देखा। सपना टूटते ही मैं बेचैन हो गया। मैं माँ दुर्गा का उपासक रहा हूँ। मुझे लगा कि माँ ने ही सपने में मुझे घर लौट जाने का आदेश दिया है। मेरी बेचैनी इतनी बढ़ गयी कि मैंने रामशरण हो जाने का विचार त्याग दिया और साधु को सोया छोड़कर भोर से भी पहले वहाँ से निकल गया। वहाँ से भागा, तो यहीं आपके गाँव में रुका हूँ।

''इन पन्द्रह दिनों से, जरा सोचकर आप बताइए, मुझे चेला बनाने के लिए मेरे सिर पर जटा उगायी जा रही थी या चोर बनाने के लिए? क्या आपने कभी, कहीं, किसी चोर का...'' (भीड़ के आगे अपना सिर झुकाते हुए) पलटू झा ने कहा, ''ऐसा सिर देखा है?''

पूरी भीड़ की आँखें चोर के झुके सिर पर झुक आयीं।

पूरे दो मिनट के बाद अपना सिर उठाया पलटू ने और बोला, ''इसी जटा से मुक्ति पाने के लिए मैं सुबह-सुबह नाई के पास पहुँचा था। मैं जटाधारी नहीं बन सकता; आप लोग मुझे फाँसी दे दीजिए।''

लोग मुलायम हो गये। कथा दर्दनाक थी। कोई यह झूठ कहने को तैयार नहीं हुआ कि उसने ऐसे सिर का मालिक होते किसी चोर को देखा है या ऐसे सिर वाले चोर के बारे में कभी सुना भी है।

''अब तक चोर का सिर काट ले जाने के लिए कहीं से कोई नहीं आया है,'' एक आदमी ने कहा, ''और मैं दावे के साथ कह सकता हूँ कि इस सिर को ढूँढ़ने अब कहीं से कोई नहीं

आएगा।''

''अगर यह सचमुच चोर है,'' एक दूसरा आदमी बोल गया, ''तो इसका दुर्भाग्य मानिए कि विद्वान् होकर भी यह एक मामूली चोर होकर रह गया। हम जितने बड़े चोरों के बारे में अखबारों में पढ़ते आये हैं,वे अपनी विद्वत्ता के बल पर ही बड़े पदों पर पहुँचे हैं और बड़े चोर बन पाये हैं, जबकि उनमें से कितने ही विद्वत्ता में पुजारी कलटू या पलटू झा के सामने पानी भरेंगे। मैं तो कहूँगा कि इस चोर के दुर्भाग्य पर आँसू बहाकर इसे बाइज्जत विदा कर दीजिए।''

''बाइज्जत विदा कर दीजिए,'' दूर तक सोचनेवाले एक दूरन्देश ने कहा, ''मुझे कोई एतराज नहीं है, मगर मैं यह नहीं मानूँगा कि इस चोर या विद्वान का मुंडन भी यहाँ करा दिया जाये, हालाँकि अब सुबह की समय-सीमा समाप्त हो चुकी है। एक चेला का उद्धार-उपकार कर दें हम, मगर इसके गुरु का श्राप कौन झेलेगा? हम पाप तो नहीं करें।''

दूरन्देश की बात भीड़ को जँच गयी। मुंडन नहीं हो पाया पलटू झा का, मगर उसे बाइज्जत विदा कर दिया गया।

(6)

झंडा और झोला सँभाले सहसौल बस पड़ाव पर बैठे हुए जिस आदमी पर आँखें अटक गयीं पलटू झा की, उसे वह दूर से टकटकी बाँधकर देर तक देखता रहा। कुछ पास चला गया वह सही पहचान के लिए; क्या वह बैजनाथ मंडल हो सकता है? रात में भी चार कोस चलकर आ सकता है यह धानुक, मगर उसके हाथ में यह झंडा कहाँ से आ गया? और, कोई नया झोला तो वह बाजार में खरीद सकता था, मगर उसे एक पुराना झोला कहाँ मिल गया सड़क पर फेंका हुआ?

नहीं, वह बैजनाथ मंडल नहीं हो सकता। बस पड़ाव पर सैकड़ों लोग वैसा झंडा लिये घूम-टहल रहे हैं और वह आदमी अवश्य वैसे लोगों में से ही एक है। किसी राजनैतिक दल के आदमी हैं ये सब और कहीं जुलूस में शरीक होने जा रहे हैं। मगर... देह पर कमीज तो वही है और कन्धे पर गमछा भी वही...

शंका-निवारण के लिए वह बहुत समीप चला गया और कनखियों से देख-देखकर शंका का निवारण कर लिया। जो भी जादू हुआ हो रात भर में, मगर यह आदमी बैजनाथ मंडल के सिवा कोई और नहीं हो सकता।

वह बैजनाथ के आगे जा खड़ा हुआ और उससे नजरें मिलाते ही मुस्कराया। बैजनाथ ने उसकी ओर गौर से देखा और कुछ विस्मित हुआ, मगर उसकी मुस्कराहट का कोई जवाब दिये बगैर अपनी नजरें झुका लीं।

''बैजनाथ बाबू!'' पलटू ने टोका, ''मुझे नहीं पहचाना?''

''नहीं।''

''मैंने अभी-अभी यहाँ मुंडन करा लिया,'' बोलते हुए पलटू झा बैजनाथ मंडल के सामने बैठ गया, ''जटा के साथ दाढ़ी-मूँछ भी मुड़ा ली। सफाचट देखकर पहचानने में दिक्कत हो रही है क्या?''

"हाँ, दिक्कत हो रही है।" बैजनाथ ने नजरें मिलाकर जवाब दिया और मुँह घुमा लिया।

"हम दोनों ही कुछ-कुछ बदले हुए हैं; मेरे सिर से जटा चली गयी है और आपके हाथ में झंडा आ गया है।"

"मैं रात में भले कुछ-कुछ बदल गया होऊँ," बैजनाथ ने दुखी और आक्रोशित स्वर में कहा, "मगर आप तो कल दिन में ही पूरी तरह बदल गये थे।"

"कैसे?"

"आप वही पलटू झा हैं," बैजनाथ के स्वर में धिक्कार आ गया था, "जो फुलकाहा से मेरे साथ चले थे, जिन्हें मैंने अपना मददगार माना था, जिन पर मैंने भरोसा किया था?"

"वही हूँ, मैं वही पलटू झा हूँ, बैजनाथ बाबू।"

"मैं नहीं मानता; आप तो एक गाभिन औरत से मेरा ब्याह कराने पर उतारू थे।"

"मैं जो कह रहा था, वह सोच नहीं रहा था।"

"क्या सोच रहे थे आप?"

"मैं मन-ही-मन निकल भागने की युक्ति पर काम कर रहा था। साधुओं को जो कुछ सुना रहा था वह सिर्फ इसलिए कि उनका हम पर विश्वास हो जाये कि इस रिश्ते को हम हाथ से जाने नहीं देंगे और वे हमारी ओर से इतना निश्चिन्त हो जाएँ कि उनकी मुट्ठी से निकल भागने में हमारे सामने कोई बाधा-बन्धन उपस्थित नहीं हो। मेरे मन में तो यह बात थी, बैजनाथ बाबू।"

"नहीं, यह बात नहीं थी; अपने मन की बात तो आप मेरे कान में फुसफुसाते रहे थे।"

"वह तो मेरी चाल थी, बैजनाथ बाबू," पलटू ने मुस्कराकर जवाब दिया था, "वह सब मैं कर रहा था साधुओं का अपने ऊपर विश्वास और भी बढ़ा देने के लिए।"

"मेरा दिल अभी भी नहीं मानता।"

"मत मनाइए दिल को," पलटू बोला, "मगर देख लीजिए कि आपके भागते ही मैं भी भाग आया, जटा को जड़ से उखाड़ दिया। क्या यह आपके लिए मेरा त्याग नहीं है? मठ में रहकर जटाधारी हो जाता, तो महन्थजी किसी-न-किसी मठ की गद्दी पर मुझे बिठा ही देते। मगर मैं अपना भविष्य बनाने तो घर से नहीं चला था। अभी भी मैं आपके भविष्य की चिन्ता करता हूँ और अभी भी यह दम भरता हूँ कि किसी सुकन्या से आपका ब्याह कराके ही दम लूँगा।"

"अब यह तो भविष्य ही बताएगा," बैजनाथ कुछ ढीला पड़ा, "हम फिर मिलेंगे। अभी तो मैं भविष्य को कुछ दिनों की मोहलत दे रहा हूँ। आप रीतलाल से कह दीजिएगा कि मैं एक सप्ताह के बाद आऊँगा।"

"कहाँ जा रहे हैं आप?"

"यहाँ इतने लोगों के हाथ में झंडा देख रहे हैं; अन्दाजा नहीं लगा सकते कि कहाँ जा रहे हैं ये सारे लोग?"

"यह अन्दाजा तो लगा सकता हूँ कि सब किसी जुलूस में शरीक होने जा रहे हैं, पर यह कैसे जान पाऊँगा कि कहाँ जा रहे हैं, जब तक किसी से पूछूँ नहीं?"

"जानकर भी क्या करेंगे आप?"

"मैं भी आपके साथ चल दूँगा।"

"आप घर जाइए, गुरुजी; मैं जहाँ जा रहा हूँ, वहाँ आप नहीं जा पाएँगे।"

"घर जाने के लिए अभी कोई बस नहीं है। लोग बता रहे हैं कि अभी कई दिनों तक कोई बस नहीं मिलेगी। मैं पाँव पैदल घर जा नहीं सकता। मेरी तो अभी देह टूट रही है। आपके साथ रहूँगा, तो थकान धीरे-धीरे दूर होती चली जाएगी। यह अच्छा लगेगा कि आपके साथ घर से चला था और आपके ही साथ घर वापस आ गया।" इतना बोलकर कुछ लाड़ भरे स्वर में बोल गया पलटू, "यह आपने कैसे कह दिया कि मैं आपके साथ नहीं जा सकता! मैं आपके साथ नरक में भी जाने को तैयार हूँ, बैजनाथ बाबू।"

"नरक हम साथ जा सकते हैं, मगर अभी जहाँ मैं जा रहा हूँ वहाँ आप मेरे साथ नहीं जा सकते।"

"क्यों?"

"हमारा गुरु-शिष्य का सम्बन्ध तो हमेशा-हमेशा के लिए पक्का रहा, मगर इस झंडा को हाथ लगाने के बाद हमारा सम्बन्ध टूट जाता है। जब इस झंडा को फेंककर घर आ जाऊँगा, तो फिर आप वही गुरु, मैं वही शिष्य। कुछ दिनों के लिए इस विच्छेद को आप बरदाश्त कीजिए। मैं पिछड़ों के जुलूस में जा रहा हूँ; आप तो ब्राह्मण ठहरे, इस जुलूस में नहीं जा सकते न!"

"मुझसे विच्छेद सहा नहीं जाएगा, बैजनाथ बाबू। जहाँ आप, वहाँ मैं। मैं भी पिछड़ों में शरीक हो जाऊँगा।"

"ऐसा नहीं हो सकता। आप पकड़ लिये जाएँगे।" बोलते ही बैजनाथ को एक युक्ति सूझ गयी और उसने कहा, "हाँ, हो सकता है; आप पलटू झा से ललटू-टलटू मंडल हो जाइए; कोइरी-कुम्हार कुछ भी हो सकते हैं।"

"मैं 'पलटू' को छोड़ सकता हूँ, 'झा' को नहीं छोड़ सकता। आज भोर-भोर मुझे ज्ञान हुआ है कि 'पलटू' जाये कि रहे, 'झा' नहीं जाये।"

"जब 'झा' को नहीं छोड़ सकते, तब 'पलटू' को भी पकड़े ही रहिए," बैजनाथ बोला, "मगर आपको साथ ले चलने के लिए मुझे मास्टर साहब से बतियाना होगा।"

"कहाँ है मास्टर साहब?"

"मैं उन्हें ढूँढ़ लूँगा।"

"पैरवी ठीक से कीजिएगा," पलटू ने चिरौरी की, "कह-सुनकर मना ही लीजिएगा।"

"मैं अभी आता हूँ," बोलकर बैजनाथ अपनी जगह से मास्टर साहब से मिलने के लिए उठा, मगर अभी चार डग ही चला होगा कि उसके मन में खयाल आया कि अगर मास्टर साहब मनाने से भी नहीं माने और किसी ब्राह्मण को ले जाने से साफ इन्कार कर दिया, तब तो पलटू झा उसकी पैरवी में ही खोट निकालेगा। यह खयाल आते ही वह लौटा और आकर पलटू झा से कहा, "आप भी साथ चलिये।"

बस पड़ाव से पाँच मिनट की दूरी पर ही पार्टी का दफ्तर था। दफ्तर में दो कमरे थे। एक कमरे में मास्टर साहब विराजमान थे और कुछ कागज-पत्तर तैयार कर रहे थे। वहाँ रैली में जानेवालों

की भीड़ लगी हुई थी। मास्टर साहब के कमरे में भी चार-पाँच आदमी बैठे हुए थे। बैजनाथ पलटू झा को साथ लिये उनके कमरे में घुस गया। उसे देखते ही मास्टर साहब पूछ बैठे, "कहिए, मंडलजी, अब क्या चाहिए?"

"मुझे कुछ नहीं चाहिए," बैजनाथ ने जवाब दिया, "मेरे साथ एक यह आदमी भी जाना चाहता है रैली में।"

"अच्छी बात है; नाम लिखाइए।"

"नाम है पलटू झा।"

"झा यानी ब्राह्मण?"

"हाँ, अच्छा नाम है, चलेगा।"

मास्टर साहब ने भरपूर निगाहों से पलटू झा को देखा और फिर कुछ सोचकर बैजनाथ से कहा, "आप एक बार इन्हें साथ ले जाकर प्यारेजी से मिल लीजिए।"

प्यारेजी दूसरे कमरे में बैठे हुए थे। पलटू को साथ लिये बैजनाथ उनके पास पहुँचा और उनसे कहा, "मेरे साथ का यह आदमी भी रैली में जाना चाहता है। आदमी ठीक-ठाक है, नाम में दिक्कत आ रही है। मास्टर साहब ने आपसे मिलने के लिए कहा है।"

प्यारेजी ने पलटू की ओर देखा और पूछा, "क्या नाम है आपका?"

"पलटू झा।" पलटू ने जवाब दिया।

"आप ब्राह्मण हुए?"

"हाँ।"

"आप जाएँगे रैली में?"

"हाँ, जाऊँगा।"

"हालाँकि दिल्ली रैली में जानेवालों की जैसी भीड़ पिछली बार थी, वैसी भीड़ इस बार पटना रैली में जानेवालों की नहीं है, तब भी मैं किसी को भी ठोंक-बजाकर ही भेजूँगा।"

"मैं बिल्कुल ठोंका-बजाया आदमी हूँ।"

"आप क्यों जाना चाहते हैं रैली में?"

"मैं पिछड़ों का हमदर्द हूँ; उनका उत्थान करना चाहता हूँ।"

"आप ब्राह्मण हैं; क्या आपके मुँह से यह बात शोभा देती है?"

"अवश्य शोभा देती है। मुझ जैसे ढेरों ब्राह्मण पिछड़ों के हमदर्द हैं। क्या आपकी पार्टी में ही नहीं हैं ब्राह्मण?"

"हाँ, हैं; कुछ हमदर्द होंगे, बहुत लाभ-लोभ में घुस आये हैं। मैं यह कैसे मान लूँ कि आप पिछड़ों के हमदर्द हैं, उनका शुभ चाहते हैं, उनका उत्थान चाहते हैं?"

"मैं पिछड़ों के लिए वह सब करने के लिए तैयार रहता हूँ जो कोई भी पिछड़ा पिछड़ों के लिए कर सकता है।"

"अब तक आपने ऐसा कुछ किया है क्या?"

"हाँ, किया है। मेरे गाँव फुलकाहा में ढेर सारे ब्राह्मण और राजपूत हैं, मगर मेरा सबसे घनिष्ठ है कोई एक धानुक। मेरा जीना उसके साथ, मेरा मरना उसके साथ। बैजनाथ बाबू

आपके सामने खड़े हैं; पूछ लीजिए इनसे।''

''हाँ, यह तो है।'' बैजनाथ ने गवाही दे दी।

''आपको,'' प्यारेजी ने पलटू झा से कहा, ''हमारी पार्टी का झंडा लेकर चलना पड़ेगा।''

''हाँ, पड़ेगा,'' दृढ़ स्वर में जवाब दिया पलटू झा ने, ''चलूँगा।''

''आपको हमारे साथ यह नारा लगाना पड़ेगा,

बाभन, राजपूत, भुइंहार;
इनसे सदा रहो होशियार''

''लगाऊँगा नारा; अभी लगाकर दिखा देता हूँ,'' बोलकर कड़क आवाज में हाथ भाँजते हुए पलटू झा ने नारा दुहरा दिया,

''बाभन, राजपूत, भुइंहार;
इनसे सदा रहो होशियार''

''आप बिल्कुल स्वस्थ हैं,'' प्यारेजी ने पूछा, ''या किसी रोग ने भी पकड़ रखा है आपको?''

पलटू झा ने छाती तान दी, ''मैं बिल्कुल स्वस्थ हूँ।''

''सब सोचकर चलिए,'' प्यारेजी ने सुनाया, ''हम वहाँ आपको अपना कोई इलाज कराने नहीं देंगे। बहुत लोग पटना और दिल्ली अपना छोटा-बड़ा इलाज कराने शरीक हो जाते हैं रैली में। वहाँ आप दाँत दर्द की भी शिकायत करेंगे, तो हम नहीं मानेंगे; दर्द से कराहेंगे, तब भी हम घसीटकर रैली में ले जाएँगे।''

''मैं कराहने के लिए पटना नहीं जा रहा हूँ। पटना जाऊँगा रैली में नारा लगाने के लिए।''

''हाँ, पटना जाएँगे, तो पटना तक जाएँगे,'' प्यारेजी ने स्पष्ट कर दिया, ''यह नहीं होगा कि रास्ते में ही बस से उतरकर चल दिये मानसी या काढ़ागोला घाट गंगास्नान के लिए। बहुत लोग यही सोचकर यहाँ से चलते हैं; मुफ्त की गंगा, हराम का गोता।''

''मैं तो बैजनाथ बाबू का साथ एक पल के लिए नहीं छोड़ूँगा।'' पलटू झा ने भी स्पष्ट सुना दिया।

''एक बात और सुन लीजिए।''

''सुनाइए।''

''आपने यह तो सुना ही होगा कि पटना में रैलीवालों के लिए खाने-पीने का बहुत अच्छा प्रबन्ध किया गया है; मिठाई बनाने के लिए कलकत्ता-जयपुर तक से हलवाई मँगवाये गये हैं?''

''सुना नहीं था, आपके मुँह से सुन लिया।''

''मैं यह मानकर चलता हूँ कि आपने किसी और के मुँह से भी यह अवश्य सुन रखा होगा और तब आपको सुना रहा हूँ,'' प्यारेजी ने सुनाया, ''आपकी ब्राह्मण जाति बड़ी लोभी है और खाने-पीने के लिए कुछ भी कर सकती है। अगर आप खाने-पीने के लिए जाने का इरादा रखते हैं, तो यहीं रुक जाइए। मुफ्त का चन्दन लगाओ रघुनन्दन, यह नहीं होगा।

''मैं मुफ्त का चन्दन लगाने नहीं जा रहा हूँ, भाईसाहब,'' पलटू झा ने भी सुना दिया, ''मैं आपका अनाज नहीं भी खाऊँगा, तब भी अपना अनाज खाकर उतना कर दिखाऊँगा जितना

आपका कोई भी आदमी तीन पहलवानों का भोजन चट कर जाने के बाद करेगा।''

''तब तो यह भी मैं मान लूँ कि आप पटना शहर घूमने नहीं जा रहे हैं?''

''आप बैजनाथ बाबू के लिए जितना कुछ मान चुके हैं,'' पलटू ने जोर देकर कहा, ''उतना मेरे लिए भी मान लीजिए।''

''तब ठीक है,'' प्यारेजी सन्तुष्ट हो गये, ''आप मास्टर साहब के पास जाकर अपना नाम लिखा दीजिए और फिर दफ्तर के पिछवाड़े जाकर वहाँ से चूड़ा-गुड़ ले लीजिए।''

उस कमरे से निकलते ही बैजनाथ ने पलटू को जरा धीमी आवाज में सूचित कर दिया, ''चूड़ा-गुड़ सिर्फ आज भर खाना है; कल से अच्छा भोजन मिलने लगेगा। मैं सब पता लगाकर बैठा हुआ हूँ। अपना चूड़ा-गुड़ लेते समय ही मैं पूछ बैठा था, ''इतना कम! चार दिनों तक चिड़िया की तरह खाकर कैसे रहेगा आदमी?' मेरी बात पर सब हँस पड़े थे। एक ने जवाब दिया था, 'यह सिर्फ आज की खुराक है। कल से विधायकजी के यहाँ भोज होगा, महाभोज और महाभोग'।''

दफ्तर में ही कई लोगों से मिलकर बैजनाथ ने यह जानकारी ले ली कि बस आने में देर क्यों हो रही है, कब तक आ जाएगी और कहाँ से खुलेगी, और फिर दोनों बस पड़ाव की ओर चल पड़े।

रास्ते में बैजनाथ ने अपनी जानकारी पलटू को भी दे दी, ''आज जो भी बस जाएगी, सिर्फ रैली वालों को लेकर जाएगी। तीन-चार दिनों तक आम यात्रियों को कहीं जाने के लिए कोई बस नहीं मिलेगी। यह तो भाग्य मानिए कि कोई बस आयी नहीं और मैं उस पर सवार होकर यहाँ से चला नहीं गया, नहीं तो, पता नहीं, आप कब तक यहाँ टपते रहते। बड़ा शुभ हुआ आपके लिए कि मुझसे भेंट हो गयी।

''दो दिन पहले से ही विधायकजी के आदमियों ने बस को पकड़ना शुरू कर दिया था। जिन बस-मालिकों ने बसों को छिपाने की मर्दानगी दिखायी थी, उन्हें मार भी लगी और बसों को भी रैली के लिए देना पड़ा। अभी जिसके हाथ में झंडा है, उसका कोई कुछ नहीं बिगाड़ सकता। मुझमें इतना बल आ गया है कि अगर बेलागंज मठ का कोई साधु यहाँ मुझे मिल जाये, तो मैं थप्पड़ मार दूँ। थप्पड़ खाकर वह चिमटा उठाये, उससे पहले ही मैं झंडा दिखा दूँगा और वह सरपट भाग खड़ा होगा।

''हमारे लिए कभी भी बस आ सकती है। देर हो रही है, तो आप थोड़ा-सा चूड़ा फाँक लीजिए।''

''चूड़ा फाँकने का विचार अभी मन में नहीं आ रहा है,'' पलटू ने कहा, ''अभी तो मैं यह सोच-सोचकर हैरान हो रहा हूँ कि आप रात में ही चलकर यहाँ तक पहुँच कैसे गये, इस रैली का पता कैसे पा लिया और इतने लोगों से परिचय कैसे गाँठ लिया?''

बैजनाथ मंडल खिलखिलाकर हँसा।

अच्छी तरह खिलखिला लेने के बाद उसने कहा, ''मैं तो आज सुबह सारे लोगों के साथ यहाँ पहुँचा हूँ। मास्टर साहब और प्यारेजी साइकिल से कुछ पहले ही यहाँ आ गये थे। हम लोग पैदल चलकर आये हैं। रात में मैं रतनपुर में ही टिक गया था।''

''किस रतनपुर में? रास्ते में ही पड़ा यह गाँव?''

''मेरे रास्ते में पड़ा, बेलागंज-सहसौल के रास्ते में नहीं।''

''आपने रास्ता बदल लिया था?''

''मेरा डर जिधर ले चला, उधर मैं चलता चला।''

''कैसा डर?''

''क्यों, यह डर नहीं था कि मेरा पीछा करते चिमटा-त्रिशूल आ रहे होंगे?''

''हाँ, यह डर तो रहा होगा।''

''मैं बेलागंज से निकलते ही दौड़ लगा सकता था, मगर यह सोचकर डर गया कि मुझे उस वक्त उस तरह दौड़ते देख जो जहाँ होगा वहीं से शोर मचाते हुए पीछे दौड़ पड़ेगा। डर इस तरह मेरे पीछे पड़ा था कि पीछे से आ रही हर आवाज पर मैं चौकन्ना हो जाता था। एक जगह पीछे से आ रही कुछ आवाजें मेरे कानों में पड़ीं और मैं झटपट सड़क से सटे एक बड़े गाछ पर चढ़ गया और उसकी फुनगी तक जा पहुँचा। मैंने तय कर लिया कि इस गाछ से तब तक नहीं उतरूँगा जब तक साधुओं का डर मेरे जी से नहीं चला जाता, भले ही मुझे इस गाछ पर इसकी पत्तियाँ चबाते हुए दो-चार दिनों तक रह जाना पड़े। मगर फिर डर गया। इस बार यह डर हुआ कि अगर नींद आ गयी, जिसे मैं रोक नहीं सकता था, और मैं गाछ से जमीन पर गिर पड़ा, तब तो होश आने पर मैं यही देखूँगा कि मेरे गले में प्रजावती माला डाल चुकी है और आप, पलटू झा, मेरे हाथ में माला पकड़ाकर प्रजावती के गले में डलवा रहे हैं।''

''छिः, होश आने पर आपको मुझे नहीं देखना था,'' पलटू ने कुछ झिड़कते हुए कहा, ''अच्छा हुआ, आप गाछ से नहीं गिरे।''

''हाँ,गिरने के पहले ही मैं गाछ से उतर गया, डरकर उस रास्ते को छोड़ दिया और 'अटकन-मटकन दायें-बायें दहिया चटकन दायें-बायें' से रास्ता पूछकर बायीं ओर मुँह कर दिया। देर तक खेत-बहियार से अपना रास्ता बनाते हुए मैं आगे बढ़ता गया और एक दूसरी सड़क पर आ गया।

''उस सड़क पर पहुँचते ही मैंने देखा कि आगे-आगे पन्द्रह-बीस आदमियों की एक भीड़ जा रही है। उस भीड़ के लोग जोर-जोर से बोलते-बतियाते चल रहे थे और मेरी चर्चा करने की बजाय बस, रैली, नेताजी, विधायकजी और दूसरे-दूसरे लोगों की चर्चा कर रहे थे। मेरा डर कुछ दूर हुआ। मैं उस भीड़ के पीछे-पीछे चलते हुए रतनपुर तक आ गया। भीड़ को रात में यहीं तक आना था। यहीं मेरी मुलाकात मास्टर साहब से हुई।''

''कैसे?''

''भीड़ एक पाठशाला में जाकर रुकी थी,'' बैजनाथ कहने लगा, ''मैंने तय कर लिया था कि अब भीड़ का साथ नहीं छोड़ूँगा और पूरी भीड़ के भगाने पर भी नहीं भागूँगा। मैं पाठशाला में भीड़ के अगुआ रामयतनजी के पास पहुँचा और उनसे आग्रह किया कि मुझे भी वहाँ ठहरने दिया जाये।''

''आप कौन हैं?'' उन्होंने पूछा।

''मैं एक राहगीर हूँ।'' मैंने जवाब दिया।

''कहाँ से आ रहे हैं?''

''बेलागंज से।''

''कहाँ जाना है?''

''सहसौल।''

''कई लोग हँस पड़े; एक पूछ बैठा, बेलागंज से सहसौल जाना था, तो इधर क्यों आ गये?''

''मैं भटक गया। मैंने जवाब दिया।

''एक दूसरा बोल गया, बेलागंज के बाहर किसी गाछ पर एक भूत रहता है; उसी ने रास्ता भटकाया होगा।''

''मैं उस भूत का शुक्रगुजार हूँ कि उसने मेरे मन में अपना डर नहीं भरकर साधु का डर भर दिया और 'अटकन-मटकन दहिया चटकन' को भी बायें पर टिका दिया।'' इतना बोलकर बैजनाथ ने आगे कहा, ''रामयतनजी ने मुझसे कहा, आप बाहर के चबूतरे पर सोकर रात काट लीजिए। सुबह जब हम लोग सहसौल चलेंगे, तो साथ हो जाइएगा। मगर सोने से पहले खाना खा लीजिए। हम लोगों का खाना भी यहीं आ रहा है।''

''मैं खाना खाकर चबूतरे पर सो गया। मेरा यह सौभाग्य था कि तब तक मैंने बटुकजी को देखा नहीं था और जब देखा तब निकल भागने लायक नहीं रहा, नहीं तो मेरी बदकिस्मती मुझे वहाँ से भगा देती और फिर कह नहीं सकता कि मैं रात में कहाँ-कहाँ भटकता और आज सूरज को उगते देख पाता या नहीं।''

''कौन हैं बटुकजी?'' पलटू ने पूछा, ''उन्हें देखकर आप क्यों भागने लगे। कब देखा आपने उन्हें?''

''मेरी नींद अभी लगी ही होगी कि बटुकजी वहाँ आये, मेरे चेहरे को गौर से निहारा और फिर एक अजनबी को चबूतरे पर सोया देख मुझे लगा दिया, 'आप... ?'

''मेरी आँख खुली कि मैं चीख पड़ा, 'बचाओ, बचाओ,' और पाठशाला की ओर भागकर उसके एक कमरे में घुस गया जहाँ अभी भी कुछ लोग जगे हुए थे और आपस में बतिया रहे थे। जो सोये हुए थे वे भी जग गये और सबने मुझे घेर लिया। 'क्या हुआ? क्या हुआ?' सबने एक साथ मुझसे पूछा। बटुकजी हक्का-बक्का चबूतरे के पास ही खड़े रह गये थे। मैंने उनकी ओर इशारा करते हुए कहा, ''मुझे उस साधु से बचाइए।''

''सब लोग हैरान थे। एक ने पूछा, 'क्यों बचाऊँ?' मैंने कहा, ''मुझे साधु से डर लगता है।'' साधु से डर लगता है! कोई बुदबुदाया और फिर वहीं से चिल्लाकर बटुकजी से कहा, 'बटुकजी! अभी आप उधर ही रहिएगा।' बटुकजी को उधर ही रोककर उसने मुझसे पूछा, 'क्यों डर लगता है?' मैंने सच को छिपा लिया और कहा, मैं बचपन से ही साधु से डरता आया हूँ।''

''अब तक रामयतनजी मेरे पास आ गये थे। वे मुझे मास्टर साहब के पास ले गये और मेरे बारे में उन्हें पूरी जानकारी दी। मास्टर साहब ने मुझसे पूछा, ''बचपन बीत जाने के बाद भी आप साधुओं से डरते रहे?'' मैंने जवाब दिया, ''बचपन का यह डर समाप्त हो गया था, मगर बेलागंज मठ के साधुओं को देखते ही मेरा वह डर फिर समा गया है मुझमें।'''' क्या डर होता है

साधुओं से?'' उन्होंने पूछा। ''मुझे यह डर होता है,'' मैंने जवाब दिया, ''कि वे मुझे पकड़ ले जाएँगे।''

''मास्टर साहब देर तक हँसते रह गये थे। अच्छी तरह हँस लेने के बाद उन्होंने कहा, 'जिन्हें आपने देखा है, वे बेलागंज मठ के साधु नहीं हैं, आपके अर्थ में साधु हैं भी नहीं और वे आपको पकड़कर नहीं ले जाएँगे। मैं अभी आपका डर भगा देता हूँ।' इतना बोलकर उन्होंने बटुकजी को हाँक लगायी और उनसे मुझे मिलाया। फिर तो ऐसा हुआ कि गैंने बटुकजी के साथ ही रात गुजारी और देर रात तक उनके साथ बतियाता रहा। उनकी कोशिश से ही मैं इस रैली में जा रहा हूँ। रात में ही बात पक्की हो गयी थी।''

''बटुकजी कैसे साधु हैं?'' पलटू ने पूछा।

''उन्होंने साधु का बाना धारण कर लिया है; सिर के बाल बढ़ा लिये हैं, मूँछ-दाढ़ी बढ़ा ली है,'' बैजनाथ ने जवाब दिया, ''मगर वे पूरे गृहस्थ हैं और घर पर ही रहते हैं।''

''साधु का बाना क्यों धारण कर लिया?''

''वैराग उपजा उनके मन में,'' बैजनाथ ने सुनाया, ''इस संसार से नहीं, यहाँ की राजनीति से। उन्होंने अपने जीवन का एक बड़ा हिस्सा राजनीति में गुजारा है; एक राजनीतिक पार्टी के सक्रिय सदस्य थे।''

''आप तो उल्टी बात बता रहे हैं, बैजनाथ बाबू,'' पलटू ने अचरज प्रकट करते हुए कहा, ''आज तक मैंने किसी आदमी को, जो राजनीति में आ गया है, राजनीति को छोड़ते नहीं देखा है। जो आदमी कभी नेता नहीं बन पाया, वह भी जीवन भर कार्यकर्ता बना रहा।''

''बटुकजी को कार्यकर्ता बने रहने से भी घिन हो गयी है।''

''क्यों?''

बैजनाथ मुस्कराया, ''बटुकजी ने मुझे संक्षेप में कारण बताया था; मैं विस्तार में नहीं बता सकता।''

''संक्षेप में ही आप मुझे सुना दीजिए।''

''जिस पार्टी में थे ये,'' बैजनाथ सुनाने लगा, ''उसमें करीब बीस बरसों तक ये सक्रिय कार्यकर्ता बने रहे। पार्टी के लिए दिन को दिन नहीं समझा, रात को रात नहीं। रात-बिरात भी कहीं जाने का आदेश होता, तो वे औरों की तरह जरा भी नहीं हिचकते और चल पड़ते। इस इलाके का एक-एक गाँव छाना हुआ है इनका। कहीं भी जुलूस के लिए भीड़ जुटानी हो, धरना देना हो, घेराव करना हो, मुख्य जिम्मेदारी इन्हें ही सौंपी जाती। यहाँ तक कि कई बार इन्हें आमरण अनशन पर भी बैठाया गया था। यह सब तो हुआ, मगर ये जहाँ के तहाँ ही रह गये। इनके सामने पार्टी में भरती होनेवाला आदमी थाना से जिला और जिला से राज्य स्तर का नेता हो गया, मगर इन्हें आगे बढ़ने ही नहीं दिया गया। ये थाना समिति तक भी नहीं पहुँच पाये।''

''हाँ, तब तो पार्टी छोड़कर ठीक ही किया इन्होंने; कब तक मामूली कार्यकर्ता बने रहते!''

''इन्हें तो ठीक से कार्यकर्ता भी नहीं माना गया,'' बैजनाथ ने सुनाया, ''ये बीस साल तक पार्टी के रसोइया बने रहे। दफ्तर में आने-जाने और ठहरनेवालों के लिए रसोई बनाना एक

अकेला इनका काम था। उस पर भी कोई-कोई पूछ बैठता था, "किस जाति के हैं आप? आपका पानी चलता है या नहीं?' ये धानुक हैं; दुख और अपमान से इन्होंने पार्टी छोड़ दी।"

"और अब नयी पार्टी में आ गये हैं?"

"जब इन्होंने देखा कि पिछड़ों को भी अब राजनीति में सम्मान मिलने लगा है, तो फिर से राजनीति में आने का मन बनाया इन्होंने। इस पार्टी में आने के लिए खुद यहाँ के विधायक ने ही इनके घर आकर इनसे आग्रह किया था। वे तब से इन्हें जान रहे थे जब ये अपनी पुरानी पार्टी में थे। अभी ये थाना समिति में आ गये हैं।"

"आप इस रैली में कैसे आ गये?"

"बटुकजी से बतियाते-बतियाते ही मेरे मन में खयाल आ गया कि मैं भी रैली में चलूँ। बेलागंज से भागकर सीधे घर चला जाना अच्छा नहीं लग रहा था मुझे और फिर यह भी लगा कि इतने लोगों के साथ रैली में जाने में खूब आनन्द मिलेगा; जो अब तक नहीं देखा-भोगा था, उसे देखने-भोगने का सुख मिलेगा। फिर कभी इस सुख का अवसर मिले-न-मिले। यह सब सोचकर मैंने बटुकजी के पास रैली में जाने की इच्छा प्रकट की। तब उन्होंने क्या कहा, जानते हैं?"

"क्या कहा?"

उन्होंने कहा, "ऐसे तो मैं आपका चेहरा-मोहरा देखकर ही जान रहा हूँ कि आप किसी पिछड़ी जाति के हैं, मगर तब भी पूछ रहा हूँ कि आप किस जाति के हैं?" जब मैंने बताया कि मैं धानुक हूँ, तो वे गद्‌गद हो गये और कहा, "अब तो मैं आपको साथ लेकर ही जाऊँगा। सुबह मैं मास्टर साहब से बात कर लेता हूँ, मगर मानकर चलिए कि आपका जाना तय हो गया; वे मेरी बात नहीं काट सकते और आपको नहीं ले जाने का कोई तर्क भी नहीं है उनके पास।"

"मैं भी उस सुख का अनुभव कर रहा हूँ," पलटू ने भी आह्लादित स्वर में कहा, "जो रैली में जाने पर मिलेगा।"

अचानक शोर मचाया झंडेवालों ने, "आ गयी, आ गयी, बस आ गयी।"

(7)

एक साथ चार बसें आ पहुँची थीं बस अड्डे में और रैलीवाले शोर मचाते हुए दौड़ पड़े थे बसों में जगह लेने के लिए। हालाँकि चौथी बस आधी खाली ही रही, मगर बसों में घुसने के लिए जो धक्कमधक्का हुआ उसमें कुछ लोग गिर-पड़ गये और कुछ को चोटें भी आयीं। बस में चढ़ने की कोशिश में पलटू झा धक्का खाकर पीछे गिरा तो पीछेवाले की नाक में चोट लग गयी। उसने गुस्से में पलटू झा की पीठ पर एक घूँसा जमा दिया। जगह पकड़ लेने के बाद पलटू को महसूस हुआ कि उसे पहलवानी घूँसा लगा है।

बस में जगह पा गये लोग खुशी में रह-रहकर नारे लगाने लगे थे। नारे लगाकर थक जाने के बाद भी कोई चुप बैठा नहीं रहा। सब एक-दूसरे से बतिया रहे थे, कोई-कोई अकेले सबसे।

बस खुलने को हुई तो दसों राइफलधारी दो-दो, तीन-तीन करके चारों बसों में घुस गये। इन्हें आँखें चीर-चीरकर देखने के बाद पलटू झा ने बैजनाथ से पूछा, "ये लोग कौन हैं, बैजनाथ

बाबू?'' बैजनाथ कुछ बताये उससे पहले ही आगे बैठे एक आदमी ने जवाब दिया, ''ये हमारी पार्टी के रक्षा-दल के सदस्य हैं, हमारी पार्टी के शूटर। ये हमारी रक्षा करते हुए हमें पटना तक ले जाएँगे।''

पलटू झा देर तक गुमसुम बैठा रह गया। उसे यह खबर तो थी कि पिछड़े अब उठान पर हैं, मगर यह नहीं जाना था कि इनका इतना उत्थान हो गया है कि अब ये खुले आम राइफल-बन्दूक लेकर चलने लगे हैं।

बसें खुल गयीं और बाजार से बाहर एक पेट्रोल पम्प पर तेल लेने के लिए रुक गयीं। पुलिस के दर्जनों सशस्त्र सिपाही वहाँ पहले से अपने अफसर के साथ मौजूद थे। बस के पेट्रोल पम्प के हाते में घुसते ही सिपाहियों ने अपने अफसर के आदेश पर इनके बाहर निकलने का रास्ता घेर लिया। मास्टर साहब, प्यारेलालजी और रामयतनजी बस से नीचे उतर चुके थे।

सशस्त्र सिपाहियों को देख पलटू झा के दिल की धड़कन तेज हो गयी। उसने धीरे-से बैजनाथ से कहा, ''अब क्या होगा?''

''कुछ नहीं होगा,'' इस बार भी आगेवाले ने ही जवाब दिया, ''यह सब नाटक है। मैं,सहदेव कामती, बोल रहा हूँ कि थोड़ी ही देर में घेरा हटा लिया जाएगा और यहाँ उपस्थित पत्रकारों को बता दिया जाएगा कि सारी राइफलें लायसेंसशुदा हैं।''

मास्टर साहब और पुलिस अफसर के बीच कहासुनी होते देख पलटू झा बुदबुदाया, ''यह नाटक तो नहीं लग रहा है। पुलिस अफसर का तेवर चढ़ा हुआ है।''

''तो क्या कर लेगी पुलिस?'' सहदेव कामती गुस्से में आ गया।

पलटू झा चुप लगा गया।

अचानक मास्टर साहब मुड़े और बसों की ओर मुँह करके गरजे, ''जवानो! पोजीशन ले लो। अब राइफल-बन्दूक से ही फैसला होगा।''

जवानों की हर राइफल की नली का मुँह सशस्त्र सिपाहियों की ओर कर दिया गया। सशस्त्र सिपाहियों की राइफलें बसों की ओर तन गयीं।

नारों की बौछार हुई,
इनक्लाब जिन्दाबाद।
पुलिस पार्टी मुरदाबाद।
जो हमसे टकराएगा
चूर-चूर हो जाएगा।

पलटू झा ने धीरे-से बैजनाथ के कान में कहा, ''उतर चलिए, बैजनाथ बाबू; अब कभी भी गोली चल सकती है।''

''रुकिए,'' बैजनाथ ने जवाब दिया, ''देखिए तो क्या होता है!''

''अब देखने के लिए रुकिएगा? और, रुककर कब तक देख पाइएगा? मौत का खेल होने जा रहा है। हम मरने के लिए नहीं आये हैं। जिन्दगी रहेगी, तो बहुत बार पटना से हो आएँगे।''

''रुकिए तो, रो क्यों रहे हैं? इतने आदमी हैं?''

''इतने आदमी आये होंगे मरने के लिए। मरने के बाद लाख-लाख रुपये का सरकारी इनाम पाने के लिए। हम तो मरने नहीं आये हैं। आपका लाख कौन उठाएगा? मेरी उम्र क्या अभी ही मरने की हो गयी? अभी मैंने कितनी दुनिया देखी है? एक शंकरपुर! अभी ही तो समय आया है दुनिया देखने का। यह कोई अच्छी मौत हुई? इससे तो अच्छा था कि आप प्रजावती से ब्याह कर उसे घर ले जाते और मैं भी किसी मठ का महन्थ होकर घर लौटता।''

''हम पहली गोली चलते ही उतर भागेंगे।''

''अगर उस पहली गोली से ही मेरी मौत हो गयी, तो?''

''चुप रहिए; लोग सुन लेंगे तो उतरकर भागने भी नहीं देंगे।''

चुप तो हो गये पलटू झा, मगर उनके प्राण मुँह को आ गये थे।

मामला सलट गया। पुलिस अफसर ने टकराने से कन्नी काट ली और चूर-चूर होने से अपने को बचा लिया। घेरा उठा लिया गया। सहदेव कामती, जो बस से नीचे उतर गया था, हँसते हुए बस में चढ़ा और बस में बैठे रैलीवालों को सुनाया, ''साला अफसर कह रहा था, 'राइफल के साथ नहीं जाने देंगे।' मास्टर साहब ने जवाब दिया, 'हम अपनी सुरक्षा के लिए राइफल के साथ जाएँगे।' तब अफसर चिरौरी करने लगा, 'मत ले जाइए राइफल; सुरक्षा के लिए पुलिस की गाड़ी आपके साथ चलेगी।' मास्टर साहब तैयार नहीं हुए; उन्होंने कह दिया, 'पुलिस पर हमें भरोसा नहीं; हम अपनी सुरक्षा आप करेंगे।' ''

''फिर?'' कोई पूछ बैठा।

''फिर क्या!'' सहदेव कामती ने ऐंठकर कहा, ''देख नहीं रहे हैं कि पुलिस का घेरा उठा लिया गया और हमारी बस खुल रही है?''

जब बस चल पड़ी और सहदेव कामती कुछ शान्त बैठा दिखा,पलटू झा ने धीमे स्वर में पूछा, ''सहदेव बाबू! पत्रकार तो सब देख-सुन रहे होंगे। वे तो अखबार में विस्तार से छाप देंगे कि रैलीवालों ने कानून को अपने हाथ में ले लिया और पुलिस की छीछालेदर कर दी?''

सहदेव बाबू ने जवाब दिया, ''वे साले अब क्या लिखेंगे, यह मैं नहीं जानता। यह मैं जरूर जानता हूँ कि अगर उनका लिखा कुछ भी हमारे विरोध में गया, तो हम उनकी हड्डी-गुड्डी तोड़ देंगे।''

बैजनाथ ने मुस्कराकर पलटू झा की ओर देखा।

बस में चढ़ते हुए जिस आदमी ने नाक पर चोट लगने के बाद पलटू झा को पहलवानी घूँसा मारा था और बस में उसके पीछे ही बैठा हुआ था, उसे अब इस बात का अफसोस हो रहा था कि अगले दो-तीन दिनों तक उसका इस सहयात्री-सहकर्मी से बिगाड़ बना रहेगा। घूँसे ने इन दोनों के बीच जो दूरी पैदा कर दी थी, उसे अब वह पाट देना चाहता था और बहुत देर से पलटू झा से बतियाने का उचित अवसर ढूँढ़ रहा था। उचित अवसर मिलते ही उसने पलटू झा से पूछा, ''आप कहाँ से आ रहे हैं?''

पलटू झा ने उलटकर उसे देखा और बोला, ''रतनपुर से।''

''आप रतनपुर में रहते हैं?''

''नहीं, वहाँ रहते नहीं हैं; अभी आ रहे हैं वहाँ से।''

"घर कहाँ हुआ?"

"फुलकाहा।"

"आपका शुभ नाम?"

पलटू झा को अब तक पहलवानी घूँसा याद आ गया था और नाम पूछे जाते ही उस घूँसे का दर्द एक बार फिर उभर आया। उसने धीरे-से कह दिया, "पलटू मंडल।"

नाम बताकर वह डर गया कि कहीं बगल में बैठा बैजनाथ बोल न पड़े, "सच बोलिए न; झूठ बोलने की जरूरत नहीं है। किस बात का डर?"

उसने डरते-डरते बैजनाथ की ओर देखा। बैजनाथ ने अपनी आँख दबा दी जिसका मतलब होता था, 'ठीक है।'

टूटी सड़क पर बस हिचकोले खाती बढ़ी जा रही थी।

कोई बोल गया, "सड़क ठीक नहीं है। मैं एक बार कुछ साल पहले भी बस से पटना गया था, तब सड़क इतनी खराब नहीं थी।"

पार्टी के किसी पुराने छुटभैये ने पूछा, "टिकट कटाकर गये थे पटना?"

"हाँ," उस आदमी ने जवाब दिया, "टिकट कटाकर गया था।"

"जब सड़क ठीक थी," छुटभैये ने कहा, "तब आप पैसा देकर गये थे पटना; जब सड़क खराब है, तब आप बिना पैसा के जा रहे हैं।" और फिर पूछा, "बोलिए, आपके लिए क्या अच्छा हुआ, सड़क का ठीक होना या खराब होना?"

सब लोग हँस पड़े थे।

बिना पैसा दिये पटना जा रहे उस आदमी के पास कोई जवाब नहीं था।

हालाँकि हँसनेवालों में जुगलकिशोरजी भी थे, मगर छुटभैया का जवाब उन्हें बड़ा उजड्ड और बेमेल लगा। सड़क खराब है, इसके बहुत कारण बताये जा सकते थे; यह बोल देना कि खराब सड़क ही हमारे लिए लाभकारी है, अच्छी बात नहीं है। वे मान रहे थे कि छुटभैया की बात बहुतों को जँची नहीं होगी, अच्छी नहीं लगी होगी। अपनी स्वच्छ तसवीर पेश करने के इरादे से उन्होंने कहा, "सड़क तो अच्छी-खराब होती रहती है, मगर यह तो आपको मानना पड़ेगा कि हमारे यहाँ विकास नहीं हुआ है।"

"विकास नहीं हुआ है?" छुटभैया ने अचरज प्रकट किया।

"मैं तो ऐसा नहीं देख रहा हूँ।"

"आप गंगापुर के जुगलकिशोरजी हैं न?"

"हाँ, मैं जुगलकिशोर ही हूँ।"

"आप कह रहे हैं कि विकास ही हुआ है और मैं कहता हूँ कि इतना विकास आज तक कभी हुआ ही नहीं था।"

"किस आधार पर कह रहे हैं आप?"

छुटभैया यथासम्भव अपनी पार्टी के हर छोटे-बड़े नेता के भाषण सुनता आया था और इन्हें सुन-सुनकर अब तक पकठोस और हाज़िरजवाब हो गया था। उसने कहा, "आज विकास का वह दौर आ गया है कि हम किसी भी ब्राह्मण को थप्पड़ मार सकते हैं। क्या इससे पहले कभी

इतना विकास हुआ था? क्या आप इसे विकास नहीं मानते? क्या इस विकास के सामने कोई और विकास बहुत फीका नहीं है? अगर आपके गंगापुर में अभी भी ब्राह्मणों का दौरदौरा है और आप अभी भी ब्राह्मणों के थप्पड़ खा रहे हैं, तो इतना भर माना जा सकता है कि आपके गंगापुर में कोई विकास नहीं हुआ है।''

लोग फिर ठठाकर हँस पड़े।

इस छुटभैया से मुँह लगाना ठीक नहीं, यह सोचकर जुगलकिशोरजी ने कहा, ''विकास हुआ; ब्राह्मणों को हम भी थप्पड़ मार रहे हैं, मगर यह विकास ही काफी नहीं हो गया और हम इतने भर से सन्तुष्ट नहीं हो सकते.'' और विकास की किसी और रूपरेखा पर बोले बिना ही चुप लगा गये।

पलटू झा को अचानक होश आया कि और लोगों के साथ छुटभैया की बात पर वह हँसना भूल गया था। उसे डर हुआ कि इस तरह वह भूलता रहा, तब तो अपना नाम भी भूल जाएगा। उसने अपने में में प्रश्नोत्तर शुरू किया; खटाखट प्रश्न, पटापट जवाब।...आपका शुभ नाम? पलटू मंडल...आपका नाम? पलटू मंडल...अपना क्या नाम बताया था आपने? पलटू झा मंडल...आपका ना...? पलटू मंडल...।

यात्रीगण अब चूड़ा-गुड़ की अपनी-अपनी पोटली खोलने लगे थे।

किसी एक ने कहा, ''यह अच्छा नहीं हुआ कि दिन में भी चूड़ा और रात में भी चूड़ा! रात के लिए पूरी-बुँदिया का प्रबन्ध होना चाहिए था। अभी आलू बहुत सस्ता है; एक आलू की सब्जी बनवा लेते।''

छुटभैया पार्टी के भोज-भात में अब तक कितनी ही बार शरीक हो चुका था। उसके पास असन्तुष्टों को सन्तुष्ट करने के लिए व्यवस्थापकों के मुँह से सुने हुए कितने ही जवाब थे। उसने एक जवाब को हाजिर कर दिया, ''हम जिस पुनीत कार्य को करने निकले हैं, उसे सम्पन्न करने के लिए तो हमें चूड़ा फाँकते हुए भी चलने के लिए तैयार रहना चाहिए। मैं तो कह रहा हूँ कि गुड़ नहीं मिलता, तब भी हमारा काम चलता।''

''चुप रहिए,'' किसी एक ने यह सोचकर डाँट दिया कि वह पूरी बस का समर्थन जुटा लेगा, ''तब से बकबक किये जा रहे हैं। जहाँ चूड़ा फाँककर चलना था, वहाँ हमने वैसा भी किया है। मगर क्या चूड़ा फँकवाकर चलाने के लिए इतना चन्दा किया गया था? आप अपना गुड़ वापस कीजिए।''

सब लोग हँस पड़े। छुटभैया भी अपना गुड़ किसी को देने की बजाय मुस्कराने लगा।

डाँटनेवाला देर तक हँसता रहा। उसे लोगों की हँसी से अच्छा समर्थन मिल चुका था। उसके बाद समर्थन में कई लोग भी आ गये। एक ने कहा, ''हाँ, भाई, महीने भर से चन्दा की उगाही हो रही है।''

''इससे पहले ऐसी उगाही कभी नहीं हुई थी।'' एक और आवाज आयी।

''सहसौल में तो,'' किसी सहसौलवाले ने कहा, ''विधायकजी सात दिनों तक डेरा डाले रहे; सारे सरकारी अफसरों को बाजार में चन्दा उगाही पर लगा दिया था। मोटी रकम वसूली गयी है।''

"विधायकजी क्या करेंगे!" कोई बोला, "उनके लगुए-भगुए गोलमाल करते हैं। पैसा तो मिला ही होगा हम लोगों को अच्छा खाना खिलाने के लिए।"

एक आदमी ने सबसे आगे बैठे रक्षा-दल के दोनों सदस्यों को कुछ पहले ही चूड़ा-फाँकने की बजाय अपनी-अपनी जेब से चोरी-चोरी काजू-किशमिश निकाल-निकालकर टूँगते देख लिया था। अब तक वह अपने गुस्सा-अपमान और व्यवस्थापकों के अन्याय को पचाते हुए चुप था। जब बात अन्याय और गोलमाल पर आयी तो उसने अपनी भारी आवाज बुलन्द कर दी, "हम लोग चुप नहीं रह जाएँगे; इस गोलमाल के विरुद्ध आवाज उठाएँगे। इसके लिए हंगामा मचा देंगे।"

पलटू झा ने बैजनाथ के कान में कहा, "हम लोग कोई हंगामा नहीं मचाएँगे। कोई हमारे बाप का पैसा लगा है! जो मिला है वह भी ठीक, जो मिलेगा वह भी ठीक।"

बस में किसी ने हंगामा नहीं मचाया।

बस रुकी, तब हंगामा मचाने का एक प्रयास किया गया।

आधी रात के करीब बस एक ढाबा के पास रुकी थी। कहने को वह ढाबा था, मगर था एक खुला बड़ा-सा होटल। जगह चमाचम थी। खानेवालों की भीड़ थी वहाँ। होटल का एक छोकरा बस के रुकते ही वहाँ का एक चक्कर मार गया, "उतरिए; उतरकर खाना खाइए, खीर खाइए, चाय पीजिए।"

पार्टी की ओर से कोई व्यवस्थापक तो कहने नहीं आया था, 'उतरिए, उतरकर खाना खाइए, खीर खाइए, चाय पीजिए,' कि सबके साथ पलटू झा भी एक और पहलवानी घूँसा खाने के लिए तैयार होकर धक्कामुक्की करते हुए नीचे उतर जाते। उस फुर्ती से कोई नहीं उतरा।

सबसे पहले बस का ड्राइवर और फिर कंडक्टर उतरा। वे दोनों उतरकर ढाबे में घुस गये। उसके बाद वे लोग उतरे जिन्हें पेशाब का वेग कुछ पहले से सता रहा था या बस के रुकते ही इसकी हाजत महसूस हुई। फिर वे उतरे जिन्हे बीड़ी पीनी या खैनी खानी थी। शेष लोग, जिनके लिए उतरने के बाद कुछ भी खाने की गुंजाइश नहीं थी, सिर्फ हवा खाने के लिए नीचे उतर पड़े।

अपने को उपद्रवी घोषित करते हुए जिस आदमी ने बस में गोलमाल के विरुद्ध आवाज उठाने और हंगामा मचाने का वचन दिया था, उसकी नजर रक्षा-दल के सदस्यों पर लगातार टिकी रही और उन दोनों के बस से उतरते ही उसने अपनी नजरों से उनका पीछा किया। उन दोनों के ढाबे में घुसते ही वह भी तुरन्त बस से नीचे उतरा और उनका पीछा किया।

नीचे उतरकर हवा पी रहे और चाय की सख्त तलब होने के बावजूद अपने पैसों की चाय पीने को अनैतिक मान रहे लोग अब इस बात पर गुस्सा कर रहे थे कि जब कुछ खिलाना-पिलाना नहीं था, तो बस को यहाँ रोका ही क्यों गया? उन्होंने आपस की गर्मागर्म बातचीत के बाद यह तय किया कि वे दंडस्वरूप साथ चल रहे रैली-प्रभारी से चाय के पैसे वसूलकर रहेंगे।

मास्टर साहब, प्यारेलालजी और रामयतनजी की खोज होने लगी। किसी ने बताया कि जब इनमें से एक भी हम लोगों की बस में नहीं हैं, तब अवश्य वे उन तीन बसों में होंगे जो अभी तक यहाँ पहुँची नहीं है और किसी भी क्षण पहुँच सकती है। दंड वसूली के लिए खड़े लोग आनेवाली बसों का इन्तजार करने लगे। इस समय उपद्रवी ढाबे की ओर से तेज कदमों से

चलकर इस छोटी-सी भीड़ के सामने आ खड़ा हुआ और आते ही कहा, ''एक साथ चल रहे हैं सब कोई विजय-यात्रा पर, पर कोई खीर-पर-खीर खा रहा है और किसी को चाय भी नसीब नहीं।''

''कौन खीर खा रहा है?'' किसी ने पूछा।

''रक्षा-दल के दोनों सदस्य,'' आक्रोश भरे स्वर में उपद्रवी ने सुनाया, ''रास्ते भर काजू-किशमिश खाते आये हैं और यहाँ आकर खीर खा रहे हैं।''

''सबको दिखाकर खा रहे हैं!'' कोई बुदबुदाया।

''सिर्फ खीर नहीं,'' उपद्रवी गुस्से में आ गया, ''खीर-पर-खीर, दो-दो प्लेट।''

''उनकी बात छोड़िए, भाई,'' एक आवाज आयी, ''वे राइफल ढो रहे हैं।''

''राइफल क्या हम ढोकर नहीं ले जा सकते?'' उपद्रवी बोल गया।

सहदेव कामती ने, जो सारी बातें सुनते हुए भी अब तक चुप था, अपनी चोंच खोली, ''आप लोगों को जो कुछ कहना हो, उनसे कहिए जो आपके लिए कुछ कर सकते हैं। रक्षा-दल में उन्हीं की भर्ती हुई है जो पाँच-दस खून कर चुके हैं। अगर आप सबके नौ-नौ सिर हैं, तब तो बोलिए रक्षा-दल वालों के बारे में। आपकी बातों की भनक भी उन्हें लग गयी, तो आपकी खैर नहीं। आप सब यहाँ से केवल अपने आठ-आठ सिर लेकर ही जा पाएँगे, आगे या पीछे।''

इसी समय एक-एक कर तीनों बसें आ गयीं। रैली-प्रभारियों की तलाश होने लगी, तो किसी ने बताया कि सहसौल पेट्रोल पम्प से तीनों गाड़ियों को विदा करने के बाद मास्टर साहब, प्यारेजी, रामयतनजी और बटुकदास एक कार से पटना के लिए निकल गये थे।

''यह तो अच्छा मजाक है!'' किसी एक को बिल्कुल बर्दाश्त नहीं हुआ, ''यह कोई बात हुई कि हम लोगों को तो रास्ते में मरने के लिए छोड़ दिया और खुद ये लोग निकल भागे।''

''रहते तो अभी खीर खिलानी पड़ती न!''

''भाग गये, तो हम भी सबक सिखा सकते हैं। पटना जाकर भी जुलूस में नहीं जाएँगे, जुलूस में जाकर भी नारा नहीं लगाएँगे।''

''हाँ, भाई, नारा लगाने के लिए चारा चाहिए।''

''सारा चारा खुद ही गटक जाना चाहते हैं। कुख्यात बदमाशों-हत्यारों तक से पैसा लिया है इन्होंने। हमेशा के लिए अपना घर भर लेंगे, मगर दो दिन के लिए भी हमें अपना पेट नहीं भरने देंगे। कूटते रहो सरकारी चावल। कुत्ते ने काटा था कि घर का काम हर्ज कर चला आया। इस व्यवस्था में फिर कभी मैं तो नहीं जाऊँगा किसी रैली-रैला में।''

अचानक बस का हॉर्न बजा और सब हल्की धक्कामुक्की के साथ बस में घुस गये। सबने मन-ही-मन एक-दूसरे से कहा, ''चलिए, बिना चारा का ही नारा लगा है, तो चलिए। अगली बार से मैं तो बस पर चढ़ने से पहले ही बँधवा लूँगा पूरी-बुँदिया।''

''अगर इस बार मजा आ गया,'' पलटू ने बैजनाथ से कहा, ''तो दूसरी-तीसरी-चौथी बार भी हम चलेंगे रैली में। आप रैली का पता लगाते रहिएगा। घर से दो-चार सेर सत्तू बाँध लेंगे।''

''मेरा ब्याह तो हो जाये,'' बैजनाथ ने जवाब दिया, ''फिर तो हम जीवन भर रैली में जाते

रहेंगे।''

बस रात भर हिचकोले खाती, जहाँ-तहाँ रुकती चलती रही।

भोर होते ही कंडक्टर ने पटना बस अड्डे पर एक-एक को झँझोरकर जगाया और बड़े रूखे स्वर में कहा, ''उतरिए; बस खाली कीजिए।''

बस अड्डे पर अगवानी के लिए कोई नहीं आया था। अपमान-पर-अपमान। अभी भी अँजोर नहीं हुआ था। अब इस अँधेरे में किधर जाएँ वे? यह तो मालूम है कि यहाँ से विधायकजी की कोठी पर जाना है, मगर यह भी तो कहा गया था कि यहाँ जीप आएगी ले जाने के लिए। कहाँ है कोई जीप? रायफलवाले किधर गये? उनके साथ कोठी तक जाया जा सकता है। वे निकल गये; आयी होगी उनके लिए जीप। तो अब हमारा जाना कैसे होगा? पैदल ही जाएँगे? किधर है विधायकजी की कोठी? यहाँ तो किसी का देखा हुआ नहीं है। निकट ही है या यहाँ से काफी दूर? नहीं, पैदल जाना नहीं हो पाएगा। वे सब यहीं बैठे-बैठे दिन गुजार देंगे। रैली-प्रभारियों को गरज है तो ले जाएँ वे उन्हें यहाँ से। बस वाले को जरूर कहा गया होगा कोठी तक ले जाने के लिए। साले ने यहाँ उतार दिया। पकड़ो तो ड्राइवर-कंडक्टर को। कहाँ भाग गये दोनों बस छोड़कर?

कितनों को ही पाखाना की हाजत महसूस हुई।

कहाँ है जुगलकिशोरजी? कह रहे थे कोई विकास नहीं हुआ है? यहाँ तो बस पड़ाव पर भी पाखाना की व्यवस्था है, सुलभ शौचालय; हाथ मटियाने तक की मिट्टी मिलेगी।

लो, सुलभ शौचालयवाला फी आदमी एक रुपया माँग रहा है! यह तो अच्छा खेल हुआ कि आपको खाने का पैसा दिया नहीं और आप यहाँ अपने हगने का पैसा भी दीजिए!

लोग टूट गये। कौन किससे कहता कि जब तक कम-से-कम एक बार पाखाना जाने का पैसा पार्टी की ओर से अभी तुरन्त नहीं मिल जाता, कोई अपना पैसा लगाकर पाखाना नहीं जाये? चूड़ा-गुड़ ने भोर-भोर ऐसा उपद्रव तो कभी नहीं मचाया था!

जब भोर हो गया और लोगों के सब्र का बाँध टूटने को था, जो अब तक इसलिए नहीं टूटा था कि इस बुरे समय में आवाज बुलन्द करने के लिए उनके पास कोई उपयुक्त इन्कलाबी नारा नहीं था, तब जाकर मास्टर साहब रामयतनजी के साथ बिना जीप के आये। लोग उन पर टूट पड़े।

''यह क्या तमाशा है, मास्टर साहब!'' लोगों की मिली-जुली आवाजें थीं, ''यह खयाल है कि हम लोगों ने किस-किस विधि से रैली के लिए पैसा जुटाया था? अवधेश मेहता गैंग ने बस लूटकर आपको पैसा दिया था। बिन्दा मंडल गैंग को एक आदमी का अपहरण करना पड़ गया था। काशीगंज प्रखंड को जो 'टारजेट' दिया था आपने, वह किस तरह पूरा हुआ? तीन दिनों के अन्दर तीन घरों में डकैतियाँ हुई थीं। इसके बाद भी हम लोग इतने कष्ट से आये हैं और अभी तक कष्ट भोग रहे हैं। एक-एक रुपया देकर पाखाना जाना पड़ रहा है।''

''चुप रहिये, चुप रहिये,'' मास्टर साहब ने समझाया, ''यहाँ कुछ-से-कुछ मत बकिये। यह सब पार्टी के विरुद्ध जाता है। अब समझिए कि सारे कष्ट दूर हो गये। जल्दी से चलिए विधायकजी की कोठी पर।''

''कैसे चल चलें?'' गुस्सा भरा स्वर उभरा, ''चला जाता है कि चल चलें? अभी तक

किसी ने चाय तक नहीं पी है।"

"चाय आपके लिए तैयार है कोठी पर; जाते ही मिलेगी," मास्टर साहब ने कहा, "क्यों यहाँ की चाय पीकर मुँह का स्वाद बिगाड़ेंगे आप! वहाँ एक की बजाय चार-चार कप पी लीजिए। कोठी तक चलने का कष्ट है। फिर अभी से आपको और कोई कष्ट नहीं होने देंगे हम। चलिए, देर हो रही है।"

(8)

अब तक की जिन्दगी कितने ही मनसायन और चकाचक उत्सवों में शरीक हुआ था पलटू झा, मगर आज तक किसी में इतना ढोल-ढमक्का और धूम-धड़क्का नहीं देखा था उसने। जो कुछ देखा, सब सदा के लिए आँखों में बस गया। यहाँ से लौटते हुए भी उसने महसूस किया कि अगर रैली में नहीं आया होता, तो कितने ही सुखों और अनुभवों से वंचित हो गया होता वह। अगली कितनी ही रैलियों में शरीक होने का मन पक्का कर लिया था उसने।

विधायकजी की कोठी पर चाय पी लेने के बाद सारे कार्यकर्ता वहाँ से दूर एक खुले मैदान में पहुँचे जहाँ उनके लिए ठहरने-खाने की पूरी व्यवस्था की गयी थी। दिन के बारह बजे जुलूस के निकलने का समय निश्चित था। उस समय तक सारे कार्यकर्ताओं को नाश्ता, स्नान, भोजन और थोड़ा विश्राम कर लेना था।

दिन के भोजन में जितने की पूरी-मिठाई खायी थी पलटू झा ने, उसका पाई-पाई उसने जुलूस में चिल्ला-चिल्लाकर नारे लगाते हुए चुका दिया। हालाँकि बैजनाथ मंडल ने भी खाने में अपना कमाल पलटू झा से कम नहीं दिखाया था, मगर जुलूस में चलते-चलते वह इतना थका कि बम बोल गया। उसने कई बार जुलूस से बाहर निकलकर कहीं सुस्ताने की बात पलटू झा से कही, मगर पलटू ने ऐसा करने से मना कर दिया। वह इस तरह बैजनाथ को सँभाले चल रहा था जैसे कि उसकी जिद पर ही बैजनाथ रैली में शरीक हुआ था और उसकी यह जिम्मेदारी थी कि वह बैजनाथ को जुलूस से निकल भागने नहीं दे। उसे यह डर भी था कि कहीं बैजनाथ के कारण जुलूस ही भाग नहीं जाये।

एक बार तो बैजनाथ ने आगे चलने से बिल्कुल इन्कार कर दिया, "अब नहीं चला जाता है, गुरुजी। सिर्फ थका ही नहीं हूँ, मुझे जोरों से भूख भी लगी है। चलिए, कहीं कुछ खा लेते हैं और थोड़ी देर सुस्ता भी लेते हैं। फिर हम लोग सीधे गाँधी मैदान सभा में ही पहुँचेंगे।"

"कुछ खाकर चल सकते हैं न?" पलटू ने पूछा।

"हाँ, कुछ खा लूँ, तब चल सकता हूँ।"

"एक लड्डू आपको देता हूँ, मगर आपको इस तरह खाना है कि कोई देखे नहीं; दूँ?"

"दीजिए।"

एक लड्डू अपनी जेब से निकालकर बैजनाथ की ओर बढ़ाते हुए पलटू ने कहा, "इसे अपनी जेब में रख लीजिए और इसे वहीं तोड़-तोड़कर इसके चूरे को इस तरह मुँह तक पहुँचाइए कि कोई देख नहीं पाये। कोई देख लेगा तो कहीं भी किसी के सामने शिकायत कर सकता है कि

जुलूस में सब लोग चिल्ला-चिल्लाकर नारे लगाने में अपने-अपने मुँह का सदुपयोग कर रहे थे और यह आदमी—पता नहीं, किस गाँव का है?—रास्ते भर कचर-कचर लड्डू खाने में अपने मुँह का दुरुपयोग कर रहा था। बदनामी और किसी बड़े विवाद से बचकर चलना है।''

लड्डू को अपनी जेब के हवाले कर बैजनाथ ने कहा, ''मुँह तक तो चूरे को चोरी-चोरी पहुँचा दूँगा, मगर उसके बाद?''

''क्या उसके बाद?''

''मुँह चलाऊँगा, तब लोग जानेंगे नहीं कि कुछ खा रहा हूँ और तब देखेंगे नहीं कि क्या खा रहा हूँ?''

''मुँह मत चलाइए।''

''ऐसा हो सकता है क्या कि खाऊँ और मुँह न चलाऊँ?''

''हाँ, हो सकता है।''

''मैं तो नहीं मानता।''

''क्यों नहीं मानिएगा?'' पलटू कुछ चिढ़कर बोला, ''आपने मुझे देखा था मुँह चलाते? मैं अब तक दो लड्डू खा चुका हूँ। पान और खैनी खाने में मुँह चलाते हैं क्या? मुँह में चूरा डालकर छोड़ दीजिए।''

लड्डू का चूरा रह-रहकर मुँह में छोड़ते हुए बैजनाथ ने पूरा लड्डू स्वाहा किया। लड्डू का अस्तित्व खत्म होते ही उसने पलटू से पूछा, ''यह लड्डू कहाँ से ले आये आप?''

''मैं कहीं से भी लाया होऊँ, आपकी भूख मिट गयी न?''

''स्वाद बिल्कुल भोज के लड्डू जैसा है।''

पलटू झा मुस्कराये, ''भोज का लड्डू ही था। मैं जानता था, जुलूस में रेंगते हुए देर तक चलना पड़ेगा और भूख लगेगी।''

''आपने खतरा उठाया है, गुरुजी। उतने लोगों के रहते जेब में लड्डू डाल लेना! बदनामी हो सकती है; बड़ा विवाद हो सकता है। मैं तो डर रहा हूँ, कि किसी-न-किसी ने आपको अवश्य देखा होगा और कभी भी यह बात फूट सकती है।''

''मैं बराबर डरता आया हूँ; यहाँ नहीं डरता। देखा भी होगा, तो क्या!''

''बात फूटी और लोगों ने इस बात पर विवाद खड़ा किया कि कोई एक कार्यकर्ता ही क्यों लड्डू चुराएगा, तब क्या जवाब देंगे आप? यह जवाब तो नहीं चलेगा कि आपने लड्डू चुराये ही नहीं थे या एक अकेले आपको लड्डू चुराने की सुविधा प्रदान की गयी थी?''

''मैं कुछ नहीं कहूँगा, सीधे उस छुटभैया के पास जाऊँगा जिसकी गंगापुर के जुगलकिशोर बाबू के समय बस में भिड़न्त हुई थी, और उससे कहूँगा, 'आप कुछ कहिए।' उसे पार्टी के भोज भात का अच्छा अनुभव है। अभियुक्तों के मुँह से ऐसे अभियोगों का जवाब बहुत बार सुन चुका होगा वह।''

''वह आपको क्यों बचाने लगा?''

''अपने को तो बचाएगा वह।'' पलटू बोला, ''मैंने तो उसे ही अपनी जेब में लड्डू भरते देख कुछ लड्डू अपनी जेब में भी डाल लिये थे।''

बैजनाथ चुप लगा गया और अपनी निगाह पलटू झा की लटकती हुई जेब पर डाल दी। कुछ दूर और चलने के बाद उसने पलटू से कहा, ''एक लड्डू और निकालिए न; भूख बिल्कुल नहीं मिटी।''

पलटू ने बैजनाथ के प्रस्ताव को गिरा दिया, ''मेरे पास इतने लड्डू नहीं हैं कि दो-दो आदमी खाएँ। वह छुटभैया अकेले खा रहा होगा। आप बेधड़क उसके पास जाकर एक लड्डू माँग लाइए। वह इन्कार नहीं कर सकता।''

माँगने की हिम्मत जुटा पाएगा या नहीं, इस पर विचार किये बिना बैजनाथ ने इधर-उधर देखा, छुटभैया कहीं नजर नहीं आया।

सभा-स्थल पर श्रोताओं को पार्टी की ओर से शरबत पिलाने का समुचित प्रबन्ध था। दोनों ने ऊँट की तरह अपना-अपना थैला भर लिया और श्रोताओं के बीच जा बैटे। एक पार्टी-गीत के बाद नेताओं के धुआँधार भाषण शुरू हो गये।

पलटू झा जब से इस रैली में शरीक हुआ था, तब से यह तय करने में उलझा हुआ था कि इस शिरकत के बारे में वह कहाँ कितना बोलेगा और कहाँ क्या-क्या नहीं खोलेगा। पिछड़ों के बीच वह कुछ भी हाँक ले, मगर ब्राह्मणों के बीच किस तरह कहेगा कि वह पिछड़ों के जुलूस में शरीक हुआ था? और ब्राह्मणों की इस थू-थू का, कि वह खाने-पीने के लोभ में बिल्कुल पतित हो गया, क्या जवाब देगा वह?

उसे यह देखकर राहत मिली कि ब्राह्मणों के कुछ नेता पिछड़ों के नेता बनकर मंच पर उपस्थित थे। वहाँ पन्द्रह के साथ तीन और यहाँ नीचे लाखों की भीड़ में अकेला पलटू झा। ब्राह्मण जो भी कहें, मगर यहाँ पिछड़े तो उसे सिर पर बिठा लेंगे। वह तो बेकार ही, उसके मन में आया, बस में घूँसा मारनेवाले पहलवान से डर रहा था।

मंच पर विराजमान ब्राह्मण भाषणकर्ताओं को विशेष सम्मान दिया जा रहा था। दो प्रचंड पिछड़ों के बाद ही शिवानन्द मिश्र को भाषण देने के लिए आमन्त्रित कर दिया गया था। इस बार मंच पर बैठे कुछ पिछड़े नेताओं ने ही श्रोताओं से पहले ताली बजाकर उन्हें यह संकेत दे दिया कि वे सब भी 'इनसे सदा रहो होशियार' के नारे को कुछ देर के लिए भूलकर ताली बजाएँ।

सिर्फ एक बार अपना ध्यान भंग कर, जब बैजनाथ ने उसे केहुनी मारकर कहा था, ''एक लड्डू बढ़ा ही दीजिए; साला छुटभैया कहीं नजर नहीं आ रहा है,'' पलटू झा ने हर एक का भाषण ध्यानपूर्वक सुना। भाषणों में थोड़ा-बहुत अन्तर जरूर आया, मगर उन भाषणों ने मंच पर बैठे नेताओं के बीच पिछड़ा और ब्राह्मण का अन्तर बिल्कुल मिटा दिया था।

ब्राह्मण नेताओं के भाषणों की बजाय भाषण दे रहे ब्राह्मण नेताओं पर आस-पास बैठे श्रोताओं द्वारा की जा रही टिप्पणियाँ पलटू के अधिक काम की थीं। अब तो ब्राह्मण महासभा तक में, उसका कलेजा बुलन्द हुआ, वह बुलन्दी से बोल सकता है कि क्यों वह पिछड़ों की रैली में शरीक हुआ था। जिस तरह पिछड़ों के मन्त्रिमंडल में घुसकर शिवानन्द मिश्र ने मन्त्रिमंडल में एक और पिछड़े की जगह मार ली, उसी तरह उसने रैलीवाली बस में बैठकर एक और पिछड़े को रैली में जाने से रोक दिया। अगर इसी तरह पिछड़ों की रैली में जाता रहा और पिछड़ों के नारे

लगाता रहा, तो एक दिन वह भी शिवानन्द मिश्र की तरह पिछड़ों की पों बजाता हुआ उनका बहुत बड़ा नेता हो जाएगा और शिवानन्द मिश्र की तरह ही भाई-भतीजावाद के आरोप झेलता हुआ, अपने भाई-भतीजों को ही सही, कुछ ब्राह्मणों का भविष्य अवश्य बना देगा। अगर अपनी चालाकी-चतुराई से पिछड़ों के पेट में घुस गया वह, तब तो उनका पेंच उसके हाथ में होगा और वह तोड़-फोड़ करते हुए पिछड़ों की पार्टी में भीतर घात करने में कामयाब होगा। वह इतना तक कहेगा कि पिछड़ों से दूर-दूर रहकर ब्राह्मण दिनोंदिन पिद्दी ही होता चला जाएगा और हर ब्राह्मण अपने बाल-बच्चों को पिछड़ों को पटकने-पछाड़ने का केवल सपना देकर मर जाया करेगा।

हर ब्राह्मण नेता को चालाक मानते हुए भी उनकी कुछ बातें बहुत मूर्खतापूर्ण, स्वार्थपूर्ण और ब्राह्मणविरोधी लगीं पलटू को।

शिवानन्द मिश्र ने तो अपने भाषण में इतना तक कह डाला था, ''मैं तो ब्राह्मणों तक अपना यह सन्देश पहुँचाना चाहता हूँ कि हमने हजारों बरसों तक खाया-पिया, अब हम अपने पिछड़े भाइयों को खाने-पीने दें।'' यह सुनकर पलटू गुस्से में आ गया था। हजारों बरसों से क्या पलटू खाता आ रहा है? पुरखों ने खाया होगा, मगर पलटू झा क्या खा रहा है? अपने बाप रामभद्र झा को खाना-पीना भी देखा हुआ है। पुरखे क्या पलटू का खाना खाकर भी चले गये? इस शिवानन्द मिसर के पुरखों ने न भी खाया हो, मगर यह तो खा रहा है। खुद खा रहा है और दूसरे ब्राह्मणों को खाने से मना कर रहा है! पिछड़ों को ठग-ठगकर कमाया पैसा क्या ब्राह्मणों के बीच बाँट देगा?

विश्वनाथ झा और भी भद्दी बात कह गया, बहुत ही घिनौनी। इन लाखों शूद्रों के सामने अपनी ब्राह्मणी माँ को गाली दे दी; बोल गया, ''मुझे इस बात का मलाल है कि मैं एक ब्राह्मणी की कोख से पैदा हुआ।'' पलटू ने मन-ही-मन गाली पढ़ी इस बिसनथा को, ''रे साला! ब्राह्मणी की कोख से पैदा होने का मलाल तो मुझे होना चाहिए था; तुम्हें क्या मलाल! तू ब्राह्मणी की कोख से पैदा नहीं हुआ होता, तो क्या अभी पिछड़ों के उस मंच पर विराजमान रहता? अभी पलटू के अगल-बगल कहीं बैठा रहता।''

कुछ श्रोताओं की तीखी टिप्पणियाँ भी पड़ी थीं उसके कानों में और पास में ही बैठे दो लोगों की बातचीत ने भारी गुस्सा भर दिया था पलटू के अन्दर।

विश्वनाथ झा को जब भाषण देने के लिए आमन्त्रित किया गया, तो एक ने अपनी खुशी जाहिर करते हुए कहा, ''विश्वनाथ बाबू हमारे ही क्षेत्र के विधायक हैं।''

दूसरे को पहले की यह खुशी रास नहीं आयी; वह झट बोल गया, ''आप लोगों को कोई और नहीं मिला कि एक ब्राह्मण को चुनकर भेज दिया? यादव नहीं था, तो क्या कोई गोढ़ी-ततमा भी नहीं था?''

''यादव भी था और गोढ़ी-ततमा भी था,'' पहले ने कहा, ''मगर मुख्यमन्त्रीजी ने कहा विश्वनाथ बाबू को ही चुनकर भेजने के लिए।''

''आप लोगों ने उनके सामने अपना विरोध प्रकट किया था?''

''हाँ, किया तो था।''

''कहा था कि यादव के रहते किसी ब्राह्मण को किस मुँह से वोट देंगे हम?''

''सब कहा, मगर वे नहीं माने।''

'' आपके क्षेत्र के यादव मान गये?''

''हाँ, मुख्यमन्त्रीजी खुद आ गये थे उन्हें मनाने।''

''क्या कहकर मना लिया उन्हें मुख्यमन्त्रीजी ने?''

''कहना क्या था! उन्होंने आकर भरी सभा में अपना आदेश सुना दिया। उनकी बात यादव काट तो नहीं सकते थे।''

एक तीसरा उनके बीच कूद पड़ा, ''यादव बात काट सकते थे, मगर मुख्यमन्त्रीजी ने उन्हें कुछ कहकर मना लिया होगा। अब मुझसे सुन लीजिए कि उन्होंने यादवों से क्या कहा होगा।''

आस-पास बैठे कई श्रोता अलाय-बलाय नेता का भाषण सुनना बन्द कर मुख्यमन्त्रीजी का एक पुराना भाषण सुनने के लिए कान पाथ दिये।

तीसरे ने मुस्कराकर अपने को तैयार किया और फिर गम्भीर होकर भाषण प्रारम्भ कर दिया, ''प्यारे पिछड़े भाइयो! आप लोगों ने विश्वनाथ बाबू को विधायक बनाकर भेजने का विरोध किया है। मैं आपकी भावना का आदर करता हूँ, मगर फिर भी आपसे अपनी जिद छोड़ देने का आग्रह करने आपके पास आया हूँ। मैं आपको यह बताने आया हूँ कि विश्वनाथ बाबू को हमारी जरूरत नहीं है, हमें जरूरत है विश्वनाथ बाबू की।

''एक आदमी के बहुत सारे अंग हैं; कान है, आँख है, मुँह, नाक है, हाथ हैं, पैर है, मगर इन सबके साथ एक गुदाद्वार भी है। बोलिए, है या नहीं?

''हाँ, है।'' सभा लजाते हुए भी स्वीकार कर लेती है।

''अब कल्पना कीजिए कि हमारी पार्टी भी एक आदमी है और इसके बहुत सारे अंग हैं। पिछड़ों की कोई जाति इसकी आँख है, कोई कान, कोई नाक, कोई मुँह, कोई हाथ, कोई और कुछ और। अब बताइए कि इसका गुदाद्वार कौन है? मैं बताता हूँ। इसका गुदाद्वार है कहीं ब्राह्मण, कहीं राजपूत। विश्वनाथ बाबू हमारी पार्टी के गुदाद्वार हैं। वे हमारी जरूरत हैं। आपको उन्हें ही चुनकर विधानसभा में पहुँचा देना है।''

कुछ लोगों ने इतने जोर के ठहाके लगाये कि ढेर सारी निगाहें उनकी ओर चली गयीं। हँसनेवालों से मुख्यमन्त्री बने भाषणकर्ता ने कहा, ''हँस भर लेने से काम नहीं चलेगा। अब आप लोग उसी तरह जोर से जाली बजाइए जिस तरह मुख्यमन्त्रीजी की उस सभा में उपस्थित श्रोताओं ने तालियाँ बजायी होंगी।''

पलटू झा को हँसी नहीं आयी थी और मुँह फेरकर उसने अपने को ताली बजाने से भी बचा लिया था। मगर वह बैजनाथ को न तो हँसने से रोक पाया था और न ताली बजाने से। उसकी इन हरकतों से गुस्से में आ गया पलटू। उसने क्रुद्ध निगाहों से बैजनाथ की ओर देखा और उसके चेहरे को देखकर यह जानने की कोशिश की कि कहीं यह धानुक मुख्यमन्त्री का पुराना भाषण सुन लेने के बाद उसे अपना गुदाद्वार तो नहीं समझ रहा है। वह बैजनाथ से यह कहते हुए उठ खड़ा हुआ, ''मुझे पेशाब लग गया है; मैं बाहर निकल रहा हूँ।'' ''पेशाब का वेग तो मैं भी महसूस कर रहा हूँ,'' बोलकर बैजनाथ भी उठ खड़ा हुआ, ''मैं भी चलता हूँ।'' उसे पक्का विश्वास था कि पलटू झा पेशाब करने नहीं, लड्डू खाने जा रहा है।

सभा के समाप्त होते ही सारे लोग अपने-अपने पंडालों में आ गये थे। वहाँ नाश्ता का प्रबन्ध था। नाश्ता के बाद भोजन तक सबको फुरसत थी इधर-उधर घूम आने के लिए। उसके बाद सांस्कृतिक कार्यक्रमों का आयोजन था। बैजनाथ और पलटू झा शहर घूमने नहीं निकले, सिर्फ विधायकों और मन्त्रियों के आवासों के चक्कर लगा आये यह पता लगाने कि कहाँ किस शहर की बाइयाँ आयी हैं नाचने-गाने के लिए। इस चक्कर ने ही उन्हें काफी थका दिया था। इस थकान से दोनों ही खुश थे। रात के भोजन के लिए इस थकान ने उनकी भूख तीव्र कर दी थी।

जो चक्कर लगाया था उन्होंने, उसमें दूर-दूर तक फैल रही घी और मसालों की खुशबुओं से यह भी पता चलता गया था कि किस क्षेत्र के मन्त्री और विधायक अपने क्षेत्र से आये प्रदर्शनकारियों के लिए रात का कैसा भोजन तैयार करवा रहे हैं। पलटू झा ने पूछ लिया था बैजनाथ से, ''यहाँ तो कोई भी कहीं खा सकता है?''

''यहाँ कौन देखनेवाला है कि खानेवाला कौन है!'' बैजनाथ ने जवाब दिया था।

''और अगर कोई चाहे कि यहाँ भी खा ले, वहाँ भी खा ले और फिर कहीं और भी खा ले, तो कोई बाधा नहीं आएगी?''

''कोई बाधा नहीं आएगी, मगर कोई पेट के ऊपर तो नहीं खाएगा।''

''अगर कोई यहाँ खाने के लिए ही आया है, तो क्यों नहीं खाएगा?''

''मैं आपको तो इस तरह नहीं खाने दूँगा।''

''क्यों?''

''यह कोई गाँव का भोज नहीं है।''

''गाँव से बड़ा भोज है, इसलिए तो ऐसा कह रहा हूँ। आपको मेरा साथ देना होगा।''

''भोज बड़ा है, मगर खतरा कितना बड़ा है! मैं आपका साथ नहीं दे सकूँगा।''

''आप हर जगह कुछ-कुछ चखकर छोड़ दीजिएगा। मुझे तो खाने से मत रोकिए।''

''मैं रोकूँगा, गुरुजी!''

''क्यों रोकेंगे, बैजनाथ बाबू?''

''रोकूँगा इसलिए कि यहाँ आपका वह हाल नहीं होने दूँगा जो फुलकाहा के जगदेव झा का या मंगलपुर के सदाशिव मिश्र का गाँव के भोजों में होता था। वहाँ तो यह व्यवस्था रहती है कि भोजन ग्रहण करने के बाद जो उठने लायक भी नहीं रहते, उन्हें खाट पर लादकर उनके गाँव और घर पहुँचा दिया जाता है। मैंने तो यहाँ तक देखा है कि जगदेव झा का बेटा भोज खाने जा रहे बाप के पीछे चार आदमियों को खाट के साथ भेज देता था उन्हें भोजन के बाद लादकर ले आने के लिए। यहाँ यह सब सम्भव है क्या? मैं कहाँ से खाट लाऊँगा और कहाँ से आपको खाट पर लादकर ले आने के लिए आदमी? क्या जाकर कहूँगा बटुक बाबा से? रात में रास्ता भुला गया, तो अपने पंडाल तक भी पहुँच पाऊँगा क्या? भारी बदनामी होगी और बड़ा विवाद हो जाएगा। हर आदमी तरह-तरह के सवाल पूछेगा और कोई छुटभैया का बाप भी उनके किसी एक सवाल का भी सन्तोषप्रद जवाब नहीं दे पाएगा। सुन लीजिए, गुरुजी, मैं आपको कहीं और खाने के लिए नहीं जाने दूँगा और अपने पंडाल में भी देखता रहूँगा कि आप पेट से ऊपर नहीं खाते हैं। हाँ,

नाच-गाना देखने-सुनने में मैं आपका साथ दूँगा। जहाँ कहेंगे वहाँ चलूँगा, और रात भर तो रात भर।"

कहना मुश्किल था कि नाच-गाना देखने-सुनने में कौन किसका साथ दे रहा था। हर क्षण इन्हें रस से सराबोर करता रहा था। कभी तो रस की गगरी इनके लिए अलग-अलग होती और कभी-कभी दोनों एक ही गगरी का रस पीने लग जाते।

पलटू झा के पहले शंकरपुर दुर्गाथान का जो पुजारी था, उसे भी वहाँ से भगाया ही गया था। अधम था वह; औरतों की भीड़ में बेधड़क घुस जाया करता था। विवाहित औरतों से उनके पतियों का हालचाल पूछा करता था। पूजा करने आयी कुँआरी कन्याओं से बहुत रस ले-लेकर बातें किया करता था। कन्याओं के सिर पर हाथ रखकर उसी तरह आशीष देता था जिस तरह चूड़ियाँ पहनाते हुए चुड़िहारा बेवजह कलाई मरोड़-मरोड़ देता है। कई शिकायतें आ गयी थीं दुर्गाथान समिति के अध्यक्ष के पास कि वह छिछोरा है।

शंकरपुर आते ही पलटू झा को उस पुजारी के निष्कासन का कारण बता दिया गया था। उसने पदभार ग्रहण करते ही 'मातृवत्परदारेषु' के भाव को आत्मसात कर लिया था। सुन्दरियों से बातें भी मुँह फेरकर करने की आदत का अभ्यास कर लिया था उसने। आशीष में उठा उसका हाथ कन्या के सिर से हाथ भर ऊँचा ही रहता। औरतों के बीच हँसी होती थी, यह पुजारी बड़ा लजौहाँ है, छुईमुई।

शंकरपुर में रहते हुए तो बस ललनजी गवैया के राग सुनता रहा था वह, कभी तो राग भैरवी, ताल कहरवा में 'अब मैं सरण तिहारी जी' और कभी राग गारा, ताल तितलाल में 'जय जय मोहन मदनमुरारी।' सुनाने को तो वे यह भी सुनाते थे,

रमैया की दुलहिन लूटा बाजार।
सुरपुर लूट नागपुर लूटा, तीन लोक मच हाहाकार।
ब्रह्मा लूटे महादेव लूटे, नारद मुनि के परी पिछार।
सिगंगी की भिंगी करि डारी, पारासर के उदर बिदार।
कनफूका चिदकासी लूटे, लूटे जोगसर करत बिचार।
हम तो बचिगे साहब दया से, सब्दडोर गहि उतरे पार।
कहत कबीर सुनो भाई साधो, इस ठगिनी से रहो हुसियार।

मगर रमैया की दुलहिन की लूट और इस महफिल की बाईजी की लूट में कितना भारी अन्तर है! बाईजी भी तो लूटने ही निकली है,

मैं तो आयी हूँ यू.पी. बिहार लूटने।

कितनी रंगीन महफिल है यह! आँखें चीर-चीरकर देखो बाईजी को। झूम-झूमकर सुनो उसकी और जो जी में आये उसे सुना दो। मस्त किलकारियाँ भरो। यहाँ किसी 'साहब' की दया नहीं चाहिए बच निकलने के लिए। हर कोई होशियार है कि 'ठगिनी' ठगे।

बाई डंके की चोट पर लूटने आ गयी है और लोग बेकरार हैं लुट जाने के लिए। बाई ने

थाना को लूटा, तो थानेदार खुश; कचहरी को लूटा, तो हाकिम खुश। पटना लूट लिया, छपरा लूट लिया; पटनावाले लहालोट, छपरावाले लहालोट।

पलटू मन-ही-मन बुदबुदाया, "बाई! अब फुलकाहा को लूटो ना।"

जब बाई नाचते-नाचते महफिल में बैठे विधायक की गोद में आ बैठी उसे लूटने के लिए और लुट जाने की घोषणा विधायक ने एक जोरदार ठहाका मारकर की, तब पलटू कसमसाया उस दिन के लिए जब बाई इस तरह लूटने उसके पास भी आ जाएगी।

जब पलटू शंकरपुर से विदा होकर घर आ गया था, तब पिताश्री ने सलाह दी थी बेटा पलटू को, "माँ दुर्गा की आराधना में कोताही मत करना, खासकर शंकरपुर की दुर्गा की। उनके चरणों की सेवा में कोई त्रुटि हुई है तुमसे, इस त्रुटि की ही सजा मिली है तुम्हें। माँ ने सजा दी है, वही तुम्हें उबारेगी भी।"

पलटू अब तक चिरौरी करता रहा था माँ से, "मदीयोयं त्यागः समुचितमिदं...मेरी त्रुटि क्षमा करो, माँ। मैं कुपुत्र निकला, मगर तुम तो कुमाता नहीं हो सकती।" आज उसे होश आया कि अब तक बेकार ही करता रहा यह प्रार्थना। माँ कुमाता नहीं निकलीं; प्रसन्न थीं उसकी पूजा से। गरदनिया देकर शंकरपुर दुर्गाथान से निकाल दिया, "जा, पुत्र, यहाँ क्या धरा है अब तुम्हारे लिए! जिन्दगी भर घंटी बजाते रह जाओगे। मैं तुम्हारी सेवापूजा से अतिप्रसन्न हूँ। अब विचरो बाहर की दुनिया में; सुख--समृद्धि के रास्ते ढूँढ़ रहे हैं तुम्हें।"

माँ दुर्गा ने जिस रास्ते पर ठेलकर पहुँचा दिया है उसे, पलटू झा ने निर्णय ले लिया, उस रास्ते से विमुख नहीं होगा वह। अब माँ से यह याचना नहीं कि उसका जन्म 'मृडानी, रुद्राणी, शिव, शिव, भवानी' जपते हुए बीते; हाँ, यह याचना जरूर करेगा, "ममतामयी माँ! अब मुझमें इनता साहस भर दो कि मैं जुलूसों में नारे लगाता रह सकूँ, 'ब्राह्मण राजपूत भुइंहार, इनसे रहो सदा होशियार,' और मुझे इतना निर्लज्ज बना दो कि पिछड़ों की सभा में विश्वनाथ झा की तरह मैं भी ब्राह्मणी की कोख से पैदा होने का रोना रो सकूँ।"

जहाँ इतना कुछ मिलता है, वहाँ पिछड़ों के साथ हो जाने में क्या बिगड़ता है? ब्राह्मण होकर तो अब तक दरिद्र ही रहा। पंडाल में वापस होते ही, पलटू ने तय किया, वह बटुकदास से मिलेगा और कहेगा, "बैजनाथ मंडल क्या सोचते हैं, यह तो वही जानें, मगर मैंने सोच लिया है कि अब पिछड़ों की पार्टी में ही रहूँगा और पिछड़ों के उत्थान का काम करूँगा। आप आज ही मुझसे संकल्प करा लीएि कि मैं जीवन भर पिछड़ों को अपना वोट देता रहूँगा।"

बैजनाथ अपने ब्याह को केन्द्र में रखकर बाइयों के नाच-गान का आनन्द उठाता जा रहा था।

पहली ही बाई उसके मन को भा गयी थी। उसने आँखें गड़ायीं और फिर दाँत गड़ा दिये...क्या ऐसा हो सकता है...?

...ऐसा हो सकता है कि यह बाई अचानक नाचना बन्द कर खड़ी हो जाये और पूछ बैठे, "यहाँ दर्शकों के बीच कोई बैजनाथ मंडल हैं?"

बैजनाथ मंडल कुछ बोले, इससे पहले ही पलटू झा चिल्लाकर जवाब दे दे, "हाँ, हैं;

यहाँ हैं,'' और फिर उसे केहुनी मारकर कहे, ''खड़े हो जाइए।''

वह खड़ा हो जाएगा, मगर देखेगा कि और भी चार–पाँच बैजनाथ मंडल खड़े हो गये हैं।

बाई कुछ सोच में पड़ जाएगी, मगर तुरन्त बोलेगी, ''अपने–अपने गाँव का नाम बताइए।'' और फिर एक एक से पूछेगी, ''आप कहाँ के हैं?''

''चन्द्रहटी।''

''नहीं,'' बाई मुँह बिचका देगी और फिर दूसरे से पूछेगी, ''आप?''

''बिरबन्ना।''

''ऊँहूँ!'' नजर हटाकर तीसरे से पूछेगी, ''आप?''

''बरघट।''

''दुत!'' बाई चौथे पर नजर टिकाएगी, ''आप?''

''चकिया।''

तालू से जीभ मारकर बाई टिक्कारी मार देगी और अब फुलकाहा के बैजनाथ मंडल से पूछेगी, ''आप?''

''फुलकाहा।''

''फुलकाहा!'' बाई दुबारा पूछेगी, ''क्या नाम बताया आपने?''

''फुलकाहा।''

''हाँ, फुलकाहा ही, फुलकाहा ही,'' बाई खुशी से नाच उठेगी, ''मैं आपको ही ढूँढ़ रही थी। चले आइए आप मेरे पास। आ जाइए।''

पलटू झा फिर केहुनी मारेगा, ''जाइए।''

मंच पर पहुँचते ही बाई उसे साथ लिये नेपथ्य–के–नेपथ्य में चली जाएगी और उसका हाथ पकड़कर उसे सुनाएगी, ''कब से ढूँढ़ रही हूँ मैं आपको! कहाँ-कहाँ नहीं ढूँढ़ा! बड़ी-बड़ी दसों महफिलों में गयी हूँ मैं और अब तक पचासों बैजनाथ मंडलों से मिल चुकी हूँ। मैं तो निराश हो चुकी थी कि फुलकाहा के बैजनाथ मंडल मुझे कभी मिलेंगे या नहीं! मैं अनब्याही तो नहीं रह जाऊँगी! मैं नहीं जानती थी कि फुलकाहा गाँव कहाँ है, नहीं तो कब की पहुँच गयी होती मैं आपके पास। अब आप मिल गये, तो मेरा जीवन सफल हो गया।''

बैजनाथ के तन-मन में खुशी की कितनी ही लहरें दौड़ जाएँगी। वह सौभाग्यशाली निकला कि जिस गाँव का वह वासी है, उस नाम का गाँव अकेला निकला। किस इलाके में मोहनपुर और लक्ष्मीपुर और रामपुर नाम के दस–पाँच गाँव नहीं होंगे! उसके अपने इलाके में ही तीन–तीन चन्दुआ हैं, रूपसपुर के पास एक,ताजपुर के पास दूसरा और झिकअिया के पास तीसरा। अभी–अभी तो दो-दो बेलागंज से पाला पड़ चुका है। अगर कहीं फुलकाहा भी एक नहीं होकर दो–चार होते, तो फिर बैजनाथ मंडलों की क्या कमी रहती! अभी यहीं दो-चार फुलकाहा के पाँच–सात बैजनाथ मंडल खड़े हो जाते। बाई अभी किस फुलकाहा के किस बैजनाथ मंडल को बुलाती?

''आपको मेरा पता किसने बताया?'' बैजनाथ अपने को रोक नहीं सकेगा।

''मुझे आपका पता,'' बहुत आह्लादित स्वर में बाई बोलेगी, ''माँ दुर्गा ने बताया था। माँ

ने सपने में आकर मुझसे कहा था, 'लाजो! मैं तुम्हारी सेवा-पूजा से प्रसन्न हूँ और तुम्हें एक बहुत ही सुयोग्य वर देने जा रही हूँ। फुलकाहा के बैजनाथ मंडल को ढूँढ़ निकालो और उससे ब्याह रचा लो।' मैंने आपको ढूँढ़ लिया है। क्या सोच रहे हैं आप?"

"मैं क्या सोचूँ भला! माँ दुर्गा का आदेश तो मानना ही होगा।"

"मगर मुझे कुछ सूझ नहीं रहा है कि कैसे क्या होगा?"

"माँ दुर्गा ने सारा प्रबन्ध कर रखा है। यहाँ कोई पटनदेवी मन्दिर है; चलिए, वहीं चलते हैं। विवाह करानेवाला पंडित मेरे साथ है। विवाह का सिन्दूर भी मेरे झोले में होगा। मैं पंडाल में झोला लेकर आता हूँ। नहीं, अब आप मेरा साथ मत छोड़िए; चलिए आप भी पंडाल तक मेरे साथ।"

ऐसा कुछ नहीं हुआ।

बाई, एक के बाद दूसरी, नाच-गाकर चली गयी। किसी को माँ दुर्गा ने सपना नहीं दिया था और कोई विवाह के लिए बैजनाथ मंडल को नहीं ढूँढ़ रही थी।

ऐसा कुछ नहीं हो सकता, बैजनाथ मंडल ने मान लिया।

अब जिस किसी से ब्याह होगा, उसे ही सजा देगा वह किसी बाई की तरह, बैजनाथ ने अपने मन में निर्णय लिया। अब ब्याहता ही सुनाए उसे बाई की तरह, "*अभी बानी उमरिया के बारी गवनमा ना जइबो राम... मत मरोड़ कलइया कँवारी सपनमा में आ जइबो राम... उठे जाला दरद पोरे-पोरे सेजरिया ना अइबो राम... चोलिया भई हरजाई पाँव पायल करेला जे शोर पिया घर ना जइबो राम...*"

और वह ब्याहता के लिए ले आये... क्या-क्या गाकर चली गयी बाई? बैजनाथ याद करने लगा, सिन्दूर बंगाल का... टीका राजस्थान का... पंजाब का झुमका... चोली... पता नहीं, कहाँ है यह साला मुलतान!... और नथिया... कहाँ की नथिया?

भूल गया बैजनाथ, नथिया कहाँ की? उसने केहुनी मारकर पलटू झा से पूछा, "गुरुजी, नथिया कहाँ की? बाई ने क्या सुनाया?"

पलटू झा झल्ला उठा, "जाकर पूछिए बाई से। मेरा ध्यान भंग मत कीजिए। मैं क्या जानूँ, आप क्या सुन रहे थे? मैं आपके लिए देखने-सुनने तो नहीं बैठा हूँ। मैं नहीं जानता, कहाँ की नथिया?"

बैजनाथ को बुरा लग गया पलटू झा का इस तरह झल्लाना। गुस्सा तो आया उसे, मगर गुस्साने में समय बर्बाद करने की बजाय वह फिर याद करने लगा, नथिया कहाँ की?

पलटू झा ने, जिसने ध्यान भंग किये जाने के बाद फिर बाई पर टकटकी बाँध दी थी, इस बार अपनी मरजी से अपना ध्यान भंग किया और बैजनाथ के कान में कहा, "नथिया बिहार की।"

नाच-गान खत्म होते ही सब अपने-अपने पंडाल की ओर दौड़ गये। बस अब वापसी के लिए कभी भी खुल सकती थी। ऐसा न हो कि बस छूट जाये। बस के ड्राइवर-कंडक्टर तो लौटने की जल्दी में होंगे अैर दिल से मना भी रहे होंगे कि कुछ लोगों की बस छूट जाये और मुफ्त सवारी

का उन्हें दंड मिले। लोग पंडाल में पहुँचते ही दिशा मैदान के लिए निकल गये थे।

ढेर सारी सुखद स्मृतियों को लेकर बैजनाथ मंडल और पलटू झा बस में बैठ गये थे। बस में बैठने के बाद पलटू झा का चेहरा लगातार खुशी से दिप-दिप करता रहा था, मगर सारे मीठे अनुभवों के बावजूद एक कड़ुआ अनुभव बैजनाथ को देर तक टीसता रह गया था।

पहली सुबह जब वह निश्चित जगह पर पाखाना करने गया था, तो सड़क पर टहल रहे दो आदमियों में से एक उससे पूछ बैठा, ''पाखाना करने जा रहे हो?''

''हाँ,'' बैजनाथ ने जवाब दिया था।

''यह पाखाना करने की जगह है? देख नहीं रहे हो, सामने मुहल्ला है?''

''हमें तो पार्टी की ओर से यही जगह बतायी गयी है।''

''अपने नेता को कहते क्यों नहीं कि जब खिलाने का अच्छा इन्तजाम किया है, तो हगाने का भी अच्छा इन्तजाम करे?''

बैजनाथ सिर झुकाकर आगे बढ़ गया, मगर उसने वह सब सुन लिया जो वह आदमी अपने साथ के दूसरे आदमी से कह रहा था, ''ये साले सब यहीं हगकर चले जाएँगे। यहाँ से आधा मिलोमीटर पूरब-पच्छिम-उत्तर-दक्खिन तक का इलाका पूरे तीस दिनों तक इतना गंधाएगा कि नाम देने लायक नहीं रहेगा। पिछली बार जो रैली हुई थी, उसके खत्म होते ही हमारे मुहल्ले के कुछ परिवारों ने तो मुहल्ला ही छोड़ दिया था और घर बन्द कर दूर के मुहल्लों में एक महीना के लिए किराये पर मकान ले लिया था या गाँव चले गये थे। लाख-लाख आदमी तीन-तीन दिनों तक एक ही जगह हगता रहेगा, तो क्या होगा!''

रैलीवालों के हगने से केवल आधा किलोमीटर तक रहनेवालों को ही तकलीफ नहीं होती थी, रैलीवालों के साथ हगने में बैजनाथ को भी मुश्किल पेश आती थी। दूसरी सुबह जब बस पकड़ने की हड़बड़ी में लोग जल्दी-जल्दी नित्यक्रिया से निवृत्त होना चाह रहे थे, तब लोटा लेकर निकले बैजनाथ को कोई जगह ही नहीं मिल रही थी मलत्याग के लिए। हर दो हाथ पर एक आदमी सिर झुकाए बैठा था। हिम्मत जुटाकर बैजनाथ भी बैठ तो गया था सिर झुकाकर एक आदमी की बगल में, मगर शर्म से वह झुक-झुक गया था और कोठा पूरी तरह खाली नहीं कर पाया था।

(9)

जिस कार से मास्टर साहब, प्यारेलाल और रामयतनजी पटना गये थे, उसी कार में बैठकर बटुकदास ने भी पटना की यात्रा की थी, मगर वापसी में बटुकदास को कार से आना नसीब नहीं हुआ। विधायकजी ने मास्टर साहब को पटना में रोक लिया था और उनके साथ ही प्यारेलाल और रामयतनजी भी रुक गये थे। उन सबकी कार वहीं रुक गयी। बटुकदास को बस में और प्रदर्शनकारियों के साथ ही बैठकर लौटना पड़ा।

रतनपुर से पटना की यात्रा के पूर्व ही बटुकदास ने बैजनाथ मंडल को कह रखा था कि

उन्हें पटना से लौटकर सीधे घर नहीं जाना है और पुनः रतनपुर ही आना है। जब बटुकदास को बस से ही लौटने की नौबत आयी, तो वे उसी बस में जा घुसे जिसमें बैजनाथ मंडल जा बैठा था। उन्होंने बैजनाथ मंडल की बगल में बैठे पलटू झा को सादर उठाकर कहीं और बैठाया और खुद वहाँ बैठ गये।

निश्चिन्त होकर बैठ जाने के बाद बटुकदास ने पूछा, ''आप इससे पहले कभी किसी रैली में गये थे, बैजनाथ बाबू?''

''नहीं, कभी नहीं गया था।'' बैजनाथ ने मुस्कराकर जवाब दिया।

''कभी राजनीति में रहे हैं?''

''ऊँहूँ।'' बैजनाथ ने ना में सिर हिला दिया।

''अब आपको राजनीति में आना है।''

''आ जाऊँगा।''

''क्या आ जाएँगे?'' बटुकदास ने मुस्कराकर पूछा।

बैजनाथ को बस एक जवाब सूझा, ''आप कह रहे हैं, इसलिए आ जाऊँगा।''

''नहीं, मेरे कहने से नहीं, आपको अपनी जरूरत से आना है। यह जान लीजिए कि अभी सब शास्त्रों से ऊपर है राजनीति शास्त्र और सारी नीतियों से ऊपर है राजनीति। यह जानकारी हमें राजनीति ने ही दी है। अब जिन्दा रहने के लिए हर किसी को राजनीति में आना है।''

बैजनाथ कुछ बोला नहीं, बटुकदास का मुँह देखने लगा।

बटुकदास आगे बढ़े, ''राजनीति ने ही हमें यह बुद्धि भी दी है कि किसी दूसरी जाति का जिछलग्गू बनकर मत रहो और अपनी जाति के उत्थान की बात सोचो। इस बुद्धि से हम धानुकों को यह तक सोचना चाहिए कि यहाँ धानुक का राज कैसे हो सकता है।''

''ऐसा हो सकता है?''

''हाँ, हो सकता है।''

''कैसे?''

''राजनैतिक बुद्धि से।''

''हमारे पास यह बुद्धि आ गयी है?''

''हाँ,'' बोलकर बटुकदास ने पूछा, ''आप यह तो मानते हैं कि हमारे बाप-दादा के जमाने में पिछड़ों की कोई रैली नहीं होती थी?''

''मानता हूँ।''

''अब रैली हो रही है और हम धानुक भी उसमें शरीक हो रहे हैं?''

''हाँ, हो रहे हैं।''

''हम शरीक हो रहे हैं, क्योंकि हमें अपने हक की लड़ाई लड़नी है,'' बटुकदास ने सुनाया, ''यह बुद्धि हमें राजनीति ने ही दी है कि हमें अपने हक के लिए लड़ना है।''

बैजनाथ ने मुँह झुलाकर बटुकदास की बात का समर्थन किया।

''अब यह बताइए, बैजनाथ बाबू,'' बटुकदास ने पूछा, ''कि आपके फुलकाहा में धानुकों के कितने घर हैं?''

"पचास-साठ से कम नहीं हैं।"

"धानुकों का कोई धानुक नेता है ?"

"कोई नहीं।"

"आपके गाँव में यादव हैं ?"

"हाँ, पाँच-सात घर।"

"जरूर कोई यादव ही आप लोगों का नेता बन गया होगा।"

बैजनाथ हँसने लगा और फिर बोला, "हाँ, एक जनार्दन यादव हैं; वही नेतागिरी करते हैं।"

"यही हाल रतनपुर का भी है," बटुकदास ने सुनाया, "धानुकों के बीच एक अकेला मैं हूँ उनका नेता बनने लायक, मगर यहाँ भी एक यादव धानुकों का नेता बना बैठा है। नेता बना है तो बने, मगर जब पिछड़ों का नेता बना है, तो सारे पिछड़ों के हित की बात करे। ऐसा हो नहीं रहा है। नेता पिछड़ों का और बातें केवल अपनी जाति के हित की। एक रतनपुर का ही नहीं, पूरे इलाके का यही हाल है, ऊपर से नीचे तक। अमीरलाल मंडल अभी धानुकों के सबसे बड़े नेता माने जाते हैं। मैं मानता हूँ कि वे अभी पिछड़ों के सबसे बड़े नेता हैं। उनके जोड़ का त्यागी-तपस्वी यादवों में एक भी नहीं। उन्हें अब तक मुख्यमन्त्री बन जाना चाहिए था, मगर यादवों ने बनने नहीं दिया। वे पिछड़ते चले गये, क्योंकि हम उनके पीछे नहीं हैं, हमारा बल उन्हें नहीं मिल रहा है। समझ रहे हैं न मेरी बात ?"

"हाँ, समझ रहा हूँ।"

"अब राजनीति हमें बुद्धि दे रही है कि हम धानुक यादवों की छाँह में नहीं रहकर अपना अलग अस्तित्व बनायें। हम पिछड़ों में रहेंगे, मगर हमारी एक अलग पार्टी भी रहेगी। अब हम हर गाँव में धानुकों को जगाने जा रहे हैं और उन्हें संगठित कर रहे हैं। फुलकाहा में आपको यह काम करना है। करेंगे न ?"

"हाँ, जरूर करूँगा।"

"आपको सबसे पहले वहाँ धानुकों की एक सभा करनी है," बटुकदास ने बताया, "मैं उस सभा में आऊँगा।"

"हाँ-हाँ, आपको आना है। मैं आपको खबर करूँगा।"

"सभा बुलाने में कितना समय लगेगा!" बटुकदास बोले, "आप कहिए, तो मैं आपके साथ ही चलूँ और वहाँ से सभा करके ही आऊँ। चलूँ साथ ?"

बैजनाथ मंडल सकपका गया। कुछ सोचकर उसने कहा, "मुझे कुछ दिनों की मुहलत दीजिए।"

"मुहलत क्यों ?" बटुकदास ने कहा, "जान लीजिए, सबसे ऊपर है राजनीति।"

"मेरे साथ अभी कुछ दिक्कत है।"

"बोलिए, क्या दिक्कत है ?" बटुकदास ने जोशीले स्वर में कहा, "मैं दिक्कत दूर करने में मदद करूँगा। राजनीति से मदद लूँगा, राजनैतिक बुद्धि से मदद लूँगा।"

बैजनाथ को मदद से क्या एतराज हो सकता था भला! उसने स्पष्ट कहा, "मैंने तीन

शादियाँ कीं, मगर तीनों भगवान को प्यारी हो गयीं। बिना घरनी का घर है मेरा। अच्छी जमीन-जायदाद है मेरे पास, मगर मेरे बाद उसे भोगने के लिए मेरी कोई औलाद नहीं है। पहले मैं शादी कर लूँ; उसके बाद ही किसी काम में मन लगा पाऊँगा मैं।''

बटुकदास ने बैजनाथ मंडल का चेहरा खूब गौर से निहारा; बुदबुदाए, ''हाँ, वह तो जरूरी है,'' और फिर किसी सोच में डूब गये।

मन में कुछ गुनते रहने के बाद बटुकदास ने अपना सिर उठाया और बैजनाथ से कहा, ''मैं समझता हूँ कि राजनीति में तुरन्त प्रवेश कर जाना अब आपके लिए और भी जरूरी है।''

''जरूरी है?''

''जरूरी नहीं, बहुत जरूरी।''

''क्यों?''

'तीन बीवियों के बाद,'' बटुकदास ने बताना शुरू किया, ''चौथी बीवी कठिनाई से मिल पाती है। मिलती भी है, तो ऐसी जिसे आप मजबूरी में ग्रहण करते हैं। अगर आप राजनीति में चले आते हैं, तो यह मजबूरी दूर हो जाती है। आपको चौथी आसानी से मिल जाएगी और चौथी के रहते हुए, अगर आप चाहें तो, पाँचवीं-छठी भी पा सकते हैं। आपके लिए सबसे खूबसूरत बात तो यह होगी कि आप अपने साठवें साल में पाँचवीं को और अपने सत्तरवें साल में छठी को पा सकते हैं। और, अगर आपका इरादा किसी धानुक औरत को लाने का नहीं है, तो आप ब्राह्मणी को भी पा सकते हैं, ला सकते हैं।''

''यह कैसे कह रहे हैं आप?''

''जो देख रहा हूँ, वह कह रहा हूँ।''

''जो देख रहे हैं, वह मुझे भी दिखाइए।''

''सब आप भी देख रहे हैं, मगर इधर ध्यान नहीं गया है आपका। रमई दास शूद्र हैं; चालीसवें साल में विधायक बनते ही एक और ब्याह कर लिया। और, जब पचास पार करते ही मन्त्री हुए, तो एक ब्राह्मणी को ब्याह लाये। मातबर मंडल जब राज्यपाल थे, तब उनके सत्तरवें साल में एक वकील औरत ने उन्हें पटाकर उनसे ब्याह कर लिया। कुलानन्द सिंह ने अपनी पुरानी दो बीवियों को छोड़कर एक छमछम छोकरी के साथ ब्याह किया है। सियाराम बाबू के विरुद्ध उनकी दो बीवियाँ कचहरी चढ़ गयी हैं, एक यह कह रही है कि उसके साथ पन्द्रह साल पहले सियाराम चौधरी ने ब्याह किया था और दूसरी ने यह कहा है कि दस साल पहले उसकी शादी सियाराम चौधरी के साथ हुई थी। विवाह करनेवाली छोकरियों की कतार लग जाती है बूढ़े नेताओं से विवाह रचाने के लिए। बहुत ऐसे बूढ़े भी होते हैं जो विवाह करने को तैयार नहीं होते, मगर उन सुन्दरियों की इस जिद के आगे झुक जाते हैं कि उन्हें रखैल बनाकर रख लें। बोलिए, आपका राजनीति में प्रवेश आपके लिए हितकर होगा या नहीं, आपके भविष्य को सुरक्षित रखेगा या नहीं?''

''आपने रास्ता तो बहुत अच्छा सुझाया है,'' बैजनाथ ने कृतज्ञ स्वर में कहा।

''तो फिर चलूँ मैं भी आपके साथ फुलकाहा?''

भविष्य के लिए रास्ता बुरा नहीं बताया था बटुकदास ने, मगर अभी तुरन्त हामी भरकर

बैजनाथ उन्हें अपने साथ नहीं ले जाना चाहता था। उसने कुछ सोचकर कहा, ''अभी मैं घर जाता हूँ और वहाँ जाकर वातावरण तैयार करता हूँ। वातावरण तैयार होते ही मैं सभा का आयोजन करूँगा और आपको सभा में आने के लिए सूचित कर दूँगा।''

''यह भी ठीक ही है,'' बटुकदास ने जिद नहीं की, ''मैं आ जाऊँगा। आप मुझे यह लिखा दीजिए कि मैं कैसे-कैसे आपके पास पहुँचूँगा। जब तक आपके पास नहीं पहुँचता हूँ, तब तक आपके लिए मैं इधर कोई लड़की भी ढूँढूँगा।''

बैजनाथ ने अपना सही पता लिखा दिया।

इसके बाद भी बटकदास बैजनाथ के साथ रुक-रुककर बतियाते रहे और फुलकाहा के आस-पास के गाँवों की भी अच्छी जानकारी प्राप्त कर ली।

बटुकदास अपने मन में बैजनाथ से और बहुत कुछ बतियाने को सोच ही रहे थे कि बस की चाल धीमी हुई और फिर बस रुक गयी।

बस के यात्रियों ने खिड़की के बाहर सिर निकालकर देखा, लाठी-बन्दूक के साथ सैकड़ों की भीड़ ने बस को रोक लिया था; तीन-चार बसें पहले से ही वहाँ रुकी हुई थीं।

''क्या बात है?'' किसी ने ड्राइवर से पूछा।

ड्राइवर ने कोई जवाब नहीं दिया।

कंडक्टर बस से नीचे उतर चुका था।

बस सड़क छोड़कर गाँव की ओर जानेवाली कच्ची सड़क पर चल पड़ी।

''यह क्या? किधर ले जा रहे हैं बस को?''

ड्राइवर निश्चिन्त था; उसने इस बार जवाब दिया, ''जिधर और बसें जा रही हैं।''

''रोकिए बस को।''

''जिन्होंने रोका है, उनसे कहिए।''

''किधर जा रही हैं बसें?''

''गाँव की ओर।''

''कौन हैं ये लोग?''

''इधर भूमिहारों के गाँव हैं; ये सब भूमिहार ही होंगे।''

भूमिहारों ने बसें रोकी हैं और अब जबरदस्ती अपने गाँव की ओर ले जा रहे हैं, इससे दहशत फैल गयी पिछड़ों में।

कहाँ गये हमारी पार्टी के रक्षा-दल के सदस्य, हमारे राइफलधारी, हमारी पार्टी के शूटर?

साथ में एक भी नहीं आया! सब पटना में गुलछर्रे उड़ाने रुक गये!

एक अकेले पलटू झा को कोई भय नहीं! उसके होंठों पर ड्राइवर के होंठों की मुस्कराहट आ चिपकी थी।

सारे प्रदर्शनकारियों को बस में उतरने का आदेश दिया गया।

आदेश का अविलम्ब पालन हुआ।

लठैतों के सरदार ने हर लठैत को दस-दस प्रदर्शनकारियों का बोझ उठाने को कहा। सारे

प्रदर्शनकारियों को लेकर वे क्रीड़ास्थल की ओर चले। यह एक बड़ा-सा मैदान था। वहाँ पहुँचकर सारी टोलियाँ अलग-अलग फैल गयीं। हर टोली के साथ लठैत के पाँच-सात चेले भी चल रहे थे। हर चेले के हाथ में मोटी छड़ी थी।

मैदान में पहुँचते ही हर टोली का खेल शुरू हो गया, उस टोली का भी जिसमें पलटू झा था।

कुटम्मस का खेल ज्यों ही प्रारम्भ हुआ, पलटू झा छिटककर 'हाँ हाँ हाँ हाँ' की चीख मारते हुए लठैत के पास जा पहुँचा और उसके कान में सुनाया, "मैं ब्राह्मण हूँ, सरकार।"

"सच कह रहे हो?"

"हाँ, सरकार, मैं प्रमाण दे सकता हूँ।"

"क्या नाम है तुम्हारा?"

"पलटू झा।"

"ठीक है, तुम इस किनारे खड़े रहो।"

पलटू खुश हुआ कि उसे 'झा' ने बचा लिया। और, जब खेल शुरू हुआ, तो उसने इतना तो जाहिर किया ही कि वह खेल का आनन्द ले रहा है।

लठैतों के चेलों में सब छड़ी-डंडा के ही विशेषज्ञ नहीं थे। किसी को घूँसाघूँसी में महारत हासिल थी, कोई नखानखी में प्रवीण था, किसी को झोंटाझोंटी में हस्तलाघव प्राप्त था और एक सिर्फ गरदनिया का साधक था। पलटू झा को यह कमी महसूस हुई कि उनमें से एक, जिसके दाँत काफी बड़े-बड़े और मुँह के बाहर तक निकल आये हुए थे, दाँतादाँती का उस्ताद नहीं निकला।

'बाप रे' और 'माय गे' की चीखों के बीच जब-तब लठैत पलटू झा से पूछ बैठता, "क्यों ब्राह्मण, ठीक चल रहा है न?"

"हाँ, सरकार," पलटू झट जवाब दे बैठा, "बिल्कुल ठीक चल रहा है।"

किसी पिछड़े को बकसा नहीं गया, उसे भी नहीं जिसने बिल्कुल सच कहा था कि वह पटना की गंगा में नहाने या अपना कोई जानलेवा रोग डाक्टर को दिखाने या पटना शहर घूमने या मुफ्त सवारी का मजा लेने के लिए आया था, और सच कहा था बाप और माँ की किरिया खाते हुए।

जब मार खानेवालों ने अपनी मरियल चीखों से यह महसूस किया कि वे मर गये और मारनेवालों ने उनकी मुरझायी चीखों से मान लिया कि वे अधमरे हो गये, तब कुटम्मस बन्द कर दी गयी।

कुटम्मस बन्द हुई, तब मुंडन का कार्यक्रम प्रारम्भ किया गया।

नाइयों को हाँक लगायी गयी।

मुंडन के दौरान लठैत और उनके चेलों की बातचीत से स्पष्ट हुआ कि मुंडन-कार्य को सम्पन्न कराने के लिए पाँच-सात गाँवों के नाइयों को बुला लिया गया था। नाई कुल के जिन बच्चों ने अभी तक अपने पुश्तैनी धन्धे में प्रवेश नहीं किया था और कैंची-अस्तुरा को हाथ तक नहीं गलाया था, या जिन्हे अपनी कला में प्रशिक्षित और सिद्धहस्त होने के लिए मुंड उपलब्ध नहीं हो रहे थे, उन्हें विशेष प्राथमिकता दी गयी थी। वे किसी का मुंडन करने के पूर्व उसके एक मुंड

पर ही तरह-तरह की काट सीखने के लिए चले आये थे। हर नाई को एक साथ कई-कई मुंड मिल रहे थे।

जब पलटू टोली के नव मुंडितों को, यह संकल्प कराने के बाद कि वे फिर कभी अपनी बची-खुची जिन्दगी में पिछड़ों की किसी रैली में नहीं जाएँगे और 'इनसे सदा रहो होशियार' वाले नारे नहीं लगाएँगे, उन्हें 'जान बची और लाखों पाये' का भाव लिये मुक्त कर दिया, तब दसवें अमुंडित की बारी आयी।

पलटू को सामने खड़ा कर लठैत ने पूछा, "तुम तो ब्राह्मण हो?"

"हाँ, सरकार, प्रमाण दे सकता हूँ।"

लठैत ने एक जालिम तमाचा पलटू ब्राह्मण के गाल पर जड़ दिया और बोला, "तुम साला ब्राह्मण होकर पिछड़ों की रैली में क्यों गया?"

इस एक तमाचे में ही पलटू जमीन चूमने लगा।

जिसे झोंटाझोंटी में हस्तलाघव प्राप्त था वह पलटू के सिर पर कोई झोंटा नहीं देखकर काफी कुपित हो उठा और झोंटा नहीं मिलने पर पलटू के दोनों कान चिमटे की तरह पकड़कर उसे उठाया, "तुम साले गद्दार हो न?"

"नहीं, सरकार, गद्दार नहीं हूँ।"

"तो फिर क्या हो?" बोलकर घूँसाघूँसी में माहिर चेले ने एक जबरदस्त घूँसा मारा।

एक मार्मिक चीख निकली पलटू के मुँह से और वह जमीन पर लुढ़क गया।

अब गरदनिया के साधक की बारी थी। उसने पलटू की गरदन पर हाथ लगाया, उसके सिर को तीन-चार बार जमीन पर पटका और गरदन दबाते हुए ऊपर उठा लिया।

पलटू ने अपने दोनों हाथ जोड़कर कहा, "मुझे पकड़कर पिछड़ों ने बस में बैठा लिया था।"

"तू भागा क्यों नहीं कहीं रास्ते में बस से उतरकर?" बोलते हुए नखानखी में प्रवीण चेला पलटू का मुँह बकोटने लगा।

भरसक मुँह को क्षत-विक्षत होने से बचाया पलटू ने। जब बकोटना बन्द हुआ, तब उसने मुँह पर से अपना हाथ हटाकर सुनाया, "बुद्धि काम नहीं कर रही थी, सरकार।"

"बुद्धि काम नहीं कर रही थी?" लठैत पूछ बैठा।

"बिल्कुल काम नहीं कर रही थी।"

"तब तो तुम ब्राह्मण नहीं हो।"

"हूँ, सरकार; ब्राह्मण हूँ; प्रमाण है मेरे पास।"

"दिखाओ प्रमाण।" लठैत ने कहा।

झोला खोलकर उसमें से पूजा-पाठ की किताबें निकालते हए पलटू सोचता रहा कि अब जाकर साले प्रमाण माँग रहे हैं और अब तक उसकी बातों को झूठ मानते रहे थे। किसी भी पिछड़े से तो अधिक मार लग चुकी है। अब प्रमाण देखकर क्या करेंगे साले? इसे तो अब अपना सौभाग्य ही माने वह कि यहाँ चेलों के बीच कोई दाँतादाँती का उस्ताद नहीं था।

पूजा-पाठ की किताबें देखकर ही लठैत बोल गया, "यह तो सचमुच ब्राह्मण है!"

"हाँ, सरकार, झूठ नहीं कहा था।"

लठैत ने चेलों से कहा, "इसे दोहरी मार मारो। इस उम्र तक ब्राह्मण है और जान नहीं पाया कि पिछड़ों की रैली में जाना नहीं था, पिछड़ों का नारा लगाना नहीं था। इसकी गद्दारी दूर करो।"

पलटू लठैत के पाँवों पर गिर पड़ा, "अब और नहीं झेल पाऊँगा; मर जाऊँगा, सरकार।"

मौका हाथ से जाने नहीं दिया जाए, यह सोचकर चेलों ने हाथ साफ कर लिया, मगर पलटू को उतना ही मारा कि वह मार झेल गया और दम को दुगदुगी से ऊपर आने नहीं दिया।

जब सारे आहतों को लादकर बस चली, तो बस के सारे सवार चुप्पी साधे हुए थे। हुलिया बिगड़ने के कारण कुछ ही लोग एक-दूसरे को पहचान रहे थे।

बैजनाथ और पलटू इस बार साथ-साथ ही बैठे थे, मगर वे भी चुप थे। बस कुछ दूर निकल गयी, तो कई बार उचक-उचककर आगे-पीछे देखने के बाद बैजनाथ ने पलटू से कहा, "बटुक बाबा को नहीं देख रहा हूँ; लगता है, उन लोगों ने उन्हें छोड़ा नहीं है।"

बैजनाथ के पीछे ही बैठे एक सवार ने लड़खड़ाते शब्दों में जवाब दिया, "मैं बोल नहीं पा रहा हूँ, बैजनाथ बाबू। मैं ही हूँ बटुकदास। आप फुलकाहा पहुँचते ही वहाँ से पत्र लिखिएगा। वहाँ की सभा का आयोजन...अब एक महीना बाद।"

दूसरा फेरा

कई सालों से गोदनहारी नहीं आयी थी फुलकाहा। हर साल आये भी कैसे?

पूरी बरसात अपने घरों में काटते हैं बनजारे। बरसात बीतते ही पास के जंगलों से जड़ी-बूटी लेकर मोरंग के अपने घरों से निकलते हैं ये और कोशी अंचल में फैल जाते हैं। ये कोशी के कस्बों में अपनी जड़ी-बूटियों की दुकानें लगाते हैं और संसार की सारी बीमारियों का शर्तिया इलाज करते हैं।

इन बनजारों के साथ बनजारिनें भी होती हैं जो कोशी के गाँवों में फैलकर गोदना गोदती हैं। बनजारों के इतने समूह तो नहीं हैं मोरंग में कि हर साल हर गाँव में एक गोदनहारी आ ही जाये।

किसी-किसी काकी-चाची ने बताया कि चार-पाँच साल पहले आयी थी एक गोदनहारी। नहीं आयी, तो किसी को गोदना गुदाने का याद भी नहीं रहा, मगर जब इस बार आयी गोदनहारी, तो बहुतों को गोदना गुदाने का जरूरी काम याद आ गया।

गोदनहारी अपनी धोकड़ी को कन्धे से लटकाये जैसे ही गाँव में घुसी कि बच्चों का एक झुंड उसके साथ हो गया और घर-घर उसके आने की खबर चली गयी।

गोदनहारी बीच गाँव में घुस आयी और अगहनू के घर के सामने एक गाछ को देखकर वहाँ रुकी और धोकड़ी नीचे रखकर खुद भी वहाँ बैठ गयी।

अब तक गाँव की पाँच-सात बहू-बेटियाँ भी उसके पास आ गयी थीं।

बैठते ही उसने अपनी टनकदार आवाज में गीत गाया,

उतरहिं राज से अइलै गोदपरनी रे जान।
जान, बैठि गेलै चन्दन के बिरिछिया तर रे जान।

किसी मुँहफट जनाना ने टोक दिया, ''हे गोपरनी! जिसके तर बैठी हो, वह कदम्ब का गाछ है,चन्दन का नहीं।''

गोदपरनी ने मुस्कराकर जवाब दिया, ''हे बहिनो! जिस किसी गाछ के नीचे गोदपरनी नट्टिन बैठ जाये, उससे चन्दन की सुगन्ध आने लगती है, वह गाछ चन्दन का गाछ हो जाता है। यह गौर पार्वती का वरदान है। आ रही है न सुगन्ध?''

औरतें खिलखिलाकर हँसती हैं; कई बच्चे लम्बी साँस खींचकर बोलते हैं, ''हाँ, आ रही है सुगन्ध।''

गोदपरनी नहीं खिलखिलाती और बच्चों की स्वीकृति अनसुनी कर मुँह बिचकाती है, ''यह कैसा गाँव है!''

गोदपरनी की बात पर कोई पूछ बैठती है, ''क्यों, कैसा गाँव है?''

''गोदपरनी गाँव में आये और गाँव की औरतें दौड़-दौड़कर उसके पास नहीं आ जाये, तब कैसे न कहूँ कि कैसा गाँव है!'' बोलकर गोदपरनी बोली, ''लगता है, यहाँ की औरतों को पता ही नहीं कि गोदना गुदाने से क्या होता है और नहीं गुदाने से क्या होता है।''

''नहीं गुदाने से क्या होता है, गोदपरनी?''

''अरे बाप!'' मुँह बनाकर बोली गोदपरनी, ''जिस औरत की देह में गोदना नहीं होता, उसे यमदूत अस्सी कुंड नरक में ठेल देता है और लोहे को लाल-लाल गरम कर उसकी पूरी देह को दागता है।''

''और गुदाने से?''

''वह भी सुन लो,'' गोदपरी सुनाती है, ''गोदना गुदाने से औरत सोहागिन होती है, अहिवाती होती है और मरने पर सीधे स्वर्ग जाती है।''

''सीधे स्वर्ग!'' बोलकर एक जनाना हँसी।

''उतना ही नहीं होता,'' गोदपरनी ने बताया, ''जो गरदन पर गोदना गुदवाती है, उसकी स्वर्ग में अपनी माँ से मुलाकात भी हो जाती है। स्वर्ग में अपनी माँ से मुलाकात हो जाती है, इसका पूरा मतलब समझो।''

''क्या हुआ पूरा मतलब?''

''पूरा मतलब यह हुआ,'' गोदपरनी बोली, ''कि अगर बुढ़िया कहीं किसी नरक-कुंड में है, तो अपनी बेटी से मिलने के लिए उसे तुरन्त स्वर्ग में बेटी के पास भेज दिया जाता है।''

''तब तो सब गरदन पर ही गुदवाये गोदना?''

''सब क्यों गुदवाये गरदन पर!'' गोदपरनी बोल गयी, ''जिस बुढ़िया ने और बेटियों को तो अच्छा दान-दहेज दिया और उस बेटी को कुछ भी नहीं, जिस बुढ़िया ने उसे कभी यज्ञ-प्रयोजन तक में नहीं बुलाया, कभी नैहर का आसरा रहने नहीं दिया, हमेशा छूँछे हाथ विदा करती रही, वह बेटी क्यों जाये स्वर्ग नरक-कुंड में पड़ी बुढ़िया को स्वर्ग दिलाने के लिए? क्यों नहीं सोचे वह अपने अगले जनम के बारे में?''

''क्या सोचे अगले जनम के बारे में?''

''सोचे कि अगले जनम में कौआ-कुकुर बनकर पैदा नहीं हो,'' गोदपरनी बोली, ''इसके लिए पैर में गोदवाये वह गोदना।''

''यह भी तो बताओ, गोदपरनी, ''हँसकर बोली एक जनाना, ''कि इस जनम के लिए कहाँ गुदवाये गोदना?''

''इस जनम के लिए छाती में,'' गोदपरनी ने बताया, ''जिसे जीवन भर पति का प्यार पाना हो, वह छाती में गुदवाये गोदना। इससे अधिक किसी औरत को और क्या चाहिए!''

माँ के साथ आयी हुई एक बेटी ने माँ से कहा, ''माँ, मैं भी गोदवाऊँगी गोदना।''

''नहीं,'' माँ ने डाँट दिया, ''जिसका ब्याह हो जाता है, वह गोदवाती है गोदना।''

"नहीं-नहीं-नहीं, ऐसा मत बोलिए," गोदपरनी फूट पड़ी, "कुँवारी कन्याओं के लिए तो सबसे जरूरी है गोदना गोदवाना। यह जान लीजिए कि जो कुँवारी कन्या चेहरे पर कहीं एक ठोप भी गोदना गोदवा लेती है, उसे गौरा पार्वती बहुत अच्छा घर-वर देती है।"

कुँवारी बेटी ने मुस्कराकर अपनी माँ की ओर देखा।

गोदपरनी ने अपनी निगाह सामने दौड़ायी और मुँह बनाकर बोली, "इक्की-दुक्की औरतों के आने का क्या मतलब! अब तक तो घर-घर खबर हो जानी चाहिए थी।"

"घर-घर खबर हो गयी है," एक किशोरी ने खबर दी।

"तब क्या हुआ है, मैं बताती हूँ," बोलकर गोदपरनी ने गीत उठाया,

घर से बाहर भेली सुन्दरी पतुहुए रे जान।
जान, पड़ि गेले नट्टिन मुख दिठिए रे जान।

और फिर गीत रोककर सुनाया, "गोदपरनी पर नजर पड़ते ही पतोहू सास के पास आ धमकी और गोदना गोदवाने के लिए उससे पैसे माँगने लगी। कंजूस सास ने पतोहू को गाली देकर कहा कि उसके पास कोई जमा किया हुआ पैसा नहीं है। यह सुनकर पतोहू ने खटपाटी ले ली।" इतना बोलकर गोदपरनी नाच-नाचकर गाने लगी,

मचिया बैसल तोहूँ सासू बरइतनी रे जान।
जान, दिआँ सासू कोसल कउरिये रे जान।
अइया खौकी भैया खौकी सुन्दरी पुतहुए रे जान।
जान, कहाँ से पायेब केसल कउरिये रे जान।
एतना वचन जब सुनलक पुतहुए रे जान।
जान, ठोकि लेलकै बज्जर केवरिये रे जान।

नाच रोककर गोदपरनी ने आगे सुनाया, "पतोहू ने यों ही तो खटपाटी नहीं ले ली। वह जानती है कि जब हल जोतकर उसका मरद आएगा, तो उसे मनाएगा और बुढ़िया से छिपाकर भी गोदना गोदवाने के लिए उसे पैसे देगा।"

इतना बोलकर फिर चालू हो गयी गोदपरनी,

हर जोति कोदारि पारि अले बेटवा दुलए रे जान।
सबके जे धनी अम्मा रुनझुन करइछै रे जान।
जान, हमरो धनी कहाँ चलि गेलै रे जान।
तोहरे जे धनी बेटा विरहा के मातल रे जान।
जान, ठोकि लेलकै बज्जर केवरिये रे जान।

"हाय राम!" नाच-गाना रोककर गोदपरनी सुन्दरी पतोहू की तरह चीखकर बोली, "यह निगोड़ा तो अपनी माँ से भी बढ़कर कंजूस निकला; पढ़ाता है, 'गोदना की सुई की लहर तुम नहीं सह सकोगी, धनी। मत गोदवाओ गोदना।' मरद के मना कर देने से गोदना नहीं गोदवाये वह!"

सुनाती है गोदपरनी,

हमरो अचनिया धनी अँगिया लगइकौ रे जान।
जान, सुइया लहरिया कोना सहतियै रे जान।

सुइया लहरिया बालम रहितह दू छनमा रे जान।
जान, तोरो बचनियाँ छतिया बँधलकै रे जान।
कौनो दलिद्दर दैवा लिखलक करमुआ रे जान।
जान, बोली के गोदना छतिया गौदैले रे जान।

नाच रोककर मुस्करायी गोदपरनी, "सुन्दरी पतोहू का तिरियाचरित्तर! उसने साफ सुना दिया कि सुई की लहर तो क्षण-दो-क्षण होती, मगर उस निगोड़े की बात की लहर तो छाती में सदा के लिए ठहर गयी। तिरिया ने मरद के सामने छाती पीट ली कि न जाने किस दलिद्दर दैव ने उसका करम लिखा था! मरद हड़बड़ाया, जब सब कुछ अब तक किया ही इस मेहरारू के लिए, तो अब गोदना के लिए क्यों दिल दुखाये इस फूल-सी औरत का। उसने पैसे दे दिये मेहरारू को इतना भर कहते हुए, 'माँ का दिल मत दुखाना; उसे कुछ जानने मत देना।' पैसा मिलते ही सुन्दरी पतोहू भागी गोदपरी की ओर।"

इतना बोलकर रुकी वह और फिर मुस्कराकर बोली, "इस गीत का विश्वास न हो, तो एक बार उलटकर पीछे देख लो। अभी जो भागी-भागी इधर आ रही हैं, सबकी सब सुन्दरी पतोहुएँ ही हैं।"

पूरी भीड़ ने उलटकर पीछे देखा। औरतों ने ठहाके लगाये। भागकर आ रही पतोहुओं की पहचान होने लगी। हर पहचान पर किलकारी मारी औरतों ने, लोटपोट-लहालोट हो गयीं।

जब भागकर आयी औरतें शरीक हो गयीं भीड़ में और हँसी का वेग थमा, तो गोदपरनी ने फिर बोलना शुरू किया, "ऐसा नहीं होता कि हर मर्द कंजूस ही होता है। कभी-कभी तो उसे मनाना पड़ता है अपनी घरवाली को कि वह भी गोदना गोदवा ले। मनाने पर तैयार तो हो जाती है घरवाली, मगर वचन लेकर...

बहियाँ गोदैबो बलमा, लेबौ सोने के कंगनवा रे जान।
जान, छतिया गोदैबौ, लेबौ गोदी में ललनवा रे जान।

एक बार फिर उलटकर देख लो। अब जो आ रही हैं, वे अपने-अपने मरद से वचन लेकर आ रही हैं...सोने के कंगनवा रे जान!...गोदी में ललनवा रे जान!..."

जब गोदना शुरू हुआ, तो एक औरत गोदपरनी के कान के पास मुँह ले जाकर बोली, "ऐ गोदपरनी! मैं यहाँ नहीं गोदवाऊँगी। मेरे घर चलना होगा।"

"क्यों?"

औरत ने बहुत धीमी आवाज में जवाब दिया, "मुझे छाती में गोदवाना है गोदना।"

"चलूँगी," गोदपरनी हँसकर बोली और फिर सबको सुनाकर कहा, "घर-घर चलूँगी गोदना गोदने।"

रतनी दौड़ी-भागी रीतलाल के पास पहुँची और बोली, "रीतू! एक सेर चावल दो तो, सिर्फ एक सेर।"

"किसलिए?"

"गोदपरनी आयी है गाँव में," रतनी ने जवाब दिया, मुझे भी गोदना गोदवाना है। अनाज

लेकर भी गोद देती है, एक ठोप का एक सेर चावल।''

''किसलिए गोदवाओगी कोदना?''

''बताऊँगी बाद में,'' रतनी ने हड़बड़ी जतायी, ''जल्दी से एक सेर दे दो। गोदपरनी चली गयी, तो रोती रह जाऊँगी मैं।''

''तुम्हारे घर में एक सेर चावल नहीं है?''

''नहीं है,'' रतनी बोली, ''माँ ने कह दिया नहीं है। बाबू घर पर नहीं हैं, नहीं तो उनसे पैसे ले लेती।''

''मैं तुम्हें कैसे दे दूँ एक सेर चावल? कहाँ से दे दूँ।''

''तुम्हारे घर में तो चावल है; उससे निकालकर दे दो।''

''नहीं दूँगा। तुम गोदना गोदवाओ और मैं हिसाब ठीक रखने के लिए दो-चार एकादशी करूँ!''

''मत करना एकादशी,'' रतनी ने सुझाया, ''दो-चार वेला थोड़ा-थोड़ा खाना।''

''मैं भूखा रहूँ तुम्हारे लिए? नहीं रहूँगा भूखा।''

''देते हो या नहीं?'' रतनी ने धमकी दे डाली, ''मैं तुम्हारे सौ काम कर देती हूँ, उसके पैसे लेती हूँ क्या? अब कुछ भी याद नहीं रखूँगी, मालिक के सामने भी बोल दूँगी, मुझे याद नहीं।''

''एक सेर?'' रीतलाल परास्त हुआ।

''हाँ, एक सेर।''

''मैं भी चलता हूँ तुम्हारे साथ।''

''नहीं-नहीं, तुम्हें नहीं जाना है,'' रतनी बोली, ''तुम्हें गोदवना होता गोदना, तो मैं खुद साथ चलने को कहती तुमसे।''

''गोदवाऊँ नहीं, तो वहाँ जाऊँ भी नहीं?''

''नहीं,रीतू, वहाँ मर्द नहीं जाते।''

''क्यों?''

''गोदपरनी नट्टिन जादूगरनी होती है; उसकी आँखों में अजगर की ताकत है,'' रतनी ने बताया, ''अगर कोई युवक उसे पसन्द आ जाता है, तो वह उस पर जादू चला देती है और उसे अपने रूप के जाल में फँसाकर अपने साथ लिये चली जाती है। जानते हो, रीतू, गोदपरनी नट्टिन उसे दिन में भेड़ बनाकर रखती है और रात में पुरुष बना लेती है। गाँव के सारे युवक घरों में बन्द कर दिये गये हैं।''

''गोदपरनी मुझे ले जाएगी, तो तुम्हें क्या?''

''मुझे क्या! कुछ नहीं!'' चावल झोली में रखते हुए रतनी बोली, ''तुम यहीं बन्द रहो। मैं अभी लौटकर आती हूँ।''

रतनी लौटकर आयी, तो खिली-खिली थी। आते ही रीतलाल को बताया, ''गोदवा लिया गोदना।''

''किधर?''

रतनी उसके सामने खड़ी हुई और हँसकर पूछा, ''बताओ, किधर?''

रीतलाल ने उसे ऊपर से नीचे तक देखा और बोला, ''मुझे तो कुछ नजर नहीं आता। अब और कहाँ ढूँढ़ूँ ?''

''और कहाँ ढूँढ़ोगे ? चेहरे पर नजर नहीं आता क्या ?'' बोलकर रतनी ने चेहरे के एक किनारे उँगली रखकर दिखाया, ''यह है गोदना।''

रीतलाल ने आँख गड़ाकर देखा, ''बस एक ठोप ?''

''अभी बस एक ठोप,'' रतनी बोली, ''इस एक ठोप का मतलब समझते हो ? इस एक ठोप पर ही गौरा पार्वती मुझे बहुत अच्छा घर-वर दे देगी। शादी के बाद एक फूल गोदवाऊँगी छाती में।''

''वह किसलिए ?''

''जो छाती में गोदना गोदवाती है, उसे जीवन भर पति का प्यार मिलता है।''

''तुम अभी से ही ब्याह और वर के बारे में सोचने लगी ?'' रीतलाल ने अचरज प्रकट किया।

''ब्याह जब हो तब हो, मगर अभी ही अच्छा घर-वर से निश्चिन्त तो हो गयी। गोदपरनी का कोई ठीक है कि फिर कब आये इस गाँव में। ऐसा भी तो हो सकता था कि वह जब आये तब तक मेरा ब्याह हो चुका हो। गौरा पार्वती तब क्या मेरे लिए घर-वर का ध्यान रखती।''

''ब्याह के बाद तो तुम यहाँ से चली जाओगी ?''

''तब क्या यहीं पड़ी रहूँगी, माँ-बाप के घर !''

''तुम यहीं किसी से ब्याह कर लेना।''

''अब मेरा मरजी से ब्याह होगा कि गौरा पार्वती की मरजी से ! वह यहाँ रखे या बाहर भेज दे, उसकी मरजी।'' इतना बोलकर रतनी पूछ बैठी, ''मेरे जाने से तुम्हें दुख होगा न ?''

''हाँ, होगा।''

''किस बात का दुख ?''

''तुम क्या जानती नहीं हो कि तुम्हारे जाते ही मैं भी यहाँ से चला जाऊँगा ?''

''क्यों चले जाओगे ?''

''मालिक भगा नहीं देंगे क्या ?'' रीतलाल ने सुनाया, ''तुम्हें याद नहीं कि उस दिन मालिक ने क्या कहा था ? कहा था, भुलक्कड़ी से काम नहीं चलेगा तुम्हारा। मेरा कहा याद नहीं रखोगे, तो मेरे यहाँ टिक नहीं पाओगे।''

''अब जीवन भर तो मैं तुम्हारे लिए यहाँ बैठी नहीं रहूँगी। जैसे मैं कुछ कर रही हूँ अपने लिए, वैसे ही तुम भी कुछ करो अपने लिए। मैं गौरा पार्वती को पूजती हूँ, तुम भोला बाबा को जल चढ़ाओ।''

''रोज-रोज रहेगी याद शिवालय जाने की !''

ठीक इसी समय सोनमा ने हाँक लगायी, ''रीतलाल !''

(2)

फुलकाहा में बस से उतरकर बैजनाथ मंडल ने पलटू झा से कहा, ''अब पाँव से चलकर घर तक तो मैं नहीं जा सकूँगा, गुरुजी। मैं रीतलाल को खबर भेजकर बैलगाड़ी मँगवाता हूँ। आप भी लँगड़ाते हुए क्यों जाएँ! साथ ही चलिए।''

''नहीं, मैं पैदल ही जाऊँगा,'' पलटू झा ने जवाब दिया, ''मैं ठीक हूँ, लँगड़ा नहीं रहा हूँ।''

''तब एक काम कीजिए,'' बैजनाथ बोला, ''आप जरा रीतलाल से कहते हुए जाइए कि वह बैलगाड़ी लेकर आये।''

''नहीं, बैजनाथ बाबू,'' पलटू झा ने जवाब दिया, ''चक्कर लगाने की ताकत तो अब मेरी देह में भी नहीं बची है। मैं नहीं जा सकूँगा आपके घर; यहाँ से सीधे चलकर अपने घर में घुसूँगा।''

''ठीक है, जाइए आप। मैं जागो साह की दुकान पर देखता हूँ कि कोई जानेवाला है या नहीं। नहीं मिलेगा कोई, तो उसके बेटे को ही भेजूँगा।''

पलटू झा अपने घर की ओर निकल गया। बैजनाथ जागो साह की दुकान पर गया, एक प्याला चाय के लिए कहा और उसके बेटे सोनमा को रीतलाल के पास रवाना कर बैलगाड़ी के आने का इन्तजार करने लगा।

रामभद्र झा ने दूर से ही मुंडित सिर को देख लिया था और उस पर निगाह टिकाकर अचरज खा रहा था कि क्या वह सिर उसके बेटे पलटू का है!

पलटू ज्यों ही दरवाजे पर पहुँचा, बाप कुछ चिहुँकते स्वर में बुदबुदाया, ''पलटू!''

'हाँ' 'बोलते हएु पलटू घर के अन्दर घुसा।'

बाप ने बेटे का पीछा किया, ''बेलागंज गये थे?''

''हाँ।''

''इतनी जल्दी लौट आये?''

''हाँ, नहीं रुका।''

''धानुक का ब्याह हो गया?''

''नहीं।''

''तब तुम्हें क्या हड़बड़ी हो गयी घर लौट आने की? तुम्हारे बिना यहाँ कोई मरा तो नहीं जा रहा था,'' रामभद्र झा गुस्से में आ गये, ''तुम बुद्धि से कभी काम नहीं लोगे। जीवन में लगी ठोकरों से तुमने कुछ सीखा ही नहीं; ब्राह्मण के घर में जन्म भर ले लिया। सोचा था, चर्बी चढ़ाकर आओगे; आये हो ठठरी लेकर। गुरुपूर्णिमा तक रुकने को कहा था या नहीं? चूतड़ टिकाकर रह नहीं सकते थे? क्या सोचकर नहीं रुका? भागकर तो नहीं आये हो? शंकरपुरवालों की तरह बेलागंजवालों ने भी तो...''

''आपको हर जगह शंकरपुर ही सूझता है?'' पलटू बिफर उठा, ''शंकरपुर की रट लगाना नहीं छोड़ सकते?''

''ठीक है, नहीं लूँगा नाम शंकरपुर का। बताओ, क्यों चले आये बेलागंज से?''

''महन्थ अजगैबीदास मर चुके हैं।''

''मर गये?''

''हाँ, चार महीने पहले ही।''

''तब भी रह तो सकते थे वहाँ गुरुपूर्णिमा तक?''

''जो आप देखकर आये हैं वहाँ से, वैसा कुछ नहीं है अब। साधुओं के बीच भी खाने पीने के लिए मारामारी होती है। वहाँ हमें कोई पूछनेवाला नहीं था।''

''इसे भी तुम अपना दुर्भाग्य ही मानो कि तुम्हारे जाने के चार महीने पहले ही महन्थ अजगैबीदास दुनिया से चले गये। मरने के सात दिन पहले भी तुम पहुँच जाते वहाँ, तो उनके हाथ से तुम्हारा उपकार हो जाता। वहाँ से निकलकर कहाँ गये?''

''जिस काम से निकला था, वह काम ढूँढ़ रहा था।''

''खाक तुम अपना काम ढूँढ़ोगे!'' रामभद्र झा ने मुँह बिचकाकर कहा, ''तुम तो धानुक के साथ लगे रहे।''

''उसके साथ गया था, तो उसे छोड़कर कैसे चला आता?''

''ठीक है, छोड़कर नहीं आते,'' बाप बोला, ''मगर ब्राह्मण और धानुक की यह कैसी जोड़ी कि उसने सिर मुड़ाया, तो तुमने भी सिर मुड़ा लिया?''

''जरूरी हो गया था।''

''जरूरी हो गया था उसके कहने में आने का? वह अपना सिर नहीं मुड़ाता और सिर्फ तुम्हें सिर मुड़ाने कहता, तो तुम उसकी बात मान लेते? उसने अपना सिर मुड़ाया था या नहीं?''

''हाँ, मुड़ाया था।''

''उसने अपनी मरनी-हरनी में मुड़वाया अपना सिर, तुमने क्यों मुड़वाया? रे अधम! इतने दिनों तक पुजारी रहा; किस शास्त्र में पढ़ लिया कि यजमान की मरनी-हरनी में पुरोहित को भी अपना मुंडन करवाना चाहिए?''

''मैंने दूसरे कारण से अपना मुंडन करवाया है।''

''किस कारण से?''

''सिर पर जटा उगती जा रही थी।''

''जटा?''

''हाँ।''

''आपरूप?''

''हाँ, बाबू।''

''रे अभागा!'' बाप ने माथा पीट लिया, ''शुभ लक्षण भी तुम्हें नजर नहीं आया देवी की कृपा भी तुमने ठुकरा दी! सौभाग्य तुम्हारे पास आता है, और तुम उसे लतियाकर भगा देते हो! बेलागंज मठ में पहुँचते ही सिर पर जटा जमने लगी थी। कोई बड़ा साधु बनकर ही वहाँ से निकलता। लोग तुम्हें पूजते, रे अभागे, पूजते। कहीं पीपल के नीचे भी पत्थर डालकर रहता, तो वहाँ देखते-देखते मठ-मन्दिर खड़ा हो जाता। अजगैबीदास के पास तो जटा तक नहीं थी। तू तो

उससे बड़ा महन्थ बनकर रहता। तुमने तो अपने करम पर खुद मूत दिया। जटा जमने से क्या बिगड़ता था तुम्हारा? साधु होने से क्यों डर गया तू?''

''ठीक है, अब जमी, तो नहीं उजाड़ूँगा।''

''घर पर कब तक रहोगे?''

''देखूँ, कब तक रहता हूँ।''

''यह खयाल है न कि घर किसलिए छोड़ा था?''

''हाँ, है खयाल।''

''जब यहाँ कोई ठहार नहीं है,'' बाप ने कहा, ''तब तो बाहर का ही रास्ता पकड़ना होगा। जटा तो, कहीं भी रहोगे, देवी माँ की कृपा होगी, तो फिर उग जाएगी।''

''जल्दी ही निकल जाऊँगा, बाबू,'' बेटे ने सुना दिया, ''दो-चार दिन देह को आराम दे दूँ।''

अपने कमरे में ज्यों ही घुसा पलटू, पत्नी ने गलबहियाँ डाल दीं, ''मैंने सब सुन लिया है। मैं सचमुच कुएँ में कूद जाती। किसी बाप को बेटे से यह कहते नहीं सुना कि साधु-संन्यासी बन जाओ। संन्यासी बनकर दरवाजे पर आते, तब मैं भिक्षा दे देती क्या? बुड्ढा-बुड्ढी को भी नहीं देने देती। मैं जटा जमने नहीं दूँगी। फिर जटा उगेगी क्या?''

''नहीं उगेगी।'' गलबहियाँ छुड़ाकर पलटू बिस्तर पर पसर गया।

'मैं देख रही हूँ, आप बहुत पतले-पतले हो गये हैं, पहले से कुछ छोटे भी। अब दो-चार दिन का नहीं, दो-चार महीने का आराम चाहिए आपको। मैं देह बना दूँगी।''

''जो सुनना था वह सुन लिया,'' पलटू ने बोलना शुरू किया, ''जो देखना था वह देख लिया, मगर जो मुझे आते-आते सुनाना था वह तो नहीं सुनाया?''

''क्या?''

''जब जा रहा था तब कहा था कुछ याद रखने और कहा था मेरे आते ही मुझे सुनाने?''

''हाँ, मुझे याद है, मुझे याद है,'' पत्नी बोली, ''मैं आपकी काया देखकर भूल गयी सुनाना।''

''क्या याद है?''

''अख्तर मियाँ, अख्तर मियाँ।'' हुलसकर बोली नवरसियावाली।

पलटू झा के गाँव छोड़ने के दूसरे-तीसरे दिन ही बतरस के लिए घरझँकनी चुल्हिया-माँ उसके घर आयी उसकी बीवी के साथ बोलने-बतियाने। बातों-ही-बातों में वह पूछ बैठी, ''पलटू झा कहाँ गये हैं, बहू?''

''दिसावर की ओर निकले हैं,'' बहू ने जवाब दिया, ''कहीं से बुलावा आया था।''

''अब शंकरपुर नहीं जाते?''

''वहाँ से चले आये हैं। किसी बात का गुस्सा आ गया था, छोड़कर चले आये।''

''यहाँ तो हल्ला है कि शंकरपुरवालों ने भगा दिया है वहाँ से।''

''किसने किया है यह हल्ला?''

''जिस-तिस के मुँह से सुना है। मैंने तो विश्वास नहीं किया।''

''मुँह नोंच लूँगी ऐसा हल्ला करनेवाले का। शंकरपुरवाले तो अभी भी उन्हें बुलाते हैं, मगर मैंने मना कर दिया कि जिस थान पर थूककर चले आये वहाँ अब नहीं जाना है। मैंने तो उधर उन्हें जाने से भी मना कर दिया है कि अगर कहीं शंकरपुरवालों ने देख लिया तो गोड़-हाथ पकड़कर भी मना लेंगे फिर से वहाँ के थान में रहने के लिए। अब क्या बताऊँ कि एक रात सपने में आ गयी दुर्गा माँ और मुझसे बोली, 'मैं शंकरपुर के थान की दुर्गा माँ हूँ। तुम्हारा दुलहा वहाँ से रूठकर आ गया है। मैं कष्ट में हूँ। दूसरे पुजारी ठीक से मेरी सेवा-पूजा नहीं कर रहा है। तुम अपने दुलहा से कहो कि फिर मेरे पास चला आये।' मैंने नींद टूटते ही बुदबुदा दिया, मैं उनसे ऐसा नहीं कह सकती, माँ; मुझे क्षमा कर दो।''

''लोगों के मुँह को कौन बन्द करे! वे तो अनाप-शनाप बोलेंगे ही। अब बोलनेवाले बोलते हैं कि शंकरपुरवालों ने इस तरह भगाया है कि अब फुलकाहा में भी गुजारा नहीं है पलटू झा का, कि पलटू भीख माँगने परदेस निकला है।''

''आग लगे ऐसा बोलनेवाले के मुँह में! मैं समझ रही हूँ कि किस घर से यह सब बात फूटी है। जो कभी गाँव से बाहर निकला ही नहीं, वह क्या जाने बाहर का हाल! जयनाथ पंडित जीवन भर यहाँ मच्छर मारते रह जाएँगे। ब्राह्मण का क्या गाँव क्या परदेस, चुल्हिया-माँ! जहाँ अच्छा दान-दक्षिणा मिले, वहीं तो जाएगा कोई। और यह कैसे कह दिया किसी ने कि फुलकाहा में उनका गुजारा नहीं है?''

''यह सब देखकर कि इतने दिनों से फुलकाहा में है और कोई पूजा-पाठ तक के लिए नहीं बुलाता है।''

''कैसे नहीं बुलाता है!'' झनक उठी बहू, ''इसी फुलकाहा के बैजनाथ मंडल का ब्याह कराने गये हैं। इसी फुलकाहा में बिल्ली का ब्याह कराया है।''

''बिल्ली का ब्याह कराया है? किस बिल्ली का? किसके साथ?''

''बैजनाथ मंडल तीसरी बीवी के मरने के बाद बिल्ली से ब्याह कर चौथी बीवी लाने गया है। हमारे ही घर में तो यह विवाह सम्पन्न हुआ था। बिल्ली की देह का तो अभी रंग भी नहीं छूटा होगा। परसों भी मैं उसे देख चुकी हूँ। जिसे सबूत चाहिए, वह देख ले उस बिल्ली को।''

''बैजनाथ मंडल ब्याह करने गया है?''

''नहीं तो क्या भीख माँगने गया है?''

चुल्हिया-माँ उस दिन ही दस घरों में झाँक आयी थी और अगले दो-तीन दिनों में ही चुल्हिया-माँ की खबर फुलकाहा के सौ घरों में नाच गयी थी।

लाल रंग के छींटों से सजी बिल्ली ससुराल के एक घर में बहू की तरह बँधकर नहीं रह रही थी, गाँव की बेटी की तरह रोज दस-बीस घरों के चक्कर लगा आती थी। हर किसी की नजर में आ गयी थी वह बिल्ली और बेटी की तरह रहते हुए भी एक बहू का दर्जा पा चुकी थी।

गाँववालों ने विश्वास कर लिया था कि किसी भी दिन बैजनाथ मंडल अपनी चौथी बीवी

के साथ गाँव में प्रवेश कर सकता है।

मालिक ब्याह करने गये हैं,यह जानकारी रीतिलाल को कोडियापुरवाली काकी से मिली थी। बहुत दिनों के बाद आयी थी काकी और आते ही पूछा था रीतलाल से, ''क्यों रे, रीतू, कहाँ गया है तुम्हारा मालिक?''

''कुछ कहकर नहीं गये हैं।''

''ब्याह करने गया है तुम्हारा मालिक।''

''सच कह रही हो, काकी?''

''हाँ रे, आने दो बहू लेकर; मैं तो इस बार कंगन लूँगी उससे।''

''ढोल बजाओगी और ब्याह के गीत गाओगी, तब तो मिलेगा कंगन।''

''मैं गीत गा दूँगी, ढोल तुम बजाना।''

''ढोल बजाने तो मैं रतनी और सबिया को बुला लूँगा। अभी से ही कह रखता हूँ उन दोनों से।''

''तुम भी अभी ही सुन लो कि मालिक को भोज लग जाएगा; गाँववाले मानेंगे नहीं।''

''भोज से पीछे मालिक भी नहीं हटेंगे। मालकिन को लेकर आ तो जाने दो।''

''जैसे ही बहू आये, मुझे तुरन्त बुला लेना।''

''सबसे पहले तुम्हें ही बुलाने दौड़ूँगा।''

कोठियापुरवाली काकी के जाने के थोड़ी देर बाद ही महथीवाली भाभी भी आ गयी थी। आते ही उसने भी पूछा था, ''कुछ मालूम हुआ है, रीत?''

''हाँ, चाची,'' रीतलाल ने जवाब दिया था, ''मालूम हो गया है; मालिक ब्याह करने गये हैं और दुलहिन के साथ कभी भी आ सकते हैं।''

''खुश तो हो रहे हो, मगर कभी उस बिल्ली का खयाल आया है जिससे ब्याह कर वह बीवी लाने गया है?''

बिल्ली के ब्याह की बात रीतलाल की समझ में नहीं आयी, तो पूरा किस्सा सुनाकर उसने रीतलाल से कहा, ''बिल्ली की तब तक पूरी देखभाल करो जब तक कनियाँ आ नहीं जाती है। अगर कनियाँ के आने के पहले ही बिल्ली मर गयी, तो समझ लो कि वह बहू भी जिन्दा नहीं रह पाएगी। उसे रोज दूध पिलाया करो, ताकि अभी भी उसे दूसरे घरों का ही आसरा नहीं हो। कनियाँ के पहुँचने की खबर मुझे तुरन्त करना।''

बिल्ली को उस दिन से ही रीतलाल ने अपनी नयी मालकिन मान लिया। उसे बुलाकर दूध पिलाया जाने लगा और कुछ ही दिनों में बहू बेधड़क ससुराल आकर अपने हिस्से का दूध पीने लगी।

मालिक-मालकिन के स्वागत की पूरी तैयारी कर ली थी रीतलाल ने। बालेसर से कह आया था कि वह अपनी टप्पर गाड़ी चौबीसों घंटे तैयार रखे; किसी भी समय टप्पर गाड़ी की जरूरत पड़ सकती है कनियाँ को घर तक ले आने के लिए।

जैसे ही सोनमा ने आकर बताया कि मालिक बस अड्डे पर हैं और एक बैलगाड़ी लेकर आने को कहा है, रीतलाल में बिजली की फुरती आ गयी। उसने रतनी से कहा, ''कनियाँ आ

गयी। तुम तुरन्त गीत-नाद की तैयारी करो। मैं अभी बालेसर को कहकर आता हूँ कि वह टप्पर गाड़ी लेकर बस अड्डा पहुँच जाये। लौटती में मैं कोठियापुरवाली काकी और महथीवाली भाभी को भी खबर कर दूँगा। तुम सबिया को साथ कर लेना।'' इतना बोलकर वह बालेसर के घर की ओर दौड़ गया और जो भी रास्ते में मिला उसे सुना दिया कि कनियाँ आ गयी।

अपनी दौड़ समाप्त कर वह घर को सजाने में लग गया।

दुलहा-कनियाँ के कानों में ढोल की आवाज और विवाह-गीत की स्वर-लहरी कुछ दूर से ही पहुँच जाये, इसलिए रतनी और सबिया ने ढोल बजाना शुरू कर दिया और कोठियापुरवाली काकी और महथीवाली भाभी के स्वर में टोले-मुहल्ले की ढेर सारी औरतें अपना-अपना स्वर मिलाने लगीं। कोठियापुरवाली काकी ने गीत उठाया था,

दुलहा से बैजनाथ दुलहा देखैत बड़ सुन्दर
पान खाय मुख लाल हे
सेहो चललाह बिआह करऽ लय
पूछय सासुर केर लोक हे
किए तोरा आहे बाबू चकबा उड़ेहल
किए तोरा गढ़ल सोनार हे
नहि मोर आहे सासु चकबा उड़ेहल
नहि मोर गढ़ल सोनार हे
माय-बाप कोखि सँ हम अवतरलहुँ
सुरति गढ़ल भगवान हे।

यह गीत समाप्त हुआ, तो महथीवाली भाभी ने दूसरा गीत उठा दिया,

भात खोआए बर के मोहलहुँ
आबे न जायेत बर के देस
आबे हम मिनती करिए सुनु सासू
घुरि हम आएब मय तकैत होइती बाट
पान खोआए बर के मोहलहुँ
आबे न जाएत बर के देस
आबे हम मिनती करिए सुनु सरहोजि
जाए दिय अपन देस
घुरि हम आएब भउजी तकैत होइती बाट...

दरवाजे पर टप्पर गाड़ी के रुकते ही आँगन में हुलहुली मच गयी। कोठियापुरवाली काकी और महथीवाली भाभी गाना-बजाना छोड़कर कनियाँ को देखने दौड़ने गयीं। उनके पीछे औरतों का झुंड चला आया।

बिना ओहार की टप्पर गाड़ी थी। दुलहा तो था, मगर कनियाँ नहीं थी उसमें।

दुलहा को देखकर सब भक रह गये थे।

दुलहा ने रीतलाल को पास बुलाया और उसका सहारा लेकर गाड़ी से नीचे उतरा। उतरकर धीरे-धीरे वह घर में घुसा और एक कमरे में बिस्तर पर निढाल पड़ गया। रीतलाल से सिर्फ इतना पूछ पाया वह, "कोई लड़कीवाला भी आया था?"

रीतलाल ने भरसक मालिक के स्वर में ही जवाब दिया, "नहीं आया था, मालिक, कोई नहीं आया था।"

बैजनाथ को एक-एक औरत ने उसके कमरे में जाकर देखा और वहाँ कुछ भी नहीं बोलकर वहाँ से बाहर निकल गयी। बाहर जगह-जगह औरतों के जमघट लग गये थे।

"इसके भाग्य में बहू नहीं है क्या?"

"ब्याह करो और तुरन्त श्राद्ध करो।"

"इस बार तो कुछ और बात भी हुई है; ससुरालवालों ने बुरी तरह मारा-पीटा भी है। गाल फूले हुए लग रहे थे। चलते हुए भी कुछ लँगड़ा रहा था।"

"मैंने तो गरदन पर कुछ नोंच-खरोंच के निशान भी देखे।"

"कैसा भाग्य है कि एक औरत नहीं मिल रही है इसे!"

"औरत नहीं मिले और ऊपर से मार भी लगे!

"मुझसे कहा होता, तो एक औरत तो मैं ला देती।"

"क्या कमी है इस आदमी को। एक की जगह एक साथ तीन औरतों को रख सकता है।"

"किसी ने जाना भी तो नहीं कि ब्याह करने जा रहा है। बिल्ली का किस्सा नहीं सुनती, तो जानती भी नहीं कि कहाँ गया है। घर बैठे औरत आ जाती; मार खाने परदेस चला गया।"

गाँववाले भी धीरे-धीरे काफी नरम पड़े गये थे...बेचार दर-दर भटक रहा है एक अदद औरत के लिए! कहाँ किस कारण से इतनी मार पड़ गयी हे बेचारे पर, इस पर सोच-विचार छोड़ो और अब मिल-जुलकर कहीं ब्याह करा दो इसका। अब बदसलूकी नहीं करेगा यह अपनी अगली बीवी के साथ। पछता रहा होगा अब तक की अपनी करनी पर...बाल-बच्चे भाग्य से होते हैं, मगर बीवी तो भाग्य से नहीं होती! ऐसा अभागा तो अन्धा-लँगड़ा ही होता है कि उसे औरत नहीं मिलती। बैजनाथ कोई अन्धा-लँगड़ा तो नहीं है। नहीं करा दोगे शादी तो, जान लो, उसकी आह फुलकाहा के हर शादीशुदा पर पड़ेगी...कितनी बदनामी हो रही है गाँव की! प्रचार तो इलाके में यही होगा कि कोई फुलकाहा वाला विवाह के लिए लड़की ढूँढ़ने जाता है, तो उसका भुरकुस निकाल दिया जाता है। तब सोचो कि पूरे फुलकाहा का भविष्य कितना अन्धकारमय हो जाएगा!...

हालाँकि उसके पुराने यजमान पर पड़ी मार को लेकर जयनाथ पंडित ने रामभद्र झा और उसके बेटे पलटू के विरुद्ध काफी दुष्प्रचार किया था, मगर गाँववालों पर इस दुष्प्रचार का कोई असर नहीं पड़ा, उल्टे जयनाथ पंडित का भाव गाँव में गिर गया। अगर कोई और पुरोहित जयनाथ पंडित की तरह बैजनाथ के साथ होता, तो क्या वह भी यजमान के लिए अपनी जान जोखिम में डालकर यजमान के साथ मार खाकर आता? सुनने में आ रहा है कि पलटू की ब्राह्मणी जब से पलटू आया है तब से लगातार उसकी देह की मालिश कर रही है और जब रामभद्र झा ने सरसों तेल का पैसा देने से इन्कार कर दिया, तो उस बेचारी ने सरसों तेल के लिए अपने हाथ की एक

सोने की चूड़ी बेच डाली। इस पलटू का उच्च विचार तो देखो! बैजनाथ के साथ क्या मरनी-हरनी हुई कि उसे अपना सिर मुड़वाना पड़ा और पलटू ने यजमान के साथ अपना भी सिर मुड़ा लिया। पुरोहित हो तो ऐसा! यह हुई पुरोहिती! अब तो उसी पुरोहित को गाँव में पूछना है जो यजमान के साथ अपना सिर भी मुड़वाने को तैयार हो।

तीन-चार दिनों के बाद जगत चौधरी भी पहुँचे थे बैजनाथ के पास और ढाढ़स बँधाया था, "तुम जरा भी मत घबराना, बैजनाथ; शादी-ब्याह में यह सब होता है। मैं ऐसे कड़ुवे अनुभवों से गुजर चुका हूँ। मुझमें और तुममें बस इतना भर अन्तर है कि तुम ब्याह के पहले मार खा गये और मुझे लोग ब्याह के बाद ढूँढ़ रहे हैं। यहाँ जवारी भगत उठते-बैठते मुझे गालियाँ पढ़ते हैं, जबकि सारा दोष जयनाथ पंडित और उसके विवाह-मन्त्र का है। मैंने ताजपुर की ओर जाना ही छोड़ दिया है। ताजपुर में किसी के घर भी बरदेखिया आता है, तो बेचन साह की बेटी का ससुर लाठी लेकर पहुँच जाता है वहाँ देखने कि मैं आया हूँ या नहीं। मुझे समय से पता चल गया था, नहीं तो अब तक मार खाकर आया होता ताजपुर से। इस जयनाथ भड़ुए ने मुझे कहीं का नहीं रखा और सुन लो, पलटू का साथ कभी मत छोड़ना। इसे मार लग चुकी है, तो अब यह और भी जोर-शोर से, जी जान से भिड़ जाएगा तुम्हारी शादी कराने में।"

रामभद्र झा ने जब देखा कि सोम से शनि हो गया और उनका मतिमन्द पूत सब तरफ से ध्यान हटाकर अभी भी केवल अपनी देह की मालिश पर ध्यान जमाये हुआ है, तो उस पर झल्लाने-गुस्साने की बजाय उसने अपना रुख बैजनाथ के घर की ओर किया। बैजनाथ के पास बैठकर उनहोंने काफी गम्भीर मुद्रा में उससे कहना शुरू किया, "अब मैं जान रहा हूँ, बैजनाथ बाबू, कि इस गाँव में आपके दुश्मन भी हैं। एक नया दुश्मन बना है जयनाथ पंडित। इधर मैंने देखा है कि आपके चचेरे भाई कदमलाल के घर उसका आना-जाना कुछ अधिक ही हो गया है। मुझे खबर है कि आपकी गैरहाजिरी में कई लड़कीवाले यहाँ तक आपका पता पूछते हुए आये हैं, मगर दुश्मनों ने उन्हें आपके घर तक भी पहुँचने नहीं दिया। क्या-क्या लोग बक देते हैं! किसी ने सुना दिया, 'अब तक यह बैजनाथ अपनी तीन बीवियों को मार चुका है। उसका कोटा है पाँच बीवियों को मारने का। पता नहीं, कौन-सी साधना कर रहा है वह! अगर आपके किसी दुश्मन के पास दो बेटियाँ हों, तो उनका ब्याह पटापट उस आदमी के साथ करा दीजिए। फिर आप निश्चिन्त होकर कीजिए अपनी बेटी का ब्याह इस आदमी के साथ।' किसी ने कह दिया, 'कोई कानी-कुतरी लड़की हो आपके पास और उसकी शादी नहीं हो रही हो, तो उसका और अपना उद्धार कर सकते हैं आप इस आदमी के साथ ब्याह करके।' जब यह हाल है इस गाँव का, तब आपको भी सावधान हो जाना है। घर बैठे रहने से अब कुछ होनेवाला नहीं है। सुस्ता लिया, अब निकल जाइए। पलटू ने भी अगली यात्रा के लिए अपनी देह की पूरी मालिश करवा ली है। कब निकलने को सोच रहे हैं आप?"

"मैं यहाँ रुकनेवाला नहीं हूँ, पंडितजी। घर का हिसाब-कितब कर लूँ, बटाईदारों से निबट लूँ, बनिया का बकाया चुका दूँ, फिर तो तुरन्त ही निकल जाऊँगा। अधिक-से-अधिक छह-सात दिन और रुकूँगा मैं यहाँ। आप पलटू झा से बोल दीजिए तैयार रहने के लिए।"

छह-सात दिन का बोझ लेकर रामभद्र झा अपने घर लौट आये।

देह मालिश के दौरान पलटू लगातार यह सोचता रहा कि उसे मार क्यों लगी?

शंकरपुर में इतना बड़ा कांड हो गया, मगर किसी शंकरपुरवाले ने हाथ तक नहीं उठाया। अगर उसके पीछे उसका कोई पाप लगा होता, तो मार वहीं लग गयी होती। वहाँ मार नहीं लगी, उसके बाद भी महीने भर बिल्कुल बिना मार के रहा वह। बाप का झल्लाना, गुस्साना या गालियाँ बक देना कोई मार नहीं है। मार का कारण बना यह बैजनाथ। गेहूँ के साथ घुन की पिसाई भी हो गयी। यह तो उसका सौभाग्य था कि किसी भी पिछड़े से अधिक मार खाने के बावजूद वह मरा नहीं, बचकर आ गया और अब तेजी से स्वस्थ हो रहा है। अब तक तो न जाने कितने पिछड़े मार खाकर घर पहुँचे होंगे और स्वर्ग सिधार गये होंगे। और, यह भी उसके सौभाग्य का असर है कि बैजनाथ मंडल अभी तक उसके लिए मन्दिर बनवाने की बात पर टिका हुआ है।

यह बैजनाथ का दुर्भाग्य ही है जिसने उसे भी सता दिया। न जाने किसी पिछले जन्म में कितना बड़ा पापी था यह धानुक! ब्राह्मण रहा होगा, तो इस जन्म में धानुक हो गया। इसकी तीन-तीन बीवियाँ इसके ही पाप से मरी हैं। अब तो पहले इसके दुर्भाग्य को परास्त किया जाये, फिर निकला जाये अगली यात्रा पर; नहीं तो इस बार तो वह किसी तरह रैलीवालों की मार झेलकर घर आ भी गया, अगली बार कोई ठीक नहीं कि इस बैजनाथ का दुर्भाग्य उसे वहाँ ले जा पटके जहाँ घटना-स्थल से वह सीधे अस्पताल पहुँचे, हुकुर-हुकुर कर रहे कँगला लावारिस जख्मी को डाक्टर झट मृत घोषित कर दे और फिर उस 'मृत' को डोम के सुपुर्द कर दिया जाये लाश को थोड़ी आँच दिखाकर किसी नदी-नाले के हवाले कर देने के लिए।

बैजनाथ के दुर्भाग्य को परास्त करने के लिए पलटू बैजनाथ के पास पहुँचा और उससे कहा, ''अगली यात्रा के लिए अब मैं पूरी तरह तैयार हो गया हूँ, मगर इसके लिए कुछ और तैयारी करना बाकी है। मुझे ऐसा लग रहा है कि कुछ अनिष्टकारी ग्रह आपका पीछा कर रहे हैं और आपको कष्ट पहुँचा रहे हैं। इन दुष्ट ग्रहों को ठीक करना होगा।''

''कैसे ठीक करेंगे आप?'' बैजनाथ ने कुछ उदास स्वर में कहा।

''वह मैं कर लूँगा,'' पूरे विश्वास के साथ पलटू झा ने जवाब दिया, ''आप सिर्फ अपनी जन्म-कुंडली मुझे दे दीजिए।''

''जन्म-कुंडली!'' बैजनाथ बुदबुदाया।

''हाँ, मैं उसका अध्ययन करूँगा और तुरन्त दुष्ट ग्रह को पकड़ लूँगा। पकड़ में आ जाये, फिर तो मैं किसी भी दुष्ट ग्रह का इलाज कर सकता हूँ। शंकरपुर में भगवती को सिर्फ धूप-दीप दिखाता ही नहीं रह गया था मैं; आये-गये पंडितों से बहुत कुछ सीख लिया था मैंने।''

''जन्म-कुंडली तो मेरे पास नहीं है।''

''ऐसा कैसे हो सकता है!'' पलटू झा बोला, ''आपके पिताजी ने जन्म-कुंडली तो अवश्य ही बनवायी होगी। बूढ़े-पुरनिया बहुत सहेजकर रखते हैं बच्चे की जन्म-कुंडली। आप अपने किसी पुराने बक्से या सन्दूक में देखिए; मिल जाएगी।''

''बक्सा और सन्दूक मेरा सौ बार का देखा हुआ है। उसमें कोई जन्म-कुंडली नहीं है।'' बोलकर बैजनाथ ध्यानमग्न हुआ। थोड़ी देर के बाद उसने सिर उठाकर कहा, ''कागज-पत्तर का सारा काम मेरे चाचाजी किया करते थे और उनके पास ही सारा कागज-पत्तर रहा करता

था।''

''तब सम्भव है,'' पलटू झा ने कहा, ''कि बँटवारे के समय वे कुंडली देना भूल गये हों।''

''यही हुआ है,'' बैजनाथ ने लम्बी साँस छोड़कर कहा, ''बँटवारे के समय मैं हमेशा पिताजी के साथ रहा था। चाचाजी ने सिर्फ जमीन के कागज दिये थे पिताजी को। दूसरा कोई कागज नहीं, जन्म-कुंडली तो बिल्कुल नहीं।''

''तब आप कदमलालजी से मिलिए,'' पलटू झा ने राय दी, ''आपकी जन्म-कुंडली अभी भी उनके किसी बक्से-सन्दूक में पड़ी होगी पुराने कागज-पत्तर के बीच। वे रखकर क्या करेंगे! आपको दे देंगे।''

कुछ सोचकर बैजनाथ बुदबुदाया, ''हाँ, जन्म-कुंडली तो माँगनी ही पड़ेगी।'' और फिर पलटू झा ने कहा, ''मैं एक बार फिर अपने घर के सारे बक्से-सन्दूक देख लेता हूँ। नहीं मिलती है, तो आज ही कदमलाल भैया से माँगता हूँ अपनी जन्म-कुंडली।''

(3)

जन्म-कुंडली ढूँढ निकालने के लिए अपने पूरे घर की नंगाझोरी के बाद बैजनाथ कदमलाल के घर पहुँचा। दरवाजे पर ही भाभी से मुलाकात हो गयी, तो पूछा, ''भैया घर में हैं?''

''हाँ, घर में ही हैं,'' भाभी ने जवाब दिया, ''आ जाइए।''

''नहीं,'' बैजनाथ बोला, ''उन्हें ही बाहर भेज दीजिए; अकेले में कुछ बातें करनी हैं।''

खुफिया निगाहों से घूरा भाभी ने देवर को और फिर पति को खबर करने चली गयी।

कदमलाल भी बैजनाथ की बुलाहट पर झट नहीं चला आया। उसने पिछले एक महीने को अच्छी तरह खँगालकर देखा कि बैजनाथ गले लगने आया है या गरदन नापने। वह धीमे कदमों से चलकर बैजनाथ तक आया और पूछा, ''क्या बात है, बैजू?''

''कुछ बातें करनी हैं, भैया।''

''अन्दर नहीं बैठोगे?''

''बच्चों के बीच नहीं,'' बैजनाथ ने जवाब दिया, ''चलिए,दालान में बैठते हैं।''

वे दोनों दालान में बैठकर बतियाने लगे।

बैजनाथ ने लम्बी साँस छोड़कर कहा, ''मेरे मन में कोई मैल नहीं है, भैया; आप भी अपना मन साफ कर लीजिए। पिताजी और चाचाजी ने जिस तरह आपस में भाईचारा निभाया उसी तरह अब हम भी निभायें। मुझे भी कुछ लोग पट्टी पढ़ाते रहे और आपके पास भी कुछ लोग मेरी चुगली खाते रहे। अब मैंने अच्छी तरह जान लिया है कि भाई का सहारा भाई ही होता है। दो दिनों से मैं बेचैन हो रहा था आपको यह सब सुनाने के लिए कि कब आपके पास जाऊँ और आपके पैर पकड़कर रो पड़ूँ। अभी मैं अपने को रोक नहीं सका और चला आया।''

''मैं तो हमेशा ही तुम्हारा शुभचिन्तक रहा हूँ, बैजनाथ,'' कदमलाल भी कुछ आर्द्र स्वर में ही बोला, ''तुम ही तो मुझसे हमेशा कटते रहे।''

''इस गलती का एहसास हो गया है मुझे, तभी तो आपके पास आया हूँ।'' इतना बोलकर

बैजनाथ ने आगे कहा, ''आ गया हूँ, तो अब एक काम कर ही लूँ।''

''हाँ, कर ही लो,'' कदमलाल ने कहा, ''किसी भी काम में मेरी जरूरत हो, तो तुरन्त मेरे पास आ जाया करो। मैं अपना सब काम छोड़कर पहले तुम्हारा काम करूँगा। बोलो, क्या काम है?''

''मेरी जन्म-कुंडली चाचाजी के पास ही रह गयी थी। सोच रहा हूँ, अपनी जन्म-कुंडली अब मैं अपने पास ही रखूँ।''

''जन्म कुंडली!'' कदमलाल बुदबुदाया और फिर बैजनाथ से कहा, ''तुम्हारी जन्म-कुंडली मेरे पास क्यों होने लगी! तुम्हारी जन्म-कुंडली तो नहीं है मेरे घर में।''

''होगी, भैया; आप एक बार ढूँढ़िए तो।''

''कहाँ ढूँढ़ूँ मैं!'' कदमलाल ने चिन्ता जतायी, ''मेरी तो आज तक तुम्हारी जन्म-कुंडली पर नजर ही नहीं पड़ी है।''

''आपकी जन्म-कुंडली है?''

''हाँ, मेरी तो है।''

''तो फिर भला मेरी कैसे नहीं होगी?'' बैजनाथ ने सुनाया, ''मैं तो आपके दो बरस बाद पैदा हुआ था। चाचाजी ने आपकी कुंडली के साथ ही मेरी कुंडली भी रखी होगी।''

''वे क्यों रखने लगे!'' कदमलाल ने कहा, ''बँटवारे के समय ही चाचाजी को उनके सारे कागज-पत्तर सौंप दिये गये थे।''

''मुझे अच्छी तरह याद है कि जन्म-कुंडली का बँटवारा नहीं हुआ था।''

''जन्म-कुंडली का बँटवारा कैसा!'' कदमलाल ने समझाया, ''वह तो जन्म के बाद बनते ही बँट जाती है।''

''मेरी कुंडली पिताजी को देना चाचाजी भूल गये होंगे।''

''ऐसा हुआ होता, तो तुम्हारी कुंडली मेरे घर जरूर होती। नहीं है तुम्हारी कुंडली मेरे घर में।''

''मैं तो यह नहीं मानूँगा, भैया।''

''यह तो तुम्हारी मर्जी।''

''मैं तो यही समझूँ कि आपका मन साफ नहीं है?''

''ऐसा मत समझो, बैजू।''

''नहीं, भैया, आप भाईचारा निभाना नहीं चाहते।''

''यह तुम गलत सोच रहे हो।''

''तो मैं खाली हाथ चला जाऊँ?''

''मैं जाने को नहीं कहूँगा, मगर तुम्हारे हाथ का क्या करूँ, कैसे भरूँ मैं?''

''मैं तो जन्म-कुंडली वसूलकर रहूँगा।''

''कैसे वसूल लोगे, जब तुम्हारी कुंडली है ही नहीं मेरे पास?''

''बहुत तरीके हैं वसूलने के,'' बैजनाथ ने सुना दिया, ''पंचायत बटोरूँगा, मुकदमा दायर करूँगा और अगर तब भी जन्म-कुंडली नहीं निकलवा पाया, तो आपके घर के सामने आमरण

अनशन पर बैठकर भूखा मर जाऊँगा।''

धमकियाँ देकर बैजनाथ वहाँ से निकल गया। हतप्रभ कदमलाल उसे जाते देखता रहा। धमकियाँ सुनाकर बैजनाथ अपने घर भी नहीं आया और उसी पल से पंचायत के लिए पंचों के पास जाना शुरू कर दिया।

पंचायत बटोरने में आज तक किसी भी वादी से पंचों ने इतनी कैफियत तलब नहीं की थी।

''यह तो ठीक है, बैजनाथ, कि मैं पंचायत में चलूँ, मगर कुछ अजीब लगता है कि तुम्हारी कुंडली पैंतीस-चालीस साल पहले बनी, तुम्हारे घर में बँटवारा बीस साल पहले हो गया, और अब जाकर तुम बँटवारे की बात कर रहे हो, बँटवारे में बेईमानी की बात कर रहे हो।''

''कुंडली की जरूरत अब पड़ी है, बेईमानी का पता अब जाकर चला है, तो क्या करूँ? अब आया हूँ आपके पास।''

''ठीक है, चलूँगा मैं; मगर आज तक मैं जन्म-कुंडली के बँटवारे की पंचायत में कभी गया नहीं हूँ।''

''वहाँ करना क्या है! दूध का दूध और पानी का पानी कर देना है।''

''इसमें क्या तो दूध होगा और क्या तो पानी! तुम कहोगे उसके घर में है; वह कहेगा, नहीं है; कैसा होगा दूध और पानी अलग-अलग? कदमलाल तो यही कहेगा कि तुम जान-बूझकर कोंच रहे हो उसे सींग लड़ाने के लिए। जिस जन्म-कुंडली का अब तक तुम्हें खयाल तक नहीं आया, उस जन्म-कुंडली के लिए आज पंचायत बिठा रहे हो! क्या जरूरत पड़ गयी आज तुम्हें जन्म-कुंडली की?''

''अब तक बहुत नुकसान हुआ है मेरा। मेरी तीन-तीन बीवियाँ मर गयीं। अगर जन्म-कुंडली मेरे घर में होती, तो कभी तो नजर पड़ती मेरी उस पर! कभी तो मुझे यह खयाल आ सकता था कि कहीं दुष्ट ग्रहों की नजर मुझ पर पड़ने के कारण तो मेरी बीवियाँ पटापट नहीं मर रही हैं? अब आगे तो नहीं होने दूँ अपना अनिष्ट। अब तक सिर्फ बीवियाँ मरी थीं, अब तो अपने ऊपर भी खतरा मँडरा रहा है। एक पार्टी की रैली में गया था, देह तुड़वाकर आ गया हूँ। जन्म-कुंडली किसी पंडित से पढ़वाकर ही तो जान पाऊँगा कि किस ग्रह की टेढ़ी नजर मुझ पर पड़ी हुई है, क्या अनिष्ट होनेवाला है और उसका निवारण कैसे होगा। ब्याह करने जा रहा हूँ, इसलिए तो नहीं कि एक और बीवी को डोली में बिठाकर ले आऊँ और अरथी पर सुलाकर विदा कर दूँ?''

''अगर वह साफ मुकर गया कि उसके पास तुम्हारी जन्म-कुंडली नहीं है, तब क्या करोगे? कोई नजर में आ रही जमीन-जायदाद तो है नहीं कि पंच फैसला सुना दे?''

''आप लोग यह स्थापित भर कर दीजिए कि मेरे जन्म के बाद से अब तक मेरी जन्म-कुंडली उनके पास रही है, और मेरे सुपुर्द नहीं की गयी है।''

''चलो, स्थापित कर दिया; इससे जन्म-पत्री मिल जाएगी तुम्हें?''

''मैं मुकदमा दायर करूँगा उनके विरुद्ध और अपने अतीत और भविष्य के नुकसान के

लिए हर्जाने का दावा ठोकूँगा।''

''मुकदमे में हार गये, तो?''

''तो आमरण अनशन पर बैठूँगा उनके घर के सामने और प्राण त्याग दूँगा।''

बैजनाथ के जाने के बाद देर तक कदमलाल अपने दरवाजे पर उछलते-कूदते रहे थे, ''अब क्या छाती चीरकर दिखाऊँ इस भाई को? करे मुकदमा दायर। मैं भी लड़ लूँगा मुकदमा। अब तक कोई मुकदमा लड़ा भी नहीं था। अब सिखा दे यह दियाद मुकदमेबाजी भी। इस बार की अगहनी इसी में लगा दूँगा। अपने साले को खबर कर दूँगा, तो वह वकीलों की फौज खड़ी कर देगा इस दियाद से जिरह करने के लिए। आमरण अनशन की धमकी दे रहा है, तो वह भी कर ले। आज तक दुनिया में किसी ने जन्म-कुंडली के लिए आमरण अनशन नहीं किया होगा। दुनिया उस पर थूकेगी, मुझ पर नहीं। जब जन्म-कुंडली मेरे पास है ही नहीं, तो कहाँ से लाकर दे दूँ जन्म-कुंडली?''

गाँववाले आनन्दित हुए कि अब तक का शीत युद्ध अब गर्म युद्ध में तब्दील हो गया। अब बहुत कुछ देखने को मिलेगा—वाक्युद्ध, मुकदमा और आमरण अनशन भी। कदमलाल का कलेजा काठ का है, छोड़ देगा चचेरे-मचेरे भाई को मरने के लिए; बैजनाथ काठी का मजबूत है, जल्दी मरेगा नहीं; तमाशा लम्बा खिंचेगा।

अँधेरा उतरते ही बनवारीलाल आ धमके बैजनाथ के पास। कचहरी के मामले में उनके जैसा माहिर पूरे फुलकाहा में कोई और नहीं था। उनकी राय की जरूरत तो वादी-प्रतिवादी दोनों को होती थी और कचहरी में भले ही वे किसी एक का पक्ष ले लें, मगर गाँव में दोनों पक्षों को सहर्ष अपना समर्थन और राय दिया करते थे। यों तो लगभग हर दिन गाँव का कोई-न-कोई आदमी कचहरी के किसी-न-किसी काम से वहाँ जाया करता था, मगर जिस दिन कोई एक भी नहीं गया हो, उस दिन भी बनवारीलालजी कचहरी में उपस्थित रहा करते थे कि कब किसे उनकी जरूरत पड़ जाये।

बैजनाथ का हाल-चाल पूछकर वे चालू हो गये थे, ''आपने बहुत ही उचित निर्णय लिया है मुकदमा करने का। बिना मुकदमा के आप अपनी जन्म-कुंडली इस बैरी दियाद के घर से बाहर निकलवा भी नहीं सकते। मगर एक सावधानी अभी से ही बरती होगी आपको; जिस-तिस के चक्कर में पड़ने से अपने को बचाकर रखना होगा।

''मैं ऐसा वकील ठीक कर दूँगा कि आपकी जीत निश्चित हो। आदेश तो आपके हक में होगा ही, मुकदमे का खर्च भी मिल जाएगा। बिकाऊ वकीलों से बचकर रहना होगा। ऐसा न हो कि आपके वकील को कदमलाल खरीद ले। धूर्त वकीलों के दलाल कचहरी में घूमते रहते हैं मुवक्किलों को फँसाने के लिए और ये वकील ऐसे होंगे कि दीवानी को फौजदारी में बदलवा देंगे और फिर आपके ही जेल जाने का रास्ता तैयार कर देंगे। जिस-तिस वकील के लिए तो कचहरी में यह सिद्ध करना भी मुश्किल हो जाएगा कि आपकी जन्म-कुंडली पर आपका ही हक है। मेरा किया हुआ वकील तो कदमलाल की जान ऐसी साँसत में डालेगा कि आपकी जन्म-कुंडली

रसातल से भी लाकर वह दे देगा।

"मैं सस्ता वकील खोज दूँगा। ऐसा वकील न हो कि मुकदमा अभी आधे पर ही हो और आपकी पूरी जायदाद बिक जाये इस आधे तक पहुँचते-पहुँचते। आप मुझ पर पूरा भरोसा रखिएगा। वकील सौ माँगेगा और मैं उसे दस पर मना लूँगा।

"मैं जान रहा हूँ कि यहाँ आपके पक्ष में गवाही देने के लिए बहुत कम गवाह ही मिलेंगे। कदमलाल का यहाँ बहुत आतंक है। मैं उससे नहीं डरता, खुलकर आपके पक्ष में गवाही दूँगा। इतना ही नहीं करूँगा। एक-से-एक ऐसा पकठोस गवाह खोजकर ला दूँगा जो जिरह में वकीलों को भी मात दे दे। आप तय कर लीजिए, कब चलना है वकील के पास। कल चलिएगा?"

"कल नहीं, कुछ दिनों के बाद," बैजनाथ ने जवाब दिया था, "पहले पंचायत तो हो जाये।"

"हो जाये पंचायत," बनवारीलाल बोले, "मगर अब पंचायत से कुछ होता है कि कुछ होगा! लोग तो पंचों की बात तक नहीं मानते। थाना-कचहरी चढ़ना ही पड़ता है। ठीक है, मैं रुकता हूँ पंचायत होने तक, मगर तब तक कुछ वकीलों से सलाह-मशविरा भी कर लेता हूँ। पंचायत के बाद आप सीधे मेरे पास चले आइएगा।"

बनवारीलाल गये नहीं कि कि जनार्दन यादव अवतरित हुए और बैजनाथ मंडल से कहा, "मैं यहीं मँडरा रहा था। बनवारीलालजी को देखकर दो बार यहाँ से लौट गया हूँ। मैं जान रहा था, वह जरूर आपके पास पुचारा देने आएगा। उसकी बातों में नहीं आइएगा, वह कदमलाल का पक्का दोस्त है।

"मैं यही राय देने आया हूँ कि मुकदमेबाजी में नहीं फँसिएगा आप। लोग अब शौक-मौज के लिए मुकदमा लड़ते हैं, कुछ पाने के लिए नहीं। कुछ मिलेगा आपको? जब तक हाकिम का फैसला होगा, तब तक स्वर्ग सिधारे आपको दो-चार साल हो चुके होंगे। अगर बनवारीलाल आपसे यह कहता भी है कि वह पाँच-दस लाख का हर्जाना दिलवा देगा, तो आपको यह पूछना चाहिए कि हर्जाने की रकम आपके हाथ में आएगी या आपके नौकर रीतलाल के हाथ में?

"यह अच्छी बात है कि आपके दिमाग में आमरण अनशन का खयाल आ गया है। कुछ होगा, तो इसी से होगा। मगर इसमें भी बहुत सावधान रहना पड़ता है। सब सावधान नहीं रह पाते और मुँह की खानी पड़ती है। ऐसा न हो कि आमरण अनशन पर बैठ तो गये, मगर अनशन तोड़ने का कोई उपाय ही नहीं सूझ रहा है। ऐसा न हो कि दो दिन तो आप भूख को काबू में रखे रहे ओर तीसरे दिन ही भूख ने आपको इस तरह अपने काबू में किया कि जन्म-कुंडली का खयाल ही आपके दिमाग से गायब हो गया। यह भी हो सकता है कि कदमलाल का साला अपने दो-चार पहलवानों को साथ लेकर आया, यहाँ से किसी जीप में आपको उठाय और छोड़ आया सौ कोस दूर मोरंग के जंगलों में। अब करते रहें आप अनशन उन जंगलों में। अनशन तो गया ही, मरण भी आ गया। कदमलाल अपने दरवाजे पर हँस-हँसकर बोलेगा, 'कहाँ भाग गया वह मरदूद रात में ही?' और फिर कम-से-कम पखवारे भर गाँव में घूम-घूमकर लोगों

से पूछा करेगा, एक जन्म-कुंडली नहीं मिली, तो गाँव छोड़कर क्यों भाग गया वह?

"मैं अपनी पार्टी में धरना, घेराव और अनशन का विशेषज्ञ माना जाता हूँ, आमरण अनशन का विशेष रूप से। अब तक सैकड़ों आयोजन कर चुका हूँ।

"एक बड़ा-सा पंडाल कदमलाल के घर के सामने लगवाऊँगा। दो-चार दरियाँ बिछवा दूँगा जिन पर आपके समर्थन में आये लोग बैठेंगे। आप आमरण पर रहेंगे, तो मैं अपने आदमियों में से कुछ को रोज आपके समर्थन में एक दिन का उपवास करने के लिए तैयार कर लूँगा। कुछ कुर्सियाँ भी मँगवा लूँगा सरकारी अधिकारियों और पत्रकारों वगैरह के बैठने के लिए। मैं बहुत कम खर्च में यह सारा काम करवा दूँगा।

"कितने दिनों का उपवास कदमलाल को तोड़ देगा, यह पहले ही तय कर लूँगा। रात की किस वेला में कब, क्या, कितना, किस तरह का, भोजन आपको ग्रहण कर लेना है, यह सब बता दूँगा मैं। आपकी देह को जरा भी सिकुड़ने नहीं दूँगा और डाक्टर से बराबर लिखवाता रहूँगा कि आपका दम दुगुदुगी में आ गया है।

"आप आमरण अनशन पर बैठने जा रहे हैं, इसकी चिट्ठियाँ जिला पदाधिकारी से लेकर राष्ट्रपति तक भिजवाऊँगा। इतिहास में पहली बार जन्म-कुंडली के लिए कोई आमरण अनशन होने जा रहा है, इसका इतना प्रचार कवाऊँगा कि रोज दस-पाँच गाँवों के सौ-पचास लोग आपको देखने आया करेंगे। इस कदमलाल की नानी मरेगी कि वह आपकी जन्म-कुंडली पाताल से भी लाकर आपको नहीं दे देता है।

"आप कहिए तो इस यज्ञ का अनुष्ठान करूँ मैं।" बोलकर चुप हुआ जनार्दन यादव।

"आमरण अनशन पर तो जाना ही है," बैजनाथ ने जवाब दिया था, "मगर अभी रुक जाइए, पंचायत तक रुक जाइए।"

"ठीक है, रुक गया मैं," जनार्दन यादव बोलकर गया, "मगर अपने आदमियों से यह तो कह ही आऊँ कि वे तैयार रहें, किसी भी घड़ी उन्हें न्योता मिल सकता है।"

पंचों ने अन्त-अन्त तक कदमलाल को समझाया कि वह बैजनाथ की जन्म-कुंडली उसे दे दे, मगर कदमलाल अन्त-अन्त तक जवाब देता रह गया कि कुंडली उसके पास नहीं है। कहने को तो उसने कह दिया, मगर उसकी चिन्ता बढ़ती चली गयी। पंचों का रुख अच्छा नहीं था और उनका कुछ भी निर्णय हो सकता था। उसे यह खबर भी मिल रही थी कि बैजनाथ धीरे-धीरे अपने को पुख्ता करता चला जा रहा है कि वह मुकदमा भी ठोंकेगा और आमरण अनशन पर भी बैठेगा। इस झंझट से अपने को बेदाग बचा लेने के उपायों पर वह लगातार अपना मगज खपाता जा रहा था। उसके दिमाग में अचानक वह बोरा कौंध गया जो बहुत दिनों से उसके भूसाघर के धरन पर रखा हुआ था।

उसे याद आ रहा था कि बोरे में उसने ही पुराने और बेकार कागज-पत्तर भरे थे और बोरे को भूसाघर के धरन पर रख दिया था। वह एक बार उस बोरे को खोलकर देख लेना चाहता था कि कहीं उसमें तो बैजनाथ की जन्म-कुंडली नहीं रखी चली गयी है।

उसने बोरे को नीचे उतारा और उसे खोलकर देखा। वह ठक देखता ही रह गया। बोरा

कागज के चूरे से भरा था, एक भी कागज साबुत नहीं था। चूहों ने सारे कागज-पत्तर को काफी कुशलतापूर्वक अत्यन्त महीन कतरनों में बदल डाला था।

क्या इसी बोरे को पंचों के आगे पटक दे वह? बोरा पटक दे और घर के पाँच-दस चूहों को भी पकड़कर पंचों के आगे हाजिर कर दे? और उनसे कह भी दे, 'अब सोचिए, किसने अपराध किया है और अपराधी को क्या सजा मिलनी चाहिए।'

पंचायत बैठने के थोड़ी देर पहले ही कदमलाल एक-एक पंच के पास गया और कहा, "मुझे दो दिन का समय दिया जाये।"

"वह क्यों?" पंचों ने पूछा था।

कदमलाल ने जवाब दिया था, "मैं एक बार फिर उस सत्यानाशी जन्म-कुंडली को ढूँढ़ता हूँ अपने घर में।"

"तो ठीक है," पंचों ने आग्रह स्वीकार कर लिया, "अगर दो दिनों के अन्दर जन्म-कुंडली बैजनाथ को वापस नहीं मिल जाती है, तो आज के तीसरे दिन पंचायत बैठ जाएगी।

दो दिनों के अन्दर जन्म-कुंडली वापस नहीं मिली बैजनाथ को और तीसरे दिन पंचायत बैठ गयी। कदमलाल पंचायत में हाजिर हुआ।

पंचों ने कदमलाल से कहा, "बैजनाथ मंडल से जितना सुनना था, उससे बहुत अधिक सुन लिया है हम लोगों ने; अब आपको उस जन्म-कुंडली के गायब हो जाने के बारे में जो कुछ कहना हो, कह डालिए।"

"मैं लेकर आया हूँ।" कदमलाल ने सुनाया।

"क्या?" पंचों ने पूछा, "कोई प्रमाण कि जन्म-कुंडली बँटवारा के पहले ही बँट गयी थी?"

"नहीं, जन्म-कुंडली।"

"मिल गयी?"

"हाँ।"

"कब मिली?"

"कल शाम में।"

"तो यह पंचायत बुलाने की क्या जरूरत थी? कल ही जन्म-कुंडली बैजनाथ मंडल को सौंपी जा सकती थी।"

"मैं पंचों के समक्ष ही यह कुंडली सौंपना चाहता था, ताकि बाद में कोई बखेड़ा नहीं हो।"

"कुंडली नहीं मिलने तक बखेड़ा था," बैजनाथ बोल गया, "मिल जाने के बाद क्या बखेड़ा!"

"अब तक नहीं मिल रही थी," पंचों ने कदमलाल से पूछा, "और कल शाम अचानक मिल गयी?"

"कल शाम तक भूसाघर की ओर मेरा ध्यान नहीं गया था। एक वही जगह बाकी थी

तलाशी के लिए। कल अचानक घुसा भूसाघर में और धरन पर रखे एक बन्द बोरे को नीचे उतारा। उसमें ही मिली यह जन्म-कुंडली। भगवान का उपकार मानता हूँ कि यह मिल गयी।'' बोलकर कदमलाल ने अपनी जेब से बैजनाथ मंडल की जन्म-कुंडली निकाली और उसे पंचों की ओर बढ़ा दिया।

पंचों ने जन्म-कुंडली को उलट-पलटकर देखा और फिर उसे बैजनाथ मंडल को सौंपते हुए कहा, ''लीजिए अपनी जन्म-कुंडली।''

बैजनाथ ने अपनी जन्म-कुंडली ली, उसे उलट-पलटकर देखा, उसमें कुछ पढ़ भी लिया, और पंचों के उठने के पहले ही वहाँ से अपने घर की ओर उड़ गया।

घर पहुँचते ही बैजनाथ ने तुरन्त रीतलाल को पलटू झा के घर की ओर दौड़ा दिया और उसे अपने साथ ले आने को कहा।

पलटू के आते ही अपनी जन्म-कुंडली उसकी ओर बढ़ाते हुए बैजनाथ ने कहा, ''मिल गयी जन्म-कुंडली। टेढ़ी उँगली से घी निकाला है मैंने। कभी नहीं देता वह सीधे मन से। मैंने तो उसका मनसूबा चूर कर दिया। अब आप कीजिए इस कुंडली का अध्ययन और साले दुष्ट ग्रह को मार भगाइए।''

(4)

पूरे दो दिन सुबह से लेकर आधी रात तक कुंडली के गहन अध्यन और मन्थन के पश्चात् पलटू झा हँसते हुए बैजनाथ के घर पहुँचा और दरवाजे के बाहर से ही आवाज लगायी, ''बैजनाथ बाबू! पकड़ लिया दुश्मन को।''

बैजनाथ को जैसे इस पुकार की ही प्रतीक्षा थी। आवाज सुनते ही वह बाहर निकल आया था, ''कौन है? कदमलाल है न?''

''दुर, आप किस दुश्मन की बात करने लगे!'' पलटू बोला, ''मैंने कुंडली में छिपे दुश्मन को पकड़ लिया। और अब यह दुश्मन ही कदमलाल को भी पटकनी मारेगा।''

''कौन है छिपा हुआ कुंडली में?''

''शनि महाराज, शनि महाराज।''

''अरे बाप!'' बैजनाथ कुछ चीखते हुए बोला, ''यह तो बड़ा खतरनाक होता है।''

''खतरनाक तो होता है,'' पलटू ने मुसकराते हुए कहा, ''मगर देखिए कि मैं इस महाराज को किस तरह पदाता हूँ। फूल ग्रहण कर माने या डंडा खाकर, मानना तो इसे पड़ेगा ही।''

''मुझे तो कुछ करना नहीं है?''

''करना तो सब आपको ही है; मैं तो बस रास्ता बताता जाऊँगा।''

''मुझे तो कुछ भी करने के लिए तैयार हो जाना चाहिए,'' बैजनाथ बोला, ''हो जाना चाहिए न?''

''हाँ, अवश्य,'' पलटू ने जवाब दिया, ''कुछ भी, कुछ भी।''

"मैं तैयार हूँ।"

"मैं तो अभी ही आपसे मन्दिर की नींव रख देने को कहता, मगर ऐसा नहीं कहूँगा, क्योंकि मुझे शनि देवता का मन्दिर नहीं बनवाना है। उस मन्दिर का पुजारी क्या बनना जहाँ कल शनि के सताये भक्त पहुँचें! मन्दिर तो ऐसा हो कि सालों भर सब तरह के दुखियारों की भीड़ लगी रहे, केवल शनि के मारों की ही नहीं। आपको अभी किसी पीपल के नीचे ही कोई पत्थर स्थापित कर देना है और पत्थर को शनि मानकर वहाँ हर शनिवार दीपक में काला तिल डालकर जलाना है।"

"बस, इतना भर?"

"नहीं, इतना भर ही नहीं; बड़ा दुष्ट ग्रह है यह। इसी शनि ने शुक्राचार्य को काना बना दिया था। राजा हरिश्चन्द्र की दुर्गति इसी के कारण हुई थी। पांडवों को इसी ने वन-वन भटकाया था। भगवान रामचन्द्र तक को इसके कारण सीता का वियोग झेलना पड़ा था।"

"बड़ा ही दुष्ट ग्रह है!" बोलते हुए बैजनाथ का दिल काँपा, "यह किसी को काना भी बना देता है!"

"घबराइए नहीं," पलटू ने मुस्कराकर कहा, "आपको काना होने का खतरा नहीं है। शुक्राचार्य की कुंडली के दूसरे भाव में शनि था। राजा हरिश्चन्द्र की तरह आपकी दुर्गति भी नहीं होगी और न पांडवों की तरह वन-वन भटकना ही पड़ेगा, क्योंकि उन दोनों की कुंडलियों के आठवें और बारहवें भाव में शनि था।"

"मेरी कुंडली के किस भाव में शनि है?"

"सातवें भाव में।"

"इसमें क्या होता है?" बैजनाथ ने डरते-डरते पूछा।

"सातवें घर का शनि पत्नीनाशक योग बनाता है। इसके उत्पात से ही आपकी तीन-तीन पत्नियाँ मरी हैं।"

"पहले तो शनि को इस सातवें भाव से ही भगाना होगा, नहीं तो विवाह करके भी क्या होगा!" बैजनाथ ने अपनी चिन्ता प्रकट की, "भागेगा न?"

"भगाकर दम लूँगा," पलटू ने ढाढ़स बँधाते हुए कहा, "घबराने की बात ही है। दुष्ट है तो क्या हुआ! तन्त्र-मन्त्र से इसे मजबूर कर दूँगा अपना कोप उठाने के लिए।"

"अब तो आपका ही आसरा है, गुरुजी। भगाइए सातवें से शनि को।"

"मैं चुटकी बजाते भगा दूँगा," बोलकर पलटू ने कागज का एक पन्ना जेब से निकाला और उसे बैजनाथ की ओर बढ़ाते हुए कहा, "इस पर एक मन्त्र मैंने लिख डाला है। आप इस मन्त्र को पढ़कर रोज ध्यान लगाइएगा। पढ़िए तो इसे।"

बैजनाथ ने पन्ने पर लिखे मन्त्र को निहारा और पलटू से कहा, "पहले आप इसे एक बार पढ़कर सुना दीजिए।"

पलटू ने पढ़कर सुनाया,

"वन्दै शनैश्चरं वक्रदंष्ट्रं नील विभूषणम्।
वामजानुस्थतद्दस्तं साभयान्कराम्बुजम।"

बैजनाथ ने जब अटक-अटककर मन्त्र पढ़ा, तो पलटू हँसा नहीं; उसने हिम्मत बँधायी, ''धीरे-धीरे यह अटकना बन्द हो जाएगा। पढ़ने का भी अभ्यास होता है न; आपका अभ्यास तो बहुत दिनों से छूटा हुआ है।''

''और क्या करना होगा?''

''और जो करना होगा, मैं करूँगा,'' पलटू बोला, ''हाँ, आपको नीलम धारण कर लेना है। आप सहसौल बाजाार जाकर वहाँ के किसी सुनार से एक कम-से-कम नौ रत्ती की लोहे की अँगूठी बनवाइए और उस पर कम-से-कम चार रत्ती का नीलम जड़वाइए। किसी शनिवार को आप उसे मेरी उपस्थिति में धारण करेंगे और उसके बाद किसी भी दिन हम यात्रा के लिए प्रस्थान कर जाएँगे।''

''इस बार हम किस दिशा में प्रस्थान करेंगे?'' बैजनाथ ने पूछा।

''इस बार हम लोग दक्खिन-पच्छिम की ओर चलेंगे। यात्रा थोड़ी कठिन है। बैजलपुर तक हम लोग यहाँ से ताँगा से चलेंगे। वहाँ से बरगंढ़ जाना है। मैं कभी वहाँ गया नहीं हूँ। शयद हमें पैदल ही जाना पड़े।

''बरगढ़ के शिव-मन्दिर का पुजारी सत्यदेव झा मेरा पुराना मित्र रहा है। इधर बरसों से उससे भेंट नहीं हुई है। उसने बड़ा आग्रह किया था वहाँ आने के लिए, मगर मैं कभी जा नहीं सका था। उसने मुझे बताया था कि बरगढ़ में आपकी जाति के लोगों की अच्छी संख्या है। भगवान ने चाहा, तो यह हम लोगों की अन्तिम यात्रा ही होगी। विवाह के लिए तैयार होकर ही चलिए।''

''तब तक शनि बाबा प्रसन्न हो जाएँ, तब न!''

''हो जाएँगे, हो जाएँगे,'' पलटू ने कहा, ''मुझे तो लगता है कि वही हमें उधर ठेल रहे हैं। अब तक तो उन्हें पता चल ही गया होगा कि उन्हें प्रसन्न करने जा रहे हैं।''

''ठीक है,'' बैजनाथ बोला, ''मैं शनिवार से पहले ही अँगूठी बनवाकर ले आता हूँ।''

''एक और तैयारी करनी पड़ेगी आपको।''

''बोलिए, सब बोल-बताकर ही जाइए।''

''हम घर से शुभ-शुभ यात्रा पर निकलें, इसके लिए आप इस कागज को पढ़ लीजिए,'' एक और पन्ना जेब से निकालकर बैजनाथ को देते हुए पलटू झा ने कहा, ''आप रीतलाल को बुलाकर अभी ही समझा दीजिए कि उसे क्या-क्या कर लेना है।''

बैजनाथ ने उस कागज को पढ़ लिया और बोला, ''हाँ, यह सब तो करना ही है। मैं अभी ही रीतलाल को तैनात करता हूँ इसकी तैयारी पर।''

अचानक ही पलटू की निगाह कमरे के सामने से निकल गयी बिल्ली पर पड़ी और वह बोला, ''लीजिए, एक बात तो कागज पर लिखना भूल ही गया था और अभी बताना भी!''

''कुछ भूलिए मत, गुरु,'' आर्द्र स्वर में बैजनाथ ने कहा, ''जो भूल रहे हों, उसे याद कीजिए। यहाँ से जाने के बाद घर पर भी याद कीजिए। एक छोटी-सी भूल सारा काम बिगाड़कर रख देगी। अभी आप घर पर कोई काम कर भी तो नहीं रहे होंगे। मालिश कराते रहिए और याद करते रहिए। अभी क्या याद आया?''

''अभी आपकी बिल्ली देखकर याद आया,'' पलटू बोला, ''घर में बिल्ली बहू की तरह

रह तो रही है, मगर इस बिल्ली से अभी कुछ खतरे भी हैं। किसी सोते हुए आदमी पर बिल्ली गिर पड़े, तो बहुत भारी अपशकुन होता है। आप सोयें, तो रीतलाल को बिल्ली बाँधकर रखने के लिए कह दें। आपकी बिल्ली को किसी के पैर सूँघने की आदत तो नहीं है?''

''जब से मैं आया हूँ, बिल्ली को देखा तो नहीं है मैंने अपना पैर सूँघते।''

''हाँ, ध्यान रखिएगा कि बिल्ली आपका पैर नहीं सूँघे; यह अशुभ होता है।''

''बिल्ली को भगा दूँ क्या?''

''अभी भगाना ठीक नहीं होगा। शादी हो जाये, फिर भगा दीजिएगा इसे। अभी यह कोशिश रहे कि जब आप यात्रा पर निकलें, तब उसके मुँह में कोई खाने की चीज हो और वह 'म्याऊँ' बोल जाये।''

''म्याऊँ बोल जाये, इसके लिए तो बिल्ली को अभी से अभ्यास कराना होगा?''

''हाँ, किसी के जिम्मे यह काम देना होगा।''

''रीतलाल बैठा-बैठा क्या करेगा घर में! यही सब करेगा।''

''अब मैं चलूँ?''

''ठीक है, जाइए।''

अभी घर से निकलकर दो-चार कदम ही चला होगा कि फिर वापस लौटा पलटू झा और बैजनाथ से बोला,''हो सकता है, मैं भूल जाऊँ कहना, इसलिए अभी ही कह देता हूँ। हम लोग यहाँ से निकलेंगे, तो रघुनी यादव के टोले से होकर चलेंगे। उसके बथान पर भैंसें बँधी रहती हैं। भैंस देखना सफलता का द्योतक है। याद रखिएगा, भैंस को देखना है, भैंसा को नहीं।''

पलटू झा के जाते ही बैजनाथ ने रीतलाल को बुलाया, पास बिठाया और जेब से पलटू झा का दिया पन्ना निकालकर उसे देख-देखकर कहा, ''मैं संकट से गुजर रहा हूँ, रीतलाल, और तुम्हें भी मेरे साथ बहुत सावधान होकर रहना है। मैं फिर यात्रा पर निकलनेवाला हूँ आठ-दस दिनों के अन्दर ही। यात्रा के समय शुभ शकुन होना चाहिए। एक तो यह हो कि मैं जाने के समय दूध या दही का बर्तन देखूँ। दूसरा यह हो कि जल से भरा कलश देखूँ। इन दोनों के साथ ही यह भी हो कि जब मैं घर से बाहर निकलूँ, तो घंटी बजने की आवाज सुनूँ। मैं अभी ही जाकर कोठियापुरवाली काकी और महथीवाली भाभी से बात कर आता हूँ। मुझे गुस्सा तो है उन दोनों पर, मगर सोच लिया है कि अब जरूरत पड़ने पर मैं गधे को भी बाप कहूँगा। तुम यह खयाल रखना कि ऐन मेरे निकलने के समय कोठियापुरवाली काकी दही का बर्तन लिये और महथीवाली भाभी जल से भरा कलश लिये दिखायी पड़ जाये। घंटी तुम किसी से भी बजवा देना। खयाल रहेगा न यह सब?''

''हाँ, मालिक, खयाल रहेगा,'' रीतलाल बोला, '' अगर कोठियापुरवाली काकी महथीवाली भाभी तैयार न हों, तो खुशामद नहीं करनी है; मैं रतनी और सबिया को तैयार कर लूँगा।''

कदमलाल ने पलटू झा को बैजनाथ के घर में घुसते देखा था और तभी से उसके निकलने की राह देख रहा था। जैसे ही पलटू निकला, वह उसके पीछे हो लिया और उसके घर तक चला गया। घर में घुसने को ही था कि कदमलाल ने पुकाकर उसे रोका और कहा, ''मैं आपसे ही मिलने आया हूँ,पलटू पंडित। कई दिनों से प्रयास कर रहा था, पर आप कहीं दिखायी ही नहीं पड़

रहे थे। आज मौका मिला है।''

पलटू को खुशी हुई कि फुलकाहा में बैजनाथ के अलावे भी कोई आदमी उससे मिलना चाह रहा था। उसने पूछा, ''कोई काम था क्या?''

''आज नहीं तो कल आपसे तो काम पड़ेगा ही। सुना था कि शंकरपुर से आप बड़ा भारी पंडित-ज्ञानी होकर आये हैं। फुलकाहावाले धीरे-धीरे पहचानेंगे; पहचानेंगे तब जब बैजनाथ का काम हो जाएगा; मगर मै तो पहचानने में देर नहीं कर सकता। मैंने तो सोच लिया है कि अब किसी यज्ञ-प्रयोजन में आपको ही पुरोहित बनाऊँगा।''

पलटू फूले न समाया। वह अन्दर से एक खाट ले आया और बाहर के ओसारे पर ही बिछा दी। दोनों ही उस खाट पर बैठ गये। बैठते ही पलटू ने कहा, ''जब बैजनाथ मंडल का मामला अपने हाथ में ले लिया है मैंने, तब उनका काम कराकर ही दम लूँगा।''

''मैं भी तो यही चाहता हूँ, पलटूजी। बैजनाथ है तो मेरा भाई ही। उसके मन में जो मैल हो, मगर मैं तो उसका बुरा नहीं सोच सकता। बुरा सोचता, तो उसकी जन्म-कुंडली भस्म नहीं कर डालता? जन्म-कुंडली पढ़ने से आपको कुछ पता चला या नहीं?''

''पता कैसे नहीं चलता?'' बैजनाथ ने अकड़कर कहा, ''पता लगा लिया है मैंने। उस पर शनि लगा हुआ है।''

''अरे बाप!'' कदमलाल कुछ चीखते हुए बोला, ''दुष्ट ग्रह ने पीछा किया है। किसी तरह मेरे भाई का भला कर दीजिए, पलटू पंडित। आप ग्रह से उसका पीछा छुड़ा पाएँगे या नहीं?''

''मैं तो शनि के बाप से भी पीछा छुड़वा दूँगा।''

''ऐसा तो कोई-कोई पंडित ही कर सकता है। आप कर लेंगे?''

''अवश्य।''

''कैसे, पलटू पंडित? इसमें बहुत खर्च-वर्च होगा क्या?''

''खर्च के नाम पर बस इतना ही होगा कि बैजनाथजी को एक लोहे की अँगूठी कम-से-कम नौ रत्ती की बनवानी होगी और उस पर नीलम कम-से-कम चार रत्ती का जड़वाना पड़ेगा।''

''कोई और खर्च?''

''और खर्च यही कि कहीं से कोई पत्थर लाकर किसी पीपल के नीचे शनि भगवान को स्थापित करना है और वहाँ हर शनिवार को दीपक में काला तिल डालकर जलाना है। अब इसे भी खर्च मानिए-तो-मानिए।''

''और कोई खर्च नहीं?''

पलटू ने हँसकर कहा, ''इसके बाद मन्त्र पढ़ने का खर्च।''

''कैसा मन्त्र?''

''बहुत छोटा-सा। सुनिएगा?''

''संस्कृत में है, तब तो किसी कागज पर लिखकर दिखाइए मुझे।''

पलटू अन्दर जाकर झटपट कागज-कलम ले आया और कागज पर मन्त्र लिख दिया। मन्त्र को मन-ही-मन पढ़ा कदमलाल ने और बोला, ''यह मन्त्र तो आज तक किसी पंडित के

मुँह से नहीं सुना है मैंने। इसे मैं रख लेता हूँ, पलटू पंडित। अगर कभी किसी पंडित से आपको लेकर मेरी भिड़न्त हो गयी, तो उसे ललकार दूँगा, पहले बताइए किस देवता का है यह मन्त्र, तब मानूँगा कि आप भी कोई पंडित हैं।''

पलटू खिलखिलाकर हँसा, ''रख लीजिए कागज।''

कागज रख लेने के बाद कदमलाल ने पूछा, ''आप अभी कहीं जा तो नहीं रहे हैं ?''

''अभी मैं पाँच-सात दिन तो यहीं रहूँगा,'' पलटू ने जवाब दिया, ''मगर उसके बाद कोई ठीक नहीं कि कब बाहर निकल जाऊँगा। जहाँ-तहाँ से बुलावा आता रहता है। बैजनाथजी के साथ भी निकलना है।''

''बुलावा तो दूर-दूर से आता ही होगा, मगर,'' कदमलाल ने निवेदन किया, ''पहले आप बैजनाथ का काम ही पूरा कर दीजिए, पलटू पंडित, फिर किसी और के काम पर ध्यान दीजिए।''

''हाँ, मैं भी वही सोच रहा हूँ।''

''अब मैं चलता हूँ,'' कदमलाल ने उठते हुए कहा, ''आप जब तक यहाँ हैं, मैं आता रहूँगा मिलने।''

रीतलाल से बतिया लेने के बाद बैजनाथ सीधे कोइयापुरवाली काकी के पास पहुँचा और उससे कहा, ''अब तक जो हुआ, उसे भूल जाओ, काकी। मेरा दुर्भाग्य था, काकी, कि तुम्हारी लिलिया ने मेरा साथ छोड़ दिया और असमय भगवान के घर चली गयी, मगर मैं तुमसे हाथ जोड़कर कहता हूँ कि जब तक तू भगवान के घर नहीं जाती, तब तक मेरा साथ मत छोड़ना। अब मेरा ब्याह हुआ ही समझो, सिर्फ मेरी यात्रा शुभ हो जाये। तुम्हें एक छोटा-सा यह काम करना है कि जब मैं यात्रा पर घर से निकलूँगा, तो तुम बाहर दही का एक बर्तन लेकर खड़ी रहोगी। तुम्हें देखकर मेरी यात्रा शुभ हो जाएगी।''

''मैं अभी भी तुम्हारा भला चाहती हूँ, बैजू,'' काकी ने जवाब दिया, ''इस बार भी जैसे ही मुझे मालूम हुआ कि तुम दुलहन लेकर आ रहे हो, मैं तुम्हारे घर विवाह-गीत गाने पहुँच गयी थी। तू ही कभी मेरा भला ही सोचता। लिलिया के ब्याह में मैंने तुमसे कुछ नहीं माँगा था। इस बार तो एक काम भी सौंप रहे हो। मैं दही का बर्तन लेकर रहूँगी खड़ी, मगर मुझे एक जोड़ा कंगन ला दो।''

''ब्याह हो जाने दो, काकी; बनवा दूँगा कंगन।''

''तुम बाद में ना-नू तो नहीं करोगे ?''

''नहीं करूँगा, काकी; करूँगा, तो तू मेरे घर के सामने आमरण अनशन पर बैठ जाना।''

काकी खुश हो गयी थी।

वहाँ से बैजनाथ महथीवाली भाभी के पास पहुँच गया और जैसा कुछ काकी से कहा था वैसा ही भाभी से भी कह डाला। भाभी ने चाँदी की दो चूड़ियों पर बात तोड़ी और यह भी कहा कि घर से वह जलभरा कलश लेकर नहीं चलेगी, बैजनाथ के घर पर ही उसे जल भरा कलश मिल जाना चाहिए।

यात्रा के पूर्व बैजनाथ ने नौकर को बुलाकर एक बार फिर हिदायतें दीं।

''मैं कल सुबह फिर अपनी यात्रा पर निकल रहा हूँ, रीतलाल,'' मालिक ने नौकर से कहा, ''एक बार फिर सुन लो कि मेरे नहीं रहने पर तुम्हें वज्रगृह...''

''नहीं खोलना है,'' नौकर बोला, ''किसी भी हाल में उसका ताला नहीं तोड़ना है।''

''दिन में भात...''

''और रात में रोटी।''

''एक वेला में कितना खाना है?''

''पाव भर से कम नहीं और आधा सेर से अधिक नहीं।''

''नहीं, रीतलाल, अब मेरी तकलीफ बढ़ गयी है,'' मालिक ने कहा, ''आधा सेर बहुत होता है। इसे कम करो। पाव भर से कम खाने पर कोई रोक नहीं। तुम्हें अब किफायत पर ध्यान देना होगा, रीतलाल। अगर गेहूँ अधिक सस्ता हो, तो उसे ही जी से लगाना, चावल पर कुछ कम ध्यान देना।''

''ठीक है, करूँगा ऐसा ही।'' नौकर मालिक की बात मानने को तैयार हो गया।

''दूध?''

''नहीं पीता हूँ पूरा आधा सेर भी,'' नौकर ने जवाब दिया, ''अपने हिस्से का आधा बिल्ली को पिलाना पड़ता है। हाँ, बिक्री के दूध में उसे हिस्सा लेने नहीं देता।''

''मुझे खुशी हो रही है कि तुम मेरी भलाई का खयाल रखते हो।''

''उसी में तो मेरी भलाई है, मालिक।''

''मेरे जाने के बाद?''

''कोई कुछ माँगने आया, तो नहीं देना है; कुछ देने आया, तो रख लेना है।''

''मेरे बारे में कोई पूछने आये, तो?''

''लड़कीवाला नहीं हो तो कहना है कि आप अपने एक सम्बन्धी के पास गये हुए हैं और कोई ठीक नहीं कि कब तक आएँगे। लड़कीवाला हो तो उससे कहना है कि मालिक कभी भी आ सकते हैं।''

''और?''

''हाँ, और,'' नौकर बोला, ''उस लड़कीवाले को छल-बल-कौशल से तब तक रोककर रखना है जब तक आप आ नहीं जाते हैं।''

खुश हो गया बैजनाथ और बोला, ''इसके साथ अब एक और काम भी करना है।''

''क्या?''

''सुनो, ध्यान देकर सुनो,'' मालिक ने कहा, ''लड़कीवाले मेरी अनुपस्थिति में फुलकाहा आये हैं, मगर मेरे घर तक आने से किसी ने उन्हें मना कर दिया। तुम्हें अब बाहर के लोगों पर नजर रखनी होगी कि कौन किस काम से गाँव में घुसा है, और अगर पता चले कि कोई लड़कीवाला घुस आया है तो उस लड़कीवाले को अपने घर ले आना है।''

''अब यह भी करूँगा। कोई पत्ता भी कहीं से उड़कर आ गया, तो पकड़ लूँगा उसे।''

"तुम यह सब कहोगे, इसका पूरा भरोसा है मुझे। इससे अधिक कुछ नहीं करना है। इतना भर कर लेने से मेरे साथ तुम्हारा भी भला होगा, रीतलाल।"

जब बैजनाथ सहसौल बाजार में एक सुनार से अपनी अँगूठी बनवाने की बात कर रहा था, तो सुनार ने मुस्कराकर पूछा, "क्या बात है, बाबूसाहब, कि फुलकाहा के लोग धड़ाधड़ लोहे की अँगूठी बनवा रहे हैं और उस पर नीलम जड़वा रहे है, अँगूठी नौ रत्ती से कम नहीं और नीलम चार रत्ती से कम नहीं?"

"और किसी ने बनवाया है क्या?"

"फुलकाहा से एक आदमी तो जरूर बनवाकर गया है मेरे यहाँ से?"

"क्या नाम था उसका?"

"नाम तो मुझे याद नहीं।"

"रंग कैसा था?"

"मैं तो साँवला ही कहूँगा।"

"क्या उम्र रही होगी?"

"आप ही की उम्र के रहे होंगे, साल-दो-साल छोटे या बड़े।"

सहसौल बाजार से अँगूठी बनवाकर आते हुए यह बात मथती रही बैजनाथ को कि और किस आदमी ने ऐसी अँगूठी बनवायी है।

जब शनिवार को अपने स्थापित किये हुए शनि महाराज के पास दीपक जलाने गया बैजनाथ, तो देखा कि पीपल के नीचे तो एक दीपक पहले से जल रहा है। उसने झाँककर देखा, तो देखा कि दीपक में काला तिल भी है। वह सोचता ही रह गया कि कौन जलाकर गया है दीपक।

उसने यह सोचकर इन सबको दिमाग से झटक दिया कि किसी और से उसे क्या मतलब?

मगर जब यात्रा के समय घर से निकला वह और कदमलाल के घर से आ रही किसी श्लोक की आवाज उसके कानों में पड़ी, तो उसने उधर अपने कान धर दिये। यह तो वही मन्त्र था, "वन्दै शनैश्चरं वक्रदंष्ट्रं नील विभूषणम्..."

उसका माथा ठनका, मगर उस शुभ घड़ी में किसी शंका को अपने मन में स्थान ग्रहण करने नहीं दिया बैजनाथ ने। उसकी नजरों के सामने कोठियापुरवाली काकी दही के बर्तन और महथीवाली भाभी जल भरे कलश के साथ उपस्थित थीं और कहीं दूर से जोर-जोर से घंटी बजने की आवाज आ रही थी।

(5)

सुबह-सुबह बैजनाथ मंडल और पलटू झा फुलकाहा बस अड्डा पर पहुँचे, तो वहाँ बैजलपुर जाने के लिए सिर्फ एक ताँगा था। अड्डे पर ताँगा भी नहीं था, सिर्फ ताँगेवाला था। ताँगेवाला

थोड़ी-थोड़ी देर पर आवाज लगा रहा था, "बैजलपुर, बैजलपुर।" पेड़ के नीचे चबूतरे पर बैजलपुर जाने के लिए कुछ लोग बैठे हुए थे। पलटू झा ने जाते ही पूछा, "ताँगा कहाँ है?" ताँगेवाले ने जवाब दिया, "ताँगा यहीं है; घोड़ा तैयार हो रहा है।"

"कितनी देर में तैयार हो जाएगा?"

"बस, आ ही रहा होगा।"

जब देर तक घोड़ा नहीं आया, तब चबूतरे पर बैठा एक आदमी पूछ बैठा, "सही-सही बताओ, ताँगा जाएगा या नहीं? बैठाए रहो और फिर कह दो कि ताँगा ही जाएगा, तो यह अच्छी बात नहीं होगी। तुम लोग लोगों की जरूरत नहीं समझते हो। पहले भी इस तरह करते रहे हो। मुझे पैदल भी आज पहुँचना ही है वहाँ।"

"आज तो ताँगा जाएगा ही," ताँगेवाले ने जोर देकर कहा, "घोड़ा नहीं जाएगा, तब भी ताँगा जाएगा।"

"तैयार होने में बहुत समय ले रहा है," पलटू झा हँसकर बोला, "घोड़ा है या घोड़ी?"

"घोड़ा है, सरकार," ताँगेवाले ने जवाब दिया, "बिलकुल ताजा घोड़ा है; सात दिन पहले ही खरीदा है एकतालीस सौ रुपये में। ताँगा पर हवाई जहाज का मजा देगा।"

बैजलपुर जानेवालों की बढ़ती हुई भीड़ को देखकर पलटू झा ने सोचा कि इतने आदमियों को ताँगेवाला ताँगे में अँटा नहीं पाएगा, इसलिए पहले ही ताँगे में अपनी जगह सुरक्षित करा ली जाये। उसने बैजनाथ को कहकर ताँगेवाले को बैजलपुर तक का भाड़ा दिलवा दिया।

घोड़ा के आने की घोषणा होते ही बैजलपुर जानेवाले लहलहा उठे, मगर घोड़े को देखकर सबका दम सूख गया। मरियल-सा घोड़ा था। ताँगेवाले को कुछ कहा नहीं जा सकता था, क्योंकि उसने घोड़े को नया बताते हुए सिर्फ घोड़े की कीमत बतायी थी। आज के जमाने में जो जिस चीज की जितनी कीमत बता दे, और अब क्या घोड़े का मुँह खोलकर कोई दाँत देखे कि घोड़ा नयी उम्र का है या लम्बी उम्र पार कर ताँगे में जुतने आया है! उसके बाद भी क्या? ताँगेवाले को फटकार कर ही तो रह जाएँगे आप!

घोड़े को लेकर आनेवाला ताँगेवाले का ही कोई आदमी था। घोड़े को ताँगे में जुतने में आनाकानी करते देख दोनो उसे गलियाने लगे थे और ताँगे से जोड़ने के लिए उस पर पिल पड़े थे। उनकी गालियों से स्पष्ट हुआ था कि घोड़ा नया हो या पुराना, मगर रोज हरी दूब के अलावा दो-ढाई सेर फूला हुआ चना खा रहा था और कभी-कभी उसे घृत भी दिया जा रहा था।

ताँगे पर बैठी सवारियों के विरोध के बावजूद ताँगेवालों ने यह कहकर नीचे खड़े सारे लोगों को ताँगे पर चढ़ा लिया कि विरोध करनेवालों को यह भी सोचना पड़ेगा कि घोड़े की कीमत इकतालीस सौ है और कभी-कभी घी के अलावा उसे रोज ढाई सेर चना खिलाना पड़ता है।

ताँगे पर कोई ताँगेवाला नहीं बैठा और दोनों घोड़े के दायें-बायें खड़े होकर उसे जोर लगाकर आगे बढ़ाने लगे। अपना जोर लागकर घोड़ा आगे बढ़ा, मगर दो-चार कदम ही चला होगा कि ताँगा उलार हुआ, घोड़ा जमीन छोड़कर हवा में लटक गया और ताँगे पर बैठी सवारियाँ लुढ़ककर जमीन पर गिरीं। एक, जिसे काफी चोट लगी थी, जोर-जोर से पूरे ताँगा-परिवार को गालियाँ पढ़ने लगा। ऐसे चुटैलों की गालियों के अभ्यस्त ताँगा-परिवार ने इन पुरानी गालियों पर

जरा भी ध्यान नहीं दिया।

जब घोड़े को दुबारा जोता गया और अभी भी वह अपने दुराचरण से बाज नहीं आ रहा था, तब चिल्लानेवाली सवारियों को यह कहकर शान्त किया गया कि नया घोड़ा अभी सड़क पर भड़कता है, उसे दारू पिला दी गयी है, और बस एक बार उसके चाल पकड़ने भर की देर है। हर सवारी ने ताँगे पर अपने को इस तरह स्थापित कर लिया था कि इस बार उलार होने पर दूसरे भले लुढ़कें, वह उल्टा-सीधा अपनी जगह पर मौजूद रहेगा।

घोड़े ने राहत दी, तो सड़क और उसके गड्ढों ने अपना ताव दिखाना शुरू किया। सिर्फ बड़े गड्ढों के आने पर ताँगेवाला सावधान करता था, ''सँभलकर, सँभलकर।'' मगर सड़क और घोड़े की मरजी पर चल रहा प्राणी अपने को कितना सँभाले! सड़क की हचकों और गड्ढों के झटकों से पीड़ित प्राणियों के दुख हरने के लिए ताँगे पर आ बैठे ताँगेवाले ने सुनाना शुरू किया, ''इस सड़क पर कभी बसें भी चली थीं, मगर बस-मालिक दिवालिये होते चले गये और बसों का आना बन्द हो गया। बसों के जाते ही ताँगों की बाढ़ आ गयी, मगर धीरे-धीरे हर ताँगे का घोड़ा बीमार होता चला गया और इस सड़क पर चलने से इन्कार करता चला गया। घोड़ों को खाँसी-जुकाम होने लगा और मुँह के अन्दर सूजन। जिसने कभी अपने घर के लिए हींग नहीं खरीदी थी, वह घोड़े के लिए हींग खरीदने लगा। कितने ही घोड़ों के अंडकोष बढ़ गये। कब तक मछलियों को जल में उबाले और उसका पानी घोड़े को पिलाये। थक-हारकर हर ताँगेवाले ने अपना धन्धा बदल लिया। एक मेरा घोड़ा है जिसने अभी भी हिम्मत नहीं हारी है, कभी बीमार नहीं पड़ा है। कुछ कमाल तो ढाई सेर चना और घी का भी है।

''बाबूजी को ताँगा उलार होने से थोड़ी चोट लगी थी, तो उन्होंने ढेर सारी गालियाँ दीं, मगर यहाँ कोई चुटैल इस तरह गालियाँ नहीं पढ़ता। दस-बीस लोग रोज चोट खाते हैं इस सड़क पर, केवल रात में ही नहीं, दिन में भी, पैदल चलनेवाले भी। इस इलाके के कितने ही लोगों को तो इस सड़क ने स्थायी रूप से लँगड़ा कर दिया है। चैनपुर के रहमत मियाँ का धन्धा अभी खूब चला हुआ है। कमंजर है वह, उखड़ी हड्डियों को बैठाता है। पाँच-सात रोज पहुँचते हैं उसके पास। अगर दो-तीन मोटरसाइकिल वाले भी आ गये, तो इतने से ही सौ की कमाई हो जाती है। आगे चैनपुर है। आप लोगों का भी इस रास्ते से आना-जाना होता है। उसका घर दिखा देता हूँ। पहले गाँव में रहता था वह; अब सड़क के किनारे ही एक झोंपड़ी डालकर रहने लगा है। दरवाजे पर एक तख्ता टाँग रखा है; उस पर लिखा हुआ है 'हड्डी विशेषज्ञ'। पढ़नेवाले पढ़ लें। अगर आप लोगों में से किसी को कभी पहले की भी चोट है, तो उसे दिखा दीजिए। मैं दस मिनट के लिए ताँगा खड़ा कर दूँगा।''

जब इतना सुनाकर यह ताँगेवाला चुप हआ, तो घोड़े के साथ-साथ दौड़ रहे ताँगेवाले ने अपना मुँह खोला, ''मैं भी सुना ही दूँ आप लोगों को,'' और फिर उसने सुनाया, ''मैं दो महान घोड़ों को जानता हूँ जो इतिहास में प्रसिद्ध हुए हैं। एक घोड़ा सिकन्दर के पास था और दूसरा घोड़ा महाराणा प्रताप के पास। मैं ताल ठोंककर कह सकता हूँ कि सबसे महान घोड़ा हमारे पास है और वह यही घोड़ा है। घोड़ा-कुल में भगवान का इतना बड़ा भक्त आज तक कोई घोड़ा नहीं हुआ है।

''छह महीने पहले की बात है। हमारे गाँव में भागवत पाठ चल रहा था। मैं घोड़े को छाँदकर छोड़ दिया करता था। लोगों ने देखा कि जैसे ही भागवत पाठ शुरू होता था, यह घोड़ा उछल-उछलकर वहाँ पहुँच जाता था और कहीं खड़ा होकर तब तक पाठ सुनता रहता था जब तक वह समाप्त नहीं हो जाता था। घोड़ा तब तक जाता रहा वहाँ, जब तक पंडित गाँव में पाठ करता रहा।

''अब तो गाँव में कहीं भी पूजा-पाठ होता है, तो मैं घोड़े को छाँदता भी नहीं और खुला छोड़ देता हूँ। यह जाता है और पूजा-पाठ समाप्त होते ही चला आता है। इस बार भपटियाही में नौकुंज होनेवाला है, नौ दिनों तक रामनाम। नौ दिनों तक ताँगा नहीं चलाऊँगा, भपटियाही में ही रहूँगा घोड़े को लेकर नौ दिनों तक।

''आप लोगों की गालियों का हम कोई असर नहीं लेते, क्योंकि हम जानते हैं कि हमारे घर में एक भक्त रह रहा है और किसी की गालियों से हमार कोई अनिष्ट होनेवाला नहीं है। घोड़े को ढाई सेर चना और कभी-कभी घी यों ही नहीं खिलाते हैं हम।

''रोज रात में हम दोनों इस घोड़े के सामने हाथ जोड़कर खड़े हो जाते हैं और इससे प्रार्थना करते हैं, हे प्रभु के भक्त! आज दिन भर जो गालियाँ हमने आपको सुनवायी हैं, उसके लिए हमें क्षमा कर दो और क्षमा उन्हें भी कर दो जिन्होंने आपको गालियाँ सुनायी हैं।''

इस किस्सा को सुन लेने के बाद रास्ते भर किसी सवारी ने अपना मुँह खराब नहीं किया और अपनी चोट-कराहों को ढँके-दबाये चुपचाप बैजलपुर तक का सफर तय कर लिया।

बैजलपुर में जब ताँगवाले ने सारी सवारियों को उतार दिया, तो एक सवार उस ताँगेवाले के पास जा खड़ा हुआ और उससे कहा, ''मैं अपनी गालियों के लिए आपके घोड़े से क्षमा माँगता हूँ और आपसे भी कि आपके घर में भगवान का एक सच्चा भक्त टिका हुआ है।'' इतना कहकर वह घोड़े के पास गया और झुककर उसे प्रणाम किया। उसकी देखादेखी सारे सवारों ने एक-एक कर घोड़े और ताँगेवालों से सिर झुकाकर क्षमा माँगी।

जहाँ ताँगा रुका, वहाँ चाय-पान की दो-तीन दुकानें थीं। बैजनाथ मंडल और पलटू आ भी एक दुकान की बेंच पर जा बैठे और दुकानदार से दो प्याली चाय बनाने को कहा।

चाय पीते हुए ही दोनों ने चायवाले से बरगढ़ का रास्ता, बरगढ़ की दूरी और बरगढ़ के शिव-मन्दिर के बारे में जानकारी ले ली। चायवाले ने बहुत खुश होकर बताया, ''मैं सत्यदेव पुजारी को जानता हूँ। वे इस रास्ते से कहीं जाते हैं, तो आते-जाते मेरी दुकान की चाय जरूर पीते हैं। आप बोलिएगा कि शीबू साह की दुकान से चाय पीकर आ रहे हैं।''

बरगढ़ जाने के लिए कोई सवारी नहीं थी। उन्होंने यह प्रयास तो किया कि कोई बैलगाड़ी ही मिल जाये, मगर चायवाले ने सुना दिया, ''यहाँ से जाने के लिए कोई बैलगाड़ी नहीं मिलेगी। रास्ते में कोई बैलगाड़ी मिल जाये, तो गाड़ीवान से निहोरा कीजिएगा कि वह चढ़ा ले और बीड़ी-पान के लिए कुछ पैसे दे देने का लोभ उसे दे दीजिएगा।''

अंग-अंग टूट तो रहा था, मगर बरगढ़ पहुँच जाने की जल्दी थी उन्हें और उन दोनों ने बगैर अधिक सुस्ताये बरगढ़ का रास्ता पकड़ लिया।

राह चलते हुए वे नजर रख रहे थे कि आगे कोई बैलगाड़ी दिख जाये तो वे दौड़कर भी उसे

पकड़ लें और हर दस–बीस कदम पर मुड़कर देख लेते थे कि पीछे से कोई बैलगाड़ी आ रही हो, तो वे उसके आने तक रुक जाएँ।

बैजनाथ ने कितनी ही बार बुदबदुाया होगा, ''यह साला कैसा रास्ता है कि कोई साली बैलगाड़ी तक नजर नहीं आती!''

पलटू झा उसे बल देते, ''इसे बस आखिरी यात्रा ही समझिए, बैजनाथ बाबू। उधर से हम लोग बैलगाड़ी से ही आएँगे।''

एक अच्छी दूरी तय कर लेने के बाद रास्ते में मिले एक राहगीर से बैजनाथ ने पूछा, ''बरगढ़ कितनी दूर है?''

जवाब मिला था, ''यही दो–ढाई कोस।''

''ढाई कोस!'' बैजनाथ बुदबुदाया और फिर पलटू झा से कहा, ''शीबू साह ने तो दो कोस ही बताया था?''

''हाँ, बताया तो था।''

''यह साला दो कोस हो गया ढाई कोस! हम लोग उल्टी दिशा में तो नहीं चल रहे हैं, गुरुजी?''

''नहीं–नहीं,'' पलटू झा ने जवाब दिया, ''यह आदमी कुछ यों ही बोल गया।''

कुछ और दूरी तय करने के बाद भी जब एक राहगीर ने दो कोस ही बताया, तो बैजनाथ ने आह भरी, ''अब जाकर हुआ है साला दो कोस!''

इस बार कई राहगीरों के गुजरने और काफी दूरी तय कर लेने के बाद बैजनाथ ने एक से पूछा, ''अब कितनी दूर है बरगढ़?''

''दो कोस।''

''यह साला कैसा 'दो कोस' है कि दो–चार कोस तक 'दो कोस' ही बना रहता है!''

थकान के बावजूद पलटू झा को हँसी छूटी; उसने कहा, ''देहातों में नाप बदलती रहती है, बैजनाथ बाबू। कहीं यह बीच में पड़नेवाले गाँवों के हिसाब से चलती है, कहीं बतानेवाला अपनी चाल के हिसाब से बताता है और कहीं वह राहगीर की देह–दशा देखकर दूरी नापता है।''

''मैं भी देहात का ही आदमी हूँ, गुरुजी,'' बैजनाथ बोला, ''इतना अन्तर नहीं आता है किसी भी देहाती इलाके में।''

जब बैजनाथ सोचने लगा था कि अब किसी भी नाप से बरगढ़ आने को ही है, तब एक जगह गाय चरा रहे कुछ चरवाहे नजर आये उसे और उसने एक बूढ़े चरवाहे से बगल के गाँव की ओर इशारा करते हुए पूछा, ''यह कौन–सा गाँव है?''

''चिलौली।'' बूढ़े ने जवाब दिया।

''इसके आगे कौन गाँव है?''

''घोरघट।''

''बरगढ़ कितनी दूर है?''

''डेढ़–दो कोस।''

''साला!'' बैजनाथ के मुँह से निकला, ''दो कोस पीछा नहीं छोड़ रहा है।''

एक दस-ग्यारह साल के छोकरे चरवाहे ने बैजनाथ के 'साला' को पकड़ लिया। उसने दौड़कर बैजनाथ को आगे से घेरा, बूढ़े को हाँक लगायी, ''कमलू दादा! यहाँ आइए,'' और तब बैजनाथ से पूछा, ''तुमने साला किसे कहा?''

''साला!'' बैजनाथ बड़बड़ाया, ''किसी को नहीं।''

''किसी को तो जरूर कहा है?''

''कोई साला है ही नहीं, तो किसे कहूँगा?''

छोकरे ने हाथ की छड़ी का बैजनाथ पर वार कर दिया, ''जब मैंने सुना है, तब तुमने कहा है जरूर।''

पलटू झा ने छोकरे के आगे खड़ा होकर अपने दोनों हाथ जोड़ दिये, ''अगर कहा भी है, तो माफ कर दो, बच्चा!''

अब तक कमलू दादा भी आ गये थे। दादा के आते ही छोकरे ने कहा, ''इस आदमी ने आपको साला कह दिया।''

''ऐसा हो सकता है, दादा?'' पलटू झा ने कमलू दादा से कहा, ''आपकी उम्र ऐसी है कि कोई आपको साला कहे?'' इतना बोलकर पलटू ने बैजनाथ से डाँट भरे स्वर में पूछा, ''कहा था ऐसा?''

''माँ किरिया, नहीं कहा था।'' बैजनाथ ने झट जवाब दिया।

''जाने दो,'' बोलकर दादा पोतों को खींचते लिये चला गया।

देर तक दोनों बगैर कुछ बोले चलते चले। जब चिलौली काफी पीछे छूट गया और घोरघट आने को हुआ, तो बैजनाथ ने पलटू से कहा, ''गुरुजी! मुझे तो शक हो रहा है।''

''कैसा शक?''

''शनि महाराज पीछा कर रहे हैं।''

''मैं तो कुछ और ही सोच रहा हूँ।''

''क्या?''

''शनि महाराज आपकी मदद कर रहे हैं।''

''कैसे?''

''आपने घर से अपनी यात्रा शुभ-शुभ शुरू की?''

''हाँ, की।''

''ताँगा के उलार होने पर लुढ़के तो आप भी थे, कइयों को चोट भी आयी, मगर आप बाल-बाल बचे रहे?''

''हाँ, यह तो हुआ।''

''अब तक उस सड़क पर चलते हुए कितने ही लोग चोट खा चुके हैं, लँगड़े तक हो चुके हैं, मगर आपको चैनपुर के रहमत मियाँ के पास जाने तक की जरूरत नहीं पड़ी?''

''हाँ, यह तो आप ठीक कह रहे हैं; सिर्फ अंग-अंग ढीला होकर रह गया।''

''जिस छोकरे ने छड़ी का वार किया, वह एक छड़ी पर ही रुक गया और आगे प्रहार नहीं किया। बात और बिगड़ सकती थी, मगर शनि देवता ने आपको बचाने कमलू बूढ़े को भेज

दिया।''

बैजनाथ सन्तुष्ट हो गया और खुश होकर आगे बढ़ा।

दूर से ही मन्दिर का कलश दिखायी पड़ने लगा था। बैजनाथ ने इस शंका को मन में प्रवेश नहीं करने दिया कि यह किसी और गाँव का भी मन्दिर हो सकता है। उसने गाँव में घुसने पर भी किसी से नहीं पूछा कि यह कौन-सा गाँव है; उसे 'दो कोस' से नहीं, अपने 'साला' से डर लगने लगा था।

दोनों मन्दिर तक आ पहुँचे।

मन्दिर का दरवाजा बन्द था और वहाँ कोई नहीं था।

उन्होंने पास के चापाकल से हाथ-पैर धोये और मन्दिर के चबूतरे पर जा बैठे। बैजनाथ ने पलटू से पूछा, ''गुरुजी, भूख तो लगी होगी; सत्तू घोलूँ क्या?''

''थोड़ी देर रुक जाइए,'' पलटू झा ने जवाब दिया, ''सत्तू कितना पीऊँ? अब कुछ अच्छा भोजन चाहिए। सत्यदेव झा कहीं गया होगा; आ ही रहा होगा। अब उसे ही करने दीजिए भोजन का इन्तजाम। करेगा अच्छा इन्तजाम; मेरा पुराना मित्र है।''

यह मन्दिर बेलागंज का मठ नहीं था। छोटे-से घेरे में खड़ा था यह। मगर वहाँ की साफ-सफाई से यह जरूर लग रहा था कि मन्दिर चालू है और इसकी अच्छी देखभाल हो रही है।

जब देर तक वहाँ कोई नहीं आया, तो पलटू झा ने बैजनाथ से कहा, ''आप बाहर निकलकर किसी से पूछिए तो पुजारीजी के बारे में। बहुत देर हो रही है; पता नहीं, किधर निकला है और कब तक लौटेगा। कब तक भूखे रहेंगे? पी लेंगे सत्तू ही।''

बैजनाथ बाहर से एक आदमी को पकड़कर ले आया और पलटू झा से कहा, ''इन्हें पता है पुजारीजी के बारे में।''

पलटू झा से पहले वह आदमी ही पलटू से पूछ बैठा, ''आप लोग कहाँ से आये हैं?''

''हम लोग दूर से आ रहे हैं; पुजारीजी से मिलना है।''

''पूजा-पाठ कराने ले जाना है?''

''यहाँ के पुजारी सत्यदेव झा ही हैं न?''

''हाँ, वही हैं।''

''मैं उनका पुराना मित्र हूँ; मिलने आया हूँ उनसे।''

''वे तो अभी घर पर मिलेंगे; यहाँ तो शाम तक आएँगे। उन्हें खबर कर दूँ क्या?''

''हाँ, कर दीजिए,'' बैजनाथ ने जवाब दिया, ''बड़ी कृपा होगी।''

''क्या कहूँगा उनसे?''

''कहिएगा,'' पलटू बोला, ''फुलकाहा के पलटू झा आये हैं।''

फुलकाहा के पलटू झा को भूल चुके थे सत्यदेव झा। उसका नाम करीब महीना भर पहले स्मरण करा दिया था शंकरपुर दुर्गाथान की चोरी ने। इस चोरी की खबर से कम-से-कम इलाके के सारे मन्दिरों के पुजारियों तक अवश्य पहुँच चुकी थी।

खबर करनेवाले को यह कहकर विदा कर दिया गया कि वह उस मित्र को वहीं रुकने और पुजारीजी का इन्तजार करने के लिए कह दे। मित्र का सन्देशा मिलते ही पलटू झा ने बैजनाथ मंडल से कहा, ''सत्तू घोल लीजिए।''

सत्यदेव झा की पत्नी ने पूछा, ''वहीं रुकने को क्यों कह दिया? आपके मित्र हैं न?''

''हाँ, मित्र तो रहा ही है।''

''मित्र हैं, तो जाकर यहीं ले आइए।''

''वही तो सोच रहा हूँ कि क्या करूँ।''

''ऐसे-वैसे मित्र हैं या घनिष्ठ?''

''कभी था तो घनिष्ठ ही।''

''कभी भी था, तो ले आइए उसे।''

''अब उसे घनिष्ठ नहीं कह सकता।''

''यह कोई बात हुई! कभी घनिष्ठ था, अब नहीं रहा?''

''बात ऐसी ही है। अब से मित्र नहीं, चोर मानता हूँ।''

''चोर?''

''हाँ।''

''ऐसे आदमी को मित्र क्यों बनाया था?''

''पहले चोर नहीं था; अब जाकर हुआ है।''

''कैसा पता चला?''

''पूरे इलाके में इस चोरी का हल्ला है। शंकरपुर दुर्गाथान में पुजारी था। माँ भगवती के ही गहने चुराकर वहाँ से भागा है।''

''भागकर इधर छिपने के लिए आया है क्या?''

''ऐसा लगता नहीं है। शंकरपुरवालों ने इसका पीछा नहीं किया, इसके विरुद्ध कोई मुकदमा दायर नहीं किया है।''

''तो फिर क्यों आया होगा?''

''मुझे लगता है कि गहने बेचने से इसके हाथ में कोई अच्छी रकम आ गयी है और यह घूम-घूमकर किसी ऐसी जगह की तलाश कर रहा है जहाँ यह मन्दिर बनवाये और उसका पुजारी बन जाये। यह आदमी तेज है, मन्दिर बनवाएगा, मेला लगवाएगा और फिर अपने मन्दिर के माहात्म्य का प्रचार करेगा। थोड़े ही दिनों में वह अपना धन्धा जमा लेगा।''

''जमाने दीजिए धन्धा,'' पत्नी बोली, ''इस इलाके की किसी जगह का पता इसे नहीं दीजिएगा। आप जाकर उसे विदा कर दीजिए। उसके साथ एक और आदमी है न?''

''हाँ, है।''

''वह कौन है?''

''चोर का मौसेरा भाई।''

''वह क्यों आया है?''

''किसी भी धन्धे में एक सहायक तो चाहिए ही।''

''आपका मित्र जिद भी करे, तो उसे यहाँ मत लाइएगा। मन्दिर में भी बहुत सामान हैं; जब तक चला नहीं जाता है, नजर रखिएगा। मैं दो आदमियों के लिए चूड़ा-चीनी दे देती हूँ। वहीं खिला-पिलाकर वहीं से निकाल दीजिए।''

''भगा दूँ न?''

''हाँ-हाँ, भगाइए।''

''सोचा था, कुछ देर से जाऊँगा।''

''नहीं-नहीं, तुरन्त जाइए।''

सत्यदेव झा चूड़ा-चीनी की पोटली लेकर मित्र और उसके मौसेरे भाई को विदा करने निकला।

पलटू ने सत्यदेव को आते दूर से ही देख लिया और बैजनाथ से कहा, ''मित्र आ रहा है। आप मुझे मित्र से अकेले में बतिया लेने दीजिएगा। मैं बुलाऊँगा, तब आइएगा।''

बैजनाथ ने अपना लोटा उठाया और बोला, ''मैं मैदान से आ रहा हूँ।''

मन्दिर के हाते में मित्र के घुसते ही पलटू झा ने आगे बढ़कर उसे अपनी छाती से लगा लिया।

''कहाँ से आ रहे हैं, मित्र?'' सत्यदेव झा ने पूछा।

''सीधे फुलकाहा से।'' पलटू ने जवाब दिया था।

''बैठिए,'' बोलते हुए सत्यसदेव झा चबूतरे पर बैठ गया और बैठने के बाद कहा, ''किसी ने बताया था कि आपने शंकरपुर छोड़ दिया है।''

''यह भी बताया था कि क्यों छोड़ दिया?''

''नहीं, मैंने पूछा भी नहीं।''

''मेरे लिए सम्भव नहीं था वहाँ रह पाना। ब्राह्मण होकर कब तक साहू-तेली के आगे शीश झुकाता रहता! नहीं बनी वहाँ के लोगों से; चला आया।''

''किसी के आगे क्यों शीश झुकाये आदमी, जब ईश्वर के आगे झुका ही रहा है! हाँ, ईश्वर के प्रति ईमानदार रहना चाहिए आदमी को। मुझ पर तो भोले शंकर की ऐसी कृपा हुई कि यहीं बस गया। दिल में कभी कोई पाप आने नहीं दिया। अब क्या सोचा है? फिर से कहीं पुजारी बनने का इरादा है या नहीं?''

''हाँ, इरादा तो है।''

''कहीं भी रहिए, पापमुक्त रहिए; भगवान सब कुछ देगा। मेरा तो गाँववालों ने यहाँ से जाने का रास्ता ही बन्द कर दिया। बसने के लिए जमीन दे दी, रहने के लिए घर बनवा दिया। मैं तो यहाँ सपरिवार रहा हूँ। कहाँ जा रहे हैं पुजारी बनकर?''

''अपना ही एक मन्दिर बनवाने जा रहा हूँ।''

''मन्दिर अपना हो या किसी और का, देगा तो भगवान ही। शुद्ध मन से पूजा-सेवा हो, तो सब मिलेगा, जैसे मुझे मिला है। कहाँ बनवाने जा रहे हैं मन्दिर?''

''फुलकाहा में ही।''

''कब तक बन जाएगा?''

"उसी में तो अड़चन है," पलटू झा ने मित्र को बताया, "मेरे साथ जो आदमी आया है, उसका ब्याह कराना है। ब्याह होते ही वह एक मन्दिर बनवा देगा मेरे लिए। मैं इसके ब्याह के लिए ही घर से चला हूँ। यह जाति का धानुक है। पिछली बार आपने मुझे बताया था कि बरगढ़ में धानुकों की अच्छी आबादी है। यही बात ध्यान में रखकर मैं इसको साथ लेकर इधर आया हूँ।"

"कहाँ का है यह?"

"मेरे ही गाँव का है?"

"क्या नाम है?"

"बैजनाथ मंडल।"

"पैसेवाला है?"

"अकेला प्राणी है, घर में कोई खर्च नहीं है। दो-एक बीघे जमीन बेच सकता है मन्दिर बनवाने के लिए।"

"अभी किधर गया है?"

"मैदान गया है।"

"इस आदमी के बारे में हम बाद में विस्तार से बातें करेंगे," सत्यदेव झा ने पोटली खोलते हुए कहा, "पहले कुछ खा लीजिए। ब्राह्मणी स्वस्थ नहीं है। आप लोगों के लिए चूड़ा-चीनी घर से लेकर आया हूँ।"

सत्यदेव झा के मन में कुछ-कुछ पुरानी मित्रता वापस आने लगी थी। जब शंकरपुरवालों ने इसके विरुद्ध एक कदम नहीं उठाया, तो उसे क्या पड़ी है कि वह अपनी पुरानी मित्रता को जबह कर दे! अपराधी का अपराध इस बात से भी तो बहुत कम हो गया है कि वह इस इलाके में मन्दिर बनाकर रहने-बसने नहीं आया है, एक दुखिया का ब्याह कराने घर से निकला है। उसके लिए तो यह नया पलटू अभी भी पुराना पलटू ही है और उसे अपना गाढ़ा मित्र समझकर ही उसके पास आया है। किस तरह मिलते ही छाती से लगा लिया था!

यह सब सोचकर उसने महसूस किया कि किसी पुराने घनिष्ठ मित्र को सूखा चूड़ा खिलाना उचित नहीं होगा और मन में 'पुराना पलटू' को लाकर उसने पलटू झा से कहा, "आप बैजनाथ मंडल के आते ही उससे चूड़ा फुलवाइए। मैं हलवाई के यहाँ से दही लेकर आ रहा हूँ।"

मन्दिर से सटे एक कमरे का ताला खोलकर सत्यदेव झा ने दो पत्तल निकाले; मन में अचानक 'नया पलटू' का खयाल आ गया, तो कमरे का ताला बन्द कर दिया, और पत्तल पलटू को थमाकर दही लाने चला गया।

हलवाई की दुकान पर पहुँचते-पहुँचते पुरानी मित्रता कुछ और अधिक वापस आ गयी और सत्यदेव झा ने 'पुराना पलटू' के लिए कुछ मिठाइयाँ भी ले लीं।

खाना खाने के बाद दोनों आगन्तुकों ने अच्छी नींद ले ली।

शाम में सत्यदेव झा एक और व्यक्ति के साथ आया था और उससे पलटू झा का परिचय करा दिया, "ये सेवकजी हैं। शिव के भक्त हैं और इस मन्दिर में शिव की सेवा में अपना काफी समय गुजारते हैं। भजन-कीर्तन का पूरा प्रबन्ध इनके जिम्मे ही है। रात में यहीं सोते हैं। आप

लोगों के खाने-पीने और रात में बिस्तर लगाने का प्रबन्ध भी इन्हें ही सौंप दिया है।''

सेवकजी से परिचय करा देने के बाद सत्यदेव झा ने पलटू झा के साथ बैजनाथ मंडल के बारे में करीब घंटे भर बातचीत की और रात में अपने घर के लिए विदा होने से पहले उसे भरोसा दिया कि भगवान ने चाहा तो यह मंडल यहाँ से दुलहिन लेकर ही जाएगा।

विवाह की ठहरौनी के लिए बरगढ़ का पुजारी रात भर दत्तचित्त सोचता रह गया था।

(6)

भोर होते ही सत्यदेव झा ने काफी गम्भीरतापूर्वक ठहरौनी-यज्ञ का अनुष्ठान किया। वर को बहुत अच्छी तरह खुद देख ही लिया था उन्होंने, वर के बारे में पूरी जानकारी पलटू झा से ले ली थी। वर को ध्यान में रखकर वे कन्या को ध्यान में लाने लगे। कहीं सेवकजी को दौड़ाया गया किसी को बुला लाने, कहीं खुद दौड़ गये किसी से बतियाने। दोपहर होते-होते पूरे ततमा-धानुक-कीयट टोले में कानोंकान खबर फैल गयी कि गाँव में किसी विवाहेच्छु वर का प्रवेश हुआ है। विवाह योग्य कन्याओं की कमी नहीं थी गाँव में। वर-निरीक्षण का कार्य तत्काल प्रारम्भ हो गया।

दिन भर लड़कीवालों का ताँता लगा रहा। कई माँ भी अपने भावी दामाद को देखने आ गयी थीं। उस रात की पूजा-आरती में ढेर सारी लड़कियाँ भी शरीक हुई थीं। मगर कोई मामला बनता नजर नहीं आया। वर को देखने के बाद कन्या के पिता पुजारीजी के पास आते और 'ना' बोलकर चले जाते। कुछ घरों में कन्या के माता-पिता के बीच वाक्‌युद्ध हुआ जरूर, मगर जीत उसकी होती रही जिसे बेटी के सुख-सपने का अधिक खयाल था।

जो लोग शाम में 'ना' कहकर गये थे उन्हें अपना निर्णय बदलने के लिए रात भर का समय दिया गया था, मगर उस रात का किसी 'ना' पर कोई असर नहीं हुआ। सुबह सत्यदेव पंडित ने पलटू झा के आगे स्थिति स्पष्ट की, ''यहाँ लड़कियों की शादी कम उम्र में ही हो जाया करती है; ठीक से उन्हें जवान भी नहीं होने दिया जाता। अब पहले जैसी बात भी नहीं रही। पहले गाँव के बाबू-बबुआन इन ढोंढ़ी लड़कियों को जल्दी जवान बना देते थे, मगर अब उन्हें यह सुविधा प्रदान नहीं की जा रही है और उन्हें असुविधा में रखने के लिए काफी कड़ाई बरती जाती है। बैजनाथ मंडल को जवान लड़की चाहिए। ऐसी कोई लड़की है नहीं।

''कुँआरी कच्चीकली को दुहेजू-तिहेजू से घिन आती है, उनका मन भिनकता है। लाख बिल्ली से ब्याह कर आया हो, मगर कहाएगा तो बहूखौका ही न! अब बहूखौका से ब्याह करने की हिम्मत कौन करे! उस पर आपका मंडल बहुत निकृष्ट कोटि का तिहेजू है। वर का हुलिया तो आप भी देख ही रहे हैं। वह अपनी उम्र भी छिपा नहीं सकता। रंग तो बस भगवान का दिया हुआ ही है! कोई माँ-बाप अपनी बेटी को बोरने के लिए भले तैयार हो जाये, मगर कोई कच्चीकली इसे वरमाला पहनाने को तैयार नहीं हो रही है।

''यहाँ की बेटियाँ शहर की बेटियाँ नहीं हैं कि इस बात पर रीझ भी जाये कि वर कोई और 'वाला' भले न हो, पर पैसेवाला है। गाँव की इन बेटियों को खुद कमाकर खाना है, ससुराल में हो या मायके में। अच्छा घर भले न मिले, अच्छा वर मिलना चाहिए। वर धन-जमीनवाला है, इस

पर कोई कन्या रीझने से रही।

''बस, एक घर बचा है यहाँ जिसमें एक कन्या है और वहाँ बैजनाथ के लिए गुंजाइश हो सकती है।''

''उस घर में ही सेंध मारिये, मित्र।'' पलटू कुछ आशान्वित हुआ।

''करना तो वही है। सेंध मारने का जुगाड़ तो मैं आसानी से कर दूँगा, पर सेंध मारकर घर में घुसना तो है बैजनाथ मंडल को ही। यह काम उसके लिए आसान नहीं होगा।''

''बैजनाथ मंडल हर मुश्किल का सामना करने के लिए तैयार है।''

''एक विधवा है यहाँ,'' सत्यदेव झा ने सेंध लगाने के पहले विधवा के किले का वर्णन किया, ''उसके पास एक बेटी है और उसे जवान हुए भी दो-तीन साल हो गये हैं। बेटी का नाम है बौरी, मगर वह बौरी है नहीं, दिमाग से बिलकुल ठीक है और माँ की बात में रहती है। विधवा बौरी के लिए वर ढूँढ़ रही है। वह यहाँ भी आयी थी और बैजनाथ को देखकर जा चुकी है। उसने मुझे बात करने के लिए अपने घर बुलाया था और मैं उससे बात कर आ चुका हूँ।

''विधवा के पास पाँच बीघे जमीन है और गाय-भैंस का बथान भी जिसमें कुछ गाय-भैंस हमेशा ही बँधी रहती हैं। एक बेटी के सिवा और उसका कोई नहीं है। उसे जँवाई तो चाहिए,पर घरजँवाई चाहिए।

''जँवाई भी वह ठोंक-बजाकर करना चाहती है। पहले वह किसी को भी कम-से-कम पखवारा भर अपने घर में रखेगी। इस एक पखवारे में उसका काम-काज देख लेने और उसका भाव-विचार जान लेने के बाद ही निर्णय करेगी कि वह घरजँवाई बनाने लायक है या नहीं। उसे एक शक तो यह है कि कोई उसके धन के लोभ में उसका घरजँवाई नहीं बन जाये, और दूसरा यह डर है कि धन हाथ लगते ही जँवाई धन उड़ाना शुरू न कर दे। विचार तो उसका अच्छा ही है, मगर कोई भी लड़का अब तक उसकी कसौटी पर खरा नहीं उतरा है। धन के लोभ में दो-तीन असामी आ चुके हैं, मगर पखवारा किसी ने पूरा नहीं किया और उससे पहले ही भाग गये। अगर बैजनाथ अग्नि-परीक्षा में बैठने के लिए तैयार हो, तो मैं आपसे उस विधवा की बातचीत करवा दूँगा।''

''आप विधवा से मेरी बातचीत करवा दीजिए,'' पलटू बोला, ''बैजनाथ की ओर से निश्चिन्त रहिए।''

''आप उनसे एक बार पूछ लीजिए,'' सत्यदेव झा ने कहा, ''फिर मैं निश्चिन्त हो जाऊँगा।''

''अभी पूछ लेता हूँ,'' बोलकर पलटू झा उठा और बैजनाथ के पास जा बैठा। पलटू झा के आते ही बैजनाथ ने कहा, ''आप मुझसे क्या पूछने आये हैं,यह मैं आप दोनों की बातचीत सुनकर जान गया हूँ। बात मेरे लायक तो नहीं है। इस पर मैं हाँ कैसे कहूँ कि मुझे घरजँवाई बनकर यहीं रहना होगा?''

''एक बार जँवाई तो बन जाइए,'' पलटू झा ने बल दिया, ''फिर देख लूँगा कि कैसे वह घरजँवाई बनाकर आपको रख लेती है यहाँ! बौरी पर आपका कब्जा रहेगा, उसकी माँ का नहीं। बुढ़िया की जमीन-जायदाद बेचकर चल चलेंगे फुलकाहा। आप हाँ बोल दीजिए अभी।''

''एक पखवारा का समय लम्बा होता है, गुरुजी।''

''एक पखवारे में दुलहन मिल रही है,'' पलटू ने समझाया,''अब क्या घंटे भर में दुलहन चाहते हैं! यहाँ दुलहन हाथ से निकल गयी, तो फिर दूसरी खोजने में न जाने कितने पखवारे लग जाएँगे!''

''अभी हाँ बोल देने से ही तो काम नहीं चल जाता। ससुराल में, पता नहीं, क्या-क्या काम करना पड़ जाये। मेरा तो अब घर-गृहस्थी के किसी काम का अभ्यास नहीं रहा। माल-मवेशी के लिए घास की कुट्टी तक काटना भूल गया हूँ।''

''सब भूल जाइएगा, तब भी भागना तो नहीं भूलिएगा,'' पलटू झा कुछ गुस्से में आ गये, ''जब काम नहीं सपरेगा, तो यहाँ से निकल भागिएगा, जैसे उस घर से और भी कई दामाद भाग चुके हैं। अभी तो हाँ कहिए।''

''ठीक है, हाँ कह रहा हूँ।''

पलटू झा तुरन्त बैजनाथ को छोड़ अपने मित्र के पास पहुँचा और सुनाया, ''वह मुझसे कह रहा है कि एक और को पाने के लिए वह कुछ भी करेगा। आपको मेरी बातों का विश्वास हो जाये, इसके लिए आपके सामने भी एक बार उससे फिर पूछ लेता हूँ मैं।''

इतना बोलकर पलटू झा ने बैजनाथ मंडल को हाँक लगाकर अपने पास बुलाया और कहा, ''ब्याह जब हो, मगर मंडप में कल घुस जाना है आपको। मंडप में घुसने से पूर्व आपको मेरे कुछ प्रश्नों के जवाब अभी मेरे मित्र के समक्ष देने हैं।''

बैजनाथ ने अपनी नजर सत्यदेव पुजारी के चेहरे पर फिरायी और पलटू झा से कहा, ''दूँगा जवाब।''

''अगर मैं आपको आग में कूदने को कहूँ,'' पलटू ने पूछा, ''तो कूदेंगे आप?''

''कूदूँगा।'' बैजनाथ ने सीना तानकर कहा।

''अगर मैं आपको कुएँ में डूब जाने को कहूँ, तो डूबेंगे आप?''

''डूब जाऊँगा।''

''मेरा आदेश है कि कल से आपको अपनी भावी पत्नी के मायके में एक पखवारा गुजारना है।''

''मैं इस आदेश को सिर पर धारण करता हूँ।''

''उस घर का सरा काम-काज आपको करना होगा।''

''करूँगा।''

''मन में हमेशा अच्छा भाव-विचार रखना होगा।''

''रखूँगा।''

पलटू झा ने बैजनाथ मंडल की पीठ ठोंकी और कहा, ''आप सफल हो गये,'' और फिर मुस्कराकर अपने मित्र की ओर देखा और कहा, ''क्या कहा था मैंने!''

विधवा को बिना कोई विलम्ब किये बुलवा लिया गया और बिना किसी तकरीर-तकरार के उसके साथ बैजनाथ मंडल का साटा हो गया।

बैजनाथ मंडल का मामला सलटा देने के बाद सत्यदेव झा ने पलटू झा से कहा, ''बैजनाथ

बाबू की काठी और इरादा देखकर मुझे पक्का विश्वास हो चला है कि ये खुशी-खुशी ससुराल में एक पखवारा काट लेंगे। अब मैं आपको राय दूँगा, मित्र, कि आप फुलकाहा लौट जाएँ और ठीक पन्द्रहवें दिन यहाँ आ जाएँ। अगले दो-तीन दिनों के अन्दर ही ब्याह सम्पन्न हो जाएगा।''

''नहीं-नहीं,'' बैजनाथ लगभग चीख पड़ा, ''इनके जाने से मैं तो टूअर हो जाऊँगा।''

''ऐसा कुछ नहीं होगा, बैजनाथ बाबू,'' सत्यदेव झा ने समझाया, ''आप तो सास की देखरेख में रहेंगे, और फिर मैं तो आपके पास-पास रहूँगा ही।''

पलटू झा ने इशारे से मित्र को उठाया और उसे एक किनारे ले जाकर उसके कान में कहा, ''आप जिद मत कीजिए, मित्र। मेरे खाने-पीने का खर्च वह उठाएगा। वह मुझे नहीं छोड़ सकता। ऐसा न हो कि मैं जाऊँ और वह मेरे पीछे भाग जाये। आप मेरी ओर से निश्चिन्त हो जाइए।''

सत्यदेव झा ने कोई जिद नहीं की। वह अपने मित्र पलटू झा की ओर से निश्चिन्त होकर घर चला गया।

पलटू झा यह कभी नहीं भूला कि उसे अपना भविष्य एक उस मन्दिर पर ही टाँग नहीं देना चाहिए जो ब्याह के बाद बैजनाथ बनाएगा। बैजनाथ बदल जाए, बिला जाये, तो क्या होगा उसके भविष्य का? पिता की सीख से याद थी कि वह मानकर चले कि कहीं की भी यात्रा वह पल-पल अपने हित को ध्यान में रखकर कर रहा है; लोहा जहाँ गरम मिले, उस पर वहीं चोट कर दे; सुनार की तरह ठुक-ठुक करता नहीं रह जाये अज्ञात भविष्य के लिए; हाथ में आया एक हाथ बाहर के सात से भी बड़ा होता है।

उसके पास पूरा एक पखवारा खाली पड़ा था जिसमें वह सिर्फ अपने लिए कुछ कर सकता है और इस समय का सदुपयोग उसे अपने लिए कर लेना है। अगर इस एक पखवारे में इतना कुछ भी अर्जित कर लिया उसने कि पिताश्री के लिए एक जोड़ा धोती ही खरीद ले, तो पिताश्री को यह तो लगेगा कि बेटे ने राह पकड़ ली है और भविष्य के प्रति चिन्तित है। उसे अपनी पत्नी का चेहरा भी याद आने लगा जिसने आते समय उसे सुनाया था, 'मैं कब समझूँगी कि अब आप भी कुछ कमाने लगे हैं? कब तक सास-ससुर की बात-बोली सुनती रहूँगी मैं?'

वह अपनी योजना पर कार्य करने लगा।

सेवकजी अच्छे भजनिया थे। बड़े मीठे गले से गाते थे। उनके मुँह से अब तक ढेर सारे भजन सुन चुका था पलटू झा।

उस सुबह सेवकजी के भजन सुनने के लिए कुछ सवेरे ही जग गया था पलटू झा। सेवकजी अपना अन्तिम भजन गा रहे थे,

राम जपु, राम जपु, राम जपु, बावरे।
घोर-भव नीर-निधि नाम निज नाव रे।
एक ही साधन सब रिद्धि सिद्धि साधि रे।
ग्रसे कलि रोग जोग संजम समाधि रे।

भलो जो है, पोच जो है, दाहिनो जो बाम रे।
राम-नाम ही सों अंत सबही को काम रे।

भजन समाप्त होते ही पलटू ने सेवकजी से कहा, "आपकी यह भक्ति लौकिकी भक्ति है जिसमें नृत्य, वाद्य, गीत, जागरण आदि द्वारा भगवान की सेवा की जाती है। मैं दो दिनों से देख रहा हूँ कि यहाँ के लोगों में कायिकी भक्ति की ओर झुकाव नहीं है।"

"यह कैसी भक्ति होती है, महाराज?" सेवकजी ने पूछा।

"व्रत-उपवास आदि के द्वारा जो आराधना की जाती है," पलटू ने बताया, "वह कायिकी भक्ति कही जाती है। यह सब प्रकार की सिद्धियों का सम्पादन करनेवाली है।"

"यहाँ लोग व्रत-उपास तो करते हैं।"

"ऐसा कुछ तो मैं नहीं देख रहा हूँ, सेवकजी," पलटू झा ने सुनाया, "जिस व्रत का आरम्भ चैत की पूर्णिमा को ही हो जाना चाहिए था, उस पर अभी तक लोगों का ध्यान नहीं जा रहा है; अब तो वैशाख का शुक्ल-पक्ष भी आने जा रहा है।"

"किस व्रत पर लोगों का ध्यान नहीं जा रहा है?"

"वैशाख-स्नान व्रत पर।"

"लोग तो यहाँ वैशाख में भी स्नान करते हैं।"

"एक आपके स्नान कर लेने से तो पूरे इलाके का वैशाख-स्नान नहीं हो जाएगा! और किसी भी समय स्नान कर लेने से तो वैशाख-स्नान का फल नहीं मिलेगा।"

"कब स्नान करना चाहिए?"

"वैशाख के देवता स्वयं भगवान श्रीविष्णु हैं। इस मास के समान भगवान विष्णु को प्रसन्न करनेवाला कोई दूसरा मास नहीं है। जो वैशाखमास में सूर्योदय से पहले स्नान करता है, उस पर भगवान विष्णु की निरन्तर कृपा बनी रहती है। आप कहीं भी किसी जल से स्नान करें, वहाँ भगवान विष्णु की आज्ञा से मनुष्य का कल्याण करने के लिए ढेर सारे देवता मौजूद रहते हैं। वैशाखमास का प्रातःस्नान अनेक जन्मों के पापों को नष्ट कर देता है।"

"इस मास के प्रातःस्नान के बारे में तो बहुत अच्छी बात बतायी आपने।"

"सिर्फ प्रातःस्नान ही नहीं, इस मास में अनेक व्रत हैं जो पुण्यदायी हैं। मैं इस मास के माहात्म्य की अनेक कथाएँ सुना सकता हूँ, मगर अभी एक छोटी-सी कथा सुना देता हूँ। यह कथा विष्णुभक्त राजा कीर्तिमान की है।"

बोलकर पलटू झा ने कथा सुनायी, "राजा कीर्तिमान ने अपने राज्य में ढोल पिटवा दिया कि जो भी आठ वर्ष से अस्सी वर्ष तक की आयुवाला आदमी वैशाख-धर्म का पालन नहीं करेगा, उसे चोरी के अपराध का दंड दिया जाएगा। प्रत्येक गाँव में एक धर्मोपदेशक ब्राह्मण को बसाया गया और अपराधी को दंड देने के लिए प्रत्येक पाँच गाँवों पर अधिकारी नियुक्त किये गये।

"अब ऐसा हुआ कि उस राज्य में जो भी मरता था, वह यमराज के पास जाने की बजाय सीधे भगवान विष्णु के धाम जाने लगा। यमपुरी के सारे नरक खाली हो गये। यमराज ब्रह्मा के पास पहुँचा, विष्णु के पास पहुँचा, मगर वैशाख मास का धर्म-पालन कर आये भक्तों को नरक की ओर ठेलना सम्भव नहीं हुआ। यमराज निकम्मा हो गया। यह है वैशाख मास का माहात्म्य!"

''फिर नरकों का भरना कब शुरू हुआ, महाराज?''

''राजा कीर्तिमान पृथ्वी पर दस हजार वर्षों की आयु भोगकर चला गया। उसके बाद आया दुष्टात्मा राजा बेन और नरकों का भरना पुनः चालू हो गया। आपके इलाके के लोग भी तो नरकों को ही भर रहे होंगे।''

''आधा वैशाख तो बीत चुका,'' सेवकजी ने चिन्तित स्वर में कहा, ''अब अगला वैशाख आने में तो पूरा एक साल का समय लग जाएगा। तब तक तो कितने ही लोग प्राण त्यागकर नरक चले जाएँगे।''

''अभी भी आधा वैशाख बाकी है'' पलटू ने आशा बँधायी, ''अभी इस मास के कई महत्त्वपूर्ण व्रत बाकी ही हैं। अभी भी लोग ध्यान दें, तो बेड़ा पार है। मैं करीब एक पखवारा यहाँ रहूँगा और चाहूँगा कि लोगों को वैशाख धर्म के पालन के बारे में बताऊँ और उनसे शुक्ल पक्ष के सारे व्रत करवाऊँ। आप बस इतना करें कि इस धर्म के बारे में प्रचार कर दें।''

''यह तो मैं करूँगा,'' सेवकजी ने कहा, ''कल मैं अपनी भजन-मंडली के साथ मोरघट जा रहा हूँ; वहाँ से चिलौली जाऊँगा। मैं सब जगह आपकी चर्चा करूँगा।''

''अगर आप मेरी चर्चा करेंगे,'' पलटू ने कुछ लजाते-मुस्कराते कहा, ''तो फिर मेरे बारे में पूरी जानकारी ले लीजिए।''

''हाँ, महाराज, पूरी जानकारी दे दीजिए।''

''यह जानकारी मेरे मित्र सत्यदेव झा को भी नहीं है, ''पलटू झा ने कहा, ''कि मैं कुछ वर्ष चित्रकूट में भी रह चुका हूँ।''

''चित्रकूट में जहाँ तुलसीदासजी रहा करते थे?''

''हाँ, साधु-सन्तों के बीच।''

''वहाँ कैसे जाना हुआ, महाराज?''

''एक बार मेरी मुलाकात चित्रकूट के एक साधु से हुई। उनसे मिलते ही तुलसीदासजी की तरह ही मेरे चित्त ने मुझसे कहा, 'अब चित चेति चित्रकूटहि चलु।' मैं उस साधु के साथ ही चित्रकूट चला गया।''

सेवकजी पलटू झा को अपलक निहारते रह गये।

एक बार सचमुच चित्रकूट के एक साधु से मुलाकात हुई थी पलटू झा की शंकरपुर दुर्गाथान में। जितना कुछ उनके मुँह से सुना था, वह सब उगलने लगा पलटू झा, ''मैं कुछ दिनों तक मनगजेन्द्रेश्वर के मन्दिर में रहा। इसके पास ही राघवप्रयाग घाट है जहाँ भगवान श्रीराम ने स्वर्गीय महाराजा दशरथ को तिलांजलि दी थी। वहाँ से मैं अत्रि-आश्रम चला गया जो पहाड़ी पर घने जंगलों के बीच स्थित है। चित्रकूट में अनेक सन्तों को भगवान श्रीराम के दर्शन हुए हैं। एक दिन तो मुझे भी भ्रम हुआ कि मेरे सामने से धनुषधारी भगवान गुजरे।''

''यह भ्रम नहीं था, महाराज; आपको भगवान के दर्शन हो गये हैं।'' इतना बोलकर सेवकजी पूछ बैठे, ''आप वहाँ से चले क्यों आये, महाराज?''

''यह तो लगभग मैंने भी मान ही लिया था कि भ्रम ही सही, मगर भगवान के दर्शन हो गये। अब मेरे मन में यह विचार आने लगा,'' पलटू ने सुनाया, ''कि यहाँ रहकर तो मैं केवल

अपना कल्याण कर रहा हूँ; अब तो मुझे अपने गाँव-समाज और इलाके के कल्याण के लिए भी कुछ करना चाहिए। यही सोचकर मैं वहाँ से चला आया।''

''फिर जाएँगे वहाँ?''

''वहाँ जाना होता, तो वहाँ से आता ही क्यों? अब तो यहीं रहूँगा और लोगों की भलाई में अपने को झोंक दूँगा। देखिए न, अपना सब काम छोड़कर बैजनाथ बाबू का ब्याह कराने निकला है।''

''बड़ा उत्तम विचार है, महाराज आपका। *परहित सरिस धरम नहिं भाई।* मैं तो आपका शिष्य हो गया, महाराज। आज दिन भर बरगढ़ में वैशाखधर्म की चर्चा करूँगा।''

''आप बरगढ़ का भार मुझ पर छोड़ दीजिए; यहाँ से बाहर आपको देखना है।''

''ठीक है, यही करता हूँ। आप शुक्ल-पक्ष के सारे व्रतों की एक सूची बनाकर मुझे दें दे।''

''वह बनाकर मैं दे देता हूँ; यह भी लिख दूँगा कि किस व्रत से क्या लाभ होगा,' पलटू बोला, ''इसके साथ एक और काम भी करना होगा आपको।''

''करूँगा; बताइए।''

''कभी-कभी पातक, उपपातक या महापातक के प्रभाव से ऐसा होता है कि किसी दम्पती के पुत्र नहीं होता। ऐसे दम्पती पापघट-दान करते हैं। इसमें किसी ऐसे दूरस्थ ब्राह्मण को बुलाया जाता है जो दान लेकर जाये तो फिर कभी नजर नहीं आये। अभी तो इस पूरे इलाके में ऐसा ब्राह्मण एक मैं ही हूँ। यहाँ से चला जाऊँगा, तो फिर कभी लौटकर नहीं आऊँगा। मैं तो चाहता हूँ कि यहाँ के हर पातकी-महापातकी का उद्धार करके जाऊँ।''

''मैं जिस गाँव में भी पहुँचूँगा, घर-घर जाकर पातकी का पता लगा लूँगा,'' सेवकजी ने जवाब दिया और फिर निवेदन किया, ''आपको एक पखवारे से अधिक रहना पड़ेगा, महाराज, कम-से-कम एक महीना।''

''ठीक है, रह लूँगा,'' पलटू झा ने आश्वस्त किया, ''आप कहेंगे, तो एक क्या छह महीने भी रह लूँगा। बैजनाथ बाबू को दुलहन के साथ रवाना कर दूँगा और मैं यहीं रुक जाऊँगा।''

इसी समय सत्यदेव झा का पदार्पण हुआ। उन्होंने आते ही सेवकजी से कहा, ''चलिए, सेवकजी, आप भी; अब हम लोग बैजनाथ बाबू को बौरी-माँ के घर पहुँचा दें।''

''मैं भी चलता हूँ,'' पलटू झा ने कहा।

सारे लोग विधवा के घर पहँचे। बौरी-माँ इन लोगों के आने का इन्तजार ही कर रही थी। बैजनाथ को उसके सुपुर्द कर दिया गया। टोले-मुहल्ले के ढेर सारे लोग दूर-दूर से देख रहे थे इस सुपुर्दगी को।

जब बैजनाथ को सुपुर्द कर लोग वापस आने लगे, तो पलटू झा रुका और विधवा से बतियाने आगे बढ़ा। वह फुसफुसाकर किसी बात के लिए चिरौरी कर रहा था और बौरी-माँ लगातार ना में सिर हिलाये जा रही थी। सिर्फ एक बार हाँ में सिर हिलाते उसे देखा गया।

वहाँ से जैसे ही पलटू झा लौटा, सत्यदेव झा पूछा बैठा, ''क्या कह रहे थे उससे?''

''बैजनाथ बाबू ने कहा था उससे कहने,'' पलटू ने सुनाया, ''वे चाहते हैं कि मैं भी उनके

साथ ही रहूँ। बुढ़िया से जगह माँग रहा था पिछवाड़े की किसी झोंपड़ी में; उसने साफ इन्कार कर दिया। इतना भर मान गयी कि हर तीसरे दिन घर का सारा काम-काज हो जाने के बाद रात में मैं उसके भूसाघर में बैजनाथ बाबू के साथ एक घंटा बिता सकता हूँ।''

''बेकार की जगह माँगने गये थे आप,'' सेवकजी बोल पड़े, ''आप मेरे साथ रहेंगे। जब-जब मैं कीर्तन-मंडली के साथ गाँव के बाहर जाऊँगा, आपको भी साथ लेकर जाऊँगा।''

बैजनाथ ने कोई जवाब नहीं दिया।

सत्यदेव झा एक बार फिर निश्चिन्त हुए।

(7)

बैजनाथ के बौरी-माँ के घर में दाखिल होने के दूसरे दिन ही पलटू झा आ धमका और बाहर किसी को नहीं पाकर हाँक लगायी, ''बैजनाथ बाबू!'' दो-तीन हाँक लगाने के बाद भी जब अन्दर से कोई जवाब नहीं आया, तो पलटू ने मान लिया कि अभी बैजनाथ किसी काम में इतना व्यस्त है कि उसकी हाँक उसके कानों में नहीं पड़ रही है। वह यह सोचकर खड़ा रह गया कि अब रुककर थोड़ी देर बाद हाँक लगाएगा।

बैजनाथ अचानक हाथ में झाड़ू लिये बाहर निकला और पलटू झा को देखकर चिहुँक उठ, ''अरे, आप! कब से खड़े हैं?''

''कुछ देर से हो खड़ा हूँ,'' पलटू बोला, ''आपने मेरी हाँक नहीं सुनी?''

''हाँक तो सुनी थी,'' बैजनाथ बोला, ''मगर मुझे लगा कि कोई किसी और बैजनाथ को हाँक लगा रहा है। अब इस घर में मेरा नाम बैजनाथ तो रहा नहीं, बैजा हो गया है।''

''ऐसा क्यों?''

''मैं जब इस घर में आ गया,'' पलटू ने सुनाया, ''तो बुढ़िया ने सबसे पहले मेरा नाम पूछा। मैंने अपना नाम बताया, तो वह खुश हो गयी और बोली, 'बड़ा अच्छा नाम है। मुझे बैजा बोलने में बड़ी आसानी होगी।' उसकी बेटी बोली, 'अब किसी के दस-पाँच नाम तो नहीं रहेंगे यहाँ! मैं भी बैजा कहकर ही पुकारूँगी।' यह नया नाम मुझे पट गया है; पुराना नाम भूल रहा हूँ। आप भी जब कभी आइए यहाँ, तो मुझे बैजा कहकर ही पुकारा कीजिए।''

''अगर काम बन रहा है,'' पलटू ने मुस्कराकर कहा, ''तो नाम बिगड़ने से कुछ नहीं बिगड़ता है। इस नाम को नयी कमीज की तरह पहन लीजिए।''

''हाँ, पहन ली है नयी कमीज की ही तरह,'' बैजनाथ बोला, ''इससे मुझे कोई कष्ट नहीं हो रहा। जब जाऊँगा, तो यह कमीज यहीं उतार दूँगा और इस बौरी को ले जाकर अपने नये नाम की साड़ी उसे पहना दूँगा।''

''तो मैं मान लूँ कि यहाँ आपको कोई कष्ट नहीं है?''

''अभी तो एक दिन ही गुजरा है। देह-हाथ तो अभी ठीक ही है, मगर हाथ में झाड़ू उठाने...''

''कौन है?'' चीखते हुए बौरी-माँ आ पहुँची।

''मैं हूँ,'' पलटू ने जवाब दिया, ''पंडित पलटू झा।''

''आपको तो आज नहीं, कल नहीं, परसों बुलाया था।''

''मैं हाल-चाल जानने आ गया था।''

''अभी ही हाल-चाल जानने आ गये? जाइए, परसों आइएगा, शाम में।''

''मैं एक और काम से भी आया हूँ।''

''बताइए काम।''

''आज वैशाख की अमावास्या तिथि है,'' पलटू ने अपना प्रयोजन बताया, ''यह तिथि परम पवित्र मानी गयी है और अत्यन्त पापनाशिनी होती है। आज व्रत-पूजा करने से बहुत फल मिलता है। मैं कम-से-कम धर्मवर्ण मुनि की कथा बाँच देता हूँ।''

''सुन लीजिए, पंडितजी,'' बौरी-माँ ने सुना दिया, ''बनरा के रहते इस घर में किसी पंडित को पूजा-पाठ करने नहीं घुसने दूँगी। इससे पहले भी दोनों बनरे मेरी बेटी पर मन्त्र मारने ओझा-मन्तरिया को बुला लाये थे। मैं किसी के झाँसे में नहीं आयी और किसी को मन्त्र चलाने नहीं दिया। आप किस खेत की मूली हैं! मैंने तो बेटी को घर में कोई फेंका हुआ फूल तक सूँघने से मना कर दिया है। आप भी कोई टोना करने से बाज आइएगा। जाइए।''

पलटू झा छूँछा लौट आया था।

उस दिन पलटू के दिल को चोट लगी थी और वह बहुत निराश-उदास होकर लौटा था, मगर जब तीसरे दिन बैजनाथ मंडल से मिलने चला वह, तो बहुत हर्षित-आनन्दित था। बौरी-माँ के दरवाजे पर पहुँचते ही उसने हाँक लगायी, ''बैजा!'' और फिर मुँह से अनायास निकला, ''रे बैजा!''

बैजनाथ की बजाय बौरी-माँ बाहर निकली, ''अभी ही आ गये?''

''हाँ, आ गया।''

''अभी तो बनरा काम कर रहा है,'' बौरी-माँ ने सूचित किया, ''आप थोड़ी देर बाद आइए।''

''मैं यहीं रुक जाता हूँ,'' पलटू झा ने जवाब दिया, ''आप मुझे भूसाघर दिखा दीजिए।''

बौरी-माँ ने पलटू झा की बात मान ली और उसे ले जाकर भूसाघर में बैठा दिया।

देर तो हुई, मगर रात गहराने के पहले ही बैजनाथ हाजिर हो गया। उसके आते ही पलटू ने पूछा, ''क्या हाल है, बैजनाथ बाबू?'' और बैजनाथ बाबू कुछ बोले उससे पहले ही अपना हाल सुनाने लगा, ''मेरा तो धन्धा चल निकला। कल ही एक छाता की बोहनी हो गयी थी। आज फिर दो घरों में पूजा करायी और दो छाते दान में मिल गये। सेवकजी मेरे लिए खूब मेहनत कर रहे हैं। अब तो शिव से अधिक मेरी सेवा कर रहे हैं। आप अपना सुनाइए।''

''आपने तो उस दिन मेरे हाथ में झाड़ू देखा ही था,'' बैजनाथ ने सुनाना शुरू किया, ''वह झाड़ू मेरा साथ नहीं छोड़ रहा है। पहले ही दिन नाम पूछ लेने के बाद बुढ़िया ने...''

''उसे बुढ़िया मत कहिए,'' पलटू झा ने राय दी, ''कभी सुन लिया, तो झाड़ू मारकर भगा देगी। वह बुढ़िया है भी नहीं। अभी भी बदन कसा हुआ है। उसे माताराम कहिए। हाँ, तो क्या

किया बुढ़िया ने?''

''बुढ़िया ने मेरे हाथ में झाड़ू थमाते हुए कहा, 'कुत्ता भी कहीं बैठता है, तो उस जगह को झाड़ देता है। तुम आये हो, तो अब घर की झाड़-बुहार कर लो।' उसने घर का कोना-कोना मुझसे झड़वाया। जब से इसका दूसा बनरा भागा है, तब से घर में झाड़-बुहार नहीं हुआ था। शाम तक घर की पूरी सफाई कर पाया था मैं। उसके बाद ही मुझे खाना दिया गया था।''

''यह शिकायत करनेवाली बात नहीं हुई, बैजनाथ बाबू,'' पलटू बोला, ''आप दुलहन को लेकर घर जाते, तो इतनी झाड़-बुहार वहाँ भी करनी पड़ती। आप कहेंगे, वहाँ रीतलाल करता। मैं पूछता हूँ अगर रीतलाल कहीं भाग गया रहता, तो क्या आप खुद नहीं करते? किसी नौकर के इन्तजार में दुलहन को दरवाजे पर बैठाये रहते? आप जान लीजिए कि जब कभी मैं शंकरपुर से घर आता था, तो पूरे दो दिन घर की झाड़-बुहार में लगाता था।''

''उस एक दिन मैं करता, मगर उसके बाद तो दुलहन करती?''

''हाँ, जरूर करती।''

''ऐसा नहीं होगा,'' बैजनाथ ने कुछ करुण स्वर में कहा, ''दूसरे दिन भी मेरे हाथ में झाड़ू थमाते हुए माताराम ने कहा, मेरी बेटी बहुत नाजों से पाली हुई है। इसके बाप ने इसे कभी घर में झाड़ू लगाने नहीं दिया। घर की झाड़-बुहार का काम रोज तुम्हें ही करना होगा।''

''आपने इन्कार तो नहीं किया था?''

''नहीं, सोचा; इन्कार नहीं करना है। एक पखवारा की तो बात है। फुलकाहा में जो आप चाहेंगे वह आपकी घरवाली को करना होगा। मगर क्या अपनी दुलहन को डंडे मारकर उससे झाड़ू दिलवाएँगे आप? जब इस नाजुक बदन को अपनाने जा रहे हैं आप, तो दिन में एक बार अपने घर में झाड़ू लगा लेने में कोई हेठी नहीं है। घर में लगाएँगे आप झाड़ू, सड़क पर नहीं। यह दुख तो नहीं है कि खाना पेट भरकर नहीं खाते हैं?''

''खाना खाने का तो कोई दुख नहीं है,'' बैजनाथ ने जवाब दिया, ''मगर खाना बनाने का दुख तो हो ही गया है।''

''खाना आप बनाते हैं?''

''हाँ, गुरुजी।''

''रसोई का भार आपने जान-बूझकर लिया था?''

''नहीं, माताराम ने दे दिया।''

''क्या कहा उसने?''

''उसने पूछा था, 'खाना बनाना आता है?' मैंने झट जवाब दे दिया था, 'नहीं।' वह बोली, 'मेरी बेटी अच्छा खाना बना लेती है, मगर खाना बनाना तुम्हें सीख लेना होगा। मेरी बेटी नाजों पली है। कब उसके जी में आ जाये कि आज कोई और बनाये और उसे परोसकर खिलाये, तब क्या होगा?' अब तो मैं रोज ही खाना बनाता हूँ और माँ-बेटी को परोसकर खिलाता हूँ।''

''आप सुस्वादु भोजन बनाते हैं?''

''हाँ, बना लेता हूँ; माँ-बेटी हप-हपकर खा जाती हैं।''

''आप रसोई से मुक्त होना चाहते हैं?''

"हाँ; चाहता हूँ।"

"तो कभी दाल में नमक अधिक डाल दीजिए, कभी सब्जी में मिर्च अधिक।"

"वह करके देख चुका हूँ; वे तो किसी तरह निगल गयीं, मुझे निराहार रख दिया।"

"तो फिर आप भी अच्छा पकाइए और हप-हपकर खाइए। इसमें कष्ट थोड़ा है और आनन्द अधिक है। और फिर, कुछ ही दिनों की तो बात है। यह एक तरह से अच्छा ही हुआ कि यहाँ रहकर एक कला सीख ली आपने। यह भी तो सोचिए कि कोई-कोई नसीबवाला ही होगा कि एक पखवारा खाना बनाकर एक नाजुक बदन दुलहन को जीत ले जाये।"

"यह सोच-सोचकर ही तो अपना दुख दूर कर लेता हूँ यहाँ।"

इसी समय बुढ़िया की आवाज पलटू के कानों में पड़ी, "बैजा! अब जाकर सो जाओ। सुबह जल्दी उठना भी है।"

पलटू ने उठते हुए कहा, "अब चलता हूँ," और जाते-जाते बैजनाथ की पीठ ठोंकी, "डटे रहिएगा।"

तीन-चार दिनों के अन्दर ही पलटू झा का बरगढ़ के कई लोगों से हेलमेल हो गया था और वे सब सत्यदेव पुजारी के परम मित्र पलटू झा को राम-राम करने लगे थे। इनमें से एक धरमपाल, जिसका घर मन्दिर के सामने ही था, पलटू का संगतिया बन गया था। जब भी पलटू झा कहीं से लौटकर मन्दिर परिसर में घुसता, वह उसके पीछे-पीछे ही चला आता राम-राम करने और रात में देर तक उससे बतियाने के बाद ही अपने घर जाता।

पलटू झा जब कभी बरगढ़ से बाहर निकलता, तो उसके मन में हमेशा यह शंका पैदा हो जाती कि कहीं लौटकर आने पर यह देखने को नहीं मिले कि बैजनाथ मंडल मन्दिर के चबूतरे पर मुँह लटकाये बैठा हुआ है या यह सुनने को कि वह बौरी-माँ के घर से भाग गया।

वह आते ही धरमपाल से पूछता, "बैजनाथ मंडल यहाँ आये भी थे?"

"नहीं आये थे," धरमपाल हँसकर जवाब दिया करता।

अच्छी तरह पूछताछ कर लेने के बाद ही वह भूसाघर का रास्ता पकड़ता।

दूसरी बार जब वह बैजनाथ से मिलने पहुँचा, तो हाँक लगाने की बजाय सीधे भूसाघर में जा बैठा। देर तक बैठे रहने के बाद भी जब बैजनाथ नहीं आया, तब घर के दरवाजे पर जाकर उसने हाँक लगायी, "बैजा!"

तुरन्त जनाना स्वर में जवाब आया, "बैठो भूसाघर में।"

पलटू फिर से भूसाघर में जा बैठा।

बैजनाथ जल्दी ही आ गया। उसके आते ही पलटू ने कहा, "मैं बहुत देर से बैठा हुआ हूँ।"

"हाँ, मुझे देर हुई," बैजनाथ बोला, "यहाँ कोई ठीक नहीं रहता कि कब कौन काम करना पड़े।"

पलटू ने यह नहीं पूछा कि किस काम से देर हुई; कहा, "यह बताइए कि पहले आप मेरा सुनेंगे या पहले अपना सुनाएँगे?"

बैजनाथ ने मरी हुई आवाज में जवाब दिया, ''पहले आप अपना ही सुनाइए।''

''मेरा चाँद बलवान हो उठा है,'' पलटू ने सुनाया, ''पिछले तीन दिनों में मेरे पास इतने कपड़े हो गये हैं कि पूरे छह महीनों तक पहनूँगा। दान में तीन जोड़े जूते भी मिले हैं, वस्त्र-दान के साथ पादुका-दान। अगले तीन दिनों में भी दो-तीन गाँवों में जाना है; बात लगभग तय हो गयी है। मुझे बस एक कष्ट हो रहा है कि हर जगह पैदल जाना पड़ रहा है। एक घोड़ा का जुगाड़ हो जाये, तो बड़ा अच्छा होगा। मैं प्रयास कर रहा हूँ घोड़ा के लिए। अब आप अपना सुनाइए।''

''आपको सबसे पहले यह सुना दूँ कि मुझे आने में देर क्यों हुई।''

''हाँ, सुनाइए।''

''मैं मालिश कर रहा था।''

''किसकी?''

''बौरी की कर चुका था; माताराम की कर रहा था।''

''मालिश?''

''हाँ, गुरुजी।''

''बौरी की भी?''

''हाँ।''

''आपका बेड़ा पार हो गया।''

''कैसे?''

''जब आपने उसका बदन उघार दिया, तो अब बचा क्या? मुझे लगता है, उन लोगों ने फैसला ले लिया है। अब आप हुमचकर मालिश करते रहिए; फैसला नहीं बदलेगा।''

''बदन नहीं उघारा।''

''तो मालिश कैसे हो गयी?''

''केवल पाँवचप्पी की है; हाँ, थोड़ा-सा पैर उघारा था।''

''पैर भी बदन का ही हिस्सा होता है। आप खुशी-खुशी मालिश करते चलिए। दो-तीन दिनों के अन्दर ही पीठ की मालिश भी करवाना शुरू कर देगी। आपकी हो गयी पौ बारह।''

''देखिए, क्या होता है! आपकी बात पर तो चल ही रहा हूँ,'' बैजनाथ बोला, ''मगर यह माताराम कभी-कभी अत्याचार कर बैठती है।''

''अब वह कुछ भी करे, मैं उसे अत्याचार नहीं मानूँगा। बेटी का बदन छूने दे दिया उसने! अब किसी अत्याचार की क्या औकात? ऐसा क्या किया उसने कि आप अत्याचार का रोना रोने लगे?''

''मेरी तो आज कमर ही टूट जाती।''

''हुआ क्या?''

''छज्जे पर से उसे सूप उतारना था। सूप एक हाथ पहुँच नहीं सकता था। उसने कहा, 'बैजा! जरा घोड़ा बनो तो; मैं छज्जे पर से सूप उतारूँगी।' मैं घोड़ा बना; उसने सूप उतारा। मेरी पीठ तो कचकचा गयी। दो मन से कम वजन नहीं होगा इस बुढ़िया का।''

''दुर, औरत का कोई वजन होता है!'' पलटू बोला, ''माताराम का क्या वजन!''

''वजन न भी होता हो, मगर कमर में लचक तो पड़ ही गयी।''

''बस, लचक भर। माताराम भी अपने को तौलकर ही चढ़ी होगी पीठ पर। दो-दो बनरे यहाँ रहकर जा चुके हैं। मुझे पक्की खबर है कि कोई भी कमर तुड़वाकर नहीं गया है; सब रास तुड़ाकर दौड़ते हुए भागे हैं। आपको भागना नहीं है, माताराम की रास में रहना है।''

''नहीं भागूँगा, गुरुजी,'' बैजनाथ ने आश्वस्त किया, ''आप मेरी पीठ की थोड़ी चप्पी कर दीजिए।''

''मैं कर दूँ?''

''हाँ,'' बैजनाथ बोला, ''कोई पाप लगेगा, तो मैं व्रत कर लूँगा। मैं कहीं नहीं बोलूँगा। आप भी तो बोल सकते हैं फुलकाहा में कि मैं ससुराल में सास और बीवी के पाँव दबाता था।''

''ठीक है, कर देता हूँ।''

''आप कल आएँगे?''

'' मैं तो अब तीसरे दिन ही आऊँगा न।''

''सूप से काम करवाकर मातारमा ने फिर सूप को छज्जे पर ही फेंक दिया था,'' बैजनाथ ने अत्यन्त करुण स्वर में कहा, ''कल फिर सूप का काम पड़ेगा। कल फिर वह मुझे घोड़ा बनाकर सूप उतारेगी। औरत का भी वजन होता है, गुरुजी।''

''अगर मैं कल बरगढ़ में रहा, तो आऊँगा; ठीक इसी समय।''

''मैं कल से रोज ही एक बार भूसाघर देख जाया करूँगा। आपको देख लेने से भी मुझे बल मिल जाता है।''

'बैजा!' की हाँक लगते ही पलटू ने कहा, ''मैं चलता हूँ। आप दिन में एक बार इस भूसाघर की झाड़-बुहार भी कर दिया कीजिए। साँप-कीड़ा का डर है इसमें।''

अगले दिन तो क्या, तीसरे दिन भी नहीं आ पाया था पलटू झा बैजनाथ से मिलने। माताराम की डाँट-डपट सुन लेने के बाद उसे भूसाघर में बैठे रहने की इजाजत मिल गयी और वहीं उसे नींद भी आ गयी। सुबह फिर काम में जुत गया वह।

उस रात आया पलटू और आते ही हाँक लगा दी, ''बैजा!''

माताराम बाहर निकली, ''क्या बात है?''

''कल रात मैं नहीं आ पाया। आज मिलने आया हूँ बैजा से।''

''डुबकी तुमने लगायी,'' माताराम ने कहा, ''इसमें मेरा क्या दोष? दिक मत किया करो। अब तीसरे दिन आना।''

''मैं अपनी गलती के लिए क्षमा माँगता हूँ।''

''इस बार क्षमा कर देती हूँ, दुबारा नहीं करूँगी।'' इतना बोलकर माताराम ने हाँक लगायी, ''बैजा!'' और उसके आते ही उसे भूसाघर में जाने की इजाजत दे दी।

भूसाघर में घुसते ही बैजनाथ बोला, ''आप कल भी नहीं आये, गुरुजी?''

''तो पहले मेरा ही सुन लीजिए कि मैं क्यों नहीं आया,'' बोलकर पलटू सुनाने लगा, ''मेरा सौभाग्य-चक्र अभी तेजी से घूम रहा है, बैजनाथ बाबू। दान में एक बाछी मिल गयी; एक

खाट भी मिली है। सब लेकर फुलकाहा जाऊँगा। एक और बाछी मिलेगी जिसे बदलकर मैं घोड़ा लूँगा। जजमान ने घोड़ेवाले से बात कर ली है। किसी साहू का घोड़ा है; घोड़े से काम नहीं ले रहा है। अगर भगवान ने चाहा, तो तीसरे दिन मैं घोड़े पर चढ़कर ही आपसे मिलने आऊँगा। सेवकजी मेरे लिए खूब मेहनत कर रहे हैं। एक और संगतिया बना है मेरा। नाम है धरमपाल, मन्दिर के सामने ही घर है उसका। वह भी मेरी खूब मदद कर रहा है।

''आपका क्या हाल है? हरे-भरे तो दिख रहे हैं।''

''हरा-भरा तो बौरी को देख-देखकर हूँ,'' बैजनाथ बोला, ''नहीं तो अब तक तो सूख गया होता।''

''बौरी प्रसन्न तो है आप पर?''

''अभी वह बीमार है।''

''बीमार है?''

''हाँ, कल शाम में बीमार पड़ी और कल शाम तक उसे बीमार रहना है?''

''बीमार क्यों रहना है?''

''उसकी माँ ने बीमार रहने को कहा है। कल शाम में ही माताराम ने मुझे बुलाया और कहा, 'सुन लो, बैजा; बौरी का बाप मरने के पहले मुझसे कह गया था कि इसके लिए ऐसा दुलहा ढूँढ़ना जो हारी-बीमारी में इसकी सेवा-टहल करे। बौरी आज शाम बीमार पड़ेगी और परसों शाम तक बीमार रहेगी। तुम इसकी बगल में बैठकर इसे पंखा झलते रहना। एक पल के लिए सोना मत। जब यह जगी रहे, तो बीच-बीच में पूछ लिया करना कि कैसी तबियत है। रात भर जगा रहा हूँ; दिन में सिर्फ दो घड़ी सोने की इजाजत मिली थी। आज फिर जगना है। कमर अकड़ गयी है। डर लगता है, कहीं कल शाम से पहले ही लुढ़क नहीं जाऊँ।''

''नहीं-नहीं, अपने को लुढ़कने से रोके रखिए, बैजनाथ बाबू। बीमार की सेवा में यह आराम तो है कि सिर्फ बीमार को देखना है। और कामों से तो छुट्टी मिल गयी होगी?''

''नहीं, किसी काम से छुट्टी नहीं मिली है। बीच-बीच में काम अढ़ाती रहती है माताराम। दूसरे सारे काम करने पड़ रहे हैं। उन कामों को भी माताराम ने बीमार की सेवा में ही डाल दिया है। हाँ, पिछले तीन दिनों में उसने छज्जे से सूप नहीं उतारा है।''

''हिम्मत बनाये रखिए, बैजनाथ बाबू। चरैवेति, चरैवेति,चलते रहो, चलते रहो। अब दिन ही कितने बचे हैं! ध्यान रहे, कितना मीठा फल मिलनेवाला है!''

''कम दिन बचे हैं,यही तो माताराम भी सोच रही होगी। न जाने बाकी दिनों में क्या-क्या करवाएगी मुझसे! एक बार खोलकर बताती भी तो नहीं कि बौरी के बाप ने मरने से पहले उसे क्या-क्या कहा था। अब ईश्वर ही पार लगाये। रोज तो प्रार्थना कर रहा हूँ, पार लगा दे किसनमुरारी।''

''जरूर पार लगाएँगे किसनमुरारी। आप उन पर भरोसा कीजिए,'' हिम्मत देकर पलटू उठा,'' अब मैं चलता हूँ, बैजनाथ बाबू। माताराम हाँक लगाने ही वाली होगी।''

पलटू झा ने बैजनाथ मंडल को भूसाघर की ओर डगमगाते कदमों से आते देखा, तो खुद आगे जाकर उसे सँभालते हुए भूसाघर तक ले आया और पूछा, ''कैसी तबियत है, बैजनाथ बाबू?''

''तबियत तो अभी ठीक ही है, गुरुजी,'' बैजनाथ ने जवाब दिया, ''मगर आप अभी मुझे बीमार ही समझिए और जब तक इस घर में रहूँगा बीमार ही रहूँगा।''

''ऐसा क्यों कह रहे हैं?''

''काम ही ऐसा कर रहा हूँ।''

''क्या कर रहे हैं?''

''धानकुटाई।''

''यह कोई भारी काम तो नहीं है। घर-घर में औरतें गीत गाते हुए यह काम निबटा लेती हैं।''

''दस मन धान की कुटाई है। यहाँ तो मुँह से बोल नहीं फूटते हैं; आप गीत गाने की बात कर रहे हैं।''

''बौरी भी तो साथ देती होगी?''

''नहीं, अकेले ही कूटना है।''

''किसी तरह कूट डालिये, बैजनाथ बाबू। आखिरी धक्का लगाना है। दिन तो कट गये।''

''इन आखिरी दिनों में ही तो दोनों बनरे भागे थे। अब मैं समझ रहा हूँ कि वे क्यों भागे। उन लोगों ने भी तो जी-जान से कोशिश की होगी इन दिनों को काट लेने की, मगर नहीं काट सके। मुझे तो डर लग रहा है कि कहीं मैं भी भाग न जाऊँ! बहुत कष्ट है, बहुत कष्ट है; मैं अभी नरक में भी बदतर जगह में रह रहा हूँ।''

''आप नरक की बात करने लगे,'' पलटू झा बोला, ''तो सुन लीजिए मेरी भी बात। नरक में घोर अन्धकार है और वहाँ आग की लपटें उठती रहती हैं। पापियों को आग में जलाया जाता है; उनके शरीर में काँटे चुभाये जाते हैं; उन्हें आरी से चीरा जाता है; खौलते हुए तेल में औंटाया जाता है; मूसलों से मारा जाता है; गर्म लोहे पर पकाया जाता है; वमन, पीब और रक्त खाने को दिया जाता है। वहाँ की दुर्गन्ध से पापी मूर्च्छित होते रहते हैं और कष्ट से रोते और विलाप करते हैं। यहाँ वैसा कोई कष्ट है क्या? अच्छा खाना खा रहे हैं; बौरी सामने न हो, तब भी उसकी सुगन्ध आप तक पहुँचती ही होगी। दस मन ही तो धन! मुँह से बोल नहीं फूटते, मगर विलाप करने की नौबत तो नहीं आती। आप नरक का ध्यान मत कीजिए, उस स्वर्ग का ध्यान कीजिए जिसमें इस सप्ताह आपको दाखिल हो जाना है। अब बोलिए, मैं अपना सुनाऊँ या आप और कुछ सुनाएँगे?''

''मुझे बस एक सवाल पूछना है।''

''पूछिए।''

''अगर मैं धान कूटते हुए बेहोश होकर गिर पड़ा, तब क्या करूँगा?''

''कुछ नहीं करना है,'' पलटू ने जवाब दिया, ''होश आने पर फिर कूटना शुरू कर देना है।''

''ठीक है, अब आप सुना दीजिए।''

''मेरा जाल पूरी तरह फैल गया है,'' पलटू ने सुनाया, ''ढेर सारे जजमान हो गये हैं इस इलाके में मेरे। दान-दक्षिणा में बहुत कुछ मिल रहा है। मुझे तो सारा सामान बैलगाड़ी से ले जाना पड़ेगा फुलकाहा। मैं बैलगाड़ी के इन्तजाम में लगा हुआ हूँ। बैजलपुर के चायवाले शीबू साह से

बात हो गयी है। वह बैलगाड़ी ठीक कर देगा। हम लोग बैलगाड़ी से ही चलेंगे। सबसे बड़ी खुशखबरी यह है कि कल मुझे दान में सोना मिला है। एक जजमान के यहाँ कामदेव व्रत की पूजा की थी। कामदेव की मूर्ति मिली है। है छोटी ही, मगर सोने की है। इस जमाने में कोई बालू से तेल निकाल ले, मगर कोई पुरोहित जजमान से सोना नहीं निकलवा सकता। मेरा सौभाग्य! आपको सोने की वह मूर्ति बाद में दिखाऊँगा।''

''घोड़ा मिला?''

''अभी तक तो नहीं मिला है, मगर मिल जाएगा। मिल गया तो, मैं घोड़े पर चढ़कर ही फुलकाहा में प्रवेश करूँगा। अब बताइए कि आप बीमार तो नहीं हैं?''

''नहीं हूँ।''

''बीमार पड़ना भी नहीं है?''

''नहीं पड़ूँगा।''

''बेहोश होने से नहीं डरिएगा?''

''नहीं डरूँगा।'' दृढ़ स्वर में बैजनाथ ने जवाब दिया।

बैजनाथ मंडल को अचल-अमर बनाकर पलटू झा भूसाघर से बाहर निकल आया।

(8)

जब यह निश्चित हो गया कि पलटू झा को भी एक पखवारा बरगढ़ में गुजारना होगा, तो सत्यदेव झा को यह उचित नहीं लगा कि जब चोर पलटू के पीछे शंकरपुरवालों ने पुलिस को नहीं लगाया, तब मित्र पलटू झा को वह क्यों मन्दिर के ओसारे में टिकाये या सेवकजी की पूँछ बन जाने दे।

परिसर में ही मन्दिर के बाहर एक कमरा बना हुआ था जिसमें बाहर से आये भजनियों-किरतनियों या साधु-सन्तों को ठहराया जाता था। कमरे में ताला लगा रहता था और चाभी पुजारीजी के पास रहती थी। सत्यदेव झा ने वह कमरा मित्र के लिए खोल दिया और ताला की एक चाभी भी उसे दे दी। पलटू झा ने अपने झोला के साथ उसमें डेरा डाल लिया।

पलटू झा का सेवकजी के साथ ऐसा समागम हुआ कि वह बरगढ़ में कम ही नजर आता। फिर तो ऐसा भी होने लगा कि सेवकजी बरगढ़ में हैं और पलटू झा बरगढ़ से बाहर। सत्यदेव झा की अपने मित्र से कभी-कभार ही मुलाकात हो रही थी। उन्हें यह तक पता नहीं होता था कि मित्र कब जाता है, कब आता है और दिन भर कहाँ क्या करता है। यह भी पता चला कि अब उनका रात को लौटना भी निश्चित नहीं होता।

'पुराना पलटू' अचानक 'नया पलटू' बनकर प्रकट हो गया उनके सामने। उन्होंने मित्र से उनके दैनन्दिन कार्यों के बारे में पूछने का मन बनाया। मगर उससे पहले ही उनका मन उस कमरे से पूछने को हो गया जिसमें पलटू झा ने डेरा डाला था।

चाभियों का जो गुच्छा घर में सुरक्षित रखा जाता था, उसमें से उन्होंने पलटू झा के कमरे की चाभी निकाली। चुपचाप एक दोपहर मन्दिर आ गये और पलटू झा का कमरा खोला। कमरे के अन्दर घुसते ही उनके माथे पर बल पड़ गये। उन्होंने चुपचाप कमरा बन्द किया और घर लौट

आये।

घर में बिस्तर पर वे गुमसुम बैठ गये और देर तक बैठे रहे।

देर तक पति को उस मुद्रा में देखकर ब्राह्मणी ने पूछा, "इस दोपहर में कहाँ गये थे?"

पति ने पत्नी के प्रश्न का जवाब नहीं दिया और पूछा, "एक आदमी धूप या वर्षा में एक साथ कितने छाते तानता है?"

ब्राह्मणी को यह प्रश्न एक पहेली-सा लगा। कुछ ठहरकर उसने जवाब दिया, "मैंने पूरी दुनिया नहीं देखी है। जिसे भी देखा है मैंने, एक छाता तानकर चलते देखा है।"

"यह तो बता सकती हो कि अधिक-से-अधिक कितने छाते तानकर चल सकता है?"

"दो हाथ में दो छाते।"

"पलटू झा के पास तीन छाते हैं।"

"तीन छाते तानकर चलता है?"

"नहीं, उसके कमरे में तीन छाते हैं। तीन छाते क्यों?"

"चुराकर लाया है कहीं से क्या?"

"मुझे तो वैसा ही लगता है।"

"मैं तो पहले ही बोल रही थी," ब्राह्मणी झनक उठी, "कि कभी मित्र था और अब चोर हो गया है, तो उसे चूड़ा-चीनी खिला दीजिए और भगाइए। चूड़ा-चीनी तो क्या खिलाते, दही-मिठाई लाने चले गये! भगाने को कहा, तो कमरा देकर बसा लिया! अब भागेगा चोर जल्दी? चोर मन्दिर में ही है?"

"नहीं, अभी नहीं है, कहीं गया हुआ है।"

"आप शाम में भेंट होते ही उसे विदा कर दीजिए।" मैं झंझट में पड़ना नहीं चाहती। रहना है, तो कहीं और जाकर रहे। मैं मन्दिर में नहीं रहने दूँगी। आपसे यह काम होगा या नहीं?"

"होगा।"

काम नहीं हुआ। उस शाम भेंट ही नहीं हुई उसके बाद इस उधेड़बुन में पड़ गये सत्यदेव झा कि अभी ही भाग जाने को कहा जाये या नहीं। दूसरे दिन भी कमरा खोलकर देख लिया। दो छाते अभी भी पड़े हुए थे। शायद तीसरे का उपयोग कर रहा है पलटू झा। मगर चोरी का छाता लेकर निकलने की उसे हिम्मत कैसे हो रही है? 'छाता कहाँ से ले आये?' यह सवाल पूछा जा सकता है, मगर सवाल के दस जवाब तो उसने अब तक तैयार कर लिये होंगे। कैसे कहा जाये?—'तुम चोर हो; भागो।' पत्नी से उन्होंने झूठ कह दिया, "हाँ, घुमा-फिराकर कह दिया है जाने को।" ब्राह्मणी झड़प उठी थी, "घुमा-फिराकर क्यों? खोलकर क्यों नहीं कह दिया जाने को? क्यों इल्लत पालने की जिद है आपकी?" पति ने ब्राह्मणी को शान्त किया, "खोलकर कल कह दूँगा।"

अगले दिन जब वे मन्दिर से लौटे, तो पत्नी पूछ बैठी, "भाग गया?"

"नहीं, अभी भागा नहीं है।"

"भेंट हो गयी थी?"

''हाँ, भेंट तो हुई थी।''

''खोलकर कह दिया था?''

''वहाँ बहुत लोग थे उसके साथ।''

''उसे अलग ले जाकर नहीं कह सकते थे?'' झल्लायी ब्राह्मणी और फिर बोली, ''आज से उसे खाना भी पहुँचा दिया कीजिए। मैं रोज हलवा-पूरी तैयार कर दिया करूँगी।''

ब्राह्मणी ने पूछना बन्द कर दिया; दूसरे दिन नहीं पूछा; तीसरे दिन पति को एक बार फिर परिचित गमगीन मुद्रा में देखकर भी कुछ नहीं पूछा। पति से ही रहा नहीं गया। उसने पत्नी को सुनाया, ''यह आदमी सचमुच चोर है।''

पत्नी ने जवाब देना मुनासिब समझा, ''आपका मित्र है; देखने में भला दिखता है; वह चोर नहीं हो सकता।''

पति ने पत्नी की बात पर ध्यान नहीं दिया, ''आज मुझे पुख्ता यकीन हो गया कि यह चोर है।''

पत्नी को पूछना पड़ा, ''आज कैसे यकीन हो गया?''

''आज उसके कमरे में तीन जोड़े जूते देखने को मिले।''

''तीन जोड़े!'' पत्नी चिहुँक उठी, ''अब तो रोज कुछ-न-कुछ देखने को मिलेंगे। दिन में किसी मालदार का घर देखकर आया होगा; रात के अँधेरे में घुस गया किसी मोची के घर में। जो मिला, सो उठा लाया।''

''जूतों की चोरी मन्दिरों में होती है। जूते वहीं से उड़ाये गये हैं।''

''तब तो जल्दी ही यह सौ-पचास जोड़े जमा कर लेगा। तब क्या होगा?'' पत्नी ने सवाल किया और फिर खुद ही जवाब देने लगी, ''दस दिन का चोर एक दिन तो पकड़ा ही जाएगा। जिस दिन यह पकड़ाएगा, उस दिन तो लोग इसे मार-मारकर इससे सब उगलवा लेंगे। जितने लोगों के जूते गायब हुए हैं,सब पहुँचेंगे यहाँ। मुझे मायके पहुँचा दीजिए; मैं नहीं रहूँगी यहाँ।''

पति ने नजर उठाकर पत्नी को देखा, बोला कुछ भी नहीं।

पत्नी ने आगे जोड़ा, ''वह तो लोगों को बताएगा ही कि आप उसके मित्र हैं। जिन्हें ढेर में अपने जूते नहीं मिलेंगे, वे तो आपके पैर के जूते पर भी नजर डालेंगे ही। अगर किसी ने भूल से भी कह दिया कि जूते उसके हैं, तब क्या करेंगे आप? जिस दुकानदार से आपने जूते खरीदे थे, वह आएगा गवाही देने? इतने दिनों के बाद आकर कहेगा कि जूते आपने उसी की दुकान से खरीदे थे? वह आपको पहचानता भी होगा क्या! नहीं, मैं नहीं रुकूँगी; मैं चली जाऊँगी मायके।''

''मैं चोर को रंगे हाथ पकड़वाने को सोच रहा हूँ,'' पति बोला, ''और तुम बार-बार मायके जाने की धमकी दे रही हो।''

''कैसे पकड़वाएँगे?''

''मैं पता कर लेता हूँ कि पिछले दो-तीन दिनों में इसका जाना कहाँ-कहाँ हुआ है और किस-किस मन्दिर से श्रद्धालुओं के जूतों की चोरी हुई है। पता मिलते ही उन्हें खबर कर दूँगा कि मैंने यहाँ चोर को पकड़ रखा है। तब तो मैं इसका मित्र नहीं कहलाऊँगा? यह चोर, मैं सिपाही।''

''जो करना है, जल्दी कीजिए।''

''कुछ और जोड़े जमा कर लेने दूँ?''

''नहीं; देर होगी, तो यह इन तीन जोड़ों को भी हटा देगा।''

''मैं आज शाम से ही जाल फैलाता हूँ।''

''मुझे अब जाल बिछाने की कोई जरूरत नहीं है, ब्राह्मणी,'' घर में घुसते ही सत्यदेव झा ने पत्नी से कहा, ''साँप भी मरा और लाठी भी नहीं टूटी। बच्चू खुद-ब-खुद अपने ही जाल में फँस गया।''

''फँस गया?'' पत्नी खिल उठी।

''हाँ, फँस ही गया।''

''आप बदनामी से बच गये!'' पत्नी ने सन्तोष प्रकट किया और पूछा, ''कैसे फँसा?''

''बाछी बेचने सुतरी गया है।''

''बाछी बेचने?''

''हाँ,'' पति ने जवाब दिया, ''कल बताना भूल गया था मैं। मैंने उसके कमरे के आगे कल शाम में एक बाछी बँधी देखी थी। आज देखकर आ रहा हूँ कि बाछी वहाँ नहीं है। कहीं से हाँककर ले आया यहाँ; यहाँ से हाँककर ले गया है हाट। आज सुतरी में मवेशी-हाट लगती है न। बहुत निश्चिन्त होकर चला गया बेचने। बच्चू को पता ही नहीं कि जिसकी बाछी होगी, वह हाट जरूर पहुँचा होगा। यहाँ चोर इसी तरह पकड़े जाते हैं।''

''अभी पकड़ा नहीं गया है?''

''अब पक्की खबर तो आ जाये,'' पति बोला, ''यहाँ से मवेशी हाट कम-से-कम दस-पाँच आदमी तो गये ही होंगे। कोई-न-कोई तो आकर खबर करेगा ही। यह खबर सुनना अच्छा तो नहीं लगेगा, मगर...''

''खूब अच्छा लगेग,'' पत्नी ने जवाब दिया और बोली, ''कमुआ का बाप हर हाट जाता है सुतरी। मैं पता लगाती हूँ, आज गया है या नहीं।''

''पता नहीं, मैं कैसे तुम्हें बताना भूल गया था! कल उसके कमरे में एक गठरी भी थी। खोलकर देखा कि उसमें ढेर सारे कपड़े थे। अभी देखकर आ रहा हूँ कि वह गठरी भी नहीं है, और उसके साथ पहले से रखे छाते-जूते भी गायब हैं। हाट में क्या-क्या बेचेगा यह मूजी?''

''अब मरे-जरे हाटा-बाटा में। हमें क्या!'' बोलकर ब्राह्मणी पूछ बैठी, ''वह अपना झोला ले गया है या नहीं?''

''नहीं, झोला तो नहीं ले गया है,'' सत्यदेव झा ने सुनाया, ''वह थोड़े ही जानता होगा कि हाट में धर लिया जाएगा और फिर लौटकर बरगढ़ नहीं आना है।''

''तो फिर कमरे में झोला रहे क्यों? आप झोला पहुँचाने फुलकाहा तो नहीं जाएँगे! आज शाम में मन्दिर जाइएगा, तो झोला फेंक दीजिएगा पोखर में।''

बोलकर चली गयी थी ब्राह्मणी; पति ने हाँक लगाकर उसे फिर बुलाया, ''जानती हो, वह बाछी के बारे में क्या कह रहा था?''

''क्या कह रहा था?''

"कह रहा था कि दान में मिली है। जरा सोचो, सात साल में मुझे तो कैसे-कैसे एक बाछी मिली, और इसे सात दिन में ही बाछी का दान मिल गया! तुम्हें विश्वास होता है कि दान में बाछी मिली होगी?"

"अभी तो लोगों को यह जानने में साल लग जाएगा कि यह ब्राह्मण है। लोग बिना आपसे पूछे मान लेंगे कि वह ब्राह्मण ही है? इलाके में लोग आपको जानते हैं या इसे? बाछी का दान करना होग, तो आपको करेंगे या इसको? अब लोग इतने कच्चे नहीं रहे कि पोथी दिखाकर और बाँचकर ही कोई ठग ले किसी को। अब तो गाँव के सोलकन का बच्चा पुजारी को अपना उच्चारण ठीक करने को कहता है। बाछी चोरी की है।"

"यह मूजी कहीं का नहीं रहेगा।"

सुतरी हाट से बेदाग निकल गया पलटू झा। सत्यदेव झा को अचरज हो रहा था कि कैसे उसने अपना सारा माल सलटा लिया, बाछी के साथ छाते और जूते और कपड़े भी! उसने अपनी पत्नी से कहा, "यह पलटू झा तो शातिर चोर है।"

"और अभी भी आपके घर में नाग बनकर डटा हुआ है।"

"अब खुद चला जाएगा," पति ने जवाब दिया, "पखवारा पूरा होने को है। अब बैजनाथ बौरी-माँ के घर से निकलेगा। वह घर जाएगा और उसके साथ इसे भी विदा कर देना है। दो-तीन दिन और काट लो किसी तरह इस नाग के साथ।"

"काट लूँ क्या निश्चिन्त होकर?" पत्नी बोली, "अब तो और भी सावधान होकर रहना पड़ेगा। मैं तो कहूँगी कि जब तक उसे विदा नहीं कर देते, आप रात में मन्दिर में ही सो जाइए। कोई ठीक नहीं कि यह जाते-जाते मन्दिर का ताला भी तोड़ दे।"

सत्यदेव झा गम्भीर हो उठे, "यह तो तुम ठीक कह रही हो। अभी तक तो यहाँ सब यही जान रहे हैं कि वह मेरा मित्र है। चोरी हुई मन्दिर में, तो चोरी का आरोप सीधे मुझ पर मढ़ दिया जाएगा। हे राम! तब क्या होगा!"

"अब क्या होगा राम को बुलाने से!" ब्राह्मणी बोली, "गलती तो पहले ही हो गयी, और बाद में भी कभी आपने मेरी बात पर कान नहीं दिया। अब तो किसी तरह अपने मन्दिर को बचाइए। घर खाना खाने के लिए भी नहीं आना है। मैं शाम में ही आपका खाना बाँध दिया करूँगी। और, घर की तरह वहाँ घोड़ा बेचकर नहीं सोइएगा। चोरों को यह इल्म होता है जान लेने का कि घरवाला सोया है या जगा है। आप घर में ही दिन भर सोकर रात की नींद पूरी कर लिया कीजिएगा।"

"हाँ, अब यह सब तो करना ही होगा।"

अभी पति-पत्नी के बीच यह बातचीत समाप्त ही हुई थी कि पलटू झा उनके घर पर हाजिर हो गया। पता नहीं, उसे अपनी बड़ाई लूटने का खयाल आया या मूर्ति की सुरक्षा का या सत्यदेव झा को अपनी गाढ़ी मैत्री का परिचय देने का कि वह मित्र को मूर्ति दिखाने और उसे अपने घर में सुरक्षित रख देने का आग्रह करने चला आया।

उसने मित्र को हाँक लगाकर बाहर बुलाया और ओसारे की चौकी पर बैठकर मित्र की मूर्ति दिखाते हुए कहा, "इसे मैं अपने पास या अपने कमरे में नहीं रख सकता, मित्र; इसे आप अपने घर में रख दीजिए। जब घर जाने लगूँगा, तब ले लूँगा।"

सत्यदेव झा उस मूर्ति को देखकर ही काँप गये; बोले, "कहाँ मिली?"

"जगरामपुर में एक जजमान के घर कामदेवव्रत की पूजा की थी। वहीं दान में मिली। जीवन में पहली बार सोना-दान मिला है।"

सत्यदेव झा गम्भीर हुए और कुछ सोचकर पूछा, "जगरामपुर में तो हल्ला हो गया होगा इस सोना-दान का?"

"जजमान संयुक्त परिवार में रह रहा है," पलटू झा ने बहुत धीमी आवाज में कहना शुरू किया, "कई रोगों ने घर कर लिया है उसके शरीर में। घरवाले ठीक से इलाज भी नहीं करा रहे हैं उसका। मैंने सोना-दान पर कामदेवव्रत की पूजा कराने का सौदा चुपके से उसके साथ कर लिया। उसने घर के और लोगों से छिपाकर यह सोना-दान किया है। मुझसे भी इसकी चर्चा कहीं नहीं करने को कहा है। जगरामपुर में किसी चिड़िया तक को पता नहीं कि गाँव में सोना-दान हुआ है।"

"इसे अभी मैं अपने पास रख लूँ?"

"यहाँ सुरक्षित रहेगी।"

मूर्ति हाथ में लेकर सत्यदेव झा ने कहा, "इसे मैं जरा ब्राह्मणी को दिखा आऊँ।"

मूर्ति लिये वे घर में घुसे और अपने पीछे ब्राह्मणी को आने के लिए कहकर पिछवाड़े में चले गये। वहाँ उन्होंने ब्राह्मणी को मूर्ति दिखायी और कहा, "इस बार कहीं से यह मूर्ति चुराकर ले आया है और कह रहा है कि उसे दान में मिली है।"

"सोने की है?"

"हाँ।"

"किस देवता की है।"

"इसके अनुसार कामदेव की है।"

"यह मूर्ति यहाँ के किस मन्दिर की हो सकती है?"

"कह नहीं सकता; कामदेव का कोई मन्दिर नहीं है इलाके में।"

"तब झूठ बोल रहा है यह हमें धोखे में रखने के लिए। ठीक से पहचानिए, किस देवता की आकृति है।"

"नहीं पहचान पाऊँगा।"

"पकड़ में आ जाएगा यह," ब्राह्मणी बोली, "पूछिए, कहाँ दान में मिली?"

"वह सब पूछ चुका हूँ," पति बोला, "बोलता है, जगरामपुर के एक जजमान ने दान में सोना दिया है, और जजमान ने इससे कहा है कहीं किसी को नहीं बताने, क्योंकि वह अपने भाइयों से छिपकर दान कर रहा है।"

"बहुत टेढ़ा आदमी है।"

"इस बार सीधा हो जाएगा। चोर का मन बढ़ गया है। इसने समझ लिया है कि हर गाँव

शंकरपुर ही है। मूर्ति की चोरी का हल्ला होते देर नहीं लगेगी। कोई ठीक नहीं कि कुछ लोगों की पहचान में यह आ भी गया हो और वे इसे ढूँढ़ने निकल पड़े हों।''

''यह मूर्ति लेकर यहाँ क्यों आ गया?''

''मुझसे कह रहा है कि मैं अभी अपने घर में रख लूँ।''

''कदापि नहीं,'' ब्राह्मणी ने कुछ तेज स्वर में कहा, ''मैं अपने घर में नहीं रख सकती।''

''धीरे बोलो,'' पति बोला और फिर पूछा, ''क्या कह दूँ उससे?''

''कह दीजिए कि हमारे घर का नियम है कि हम किसी को दान की गयी वस्तु अपने घर में नहीं रखते,'' बोलकर उसने पति से कहा, ''आपसे यह कहते पार नहीं लगेगा; मैं कह आती हूँ।''

''नहीं, तुम मत जाओ।''

''क्यों?''

''तुमने आज तक इसे कभी देखा तो नहीं है?''

''नहीं, कभी नहीं देखा है।''

''तो अब मत देखो। थाना-कचहरी में तुम जोर देकर, किरिया खाकर कह सकती हो कि यह मेरे पति का कैसा मित्र हुआ कि आज तक मैंने कभी इस शख्स की सूरत तक नहीं देखी! यह मानकर चलो कि कल-परसों तक यह पुलिस के हत्थे चढ़ चुका होगा। मैं अभी उसे मूर्ति लौटा देता हूँ और जो तुमने कहने को कहा वह सुना देता हूँ।''

ब्राह्मणी पति के पीछे-पीछे चली आयी सुनने कि वह चोर से क्या कहता है।

उस समय चोर से उतना ही कहा सत्यदेव झा ने जितना किसी मित्र से भी कहा जा सकता है, मगर उसी शाम उन्होंने पलटू झा को वह सब कह दिया जो कहने के लिए ब्राह्मणी बराबर कहती आ रही थी।

उन्होंने पलटू झा से अकेले में कहा, ''आज एक आदमी मुझसे कुछ पूछ रहा था, मित्र।''

''क्या?'' पलटू ने पूछा।

''शंकरपुर दुर्गाथान में जो चोरी हुई है उसके सम्बन्ध में मुझसे पूछ रहा था।''

''क्या कहा आपने?''

''उसने यह भी बताया कि पुजारी भागा हुआ है और इसी इलाके में कहीं छिप गया है।''

''क्या कहा आपने?''

''मैंने उससे कहा कि मैं कुछ नहीं जानता हूँ, मगर आपसे कह रहा हूँ कि वह आदमी इसी इलाके का है और शायद आपको पहचनता भी है।''

''झूठा आरोप है मुझ पर, मित्र,'' पलटू ने जोर देकर कहा, ''मैं भगवान शिव के समक्ष किरिया खाकर कह सकता हूँ कि शंकरपुर की दुर्गा का एक थान जेवर भी मेरे घर नहीं आया है।''

''मैं तो आपको निर्दोष मानता हूँ, मित्र, मगर लोग मानें तब तो! उन्हें कौन मनाये!''

''तो अब मुझे क्या करना चाहिए?'' पलटू ने हताश स्वर में पूछा।

''आप यहाँ से तुरन्त उड़ जाइए, मित्र। कभी भी आफत आ सकती है। अब तो इस इलाके

के गाँवों में सुनगुन शुरू हो गयी होगी कि बाहर से यह कौन पुजारी आया हुआ है। बात खुलते देर नहीं लगेगी। दान दी हुई चीजें भले लोग वापस ही लें, मगर पुरोहित पर जजमानों की लात-जूतों की मार तो पड़ ही सकती है।''

''झूठा आरोप है, तब भी मार लग जाएगा, मित्र?''

''यहाँ आपकी कौन सुनेगा? यहाँ के लोग किसी अपने आदमी की बात पर उड़ेंगे कि आपका कहा मानेंगे! वह आदमी बड़े खतरनाक लहजे में बात कर रहा था, मित्र।''

पलटू झा कुछ सोच में पड़ गया और बुदबुदाया, ''दो-तीन दिनों की बात है। बैजनाथ मंडल को साथ लेकर आया हूँ, तो उसे यहाँ से ले जाकर उसके घर तक पहुँचा देना होगा। वह तो टिक गया पखवारा भर; अब तो शादी हो ही जाएगी। मुझे कहीं छिपाकर रख लीजिए दो-चार दिन, मित्र।''

''करना तो वही था मुझे, मगर मैं कर नहीं पाऊँगा, मित्र।''

''क्यों मित्र?''

''मेरा कुछ विचित्र स्वभाव हो गया है कि मैं झूठ बोल नहीं सकता, किसी बात को पचा नहीं सकता। मैं कितना भी चाहूँ, मेरे मुँह से सब निकल ही जाएगा। आपको तो मेरी नजरों से भी छिपकर रहना पड़ेगा, मित्र; मैं यह भी नहीं जानूँ कि आप कहाँ किस हाल में हैं।''

''कमरे में कुछ नहीं है, एक लगभग खाली झोला है; उसे रहने दूँ?''

''नहीं निकाल लीजिए, मित्र,'' सत्यदेव झा ने जवाब दिया, ''मैं किसी से क्या कहूँगा कि झोला किसका है। वह आदमी तो कहकर गया है कि वह फिर उस भगोड़े पुजारी की तलाश में आएगा।''

पलटू झा उसी वक्त कमरा खोलकर अपना झोला ले आया और उसी वक्त मित्र की नजरों से दूर हो गया।

सत्यदेव झा यह खुशखबरी ब्राह्मणी को सुनाने घर की ओर निकल गये। खुशखबरी सुन लेने के बाद ब्राह्मणी ने कहा, ''मगर आपको रात मन्दिर में ही काटनी है, तब तक जब तक बैजनाथ मंडल ब्याह कर यहाँ से चला नहीं जाता।''

(9)

मन्दिर से निकलने के बाद पलटू झा ने सोचना शुरू किया कि अब उसे क्या करना है। उसका एक मन हुआ था कि रात वह बौरी-माँ के भूसाघर में ही काट दे, मगर इस खयाल को उसने झटक दिया। उसे अब अविलम्ब शान्त दिमाग से बहुत कुछ सोचना था। इस उद्विग्न मन:स्थिति में उस भूसाघर में यह सम्भव नहीं था। वहाँ उसके दिमाग में भी भूसा भर जाएगा। अगर कहीं बैजनाथ दाखिल हो गया, तो वह अपने ब्याह का किस्सा लेकर ही बैठ जाएगा और ब्याह की तैयारी पर ही बातचीत करने में पूरी रात खराब कर देगा।

उसकी मुलाकात धरमपाल से हो गयी। उसने धरमपाल को उलटा-सीधा सुनाया और वह रात धरमपाल के मचान पर ही काटी।

रह-रहकर मन मसोस लेने के बाद कि वह बेकार ही शंकरपुर में काशी करवट ले रहा था, बरगढ़ की अपनी सफलताओं पर मुग्ध होकर उसने यह योजना बना ली थी कि जब तक फुलकाहा में उसके लिए मन्दिर तैयार नहीं हो जाता, तब तक वह यहीं अपनी जड़ें जमाने का प्रयास करता रहेगा और मन्दिर बनने-बनने तक इस इलाके का सबसे बड़ा पंडित और पुरोहित बन जाएगा। अगर इसके लिए जरूरी हुआ, उसने अपने मन में सोच लिया था, तो वह एक बार चित्रकूट से भी हो आएगा। और तब, वह भी बेलापुर मठ की तरह एक मठ स्थापित कर लेगा फुलकाहा में। फुलकाहा मठ में रहते हुए ही वह अपने लिए नये-नये चरागाह तैयार करता चलेगा।

इस मनसूबे पर तो पानी फिर गया! एक घनिष्ठ मित्र ने ही उसके ऊपर गहरा आघात किया है। कहाँ से प्रकट हो जाएगा ऐसा आदमी इस इलाके में जो शंकरपुर के भगोड़े पुजारी को जानता-पहचानता हो और अभी उसे तलाश रहा हो! यह सारा षड्यन्त्र इस सत्यदेव झा का ही है। उसे आज तक बाछी नहीं मिली होगी और दस दिन पहले आये पंडित को सोना मिलने लगा। जल-भुन गया होगा वह मूर्ति को देखकर और अब न जाने क्या अनाप-शनाप प्रचार कर रहा होगा उसके बारे में!

तो क्या हो गया! उसमें लियाकत है तो कहीं और अपना झंडा फहरा लेगा वह। उसका भाग्य तो उसके साथ है। फुलकाहा का मन्दिर तो नहीं निकल गया उसके हाथ से। अब बैजनाथ मंडल का ब्याह हुआ ही समझो। आज पखवारा समाप्त हो रहा है, कल ढोल-बाजा बज जाएगा। मन्दिर की नींव डलवाकर वह निकल जाएगा किसी इलाके में। अब इतना अनुभव तो हो ही गया है कि वह बालू से भी तेल निकाल ले।

मगर इस बार वह सोच-समझकर इलाका चुनेगा। अपने सारे पुराने मित्रों को अपना परम दुश्मन मानते हुए उसने पुख्ता निर्णय ले लिया कि वह ऐसे किसी इलाके में नहीं घुसेगा जहाँ उसका कोई मित्र बसा हुआ हो, नहीं तो फिर उसका सब किया-धिया मटियामसान हो जाएगा।

मगर यह सब तो बाद में होगा। पहले यह तो हो कि अगले दो-तीन दिनों तक अपनी प्राण-रक्षा का कवच तैयार कर ले वह। कोई ठीक नहीं कि यह सत्तू झा अब तक उसकी जान का दुश्मन हो गया हो।

''रुकिए!'' किसी ने उस पर हाथ उठाया तो वह अपने दोनों हाथ उठाकर चिल्ला पड़ेगा, ''किसी के उकसावे में आकर ब्राह्मण पर हाथ मत उठाइए। मैं किसी मन्दिर का साधारण पुजारी नहीं रहा हूँ; चित्रकूट में साक्षात् श्रीराम के दर्शन करके आया हुआ हूँ।

''हाँ, शंकरपुर दुर्गाथान में चोरी हुई थी। मगर उँगली मुझ पर नहीं उठी थी। मैं तो ग्लानिवश वह जगह छोड़कर चला आया कि मैं देवी के गहनों की रक्षा नहीं कर सका। अभी भी शंकरपुरवाले मुझे बुलाते हैं और मैं नहीं जा रहा हूँ। जनता-जनार्दन का भला करने चला आया था चित्रकूट से; नहीं कर पाऊँगा भला, तो फिर लौट जाऊँगा चित्रकूट।

''अगर किसी ने मेरे बारे में कुछ झूठ-सच कहा है, तो उसे मेरे सामने लाइए; मैं उससे मुँहामुँही बात करूँगा और सच आपके सामने उजागर कर दूँगा।''

जगते-सपनाते पलटू झा रात भर कवच तैयार करता रहा। भोर में नींद थोड़ी गहरायी थी,

तो धरमपाल ने झँझोरकर उठाया, "उठिये, उठिये, पंडितजी, गजब हो गया!"

पलटू झा हौल-हौल उठा, "क्या हुआ?"

"बैजनाथ मंडल भाग गया।"

"भाग गया?"

"हाँ।"

पलटू झा ने सिर धुन लिया और आहत स्वर में पूछा, "कब भागा?"

"आज भोर में भागा है।" धरमपाल ने सुनाया।

"अभागा है! मुझसे अपना सुख-दुख तक नहीं बतियाया और भाग गया!" पलटू झा बुदबुदाया, "आज उसका ब्याह होता।"

"ब्याह तो उसका हो गया।"

"हो गया?"

"हाँ।"

"किसने बताया?"

"चौक से कुछ हल्ला-गुल्ला की आवाज कानों में पड़ी, तो मैं उधर चला गया था। वहीं जाना कि ब्याह कर भाग गया। बड़ी गहमागहमी है चौक पर।"

"दुलहन को लेकर भागा होगा?"

"नहीं, दुलहन को छोड़कर भागा है।"

"छोड़कर भागा है?"

"हाँ।"

"अजगुत बात!" पलटू बुदबुदाया, "उसके लिए पन्द्रह दिनों का नरक भोगा और जब नरकवास समाप्त हुआ, तो उसे छोड़कर भाग गया!"

"किसके लिए नरक भोगा?"

"बौरी के लिए।"

"ब्याह तो उसने बौरी की माँ से किया है।"

"बौरी की माँ से?"

"हाँ।"

"मुझ विश्वास नहीं होता।"

"किसी को विश्वास नहीं हो रहा था," धरमपाल ने बताया, "मगर बौरी-माँ ने रो-रोकर सबको ब्याह का किस्सा सुनाया है और अभी भी रो रही है।"

"ब्याह का किस्सा आपने भी सुना?"

"हाँ, सुना।"

"कैसे क्या हुआ?"

"बौरी-माँ के अनुसार बैजनाथ ने बौरी की बजाय उसकी माँ को पसन्द कर लिया था।"

"ऐसा नहीं हुआ होगा।"

"ऐसा ही हुआ है," धरमपाल ने सुनाया, "बैजनाथ मंडल कहीं से सिन्दूर ले आया और

बौरी–माँ की माँग में सिन्दूर भर दिया।''

''तब तो बौरी–माँ ने ही उसे भगाया होगा?''

''उसने तो मान लिया जब उसकी माँग में सिन्दूर पड़ गया, तो हो गया उसका बैजनाथ से ब्याह। वह तो रो रही है कि बैजनाथ वापस आ जाये।''

''न जाने ब्याह कर क्यों भागा! भागा है, तो अब आएगा?''

''वह लोगों से चिरौरी कर रही है कि बैजनाथ को ढूँढ़कर ले आये। क्या आप नहीं चाहेंगे कि वह लौट आये?''

''जब उसने ब्याह कर लिया है,'' कुछ सोचकर पलटू ने जवाब दिया, ''तो उसे भागना नहीं चाहिए, और सुबह भागा है तो शाम तक लौट आना चाहिए।''

''तो फिर शाम तक उसे लौटा लाइए। बौरी–माँ जीवन भर आपके गुण गाएगी।''

''अभी तो मैं किसी और काम से घोरघट जाने को सोच रहा था।''

''क्या काम है वहाँ?''

''एक जजमान के यहाँ दान की बाछी पड़ी हुई है।''

''वह बाद में भी आ सकती है, पंडितजी।

''यह तो पता नहीं है कि वह किधर भागा है?''

''जिधर भी भागा हो, आपकी राह देख रहा होगा। कोई और जाएगा उसके पास, तो वह और भी तेजी से भागेगा। आप जाएँगे, तो आपको देखकर रुकेगा वह। अभी भागकर बहुत दूर गया भी नहीं होगा।''

''मैं उसे लौटा लाने का प्रयास करता हूँ, धरमपालजी,'' पलटू ने सुनाया, ''बस, यहाँ से निकल जाऊँ।''

धरमपाल ने पाँच–सात लोगों की भीड़ को मन्दिर परिसर में घुसते देखा। उसने पलटू से कहा, ''कुछ लोग मन्दिर में आये हैं। इसी बात को लेकर आये होंगे पुजारीजी से विचार–विमर्श करने। मैं अभी उन लोगों की बातें सुनकर आता हूँ। आप तब तक यहीं आराम कीजिए।''

बौरी–माँ अपने टोले के पाँच प्रमुख लोगों के सामने अपनी व्यथा--कथा सुनाने पहुँच गयी थी और उनसे उसका दुख दूर करने को कहा था। उन लोगों ने बौरी–माँ की व्यथा को उचित ठहरया और पुजारीजी को शीघ्र ही आ जाने का सन्देशा भेजकर मन्दिर में विचार–विमर्श के लिए पहुँच गये। उनके साथ टोले के कुछ और लोग भी आ गये बात–विचार सुनने। सारे लोग मन्दिर के चबूतरे पर आसन जमाकर बैठ गये।

पीछे से बौरी–माँ भी सिर पर आँचल किये चबूतरे के एक किनारे आ बैठी।

पुजारी सत्यदेव झा के आते ही विचार–विमर्श शुरू हो गया। अगुआ त्रिलोचन ने कहा, ''जिस बैजनाथ मंडल को आप बौरी–माँ के घर रख आये थे, उसने बौरी की बजाय उसकी माँ को पसन्द किया और रात में ही उसकी माँग में सिन्दूर भर दिया।''

''बौरी–माँ की माँग में?''

''हाँ,'' त्रिलोचन ने आगे कहा, ''अब जो हुआ सो हुआ, मगर ब्याह तो हो ही गया।''

सत्यदेव झा ने कोई जवाब नहीं दिया और चुप लगा गये।

कुछ रुककर त्रिलोचन मिनमिनाया, ''ब्याह बौरी–माँ को उस समय ही कर लेना था, जब बौरी का बाप मरा था, मगर तब उसे ब्याह का खयाल नहीं आया था।''

''कैसे आता उस समय ब्याह का ख्याल?'' आँचल की ओट में बौरी–माँ बोल पड़ी, ''उस समय मैं बौरी को देखती कि अपने ब्याह की बात सोचती? उस समय ब्याह कर लेती, तो मेरी बेटी और भी टूअर हो जाती।''

''खैर, उस समय इसने अपना या बौरी का भला सोचकर जो किया सो किया, मगर एक बार फिर इसने ब्याह को ठुकराया और तब ठुकराया जब बौरी बच्ची नहीं रही और जवान होने लगी थी।''

''कब ठुकराया?'' बौरी–माँ बोल गयी।

त्रिलोचन ने बौरी–माँ को जवाब देने की बजाय पुजारीजी से कहा, ''छह–सात साल पहले चेतू सिन्दूर की पुड़िया लेकर इसके घर में घुसा था इसकी माँग में सिन्दूर डालने, पर इसने उसे झाड़ू मारकर घर से बाहर निकाल दिया था।''

''तो क्या मैं उस चार बच्चों के बाप से ब्याह कर लेती?'' बौरी–माँ ने सिर से आँचल को गिर जाने दिया, ''धन के लोभ से आया था। मुँह में पूरे दाँत तक नहीं थे। आगे का चौका ही गायब था। कैसे कर लेती ब्याह?''

''खैर, जो हुआ सो हुआ। अब रहस्य यह है हमारे सामने कि जब बैजनाथ मंडल ने अपनी इच्छा से इसकी माँग में सिन्दूर भर दिया, तो फिर भागा क्यों? इसका जवाब सिर्फ एक आदमी दे सकता है जिसके जवाब पर ही हम आगे का कोई कार्यक्रम बना सकते हैं।''

''कौन आदमी?''

''बैजनाथ मंडल के साथ आया हुआ पंडित,'' त्रिलोचन बोला, ''उससे राय लेकर ही भागा होगा बैजनाथ मंडल। हम लोग उससे बात करना चाहते हैं। वह जहाँ भी हो, उसे तुरन्त बुलवाया जाये।''

''पलटू झा तो भाग गया।'' सत्यदेव झा ने बताया।

''भाग गया!'' आये हुए लोग चीख पड़े।

''नहीं!'' मन्दिर की आड़ में ढूका लगाये पलटू झा की आवाज आयी और वह तेज चाल से आकर चबूतरे पर चढ़ गया, ''मैं भागा नहीं हूँ।''

पलटू झा की आवाज सुनकर सत्यदेव झा तो भक रह गये। मगर शेष सबने उनका जोरदार स्वागत किया, ''आइए, आइए, पंडितजी। हमें आपकी ही जरूरत है।''

''मैं हर तरह का सहयोग देने को तैयार हूँ,'' पलटू ने बहुत बढ़–चढ़कर जवाब दिया।

''आपने बैजनाथ बाबू का किस्सा तो सुन ही लिया होगा,'' त्रिलोचन ने कहना शुरू किया, ''उन्होंने अपनी इच्छा से बौरी–माँ से ब्याह किया और ब्याह के बाद क्या उनके मन में आया या क्या किसने कहा कि वे भाग गये बगैर कुछ कहे सुने। खैर, जो हुआ सो हुआ, मगर उन्हें लौट आना चाहिए। क्या वे आपसे पूछकर भागे हैं?''

''नहीं,'' पलटू झा ने जवाब दिया, ''ब्याह के बाद तो उससे मेरी मुलाकात ही नहीं हुई है।''

"सच कह रहे हैं आप?"

"हाँ, पंडितजी सच कह रहे हैं," बौरी-माँ ने सिर पर आँचल रखते हुए कहा, "बैजनाथ बाबू इनसे मिलने रात में भूसाघर में जाना चाहते थे, मगर मैंने उन्हें भूसाघर में जाने से मना कर दिया था और मैं ही रात भर भूसाघर में बैठी रह गयी थी। पंडितजी नहीं आये थे और बैजनाथ बाबू से इनकी मुलाकात नहीं हो पायी थी।"

"यह तो नहीं हुआ है," त्रिलोचन ने अपना विचार प्रकट किया, 'कि ब्याह के बाद बैजनाथ बाबू को बौरी-माँ की उम्र का खयाल आ गया है!" और फिर उसने बौरी-माँ से पूछा, "तुम्हारी क्या उम्र होगी अभी?"

"ठीक-ठीक नहीं बता सकती," बौरी-माँ बोली, "हाँ, मेरी माँ बताती थी कि जिस साल मेरा जन्म हुआ था, उसी साल इलाके में बड़ा भारी अकाल पड़ा था।"

"तुमने कभी बैजनाथ बाबू को बताया था क्या कि तुम्हारे जन्म से इलाके में अकाल पड़ा था?"

"नहीं," बौरी-माँ ने जवाब दिया, "उन्होंने कभी मुझसे मेरी उम्र नहीं पूछी थी।"

"आपको, पंडितजी," त्रिलोचन ने पलटू झा से पूछा, "ऐसा तो नहीं लगता कि यह अनमेल विवाह है?"

"नहीं-नहीं, बिलकुल नहीं," पलटू झा झट बोल गये, "मुझे तो यह जोड़ी राधा-कृष्ण की जोड़ी लगती है।"

"फिर क्या कारण हो सकता है उनके भागने का?"

"कुछ तो मेरी समझ में आ रहा है।" पलटू ने जवाब दिया।

"बताइए, कारण हमें बताइए," त्रिलोचन बोला, "हम उसे दूर करेंगे।"

"मुझे लगता है कि वह बौरी-माँ के घर के कामकाज से भयभीत हो गया।"

"भयभीत क्यों? किस काम का भय?"

"शायद घर के काम में उसकी पेराई कुछ अधिक हुई है।" पलटू ने बौरी-माँ की ओर मुँह करके कहा।

"मैं काम उन्हें जरूर अड़ाती थी," बौरी-माँ बोली, "मगर काम पूरा नहीं होने या काम से सन्तुष्ट नहीं होने पर उन्हें कभी मारती-पीटती तो नहीं थी, बोली-बात तक नहीं कहती थी। वे तो खुद दिल लगाते थे काम में, हुमग-हुलसकर कोई भी काम करते थे और काम पूरा कर ही दम लेते थे।"

"ठीक है, जो हुआ सो हुआ," त्रिलोचन बोला, "अब उन्हें इस घर में कोई काम नहीं अड़ाया जाएगा। क्यों, बौरी-माँ, मैं ठीक बोल रहा हूँ न?"

"हाँ," बौरी-माँ ने जवाब दिया, "मैं कोई काम नहीं कराऊँगी।"

"सुन लिया न, पंडितजी?" त्रिलोचन बोला, "अब घर में बौरी-माँ ही सब कुछ करेगी। हाँ, यह तो सम्भव नहीं है कि अब उनके बदले पाखाना-पेशाब करने भी बौरी-माँ ही जाये!"

"नहीं-नहीं," पलटू झा ने विश्वास दिलाया, "ऐसी जिद नहीं करेगा बैजनाथ मंडल।"

"तो फिर अब ले आइए बैजनाथ बाबू को समझा-बुझाकर।"

''एक खटका मेरे मन में अभी भी है।''

''खोलिए मन को।''

''शायद उसे घरजँवाई कहलाना अच्छा नहीं लग रहा हो!'' पलटू ने खटका बताया।

''मेरी सुनिए,'' बौरी-माँ टपकी, ''मेरा नैहर अभी भी आबाद है। यह घर दुलहाजी का हुआ। मैं अपने नैहर चली जाती हूँ; ये मुझे वहाँ से विदा कराके ले आयें। तब तो नहीं कहे जाएँगे घरजँवाई।''

''लीजिए, आपका यह खटका भी दूर हो गया,'' त्रिलोचन ने पलटू झा से कहा, ''अब तो कोई कारण नहीं कि बैजनाथ बाबू भागे-भागे रहें! अब आप, पंडितजी, उन्हें समझा-बुझाकर, मनाकर ले आइए।''

''अब तो मैं उसे डाँटकर ले आऊँगा,'' पलटू झा ने सुनाया, ''मैं अभी ही उसे ढूँढ़ने निकलता हूँ और पकड़कर ले आता हूँ।''

''आप कुछ नहीं बोल रहे हैं, पुजारीजी!'' त्रिलोचन ने सत्यदेव झा से कहना शुरू किया, ''आप तो बौरी-माँ का हाल जानते ही हैं। हम लोग चाहते हैं कि जिस तरह अभी वह सिर पर आँचल रखकर शान्त बैठी हुई है, उसी तरह आगे भी उसका उठना-बैठना, चलना-फिरना गाँव में हुआ करे। अगर यह शादी टूट गयी, ब्याह रचाकर भी दुलहा भाग गया, तो यह गाँव में उत्पात मचाती रहेगी। आप भी अपने परम मित्र से कहिए कि जो हुआ सो हुआ, मगर अब जैसे भी हो, वे बैजनाथ बाबू को लेकर आ जाएँ। सारा गाँव उन्हें गाँव का दामाद, गाँव का बहनोई मानकर उनकी इज्जत करेगा। अब इससे अधिक मैं क्या बोलूँ!''

सत्यदेव झा अपनी जगह से उठे, हाथ पकड़कर पलटू को उठाया और चबूतरे से नीचे उतरकर कुछ दूर चले जाने के बाद कहा, ''सुनिए, मित्र, आप बैजनाथ मंडल को पटाकर ले आइए, तो मैं आपके लिए कोई भी झूठ बोलूँगा। जो आदमी शंकरपुर दुर्गाथान के भगोड़े पुजारी की इस इलाके में तलाश कर रहा है, उसे मैं डाँटकर भी कह सकता हूँ कि वह कभी आपको भगोड़ा पुजारी समझने की मूर्खता न करे।''

हल निकल आया और विचार-विमर्श समाप्त हुआ। यह तय हुआ कि पलटू झा कुछ खा-पीकर तुरत निकल जाएँ। बौरी-माँ बोली, ''मैं पंडितजी को दही-चूड़ा खिलाकर विदा करती हूँ।''

जब सब लोग चलने लगे, तो किसी ने पलटू झा से पूछा, ''आपके कब तक लौट आने की उम्मीद करूँ, पंडितजी?''

''यह अभी ही कैसे कहूँ कि मैं कहाँ पहुँचकर उसे पकड़ लूँगा!'' पलटू झा ने जवाब दिया, ''मैं तो अपनी चाल से बैजलपुर जाऊँगा, वहाँ से ताँगा का घोड़ा अपनी चाल से फुलकाहा जाएगा। अभी यह भी पता नहीं है कि बैजनाथ किस तेजी से किस दिशा में भागा है। मैं फुलकाहा पहुँचूँगा और अगर वह वहाँ नहीं मिला, तो फिर उसका पता लगाने दसों दिशाओं में दौड़ना पड़ेगा।''

''इसमें तो दस दिन भी लग सकते हैं?''

''हाँ, लग सकते हैं। अगर कहीं छुपा बैठा वह मेरी राह देख रहा होगा, तब तो आज ही

उसे ले आऊँगा। अगर कहीं वह भागने में भटक गया, तब दस दिन भी लग सकते हैं।''

''हम लोग आपका इन्तजार करेंगे, पंडितजी,'' त्रिलोचन बोला, ''एक पखवारे तक आपकी राह देखेंगे।''

''मैं तो,'' पीछे-पीछे चली आ रही बौरी-माँ बोली, ''बारह बरस तक उनकी राह देखूँगी।''

बौरी-माँ के घर जाने के पहले पलटू झा धरमपाल के घर अपना झोला लाने गया। धरमपाल ने झोला देते हुए पूछा, ''आप लौटकर तो आएँगे न?''

''अवश्य आऊँगा,'' पलटू झा ने जवाब दिया, ''घेरघट में अभी भी मेरी बाछी पड़ी हुई है। बैजनाथ मंडल आये-न-आये, मैं तो दान की बाछी छोड़कर ही चला जाऊँगा। और आप विश्वास कीजिए, धरमपालजी, कि मैं बैजनाथ मंडल को लेकर ही आऊँगा।''

(10)

जब पलटू झा बैजनाथ मंडल की तलाश में बरगढ़ से चला, तो उसका मन बहुत खट्टा था कि गाँववालों ने बैजनाथ मंडल को तो गाँव का बहनोई और दामाद मान लिया, मगर उसे महज एक हरकारा माना, जबकि उनके भागे हुए बहनोई को जगह पर ले आने का सारा दारोमदार इस हरकारे पर ही था। गाँव में कितने ही घोड़े और साइकिलें थीं, मगर कोई भी कोई-न-कोई बहाना बनाकर अपना घोड़ा या अपनी साइकिल देने को तैयार नहीं हुआ। कहने को तो उन लोगों ने एक पखवारे तक राह देखने की बात कह दी, मगर जिस पिंड पड़ गयी बौरी-माँ को छोड़कर भागा था बैजनाथ कि उन्हें यह यकीन नहीं था कि अब गाँव का बहनोई या यह हरकारा किसी भी राह से वापस आएगा, और वे नहीं चाहते थे कि एक भूत के पीछे भाग रहे दूसरे भूत को घोड़ा या साइकिल पर चढ़कर भागने दिया जाये। उसका एक मन तो हुआ कि बरगढ़ से निकलते ही वह अपना रास्ता बदल ले और पहले घोरघट से अपनी बाछी ले आये, मगर फिर उसे होश आया कि बाछी तो कहीं भागी नहीं जा रही है, अधिक जरूरी है बैजनाथ को किसी तरह मनाकर ले आना।

पलटू झा के सामने फुलकाहा का नया मन्दिर आकार लेने लगा था।

अगल-बगल के बाग-बगीचों और गड्डों-पोखरों पर नजर फिराते हुए पलटू झा बैजलपुर आ गया। पिछले पन्द्रह दिनों में वह दो-तीन बार बैजलपुर आ चुका था और शीबू साह की दुकान से चाय पीकर गया था। अब तक शीबू साह से उसने अपना अच्छा सम्बन्ध बना लिया था। इस नये पंडित की चर्चा शीबू साह अपनी दुकान पर कई गाँवों के कई लोगों के मुँह से सुन चुका था और वह उसका दिल से आदर करने लगा था। उसे पंडित से यह आश्वासन भी मिल चुका था कि वह उसके घर कोई भी पूजा-पाठ बगैर किसी दान-दक्षिणा के सिर्फ चूड़ा-दही पर कर देगा।

पलटू झा को यह उम्मीद थी कि बैजनाथ मंडल उसे बैजलपुर पहुँचने के पहले ही मिल जाएगा, मगर जब उसने शीबू साह की दुकान पर भी उसे नहीं पाया, तो उसे कुछ निराशा हुई और

बैजनाथ मंडल पर गुस्सा भी आया। यह धानुक अपनी जान लेकर निकल भागा; इस बात पर जरा भी ध्यान नहीं दिया कि वह भागा, तो अब गुरुजी का क्या होगा! गाँव के लोग तो से पकड़कर बौरी-माँ के सुपुर्द कर सकते थे और उससे कह सकते थे कि जब तक असली जँवाई नहीं लौट आता, तब तक इस आदमी से घरजँवाई का काम लो! सत्यदेव झा यह कहने से नहीं चूकता, ''इससे काम के समय काम लीजिए और शेष समय भूसाघर में बन्द कर बाहर से किवाड़ की साँकल चढ़ा दीजिए। पहरा ऐसा बिठाए कि कम-से-कम छह महीने भागने नहीं पाये।'' बौरी-माँ तो एक पखवारे के अन्दर ही किसी सुबह गाँव में शोर मचा देती, ''हाय-हाय! उसकी तो साँस चल ही नहीं रही है। जरा चलकर देखो तो, दम दुगदुगी में है या निकल गया!''

शीबू साह की दुकान पर उस समय तीन-चार आदमी चाय पी रहे थे। पलटू झा ने चारों ओर अपनी नजर दौड़ायी, मगर कोई ऐसा नजर नहीं आया जो कुछ-कुछ भी बैजनाथ जैसा ही दिखे। उसने एक गिलास पानी पिया और शीबू को एक चाय के लिए कहा। शीबू ने पूछा, ''कितने कप बनाऊँ?''

''एक; और कितना!'' पलटू ने हैरत भरे स्वर में कहा।

जब दूसरे सारे लोग चाय पीकर चले गये, तो शीबू ने पूछा, ''आप अकेले हैं या और लोग भी पीछे से आ रहे हैं?''

''और लोग क्यों आने लगे मेरे पीछे!'' पलटू बोला, ''मैं अकेला आया हूँ।''

''कोई पीछा करता हुआ तो पीछे से नहीं आ रहा है?''

''नहीं, बिल्कुल नहीं।''

''आप भागकर नहीं आये हैं?''

''भागकर क्यों आऊँगा?''

''आपके संगतिया तो वहाँ से भागे हैं?''

''वह गलती से भागा है,'' पलटू बोला, ''वह आगे निकल गया क्या?''

''उन्हें मैंने रोक लिया है।''

''कहाँ है वह?''

''उन्हें मैंने अपने घर पर रखा है; अभी बुलाकर ला देता हूँ।'' बोलकर शीबू साह अपने घर की ओर चला जो पास ही था और दस मिनट में बैजनाथ के साथ हाजिर हो गया। दुकान पर बैठने के पहले उसने पलटू झा से कहा, ''आपके लिए बैलगाड़ी मैंने ठीक कर दी है। पचास रुपये पर बात तय हुई है। फुलकाहा तक पहुँचा देगा। अभी जाएँगे, तो गाड़ीवान को खबर कर दूँ?''

''अभी नहीं जाना है।'' बोलकर पलटू दुकान की बेंच पर बैठने लगा, तो बैजनाथ ने टोक दिया, ''हम लोग उस सामने के बगीचे में चलें; वहीं बातचीत करेंगे।''

''यहाँ कोई खतरा नहीं है। कोई हमारा पीछा नहीं कर रहा है।''

''नहीं, तब भी, तब भी वहीं चलिए।'' बैजनाथ ने जिद की।

दोनों सामने के बगीचे की ओर चल पड़े। बगीचे तक पहुँचने के पहले पलटू ने कई प्रश्न पूछे; बैजनाथ ने रास्ते भर एक जवाब दिया, ''चलिए, बगीचे में बैठकर सुनाऊँगा।''

बगीचे में बैठते ही पलटू झा ने पूछा, ''आप भाग क्यों आये, बैजनाथ बाबू?''

''मरता क्या नहीं करता?'' बैजनाथ ने जवाब दिया।

''पन्द्रहिया पूरा होने के पहले आप भागे होते, तब मुझे अचरज नहीं होता, मगर अग्नि-परीक्षा में उत्तीर्ण हो जाने के बाद आपका भागना मेरी समझ में नहीं आया! ब्याह कर लिया तब क्यों भागे, बैजनाथ बाबू?''

''किसने ब्याह कर लिया?''

''आपने।''

''किससे?''

''बौरी-माँ से।''

''मैं सास से ब्याह करने गया था?''

''आदमी का मन तो चंचल होता है। उसके मन में कब कौन बात ठहर जाये! आपने कुछ सोच-समझकर ही तो बौरी की बजाय उसकी माँ की माँग में सिन्दूर भर दिया। बताइए, क्या सोचकर आप बौरी से बौरी की माँ पर चले आये?''

''मैंने कब भरा उसकी माँग में सिन्दूर! उसने तो आप ही अपनी माँग भरी।''

पलटू झा कुछ पल गुमसुम रह गये, फिर कहा, ''मुझे पूरा किस्सा सुनाइए।''

बैजनाथ ने उस रात का किस्सा सुना दिया।

उस रात बैजनाथ बौरी के तलवे रगड़कर बौरी-माँ की पाँवचप्पी करने आया था। जब देर तक पाँवचप्पी हो गयी, तो बौरी-माँ ने बैजनाथ से कहा, ''आज मेरी पीठ की मालिश भी कर दीजिए।''

''पीठ की?''

''हाँ, अब आपसे क्या लाज! आप तो अपने आदमी हुए।''

अगर बौरी ने पीठ की मालिश करने को कहा होता, तो बैजनाथ पल की देर नहीं लगाता और बौरी को सुना भी देता, 'हाँ, अब मुझसे क्या लाज! अब तो मैं घर का आदमी हुआ।' मगर सास भले ही उसकी पीठ पर चढ़कर अभी भी छज्जे से सूप उतार ले, सास की पीठ पर हाथ फेरना जँवाई के लिए उचित नहीं था। तब भी परीक्षा के अन्तिम क्षणों में बैजा के लिए बौरी-माँ के आदेश को अवहेलना खतरनाक साबित हो सकती थी। अभी भी बौरी से ब्याह तो नहीं हुआ था। उसने पीठ की मालिश शुरू कर दी।

बैजनाथ को उस दिन सुबह से ही आभास होने लगा था कि अब वह बौरी-माँ का अपना आदमी हो चुका है, क्योंकि पूरे दिन उसे एक बार भी 'बैजा!' कहकर नहीं पुकारा गया था और वह सुबह में ही 'बैजा' से 'बैजू' बन चुका था, दिन के समाप्त होते-होते 'बैजू बाबू।'

''अब मैं आपकी मालिश कर दूँ?'' बहुत मीठी आवाज में बोली थी बौरी-माँ।

''मेरी?''

''हाँ, अब मैं ही आपकी मालिश किया करूँगी।''

''नहीं-नहीं, ऐसा नहीं होगा।''

"होगा क्यों नहीं!" बौरी-माँ बोली, "अब तो यही होगा। अब तक मैं कइयों को भगा चुकी हूँ; आप मन को भा गये।"

बैजनाथ गद्‌गद हो गया।

बौरी-माँ बोली, "एक बेटी लेकर रह गयी आज तक; अब भगवान एक बेटा दे दे।"

"किसे?"

"मुझे; और किसे? अभी क्या हुआ है मुझे?"

बैजनाथ ने इस नाजुक समय में किसी तरह का विरोध करना उचित नहीं समझा; उसने जवाब दिया, "हाँ-हाँ, अभी क्या हुआ है! मगर अब तक तो यह हो जाना चाहिए था।"

"कोई लड़का ही पसन्द नहीं आया। आये तो बहुत, पर ढंग का एक भी नहीं। आते कैसे नहीं? मुझमें कमी क्या थी? और फिर मेरे साथ मेरी जमीन-जायदाद। मेरे मन को ही कोई नहीं भाया। मैं अपने लिए भी तो वैसी ही ढूँढ़ रही थी जैसी बेटी के लिए ढूँढ़ूँगी।"

"मैं आपके लिए कोई अच्छा-सा लड़का ढूँढ़ूँगा।"

"आप किसी से क्या कम हैं!"

"मैं?"

"हाँ, आप?" बौरी-माँ ने खुशी जाहिर की और फिर बोल गयी, "यह क्या नहीं हो सकता?"

"हो सकता था, मगर अब तो मैंने बौरी को मन में बसा लिया है।"

"बौरी ने अपनी जगह खाली कर दी है; वह कह चुकी है मुझसे आपके दिल में बस जाने के लिए।"

बैजनाथ चुप लगा गया। वह थरथरा गया, फिर किसी फेरे में पड़ गया वह! वह जान गया, बौरी उसके हाथ से निकल गयी; और अब सोचने लगा, कैसे वह बौरी-माँ के हाथ से निकल जाये।

बौरी-माँ ने करवट ली और उसकी चुप्पी तोड़ी, "क्या सोचने लगे?"

"नहीं, कुछ नहीं।"

"हाँ, कुछ मत सोचिए," बोलकर उसने बैजू से कहा, "दायें हाथ की हथेली खोलिए तो।"

बैजनाथ ने हथेली खोली।

"अब आँखें मूँद लीजिए।"

बैजनाथ ने आँखें मूँद लीं।

बौरी-माँ ने उसकी हथेली में सिन्दूर डाला और उसके साथ ही अपनी माँग उसकी हथेली पर टिका दी; बोली, "अब आँखें खोल दीजिए।"

बैजनाथ ने आँखें खोलीं, तो सामने बौरी-माँ की सिन्दूर भरी माँग और हँसता हुआ मुखड़ा दिखा। वह अकबका गया, "यह क्या! यह क्या हुआ?"

"जो विधना ने हम दोनों के भाग्य में लिखा है, वही हुआ," बौरी-माँ बोली, "हम दोनों का विवाह हो गया। अब मैं आपका नाम कैसे लूँ!"

बैजनाथ के सीने में ढेंकी कूटी जाने लगी थी। वह अथाह में डूबने लगा था।

"कुछ मत सोचिए अब; मैं आपकी हुई, आप मेरे।"

"हाँ, हम दोनों एक-दूसरे के हुए," बैजनाथ ने भरसक अपनी कराह को छिपाते हुए कहा, "मगर मैं जरा अपने पंडितजी से उस पर मुहर लगवा दूँ।"

"वह मैं लगवा देती हूँ," बौरी-माँ बोली, "मैं जाकर देखती हूँ पंडितजी को भूसाघर में।"

बौरी-माँ को यह सन्देह नहीं था कि बैजू के स्वीकार में यह इन्कार था कि हम दोनों एक नहीं हुए हैं, उसे इतना भर सन्देह था कि कहीं पलटू झा उसके बने हुए मन को बिगाड़ न दे।

बौरी-माँ के भूसाघर में घुसते ही बैजनाथ मंडल के भाग निकलने का रास्ता साफ हो गया था, मगर रात में निकलने से वह डर रहा था कि कोई आदमी उसे टोक न दे, कुछ पूछताछ न कर बैठे, कोई कुत्ता भूँकने और खदेड़ने न लगे, कहीं बौरी-माँ का शोर न उभरे और लोग चोर को पकड़ने उसके पीछे दौड़ न पड़े। जब तीसरी बार उसने भूसाघर में जाकर देख लिया कि बौरी-माँ बेसुध सोयी हुई है और उजास फैलने लगा है, तब उसने हिम्मत की और बौरी-माँ के हाथ से बाहर निकल गया।

शीबू साह को उसने बता दिया कि एक राँड से उसका ब्याह कराने कुछ लोग उसके पीछे पड़े हैं और पलटू पंडित को साथ लिये यहाँ तक पीछा कर सकते हैं। वह किसी ताँगा से तुरन्त भाग निकलना चाहता था, मगर शीबू ने उसे यह कहकर रोक लिया कि पंडितजी का सामान फुलकाहा पहुँचाने के लिए बैलगाड़ीवाले से बात तय कर ली गयी है और वे तब तक रुकें जब तक पंडितजी नहीं आ जाते। बैजनाथ ने छिपने की जगह माँगी, तो शीबू साह ने उसे अपने घर में छिपने की जगह दे दी।

बैजनाथ मंडल का कहना जब समाप्त हुआ, तो पलटू झा ने सुनाना शुरू किया, "मैं रास्ते भर यही सोचता आया हूँ, बैजनाथ बाबू, कि भगवान ने जो किया वह अच्छा किया या बुरा, और आप जो भाग आये वह अच्छा हुआ या बुरा।"

"इतना सोचना पड़ गया!" बैजनाथ ने अचरज प्रकट किया गुरुजी के मगज पर, "मैंने तो जब देखा कि बौरी-माँ मुझ पर डोरे डाल रही है, उस वक्त ही समझ गया कि भगवान कोई अच्छा काम नहीं कर रहे हैं; और जब मैं उस घर से भागा, तो यह सोचकर भागा कि मैं बहुत अच्छा काम कर रहा हूँ।"

"आपने भागने से पहले गलत दिमाग से सोचा होगा; अब भाग आने के बाद सही दिमाग से सोचिए।"

"क्या कहता है सही दिमाग?"

"सही दिमाग इसे आपका सौभाग्य मानता है कि आपको बौरी की जगह बौरी-माँ मिल रही है।"

"यह क्या कह रहे हैं आप! मैं बौरी से ब्याह करके नरक भाग रहा था।"

"बौरी से बौरी-माँ किस बात में कम है?"

''वह तो उम्र में भी मुझसे साल-दो साल बड़ी ही होगी?''

''अगर बड़ी ही निकल गयी, तो क्या बुरा हो गया? राधा भी तो बड़ी थी कृष्ण से! आपकी जोड़ी तो राधा-कृष्ण की जोड़ी हो जाएगी।''

''मैं राधा-कृष्ण की जोड़ी बनाने नहीं निकला हूँ घर से। अब क्या वह बच्चे जनेगी? वह तो बाँझ बराबर हो गयी।''

''इस बात में तो बौरी से अधिक बौरी-माँ पर भरोसा किया जा सकता है। एक बेटी पैदा कर चुकी है वह।''

''मैं उसके साथ अपनी जिन्दगी नरक नहीं बना सकता, गुरुजी।''

''नरक अब नहीं रहा, बैजनाथ बाबू,'' पलटू बोला, ''जो नरक आप देख आये हैं,वह आपके भागते ही आपके लिए स्वर्ग बन गया है। जो भी काम आप वहाँ करते रहे हैं,वह सारा काम अब बौरी-माँ करेगी। आपके लिए खाना बनाएगी, आपकी पाँवचप्पी करेगी। आप केवल हुक्म किया करेंगे; वह चौबीसों घंटे आपकी अरदली में खड़ी रहेगी। उसका त्याग देखिए कि अब वह भी आपको घरजँवाई बनाकर रखना नहीं चाहती। वह घर अब आपका हुआ; वह अपने नैहर से विदा होकर आपके उस घर में आएगी।''

''कहीं से भी आये, आएगी तो बौरी-माँ ही। जो दो बनरे उस घर से पहले भाग चुके हैं, उनके साथ भी कुछ वैसा ही हुआ होगा, जो मेरे साथ हुआ है।''

''वे दोनों बनरे आपकी तरह मजबूत कद-काठी के नहीं रहे होंगे, बैजनाथ बाबू। आप तो पार उतर गये। वे बेवकूफ भी रहे होंगे। मुफ्त में जमीन-जायदाद हाथ लग रही है। उसे छोड़ देना नादानी है।''

''मैं जमीन-जायदाद बनाने नहीं निकला हूँ, गुरुजी।''

''यह भी जान लीजिए कि ऐसी ससुराल आपको कहीं और नहीं मिलेगी। मैं आ रहा था, तो पूरा गाँव मेरे आगे हाथ जोड़कर खड़ा था। सारे लोग, बूढ़े भी और बच्चे भी, आपको अपना बहनोई मानकर एक बहनोई की इज्जत देने को तैयार हैं।''

''मैं साला की तलाश में निकला हूँ कि बीवी की तलाश में, गुरुजी?''

''अब आपको और कैसी बीवी चाहिए?''

''इससे अच्छी, गुरुजी, इससे अच्छी।''

''कब तक तलाश में निकलते रहेंगे अच्छी, और अच्छी, और अच्छी, बीवी की?''

''अभी उम्र गुजर नहीं गयी बीवी ढूँढ़ने की।''

''अभी आप और सोचिए, बैजनाथ बाबू, ठंडे दिमाग से सोचिए, फुलकाहा जाकर भी सोचिए। आपके पास सोचने का समय है। बौरी-माँ बारह बरस तक आपके लौट आने का इन्तजार करेगी; उसके बाद ही श्राद्ध करेगी वह आपका। बीवी मानकर नहीं, तो दासिन मानकर ही उससे ब्याह कर लीजिए। क्या मैं उन लोगों से कह आऊँ कि आपने सोचने का समय माँगा है?''

''मैंने सब सोच लिया है, गुरुजी; अब और नहीं सोचूँगा। अब चलिए, निकल चलें यहाँ से।''

"मैं भी साथ चलूँ?"

"हाँ, बीवी की तलाश अभी पूरी नहीं हो गयी। हमें फिर तलाश में निकल जाना है।"

"मेरा एक काम बचा हुआ है। घोरघट में दान की एक बाछी पड़ी हुई है। मुझे वहाँ से बाछी को ले आना है।"

"मगर मैं तो यहाँ अब नहीं रुकूँगा।"

"आपको नहीं रोकूँगा। आप बैलगाड़ी से जाएँगे। उस पर मेरा सामान लदा रहेगा। कपड़ों की एक गठरी है। दान में मिली एक खाट है। आपके साथ एक बाछी भी यहाँ से जाएगी। मैंने सारा प्रबन्ध कर लिया है। मैं दूसरी बाछी लेकर दो-तीन दिनों में आता हूँ। कुछ और जजमानों के यहाँ भी पूजा करानी है। कुछ और दान-दक्षिणा मिल जाएँगे।"

"आप लौटकर बरगढ़ भी जाएँगे?"

"हाँ, जा सकता हूँ।"

"नहीं," बैजनाथ बोला, "आप वहाँ नहीं जाएँगे और उस इलाके से बाछी निकालकर आप भी तुरन्त निकल जाएँगे। मैं लौटकर नहीं जा रहा हूँ, तो आप पकड़ लिये जाएँगे, और कोई ठीक नहीं कि मुझे और आपके घरवालों को बारह बरसों तक आपका इन्तजार करना पड़ जाये।"

"ऐसा कुछ नहीं होगा। आप बढ़िये, मैं पीछे-पीछे आ रहा हूँ।"

इतनी बातचीत के बाद दोनों शीबू साह की दुकान पर लौट आये। पलटू झा ने शीबू साह को बैलगाड़ी मँगवा देने को कहा।

बैलगाड़ी आ गयी। पलटू ने उस पर अपना सामान लदवाया। बैलगाड़ी के पीछे बाछी की रस्सी जोड़ दी गयी।

बैजनाथ मंडल बैलगाड़ी पर बैठकर विदा हो गये।

तीसरा फेरा

रतनी का छोटा भाई इनरजीत बहिया से दौड़ लगाकर रीतलाल के पास पहुँच गया और हाँफते हुए सुनाया, "मालिक आ रहे हैं।"

"आ रहे हैं?" रीतलाल ने उल्लसित स्वर में पूछा।

इनरजीत ने इस बार हाँ में सिर हिलाकर जवाब दिया।

"किसने बताया?"

"मैंने अपनी आँखों से देखा है।" इनरजीत ने जवाब दिया।

"कहाँ देखा?"

"हम लोगों ने बहियार से देखा सड़क से आते हुए," मुस्कराया इनरजीत, "बैलगाड़ी से आ रहे हैं।"

"बैलगाड़ी से?"

"हाँ।"

"टप्पर गाड़ी है?"

"नहीं, टप्पर नहीं है।"

"गाड़ी में कोई और भी है?"

"नहीं, गाड़ी में गाड़ीवान के सिवा और कोई तो नहीं है, मगर गाड़ी सामान से लदी हुई है।"

"क्या सामान है?"

"पलंग है, गठरी-मुटरी हैं, और गाड़ी से बँधी हुई एक बाछी भी है।"

"बाछी भी है?"

"हाँ, भैया; बहियार में सब बोल रहे हैं कि बैजनाथ मालिक ब्याह करके आ रहे हैं।"

"कोई पालकी भी आ रही है पीछे से?"

"बैलगाड़ी तेजी से आ गयी है," इनरजीत ने सुनाया, "लोग बोल रहे थे कि कहार सुस्ताते हुए पालकी ला रहे होंगे।"

अभी इनरजीत से बातचीत हो ही रही थी कि रतनी आ गयी। उसने रतनी के आते ही उसे सुना दिया, "मालिक ब्याह करके आ रहे हैं। बैलगाड़ी सड़क से आ रही है; अब जल्दी ही पहुँच जाएगी।" इतना बोलकर रीतलाल ने आगे कहा, "सुनो, रतनी, तुम जल्दी से पूरे घर की सफाई

करो। मैं तब तक और लोगों को खबर करता हूँ। उस बार का गीत–नाद बेकार गया था; इस बार उसका भी बदला ले लेना है।''

रतनी को समझाकर रीतलाल टोले की ओर उड़ा। रतनी ने घर की सफाई के लिए इनरजीत को भी रोक लिया।

रास्ते में जो भी मिला उसे बताते हुए कि मालिक का ब्याह हो गया, रीतलाल सीधे कोठियापुरवाली काकी के पास पहुँचा और कहा, ''जल्दी चलो, काकी। मालिक आ गये।''

''आ गये, तो मैं क्या करने जाऊँ?''

''कनिया पीछे से आ रही है पालकी में।''

''आ रही है?''

''हाँ, काकी।''

''चलो, मैं आती हूँ।''

''अभी तुरन्त चलो। गीत–नाद भी तो गाना है। पालकी कभी भी पहुँच सकती है।''

''तुम ढोलक लाने तो जाओगे? जब तक तुम ढोलक लेकर आते हो, मैं पहुँच जाऊँगी।''

''ढोलक घर में ही है,'' रीतलाल ने जवाब दिया, ''ढोलक मैंने लौटायी ही नहीं। जगरूप ढोलकिया से कह दिया कि अब उसकी ढोलक मेरे पास ही रहेगी; उसे जब जरूरत हो, माँगकर ले जाये।''

''चल, चलती हूँ,'' बोलकर चलने को उठी काकी और बोली, ''मैं अकेली ही गाऊँगी और ढोल बजाऊँगी क्या? तुम औरों को तो बुला लाओ।''

''बुलाने ही तो निकला हूँ। तुम चलो, मैं तुरत सबको इकट्ठा कर देता हूँ। रतनी पहुँच गयी है।''

वहाँ से रीतलाल औरों को बुलाने निकल गया। कुछ बिना बुलाये ही पहुँच गयीं। जिन औरतों ने भी सुना कि लदी हुई बैलगाड़ी और बछिया के साथ गाँव में घुसा है बैजनाथ, वे अपने-को-अपने घरों में रोक नहीं सकीं।

रतनी ने ढोलक पर थाप दी और गीत–नाद शुरू हो गया...

बने–बने बैजनाथ बाबू खेले सिकार हे।
खेलैत खेलैत बाबू गेलै ससुरार हे।
सासु अरजि करै, सरहजि बिनती करै हे।
रह–रहु आहे दुलहा आजुक राति हे।
कोना हम रहब हे सासु तारो बचनिया हे।
मोरे अम्माँ ताकैते हैती, छतिया फाटैते हैती हे।
बटिया ताकैते हैती, छतिया फाटैते हैती हे।
नयना सँ ढरैत हैतनि, अम्माँ क लोर हे...

इसी समय रीतलाल दौड़कर कहने आ गया, 'गाड़ी आ गयी,' और फिर भाग गया मालिक को घर ले आने।

कोकियापुरवाली काकी ने गीत के बीच में ही नया गीत शुरू कर दिया,

जब हे बैजनाथ दुलहा चलल बिआह करे,
सासु पुछथि निज बात हे।
आँखि तोरा हे दुलरुआ भौंरा गुजरि गेल,
ओठ तोरा चुअए गुलाब हे।
एतबा सुरति तोरा छल ओ दुलरुआ,
कोन बिधि रहल कुमार हे।
बाप जे हमर सासु दहेजक भूखल,
तैं हम रहलहुँ कुमार हे।
निरधन घर हे बाबू तोहरो बिआह भेल,
धनि भेली हीरा तोहार हे।

''निरधन घर कैसे, काकी?'' ढोलक बजाना बन्द कर रतनी ने टोक दिया, ''पलंग है, कपड़े-लत्ते हैं। पूरी बैलगाड़ी तो लदी हुई है; और उसके साथ एक बछिया भी है।''

''गीत पर ध्यान दे, रतनी,'' काकी ने जवाब दिया, ''भौंरे जैसी आँखें हैं, ओठ से गुलाब चूता है; फिर, बस एक गाड़ी पर सामान क्यों? भरी-भरी दो गाड़ियाँ क्यों नहीं? तीन गाड़ियाँ क्यों नहीं? एक गाय का दूध तो कनियाँ ही पी जाएगी; काकी किस गाय का दूध पीएगी? चल, बजा ढोल।''

गवनहारिनों ने देखा कि रीतलाल मालिक को साथ लिये घर के अन्दर आ गया है। काकी ने तुरन्त अपना गीत उठा दिया,

राम बिआहि घर आयल सजनि गे,
काकी छेंकल दुआरि।
आनन्द जानि तानि मुख सजनि गे,
भेलिह सम्मुख ठाढ़ि।
आजु भतीजा नहिं मनव सजनि गे,
लेब मे दान अघाय।
तखन सुफल थिक जीवन सजनि गे,
काकी भतीजा कहाय...

महथीवाली भाभी ने भी जीवन सुफल करना चाहा,

''तखन सुफल थिक जीवन सजनि गे, भाभी देवर कहाय।''

असली हकदार रतनी कैसे चुप रह जाती? वह भी नहीं चूकी,

''भ्राता बहिन कहाय।''

हालाँकि बैजनाथ ने सिर्फ एक बिल्ली से ब्याह किया था, मगर गाँव की कई-कई बिल्लियाँ अब पाहुन के घर रहने आ गयी थीं। वे सब उत्सव में शरीक नहीं हुईं। टोले की औरतों को गीत-नाद में व्यस्त देख बिल्लियाँ घर से बाहर निकल गयीं। औरतों को भी होश नहीं रहा कि बैजनाथ मंडल की ये बिल्लियाँ किन खाली जगहों को भरने जा रही हैं और किन भरे बरतनों को खाली करके लौटेंगी।

बैजनाथ ने कमरे में बन्द होकर ज्यों ही कमरे का दरवाजा भिड़ाया, औरतें गाना-बजाना छोड़कर बैलगाड़ी से आया दहेज का सामान देखने निकल गयीं। वहाँ पहले से ही टोले के ढेर सारे मर्द जमा थे और आपस में बतिया रहे थे।

अब तक लोग गाड़ीवान से पूछ चुके थे कि गाड़ी किस गाँव से आयी है और बैजनाथ बाबू की ससुराल की है। गाड़ीवान बता चुका था कि उसने बैजलपुर की एक चाय दुकान से सारा सामान उठाया है, उसे किसी के ससुर-ससुराल की कोई जानकारी नहीं है, और उसे यह भी पता नहीं है कि यह सामान किसी दामाद का है। गाड़ीवान के जवाब से लोग भाग नहीं गये थे और अपनी जिज्ञासा अच्छी तरह शान्त करने के लिए रुके रह गये थे...।

''गट्ठर खुले, तब तो पता चले कि कपड़ा-लत्ता कैसा है?''

''कैसा होगा कपड़ा-लत्ता! जैसी खटिया है, जैसी बछिया है, वैसा ही होगा कपड़ा-लत्ता?''

''कनियाँ अच्छी हो, तो लोग खटिया-बछिया नहीं देखेंगे।''

''जो दुलहा या दुलहा का बाप खटिया-बछिया देखेगा, वह यह नहीं देखेगा कि कनियाँ अच्छी है या बुरी।''

''कैसी भी कनियाँ ले आने के लिए कोई दिसावर की यात्रा पर नहीं निकलेगा।''

''बैजनाथ मंडल खटिया-बछिया लाने नहीं गया था, अच्छी कनियाँ लाने घर से निकला था।''

''पलटू झा भी तो है साथ में; कानी-कुतरी कनियाँ लेकर आ गया, तो उसकी पुरोहिती गाँव में जमने से रही!''

''अब तो कनियाँ आ ही रही होगी।''

''तो अभी ही देखने को मिल जाएगी क्या?''

''मत देखिए खटिया-बछिया, और कनियाँ भी मत देखिए। यह तो देख लिया न कि बैजनाथ मंडल का ब्याह हो गया? वह बहुत हुआ; अब और कुछ नहीं देखना है।''

''हाँ, सो तो है।''

ये सब बातें हो ही रही थीं कि रीतलाल आया और बैल-बछिया को बथान की ओर ले गया। वहाँ से आकर वह गाड़ीवान को भोजन कराने घर के अन्दर ले गया और जाते-जाते जमघट को सुना गया, ''अब आप लोग अपने-अपने घर जाइए। सोचिए, कैसी होगी कनियाँ? पालकी में आ रही है।''

जब रीतलाल ने गाड़ीवान को भोजन करा दिया, तब बैजनाथ ने उससे कहा, ''गाड़ीवान को थोड़ी देर आराम करने दो और फिर गाड़ी को रामभद्र झा के घर लेकर जाओ और वहीं गाड़ी का सामान उतरवा दो। बछिया भी लेते जाना।''

''वहाँ सब लेकर क्यों जाऊँ, मालिक?'' रीतलाल बोला, ''बछिया के लिए बथान में अलग खूँटा गाड़ दिया है मैंने और सामान के लिए एक पूरा कमरा खाली कर दिया है।''

"खूँटा मत उगाड़ो और कमरा भी खाली ही रहने दो, मगर सामान पहुँचा दो उनके घर।"

"ऐसा तो मैंने कहीं नहीं देखा है, मालिक, कि दान-दहेज का पूरा माल पुरोहित उड़ा ले जाये। इतना दान-दक्षिणा कोई नहीं देता। मैं पंडितजी को बुला लाता हूँ; आप एक गमछा देकर विदा कर दीजिए।"

"तुम्हें कैसे समझाऊँ, रीतलाल? यह सारा सामान पलटू झा का है। उनके घर जाने दो।"

"यह तो अनर्थ है, मालिक! बेटीवाले ने खटिया दी है; एक रात भी तो बेटी इस पर सो ले।"

"सुन, रीतलाल, इस बार ब्याह नहीं हो पाया। मगर समझ लो कि इस बार दान-दहेज मिल गया है, अगली बार कनियाँ मिल जाएगी।"

"मेरी तो कुछ समझ में नहीं आ रहा है। इस बार दान-दहेज पलटू झा को मिला; अगली बार कनियाँ आपको मिलेगी!"

"यह तो समझोगे कि यह दान-दक्षिणा का सामान है, पलटू झा की पंडिताई की कमाई।"

जब से शंकरपुर के नईम मियाँ के मरने की खबर आयी थी, तब से रामभद्र झा बेचैन थे। कौन है यह नईम मियाँ? उसके मरने की खबर पलटू के पास क्यों? बहुत तरह की बातें मन को मथने लगी थीं। उन्होंने सोच लिया था कि पलटू के आते ही उनका उससे पहला सवाल होगा, "कौन है यह नईम मियाँ?"

मगर जब उन्होंने बैजनाथ की बैलगाड़ी को सामने की सड़क से गुजरते देखा तो उनका 'पहला सवाल' बेदखल हो गया। सामान से लदी बैजनाथ की बैलगाड़ी और उस बैलगाड़ी के पीछे बँधी बछिया को देखकर उन्होंने मन में सोचा कि इस बैलगाड़ी पर बैठकर पलटू नहीं आया है, तो अवश्य वह भी ऐसी ही लदी एक और बैलगाड़ी के साथ आ रहा होगा। अचानक उनके मन में तिलमिली हुई कि कहीं ऐसा न हो कि बैजनाथ भरी बैलगाड़ी लेकर आ गया और पलटू खाली हाथ आये! इस तिलमिली के साथ ही वे गुस्से में आ गये। उन्होंने सोच लिया कि अगर ऐसा हुआ, तब तो वे पलटू को दरवाजे पर ही रोक लेंगे और पूछेंगे, "तुम छूँछे हाथ तो नहीं आये हो?" अगर वह बोल गया कि हाथ छूँछा है, तब तो उस पर बरस पड़ेंगे वे, "तुम्हें किस लिए भेजा था, रे नालायक; धानुक का ब्याह कराने या अपने लिए कुछ करने? अगर हाथ बिल्कुल छूँछा है, तो उल्टे पाँव लौट जाओ यहाँ से और जब भी आना, तो खाली हाथ डुलाते मत आना।"

जब बहुत देर तक पलटू नहीं आया, तो रामभद्र झा खुद बैजनाथ मंडल के घर जा पहुँचे। पहुँचते ही उन्होंने बैजनाथ से पूछा, "पलटू कहाँ है?"

"पलटू झा दो-तीन दिनों में आ जाएँगे।"

"रुक क्यों गया वह?"

"उनकी जजमानी चल निकली है। अच्छा दान-दक्षिणा मिल रहा है।"

"सच?" रामभद्र झा की आँखों में चमक आ गयी।

"हाँ,पंडितजी," बैजनाथ बोला, "बाहर बैलगाड़ी पर जो सामान लदा है, वह सब पलटू झा की ही कमाई है। एक बाछी भी आयी है। दूसरी बाछी लेकर पलटू झा खुद आएँगे। सबसे

बड़ी बात यह है कि उन्हें दान में सोना भी मिला है।"

"सोना?"

"हाँ, सोने की एक मूर्ति मिली है।"

"कितना वजन होगा?"

"एक तोला से कम सोना नहीं होगा।"

"एक तोला!" रामभद्र झा बुदबुदाये और फिर बोले, "एक तोला भी कम नहीं होता है।"

"किसे मिलता है आजकल दान में सोना? और उस पर एक तोला?"

"उसके पास कुछ नकद भी होगा ही?"

"अवश्य होगा।"

"कितना तक हो सकता है?"

"यह तो मैं नहीं बता सकता हूँ।"

"दो-तीन दिनों में आ रहा है?"

"हाँ, मुझसे तो उन्होंने यही कहा था।"

"मुझे एक दुख है, बैजनाथ बाबू।"

"क्या?"

"आपकी कनियाँ भी आ जातीं, तो मैं खुशी मनाता।"

"आप चाहें तो अभी भी खुशी मना सकते हैं; कनियाँ इस बार नहीं आयीं मगर अगली बार जरूर आ जाएगी।"

"तो अब मैं चलूँ?"

"आप जाइए; मैं रीतलाल के साथ बैलगाड़ी भिजवा देता हूँ।"

"रीतलाल को भेजने की कोई जरूरत नहीं है," पंडित रामभद्र झा ने कहा, "मैं बैलगाड़ी लेकर जाता हूँ।"

"ठीक है, ले जाइए," बैजनाथ बोला, "गाड़ीवान को गाड़ी का भाड़ा पचास रुपये दे दीजिएगा।"

"पलटू ने भाड़ा नहीं दिया था?"

'नहीं।"

"ठीक है, मैं दे दूँगा।"

रामभद्र झा जब बैलगाड़ी लेकर चले गये, तो किसी ने रीतलाल से पूछा, "बैलगाड़ी पंडितजी क्यों ले गये?"

"मैं क्या जानूँ, क्यों ले गये?" रीतलाल ने गुस्साई आवाज में जवाब दिया।

कइयों ने बाद में रीतलाल से पूछा, "बैजनाथ बाबू का ब्याह नहीं हुआ है?"

"मैं क्या जानूँ, हुआ है कि नहीं हुआ है?" हरेक को रीतलाल ने सुनाया था।

बैलगाड़ी के साथ अपने घर जाते हुए रामभद्र झा लहलहाये हुए थे। बेटा अचानक कपूत से सपूत हो गया था। उन्हें अफसोस हो रहा था कि बेकार ही अब तक वे पलटू को बुरा-भला सुनाते आये थे। बेटे को देर-सबेर सुबुद्धि आ गयी है, नहीं तो यही बैलगाड़ी फुलकाहा आने की

बजाय उसकी ससुराल का रास्ता पकड़ती। उनका वात्सल्य उमड़ने लगा लगा था; अब बेटे का मन बिल्कुल साफ है।

गाड़ीवान को भाड़ा देकर विदा करने के बाद उन्होंने सबसे पहले बाछी दरवाजे पर बाँध दी। वह बाछी दरवाजे की शोभा भले न हो, पर पंडिताई की शोभा थी। जिस पलटू को लोग नाकारा समझने लगे थे, अब उसी पलटू के चन्द्रमा को देखें कि वह कितना बलवान हो उठा है। जजमानी शुरू की नहीं कि बाछी मिलने लगी। और सोना? जयनाथ पंडित तो क्या, खुद उन्हें भी अब तक दान में सोना नहीं मिला है!

बाछी बाँधकर आने के बाद उन्होंने दान की खटिया बिछायी और गट्ठर खोलकर उसका सारा सामान खटिया पर पसार दिया—तीन जोड़े धोती, चार गमछे, दो कुरते के कपड़े, तीन जोड़े जूते और दो छाते।

सामान पसार देने के बाद वे पतोहू को सुनाने के लिए अपनी पत्नी से कहने लगे, ''जब तक किसी और की बात पर (मतलब, बीवी की बात पर) चलता रहा वह, कभी कुछ अरजकर घर नहीं ला पाया। अब मेरी बात पर चल रहा है, तो देख लो कि कितने कम समय में कितना कुछ कम लिया! एक और बाछी लेकर आ रहा है वह। साड़ी किसी के लिए नहीं आयी है, तो किसी को दुखी नहीं होना है। साड़ी दान में नहीं मिलती है। मुझे तो लगता है कि जितने का सामान आया है उससे अधिक नकद मिला होगा उसे। उसने अच्छा किया कि बैजनाथ के हाथ नकद नहीं भेजा। वह दो-चार जोड़े साड़ी खरीदकर अपने साथ ही लाएगा। हो सकता है, दो-एक थान जेवर भी बनवाता आये। दान में सोना भी मिला है। तोला भर सोना की एक मूर्ति मिली है उसे दान में।''

कुछ रुककर उन्होंने फिर सुनाया, ''उसने उस बार तो नहीं, मगर इस बार मेरी सीख पर पूरा ध्यान दिया है। उस बार भी वह धानुक का ब्याह कराने ही निकला था और देह-हाथ तुड़वाकर घर आया था। इस बार उसे होश रहा कि बाप की बात पर चलना चाहिए। बाप की बात पर चलने का फल मिल गया। देख लेना, इस बार देह पर चर्बी चढ़ाकर आएगा।

''मैं तो कहता हूँ कि जब उसने मेरी सीख पर ध्यान दिया है, तो यह भी करे कि अगर उसका कोई धन (मतलब, शंकरपुर की कमाई और शंकरपुर की दुर्गा के गहने) किसी और घर (मतलब, ससुराल) में है, तो वह धन अब अपने घर ले आये। अधिक दिन बीत गये, तो कोई भी माल पचा लेगा। कौन (मतलब, साला-ससुर) किसका (मतलब, बहनोई-दामाद का) हुआ है? अपना घर नहीं है क्या कि किसी और के घर में अपना माल रखे?''

इतना बोलकर रामभद्र चुप हो गये, सामान की जाँच-परख करने लगे और मन-ही-मन बेटे की कमाई का हिसाब लगाने लगे।

अब पलटू की माँ की बारी थी पतोहू पर दबाव बनाने की। वह सुनाने लगी, ''मैंने ही क्या इस बेटे के लिए कम व्रत-पूजा की है! रोज शंकरपुर की दुर्गा का सुमिरन करती थी कि माँ, मेरे बेटे की डगमग नैया पार लगा दो, दो पैसे की कमाई दो उसे, कोई भूल-चूक हुई हो उससे तो उसे क्षमा कर दो। इस बार छठ मैया से यही माँगा था कि अब बाप की विद्या और गुण बेटे में डाल दो। यह छठ मैया का ही प्रताप है कि बेटा शुभ-शुभ आ रहा है। पिछली बार मार खाकर आया

था, इस बार कमाकर आ रहा है।''

इतना कुछ सुना देने के बाद भी वह बहू को वश में रखने के लिए रह-रहकर बहू के कान में कुछ-कुछ फुसफुसाती रही थी।

पलटू की पत्नी ने जैसे ही अपने पति की कमाई देखी, उसने तय कर लिया कि अब अगर सास या ससुर में से किसी ने भी उसे बोली मारी, तो वह भी ढोल की तरह बज उठेगी और तुर्की बतुर्की जवाब देगी। मगर जब उसने देख लिया कि अभी सास-ससुर दोनों दबकर बात कर रहे हैं, तो उसने भी कोई बखेड़ा करना उचित नहीं समझा। अभी वह गट्ठर उठाकर अपने कमरे में रख सकती है और कह सकती है कि जब तक 'वे' नहीं आ जाते, तब तक गट्ठर का कोई सामान इधर-उधर नहीं होगा। इस बात का भारी गुस्सा था उसे कि दो-दो बच्चे पैदा कर देने के बाद भी उसे दलिद्दर ही कहता रह गया था बुड्ढा, मगर उस गुस्से को अभी वह पी गयी। अब बहू को लक्ष्मी मान रहा है बुड्ढा, तो वह भी उसे ससुर मान लेगी। सास भी उसे सुना गयी है, ''बहू! अगर पलटू दो की जगह एक ही साड़ी लाता है, तो वह तुम रख लेना, और अगर गहने भी दो थान नहीं आये, तो एक थान गहना मैं तुम्हें ही दे दूँगी पहनने के लिए। मेरे लिए बाद में आ जाएगा।''

सास-ससुर तो दब गये, मगर गाँव की हरजाइयों को तो कुछ सुनाना ही है जो अब तक उसे बहुत कुछ सुनाती रही हैं। आज भी वह चुप रहेगी क्या? मगर घरझँकनी बुढ़िया देर क्यों लगा रही है? अब तक तो उसे आ जाना चाहिए था!

उसने अपनी बेटी प्रीतू को बुढ़िया के घर दौड़ा दिया, ''जा तो, बेटी, जरा चुल्हिया-माँ को बुलाकर ले तो आ।''

और जब तक चुल्हिया-माँ आ नहीं गयी, तब तक पलटू-कनियाँ मन में यही सोचती-विचारती रही कि आज बुढ़िया को किस ठसक के साथ क्या-क्या सुनाना है और पुरानी ईंटों का जवाब किन नये-नये पत्थरों से देना है...।

''क्यों, चुल्हिया-माँ, आज आदमी भेजकर बुलाना पड़ा तुम्हें; सुनाने नहीं आयी कि इस बार क्या हल्ला हो रहा है गाँव में? बैलगाड़ी को हमारे दरवाजे तक आते तो सबने देखा होगा, बैलगाड़ी से बँधी बछिया को भी?''

''मैं गाँव का चक्कर लगाकर तो नहीं आ रही हूँ, बहू।'' घरझँकनी जवाब देगी।

''हर बार तो चक्कर लगाकर ही आती थी यहाँ। जयनाथ पंडित के घर तो जरूर गयी होगी?''

''नहीं, सीधे यहीं आ रही हूँ।''

''उसके घर होकर आना था।''

''अब जाऊँगी, तो उसके घर होते हुए जाऊँगी।''

''हाँ, जरूर जाना। और यहाँ से देखकर जाओ कि दान-दक्षिणा में क्या-क्या सामान मिला है, नहीं तो जाकर पंडित की घरवाली को बताओगी क्या?''

''सामान तो देख ही लूँगी, मगर सुन रही हूँ कि बैजनाथ का ब्याह नहीं हुआ।''

''नहीं हुआ, तो वह भी हो जाएगा। इस बार मार खाकर तो नहीं आया बैजनाथ मंडल! अगली बार दुलहन लेकर आ जाएगा।''

''यह मरियल बाछी दान में मिली है?''

''दान की बाछी को मरियल बोल रही हो? ऐसी बाछी भी किसी को दान में मिली है क्या? पिछले पाँच साल में मेरे ससुर को तो मिली ही नहीं, किसी और को क्या मिलती! यह जान लो कि अब उनके जोड़ का पंडित इस इलाके में कोई नहीं है। यों ही लोग बाछी और सोना का दान करने नहीं लगे हैं।''

''सोना का दान भी मिला है?''

''हाँ, चुल्हिया-माँ, वह भी मिला है। सोना की मूर्ति लेकर वे अब आ ही रहे होंगे। तुम आकर देख आना। अब कौन गाँववाला नहीं पूछेगा उन्हें? झख मारकर पूछेगा। नहीं पूछेगा तो क्या अभी भी अक्षरकटू पंडित से ही पूजा-पाठ कराता रहेगा कि जगा हुआ देवता भी सो जाये!''

''तब तो शंकरपुरवाले भी बुलाने आ जाएँगे फिर से?''

''बुला तो कब से रहे हैं! मगर ये क्या वहाँ जाएँगे! अब तो और भी नहीं जाएँगे। देवी माँ तो फिर मेरे सपने में प्रकट हुई थी और मुझसे कहा, 'बेटी! अब अपने दुलहा को कोई एक गाँव पकड़कर मत रहने दो। अब वह इलाके का पंडित हुआ, एक जगह बँधकर नहीं रहे। फुलकाहावाले जिद करें, तब भी फुलकाहा में खूँटा मत गाड़ने देना उसे।' मैंने माँ से कह दिया, आप निश्चिन्त रहिए, दुर्गा माँ; मैं फुलकाहा में उन्हें कभी सात दिन से अधिक रहने नहीं दूँगी; रार मचा दूँगी।''

चुल्हिया-माँ आयी थी, कई घरों में झाँकते हुए। सब कुछ सुना पलटू-कनियाँ के मुँह से और जाते-जाते सुना गयी, ''सोना तो जब आएगा तब! कि सुनार जाँचेगा और गाँववाले जानेंगे कि सोना कितना सोना है और कितना पीतल! मगर बछिया के बारे में तो लोगों ने अभी ही पता लगा लिया है।''

''क्या पता लगा लिया है?''

''पता यही लगा है कि जिस आदमी की यह बछिया थी, वह इसे बेच डालना चाहता था, मगर इस बछिया को लेकर वह मवेशी हाट जाने से लजाता था। तब उसने यह कोशिश की कि इसे किसी ब्राह्मण को दान कर दिया जाये। उसके गाँव और आस-पास के गाँवों के किसी ब्राह्मण ने इसे दान में लेना स्वीकार नहीं किया। पलटू झा को कैसे तो इस दान की खबर मिल गयी और वह बछिया माँग लाया।''

''किससे यह सब सुन लिया?''

''मैं किससे सुनती! जो गाड़ीवान बछिया लेकर आया था, उसी ने गाँववालों को यह सब बताया।''

''झूठ! झूठ!'' पलटू-कनियाँ गरज उठी, ''सुन लो, चुल्हिया-माँ, दूसरी बाछी भी आ रही है। कहनेवालों से कहना कि इस बाछी के बारे में भी पता लगा लें। और जयनाथ पंडित की घरवाली से कहना कि उसका भतार भी कहीं से एक बाछी लाकर दिखा दे। और तुमसे भी मैं यह कह देती हूँ कि अगर कोई कुछ झूठ बोलता है, तो तुम उसे लोक मत लेना और पूरे गाँव को वह

झूठ सुनाते मत चलना। अगर ऐसा करोगी, तो खबरदार! मेरे घर में पैर मत रखना।''

(2)

जब गाँववालों को यह पता चल गया कि बैजनाथ मंडल का ब्याह नहीं हो पाया है, तब वे यह पता लगाने लगे कि पिछली बार की तरह इस बार भी वह कहीं से मार खाकर तो नहीं आया है। फुलकाहा का कोई भी आदमी—वह बैजनाथ मंडल ही क्यों न हो!—इतना अनाथ नहीं हो जाये कि एक अदद बीवी के लिए वह बार-बार घर से बाहर जाये और हर बार बाहर से मार खाकर घर आये!

कुठनीवाली भी ब्याह के गीत गाने घर से दौड़ी चली आयी थी और यह जानते ही कि अभी ब्याह नहीं हुआ है, दौड़ी हुई अपने घर वापस भाग आयी थी। घर पहुँचते ही उसने अपने पति देवन को बताया, ''ब्याह नहीं हुआ है। बैलगाड़ी का सामान बैजनाथ भैया के दहेज का नहीं था, पलटू झा के दान-दक्षिणा का था।''

''यह अच्छा नहीं हुआ,'' देवन बोला, ''नहीं आती बैलगाड़ी; पालकी आ जाती।''

''यह बताओ कि इस बार भी मार खाकर तो नहीं आये हैं वे?'' देवन ने अपनी चिन्ता जतायी।

''यह तो मैं नहीं कह सकती,'' कुठनीवाली ने जवाब दिया, ''कि बैजनाथ भैया कितनी मार पचा सकते हैं। ऊपर से देखने पर तो नहीं लगता था कि मार लगी है। बैलगाड़ी से उतरने पर मैंने उन्हें लँगड़ाते नहीं देखा था और न आह-ऊह करते। तेज चाल से घर और कमरे में घुसते देखा था उन्हें।''

''नहीं लगी होगी मार,'' देवन बोला, ''पहली यात्रा की मार के बाद इतना तो सीख ही लिया होगा उन्होंने कि कहाँ मार लग सकती है और किस तरह मार से बचकर निकला जा सकता है।''

ब्याह नहीं हुआ बैजनाथ का, यह गाँववालों के शोक का कारण तो हुआ, मगर इस बात की खुशी भी मनायी गयी कि इस बार बन्दा बेदाग बचकर चला आया है।

सबने माना कि बैजनाथ को मार नहीं लगी है, मगर कदमलाल की पत्नी ने ऐसा मानने से इनकार कर दिया। उसका मानना था कि अगर मार खाकर नहीं आया होता बैजनाथ, तो बीवी लेकर अवश्य आया होता। उसने अपने पति से कहा, ''आप उस बार भी नहीं गये थे हमदर्दी जताने। कुछ भी है, चचेरा ही सही, है तो आपका भाई। इस तरह अपने को उधार मत कीजिए। ठीक है, मार का हल्ला नहीं हुआ है, मगर यात्रा का हाल-चाल पूछने तो जा ही सकते हैं। ठीक है, वह नहीं बताएगा कि मार लगी है, मगर रीतलाल तो फूट सकता है। अगर वह भी मार छिपा लेता है, तो उसे किसी बहाने उपचार तो बता ही सकते हैं। और कुछ नहीं, तो हल्दी-चूना का लेप लगाने को तो कह आ सकते हैं।''

''उपचार तो मैं एक-से-एक बता सकता हूँ, मगर...''

कदमलाल जाने में कुछ ना-नुकर कर रहा था, मगर उसकी पत्नी ने उसे ठेलकर अपने

देवर की सेवा में भेज दिया।

कदमलाल ने बैजनाथ से मुलाकात तो की, मगर बातचीत 'क्या हाल-चाल है?' और 'ठीक हाल-चाल है।' पर समाप्त हो गयी। कदमलाल को बैजनाथ का रुख ऐसा नहीं लगा कि बातचीत आगे बढ़ायी जाये। वह बाहर निकल आया और रीतलाल को अपने पास बैठाकर उससे कहा, "तुम्हारा मालिक बड़ा थका-थका लग रहा है; कोई कष्ट है क्या?"

"नहीं तो," रीतलाल ने जवाब दिया, "कोई कष्ट नहीं है।"

"इतनी लम्बी यात्रा के बाद आदमी लौटता है, तो कुछ चोट-खोट खाकर ही लौटता है।"

"इस बार कोई चोट-खोट नहीं लगी है।"

"मालिक बताएगा थोड़े ही! हाँ, कभी-कभार आह-ऊह करता होगा।"

"नहीं, ऐसा कुछ नहीं कर रहे हैं।"

"अभी नहीं कर रहा है,मगर आगे कर सकता है। चोट का दर्द तो धीरे-धीरे उभरता है।"

"वैसा कुछ होगा, तो चोट पर हल्दी-चूना लगा दूँगा।"

"चोट का इलाज तो कर लोगे, थकान का क्या इलाज करोगे?"

"थकान का इलाज आराम; मगर मालिक को कोई थकान नहीं है।"

"थकान का पता बाहर से नहीं चलता है। तुम्हारा मालिक बहुत थक गया होगा। आराम कोई इलाज नहीं है। यह बहुत लम्बा इलाज है। मैं तुम्हें बताता हूँ फटाफट थकान दूर करने की दवा। गुड़ एक पाव, हल्दी आधा छटाँक, अजवायन एक छटाँक और चूना एक तोला लो। इन सबको एक साथ पकाकर काढ़ा तैयार करो और मालिक को पिला दो। मैं कारी यादव को देखता था अपने थके बैल को यह काढ़ा पिलाते हुए। एक और काम करता था कारी यादव। वह थके बैल को ऐसी जगह बाँधता था जहाँ दिन का उजाला तो हो, मगर हवा नहीं आती हो। वह बैल के ऊपर दो-तीन कम्बल लपेट देता था और थोड़ी-सी शराब भी पिला देता था। इससे बैल को पसीना आता था और बदन खुल जाता था। सम्भव हो, तो तुम यह भी करना। समझ गये?"

"हाँ, समझ गया।"

"अब यह बताओ कि मालिक की पीठ में कोई सूजन या दर्द भी है?"

"मालिक ने दर्द की शिकायत नहीं की है और पीठ के सूजन का मुझे अभी पता नहीं है।"

"कभी मालिक पीठ उघारे, तो देख लेना कि सूजन है या नहीं। दर्द की शिकायत, हो सकता है, वह कल-परसों तक करे। मैं तुम्हें दवा अभी ही बता देता हूँ। ध्यान से सुनो।"

"सुन रहा हूँ।"

"जहाँ सूजन हो, वहाँ चिकनी मिट्टी का लेपन करो और कुछ समय बाद धोकर साफ कर दो। उसके बाद सरसों तेल में नील मिलाकर उस पर लगा दो। अगर कमर में लचक या मोच आ गयी हो, तो शहद में थोड़ा-सा कपूर मिलाकर दर्द के स्थान पर लगाओ और ऊपर से बकरा का चमड़ा चिपका दो। रसीद ताँगेवाले को मैं इसी तरह अपने घोड़े की कमर की लचक और मोच को दूर करते देखता था। इसके बाद भी कोई शिकायत हो, तो मुझे तुरन्त खबर करना। ठीक?"

''ठीक।''

''अब मैं चलूँ?''

''ठीक।''

घर का हिसाब लेने से पहले बैजनाथ ने रीतलाल से बिल्लियों का हिसाब लिया, ''अगर घर में मैं एक चूहा छोड़कर गया होता, तो मान सकता था कि घर में अनाज का ढेर देखकर चूहे ने सात चुहियों से ब्याह किया होगा और ये सात चुहिये अब अपने सत्तर बच्चों के साथ इस घर में वास कर रही होंगी, मगर जब मैं सिर्फ एक बिल्ली छोड़कर गया, तो यह कैसे मान लूँ कि इस एक बिल्ली ने इतने कम समय में इतने छोटे-बड़े बच्चे पैदा कर लिये? कहाँ से आ गयीं इतनी बिल्लियाँ?''

''मुझे तो सबकी सब मालकिन बिल्ली की ही सगी लगती हैं।'' रीतलाल ने जवाब दिया था।

बैजनाथ ने नौकर को तेज नजरों से घूरा और बोला, ''होंगी, मगर यहाँ कैसे आ गयीं?''

''ऐसा तो होता है, मालिक, हम लोगों के गाँव-समाज में भी होता है। किसी बड़े घर में शादी हो जाये बेटी की और घर में बेटी का राज हो, तो मेहमानजी के साली-साले डेरा डालने लगते हैं, सास-ससुर महीनों पड़े रह जाते हैं। पहली बार गाँव में किसी बिल्ली का ब्याह हुआ था और उसे सुखवास मिला था। बिल्ली की चाची ने कहा होगा, 'हे बेटी! तुम्हें तो बड़ा-सा घर मिला है और घर की ऐसी मालकिन हो तुम कि कोई दुरदुरानेवाला नहीं। मैं भी अपने बाल-बच्चों के साथ तुम्हारे पास ही आ जाती हूँ।' मालकिन बिल्ली की मौसी ने भी यही कहा होगा और उसकी नानी-मामी ने भी। सब-की-सब यहाँ आ गयीं।''

''तुमने इन सबको घर में घुसने क्यों दिया?''

''मैं किस अधिकार से रोक देता?'' रीतलाल ने जवाब दिया, ''मालकिन के सगे-सम्बन्धियों को भी रोक देता? आपने ऐसा कहा तो नहीं था।''

''तो तुम इन सबको दूध पिलाते थे?''

''आपने कहा था दूध पिलाने?''

''नहीं कहा था।''

''तो मैंने भी दूध नहीं पिलाया। सिर्फ मालकिन दूध पीती थी इस घर का। और सब बाहर के घरों में दूध पीती थीं। यहाँ मैंने उन्हें सिर्फ रहने की जगह दी थी।''

''रहने की जगह भी नहीं देनी थी। इन बिल्लियों से ही घर भरा रहेगा, तो किधर मेरी घरवाली आकर रहेगी और किधर पैदा होनेवाले बच्चे रहेंगे? इन सबको भगा देना है।''

''अब भगाना आसान नहीं होगा, मालिक। जब तक मालकिन बिल्ली घर में रहेगी, कोई बिल्ली नहीं भागेगी यहाँ से। यह हो सकता है कि मैं इन सबके लिए एक अलग झोंपड़ी बना दूँ।''

''वही करो अभी,'' बैजनाथ बोला, ''अभी मुझे घर में बिल्लियों से बचकर रहना है। ब्याह हो जाये, तो मैं सबको भगा दूँगा, तुम्हारी मालकिन बिल्ली को भी।''

''जल्दी ब्याह क्यों नहीं करते, मालिक,'' रीतलाल ने दुखी स्वर में कहा, ''इस मालकिन

के चलते मुझे बहुत कष्ट हो रहा है।''

''तुम्हें क्या कष्ट होता है?''

''दिन भर तो इसी में उलझा रह जाता हूँ। जब भी इसे बुलाता हूँ दूध पिलाने, तो इसके पीछे दूसरी बिल्लियाँ भी आने लगती हैं। इसकी सही पहचान के लिए हर तीसरे दिन इसे लाल रंग में रँगता हूँ। यह ऐसी चटोरी और छिछोरी है कि इस घर के बाद भी वह और घरों में दूध पीने चली जाती है। रोज कहीं-न-कहीं से शिकायत आ जाती है। अक्सर दूसरी बिल्लियाँ दूध पीकर भागती हैं इधर-उधर के घरों से, मगर नाम मालकिन बिल्ली का ही लग जाता है। अब जल्दी से किसी और से ब्याह कीजिए, मालिक।''

''कुछ दिनों तक और बर्दाश्त करो इस दुख को। मुझे ही दुख नहीं है कि पूरे गाँव में किसी ने बिल्ली से ब्याह नहीं किया और मुझे करना पड़ गया! इस दुख से मेरा और तुम्हारा छुटकारा एक साथ होगा।''

जब रीतलाल मालिक को बता रहा था कि कौन-कौन बटाईदार कब-कब, किस-किस काम से आया था, तब अचानक याद आते ही वह बोल उठा, ''हाँ, एक और आदमी आया था।''

''कौन?''

''लड़कीवाला।''

''क्या नाम था?''

''नाम मैं नहीं बता सकूँगा, मालिक।''

''कहाँ से आया था?''

''यह भी रतनी ही बताएगी।''

''रतनी क्यों बताएगी?'' मालिक गुस्से में आ गया, ''तुम क्यों नहीं बताओगे?''

''मैं डर रहा था कि नाम मैं भूल न जाऊँ, इसलिए नाम-गाम रतनी के पास रख दिया। वह कुछ भी भूलती नहीं।''

''बुला लाओ रतनी को।''

रीतलाल बहुत प्रसन्न चाल से निकला तो था रतनी को बुलाने, मगर मुँह लटकाये हुए वापस आया।

''क्या हुआ?'' उसके आते ही मालिक ने पूछा।

''रतनी तो अभी नहीं आयी।''

''क्यों?''

''अभी उसे नाम याद नहीं है?''

''तो वह नाम याद करेगी?''

''हाँ, मालिक।''

''तो उससे कहो कि वह जल्दी से नाम याद करे।''

''वह रविवार को आएगी नाम बताने।''

''रविवार को क्यों?''

''नाम उसे शनिवार को याद आएगा; रविवार की सुबह ही चली आएगी वह नाम बताने।''

''तुम उसे तुरन्त बुलाकर लाओ।''

रीतलाल को फिर एक बार दौड़ना पड़ा रतनी के पास और इस बार रतनी को जोर लगाकर लाना पड़ा। रतनी के आते ही बैजनाथ ने पूछा, ''तुम आज क्यों नाम नहीं बताओगी?''

''मुझे आज याद नहीं है।''

''क्यों याद नहीं है?''

''मैंने नाम कहीं और धर दिया है।''

''कहाँ धर दिया है?''

''गवैया जी के भजन में।''

''भजन में?''

''हाँ।''

बैजनाथ गम्भीर हो गया और बोला, ''मुझे लगता है कि तुम दोनों को कदमलाल ने बहकाया है मेरे विरुद्ध, कुछ सिखाया-पढ़ाया है तुम दोनों को।''

''नहीं, मालिक,'' रीतलाल ने जवाब दिया, ''मैं तो उनसे भर मुँह बात भी नहीं करता।''

''तो फिर ऐसा क्यों हुआ,'' बैजनाथ ने जोर देकर पूछा, ''कि नाम तुम्हें याद रखना था, मगर तुमने रतनी से कह दिया नाम याद रखने को, और रतनी नाम याद रखने की बजाय धर आयी उसे गवैया के भजन में? किस गवैया के भजन में धर दिया? क्यों धर दिया गवैया के भजन में? नाम कैसे धर दिया भजन में?''

रतनी ने इन प्रश्नों के जवाब दिये।

रीतलाल को जब लड़कीवाला अपना नाम-गाम बताकर चला गया, तो उसे डर होने लगा कि वह कहीं नाम भूल न जाये और मालिक के आने पर उन्हें कोई उल्टा-पुल्टा नाम नहीं बता दे। उसने रतनी को नाम रटा दिया। रतनी भी रह-रहकर नाम भूलने लगी, तो उसने नाम याद रखने के लिए एक अपनी विधि अपनायी जिसका इस्तेमाल नाम याद रखने में वह बराबर करती आयी थी। वह सोचने लगी कि इस नाम को वह किससे जोड़े कि जरूरत पड़ने पर वह इसे झट याद कर ले। दो दिनों तक तो वह किसी तरह नाम को पकड़े रही, मगर तीसरे दिन शनिवार की रात में जब हर शनिवार की तरह ठाकुरबाड़ी में वेदानन्द गवैया भजन सुना रहे थे, तो उसने नाम उनके भजन में धर दिया। भजन में नाम धरते ही उसने निश्चिन्त होकर नाम भुला दिया और बिना प्रयास के उसे याद रहा कि गाम के नाम में 'पुर' है और आदमी के नाम में 'मड़ड़'।''

''पुर और मड़ड़ जानकर मैं क्या जानूँगा!'' बैजनाथ बुदबुदाया और रतनी से पूछा, ''अब बताओ कि नाम कैसे उपराओगी?''

''गवैयाजी के भजन सुनकर।'' रतनी बोली।

''गवैयाजी क्या रोज एक ही भजन गाते हैं?'' बैजनाथ फिर गुस्से में आया, ''मैंने क्या उन्हें भजन गाते नहीं सुना है? सैकड़ों भजन कंठस्थ हैं उन्हें। हर शनिवार को कंठस्थ सारे भजन

नहीं सुना देते हैं वे। दो-चार भजन गाकर अपना हिस्सा पूरा कर देते हैं। ऐसा भी नहीं होगा कि अगले शनिवार को पहला वही भजन गाएँगे वे जिसमें तुम नाम रखकर आयी हो। तब तो नाम उपराने में तुम महीनों-सालों लगा दोगी। बोलो, अब क्या होगा?''

रतनी कुछ नहीं बोली, केवल सिर झुका लिया।

बैजनाथ फिर गुस्साया, ''अगर नाम तुमने नहीं उपराया, तो मैं तुमसे गोयठे नहीं पथवाऊँगा, घर का कोई काम नहीं करवाऊँगा, न तुमसे न तुम्हारी माँ से। जाओ, गवैया से नाम लेकर आओ।''

''अब तो शनिवार को ही न, मालिक?'' रतनी धीरे-से बोली।

''मैं शनिवार तक छटपटाऊँ नाम के लिए? और कोई ठीक है कि तुम्हारा शनिवार कब आये? गवैयाजी को आज ही सारे भजन सुनाने हैं और तुम्हें नाम उपराना है।''

''गवैयाजी गाएँगे आज?''

''हम अपने घर पर गवाएँगे।'' बोलकर बैजनाथ ने रीतलाल को कहा, ''तुम गवैयाजी को बुला लाओ।''

''मेरे जाने से वे नहीं आएँगे, मालिक; बहुत टेढ़े आदमी हैं।''

''तुम लोग मेरा नाश करोगे!'' बोलकर बैजनाथ ने कहा, ''मैं जाता हूँ उनके पास; उन्हें लेकर आता हूँ।''

गवैयाजी को अपने घर भजन गवाने के लिए ले आना आसान नहीं हुआ। बहुत मान-मनौअल करनी पड़ी। उन्हें यह सुनना तो अच्छा लगा कि उनकी अवाज बहुत मधुर है, वे बैजनाथ मंडल के सबसे प्रिय गवैया हैं, उनके जैसा भजनिया इस इलाके में नहीं है, और यात्रा से लौटकर आने के बाद बैजनाथ मंडल उनके भजन लगातार कई-कई दिनों तक सुनने के लिए बेकरार हैं, मगर उन्होंने किसी के घर जाकर भजन सुनाने की अपनी देर में कोई कमी नहीं की और इस बात पर अडिग रहे कि वे प्रतिदिन दोनों वेला भोजन-नाश्ता और एक जोड़ा धोती के हिसाब से भजन सुनाएँगे। उन्होंने यह भी सुना दिया कि उनकी संगत करने के लिए जगरूप ढोलकिया और शम्भुनाथ हारमोनियम मास्टर अवश्य हों।

गवैयाजी ने यह भी सुना दिया था कि अगर कार्यक्रम लम्बा खींचने का इरादा हो, तो उनके और शम्भुनाथ मास्टर के लिए बूटी छनवा ली जाये और ढोलकिया के लिए गाँजा का प्रबन्ध हो जाये।

पूरी भजन मंडली का खर्च उठाकर बैजनाथ मंडल ने कार्यक्रम का आयोजन किया। दरवाजे पर दरी बिछा दी गयी थी। भजन सुनने टोले-महल्ले के लोग भी चले आये थे।

रतनी को पूरी एकाग्रता और सावधानी के साथ भजन सुनने की हिदायत कर दी गयी।

भजन के शुरू होते ही बैजनाथ ने अपनी निगाह रतनी पर टिका दी। हर भजन पर रतनी ना में अपनी मूँड़ी हिलाती रही।

भजन का पहला दौर समाप्त हुआ और भाँग-गाँजा के बाद दूसरा दौर शुरू हुआ। रतनी को लक्ष्य करके बैजनाथ जब-तब ऊँची आवाज में बोलता रहा, ''भजन ध्यान से सुनें सब कोई। कोई ऊँघें नहीं।''

दूसरे दौर में तीसरा भजन सुना रहे थे गवैयाजी...

कुटुम्ब तजि सरन राम! तेरी आयो।
तजि गढ़ लंक, महल औ मन्दिर, नाम सुनत उठि धायो।
भरी सभा में रावन बैठ्यौ चरन प्रहार चलायो।
मूरख अंध कह्यौ नहिं मानै बार-बार समुझायो।
आवत ही लंकापति कीनो, हरि हँस कंठ लगायो।
जनम-जनम के मिटे परभव राम-दरस जब पायो।
हे रघुनाथ अनाथ के...

''मिल गया, मिल गया,'' रतनी चिचिया उठी ओर घर के अन्दर भागी।

श्रोताओं की भीड़ अकबकायी, ''यह क्या हुआ छौंड़ी को?''

रतनी की माँ, जो भजन सुनने आ गयी थी, बेटी के पीछे दौड़ी।

''कुछ नहीं हुआ है,'' रतनी, रीतलाल और रतनी की माँ के पीछे घर में घुसते हुए बैजनाथ ने भीड़ से कहा, ''छौंड़ी को राम-दरस हो गया है।'' जाते-जाते उसने गवैयाजी के कान में भी फुसफुसा दिया, ''अब दो-एक भजन सुनाकर कार्यक्रम समाप्त कर दीजिए।''

घर के अन्दर रतनी की माँ अपनी बेटी को झँझोड़ रही थी, ''क्या मिल गया, बेटी? क्या मिल गया?''

बैजनाथ ने वहाँ पहुँचते ही पूछा, ''रघुनाथ कि अनाथ?''

''रघुनाथ, रघुनाथ।'' रतनी बोली।

''आदमी का नाम?''

''नहीं, गाँव का; उसमें 'पुर' लगा दीजिए।''

''आदमी का नाम?''

''रघुना; उसमें मड़ड़ लगा दीजिय; रघुना मड़ड़।''

''रघुना मड़ड़ या रघुनी मड़ड़?''

''हाँ-हाँ, रघुनी मड़ड़।''

अब रतनी को छोड़कर बैजनाथ ने रतनी की माँ से कहा, ''भजन कराने में जो खर्च हुआ है, वह मैं तुम्हारे गोयठा के हिसाब में काट लूँगा। क्यों काट लूँगा, यह अपनी बेटी से पूछ लेना। अब ले जाओ बेटी को।''

रतनी के जाते ही बैजनाथ ने रीतलाल से पूछा, ''क्या-क्या कहा था रघुनी मड़ड़ ने?''

''मैंने उनसे पूछा, 'आप लड़कीवाले हैं?' उन्होंने कहा, 'हाँ।' मैंने कहा, 'आपको यहाँ मालिक के आने तक रुकना है।' उन्होंने कहा, 'मैं रुकूँगा नहीं।' उनके हाथ में लाठी थी; मैं रोक नहीं सकता था। मैंने पूछा, 'मालिक से क्या कहूँगा?' उन्होंने कहा, 'कह देना, रघुनाथपुर से रघुनी मड़ड़ आये थे बुलाने। एक लड़की तैयार है विवाह के लिए। विवाह करना हो, तो तुरत आ जाये रघुनाथपुर।' बस, इतना कहकर वे चले गये।''

''अब सुन लो,'' बैजनाथ मंडल ने कड़े शब्दों में सुनाया, ''भविष्य में फिर कभी कोई नाम रतनी-भुतनी के पास मत रखना। नाम कागज पर लिखवाकर रखना। रघुना-रघुनी को तो

मैं किसी भी गाँव में ढूँढ़ लेता, मगर 'पुर' याद नहीं रहता उस छोकरी को, तो मैं कहाँ किस 'रघुनाथ' गाँव को जाता? रघुनाथपुर जाता कि रघुनाथगंज कि रघुनाथनगर?''

रीतलाल के हटते ही बैजनाथ को लगा कि उसे रतनी पर गुस्सा नहीं आना चाहिए। नाम याद रखने की अपनी-अपनी विधि होती है। अंचल-कार्यालय के बजरंगबली सिंह का नाम वह भूल जाया करता था, मगर जब एक बार इस नाम को उसने 'हनुमान' में रख दिया, तो फिर कभी नाम याद करने में देर नहीं हुई। हनुमान तुरन्त हाजिर हो जाता था बजरंगबली के पास ले जाने के लिए। इसी तरह वह लम्बोदर झा को 'गणेश भगवान' में रखा करता था। औरों को भी देखा है इस तरह एक नाम को किसी और नाम में धरते हुए, 'बड़ा अच्छा नाम है मास्टर साहब का...तिलकेश्वर भगत के सबसे छोटे बेटे का जो नाम है वही नाम है...हाँ-हाँ, राजेश, राजेश, राजेश राय।' बेचारी लड़की ने तो 'पुर' और 'मड़ड़' याद कर ही रखा था।

रघुनाथपुर जाने और रघुनी मड़ड़ से मिलने का एक सपना भोर में ही देख लिया था बैजनाथ मंडल ने। एक झलक अपनी दुलहन की भी देखी थी उसने, मगर नींद टूटने पर काफी प्रयास के बावजूद वह दुलहन का चेहरा मन में स्थिर नहीं कर पाया। वह झटपट नित्यक्रिया से निवृत्त होकर अपनी अगली यात्रा पर सोच-विचार करने के लिए आँगन में बैठ गया। यह निर्णय लेने के बाद कि उसे अविलम्ब यात्रा पर निकल जाना है, भी वह रघुनाथपुर गाँव और वहाँ तक पहुँचने का रास्ता ढूँढ़ ही रहा था कि टोले की औरतों का आना प्रारम्भ हो गया।

सबसे पहले अजोधी की घरवाली आ गयी उलाहना देने, ''क्यों, हो बैजू! गाँव में बस एक भौजी महथीवाली? मैं भौजी नहीं हूँ क्या?''

''क्या हुआ, भौजी?'' बैजनाथ ने शान्त स्वर में पूछा।

''बिल्ली-बहू मेरे घर जाकर बाटी भर दूध पी गयी थी। मैंने बेटे को दूध के लिए भेजा, तो रीतलाल ने उसे डाँटकर भगा दिया, चम्मच भर दूध नहीं दिया।''

''अरे बाप! ऐसा झूठ!'' रीतलाल टकरा गया, ''चम्मच लेकर आया था वह? पाथा लोटा था; उसमें एक सेर से कम दूध नहीं अँटेगा। सेर भर दूध दे देता मैं?''

''अब तक पसेरी भर से ऊपर दूध पी गयी होगी बिल्ली-बहू हमारे घर का,'' भौजी ने बैजनाथ को सुनाया और फिर रीतलाल से कहा, ''एक दिन सेर भर दे ही देते तो क्या हो जाता? लोटा भरकर नहीं देते; आधा लोटा ही देते।''

''मालिक ने मुझसे नहीं कहा था,'' रीतलाल ने जवाब दिया, ''कि गाँव की हर बिल्ली और हर घर के दूध का हिसाब रखना।''

''हर बिल्ली नहीं,'' भौजी मुँह चमकाकर बोली, ''बिल्ली-बहू पीकर आयी थी दूध।''

''हमारे घर आने से पहले क्या मालकिन दूध नहीं पीती थी? नहीं जाती थी किसी के घर दूध पीने?''

''पहले किसी भी बिल्ली को करछुल-छलनी दे मारती थी; अब बिल्ली-बहू पर तो हाथ नहीं उठा सकती।''

''बिल्ली तो डाँट-डपट सुनती ही रहती है; मरेगी, तो मारनेवाले को भी पाप लगेगा।''

''कुछ दिन और बर्दाश्त करो, भौजी,'' बैजनाथ ने झगड़ा शान्त किया, ''मैं दो गाय केवल टोलेवाले को दूध पिलाने के लिए रख लूँगा। कभी इतना कुछ करूँगा तुम लोगों के लिए, अभी तुम लोग कुछ करो मेरे लिए।''

भौजी यह कहकर चली गयी कि उसे बैजनाथ का खयाल रहता है, मगर वह भी इस भौजी का खयाल रखा करे।

भौजी गयी नहीं कि गुलेल की घरवाली आ गयी, ''मैं कहने आयी हूँ, बैजू बाबू, कि आप ब्याह जल्दी से कीजिए, नहीं तो मेरा बेटा पगला जाएगा।''

''मैं पगलाऊँ तो पगलाऊँ, तुम्हारा बेटा कैसे पगला जाएगा?''

''कैसे नहीं पगला जाएगा? अभी ही आधा पगला गया है,'' गुलेल की घरवाली ने सुनाया, ''बिल्ली-बहू की जो चिन्ता मेरे बेटे बिरना को है, उतनी रीतलाल को है क्या! दिन भर में दस बार तो रीतलाल से पूछने आता है, 'बिल्ली-चाची कहाँ है? बिल्ली-चाची कहाँ है?' अगर यहाँ नहीं मिली, तो दौड़ता है पता लगाने। दिन में दो-चार बार तो सन्तलाल टोले की ओर जाता है देखने कि कहीं बिल्ली-चाची उस टोले के कटहा कुत्तों के बीच तो नहीं फँस गयी है। कोई बच्चा उसकी बिल्ली-चाची को ढेले नहीं मारे। उस दिन बिल्ली-चाची के कारण उसने भोला के बेटे से मारपीट कर ली। एक और दिन सीताराम के बेटे से झगड़ा करके आ गया। एक दिन मुझसे कहने लगी, 'माँ! फुलेल चाचा बिल्ली-चाची को बिल्ली-बिल्ली क्यों बोलते हैं? बिल्ली-भौजी क्यों नहीं बोलते?' नियम से हर रात सोने से पहले मुझसे जरूर पूछेगा, 'माँ! बिल्ली-चाची तो अपने घर आ गयी होगी न?' सोचिए, कितना खयाल रखता है वह अपनी बिल्ली-चाची का और किस नजर से देखता है उसे।

''अब मैं यह पूछती हूँ कि बिरना को इस दौड़-धूप के बदले कुछ मिलना चाहिए या नहीं? कम-से-कम तब तक के लिए उसे पाव भर दूध उठौना बाँध दीजिए जब तक उसे नयी चाची नहीं मिल जाती है। सिर्फ पाव भर बोल रही हूँ, अधिक नहीं।''

''उठौना पर मत जाओ,'' बैजनाथ ने कहा, ''मैं बोल दूँगा रीतलाल को कभी-कभी बिरना को दूध पिला देने के लिए।''

बिरना की माँ खुश होकर गयी; 'कभी कुछ नहीं' से 'कभी-कभी' पर तो आया बैजनाथ! भगवान ने चाहा, तो किसी दिन 'उठौना' पर भी आ जाएगा!

बिरना-माँ के जाते ही कोठियापुरवाली काकी आ धमकी, ''क्यों, रे बैजू, कभी इस पर ध्यान गया है कि गाँव की हर बिल्ली दिन-दिन क्यों मोटी होती चली जा रही है, और तुम्हारी काकी दिन-दिन क्यों दुबली होती जा रही है? यह माना कि बिल्ली-बहू का अधिक आदर हो इस घर में, मगर यह क्या कि काकी हर बिल्ली से गयी-गुजरी मान ली गयी! ब्याह हो जाने पर तुम दोगे सोने का तार या चाँदी का थान, मगर ब्याह तक जिन्दा ही नहीं रह पाऊँगी, तो कौन काकी पहनेगी सोना और चाँदी? बोलो, ब्याह तक जिन्दा रखोगे या नहीं?''

''हर हालत में तुम्हें जिन्दा रहना है, काकी।''

''तो मुझे कम-से-कम पाव भर दूध तो रोज पिलाओ,'' काकी बोली, ''मैं रोज आ जाया करूँगी; बोल दो रीतलाल से, मुझे दे दिया करेगा दूध।''

"ठीक है," बैजनाथ ने हँसकर जवाब दिया, "बोल दूँगा रीतलाल से।"

उसके बाद भी औरतों का आना जारी रहा—गोनर की माँ आयी, बैरियावाली आयी, सुन्दर की चाची आयी—जिसने भी एक बिल्ली-बहू को छोड़ शेष सारी बिल्लियों के ऊपर अपने को माना, वह आ गयी।

एक महथीवाली भाभी किसी बिल्ली का हिस्सा माँगने नहीं आयी। उसने बैजनाथ के कान में फुसफुसाकर कहा था, "अगर आपकी गाय का दूध रीतलाल हर रोज इतनी छौंड़ी को पिला सकता है, तो आप पाव भर दूध रोज मुझे पीने क्यों नहीं देंगे?" और फिर तेज आवाज में रीतलाल से कहा, "सुन लो, रे छौंड़ा, मैं रोज पाव भर दूध लेने आ जाऊँगी।" रीतलाल ने मालिक की ओर देखा; देखा कि मालिक मुस्करा रहे हैं।

जब औरतों का बाजार बिल्कुल बन्द हो गया, तब रीतलाल ने बाजार का पक्का हिसाब किया और मालिक से कहा, "मालिक! कल से अपना दूध बाँटने के बाद भी रघुनी यादव के बथान से रोज दो सेर दूध खरीदकर लाना पड़ेगा बाँटने के लिए।"

"तुम ऐसा करो, रीतलाल," मालिक ने कहा, "कल से दोनों गायों को बिसका दो।"

"गायों को बिसका दूँ?" कुछ हैरत से पूछा रीतलाल ने।

"हाँ," बैजनाथ ने जवाब दिया, "जो औरत दूध माँगने आये, उससे कह दो कि दोनों गायें बिसक गयीं, दूध देना बन्द कर दिया।"

"पूछने पर यह भी बोल दूँगा," रीतलाल ने पूछा, "कि उन लोगों की बातचीत सुनकर बिसक गयीं गाएँ?"

"नहीं-नहीं, ऐसा मत कहना," बैजनाथ ने हँसकर जवाब दिया, "तब उन्हें तुम्हारी बात पर विश्वास नहीं होगा।"

(3)

जब से बेटे की थैली घर आयी और थैला के आ रहे होने का समाचार मिला, रामभद्र झा के पाँव जमीन पर नहीं पड़ रहे थे। उन्होंने सोना और बाछी को ध्यान में रखकर हिसाब लगाया कि अगर बेटे का धन्धा इस तरह चालू रहा, तो साल बीतते-बीतते एक पक्का मकान बनकर खड़ा हो जाएगा। उन्होंने बेटे की कमाई को जमीन के अन्दर गाड़कर रखने की बजाय जमीन के ऊपर मकान खड़ा कर देने में ही अपनी बेहतरी देखी। उन्हें भय था कि घर में नालायक बहू के रहते कोई ठीक नहीं कि अभी-अभी अचानक लायक हो गया बेटा कहीं अचानक फिर नालायक न हो जाये। गहने-जेवर पहनने के सुख से उन्होंने अपनी ब्राह्मणी को वंचित कर दिया। वे जान रहे थे कि धीरे-धीरे सारे गहने बहू के हिस्से में चले जाएँगे। फिर उनके हिस्से में इस कमाई का कौन-सा सुख आया! अपना शेष जीवन एक पक्का मकान में गुजारने का सुख अब वे छोड़ना नहीं चाह रहे थे। हर साल छौनी-छप्पर के लिए बाँस-फूस जुटाने के कष्ट से उन्हें मुक्ति चाहिए थी।

यह तो उन्होंने अभी ही किसी पर जाहिर होने नहीं दिया कि वे शीघ्र ही एक पक्का मकान

बनवाने जा रहे हैं, मगर चुपके-चुपके उन्होंने ईंट, सीमेंट, छड़, लकड़ी आदि की कीमतों का पता लगाना शुरू कर दिया।

कोई व्यवधान उपस्थित न हो, इसके लिए उन्होंने बेटे और बहू को अच्छी तरह अपने काबू में कर लेने के उपायों पर विचार किया। उन्हें अब यह अच्छा लगा कि बैलगाड़ी से कोई साड़ी नहीं आयी और उन्होंनें तुरन्त बहू के लिए एक अच्छी साड़ी ले आने का निर्णय ले लिया। बेटे को खुश करने के लिए अभी यह पहला कदम होगा, उन्होंने मन में सोचा, कि गाँव के सिवान पर ही उसकी अगवानी की जाये और पहला प्रश्न पूछा जाए, ''बाछी ने रास्ते में परेशान तो नहीं किया, बेटा?''

उन्होंने ब्राह्मणी को कटु-मधुर स्वर में डाँटा-समझाया कि वह अब बहू से चोंच नहीं लड़ाये और उससे हिल-मिलकर रहे।

इस बार के थैला से उन्होंने नींव के लिए आवश्यक सामग्री जुटाकर नींव दे देना चाहा। किसी तरह बेटे को समझा-बुझाकर सोना और बाछी खुशी--खुशी बेचने के लिए तैयार कर लेते हैं वे, तो फिर नींव बन जाने के बाद दीवार खड़ी करने और दीवार खड़ी करने के बाद छत ढालने की चिन्ता बेटे को इस कदर सताएगी कि वह परदेस की कमाई का पैसा-पैसा लेकर घर आएगा।

अभी उन्हें इस बात की भी खुशी हो रही थी कि पहली बार कोई धानुक-कीयट किसी ब्राह्मण के लिए शुभ हुआ है। बैजनाथ मंडल का ब्याह हो न हो, जब हो तब हो, मगर उसका साथ तो बहुत फला। और अब पलटू ऐसी जगह पहुँच चुका है कि बैजनाथ का ब्याह न हो, वह विवाह का विचार त्यागकर घर बैठ जाये या वन में चला जाये और पलटू के लिए कोई मन्दिर बनवाये बगैर लापता हो जाये, तब भी पलटू को सोना और बाछी की कमाई होती रहेगी।

अभी वे बैठे-बैठे यह हिसाब लगा ही रहे थे कि नींव में कितनी ईंटें और कितनी बोरे सीमेंट लगेंगे कि अचानक एक शंका मन में कौंध गयी। वे नालायक बेटे को काबू में करने के उपायों पर तो विचार कर रहे हैं, मगर कहीं ऐसा न हुआ हो कि बेटा बाप से छिटककर दूर हो जाने के उपायों पर अब तक विचार कर चुका हो! यह तो हो ही सकता है कि बेटा कमाई करने लायक होते ही और भी नालायक हो गया हो। इस शंका के कौंधते ही उनकी देह निचुड़ी जा रही सी लगने लगी थी और वे निष्प्रभ होते चले गये थे। बैलगाड़ी में लादकर बेटे ने तो कमाई की पूँछ भेजी थी, कमाई का हाथी लेकर कहीं वह ससुराल की ओर न निकल गया हो! तब क्या आएगा वह सोने की मूर्ति लेकर? बछिया तक को उधर ही पहुँचा देगा वह। दो दिन बाद आने का क्या मतलब? बैजनाथ के साथ ही क्यों नहीं आया? आएगा तो वह जरूर, मगर तब आएगा अपनी जोरू को ले जाने। उनके मन में बुरे खयाल आने लगे...

''पलटू, अकेले आ रहे हो?''

''हाँ, और किसके साथ आता? बैजनाथ मंडल तो दो दिन पहले ही चल चुका था; पहुँचा है या नहीं?''

''वह तो पहुँच गया है, मगर तुम्हें तो बाछी के साथ आना था?''

''बाछी भी तो भिजवा दी थी मैंने; मिली या नहीं?''

''एक तो मिल गयी, मगर तुम तो एक और बाछी के साथ आनेवाले थे?''

''किसने कहा?''

''कहेगा कौन? जो तुम्हारे साथ था, उसने कहा।''

''बैजनाथ मंडल ने?''

''हाँ।''

''मैंने उससे झूठ कहा था।''

''झूठ क्यों कहने लगे तुम!''

''झूठ मैंने इसलिए कहा कि वह मेरी चलती की चर्चा गाँव में करे और गाँववाले जानें कि मैं कोई ऐरा-गैरा पंडित नहीं हूँ।''

''मगर वह मुझसे झूठ क्यों कहने लगा! मान लिया कि तुमने उससे झूठ ही कहा, मगर जब वह तुम्हारे साथ था, तब तो वह भी कुछ जान रहा था। जो जान रहा था, वह मुझसे बोल गया।''

''वह कुछ नहीं जान रहा था। मैंने उसे कभी कुछ नहीं बताया था।''

''ठीक है, नहीं बताया था। बछिया की बात झूठ थी, तो रहे। नकदी लेकर तो आये हो?''

''नकदी मिली थी, मगर उसी से तो अपना खर्च भी चला रहा था। नकदी कम ही बची है; इतनी नहीं है कि आपके हाथ में रख दूँ।''

''मैं तो सोच रहा था कि हजार-पाँच सौ नकदी लेकर भी आओगे; मेरा ऐसा सोचना गलत हो गया?''

''हाँ, बाबू, गलत हो गया।''

''ठीक है, इसे भी गलत मान लेता हूँ। मूर्ति लेकर तो आ गये हो न?''

''कैसी मूर्ति?''

''सोना की मूर्ति, जो दान में मिली है?''

''कोई सोना की मूर्ति नहीं मिली है मुझे दान में।''

''मैं नहीं मानूँगा; यह झूठ नहीं हो सकता। तुमने बैजनाथ को बताया हो या नहीं, यह बात छिपी नहीं रह सकती थी। सोना-दान की चर्चा तो पूरे इलाके में हो गयी होगी।''

''मैं कह रहा हूँ, बाबू, यह सब झूठ है।''

''मैं कुछ नहीं सुनूँगा; सोने की मूर्ति निकालो।''

''कहाँ से निकालूँ?''

''निकालो अपने ससुर के घर से।''

''ससुर के घर से कैसे निकाल लूँ?''

''जैसे भी निकालो,'' बाप सुना देगा, ''जब तक मूर्ति लेकर नहीं आ जाते, मैं तुम्हें घर में घुसने नहीं दूँगा।''

''जैसी आपकी मरजी।''

''यह मरजी भी सुन ही लो कि मैं तुम्हारी घरवाली को भी तुम्हारे साथ जाने नहीं दूँगा। मैं जान रहा हूँ, तुम क्यों दो दिन रुके रह गये उधर।''

"क्यों रुका रह गया?"

"घर बनाने।"

"घर बनाने रुक गया था?"

"हाँ, और घर बसाने भी। तुम बीवी को साथ ले जाने के लिए ही यहाँ आये हो न?"

"नहीं।"

"नहीं, तब भी जाओ जहाँ जाना हो। घर में घुसना है, तो सोना लेकर आओ।"

वार्तालाप के इस मोड़ पर आकर ठिठके रामभद्र झा। नहीं, उन्हें अभी ही पलटू के बारे में ऐसा नहीं सोचना चाहिए। उसके मन में जरा भी पाप होता, तो कुछ भी घर नहीं भेजता वह। जूता-छाता या कपड़ा भेज भी देता, मगर बछिया नहीं भेजता। बछिया तक भेज सकता था, मगर एक और बछिया और सोना लेकर आने का संवाद कभी नहीं भेजता, सोना तो कभी नहीं।

उनके मन में अब अच्छे ख्याल आने लगे और उन्होंने वार्तालाप को आगे बढ़ जाने दिया...

"सुन रहे हो न? घर में घुसना हो, तो सोना लेकर आओ।"

"ठीक है, बाबू, मैं आपको मूर्ति देकर घर में घुसूँगा।"

"कहाँ है मूर्ति?"

"मेरी टेंट में," मुस्कराते हुए टेंट से मूर्ति निकालकर पलटू सुनाएगा, "मैं तो, बाबू, यह सुनने के लिए आपसे मसखरी कर रहा था कि आप क्या-क्या बोलते हैं। मैं तो सोचकर आया हूँ कि इस फुलकाहा में पक्का मकान बनाऊँगा, दुतल्ला बनाकर गाँववालों को दिखाऊँगा।"

"अच्छा विचार लेकर आये हो, बेटा; नींव डाल ही दो। बछिया का क्या किया?"

"बछिया मैंने बेच डाली; लाने में बहुत तरद्दुद था।"

"कितने में बेची?"

"डेढ़ सौ में।"

"ऐसी ही थी न?"

"हाँ।"

"ठीक किया, बेच ली। दरवाजे पर बँधी एक बछिया से भी काम चलेगा। अब यह बताओ कि नकदी कितनी लेकर आये हो?"

"हजार से कुछ ही कम हैं, बाबूजी।"

"मैंने मान लिया हजार। खुश हूँ मैं, बेटा। चलो, अब घर चलें। घर में सारे लोग इन्तजार कर रहे होंगे। तुम्हारी माँ का आज उपवास है; कोई व्रत रखा है उसने तुम्हारे लिए।" और घर चलते हुए वे बेटे को एक टहोका अवश्य मारेंगे, "जब सब कुछ अच्छा-अच्छा सोचा है तुमने, तब यह भी करो, पलटू, कि वह सब धन भी अब अपने घर ले ही आओ जिसे तुमने जहाँ-तहाँ (मतलब, ससुराल में) रख छोड़ा है।"

"अब याद तो आये कि कहाँ-कहाँ धन है मेरा। यह क्या कम है कि इतना धन समेटकर

घर ले आया?''

''मैंने कब कहा कि कम है? सोचो, मैं कितना खुश रह रहा हूँ आजकल! कल ही कनियाँ के लिए एक अच्छी साड़ी खरीदकर ले आया था।''

उस दिन दो बार सिवान से लौटकर आने के बाद वे तीसरी बार वहाँ जाने के लिए घर से निकले ही थे कि बैजनाथ मंडल के दर्शन हुए। उन्होंने आगे बढ़कर धानुक का स्वागत किया और उसे ओसारे की चौकी पर बिठाया। चौकी पर बैठते ही बैजनाथ मंडल ने पूछा, ''पलटू झा अभी तक नहीं आये?''

''मैं उसी की तो प्रतीक्षा कर रहा हूँ, बैजनाथ बाबू। आज आपको आये हुए तीसरा दिन हो रहा है। उसे आने में देर हो रही है। बताइए तो, देर क्यों हो सकती है?''

''उन्हें कल ही आ जाना था। देर क्यों हो रही है, यह तो मैं नहीं बता सकता।''

''वह बछिया लेकर आ रहा है न?''

''हाँ।''

''और सोने की मूर्ति लेकर भी?''

''हाँ-हाँ।''

''उसने आपसे झूठ तो नहीं ही कहा होगा?''

''यह आप क्या कह बैठे, पंडितजी! अब तो मैं और पलटू झा एक आत्मा दो शरीर हो गये हैं। मन की कोई गहरी बात भी वे मुझसे नहीं छिपाते।''

''कुछ तो नकदी भी होगी ही?''

''अवश्य होगी।''

''पता नहीं, क्यों देर हो रही है उसे।''

''इस देर से मेरा तो नुकसान हो रहा है, पंडितजी। अगर वे आज भी नहीं आते हैं, तब तो मैं अकेले ही निकल जाऊँगा। मैं अब अपना समय यहाँ नहीं गँवा सकता।''

''यहाँ रखकर उसे भी मैं अपना समय थोड़े गँवाने दूँगा! आपके साथ ही उसे भेज दूँगा। अब तो आपके बिना उसका मन भी इस गाँव में नहीं लगेगा। और फिर जिस काम का बीड़ा उठाया है उसने, वह भी तो पूरा करना है उसे।''

''इस बार जहाँ की यात्रा करनी हो मुझे, वहाँ अकेले भी जा सकता हूँ। वहाँ से पहले भी एक बार आ चुका हूँ मैं। उस गाँव में मेरा एक परिचित आदमी है।''

''ठीक है, आपका जहाँ जी चाहे जाएँ, मगर पलटू के साथ जाएँ। एक से दो भले। जिस गाँव में कोई परिचित हो, वहाँ भी किसी मुसीबत का सामना करना पड सकता है। आपके दुश्मन जब इस गाँव में हैं, तो निश्चय ही उन्होंने जगह-जगह आपके दुश्मन पैदा कर दिये होंगे। मुसीबत यहीं से आपके पीछे लग जा सकती है।''

''यहाँ तो सब ठीक-ठाक ही रहता है, पंडितजी: गड़बड आगे शुरू होती है।''

''तब तो, मैं कहूँगा, आपको गड़बड़ का पता ही नहीं है,'' रामभद्र झा बोले और फिर पूछ बैठे, ''क्या आपके बाईस बच्चे हैं?''

''बाईस!'' बैजनाथ मंडल की चीख निकल आयी, ''नहीं तो।'' और फिर उसने बुझे स्वर में कहा, ''आप ऐसा क्यों पूछ बैठे, पंडितजी? आप तो सब कुछ जानते हैं। आप जानते हैं, पंडितजी, मैं एक औलाद के लिए ही ब्याह करने जा रहा हूँ।''

''आपको पता है कि कोई लड़कीवाला आपको देखने आया था?''

''बाईस बच्चेवाली बात पहले बताइए, पंडितजी।''

''पहले मेरे प्रश्न का जवाब दीजिए।''

''हाँ, पता है कि एक आदमी आया था।''

''एक नहीं, दो आदमी थे।''

''उनमें कोई एक बूढ़ा था?''

''नहीं, बूढ़ा कोई नहीं था; दोनो अधबैसू थे।''

''लड़कीवाले ने अपना नाम-पता बताया था?''

''मैंने पूछा तो था, मगर उन्होंने बताया नहीं।''

''आपकी मुलाकात कैसे हुई थी?''

''अचानक!'' रामभद्र झा ने बताया, ''वे दोनों बतियाते जा रहे थे, तब मैंने उन्हें टोका था।''

''क्या बतिया रहे थे दोनों?''

''एक-दूसरे से कह रहा था, 'हम लोगों को पूरा पता लगाकर आना चाहिए था फुलकाहा। कोई सुने भी कि हम बाईस बच्चों के बाप से बेटी का ब्याह करने आये थे, तो वह हमारी खिल्ली उड़ाएगा। मगर कैसा आदमी है यह कि बाईस बच्चों का बाप होकर भी ब्याह के लिए तड़फड़ा रहा है!''

''मैं उन दोनों के पास से ही गुजर रहा था। ज्यों ही बातचीत का वह टुकड़ा मेरे कान में पड़ा, मैं पूछ बैठा, 'किसे बाईस बच्चे हैं, भाईसाहब? इस फुलकाहा में तो किसी के बाईस बच्चे नहीं हैं।'

'' 'हैं न, बैजनाथ मंडल के हैं।'

''मैंने पूछा, 'किसने बताया?'

''उसने जवाब दिया, 'बतानेवाले ने बता दिया।'

'' 'और क्या-क्या बताया बतानेवाले ने?' मैंने पूछा।

'' 'बताया कि उसने चार शादियाँ कीं। तीन बीवियों को अब तक मार चुका है। चौथी जिन्दा है। पाँचवीं शादी के लिए लड़की ढूँढ़ रहा है।''

'' 'और उसके बाईस बच्चे हैं?'

'' 'हाँ।'

''मैंने कहा, 'यह सब झूठ है।'

''उनमें से एक ने जवाब दिया, 'पूरा-का-पूरा झूठ ही तो नहीं होगा; कुछ तो सच होगा ही। अब झूठ हो या सच, हम कोई खतरा नहीं उठाएँगे। बेटी को कुआँ में फेंकने नहीं निकले हैं हम।'

"तब मैंने उसका नाम-गाम पूछा।

"उन्होंने जवाब दिया, 'यह सब बताने से क्या फायदा?' और वे आगे बढ़ गये। अब सोचिए, बैजनाथ बाबू, कि यहाँ के लोग कितने झूठे हैं और कैसा-कैसा झूठ बोल सकते हैं। अगर बिल्ली के बच्चों की गिनती भी की जाये, तब क्या बिल्ली ने अब तक बाईस बच्चे पैदा कर दिये होंगे! मुझे विश्वास नहीं होता। अभी बिल्ली के कुल जमा कितने बच्चे हैं, बैजनाथ बाबू?"

बैजनाथ ने पंडितजी के प्रश्न को कोई उत्तर नहीं दिया। वह काफी उदास और गम्भीर हो उठा था और चलने को उठ खड़ा हआ, "अभी मैं चलता हूँ, पंडितजी। पलटू झा जैसे ही आएँ, मेरे पास भेज दीजिएगा।"

बैजनाथ बहुत व्याकुल होकर घर की ओर चला था। उसे पक्का विश्वास हो गया था कि और किसी ने नहीं, उसके भाई कदमलाल ने ही बरदेखिया से यह सब कहा होगा। घर पहुँचते ही उसने रीतलाल से पूछा था, "घर में कुल जमा कितनी बिल्लियाँ हैं?"

"एक दिन रतनी बोल रही थी," रीतलाल ने जवाब दिया, "कि इस घर में कुल ग्यारह बिल्लियों का आना-जाना होता है।"

"ग्यारह?"

"हाँ, मालिक।"

रीतलाल के जाने के बाद बैजनाथ देर तक बुदबुदाता रह गया था, "भाई होकर भाई पर वार! कितना बड़ा झूठ कि मेरे बाईस बच्चे हैं! अगर सारी बिल्लियाँ उस एक बिल्ली के ही बच्चे हों, तब भी गिनती ग्यारह तक ही पहुँचती है। ग्यारह भी नहीं बोला, बाईस बता दिया! झूठ को भी बढ़ा-चढ़ाकर बहुत झूठ बना दिया! अब बिना मुकदमा ठोंके काम नहीं चलेगा। बनवारीलाल ने तो बताया ही था कि किसी भी आदमी पर किसी भी बात के लिए मुकदमा किया जा सकता है; वकील बढ़िया होना चाहिए।"

पलटू को सिवान पर नहीं देखकर अचानक अपने घर के द्वार पर ही देखा रामभद्र झा ने, मगर अगवानी तो क्या करते, बिना बछिया के पलटू को देखकर उनका जी धक हो गया। उनके मुँह से निकला, "पलटू!"

"हाँ, बाबू।"

"बछिया?"

"कहाँ गयी, यह मत पूछिए; खैर मनाइए कि मैं सही-सलामत आ गया।"

"हुआ क्या?"

"डाकुओं ने लूट लिया।"

"मवेशी-चोर थे?"

"डाकू थे, असली डाकू।"

"नकदी बच गयी न?"

"नहीं बची; डाकुओं ने जेब में हाथ डाल दिये।"

"मूरती..."

''वह भी चली गयी।''

''टेंट में नहीं थी क्या?''

''उन्होंने टेंट खुलवा ली।''

''झूठ, झूठ, सब झूठ।''

''नहीं, बाबू, सच कह रहा हूँ।''

''तब तो ऐसा हुआ होगा कि डाकू तुम्हारे पास आये होंगे और कहा होगा, 'हम डाकू हैं; तुम्हारे पास जो कछ है, हमारे हवाले करो,' और तुमने झट बछिया की रास उन्हें थमा दी होगी, जेब से पैसे निकालकर उन्हें दे दिये होंगे और फिर उनसे कहा होगा, 'रुकिए, टेंट में एक सोने की मूर्ति है, वह भी लेते जाइए।' ''

''लगभग ऐसा ही हुआ है, बाबू।''

''मैं नहीं मानूँगा; कोई नहीं मानेगा। तुम्हारे कपड़े सही-सलामत हैं, देह पर एक खरोंच तक नहीं, और तुम कह रहे हो कि डाकुओं ने लूट लिया! मुझे पट्टी मत पढ़ाओ। यह कहा होता कि रात में तुम सोये हुए थे और मवेशी-चोर बछिया चुरा ले गये, तो मैं मान लेता। यह भी माना जा सकता था कि किसी जेबकतरे ने जेब काट ली। मगर यह कोई नहीं मानेगा कि बिना जोराजोरी किये तुमने सारा माल डाकुओं के सुपुर्द कर दिया। कोई मारामारी नहीं हुई! डाकुओं ने घूसा-थप्पड़ तक नहीं चलाया और सारा माल लेकर निकल गया! क्या मैं मान लूँ कि तुमने माल बचाने के लिए भागने तक की कोशिश नहीं की? मैं नहीं मानूँगा; कोई नहीं मानेगा।''

''मैं भागने लायक नहीं था, बाबू।''

''तो तुम यहाँ रहने लायक भी नहीं हो; जहाँ जाना हो, जाओ।''

पलटू सिर झुकाकर द्वार पर ही खड़ा रहा। बाप ने अब नरम लहजे में कहा, ''मैं तुम्हें जाने के लिए नहीं कहूँगा, मगर यह जरूर कहूँगा कि तुम जरा ठंडे दिमाग से सोचो कि क्या कर रहे हो। मैं किसके लिए छोड़कर जाऊँगा धन-दौलत? मेरा कोई और है? यह घर तुम्हारा है। अपनी माई अपने घर में रखो, बेटा। कमाई से जमीन खरीदो, पक्का मकान बनाओ।''

''वह सब तो मैंने सोचा ही था, बाबू।''

''सिर्फ सोचकर रह गये? जैसा सोचा वैसा क्यों नहीं? जाओ, अब इस घर में तुम्हारे लिए जगह नहीं है।''

''आप पूरा किस्सा तो सुन लीजिए, बाबू।''

''क्या करूँगा तुम्हारा झूठा किस्सा सुनकर? किस्सा गढ़ना मुझे भी आता है। मैं भी दस किस्से सुना सकता हूँ कि बिना एक थप्पड़ मारे तुम्हें कैसे डाकुओं ने लूट लिया।''

''जब आप कुछ सुनने को भी तैयार नहीं हैं, तो मैं जाता हूँ।''

''रुको; चले कहाँ? मैं घर से जाने के लिए नहीं कह रहा। मगर सोचो, जरा ठंडे दिमाग से सोचो कि क्या तुम्हें यह अच्छा लगता है कि बेटा मेरा कमाये और कमाई किसी और का बाप खाये?''

''ऐसा कुछ नहीं हुआ है, बाबू। आप मेरी बातों का विश्वास कीजिए। पूरा किस्सा तो सुन लीजिए।''

"सुनाने को सुना दो किस्सा, मगर सुन लो कि मैं तुम्हारे किस्से पर विश्वास नहीं करूँगा। घुसो अन्दर। झूठा किस्सा तो मैं घंटे भर बाद भी सुन सकता हूँ।"

पलटू अन्दर घुसा, तो बाप ने अचानक कुछ याद कर फिर टोका उसे, "एक बात बताकर जाओ।"

"क्या?"

"नईम मियाँ कौन है?"

"मैं क्या जानूँ?"

"कैसे नहीं जानते?" बाप लगभग गरज पड़ा, "उसके मरने की चिट्ठी आ गयी तुम्हारे पास और तुम उसे नहीं जानते।"

"कहाँ से आ गयी चिट्ठी?"

"शंकरपुर से।"

"कहाँ है चिट्ठी?"

"मारी-हारी की चिट्ठी हम घर में नहीं रखते, पढ़कर फाड़ देते हैं।"

"सिर्फ मरने की खबर थी या और भी कुछ लिखा था?"

"और कुछ नहीं था, चिट्ठी भेजनेवाला था कासिम मियाँ।"

"हाँ, कासिम मियाँ को मैं जानता हूँ," पलटू बोला, "वह शंकरपुर का इज्जतदार मियाँ है और मुझे बहुत चाहनेवाला। बहुत दिन हो गये मुझे वहाँ से आये हुए; उसे मेरी याद आ रही होगी, एक चिट्ठी लिख दी।"

"शंकरपुर के किसी हिन्दू को तुम्हारी याद नहीं आयी! याद आयी एक मियाँ को और उसने खबर भेजी एक दूसरे मियाँ के मरने की जिसे तुम जान भी नहीं रहे हो!"

"एक मियाँ के मरने की खबर आ ही गयी, तो क्या हो गया? अब कभी भेंट होगी कासिम से, तभी तो पूछ पाऊँगा कि नईम मियाँ के मरने की खबर मुझे क्यों भेज दी। आप तो इस तरह परेशान हैं जैसे कि मेरे मरने की चिट्ठी आ गयी है!"

बाप चुप लगा गया। बेटा अपने कमरे की ओर बढ़ गया।

दो-दो मियाँ को बाहर छोड़कर पलटू ज्यों ही अपने कमरे में घुसा, नवररसियावाली ने तीसरे मियाँ अख्तर के नाम से उसका स्वागत किया और पति से लिपटकर बोली, "ठीक किया आपने। अब आदमी अपने बारे में सोचेगा कि अपने माँ-बाप के बारे में? किस्सा ऐसा बनाइए कि वे तुरन्त विश्वास कर लें कि डाकुओं ने सचमुच आपको लूट लिया था। मैं मूर्ति ऐसी जगह रख दूँगी कि कोई सात जनम में भी उसे निकाल नहीं पाये।"

(4)

किस्सा सुनने के लिए जितना जोर पलटू ने पिता पर लगाया था, किस्सा सुनाने के लिए उतना ही जोर बैजनाथ मंडल ने पलटू झा पर लगाया...

घोरघट में पलटू झा ने जजमान के घर ही रात गुजारी थी और भोर होते ही वहाँ से अपनी बाछी लेकर बैजलपुर आ गया। उसने सोच लिया था कि अगर कोई ग्राहक मिल गया, तो वह बाछी बेच लेगा। बैजलपुर में शीबू साह की दुकान में चाय पीते हुए उसने शीबू साह से पूछा, "मैं घर जा रहा हूँ, साहजी। इस बाछी को ले जाने में बहुत तरद्दुद है। आप कोई ग्राहक ठीक कर दीजिए; मैं इसे बेच दूँगा।"

"बाछी तो बिक जाएगी," साहजी ने कहा, "मगर समय लग सकता है। आप बाछी को दुकान पर बाँध दीजिए और इसकी पीठ पर एक कागज साट दीजिए जिस पर लिखा हो कि बछिया बिक्री की है और इसकी कीमत इतनी है। कोई न कोई खरीदनेवाला मिल ही जाएगा। क्या कीमत रखी है इसकी?"

"किसी भी कीमत में बेच दूँगा, मगर मुझे पैसा तुरन्त चाहिए।"

"तुरन्त पैसा चाहिए, तब तो बछिया को हाट ले जाना पड़ेगा। मवेशी की बड़ी हाट सुतरी में लगती है, मगर वह लगेगी अब तरसों। आज एक छोटी हाट कसतूरी में लगेगी। यहाँ से कोस भर है। किसी भी कीमत में बेचनी हो, तब वहीं बछिया लेकर जाइए।"

"कोस भर की दूरी है, तब चला जाता हूँ कसतूरी।"

दही-चूड़ा खाकर पलटू झा बछिया की रास थामे कसतूरी हाट की ओर चल पड़ा।

अभी उसने आधा कोस ही पार किया होगा कि सड़क किनारे एक पुलिया के उठान पर बैठा हुआ एक आदमी तेज निगाहों से उसे दूर से ही घूरने लगा था। जब पलटू बिल्कुल पास आ गया, तो उसने पलटू से पूछा, "कहाँ चले, भाईजी?"

"कसतूरी जा रहा हूँ।"

"मवेशी हाट?"

"हाँ।"

"बछिया बेचने?"

"हाँ, भाई।"

"कितने में बेचेंगे?"

"उचित दाम मिल जाये।"

"क्या है आपका उचित दाम?"

"आप ही बोलिये।"

"दस रुपये।"

"नहीं, भाई, यह कोई दाम हुआ!"

"बीस ले लीजिए।"

"नहीं-नहीं।"

"तो फिर कितना?"

"कुछ और बढ़िए।"

"दस और दू दूँगा।"

"तीस?"

''हाँ।''

''चलिए, चलीस दे दीजिए।''

खरीदार ने बहियार के तीन-चार चरवाहों को हाँक लगाकर बुलाया। उन सबने आते ही पूछा, ''क्या बात है, नत्थन चाचा?''

नत्थन चाचा ने उनसे कहा, ''बछिया को गाँव ले चलो,'' और पलटू से कहा, ''चलिए, गाँव में ही पैसे दूँगा।''

एक चरवाहे ने बछिया की रास थामी, दूसरे ने उसके पुट्ठे पर हाथ रख दिया। नत्थन चाचा और पलटू झा उनके पीछे-पीछे चले।

रास्ते में नत्थन ने पलटू झा से पूछा, ''आपका नाम क्या है?''

''पलटू झा।''

''आप ब्राह्मण हैं?''

''हाँ।''

नत्थन ने और कुछ नहीं पूछा।

गाँव में घुसते ही पीपल के नीचे बने चबूतरे के पास नत्थन रुका, बछिया की रास अपने हाथ में ली, पलटू को चबूतरे पर बैठने को कहा और दो चरवाहों से कहा, ''तुम दोनों जाकर उपेन्दर यादव, भुटाय यादव, माँगन मंडल और शंकर मंडल को बुला लाओ। उनसे कहना...।' क्या कहना, यह नत्थन ने उन दोनों के कान में फुसफुसाकर कहा।

दोनों छोकरे उड़े।

जो बात उनसे फुसफुसाकर कही गयी थी, उसे उन दोनों ने चारों यादव-मंडल को कहने के बाद चिल्ला-चिल्लाकर पूरे गाँव को सुना दिया।

पलटू झा जीवन में पहली बार एक ऐसे दरिद्र गाँव को देख रहा था जहाँ के पाँच आदमी मिलकर एक चालीस रुपये की बछिया खरीद रहे थे। फिर उसे इस बात से भी हैरत हुई कि जो भी आ रहा था वह बछिया को देखने की बजाय उसे ही घूर-घूरकर देख रहा था।

केवल चार ही नहीं आये, उन चारों के आने के साथ ही भीड़ उमड़कर आ गयी जिसमें बूढ़े-जवान-बच्चे सब थे। कई औरतें भी पलटू झा को देखने आ गयीं।

भुटाय यादव अपनी लाठी लिये हुए आया था। उसने आते ही कहा, ''नत्थन भाई, पहले मुझे दस लाठी मारकर मन शान्त कर लेने दीजिए, उसके बाद ही आगे की कार्रवाई शुरू कीजिए।''

पलटू हड़बड़ाया, ''मेरा क्या अपराध, भाई? क्या अपराध?''

पलटू के सवाल का जवाब नहीं देकर माँगन मंडल ने भुटाय की बात पर ध्यान दिया, ''गिनकर लाठी मारने से काम नहीं चलेगा। भले ही दस लाठी मारकर आगे की कार्रवाई शुरू हो, मगर कार्रवाई के दौरान बिना गिने लाठी मारते जाना है।''

''निर्दोष मारा जाएगा, बाबू,'' पलटू घिघियाया, ''यह शरीर लाठी खाने लायक नहीं है।''

भीड़ ने ठहाका लगाया।

''कार्रवाई कोई ऐसी-वैसी नहीं हो कि दस-बीस लाठी मारकर छोड़ दिया जाये,'' उपेन्दर

यादव ने अपनी राय दी, ''गिनकर लाठी मारो या बिना गिने, मैं तो यह देखूँगा कि इसकी साँसों की गिनती कहाँ समाप्त होती है। यह जिन्दा रह गया, तो मैं बेचैन रहूँगा।''

''मैं भला आदमी हूँ; सच कहता हूँ, भला आदमी हूँ। मुझे मारकर पछताएँगे आप लोग,'' पलटू रिरियाया, ''यह साली बछिया शैतान है जिसने आप लोगों को मुझे मारने के लिए उकसाया है।''

पलटू की बातों पर केवल बच्चे ध्यान दे रहे थे।

मन को झटपट शान्त करने के लिए कार्रवाई का श्रीगणेश लाठी से हो, ऐसी इच्छा जहिर करनेवाले भुटाय और उसके समर्थकों की बातों पर ध्यान देकर नत्थन बोला, ''नहीं, भुटाय भाई, मेरा मन भी वही कह रहा था जो अभी आप लोग कह रहे हैं, मगर मैंने ऐसा नहीं किया। पहले शक पर विचार कर लीजिए, उसके बाद हम सच पर विचार करेंगे।'' इतना बोलकर उसने सुनाया, ''यह बाछी मेरे हिसाब से ढाई सौ की है। दो सौ से कम में कोई नहीं बेचेगा। यह आदमी चालीस रुपये में बेचने के लिए तैयार है। क्या कोई आदमी अपनी ऐसी बाछी चालीस रुपये में बेच सकता है?''

''विचार खत्म!'' भुटाय बोला, ''अब मैं शुरू करता हूँ, रामेजी...''

बच्चों ने झट गिनती शुरू कर दी थी, ''रामेजी एक, रामेजी दो, रामेजी...।

नत्थन ने बच्चों की गिनती गलत कर दी। उसने 'रामेजी' को 'एक' के साथ भी जुड़ने नहीं दिया और भुटाय को लाठी लहराने से रोक लिया, ''धीरज धरिये, भुटाय भाई। शिकार हमारे हाथ में है, समय हमारे हाथ में है। यह आदमी अपने को ब्राह्मण बताता है।''

''क्या नाम है, जी?'' किसी ने पलटू से पूछा।

पलटू झा को अब तक ठकमुर्री लग गयी थी; उसकी बकारी नहीं फूटी।

''इसका नाम है पलटू झा।'' नत्थन ने बताया।

''इसकी बोलती अब बन्द क्यों हो गयी है?''

भुटाय ने पलटू के पेट में लाठी की हूँड़ मारी, ''ऐ! बोलता क्यों नहीं है? क्या नाम है?''

पलटू को अचानक होश आ गया; बोला, ''पलटू झा; ब्राह्मण हूँ।''

''कहाँ घर है?'' भुटाय ने पूछा और फिर आँखें तरेरकर बोला, ''सच-सच बताना। अगर एक झूठ भी पकड़ में आ गया, तो जान ले लूँगा।''

जान के डर से पलटू ने सच बता दिया, ''फुलकाहा, चैनपुर से आगे।''

''कहाँ से आ रहे हो?''

पलटू ने अच्छी तरह याद कर जवाब दिया, ''घोरघट से।''

''घोरघट में तुमने क्या किया, नहीं किया,'' नत्थन ने सुनाया, ''उससे हमें मतलब नहीं है। हम लोगों को हमारा माल मिल जाना चाहिए।''

''इस इलाके में कितने दिनों से हो?'' शंकर मंडल ने पूछा।

''लगभग,'' सही गिनती के करीब पहुँचकर पलटू ने जवाब दिया, ''बीस दिनों से।''

''सच बोल रहा है,'' पलटू के कथन का सत्यापन करते हुए शंकर मंडल बोला, ''बीस-पचीस दिनों से ही यह उत्पात चल रहा है। मेरी गाय पन्द्रह दिन पहले गयी है।''

"तुम्हारा कोई और साथी भी है?"

"था, अभी नहीं है।"

"कहाँ है वह?"

"दो दिन पहले घर चला गया।"

"फिर लौटकर आएगा?"

"नहीं।"

"अगर वह मेरी भैंस लेकर गया है," उपेन्दर यादव बोला, "तो उसका पता बताओ। भैंस मिल गयी, तो मैं तुम्हें इनाम दूँगा; दो सौ रुपये दे दूँगा।"

"मेरी गाय निकाल दो," शंकर मंडल बोल गया, "तो कुछ मैं भी दे दूँगा, सौ रुपये से कम नहीं।"

"मैं चोर नहीं हूँ, भाई लोग।" पलटू ने दोनों हाथ जोड़कर कहा।

"लगे अब झूठ बोलने?"

"झूठ नहीं बोल रहा हूँ, भाई लोग।"

"क्या करने आये थे इस इलाके में?"

"मैं पुरोहित हूँ, सरकार।"

"इस इलाके में तुम्हारे जजमान हैं?"

"मैं एक जजमान का ब्याह कराने आया था। वही मेरे साथ था। दो दिन पहले चला गया।"

"ब्याह हुआ?"

"नहीं हुआ।"

"क्यों?"

"लड़की पसन्द नहीं आयी।"

"बीस दिनों से लड़की ही पसन्द कर रहे थे?"

"लड़की बदली जा रही थी।"

"वह चला गया, तो तुम क्यों टिके रह गये?"

"इधर भी कुछ पूजा-पाठ कराने का जुगाड़ लग गया था, सरकार।"

"यह बाछी तुम्हारे पीछे लग गयी थी?"

"नहीं, सरकार, दान में मिली है।"

"कहाँ?"

"घोरघट में।"

"पता लगाऊँ?"

"लगा लीजिए, सरकार।"

"घोरघट दूर नहीं है, जान लो।"

"हाँ, सरकार दूर नहीं है।"

"जजमान का क्या नाम है?"

"लक्षमन साह।"

"एक बार फिर से सोच लो।"

"मैं सत्य वचन बोल रहा हूँ, सरकार।"

चोर धूर्त होते हैं, इसलिए तय हुआ कि सच का पता लगा ही लिया जाये। एक आदमी को तुरन्त साइकिल से घोरघट भेजा गया। वह घंटे भर में घोरघट से वापस आ गया।

जिनके मवेशी चुराये गये थे, उन्होंने मवेशी वापस मिल जाने की आशा से चाहा था कि पकड़ा गया यह आदमी असली चोर ही निकले। बच्चे और औरतें मनाते रहे कि किसी चोर को इतने करीब से देखने का यह दुर्लभ सुख उनके जीवन से जाने न पाये। देव को यह मंजूर नहीं था। भीड़ की घंटे भर की प्रार्थनाएँ बेकार गयीं। घोरघट से खबर आ गयी कि पकड़ा गया आदमी चोर नहीं, पुजारी ही है और बाछी उसे दान में ही मिली है।

जब तक घोरघट से सच नहीं आ गया था, पूरी भीड़ वहीं टिकी रह गयी थी। सच के पहुँचते ही लोग जाने लगे, तो नत्थन ने कहा, "हम पुजारीजी का एक उपकार कर दें।"

पलटू झा अब किसी उपकार से भी डरने लगा था। उसने डरी हुई निगाहों से नत्थन की ओर देखा। नत्थन ने पुजारीजी से पूछा, "आप बाछी तो बेचेंगे न?"

"हाँ।" पलटू झा ने डरते-डरते जवाब दिया।

"चालीस रुपये में?"

"हाँ।"

"ठीक है, बेचकर जाइए।"

कई खरीदार निकल आये। तय हुआ कि बाछी उन चारों में से किसी एक को मिलेगी जिनमें मवेशी चोर ले गये थे। भाग्य का सहारा लिया गया। नाम के पुरजे बने, पुरजे गोलियाये गये और एक पुरजा पुजारीजी द्वारा निकलवाया गया।

शंकर मंडल दौड़कर घर गया रुपये लाने। वह पचास लेकर आया था। पलटू झा को रुपये देते हुए उसने कहा, "मैं पुजारीजी को अलग से दस रुपये बख्शिश दे रहा हूँ।"

जब पलटू झा जाने लगा, तो नत्थन ने कहा, "पुजारीजी! मेरा शक करना गलत तो नहीं था?"

"नहीं, गलत नहीं था," पुजारीजी ने जवाब दिया, "कोई भी समझदार आदमी शक करता।"

"हम लोग आपको बाइज्जत विदा कर रहे हैं न?"

"अवश्य कर रहे हैं बाइज्जत विदा," पुजारी बोला, "कीमत तय हो जाने के बाद भी दस रुपये की बख्शिश मिल रही है।"

पलटू झा ने ईश्वर की दुहाई दी कि उसकी जान बच गयी। वह बाल-बाल बच निकला। गर कहीं उन लोगों ने उसकी टेंट खुलवायी होती, तो वह कहीं का नहीं रहता। जगरामपुर में जिस जजमान ने कामदेवव्रत कराने पर सोने की मूर्ति दान की थी, उसने तो घरवालों से छिपकर यह दान किया था और पूछे जाने पर कभी यह स्वीकार नहीं करता कि उसने दान में सोना दिया है। तब क्या

होता? तब बछिया भी उसे बचा नहीं सकती थी। ढाई सौ की बछिया का मात्र चालीस, बख्शिश लगाकर पचास रुपये में बिक जाने का उसे जरा भी मलाल नहीं हो रहा था। उसने मन को समझा लिया कि लाख रुपये की जान बची और ऊपर से पचास रुपये भी मिले। नहीं, बछिया शैतान नहीं थी।

यह सब सोचता हुआ वह उस गाँव के सिवान तक पहुँच गया। अब तक उसने एक बार भी पीछे की ओर मुड़कर नहीं देखा था। अब जो मुड़कर देखा, तो देखा कि चार-पाँच लौंडे उसकी ही ओर साँड़ों की तरह दौड़े चले आ रहे हैं और उसे हाथ से रुकने का इशारा कर रहे हैं।

जान बचाने के लिए वह ठिठक गया।

लौंडों ने उसके पास पहुँचते ही कहा, ''आप लौटिए।''

''अब क्या लौटूँ?'' पलटू ने डरते-डरते पूछा।

''अभी एक पंचायत बाकी है।''

''अब कैसी पंचायत? बात तो खतम हो गयी।''

''नहीं, बात अब शुरू होगी। बूढ़ों की पंचायत हो गयी; अब युवकों की पंचायत होगी।''

''अब इस पंचायत में क्या होगा?''

''आपके अपराध का फैसला।''

''यह सिद्ध हो गया कि मैं निर्दोष हूँ। अब मुझे जाने दीजिए; और अधिक तंग मत कीजिए।''

''जो कहना होगा, नेताजी के समक्ष कहिएगा। चलिए।''

पलटू झा को धकियाकर नेताजी के समक्ष लाना पड़ा।

नेताजी के घर पर नहीं, उनके कार्यालय में ले आया गया पलटू झा को। कार्यालय में युवकों की कुछ भीड़ तो पहले से ही थी, कुछ पलटू झा के साथ आ गयी। नेताजी कार्यालय में विराजमान थे। वे नेताजी तो थे, पर युवकों के नेता थे, खुद था एक युवक।

पलटू झा पर निगाह पड़ते ही नेताजी ने उसे पकड़ ले आनेवाले एक कार्यकर्ता से पूछा, ''यह कौन है, पंकज?''

''एक धूर्त जन्तु।'' पंकज ने जवाब दिया।

नेताजी मुस्काये और पलटू झा से पूछा, ''तुम ब्राह्मण हो?''

''हाँ,सरकार,'' पलटू बोला, ''गरीब ब्राह्मण।''

''तुम्हें अपने अपराध का पता है?''

''मैंने कोई अपराध नहीं किया है, श्रीमान।''

''अपराध मैं बताता हूँ,'' पंकज ने बोलना शुरू किया, ''अभी बूढ़ों की पंचायत हुई थी और वहीं मुझे इसके अपराध का पता चला। आपसे और अपने दूसरे नेताओं से सुने भाषणों के आधार पर मैं कह सकता हूँ कि किसी धूर्त जन्तु का इस इलाके की बाछी को हाँककर अपने इलाके में ले जाना एक महान अपराध है। हालाँकि बाछी शंकर चाचा ने खरीद ली है, मगर उसके पचास रुपये अभी भी धूर्त जन्तु की जेब में हैं।''

''निकाल लो पैसे।'' नेताजी ने आदेश दिया।

पलटू झा ने झट बाछी के पचास रुपये नेताजी की ओर बढ़ा दिये। नेताजी ने एक दसटकिया एक कार्यकर्ता को देते हुए कहा, ''जाओ, दस कप चय ले आओ,'' और फिर पलटू झा से पूछा, ''तुम्हारी कमीज में कोई चोरजेब भी है?''

पलटू झा से कुछ बोलते नहीं बना। एक कार्यकर्ता आगे बढ़ आया, ''मैं देख लेता हूँ।''

पलटू निष्क्रिय हो चुका था। बहुत मामूली परिश्रम से ही पलटू की चोरजेब ढूँढ़ ली गयी। चोरजेब से करीब दो सौ रुपये बाहर आये। पलटू ने बहुत दीन स्वर में कहा, ''मैं पुजारी हूँ, श्रीमान। ये पैसे जजमानों ने दान-दक्षिणा में दिये थे।''

रुपये अपनी जेब में रखते हुए नेताजी ने पलटू से पूछा, ''तुम पूजा-पाठ कराते हो, कथा बाँचते हो?''

''हाँ, श्रीमान।''

नेताजी ने एक कार्यकर्ता को बुलाया और उसे सौ रुपये देते हुए कहा, ''सारे कार्यकर्ताओं के लिए पूरी-जलेबी का इन्तजाम करो;'' और तब उन्होंने पलटू झा से पूछा, ''यह बताओ कि तुम्हारे गाँव में किसी औरत के एक साथ बीस बच्चे हुए हैं?''

''मेरे गाँव में तो ऐसा नहीं हुआ है।''

''कभी सुना है कि किसी गाँव में किसी औरत ने एक साथ बीस बच्चे पैदा किये?''

''मैंने तो नहीं सुना है।''

''मगर तुम दूसरों को तो ऐसा सुनाते रहे हो?''

''नहीं, श्रीमान, कभी नहीं।''

''यह तो तुम बाँचते हो कि सगर की रानी सुमति ने अपने गर्भ से एक तुम्बा पैदा किया जिसको फोड़ने से उसमें से साठ हजार बच्चे निकले। तुम यह बाँचते रहे हो, इसलिए तुम्हारे ये दो सौ रुपये जब्त किये जाते हैं।''

''यह तो शास्त्रों में आयी कथा है, श्रीमान।''

''तो इसे शास्त्रों में रहने देते,'' नेताजी ने कहा, ''झूठी कथा क्यों सुनाते चलते हो लोगों को?''

''यह कथा तो सारे संसार में बाँची जा रही है। आपके गाँव के पुजारी भी तो यह कथा सुनाते होंगे।''

''इधर के गाँवों में यह कथा बन्द हो रही है। अब अपने लिए कोई दूसरा रोजगार खोजो।''

''मैं खानदानी पुजारी हूँ, श्रीमान। हमारे बाप-दादे कथा बाँच-बाँचकर ही पेट का गड्ढा भरते आये हैं। नहीं आऊँगा इस इलाके में, मगर पेट का गड्ढा तो भरा ही है। जिस इलाके में ऐसी कथाओं पर बन्दी नहीं है, उस इलाके में चला जाऊँगा।''

''मगर इन कथाओं को बाँचते ही रहोगे?''

''खानदानी पुजारी हूँ; और क्या करूँगा?''

नेताजी ने एक कार्यकर्ता की ओर देखकर कहा, ''धूर्त जन्तु ने अपनी टेंट में भी जरूर कुछ रखा होगा।''

"अभी देख लेता हूँ," बोकल उस कार्यकर्ता ने पलटू झा की टेंट खोली और उसमें से मूर्ति निकाली।

पलटू ने दोनों हाथों से मूर्ति पकड़ ली, "किसी का सोना नहीं लेना चाहिए, श्रीमान; भारी पाप लगता है। मुझे यह मूर्ति दान में मिली है।"

कार्यकर्ता ने पलटू के हाथ झँझोरकर मूर्ति ले ली और उसे नेताजी की ओर बढ़ा दिया। नेताजी ने मूर्ति को गौर से देखा, चुपचाप अपनी जेब में रख ली और पलटू झा से कहा, "तुम्हारी जो भी कमाई देख रहा हूँ, सब ठगी की कमाई है। तुम लोग कर्मकांड का जाल फैलाकर समाज को चूस रहे हो। आम जनता अनेक तरह के दुखों और अभावों से पीड़ित है। तुम दुख दूर करने का झाँसा देकर उन्हें अपने कर्मकांड में फँसाते हो। तुम किसी का रोग दूर करने, किसी को धनवान बनाने, किसी को मुकदमा में विजय दिलाने, किसी की भूत-बाधा दूर करने, किसी को पुत्र-लाभ कराने, किसी को कोई बड़ा पद दिलाने और किसी के मृत पितरों को स्वर्ग दिलाने के लिए पैसे ऐंठते हो। तुम्हारे बाप-दादों ने हमारे बाप-दादों को बहुत लूटा है। बोलो, लूटा है न?"

पलटू झा की आँखों से आँसू बहने लगे थे।

"रोओ मत," नेताजी ने नरम स्वर में कहा, "आँसू पोंछ लो।"

पलटू से आँसू पोंछते नहीं बना, तब एक कार्यकर्ता ने अपने गमछे से उसके आँसू पोंछ डाले।

"तुमको खुश होना चहिए," अपने नरम लहजे को बरकरार रखते हए नेताजी ने कहा, "कि हम तुम्हारे और तुम्हारे पूर्वजों के अपराधों की कोई सजा तुम्हें नहीं देने जा रहे हैं। हम केवल तुम्हारी लूट पर रोक लगा रहे हैं। हम उतना भर ही कर रहे हैं जितना करने के लिए हमारे प्रिय नेताओं ने हमसे कहा है। अब तुम जा सकते हो।"

पलटू झा के मन में जाने का खयाल नहीं आ रहा था।

"जाते क्यों नहीं?"

पलटू नेताजी के चेहरे को निहारते हुए मूर्तिवत् खड़ा रहा।

"यहीं खड़े-खड़े प्राण त्यागने का इरादा है क्या?"

जब इसके बाद भी पलटू झा अचल रहा, तो नेताजी ने पंकज से कहा, "इस आदमी का इरादा नेक नहीं है। यहाँ मरकर इस भूमि को अपवित्र करेगा यह धूर्त जीव। इस चिलौली की कब्रगाह में दे आओ।"

पंकज से पहले एक और कार्यकर्ता आगे बढ़ आया, "मैं बढ़ता हूँ कुदाल लेकर कब्रगाह में कब्र खोद आने; पंकज भैया पीछे से धूर्त जीव को लेकर आयें।"

पलटू झा चलायमान हुआ और बैजलपुर का रास्ता पकड़ा।

पूरा किस्सा सुनकर बैजनाथ ने कलपती आवाज में दुख प्रकट किया और थोड़ी देर की चुप्पी के बाद बोला, "अब जो हुआ उसे भूल जाइए, गुरुजी, और आगे की यात्रा के लिए कमर कसिये। मैंने यह तय कर लिया है कि इस बार कहाँ जाना है। हम लोग कल सुबह भी निकल सकते हैं।"

"कहाँ जाना है?"

"जाना है रघुनाथपुर। जगह मेरी देखी हुई है। मैं एक बार पहले भी वहाँ जा चुका हूँ।"

"इतनी जल्दी यात्रा की तैयारी नहीं की जा सकती। कैसी-कैसी मुसीबतें आ रही हैं! हमें हर तरह से तैयार होकर चलना है।"

"इस बार कोई मुसीबत नहीं आएगी। वहाँ लड़की शादी का जोड़ा पहनकर बैठी हुई है। संवाद आ गया है। हमें सिर्फ पहुँचना है वहाँ और लड़की लेकर चला आना है। हम देर नहीं कर सकते। अच्छी लड़की को उठा लाने के लिए लड़केवाले भी धावा बोलते हैं।"

"तब भी कल सुबह ही हम नहीं चल सकते। जाने और आने के बीच सैकड़ों विघ्न उपस्थित हो सकते हैं। यात्रा शुभ हो, इसके लिए बहुत बातों पर ध्यान देना पड़ता है, सिर्फ संवाद की सचाई पर नहीं। इस बार भी जाएँ और खाली हाथ आयें, इससे नुकसान होगा हमारा। सिर्फ लड़की के तैयार होने से नहीं होता है, ग्रह-नक्षत्रों को भी तैयार कर लेना पड़ेगा। इस बार हम कुछ अधिक ही तैयारी के साथ निकलेंगे। मुझे कम-से-कम एक दिन का समय दीजिए कि मैं अच्छी तरह सब सोच-विचार लूँ। हम लोग परसों चलें।"

बैजनाथ मंडल ने गुरुजी की बात मान ली।

(5)

पलटू झा सूर्योदय के साथ ही प्रकट हो गया था बैजनाथ मंडल के सामने। बैजनाथ मंडल भी तब तक ध्यान-पूजा समाप्त कर चुका था और अपने बथान का निरीक्षण कर रहा था। पलटू झा के आते ही वह उसे लेकर अपने कमरे में चला गया। जब पलटू कमरे में आसीन हो गया, तब बैजनाथ ने उससे पूछा, "पंडितजी के गुस्से का क्या हाल है?"

"गुस्सा उतर नहीं रहा था, मगर अब बिल्कुल उतर गया है।"

"किस्सा को सच मान लिया उन्होंने?"

"यह तो नहीं पता कि किस्से का असर हुआ है या किस्सा पूरी तरह बेअसर रह गया है," पलटू ने बताया, "गुस्सा किसी और बात से उतरा है।"

"किस बात से?"

"सरकार की ओर से चमरटोली में रात्रि पाठशाला खुली है। पिताजी ने कुछ पैरवी-पहुँच और कुछ पैसा के बल पर उस पाठशाला में शिक्षिका के पद पर नवरसियावाली की नियुक्ति करवा दी है। मेरे यहाँ पहुँचने के पहले ही नियुक्ति-पत्र भी मिल गया था, मगर नवरसियावाली पिताजी के घिघियाने-रिरियाने के बावजूद अब तक इस पद पर काम करने के लिए तैयार नहीं हो रही थी। कल मैंने उसे किसी तरह मना लिया और पिताजी को खुश कर दिया।"

"आपकी पत्नी मान गयी?"

"हाँ मान गयी," पलटू ने सुनाया, "मैंने उसे बताया कि मैं जमाने में क्या-क्या देख रहा हूँ और जमाना किस तेजी से किस ओर चला जा रहा है। मैंने उसे कई किस्से सुनाए कि किस तरह ढेर सारे ब्राह्मण अब फटाफट चमार बनते चले जा रहे हैं। मैंने उससे इतना तक कह दिया

है कि अभी तो सिर्फ चमरटोली में जाने और पढ़ाने की बात है, वह दिन भी आ सकता है जब तुम्हें चमारिन बनना पड़ जाये, और तुम इसके लिए अपनी तैयारी कर लो। वह समझदार है, एक छोटी-सी शर्त पर मान गयी।''

''किस शर्त पर?''

''घर में एक कलश गंगाजल हो, ताकि वह चमरटोली से लौटकर आने के बाद गंगाजल के छींटों से अपने को शुद्ध कर लिया करे; और साल में एक बार उसे मैं किसी गंगाघाट से गंगास्नान करवा लाऊँ। पिताजी कल काढ़ागोला घाट चले जाएँगे कलश भरने।''

''मुझे लगता है कि अब आपके घर में शान्ति स्थापित हो गयी।''

''हाँ, अब सब मिल-जुलकर रहेंगे। नवरसियावाली को भी पहले घर में बहुत बोल-कुबोल सुनने पड़ते थे। अब वह कुछ पैसे लेकर घर आएगी, तो सबके मुँह बन्द रहेंगे। मैं अपने घर से अभी निश्चिन्त हो गया हूँ; अब सिर्फ आपकी ओर से निश्चिन्त होना है।''

''अभी ही निश्चिन्त हो जाइए, गुरुजी। रघुनाथपुर पहुँचने भर की देर है।''

''अभी निश्चिन्त नहीं होऊँगा। देख नहीं रहे हैं कि हाथ में आया धन हाथ से निकल जाता है? एक दिन में पूरी तैयारी नहीं हो पाएगी, मगर...''

बैजनाथ मंडल का ध्यान कहीं और चला गया था। वह बोला, ''कुछ सुन रहे हैं, गुरुजी?''

''क्या?''

''मैं सुन रहा हूँ, कदमलाल मन्त्रपाठ कर रहा है, उसी मन्त्र का पाठ कर रहा है जिसका मैं किया करता हूँ, वन्दै शनैश्चरं वक्रदंष्ट्रं...''

''वे अपने लिए कर रहे हैं, करें।''

''मुझे इसमें तो अपना नुकसान नजर आता है।''

''यह कोई मारण मन्त्र है कि आपका नुकसान होगा!''

''मुझे चिढ़ा तो रहा है।''

''मैं नहीं मानूँगा,'' पलटू ने जवाब दिया, ''मैं उन्हें जान रहा हूँ। वे आपका बुरा नहीं, भला चाहते हैं। मैं तो यही कहूँगा कि आपका यहाँ अब एक भी दुश्मन नहीं रहा। दुश्मनी सिर्फ ग्रह-नक्षत्र कर रहे हैं। इस बार उन्हें भी वश में कर लूँगा। छोड़िए दूसरों के बारे में सोचना; अपने बारे में सोचिए। मैं रात भर आपके बारे में ही सोचता रहा हूँ। इस बार आपको जन्म-मास के अनुसार अँगूठी बनवानी है।''

''किस मास में जन्म हुआ था मेरा?''

''कुंडली बताती है, माघ मास में। बहुत अच्छे मास में जन्म लिया था आपने। इस मास में जन्म लेनेवाला व्यक्ति विद्वान, धनवान और शूरवीर होता है। कहा भी गया है, माघ का बच्चा बाघ। ऐसे आदमी को औरतों की क्या कमी! इस माघ के कारण ही तीन-तीन औरतें आपके पास आयीं। चली गयीं, तो चौथी को आना ही है। आपको 'रक्तमणि' धारण करना है। आज ही बनवानी है अँगूठी।''

''एक दिन में काम हो जाएगा?''

''हो जाएगा। आपको सहसौल जाना है और आना है। दो घंटे के अन्दर बनारसी सुनार अँगूठी बनाकर दे देगा। उसके पास सारे रत्न उपलब्ध हैं।''

''मैं सवेरे खाना खाकर दोपहर से पहले निकल जाता हूँ; शाम तक लौट आऊँग। मगर एक काम इस बार नहीं हो पाया। शनि महराज के पास दीपक नहीं जला पाया मैं। आज शुक्रवार ही है। कल सुबह जाकर दीपक जला आऊँ?''

''नहीं, मैंने आपका काम आसान कर दिया है। मुझे अच्छा नहीं लग रहा था कि आप पीपल तक जाएँ, वहाँ दीपक जलायें और लोग-बाग यह तमाशा देखें। अब हर शनि को, जब आप यहाँ रहेंगे, आपके पास कोई आदमी शनि की मूर्ति लेकर आएगा। आप किसी लोहे के बरतन में सरसों तेल और ताँबे का पैसा डालकर उसमें अपना मुँह देखेंगे और उसे दान कर देंगे। ताँबे का पैसा नहीं मिले, तो किसी भी सिक्के से काम चला सकते हैं। मैंने उससे कल सुबह भी आने के लिए कह दिया है।''

''कौन है वह?''

''वेदानन्द गवैया का भतीजा चन्द्रमोहन है। वह मुझसे कई बार कह चुका है कि मैं उसे भी अपने साथ रखूँ। मैंने उसे अभी कुछ दिन ठहर जाने को कहा है। उसे ही यह काम सौंपा है।''

''तब तो मैं सरसों के तेल में ताँबे का पैसा नहीं डालूँगा; कम-से-कम एक रुपया का सिक्का जरूर डालूँगा।''

''ताँबे का एक पैसा अब मिलेगा भी नहीं, और अगर किसी के पास हुआ भी तो वह एक पैसे का पाँच रुपये से कम नहीं माँगेगा।''

''तब तो अच्छा ही हुआ कि किसी भी सिक्के से काम चल जाएगा। यह भी हो सकता था कि मैं दिन भर गाँव में ताँबे का सिक्का घर-घर ढूँढ़ता और शाम में खाली हाथ घर वापस लौट आता।''

''इस तरह का कोई और भी काम होगा, तो मैं उससे करवाया करूँगा।''

''अच्छा किया कि एक आदमी को अपने हाथ में रख लिया।'' यह बोलकर बैजनाथ ने रीतलाल को हाँक लगायी और उसके आते ही कहा, ''कोठियापुरवाली काकी और महथीवाली भाभी को अभी ही एक-एक पात्र दूध दे आओ।''

रीतलाल के जाते ही उसने पलटू झा से कहा, ''इन दोनों को भी तैयार कर लेना है कि पिछली बार की तरह इस बार भी एक दही का बरतन और दूसरी जल भरा कलश लिये खड़ी मिल जाये।''

''नहीं, इस बार यह काम नहीं करवाना है।''

''नहीं करवाना है?''

''नहीं।''

रीतलाल को हाँक लगाकर बुलाने की बजाय बैजनाथ दौड़कर उससे यह कहने गया कि किसी को भी दूध नहीं देना है। उससे कहकर आ जाने के बाद उसने पलटू से पूछा, ''इस बार क्यों यह काम नहीं करवाना है?''

''अब जबरदस्ती यात्रा को शुभ बनाने का प्रयास नहीं करना है। पिछली यात्रा इसी कारण

अशुभ हो गयी थी।''

''तब तो किसी को यात्रा के समय घंटी बजाने के लिए भी नहीं कहना है?''

''हाँ, नहीं कहना है,'' मनाही करने के बाद पलटू ने कहा, ''अब हम सिर्फ शकुन-अपशकुन पर ध्यान देंगे...और अगर अपशकुन नजर आता है तो यात्रा टाल देंगे। हाँ, यह प्रयास जरूर करेंगे कि कोई अपशकुन नहीं हो। उस बार हम रघुनी यादव के टोले होकर गये थे। उसकी भैंस देखी थी हमने, पर यात्रा शुभ नहीं हुई। इस बार हम कारी यादव के टोले से गुजरेंगे। अगर उसकी भैंस नजर नहीं आयी, तो आगे बढ़ जाएँगे; उससे कहने नहीं जाएँगे कि अपनी भैंस दिखा दो।''

''हाँ, यात्रा पर टोकाटोकी ठीक नहीं होगी। किसी के टोकने पर भी उससे कुछ नहीं कहेंगे। अगर किसी के हाथ में खाली कलश भी देख लेंगे, तो गुस्से में नहीं आएँगे। हम चुपचाप निकल जाएँगे।''

शंकरपुर में ललनजी गवैया के साथ मिलकर पलटू झा ने कौआ, उल्लू, बाज, मुर्गा और गिद्ध तन्त्र का विस्तृत अध्ययन किया था। उसके मन में अपने कौआ तन्त्र के ज्ञान का उपयोग करने की बात आयी। उसने बैजनाथ से कहा, ''मैंने सोचा है कि इस बार हम सिर्फ कौए पर ध्यान केन्द्रित करेंगे।''

''कौए पर?''

''हाँ।''

''क्या करना होगा?''

''कुछ करना नहीं है,'' पलटू बोला, ''सिर्फ कौओं पर नजर रखनी है। अभी से रीतलाल को इस काम पर तैनात कर दीजिए। बुलाइए उसे।''

बैजनाथ ने रीतलाल को हाँक लगाकर तुरन्त बुला लिया और पलटू झा उससे कहने लगा, ''तुम्हें अभी से कौओं की बोली पर ध्यान देना है। ध्यान इस बात पर भी देना है कि कौआ ब्राह्मण जाति का हो।''

''ब्राह्मण जाति का हो?''

''हाँ, शकुन विचार के लिए ब्राह्मण कौआ सर्वश्रेष्ठ माना गया है।''

''मैं तो ब्राह्मण आदमी को भी नहीं पहचान पाता हूँ,'' रीतलाल ने अपनी असमर्थता प्रकट की, ''ब्राह्मण कौआ को कैसे पहचान लूँगा?''

''ब्राह्मण कौआ का,'' पलटू ने बताया, ''मुँह लम्बा, चोंच लम्बी, शरीर लम्बा, देह भारी और शब्द गम्भीर होता है। अगर ऐसा कौआ तुम्हें नजर नहीं आये, तब दूसरे कौओं से काम चलाना। तुम्हें कौए का सिर्फ काँव-काँव ही नहीं सुन लेना है, यह भी सुनना है कि उस काँव-काँव के भीतर क्या है—कव, क्वं, क्रां, कु, कीं, आदि। उस काँव में सिर्फ ककार ही नहीं होता, कभी-कभी ख ख, द द, और टं टं भी होता है।''

''यह बड़ा भारी काम है,'' मालिक की ओर देखकर मुँह हिलाते हुए रीतलाल बोला, ''मुझे तो कभी-कभी किसी आदमी की बोली समझने में भी दिक्कत हो जाती है।''

''यहाँ तुम्हें समझना नहीं है, केवल सुनना है। ध्यान से सुनोगे, तो बोली पकड़ लोगे।''

''ठीक है।''

''ध्यान इस पर भी देना है कि कौआ किस समय बोल रहा है।''

''इसमें कोई दिक्कत नहीं है।''

''यह जानने में भी कोई दिक्कत नहीं होगी कि कौआ किस दिशा की ओर मुँह करके बोल रहा है?''

''हाँ, नहीं होगी दिक्कत।''

''यह जरूरी नहीं है कि कौआ तुम्हारे घर आकर बोले। काँव-काँव सुनो और देखो कि कौआ कहाँ से बोल रहा है। अगर कौआ किसी गाछ पर बैठा हो, तब यह देख लो कि वह किस गाछ पर बैठा है,पीपल पर या आम पर या बरगद पर या किसी और पर। बस, अभी तुम्हें इतना कुछ ही करना है। कर लोगे?''

''हाँ, कर लूँगा।''

''ठीक है, जाओ।''

रीतलाल के जाने के बाद पलटू झा ने बैजनाथ से पूछा, ''अब बताइए, बैजनाथ बाबू, कि इधर आपने कोई सपना भी देखा है?''

''हाँ, देखा है,'' बहुत हुलसकर कहा बैजनाथ ने।

''क्या देखा?''

''उस लड़की को देखा जिससे मेरा ब्याह होने जा रहा है।''

''सिर्फ देखा?''

''ठीक से देखा भी कहाँ! एक झलक भर देखी, बस। अब तो उसकी सूरत भी याद नहीं आ रही।''

''आपने उससे कुछ कहा भी?''

''नहीं, कुछ नहीं कहा।''

''यहीं आपसे गलती हो गयी। आपको तुरन्त कह देना था, 'मैं आपसे विवाह करना चाहता हूँ।' वहीं विवाह की ठहरौनी हो जाती।''

''अब अगर वह आती है, तो कह दूँगा,'' बहुत उत्साहित स्वर में बोला बैजनाथ और फिर अचानक बुझ गया, ''मगर अब वह आएगी क्या?''

''वह आपसे कुछ सुनने के लिए आयी थी और बिना सुने चली गयी,'' पलटू ने सुनाया, ''अब वह आएगी, ऐसा मुझे नहीं लगता। वह बहुत दूर है और अब आपको उसकी सूरत तक याद नहीं। मगर यह तो हो ही सकता है कि आस-पास की कोई औरत सपने में आये।''

''हाँ, यह हो सकता है। सपने में कोइियापुरवाली काकी आ सकती है, महथीवाली भाभी आ सकती है, मगर...''

''मगर क्या?''

''मैं उन दोनों में से किसी को भी नहीं कह सकता, 'मैं आपसे विवाह करना चाहता हूँ।' कह सकता हूँ ऐसा?''

''कुछ कहना नहीं है, सिर्फ किसी तरह उसका स्तन देख लेना है। स्वप्न-विचार के

अनुसार अगर ऐसा हो जाता है, तो आपका मनचाहा विवाह हो जाएगा।''

''कैसे देख लूँगा किसी तरह स्तन?'' पलटू ने उदास स्वर में कहा, ''कोई मुझे स्तन दिखाने आएगी?''

''मैं सपने की बात कर रहा हूँ।''

''सपने में भी नहीं दिखाएगी।''

''सपने में आप कह तो सकते हैं, 'मेरी जिन्दगी रास्ते पर आ जाएगी; मुझे अपना स्तन दिखा दो।' नहीं कह सकते?''

''नहीं, काकी को नहीं कह सकता।''

''महथीवाली भाभी को तो कह सकते हैं?''

''उसे भी नहीं कह सकता,'' बैजनाथ बोल गया और फिर कुछ रुककर कहा, ''हाँ, हँस-हँसकर बोल सकता हूँ।''

''किसी भी तरह बोलिए।''

''बोलने से ही तो काम नहीं हो जाता। वह दिखाएगी तो नहीं।''

''तो छोड़िए इस सपने को।''

''हाँ, यह हो सकता है।''

''क्यों?''

''मैं भाभी के पास जाकर उससे यह कह सकता हूँ कि अगर मैं उसके किसी सपने में आऊँ, तो वह मुझे झट अपना स्तन दिखा दे। इसके लिए मुझे दो-चार सेर दूध उसके घर भिजवा देना होगा।''

''कोई ठीक नहीं,'' कुछ सोचकर पलटू ने कहा, ''कि वह आपका दो-चार सेर दूध पीकर अपना स्तन दिखा ही दे। लजा जाये और नहीं दिखाये स्तन! वह आपसे झूठ बोलकर निकल जाएगी। आपको अकेले ही कुछ करना होगा।''

''क्या करना होगा?'' पलटू ने जोश दिखाया, ''कुछ भी करूँगा।''

''आप दारू पीते हैं?''

''पीता तो नहीं हूँ,'' कुछ अटकते हुए बोला बैजनाथ, ''मगर बोलिए, करना क्या है?''

''पी सकते हैं।''

''हाँ, पी सकता हूँ। मँगाऊँ?''

''सपने में पीना है।''

''पी लूँगा।''

''मगर पहले ऐसा सपना तो आये।''

''उसके लिए क्या करना होगा?''

''आप सहसौल से लौटकर आने के बाद गंगा साह के साथ समय बिताइए। उससे बड़ा दारूबाज पूरे फुलकाहा में कोई नहीं है। उसे आज अपने पैसे से दारू पिलाइए और उसके साथ आप भी दारू पीजिए। सम्भव है, भोर तक ऐसा सपना आ जाये जिसमें आप दारू पी रहे हों। ऐसा हो गया, तो मनोरथ पूरा हो जाएगा।''

"मैं आज देर रात तक उसके साथ दारू पीता रहूँगा।"

"गंगा साह के यहाँ जाने के रास्ते में ही आप अपनी दाढ़ी बनाने हेतु नाई के सेलून में घुस जाइए और दाढ़ी बनवाइए। अगर आप सपने में भी उसके सेलून में घुस जाते हैं, तो वहाँ उसे दाढ़ी बनाने से रोक दीजिए और खुद अपनी दाढ़ी बनाने लगिए। अगर ऐसा हो गया, तो विवाह की सारी बाधाएँ दूर हो जाएँगी।"

"यह सब कर लूँगा," बैजनाथ बोला, "और कुछ?"

"और कुछ नहीं," पलटू ने जवाब दिया, "अब सिर्फ सपने देखिए और मुझे बताते चलिए कि सपनों में क्या-क्या देख रहे हैं। मैं शुभ-अशुभ का पता लगाता रहूँगा।"

जब पलटू झा चलने को उठे, तो उठते-उठते कहा, "एक और बात अभी ही कह दूँ।"

"क्या?"

"अब आपको भी कुछ-कुछ पंडित हो जाना होगा। मैं ब्राह्मण पंडित हूँ, आप मेरे साथ सोलकन पंडित बनकर रहिए। जमाना अब यही कह रहा है। अब कभी भी मुझे एक सोलकन पंडित की जरूरत पड़ सकती है।"

"मगर मैं पंडित कैसे बन जाऊँगा।"

"एक ही दिन में तो नहीं बन जाएँगे पंडित," पलटू झा ने जवाब दिया, "मगर धीरे-धीरे बन जाएँगे पंडित। मेरी तरह भारी पंडित नहीं बन पाएँगे, मगर जयनाथ झा जैसा पंडित तो मैं आपको सात दिनों में बना दूँगा। आप इसके लिए अपने को तैयार कीजिए।"

"मेरे पंडित बनने की जरूरत अब न आपको होगी न मुझे है, गुरुजी," बैजनाथ ने अत्यन्त उल्लसित स्वर में कहा, "सात दिनों के अन्दर तो मैं विवाह करके वापस आ जाऊँगा।"

"भगवान करे, ऐसा ही हो।"

बैजनाथ सारा काम निबटाकर रात में घर लौटा था। सहसौल से अँगूठी बनवाकर वह सूर्यास्त से पहले लौट आया था। वहाँ से आकर वह सीधे चेतू नाई के पास दाढ़ी बनवाने चला गया था। उसके बाद का पूरा समय उसने गंगा साह के साथ बिताया। गंगा साह ने बहुत खुश होकर उसे अपने पैसों से दारू पिलायी थी।

उस दिन कौओं की हड़ताल थी और कोई कौआ रीतलाल को नजर नहीं आया था। एक कौए की बोली सुनकर वह आँगन से दौड़कर बाहर दालान में आया तो था, मगर जिस बोली पर वह दौड़ा था वह चरित्तर भगत की बोली थी जो असमय नेबी मंडल से अपने पैसों का तकाजा कर रहा था। उसके काँव-काँव का बहुत ध्यान देने पर उसकी समझ में इतना ही आया था कि कल सुबह वह फिर अपने पैसों के लिए आएगा।

दारू का ऐसा नशा चढ़ा था बैजनाथ मंडल पर कि देर तक सोने की कोशिश करते रहने के बावजूद वह जगा रह गया और जब सोया तब ऐसी गहरी नींद सोया कि आँख खुलने तक किसी सपने का प्रवेश ही नहीं हो पाया।

सुबह झटपट तैयार हो गया था वह। रीतलाल से जो कुछ कहना था, वह सब रात में ही कह दिया

था उसने।

निश्चित समय पर पलटू झा आ गया था। उसके साथ ही चन्द्रमोहन भी आया था शनि महाराज की प्रतिमा के साथ। प्रतिमा को देर तक देखते रहने के बाद बैजनाथ बोला, ''कंकाल जैसा शरीर, शरीर पर बड़े-बड़े बाल, सिर पर जटा, उसके साथ दाढ़ी-मूँछ, बिलकुल काला रंग, और उस पर लँगड़ा भी।''

''मैं तो इसे अपना सौभाग्य ही मान रहा हूँ कि ये मुझ पर इतनी जल्दी ढर गये।''

''मैं भी मानूँगा, इसे आपका सौभाग्य ही मानूँगा।''

''अब हम लोग यहाँ से निकल ही चलें,'' बैजनाथ बोला, ''क्योंकि अब यहाँ कभी भी झगड़ा हो सकता है।''

''कैसा झगड़ा?''

''चरित्तर भगत अपना पैसा वसूलने नेबी मंडल के पास आनेवाले हैं।''

''चलिए, निकल चलें; झगड़ा देखना भारी अशुभ हो जाएगा।''

निकलने के साथ ही पलटू ने चन्द्रमोहन को विदा कर दिया।

वे जैसे ही घर से बाहर हुए, घंटी बजने की आवाज कानों में आयी। बैजनाथ ने पलटू झा से कहा, ''यात्रा बिल्कुल शुभ हो गयी, गुरुजी। किसी ने अपनी जरूरत से घंटी बजायी है। मैंने किसी को तैनात नहीं किया था घंटी बजाने के लिए।''

कारी यादव के टोले से ही गुजरे दोनों, मगर उसके बथान पर एक भी भैंस नहीं थी। कुछ आगे निकलने पर बैजनाथ ने कहा, ''समझ रहे हैं, अभी बथान पर भैंस क्यों नहीं है?''

''क्यों नहीं है?''

''आधी रात के बीतते ही कारी यादव का बेटा महेसरिया भैंसों को चराने बहियार की ओर निकल जाता है और दूसरों की फसल चराता रहता है। अब तक सारे खेतवाले बहियार में पहुँच गये होंगे। एक रीतलाल अभी तक नहीं पहुँचा होगा खेतों को देखने। महेसरिया अभी जरूर मेरे खेतों में ही अपनी भैंसों को चरा रहा होगा। मुझे गुस्सा आ रहा है। मेरी फसल चरा रहा है, मगर मुझे ही यात्रा पर अपनी भैंस देखने नहीं देगा! एक बार आऊँ बहियार से?''

''जाने का मतलब होगा झगड़ा करके आना। मत जाइए; चराने दीजिए। अब तो रीतलाल जा ही रहा होगा।''

''तो इस कारी यादव को ही सुना दूँ कि मैं उसकी भैंसों को अभी अपने खेत में चरते हुए देखकर आ रहा हूँ?''

''यह रघुनाथपुर से आकर भी सुना सकते हैं कि जाते हुए आपने उसकी भैंसों को अपने खेत में देखा था।''

''ठीक है,खाने दीजिए दो-चार गाल; मेरा कुछ नहीं बिगड़ेगा।''

अभी वे दोनों बस पड़ाव के करीब पहुँच ही रहे थे कि बैजनाथ मंडल की निगाह सामने से आ रही एक बैलगाड़ी पर पड़ी। उसने पलटू झा से कहा, ''गुरुजी! इस बैलगाड़ी पर क्या है?''

पलटू झा ने भी बैलगाड़ी पर लदे सामान को गौर से देखा। जब बैलगाड़ी बिलकुल उन दोनों के पास आ गयी, तो पलटू झा विस्मित स्वर में बुदबुदाया, ''अरे बाप, बाघ के इतने

बच्चे!'' उसने गाड़ीवान को रोका, ''जरा रुकिए, भाई, हम भी पिंजरे के जानवरों को देख लें,'' और जानवरों को देख लेने के बाद गाड़ीवान से पूछा, ''कोई सर्कस कम्पनी आयी है?''

''मैं क्या जानूँ!'' गाड़ीवान ने जवाब दिया।

''बाघ के इतने बच्चों को कहाँ लिये जा रहे हैं?''

''ये बाघ के बच्चे नहीं हैं, बिल्लियाँ हैं।''

''बिल्लियाँ हैं!'' अचरज हुआ पलटू झा को। उसने पूछा, ''इतनी बिल्लियाँ तो किसी सर्कस कम्पनी की ही होंगी न?

''नहीं, बिल्लियाँ किसी सर्कस कम्पनी की नहीं हैं। ये इधर के गाँवों की बिल्लियाँ हैं।''

''किन गाँवों की बिल्लियाँ हैं?''

''मैं अपने गाँव कजरी से केवल तीन पिंजरे लेकर चला था। दो पिंजरे रास्ते में किसनपुरवालों ने रख दिये। मेरे गाँव में अगल-बगल के तीन गाँवों की बिल्लियाँ जमा की गयी थीं। किसनपुर के पिंजरों में कितने गाँवों की बिल्लियाँ हैं, मैं बता नहीं सकता। बिल्लियाँ और भी आनेवाली हैं। पतारीवालों के पास बिल्लियाँ तो थीं, मगर पिंजरे नहीं थे। अब बची-खुची बिल्लियों को दूसरी तीसरी खेप में लेकर आऊँगा।''

''इस इलाके में बिल्लियों की हाट लगती है क्या?''

''यह मैं नहीं जानता।''

''अगर कोई खरीदार है बिल्लियों का,'' इस बार बैजनाथ मंडल ने गाड़ीवान से कहा, ''तो मुझे भी बताइए। मैं भी कुछ बिल्लियाँ दे दूँगा। पिंजरे अभी नहीं हैं मेरे पास, मगर सबके गले में रस्सी बाँधकर बैलगाड़ी पर रख दूँगा। बेचकर पैसे आप ही रख लें।''

''मैं बिल्लियों को बेचने नहीं ले जा रहा हूँ।''

''तो फिर कहाँ लिये जा रहे हैं?''

''इन बिल्लियों को फुलकाहा के ही एक सज्जन के पास लिये जा रहा हूँ।''

''किस सज्जन के पास?''

''कोई बैजनाथ मंडल हैं।''

''क्या!'' बैजनाथ मंडल चीख उठा और बोला, ''क्यों ले जाएँगे उसके पास?''

''वे बिल्ली-पालक हैं। बिल्लियों को पालते हैं, प्यार करते हैं। बिल्लियों को दूध पिलाने के लिए उन्होंने दो-दो गायें पाल रखी हैं। किसी की मजाल नहीं कि कोई उनकी किसी बिल्ली पर एक ढेला भी चला दे। मैंने तो यह भी सुना है कि अपने प्यार को स्थायी बनाने के लिए उन्होंने एक बिल्ली से ब्याह भी कर लिया है। वह बिल्ली इनके घर में एक बहू की तरह रह रही है। मैं जिन दुखियारी बिल्लियों को लेकर आया हूँ, उनके लिए बैजनाथ मंडल के घर से बेहतर और कौन जगह हो सकती है भला!''

क्रोध में जलता हुआ बैजनाथ गाड़ीवान की बातें सुनता रहा और उसके चुप होते ही बोला, ''किसी और कारण से ब्याह किया है बैजनाथ मंडल ने किसी एक बिल्ली से। दूसरी बिल्लियों के लिए उसके घर में जगह नहीं है। उसे बिल्लियों से कोई प्यार नहीं है।''

''तो इलाके के गाँवों तक जो खबर पहुँची है, वह झूठी है?''

''बिलकुल झूठी है,'' बैजनाथ बोला, ''किसने ऐसा प्रचार किया है?''

''ऐसी बात भला छिपती है!'' गाड़ीवान ने जवाब दिया, ''मुझे तो सबसे पहले बैजलपुर के एक गाड़ीवान ने ही बताया था कि बैजनाथ बाबू के बारे में। इस गाँव होकर जो बटोही गये हैं, उन्होंने सुनाया होगा बैजनाथ बाबू के बिल्ली-प्रेम के बारे में अपने-अपने गाँववालों को। मुझे तो किसनपुरवालों ने यह भी बताया कि अब बैजनाथ बाबू बिल्लियों के सुखवास के लिए कुछ मकान भी बनवाने जा रहे हैं।''

''यह सब झूठ है,'' बैजनाथ ने गाड़ीवान से कहा, ''आप गाड़ी घुमाइए और जहाँ से इन बिल्लियों को उठाया है वहाँ इन्हें पहुँचा दीजिए।''

''जो खबर इस गाँव से चलकर दूर-दूर के गाँवों तक चली गयी है,'' गाड़ीवान ने जवाब दिया, ''उसे एक आपके कहने से तो झूठ नहीं मान लूँगा।''

''एक मेरे कहने से झूठ मत मानिए,'' बैजनाथ ने गाड़ीवान को जवाब दिया और फिर पलटू झा से कहा, ''आप भी कह दीजिए।''

पलटू झा ने झट कह दिया, ''हाँ, यह सब झूठ है।''

''झूठ हो तो हो,'' गाड़ीवान बोला, ''मैं बैजनाथ बाबू से मिलकर जाऊँगा।''

''अब किस बैजनाथ बाबू से मिलेंगे?'' बैजनाथ गरजा, ''मैं ही हूँ फुलकाहा का बैजनाथ मंडल। घुमाइए गाड़ी।''

अब तक उस रास्ते से गुजर रहे कई लोग वहाँ रुककर तमाशा देखने लगे थे। उन्होंने भी गाड़ीवान से कहा, ''हाँ-हाँ, यही हैं फुलकाहा के बैजनाथ मंडल।''

''ठीक है, घुमा लेता हूँ गाड़ी,'' गाड़ीवान बोला, ''मगर बिल्लियों को वापस लेकर तो नहीं जाऊँगा; इन्हें यहीं छोड़ देता हूँ।''

''खबरदार!'' बैजनाथ बोल गया, ''बिल्लियों को यहाँ नहीं छोड़ सकते। जिन गाँवों की बिल्लियाँ हैं, वहाँ दे आइए।''

''बिल्लियों को यहाँ छोड़ूँ, तो आपको एतराज क्यों हो रहा है? यहाँ के और लोग तो एतराज नहीं कर रहे हैं?''

''इस गाँव में बिल्लियों को छोड़ने का मतलब है मेरे घर में सारी बिल्लियों को घुसा देना। मैं ऐसा नहीं होने दूँगा। आप बैलगाड़ी घुमाते हैं या नहीं?''

बैजनाथ के तेवर से गाड़ीवान को लगा कि उसने अगर जिद की, तो बात बढ़ जाएगी। उसने गाड़ी का मोहरा घुमाया और बैलों को हाँक दिया।

बैजनाथ ने पलटू झा से कहा, ''आप इस बैलगाड़ी को सिवान के बाहर कर आइए। तब तक मैं एक बार घर से हो आता हूँ। गाड़ीवान शैतान मालूम पड़ता है। सम्भव है, सिवान से बाहर जाकर वह पिंजरे खोले और पिंजरों की सारी बिल्लियों को एक-एक कर इधर की ओर हाँक दे। मैं रीतलाल से कह आता हूँ कि वह किसी बाहरी बिल्ली को घर में घुसने नहीं दे और एक ब्याही बिल्ली को छोड़ शेष सारी बिल्लियों को भी यथासम्भ्व छड़ी मार-मारकर घर से बाहर भगा दे।''

(6)

बिल्ली-गाड़ी के गाड़ीवान के साथ झगड़ा करते हुए बैजनाथ मंडल के मन में यह शंका उपस्थित हुई थी कि अगर यह रगड़ा कुछ अधिक तगड़ा हो गया, तो समय से आ गयी बस छूट सकती है, मगर उसने अनायास यह तय कर लिया था कि जब तक बिल्लियों को गाँव के बाहर निकाल नहीं देता है वह, तब तक वह भी गाँव के बाहर नहीं निकलेगा।

पलटू झा को बिल्ली-गाड़ी के पीछे लगाकर जब वह रीतलाल को नया आदेश सुनाने घर आया, तब उसे मान लेना चाहिए था कि बस निकल गयी होगी, मगर जिस तरह गाँववाले गाँव की लंगीमार सड़क पर चलनेवाली इकलौती बीमार बस को पकड़ने के लिए सुबह छह बजे से दिन के बारह बजे तक गाँव के बस पड़ाव पर आते रहते हैं और नहीं मान लेते कि छह बजनेवाली बस बारह बजे तक अवश्य निकल गयी होगी और उसे आज की यात्रा स्थगित कर देनी चाहिए।

वह जिस तेजी से घर गया था, उसी तेजी से वापस आया और देखा कि बस पड़ाव पर पलटू झा मौजूद है। उसने आते ही पलटू झा से पूछा, ''यात्रा के समय गाड़ीवान से झगड़ा हो गया; यात्रा अशुभ तो नहीं हो गयी?''

''मैं अब तक इसी पर विचार कर रहा था, बैजनाथ बाबू,'' पलटू झा ने जवाब दिया, ''आप झगड़ा पर नहीं, बिल्ली पर विचार कीजिए। यदि एक भी बिल्ली रास्ता काटती, तो यात्रा अशुभ हो जाती। ऐसा नहीं हुआ। अगर यात्रा के समय कोई बिल्ली सड़क के बायीं ओर दिखायी दे, तो यात्रा शुभ होती है। ऐसा हुआ। हुआ तो यह कि एक की जगह ढेर सारी बिल्लियाँ एक साथ दिख गयीं। इससे अधिक शुभ यात्रा तो हो ही नहीं सकती थी। और जाते-जाते बिल्लियों ने यह भी किया कि जब तक आप घर से वापस नहीं आ गये, तब तक बस को भी आने नहीं दिया। अब बस किसी भी समय आ सकती है।''

बैजनाथ मंडल खुश हो गया और प्रसन्नचित्त बस पर सवार हुआ।

रघुनाथपुर मिल गया, बगीचा मिल गया, मचान मिल गया, मगर मचान पर रघुनी मड़ड़ नहीं मिले। बैजनाथ का मन शंकाग्रस्त होने लगा। वह जान रहा था कि मड़ड़ दिन भर इस मचान पर ही रहता है। अभी का समय तो दिन का ही समय है!...कहाँ गया वह?...किसी दूर की यात्रा पर तो नहीं?...महायात्रा पर तो नहीं निकल गया?...गया तो गया, किसी से कुछ बोलकर गया या नहीं?...

बहियार में उपस्थित रघुनी मड़ड़ के पोते ने दो आदमियों को बगीचे में घुसते देखा, तो बहियार से बगीचे में आ गया। उस लड़के को पहचानने की कोशिश करते हुए बैजनाथ ने पूछा, ''तू वही है न?''

''कौन?'' लड़का मुस्कराया।

''रघुनी मड़ड़ का पोता?''

''हाँ।''

''मुझे पहचान रहे हो?''

''कुछ-कुछ।''

''कौन हूँ मैं?''

लड़के ने हँसकर कहा, ''गधावाले।''

''ठीक पहचाना।'' बोलकर बैजनाथ भी खिलखिला पड़ा।

पलटू झा ने बैजनाथ मंडल को अजीब नजरों से घूरा। बैजनाथ ने लड़के से पूछा, ''क्या नाम है तुम्हारा?''

''चन्दन।''

''यह बताओ, चन्दन, कि तुम्हारे दादाजी कहाँ गये हैं?''

''ललिता दीदी के घर गये हैं।''

''गाँव से बाहर?''

''नहीं गाँव में ही।''

''यह बता सकते हो कि इधर गाँव में किसी लड़की की शादी भी हुई है?''

''कोई शादी नहीं हुई है।''

''तुम्हारे दादाजी किसी शादी में कहीं गये भी हैं?''

''नहीं, कहीं नहीं गये हैं।''

बैजनाथ मंडल ने राहत की साँस ली और पूछा, ''तुम्हारे दादाजी कब तक आ जाएँगे?''

''उनके आने का कोई ठीक नहीं है,'' चन्दन ने जवाब दिया, ''मैं उन्हें बुला लाता हूँ।''

बोलकर चन्दन दादा को बुलाने दौड़ गया। पलटू झा ने बैजनाथ मंडल से कुछ चिन्तित स्वर में पूछा, ''लड़कीवाले भी आपको 'गधावाले' के नाम से ही जानते हैं?''

''यहाँ इस लड़के और इसके दादा रघुनी मड़ड़ के सिवा और कोई मुझे नहीं जानता।''

''रघुनी मड़ड़ ज्यों ही आये,'' पलटू ने हिदायत की, ''उसे बता दीजिएगा कि मैं पंडितजी हूँ।''

''सबसे पहले यही बताऊँगा,'' बैजनाथ बोला, ''उन्हें बताना भी तो है कि मैं बिलकुल तैयार होकर आया हूँ।''

रघुनी मड़ड़ जल्दी ही आ गये थे और आते ही बैजनाथ को सुनाया, ''तुम्हारे आने में देर हुई, तो मैं समझने लगा था कि तुम्हारा ब्याह हो गया।''

''और मुझे भी इस बात का दुख होने लगा था, बाबा,'' बैजनाथ बोला, ''कि मैंने आपको लड़की ढूँढ़ने का कष्ट भी दिया और आने में इतनी देर कर दी कि मेरे आने के पहले ही लड़की का ब्याह हो गया।''

''उतनी देर नहीं हुई है,'' बाबा ने राहत पहुँचायी, ''अभी ब्याह नहीं हुआ है।''

''इसी मचान पर मैंने सपना देखा था। आपको याद आ रहा है, बाबा, मेरा सपना?''

''मुझे बताया था उस सपने के बारे में?''

''हाँ, बाबा, बताया था।''

''याद नहीं आ रहा; क्या सपना देखा था?''

''सपना देखा था कि आप फुलकाहा आये हुए हैं, मेरे घर का दरवाजा खटखटा रहे हैं,

और आवाज दे रहे हैं, 'बैजनाथ! जल्दी बाहर आओ। देखो, दरवाजे पर कौन खड़ी है!' ''

उस दिन की तरह हो-हो कर नहीं हँसे थे बाबा, मगर मुस्कराये थे, ''हाँ, अब याद आ रहा है।''

''आज देख रहा हूँ कि वह सपना सच हो गया।''

''बैजनाथ बाबू ने मुझसे आग्रह किया,'' पलटू झा ने रघुनी मड़ड़ को सुनाया, ''कि आप भी मेरे साथ चलिए, पंडितजी। कैसे नहीं आता? मैं फुलकाहा का ही पंडित हूँ, पंडित पलटू झा।''

''भगवान ने चाहा, तो बैजनाथ बाबू का सपना सच होकर रहेगा,'' रघुनी मड़ड़ ने सुनाया,'' अच्छा हुआ कि आप भी साथ चले आये, मगर अभी तुरन्त तो आपकी जरूरत नहीं पड़ेगी, पंडितजी।''

''क्यों, बाबा,'' बैजनाथ पूछ बैठा, ''पंडितजी की जरूरत अभी क्यों नहीं पड़ेगी?''

''बताता हूँ, क्या बात है,'' रघुनी मड़ड़ बोले, ''पहले आप लोग भोजन कर लीजिए।''

भोजन के बाद रघुनी मड़ड़ ने पूरा किस्सा सुनाया।

''जिस लड़की से ब्याह करने के लिए मैंने तुम्हें बुलाया है,'' रघुनी मड़ड़ ने बैजनाथ से कहा, ''वह मेरे भानजे की बेटी है; नाम है उसका ललिता और वह विवाहित है।''

''विवाहित है?''

''हाँ,'' रघुनी मड़ड़ बोले, ''पिछली मुलाकात में तुमने इस बात पर हामी भरी थी कि तुम दुहेजू-तिहेजू औरत से भी ब्याह कर सकते हो। इस लड़की का तो बस एक ब्याह हुआ है।''

''बस एक ब्याह!'' पलटू बोल गया, ''तब तो लड़की में कोई दोष नहीं है। बैजनाथ बाबू ब्याह से इनकार नहीं कर सकते। मैं आ ही गया हूँ; ब्याह अब झटपट हो ही जाये।''

''नहीं, झटपट ब्याह नहीं हो पाएगा,'' रघुनी मड़ड़ ने कहा, ''अभी वह अपनी ससुराल में है और उसका पति जिन्दा है।''

''पति जिन्दा है!'' बैजनाथ का आहत स्वर निकला।

''तो क्या हो गया!'' पलटू ने बैजनाथ से कहा, ''अगर लड़की इस पति के साथ नहीं रहना चाहती और दूसरा ब्याह करना चाहती है, तो पति की मजाल नहीं है कि उसे रोक ले। वह आपसे ब्याह कर आपके घर जाएगी। अब लड़की को उसकी ससुराल से निकाल ले आने में जो समय लगे।''

''मामला कुछ अलग है। लड़की पति को बहुत चाहती है और उसके जीते-जी किसी और से शादी नहीं कर सकती। शादी वह पति के मरने के बाद ही करेगी। तुम्हें उसके पति के मरने का इन्तजार करना पड़ेगा।''

''यह आप क्या सुना रहे हैं,बाबा! मैं भला अब कब तक इन्तजार कर सकता हूँ!'' बैजनाथ ने सुनाया, ''मरना-जीना तो भगवान के हाथ में है। इस तरह तो किसी शादी के लिए इन्तजार नहीं किया जा सकता। कोई ठीक है कि उसके मरने के पहले मैं ही मर जाऊँ! यह मामला तो बहुत टेढ़ा है, बाबा।''

''नहीं, मामला टेढ़ा नहीं है,'' रघुनी मड़ड़ ने सुनाया, ''मामला टेढ़ा होता, तो मैं तुम्हें बुलाने फुलकाहा नहीं जाता। पति बीमार है और कभी भी मर सकता है।''

''मरना है उसे, तो जल्दी मर जाये,'' पलटू ने अपनी राय दी, ''एक और को छेंककर रखना तो ठीक नहीं है। कैसी बीमारी है? जल्दी मरने की उम्मीद है या नहीं?''

''वह तो ऐसा बीमार पड़ा था कि उसे कुछ पहले ही मर जाना था, मगर वह अभी भी जिन्दा है। यह निश्चित है कि वह बचेगा नहीं।''

''अगर यह निश्चित है कि वह मरेगा ही,'' पलटू ने सुनाया, ''तब तो मैं इसे बैजनाथ बाबू का सौभाग्य ही मानता हूँ कि ललिता की शादी इस लड़के के साथ हुई। बैजनाथ बाबू इन्तजार करेंगे।''

रघुनी मड़ड़ ने बैजनाथ के सौभाग्य पर कोई टिप्पणी नहीं की।

''इन्तजार तो मैं कर लूँ,'' बैजनाथ बोला, ''मगर जो लड़की अपने मन की है, उसका क्या ठीक कि पति के मरने के बाद वह दूसरे ब्याह के लिए तैयार हो ही जाएगी?''

''शुरू में तो ललिता ने कुछ ऐसा ही सोचा था,'' रघुनी मड़ड़ ने जानकारी दी, ''मगर अब हम सबके समझाने-बुझाने से तैयार हो गयी है कि वह दूसरा ब्याह कर लेगी।''

''अब तैयार हो गयी है न?'' पलटू ने जोर देकर पूछा।

''हाँ, अब तैयार हो गयी है,'' रघुनी मड़ड़ ने सुनाना शुरू किया, ''ललिता की शादी के बाद हमें उसके पति भोला की बीमारी का पता चला था। वह शादी मैंने ही अपने जोर से करायी थी और मैं यह सोचकर गला जा रहा हूँ कि इस शादी का सारा दोष मुझे ही लगेगा। जब मैं जान गया कि भोला के बचने की कोई उम्मीद नहीं है, तो मैंने अपने भानजे को बुलाकर कहा, 'ललिता को ले जाओ और इसकी दूसरी शादी करा दो। अभी भी इसे अच्छा लड़का मिल जाएगा।' मेरी बात उसे भी जँच गयी। मगर ललिता ब्याह के लिए तैयार ही नहीं हुई। वह तो यहाँ तक बोल गयी कि वह विधवा रहकर जीवन काट लेगी, मगर कभी दूसरी शादी नहीं करेगी।''

''ऐसी लड़की किसी नसीबवाले को ही मिलती है,'' पलटू बोला, ''ऐसी लड़की दुहेजू-तिहेजू हो, तब भी उसके आगे कोई कुँआरी पानी भरेगी।''

''मगर जिसे विधवा बनकर रहना स्वीकार हो,'' बैजनाथ ने कुछ दुखी स्वर में कहा, ''वह दुहेजू-तिहेजू कैसे बनेगी?''

''ललिता समझाने-बुझाने से मान गयी है,'' रघुनी मड़ड़ ने कहा, ''कि वह विधवा बनकर नहीं रहेगी; अगर यह पति मर गया, तो वह दूसरा ब्याह कर लेगी।''

''लड़की समझदार है,'' पलटू बोला, ''वह आप लोगों की हर बात मानेगी।''

''मैं यह तो नहीं मानता कि ललिता समझदार है,'' रघुनी मड़ड़ बोले, ''और न यह कहूँगा कि वह हमारे मनाने से मानी है।''

''फिर कैसे मानी वह?'' बैजनाथ ने पूछा।

''उसे मना लिया भोला ने।''

''उसके पति ने?''

''हाँ,'' रघुनी मड़ड़ ने जवाब दिया, ''उसके पति को भी यह आभास हो गया था कि वह

अब नहीं बचेगा और उसे यह भनक भी मिल गयी थी कि ललिता के मायकेवाले उसकी दूसरी शादी कराना चाह रहे हैं और वह किसी तरह इस पर तैयार नहीं हो रही है। उसने एक दिन ललिता से कहा, 'ललिता! तुम्हारे घरवालों ने यही सोचा है। मेरी जिन्दगी अब बहुत कम दिनों की है। तुम्हें विधवा रूप में देखकर मेरी आत्मा दुखी होगी। तुम मेरे जीते-जी अपना दूसरा ब्याह कर लो। मैं शान्ति से मरूँगा।' ललिता ने जवाब दिया था, 'मैं आपको मरने नहीं दूँगी।' भोला ने कहा, 'अब तुम मुझे बचा नहीं सकती, ललिता।' ललिता की रट, 'मैं आपको मरने नहीं दूँगी।' भोला इस बार बोला, 'नहीं मरने दोगी, यह तो ठीक; मगर मुझे अभी ही यह कह दो कि तुम मेरे मरने के बाद दूसरा ब्याह कर लोगी।' ललिता रुआँसी हो उठी, 'अभी ही मान लूँ कि आप मर... ?' 'मत मानो,' भोला बोला, 'मगर कसम खाओ कि मेरे मरने के बाद ब्याह कर लोगी।' ललिता फफककर रो उठी। भोला ने उसके सिर पर हाथ रख दिया, 'मान जाओ मेरा कहना।' ललिता ने उसके पैरों पर अपना सिर रख दिया और देर तक रोती रह गयी।''

''पैर पर सिर रखकर रोती रही,'' बैजनाथ ने पूछा, ''इसका मतलब हुआ, वह मान गयी?''

''उसने भोला के सामने कसम खा ली कि वह कर लेगी ब्याह,'' रघुनी मड़ड़ ने जवाब दिया, ''अब तो पूरा गाँव यह किस्सा जान रहा है और ललिता का इतना मान बढ़ गया है कि इस गाँव के कई कुँआरे लड़के भी उसके साथ ब्याह करने को तैयार हो गये हैं।''

''इस ब्याह के लिए,'' बैजनाथ का प्रश्न था, ''और भी लड़के उम्मीदवार हैं?''

''हाँ, हैं,'' रघुनी मड़ड़ ने सुनाया, ''उन लोगों ने भोला के घर अभी से आना-जाना शुरू कर दिया है। एक तो मेरे भानजे से भी मिल आया है। मगर तुम निश्चिन्त रहो कि मैं ऐसा कुछ होने नहीं दूँगा। ब्याह तुम्हारे साथ ही होगा ललिता का। तब यह भी जरूरी है कि तुम भी ललिता की नजर में आ जाओ। वह मेरे घर बराबर आती-जाती रहती है। यहीं उससे तुम्हारी भेंट कराऊँगा। मैं भी भोला के घर जाता रहता हूँ। तुम मेरे साथ चला करना।''

''ऐसा भी तो हो सकता है, बाबा,'' बैजनाथ ने अपनी चिन्ता प्रकट की, ''कि मैं इन्तजार ही करता रह जाऊँ और ललिता इसी गाँव के एक घर से निकलकर दूसरे घर में चली जाये।''

''जो भी होगा, मेरी मरजी से होगा,'' रघुनी मड़ड़ ने दृढ़ स्वर में कहा, ''अब मैं कोई गलती नहीं कर सकता। एक बार ललिता को मैंने कुएँ में धकेल दिया था, अब ऐसा नहीं कर सकता। जो भी उम्मीदवार हैं,वे कुँआरे तो हैं, मगर कोई जमीन-जायदाद नहीं है उनके पास। ललिता ने अब तक अपने दिन दुख में काटे हैं। अब मैं चाहता हूँ कि वह सुख में रहे। यह सुख उसे अब तुम्हारे घर में ही मिलेगा। मैं फुलकाहा इस इरादे से भी गया था कि तुम्हारी जमीन-जायदाद के बारे में जानकारी ले लूँ। मैं सन्तुष्ट हूँ। अब तुम्हें यहाँ रुकना है और ब्याह करके ही जाना है। हाँ, पंडितजी को वापस भेज सकते हो। पंडित जी यहाँ भी मिल जाएँगे।''

''नहीं, बाबा,'' बैजनाथ बोला, ''मैं अपने पंडित को अपने साथ लेकर चला हूँ, तो अब ब्याह भी यही कराएँगे।''

''यही कराएँ ब्याह,'' रघुनी मड़ड बोले, ''मगर इनकी जरूरत तो ब्याह के समय पड़ेगी न। भोला के मरते ही तो ललिता का सिन्दूर-दान नहीं हो जाएगा। ब्याह की ठहरौनी होगी, और

कुछ समय बाद ही ब्याह की तिथि तय होगी। ब्याह की तिथि तय होते ही मैं फुलकाहा जाकर इन्हें बुला लाऊँगा।''

''कुछ बात ऐसी है, बाबा,'' बैजनाथ बोला,''कि मेरे पंडितजी को मेरे साथ ही रहना है। इनके बिना अब मेरा कोई भी काम नहीं होता है। मेरे साथ इनके रहने की भी व्यवस्था कर दीजिए।''

''रहने की व्यवस्था तो कर दूँगा,'' रघुनी मड़ड़ ने कहा, ''मगर ये यहाँ रहकर करेंगे क्या?''

''उसकी चिन्ता आप नहीं करें, मड़ड़जी,'' पलटू ने जवाब दिया, ''न गाय का नैहर न पंडित का गाँव। मैं अपना काम ढूँढ़ लूँगा।''

''अच्छा ही है,'' रघुनी मड़ड़ ने अपनी खुशी जाहिर करते हुए पलटू पंडित से कहा, ''मैं भी आपसे कुछ गीता-रामायण सुन लूँगा।''

पलटू झा और बैजनाथ मंडल के रहने की व्यवस्था रघुनी मड़ड़ ने अपने ही दालान में कर दी। उस दिन दोनों ने दिन भर चन्दन के साथ घूम-घूमकर रघुनाथपुर गाँव को देखा। चन्दन ने उन्हें ललिता दीदी का घर भी दिखा दिया।

दिन भर घूमते हुए पलटू झा को याद नहीं आया कि वह बैजनाथ मंडल का ब्याह कराने आया है। उसका ध्यान केवल इस ओर रहा कि अपनी कमाई के लिए वह क्या धन्धा करेगा। जब पूरा गाँव देखकर लौट आया वह, तब उसे बैजनाथ के ब्याह का ध्यान आया और तब अनायास उसके दिमगा में आया कि वह कहीं दूसरे बरगढ़ में तो नहीं पहुँच गया है। बरगढ़ से उसे डर लगने लगा था। बरगढ़ में भी बैजनाथ मंडल भावी दामाद बनकर ही रह रहा था, और यहाँ भी वह भावी दामाद बनकर रहेगा। वहाँ भी उसकी शादी एक पखवारा बाद होने को थी; यहाँ तो यह भी ठीक नहीं है कि रोगी मरने में कितने पखवारे लगाएगा। उसे एहसास हुआ कि 'भावी दामाद' का दुर्भाग्य उसे भी अपनी चपेट में ले लेता है। अपना धन्धा तो वह कहीं भी जमा ले, मगर 'भावी दामाद' के दुर्भाग्य से अपने को कैसे बचाये? भावी दामाद मरे-जीये, मगर उसे बचना चाहिए। वह देर तक सोचता रहा और उसे यह सोचना अच्छा लगा कि यहाँ से चला ही जाये।

रात में सोने से पूर्व पलटू झा ने बैजनाथ मंडल से कहा, ''बैजनाथ बाबू, आपको एक किस्सा सुनाऊँ?''

''सुनाइए,'' बैजनाथ ने जवाब दिया, ''किस्सा सुनना मुझे बहुत ही अच्छा लगता है। मैं तो रोज रात में आपसे एक किस्सा सुनकर ही सोना चाहूँगा।''

पलटू झा ने किस्सा शुरू किया, ''किसी गाँव में दो गधे रहते थे।''

''गधे?''

''हाँ।''

''मेरे यहाँ पहुँचते ही चन्दन ने मुझे 'गधावाले' के रूप में पहचाना था, इसलिए तो आप गधे का किस्सा नहीं सुना रहे हैं?''

''नहीं-नहीं, ऐसा नहीं है, बैजनाथ बाबू,'' पलटू ने जवाब दिया, ''दिन भर कोई गधा मेरे

दिमाग में नहीं आया था; अब जाकर यह गधे का किस्सा आया है दिमाग में।''

अगर किस्सा एक गधा का होता, तो बैजनाथ मंडल कह देता, ''मुझे नींद आ रही है, गुरुजी। अब किस्सा कभी बाद में सुनूँगा।'' मगर उसे इस बात से तसल्ली मिली कि किस्सा दो गधों का है। अगर किस्से का पहला गधा बैजनाथ मंडल है, तो दूसरा गधा पलटू पंडित ही हुआ। उसने कहा, ''सुनाइए, कभी किसी गधे का किस्सा नहीं सुना था, दो गधों का तो कभी नहीं।''

पलटू झा ने किस्सा सुनाया...

किसी गाँव में दो गधे थे, एक नट का गधा था, दूसरा धोबी का। उन दोनों गधों के बीच अच्छी मित्रता थी। इस मित्रता का एक कारण यह भी था कि नट और धोबी गाँव में अगल-बगल ही रहते थे।

धोबी का गधा तो बराबर गाँव में ही रहता था, मगर नट अपने गधे को लेकर अपना तमाशा दिखाने गाँव से बाहर दूर-दूर तक जाता था और कभी-कभी महीनों बाहर रह जाता था।

दोनों गधे जब आपस में मिलते थे, तब एक-दूसरे का हाल-चाल पूछते थे। एक बार जब नट का गधा तीन-चार महीनों के बाद लौटा, तो उसे देखकर धोबी के गधे ने पूछा, ''यार! तुम इस बार बहुत दुबले क्यों लग रहे हो?''

नट के गधे ने कहा, ''मुझे पेट भर खाना नहीं मिलता है, यार। यह नट मेरी पीठ पर सामान लादकर मुझे दिन भर गाँव-गाँव घुमाता फिरता है अपना तमाशा दिखाने के लिए। जब यह तमाशा दिखाता है, तब मुझे पास ही एक खूँटे से बाँधकर रखता है। दिन भर मैं भूखा ही रह जाता हूँ। शाम में जब वह अपने डेरे पर आता है, तो डेरे के पास ही मुझे एक लम्बी रस्सी से बाँधकर चरने के लिए छोड़ देता है। पेट नहीं भरता है मेरा।''

धोबी के गधे ने कहा, ''मैं तो बस एक बार लादी लेकर तालाब जाता हूँ। लादी गिरा देने के बाद मेरा मालिक दिन भर कपड़े धोता है और मैं तालाब के पास हरी-हरी घास चरता रहता हूँ। शाम में लादी लेकर घर आ जाता हूँ और रात भर आराम से सोता हूँ। मैं तो बहुत सुख में रह रहा हूँ। तुम भी कुछ ऐसा करो, यार, कि इस नट को छोड़ मेरे मालिक के पास आ जाओ।''

''यही तो मुश्किल है,'' नट के गधे ने कहा, ''कि मैं आ नहीं सकता। एक बहुत बड़ा सुख, तो आज तक किसी गधे को नसीब नहीं हुआ है, मुझे मिलने जा रहा है।''

''कैसा सुख?''

''जब नट दो खंभों के बीच रस्सी बाँधकर अपनी सुन्दर और जवान बेटी को उस रस्सी पर चलने के लिए कहता है, तब अपनी बेटी से यह कहा करता है, 'सँभलकर चलना। अगर नीचे गिर गयी, तो इस गधे से ही तुम्हारी शादी कर दूँगा।' वह छोकरी मेरी आँखों में बस गयी है। किसी-न-किसी दिन तो वह गिरेगी ही रस्सी से नीचे।''

धोबी का गधा हँसा और बोला, ''नट तो दर्शकों को हँसाने के लिए बेटी से ऐसा कहता है। अगर बेटी गिर भी गयी, तो क्या नट तुम्हारे साथ उसकी शादी कर देगा!''

बैजनाथ मंडल के लिए अभी भी किस्सा समाप्त नहीं हुआ था; उसने पूछा, ''फिर क्या हुआ?''

"फिर क्या होगा!" पलटू बोला, "किस्सा यहीं समाप्त होता है। उस दिन से नट का गधा सोचने लगा कि कैसे नट से मुक्ति मिले और वह धोबी के घर आ जाये।"

"इस किस्से का कोई मलतब नहीं हुआ।"

"मतलब यह हुआ कि हम लोग आज रात यहाँ काट लें और सुबह होते ही यहाँ से निकल चलें।"

"क्यों?"

"यह भोला न जाने कब से बीमार है और न जाने कब तक बीमार रहेगा! उसके मरने के इन्तजार में कब तक हम बैठे रहेंगे यहाँ? उसके मरते ही उसकी विधवा झट मड़वा में नहीं बैठ जाएगी दूसरे ब्याह के लिए। हम लोग मड़ड़ से यह कहकर चलें कि भोला के मरते ही वे ब्याह की तिथि तय करें और हमें सूचित कर दें।"

"अब यहाँ आकर यहाँ से जाना मुझे जँचता नहीं है, गुरुजी।"

"क्यों?"

"जब मड़ड़ हमें यहाँ रखने को तैयार हैं, तब यहाँ से जाकर हम फुलकाहा में रहें, इसमें कोई बुद्धिमानी नहीं है। हम चले भी गये, तो दिल हमारा यहीं टँगा रहेगा। हम यह खतरा भी नहीं उठा सकते कि किसी अगली यात्रा पर निकल जाएँ। देखी लड़की को छोड़कर अनदेखी पर दौड़ेंगे क्या! मामला सीधा होते हुए भी कुछ टेढ़ा ही है। तीन-तीन कुँआरे इस लड़की के पीछे हैं। हम चले गये, तो उनकी बन आएगी। कोई ललिता के दिल में बस गया, तो उस 'कोई' को धकियाकर ललिता के दिल से निकालना और मेरे लिए जगह खाली कराना मड़ड़ के लिए मुश्किल होगा। हम यहाँ मौके पर मौजूद रहेंगे, तो घड़ी-घड़ी की खबर रखेंगे और अपनी राह आसान बनाते चलेंगे।"

"मैं तो यहाँ बेकार हो जाऊँगा।"

"यहाँ तो मुझसे भी अधिक आपकी जरूरत पड़ेगी," बैजनाथ बोला, "मैं तो सिर्फ ललिता के आस-पास मँडराऊँगा; कुँआरों की खोज-खबर तो आप ही लेंगे।"

"ठीक है, रह लूँगा," पलटू बोला, "आपकी नैया को तो पार लगाना ही है मुझे।"

"एक बात कहूँ, गुरुजी?"

"क्या?"

"कल से मैं बिना कोई किस्सा सुने सोऊँगा।"

"कोई किस्सा क्यों नहीं?" पलटू ने जवाब दिया, "हाँ, किसी गधे का किस्सा नहीं सुनाऊँगा।"

(7)

पलटू झा ऐसा जीव नहीं था जो किसी जगह बैजनाथ मंडल को अगोरकर निठल्लू बैठा रह जाये। बरगढ़ में वह कामयाब नहीं हुआ, मगर इसका असली कारण था उसका पुराना मित्र सत्यदेव झा जो अचानक दुश्मन बन गया था। यहाँ उसका कोई नया-पुराना मित्र नहीं था जो उसकी राह में

रोड़े अटका सकता था। वह चाहे तो बरगढ़ को इस रघुनाथपुर में भी उतार सकता है और जो नाकामयाबी उसे बरगढ़ में मिली थी उसे यहाँ कामयाबी में बदल सकता है। मगर कामयाबी हासिल करने के लिए वह इसे जरूरी मान रहा था कि इस रघुनाथपुर में भी उसे बरगढ़ की तरह सेवकजी जैसा प्रचारक और धरमपाल जैसा संगतिया मिल जाये।

उस पहली रात ही वह यह तय करके सोया कि अगले दो दिनों तक वह अपने लिए केवल एक प्रचारक और एक संगतिया तलाशता रह जाएगा।

अगले दिन इससे पहले कि पलटू झा किसी सेवकजी या धरमपाल को ढूँढ़कर अपना धन्धा शुरू करता, रघुनाथपुर के लोग उसके लिए एक धन्धा लेकर आ गये।

रघुनाथपुर गाँव में देवता तो घर-घर में थे, मगर गाँव के पास अपना कोई सार्वजनिक मन्दिर नहीं था। सबसे निकट का मन्दिर दशरथपुर में था। बहुत दिनों तक रघुनाथपुरवाले अपना काम दशरथपुर के मन्दिर से ही चलाते आ रहे थे। मगर अपना मन्दिर नहीं होने के कारण इन्हें दशरथपुरवालों के सामने बहुत झुककर रहना पड़ता था। वे बात-बात में रघुनाथपुरवालों को धमकी दे देते थे कि रघुनाथपुरवाले कान-पूँछ दबाकर चलें, नहीं तो उनका दशरथपुर मन्दिर में आना बन्द कर दिया जाएगा। दो बार तो ऐसा हुआ कि झगड़ा बहुत मामूली था, मगर मन्दिर में जाने की मनाही महीने-महीने भर चली। कई बार रघुनाथपुरवालों ने चाहा कि अपना मन्दिर बनवा लें, और यह भी चाहा कि दशरथपुर के मन्दिर से बड़ा मन्दिर बनवायें, मगर आज तक वैसा जुगाड़ नहीं हो पाया।

इधर जब इलाके में बबुआनों ओर सोलकनों के बीच झगड़ा शुरू हुआ, तो दशरथपुर भी इससे अछूता नहीं रहा और वहाँ के लोग भी आपस में झगड़ने लगे। इस झगड़े की चपेट में वहाँ का मन्दिर भी आ गया। जब वहाँ के बबुआनों ने मन्दिर को अपने हाथ से निकलने नहीं दिया और सोलकनों पर रोब गाँठते रहे, तब वहाँ के सोलकनों ने अपना एक अलग मन्दिर बनवा लिया। अब वहाँ के सोलकन पुराने मन्दिर में प्रसाद चढ़ाने नहीं जाते, वहाँ के देवता के दर्शन करने तक नहीं जाते। रघुनाथपुर सोलकनों का गाँव था। अब यहाँ के सोलकनों के लिए भी यह जरूरी हो गया कि वे दशरथपुर के बबुआनों के मन्दिर में न जाकर सोलकनों के मन्दिर में जाएँ।

विवाद यहीं आकर रुक नहीं गया।

विवाद पूरे इलाके में इतना गहरा गया था कि जहाँ-जहाँ सम्भव हुआ सोलकनों ने मन्दिरों से ब्राह्मण पुजारियों को निकालकर सोलकन पुजारियों को बहाल करना शुरू कर दिया था। किधर से तो सोलकन पंडितों-पुजारियों की बाढ़ आ गयी। दशरथपुर के सोलकनों ने भी अपने मन्दिर के लिए एक सोलकन पंडित का प्रबन्ध कर लिया।

विवाद इतने पर भी नहीं थमा।

सोलकनों की जाति-सभाओं में यह निर्णय लिया गया और सोलकनों के बीच प्रचारित किया गया कि वे ब्राह्मण पंडितों-पुजारियों का बहिष्कार करें और उनसे पूजा-पाठ कराना बन्द करें। केवल प्रचार ही नहीं किया गया, सोलकनों पर नजर भी रखी जाने लगी कि वे इस सन्देश-आदेश का पालन करते हैं या नहीं। सोलकनों पर दबाव डालने के साथ ही ब्राह्मण पुजारियों को

भी धमकियाँ दी जाने लगीं कि वे सोलकनों के घर पूजा-पाठ के लिए न जाएँ, शादी-श्राद्ध तक के मन्त्र पढ़ने से बाज आयें।

रघुनाथपुर में भी पूजा-पाठ के लिए अब दशरथपुर के यादव पंडित ही बुलाये जाते थे। एक बार सत्यनारयण भगवान की पूजा के लिए एक ब्राह्मण पंडित को बुला लिया गया था। कैसे-कैसे तो दशरथपुर के सोलकनों के नेताओं को खबर लग गयी। पंडितजी पूजा कराके गाँव से बाहर निकले ही थे कि उन पर मार पड़ गयी। तब से कोई ब्राह्मण पंडित बुलाने से भी रघुनाथपुर नहीं आता था।

अब दशरथपुर के यादवों का भी रघुनाथपुरवालों के साथ लगभग वही रवैया था जो पहले दशरथपुर के बबुआनों का रहा करता था। रघुनाथपुरवालों के मन में आया कि क्यों नहीं रघुनाथपुर का कोई धानुक ही पंडित बन जाये! मगर बने कैसे? दशरथपुर के यादव पंडित ने बताया कि वह बनारस से पंडित की पढ़ाई पढ़कर आया है। जब उससे पूछा गया कि बनारस में कहाँ पढ़ाई होती है, पढ़ाई कितने दिनों की है और इस पर क्या खर्च आता है, तब उसने कुछ भी बताने से इन्कार कर दिया। जब उससे आग्रह किया गया कि वह कुछ दान-दक्षिणा लेकर रघुनाथपुर के एक धानुक को पंडिताई सिखा दे, तो उसने खरा जवाब दे दिया कि जब वह दशरथपुर का स्थायी पंडित है और कभी भी पूजा-पाठ के लिए रघुनाथपुर आ सकता है, तो किसी और का रघुनाथपुर में पंडित होना जरूरी नहीं है।

बबुआनों और सोलकनों के बीच का यह विवाद अभी रघुनाथपुर के दक्खिन के इलाके में नहीं फैला था और उस इलाके में अभी भी ब्राह्मण पंडित-पुजारी पूजा- पाठ करा रहे थे। रघुनाथपुरवालों ने चुपके-चुपके उस इलाके के कई ब्राह्मण पंडितों से भी निहोरा किया था कि वे रघुनाथपुर के एक धानुक को पंडित बना दें, मगर उन्होंने साफ सुना दिया कि वे किसी सोलकन को ब्राह्मण नहीं बनाएँगे।

रघुनाथपुरवाले अभी भी प्रयासरत थे कि उनका एक अपना पंडित हो जाये, मगर उन्हें सूझ नहीं रहा था कि अपना पंडित कहाँ से हो, कैसे हो?

स्थिति से पूरी तरह अवगत कराने के बाद रघुनी मड़ड़ ने पलटू झा से कहा, ''यह तो आप जानते ही हैं कि जब गाँव में मेहमान आते हैं, तो गाँव के लोगों के लिए यह जानना जरूरी हो जाता है कि कहाँ के मेहमान हैं, रिश्ते में क्या लगते हैं, किस प्रयोजन से आये हैं, कब तक ठहरेंगे, आदि-आदि। आप लोगों के आने पर भी यही हुआ। लोग कल शाम से ही आप लोगों के बारे में पूछताछ करने लगे थे।

''एक बात जो आपके आने और देर तक आपके साथ रहने पर भी मेरे मन में नहीं आ पायी थी, वह उन लोगों के मन में तुरन्त आ गयी। आप लोगों के बारे में जानकारी लेकर जाने के बाद इन्होंने आपस में विचार-विमर्श किया और रात में ही एक निर्णय ले लिया।''

''कैसा निर्णय?'' पलटू झा ने कुछ डरते-डरते पूछा था।

''अब आपको ही यहाँ के किसी धानुक को पंडित बनाना है।''

''मुझे?''

"हाँ, पंडितजी।"

"जब किसी ब्राह्मण पंडित ने किसी धानुक को ब्राह्मण या पंडित बनाना स्वीकार नहीं किया है, तब क्या मेरे लिए उचित होगा किसी धानुक को पंडित बनाना? ब्राह्मण मेरा बहिष्कार नहीं करेंगे?"

"आपको इस इलाके के ब्राह्मणों से क्या लेना-देना? और आप अपने इलाके और गाँव में बैजनाथ बाबू के साथ तो रह ही रहे हैं। बैजनाथ बाबू भी तो धानुक ही हैं न! मुझे पता है कि आप दोनों गुड़-चींटी की तरह रह रहे हैं।"

"आपने बताया कि यहाँ पूजा करानेवाले एक ब्राह्मण पंडित को मार लग चुकी है। मैं यहाँ न जाने कब तक रहूँगा! मैं मार से बच पाऊँगा?"

"मार उस पंडित पर इस गाँव के सिवान के बाहर लगी थी। किसी की मजाल नहीं है कि गाँव में घुसकर कोई आपको आँख भी दिखा दे। हम आँख निकाल लेंगे। गाँव से बाहर जाने की आपको जरूरत ही नहीं पड़ेगी। जिस चीज की भी जरूरत पड़ेगी, हम लाकर दे देंगे।"

"कभी तो गाँव से बाहर निकलेंगे हम?"

"जब आप गाँव से बाहर निकलेंगे, तो हम अपने दस लठैतों को आपके साथ कर देंगे। आपको यहाँ से दक्खिन के रास्ते निकाल देंगे। अगर आप कहेंगे, तो हमारे लठैत आपको फुलकाहा तक पहुँचा देंगे। आप बेफिक्र होकर धानुक को पंडित बनाइए।"

"कभी गाँव में ही अकेले किसी ओर निकल जाऊँ, अँधेरे में पड़ जाऊँ, तब तो हमला हो ही सकता है।"

"वह भी नहीं होगा। हम एक पल के लिए भी आपको अकेला नहीं छोड़ेंगे। हर पल आपके आगे-पीछे हमारे दो-चार आदमी चलते चलेंगे। आप गाँव में बेफिक्र घूम-टहल सकते हैं, जब जी चाहे तब।"

"मुझे कुछ सोचने का समय दीजिए, मड़ड़जी।"

"नहीं-नहीं," रघुनी मड़ड़ ने कहा, "अब कुछ और सोचने का समय हम नहीं देंगे, पंडितजी। गाँव के जिन लोगों से मेरी बातचीत हुई है, वे सब अब झुंड बाँधकर आपसे निवदेन करने आने ही वाले हैं। उनका दिल मत दुखाइएगा, पंडितजी।"

"मैं तो सोच रहा था कि मैं फुलकाहा ही चला जाऊँ। उधर मेरे कई जजमान मेरा इन्तजार कर रहे होंगे। एक पखवारा भी उधर रह लूँ, तो अच्छा दान-दक्षिणा मिल जाएगा।"

"आपको तो बैजनाथ बाबू के साथ रहना ही है। यहाँ का दान-दक्षिणा भी अब बैजनाथ बाबू से ही ले लीजिएगा। आप यहाँ से बिना किसी को पंडित बनाये चले जाइएगा, तो फिर हमारा गाँव बिना पंडित के ही रह जाएगा। हमारे गाँव को इतना पैसा ही है कि वह किसी धानुक को बनारस भेजकर पढ़ाये और पंडित बनाये। हम जीवन भर आपके गुण गाते रहेंगे। आप हाँ बोल दीजिए, पंडितजी।"

"मैं तो बैजनाथ बाबू से बँधा हुआ हूँ और बैजनाथ बाबू आपसे बँधे हुए हैं समझ लीजिए कि मैंने हाँ कर दी।"

"शाम में गाँववाले आएँगे। आप उनको अपनी हाँ सुना दीजिएगा।"

''ठीक है,'' पलटू झा ने जवाब दिया, ''सुना दूँगा।''

गाँव के लोग शाम में सचमुच झुंड बाँधकर आये थे, अत्यन्त दीनतापूर्वक पलटू झा को अपना आग्रह सुनाया था और पलटू झा ने उच्चारित किया था, ''ऐसा ही होगा, ऐसा ही होगा, गाँव के लोगो!''

रात में जब बैजनाथ मंडल ने पलटू झा को अपनी स्थिति से अवगत कराया, तो पलटू झा को लगा कि जब तक ब्याह नहीं हो जाता, तब तक तो उसे दम मारने की फुरसत नहीं मिलेगी।

उस रात बैजनाथ मंडल ने एक सपना देखा था, मगर सुबह होते-होते वह यह भी भूल गया कि उसने कोई सपना देखा है। दोपहर तक उसे सिर्फ इतना याद आया कि उसने कोई सपना देखा था। वह दोपहर के बाद ललिता के पीछे इतना व्यस्त रहा कि सपने को ठीक से याद करने का समय नहीं मिला। शाम में फुरसत मिलने पर उसने प्रयास किया और उसका मीठा फल मिल गया। तब से ही वह पलटू झा को अपने सपने के बारे में बताने के लिए बेकरार हो रहा था, मगर अब पलटू झा ही गाँववालों में इस तरह घिरा हुआ था कि उसे बैजनाथ से कुछ सुनने का समय नहीं मिल रहा था।

रात में अवसर मिलते ही सबसे पहले बैजनाथ ने यही सुनाया, ''गुरुजी! रात में एक सपना देखा था मैंने।''

''क्या देखा?''

''देखा कि मैं एक जंगल में हूँ।''

''जंगल में क्या देखा?''

''गाछ-वृक्ष।''

''वह तो देखना ही था; और कुछ देखा?''

''एक जानवर भी देखा।''

''कौन जानवर? बाघ?''

''नहीं, बाघ देवता, तब तो मैं भागता,'' बैजनाथ बोला, ''मैं भागा नहीं था।''

''तब क्या देखा?...हाथी?...घोड़ा?...बन्दर?...भालू?''

''मुझे लग रहा है कि मैंने भालू ही देखा था।''

''क्या कर रहा था भालू?''

''कुछ कर नहीं रहा था; बस, चुपचाप एक गाछ के नीचे खड़ा था,'' बोलकर बैजनाथ ने पूछा, ''इस सपने का कोई अर्थ नहीं हुआ?''

''अर्थ तो हुआ,'' पलटू ने जवाब दिया, ''मगर वह अर्थ अब आपके लिए नहीं, मेरे लिए हुआ।''

''क्या अर्थ हुआ आपके लिए?''

''इस सपने का अर्थ हुआ कि ललिता को पाने के लिए कई और प्रतियोगी भी प्रयास कर रहे हैं। इसका अर्थ हुआ कि प्रतियोगियों से कड़ा मुकाबला है; अर्थ हुआ कि बाधाओं से पार पाने के लिए मुझे बहुत कुछ करना होगा।''

"भालू को क्या करना था?"

"उसे पेड़ पर चढ़ना था। अगर वह पेड़ पर चढ़ जाता, तो हमारी मुसीबत नहीं समाप्त हो जाती; आपका ब्याह पक्का हो जाता।"

"मैं नहीं जानता था कि भालू पेड़ पर चढ़ जाता है," बैजनाथ अफसोस भरे लहजे में बोला, "अगर जानता होता, तो वह अवश्य पेड़ पर चढ़ जाता।"

"अब अफसोस करने से कुछ नहीं होगा," पलटू ने कहा, "भविष्य में सावधान रहने से होगा। अगर सपने में फिर कोई भालू आये, तो आप उस पर एक ढेला चला दें। वह आप पर आक्रमण करने के लिए दौड़ेगा। आप झटपट एक पेड़ पर चढ़ जाएँ। वह आपको पकड़ने पेड़ पर चढ़ेगा। किसी तरह वह पेड़ पर चढ़े! उसके बाद भालू आपका पेट भी फाड़ दे, तो कोई हर्ज नहीं है।"

"मैं सपने में भालू पर ढेला तो चला दूँ, मगर अब सपने में भालू आये,तब तो? तब तक तो यही सोचकर चलना है कि भालू पेड़ पर नहीं चढ़ा।"

"मेरा सब सोचा हुआ है," पलटू बोला, "पहले मुझे पूरा ब्योरा दीजिए कि ललिता कितना नीचे उतरी है और भोला कितना ऊपर पहुँचा है?"

बैजनाथ मंडल ने दिन भर में प्राप्त जानकारी से पलटू को अवगत कराया।...

उस दिन रघुनी मड़ड़ के साथ तीन बार गया था बैजनाथ मंडल ललिता के घर। ललिता को देखते ही लट्टू हो गया था वह और सोच लिया था कि किसी भी तरह इस फूल को ले ही जाना है फुलकाहा।

शुरू में दशरथपुर और अररिया के डॉक्टरों का इलाज चला था। कोई फायदा नहीं हुआ था। दिन-पर-दिन हालत बिगड़ती ही चली गयी थी। अभी पूर्णिया के डॉक्टर का इलाज चल रहा है। डॉक्टर ने बताया है कि मरीज की हालत ठीक नहीं है और उसने ऐसा कोई आश्वासन नहीं दिया है कि हालत में सुधार हो जाएगा। घरवालों को भोला के बच जाने की कोई आशा नहीं है, मगर वे कर्ज लेकर भी इलाज करा रहे हैं, ताकि कोई यह नहीं कहे कि रोगी बिना इलाज के मर गया।

भोला के घर की आर्थिक हालत ठीक नहीं है। ललिता के बाप ने यथासम्भव पैसे से मदद की है, मगर अभी यह हाल है कि पूर्णिया के डॉक्टर की फीस और दवा-दारू के पैसे भी जुट नहीं पाते हैं। पिछली बार गजेन्द्र ने, जो ललिता से ब्याह करने के लिए लालायित है, पूर्णिया जाने का पैसा दिया था।

दूसरे दो कुँआरों का भी भोला के घर बराबर आना-जाना होता है। यह पता नहीं कि वे दोनों किस-किस तरह से ललिता को आकर्षित करने का प्रयास कर रहे हैं। हाँ, उस दिन प्रकाश नाम का कुँआरा एक किलो सेब लेकर भोला के घर आया था, और मणिकान्त नाम के कुँआरे को रोगी के पास बैठकर उसे पंखा झलते हुए देखा गया था।

पूर्णिया के डॉक्टर ने पन्द्रह दिनों के बाद रोगी को बुलाया था। आठ दिन बीत चुके हैं। सात दिनों के बाद ये लोग फिर पूर्णिया जाएँगे। अभी से ही पैसे के जुगाड़ में लगे हुए हैं।

पूरा ब्योरा दे देने के बाद बैजनाथ ने पलटू से कहा, ''मैंने तय कर लिया है कि मैं अब जी-जान लगाकर भी यहाँ से ललिता को उठाकर ले जाऊँगा। कल से मैं भी अपना सारा समय रोगी और ललिता के आस-पास ही गुजारूँगा। उन लोगों के सामने रघुनी मड़ड़ ने मेरा बड़ा अच्छा परिचय दे दिया है। आज भी मैं रोगी के पास लगभग तीन-चार घंटे रहा। ललिता ने गजेन्द्र से बात की थी, मगर मुझसे कुछ कहने में उसे संकोच हो रहा था। मैं कल यह संकोच दूर कर दूँगा। सुबह ही दशरथपुर जाकर दो किलो सेब ले आऊँगा और कल ही ललिता से यह भी कह दूँगा कि वह पैसे की चिन्ता छोड़ दे। इस बार का पूर्णिया का खर्च मैं उठा रहा हूँ, गुरुजी।''

बैजनाथ मंडल की पूरी बात सुन लेने के बाद पलटू झा ने कहा, ''मामला बहुत टेढ़ा है, बैजनाथ बाबू। जितना आपने सोचा है, उतना भर करने से काम नहीं चलेगा। मुझे बहुत कुछ करना होगा। अभी आपकी पहली जरूरत है ललिता को अपने वश में करना और हमारी दूसरी समस्या है इन कुँआरों को चित कर देना। इन कुँआरों को परास्त करने के लिए यह जरूरी है कि इन्होंने जो ललिता पर जादू-टोना चला रखा होगा, उसे काटा जाये।''

''इसके लिए क्या-क्या करना होगा?'' बैजनाथ बोला, ''हम किसी और काम से तो आये नहीं हैं यहाँ।''

''मैंने फुलकाहा में ही आपको बता दिया था,'' पलटू ने जवाब दिया, ''कि इस बार हम कौओं से अपना काम कराएँगे।''

''कौए हमारा काम किस तरह करेंगे?''

''विधियाँ तो बहुत हैं,'' पलटू बोला, ''मगर मैं एक अत्यन्त सरल विधि अपनाऊँगा। आपको कौए की चर्बी अपने मुँह में मलकर ललिता के सामने जाना है। वह आपको देखते ही वशीभूत हो जाएगी।''

''कौए की चर्बी तो मुँह में लगा लूँ मैं, मगर कौए की चर्बी कहाँ से लाऊँगा, गुरुजी?''

''कौआ मारकर।''

''कौआ मारकर!'' बैजनाथ चिहुँक उठा, ''कौआ मार लेना क्या इतना आसान है! मैं मार पाऊँगा कौआ?''

''एक कौआ नहीं मार सकते?''

''नहीं मार पाऊँगा, गुरुजी; कौआ नहीं मार पाऊँगा।''

''आप प्रयास भी नहीं कर सकते?''

''क्या प्रयास करूँगा मैं?''

''आप सुबह में गुलेल लेकर निकलिए और कौओं पर गुलेल चलाइए। घंटे भर में आप एक कौआ मार ले आएँगे।''

''मैं कई-कई दिनों तक दिन-दिन भर गुलेल चलाता रह सकता हूँ,'' बैजनाथ मंडल ने बड़े आहत स्वर में कहा, ''मगर मैं जानता हूँ कि लाख गोलियाँ चला लेने के बाद भी मैं एक कौआ नहीं मार पाऊँगा।''

''तब तो मुझे ही कौए का प्रबन्ध करना पड़ेगा।''

"हाँ, कोई और मारकर ले आये," बैजनाथ प्रसन्न हो गया, "मैं पैसे दे दूँगा।"

"ललिता को वशीभूत करने के साथ ही यह भी जरूरी होगा कि हम उस पर किये गये जादू-टोना से उसे मुक्त कर दें। यह काम भी कौआ ही करेगा। आज के चौथे दिन अमावस्या है। उस दिन भी एक कौआ चाहिए, मगर इस बार एक जिन्दा कौआ चाहिए।"

"जिन्दा कौआ!" बैजनाथ का चेहरा और भी काला पड़ गया।

"आपको चिन्ता करने की जरूरत नहीं है," पलटू ने कहा, "मैं जिन्दा कौआ का भी प्रबन्ध कर लूँगा।"

"कुँआरों को भी कौआ ही चित करेगा?" बैजनाथ ने प्रश्न किया।

"हाँ," पलटू ने जवाब दिया, "इसमें कौआ जिन्दा पकड़कर लाया जाएगा और उसे बाद में मारा जाएगा। यह काम अमावस्या के बाद शुक्ल-पक्ष की द्वितीया तिथि को भी किया जाएगा।"

"अमावस्या के बाद द्वितीया को भी?"

"हाँ।"

"गुरुजी!" बैजनाथ बोला, "मुझे एक शंका हो रही है।"

"कैसी शंका?"

"मैंने कौओं को बड़ी-बड़ी सभाएँ करते देखा है," बैजनाथ ने अपनी शंका स्पष्ट की, "कौए कितने चतुर-चालाक होते हैं, यह किसी से छिपा नहीं है। जब एक कौआ कल मारा जाएगा और दूसरा अमावस्या को लापता हो जाएगा, तब क्या आपको उम्मीद है कि द्वितीया को कोई कौआ इस गाँव में या आस-पास के गाँवों में नजर भी आएगा? इस इलाके को छोड़कर भाग नहीं जाएँगे सारे कौए?"

"भागकर कहाँ जाएँगे।" पलटू झा ने सुनाया, "जिसे जरूरत होगी, वह कौए को आकाश-पाताल से भी पकड़ लाएगा। सुन लीजिए, बैजनाथ बाबू, कि कौए द्वितीया के बाद भी मिलते रहेंगे। मैं यहाँ के सोलकनों के उत्पात के डर से निठल्ला नहीं बैठा रह जाऊँगा। लोग ब्राह्मण पुजारी से पूजा न करायें, मगर क्या ब्राह्मण चिकित्सक से इलाज भी नहीं कराएँगे?"

"आप कौओं से चिकित्सा करवाएँगे?"

"देखते जाइए, क्या-क्या करता हूँ मैं!" होंठों पर वक्र मुस्कराहट उतारते हुए पलटू पंडित ने कहा, "मैं कौआ-तन्त्र का विशेषज्ञ हूँ। जब लोगों की मनोकामना में कौआ-तन्त्र से पूरी करने लगूँगा, तब क्या लोग किसी ग्वाला पंडित के पास जाएँगे? आपका ब्याह तो हो जाये! फिर तो मैं अपना और अपने कौआ-तन्त्र का ऐसा प्रचार करवाऊँगा कि पूरा इलाका मेरा जजमान हो जाएगा। यहाँ नरमेध और अश्वमेध यज्ञ की तरह कौआमेध यज्ञ हुआ करेगा, बैजनाथ बाबू। आप देखते जाइए।"

(8)

सुबह जब रघुनी मड़ड़ ने देखा कि पंडितजी नित्यक्रिया से निवृत्त होकर जोर-जोर से 'प्रातः

स्मरामि प्रातः स्मरामि' चिल्ला रहे हैं, तब वे घर से बाहर निकले और आधा घंटा के अन्दर ही गाँव के पाँच बूढ़ों और भावी पंडित को लेकर पलटू झा के सामने हाजिर हुए। उन्होंने आते ही भावी पंडित के कन्धे पर अपना बायाँ हाथ रखते हुए पलटू पंडित से कहा, "इसका नाम है सन्तालाल। इसे ही हम बनाएँगे गाँव का पंडित। कई और भी लड़के पंडित बनने के लिए तैयार हैं, मगर हमने सन्तलाल का ही चयन किया है। यह बहुत शान्त और सुशील बच्चा है। अब तो ऐसे लड़के पैदा ही नहीं हो रहे हैं। हमने आपको यहाँ की सबसे सुन्दर मिट्‌टी दे दी है; अब आप इसकी एक सुन्दर मूर्ति बना दें और हमें हमारे कष्ट से उबार दें।"

पलटू झा ने उस सुन्दर मिट्‌टी को देखा और प्रसन्न हो गया।

सन्तलाल चौबीस-पचीस साल का स्वस्थ युवक था। उसका परिचय सुनने के बाद उस पर अपनी निगाह जमाते ही पलटू पंडित ने मन-ही-मन तय कर लिया कि वह इस युवक को ही अपना बरगढ़वाला सेवकजी बनाएगा। उसने आगन्तुकों को जवाब दिया, "मैं तो इस युवक को देखकर ही जान गया कि आप लोग किसी सुपात्र को लेकर मेरे पास आये हैं। मैं इसे ऐसा पंडित बना दूँगा कि यह किसी ग्वाला पंडित तो क्या, किसी ब्राह्मण पंडित के भी कान काटेगा। अब आप लोग निश्चिन्त होकर जाइए कि आपको एक अपना धानुक पंडित मिल गया।"

भावी पंडित को पलटू पंडित के पास छोड़ सारे लोग निश्चिन्तता की साँस लेते हुए चले गये।

पलटू ने सन्तलाल पर निगाह टिकायी और मुस्कराकर पूछा, "तुम मुझे गुरु के रूप में स्वीकार करते हो?"

"हाँ, स्वीकार करता हूँ।"

"मैं एक कठोर गुरु हूँ।"

"मुझे ऐसा ही गुरु चाहिए।"

"यह सुना है, गुरु गोविन्द दोनो खड़े?"

"हाँ, सुना है; और जानता हूँ, काके लागूँ पाँव।"

"यह जानते हो, शिवक्रोधाद्‌गुरुस्त्राता...भगवान शंकर के क्रोध से तो गुरु रक्षा कर सकता है, पर गुरु के क्रोध से भगवान शंकर भी रक्षा नहीं कर सकते?"

"नहीं जानता था; अब जान गया।"

"पहले तुम्हें ब्राह्मण बनाना होगा; उसके बाद ही पंडित बना पाऊँगा। बहुत कठिन कार्य है किसी धानुक को पंडित बनाना।"

"मानता हूँ।"

"मेरी किसी आज्ञा का उल्लंघन नहीं करोगे?"

"नहीं करूँगा।"

"मेरी पहली आज्ञा शिरोधार्य करो; अभी ही निकल जाओ और शाम तक एक कौआ मारकर ले आओ।"

"आज्ञा शिरोधार्य है।"

"ले आओगे?"

"ले आऊँगा।"

"ले आये, तो ब्राह्मण बन गये तुम। पुरोहिती का पहला पाठ यहीं समाप्त होता है। कल दूसरा पाठ शुरू करूँगा। जाओ।"

शाम में एक मरा हुआ कौआ लेकर आ गया था सन्तलाल और अगली सुबह दूसरे पाठ के लिए तैयार होकर आ गया।

पलटू पंडित ने उसे पाठ्यक्रम से अवगत कराया, "मैं तुम्हें घुट्टी में पंडिताई नहीं पिला सकता। ब्राह्मण के बच्चे को भी वर्षों लग जाते हैं पुरोहित बनने में। मगर सब कुछ बाँचता भी चला जाऊँ, तो तुम सारा-का-सारा दो-चार दिनों में भी घोंट नहीं सकोगे। मैं सब कुछ तुम्हें अभ्यास के माध्यम से सिखाऊँगा। हर दिन एक पूजा किसी एक गृहस्थ के घर कराऊँगा और तुम्हें पूजा करना सिखाता जाऊँगा। एक विवाह शीघ्र होने जा रहा है; तुम विवाह पद्धति भी जान जाओगे। तुम्हें मेरा यह कार्यक्रम स्वीकार है?"

"स्वीकार है।"

"पुरोहित बनने पर तुम्हारा एकमात्र धन्धा पुरोहिताई होगा। तुम्हें अपना गुजर-बसर इसी पुरोहिताई से करना होगा। तुम्हें यह प्रयास करना होगा कि हर दिन तुम्हें किसी-न-किसी जजमान के घर पूजा करानी है। हर दिन को तुम्हें पूजा-व्रत का दिन बनाना है। काम दौड़-धूप और मेहनत का है; कर लोगे?"

"कर लूँगा।"

"आज की पूजा के लिए हमने किसी गृहस्थ को पहले से तैयार नहीं कर किया था, इसलिए आज की पूजा के लिए तुम्हें ही गृहस्थ बनना होगा। यह जरूरी नहीं है कि पूजा तुम्हारे घर में ही हो। हमारे यहाँ 'मना परिकल्प्य' चलता है; इस घर को मैं तुम्हारा घर मान सकता हूँ। मानोगे?"

"मानूँगा।"

"आज किसी भी व्रत या पूजा का दिन नहीं है; बोलो, अब क्या करोगे?"

"आप आज्ञा दें।"

"आज हम वारव्रत करेंगे। जितने ग्रह-नक्षत्र हैं, सबमें परमेश्वर का अंश है। अन्य देवी-देवताओं के व्रतों की तरह सुख-सौभाग्य की उपलब्धि के लिए वारों के व्रत भी किये जाते हैं। आज बुधवार है; हम बुधव्रत करेंगे। अब तुम पूजा के लिए आवश्यक सामग्री ले आओ।"

इतना बोलकर पलटू पंडित ने अपनी जेब से कागज का एक पन्ना निकाला और उसे सन्तलाल की ओर बढ़ाते हुए कहा, "मैंने रात में ही तय कर लिया था कि आज बुध की पूजा होगी और उसके लिए पूजा-सामग्री की सूची बना ली थी। तुम इसे देख लो और दोपहर तक पूजा-सामग्री ले आओ।"

सूची पढ़ते हुए दो जगह अटक गया था सन्तलाल। पूरी सूची पढ़ लेने के बाद उसने पंडित से पूछा, "गुरुजी, इसमें तो सोना भी लिखा हुआ है?"

''सोना में ईश्वर का अंश होता है। सोने का कितना भी छोटा एक टुकड़ा ले आना है।''

''हम लोगों के घर में सोना तो नहीं मिलेगा, गुरुजी।''

''रस-शास्त्र में चाँदी को सोना में बदलने का विधान है; तुम चाँदी ले आओ।''

''अगर चाँदी भी नहीं मिला, तो?''

''ताँबा तो मिलेगा?'' पंडित झल्ला उठा, ''ताँबा को सोना का सहयोगी माना गया है। ताँबा लेकर ही आओ।''

''इसमें सफेद वस्त्र भी लिखा हुआ है।''

''हाँ, एक जोड़ा धोती ले आओ।''

''पुरानी धोती से काम चलेगा न?''

''बाजार से नयी धोती ले आओ।''

''उसके लिए तो गाँव में चन्दा करना होगा; समय लगेगा।''

''तो पुरानी ही ले आओ। बहुत पुरानी नहीं हो और सफेद धुली हुई हो।''

सामग्री के लिए जाने के पहले सन्तलाल ने पंडित से पूछा, ''यह पूजा तो नकली ही है न, गुरुजी!''

''पूजा नकली है,'' पलटू पंडित ने जवाब दिया, ''मगर देवता तो असली होगा।''

सारी सामग्री लेकर दोपहर तक आ गया था सन्तलाल। उसने अपनी प्रसन्नता प्रकट की, ''सोना भी मिल गया, गुरुजी।''

''यह तो बड़ा शुभ हुआ,'' पंडित बोला, ''दिखाओ तो।''

''सोने का कनफूल है,'' कनफूल पंडित की ओर बढ़ाते हुए सन्तलाल ने कहा, ''मेरी चचेरी बहन माया का है। उससे माँगकर ले आया हूँ।''

कनफूल देख लेने के बाद उसे सन्तलाल को लौटाते हुए पंडित ने कहा, ''तुम्हारी लगन और निष्ठा पर मैं मोहित हूँ।''

लीप-पोतकर पूजा-स्थल तैयार किया सन्तलाल ने। पलटू पंडित ने अपने झोले से एक चित्र निकाला और उसे सन्तलाल को दिखाते हुए कहा, ''बुध भगवान को पहचान लो। इनका वस्त्र हरा, आँखें बड़ी और लाल, शरीर हृष्ट-पुष्ट, दृष्टि तिरछी। कहीं भी पहचान लोगे?''

''पहचान लूँगा।''

पूजा-स्थल पर चित्र को स्थापित किया पंडित ने और सन्तलाल की लायी हुई धोती पहनकर पूजा पर बैठ गये।

पूजा शुरू हो गयी। बुध का आवाहन हुआ,...ॐ भूर्भुवः स्व मगधदेशोद्भव आत्रेयगोत्र पीतवर्ण भो बुध! इहागच्छ, इह तिष्ठ ॐ बुधाय नमः, बुधमावाहयामि, स्थापयामि।''

आवाहन और आसन के लिए पुष्प चढ़ाये गये। भगवान का दुग्धस्नान, दधिस्नान, घृतस्नान, मधुस्नान, शर्करास्नान, पंचामृतस्नान और गन्धोकस्नान हुआ और हर स्नान के बाद उनका शुद्धोदकस्नान होता रहा।

वस्त्र चढ़ाया गया, उपवस्त्र चढ़ाया गया। दूब, तुलसीदास और सुगन्धित तेल के साथ

आभूषण भी अर्पित किया गया।

नैवेद्य और ताम्बूल के समर्पण के बाद दक्षिणा की बारी आयी। पलटू पंडित ने सन्तलाल से कहा, ''अब जजमान को दक्षिणा देनी है। जजमान चाहेगा कम-से-कम दक्षिणा देना,पुरोहित चाहेगा अधिक-से-अधिक दक्षिणा लेना। अभी मैं सौ रुपये की दक्षिणा पढ़ देता हूँ?''

''पढ़ दीजिए।''

पुरोहित के साथ जजमान ने भी दुहराया,

''दक्षिणा प्रेमसहित यथाशक्तिसमर्पिता।
अनन्तफलदामेनां गृहाण परमेश्वर।
ॐ बुधाय नमः।
द्रव्यदक्षिणां शतरूपकं समर्पयामि।''

आरती हुई और पंडित ने शंख फूँक दिया।

शंख फूँक देने के बाद पलटू पंडित ने गुड़, फल वगैरह के साथ कनफूल भी अपने झोले में डाल दिया और सन्तलाल से कहा, ''अब तुम घर जाकर सौ रुपये ले आओ।''

''मेरे घर में तो सौ रुपये नहीं होंगे, गुरुजी।''

''तो फिर गाँव में चन्दा करके ही ले आओ।''

''वह किसलिए?''

''तुमने संकल्प किया न, शतरूपकं समर्पयामि?''

''वह तो नकली पूजा थी।''

''तुम्हें बताया तो था, देवता असली होंगे।''

''नहीं, गुरुजी, मैं सौ रुपये नहीं दे सकूँगा। और वह कनफूल भी मेरी बहन माया का है। मैं उससे कहकर आया हूँ कि नकली पूजा के बाद लौटा दूँगा। और वह धोती भी...''

जिस वक्त सन्तलाल कनफूल लेकर आया था और उसे पलटू ने हाथ में लेकर देखा था, उस वक्त ही वह कनफूल नवरसियावाली के कानों में झूल गया था और पूजा के दौरान पलटू ने अपनी पत्नी को कानों में कनफूल झुलाये और उसकी ओर मीठी निगाहों से देखते हुए सामने से आते-जाते कितनी ही बार देख लिया था। उसने सन्तलाल से कहा, ''तुमने देवता के आगे संकल्प किया है, तो सौ रुपये तुम्हें देने हैं। कनफूल का दान हो गया है, और दान में दी हुई कोई वस्तु लौटायी नहीं जाती।''

''मैंने दान नहीं किया है। बहन की चीज कैसे दान कर देता?''

''तुमसे गलती हुई हो, मगर मैंने तो दान-दक्षिणा ग्रहण कर लिया देवता के सामने। मैं लौटा दूँ, तो क्या मुझे पाप नहीं लगेगा? सन्तलाल! मेरी बात मान लेने में ही तुम्हारी भलाई है। आज तुमने एक पंडित को दान-दक्षिणा दिया है, कल से तुम हर घर में दान-दक्षिणा पाते रहोगे। कोई बवाल मत करो। तुम सौ रुपये कभी बाद में ही देना और बहन को किसी तरह मना लेना। मेरी आज्ञा शिरोधार्य करो।''

''नहीं करूँगा शिरोधार्य,'' बोलकर सन्तलाल रघुनी मड़ड़ के घर में घुसा और फिर यह मालूम होते ही कि वे भोला के घर गये हैं,उन्हें बुला लाने दौड़ गया।

जब तक रघुनी मड़ड़ सन्तलाल के साथ आ नहीं गये, तब तक पलटू झा अपना दिल-दिमाग मजबूत करता रहा।

रास्ते में ही सन्तलाल ने रघुनी मड़ड़ को पूरा किस्सा सुना दिया था, मगर तब भी उन्होंने आते ही पलटू झा से पूछा, "क्या बात है, पंडितजी?"

"सन्तलाल ने तो आपको अपना सुनाया ही होगा," पलटू बोला, "मुझे अपनी ओर से सिर्फ इतना ही कहना है कि बुध भगवान की पूजा हुई, सन्तलाल ने दान-दक्षिणा दिया। वह अब कह रहा है कि जो दिया वह वापस कीजिए और जो संकल्प किया वह नहीं दूँगा। ऐसा कहीं हुआ है भला!"

"यह पूजा तो नकली थी," सन्तलाल बोला, "नकली पूजा समझकर ही तो मैं माया दीदी से कनफूल माँग लाया, देवनाथ चाचा से धोती लेकर आया। मैं दूसरों की चीज कैसे दान कर देता? मैं पाँच रुपये का संकल्प करने लायक तो था ही नहीं, सौ रुपये का संकल्प कैसे कर लेता?"

"तुम पूजा को नकली मान लो," पलटू ने सन्तलाल से कहा, "मगर भगवान तो असली थे।" और फिर वह मड़ड़ को सुनाने लगा, "बुध भगवान का आवाहन किया, उन्हें आसन दिया, उन्हें हर तरह का स्नान कराया गया, वस्त्र-उपवस्त्र और आभूषण चढ़ाये गये, पुष्प-पत्र और गन्ध-अक्षत अर्पित किये गये, धूप-दीप जलाये गये, आरती हुई, शंख बजा। अब तक भगवान सोये ही रह गये थे क्या? सौ रुपये की दक्षिणा का संकल्प मैंने सन्तलाल से पूछकर करवाया था। जब भगवान ने सब कुछ ग्रहण कर लिया, तब क्या उनसे कोई चीज वापस ली जा सकती है? यह तो किसी को देकर छीनने के बराबर हुआ। भगवान के साथ छीनाझपटी! मैंने अपनी जिन्दगी में किसी जजमान को ऐसा करते नहीं देखा है।"

इसी समय कहीं से दौड़ती-भागती माया आ पहुँची और सन्तलाल को पकड़ लिया, "मेरा कनफूल लाओ। मैंने दान करने के लिए कहा था? नकली पूजा बोलकर ले आये और असली पूजा में दान कर दिया! कहाँ है मेरा कनफूल?"

"रुको, दीदी," सन्तलाल ने माया से कहा, "फैसला हो रहा है।"

"मैं नहीं रुकूँगी," दीदी ने जवाब दिया, "मुझे किसी फैसले में नहीं पड़ना है। मेरा कनफूल लाओ।"

"कितने का है कनफूल?" बहुत हिम्मत करके सन्तलाल ने माया से पूछा।

"सात रुपये में खरीदा था मैंने," माया बोली, "दशरथपुर के मेले में।"

सात रुपये का नाम सुनकर सन्तलाल का जी कुछ हरा हुआ और पलटू झा का चेहरा उतर गया। नवरसियावाली तो सातवें दिन ही सौ गालियाँ सुनाकर अपने कान से कनफूल उतार फेंकती, 'यह तो पीतल का भी नहीं है।' पलटू झा ने रघुनी मड़ड़ से कहा, "कनफूल सात रुपये का हो या सात सौ रुपये का, मगर जब यह किसी सुवासिन का है, तो बुध भगवान ने इसे ग्रहण नहीं किया होगा। यह मैं लौटा देता हूँ। मगर धोती और दक्षिणा की रकम से तो आपको हाथ धोना पड़ेगा।"

"अगर सम्भव हो, पंडितजी," रघुनी मड़ड़ ने कहा, "तो आज की पूजा और देवता दोनों

को नकली मान लीजिए। भगवान से प्रार्थना कीजिए कि वे हमें इसके लिए क्षमा कर दें।''

''देवता तो एक गलत फूल चढ़ाने से भी गुस्से में आ जाता है, मड़ड़जी। हम जान-बूझकर उनका अपमान करें और फिर यह उम्मीद करें कि वे हमारे अपराध को क्षमा कर दें! यह असम्भव है। आप अच्छा-बुरा सोच लीजिए।''

सोचने के लिए क्षण भर का समय दिया पलटू पंडित ने और फिर सुनाने लगा, ''बुध भगवान का गुस्से में आना बहुत बुरा होगा। यह गुस्सा एक अकेले सन्तलाल को ही नहीं ले डूबेगा, पूरे गाँव पर बरसेगा, क्योंकि पूरे गाँव के हित में सन्तलाल को पंडित बनाया जा रहा था और पूजा करायी गयी थी। बुध वाणी का स्वामी है। पूरे गाँव पर पहला असर तो यह होगा कि हर आदमी तुतलाना शुरू कर देगा। अगर किसी को 'तोता' बोलना होगा, तो वह देर तक तोतोतोतोतोतोतो बोलते रहने के बाद ही मुँह से 'ता' निकाल पाएगा। मैं ऐसा एक गाँव देखकर आया हूँ जहाँ लोग इस तरह तुतलाने लगे थे कि बोलने की बजाय इशारे में बतियाने लगे थे। बुध के रुष्ट होने पर हर घर में भूत-बाधा शुरू हो जाएगी। भूत जिस-तिस पर चढ़ेगा ही, रोज घर में हड्डियाँ भी बरसाएगा, हर घर में। गाँव के सारे लोग वायु-विकार से पीड़ित हो जाएँगे। क्या होगा गाँव का हाल? शुद्ध वायु मिलेगी किसी को? मैं ऐसा भी एक गाँव देखकर आया हूँ। रात तो किसी तरह काट लेते थे गाँववाले, मगर दिन में हर किसी को हर आधा घंटा के बाद शुद्ध वायु के लिए गाँव के सिवान की ओर दौड़ना पड़ जाता था। गाँव के लोग आलसी और जुआरी हो जाएँगे। पीलिया और गुप्त रोग...''

''रुकिए, पंडितजी, अब और मत सुनाइए,'' रघुनी मड़ड़ बोला, ''गलती हुई है, तो सजा हमें मिलनी चाहिए। हम बुध भगवान को नाराज नहीं करेंगे। हम आज से ही गाँव में चन्दा बटोरते हैं। कल तक आपको दक्षिणा के पैसे मिल जाएँगे। माया बिटिया का कनफूल भी ले जाइए। उसे पैसे दे दिये जाएँगे। मगर अब आगे से एक बात का खयाल रखना पड़ेगा।''

''किस बात का?'' पंडित ने पूछा।

''इस गाँव के लोग गरीब हैं,'' रघुनी मड़ड़ ने निवेदन किया, ''अब अगर कहीं पूजा होगी, तो इसे एक गमछा और पाँच रुपये में निपटाना होगा।''

''ठीक है,'' पंडित ने जवाब दिया, ''अब आगे से ऐसा ही होगा।''

इसी समय देवनाथ आया और सन्तलाल के पास जाकर उससे धीरे-से कहा, ''मेरी धोती?''

सन्तलाल ने कोई जवाब नहीं दिया और रघुनी मड़ड़ की ओर देखने लगा।

रघुनी मड़ड़ ने देवनाथ से पूछा, ''क्या बात है, देवनाथ?''

''पूजा के लिए मेरी धोती लायी थी सन्तलाल ने।''

''धोती पंडितजी ने पहन ली है।''

''अभी तो मैंने धोती के पैसे भी नहीं दिये हैं बनिया को। सात दिन पहले ही तो लेकर आया था। सिर्फ एक दिन पहनने का मौका मिला है मुझे। मैंने तो इस खुशी में पूजा भर के लिए धोती दे दी कि अब गाँव का अपना पुजारी हो जाएगा।''

''धोती के पैसे तुम्हें मिल जाएँगे,'' रघुनी मड़ड़ ने देवनाथ से कहा, ''तुम नयी धोती

खरीद लेना।''

पलटू झा ने मुँह खोला, ''जो भगवान ने ग्रहण ही नहीं किया होगा, वह मैं नहीं लूँगा। कनफूल सन्तलाल ले जाये। और, जब आप लोग नयी धोती खरीद ही रहे हैं, तो भगवान को पुरानी धोती क्यों चढ़ायी जाये! मैं धोती भी वापस करता हूँ।''

बोलकर पलटू पंडित ने अपनी उतारी हुई धोती पहनी और पहनी हुई धोती देह से उतारकर देवनाथ को दे दी।

मामला खुशी-खुशी पिट गया।

रघुनी मड़ड़ ने हाथ जोड़कर पलटू पंडित से कहा, ''मन में कोई मैल नहीं रखिएगा, पंडितजी,'' और सन्तलाल की पीठ ठोंककर बोले, ''तुम खूब मन लगाकर पंडिताई सीखो।''

सब लोग वहाँ से खुश होकर गये कि बनारस भेजकर पंडिताई सिखाने में तो हजार-बजार से ऊपर का खर्च आता।

रघुनी मड़ड़ ने मना तो किया था हाथ जोड़कर मन में मैल नहीं लाने के लिए, मगर पलटू झा के मन में मैल पड़ गया। यह उसे कतई मंजूर नहीं था कि वह किसी के घर एक गमछा और पाँच रुपये पर पूजा कराये। उसे धानुक को पंडित बनाने के लिए कोई एकमुश्त रकम मिलने नहीं जा रही। जब तक इस गाँव में है, तब तक जितना हो सके इस गाँव से निकाल ले वह। उसने तो उन दिनों का सपना देखा था जब वह एक-एक पूजा पर हजार-हजार रुपये वसूलेगा।

अपने लक्ष्य की सिद्धि के लिए जरूरी था सन्तलाल को वश में ले आना। सन्तलाल गुरु की आज्ञा को शिरोधार्य करने को तैयार तो हो गया था, मगर ऐसा किया नहीं उसने। क्या उसे दौड़कर मड़ड़ को बुलाने जाना था? नहीं, नहीं जाना था। वह गुरु से विचार-विमर्श करता और दोनों मिलकर हल निकालते। सन्तलाल यह कहता, 'मैं तो कुछ नहीं दूँगा, मगर दूसरों से अच्छा दान-दक्षिणा दिलवा दिया करूँगा।' वह यह भी कह सकता था, 'दान-दक्षिणा का एक अंश मुझे भी मिलना चाहिए गुरुजी।'

पलटू मन-ही-मन विचार करने लगा कि सन्तलाल को किस विधि से वश में किया जाये। उसने सोच लिया कि जब तक कोई विधि उसके दिमाग में कौंध नहीं जाती है, पंडिताई का अगला पाठ वह सन्तलाल को नहीं पढ़ाएगा।

पलटू ने सन्तलाल से कहा, '' पूजा के साथ ही आज का पाठ समाप्त हुआ। अब जाओ, कल सुबह आ जाना।''

(9)

सन्तलाल को वश में करने की एक कारगर युक्ति रात में नींद आने के पहले कौंध गयी थी पलटू पंडित के दिमाग में। युक्ति की तलाश में दिमाग दौड़ा रहे पलटू को सुभान मियाँ और वेश्या का किस्सा याद आ गया।

किसी गाँव की महफिल में एक वेश्या का नाच हो रहा था। वेश्या के नाच-गान का आनन्द उठाने

के लिए पूरा गाँव हाजिर था। गाँव के सम्मानित लोगों के लिए बैठने का विशेष प्रबन्ध किया गया था। उन सम्मानितों में अत्यन्त सम्मानित गाँव के सुभान मियाँ भी थे।

वेश्या ने गाना उठाया, ''सुभान तेरी बतिया जान गयी राम।''

सुभान उस दिन एक जामुन गाछ के नीचे टट्टी करने बैठे थे और गाछ से गिरे जामुन को खाते रहे थे। गाने का बोल सुनकर उसके मन में सन्देह हुआ कि वेश्या ने अवश्य उसे टट्टी करते हुए जामुन खाते देख लिया है। वह अपना मुँह नहीं खोले, इस विचार से सुभान मियाँ ने अपने हाथ की कीमती अँगूठी उतारकर वेश्या को दे दी।

वेश्या को खुशी हुई कि मियाँजी को उसका गाना बहुत पसन्द आया है। उसने गाने की अगली कड़ी सुनायी, ''सुभान तेरी बतिया कह दूँगी राम।''

सुभान मियाँ को लालची वेश्या पर बहुत गुस्सा आया, मगर उन्होंने अपने गुस्से पर काबू किया। वे कसी तरह अपनी प्रतिष्ठा को बचा लेना चाहते थे। उन्होंने अपना अत्यन्त कीमती शाल उतारकर वेश्या को दे दिया।

वेश्या की खुशी का ठिकाना नहीं था। वह पहले भी कितनी ही जगहों में यह गाना गा चुकी थी, पर ऐसा श्रोता और इतना बड़ा इनाम उसे कभी नहीं मिला था। अत्यन्त भावपूर्ण मुद्रा में उसने गाने की अगली कड़ी सुनायी, ''सुभान तेरी बतिया कहती हूँ राम।''

सुभान मियाँ इस बार अपने गुस्से को काबू में नहीं रख पाये। वे तमतमाकर उठ खड़े हुए और वेश्या से कहा, ''क्या कह देगी, रे रंडी? यही तो कहेगी कि सुभान मियाँ जामुन गाछ के नीचे टट्टी कर रहे थे और गाछ से गिरे जामुन को उठा-उठाकर खा रहे थे? तो क्या हो जाएगा? मेरा कुछ बिगड़ जाएगा क्या?''

हँसी का फौवारा छूटा था, मगर वेश्या हतप्रभ थी। उसने हाथ जोड़कर सुभान मियाँ से कहा, ''हुजूर! मैं तो परवरदिगार का गुणगान कर रही थी। अल्लाह कसम! मैं आपको आज पहली बार देख रही हूँ।''

पलटू झा गद्गद् था कि यह सन्तलाल भी तमतमाएगा क्या? पहले ही बोल पर झट पाँव पकड़ लेगा, ''नहीं, गुरुजी, ऐसा कभी नहीं कीजिएगा। आपकी हर आज्ञा शिरोधार्य है।''

सन्तलाल सुबह ठीक समय पर हाजिर हो गया था। पलटू झा ने बहुत गम्भीर स्वर में उससे कहा, ''गुरु कभी अपने शिष्य का बुरा नहीं चाहता है। कल जो हुआ, वह भी पुरोहिती का एक पाठ था। उसने सीख ग्रहण करना। अब आज का पाठ शुरू करता हूँ। करूँ?''

''हाँ, गुरुजी।'' सन्तलाल ने शीश झुकाकर जवाब दिया था।

''एक अच्छे पंडित की यह पहचान है,'' पलटू ने सुनाया, ''कि लोग उसके क्रिया-कर्म और आचार-विचार से ही जान लें कि वह पंडित है। इसके लिए पंडित को सामान्य लोगों से कुछ हटकर होना होता हैं, कुछ नियमों का पालन करना पड़ता है। तुम नियमों में बँधने के लिए तैयार हो न?''

''तैयार हूँ।''

''तुम्हें ब्राह्म-मुहूर्त में ही जग जाना है,सूर्योदय से चार घड़ी पहले। चार घड़ी का मतलब

डेढ़ घंटे। जग जाओगे?''

''जग जाऊँगा।''

''आँखों के खुलते ही तुम्हें एक श्लोक का पाठ करते हुए अपने दोनों हाथों की हथेलियों को देखना है। अभी तो कुछ भी नहीं होगा इन हथेलियों में, मगर मैं धीरे-धीरे इनमें लक्ष्मी, सरस्वती और ब्रह्मा का वास करा दूँगा।

''बिस्तर से उठकर एक श्लोक का पाठ करते हुए तुम जमीन पर पैर रखोगे। उसके बाद आईने में अपना मुँह देख लोगे और गुरु का ध्यान कर उन्हें नमस्कार करोगे। तत्पश्चात तुम प्रात:स्मरणीय श्लोकों का पाठ करोगे।''

''श्लोक तो आपने एक भी नहीं सुनाया, गुरुजी?''

''श्लोक सुनकर याद कर लोगे क्या?'' पलटू बोला, ''मैंने सारे श्लोक तुम्हारे लिए कागज पर लिख डाले हैं। तुम उन्हें धीरे-धीरे कंठस्थ करोगे। याद रखो, मैं परीक्षा लूँगा कि तुमने श्लोक कंठस्थ किये या नहीं।''

''दूँगा परीक्षा।''

''मैं तुम्हें शौचाचार, दन्तधावन विधि, स्नान, वस्त्र-धारण, शिखा-बन्धन और तिलक धारण के बारे में भी बताऊँगा। मगर किसी भी दिन उतना ही बताऊँगा जितना तुम ग्रहण कर सको। हाँ, यह मैं जरूर देखूँगा कि मैंने जो बताया, वह तुमने ग्रहण किया या नहीं। ठीक?''

''ठीक।''

''आज मैं तुम्हें सिर्फ शौचाचार, दन्तधावन विधि और स्नान के बारे में बताऊँगा। ठीक?''

''ठीक।''

''पहले दन्तधावन के बारे में जान लो। दातौन करने की दो दिशाएँ हैं, पूरब और उत्तर-पूरब का कोना। याद रहेगा?''

''रहेगा।''

''शास्त्र के अनुसार शूद्र की दातौन चार अँगुल की हो, मगर मैंने तुम्हें ब्राह्मण बना दिया है, इसलिए तुम्हारी दातौन बारह अँगुल की होगी, और,'' कनिष्ठा दिखाते हुए पलटू बोला, ''कनिष्ठा के बराबर मोटी होगी। समझ गये?''

''समझ गया।''

''दातौन के एक सिरे को कूँचकर कूँची बना लो। दातौन करते समय हाथ घुटनों के भीतर रहे। दातौन को धोने के बाद उसे एक मन्त्र पढ़कर शुद्ध करना होगा। मौन होकर दातौन करो। दाँतों की सफाई हो जाने के बाद दातौन को तोड़कर और धोकर दक्षिण-पच्छिम के कोने में अच्छी जगह में फेंक दो। जीभी से जीभ साफ कर बारह कुल्ले करो। दातौन चिड़चिड़ा, गूलर, आम, नीम, बेल, कुरैया, करेज या खैर की हो। याद रहेगा?''

''रहेगा।''

''दातौन शुद्ध करने का मन्त्र मैंने कागज पर लिख दिया है। उसे आज ही याद कर लेना।''

''कर लूँगा।''

''मैं परीक्षा लूँगा। कल मेरी उपस्थिति में तुम यह सब करोगे।''

"ठीक है।"

"अब शौचाचार का ज्ञान प्राप्त कर लो। यह अत्यन्त महत्त्वपूर्ण है। शौचाचार पालन नहीं करने पर सारी क्रियाएँ निष्फल हो जाती हैं। तुम्हें शौच के लिए गाँव के दक्षिण-पच्छिम कोण में जाना है। दिन में दूर तक जा सकते हो, रात में दूर नहीं जाना है। साथ में सिर्फ लोटा ही नहीं, मिट्टी लेकर भी जाना है। लोटा को साफ-सुथरी जगह पर रख देना, हाथ में रखना मना है। सिर और शरीर ढका रहे। शौच के लिए बैठते समय सुबह-शाम और दिन में मुँह उत्तर की ओर रहे, रात में दक्षिण की ओर। शौच-क्रिया चुपचाप करनी है। न जोर से साँस लेनी है, न थूकना है। शौच के बाद मिट्टी और जल से लिंग को एक बार धोना है। उसके बाद मिट्टी और जल से मलस्थान को तीन बार धोना है। प्रत्येक बार मिट्टी की मात्रा हरे आँवले के बराबर हो। अब दाहिने हाथ से ही लोटा या वस्त्र का स्पर्श करना है। लाँग लगाकर हाथ धोने ओर कुल्ला करने के लिए नियत जगह पर जाना है। पच्छिम की ओर मुँह करके मिट्टी और जल से बायें हाथ को दस बार और फिर दोनों हाथों को पहुँचे तक सात बार धोना है। लोटा को तीन बार धोकर पहले दायें पैर को और फिर बायें पैर को तीन-तीन बार मिट्टी और जल से धो लेना है। इसके बाद बायीं ओर बारह बार कुल्ले करना है। अब लोटा को मिट्टी और जल से धोकर विष्णु का स्मरण कर लेना है। यह सब याद रहेगा?"

"याद करना पड़ेगा," सन्तलाल ने जवाब दिया, "मैं शाम में आकर सब कागज पर लिख लूँगा।"

"हाँ, लिख लेना," पलटू पंडित बोला, "जरा भी भूल नहीं हो। मैं परीक्षा लूँगा। कल सुबह तुम मुझे अपने साथ कर लेना। मैं देखूँगा कि तुम किस तरह शौच-क्रिया सम्पन्न करते हो।"

"आप मेरे साथ चलेंगे?"

"हाँ।"

"पूरी क्रिया देखेंगे?"

"हाँ।"

"यह सम्भव है क्या?"

"यह जरूरी है, सन्तलाल।"

"मुझे झाड़ा करते और पनछुआ करते आप देखेंगे?"

"मैं परीक्षा लूँगा न! यह देखना जरूरी है कि तुम मिट्टी और जल से लिंग को एक बार और मलस्थान को तीन बार धोते हो या नहीं। मेरे लिए यह देखना बहुत जरूरी है कि तुम शौचाचार का पालन करते हो या नहीं। शौच के नियमों का पालन नहीं हुआ, तो मेरी सारी मेहनत बेकार चली जाएगी और तुम पंडित नहीं बन पाओगे, सन्तलाल। मैं ही तो देखूँगा, मैं, तुम्हारा गुरु। इसमें एतराज क्यों! परीक्षा ले रहा हूँ न! इनकार मत करो। इस तरह लजाओगे, तो पंडित बनोगे?"

सन्तलाल आत्मलीन होकर कुछ देर मौन साधे रहा और फिर उठ खड़ा हुआ, "मैं नहीं बनूँगा पंडित।"

''अरे, यह क्या कह रहे हो?''

''हाँ, मुझे नहीं बनना है पंडित।'' बोलकर सन्तलाल वहाँ से चल पड़ा।

पलटू झा ने उठकर उसे पकड़ लिया, ''ऐसी गलती मत करो, सन्तलाल। यह तुम्हारे जीवन की सबसे बड़ी भूल होगी। मुझे क्या मिलेगा तुम्हें शौचक्रिया सम्पन्न करते देख? तुम्हारे हित की बात कर रहा हूँ मैं। शीघ्रता में कोई निर्णय मत लो। शाम तक सोचने का समय है। एक दिन की बजाय दो दिन का समय ले लो।''

''ठीक है,'' सन्तलाल ने जवाब दिया, ''मैं सोचकर बताऊँगा।''

''मैं लगातार तुम्हारी प्रतीक्षा करूँगा, सन्तलाल।''

सन्तलाल ने कोई जवाब नहीं दिया और वहाँ से चला गया।

वह सीधे अपने घर आ गया था। घर खाली था। पत्नी अभी बहियार से लौटकर नहीं आयी थी। वह खाट पर सो गया। उसे लगा, वह किसी दुःस्वप्न से गुजर रहा है। उसे नींद आ गयी और उसने बुरे-बुरे सपने देखे। सपने में उसने देखा कि वह हाथ में लोटा लिये दक्षिण-पच्छिम कोण में जा रहा है और उसके पीछे-पीछे पलटू पंडित चला आ रहा है। उसने पंडित को अपने पीछे आने से मना कर दिया है। पंडित वापस चला गया है। जब वह शौच के लिए कुछ और आगे जाकर उत्तर की ओर मुँह करके बैठता ही है कि पलटू पंडित उससे कुछ दूर पर प्रकट हो जाता है और बोलता है, ''नियम का पालन हो रहा है। अब आगे कदम बढ़ाओ, जवान! अगले नियम पर ध्यान दो।'' वह बिना आगे बढ़े झट खड़ा हो जाता है और चिल्ला पड़ता है, ''नहीं, नहीं।'' उसकी आँखें खुल जाती हैं और वह देखता है कि उसकी पत्नी सामने खड़ी है।

पत्नी उसे दोनों हाथों से पकड़ लेती है, ''क्या हुआ?''

''मैं पंडित नहीं बनूँगा।'' सन्तलाल मजबूत स्वर में जवाब देता है।

''सपना देख रहे थे?''

''हाँ।''

''किसी ने कहा है कि सपने में भी पंडित बनिये? मत बनिये पंडित।''

''मैं सपने के बाहर भी पंडित नहीं बनूँगा; सच में भी पंडित नहीं बनूँगा मैं।''

''यह क्या कह रहे हैं आप?''

''सब सोच-समझकर कह रहा हूँ। नहीं बनना है मुझे पंडित।''

पति के निर्णय से पत्नी को एक धक्का-सा लगा। जब से उसने जाना कि उसका पति गाँव का पंडित होने जा रहा है, उसने इतराना शुरू कर दिया था। अब जिसे जाना हो वह जाये दिल्ली पंजाब कमाने, उसका घरवाला तो यहीं रहकर पैसा भी कमाएगा और पंडित की तरह पूजा भी जाएगा। उसने तो गाँव-गाँव घूमनेवाली टिकुलबेचनी को कह दिया है उसके मायके में भी खबर पहुँचा देने कि अब वह किसी मजूर की घरवाली नहीं रही, पंडित की कनियाँ हो गयी है। खेत बहियार में तो अब औरतें उसे पंडिताइन कहकर पुकारने भी लगी थीं।

उसने पति से पूछा, ''क्यों नहीं बनना है पंडित?''

पति ने पूरा किस्सा सुना दिया।

किस्से का अन्त सुनते ही पत्नी उखड़ गयी, ''आपने वहीं पंडित को अपना आखिरी ना क्यों नहीं सुना दिया? क्यों समय ले लिया सोचने का? इसका मतलब तो यही होता है कि अभी भी पिछवाड़ा दिखाकर पंडित बनने की बात आपके मन से गयी नहीं है। अभी तुरन्त जाकर कह आइए उस मुँहझड़का पंडित से कि आपको पंडित नहीं बनना है।''

पत्नी ने अपने मन को पक्का कर लिया था। टिकुलबेचनी फिर खबर कर आएगी कि उसके मायके कि उसने अपने मरद को पंडित बनने से रोक दिया; साफ सुना दिया, ''मैं किस गाँव और किस घर की बेटी हूँ, यह नहीं जान रहे? ऐसे की बीवी बनकर रहूँ, यह अच्छा कि कुएँ में डूबकर जान दे दूँ, यह अच्छा? मेरे लिए क्या अच्छा?'' और खेत-बहियार में...''खबरदार! कोई मुझे पंडिताइन कहकर नहीं पुकारे। जिसे जो दिखाकर पंडित बनना हो, बने। मेरा मरद नहीं बनेगा पंडित। मेरे मरद को पैसा कमाना होगा, तो चला जाएगा दिल्ली-पंजाब।''

सन्तलाल ने पंडित के पास जाने से इन्कार कर दिया, ''अब मैं उस पंडित की सूरत भी देखना नहीं चाहता।''

''तो मैं जाकर कह आती हूँ।''

''तुम जाओगी पंडित के पास?''

''हाँ, जाती हूँ, कह आती हूँ।''

''नहीं, तुम मत जाओ।''

''क्यों?''

''पंडित बहुत मिठबोला है। तुम मत जाओ। वह बहुत मीठा-मीठा बोलकर तुम्हें पटा लेगा और तुम चली आओगी मुझसे कहने कि पिछवाड़ा दिखाने में कोई हर्ज नहीं है।''

पत्नी का आत्मविश्वास डिग गया और वह बोली, ''तब मैं रघुनी चाचा के घर ही जाती हूँ।''

''जाओ; सिर्फ ना सुनाकर चली आओ।''

रघुनी मड़ड़ घर पर नहीं थे। सन्तलाल की पत्नी उन्हें ढूँढ़ने नहीं निकली। उसने मड़ड़ की पतोहू से कह दिया मड़ड़ से कहने कि उसका मरद पंडित नहीं बनेगा।

रघुनी मड़ड़ सुबह से ही भोला के घर थे। उन्हें घर लौटाकर आने में विलम्ब हुआ। जब वे आये और उन्हें पता चला कि सन्तलाल ने पंडित बनने से इन्कार कर दिया है, तो उन्हें सन्तलाल पर भारी गुस्सा आया और वे देर तक बड़बड़ाते रहे, ''...यही जाहिली तो धानुकों को खाये जा रही है। यही पंडिताई सीखने के लिए किसी को बनारस भेजना पड़ता, जो आज तक नहीं हो पाया। आज घर में पंडित आ गया है, मुफ्त में सिखाने को तैयार है, तब यह कमअक्ली कि सीखने से इनकार कर रहा है!... तब तो यह गाँव बिना पंडित का ही रह जाये! यादव पंडित ही राज करे यहाँ भी!... करो यादवों की गुलामी। जब भाग्य में यही लिखा है,तो और क्या करोगे!...ऐसा क्या हो गया कि दो दिनों में ही मन बदल गया! बुध भगवान की पूजा उसके नाम से हुई, तब भी उसे एक पैसा लगने नहीं दिया गया; उसके बाद भी उसका यह हाल! तब तो वह दूसरे लड़कों को भी खराब करेगा और पंडित बनने से मना करेगा...''

खाना खाकर रघुनी मड़ड़ सन्तलाल के घर की ओर निकल गये।

सन्तलाल की पूरी बात सुन लेने के बाद मड़ड़ ने कहा, ''यह कोई ऐसी बात तो नहीं हुई, सन्तलाल, कि इसके कारण तुम पंडित बनने से ही इन्कार कर दो। यहाँ तो सैकड़ों लोग खेत-मैदान में देह उघारकर झाड़ा फिरते हैं, कोई किसी से नहीं लजाता। अगर शौच करते हुए किसी से नजर टकरा ही गयी, तो लोग मुँह लटकाकर लाज भगा देते हैं। पंडितजी अपना काम करेंगे, तुम अपना काम करना। अगर कहीं नजर टकराये, तो मुँह लटका लेना।''

''आप अन्तर समझिए, चाचा; खेत-मैदान में कोई किसी के चूतड़ पर नजर नहीं टिकाता।''

''यह अन्तर भी देखो कि यहाँ परीक्षा हो रही है।''

''मैं ऐसी परीक्षा नहीं दे सकता।''

''क्यों नहीं दे सकते?'' मड़ड़ ने झिड़क दिया, ''कोई यादव कर सकता है, तो कोई धानुक क्यों नहीं कर सकता? दशरथपुर के यादव पंडित ने भी तो बनारस में परीक्षा दी होगी। बनारस के पंडितों को उसने अपना पिछवाड़ा दिखाया होगा या नहीं?''

''दशरथपुर के यादव पंडित ने क्या किया और बनारस में क्या हुआ, इससे मुझे कोई मतलब नहीं है।''

''तुम्हें किस बात से मतलब है, यह मैं समझ रहा हूँ,'' मड़ड़ बोले, ''तुम सोच रहे हो कि बनारस-में-बनारस के पंडितों ने देखा, दशरथपुर में तो किसी ने नहीं जाना कि उसका पंडित बनारस में पिछवाड़ा दिखाकर आया है। तुम भी अभी ही सुन लो कि यहाँ भी कोई नहीं जान पाएगा। तुम्हारी परीक्षा चुपके-चुपके हो जाएगी, ऐसे समय में जब मैदान में तुम्हारे और पंडित के सिवा कोई नहीं रहेगा।''

''मैं कुछ भी नहीं सोच रहा हूँ, चाचा; आप मुझे छोड़ दीजिए।''

''यहीं हम पिछड़ाते हैं और यादव हमसे आगे बढ़ जाते हैं। यादव एक ही पंडित बनकर बैठ नहीं गये हैं, एक के बाद एक पंडित तैयार करते जा रहे हैं। वहाँ यादवों के बीच पंडित बनने के लिए मारामारी हो रही है, और यहाँ यह हाल है कि किसी धानुक को एक अच्छा अवसर भी मिला है, तो उसे ऐसी कुबुद्धि आ गयी कि वह पंडित बनने से भाग रहा है!''

''और भी तो लोग हैं रघुनाथपुर में।''

''और लोग तब भी थे जब हमने तुम्हें ही पंडित बनाने का निर्णय लिया था। अब तो जो लोग थे, वे भी नहीं रहे। तुम्हें मैदान छोड़कर भागते दो अब क्या कोई और तैयार होगा? तुम भाग गये, तो दूसरा भी भाग जाएगा। मैं अभी भी कह रहा हूँ, सन्तलाल, कि तुम परीक्षा दे दो।''

''मैं परीक्षा नहीं दे सकूँगा, चाचा,'' सन्तलाल ने असली कारण बता दिया, ''मेरी घरवाली ने मना कर दिया है।''

''औरत ने मना कर दिया है?''

''हाँ।''

''छिः, औरत की बात पर चलने लगे!'' मड़ड़ ने फिर फटकारा, ''औरत की बात पर चलने से किसी का उपकार हुआ है आज तक! औरत बनाएगी तुम्हारा भविष्य? यादवों के घर

में क्या औरतें नहीं थीं किसी ने मना किया अपने मर्द को पंडित बनने से? कुछ तो सीखो यादवों से। यादव के घर में मालिक मर्द, और धानुक के घर में शासन करे औरत! दुनिया कहाँ से कहाँ चली गयी! पुराने जमाने में लोग त्याग-तपस्या करते थे कुछ पाने के लिए; आज के जमाने का तो चलन ही यही है कि लोग देह दिखाकर बड़ी-से-बड़ी चीज पा रहे हैं।''

''देह दिखाकर रंडी-वेश्या कमाती है, चाचा। मैं पैसा कमाने के लिए पंडित नहीं बन रहा था। मुझे अपनी प्रतिष्ठा प्यारी है।''

''तो फिर प्रतिष्ठा की बात पर ही आओ न,'' मड़ड़ ने कहा, ''देह दिखाकर ही तो लोग अभी पद और प्रतिष्ठा पा रहे हैं। बहुत दूर का और कोई पुराना किस्सा नहीं है। अगर तुमने नहीं सुना है, तो मुझसे सुन लो।''

इतना बोलकर रघुनी मड़ड़ ने किस्सा सुनाया, ''कटहरा के पंचलाल बाबू कटहरा के पुराने नेता और पुराने विधायक। तीन बार से वे विधायक चुने जा रहे थे। सिर्फ चुनाव के समय वोट माँगने आते थे। उसके बाद फिर पाँच साल दर्शन नहीं होते थे उनके। कटहरा अंचल का एक गाँव है चूनापुर। हर बार इस चूनापुर से भी वोट बटोरकर ले जाते थे पंचलाल बाबू, मगर चूनापुर को कभी कुछ दिया नहीं। गाँव के पास एक कच्ची-पक्की सड़क तक नहीं थी। हर बार कुछ वादे करके जाते थे पंचलाल बाबू, मगर कभी कोई वादा पूरा नहीं किया, पूरा करने का प्रयास तक नहीं किया। जब चौथी बार वोट माँगने आये पंचलाल बाबू, तो गाँववालों ने सुना दिया, 'अब तक मुँह देखकर वोट देते आये थे, इस बार पिछवाड़ा देखकर वोट देंगे।' बता सकते हो, क्या किया पंचलाल बाबू ने?''

''मैंने किस्सा नहीं सुना है।'' सन्तलाल ने जवाब दिया।

''पंचलाल बाबू ने पहले तो गाँववालों को डराया, मगर गाँववाले नहीं डरे। जब पंचलाल बाबू ने देखा कि गाँववाले अपनी जिद पर अड़े हुए हैं, तो उन्होंने तरह-तरह के प्रलोभन दिये और उनकी हर माँग को चुनाव के होते ही पूरी कर देने की कसमें खायीं। गाँववाले इस बार उनके झाँसे में नहीं आये। उन्होंने अपनी बात दुहरा दी, 'जो पिछवाड़ा दिखाये, वह वोट ले जाये।' बता सकते हो कि अब क्या किया होगा पंचलाल बाबू ने?''

''आप सुनाइए।''

''पंचलाल बाबू को भय हुआ कि अभी तो केवल एक गाँव इस नयी माँग पर जिद कर बैठा है; अगर कहीं यह बात फैल गयी, तो कोई ठीक नहीं कि इलाके का हर गाँव इस जिद पर उतर आये! तब तो किसी भी गाँव में मंच से कुछ बोलने से पहले उन्हें अपनी धोती खोलनी पड़ेगी।''

''क्या किया पंचलाल बाबू ने?'' सन्तलाल पूछ बैठा।

''क्या करते!'' रघुनी मड़ड़ बोले, ''चूनापुर के लोगों को पिछवाड़ा दिखाया उन्होंने।''

''पंचलाल बाबू पागल थे; मैं पागल नहीं हूँ।''

''पागल थे, मगर पिछवाड़ा दिखाकर फिर विधायक चुन लिये गये। तुम भी एक दिन के लिए पागल हो जाओ और पंडित बन जाओ।''

सन्तलाल थोड़ी देर चुप रहा और फिर रघुनी मड़ड़ से कहा, ''आप पंडितजी से कह

आइए चाचा, कि मैं शौचक्रिया नियमपूर्वक करूँगा, मगर किसी भी सूरत में परीक्षा नहीं दूँगा।''

सन्तलाल के जवाब से बहुत आहत हुए रघुनी मड़ड़। वे बड़बड़ाते हुए उठे, ''रघुनाथपुर का दुर्भाग्य है यह! कोई क्या कर सकता है! देखता हूँ, पंडितजी कोई राह सुझाते हैं या नहीं।''

(10)

पलटू झा को यह चिन्ता सताने लगी थी कि अगर सन्तलाल लौटकर नहीं आया या सिर्फ सुनाने आ गया कि वह परीक्षा नहीं देने के निर्णय पर अटल है, तब क्या होगा? सन्तलाल परीक्षा दे या नहीं दे, पंडित बने या नहीं बने, उसे अभी अपना शिष्य बनाये रखना चाहता था पलटू झा। उसे अपने 'कौआ-तन्त्र' के प्रचार के लिए एक आदमी चाहिए। जब तक बैजनाथ का ब्याह नहीं हो जाता, तब तक सन्तलाल की जरूरत थी उसे। बैजनाथ का ब्याह हो जाये और उसके कौआ-तन्त्र की सफलता का एक बार प्रचार हो जाये, फ़िर यह जरूरी नहीं होगा कि यह सन्तलाल उसके काबू में रहे और उसकी हर आज्ञा शिरोधार्य करता रहे। उसने मन में सोच लिया कि अगर शाम तक सन्तलाल नहीं आता है, तो वह स्वयं उसके पास जाएगा और सुनाएगा कि उसे परीक्षा से मुक्त किया जाता है।

पलटू को सन्तलाल के घर जाने की जरूरत नहीं पड़ी। शाम से पहले ही उसके पास रघुनी मड़ड़ आ गये और उससे बातचीत करने के बाद वे सन्तलाल के घर जाकर उसे साथ लेकर आये।

पलटू पंडित ने सन्तलाल से कहा, ''जब तुमने परीक्षा नहीं देने की जिद ठान ली है,सन्तलाल, तब मैं तुम्हें परीक्षा से मुक्त कर रहा हूँ। मगर इस मुक्ति के बदले तुम्हें एक काम करना होगा।''

सशंकित निगाहों से पंडित को घूरते हुए सन्तलाल ने पूछा, ''क्या?''

''परसों अमावस्या है। उस दिन तुम्हें एक कौआ लाना होगा।''

''यह काम तो मैं पहले भी कर चुका हूँ,'' सन्तलाल कुछ ढीला पड़ा, ''यह काम में खुशी-खुशी करूँगा।''

''इस बार जिन्दा कौआ पकड़कर लाना है।''

''जिन्दा भी ले आऊँगा।''

''इस कौए को सूर्योदय से पहले किसी कब्रिस्तान या श्मशान के पास से उसके घोंसले से पकड़ लाना है।''

''ठीक है,'' सन्तलाल बोला, ''मैं अभी से ही पता लगाता हूँ कि श्मशान के पास किस गाछ पर कौए का घोंसला है।''

''और तुम्हें किसी के भी सामने यह कहने को तैयार रहना पड़ेगा कि तुम कौआ मारकर या पकड़कर लाया करते थे। यह तो कोई परीक्षा नहीं हुई?''

''मैं किसी के भी सामने यह कह सकता हूँ,'' सन्तलाल ने पलटू पंडित को आश्वस्त किया, ''कि मैं आपके लिए कौए पकड़ा करता था।''

अगली सुबह से सन्तलाल की पढ़ाई चालू हो गयी।

हर रात बैजनाथ मंडल और पलटू झा दिन भर के कार्य-कलापों को जोखते कि मामला कितना आगे बढ़ा है, किस गति से बढ़ रहा है, कहीं किसी अवरोध का सामना तो नहीं करना पड़ रहा है और अभी और कितने दिनों तक इस रघुनाथपुर में मुकाम करना पड़ सकता है।

ललिता के रुख पर रोज बात होती। बैजनाथ सुनाता, "...आज उसने मुस्कराकर मेरा स्वागत किया...हाँ, आज ललिता ने मुझसे कुरसी पर बैठने को कहा...मैंने सेब का झोला उसकी ओर बढ़ाया, तो उसने मुस्कराकर झोला लिया...आज मेरा हाथ उसके हाथ से छू गया; उसने इसका बुरा नहीं माना..."

पलटू झा खुशी जाहिर कर देता, "कौआ अपना काम कर रहा है।"

रघुनी मड़ड़ के मन को रोज पढ़ जाता...

"आज तो," शिकायती लहजे में बैजनाथ बोलता, "चाय मिलने में बहुत देर हुई थी, गुरुजी।"

"इस पर ध्यान नहीं जा रहा," पलटू का जवाब आता, "कि आज दिन के भोजन में तीन-तीन सब्जियाँ थीं? आप निश्चिन्त रहिये, कौए ने इधर भी असर पैदा किया है।"

कुँआरों की हरकतों का जायजा लिया जाता...

"दो कुँआरों को आज नहीं देखा, गुरुजी। लग तो रहा है कि वे दोनों मैदान से हट गये।"

"दोनों को कौआ चोंच मार चुका है; कल-परसों तक तीसरे पर भी चोंच चला देगा।"

रोगी का हाल जाना जाता...

"अब कितने दिनों का मेहमान है भोला?"

"आज तो वह बहुत हरा-भरा नजर आ रहा था, गुरुजी।"

"तब तो अन्त बिल्कुल निकट आ गया। दीपक बुझने से पहले भभकता है, बैजनाथ बाबू। मेरा कौआ-तन्त्र कामयाब हो गया।"

पूर्णिया के डॉक्टर ने पन्द्रह दिनों के बाद रोगी को फिर बुलाया था। पिछली बार रोगी के साथ गजेन्द्र भी पूर्णिया गया था। उस समय तक बैजनाथ मंडल रघुनाथपुर नहीं आया था। अब उसके आ जाने पर रोगी के साथ पूर्णिया जाने का उसका हक बनता था। उसने मड़ड़ के आगे रोगी के साथ जाने की अपनी इच्छा जतायी, मगर मड़ड़ ने उसे जाने से रोक दिया, "नहीं, बैजनाथ, भोला के साथ ललिता भी जा रही है, और अभी तुम्हें ललिता के साथ कहीं भेजना उचित नहीं लगता। अभी तुम ललिता के पास आते-जाते हो, यही बहुत हुआ। गाँव का लड़का-बच्चा उसके साथ पूर्णिया चला जाता है, तो कोई हर्ज नहीं है। इस बार तो कोई जा भी नहीं रहा है। मुझे तो यह डर भी लग रहा है कि कहीं इस बार भोला को पूर्णिया ले जाकर उसे वापस नहीं ले आ पाऊँ। न जाने वहाँ क्या-क्या परेशानी हो! अगर मेरा भानजा आ गया, तो उसे साथ ले लूँगा। तुम यहीं रुके रहो। भोला के घर आते-जाते रहना। देखो, इस बार रोगी को वापस लेकर आ पाता हूँ या नहीं! तुम किसी से यह भी मत कहना कि इस बार पूर्णिया जाने के लिए मैंने तुमसे पैसे लिये हैं। यह बात

सिर्फ मैं जान रहा हूँ और ललिता जान रही है। यह गाँव बहुत अच्छा नहीं है। लोग कुछ से कुछ बोल सकते हैं। यह बात तुम अपने पंडित को भी मत बताना।''

जिस सुबह रोगी को पूर्णिया के लिए विदा किया बैजनाथ मंडल ने, उस रात की मन्त्रणा में उसने पलटू झा से कहा, ''मैं आज भी दो-तीन बार भोला के घर गया था,देर तक भोला की माँ के साथ बतियाता भी रहा था, मगर एक बार भी किसी कुँआरे को वहाँ नहीं देखा मैंने।''

''जब ललिता उस घर में नहीं है, तब क्यों आने लगे वे सब! अब ललिता के आने के बाद ही पैर रखेंगे उस घर में।''

''ऐसा तो नहीं, गुरुजी, कि वे तीनों-के-तीनों ललिता के साथ पूर्णिया चले गये हों?''

''होने दीजिए तीनों के बीच मारामारी।''

''वे तीनों मारामारी करेंगे, तो कोई एक-दूसरे दो को मार भगाएगा; मैं कहाँ रहूँगा?''

''आप इन बातों की फिक्र मत कीजिए। रघुनी मड़ड़ इन तीनों को मार भगाएँगे।''

''मुझसे तो मड़ड़ ने ही कहा था कि वे इस बार किसी कुँआरे को साथ नहीं ले जाएँगे।''

''कुँआरे साथ लग गये होंगे।''

''मगर यह तो मेरे लिए बुरा हुआ।''

''क्यों बुरा हुआ?'' पलटू बोला, ''वे तो बहुत दिनों से साथ लगे हुए हैं।''

''रघुनी मड़ड़ यहाँ से यह सोचकर गया है कि अब भोला जिन्दा नहीं भी लौट सकता है। यही सोचकर वे तीनों कुँआरे भी गये होंगे। अगर कहीं भोला वहीं मर गया और वहीं उसका दाह-संस्कार करना पड़ गया, तब तो ललिता यही देखेगी कि कौन उसके दुख में वहाँ खड़ा है।''

''तो क्या हो गया?''

''अगर वह उन तीनों में से ही किसी एक को अपना दिल दे बैठी, तब तो मैं गया भाड़ में। यह बात तो है कि वह मनमुखी औरत है। ब्याह नहीं करने की जिद वह छोड़ चुकी है, मगर यह तो उसकी मरजी है कि वह किससे ब्याह करती है।''

''आपको मेरे कौओं पर विश्वास है या नहीं?'' पलटू ने बहुत जोर देकर पूछा।

बैजनाथ ने बहुत मद्धिम आवाज में जवाब दिया, ''हाँ, सो तो है।''

कौओं पर विश्वास करना पड़ा बैजनाथ मंडल को। पलटू के कौओं ने तीनों कुँआरों को रोक लिया था ललिता के साथ जाने से। और, चमत्कार तो यह हुआ कि कौओं ने उन तीनों कुँआरों को बैजनाथ के रास्ते से हटा दिया। ललिता अभी पूर्णिया में ही थी और कुँआरे एक साथ हाजिर हुए थे बैजनाथ के पास अपना प्रस्ताव लेकर।

अब तक बैजनाथ का उन तीनों के साथ राम-राम होने लगा था। बैजनाथ भोला के घर घंटा भर समय बिताकर बाहर निकला ही था कि उसकी उन तीनों से मुलाकात हो गयी। गजेन्द्र कह बैठा, ''चलिए, बैजनाथ बाबू, आज हम लोगों को आपसे कुछ जरूरी बातें करनी हैं।''

हालाँकि पलटू झा उसके साथ नहीं था, मगर बैजनाथ ने साथ चलने और बात करने से इन्कार नहीं किया।

वे सब टहलते हुए एक बगीचे में पहुँचे और वहाँ जमीन पर बैठ गये। गजेन्द्र ने बैजनाथ

से कहा, ''यह तो आप मानेंगे ही, बैजनाथ बाबू, कि भोला भैया की पत्नी इस गाँव की दौलत है और भोला भैया के मरने के बाद उस पर इसी गाँव के किसी आदमी का अधिकार होना चाहिए?''

बैजनाथ बाबू ने कोई जवाब नहीं दिया।

''आपकी तरह हम तीनों केवल धानुक ही नहीं हैं,'' गजेन्द्र ने आगे सुनाया, ''हम तो भोला भैया के रिश्तेदार भी हुए। भोला भैया की पत्नी को हम शुरू से ही भाभी कहकर पुकारते आये हैं और वह हमारी गिनती अपने देवरों में करती आयी है। अगर आप इस गाँव के धानुक रहते, तब भी क्या भाभी आपको देवर मानने को तैयार हो सकती थी?''

बैजनाथ मंडल ने इस बार भी कोई जवाब नहीं दिया।

गजेन्द्र आगे बढ़ा, ''लतिला भाभी हमें यह इशारा कर चुकी है कि वह हम तीनों में से ही किसी एक के साथ अपनी आगे की जिन्दगी गुजारेगी। क्या ललिता भाभी ने आपसे ऐसा कुछ कहा है?''

बैजनाथ मंडल से झूठ बोला नहीं गया।

''ललिता भाभी के आगे रघुनी चाचा की एक नहीं चलेगी। रघुनी चाचा की मदद के बावजूद आप जोर-जबरदस्ती ललिता भाभी को यहाँ से उठाकर नहीं ले जा सकते। हमारे पास हर-हमेशा सौ-पचास लठैत मौजूद हैं। बताइए आप कि यहाँ के गाँववाले आपकी मदद करेंगे या हमारी?''

बैजनाथ ने ऐसा जवाब देना ही बेकार समझा जिसे सुननेवाला मानता ही नहीं।

''मगर यह सब होते हुए भी,'' गजेन्द्र बोला, ''हम लोग भोला भैया के इन्तकाल के बाद ललिता भाभी को आपके सुपुर्द करने को तैयार हैं। हम दयावश ऐसा कर रहे हैं। हम तीनों कुँआरे हैं और हमें भले ही ललिता भाभी जैसी लड़की न मिले, पर साधारण लड़कियाँ मिल जाएँगी।

''हम इस बात के भी आभारी हैं कि आप अपने साथ एक पंडित ले आये हैं जो यहाँ के एक धानुक को पंडित बना रहा है।

''यह सब होते हुए भी हम पैसे की चोट बरदाश्त नहीं कर पा रहे हैं। ललिता भाभी के लिए हमने जो दौड़-धूप की है और अपना समय बर्बाद किया है, उसकी कोई कीमत नहीं माँग रहे हैं हम। मगर हम तीनों की गाँठ से जो बारह सौ रुपये निकल गये हैं, वह रकम हमें मिल जानी चाहिए। अगर यह रकम हमें मिल जाती है, तो हम तीनों ललिता भाभी से सदा के लिए नाता तोड़ लेंगे। क्या यह रकम आप हमें देने को तैयार हैं? अच्छी तरह सोच लीजिए।''

''रकम छोटी है,'' प्रकाश ने सुनाया, ''सिर्फ बारह सौ रुपये।''

''ललिता भाभी तो,'' मणिकान्त बोल गया, ''बारह हजार, बारह लाख के बराबर है।''

जो कुछ कुँआरों ने सुनाया था, उस पर गौर करते हुए बैजनाथ मंडल ने महसूस किया कि सौदा कोई महँगा नहीं है और वह बहुत कुछ अनिश्चित से बहुत कुछ निश्चित की ओर बढ़ सकता है। तब भी वह बोल गया, ''मुझे सोचने का समय दीजिए।''

''तब तो हमें भी दुबारा सोचने का समय मिल जाएगा,'' गजेन्द्र बोला, ''अभी हम तीनों त्याग करने के लिए तैयार हैं। कोई ठीक नहीं कि कुछ देर बाद हम तीनों में से ही किसी का मन

बदल जाये। अपना फायदा-नुकसान सोच लीजिए और जो हाँ-ना कहना हो, अभी ही कह डालिये।''

बैजनाथ की टेंट में अभी सिर्फ सात सौ रुपये थे। पूरी रकम चुकाने की स्थिति में अभी वह नहीं था। और पाँच सौ रुपये का प्रबन्ध करने के लिए उसे रघुनी मड़ड़ से किसी बहाने कर्ज लेना पड़ता या फिर फुलकाहा जाना पड़ जाता। उसने सुनाया, ''अभी तो उतने रुपये नहीं हैं मेरे पास।''

''आप बारह सौ देने के लिए तैयार हैं?''

''दे दूँगा।''

''अभी आपके पास कितने रुपये हैं?''

''अभी तो मेरे पास,'' बैजनाथ झूठ बोल गया, ''सिर्फ तीन सौ रुपये हैं?''

''शेष रुपये आप कल सुबह दे देंगे?''

''नहीं, मुझे अपने घर जाना होगा।''

''अभी आप तीन सौ हमें दे दें,'' गजेन्द्र ने सुनाया, ''तो हम कसम खा लेंगे कि हम ललिता भाभी से नाता तोड़ रहे हैं। मगर आप भी यह कसम खाइए कि शेष नौ सौ रुपये हमें देकर ही आप रघुनाथपुर से जाएँगे।''

''कसम खाता हूँ, नौ सौ देकर ही यह गाँव छोड़ूँगा।''

''ठीक है, तीन सौ देकर आप बात पक्की कर लीजिए।''

बैजनाथ ने बात पक्की कर ली।

जिस दिन बैजनाथ ने बात पक्की की, उसके अगले ही दिन शाम से कुछ पहले ही जो संख्या बैजनाथ के सामने पूर्णिया के लिए विदा हुई थी, वह रघुनाथपुर वापस आ गयी।

रात में जब बैजनाथ मंडल और पलटू झा नियमानुसार मन्त्रणा के लिए बैठे, तो दोनों देर तक मुँह लटकाये बैठे रह गये। देर तक किसी से कुछ बोला ही नहीं गया। अन्त में बैजनाथ मंडल ने ही मुँह खोला, ''आपने गधे का किस्सा बहुत सही समय पर सुनाया था, गुरुजी। मैं गधा बन गया।''

''आपके बाद मैं भी तो गधा बना, बैजनाथ बाबू,'' पलटू झा बोला, ''मगर मैं गधा बना कौओं के कारण। कौओं ने धोखा दिया मुझे।''

''मैं कौओं को दोषी नहीं मानता, गुरुजी,'' बैजनाथ ने सुनाया, ''मेरा यहाँ आना ही अशुभ हुआ।''

''कैसे?''

''आपने सुना नहीं कि पूर्णिया से लौटकर रघुनाथपुर में पैर रखते ही रघुनी मड़ड़ मुझसे क्या कहने आया?''

''क्या कहने आया?''

''वह मेरे पास मिठाई लेकर आया था और मुझे मिठाई देकर बोला, 'खाओ, बैजनाथ, सबसे पहले तुम्हें ही मिठाई खिलाने आया हूँ। तुम बड़े शुभचरण हो। जब से तुमने भोला के घर

में पैर रखा है, मेरा भोला दिन-दिन स्वस्थ ही होता चला गया। पूर्णिया के डॉक्टर ने इस बार कह दिया कि रोग दूर हो गया है, अब सिर्फ कमजोरी है।' मड़ड़ ने कभी मुझे यह जानने नहीं दिया कि भोला स्वस्थ हो रहा है और जब से उसने मुझे देखा है, तब से ही स्वस्थ होता जा रहा है। अगर मुझे इसका जरा भी आभास होता, तो मैं उल्टे पाँव फुलकाहा लौट जाता और और इस भोलवा के मरने के बाद ही आता।''

''अब क्या सोच रहे हैं?''

''अब क्या सोचना है! यहाँ से जितनी जल्दी हो निकल चलना है। मगर एक मुसीबत आ गयी है मेरे सामने।''

''कैसी मुसीबत?''

तीन सौ रुपये देकर गजेन्द्र और दूसरे कुँआरों के साथ जो बात बैजनाथ मंडल ने पक्की की थी, उसके बारे में अब तक उसने पलटू झा को कुछ नहीं बताया था। अब उसे सब कुछ बताना पड़ा। अपनी चिन्ता प्रकट करते हुए उसने कहा, ''मैंने जो कसम खायी है, उसके मुताबिक मुझे उन लोगों को नौ सौ रुपये देने हैं। उस वक्त मुझे यह नहीं सूझा कि ब्याह के बाद ही नौ सौ रुपये देने की कसम खाऊँ। अब, जब वे जान रहे हैं कि मैं यहाँ से भागूँगा, वे मुझ पर पूरी निगरानी रख रहे होंगे। मुझे तो हर हाल में यहाँ से छिपकर निकलना है। डर तो इस बात का है कि कहीं वे लोग मुझ पर दिन-रात का पहरा न बिठाये हों। मुझे उन लोगों ने फँसाया है।''

''उन्होंने फँसाया या आप खुद ही फँसने गये?''

''मैं तो अपनी बाधा दूर कर रहा था, गुरुजी। मुझे क्या पता था कि गजेन्द्र उन लोगों के साथ पूर्णिया चला गया था और भोला के स्वस्थ हो जाने की सूचना लेकर कल ही यहाँ आ गया था। यहाँ आकर जाल में फँसा लिया मुझे।''

''भागने का कोई उपाय सोचा है?''

''कोई कुँआरा तो मुझे आज नहीं मिला, मगर जो भी मिला उससे मैंने कहा है कि जब तक सन्तलाल मंडल पंडित नहीं बन जाता, तब तक मेरे पंडित यहाँ रहेंगे, और जब तक मेरे पंडित यहाँ रहेंगे, तब तक मैं भी उनके साथ यहीं रहूँगा। मगर, सुन लीजिए, गुरुजी, कि मैं अब यहाँ एक दिन भी रहना नहीं चाहता। आपके जाने के पहले ही मैं यहाँ से निकल जाऊँगा।''

''मैं तो अब तक आपके कारण रुका हुआ था, बैजनाथ बाबू, नहीं तो मैं कब का चला गया होता। जिस दिन चन्दा करके मुझे दक्षिणा के सौ रुपये दे दिये गये थे, उसी दिन मुझे चला जाना था। पेटभत्ता पर मैं यहाँ सन्तलाल को पंडित नहीं बना सकता। गाँव में कोई गृहस्थ पूजा-प्रसाद देना ही नहीं चाहता। लोग आसरे में हैं कि कब सन्तलाल पंडित बने और मुफ्त में उनका पूजा-पाठ कराये। अब तक तो सब ठीक-ठाक था, मैं कभी भी भाग सकता था, मगर अब मेरे भागने में कठिनाई है। अब तो आपसे भी अधिक निगरानी मुझ पर है कि भाग ही जाऊँ। मगर अब मैं यहाँ एक क्षण नहीं रहना चाहता। अब यहाँ मेरी इज्जत नहीं रही। लोग अब यहाँ मुझे चोट्टा समझ रहे हैं।''

''चोट्टा समझ रहे हैं?''

''हाँ।''

"क्यों?"

"मैंने आज दालान में रघुनी मड़ड़ और सन्तलाल की एक खतरनाक बातचीत सुन ली है।"

"छिपकर?"

"हाँ।"

"क्या बतिया रहे थे दोनों?"

"पूर्णिया का एक किस्सा सुना रहा था रघुनी मड़ड सन्तलाल को।"

"कैसा किस्सा?"

पूर्णिया में रघुनी मड़ड़ भोला और ललिता के साथ एक धर्मशाला में जा टिके थे। उसी धर्मशाला में किसी गाँव के एक पंडित भी आ ठहरे थे। वे अपनी पत्नी का इलाज कराने आये थे।

अपने पहुँचने के दूसरे दिन ही जब पंडितजी अपने कमरे का दरवाजा खोलकर चौकी पर बैठे हुए थे, रघुनी मड़ड़ दरवाजा के सामने रुका और बोला, "प्रणाम, महाराजजी।"

पंडितजी ने कुछ अचरज से रघुनी मड़ड़ की ओर देखा और कहा, "क्या बात है? अन्दर आ जाइए।"

अन्दर आकर रघुनी मड़ड़ ने पंडित से पूछा, "आप ब्राह्मण हैं न?"

"हाँ, ब्राह्मण हूँ; पुण्यानन्द मिश्र, ग्राम श्रीपुर, सिंहेश्वर-श्रीपुर।"

"आप पंडित भी हैं?"

"आपसे मेरी पहले कभी मुलाकात हुई है?"

"नहीं, महाराज, पहले कभी मुलाकात नहीं हुई है।"

"तब आपने कैसे जान लिया कि मैं ब्राह्मण हूँ और पंडित भी हूँ?"

"आपका चेहरा-मोहरा देखकर मैंने जान लिया कि आप ब्राह्मण हैं और आपको पूजा-पाठ करते और मन्त्र पढ़ते देख जान लिया कि आप पंडितजी हैं।"

पंडितजी खुश हो गये और बोले, "हाँ, मैं पंडितजी ही हूँ। किसी भी देवता की पूजा करा सकता हूँ। दूर-दूर तक जाता हूँ यज्ञ-पूजा कराने। बड़े-बड़े यज्ञ कराये हैं मैंने। दो साल पहले बनताल के राजा कीर्ति नारायण सिंह के यहाँ महामृत्युंजय यज्ञ मैंने ही कराया था। नेपाल-नरेश के राज्याभिषेक में भी मुझे आमन्त्रित किया गया था। फूलपुर और रामगंज के जमींदारों के यहाँ कोई विशिष्ट पूजा होती है, तो वे मुझे ही बुलाते हैं। आप कहाँ के रहनेवाले हैं?"

"मेरे गाँव का नाम रघुनाथपुर है, पंडितजी," रघुनी मड़ड़ ने जवाब दिया, "यह राघोपुर इलाके में पड़ता है।"

"मैं उधर कभी नहीं गया हूँ," पंडितजी बोले, "मगर जा सकता हूँ। अगर किसी बड़ी पूजा या बड़े यज्ञ का आयोजन हो, तो मैं खुशी-खुशी जाना चाहूँगा। आपने यह क्यों पूछा कि मैं पंडित हूँ या नहीं?"

"मैंने पूजा या यज्ञ के खयाल से नहीं पूछा था, पंडितजी," रघुनी मड़ड़ बोले, "मेरे मन में एक छोटी-सी जिज्ञासा है।"

पंडितजी मुस्कराये और बोले, ''मैं समझ रहा हूँ, क्या जिज्ञासा हो सकती है आपकी? मैं जहाँ कहीं जाता हूँ, गाँव के कुछ लोग आ ही जाते हैं अपनी जिज्ञासा शान्त करने। कोई तुलसीदास की चौपाई लेकर आ जाता है, कोई कबीर का दोहा। बोलिए, आपको किस चौपाई या दोहे का अर्थ जानना है?''

''मुझे तो कुछ और पूछना था, महाराज।''

''पूछिए; जो भी पूछना हो, पूछिए।''

''मुझे यह पूछना था, महाराज, कि जो पंडित बनता है, उसे क्या पंडिताई सीखने में अपना पिछवाड़ा दिखाना पड़ता है?''

पंडितजी अचानक मौन और गम्भीर हो गये। उनके बदले हुए तेवर देखकर रघुनी मड़ड़ ने अपने दोनों हाथ जोड़ दिये।

''भागो यहाँ से,'' पंडितजी अचानक फूट पड़े, ''तुम बुड्ढे हो गये, मगर बात करने की तमीज नहीं आयी। मेरा अपमान करने आये हो यहाँ? अभी मैं धर्मशाला के मैनेजर से बोलता हूँ तुम्हें यहाँ से निकाल बाहर करने।''

रघुनी मड़ड़ जमीन पर लोट गया, ''मैं निर्दोष हूँ, पंडितजी। किसी ने मुझसे ऐसा कह दिया था।''

जमीन पर लोट गया आदमी पंडितजी को निर्दोष लगा। उन्होंने पूछा, ''आपसे गलती हुई?''

''हाँ, महाराज, भारी गलती हुई।''

''सुन लीजिए,'' पंडितजी बोले, ''जिसने भी आपसे ऐसा कहा है, वह चोट्टा है। उस चोट्टा को मुँह में थप्पड़ मारिये।''

पूर्णिया धर्मशाला का किस्सा सुनाकर पलटू झा ने बैजनाथ मंडल से कहा, ''इस बुड्ढे मड़ड़ ने सन्तलाल से कहा, 'मैं तो यहाँ पहुँचते ही इस चोट्टा पंडित को थप्पड़ मारता, मगर यह सोचकर रुक गया कि अभी तुमने पूरी पंडिताई सीखी नहीं है। तुम पंडित बन जाओ, फिर मैं विचार करूँगा कि इस चोट्टा पंडित को कैसी दक्षिणा देनी है। इतना तो होगा ही कि पूर्णियावाले पंडित का कहना मानकर इस पंडित की पूजा कम से कम एक थप्पड़ से जरूर होगी। थप्पड़ तुम मारो या मैं मारूँ।' ''

''यह बुड्ढा तो बड़ा खतरनाक है!'' बैजनाथ ने अपना मन्तव्य दिया।

''इतना बोलकर ही नहीं रह गया बुड्ढा,'' पलटू पंडित ने सुनाया, ''उसने सन्तलाल से कहा, 'बैजनाथ तो अब कभी भी जा सकता है। वह जाये या रहे, मगर इस पंडित को तब तक नहीं जाने देना है, जब तक वह तुम्हें पूरा पंडित नहीं बना देता है। उसे दक्षिणा के सौ रुपये मिल चुके हैं और वह भी बैजनाथ के साथ निकल जाना चाहेगा। अब उस पर पहरा बिठाओ कि वह भागने नहीं पाये।' ''

''आपने कोई उपाय सोचा है?''

''मैंने अपना उपाय कर लिया है। सन्तलाल से मैंने कहा था कि कल किसी गृहस्थ के घर

पूजा करूँगा। पूजा में सिर्फ पाव भर बताशा और सवा रुपये दक्षिणा का खर्च होगा। वह किसी गृहस्थ में सिर्फ पाव भर बताशा और सवा रुपये दक्षिणा का खर्च होगा। वह किसी गृहस्थ को पटा ले। उसने मुझे थोड़ी देर पहले ही सूचित किया कि एक गृहस्थ को कल की पूजा के लिए पटा लिया गया है। अब सन्तलाल निश्चिन्त है कि मैं कल पूजा तक नहीं भागूँगा। मैंने सोच लिया है कि मैं कल का सूर्योदय किसी और गाँव में देखूँगा।''

''मैं भी आपके साथ ही निकलूँगा। मैदान जाने के बहाने लोटा लेकर निकलूँगा और चलता ही चला जाऊँगा। आप मेरा झोला भी अपने साथ ले लीजिएगा।''

''हम एक साथ नहीं निकलेंगे।''

''हाँ, नहीं निकलेंगे।''

''हम एक दिशा में नहीं जाएँगे।''

''हाँ,नहीं जाएँगे।''

''मगर हम खतरे से बाहर निकल जाने के बाद दक्खिन दिशा की ओर जाएँगे।''

''दक्खिन दिशा की ओर क्यों?'' बैजनाथ ने पलटू की गलती पकड़ी, ''हमारा गाँव तो पच्छिम दिशा में है।''

''हम अभी ही गाँव नहीं जाएँगे,'' पलटू ने सुनाया, ''खाली हाथ लौटना अच्छा नहीं लगता है। जब निकल पड़े हैं हम, तो कुछ करके ही जाएँ। आपका तो सारा खेल ही खराब हो गया। मैं भी सौ रुपये की दक्षिणा से सन्तुष्ट नहीं हूँ। हम तब तक लौटकर गाँव नहीं जाएँगे, जब तक आप एक से दो नहीं हो जाते और मैं भी बाबू को खुश कर देने लायक पैसे नहीं कमा लेता। रघुनी मड़ड़ ने बताया था कि अभी भी रघुनाथपुर के दक्खिन ब्राह्मण पंडित कमाई कर रहे हैं। इसीलिए मैं दक्खिन दिशा में ही जाना शुभ मान रहा हूँ। किसी और दिशा में जाने पर आपका काम तो क्या होगा, मैं झंझट में फँस सकता हूँ।''

''अब दक्खिन दिशा में नरक ही क्यों न हो, गुरुजी,'' बैजनाथ मंडल ने सुनाया, ''मैं तो आपके साथ ही रहूँगा।''

(11)

अपने निश्चय के अनुसार पलटू ने 'कल का सूर्योदय' किसी और गाँव में ही देखा, गगरी गाँव में, मगर गाँव के बीचोंबीच गुजर रही गगरी की इस सड़क पर उसने दूर से ही गाँव बेकापुर को देख लिया। उसने ठिठककर बैजनाथ से कहा, ''रुक जाइए।''

बैजनाथ रुका और पूछा, ''क्यों गुरुजी?''

''बेकापुर।''

''बेकापुर!'' बैजनाथ बुदबुदाया और पलटू से कहा, ''नहीं समझा, गुरुजी।''

''आगे सड़क पर भीड़ देख रहे हैं?''

''हाँ, देख रहा हूँ।''

''भीड़ के साथ एक औरत को देख रहे हैं?''

"देख रहा हूँ।"

"औरत नंगी है?"

"हाँ।"

"तब बेकापुर हुआ या नहीं?"

"हाँ, कुछ-कुछ हुआ।"

बेकापुर के मुखिया का झन्नाटेदार तमाचा स्मरण करते हुए पलटू ने पूछा, "कुछ-कुछ कैसे?"

"औरत बहियार में नहीं है?"

"हाँ, नहीं है।"

"औरत हल नहीं चला रही है?"

"नहीं चला रही है, मगर औरत नंगी तो है।"

"नंगी है, मगर लोग तो ताल ठोंककर देख रहे हैं।"

"देख रहे हैं अपने गाँव की औरत को। औरत उस गाँव की दौलत; वहाँ के लोग जितना चाहें, जैसे चाहें, देखें उसे। हम तो नहीं देख सकते। याद नहीं आ रहा कि बेकापुर में वहाँ की नंगी औरतों को देखने के कारण ही हमारी जान साँसत में पड़ी थी?"

"याद तो है," बैजनाथ बोला, "तो हम ऐसा करें कि यहीं रुककर भीड़ और उस नंगी औरत के सड़क खाली कर देने का इन्तजार करें।"

"जब हमने यहाँ से उस भीड़ और उसकी नंगी औरत को देख लिया है, तब क्या यह सम्भव नहीं है कि भीड़ के कुछ लोगों ने वहाँ से हमें भी देख लिया हो? ऐसे में अगर हम यहाँ खड़े रहते हें, तब क्या वे नहीं समझेंगे कि हम दूर-दूर से उनकी नंगी औरत को देखने का मजा ले रहे हैं? यहाँ रुका रहना मुझे तो नहीं जँचता।"

"तब तो हम पीछे लौट चलें।"

"हम अन्धा बनकर आगे बढ़ सकते हैं," पलटू ने सुनाया, "शंकरपुर में एक अन्धा पूरे गाँव का चक्कर लगा आता था। हम आँखें मूँदकर भी भीड़ की बगल से निकल सकते हैं कि हमने कुछ नहीं देखा। मगर कोई खतरा क्यों उठायें हम? अन्धा सड़क पर लम्बी दूरी तक चल सकता है, इस बात का विश्वास नहीं भी कर सकते हैं यहाँ के लोग। और जब हमने आँखें मूँदीं, तो कुछ देखकर ही मूँदी न! ऐसे में तो अभी हमारा कुछ पीछे लौट जाना ही उचित है। आपका अटकन-मटकन क्या कहता है?"

बैजनाथ ने तुरन्त अटकन-मटकन किया और 'मंगुरी' पर तर्जनी के रुकते ही बोला, "पीछे लौटिये।"

दोनों ने पीछे की ओर कदम बढ़ाये ही थे कि भीड़ से निकलकर तीन-चार आदमी उनकी ओर दौड़ गये। पीछे से एक शोर के साथ चार आदमियों को अपनी ओर दौड़कर आते देख दोनों पत्तातोड़ भागने की बजाय भयग्रस्त होकर रुक गये।

उन चारों ने इन दोनों को घेर लिया और बिना किसी सवाल-जवाब के इन्हें साथ लिये भीड़ के पास ले आये।

नंगी औरत उनके सामने बैठी हुई थी और भीड़ उस पर से ध्यान हटाकर इन दोनों राहगीरों के बारे में बातें कर रही थीं। उन दोनों के यहाँ पहुँचते ही भीड़ के अगुआ ने पूछा, ''क्यों बे? तुम दोनों ने वहाँ से खड़े-खड़े क्या देखा कि पीछे की ओर लौट गये?''

''हम लोगों ने कुछ नहीं देखा,'' पलटू ने जवाब दिया, ''मेरी एक पोथी रघुनाथपुर में छूट गयी है। अचानक यह मालूम हुआ, तो हम पीछे लौट रहे थे।''

''पोथी छूट गयी है?''

''हाँ, मैं पंडित हूँ। मेरा नाम पलटू झा है। मैं पूजा-पाठ की पोथियाँ साथ लेकर चलता हूँ।

इन दोनों की बातों में मत आइएगा, गणेशी चाचा,'' गाँव के भूदेव ने अगुआ से कहा, ''दोनों जासूसी कर रहे थे। हैरपुर गाँव के लोगों को एक राहगीर ने ही फँसाया था, चुपके से थाना खबर कर आया कि हैरपुर में एक औरत को नंगी कर उसे मारा जा रहा है।''

''हाँ, भाई,ऐसा न हो कि हम सब फँस जाएँ,'' दामोदर ने सुनाया, ''जमुनिया में डाइन को जलाने के तीसरे दिन पुलिस पहुँच गयी गाँव में और गाँव के बीसों आदमियों पर मुकदमा चला दिया।''

''हम लोग जलाने नहीं जा रहे हैं इस डाइन को,'' ददन बोला, ''मगर मैला तो पिलाएँगे ही।''

''तब,'' भूदेव बोला, ''हैरपुरवाला हाल ही होगा। ये दोनों तो थाना जाकर खबर करेंगे ही कि गगरीवाले औरत को नंगी करके मार रहे थे, मैला पिला रहे थे।''

''हर जगह डाइन को नंगी करके ही मारा जाता है और मैला पिलाया जाता है, नहीं तो डाइन विद्या नहीं जाती,'' ददन ने सुनाया, ''हम डाइन की डाइन विद्या समाप्त करके रहेंगे; अब इसके लिए थाना-कचहरी हो-तो-हो।''

''कुछ नहीं होगा। हम थाना-कचहरी होने ही नहीं देंगे,'' अगुआ बोला, ''अगर ये दोनों जासूस हैं और इनसे हमें खतरा है, तो हम इन्हें आगे बढ़ने ही नहीं देंगे और दो-चार रोज तक इन्हें यहीं रोककर रखेंगे।''

इतना बोलकर अगुआ गणेशी ने पलटू से पूछा, ''आपने यह कैसे कह दिया कि आपने कुछ नहीं देखा? नंगी औरत को आपने नहीं देखा?''

''नंगी औरत को देखा,'' पलटू ने सोचकर जवाब दिया, ''मगर औरत नंगी हो तो हम उसे नहीं देखते, इसलिए देखकर भी नहीं देखा।''

''जिस डाइन ने वाण चलाकर एक बच्चे को मार दिया है, उस नंगी डाइन को भी नहीं देखते?''

''हम कैसे जान लेते कि सड़क पर जो औरत नंगी है, वह डाइन है?''

''तो यह जान लिया कि हमने किसी भली औरत को नंगा दिया है?'' पलटू से पूछकर भूदेव ने अगुआ से कहा, ''गणेशी चाचा! इन दोनों को चार दिनों तक निकलने नहीं देना है यहाँ से।''

''आपने देखा-सुना है या नहीं,'' अगुआ ने पलटू से पूछा, ''कि डाइन को नंगा किया जाता है और नंगा करके मैला पिलाया जाता है?''

''सुना है, देखा नहीं है।'' पलटू ने जवाब दिया।

''नहीं देखा, मगर सुना तो है। जब सुना है, तब कैसे नहीं जाना कि जो औरत नंगी है, वह डाइन है?''

''अब हर जगह तो डाइनों को नंगा नहीं किया जाता, मैला नहीं पिलाया जाता।''

''कहाँ नहीं किया जाता है ऐसा?''

''हमारे इलाके में।''

''किस इलाके के हैं आप?''

''सहसौल से राधोपुर के रास्ते में हमारा गाँव है; हम उसी इलाके की बात बता रहे हैं।''

''वहाँ डाइनें नहीं होतीं?''

''होती हैं।''

''तो वहाँ लोग डाइनों को छुट्टा छोड़ देते हैं वाण मारने के लिए?''

''नहीं, छुट्टा नहीं छोड़ देते, मगर अब डाइनों को नंगा कर, मैला पिलाकर या जिन्दा जलाकर वह खतरा नहीं उठाते जो आप लोग उठा रहे हैं।''

''क्या खतरा उठा रहे हैं हम लोग?''

''आप हमें चार दिन की बजाय चार महीने भी रोककर रख लें, तो क्या यह बात खुलेगी नहीं कि आप अभी क्या कर रहे हैं?'' पलटू बोला, ''आप यह मानकर चलिए कि हम लोग अपने काम से मतलब रखते हैं और दूसरे कहाँ क्या कर रहे हैं, इससे कोई मतलब नहीं रखते। मगर ऐसा तो आप लोग नहीं मान लीजिए कि जो देखा हम दो ने ही देखा। और भी राहगीर रहे होंगे जो यह दृश्य बहत दूर से ही देखकर निकल गये होंगे। सुना नहीं है कि खैर, खून, खाँसी, खुशी छिपती नहीं हैं, छिपाने के प्रयास के बावजूद प्रकट हो जाती हैं? हमारे इलाके के लोग अब यह खतरा नहीं उठते। मैं तो आप लोगों को भी यह सलाह दूँगा कि अब आप लोग भी वही कीजिए जो हमारे इलाके के लोग करते हैं।''

''क्या करते हैं आपके इलाके के लोग?''

''झिझिया नाच।''

''सुन लीजिए, गणेशी भाई,'' ददन बोला, ''अब तक डाइन नाचती थी, अब हम नाचें!''

''मेरी सलाह से मत नाचिए,'' पलटू बोला, ''मगर सरकार के आदेश पर तो नाचिएगा न।''

''सरकार हमें नचाएगी?'' ददन पूछ बैठा।

''हाँ, नचाएगी,'' पलटू ने जवाब दिया, ''मगर बिहार सरकार नहीं नचा पायी, तो भारत सरकार नचाएगी। गाँव-गाँव में दारोगा जाएगा और पता लगाएगा कि वहाँ झिझिया नाच हुआ है या नहीं। अगर नहीं हुआ है, तो सरकार पूरे गाँव को जेल में डाल देगी।''

''सरकार नाचने का पैसा भी देगी?'' दामोदर ने पूछा।

''शुरू-शुरू में सरकार कुछ पैसे दे तो दे, मगर बाद में मुझे नहीं लगता कि एक पैसा भी देगी।''

"सरकार बिना पैसे क्यों नचाएगी?"

"क्योंकि यह उसकी जरूरत है।"

"हमें नचाना सरकार की जरूरत है?"

"हाँ।"

"क्यों?"

"डाइन एक वाण गाँव में किसी पर चलाती है, तो वह वाण सरकार को भी लगता है," पलटू ने बताया, "एक डाइन मारी-जलायी जाती है, तो पूरे हिन्दुस्तान में हो-हल्ला होता है। अखबारों में खबरें छपती हैं; टेलीविजन पर दृश्य तक दिखाये जाते हैं; संसार में हंगामा मचता है; विरोधी दल जुलूस निकालते हैं; सरकार का घेराव होता है। फजीहत हो जाती है सरकार की। डाइनों के कारण सरकार का सारा काम-काज ठप पड़ जाता है। इस समस्या के हल के लिए कितनी ही समितियाँ बनीं, विशेषज्ञों से परामर्श लिया गया। हाल में सरकार को पता चला कि झिझिया नाच से डाइनों का उत्पात रोका जा सकता है। अब तो यह कानून बनने जा रहा है कि हर गाँव को झिझिया नाच नाचना होगा।"

"सरकार की फजीहत हो तो हो, जो कानून बनाना हो वह बनाये, हम कानून के डर से नचनिया नहीं हो जाएँगे, मर्द होकर नाचेंगे नहीं।"

"यह मर्दों का नहीं, औरतों का नृत्य है।"

"हम नहीं नाचें, अपनी-अपनी औरतों को नचायें!"

"आप नहीं नचाएँगे, औरतें अपने मन में नाचेंगी, उत्सव मनाएँगी और खुशी-खुशी नाचेंगी। इस नाच से केवल सरकार का नहीं, आपका अपना भला भी तो है। औरतों को तो नाचने में आनन्द ही आता है। वे जट-जटिन का नाच नाचती नहीं हैं क्या? गुस्से और झगड़े में नाच लेती हैं, तो गाँव-घर की भलाई के लिए नहीं नाचेंगी? ज्यों ही ये सिर पर कलश रखकर नाचने के लिए उतरेंगी, नाचना शुरू कर देंगी, कुछ सोचना नहीं पड़ेगा।"

"कैसा होता है यह नाच?"

"रात के दूसरे पहर स्त्रियाँ और कुँआरी कन्याएँ झिझिया नाच नाचती हैं। इनके सिर पर घड़े होते हैं जिनमें कई-कई छिद्र होते हैं। घड़े के अन्दर दीपक होता है। ये रात भर नाचती हैं और पूरे गाँव की परिक्रमा करती हैं। ये तेज गति से नाचती हैं, ताकि कोई डाइन घड़े के छिद्रों की सही गिनती नहीं कर सके। अगर डाइन की गिनती सही निकल गयी, तो यह नाच मंगलकारी नहीं रहता।"

"मुझे तो नहीं लगता कि हमारे गाँव में कोई औरत ऐसा नाच नाच सकती है... सिर पर घड़ा और घड़े में दीपक! दीपक लुढ़क नहीं जाएगा क्या पहले ही झटका में?"

"जहाँ दीपक के लुढ़कने का डर हो, वहाँ दीपक गोंदया आटा से चिपकाकर घड़े के अन्दर रखा जाता है।"

"तब भी...सिर पर घड़ा रखकर तेज चाल से नाचना तो दूर, चलना भी सम्भव नहीं है यहाँ किसी औरत-लड़की के लिए। सुस्त चाल से नाच ले तो नाच ले, मगर तब तो डाइन हर घड़े के छिद्रों की गिनती कर लेगी।"

''उस तरह सम्भव नहीं है, तो इस तरह तो है,'' बोलकर पलटू ने सुनाया, ''स्त्रियाँ एक गोल घेरा बना लें और हाथ से ताली देते हुए घूम-घूमकर नाचें। किसी के सिर पर घड़ा नहीं होता। घेरे के बीच में सिर्फ एक स्त्री दीपयुक्त एक घड़ा लेकर खड़ी रहती है और बीच-बीच में घड़ा घुमाकर नाच लेती है। शेष सारी स्त्रियाँ इस तरह उसे घेरे रहती हैं कि कोई डाइन घड़े के छिद्रों की गिनती नहीं कर सके।'' इतना सुनाकर पलटू ने पूछा, ''यह तो हो सकता है?''

''हाँ, यह हो सकता है,'' अगुआ ने मुस्कराकर जवाब दिया।

इसी समय ददन ने अगुआ के कान में फुसफुसाकर कुछ कहा और जवाब में सिर हिलाकर अगुआ ने पलटू से पूछा, ''इसमें केवल नाच है, कोई गीत-नाद नहीं है?''

''अरे,'' पलटू ने सुनाया, ''बिना गीत-नाद के भी कोई नाच होता है क्या! इसमें भी गीत-नाद है।''

''वह तो आपने सुनाया नहीं?''

''वह भी सुना दूँगा,'' पलटू ने कहा, ''मगर उसके लिए मुझे अपनी बही निकालनी होगी। जरूरी गीत बही में ही लिखे हुए हैं।''

''निकालिए बही, सुनाइए गीत।''

पलटू ने अपने झोले से बही निकाली और उसे पढ़-पढ़कर सुनाने लगा, ''स्त्रियाँ भगवती की स्तुति गाती हैं,

देवी मोरे अयलिन निहुरि पैंया लागू
दुधवा देखे अयलिन मइया पूत देख मुसकइलिन

''फिर वे ब्रह्म बाबा के गीत गाती हैं। यह गीत तो आप चाहेंगे कि बिना झिझिया नाचे भी औरतें गाएँ। इस गीत में वे नैहर ओर ससुराल दोनों के मंगल की कामना करती हैं। ध्यान देकर सुनिए कि कितना सुन्दर है यह गीत!'' इतना बोलकर पलटू ने गाकर गीत सुनाया,

सातों केबड़िया हो ब्रह्म बाबा सातो हो केबाड़
खोलून केबड़िया हो ब्रह्म बाबा भय गेल साँझ
हम तिरिया दुअरिया पर ठाढ़ छी बाबा
खोलू न अखियाँ हो बाबा पूरन करऽ आस
हमरा लागी दीह हो बाबा सिर के सेनुर
दूसरे में दीह बाबा गोदी भरल पूत
नहिरा लागी दीह बाबा भाई रे भतीजबा
ससुरा लागी दीह हो बाबा सकल परिवार हो
जे किछु दीह हो बाबा हरि माति लीह।

गाकर पलटू ने एक नजर ददन पर डालते हुए अगुआ से पूछा, ''है न सुन्दर गीत?''

अगुआ ने मुस्कराकर जवाब दिया, ''हाँ, सुन्दर है।''

ददन फिर अगुआ के कान में कुछ फुसफुसाया।

''तुम निश्चिन्त रहो।'' अगुआ ने ददन से कहा।

ददन पर गहरी निगाह डालकर पलटू आगे बढ़ा, ''अब स्त्रियाँ डाइन की ओर बढ़ती हैं

और गाती हैं,

जरअ जरअ तेजी से लहक आगे झिझिया
तेलिया भइया के कोल्हुआ में तेल आगे झिझिया
डइनिया जोगिनिया घुमेला गली गलिया
तुहु ओही गली में चमक आगे झिझिया
खिड़की के आरो-आरो नजरी चलओले
डइनी के नाच मजेदार आगे झिझिया
आढ़े जादू न चलइहें डइनी, नजर न मारिहें,
अपन बेटा के खइहें गे डइनी झिझिया।
अनकर बेटा के न खइहें गे डइनी
भरभर ढिबरी तेल तोहरो देबउ गे झिझिया।"

गीत सुना देने के बाद पलटू बोलता है, "और अब वह गीत कि डाइनें बाप-बाप करने लगें; सुनिए,

चल-चल गे डइनी ब्रह्म तर
तोरहा बेटवा के खइबौ तर
डइनी के बेटा मरल परल, अनहारी रात झिझिया
असगर डइनी मारे किल्लोल, अन्हारी रात झिझिया
केयो नहीं बौंसे, अन्हारी रात झिझिया
केयो नहीं घर से निकलय, अन्हारी रात झिझिया
नाक झोंट करवो गे डइनी, अन्हारी रात झिझिया
कारिख चुन से टिकवा लगैयबो, अन्हारी रात झिझिया
गदहा चढ़ाये बेलगयबो तोरा डइनी, अन्हारी रात झिझिया
दियरा के टेम भुक-भुक बरैय, अन्हारी रात झिझिया..."

गीत सुनाकर मुस्कराया पलटू और अगुआ से बोला, "देख लिया न कि डाइन की क्या दुर्गति हो रही है! मैं ये सारे गीत लिखकर दे देता हूँ। इसके बाद आप लोग हमें शुभ-शुभ विदा कर दीजिए।"

"विदा तो हम खुशी-खुशी आप दोनों को कर ही देंगे," ददन बोला, "मगर आप तीन-चार दिन यहाँ रहकर झिझिया नाच अपने सामने करवा दीजिए।"

"अभी झिझिया नाच का समय नहीं है, ददन बाबू," पलटू ने जवाब दिया, "यह नवरात्र में नौ दिनों तक होता है। दशमी की सुबह पूजा करके यह उत्सव समाप्त किया जाता है।"

"ठीक है, इसे नवरात्र में ही किया जाएगा," ददन बोला, "मगर आपको रुकना होगा तीन-चार दिन हमें अच्छी तरह समझाने के लिए और नाच का दो-एक अभ्यास करा देने के लिए।"

"बहुत जरूरी है क्या?"

"हाँ, बहुत जरूरी है।"

"ठीक है, हम रुक जाएँगे," पलटू बोला, "मगर तब एक-सौ-एक रुपये की दक्षिणा देकर हमें विदा करना होगा।"

ददन ने अगुआ के मुँह की ओर देखा, तो अगुआ बोला, "दक्षिणा हम दे देंगे।"

"एक काम पंडितजी को और करना होगा।" ददन ने सुनाया।

"क्या?" पलटू बोला।

"झिझिया नाच तो जब होगा तब, मगर अभी डाइन को मैला आप अपने हाथों से पिला दें।" बोलकर ददन ने हाँक लगायी, "वासुदेव भैया! मैल की कटोरी लेकर आइए।"

भीड़ के बहुत पीछे से वासुदेव झट मैला की कटोरी लेकर सामने आ गया। ददन ने उससे कहा, "कटोरी पंडितजी के हाथ में दीजिए।"

कटोरी के लिए हाथ बढ़ाने की बाजय पलटू ने अगुआ की ओर मुँह किया और बोला, "मैं एक राय दूँगा।"

"क्या?" अगुआ बोला।

"अब तक की बातचीत अवश्य डाइन के कानों में पड़ गयी होगी," पलटू ने कहा, "मगर अब जो मैं कहने जा रहा हूँ, वह डाइन को नहीं सुनना है। मेरे साथ दो-चार आदमी चलिए; यहाँ से हटकर मैं बताता हूँ। किनके बच्चे पर डाइन ने वाण चलाया है?"

"वासुदेव भैया के बच्चे पर," ददन बोला।

"तो वासुदेवजी भी मेरे साथ आयें।"

चार-पाँच आदमियों को साथ लेकर पलटू वहाँ से कुछ दूर हटा और फिर उन्हें सुनाया, "बच्चा मर गया है, तो ऐसा कभी नहीं होता कि डाइन अभी ही उसे जिला दे। वह जिलाती है उसे बाद में। जब बच्चा मरता है, तो लोग उसे मिट्टी दे देते हैं। नवरात्र में डाइन मिट्टी खोदकर उस बच्चे को निकालती है और उसे जिन्दा कर देती है। फिर डाइन नंगी हो जाती है और बच्चे को काजल लगाकर अपनी साड़ी पर उसे सुला देती है। उसके बाद बच्चे के सिरहाने में दीया जलाकर रखती है और नाच करते हुए दूर तक निकल जाती है। अगर इस वक्त बच्चे को कोई उठा ले भागे, तो जिन्दा बच्चा घर आ सकता है। मगर यहाँ भी एक सावधानी चाहिए। जब कोई बच्चे को उठाता है, तो डाइन मन्त्रबल से यह जान लेती है और चिल्लाती है 'घूर-ताक, घूर-ताक।' जो बच्चा लेकर भागता है, उसे पलटकर नहीं देखना है और गाँव की ओर भाग जाना है। अगर पलटकर देख लिया, तो वह वहीं मर जाएगा।" इतना सुनाकर पलटू ने आगे कहा, "इसलिए मैं कह रहा हूँ कि डाइन को छोड़ दीजिए और इसे निश्चिन्त हो जाने दीजिए। नवरात्र में डाइन का पीछा कीजिए और अपना बच्चा उठाइए।"

"क्या सोच रहे हैं, वासुदेव भैया?" ददन ने वासुदेव से पूछा।

"मुझे क्या सोचना है, ददन?" वासुदेव बोला, "इस डाइन से मुझे क्या बैर कि मैला पिलाऊँ ही! मुझे अपना बच्चा मिल जाये। पंडितजी की राय ही मानो।"

पलटू पंडित की राय पर डाइन को मुक्त कर दिया गया और ददन की राय पर पलटू और बैजनाथ को गणेशी भैया के घर पर ठहराया गया। यह तय हो गया कि पाँचवें दिन एक-सौ-एक रुपये की दक्षिणा के साथ पंडितजी को विदा कर दिया जाएगा।

लुक-छिपकर की गयी बातचीत में बैजनाथ ने पलटू से पूछा था, "यहाँ चार दिनों तक रहेंगे, गुरुजी?"

"ऐसा मैंने आपसे तो नहीं कहा है।" पलटू मुस्कराकर बोला।

"यहाँ के लोगों से तो ऐसा कहा?"

"हाँ नहीं कहता, तो ना कहकर हाथ-पैर में जंजीर बँधवा लेता? समझ नहीं रहे थे कि ददना अगुआ गणेशी के कान में बार-बार फुसफुसाकर क्या कह रहा था?"

"वह तो समझ रहा था," बैजनाथ बोला, "मगर एक-सौ-एक रुपये की दक्षिणा का लोभ तो है ही?"

"वह ददना सौ पैसे की दक्षिणा भी देने देगा क्या?" पलटू ने मुँह बिचकाकर कहा, "और वासुदेव तो नवरात्र तक रोक लेगा मुझे।"

"उसका बच्चा नवरात्र में मिल सकता है?"

"मैंने जो सुना-जाना है, वह उन लोगों को बता दिया। भगवान करे, उसका बच्चा मिल जाये।"

"अब हम लोगों को क्या करना है?"

"वही जो हमने रघुनाथपुर में किया था," पलटू ने जवाब दिया, "कल का सूर्योदय अगले गाँव में।"

(12)

इस साल इधर के गाँवों में जो नट अपना तमाशा दिखाने आया था, उसका गधा सिर्फ बोझ ही नहीं ढोता था, नट के बीवी-बच्चे की तरह उसके तमाशे में हिस्सा भी लेता था। तमाशा दिखाने के लिए नट ने गधे को अच्छी तरह प्रशिक्षित कर लिया था।

खेल में नट गधा से पूछता था, "क्यों रे गधे, तुम इतने उदास क्यों हो? अब तब ब्याह नहीं हुआ है, इसलिए उदास हो?"

गधा हाँ में सिर हिलाता था।

"बिना ब्याह किये नहीं मानोगे?"

गधा ना में सिर हिलाता था।

"गधी पसन्द आ गयी है?"

गधा हाँ में सिर हिलाता था।

"कहाँ है तुम्हारी गधी?"

गधा अपनी जगह से चलकर नट की बीवी के पास आ खड़ा होता था।

नट बोलता था, "गधी तुम्हें पसन्द है, मगर इस गधी से ब्याह करने तो बहुत गधे यहाँ आ गये हैं। तुम्हें इन गधों से लड़ना पड़ेगा; लड़ोगे?"

गधा हाँ में सिर हिलाता था।

"और गधों के पास तो हथियार होंगे। तुम्हारे पास कोई हथियार नहीं है; तब भी लड़ोगे?"

गधा हाँ में सिर हिलाता था।

"लड़ाई में जीत जाओगे?"

गधा हाँ में सिर हिलाता था।

"मुझे विश्वास नहीं होता है कि तुम जीत जाओगे। यहाँ किसी को विश्वास नहीं हो रहा है। जरा दिखाओ तो, तुम किस तरह लड़ोगे?"

"तमाशबीनो! यह गधा नहीं मानेगा," नट दर्शकों से कहता था, "अपनी पसन्द की गधी से ब्याह करने के लिए यह किसी भी गधे से लड़ेगा। अब आप लोग थोड़ा-थोड़ा पीछे हट जाइए और देखिए कि यह गधा किस तरह लड़ेगा।"

नट तमाशबीनों को थोड़ा पीछे हटा देता था और गधे को आदेश देता था, "शुरू करो।"

गधा चारों तरफ घूम-घूमकर दुलत्ती झाड़ने लगता था। नट ऊँची आवाज में बोलता जाता था, "है कोई माई का लाल जो इस गधे से लड़े और इसे हराकर गधी को ले जाये?"

जब हर माई का लाल सिर्फ हँसता रह जाता था और कोई माई का लाल मुकाबले में सामने नहीं आता था, तब नट गधे से बोलता था, "तुम जीत गये, प्यारे गधे। सारे गधे हार गये। अब बन्द करो लड़ाई।"

गधा दुलत्ती झाड़ना बन्छ कर देता था और नट की बीवी के पास आ खड़ा होता था। नट की बीवी हँसते हुए गधे को दो-चार मुक्के जमाती थी, पर गधा वहाँ से डिगता नहीं था।

पचासों गाँवों से खेल दिखाता हुआ नट धामन गाँव पहुँचा था। यहाँ पहुँचने के बहुत पहले से ही नट ने गधे का खेल दिखाना बन्द कर दिया था। दो गाँवों में दो-तीन तमाशबीन गधे की दुलत्ती की चपेट में आ गये थे। दोनों गाँवों में कमाई तो दूर, नट की अच्छी कुटम्मस हो गयी थी। नट ने गधे का खेल दिखाना तो बन्द कर दिया, मगर गधा खेल दिखाने से बाज नहीं आ रहा था। नट के खेल के बीच में ही वह अपना खेल दिखाना शुरू कर देता था। नट की मार का उस पर कोई असर नहीं हो रहा था। धामन तीसरा गाँव था जहाँ नट की मरजी के खिलाफ गधे ने अपना खेल दिखाना शुरू कर दिया था और एक तमाशबीन पर दुलत्ती चला दी थी। अब तक गधे को नट की जितनी मार लग चुकी थी, उससे कुछ अधिक ही मार नट को अकेले धामन में लग गयी। रात में जहाँ टिका था वह, वहाँ भी रात में जब-तब गधा दुलत्ती झाड़ता रहा था। गधा मानसिक रोगी हो चुका था। नट ने निर्णय ले लिया कि अब वह इस गधे को विदा कर देगा।

दूसरे दिन गधे को साथ लिये नट तिनगच्छी पहुँचा था। तिनगच्छी पहुँचते ही उसने सबसे पहला काम यह किया कि वहाँ के बुधन धोबी के हाथ अपना गधा बेच दिया। गाँव के धोबी का पता लगाकर वह बुधन के पास पहुँचा और उससे बोला, "मैं अब यहाँ से सीधे अपने देस जाऊँगा और आज ही निकल जाऊँगा। रेलगाड़ी से जाना है, इसलिए गधे को साथ नहीं ले जा सकता। मैं बहुत लाचार होकर गधा बेच रहा हूँ। अगर आपको गधे की जरूरत है, तो बहुत सस्ते में आपको दे दूँगा, सिर्फ तीन सौ रुपये में।"

बुधन कपड़े की गठरी लेकर तालाब तो जाता था, मगर उसे गधे की कोई खास जरूरत

नहीं थी। तब भी उसे लोभ हुआ कि गधा सिर्फ तीन सौ रुपये में मिल रहा है। यह खयाल भी मन में आ गया कि वह कैसा धोबी जिसके पास अपना एक गधा नहीं! गधा रखने में उसे गर्व का एहसास हुआ। मगर उसने नट की मजबूरी का अधिक-से-अधिक फायदा उठा लेना चाहा और बोला, ''गधे की जरूरत मुझे नहीं है; हाँ, सौ रुपये में ले लूँगा।''

सौदा दो सौ पर तय हो गया।

बुधन ने नट से गधा खरीद लिया और नट तिनगच्छी में बिना कोई तमाशा दिखाये किसी 'देस' की ओर निकल गया।

धोबी के घर आकर भी गधा धोबी का गधा नहीं बना और नट का गधा बना रहा। किसकी बोली पर तो वह हाँ या ना में सिर हिलाता था और दुलत्ती झाड़ने लगता था। गाँव के लोग उसके सिर हिलाते ही सावधान होने लगे थे, मगर यह सावधानी बहुत बाद में आयी थी। तब तक गधा तीन खून कर चुका था।

गधे की दुलत्ती की चपेट में सबसे पहले गाँव की एक बुढ़िया आयी थी जो दुलत्ती खाने के बाद ऐसी गिरी कि फिर कभी उठी नहीं। गाँव के लोगों ने यह सोचकर बहुत बुरा नहीं माना कि बुढ़िया गरीब बेटों की माँ तो थी ही, मौत के करीब भी थी, और अब तक इसलिए नहीं मरी थी कि उसके ललाट में इस गधे की दुलत्ती से ही मरना लिखा था। मगर बुधन को हिदायत की गयी कि वह इस गधे को बेच डाले।

बुधन के दिमाग में गधे को बेच डालने की बात आ गयी।

गधे ने अपना दूसरा शिकार गाँव के रामधनी भगत को बनाया। भगत को अपने छोटे बेटे के लिए एक लड़की देखने अगली सुबह ही निकलना था और धोबी ने अब तक उसके कपड़े धोकर नहीं दिये थे। वह शाम में खुद ही कपड़े लेने धोबी के घर आ गया। वहाँ आकर क्या-क्या तो बका वह कि गधे ने जल्दी-जल्दी सिर हिलाया और उस पर दुलत्ती चला दी। रामधनी के बेटों और भतीजों ने मार-मारकर बुधन का भुरकस निकाल दिया और सौ रुपये भगतजी के इलाज के लिए वसूल लिये।

अब गाँव का हर आदमी बुधन को गधा की बाबत डाँटने लगा था। बुधन किसी भी कीमत पर गधा को बेच डालने के लिए तैयार था। उसने दूर-दूर तक गधा का ग्राहक खोजा, बकरी की कीमत के बराबर गधा की कीमत बतायी, मगर गधा का कोई ग्राहक कहीं मिल ही नहीं रहा था।

जब झाड़ा फिरने गये मुखिया के ससुर को लोग मैदान से उठाकर लाए, तो मुखिया ने बुधन या उसके गधा को कुछ कहने की बजाय एक लम्बा ढड्ढा लिखा और सीधे थाना चला गया।

जैसे ही बुधन को पता चला कि बात थाना तक चली गयी है, वह दौड़ा-दौड़ा मुखिया के घर आया, मुखिया के ससुर के पैर पकड़ लिये और पीठ पर मुखिया की लात की मार सहते हुए तब तक नहीं छोड़ा जब तक ससुर ने गधे का अपराध क्षमा नहीं कर दिया।

मुखिया के घर से आते ही उसने गधे की पिटाई की, गधे को अपने घर से ले जाकर गाँव के बाहर मैदान में छोड़ आया और घर-घर कह आया कि अब वह बिना गधा का हो गया है और

मैदान में जो गधा खड़ा है, वह जिस किसी का हो, उसका नहीं है। अपनी बात पर वह कायम रहा, क्योंकि जब कभी गधे ने मैदान छोड़कर उसके घर के सामने खड़ा होने की कोशिश की, बुधन ने फिर उसे मैदान की ओर ही खदेड़ दिया।

बैजनाथ मंडल और पलटू झा गगरी से निर्विघ्न निकल आये। इस बार भी दक्खिन दिशा में शुभ-शुभ चलते हुए वे सूर्योदय के होते ही एक ऐसे गाँव में पहुँचे जो सामान्य गाँवों से कुछ बड़ा नजर आ रहा था। गाँव को देखकर पलटू झा ने यहीं लंगर डालने का मन बनाया। उसने बैजनाथ से अपने मन की बात कही।

बैजनाथ ने कहा, ''मेरा मन तो अब सीधे फुलकाहा लौट जाने का कर रहा है, गुरुजी। यह यात्रा अशुभ हो गयी; हम अब गाँव लौटकर नयी शुभ यात्रा पर निकलें।''

''आपको यात्रा की पहचान नहीं है, बैजनाथ बाबू,'' पलटू ने जवाब दिया, ''अभी तक हम काँटों से होकर आये हैं, अब हम फूलों के बीच से गुजरेंगे। अगर इस यात्रा में कोई बोहनी नहीं हुई, तो आगे की यात्रा भी खराब हो जाएगी। हम कुछ पाकर चलें, बिल्कुल खाली हाथ लौटना ठीक नहीं।''

''जैसा आप सोचें, मैं तो आपके पीछे चल रहा हूँ। अब तो मैं यह भी जान रहा हूँ कि आपके झोले में हर विपदा का इलाज है।''

''मैंने यही सोचा है,'' पलटू बोला, ''कि अब इस गाँव में ही भाग्य आजमाया जाये।''

''कहीं बैठकर पूरा कार्यक्रम बनाइए और उस पर अच्छी तरह विचार कर लीजिए, ताकि कोई विपदा आये ही नहीं।''

सड़क के पास ही उन्हें एक बड़ा सा मैदान नजर आया। विचार-विमर्श हेतु वे मैदान में आ गये और बैठकर बतियाने लगे। पलटू झा का मत था कि यहाँ के मन्दिर में डेरा डाला जाये और पुजारी से बातचीत कर पता लगाया जाये कि यहाँ उनका भविष्य कितना उज्ज्वल है। निश्चित और उज्ज्वल भविष्य की ओर बढ़ने के लिए बैजनाथ मंडल इस गाँव के किसी धानुक से सम्पर्क करना चाहता था।

गाँव के लोग घरों से निकलकर खेत-बहियार की ओर चल पड़े थे। बैजनाथ और पलटू इस इन्तजार में थे कि कोई उनके पास से गुजरे, तो वे उसे रोककर गाँव के बारे में पूछताछ करें। देर तक बैठे रहे वे, मगर कोई उनके पास से गुजरा ही नहीं।

जिसका इन्तजार नहीं था, वह कब तो आ गया, और हाँ-ना में सिर हिलाकर पलटू झा की पीट पर एक जबरदस्त दुलत्ती मार दी।

''अरे बाप!'' चोट के बराबर ही चीख निकली पलटू पंडित के मुख से।

हालाँकि पलटू झा गधे की दुलत्ती खाते ही तेज गति से लुढ़कते हुए गधे से कुछ दूर जाकर स्थिर हुआ था, मगर तब भी पलटू झा की चीख से भयभीत होकर गधा भी मौका-ए-वारदात से कुछ दूर खिसक गया।

बैजनाथ मंडल हाहाकार कर उठा, ''हे राम! हे राम!...अब क्या होगा, हे राम?...पलटू झा! आँखें खोलिए...आँखें खोलिए, पलटू झा...हे राम...यह क्या हो गया, राम?...''

बैजनाथ की पुकार पलटू के कानों में पहुँची। उसने आँखें खोल दीं, बैजनाथ के चेहरे को गौर से देखा और पूछा, ''आप बैजू बाबू हैं न?''

''हाँ, बैजनाथ मंडल, फुलकाहा।''

''मैं मर गया हूँ?''

''आपकी चीख से तो ऐसा ही लगा था,'' चीख को तौलकर बैजनाथ बोला और फिर पूछा, ''देह में कहीं दर्द भी हो रहा है?''

''हाँ, पीठ में बहुत दर्द है।''

''यह शुभ लक्षण है,पलटूजी,'' बैजनाथ ने राहत की साँस ली, ''इसका मतलब है, आप मरे नहीं हैं। मैं भी देख रहा हूँ कि आप जिन्दा हैं। मैं जिन्दा बोल रहा हूँ, पलटूजी।''

''मैं बेहोश हो गया था, बैजू बाबू?''

''हाँ, पलटूजी, आप बेहोश हो गये थे। यही तो शुभ हुआ कि आप ऊपर नहीं जाकर बेहोशी में चले गये।''

''कब तो बेहोश हुआ था और अभी आँखें खुली हैं!'' पलटू ने कराहते स्वर में कहा, ''आपने मेरे मुँह पर पानी के छींटे क्यों नहीं मारे?''

''पानी लाने का समय कहाँ मिला!'' बैजनाथ बोला, ''अभी ही तो बेहोश हुए थे आप। दो-चार बार राम-राम करने का समय मिला है मुझे।''

''क्या हुआ था मुझे, बैजू बाबू?''

''गधे ने लात चलायी थी।''

''गधा भाग गया?''

''नहीं, बहुत ढीठ है; अभी भागा नहीं है।''

''उसे भागने नहीं दीजिएगा।''

''अब नहीं भागने दूँगा,'' बैजनाथ बोला, ''आप उठिये तो। उठ सकते हैं या नहीं?''

''मरा नहीं हूँ, तो उठ जाऊँगा,'' पलटू ने जवाब दिया, ''मगर अभी थोड़ी देर बैठे रहने दीजिए।''

गाँव के जिन लोगों ने गधे को मैदान में देख लिया था, उन्हें यह समझते देर नहीं लगी कि मैदान से आदमी की चीख क्यों आयी। वे मैदान की ओर दौड़ पड़े। जो लोग गाँव की पिछली तीन चीखों को सुन चुके थे, उन्होंने घर में रहते हुए भी जान लिया कि यह दुलत्ती की चीख है और वे घर से लाठी के साथ निकलकर मैदान की ओर चल पड़े। दुलत्ती की खबर पूरे गाँव में जंगल की आग की तरह फैल गयी। धीरे-धीरे काफी लोग जमा हो गये थे मैदान में।

चीख और दुहाई की आवाज पर बुधन और उसकी बीवी दोनों के कान खड़े हो गये थे। बुधन की बीवी ने बुधन से घबरायी आवाज में पूछा, ''कुछ सुना?''

''हाँ, सुना।'' बुधन ने मरी हुई आवाज में जवाब दिया।

''दुलत्ती?''

''हाँ।''

''यह गधा तो अब आपका नहीं है न?''

''बिलकुल नहीं है,'' बुधन ने जोर देकर कहा, ''कई दिनों से नहीं है।''

''आप जल्दी से जाइए,'' बीवी ने सलाह दी, ''न जाने कौन बैरी वहाँ पहुँच गया हो और कह रहा हो कि गधा अभी भी आपका ही है।''

''हाँ, जाना जरूरी है,'' बुधन ने झट बीवी की सलाह मानी, ''जा रहा हूँ।''

पलटू झा को उसके पैरों पर खड़ा किया बैजनाथ मंडल ने और उसे दस-बीस डेग चलाकर भी देख लिया कि गधे की दुलत्ती कहीं अन्दर तक तो नहीं चोट कर गयी है। पलटू झा की चीख के साथ ही जो भयंकर चिन्ता उसके मन में समा गयी थी कि उसे पलटू की लाश को यहीं छोड़कर भाग जाना चाहिए या लाश को फुलकाहा ले जाना चाहिए या लाश को फुलकाहा नहीं ले जा पाने की स्थिति में दाह-क्रिया यहीं सम्पन्न कर उसे फुलकाहा जाना चाहिए, उस चिन्ता के दूर होते ही बैजनाथ मंडल ने भीड़ से सवाल किया, ''इस गाँव का क्या नाम है?''

बड़ों ने मुँह नहीं खोला; बच्चों ने बता दिया, ''तिनगच्छी।''

''यह गधा किसका है?''

भीड़ से बाहर आकर बुधन ने जवाब दिया, ''किसी का नहीं।''

''गधा इस गाँव का नहीं है?''

''नहीं।'' फिर बुधन ही बोला।

बैजनाथ को नहीं सूझा कि अब आगे क्या पूछा या कहा जाये। वह पलटू झा का मुँह ताकने लगा।

''गधा किसी का नहीं है,'' पलटू झा ने भीड़ को सुनाया, ''तो हम इस गधा को गिरफ्तार कर अपने साथ ले जाएँगे।''

''शौक से ले जाइए।'' भीड़ की तरफ से बुधन ने जवाब दिया।

''गधा को गिरफ्तार करने के लिए,'' पलटू ने बुधन को सुनाया, ''हमें एक रस्सी चाहिए।''

''रस्सी मिल जाएगी।'' बुधन ने जवाब दिया।

''गधा को हाँकने के लिए एक पैना भी चाहिए।''

''वह भी लिये आता हूँ।''

बुधन तुरन्त अपने घर की ओर दौड़ गया और जब लौटकर आया वह, तो सिर्फ रस्सी और पैना लेकर ही नहीं आया; वह पलटू झा के पीने के लिए एक गिलास गरम दूध और चोट पर लेप चढ़ाने के लिए हल्दी-चूना का मरहम भी साथ लिये आया।

कई लाठीधारियों की मदद से, जिसमें बुधन सबसे बढ़-चढ़कर मदद कर रहा था, पलटू झा ने गधे के गले में रस्सी बाँधी और बैजनाथ को पैना पकड़ाते हुए कहा, ''मैं रस्सी पकड़े आगे-आगे चलता हूँ, आप गधे पर पैना चमकाते हुए पीछे-पीछे आइए।''

बैजनाथ ने टेढ़ी नजरों से पलटू को देखा। वह इस बात से चिढ़ा हुआ था कि गधे को साथ लिये चलना है। उसकी समझ में नहीं आ रहा था कि गधे को क्यों साथ लिये चलना है? और जब साथ लिये चलना है, तो गधे के पीछे-पीछे वह क्यों चले? दुलत्ती का एक ज्वलन्त नमूना अभी-अभी देख लेने के बाद उसे गधे के पीछे चलना कतई मंजूर नहीं था। मगर उसने खरा जवाब नहीं दिया और चतुर-सुजान की तरह बोला, ''रस्सी खींचने में अधिक बल लगेगा, पैना चमकाने में

बल की दरकार नहीं। भारी काम मैं आपको करने नहीं दूँगा, गुरुजी। रस्सी मैं पकड़ता हूँ, पैना आप चमकाइए।''

बैजनाथ मंडल की भावना का आदर किया पलटू झा ने।

''इस गधा को हम कहाँ ले जाएँगे?'' निगच्छी से बाहर निकलते ही बैजनाथ ने पलटू से पूछा, ''थाना?''

''हम थाना-कचहरी चढ़ने के लिए घर से चले थे क्या?''

''नहीं, चले तो थे ब्याह के लिए कनियाँ ढूँढ़ने।''

''कनियाँ बाद में मिलेगी; अभी दहेज लेकर जा रहे हैं।''

''दहेज में गधा?''

''हम गधा लेकर फुलकाहा नहीं जाएँगे, इसे रास्ते में कहीं बेच लेंगे।''

''मैं नहीं जानता हूँ, गुरुजी, कि गधे की आजकल क्या कीमत चल रही है।''

''हमने इसमें कोई पैसा लगाया है क्या?'' पलटू बोला, ''दुलत्ती की कीमत लगाकर इसका दाम बोल देना है।''

''दुलत्ती की कीमत तो जान की कीमत के बराबर हो गयी है। उस कीमत पर तो नहीं बिकेगा गधा। कम कीमत पर बेचना पड़ेगा।''

''हम इसकी कीमत हजार रुपये बताएँगे, और इसे हजार पैसे में भी बेचकर निकल जाएँगे।''

बैजनाथ मंडल चुप लगा गया। वह खिन्न हो उठा था, न जाने कितनी दूर पर मिलेगा गधा का ग्राहक!

कासगंज पुलिस फाँड़ी का दारोगा जयजयसियाराम सिंह सिपाही धनुकी पासवान के सामने अचानक बुदबुदाया, ''यह कैसी जगह आ गया हूँ मैं कि तीन दिनों से बोहनी तक नहीं हुई है!''

''आज बोहनी होगी, हुजूर।''

''कौआ बोला है?'' दारोगा कुछ चिढ़कर बोला।

''नहीं, हुजूर, कौआ नहीं बोला है,'' धनुकी ने जवाब दिया, ''लखना लौट आया है और खुले आम बाजार में घूम रहा है। हम लोग उसे धर सकते हैं।''

''नहीं धर सकते,'' दारोगा ने सिपाही को लथेड़ दिया, ''लखना किसका आदमी है, मालूम है? गोपाल सिंह का आदमी है। पकड़िएगा उसे? गोपाल सिंह आएगा और छुड़ाकर ले जाएगा। ऊपर से साला क्रिमिनल को चाय-पान खिलाना पड़ेगा। आप तो आज भी बोहनी नहीं होने दीजिएगा। चलिए, तिनगच्छी चलते हैं।''

''वहाँ कुछ हुआ है क्या, हुजूर?''

''हाँ, कुछ दिन पहले कुछ हुआ था। तिनगच्छी का मुखिया दरखास्त देकर गया है। वहाँ जाकर कम-से-कम बोहनी कर लें। मुखिया कुछ बोहनी का जुगाड़ करा ही देगा।''

''चला जाये, हुजूर।''

मोटरसाइकिल पर सवार होकर दोनों कासगंज फाँड़ी से निकले और सीधे तिनगच्छी के

मुखिया के घर पहुँच गये। पहुँचते ही दारोगा ने मुखिया से कहा, ''मुझे याद था कि आप दरखास्त देकर गये हैं,मगर फुरसत नहीं मिल रही थी इधर आने की। आज किसी तरह फुरसत निकाल पाया हूँ। आप धोबी को नहीं बुलवा लीजिए और कहवा दीजिए कि वह गधा लेकर आये। हम दोनों को लेकर चले जाएँगे।''

''हुजूर,'' मुखिया बोला, ''मैं सात दिन पहले दरखास्त देकर आया था। उस दरखास्त में तो अब संशोधन की जरूरत है।''

''क्यों?''

''इन सात दिनों में इतना उलट-फेर हो गया है कि अब किसी कार्रवाई की जरूरत ही नहीं रही।''

''क्या उलट-फेर हो गया है?''

''गधा किसी और गाँव से यहाँ आया था और यहीं टिक गया था। हम लोग गधे को गाँव में देखकर यह समझ रहे थे कि अवश्य यह अपने गाँव के धोबी का ही है। गधा अभी-अभी इस गाँव को छोड़कर अपने दो परिचितों के साथ चला गया है।''

''मैं यह मान सकता हूँ कि उन दोनों में से कोई एक गधा का मालिक होगा।''

''हाँ, मान क्यों नहीं सकते!''

''आप अपने दरखास्त में यह संशोधन तो नहीं करेंगे कि गधा अब अपराधी नहीं रहा?''

''मैं सिर्फ इतना संशोधन चाहता हूँ कि गधे का मालिक इस गाँव का धोबी नहीं है।''

''गधा कितनी दूर गया होगा?''

''अभी पाव भर जमीन भी नहीं तय की होगी उसने।''

''किस दिशा में गया है?''

''बरदाहा की ओर।''

दारोगा चाय पीने तक के लिए नहीं रुका।

आधा घंटा के अन्दर दारोगा और सिपाही ने गधा और गधे के साथ उसके दोनों परिचितों को पकड़ लिया।

बैजनाथ मंडल और पलटू झा से दारोगा ने सिर्फ इतनी जानकारी ली कि गधा कहाँ से आ रहा है। इस जानकारी के बाद उसने सिपाही धनुकी पासवान से कहा, ''गधे के साथ इन दोनों को लेकर फाँड़ी पहुँचिए। मैं बढ़ता हूँ। अगर लगे कि ये भागने की कोशिश कर सकते हैं, तो इनके हाथ में हथकड़ी डालकर कमर में रस्सा बाँध दीजिएगा।''

''नहीं, हुजूर,'' पलटू झा बोल उठा, ''हम लोग निर्दोष हैं, नहीं भागेंगे।''

दारोगा ने जाते-जाते धनुकी से कहा, ''इस गधा से बचकर चलिएगा; साला दुलत्ती मारता है।''

फाँड़ी में दारोगाजी मामले की सुनवाई के लिए तैयार बैठे थे। बैजनाथ मंडल और पलटू झा के पहुँचते ही उनके लिए चाय मँगवायी गयी, उनका नाम-पता पूछा गया और सुनवाई शुरू हो गयी।

''गधा दुलत्ती मारता है, तुम लोग इससे इनकार करते हो?'' दारोगा ने दोनों से पूछा।

''नहीं, हुजूर, मैं तो इनकार नहीं कर सकता,'' पलटू झा ने जवाब दिया, ''मैं तो भुक्तभोगी हूँ, इसकी दुलत्ती खाकर यहाँ आया हूँ।''

''पलटूजी ने गधे को दुलत्ती चलाते न भी देखा हो, हुजूर,'' बैजनाथ बोला, ''मगर मैंने तो अपनी आँखों से देखा है।''

''दुलत्ती तो बहुत बड़ा अपरध है, हुजूर,'' धनुकी पासवान ने अपनी राय दी।

''दुलत्ती अपराध नहीं है, पासवान, गधे का हथियार है। गधा हत्या का अपराधी है। इसने एक बुढ़िया की जान भी ली है।''

''तब तो, हुजूर, गधे का मालिक फाँसी पर चढ़ गया!'' धनुकी पासवान बोला, ''मैं किशुनगंज में था, तो वहाँ के एक गाँव में एक गाय ने किसी आदमी को सींग मारकर उसे तीन महीने के लिए बिस्तर पकड़ा दिया था। गाय के मालिक को दारोगाजी ने सात साल तक जेल की खिचड़ी खाने के लिए फाटक के अन्दर करवा दिया था।''

''अब यह बताओ,'' दारोगा ने बैजनाथ और पलटू से पूछा, ''कि तुम दोनों में गधा का असली मालिक कौन हो?''

''मैं तो गरीब ब्राह्मण हूँ,सरकार,'' पलटू ने दोनों हाथ जोड़कर कहा, ''मुझे किसी गधे से क्या लेना-देना! मैं तो किसी गधे का मालिक हो ही नहीं सकता।''

''मैं भी धानुक हूँ, सरकार,'' बैजनाथ ने भी दोनों हाथ जोड़ लिये, ''खेत-बहियार में काम करके पेट पालता हूँ। खेतीबारी में तो गधे की जरूरत पड़ती नहीं। कभी खरीदने का पैसा होगा, तो बैल खरीदूँगा।''

''तुम दोनों को मैंने गधे को ले जाते हुए देखा है; यह झूठ है क्या?''

''मेरे हाथ में तो सिर्फ पैना था, सरकार,'' पलटू ने जवाब दिया, ''मैं गधे से बदला लेने के लिए उसे मारता चल रहा था।''

''मुझे गधे की रस्सी पकड़ा दी थी पलटूजी ने,'' बैजनाथ बोला, ''ताकि वे गधे को ठीक से मारते चलें।''

''तो मैं मान लूँ कि तुम दोनों में कोई गधे का मालिक नहीं है?''

''हाँ, सरकार, ऐसा ही माना जाये।'' पलटू बोल गया।

''तब मैं यह मानूँगा,'' दारोगा ने सुनाया, ''कि तुम दोनों चोर हो और गधे को चुराकर लिये जा रहे थे।''

''नहीं, सरकार।'' बोलकर पलटू झा दारोगा के पैरों पर गिर पड़ा। उसे पैरों पर गिरते देख बैजनाथ मंडल ने भी दारोगा के पैर पकड़ लिये।

इसी समय एक सज्जन फाँड़ी में पधारे। उन्हें देखते ही दारोगा ने 'आइए, आइए, सुमनजी,' बोलकर उनका स्वागत किया और उनके बैठने के लिए एक कुरसी मँगवायी। कुरसी पर विराजते ही सुमनजी ने बैजनाथ मंडल और पलटू झा को गौर से देखा और दारोगा से पूछा, ''ये लोग कौन हैं?''

दारोगा ने हँसकर कहा, ''इनके साथ एक गधा भी है। यह पता नहीं चल रहा है कि ये गधे के मालिक हैं या गधे को चुराकर ले जा रहे हैं।''

सुमनजी ने उन दोनों को फिर गौर से देखा और इस बार बैजनाथ मंडल पर देर तक निगाह टिकाये रखने के बाद बोला, "इस आदमी को मैं पहचान रहा हूँ।"

"पहचान रहे हैं?" दारोगा को अचरज हुआ।

"हाँ," सुमनजी ने सुनाया, "गधा इस आदमी का ही होगा। बहुत दिनों से यह आदमी अपने गधे को ढूँढ़ रहा था।"

"कैसे कह रहे हैं आप?"

एक बार मैं बस से सहसौल से राघोपुर जा रहा था। बस में यह आदमी भी सवार था। मुझे याद आ रहा है कि वह फुलकाहा के आस-पास कहीं चढ़ा था और निजवाड़ा के आस-पास अपने गधे पर नजर पड़ते ही इसने बस रुकवायी थी।"

"आपको बिल्कुल सही याद आ रहा है," दारोगा बोला, "यह आदमी फुलकाहा का ही है। आप कचहरी में यह सब कहेंगे न?"

"मैं तो कहूँगा ही," सुमनजी ने कहा, "और भी दो गवाहों से गवाही दिलवा दूँगा। उस बस के कंडक्टर और ड्राइवर भी इसे पहचान लेंगे और गवाही दे देंगे।"

"अच्छा हुआ, आप समय पर आ गये," दारोगा ने अपनी खुशी जताते हुए कहा, "मेरे लिए कोई सेवा?"

"मैं सिर्फ देखने आया था कि आप यहाँ हैं या नहीं। कुछ बातें करनी हैं; रात में रहेंगे न?"

"हाँ, रहूँगा।"

सुमनजी के जाते ही दारोगा ने धनुकी सिपाही से कहा, "अब इन लोगों से कुछ नहीं पूछूँगा। हत्या का मामला बनाकर कल सुबह इन दोनों को चालान कर दूँगा। अभी दोनों को हाजत में बन्द कर दीजिए और गधे को पिछवाड़े में किसी खूँटे से बाँध दीजिए।"

बोलकर दारोगा जाने लगा, तो एक बार फिर दोनों ने उसके पैर पकड़ लिये, "हम लोगों को चालान मत कीजिए, सरकार।"

दारोगा दोनों को हाजत में बन्द करवाकर चला गया। धनुकी सिपाही ने उन दोनों से कहा, "मैं कोशिश करूँगा कि आप दोनों में से किसी को भी फाँसी नहीं हो। हाँ, आजीवन कारावास से बचा नहीं सकता।"

घंटे भर उन दोनों का रोना-धोना सुनकर धनुकी पासवान ने दोनों को ही चालान होने से भी बचा लिया।

सुबह दारोगा के सामने उन्हें हाजत से निकाला गया। उनकी नंगाझोरी हुई और दारोगा का हाथ पकड़ लिया, "सरकार, खाने का पैसा भी हमारे पास नहीं बचा। फुलकाहा तक पहुँचेंगे कैसे?"

दारोगा को दया आयी। उसने दस रुपये लौटा दिये।

उन दोनों को विदा करते हुए दारोगा ने कहा, "तुम दोनों की तरह इस गधे को भी छोड़ रहा हूँ। इसे अपने साथ लेकर जाओ।"

चौथा फेरा

पलटू झा और बैजनाथ मंडल चुपचाप गधे को लेकर कासगंज फाँड़ी से निकल गये। रस्सी इस बार भी बैजनाथ मंडल के हाथ में ही थी और पैना पलटू झा के हाथ में। कासगंज से बाहर निकलते ही बैजनाथ मंडल ने पूछा, ''गधे को अभी भी लेकर चलना है?''

''हाँ, दारोगा ने साथ लेकर जाने का आदेश दिया है।''

''कहाँ तक?''

''जहाँ तक उसका इलाका है।''

''कहाँ तक है उसका इलाका?''

''रास्ते में लोगों से पूछते चलिए।''

''दारोगा या उसका सिपाही हमारे पीछे-पीछे नहीं आ रहा है। हम गधा को यहीं छोड़कर निकल सकते हैं।''

''दारोगा ने हमारा नाम-पता लिख लिया है। अगर उसके पास यह खबर पहुँचती है कि इस गधे ने उसके इलाके में फिर किसी को दुलत्ती मारी है, तो उसका सिपाही पलटू झा और बैजनाथ मंडल को ढूँढ़ते हुए फुलकाहा पहुँचेगा या नहीं?''

बैजनाथ चुप लगा गया, मगर कुछ दूर और निकल जाने पर उसने फिर अपना मुँह खोला, ''गधे को बेचना है न?''

''हाँ।''

''कहाँ बेचेंगे?''

''दारोगा के इलाके के बाहर।''

''अगर नहीं बिका तो?''

''तो क्या?''

''गधा हम लोगों के साथ फुलकाहा तक चला जाएगा?''

''चला जाये।''

''दारोगा के इलाके के बाहर निकलते ही अगर गधा बिक नहीं गया, तो हम इसे भगा देंगे।''

''कहीं-न-कहीं गधा का ग्राहक मिल ही जाएगा। तिनगच्छी के धोबी ने इसे खरीदा था या नहीं? हम गधे को भगाएँगे नहीं, इसे बेचेंगे।''

"गधा का ग्राहक रास्ते में बैठा हुआ नहीं मिल जाएगा हमें। अगर गधा कहीं नहीं बिका, तो क्या इसके साथ हम फुलकाहा तक जाएँगे?"

"हाँ, तब फुलकाहा जाकर आराम से ढूँढ़ेंगे ग्राहक।"

"फुलकाहा तक पाँव पैदल जाएँगे हम?"

"गधा तो पाँव पैदल ही जाएगा।"

"हम यहाँ से कैसे-कैसे जाएँगे फुलकाहा?"

"हम अभी बरदाहा की ओर जा रहे हैं। वहाँ से फुलेरिया का रास्ता पकड़ेंगे। फुलेरिया से पक्की सड़क पकड़कर फुलकाहा की ओर बढ़ जाएँगे।"

"कब पहुँचेंगे फुलकाहा?"

"पैदल रास्ता एक दिन का होगा। अगर हम भटक गये, तो दो-तीन दिन भी लग सकते हैं।"

बैजनाथ मंडल अत्यन्त गम्भीर हो गया। थोड़ी देर तक चुप्पी साधे रहने के बाद वह बोला, "दस रुपये में हम क्या खाकर फुलकाहा तक पैदल जाएँगे?"

"मैं तो दस रुपये में काम चला लूँगा," पलटू झा ने जवाब दिया, "आपको अपने लिए भी दस रुपये दारोगा से माँग लेने थे न।"

बैजनाथ मंडल ने घूरती निगाहों से पलटू झा को देखा और दो-चार कदम चलने के बाद ही बोला, "अब आप रस्सी थामिये; मैं पैना सँभालूँगा।"

पलटू झा ने कोई आपत्ति नहीं की।

यह देखकर कि बैजनाथ मंडल के अन्दर कोई आँच सुलग रही है,पलटू झा ने कहा, "ऐसा नहीं है, बैजू बाबू, कि मैं खाऊँगा और आपको भूखा रखूँगा। मैं भी नहीं खाऊँगा और जो दस का नोट मेरे पास है, उसे साबुत फुलकाहा तक ले जाऊँगा। मैं तो यह देखना चाहता हूँ कि किसी मुसीबत में हम दो-तीन दिनों तक भूखे रह सकते हैं या नहीं।"

"मैं तो भूखा नहीं रह सकता, गुरुजी।"

"एक पद आपने सुना है, बैजू बाबू?"

"कौन-सा पद?"

पलटू झा ने सुनाया,

"अजगर करे न चाकरी, पंछी करे न काम।
दास मलूका कह गये, सबके दाता राम।"

'सुना है यह पद," बैजनाथ मंडल बोला, "मगर मैं किसे यह पद सुनाकर भोजन माँगूँगा। कोई देगा भीख? ऊपर से दो-चार हाथ जड़ देगा।"

"रास्ते में बहुत बाग-बगीचे मिलेंगे। किसी न किसी में किसी न किसी फल का कोई वृक्ष अवश्य मिलेगा। आप फल खाते हुए भी रास्ता काट सकते हैं।"

"हर बगीचे का कोई न कोई मालिक होगा। मैं अब किसी मुसीबत को न्योता नहीं दे सकता।"

"हो सकता है, रास्ते में कोई ऐसा गाँव मिल जाये जहाँ भोज-भात हो रहा हो या होनेवाला

हो। हम भोज खानेवालों के बीच घुस सकते हैं।''

''मुझसे यह नहीं होगा; मैं पकड़ा चला जाऊँगा।''

''अगर रास्ते के किसी गाँव में हलवाई की दुकान मिल जाये, तो वहाँ भरपेट खा लेने के बाद अपनी जेब और टेंट टटोलने के बाद जोर-जोर से रोते हुए गा सकते हैं, 'हाय राम! पैसा कहाँ चला गया?' ''

कुछ सोचकर बैजनाथ बोला, ''मुझसे इस तरह रोना-गाना नहीं हो पाएगा।''

''यह भी नहीं कर सकते आप मुसीबत में? इस तरह नहीं कर सकते?'' बोलकर पलटू झा ने एक नमूना पेश किया, ''अरे बाप रे बाप! पैसा कहाँ गिर गया, रे बाप? अब क्या होगा, रे बाप?''

''सच कहता हूँ, गुरुजी, मुझे रोते-रोते हँसी आ जाएगी। मगर आपने जो अभी कर दिखाया, उस पर किसी को भी विश्वास हो जाएगा। मैं जल्दी-जल्दी खाकर हलवाई की दुकान से निकल जाऊँगा और गधे को लेकर आगे बढ़ जाऊँगा। आगे बढ़कर इन्तजार करूँगा मैं। आप पीछे से आइएगा।''

''मुझसे जो जो बन पड़ेगा, वह तो मैं करूँगा ही, मगर जो आपसे हो सकता है, वह तो आप कीजिए।''

''मैं भी वह करूँगा, जो मुझसे बनेगा।''

''देह दिखाकर ही आप कुछ कीजिए।''

''बताइए।''

''सुनसान में किसी राहगीर के पेट में पैना हूरकर तो आप कह सकते हैं, 'जो कुछ टेंट में है, झटपट निकालो, नहीं तो खोपड़ी फोड़ दूँगा।' आपकी देह देखकर ही डर जाएगा राहगीर और झटपट अपनी सारी नकदी आपके हाथ में देगा।''

''कुछ और बताइए, गुरुजी।''

''कुछ और सोचना पड़ेगा।''

''सोचिए, कोई अच्छा उपाय सोचिए। सोचते हुए चलिए, गुरुजी।''

रास्ता चलते हुए जब तीसरी बार पूछा बैजनाथ ने, ''कुछ सोचा, गुरुजी?'' तो पलटू झा ने जवाब दिया, ''हाँ, सोच लिया।''

''क्या?'' बैजनाथ ने रुककर पूछा।''

''आपने एक कहावत सुनी है?''

''कौन-सी?''

''जरूरत में गधे को भी बाप कहना पड़ता है।''

''हाँ, सुनी है।''

''आप भी किसी जरूरत में किसी गधे को बाप कह सकते हैं?''

''हाँ, जब सब कहते हैं, तो मैं भी कह सकता हूँ।''

''इस गधे को बाप कह सकते हैं?''

''इस गधे को?''

"हाँ।"

"आप कह सकते हैं, तो मैं भी कह सकता हूँ?"

"तो कहिए, 'रे गधा! तू मेरा बाप।' "

बैजनाथ मंडल ने सुना दिया, "रे गधा! तू मेरा बाप।"

"अब, जब हमने गधे को बाप बना लिया," पलटू ने सुनाया, "तो हम इस गधे के धोबी भी हो गये।"

बैजनाथ मुस्कराया, "ठीक है,धोबी भी हो गये।"

"जब हम धोबी हो गये, तो न मैं झा रहा, न आप मंडल रहे। मैं हुआ पलटू धोबी और आप हुए बैजनाथ धोबी।"

"ठीक है, मैं बैजनाथ धोबी हो गया।"

"अब अभी से मैं आपको बैजनाथ धोबी कहकर पुकारूँगा और आप मुझे कहेंगे पलटू धोबी। अभी से ही इसका अभ्यास शुरू कर देना है। मेरी बात ध्यान से सुन रहे हैं, न बैजनाथ धोबीजी?"

"हाँ, ध्यान से सुन रहा हूँ,पलटूजी...धोबीजी।"

"अब हम लोग ऐसा करेंगे, बैजनाथ धोबीजी, कि आगे जो भी गाँव मिलेगा, उसमें घुस जाएँगे।"

"गधे के साथ, पलटू धोबीजी?"

"हाँ, गधे के साथ, बैजनाथ धोबीजी।"

"गाँव में घुसकर क्या करना है,पलटू धोबीजी?"

"उस गाँव के धोबी के पास जाना है, बैजनाथ धोबीजी।"

"अगर गाँव में कोई धोबी नहीं हुआ,पलटू धोबीजी?"

"हम यह पता लगाकर किसी गाँव में घुसेंगे, बैजनाथ धोबीजी, कि उस गाँव में कोई धोबी है या नहीं।"

"हम अपरिचित गाँव के अपरिचित धोबी के पास जाकर क्या करेंगे, पलटू धोबीजी?"

अपनी योजना के बारे में पलटू झा ने बैजनाथ मंडल को विस्तार से बता दिया और ज्यों ही आगे एक गाँव मिला, पलटू धोबी और बैजनाथ धोबी उस गाँव में गधे के साथ बेधड़क प्रवेश कर गये।

गाँव में घुसते ही जो पहला आदमी मिला उससे पलटू धोबी ने पूछ लिया कि गाँव का नाम क्या है और इस गाँव में कोई धोबी है या नहीं। उससे पूरी जानकारी लेकर दोनों धोबी बगला गाँव के सखीचन्द धोबी के घर जा पहुँचे।

घर के आगे मचान था। वहाँ कोई आदमी नजर नहीं आया। गधे को एक बाँस से बाँध दिया पलटू धोबी ने और दोनों धोबी उस मचान पर बैठ गये।

थोड़ी देर सुस्ताकर पलटू धोबी ने हाँक लगायी, "सखीचन्दजी घर में हैं?"

कोई जवाब नहीं आया। एक लड़की आयी जो, ऐसा लगा, सिर्फ गधे को देखकर वापस चली गयी।

लड़की के जाते ही एक आदमी घर से बाहर निकला, कुछ दूर से ही इन्हें गौर से देखा और फिर पास आकर पूछा, "आप लोग कहाँ से आये हैं?"

"दिल्ली से।" पलटू ने जवाब दिया।

"दिल्ली से?"

"हाँ।"

"किससे मिलना है?"

"सखीचन्दजी धोबीजी से।"

"क्या काम है?"

"हम लोग धोबी समाज के बारे में बातें करने आये हैं।"

"सखीचन्द धोबी तो मैं ही हूँ, सखीचन्द बैठा।"

"हम लोगों की भी जातिवाचक पदवी बैठा ही है, मगर दिल्ली में हम लोगों से कहा गया कि देश भर में हमारी जातिसूचक पदवियाँ अलग-अलग हैं, इसलिए हर जगह 'उठा-बैठा' बोलने से काम नहीं चलेगा और तुरन्त पहचान में आने के लिए 'धोबी' पदवी का व्यवहार करना होगा। तब से ही मैं हूँ पलटू धोबी और ये हैं बैजनाथ धोबी। आइए, बैठिए, मचान पर।"

"आता हूँ; पहले यह बताइए कि आप लोग चाय पीते हैं या नहीं?"

"क्यों, बैजनाथ धोबीजी," पलटू ने बैजनाथ से पूछा, "आप चाय लेंगे?"

"अगर आप लेंगे, पलटू धोबीजी," बैजनाथ ने जवाब दिया, "तो मैं भी ले लूँगा।"

सखीचन्द घर की ओर भागा और घर में किन लोगों के लिए चाय बनानी है, यह कहकर घर से एक साफ चादर लिये तुरन्त वापस चला आया और मचान पर बैठ गया।

पलटू ने अपनी बात शुरू की, "हम दोनों जिला मधेपुरा, कसबा बिहारीगंज के धोबी हैं। हम अब घर का काम नहीं करते, समाज का काम करते हैं, धोबी समाज का। सालों भर धोबी समाज के काम से ही जिला-जिला, गाँव-गाँव घूमते रहते हैं। कहीं भी धोबी समाज की सभा होती है, तो हम वहाँ जरूर जाते हैं। इस बार दिल्ली में महासभा हुई थी। बिहार से बहुत धोबी गये थे। हम लोग भी उस सभा में शरीक हुए थे। बिहार में प्रचार-कार्य के लिए चौदह प्रचारकों का चयन किया गया है। हम दोनों को कोशी अंचल के पाँच जिलों में धोबियों को संगठित करने की जिम्मेवारी सौंपी गयी है।

"प्रचारकों को धोबियों के बीच पहचान के लिए सिर्फ नयी पदवी ही धारण करने के लिए नहीं कहा गया, एक-एक गधा भी हमेशा साथ लेकर चलने के लिए दे दिया गया। हम लोग दिल्ली से चौदह प्रचारक सात गधे लेकर चले हैं। हमें पटना तक ट्रक से पहुँचा दिया गया था। पटना से सब लोग अपने-अपने इलाके में चले गये। हम लोग पिछले पन्द्रह दिनों से आपके इलाके में घूम रहे हैं।"

इसी समय सखीचन्द की लड़की पकौड़ी-फुलौड़ी से भरी दो थालियाँ लेकर हाजिर हो गयी। सखीचन्द ने मेहमानों से कहा, "पहले जलपान कर लिया जाये," और फिर बेटी से कहा, "चाय लेकर जल्दी आ जाना।"

"हम लोग जलपान करते हुए भी बातचीत जारी रख सकते हैं।" बोलकर पलटू ने एक

थाली अपनी और खींच ली, और दूसरी बैजनाथ की ओर बढ़ाते हुए बोला, ''लीजिए, बैजनाथ धोबीजी, जलपान कीजिए।''

दोनों ने जलपान करना शुरू किया और पलटू ने आगे की बात शुरू की, ''यह तो आप मानिएगा, बैठाजी, कि जैसे और जातियों के लोग संगठित हो रहे हैं, सभाएँ कर रहे हैं और अपनी जाति की उन्नति के लिए रास्ता बना रहे हैं, उसी तरह हम धोबियों को भी आगे बढ़ने का रास्ता बनाना चाहिए।''

''कौन धोबी नहीं मानेगा यह बात!'' सखीचन्द बैठा बोला, ''मैं तो पहले भी इसके लिए चन्दा दे चुका हूँ।''

''चन्दा दे चुके हैं?''

''हाँ।''

''कितने दिन पहले?''

''करीब छह महीने पहले।''

''किसे दिया था चन्दा?''

''एक कोई रजकजी पूर्णिया से आये थे। उन्होंने बताया था कि वे प्रान्तीय धोबी सभा के सदस्य हैं।''

''कोई रजकजी थे?''

''हाँ।''

''उनके साथ गधा नहीं था?''

''नहीं।''

''तब कैसे मान लिया आपने कि वह धोबी ही है और कैसे उसे चन्दा भी दे दिया?''

''उनके पास छपा हुआ कागज था।''

''कागज तो कोई भी छपा ले। कोई आपसे पैसे ठग ले गया। हो सकता है कि वह कोई यादव या कोइरी-कुर्मी जाति का नेता हो और अपनी जाति सभा के लिए धोबियों से भी पैसे ठगकर ले गया हो। अब मैं समझ गया हूँ कि क्यों हम लोगों को दिल्ली महासभा में धोबी की पदवी धारण करने और गधा साथ रखने के लिए कहा गया। आप भविष्य में ध्यान रखिएगा कि धोबी सभा के लिए जो आदमी अपने नाम के साथ धोबी नहीं बोले और जिसके पास गधा नहीं हो, उसे फरजी आदमी मानिएगा और उसे एक पैसा चन्दा नहीं दीजिएगा। अगर सम्भव हो, तो उसे घर में बन्द कर उसकी कुछ ठुकाई भी कर दीजिएगा।''

''हाँ, अब तो यह करूँगा,'' सखीचन्द बैठा बोला, ''अगर बिना गधा के कोई चन्दा माँगने आ गया, तो उसे किसी बहाने रोकूँगा, अगल-बगल के पाँच-सात गाँवों के धोबियों को बुलवाऊँगा और उस फरजी आदमी को सब मिलकर तब तक ठोंकते रहेंगे जब तक वह अपनी जाति उगल नहीं देता है।''

''अब मैं यह बता दूँ कि हम लोग क्यों आये हैं।''

''हाँ, बताया जाय; हम लोग सेवा के लिए तैयार हैं।''

''हमारा पहला काम है एक सूची बनाकर दिल्ली भेजना कि यहाँ कितने गाँवों में कितने

धोबी हैं। हमारा दूसरा काम है पटना में होने जा रहे प्रान्तीय सभा में शरीक होने के लिए सारे धोबियों से निवेदन करना।''

''हम लोग जाएँगे सभा में,'' सखीचन्द बोला, ''कब होने जा रही है सभा?''

''सभा की तैयारी शुरू हो गयी है, मगर सभा एक महीने के बाद होगी। अभी निश्चित तिथि तय नहीं की गयी है। तिथि के तय होते ही इसकी सूचना अखबार, रेडियो और टेलीविजन से प्रसारित कर दी जाएगी। हम लोग भी एक बार फिर गाँव-गाँव घूम जाएँगे धोबियों की तिथि की सूचना देने और सभा में आने के लिए आग्रह करने। एक बार हम फिर आपको पास आएँगे। सभा में जाने का मन अभी ही पक्का कर लीजिए। वहाँ रहने और खाने की उचित व्यवस्था रहेगी और रात में मनोरंजन के कार्यक्रम भी होंगे जैसा कि राजनैतिक पार्टियों की रैली-रैला में होता है।''

''मैंने तो अपना मन पक्का कर लिया।'' सखीचन्द बोला।

''सभा के आयोजन में लाखों का खर्च होने जा रहा है,'' पलटू ने बताया, ''सारा खर्च दिल्ली की ओर से हो रहा है। हम लोगों को मामूली खर्च उठाना है। तय किया गया है कि इस मामूली खर्च के लिए प्रत्येक घर से इक्कीस रुपये का चन्दा बटोरा जाये। चन्दा के बाद अपनी खुशी-मरजी से जाति के नाम पर जो जितना दे दे।''

''मेरा नाम लिख लीजिए,'' सखीचन्द ने लिखाया, ''नाम, सखीचन्द धोबी; चन्दा, इक्कीस रुपये; खुशी से पाँच रुपये।''

सखीचन्द धोबी से इक्कीस रुपये चन्दा और पाँच रुपये खुशनामा ले लेने के बाद पलटू ने सखीचन्द से पूछकर आगे के पाँच-सात गाँवों और वहाँ के धोबियों के नाम लिख लिये और वहाँ से चलने की इजाजत माँगी।

''नहीं, धोबीजी,'' सखीचन्द बोला, ''अब तो दिन का पत्तल परसने के बाद ही आप दोनों को विदा करूँगा। ऐसा दिन क्या बार-बार आता है।''

दोनों मेहमानों को दिन का भोजन कराने के बाद सखीचन्द उनके साथ अगले गाँव पहाड़पुर तक गया और वहाँ के धोबी से मुलाकात करा देने के बाद ही अपने गाँव वापस आया।

पलटू और बैजनाथ की वह रात पहाड़पुर के धोबी के घर ही कटी। भोर होते ही दोनों अपने गधे के साथ आगे निकल गये।

अगले दिन दोपहर ढलते-ढलते दोनों फुलेरिया पहुँच गये थे। अब तक उन्होंने करीब डेढ़ सौ रुपये की कमाई कर ली थी। अब बैजनाथ किसी और गाँव में गधे के साथ धोबी को खोजने जाना नहीं चाहता था। फुलेरिया की पक्की सड़क पर आते ही उसने राय दी, ''कमाई तो हो गयी, गुरुजी; गधे की कीमत मिल गयी। अब हम लोग गधे को यहीं छोड़कर बस से निकल चलें।''

''जाने की कोई ऐसी जल्दी तो नहीं है, बैजनाथ धोबीजी,'' पलटू धोबी ने सुनाया, ''गधे से कमाई तो हो ही रही है। जब हम इस इलाके में घुस आये हैं, तो यहाँ के गाँवों से पैसा छान लें। फिर दुबारा गधा लेकर आना तो होगा नहीं।''

बैजनाथ कुछ और सोच रहा था। मुसीबत में गधे को बाप कहा जाता है, तो उसने गधे को

बाप कहा, मगर अब मुसीबत दूर हो चुकी थी और अभी भी गधे को बाप कहते रहना उसे किसी नयी मुसीबत को न्योता देने जैसा लग रहा था। मुसीबत न भी आये, तब भी वह धोबियों का संगठन बनाने नहीं, अपना ब्याह करने निकला था और धोबियों से चन्दा बटोरने में वह अपना अमूल्य समय बर्बाद नहीं कर सकता था। उसने पलटू झा को जवाब दिया, ''अब मुझे मत रोकिए, गुरुजी। आप रास्ते में पड़नेवाले गाँवों से चन्दा बटोरते हुए कल-परसों तक पहुँचिए फुलकाहा; मैं बस पकड़कर निकल जाता हूँ।''

''मैंने आपका साथ कभी नहीं छोड़ा, बैजनाथ धोबीजी, आप...।''

''अब मुझे धोबीजी-धोबीजी मत कहिए, गुरुजी।''

''नहीं कहूँगा; मैं कह रहा था कि आप मेरा साथ मत छोड़िए। आप जानते हैं, मैं गधे को छोड़ नहीं सकता।''

बैजनाथ कुछ सोच में पड़ गया और फिर अचानक बोल उठा, ''हो सकता है; ऐसा हो सकता है कि कोई किसी का साथ नहीं छोड़े।''

''हो क्यों नहीं सकता!'' पलटू बोला, ''जैसे अब तक हम तीनों साथ-साथ रहे हैं,वैसे ही फुलकाहा तक साथ-साथ जाएँगे।''

''हम तीनों यहाँ तक पाँव पैदल आये हैं; यहाँ से हम तीनों बस से जाएँगे।''

''ऐसा हो सकता है?'' पलटू ने जिज्ञासा की, ''बसवाले गधे को चढ़ा लेंगे बस पर?''

''कुछ महीने पहले की बात है। मैं निजवाड़ा में इस बस को पकड़ने के लिए आया था। बस कंडक्टर को ऐसा लगा था कि मैं कोई धोबी हूँ और गधे के साथ बस में चढ़ना चाहता हूँ। मुझे अकेले चढ़ते देख उसने मुझसे गधे को ले आने के लिए भी कहा था। गधे को चढ़ाने के लिए वह बस के और यात्रियों से बुरी तरह उलझ भी गया था और उनके विरोध की ऐसी-तैसी कर रहा था। मुझे पूरा विश्वास है कि अगर बस में वही कंडक्टर हुआ, तो गधे को चढ़ा लेगा वह।''

दोनों फुलेरिया बस पड़ाव पर बस के आने का इन्तजार करने लगे।

पहली बार लोगों ने देखा यह दृश्य। तोता-मैना, मुरगा-मुरगी, बकरा-बकरी और कुत्ते-बिल्ली तक बस में सवार देखे गये थे, मगर पहली बार किसी गधे को बस में यात्रा करते हुए देखा जा रहा था। गधे के सहयात्रियों की एक न चली। उनके वाक्वाणों का प्रहार फुलकाहा तक लगातार दोनों धोबियों पर होता रहा था, मगर इन सारे प्रहारों को बस का कंडक्टर अकेला झेलता चला गया था।

फुलकाहा बस पड़ाव पर बस से उतरने के पहले ही पलटू झा ने बैजनाथ मंडल के कान में फुसफुसाकर कह दिया था, ''किसी को भेजकर लोकन धोबी को बस अड्डा पर ही बुलवा लेना है। जोगा साह के यहाँ से किसी को उसके घर पर भेज देंगे बुला लाने के लिए।'' बैजनाथ मंडल ने कोई जवाब नहीं दिया।

बस अड्डे पर बस से झटपट उतरकर बैजनाथ मंडल जागो साह की दुकान पर चला गया और वहाँ चाय पीने लगा। पलटू झा ने कंडक्टर की मदद से गधे को नीचे उतारा और गधे को लेकर जागो साह की दुकान पर आया। उसने गधे को कुछ दूरी पर गड़े एक बाँस से बाँध दिया। जागो ने पलटू पंडित को गधे के साथ देखा, मगर कुछ पूछा नहीं। दुकान पर जागो का बेटा

सोनमा मौजूद था। पलटू पंडित ने सोनमा से कहा, ''तुम जरा लोकन धोबी को बुला तो लाओ, बेटा।''

सोनमा ने पलटू पंडित की बात पर ध्यान नहीं दिया, तो पलटू पंडित ने जागो साह की चिरौरी की, ''साहजी, जरा भेजिए सोनमा को लोकन के घर; बहुत जरूरी काम है।''

बैजनाथ भी जागो से आग्रह कर बैठा, ''बुलवा दीजिए, साहजी।''

सोनमा गया और लोकन को साथ लिये हुए आ गया।

बैजनाथ ने लोकन को कुछ दूर से ही देख लिया था और वह दुकान से उठकर उसकी ओर बढ़ गया था। पास जाकर उसने लोकन धोबी से कहा, ''तुम्हें याद है कि एक बार मैंने तुमसे कहा था कि मैं तुम्हारे लिए गधा ढूँढ़ने गया था?''

लोकन को तुरन्त याद आ गया; उसने कहा, ''हाँ, बैजू बाबू, याद है, आपने कहा था ऐसा।''

''यह भी कहा था कि तुम्हारा गधा नहीं मिला?''

''हाँ, यह भी कहा था।''

''इस बार हम दोनों मिलकर तुम्हारे लिए गधा ढूँढ़ने गये थे। इस बार गधा मिल गया है। गधा पलटू झा के हाथ में है। सस्ते में मिल जाएगा; खरीद लेना।''

अब तक पलटू पंडित लोकन के पास पहुँच गया था। बैजनाथ वहाँ से आकर फिर जागो साह की दुकान पर बैठ गया था। पलटू ने जाते ही लोकन से पूछा, ''क्या कह रहे थे बैजनाथ बाबू तुमसे?''

''कह रहे थे कि आप कोई गधा लेकर आये हैं,'' लोकन ने जवाब दिया, ''और मुझे खरीद लेना चाहिए।''

पलटू मुस्कराया और गधे की ओर इधारा करते हुए कहा, ''देख लो, वही गधा है।''

पलटू ने गधे की ओर देखा और बोला, ''मगर मुझे तो गधा नहीं चाहिए।''

''अरे, यह क्या बोल रहे हो!'' पलटू पंडित ने अचरज से अपनी आँखें फैलायीं, ''तुम्हारे लिए ही मैंने गधा खरीदा है। अच्छा नहीं लग रहा था कि गाँव का धोबी बिना गधा के रहे।''

''अब तो सारे धोबी बिना गधे के रह रहे हैं, पंडितजी।''

''जिन्हें औकात ही नहीं है,वे क्या खाक रखेंगे गधे! गधा रखने से धोबी की इज्जत बनती है, लोकन। लोकन धोबी ऐसा कंगाल नहीं है कि गधा नहीं रख सके!''

''मुझे गधे की बिल्कुल जरूरत नहीं है, पंडितजी।''

''तब भी रख लो इस गधे को। कोई कसम तो नहीं खायी है कि कभी गधे को दरवाजे पर बाँधना ही नहीं है?''

''नहीं, कसम तो नहीं खायी है, पर मैं गधा नहीं लूँगा।''

''जब तुम्हारे लिए ले आया हूँ, तो तुम अभी ले लो। बाद में मुनाफा लेकर बेच लेना। मैं तुमसे सिर्फ गधे की कीमत लूँगा, जो अदा करके आया हूँ; भाड़ा-किराया नहीं लूँगा।''

''नहीं, पंडितजी, अभी ले लूँ, तो फिर बेचूँ कहाँ? मैं गधा नहीं लूँगा।''

''अब गधे की खरीद-बिक्री दुनिया में नहीं होती है?''

"होती है, मगर अब धोबी कहाँ खरीदते हैं गधे! शहर में गधे से ढुलाई का काम लिया जाता है। मैं अब कहाँ शहर-शहर घूमूँगा इस गधे को लेकर? आप सहसौल बाजार में इसका ग्राहक ढूढ़िए।"

"यह काम तुम करो। मैं मिट्टी के मोल दे दूँगा घाटा सहकर। मुझे तो तुमने अच्छा धोखा दे दिया। भलाई करने चला था मैं।"

"मुझे माफ कर दीजिए, पंडितजी, मैं गधा नहीं लूँगा, किसी भी मोल में," बोलकर वह वहाँ से चलने को हुआ, तो पलटू पंडित ने टोका, "रुको; नहीं लोग गधा, तो मत लो। मैं तो उपकार कर रहा था। किसी दिन पछताओगे। एक बार और सोच लो।"

"सोच लिया है, पंडितजी; अब और नहीं सोचना है।"

"तो एक काम करो," पलटू पंडित बोला, "इस गधे को मेरे घर तक पहुँचा दो। यह कर सकते हो या नहीं?"

"हाँ, यह कर सकता हूँ।"

"तो तुम गधे को लेकर आओ," पलटू बोला, "मैं बढ़ रहा हूँ।"

(2)

इस बार तो जैसे गाँव की सड़क और गली ने भी नहीं जाना कि बैजनाथ मंडल गाँव वापस आ गया है। पलटू झा आ गया है, यह भी कैसे जाना? जब लोगों ने देखा कि रामभद्र झा के दरवाजे पर एक गधा बँधा है, तब उन्होंने जाना कि पलटू झा परदेस से गधा लेकर आया है, और तब उन्होंने माना कि पलटू के साथ सिर्फ गधा ही नहीं, बैजनाथ भी आया होगा।

जिस समय बैजनाथ अपने घर की ओर बढ़ा चला आ रहा था, रतनी बैजनाथ के गोहान के आगे गोबर पाथ रही थी और रीतलाल उसके सामने निठल्ला बैठा उससे बतिया रहा था।

रीतलाल ने शिकायती लहजे में रतनी से पूछा था, "तुम कल शाम में नहीं आयी थी और आज सुबह भी नहीं आयी; क्यों?"

रतनी ने झनककर जवाब दिया था, "मैं कोई तुम्हारी घरवाली हूँ कि दिन-रात यहाँ पड़ी रहूँ?" और फिर कुछ गम्भीर होकर बोली, "अब मैं जवान हो गयी हूँ; हर घड़ी तो घर से बाहर नहीं रह सकती।"

रीतलाल ने अबूझ निगाहों से उसकी ओर देखा और कुछ ठमककर बोला, "परसों तक जवान नहीं थी, कल अचानक जवान हो गयी?"

"परसों नहीं जान रही थी कि जवान हो गयी हूँ, कल जान गयी।"

"कैसे?"

"कल बाबू मेरे ब्याह की बात माँ से कर रहे थे।"

"अरे, एक ठोप गोदना का यह कमाल कि कल गोदवाया और आज ब्याह की बात होने लगी!"

''जवान तो बिना गोदना गोदवाये भी होती।''

''मैं भी जवान हो गया हूँ, रतनी,'' रीतलाल ने मुस्कराकर कहा, ''मेरे ब्याह की भी बात चल रही है। बाबू आये थे, तो बोल रहे थे कि मेरी माँ मेरे ब्याह के लिए जिद कर रही है।''

''मुझे मालूम है।''

''तुम्हें कैसे मालूम?''

''तुम्हारे बाबू मेरे घर आये थे, तो मेरे बाबू से तुम्हारे ब्याह की चर्चा कर रहे थे। मेरा तो मन हुआ कि कह दूँ कि जिस लड़के को नाक का नेटा पोंछने तक का लूर नहीं है, उसका ब्याह करने से न लड़का का भला होगा न लड़की का।''

''ऐसा कह तो नहीं दिया था?''

''इस बार नहीं कहा था,'' रतनी ने जवाब दिया, ''अगली बार आएँगे, तो कह दूँगी।''

''मेरे बाबू नहीं मानेंगे तुम्हारी बात,'' रीतलाल ने ऐंठकर जवाब दिया, ''मैं अच्छा लड़का हूँ; बाबू आये थे तो बता रहे थे कि कई लड़कीवाले मेरे घर गये थे।''

''जिसकी बेटी में कोई ऐब होगा, वही हाथ देगा अपनी बेटी का तुम्हारे हाथ में,'' रतनी ने सुनाया, ''तुम्हें नहीं लगता कि तुम बहुत बुद्धू हो? देख लेना, कोई कानी-भेंगी ही बनेगी तुम्हारी बहू।''

बोलकर रतनी ने कानी-भेंगी का ऐसा रूप बनाया कि रीतलाल जोर से हँस पड़ा और उसके साथ रतनी भी ठठाकर हँसी।

हँसी रोककर रीतलाल ने कहा, ''मेरे बाबू ठोंक-बजाकर लाएँगे बहू; देखोगी तो देखती ही रह जाओगी।''

इसी समय दोनों की नजर एक साथ मालिक बैजनाथ पर पड़ी। रीतलाल हड़बड़ाकर उठा और मालिक को साथ लिये घर में घुसा। रतनी गोबर पाथती रही।

बैजनाथ मंडल गधे को पलटू झा के साथ छोड़ आया था, मगर गधा उसका साथ छोड़ नहीं रहा था। इस गधे को अपनी आँखों के आगे से बिलकुल दूर कर देने के इरादे से घर में घुसते ही बैजनाथ ने नौकर को आदेश दिया, ''ध्यान से सुन लो, अब मेरे सामने कभी गधा का नाम भी मत लेना।''

बिना कोई पूछताछ किये रीतलाल ने मालिक का आदेश स्वीकार कर लिया। बनिया की दुकान से कुछ सामान लाने के बहाने वह घर से बाहर निकला और टोले का एक चक्कर लगाते हुए वापस घर आया। जहाँ वह शायद ही कभी जाया करता था, वहाँ से भी हो आया, बाबा अनन्तानन्द के आश्रम से।

कुछ हल्का खाकर बैजनाथ मंडल बिस्तर पर लेटकर आराम करने लगा। उसे थकान महसूस हो रही था। उसने रीतलाल को अपनी देह की मालिश करने को कहा।

मालिश करते हुए रीतलाल ने कहा, ''मालिक, गधा का नाम लिया जाता है; बन्दर का नाम नहीं लेना चाहिए, वह भी सिर्फ सुबह में।''

''किसने बताया?''

"मैं अनन्ता बाबा से पूछकर आया हूँ। वे बोल रहे थे कि हनुमानजी ने ही नाम लेने से मना कियाा है। बाबा ने तो एक दोहा भी सुनाया, 'प्रात लेइ जो नाम हमारा। तेहि दिन ताहि न मिले अहारा।' प्रात का मतलब सुबह और अहारा का मलतब भोजन।"

बैजनाथ ने कनखियों से रीतलाल की ओर देखा और पूछा, "और क्या-क्या पूछकर आये हो बाबा से?"

"नहीं, और कुछ पूछकर नहीं आया हूँ," रीतलाल ने जवाब दिया, "वही बताने लगे कि कहीं-कहीं सूअर और उल्लू का नाम भी सुबह-सुबह बोलना या सुनना अशुभ माना जाता है। सुबह के बाद सूअर या उल्लू का नाम बोल सकते या सुन सकते हैं गधा का नाम सुबह से रात तक बोल या सुन सकते हैं।"

"तुम किसका नाम बोलते, नहीं बोलते सुनते, नहीं सुनते, इससे मुझे कोई मतलब नहीं है। मैं किसी भी समय गधा का नाम सुनना नहीं चाहता हूँ। तुम मेरे सामने कभी भी गधा का नाम नहीं लेना।"

"अगर कभी कोई गधा बाहर के ओसारे तक चढ़ आया, तो मैं कुछ नहीं बोलूँगा," बोलकर रीतलाल ने पूछा, "अगर गधा घर के अन्दर कहीं दिखायी पड़ गया, तब कुछ बोलूँगा या नहीं?"

"हाँ, बोलोगे। गधा ओसारे पर आ गया, तब बोलोगे; दरवाजे पर आ गया, तब बोलोगे; और," मालिक ने जोर देकर कहा, "अगर घर की ओर आता हुआ भी दिखायी पड़ गया, तब भी बोलोगे।"

"क्या बोलूँगा?" रीतलाल ने पूछा और फिर अपनी राय पेश की, "उलटकर बोलूँगा, धाग! धाग!"

बैजनाथ ने कुछ सोचकर कहा, "हाँ, बोलना," और मन-ही-मन रट भी लिया, "रीतलाल! धाग! धाग! भगाओ।"

यह तय होते ही गधा का नाम बिल्कुल नहीं लेना है, रीतलाल ने कहा, "घर में गुड़ नहीं है, मालिक; मैं अभी ही गुड़ खरीदकर ले आऊँ?"

"गुड़ क्यों?"

"मालिक, भूल-चूक तो हो ही सकती है, मुझसे भी और आपसे भी। अचानक मुँह से धाग नहीं आया और गधा आ गया! अनन्ता बाबा ने बताया कि अगर ऐसी भूल-चूक हो जाये, तो तुरन्त मुँह में गुड़ डाल लेने से अशुभ टल जाता है।"

मालिक को बात जँच गयी; उसने नौकर से कहा, "जाओ, ले ही आओ।"

रीतलाल गुड़ लाने चला गया। रीतलाल के जाने के बाद 'अशुभ नाम' देर तक मथता रह गया था बैजनाथ मंडल को।

फुलकाहा के पूरन साह ने कंजूसी में जो ख्याति प्राप्त की थी, वह फिर किसी को नसीब नहीं हुई। उसकी ख्याति आस-पास के दस-बीस गाँवों तक फैली हुई थी। सिर्फ फुलकाहा में ही नहीं, उन दस-बीस गाँवों में भी कोई सुबह-सुबह पूरन साह का नाम नहीं लेता था। उसके मरने के बाद

फिर पूरन साह की टक्कर का कोई दूसरा कंजूस पैदा नहीं हुआ है। उसकी जगह अभी भी खाली है। लोग अभी भी दिवंगत पूरन साह के नाम से ही काम चला रहे हैं।

बैजनाथ मंडल के मन में यह भय समाया, कहीं पूरन साह की खाली जगह अब भरी तो नहीं जा रही है? गाँवों में लोग सुबह-सुबह किसी भारी कंजूस का ही नहीं, कभी-कभी गाँव के सबसे बड़े अभागे का नाम भी नहीं लेते। फुलकाहा में कोई ऐसा अभागा पैदा नहीं हुआ था, जो किसी कंजूस को बेदखल कर जाता। पूरन साह को मरे हुए बहुत दिन हो गये, और एक अभागा अभी सबको नजर आ रहा होगा।

जिसकी तीन-तीन बीवियाँ मर चुकी हों और अब एक अदद बीवी के लिए जो छटपटा रहा हो, उसे क्या कहेंगे लोग? जो एक बीवी की तलाश में गाँव-गाँव भटक रहा हो; बीवी की तलाश में निकलता तो हो, मगर कभी देह-हाथ तुड़ाकर आता हो, और कभी कनियाँ के बदले गधा लेकर आ जाता हो, उसे क्या कहेंगे लोग?

क्या पता, इस अभागे का किस्सा अब गाँव से बाहर इलाके में नाच गया हो! क्या पता, अब...''चाचा! मदनपुर तो फुलकाहा होकर ही न जाऊँगा?''...''चुप! सुबह-सुबह नाम मत ले उस गाँव का। *तेहि दिन ताहि न मिले अहारा।* अभागे का गाँव है। उस गाँव को कँटकाहा कहो। हाँ, कँटकाहा होकर ही मदनपुर जाना है।''...

बैजनाथ मंडल को अपनी छाती पर पहाड़ का बोझ महसूस होने लगा था। रीतलाल के गुड़ लेकर आने के बाद उसने बड़ी बुझी हुई आवाज में उससे पूछा, ''रीतलाल, तुम्हें पता है कि आजकल यहाँ लोग सुबह-सुबह किस आदमी का नाम नहीं लेते हैं?''

''मुझे पता नहीं है, मालिक,'' रीतलाल ने जवाब दिया, ''किसी से पूछकर आऊँ?''

''नहीं, अभी पूछने के लिए नहीं जाना है,'' मालिक बोला, ''कल सुबह तुमसे जो भी मिले उससे पूछना, 'इस गाँव में कोई पूरन साह था?' इतना भर पूछना और फिर मुझे आकर बताना कि कौन क्या जवाब देता है।''

''ठीक है, मालिक।''

''अब आओ, घर का काम करो। मैं और मालिश नहीं कराऊँगा।''

रीतलाल अपना काम करने गया, मगर थोड़ी ही देर में मालिक के पास आ गया, ''मालिक, एक लड़कीवाला आया था।''

''आया था?''

''हाँ, मालिक।''

''मैं तो तुमसे कहकर जाता हूँ कि मुझे आते ही खबर दे दिया करो। कितना समय बीत गया! तुम अभी बता रहे हो।''

रीतलाल ने सिर झुकाकर मुस्कराते हुए जवाब दिया, ''मुझे बताते लाज लग रही थी, मालिक।''

''क्यों लाज लग रही थी?'' मालिक ने डाँटा, ''किस बात की लाज रे? शादी-ब्याह बन्द हो गया? लोग अब शादी नहीं कर रहे हैं क्या? खबरदार! भविष्य में ऐसी गलती कभी मत

करना। नाम-गाम याद है लड़कीवाले का या रतनी को बुलाना होगा?''

''इस बार रतनी को नहीं बुलाना होगा, मालिक,'' रीतलाल ने जवाब दिया, ''आपने जैसा कहा था, वैसा किया है मैंने; लड़कीवाले का पूरा पता पुरजा पर लिखवा लिया है।''

''लाओ पुरजा।'' बोलकर मुस्कराया बैजनाथ; मन में सोचने लगा, नहीं, वैसा अभागा नहीं है वह! वह जा रहा है लड़की ढूँढ़ने, मगर लड़कीवाले भी आ रहे हैं उसके पास।

रीतलाल ने आने में देर लगायी, तो बैजनाथ उसे घर में ढूँढ़ते हुए उसके पास गया। रीतलाल रसोई में पुरजा ढूँढ़ रहा था।

''अभी तक खोज ही रहे हो?'' मालिक ने पूछा।

''पुरजा मिल नहीं रहा है।''

''मिल नहीं रहा है! कहाँ रखा था?''

''पुरजा बहुत सुरक्षित जगह में मैंने रखा है, मालिक; अभी याद नहीं आ रहा है कि कहाँ रखा है।''

''याद करो।''

''खोज भी रहा हूँ और याद भी कर रहा हूँ।''

रीतलाल खोजता भी रहा और याद भी करता रहा, मगर पुरजा नहीं मिला। मालिक नौकर से कुछ अधिक ही परेशान हो रहा था। रीतलाल खोज-खाजकर हार गया, तब बैजनाथ ने उससे पूछा, ''तुमने बुहारन के साथ पुरजा भी बुहारकर फेंक तो नहीं दिया है?''

''नहीं, मालिक,'' रीतलाल ने बहुत विश्वास के साथ कहा, ''घर से कागज का एक टुकड़ा भी बाहर नहीं गया है, तो वह घर की जमीन के ऊपर है या अन्दर। ऊपर का कोना-कोना देख लिया गया है, कहीं नहीं मिला; अब जमीन के अन्दर देखो।''

रीतलाल की समझ में मालिक की बात नहीं आयी। वह मालिक के सामने खड़ा-का-खड़ा रहा।''

''मुँह क्या देख रहे हो?'' मालिक ने डाँटा, ''पूरे घर में चूहे के जितने बिल हैं, सब में ढूँढ़ो।''

''घर में सिर्फ चूहे के बिल हैं, मालिक,'' रीतलाल बोला, ''बिल में चूहे नहीं हैं। जब से बिल्लयों ने इस घर में डेरा डाला है, सारे चूहे दफा हो गये।''

''बिल्लियाँ जमीन के अन्दर नहीं जातीं कि चूहे जमीन के अन्दर से भी भाग गये! चूहों के बारे में मैं तुमसे अधिक जानता हूँ। जमीन के अन्दर उनका भंडार होता है। वे अपने बुरे दिनों के लिए अपना भोजन जमा करते रहते हैं उस भंडार में। ऐसा नहीं है कि वे सिर्फ धोखा ही खाते हैं बिल्लियों से; वे भी बिल्लियों को धोखा देकर जमीन के ऊपर घूमते-टहलते हैं। ढेर सारी चीजों को उठाकर ले जाते हैं। इस पुरजा को भी कोई चूहा ही लेकर गया है। मगर इस पुरजा को लेकर वह भंडार तक नहीं गया होगा। इसे बेकार समझकर बिल में घुसते ही इसे छोड़ दिया होगा।

बैजनाथ की आँखों के सामने एक चित्र उभरकर आया जरूर कि भंडार में अनाज के बीच उसका पुरजा भी पड़ा है और उस भंडार तक पहुँचने के लिए पूरे घर की जमीन कोड़नी पड़ेगी, मगर ईश्वर को सुमिरते हुए उसने नौकर से कहा, ''तुम पुरजा को बिलों में ढूँढ़ो।''

''अब तो रात हो गयी है, मालिक,'' रीतलाल बोला, ''रात में ठीक से नहीं ढूँढ़ पाऊँगा।''

''ठीक से सुबह ढूँढ़ोगे?''

''हाँ, मालिक।''

बैजनाथ चिन्तित हुआ कि रात कैसे कटेगी और कुछ सोचकर कह, ''ठीक है, सुबह से ही ढूँढ़ना।''

मालिक के साथ नौकर की रात भी बेचैनी से कटी।

सुबह होते ही बैजनाथ ने पूरे घर में घूम-घूमकर चूहे के पन्द्रह बिलों को ढूँढ़ निकाला। यह काम पूरा कर उसने रीतलाल को जगाया और सारे बिल दिखा देने के बाद कहा, ''अब ढूँढ़ो पुरजा।''

रीतलाल की समझ में नहीं आया कि वह बिलों में झाँककर कैसे देखे! वह इस बार भी मालिक के सामने खड़ा-का-खड़ा रह गया। नौकर को नहीं हिलते देख मालिक ने फिर डाँटा, ''मुँह क्या देख रहे हो! हर बिल को एक-एक हाथ अन्दर तक कोड़ो।''

मालिक की निगरानी में रीतलाल ने बिलों की कोड़ाई शुरू की। हर बिल के आगे बैजनाथ की यही इच्छा होती थी कि वह नौकर को लतिया दे, मगर यह सोचकर वह अपने को काबू में रख रहा था कि इससे बात बनेगी नहीं, बिगड़ ही जाएगी।

जब रीतलाल ग्यारहवें बिल को कोड़ रहा था, तब वह अचानक उठ खड़ा हुआ और मालिक ने बोला, ''याद आ गया, मालिक।''

''कहाँ है पुरजा?''

''गुदामवाले बाँस में।''

गुदामवाले घर का एक खूँटा बाँस का था जो बैजनाथ मंडल की तिजोरी का काम करता था। उस बाँस की ऊपरवाली पोर में एक छेद कर रखा था बैजनाथ ने और उस छेद में वह जब-तब पैसे गिराता रहता था। दिवाली के समय हर साल या कभी-कभी दो साल पर बाँस की पोर को काटकर उसमें से पैसे निकाल लिये जाते थे। उस बाँस की जगह बाँस का दूसरा खूँटा लगा दिया जाता था जो अगले साल के लिए तिजोरी का काम करने लगता था।

बैजनाथ खुश हो गया, नौकर की पीठ ठोंकी, ''यह तुमने बड़ा अच्छा काम किया, रीतलाल।''

बैजनाथ मंडल ने पुरजा पढ़ा—नाम : सिद्धू मंडल। गाँव का नाम : ककीरा। नवरसिया से गोरगामा और गोरगामा से एक कोस ककीरा।

नवरसिया को वह जान रहा था और गोरगामा का नाम भी सुन चुका था, मगर ककीरा गाँव का नाम उसने पहले कभी नहीं सुना था। उसे याद आया कि जगत चौधरी ने कभी धनजी गुप्ता के साथ नवरसिया जाने की बात कही थी। ककीरा गाँव के बारे में कुछ जान लेने के लिए वह धनजी गुप्ता के पास जाने की बजाय जगत चौधरी के पास गया जिसने बरदेखिया बनकर अब तक इस पूरे इलाके को छान मारा था। जगत चौधरी उसका शुभेच्छु था और उससे मिले भी उसे बहुत दिन हो गये थे।

जगत चौधरी को सिर्फ इतना सुनाकर कि अभी तक उसे कामयाबी हासिल नहीं हुई है,

उसने पूछा, "आप ककीरा कभी गये हैं, चाचा?"

"ककीरा? कहाँ है यह?"

"यह गोरगामा के पास है; वहाँ से एक कोस।"

"ककीरा मैं कभी नहीं गया हूँ; गोरगामा तक गया हूँ।"

"मुझे ककीरा जाना है, चाचा।"

"क्या काम है?"

"एक लड़कीवाला आया था। मैं गाँव में नहीं था। वह मेरे नौकर को अपना पूरा पता लिखाकर गया है। सोचता हूँ, पलटू झा को साथ लेकर हो आऊँ।"

"हाँ-हाँ, अवश्य जाओ। तुम यहाँ से ताँगा से नवरसिया चले जाओ। नवरसिया में तुम्हें गोरगामा जाने के लिए ताँगा मिल जाएगा। वहाँ से कोस भर का रास्ता पैदल तय कर लेना। कब जा रहे हो?"

"कल-परसों तक।"

"हाँ, देर मत करना।"

घर पहुँचते-पहुँचते बैजनाथ ने निर्णय ले लिया कि वह परसों अवश्य निकल जाएगा, सम्भव हुआ तो कल ही। उसके ध्यान में आया कि परसों जाने के लिए कल पलटू झा को खबर कर देनी है और कल जाने के लिए आज शाम में ही।

मगर घर में घुसते ही पलटू झा का गधा उसके दिमाग में घुस आया और फिर उसने बन्द आँखों से देखा...

पलटू झा अपने गधे के साथ गाँव से बाहर जा रहा है। उसके साथ वेदानन्द गवैया का भतीजा चन्द्रमोहन भी है। सड़क से गुजरते हुए पलटू झा एक बार बैजनाथ के घर की ओर देखता है। उसकी निगाह बैजनाथ की निगाह से टकरा जाती है। गधे की रस्सी चन्द्रमोहन को पकड़ाकर वह बैजनाथ की ओर चला अता है और उसके पास आकर उससे कहता है, "बैजू बाबू! मैं विदा माँगने आया हूँ। मुझे खुशी-खुशी विदा कर दीजिए।"

"मैं आपकी खुशी-खुशी विदा कर दूँगा, गुरुजी," बैजनाथ बोलता है, "मगर खुशी-खुशी आज विदा नहीं कर पाऊँगा, एक सप्ताह बाद करूँगा।"

"एक सप्ताह बाद क्यों?"

"गोरगामा के पास एक गाँव है ककीरा। वहाँ से एक लड़कीवाला आया था। मेरे बारे में पूरी जानकारी लेकर ही वह आया होगा। हमें बस चलना है और ब्याह कर लौट आना है। मैं कभी भी, अभी भी, चलने को तैयार हूँ। रास्ता सुगम है। हमें एक सप्ताह भी नहीं लगेगा लौटकर आने में। वहाँ से लौटकर आप आ जाइए, फिर निकलिए गधा बेचने। आप कहेंगे, तो एक सप्ताह तक गधा रखने का इन्तजाम मैं कर दूँगा। आप कहेंगे, तो आपके साथ गधा बेचने में भी निकल जाऊँगा।"

"मैं गधा बेचने नहीं जा रहा हूँ, बैजू बाबू।"

"फिर कहाँ जा रहे हैं?"

"मैं गधे के साथ गाँव छोड़ रहा हूँ। आपसे हमेशा के लिए जुदा हो रहा हूँ।"

"गधे के कारण मुझसे जुदा हो रहे हैं?" बैजनाथ बोला, "नहीं, मैं ऐसा नहीं होने दूँगा। अगर आपके पिताजी ने इस गधे के कारण आपको घर से निकाल बाहर किया है, तो मैं आपके लिए, आपके बीवी-बच्चों के लिए, खुशी-खुशी अपने घर में जगह दूँगा। पिछवाड़े का जलावन घर में अभी ही खाली करा देता हूँ। आप गधे को वहाँ बाँधिए और ले आइए बीवी-बच्चों को घर जाकर।"

"ऐसा कुछ नहीं हुआ है, बैजू बाबू। पिताजी की खुशी का तो ठिकाना नहीं है! वे बार-बार मुझसे कहते रहे कि जो आज तक किसी भगवान ने नहीं दिया, वह मुझे अब यह गधा देगा। माँ ने तो इस गधे की आरती उतारी है।"

"गधा क्या देगा आपको?"

"गधे ने मेरा रास्ता खोल दिया है और अब मेरा जीवन इस गधे के साथ गुजरेगा।"

"गधे को लेकर कहाँ जाएँगे आप?"

"वहीं जहाँ यह गधा बस में सवार हुआ था।"

"वहाँ से?"

"वहाँ से जो काम छोड़कर आया हूँ मैं, उस काम को फिर पकड़ लूँगा।"

"धोबी संगठन?"

"हाँ, बैजू बाबू, उसी में मेरा भविष्य है। इस गधे के साथ पूरे इलाके को रौंद डालूँगा मैं। एक इलाके के बाद दूसरे में जाऊँगा, दूसरे से तीसरे चौथे में। गाँव-गाँव जाऊँगा, एक-एक धोबी से मिलूँगा और चन्दा बटोरूँगा। पाँच गाँवों और दो दिनों की कमाई पर ही पिताजी फूले नहीं समा रहे थे।"

"किसी दिन आप मुसीबत में फँसेंगे, गुरुजी।"

"कैसी मुसीबत?"

"किसी न किसी दिन आप पकड़ लिये जाएँगे। कोई आपके पीछे पड़ेगा, आपके बारे में पता लगा लेगा ओर एक भीड़ लेकर घेर लेगा आपको, 'पकड़ो इसे। यह धोबी नहीं है। यह फुलकाहा गाँव का पलटू झा है।' आपको भागते भी नहीं बनेगा, गुरुजी।"

"मैं भागने का कोई प्रयास नहीं करूँगा। जो मुझे घेरेंगे, उन्हें मैं डपट दूँगा, 'खबरदार, अगर किसी ने मुझे ब्राह्मण कहा! मैं जनम का धोबी हूँ। मेरा बाप धोबी, मेरा दादा धोबी, मेरा परदादा धोबी। हाँ, मेरा नाम पलटू है। मगर मैं किसी मुए पलटू झा को नहीं जानता। और यह फुलकाहा कहाँ है? मैं दिल्ली का धोबी हूँ, दिल्ली का पलटू धोबी।' अगर बात इससे अधिक बढ़ेगी, तो पिताजी से कह दूँगा कि वे परदेस गये बेटे का श्राद्ध कर दें। जो फुलकाहा में पता लगाने आएगा, उसे यहाँ का बच्चा-बच्चा सुना देगा, 'हाँ, कभी थे यहाँ एक पलटू झा, वे तो स्वर्ग सिधार चुके हैं।' मैं हर मुसीबत में पार पा लूँगा, बैजू बाबू। कभी फँसने दिया है आपको मुसीबत में?"

"आप धोबी बनकर जीवन गुजारेंगे? ब्राह्मण से धोबी हो जाएँगे?"

"हो जाऊँगा धोबी। आप देख नहीं रहे हैं कि क्या-क्या हो रहा है इस जमाने में? कुटिल ब्राह्मण डोम-चमार नेता को दंडवत प्रणाम कर रहा है या नहीं? कभी हुआ था ऐसा कि कोई

ब्राह्मण किसी शूद्र के आगे सिर नवाये? अब ब्राह्मण और शूद्र में कोई फर्क नहीं रहा। जो पेट कहेगा, वही करना होगा। जब डोम-चमार पंडित बन रहे हैं,पूजा-पाठ करा रहे हैं, तब कोई ब्राह्मण धोबी बनने से परहेज क्यों करे? वह भी तब, जब वह धोबियों का नेता बनने जा रहा है! मैं अब चलूँ?''

''मत जाइए, गुरुजी। मैं तो यहाँ आपके लिए मन्दिर बनवा ही रहा हूँ। मन्दिर की जगह भी मैंने निश्चित कर ली है। जहाँ मेरी बँसवाड़ी है, वहीं बनवाऊँगा मन्दिर। मैं कल ही ईंट भट्ठे पर जाता हूँ ईंट गिराने के लिए कह आने। ककीरा से आते ही मन्दिर का निर्माण शुरू करवा दूँगा।''

''जब गधा मेरी मदद कर रहा है, तो मैं फुलकाहा के मन्दिर का सपना क्यों देखूँ, बैजू बाबू? मैं दिल्ली में घर बसाऊँगा और दिल्ली में ही मन्दिर बनाऊँगा।''

''दिल्ली में मन्दिरों की कमी है क्या, जो लोग आपके मन्दिर की ओर दौड़ेंगे?''

''दिल्ली के मेरे मन्दिर में सारे हिन्दुस्तान के धोबी आएँगे, बैजू बाबू। यह धोबियों का मन्दिर होगा, धोबियों का अकेला मन्दिर।''

''उस मन्दिर में किस भगवान को बिठाएँगे आप जिन्हें देखने-पूजने के लिए धोबी दौड़े चले आएँगे?''

''आज हर जाति दूसरी जातियों में जन्म लिये भगवानों को छोड़कर अपनी जाति में जन्म लिये भगवान की तरफ दौड़ रही है, उनकी पूजा कर रही है। मैं अपने मन्दिर में निज भगवान को बिठाऊँगा, वह धोबियों का अपना भगवान होगा, अभी के चालू भगवानों से बिल्कुल अलग। मेरा मन्दिर धोबियों के भगवान का अकेला मन्दिर होगा। उस मन्दिर में धोबी भगवान के भजन-कीर्तन अलग होंगे, आरती अलग होगी।''

''धोबियों का भी कोई अपना भगवान है क्या?''

''अवश्य होगा; नहीं भी रहा होगा तो दूसरों की देखादेखी धोबियों ने भी अब तक अपने भगवान को जन्म दे दिया होगा। लेकिन धोबी को पता होगा इस भगवान का। मैं उससे पूरी जानकारी ले लूँगा। हो सकता है, उससे अपने भगवान के कुछ भजन-कीर्तन भी मुझको सुनने को मिल जाएँ। मैं अब चलता हूँ, बैजू बाबू।''

''आप मुझे मँझधार में छोड़कर जा रहे हैं, गुरुजी।''

''नहीं, बैजू बाबू, छोड़ा है तो आपने है मुझे; मैं तो अभी भी आपको साथ लेकर चलने के लिए तैयार हूँ। चलेंगे मेरे साथ? बनेंगे धोबी? हाँ कहिए, तो मैं चन्द्रमोहन को वापस भेज दूँ।''

''पहले मेरा ब्याह तो हो जाये।''

''ब्याह का योग जब बैठेगा, हो जाएगा आपका ब्याह। अभी मैं गधे को दुरदुरा तो नहीं सकता।''

''ब्याह का योग तो बैठ गया है। आप सात दिनों के बाद नहीं चल सकते? तब तक हम ककीरा से कनियाँ लेकर आ जाएँगे।''

''अब मैं एक क्षण भी गँवा नहीं सकता। मैं चलता हूँ।''

चला जाता है पलटू झा बैजनाथ मंडल को मँझधार को छोड़कर।

अपना ध्यान तोड़ता है बैजनाथ मंडल और रीतलाल को हाँक लगा बैठता है। रीतलाल के आते ही वह उससे कहता है, "जाकर बुला लाओ तो लोकन धौबी को।"

लोकन के आते ही बैजनाथ ने उसे अपने कमरे में बुला लिया और अन्दर से दरवाजा बन्द कर लिया। वह कुछ बोले इससे पहले ही लोकन ने हाथ जोड़कर बैजनाथ से कहा, "मुझ पर जोर मत डालिए, बैजू बाबू; मुझे गधा का कोई काम नहीं है, इसलिए मैं गधा नहीं लूँगा। यह मैं कर सकता हूँ कि उनका गधा सहसौल बाजार में बिकवा दूँ। मगर मैं अपना मेहनताना ले लूँगा।"

"मैंने उसके लिए तुम्हें नहीं बुलाया है, लोकन," बैजनाथ ने सुनाया, "अब पलटू झा के मन में गधा बेचने की बात है भी नहीं। यह बताओ कि क्या वे तुम्हारे घर आये भी थे?"

"नहीं, उनसे फिर मुलाकात नहीं हुई है।"

"अब तक नहीं आये हैं, मगर वे आएँगे तुम्हारे पास। तुम मुझे यह बताओ कि क्या धोबियों का कोई अपना भगवान भी है?"

"हाँ, अपना भगवान तो है, बैजू बाबू।"

"क्या नाम है तुम्हारे भगवान का?"

"गरीबननाथ।"

बैजनाथ थोड़ी देर तक बुत बना बैठा रहा; फिर बोला, "पलटू झा आएँगे तुम्हारे पास तुम्हारे भगवान का नाम पूछने। तुम उनके लाख बहलाने-फुसलाने पर भी अपने भगवान का नाम मत बताना।"

"क्यों, बैजू बाबू?"

"मत पूछो; बस उन्हें बताना मत।"

"ठीक है, नहीं बताऊँगा।"

"तुम्हारे भगवान के कुछ भजन-कीर्तन भी होंगे?"

"हाँ, हैं।"

"अगर पलटू झा धोबी भगवान का कोई एक गीत सुनाने को भी कहें, तो मत सुनाना।"

"ठीक है, नहीं सुनाऊँगा।"

"बस, इतना भर कहा था तुमसे," बैजनाथ बोला, "अब तुम जा सकते हो।"

बैजनाथ लोकन को विदा करने बाहर निकल आया था और ओसारे पर खड़ा होकर लोकन को जाते देखता रहा था। जब लोकन नजरों से ओझल हो गया, तो बैजनाथ बुदबुदाया, "कैसा निर्लज्ज ब्राह्मण है कि घर से निकलेगा गधे के साथ।"

ओसारे पर ही खड़े रीतलाल ने मालिक की बुदबुदाहट सुन ली और उसे टोक दिया, "धाग! धाग! मालिक," और फिर अपनी जेब से गुड़ की एक डली निकालकर मालिक की ओर बढ़ा दी।

(3)

अशोक झा के घर उनके मामा प्रेमनारायण झा पूरे पाँच साल बाद आये थे। पाँच साल पहले अशोक झा की माँ का देहान्त हुआ था और बहन के श्राद्ध में उनका फुलकाहा आना हुआ था। उसके बाद उन दोनों की फिर कभी मुलाकात नहीं हो पायी थी। मामा बराबर पत्र लिखते रहे थे और हर पत्र में अशोक का मधुबनी आने के लिए लिखा था। अशोक झा ने कई बार मधुबनी जाकर बूढ़े मामा को देख आने का मन बनाया था। अब मामा की जिन्दगी का कोई ठिकाना नहीं था और वे कभी भी भगवान को प्यारे हो सकते थे। उनकी उम्र सत्तर को पार कर रही थी। हर बार सपरकर ही रह गये थे अशोक झा, जाना नहीं हो पाया।

वृद्ध मामा का भानजे के घर में यथोचित सत्कार हुआ। मामा ने इस बात का गुस्सा प्रकट नहीं किया कि बार-बार बुलाने पर भी भानजा अपने मामा को देखते क्यों नहीं गया और इस बात की खुशी जतायी कि बेमौके भी फुलकाहा आने से वे अपने को रोक नहीं सके।

भानजे को इस बात की खुशी हो रही थी कि सत्तर पार कर जाने के बाद भी मामा कोई जरा-जीर्ण बूढ़े की तरह नजर नहीं आ रहे थे। अभी भी उनमें काफी दम-खम था। वे फुसफुसाहटों तक को सुन रहे थे और आँखों से बहुत दूर तक देख सकते थे। चलने-फिरने में जरा भी नहीं डगमगाते थे वे। मामा इस बात से खुश हो रहे थे कि पिछले पाँच बरसों में भानजे ने काफी उन्नति की है और फूस के घर की जगह पक्का मकान बनवा लिया है। वे तब गद्‌गद हो गये जब उन्होंने अशोक को सन्ध्या की उपासना करते देखा... विप्रो वृक्षो मूलकान्यत्र सन्ध्या...

मामा-भानजा देर रात तक बतियाते रहे थे।

राता में मामा और भानजा अलग-अलग कमरों में सोये थे, मगर भोर में दोनों लगभग साथ-साथ ही उठे थे। अशोक के कमरे से आ रहे 'कराग्रे वसते लक्ष्मीः करमध्ये सरस्वती' के पाठ ने मामा को जगा दिया था। और उसके बाद उन दोनों के भूमि-वन्दना, मंगल-दर्शन, मानसिक शुद्धि के मन्त्र और प्रातःस्मरणीय श्लोक देर तक एक-दूसरे से टकराते रहे थे।

जिस प्रसन्न मुद्रा में भानजे ने मामा को शौच के लिए मैदान की ओर विदा किया था, शौच से आने के बाद, भानजे ने देखा, मामा की वह मुद्रा बिल्कुल गायब थी। मामा काफी गम्भीर दिख रहे थे और उनके तेवर चढ़े हुए थे।

भानजे को शक हुआ कि अवश्य इन्हें किसी ने मल-विसर्जन के लिए अपने खेत या बगीचे में घुसने से मना किया है अथवा मल-विसर्जन करने के बाद वहाँ से निकलने पर कोई बदसलूकी की है। वह मामा के पास जाकर बोला, ''यहाँ एक धनजी गुप्ता है। वह लोगों को अपने खेत में पाखाना करने से मना करता है। आपको किसी ने टोका तो नहीं था?''

''नहीं, किसी ने नहीं टोका था।''

भानजे ने फिर पूछा था, ''आपकी तबियत ठीक है न, मामा?''

''हाँ, बिल्कुल ठीक है।''

तब भी भानजे ने सोचा कि वह वैद्यजी के यहाँ से थोड़ी देर में हिंग्वष्टक चूर्ण की दो-तीन पुड़िया ले आएगा।

भानजे को यह जानते देर नहीं लगी कि मामा को हिंग्वष्टक चूर्ण की जरूरत नहीं है।

अपनी गम्भीर मुद्रा को बरकरार रखते हुए मामा ने भानजे से कहा, ''मैं देख रहा हूँ कि पिछले पाँच सालों में यहाँ के ब्राह्मण समाज का पतन हुआ है। मुझसे यह पतन देखा नहीं जा रहा है। तुम यहाँ के ब्राह्मणों की एक सभा बुलाओ।''

अशोक झा की समझ में नहीं आया कि फुलकाहा के ब्राह्मण समाज का पिछले पाँच साल का पतन मामा को अचानक पाँच-दस मिनट पहले मैदान से आते-जाते कहाँ, किस रूप में नजर आ गया। मामा से पूछने की अभी उनकी हिम्मत नहीं हुई। उन्होंने पूछा, ''सभा कब बुलाऊँ, मामा?''

''अविलम्ब बुलाओ; आज बुलाओ।'' मामा ने जवाब दिया।

''सभा यहीं होगी न?''

''हाँ, यहीं होगी।''

''विद्यालय में भी सभा हो सकती है।''

''नहीं, गुप्त सभा होगी। लोगों को यहीं बुला लो। अभी ही उन्हें सूचित कर दो कि दिन का भोजन ग्रहण कर वे एक बजे तक आ जाएँ।''

''ठीक है, मामा, मैं अभी ही निकलता हूँ।''

अशोक झा ने मन में विचार किया कि सारे ब्राह्मणों को सूचित करने के पहले फुलकाहा के पाँच प्रमुख ब्राह्मणों के साथ विचार-विमर्श कर लिया जाये ताकि सभा में ब्राह्मण समाज के पतन की समस्या और पतन के समाधान पर सुव्यवस्थित ढंग से बातचीत हो सके।

उन्होंने घर से चलकर एक-एक कर नरेश झा, विनय झा, आदित्य मिश्र, नीलमणि मिश्र ओर सुधीर झा से सम्पर्क किया और प्रारम्भिक बातचीत के लिए सबको नरेश झा के दालान में इकट्ठा किया।

नरेश झा ने ब्राह्मण सभा के आयोजन पर अपनी खुशी जाहिर करते हुए कहा, ''मुझे खुशी के साथ यह अचरज भी हो रहा है कि हम लोग आज तक फुलकाहा में और जातियों को पतित बनने से रोकने के लिए पंचायत करते रहे, दंड देते रहे, मगर हमें यह कभी नहीं सूझा कि हम अपने समाज के पतन को रोकने के लिए भी कभी विचार-विमर्श करें! जिस गुप्त सभा की बात अभी हो रही है, वह तो हम कभी भी कर सकते थे और सोलकनों से छिपाकर अपने पतन पर खुलकर बातचीत कर सकते थे। हमें अशोक झा के मामा का आभारी होना चाहिए कि उन्होंने हमें अपने पतन पर विचार-विमर्श के लिए गुप्त सभा करने की सलाह दी है।''

''इसका एक कारण मुझे यह नजर आ रहा है, नरेश भैया,'' विनय झा ने कहा, ''कि हमने कभी जाना ही नहीं कि हमारा पतन भी हो रहा है। मुझे तो अभी तक पता नहीं चल रहा है कि हमारा क्या पतन हुआ है।''

''हम अपनी आँखों से अपना दोष नहीं देख सकते, विनय,'' नरेश झा ने सुनाया, ''मामाजी बाहर से आये हैं,मधुबनी से; आते ही झट पकड़ लिया कि हमारा पतन हुआ है। अब अगर हमें यह नहीं सूझता कि हमारा क्या पतन हुआ है, तो हमें उनसे अपने पतन के बारे में पूरी जानकारी मिल जाएगी।''

''अपने पतन की जानकारी कैसे नहीं है हमें?'' आदित्य मिश्र बोला, ''मुझे पता है कि

हमारे समाज में क्या पतन हो रहा है।''

''बताओ, क्या पतन हो रहा है?'' नरेश झा ने पूछा।

''हमारा सबसे बड़ा यह पतन हुआ है,'' आदित्य मिश्र ने बताना शुरू किया, ''कि हम एक परशुराम पैदा नहीं कर पा रहे हैं। आज हर जाति के पास कई-कई महाबली-बाहुबली हैं, हमारे पास एक भी नहीं। ब्राह्मणों पर हर जगह मार पड़ रही है। जहाँ पहले हर जगह ब्राह्मण नेता ही दूसरे सारे नेताओं के ऊपर नजर आते थे, वहाँ अब हर जगह केवल ब्राह्मण छुटभैये नजर आते हैं। कहीं की सभा में पहुँच जाइए, सबसे पहले और सबसे लम्बा भाषण किसी यादवजी का ही सुनने को मिलेगा। कहीं कोई समिति बनती है, तो उसमें अध्यक्ष या महामन्त्री कोई यादव या पासवान ही बन जाता है। आज तो कोई ब्राह्मण भी ब्राह्मण की मदद नहीं करता। रघुनी यादव के साथ मेरा झगड़ा हुआ था और थाना-कचहरी चढ़ने की नौबत आ गयी थी, तब मैं यह जानकर कि दारोगा ब्राह्मण है, उसके पास अपनी पैरवी के लिए गया था। हाय राम! मैं अपनी बोली में बोल रहा था, और वह खड़ी बोली झाड़ रहा था। मैंने कहा, 'हम गरीब ब्राह्मण छी, सरकार; हमर मदद करू;'' वह बोला, '' 'हाथी पर चढ़कर जो ब्राह्मण आता है, वह भी अपने को गरीब ब्राह्मण ही बोलता है।' पतन कैसे नहीं हुआ है हमारे समाज का! पतन तो हुआ ही है।''

''हाँ, नरेश भैया,'' अशोक झा ने हामी भरी, ''मामाजी ने तो फुलकाहा के ब्राह्मण समाज के पतन पर ही विचार-विमर्श के लिए सभा बुलाने को कहा है।''

''जो बात मैं कह रहा हूँ,'' आदित्य मिश्र बोला, ''वह फुलकाहा के ब्राह्मण समाज पर भी लागू होती है। मेरा रघुनी यादव के साथ मुँहचुथौवल चल रहा था, तब कोई ब्राह्मण मेरे लिए खड़ा नहीं हुआ, जबकि जनार्दन यादव सिर्फ हल्ला सुनकर वहाँ चला आया और रघुनी की ओर से बोलने लगा।''

''मुझे आदित्य मिश्र की बात जँच रही है,'' नीलमणि मिश्र ने आदित्य के समर्थन में कहा, ''मैं अभी नाम नहीं खोलूँगा, मगर इसी फुलकाहा में मुझे एक शूद्र छोकरे ने धमकी दी थी कि वह मुझे गोली मार देगा। सिर्फ कहा ही नहीं उसने, अपनी जेब से निकालकर एक पिस्तौल भी दिखा दी मुझे। मैं दबकर रह गया। मेरे घर में तो ढंग की कोई लाठी भी नहीं थी। अब जब सभा हो रही है, तो इस पर अच्छी तरह विचार-विमर्श होना चाहिए और इस फुलकाहा में हमें एक ब्राह्मण सेना तैयार कर लेनी चाहिए।''

''यह बात तो सच है कि अगर गाँव में ब्राह्मण की इज्जत घट गयी है,'' विनय झा ने अपना देखा-सुना सुनाया, ''अब तो कोई सोलकन पहले की तरह किसी ब्राह्मण के पास राय लेने आता भी नहीं। कोई झगड़ा-झंझट गाँव में होता है, तो लोग जनार्दन यादव के पास जाते हैं और कोर्ट-कचहरी की बात आती है, तो बनवारी लाल के पास। जिस बात का जवाब कोई पंडित ही दे, उसे भी पूछने लोग अनन्तानन्द के आश्रम में चले जाते हैं।''

''इज्जत तो इतनी घट गयी है,'' सुधी झा ने सुनाया, ''कि जहाँ हम पहले 'ब्राह्मण देवता' कहलाते थे, वहीं अब हमें 'बभना' कहा जाता है। इसी गाँव में हमारे बाप-दादे किसी गली-सड़क या खेत-बहियार से गुजरते थे, तो प्रणाम की झड़ी लग जाती थी। आज कोई टोकना तक

नहीं, और जो टोकता है, वह तू-तुकार के साथ बातें करता है।''

''सिर्फ तू-तुकार!'' नीलमणि मिश्र के होंठों पर विकृत मुस्कराहट उतर आयी, ''तब तो आपने सुना ही नहीं कि चरित्तर भगत ने क्या-क्या कहा जगदेव झा को! बीच सड़क पर उसने जगदेव झा से कहा, 'मेरा पैसा चुका दीजिए, नहीं तो इसी सड़क पर मैं आपकी धोती खुलवा लूँगा।' पाँच साल पहले कोई साला बनिया किसी ब्राह्मण से इस तरह बकाया का तकाजा कर सकता था? अब कर रहा है। आप कुछ कर भी नहीं सकते। जनार्दन यादव तुरन्त अपनी सेना के साथ 'इन्कलाब जिन्दाबाद' करता चला आएगा। इसीलिए तो मैं कह रहा हूँ कि अविलम्ब ब्राह्मण सेना का गठन किया जाये।''

''हाँ,'' नरेश झा ने राय मानी, ''इस पर विचार-विमर्श किया जाएगा।''

''मुझे तो लगता है,'' विनय झा इस बार बोला, ''कि अब ब्राह्मणों का अपना तेज भी कुछ घटा है। इसी फुलकाहा के ब्राह्मण जब गाँव के बाहर या गाँव में भी किसी के घर भोज-भात खाने जाते थे, तो कम से कम तीन-चार खवैया तो अवश्य ही खाट पर लदकर आते थे। यह सम्भव नहीं होता था कि वे पैदल चलकर घर आ जाएँ। अब ऐसा होता है क्या? हुआ है पिछले पाँच सालों में ऐसा एक भी बार?''

''ब्राह्मणों को तेज बढ़ाने के लिए मामा यह सलाह दे सकते हैं,'' अशोक झा ने सुनाया, ''कि शास्त्रों में ब्राह्मणों के लिए जो नित्य कर्म-पूजा का विधान है, उसका वे नित्य पालन करें। मामा कल शाम में ही आ गये थे। आज सुबह मैदान जाते हुए उन्होंने ब्राह्मण टोला का एक चक्कर भी लगाया है। किसी भी घर से उन्हें मन्त्रोच्चार की ध्वनि या श्लोकपाठ का स्वर सुनायी नहीं पड़ा है।''

गोष्ठी का समापन नरेश झा के वक्तव्य से हुआ, ''यहाँ जितनी बातें विचार-विमर्श के दौरान उभरकर आयी हैं, उन सबको हम गुप्त सभा में उठाएँगे। मामाजी के पास सत्तर साल के अनुभव हैं। हम उनकी एक-एक बात ध्यानपूर्वक सुनेंगे और उसके अनुसार भविष्य की योजनाएँ बनाएँगे। एक और बात अभी ही सुन लीजिए। हमें उस सभा में शान्ति बनाये रखना है। यह काम कठिन है। ब्राह्मण दो से तीन हुए कि मेढक बन जाते हैं। तीन मेढक को एक जगह बिठाइए, नहीं बैठेंगे। एक उछलकर इधर आएगा, एक उछलकर उधर जाएगा। सभा में तो सैकड़ों ब्राह्मण रहेंगे। सुन लीजिए, अशोक झा, आप जिन्हें भी सभा में आने का निमन्त्रण दीजिए, उनसे यह अवश्य कहते जाइए कि वे सभा में मन मारकर भी शान्ति बनाये रखें। इस सभा की गम्भीरता को ब्राह्मण समझें। यह कोई साधारण सभा नहीं होगी। इस सभा में हम अपने पतन और उत्थान पर विचार-विमर्श करने जा रहे हैं।''

''सभा में शान्ति रहेगी, भैया,'' अशोक झा बोला, ''पूरे समाज के पतन और उत्थान पर बात होगी। अभी ही तो हम छह मेढक थे; कोई उछला?''

ब्राह्मणों की गुप्त सभा अशोक झा के दरवाजे पर नहीं होकर उनके आँगन में हुई। घर में उपस्थित महिलाओं के कारण सभा की गोपनीयता भंग होने का खतरा जरूर था, मगर सभा समाप्त होने तक उन्हें घर से निष्कासित रखना मुनासिब नहीं समझा गया और यह मान लिया गया कि वे

औरत होने के पहले ब्राह्मणी हैं और उन्होंने सभा शुरू होते ही मन ही मन गोपनीयता की शपथ अवश्य ले ली होगी कि कम-से-कम अपने पतन के किस्से वे किसी गैरब्राह्मण को नहीं सुनाएँगी।

सभा का शुभारम्भ अशोक झा ने अपने मामा के परिचय से किया। इसके तुरन्त बाद ही मामा से उनके आह्वान-उद्‌बोधन के लिए निवेदन किया गया।

अपने उद्‌बोधन का प्रारम्भ मामा ने अपने इस प्रश्न से किया, "क्या आप सब गर्व से यह कहने को तैयार हैं कि आप ब्राह्मण हैं?"

एक भी मेढक नहीं उछला; सबने एक स्वर में कहा, "हाँ, तैयार हैं।"

नीलमणि मिश्र ने उठकर यह भी कहा, "हम ब्राह्मण थे, हैं, और रहेंगे।"

तालियाँ बजीं ओर खुश होकर मामा आगे बढ़े। शास्त्रों से उद्धरण देकर मामा ने सारे ब्राह्मणों को फिर से याद दिलाया कि वे कितने महान हैं। इसके बाद कलियुग की चर्चा करते हुए उन्होंने कहा, "हम जिस घोर कलियुग में जी रहे हैं, उसमें भी हमें अपने को ब्राह्मण बनाये रखना है। अभी हमें ग्रहण जरूर लग गया है, मगर किसी दिन कोई न कोई युगपुरुष अवश्य अवतरित होगा और हमें ग्रहणमुक्त करेगा। उस दिन तक हम ब्राह्मण बनकर नहीं रहे, अवतार को धरती पर कोई ब्राह्मण नजर ही नहीं आया, तो क्या करेगा अवतार प्रकट होकर? इसलिए मैं आप सबसे यह निवेदन कर रहा हूँ कि आप जरा भी विचलित नहीं हों; आप धीरज धारण किये रहें, आप धर्म धारण किये रहें।"

मामा कुछ रुककर आगे बढ़े, "हमने आज तक ऐसा किया है कि दूसरों की जमात में घुस गये हैं, दूसरों के घर में घुसते रहे हैं। यह सब हम अपने हित में करते आये हैं। यह हमने कभी नहीं किया है कि दूसरों को अपनी जमात में या अपने घर में घुस आने दें। ऐसा हमने नहीं होने दिया, क्योंकि इसमें हमारा अहित था। अब अगर ऐसा होता है, तो सोच लीजिए कि हम भ्रष्ट हो जाएँगे, हम नष्ट हो जाएँगे।

"एक किस्सा सुन लीजिए। मेरे एक मित्र बाबू रघुनन्दन सिंह हैं। मैं उनके साथ उनके बेटे के लिए लड़की देखने एक बाबू शिवनारायण सिंह के यहाँ गया था। बाबू शिवनारायण सिंह के राजपूत टोले में राजपूतों के दस-बारह घर ही थे। सुबह दातौन करते हुए बाबू रघुनन्दन सिंह की नजर सामने के एक घर पर पड़ी। उन्होंने यों ही बाबू शिवनारायण सिंह से पूछा, 'यह घर किस बाबूसाहब का है?" बाबू शिवनारायण सिंह ने हँसकर जवाब दिया, 'यह किसी बाबूसाहब का नहीं, एक बनिया का घर है, साहजी का।' बाबू रघुनन्दन सिंह अचानक अत्यन्त गम्भीर हो उठे। उन्होंने जल्दी से जीभी की, उठ खड़े हुए और बाबू शिवनारायण सिंह से कहा, 'आपके घर में हमारा रिश्ता नहीं हो सकता, बाबूसाहब। मुझे तो अब आपको बाबूसाहब कहने में भी लाज लग रही है। इस टोले में कोई राजपूत नहीं रहा।' बाबू शिवनारायण सिंह ने पूछा, 'ऐसा आप क्यों कह रहे हैं, बाबूसाहब?' बाबू रघुनन्दन सिंह ने जवाब दिया, 'राजपूतों के जिस टोले में कोई बनिया-साहू घुस आया, उमसें कोई राजपूत रहा क्या? कैसे राजपूत हैं आप लोग कि अपने टोले में एक बनिया को घुस आने दिया? आपके घर के सामने बनिया का घर है और अभी भी आप अपनी मूँछें रखे हुए हैं? यहाँ के राजपूतों को तो अपनी मूँछें मुड़ा लेनी चाहिए।' लाख रोकने पर भी बाबू

रघुनन्दन सिंह नहीं रुके, लड़की का निरीक्षण नहीं किया और बिना स्नान-भोजन के ही वहाँ से निकल पड़े।

''अब यहाँ से आगे का किस्सा यह है कि ठीक दो महीने बाद ही बाबू शिवनारायण सिंह फिर बाबू रघुनन्दन सिंह के पास पहुँचे और कहा, 'अब इस बार चलकर देख लीजिए, बाबूसाहब, कि हम असली राजपूत हैं या नहीं।' बाबू रघुनन्दन सिंह तो अभी भी यह मानने को तैयार नहीं हो रहे थे कि जो बहुत दिनों तक नकली राजपूत बना रहा, उसे अब असली मान लिया जाये, मगर मेरे यह कहने पर कि बाबू शिवनारायण सिंह ने अपने असली राजपूत होने का प्रमाण दे दिया है, वे मान गये। मैं उनके साथ फिर लड़की देखने गया था। जिस जमीन पर बनिया का घर था, वहाँ बाबू शिवनारायण सिंह का हल चल रहा था। बाबू साहब ने मुझे बताया इस खेत को वे बैगनबाड़ी बनाएँगे। हम वहाँ से ब्याह की ठहरौनी करके आये थे।''

इतना सुनाकर मामा कुछ सुस्ताये और फिर प्रश्न किया, ''यह किस्सा एक बाबूसाहब का है; क्या एक ब्राह्मण का भी ऐसा किस्सा नहीं हो सकता है?''

इस बार भी कोई ब्राह्मण नहीं उछला; एक आवाज आयी, ''हो सकता है, जरूर हो सकता है।''

जवाब सुनकर प्रफुल्लित हुए मामा और आगे बढ़े, ''मुझे यह जानकारी मिली थी कि बाबू शिवनारायण सिंह ने हमारे आने के दूसरे दिन ही राजपूतों की सभा करायी थी और सारे राजपूतों का ध्यान इस अद्यावधि अज्ञात भीषण दुर्घटना की ओर आकृष्ट किया था। उसके अगले दिन ही राजपूत जवानों ने लाठी-भाले के साथ उस बनिया का घर घेर लिया और उससे कह दिया कि वह सात दिनों के अन्दर उस टोले से अपना घर उजाड़कर कहीं और चला जाए।

''हम अस्त्र-शस्त्र का सहारा नहीं लेते या नहीं ले सकते, मगर यह तो नहीं होगा कि हमारे टोले में स्थायी आवास बनाकर कोई सोलकन हमारे मचानों की मन्त्रणाओं में रोज-रोज आविष्कृत होनेवाले नये-नये बभनपेंचों की जानकारी ढूँका मारकर लेता रहे और गाँव के सोलकनों को उन पेंचों की काट निकालने में मदद करता रहे। हम बुद्धि का सहारा लेंगे किसी घुसपैठिये को निकाल बाहर करने में। हम भले आदमी की तरह पहले तो घुसपैठिये से कहेंगे कि वह टोला छोड़कर चला जाये। अगर वह हमारी बात पर ध्यान नहीं देता, तो हम ऐसा सामाजिक बहिष्कार करेंगे कि उसका टोले में घुसना-निकलना भी मुश्किल हो जाये। उसके आते ललुआएँगे लूलूलूलूलूलू; उसके जाते ललुआएँगे लूलूलूलूलूलू। अगर इसका भी कोई असर वह नहीं लेता, तो हम हर रात उसके घर में हड्डियों की वर्षा कर सकते हैं।''

''अगर इसका भी असर वह घुसपैठिया नहीं लेता है,'' एक ब्राह्मण उछला, ''तो हम अस्त्र-शस्त्र का सहारा भी ले सकते हैं।''

मामा को इस ब्राह्मण का उछलना अच्छा लगा। वे आगे बढ़े, ''अगर आप ऐसा कह रहे हैं, तो मैं यही मानता हूँ पिछले पाँच सालों में आपके टोले में जो सबसे भीषण दुर्घटना हुई है, उस पर अद्यावधि आपका ध्यान नहीं गया है। इसे मैं अपना सौभाग्य मानता हूँ कि उस ओर मैं आपका ध्यान आकृष्ट कर रहा हूँ। आपको पता है कि आपके टोले में एक सोलकन घुस आया है?''

''सोलकन! सोलकन? सोलकन! सोलकन?'' भीड़ की बुदबदाहटें उभरीं।

"हाँ, सोलकन," मामा ने सुनाया, "वह आपकी सारी अच्छाइयों को ग्रहण कर रहा है और पूरे गाँव की गन्दगी को आपके टोले में धो रहा है।"

"इस टोले में कोई सोलकन नहीं है?" एक स्पष्ट आवाज आयी।

मामा की मुस्कराहट में विकृति आ गयी। उन्होंने कहा, "बहुत दूर जाने की जरूरत नहीं है। इस आँगन से निकलकर दरवाजे पर चलिए और बताइए मुझे कि सामनेवाला घर किसका है?"

रामभद्र झा उस सभा में उपस्थित थे, मगर जब तक वे कुछ बोलें, तब तक एक और ब्राह्मण बोल उठा, "वह घर तो रामभद्र झा का है।"

"झा के झाँसे में मत रहिये," मामा बोले, "आज हर जाति के लोग नाम के साथ 'सिंह' लिखने लगे हैं; तो क्या हर सोलकन राजपूत हो गया? झा लिख लेने से ही कोई रामभद्र ब्राह्मण नहीं हो जाएगा।"

अब रामभद्र झा उठे, "मैं असली ब्राह्मण हूँ, मामाजी। इस गाँव में कई पुश्तों से हूँ। मेरे पिताजी ब्राह्मण थे, दादाजी ब्राह्मण थे। आपको यह भ्रम कैसे हो गया कि मैं ब्राह्मण नहीं हूँ?"

"मुझे भ्रम हो गया है?"

"हाँ, मामाजी, आपको किसी ने कुछ कह दिया है।"

"क्या यह मेरा भ्रम था कि मैंने आज सुबह आपके पिछवाड़े में गधा बँधा हुआ देखा था? क्या गधा को दरवाजे पर नहीं बाँधकर पिछवाड़े में बाँधने से कोई धोबी ब्राह्मण हो जाता है?"

"ओह, वह गधा!"

"वह गधा तो कल ही हमारे घर आया है। मेरे बेटे पलटू झा को एक गाँव में वह गधा दान में मिला है।"

"गधा मिला है दान में?"

"हाँ, उस धोबी के पास दान करने के लिए गाय-बाछी कुछ भी नहीं थी।"

"उस धोबी ने गधा का दान किया और आपके बेटे ने गधा का दान ले लिया? किसी ब्राह्मण ने कभी गधा का दान भी लिया है, यह तो मैंने आज तक नहीं सुना है।" बोलकर मामा ने उपस्थित भीड़ से पूछा, "क्या आप लोगों ने कभी ऐसा सुना है?"

भीड़ को ना में सिर हिलाना पड़ा, "नहीं, ऐसा तो कभी नहीं सुना है।"

"ब्राह्मण के इसी पतन ने मुझे विचिलत किया है इस फुलकाहा में," मामा बोले, "ब्राह्मण ले गधा का दान! छि: !...ब्राह्मण के घर में गधा! छीछी !...रामभद्र झा के बेटे ने भयंकर पाप किया है और यह पाप इनके घर में घुस गया है।" भीड़ को बताने के बाद उन्होंने रामभद्र झा से कहा, "दिया हुआ दान कोई वापस नहीं लेता, इसलिए आप अपने बेटे से कहिए कि यह गधा वह किसी धोबी को दान कर दे, और आप कल सुबह ही सपरिवार गंगा-स्नान के लिए निकल जाइए। बोलिए, निकल रहे हैं न?"

रामभद्र झा के पहले पूरी भीड़ बोल उठी, "हाँ-हाँ, निकलेंगे क्यों नहीं? इन्हें हर हाल में सपरिवार जाना है कल सुबह की गंगा-स्नान के लिए।"

दोपहर में जिस लोकन को आदमी भेजकर बुलाना पड़ा था, शाम में वह बिना बुलाये आया। लोकन का हँसमुख चेहरा देखकर बैजनाथ मंडल का माथा ठनका। उसने काफी उदास स्वर में पूछा, ''बता दिया?''

''क्या?''

''धोबी के देवता का नाम?''

''किसे?''

''पलटू झा को।''

लोकन मुस्कराया और ना में सिर हिला दिया।

''उसने तो खूब चिरौरी की होगी?'' बैजनाथ ने पूछा, ''कोई धोबी का गीत सुनाने को भी कहा होगा?''

''किसने?''

''पलटू झा ने।''

लोकन जोर से हँसा और बोला, ''पलटू पंडित तो मेरे पास आये ही नहीं।''

बैजनाथ ने लोकन के चेहरे को गौर से निहारा और फिर पूछा, ''तुम्हें हँसी किस बात पर आ रही है?''

''मेरे पास रामभद्र पंडित आये थे।''

''हँसी की क्या बात हो गयी?''

''उनका रुआँसा चेहरा याद आता है और हँसी आ जाती है।''

''रुआँसा चेहरा!'' बैजनाथ ने कुछ अचरज से पूछा, ''हुआ क्या है?''

लोकन खिलखिलाकर हँसा और सुनाया कि क्या हुआ है।

गुप्त सभा सिर्फ गधे को टोले से निकालकर समाप्त हो गयी। रामभद्र झा सभा से उठकर घर जाने की बजाय सीधे लोकन धोबी के पास आये और उससे कहा, ''लोकन! मैं तुम्हें एक गधा दान कर रहा हूँ।''

''गधा नहीं बिका, पंडितजी?'' लोकन पूछा बैठा।

''गधा बेचूँगा नहीं, दान करूँगा।''

''मुझे दान करेंगे?''

''हाँ, लोकन, अपने गाँव के धोबी को छोड़कर किसी और गाँव के धोबी को तो दान नहीं कर सकता।''

''मैं ब्राह्मण से दान लूँ?''

''क्यों नहीं लोगे? कोई गाय-बाछी तो दान नहीं कर रहा हूँ कि तुम्हें लेने में संकोच हो!''

''गधा का दान लूँ?''

''क्यों नहीं लोगे? कोई गाय-बाछी तो दान नहीं कर रहा हूँ कि तुम्हें लेने में संकोच हो!''

''गधा का दान लूँ?''

''गधा तो किसी धोबी को ही दान में दिया जा सकता है न, लोकन,'' रामभद्र पंडित ने

बड़े मृदु स्वर में लोकन से कहा, ''जीवन में एक दान का सुख तो मिलेगा ही, धोबी को गधा दान देने का महान पुण्य भी मिलेगा मुझे।''

''ब्राह्मण से दान लेने का कोई पाप तो नहीं चढ़ेगा मुझ पर?''

''क्या बोल गये तुम!'' रामभद्र झा ने सुनाया, ''तुम पर पाप चढ़ाने के लिए मैं एक गधे का नुकसान उठाऊँगा?'

''इस दान को ग्रहण करने के लिए,'' कुछ डरते-डरते लोकन ने पूछा, ''किसी पूजा-पाठ की भी जरूरत पड़ेगी?''

''नहीं, कोई पूजा-पाठ नहीं,'' रामभद्र झा ने जवाब दिया, ''तुम्हें बस इतना ही करना है कि मेरे घर में बँधे गधे को ले आकर अपने घर में बाँध लो।''

(4)

कोई लड़कीवाला आया था, यह सुनते ही बैजनाथ का कमल खिल गया। उसे एक साथ ढेर सारी खुशियाँ मिलने का एहसास हो रहा था। सबसे बड़ी खुशी तो इस बात की थी कि शनि का प्रकोप दूर होता नजर आया था। मगर इस बात की भी खुशी बहुत कम नहीं थी कि लड़कीवाला दुश्मनों के मुँह पर कालिख पोतकर गया था।

बैजनाथ को अपना भविष्य उज्ज्वल होता दिख गया।

इस बार भी दुश्मनों ने अवश्य लड़कीवाले के कान में यह बात ठूँसी होगी कि लड़के के बाईस बच्चे हैं (बिल्ली के बच्चे नहीं), उसने चार शादियाँ की हैं, अब तक तीन बीवियों को मार चुका है, चौथी जिन्दा है और अब पाँचवीं शादी के लिए लड़की ढूँढ़ रहा है। मगर यह सब सुन लेने के बाद भी वह उसके घर आया और अपना पता छोड़ गया। आया और पता छोड़ गया! न जाने कहाँ-कहाँ बेटी के लिए वर की तलाश में गया होगा वह और उसे बैजनाथ मंडल से बेहतर पात्र कहीं नहीं मिला होगा।

बैजनाथ मंडल आत्मविभोर हो रहा था कि पहली बार उसे दुलहन की तलाश में कहीं बाहर नहीं जाना पड़ा, बेटीवाला दुलहा की तलाश करता हुआ उसके घर आया था! मन में उठ रही हिलोर का ऐसा जोर था कि पता का पुरजा ढूँढ़ निकालने के लिए उसने घर के अन्दर चूहे के गयारह बिलों को एक-एक हाथ अन्दर तक खुदवा दिया। मगर खुशियों के साथ मन में एक खटका भी तो था!

कहीं पलटू झा के मन में धोबी बन जाने का खयाल तो नहीं आ गया है! बैजनाथ को पलटू का कहा याद आ रहा था, 'गधे से कमाई तो हो ही रही है। जब हम इस इलाके में घुस आये हैं, तो यहाँ के गाँवों से पैसा छान लें।' अभी तो पैसा छानने के लिए इस इलाके के ढेर सारे गाँव पड़े हैं,ढेर सारे इलाके पड़े हैं। धोबी सभा और चन्दा उगाही की पूरी योजना तैयार है उसके साथ।

ऐसा क्यों हुआ कि घर में घुसते ही पलटू झा का गधा उसके दिमाग में घुस आया और फिर उसने बन्द आँखों से देखा कि पलटू झा अपने गधे के साथ गाँव से बाहर जा रहा है और उसके पास आकर उससे कहता है, ''बैजू बाबू! मैं विदा माँगने आया हूँ। मुझे खुशी-खुशी विदा कर

दीजिए।'

पलटू का गधा लोकन धोबी के घर आ गया है और पलटू उस गधे के कारण सपरिवार गंगास्नान के लिए जा रहा है, लोकन के मुँह से यह सब सुन लेने के बाद भी बैजनाथ को चैन नहीं था। जिस कमाई को पलटू झा देख चुका है, उसे क्या इतनी जल्दी छोड़ देगा वह! क्या ठीक कि गंगास्नान के बाद उधर से ही निकल जाये इस नये धन्धे पर! ब्राह्मणों के दबाव पर गया है वह गंगास्नान करने, अपनी इच्छा से तो नहीं! जरूरत पड़ने पर एक गधे का जुगाड़ कर लेना उसके लिए कौन बड़ी बात है!

यह सही है कि इस बार बात बनी हुई है। इस बार लड़कीवाला उसके दरवाजे पर आ गया है और अब उसे केवल लड़कीवाले के दरवाजे पर पहुँचकर लड़की को ले आना है। मगर यह तो सच है कि अभी शादी हुई नहीं है, और अभी तो वह लड़कीवाले के दरवाजे तक भी नहीं पहँचा है। अभी गाँव ककीरा तक जाना है और अभी तक का अनुभव यह नहीं बोलता है कि शनि उसका पीछा छोड़ चुका है। अगर पलटू शादी तक साथ नहीं रहा, तो कहीं कुछ बिगड़ न जाये। शादी के बाद जाये वह भाड़ में।

बैजनाथ ने मन को मनाया कि अगर पलटू इस धरती पर पैदा नहीं हुआ होता, तो क्या वह कभी अपनी चौथी बीवी को अपने घर नहीं ला सकता था? ला सकता था, मगर जब पलटू इस धरती पर जन्म ले चुका है और अभी फुलकाहा में उपस्थित है, तो उसका साथ होना चाहिए। उसने मन को मना लिया कि पलटू उसके साथ जाएगा। इतनी जल्दी भूल नहीं गया होगा वह कि शादी होते ही उसे एक मन्दिर मिल जाएगा।

उसने लड़कीवाले के पते को अच्छी तरह पकड़ लिया। एक पुरजा को पाँच पुरजों में बदल डाला। तीन पुरजों को घर के तीन कमरों में सुरक्षित रखा और एक-एक पुरजा रीतलाल और रतनी को सुरक्षित रखने के लिए दे डाला।

जब वह सुबह-सुबह अटकन-मटकन के माध्यम से कई-कई प्रश्नों के जवाब ढूँढ़ रहा था, चन्द्रमोहन कन्धे से एक झोला लटकाये हाजिर हुआ।

चन्द्रमोहन इस तरह पहले कभी नहीं आया था। दिन शनिवार का नहीं था। उसे धड़का हुआ कि कहीं चन्द्रमोहन सुबह-सुबह यह अशुभ समाचार देने तो नहीं आ गया कि पलटू झा धोबी हो गया। उसने धड़कते दिल से कहा, ''आइए, चन्द्रमोहनजी। आज तो पहली बार ऐसा हो रहा है कि दिन शनिवार नहीं है और आपके दर्शन हो रहे हैं।''

चन्द्रमोहन ने हँसते हुए जवाब दिया, ''अब तो ऐसा ही हुआ करेगा, बैजनाथ बाबू। दिन कोई भी हो, मगर आप यहाँ रहेंगे, तो मैं आपके दर्शन करने रोज आ जाया करूँगा। आप मेरे लिए बहुत शुभ हैं।''

''मैं शुभ हूँ आपके लिए?''

''हाँ, बैजनाथ बाबू, बहुत शुभ हैं।''

''वह कैसे?''

''पलटू भैया का साथ तो पकड़ा था मैंने,'' चन्द्रमोहन बोल गया, ''मगर मेरे लिए उनके हाथ में यश नहीं था। कोई ठौर नहीं मिल रहा था मुझे। जब से आपको मैंने शनि महाराज का मुँह

दिखाना शुरू किया है, तब से मेरा विकास ही होता चला जा रहा है।''

''जरा सुनाइए तो,'' बैजनाथ ने गद्गद होकर कहा, ''क्या विकास हुआ है आपका?''

चन्द्रमोहन मुस्कराया और फिर आँखें बन्द कर गाकर सुनाया,

''तिल तेल उड़द लोह का दान चार चाँद लगा देता।
शनिदेव की सेवा करके मानव सब कुछ पा लेता।
भूले जो सत शनिदेव को जड़ उसकी उखाड़ देता।
निज शुभ हेतु सबको भाती शनिदोष निवारक शनिकथा।''

चन्द्रमोहन ने आँखें खोलीं, तो देखा कि बैजनाथ मंडल उसके चेहरे पर नजरें टिकाये मुस्करा रहा है। उसने मुस्कराकर मंडलजी से कहा, ''इतना विकास तो अभी ही हो गया है कि अब मुझे पलटू भैया के सहारे की जरूरत नहीं है। हाँ, अब मैं उन्हें सहारा दे सकता हूँ।''

''यह तो बड़ी अच्छी बात सुना रहे हैं आप,'' बैजनाथ ने सुनाया और फिर पूछा, ''इतना बलवान कैसे-कैसे हो गये आप?''

''यह तो अचानक हुआ,'' चन्द्रमोहन सुनाने लगा, ''कि हर शनि को शनि की मूर्ति लेकर आपको पास आने का भार मुझे पलटू भैया ने सौंपा। सप्ताह में एक दिन का काम और उस एक दिन में भी एक घड़ी का काम! इस सहारे के लिए तो नहीं मैंने पकड़ा था पलटू भैया का साथ। मैंने यह भी देख लिया कि अभी तो पलटू भैया खुद बेसहारा बने हुए हैं। मैं मगज खपाने लगा कि किस तरह सप्ताह में सातों दिन का काम हो और हर दिन हर घड़ी का काम। शनिदेव की कृपा हो गयी मुझ पर और मेरा काम बढ़ता चला गया।''

इतना बोलकर कुछ क्षणों के लिए रुका वह और बैजनाथ मंडल को ध्यान से अपनी बातें सुनता देख आगे बढ़ा, ''मेरे ध्यान में आया कि जो शनि हमारे बैजनाथ बाबू को कष्ट पहुँचा रहा है, उस शनि के विरुद्ध मैं क्यों नहीं एक बड़ी लड़ाई छेड़ दूँ? क्यों नहीं शनि की यह मूर्ति हर वैसे आदमी को दिखाने जाऊँ जिसे शनि कष्ट पहुँचा रहा है? मैं यह मूर्ति लेकर हर शनि गाँव-गाँव जाने लगा और शनि के मारों की तलाश करने लगा।

''शनि के मारों को तलाश लेना मुश्किल काम था। आमदनी अच्छी नहीं हो रही थी। गाँव में आदमी जब तक मरने नहीं लगता है, तब तक कुछ खर्च नहीं करता। मेरे दिमाग में बस पड़ाव और रेलवे स्टेशन का खयाल आया। सब सोच-विचारकर मैंने तय किया कि मैं बनमनखी जंक्शन का रुख करूँ। वहाँ कई दिशाओं से रेलगाड़ियाँ आती-जाती रहती हैं। एक जगह एक साथ बहुत आदमी मिलेंगे। मेरा सोचना सही निकला। आमदनी होने लगी। आमदनी कुछ अच्छी जरूर हो जाती थी, मगर कुछ दिनों के बाद ही वहाँ बहुत कुछ सुनना पड़ता था और कभी-कभी रगड़ा हो जाया करता था।''

''रगड़ा हो जाया करता था?'' बैजनाथ पूछा बैठा।

''हाँ, उसे रगड़ा ही कहिए।''

''कैसा रगड़ा?''

''मूर्ति दिखाता था, तो लोग देख भर लेते थे बिना सिर उठाये भी। मैंने मूर्ति दिखाकर भस्म लगाना शुरू किया। इसे मैं शनि मन्दिर का भस्म कहा करता था। भस्म लगाकर मैं शनि बाबा के

नाम पर दान माँगता था। लोग मन मारकर भी कुछ दे ही दिया करते थे। जिन यात्रियों का अक्सर आना-जाना होता था, वे मुझे पहचानने भी लगे थे। जो पहली-दूसरी बार जा रहे होते थे, उन्हें भी मेरे पहुँचते ही मेरे बारे में सूचना मिल जाती थी। अब बहुत लोग रगड़ा करने लगे थे। कोई शनि महाराज की मूर्ति पर नजर पड़ते ही मुँह फेर लेता था, कोई मेरे चुटकी में भस्म उठाते ही मेरा हाथ पकड़ लेता था, कोई मुझे हाथ के इशारे से आगे बढ़ जाने को कह देता था। इसका बड़ा बुरा असर गाड़ी में आस-पस बैठे दूसरे लोगों पर हुआ करता था। मैं गुस्से में आ जाया करता था और मेरे मुँह से भी कुछ भला-बुरा वचन निकल पड़ता था।

''एक बार बनमनखी स्टेशन पर एक यात्री को मूर्ति दिखाकर मैंने उसके ललाट में भस्म लगा दिया और उसके आगे खड़ा रहा। उसने मुँह फेरा, तो मैं बोल गया, 'कुछ मिलेगा?'

'' 'क्या?' उसने जान-बूझकर पूछा।

'' 'शनिदेव के नाम पर कुछ दान?'

''देना रहता, तो दे दिया होता; आगे बढ़िए।'

'' 'आगे तो बढ़ूँगा ही, मगर कुछ दीजिए।''

'' 'क्यों?'

'' 'शनिदेव के दर्शन कराये आपको, ललाट पर भस्म भी लगा दिया; कोई बुरा काम तो नहीं किया।'

'' 'न मुझे दर्शन की जरूरत थी, न भस्म की। क्यों कोई दान दूँ?'

'' 'मत दीजिए दान, मगर इस तरह दुतकारिए मत।'

'' 'दुत्कार ही दिया, तो क्या कर लेंगे आप?'

'' 'मैं तो कुछ नहीं करूँगा, मगर शनिदेव तो कुछ कर ही सकते हैं।'

'' 'क्या करेंगे शनिदेव?'

''मैं अब तक काफी गुस्से में आ गया था; बोल गया, 'वे तो कुछ भी कर सकते हैं। देवी-देवताओं के कोप के बारे में जानकारी रखिए। शनि ने तो महाराजा नल और सम्राट विक्रमादित्य तक को नहीं छोड़ा था। राजा हरिश्चन्द्र के पुत्र रोहिताश्व को साँप बनकर डँस लिया था उन्होंने। आप किस खेत की मूली हैं! अगर शनि की टेढ़ी नजर पड़ गयी, तो कहीं के नहीं रहेंगे; एक साथ वातरोग और कफविकार से लेकर कुष्ठरोग-क्षयरोग तक का आक्रमण हो जाएगा।'

''इतना सुनना था कि वह भभक उठा और खड़ा होकर उसने मेरे गाल पर एक जोरदार तमाचा जड़ दिया। उसने मूर्ति की थाली पर भी हाथ मारा। डिब्बे के लोग इकट्ठे हो गये और उस बिगड़ैल ने उनके सामने भाषण देना शुरू किया। जो लोग उसका समर्थन कर रहे थे, वे उसकी हाँ-में-हाँ मिलाने लगे; जो मेरे पक्ष में रहे होंगे, वे चुप्पी साधे हुए थे। मैंने चुपचाप अपना सामान समेटा और डिब्बे से बाहर आ गया।

''यह जरूर हुआ कि गाड़ी खुलने के पहले जब मैं प्लेटफार्म पर खड़ा था, वह आदमी मेरे पास आया, मेरी ओर दो रुपये बढ़ाये और कहा, 'मुझे क्षमा कर दीजिएगा, पंडितजी, मैं गुस्से में आ गया था। शनिवार मेरे लिए बड़ा बुरा दिन है। इस दिन मैं अक्सर घर से बाहर नहीं निकलता हूँ, किसी-न-किसी से झगड़ा हो ही जाता है। मैं बहुत सावधान था, मगर तब भी झगड़ा

हो ही गया। क्षमा कर दीजिएगा;' मगर जो चोट मुझे लग चुकी थी, उसका दर्द कम नहीं हुआ।

"थप्पड़ तो बस एक उसी दिन खाया, मगर बात-बोली लगभग रोज ही सुननी पड़ रही थी। लोग सीधे-सीधे मुझसे नहीं कहते थे, मगर बात मेरे कानों में पड़ ही जाती थी। न जाने कहाँ से जानकारी लेकर कोई कहता, 'यह साला अभागा है। शनिदेव का मुँह दिखा-दिखाकर अपना पेट पालता है। इसके चाचा बहुत बड़े सरकारी अफसर हैं। इसका बड़ा भाई मुम्बई में बीस हजार रुपये महीने कमाता है। यह तो बाप-भाई के पास बैठकर खा सकता है, मगर चाल-चलन अच्छा नहीं होगा, इसलिए बाप-भाई ने घर से बाहर कर दिया है।' कोई पास बैठे लोगों को सुनाता, 'यह पंडित बनमनखी के जेबकतरों का संगी है। भस्म लगाएगा आपके ललाट में और झाँकेगा आपकी जेब में। तुरत खबर करेगा जेबकतरों को कि किस डिब्बे में कौन मोटी जेब लेकर बैठा हुआ है। कमीशन खाता है वह पंडित।' मैं बहरा बनकर काम चला सकता था, मगर हमेशा तो ऐसा होना सम्भव नहीं होता। एक बार किसी ने अपनी बगल में बैठे एक आदमी से कहा, 'साला कामचोर है। गोर-हाथ से दुरुस्त है, मगर भीख माँगने का एक नया धन्धा पकड़ लिया है। भस्म लगा दे, तब भी मत दीजिएगा पैसा।' मेरे कान में बात चली गयी और मैंने उलटकर साला का जवाब साला से देते हुए कहा, 'तुम साले अधर्मी हो, तो मत दो पैसा, दूसरे को क्यों रोकते हो? मैं कोई धन्धा करता हूँ, तो तुम्हें क्या परेशानी है? हाँ, भीख माँगता हूँ, किसी को लूटता-खसोटता तो नहीं।' डिब्बे के लोग हँसने लगे। वह आदमी कुछ कहे-करे, इससे पहले ही मैं उस डिब्बे से उतर गया।

"मैंने महसूस किया कि बनमनखी जंक्शन पर जितना चरना था, चर लिया; और यहाँ दिनोंदिन आमदनी कम ही होती चली जाएगी। मैं शुरू से ही अपने धन्धे के विस्तार के बारे में सोचता रहा था। मैंने देख लिया कि यहाँ रहकर में अपने धन्धे का विस्तार नहीं कर सकता।

"मैंने सोच-विचारकर देखा कि मेरे लिए गाँवों का इलाका ही उपयुक्त जगह है। जरूरी सिर्फ इतना है कि मैं शनि के कोप की जानकारी लोगों को दूँ और उन्हें बताऊँ कि अगर उन्हें कोई कष्ट है, तो यह शनि के कोप के कारण है। इसके लिए मुझे शनि विशेषज्ञ हो जाना था। मैं विशेषज्ञ हो गया।"

इतना सुनाकर चन्द्रमोहन ने अपने झोले से तीन मोटी किताबें निकालीं और उन्हें बैजनाथ को दिखाते हुए कहा, "इन किताबों को देखिए। यह है मत्स्यपुराण, यह दूसरी है ब्रह्मवैवर्तपुराण, और यह तीसरी है महर्षि पराशरकृत बृहत् होराशास्त्र। और भी कई किताबें हैं मेरे पास। इन सारी किताबों को पढ़कर मैं विशेषज्ञ बन गया हूँ, ऐसा विशेषज्ञ बन गया हूँ कि अब शनिदेव के मामले में पलटू भैया भी मेरे आगे पानी भरेंगे।

"विशेषज्ञ बनते ही मैंने गाँव-गाँव जाकर गाँववालों को शनिवार व्रतकथा सुनाना शुरू किया। उन कथाओं से मैं लोगों को बताने लगा कि शनि की कैसी ताकत है और उसका कैसा प्रकोप है। शनि के प्रकोप से कितने रोग हो सकते हैं, इसकी जानकारी मैं उन्हें देने लगा।

"इन सबका अच्छा असर हुआ। शनिकृत रोगों के रोगी ढेर संख्या में मेरे पास आने लगे और मैं उनका इलाज करने लगा। आपको बता दूँ, बैजनाथ बाबू, कि इलाके के कई डाकू भी मेरे जजमान हैं। दस्युओं के संरक्षक भी तो शनिदेव ही हैं न!

"मैं तो अब शनिदेव की वैदिक साधना, अघोर साधना और तन्त्र साधना भी कराता हूँ। ॐ नमो भगवतै शनैश्चराय सूर्यपुत्राय नमः। ॐ खां खीं खौं सः शनिश्चराय नमः। ॐ प्रां प्रीं प्रौं सः शनिश्चराय नमः। अब क्या किसी एक शनिवार का काम रहा मेरा! अब तो सप्ताह के सातों दिन व्यस्त रहता हूँ। शनि तेल तैयार करता हूँ मैं और इसकी खूब बिक्री हो रही है। भविष्य के लिए कई योजनाएँ भी तैयार कर ली हैं मैंने।"

"कैसी योजनाएँ?" चन्द्रमोहन की बातें ध्यानपूर्वक सुन रहा बैजनाथ मंडल पूछ बैठा।

चन्द्रमोहन मुस्कराया और फिर योजनाओं का खुलासा किया, "मैं अपने शनि मन्दिर के माहात्म्य का प्रचार दूर-दूर तक करवाऊँगा। मैं अपने शनि मन्दिर के भस्म और लड्डू की बिक्री के लिए अखबारों में खबर छपवाऊँगा, आदमी बहाल करूँगा। ये भस्म और लड्डू बड़े-बड़े शहरों और कस्बों में भी उपलब्ध कराऊँगा। मेरी योजना पैसे के कारण खटाई में नहीं पड़ेगी। कोई भी सेठ पैसा लगाने के लिए तैयार हो जाएगा।"

"आपके शनि मन्दिर का माहात्म्य सुनकर तो लोग दूर-दूर से आपका शनि मन्दिर देखने आएँगे। कहाँ दिखाएँगे आप अपना शनि मन्दिर?" बोलकर बैजनाथ मुस्कराया।

"फुलकाहा में दिखाऊँगा अपना शनि मन्दिर।" चन्द्रमोहन ने जोर से जवाब दिया।

"पीपल के नीचे का पत्थर?"

चन्द्रमोहन मुस्कराने के लिए थोड़ा रुका और फिर बोला, "आपको बताने का कभी अवसर ही नहीं मिला। मेरा शनि मन्दिर इस फुलकाहा में ही बन रहा है।"

"कहाँ?"

"बाब अनन्तानन्द के आश्रम के पास ही बन रहा है मन्दिर।"

"वहाँ आपकी जमीन तो नहीं है?"

"आपके ही भाई कदमलालजी की जमीन पर बन रहा है।"

"जमीन आपने खरीदी है क्या?"

"नहीं, कदमलालजी ने यह जमीन मन्दिर के लिए मुफ्त में दे दी है।"

"मुफ्त में?"

"हाँ।"

"वह शनि को पूजता है क्या?"

"हाँ, पूजते हैं।"

बैजनाथ ने गहरी सांस ली। चन्द्रमोहन ने पूछा, "आप इतने गम्भीर क्यों हो उठे?"

"कदमलाल को यह तो पता है कि मुझे शनि का चक्कर है?"

"हाँ, खूब पता है।"

बैजनाथ और भी गम्भीर हो उठा। इस बार चन्द्रमोहन ने कुछ नहीं पूछा; बैजनाथ ने ही सुनाया, "अब मैं समझ रहा हूँ कि मेरा बुरा करने के लिए वह किस हद तक जा सकता है। वह मेरे विरुद्ध भयंकर षडयन्त्र कर रहा है।"

"यह कैसे कह रहे हैं आप?" कुछ अचरज से पूछा चन्द्रमोहन ने।

"वह मेरा दुश्मन है, जनम जनम का दुश्मन। जब से उसने जाना है कि मैं शनि के

चक्कर में फँसा हूँ और शनिदेव को प्रसन्न करने में लगा हूँ, तब से ही वह भी पुरजोर कोशिश कर रहा है कि शनि मुझ पर प्रसन्न नहीं हों और मेरा अनिष्ट करते रहें। मुझे उसकी काली करतूतों का पता है। शनिदेव से उसका क्या लेना-देना! शनि मन्दिर के लिए उसने इसलिए जमीन दे दी कि शनि उस पर प्रसन्न हों, प्रसन्न होकर उसकी प्रार्थनाएँ सुनें और मेरा अनिष्ट करें। आप नहीं समझेंगे, वह ऐसा क्यों कर रहा है।''

''ऐसा नहीं है, बैजनाथ बाबू; आप उल्टा सोच रहे हैं। मैं जान रहा हूँ कि वे आपका भला चाहते हैं और जो कुछ भी करते हैं, आपके भले के लिए करते हैं। जब कभी मैंने उन्हें पलटू भैया के साथ बातचीत करते देखा है, हमेशा उन्हें आपकी भलाई की बात करते ही देखा है। इस मन्दिर के लिए भी अपनी जमीन उन्होंने आपके भले के लिए दी है, अपने भले के लिए नहीं। वे पूजा-प्रार्थना भी आपके कल्याण के लिए ही करते हैं। शनिदेव की पूजा तो आप बहत दिनों से करते आ रहे हैं, मगर शनि-मन्दिर का खयाल उनके दिमाग में पहले कभी नहीं आया था। एक बार मैं ही उनके सामने बोल गया था कि बैजनाथ बाबू को एक शनि मन्दिर की सख्त जरूरत है और फुलकाहा में एक शनि मन्दिर अवश्य होना चाहिए। उन्होंने तुरन्त जवाब दिया था कि मन्दिर के लिए जमीन वे देंगे, उस जमीन पर मन्दिर में खड़ा करूँ। मुझे तो आँखें मिल गयीं कि अब अपना मन्दिर बनवा ही लूँ। झटपट काम शुरू करवा दिया मैंने।''

''मुझे तो आश्रम की ओर जाने का कभी मौका ही नहीं मिला। आपका मन्दिर तैयार हो गया है क्या? मन्दिर में पूजा-पाठ शुरू कर दिया है?''

''अभी एक छोटा-सा मन्दिर बनवाया है, मगर जब तक भस्म और लड्डू का बिकना शुरू होगा, एक बड़ा सा मन्दिर खड़ा हो जाएगा यहाँ। मैं जी-जान से लगा हुआ हूँ। पूजा-पाठ शुरू कर दिया है इस मन्दिर में। आप आइए इसे देखने, कुछ राय भी दीजिएगा।''

''अभी आप मन्दिर की ओर ही जा रहे हैं?''

''हाँ, आऊँगा, कुछ निश्चिन्त होकर आऊँगा आपका मन्दिर देखने। अभी मैं पलटू झा की राह देख रहा हूँ। खबर तो है कि वे आज आ जाएँगे, मगर क्या ठीक, कब आएँ! वे तो गधा और धोबी के चक्कर में फँस गये हैं। आपको कुछ पता है, वे इस चक्कर से मुक्त हो गये हैं या नहीं?''

''बिल्कुल मुक्त हो गये हैं। गधा धोबी के घर चला गया और पाप धोने वे गंगास्नान करने गये। अब तो गधा और धोबी का कोई चक्कर नहीं रहा।''

''भगवान करें, वे इस चक्कर से मुक्त हो जाएँ। आप तो बराबर उनके घर आते-जाते रहते हैं; उनके आते ही मुझे उनके आने की सूचना दे दीजिएगा। उनका कोई ठीक नहीं कि लौट आने के बाद भी वे दो-चार दिन घर में ही पड़े रहें और मुझे उनके आने की कोई खबर ही नहीं मिले। मैं बहुत बेसब्री से उनका इन्तजार कर रहा हूँ।''

''उनके आने की खबर उनके आते ही आपको मिल जाएगी। अब तो उनके घर मेरा आना-जाना भी पहले जैसा नहीं रहा। अपने काम से फुरसत भी बहुत कम मिल रही है। मगर खबर आपको मिल जाएगी, उनके आने की खबर मुझसे पहले आपको ही मिल जाएगी।''

''वह कैसे?''

"कैसे नहीं? कमदलालजी घर आएँगे, तो पता नहीं चलेगा?"

"कैसे पता चलेगा? कदमलाल घर आएँगे, तो पता चल जाएगा कि पलटू झा भी घर आ गये?"

"यह पता है न कि पलटू भैया के साथ कदमलालजी भी गंगास्नान करने गये हैं?"

"कदमलाल भी गये हैं?"

"हाँ।"

कुछ सोच में पड़ गया बैजनाथ मंडल और बोला, "ये मेरे पीछे पड़ गये हैं क्या?" और फिर बुदबुदाया, "घर के अन्दर घुस आया दुश्मन!"

"नहीं नहीं," चन्द्रमोहन ने उसे ऐसा सोचने से रोका, "ऐसा नहीं सोचें आप। वे आपके दुश्मन नहीं हैं। हाँ, गंगास्नान वे अपने भले के लिए गये हैं।"

"क्यों गये? कैसे चले गये?"

"उन्होंने बताया था कि उनकी एक बेटी की शादी तय हो गयी है। इस खुशी में ही वे गंगास्नान के लिए जानेवाले थे। जब उन्हें मालूम हुआ कि पलटू भैया जा रहे हैं, तो वे भी उनके साथ हो लिये।"

"खुशी की कुछ और बातें भी रही होंगी, मगर वह सब क्यों बताने लगे आपको!"

'खुशी की कुछ और बातें' पर चन्द्रमोहन का ध्यान चला गया और उसने बैजनाथ मंडल से कहा, "जमीन भले ही कदमलालजी की है, मगर इस मन्दिर को आप अपना मन्दिर समझिए। आपके विरुद्ध कमदलाल की किसी प्रार्थना को मैं शनि महाराज तक पहुँचने ही नहीं दूँगा। आप निश्चिन्त रहिए। शनिदेव को प्रसन्न करने के अनेक साधन हैं मेरे पास। मैं ऐसा पूजा-पाठ आपसे करवाऊँगा कि शनिदेव आप पर प्रसन्न हो जाने के लिए विवश हो जाएँगे।"

"शनिदेव मुझ पर प्रसन्न हो चुके हैं और प्रसन्न होकर अब उन्होंने मेरा पीछा छोड़ दिया है।"

"यह कैसे कह सकते हैं आप?"

बैजनाथ ने कुछ अनमने भाव से जवाब दिया, "एक लड़कीवाला आया था, अपना पता छोड़ गया है। अब मुझे सिर्फ ककीरा गाँव जाना है और कनियाँ को फुलकाहा ले आना है।"

"कनियाँ को ले आना है, मगर उसके बाद कनियाँ से बच्चा पैदा करना है या नहीं?"

"हाँ-हाँ, यह क्यों नहीं करना है!"

"तो जान लीजिए कि शनि को गुस्सा आ गया, तो वह किसी को भी नपुंसक बना सकता है। काम बनते ही आप शनि का त्याग कर देंगे, तो शनिदेव को गुस्सा आएगा या नहीं?"

"हाँ गुस्सा आ सकता है।"

"अवश्य आएगा गुस्सा," चन्द्रमोहन ने जोर देकर कहा, "और अगर वे प्रसन्न रह गये, तो आपको सन्तानोत्पत्ति में कोई बाधा नहीं आएगी।"

बैजनाथ ने चन्द्रमोहन के चेहरे पर निगाहें टिका दीं, तो चन्द्रमोहन आगे बढ़ा, "सन्तान के लिए आपको कोई विशेष पूजा-पाठ नहीं करना है। वह सब मैं करूँगा; आपको सिर्फ काले सर्प को दूध पिलाते जाना है। यह होता है, तो समझिए कि सिर्फ कनियाँ आने की देर है, बच्चा

आपका पहले से तैयार है। कनियाँ आने में जो देर लगे।''

''नहीं-नहीं, ऐसा कुछ मैं नहीं करूँगा कि कनियाँ अभी आयी नहीं और बच्चा तैयार है। ऐसी बीवी नहीं चाहिए कि बच्चा पैदा करने में नौ महीने भी नहीं लगाये।''

''ओह, मेरा वह मतलब नहीं था,'' चन्द्रमोहन ने समझाया, ''काला सर्प आपकी कनियाँ की कोख खोल देगा। बच्चा तो हर हालत में नौ महीने के बाद ही आएगा, कम-से-कम सात महीने तो लगाएगा ही, सतमसुआ बच्चा।''

''बच्चा पैदा होने के बाद ही मैं शनिदेव का त्याग कर पाऊँगा?''

''नहीं, उसके बाद भी नहीं, शनिदेव को तो बराबर प्रसन्न रखना है।''

''इसका मतलब तो यही हुआ कि अब मुझे हमेशा शनिदेव का पूजा-पाठ करते रहना पड़ेगा?''

''अवश्य; जिन्दगी भर। अपने बाद आपको अपने बच्चों का भला भी सोचा पड़ेगा। शनि का चक्कर है; एक बार फँसे, तो जिन्दगी भर फँसे रहेंगे। उनके पास रोगों की कमी नहीं है; किस बच्चे को क्या रोग धरा दे! और फिर जब तक आप मर नहीं जाते, तब तक आप कहाँ सुरक्षित हैं!''

''हूँऊँऊँ,'' बैजनाथ मंडल के मुँह से आवाज आयी और फिर उसने कहा, ''शनि महाराज की पूजा तो करनी ही पड़ेगी। आऊँगा, आपके मन्दिर में भी पूजा करूँगा। पलटू झा आ जाये, तो फिर उसके साथ ही आऊँगा।''

''अब मैं चलता हूँ,'' चन्द्रमोहन ने उठते हुए कहा और फिर जाते-जाते बोल गया, ''आपको पलटू भैया के साथ आने की जरूरत नहीं है; आप अकेले भी आ सकते हैं, अकेले ही आइए।''

''ठीक है, अकेले ही आता हूँ।'' बैजनाथ ने अपने नये पुरोहित को विदा करते हुए कहा।

(5)

बैजनाथ ने अपने नौकर को यह देखने के लिए तैनात कर दिया कि कदमलाल कब अपने घर आता है। रीतलाल मुस्तैदी से अपने काम पर तैनात रहा। मुस्तैदी के बावजूद कभी-कभी उसका इधर-उधर जाना हो जाता था और कभी-कभी उसका ध्यान इधर-उधर चला जाया करता था और उसे लगता था कि कोई उस घर में घुसा है। मालिक को जानकारी मिलने में बहुत देर नहीं हो जाये, इसलिए वह तुरन्त कदमलाल के घर में घुस जाता था और उसकी पत्नी से पूछ बैठता था, ''चाची! चाचा आ गये?''

रीतलाल के 'कभी-कभी' ने ऐसा रूप पकड़ा कि कदमलाल की पत्नी को वह 'अभी-अभी' जैसा लगने लगा। वह घबरायी कि यह मुआ आज बार-बार पूछने क्यों आता है? इस तरह पहले तो कभी पूछने नहीं आया करता था। उसके मन में शंका पैदा हुई कि आज जरूर कोई बात है।

शंका उसे दूर-दूर तक ले गयी।

उसने रीतलाल से पूछा था कि क्यों वह बार–बार पूछने आ रहा है कि चाचा आये या नहीं, मगर रीतलाल ने कोई जवाब नहीं दिया था, बस इतना भर कि उसके मालिक जानना चाह रहे हैं। क्यों जानना चाह रहा है उसका मालिक? आज तक तो कभी जानना नहीं चाहा था? क्या वह जानना चाह रहा है कि अब उसका पति गंगास्नान से लौटकर आता है या नहीं? यह बैजनाथ तो जबरन उनका दुश्मन बना हुआ है। क्या वह कोई बुरा सोच रहा है या बुरा कर गया है? गंगास्नान से हाथ–गोड़ तुड़ाकर तो घर नहीं लौटेगा उसका पति?

शादी नहीं हो रही है उसकी, तो क्या इसमें उसके पति का दोष? उसका पति तो चाह ही रहा है कि इस मरदूद की जल्दी से जल्दी शादी हो जाये। मगर उसके मन में तो पाप है, अपना–पराया का ज्ञान ही नहीं रहा। और गुस्से में तो वह कुछ भी कर सकता है, करा सकता है।

क्या करेगा या कराएगा? उसका पति अकेले नहीं गया है गंगास्नान करने; उसके ही पलटू झा के साथ गया है। कुछ करना–कराना होता, तो यह यहाँ घर में नहीं रहता। यह तो घर में बैठकर दुश्मन के आने का पता लगा रहा है। जरूर यह उनके आने के बाद ही कुछ करेगा। क्या करेगा? फिर कोई पंचायत बिठाएगा क्या? अब किस बात की पंचायत?

बेटी का ब्याह अभी–अभी तय हुआ है, उसमें कोई बाधा तो नहीं आनेवाली है? न जाने कितनों को यह बुरा लगा होगा कि इतनी आसानी से एक बाप ने बेटी का ब्याह तय कर लिया! जब दुश्मनी कर रहा है बैजनाथ, तो अवश्य ही उसे बुरा लगा होगा कि क्या–क्या मुसीबतें झेलने के बाद भी उसकी शादी नहीं हो रही है और एक उसका दुश्मन आसानी से अपनी बेटी का ब्याह तय कर रहा है। पहले भी तो जब उसे बच्चे पैदा होते थे, तो वह अपनी बीवी को लतियाता था कि वह भी एक–आध क्यों नहीं जनती।

औरत थी वह; तुरन्त जान गयी कि उसके घर पर बुरी नजर पड़ गयी है। उसने झटपट नजर–गुजर का इलाज कर दिया।

बेटियों को बुलाकर उसने एक पुतला बनाया, सिर पर हाँड़ी डाली, हाँड़ी पर कोयला–चूना की आँख–नाक, पैरों में घिसे जूते, देह पर फटा कुरता–पाजामा। पुतला तैयार होते ही उसने सदर दरवाजे पर हल्दी की छाप मारी और पुतले को मकान के ऊपर एक बाँस के सहारे खड़ा कर दिया।

कदमलाल के घर घुसते–निकलते जो अब तक देखा था रीतलाल ने, अचानक उससे बिल्कुल अलग देखकर रीतलाल कुछ हतप्रभ हुआ। क्या वह मालिक को सुना आये कि कदमलाल आ गये और अभी छत पर खड़े हैं? मगर यह आदमी कदमलाल तो नहीं है! इतनी जल्दी कोई आदमी इतना मटियामसान हो सकता है क्या? नहीं, नहीं हो सकता। यह कदमलाल नहीं है।

कदमलाल नहीं था, मगर तब भी उसके लिए जरूरी था अपने मालिक को इस आदमी की खबर कर आना। क्या पता, जो आदमी उसे कदमलाल नहीं लग रहा है, वह मालिक को कदमलाल नजर आ जाये।

वह दौड़ा–दौड़ा मालिक के पास पहुँच गया। मालिक ने पूछा, "आ गया?" रीतलाल ने मुँह से कोई जवाब नहीं दिया और हाथ के इशारे से बाहर निकलने को कहा। मालिक ने फिर

कहा, ''बताओ भी तो, क्या बात है?'' रीतलाल ने इस बार भी हाथ से जोर-जोर का इशारा किया। बैजनाथ मंडल इस बार उठकर नौकर के पीछे-पीछे बाहर आ गया।

बाहर आकर रीतलाल ने उँगली से पुतले की ओर इशारा किया। पुतले को देखते ही बैजनाथ तमतमा उठा। कोई खेत नहीं है वहाँ कि कागभगोड़ा लगा दिया; कोई मकान नहीं बन रहा है कि नजरमार खड़ा कर दिया। इस पुतले को खड़ा करने का मतलब? और, खड़ा इस तरह किया है कि पुतला अपना मुँह उसके घर की ओर ही किये हुए है। यह उसका पुतला तो नहीं बनाया गया है? लोग देखें कि बैजनाथ मंडल अब किस हाल में है! नहीं यह पुतला उसका नहीं है, मगर इस पुतले की नजर उस पर, उसके घर पर ही है। उसे अब चिढ़ाया भी जा रहा है! इन्हें यह मालूम भी तो नहीं है कि इस घर में घरनी अब आने ही वाली है। यह पुतला उन्हें जल्दी ही उतारना पड़ेगा। मगर पतला खड़ा करने का जवाब तो इन्हें मिलना ही चाहिए।

क्या जवाब देना चाहिए?

कुछ सोचकर बैजनाथ ने रीतलाल से कहा, ''सुनो, तुम्हें भी एक वैसा ही पुतला बनाना है। बना लोगे?''

''हाँ, बना लूँगा।''

''हाँड़ी-बाँस तो घर में होंगे, मगर मैले-फटे कपड़े और फटे-घिसे जूते कहाँ से लाओगे?''

''ले आऊँगा, मालिक,'' रीतलाल ने जवाब दिया, ''धनजी गुप्ता अपने दरवाजे पर कुछ वैसा ही कुरता पहनकर बैठे रहते हैं और शुभचन्द को अपने जूते की मरम्मत कराते मैं देख चुका हूँ। मैं उन दोनों से कुरता-जूता माँग लाऊँगा। कितने दिनों के लिए माँगकर लाऊँ?''

''दो-तीन दिनों के लिए मिल जाएँगे?''

''अगर नहीं मिलेंगे, तो मैं रतनी के बाप ताराचन्द से दोनों चीजें ले आऊँगा। पाजामा कहीं नहीं मिलेगा, तो मैं अपने जाँघिया से काम ले लूँगा।''

''ठीक है, तुम जल्दी से यह काम कर ही डालो।''

रीतलाल को पुतला तैयार करने में कुछ विलम्ब इस कारण भी हुआ कि धनजी गुप्ता और शुभचन्द, दोनों में से किसी ने भी बैजनाथ मंडल के नौकर का आग्रह स्वीकार नहीं किया और न उसके छीछी करने पर अपना कुरता या जूता सड़क पर फेंक दिया। उन दोनों से ही देर तक झगड़ने के बाद उसे रतनी के बाप के पास जाना पड़ा था।

जब पुतला लगभग तैयार होने को हुआ, तो बैजनाथ ने रीतलाल को रोका और कहा, ''पुतला नहीं बनेगा। मैं ईंट का जवाब ईंट से नहीं, पत्थर से दूँगा, हाँड़ी के जैसा मुँह बना लो और कपड़े जूते पहनकर छत पर कदमलाल के घर की ओर मुँह करके खड़े हो जाओ।''

''कब तक खड़ा रहना पड़ेगा, मालिक?''

''दिन भर; रात में नहीं। पैर थके, तो बैठ जाया करना; और किसी काम के लिए आवाज लगाऊँ, तो नीचे उतरकर काम कर जाया करना।''

जब पुतला बनकर छत पर जाने को हुआ रीतलाल, तो मालिक ने उसे फिर रोका, ''नहीं, तुम्हें पुतला बनाकर खड़ा करना कोई कड़ा जवाब नहीं हुआ। मैंने कुछ और सोचा है। तुम पुतला से आदमी बन जाओ, और अभी सिर्फ यह देखो कि कदमलाल अपने घर कब आता है।''

रीतलाल की मुस्तैदी में कोई चूक हुई कि उसने यह नहीं देखा कि कब और किधर से कदमलाल अपने घर में घुस गया और अचानक यह देखा कि पुतला अन्तर्धान हो गया है। वह मालिक के पास दौड़ गया पुतले के छत से उतर जाने की खबर देने।

बैजनाथ घर से निकलकर दरवाजे पर आया, तो कदमलाल से टकरा गया। उसने एक बार कदमलाल के छत की ओर देखा जहाँ पुतला नहीं था और एक बार कदमलाल की ओर देखा जो उसके ठीक सामने खड़ा था। कदमलाल ने ही पूछा, ''मुझे खोज रहे थे, बैजनाथ?''

''नहीं,'' बैजनाथ ने रूखे स्वर में कहा, ''मैं किसी को क्यों खोजने लगा! हाँ, मैं पलटू पंडित को खोज रहा हूँ।''

''पलटू पंडित घर पर हैं,'' कदमलाल बोला, ''हम लोग साथ ही गंगास्नान करने गये थे, साथ ही लौटे हैं।''

बैजनाथ ने अब रीतलाल ने कहा, ''जाओ, पलटू पंडित को कहना तुरन्त आने के लिए'' और कदमलाल से कुछ कहे बगैर धड़धड़ाकर अपने घर में घुस गया।

रीतलाल पलटू झा के घर गया और आया। उसने आकर यह खबर दी कि पलटू पंडित शाम में आएँगे और यह भी बता दिया कि अभी वे वेदानन्द गवैये के भतीजे के साथ कोई जरूरी बातचीत कर रहे थे।

पलटू झा शाम उतर जाने के बाद ही बैजनाथ के घर आया। बैजनाथ ने उस पर अपना गुस्सा प्रकट कर दिया, ''आप भी गुरुजी कमाल के आदमी हैं; मेरी जरूरत नहीं समझते। आप सुबह ही आ गये और अभी आये हैं मुझे दर्शन देने! मैंने रीतलाल को दौड़ाया आपके पास; तब भी आप नहीं आये। यहाँ एक-एक पल भारी लग रहा था मुझे। जब से आपके आने की खबर मिली है, तब से आपका इन्तजार कर रहा हूँ।''

''मेरा इन्तजार?''

''तो यहाँ और कब किसका इन्तजार किया है मैंने?''

''मगर चन्द्रमोहन तो बता रहा था कि अब आपको मेरा भी इन्तजार नहीं है।''

''गलत कहा उसने; आपने उसकी बात पर विश्वास कैसे कर लिया?''

''उसने बताया कि आपकी कनियाँ पक्की हो गयी है, और अब आपको उसे अपने घर ले भर आना है।''

''यह झूठ नहीं कहा है उसने, मगर आपके साथ जाऊँगा, तभी तो लेकर आ पाऊँगा।''

''अब मेरी छुट्टी करें, बैजनाथ बाबू। जहाँ तक बन पड़ा, मैंने अपनी शक्तियों का आपके लिए उपयोग किया। आपका काम बन गया; अब मैं अपने काम पर ध्यान दूँ। अब आप अकेले ही जाएँ कनियाँ लाने; मुझे कहीं और जाना है।''

''कहाँ जाना है?''

''जहाँ ले जाये गरीबननाथ?''

''गरीबननाथ!'' बैजनाथ कुछ विस्मित हुआ, ''कौन है यह गरीबननाथ?''

''धोबियों का देवता।''

"इस देवता से आपको क्या लेना-देना?"

"अब गरीबननाथ ही मेरा देवता हुआ न।"

"क्यों?"

"अब मैं धोबी हो गया हूँ न।"

"यह क्या बोल रहे हैं आप! इसी कलंक को धोने के लिए आप गंगास्नान करने गये थे।"

"लोगों के कहने पर गंगास्नान करने चला गया, मगर लोगों के कहने पर मैं अपना भविष्य तो नहीं बिगाड़ लूँगा।"

"आपका भविष्य धोबी बन जाने में है?"

"हाँ, आपने तो देखा ही कि बगला और पहाड़पुर गाँव में पलक झपकते हमने कितनी कमाई कर ली थी। अब उतनी कमाई क्या कोई पलटू झा किसी पूजा-पाठ से कर पाएगा? मुझे तो बाबा गरीबननाथ बार-बार बुला रहे हैं कि धोबी बनो और मेरी शरण में आ जाओ। बाबा गरीबननाथ सौ नहीं, लाख देंगे, लाख।"

"लाख दे देंगे?"

"हाँ।"

"कैसे?"

"बाबा गरीबननाथ का घर भारदह में था जो अभी नेपाल में है। दूर-दूर तक के धोबी अपने उस तीर्थस्थल की यात्रा पर हर साल वहाँ जाते हैं। मैं भी अभी वहीं की यात्रा पर निकलूँगा।

"गरीबननाथ मरे, तो उनकी लाश का दाह-संस्कार नहीं किया गया था; लाश नदी में बहा दी गयी थी। नदी में बहती हुई लाश एक किनारे लगी जहाँ धोबियों का घाट था। वहाँ बहुत-से धोबी कपड़े धो रहे थे। बाबा ने धोबियों को हाँक लगाकर बुलाया और कहा, "मेरा दाह-संस्कार नहीं हुआ है। तुम लोग मेरा दाह-संस्कार कर दो। मैं तुम्हें वर दूँगा।" धोबियों ने उनका दाह-संस्कार किया और बाबा ने उन्हें वर दिया कि तुम्हारी भट्ठी में कभी कपड़ा नहीं जलेगा।' तब से ही बाबा गरीबननाथ धोबियों के देवता बने हुए हैं।

"मुझे यह सूझ गया है कि मैं हर साल बाबा गरीबननाथ का दाह-संस्कार करवाऊँ। अपनी योजना की सफलता के लिए मैं गाँव-गाँव घूम जाऊँगा और लाखों में चन्दा बटोर लूँगा। लाखों की संख्या में भरदह में धोबी एकत्र होंगे। गाँवों से वसूलली अलग होगी और भारदह में लाखों का चढ़ावा अलग से मिलेगा। जब-जब मैं जयकार करूँगा, 'बाबा गरीबननाथ की जय हो,' तब-तब धोबियों के लाखों कंठों से फूट पड़ेगा, 'बाबा पलटू धोबी की जय हो।' इससे अधिक सुख, यहाँ से अधिक पैसा और कहाँ मिलेगा मुझे!"

"गाँव-गाँव में आपके साथ घूमने के लिए अब तो आपके पास कोई गधा नहीं है; गधा का जुगाड़ कर लिया है आपने?"

"अब मुझे किसी गधे की जरूरत नहीं पड़ेगी।"

"आपको गधे की जरूरत पड़ेगी, गुरुजी; आप बिना गधा को साथ लिये गाँवों में नहीं जा सकते। आप बगला और पहाड़पुर के धोबियों को कह आये हैं कि जो आदमी अपने को धोबी बताये, मगर बिना गधा साथ लिये चन्दा माँगने आये, उसे धोबी नहीं, फरजी आदमी समझिएगा।

अब तक तो यह बात इलाके के सारे धोबियों के बीच चली गयी होगी।''

''क्या कहा था, उसका अब होश किसे रहेगा! धोबियों में एक नया जोश पैदा हो जाएगा, उन पर नशा छा जाएगा। जो दाह-संस्कार कभी उनके पूर्वजों ने किया था, उसे वे फिर से देख पाएँगे। तब कोई धोबी पूछेगा कि आपके साथ कोई गधा नहीं है? मैंने चन्दा की रसीद छपवा ली है, अखिल भारतीय धोबी महासंघ की रसीद। रसीद पर लिखा हुआ है बाबा गरीबननाथ के दाह-संस्कार हेतु चन्दा।''

''आप स्थायी रूप से क्यों धोबी बनना चाह रहे हैं, गुरुजी?'' बैजनाथ ने खिन्न स्वर में कहा, ''कोई और ब्राह्मण पैसे के लिए धोबी नहीं बन सकता था।''

''अब यह बात नहीं रही, बैजनाथ बाबू। जब ब्राह्मण बने रहने में इज्जत और पैसा था, तब की बात और थी। तभी तो कितने ही ब्राह्मण और राजपूत धोबी और डोम बनकर पैसे बटोर रहे हैं, सरकारी पदों पर बहाल होकर ऐश कर रहे हैं। अभी भी मैं ब्राह्मण होने का गुमान करूँ? मेरी पत्नी ब्राह्मणी होकर चमरटोली में पढ़ाने जा रही है या नहीं? हर महीने एक कलश गंगाजल आ जाता है काढ़ागोला घाट से प्रतिदिन छींटे मारकर देह शुद्ध कर लेने के लिए। अब अगर किसी दिन कलश ढुलक गया और सारा गंगाजल जमीन पर बह गया, तो क्या वह चमरटोली जाना छोड़ देगी? अब तो वह चमारिन बन जाएगी, मगर चमरटोली जाना नहीं छोड़ेगी। कितनी ही ब्राह्मणियाँ राजी थीं चमरटोली में पढ़ाने के लिए और बहाली के लिए कोशिश-पैरवी कर रही थीं। मैं बहुत आगे निकल चुका हूँ, बैजनाथ बाबू।''

''आपकी ब्राह्मणी डंके की चोट से चमरटोली जाती हैं या चमारिन बन जाएँगी, मगर आप तो धोबियों को धोखा देकर धोबी बन रहे हैं और स्थायी रूप से धोबी बने रहेंगे। आपकी धोखाधड़ी नहीं चलेगी, आप पकड़ लिये जाएँगे।''

''कैसे नहीं चलेगी? कैसे पकड़ लिये जाएँगे?''

''आप धोबी बन गये हैं, यह बात क्या कभी इस गाँव में नहीं पहुँचेगी, आपके रिश्तेदारों के कान में नहीं जाएगी? यहाँ से ऊपर जानेवाला हर ब्राह्मण सबसे पहले वहाँ ब्राह्मणों को यही खबर सुनाएगा कि अब धरती पर ब्राह्मण स्थायी रूप से भी धोबी बनने लगे हैं। स्वर्ग और नरक में रहनेवाले आपके और आपके रिश्तेदारों के पुरखे तक त्राहि-त्राहि पुकारने लगेंगे। आपके धरती के सारे रिश्तेदार आपके घर चढ़ाई कर बैठेंगे। आपके ननिहाल-ससुरालवाले तक आपको नहीं छोड़ेंगे। आप धोबी मत बनिये, गुरुजी!''

''अब ऐसा कुछ नहीं हो रहा हे, बैजनाथ बाबू; ऐसा कुछ नहीं होगा। अशोक झा के मामा प्रेमनारायण झा तब के आदमी हैं, अब के नहीं। उन्होंने मेरे घर के पिछवाड़े में एक गधा देखकर ब्राह्मणों की पंचायत बैठा दी, मगर उस सभा में किसी ब्राह्मण ने, यह कहने के लिए कि मेरी पत्नी चमार-चमारिन को पढ़ाने के लिए चमरटोली जाया करती है, अपना मुँह नहीं खोला था। प्रेमनारायण झा इस बात पर भी उत्पात करते; मगर तब उन्हें मुँह की खानी पड़ती। और, पुरखे त्राहि-त्राहि पुकारते रहें; मैं अपना पेट देखूँगा कि पुरखों की हँसी-खुशी, सुख-दुख को!''

''यहाँ के धोबी ही आप पर मुकदमा ठोंकेंगे, साबित कर देंगे कि आप धोबी नहीं हैं। धोबी-चमार बनकर अच्छी नौकरी कर रहे कितने ही अफसरों को पकड़ा गया है और उन्हें

नौकरी छोड़कर भागना और अज्ञातवास करना पड़ा है।''

''मैं कोई सरकारी नौकरी तो नहीं करूँगा कि पकड़ा जाऊँगा और भागूँगा। मैं तो धोबियों का नेता बनूँगा। अभी भी कितने ही नेता हैं जिनके बारे में केवल चर्चा होकर रह जाती है कि वे यादव हैं कि धोबी, या राजपूत हैं कि चमार। वे तो टिके हुए हैं, भाग नहीं रहे हैं।''

''जब धोबी कचहरी पढ़ेंगे, तो मामला बिगड़ेगा। आप तो बन जाएँगे पलटू धोबी, मगर आप धोबी बाप कहाँ से लाएँगे?'' आपके पिताजी कहेंगे कि वे रामभद्र धोबी हैं?''

पलटू झा हँसा और बोला, ''आपको कचहरी का ज्ञान नहीं है, बैजनाथ बाबू। मुझे गाँव से पिताजी को लेकर कचहरी नहीं जाना होगा। वहाँ कचहरी में ही ऐसा आदमी मुझे मिल जाएगा जो पाँच-दस रुपये लेकर ही हाकिम के सामने यह कहने के लिए तैयार हो जाएगा कि वह मेरा बाप है और उसका नाम रामभद्र है।''

''लगता है, आप हर तरह से पुख्ता हो गये हैं और धोबी बनकर ही दम लेंगे।''

''हाँ, बैजनाथ बाबू, सौभाग्य को तो लात नहीं मार सकता।''

''एक काम तो आप कर ही सकते हैं।''

''क्या?''

''हफ्ता भर रुक जाइए; ककीरा जाना है और आना है।''

''रुक तो जाऊँ, मगर मैं कुछ उदास भी तो हूँ।''

''किस बात की उदासी?''

''मेरा मन्दिर नहीं बना।''

''वही तो मैं कह रहा हूँ कि आपक ककीरा से वापस आइए और मन्दिर बनवाइए। मैं पीछे नहीं हटूँगा। गाँव में कोई कह सकता है कि मैं जबान देकर मुकर गया हूँ? हाथी निकल गया; जब पूँछ निकलनी है, तो आप भाग रहे हैं। मैंने तो मन-ही-मन तय भी कर लिया है कि जहाँ मेरी बँसबाड़ी है, वहीं आपके लिए मन्दिर बनवाऊँगा। ककीरा से आते ही मैं ईंट-सीमेंट ले आता हूँ; आप काम शुरू कर दीजिए। उसके बाद तो आपको धोबी बनने की फुरसत भी नहीं मिलेगी।''

''मैं धोबी तो बनकर रहूँगा, बैजनाथ बाबू; यहाँ का मन्दिर भी सँभालूँगा और बाबा गरीबननाथ का काम भी करूँगा।''

''मेरी शादी हो जाये, फिर आप बनते रहिये धोबी। मेरा काम बस इतना भर रहेगा कि आपके लिए मन्दिर बनवा दूँ।'' इतना सुनाकर बैजनाथ ने पूछा, ''अब बताइए कि कल चल रहे हैं न ककीरा?''

''चल तो दूँ, मगर कुछ तैयारी तो करनी पड़ेगी न।''

''अब किसी खास तैयारी की जरूरत नहीं है, गुरुजी। मुझे लगता है कि शनिदेव ने मेरा पीछा छोड़ दिया है। अगर अभी भी कुछ टेढ़ी नजर होगी, तो अब चन्द्रमोहनजी सँभाल लेंगे। उन्हें ही पूजा-पाठ का भार दे देता हूँ। अब तो वे भी अच्छे पंडित हो गये हैं, शनिदेव को वश में कर लिया है।''

''शनि के चक्कर के बाद आप चन्द्रमोहन के चक्कर में नहीं फँसिएगा, बैजनाथ बाबू।

वह तो धूर्त ब्राह्मण है; लोगों को ठगता फिरता है। आपको भी वह ठगे, ऐसा मैं नहीं होने दूँगा। उसने अपना मन्दिर खड़ा कर लिया है और नहीं चाहेगा कि यहाँ अब कोई और मन्दिर खड़ा हो। वह क्यों चाहेगा कि आपकी शादी हो जाये और आप मेरे लिए मन्दिर बनवाएँ? वह तो भरसक आपकी शादी बिगाड़ने के लिए पूजा-पाठ करेगा। मगर आप निश्चिन्त रहें; मैं उसकी एक नहीं चलने दूँगा। वह अभी भी मेरे सामने गोबर पंडित है। आप परसों यात्रा पर निकलने की तैयारी करें।''

''मुझे भला क्या तैयारी करनी है! मैं तो तैयार बैठा हूँ।''

''आप अभी भी यह मानकर नहीं चलें कि शनि ने आपका पीछा छोड़ दिया। बड़ा क्रूर ग्रह है यह। आपको एक बार फिर सहसौल जाना होगा; दो और अँगूठियाँ पहननी हैं आपको।''

''दो और?''

''हाँ।''

''अँगूठियाँ बढ़ती जा रही हैं,'' बैजनाथ ने सुनाया, ''और इन्हें पहनने के लिए उँगलियाँ घटती जा रही हैं। भगवान न करे ऐसा हो, मगर मैं यह सोचकर काँप उठता हूँ कि किसी दिन आपकी बतायी हुई अँगूठियों को पहनने के लिए मेरे पास उँगलियाँ ही न बचें। अँगूठे में तो अँगूठियाँ नहीं पहनूँगा न। आप अभी से ही अँगूठियाँ पहनाना बन्द कर दें, नहीं तो मुझे आज रात से ही बुरे-बुरे सपने आने लगेंगे।''

''ठीक है,'' पलटू झा ने बात मान ली, ''मैं कुछ और सोचता हूँ। कल सुबह आता हूँ और बता जाता हूँ कि आपको क्या-क्या करना है। परसों का दिन शुभ है; हम लोग निकल चलेंगे।''

जब पलटू झा चलने को हुए, तो बैजनाथ ने टोका, ''एक बात मैं भी कहना चाहूँगा, गुरुजी।''

''बोलिए।''

''कदमलाल का आपके साथ उठना-बैठना कुछ अधिक ही हो रहा है। वह आपके पेट में घुसकर पेट की बात ले लेगा। आप जान लीजिए, वह अभी भी मेरा दुश्मन है, मेरा अहित कर सकता है।''

''कदमलाल मेरा भक्त बना हुआ है, मुझे देवता की तरह पूजता है; किसी भक्त को दुरदुराना अच्छा तो नहीं लगता। और फिर, मेरी इस बात का विश्वास कीजिए कि वह आपका दुश्मन नहीं है। वह आपके अहित की बात कभी नहीं करता, हमेशा आपके कल्याण की बात करता है। अगर वह दुश्मन भी है आपका, तो रहने दीजिए; मैं तो आपका दोस्त हूँ। मेरे रहते क्या बिगाड़ लेगा आपका कोई कदमलाल या डेगलाल!''

''मैं तो बस आपको सावधान कर रहा हूँ।''

''आप निश्चिन्त रहिए।''

सुबह बैजनाथ ने पलटू झा का इन्तजार करना शुरू ही किया था कि वह अवतरित हुआ। आते ही उसने कहा, ''रात भर मैं अगली यात्रा को शुभ बनाने पर ही विचार करता रह गया।

सुबह जाकर शान्ति मिली है और नींद आयी है। अब दो अँगूठियाँ नहीं पहनाऊँगा आपको और इस बार के बाद कभी एक अँगूठी भी नहीं, मगर इस बार एक अँगूठी तो पहननी पड़ेगी आपको।''

''इस नयी अँगूठी को पहनना बहुत जरूरी है न?''

''हाँ,'' पलटू पंडित ने बताया, ''इस अँगूठी मे फिरोजा जड़ा जाएगा। यह नीलम का ही उपरत्न है। अब तक हम लोगों का यही अनुभव रहा है कि सब कुछ ठीक चल रहा होता है और अचानक कोई विपत्ति आकर हमारा खेल बिगाड़ देती है। फिरोजा पहनने से खुशहाली आती है। इसकी सबसे बड़ी खूबी यह है कि किसी विपत्ति की सूचना यह अपना रंग बदलकर तुरन्त दे देता है। किसी विपत्ति के आने के पहले ही यह अपना फिरोजी रंग छोड़कर हरा या गुलाबी हो जाता है। अब जब सब कुछ शुभ-शुभ नजर आ रहा है, इस अँगूठी को पहनना जरूरी है, ताकि हम विपत्ति से कटकर निकल जाएँ।''

''बस, एक अँगूठी बनवानी है; और कुछ तो नहीं करना है?''

''पूरी रात एक अँगूठी ही नहीं खा गयी; और भी कई बातों पर सोच-विचार करता रहा था। बहुत सोच-विचार करने के बाद सुबह होने-होने तक मैंने पुख्ता निर्णय ले लिया कि इस बार उल्लू तन्त्र का प्रयोग करूँगा। कौआ तन्त्र ने भले ही धोखा दे दिया, मगर उल्लू तन्त्र अपना काम अवश्य पूरा करेगा। आपको अब केवल उल्लू का ध्यान करना है।''

''उल्लू का ध्यान?''

''हाँ।''

बैजनाथ आँखें मूँदकर ध्यानमग्न हुआ और कुछ क्षणों के बाद आँखें खोलकर कहा, ''गुरुजी, उल्लू मेरे ध्यान में नहीं आ रहा है।''

''क्यों?'' कुछ अचरज प्रकट किया पलटू झा ने, ''ऐसा तो पहले कभी नहीं हुआ था कि ध्यान में कुछ नहीं आये!''

''मैंने बहुत दिनों से कोई उल्लू नहीं देखा है। अब तो उल्लू गाँव-घरों में दिखायी भी नहीं पड़ते।''

''दिखायी तो पड़ते हैं, मगर बहुत कम। अब तो ऐरे सारे पक्षी दिखायी नहीं पड़ रहे हैं। कौए तक कम पड़ते जा रहे हैं। पता नहीं, ये सब पक्षी कैसे लुप्त हो गये या कहीं और भाग गये! मगर उल्लू अभी भी नजर आ जाते हैं। अभी भी आप शाम के बाद बाग-बगीचों की ओर निकल जाएँ, तो कोई-न-कोई उल्लू आपको नजर आ जाएगा। किसी खंडहर में जाने से तो उल्लू अवश्य दिख जाएँगे।''

कुछ सोचकर बैजनाथ ने कहा, ''मैं उल्लू को अब देख भी लूँ, तो पहचान नहीं पाऊँगा।''

''पहचान भी नहीं पाएँगे?''

''नहीं पहचान सकूँगा, गुरुजी।''

''आँखें बड़ी-बड़ी, गोल?''

''नहीं पहचान सकूँगा।''

''बड़े कान? खुले कान?''

"नहीं पहचान सकूँगा, गुरुजी।"

"तब तो यह काम भी मुझे ही करना पड़ेगा।"

"कौन-सा काम, गुरुजी?"

"आपके मन्द भाग्य को जगाने के लिए उल्लू तन्त्र का भाग्योदय काकर विशिष्ट प्रयोग तो मैं आज से ही शुरू कर दूँगा, पर अभी से आपके सौभाग्य दुर्भाग्य की पल-पल की जानकारी रखना आवश्यक है। अब जैसा उल्लू बोले, वैसा करना है। उल्लू दिन और रात की किस घड़ी में कहाँ दिखाई पड़ता है, इसके लिए मुझे अभी से यात्रा करने तक गाँव के गाछ-वृक्ष, घर-मकान और खँडहरों तक पर नजर रखनी है। उल्लू तन्त्र का प्रयोग शुरू होते ही, हो सकता है, उल्लू अपना असर दिखाना शुरू कर दे। मगर दिक्कत तो यह है कि आप उल्लू को पहचान ही नहीं पाएँगे।"

"करेगा क्या उल्लू?"

"हो सकता है, उल्लू कहीं आस-पास के वृक्षों पर रहते हों; हो सकता है, कोई उल्लू आपके घर में भी रह रहा हो। ऐसा होता है कि दिन में कोई उड़ता हुआ उल्लू किसी आदमी की देह का स्पर्श करता हुआ निकल जाये। यह तो होता ही है कि उल्लू रात के अँधेरे में कमरे में आया करता है। आज तक किसी उल्लू ने दिन में आपके किसी अंग का स्पर्श करने से इन्कार किया और रात में, जब आप सोते रहे, आपके कमरे में आने से बचता रहा; मगर अब ऐसा हो सकता है। अगर ऐसा होता है, तो आप तो नहीं जान पाएँगे कि उल्लू ने आपका भाग्योदय कर दिया? अगर ऐसा होता है, तो माना जाता है कि उस आदमी का विवाह शीघ्र होगा; आप मान लीजिएगा कि आपका विवाह हो गया।"

"अब तो मैं यह सोचने लायक हो गया हूँ, गुरुजी, कि दिन में कोई भी चिड़िया मेरी देह छूकर चला जाये या रात में मेरे बिस्तर पर आ जाये, वह चिड़िया उल्लू ही होगा।"

"हाँ, उल्लू ही होगा," पलटू पंडित बोला, "मगर उल्लू को अपने पास खींच ले आने के लिए आपको एक मन्त्र को एक हजार आठ बार जप लेना होगा। आज भी जप लेंगे और कल भी। मन्त्र है—

ॐ नमो उलूक राजाय, लक्ष्मी वाहनाय, दुर्भाग्य नाशनाय,
मम सौभाग्य वृद्धि कुरु कुरु कुरु श्रीं ह्रीं क्लीं स्वाहा।"

बैजनाथ की यह खुशी देखकर कि अब ककीरा में शादी होकर रहेगी, पलटू पंडित कुछ गुस्से में आ गया कि कहीं उसका मान घट तो नहीं रहा है। एक कागज पर मन्त्र लिखकर कागज बैजनाथ को सौंपते हुए उसने कहा, "हर बार हम घर से बहुत खुश होकर निकलते हैं कि अब इस बार शादी हो ही जाएगी, और हर बार कनियाँ लेकर तो नहीं आते, चोट खाकर जरूर आते हैं। न जाने घर से निकलते ही किस-किस की बुरी नजर पड़ती है हम पर! घर से खुश होकर निकलने से काम बिगड़ता है। इस बार हम लोग बहुत दुखी मन से घर से निकलेंगे, बिलकुल रुआँसा चेहरा लिये। हम इस टोटके का सहारा अवश्य लेंगे इस बार।"

"हाँ, अवश्य," बैजनाथ बोला, "हम अवश्य ऐसा करेंगे।"

जितना कुछ बताकर गया पलटू झा, उतना पूरा कर लिया बैजनाथ मंडल ने, मगर एक अशुभ की ओर उसका ध्यान बार-बार जाता रहा। नेबी मंडल ने अब तक चरित्तर भगत का बकाया नहीं चुकाया था। चरित्तर भगत नियम से हर सुबह नेबी मंडल के घर अपने पैसे का तकाजा करने आया करता था और उसे खरी-खोटी सुनाकर जाता था। यात्रा के समय उन दोनों का काँव-काँव बराबर बैजनाथ की यात्रा को अशुभ बना दिया करता था।

बैजनाथ नेबी मंडल के घर गया और उन्हें अपना कष्ट बताते हुए उनसे कह आया कि वे अगले दो-तीन दिनों तक हर सुबह अपने घर से गायब रहा करें। उनके घरवालों को भी उसने हिदायत दी कि घर के इस मालिक को वे सुबह होते ही घर से बाहर निकाल दिया करें और दोपहर तक घर के अन्दर नहीं आने दें। बिलकुल ऐसा ही कुछ कहने वह चरित्तर भगत के घर भी गया और उसके घरवालों से कहा कि सुबह होते ही वे घर के इस मालिक को घर के अन्दर बन्द कर दिया करें और दोपहर होने तक घर से बाहर नहीं जाने दें।

यात्रा के दिन सुबह की पूजा और मन्त्र-पाठ अच्छी तरह सम्पन्न कर लेने के बाद बैजनाथ मंडल पलटू के आने का इन्तजार करते हुए दुखी मन से घर से निकलने की तैयारी करने लगा। वह एक कुरसी पर बैठकर दुखी होने लगा।

हालाँकि इस बार उसके अन्दर विवाह की खुशी थी, मगर दुखी होने के लिए उसने एक साथ तेजू भगत, बैकुंठ चौधरी और एक चोर का स्मरण किया जिनकी रुलाइयों का मिश्रण तैयार कर वह अपनी दूसरी बीवी की मौत पर रो चुका था। अन्दर की खुशी से हाहाकर मचाने तो नहीं दिया उसे, मगर बैजनाथ ने आँखों से आँसू तो टपका ही दिये।

रीतलाल मालिक को रोते देख हतप्रभ हो उठा; वह पास आ गया और धीरे-से पुकारा, "मालिक!"

बैजनाथ ने कोई जवाब नहीं दिया।

मालिक डाँट नहीं बैठें, इसलिए उसने रोकर पूछा, "मालिक! रो क्यों रहे हैं, मालिक?"

"कोई बात नहीं है," मालिक ने रोते हुए जवाब दिया, "मैं थोड़ा दुखी हो रहा हूँ।"

"किस बात का दुख, मालिक?"

"तुम्हारे लिए जानना जरूरी नहीं है। तुम जाओ, अपना काम करो।"

"किसी काम में मेरा जी नहीं लगेगा, मालिक।"

मालिक ने अपने और नौकर के आँसू पोंछकर कहा, "यात्रा पर निकल रहा हूँ; दुखी होकर जाना है।"

"यात्रा शुभ हो, इसके लिए तो हँसी-खुशी घर से निकलना चाहिए।"

"इस हँसीखुशी के चलते आज तक यात्रा अशुभ होती रही। यात्रा शुभ हो, इसीलिए दुखी हो रहा हूँ।"

"शुभ यात्रा के लिए?"

"हाँ, रीतलाल।"

"तो आपके शुभ यात्रा के लिए मैं भी दुखी होऊँ, मालिक?"

"हो जाओ।"

रीतलाल कुछ अधिक ही दुखी हुआ; वह हिचकियों के साथ रोने लगा।

पलटू झा की हाँक पर जब रीतलाल दरवाजे पर आया, तो उसके चेहरे को देखकर पलटू ने कुछ आशंकित मन से पूछा, "क्या बात है? रो क्यों रहे हो?"

"मालिक को देखकर।"

"क्या हुआ है मालिक को? कहाँ हैं वे?"

"अभी रो रहे हैं।"

"रो रहे हैं?"

"हाँ।"

"क्यों रो रहे हैं?"

"दुख से।"

"किस बात का दुख?"

नौकर को जवाब देने की जरूरत नहीं पड़ी। बैजनाथ बाहर निकल आया था और आते ही बोला, "मैं दुखी हो गया," और एक निगाह नेबी मंडल के घर पर फेंकते हुए कहा, "अब चलिए, निकल चलते हैं।"

बस्ती से बाहर निकलते ही दो मुँहों के मुँहचुथौवल का कोलाहल कुछ दूर से ही बैजनाथ ओर पलटू के कानों में पड़ा। किसी अशुभ की ओर बैजनाथ ने अपना ध्यान जाने नहीं दिया और न इस ओर पलटू झा का ध्यान ही आकर्षित किया। वे आगे बढ़ते चले गये।

कुछ आगे बढ़ते ही आवाजें स्पष्ट हो गयीं और फिर दोनों मुँह साफ-साफ दिखने लगे। जब बैजनाथ और पलटू उन दोनों के करीब आ गये, तो नेबी मंडल चरित्तर भगत को छोड़कर बैजनाथ के आगे आ खड़ा हुआ और बोला, "मैंने तुम्हारे कहने पर सूरज उगने के बहुत पहले ही घर छोड़ दिया था, बैजनाथ; सोच लिया था कि आज दोपहर तक अपने घर नहीं जाऊँगा। मगर इस भगत की कुचाल देखो कि घर से बाहर भी इसने मेरा पीछा किया है।"

"पीछा करने का मेरा कोई इरादा नहीं था, बैजनाथ बाबू, और सोच लिया था कि दोपहर तक इस मरदूद को कहीं ढूँढूँगा भी नहीं," चरित्तर ने सुनाया, "मगर जब भोर-भोर अचानक इस बहियार में इस कुकर्मी पर मेरी नजर पड़ गयी, तो अनायास तकाजा कर बैठा। सामने पैसा पड़ा हो, अपना पैसा, तो कोई भी उसे उठा लेना चाहेगा। मैंने पैसा उठाने के लिए कुछ किया, तो वह कुचाल कैसे हो गयी?"

"मैंने आप दोनों को झगड़ा करने से मना किया था।" बैजनाथ कुछ गुस्से से बोला।

"इस झगड़े के कारण मैंने अपना घर छोड़ा, गाँव भी छोड़ सकता था।" नेबी मंडल ने अपने को निर्दोष साबित किया।

"मैं भला झगड़ना चाहूँगा! मैंने इसे उधार धोती दी थी देह ढँकने लिए, इससे झगड़ा मोल लेने के लिए नहीं," चरित्तर भगत ने जवाब दिया, "इसे यह लिहाज नहीं कि महाजन से किस

तरह बतियाना चाहिए। कर्जदार की बोली तो यह कभी बोलता ही नहीं। मेरी बातें का तुर्की ब तुर्की जवाब देता है।''

बैजनाथ ने नेबी मंडल को जवाब देने नहीं दिया, और उन दोनों से कहा, ''मैं यात्रा पर निकला हूँ। आप लोग झगड़कर मेरा सत्यानाश करने पर तुले हुए हैं। अगर आप लोग चाहते हैं कि मेरी यात्रा शुभ-शुभ हो, तो अब चुप हो जाएँ और चुपचाप अपने-अपने घर चले जाएँ।''

''मैं इसे झगड़ा नहीं मानता, बैजनाथ,'' नेबी मंडल बोला, ''सुबह इनसे चोंच लड़ा लेता हूँ, तो मेरा पूरा दिन बहुत अच्छा गुजरता है। लो, मैं चला।''

''मैं ही झगड़ा करने कहाँ आता हूँ, बैजनाथ बाबू!'' चरित्तर भगत बोल गया, ''मैं तो सुबह-सुबह सिर्फ यह देखने चला आता हूँ कि कहीं नेबी मंडल रात में मर तो नहीं गया। लीजिए मैं भी चला।''

उन दोनों के जाते ही बैजनाथ मंडल ने पलटू झा से कहा, ''इन दोनों ने हमारी यात्रा खराब तो नहीं कर दी, गुरुजी? मैं यहाँ थोड़ी देर बैठकर दुखी हो जाऊँ?''

''सब आप ही करेंगे, बैजनाथ बाबू,'' पलटू झा ने जवाब दिया, ''तो हमारा उल्लू क्या करेगा?''

(6)

ककीरा जाने का रास्ता बैजनाथ मंडल पहले ही जगत चौधरी से पूछ चुका था, मगर ककीरा की यात्रा पर निकलने से पहले वह जगत चौधरी से यह पूछने गया था कि इस इलाके में उनका कोई ऐसा परिचित है या नहीं जो वक्त-जरूरत काम आये। हालाँकि उसने ऐसा महसूस नहीं किया था कि इस बार की यात्रा में उसे कभी किसी परिचित की जरूरत पड़ेगी, मगर तब भी यात्रा पर निकला आदमी, और बैजनाथ मंडल जैसा आदमी जिसे कई-कई यात्राओं का अनुभव प्राप्त हो, हर सहारे को अपनी मुट्ठी में कर लेना चाहता है। जगत चौधरी ने अपनी बही देखकर गोरगामा के एक नरदेव चौधरी का नाम लिया था और बैजनाथ से कहा था कि उनका नाम बता देने पर नरदेव चौधरी वक्त-जरूरत हर तरह की मदद उसे करेगा।

बैजनाथ ने नरदेव चौधरी का नाम एक कागज पर टाँक लिया था और यह सोचकर कि वक्त जरूरत एक आदमी एक साथ दो-दो आदमियों की मदद नहीं भी कर सकता है, उसने गोरगामा के नरदेव चौधरी के बारे में पलटू पंडित को कोई जानकारी नहीं दी।

शंकरपुर से आने के बाद पिताश्री लगातार पलटू पर यह लांछना लगाते रहे थे कि वह आज तक केवल ससुराल का घर भरता रहा था और अपनी सारी कमाई (शंकरपुर की दुर्गामाता के गहने भी) नवरसिया में रखकर छूँछा हाथ फुलकाहा आया था। उसके मन को इतनी पीड़ा पहुँची थी कि उसने नवरिसया का नाम तक लेना छोड़ दिया था और पिताश्री से भी आग्रह कर बैठा था कि वे उसके सामने नवरसिया का नाम नहीं लें। तब से आज तक उसने ससुराल का रुख नहीं किया था।

ससुराल में भी न जाने क्या बात हुई थी जब से वह शंकरपुर से आया था, ससुराल से न

कोई आदमी और न कोई संवाद ही आया था। पलटू झा के मन में यह टीस उठती रही थी कि कहीं ससुरालवालों ने भी यह मान तो नहीं लिया है कि शंकरपुर दुर्गाथान के गहने उसने ही चुराये होंगे, और तब यह जरूरी समझा कि ऐसे कलंकित बहनोई-दामाद से वे सम्बन्ध-विच्छेद कर लें। एक बार ससुराल जाकर अपने को निष्कलंक साबित करने की बात उसके मन में आने लगी थी।

इधर पत्नी ने उसे सुनाया था कि पिताश्री नवरसिया से किसी आदमी के नहीं आने का कारण माताश्री को यह बता रहे थे कि 'अब नवरसियावाले क्यों आने लगे! घर तो उनका भर गया। अब क्या उस घर को खाली करने के लिए आएँगे? उन्हें यह डर तो होगा ही कि किसी दिन इस बकलोल जँवाई को सुमति आ गयी, तो चला आएगा अपना जमा माल वापस ले जाने। अब तो वे लोग यही चाहेंगे कि इन दो घरों के बीच कोई ऐसा स्थायी झगड़ा हो जाये कि एक घर का आदमी दूसरे घर के आदमी की सूरत तक देखना नहीं चाहे। देख लेना, वे जब भी आएँगे, झगड़ा करने ही आएँगे। इतना सुनाकर पत्नी ने जोरदार आग्रह किया था कि वे हर हाल में नवरसिया जाएँगे और वहाँ से उसके नैहरवालों का हाल-चाल पूछकर आएँगे यह सब सुनकर पलटू ने मन में तय कर लिया था कि वह अब मौका हाथ आते ही ससुराल का रुख करेगा। वह यह भी जान रहा था कि बैजनाथ की ससुराल पहुँचने के पहले ही वह अपनी ससुराल से हो जाये, नहीं तो कोई ठीक नहीं कि ककीरा से वापसी का रास्ता कोई हो और उस रास्ते में नवरसिया हाथ आये ही नहीं।

मौका हाथ आ गया था। मगर पलटू झा ने इस मौके की कोई चरचा बैजनाथ मंडल के साथ नहीं की। वह बैजनाथ मंडल को बता चुका था कि उसकी पत्नी नवरसिया की है, मगर मंडल ने नवरसिया होकर जाने के बावजूद अभी तक एक बार भी उसका ध्यान उसकी ससुराल की ओर नहीं खींचा था। पलटू को खटका था कि बैजनाथ मंडल कह सकता है, 'अभी इस मौके को हाथ से निकल जाने दीजिए।'

घर से निकलते ही बैजनाथ ने मन ही मन ईश्वर से यह प्रार्थना की थी कि उसे गोरगामा से ककीरा के लिए भी ताँगा मिल जाये, मगर फुलकाहा ताँगा पड़ाव पर उसने ताँगेवाले से पूछा था कि नवरसिया में गोरगामा के लिए ताँगा मिल जाएगा या नहीं। जगत चौधरी बरसों पहले गोरगामा गये थे और यह जानकारी बैजनाथ को नहीं थी कि नवरसिया से गोरगामा जानेवाली सड़क अभी भी चालू है या इलाके की बहुत-सी सड़कों की तरह वह भी लुप्त हो गयी है। ताँगेवाले ने यह तो बताया कि वह सड़क अभी भी नजर आती है, पर पूरी निश्ंचितता के साथ यह नहीं बताया कि उस सड़क पर उसे सवारी लेकर जाता हुआ कोई ताँगा भी नजर आया था। बैजनाथ के आग्रह के बावजूद ताँगेवाला, यह कहकर कि उसका घोड़ा उस सड़क के गड्ढों की जानकारी नहीं रखता, उन दोनों को गोरगामा तक पहुँचाने से इन्कार कर गया।

नवरसिया ताँगा पड़ाव पर बैजनाथ को जानकारी मिली कि गोरगामा के लिए सिर्फ सुबह और शाम में ही ताँगा मिलता है। सुबह का ताँगा चला गया, तो अब उसे शाम तक रुकना होगा। वह लोगों से पूछने लगा था कि गोरगामा कितनी दूर है और पाँव पैदल वहाँ कितनी देर में पहुँचा जा सकता है।

पलटू झा खुश हुआ था जब फुलकाहा के ताँगेवाले ने गोरगामा तक जाने से इन्कार किया था। मौका उसकी मुट्ठी में आ रहा था। उसकी खुशी और भी बढ़ गयी जब नवरसिया में शाम तक किसी ताँगा के मिलने की उम्मीद नहीं रही। मौका उसकी मुट्ठी में आ गया था। मगर जब बैजनाथ गोरगामा तक पैदल जाने का हिसाब करने लगा, तो उसने बैजनाथ को डाँट पिला दी, "आप पहुनाई पर निकले हैं, तो क्या किसी लड़कीवाले के दरवाजे पर पाँव पैदल ही धाँगड़-मुसहर की तरह पहुँच जाएँगे? यह होश है आपको कि गोरगामा से फिर एक कोस पैदल चलना होगा। आप अभी से ही पैदल चलने को सोचने लगे! लोग तो ऐसे अवसर पर मोटरगाड़ी तक का जुगाड़ करते हैं। घोड़ागाड़ी न हो, तो बैलगाड़ी ही हो। सिद्धू मंडल जानेंगे कि हम पाँव पैदल ही धावा मारकर आये हैं, तो हमें अपने दरवाजे पर बैठने भी देंगे क्या? बैठने को कह भी दिया, तो क्या हमारा कोई आदर-सत्कार होगा? आदर-सत्कार कर भी दे, मगर अपनी बेटी तो आपसे कभी नहीं ब्याहेगा। आपका फुलकाहा का घर देखकर भले आ गया हो, मगर अब मानेगा कि बेटी को डुबाने के लिए फुलकाहा में कोई पोखर-कुआँ देखकर आया था।"

"तब तो शाम तक रुकना पड़ेगा," बैजनाथ ने अपनी चिन्ता जतायी।

"अच्छा है शाम तक रुक जाना," बैजनाथ बोला, "मगर मैं उपाय करता हूँ कि अभी ही किसी ताँगा या बैलगाड़ी का प्रबन्ध हो जाये। आपको याद है या नहीं कि नवरसिया में ही मेरी ससुराल है। चलिए, मैं अपने किसी साले से कहता हूँ कोई जुगाड़ करने के लिए।"

इतना बोलकर पलटू झा आगे बढ़ा और बैजनाथ मंडल उसके पीछे-पीछे चलने लगा।

दरवाजे पर कोई नहीं था। ओसारे पर एक चौकी थी जिस पर चादर बिछी हुई थी। बाहरवाले कमरे का किवाड़ बन्द था। पलटू ओसारे पर नहीं चढ़ा। वह कुछ सकुचाया हुआ था और हाँक लगाने की बजाय चुपचाप खड़ा रहकर किसी के बाहर निकलने का इन्तजार करने लगा।

बैजनाथ ने पूछा, "यह आपकी ससुराल है न?"

"हाँ; देख नहीं रहे हैं कि दरवाजे पर कदम्ब का गाछ है?"

आस-पास के कई दरवाजों की ओर नजरें घुमाकर यह देख लेने के बाद कि किसी और दरवाजे पर कदम्ब का गाछ नहीं है, बैजनाथ बोला, "कब तक खड़े रहेंगे? हाँक लगाइए न।"

"आप लगाइए।"

जिस तरह अतीत में अपनी ससुराल पहुँचने पर हाँक लगाया करता था, बैजनाथ ने उसी तरह हाँक लगायी, "साले साहब हैं?"

अन्दर से कोई जवाब नहीं आया, मगर बाहरवाले कमरे का किवाड़ खुला और अन्दर से एक बूढ़ा बाहर आया। पलटू ने झट ओसारे पर चढ़कर उनका चरण-स्पर्श किया। बूढ़े ने गौर से पलटू झा को देखा और फिर बगैर कुछ बोले कमरे के अन्दर चला गया।

"कौन है यह?" बैजनाथ ने फुसफुसाकर पूछा।

पलटू कोई जवाब दे, इससे पहले ही बूढ़े की तेज आवाज उन दोनों के कानों में पड़ी, "सहदेव! देखो, कोई आया है।"

बैजनाथ ने फिर पूछा था, "कौन है यह बूढ़ा?"

इस बार भी पलटू जवाब देने से बच गया। सहदेव दरवाजे पर दाखिल हुआ था। पलटू पर कुछ क्षणों तक निगाह जमाये रखने के बाद वह बोला, "ओझाजी! आप! खड़े क्यों हैं? बैठिए।"

पलटू झा को चौकी पर बैठाकर वह घर के अन्दर चला गया।

बैजनाथ अभी तक ओसारे के नीचे ही खड़ा था; उसने पलटू से पूछा, "मैं भी बैठूँ?"

पलटू ने इशारे से उसे भी ऊपर ओसारे पर बुला लिया और चौकी पर बैठ जाने को कहा। चौकी पर बैठ जाने के बाद बैजनाथ ने पलटू से धीरे-से पूछा, "यह आदमी कौन है?"

"यह मेरा साला है, सहदेव झा," पलटू ने जवाब दिया, और फिर बहुत धीमी आवाज में बताया, "कमरे के अन्दर जो बूढ़ा घुसा, वे मेरे ससुर हैं। मैं बहुत दिनों के बाद आया हूँ; लगता है, उन्होंने मुझे पहचाना नहीं।"

सहदेव एक लोटा और बाल्टी भर पानी ले आया था। उसने ओझाजी को पैर-हाथ-मुँह धो लेने को कहा। जब ओझाजी अपनी धुलाई कर रहे थे, तो उसने बैजनाथ की ओर इशारा कर पूछा, "यह आदमी आपके साथ ही आया है?"

"हाँ, मेरे ही साथ है।"

"आपका क्या नाम है?" सहदेव ने इस बार बैजनाथ से पूछा।

"बैजनाथ मंडल।"

"मंडल?"

"हाँ।"

"कौन मंडल-यादव, कोयरी, धानुक, सूँड़ी?"

"धानुक।"

"आपका पानी हम लोगों में चलता है?"

बैजनाथ कोई जवाब सोच ही रहा था कि पलटू ने झट जवाब दिया, "हाँ-हाँ, चलता है।"

धावन-क्रिया के समाप्त होते ही सहदेव ने पलटू से कहा, "आप अन्दर चलिए, ओझाजी," और चौकी पर बिछी चादर उठाकर बैजनाथ से कहा, "आप यहीं आराम कीजिए, मंडलजी।"

बैजनाथ ने बहुत बुरा नहीं माना; सिर्फ चादर हटायी गयी थी, चौकी उठायी नहीं गयी थी। हो सकता है, उसने मन में सोचा, घर में यह एक चादर ही हो।

घर में चाय बन रही है, 'चाय-चाय' की आवाज से ऐसा आभास हुआ बैजनाथ को। उसके लिए एक कनटूटे प्याले में चाय लेकर कुछ विलम्ब से आया सहदेव झा। विलम्ब का यह कारण बताकर, कि जिस प्याले में दरवाजे पर आये शूद्र सरकारी कर्मचारियों को चाय पिलायी जाती है उसे ढूँढ़ने में विलम्ब हुआ, सहदेव झा ने बैजनाथ को अपमानित नहीं किया। उसने इतना भर किया कि चाय के साथ एक लोटा पानी भी वहाँ छोड़ गया और बैजनाथ को कह दिया, "चाय पीने के बाद प्याला धोकर यहीं रख दीजिएगा।"

अभी बैजनाथ चाय की चुस्कियाँ ले ही रहा था कि घर में किसी औरत की रुलाई फूटी। किसी बुढ़िया ने रोना शुरू किया था। उसका चाय पीना रुक गया। उसने घर की ओर कान धर

दिये। अक्सर औरतों के रोने में कुछ गाना भी होता है, गाने के कुछ बोल होते हैं और सुननेवालों को पता चल जाता है कि औरत क्यों रो रही थी। यहाँ शुद्ध रुलाई थी। बैजनाथ के माथे पर बल पड़ गये। अचानक क्या हुआ इस घर में? इस रुदन का कारण वह ही तो नहीं है? रुदन का स्वर बढ़ा, तो वह कुछ अधिक ही घबराया। किस हाल में है पलटू झा? उसे लगा कि पलटू झा भागता हुआ दरवाजे की ओर आएगा। उसने दरवाजे पर निगाह जमा दी। कुछ और भी सोचकर वह दरवाजे पर निगाह जमाये हुए जल्दी-जल्दी चाय समाप्त करने लगा।

रोनी-धोनी ने रोने का कारण नहीं बताया था, मगर घर की लुगाइयाँ, जिन्होंने न जाने कितनी बार यह रोना सुना था, रोने का कारण जान गयी थीं। कोई जवान औरत बुढ़िया के पास पहुँच चुकी थी और उसे चुप कराने लगी थी, "मत रोइए, माँजी, अब और आँसू मत बहाइए। जो हो गया सो हो गया; अब क्या उसके लिए जीवन भर रोते ही रहिएगा? वीणा दीदी के भाग्य में यही था, तो हम-आप क्या कर सकते हैं? मैं तो कहती हूँ कि पूर्व जन्म में वह चमारिन रही होंगी, फिर से चमारिन बन गयीं। अब तो इतने से ही सन्तोष कीजिए कि हर दिन चमरटोली से लौटकर वह अपनी देह और मन को गंगाजल से शुद्ध कर लेती हैं। कुन्ती फुआ क्यों झूठ बोलेंगी कि ओझाजी के घर ही महीने काढ़ागोला घाट से कलशी भर गंगाजल आता रहता है।"

जैसा अक्सर होता है, रोनी-धोनी किसी चुप करानेवाली का इन्तजार करती है। जवान औरत की बात पर बुढ़िया ने रोना बन्द कर दिया था। बैजनाथ ने यह तो जान लिया कि क्या कहने पर चुप हो गयी बुढ़िया, मगर वीणा दीदी का मामला उसकी समझ में नहीं आया। अभी वह इस मामले को मथ ही रहा था कि पलटू झा बाहर निकला। बैजनाथ झट खड़ा हुआ और पलटू से पूछा, "वह वीणा दीदी कौन है?" पलटू मुँह से पान की पीक ओसारे के नीचे फेंककर बैजनाथ को बगैर कोई जवाब दिये अन्दर चला गया।

छूँछी चौकी पर बैजनाथ तब तक बैठा रहा जब तक उसके लिए बाहर ओसारे पर ही खाना आ नहीं गया। थाली के साथ ही बाल्टी भर पानी फिर ले आया था सहदेव झा और अन्दर जाने के पहले बैजनाथ को सुना गया था, "थाली धोकर यहीं चौकी के नीचे रख दीजिएगा।" अलुमिनियम की थाली को गौर से देखा बैजनाथ ने, क्योंकि वक्रांग थाली देखने लायक थी। शूद्र सरकारी कर्मचारियों को भी कभी-कभी भोजन कराया जाता रहा होगा उस ओसारे पर। भूख ने भोजन की ओर गौर से देखने नहीं दिया। बैजनाथ पूरी थाली झटचट कर गया और थाली धोने उठ गया, क्योंकि उसने सहदेव झा को जिस तरह अन्दर जाते देखा था उससे यह उम्मीद नहीं बँधी थी कि यह परोसैया अब परसन के लिए पूछने बाहर आएगा।

खाना समाप्त करते ही उसने पलटू झा को हाँक लगायी। पलटू के आते ही उसने पूछा, "जुगाड़ हुआ?"

"किस बात का?"

"ताँगा या बैलगाड़ी का?"

"आदमी जुगाड़ के लिए दौड़ाया गया है। जुगाड़ हो भी सकता है और नहीं भी हो सकता है।" इतना सुनाकर पलटू झा अन्दर चला गया।

खाना खाकर इस बार बैठा नहीं बैजनाथ, छूँछी चौकी पर पसर गया। जुगाड़ नहीं भी हो

सकता है, यह सोचकर उसने झपकी ले लेना उचित समझा।

उसे शायद नहीं आ जाती, मगर अन्दर से साला-बहनोई के वार्तालाप की आवाजें उसके कानों से टकराने लगी थीं। वीणा दीदी के मामले की जानकारी के लिए अभी भी वह कुछ बेचैनी महसूस कर रहा था। वह जगा रह गया और ध्यान देकर उन दोनों की बातें सुनने लगा...

''ऐसा भाग्य-विपर्यय मैंने नहीं देखा है, ओझाजी, कि जो आदमी आसमान में उड़ान भर रहा था, वह अचानक जमीन पर कैसे रेंगने लगा! आपके साथ तो यही हुआ है।''

''इसे समय का फेर कहिए।''

''कभी-कभी आदमी जमीन पर उतरता है, मगर और ऊँची उड़ान भरने के लिए। आपके साथ तो ऐसा नहीं देख रहा हूँ।''

''दिन फिरेंगे मेरे भी।''

''खाक दिन फिरेंगे आपके! आप तो धानुक-कीयट के फेरे में पड़ गये।''

''धीरे बोलिए; आवाज बाहर तक पहुँच रही होगी।''

''पहुँच रही होगी, तो पहुँचने दीजिए।''

''नहीं-नहीं, अभी उसकी मुझे बहुत जरूरत है।''

''मैं देखकर आ गया हूँ; मंडल सो गया है। इस मंडल से क्या काम बननेवाला है आपका?''

''मैं फिर ऊँचा उड़ूँगा, और यह मंडल ही सहायक होगा मेरा।''

''कैसी सहायता करेगा यह?''

''यह मेरे लिए एक मन्दिर खड़ा कर देगा।''

''और आप उस मन्दिर के पुजारी बन जाएँगे?''

''हाँ।''

''अगर फिर पुजारी ही बनना था, तो शंकरपुर का दुर्गाथान क्या बुरा था? कुछ और सोचकर ही तो शंकरपुर को छोड़ा होगा? मुझे यह सुनना अच्छा नहीं लग रहा है कि आप फिर से पुजारी बनें। पैसे का सदुपयोग होना चाहिए। पैसा जमीन में गाड़कर रखने की चीज नहीं है। चलिए मेरे साथ दिल्ली; मैं वहाँ आपको एक-से-एक धन्धा सुझाऊँगा। वहाँ जिसे पैसा है, वह पैसा पीट रहा है। हिम्मत कीजिए और निकालिए पैसा।''

''पैसा कहाँ है मेरे पास?''

''नहीं है?''

''नहीं।''

''मुझे तो विश्वास नहीं होता।''

''पैसा रहता, तो मैं अब तक अपना मन्दिर फुलकाहा में बनवा चुका होता और वहाँ साल में एक बार मेला भी लगवा देता। इतनी अक्ल तो थी ही मुझे कि अपने मन्दिर के देवता को इलाके के सारे देवताओं से आगे निकाल लेता। इसी एक मन्दिर के लिए तो मंडल का पिछेला पकड़े हुए हूँ। भगवान ने चाहा, तो फिर आसमान में ही उड़ूँगा।''

''मुझसे तो यह सुना नहीं जा रहा है कि आप ठंठ हैं। दुनिया मानेगी कि आपके पास पैसा नहीं है? मानेगी कि टेंट में बिना कुछ रखे आप शंकरपुर से निकल गये?''

''नहीं माने दुनिया, मगर यही सच है, सहदेव बाबू।''

''यही सच है, तो फिर आपने कैसे सोच लिया कि आपके दिन फिरेंगे?''

''एक मन्दिर बन जाये मेरे लिए, फिर देख लीजिएगा कि दिन फिरते हैं या नहीं!''

''शंकरपुर से आकर अब तक आपने क्या किया है?''

''अभी तो इस मंडल की शादी कराने में ही लगा हुआ हूँ।''

''तब से अब तक इसकी शादी कराने में ही लगे हुए हैं और अभी तक इसकी शादी नहीं करा पाये हैं?''

''इस आदमी पर शनिदेव का प्रकोप है।''

''अब तक मैं सात शनिदेवों के प्रकोप दूर कर दिया रहता और इसके घर सात औरतों को लाकर बैठा देता। आप कैसे पंडित हैं कि एक का भी जुगाड़ नहीं कर पाये! कीयट-धानुक की औरतों का भी कोई अकाल है क्या?''

''अकाल नहीं है, मगर जो मेरे लिए मन्दिर बनवा रहा है, उसके घर जिस-तिस औरत को तो आने नहीं दूँगा। हाँ, अब अच्छी औरत का भी अकाल नहीं रहा। एक अच्छी लड़की मिल गयी है। हम वहीं जा रहे हैं और वहाँ से एक कनियाँ लेकर ही फुलकाहा लौटेंगे।''

''लौटकर आने पर मुझे खबर कीजिएगा। अभी मैं आठ-दस दिन यहीं रहूँगा। अगर इस बार भी शादी नहीं होती है, तो फिर इस अशुभ का पिछेला छोड़िए और मेरे साथ दिल्ली चलिए। मैं वहाँ आपके लिए कोई-न-कोई जुगाड़ बैठा लूँगा। एक सेठ ने मुझसे एक ब्राह्मण रसोइया लाने का आग्रह किया था। जब तक कोई बेहतर काम नहीं मिल जाता, तब तक आप उस सेठ के यहाँ ही रहेंगे। अच्छा खाना-पीना मिलेगा और ऊपर से अच्छी माहवारी भी। भविष्य अच्छा रहेगा। आप खाना पकाना जानते हैं न?''

''जब और बुरे दिन आएँगे, तो मैं वह भी सीख लूँगा,'' पलटू झा ने कुछ चिढ़कर जवाब दिया, ''मगर मैं जानता हूँ, मेरे अच्छे दिन जल्दी ही आ जाएँगे।''

''भगवान करे, ऐसा ही हो।''

बोलकर चुप हो गया सहदेव झा, तो पलटू ने कहा, ''अब तो गोरगामा जाने के लिए ताँगा पड़ाव पर आ गया होगा। अब हम लोग चलेंगे।''

''अब शाम में कहाँ चलेंगे! सुबह जाइएगा।''

''नहीं, मंडलजी को बुरा लग जाएगा। आप लोगों से मिलना था, वह तो हो गया।''

''मैं नहीं रोकता, पर आज इलाके में एक भोज है। आप भोज खाकर जाइए। बहुत बड़ा भोज है। मंडल भी भोजन खा आएगा।''

''मंडलजी भोज खाने के लिए वहीं रुकेंगे।''

''मैं मंडल को रोक लूँगा। वह अभी भी निश्चिन्त सोया हुआ है। जीवन में पहली बार मिली है उसे किसी ब्राह्मण की चौकी टाँग पसारकर सोने के लिए। उसे जाने की जल्दी होती, तो इतनी गहरी नींद नहीं सोया होता।''

उन दोनों की बातें सुनते हुए बैजनाथ सोचने लगा था कि अब वार्तालाप का अन्तिम दौर चल रहा है और अब पलटू झा विदा माँगने की तैयारी कर रहा होगा। रुकने की बात पर वह चौंका। उसने अपनी झूठी नींद झटपट तोड़ दी और हाँक लगा बैठा, ''पलटू बाबू! पलटू बाबू।''

अन्दर से पलटू की आवाज आयी, ''आ रहा हूँ।''

पलटू झा की बजाय सहदेव झा बाहर आया और बैजनाथ मंडल से पूछा, ''क्या बात है? चिल्ला क्यों रहे थे? अभी क्या काम है ओझाजी से?''

''शाम हो रही है; अब हम लोगों को चलना है।''

''कहाँ चलना है?''

''गोरगामा, और वहाँ से ककीरा।''

''पागल हुए हैं क्या! यहाँ से देर शाम में ताँगा खुलेगा। गोरगामा जाते-जाते रात हो जाएगी। वहाँ से ककीरा पैदल जाएँगे। अनाड़ी आदमी हैं आप दोनों इस इलाके में। रास्ता भटक गये, तो रात भर चलते ही रह जाएँगे। अगर पहुँच भी गये आधी रात तक, तो खटखटाने पर भी दरवाजा नहीं खोलेगा घरवाला। इधर कई ऐसे मामले हुए हैं इस इलाके में कि रात में दरवाजे खुलवाकर घरों में घुस गये हैं डाकू और लूटकर चले गये हैं। हो सकता है, घरवाले दरवाजा खोलने की बजाय चोर-चोर का हल्ला मचाकर गाँववालों को जुटा लें और आप दोनों की पिटाई हो जाये। जब तक नवरसिया खबर आएगी और हम आपको पहचानने जाएँगे, तब तक तो अधमरा कर देंगे लोग आप दोनों को।''

इतना बोलकर सहदेव झा फिर बकने लगा, ''अब मेरी समझ में आ रहा है कि आपकी शादी में इतना विलम्ब क्यों हो रहा है। जैसे आप, वैसे ओझाजी। बिना सोचे-समझे कोई भी काम कर बैठते हैं। आराम कीजिए आप; एक नींद और ले लीजिए।''

जिस आदमी ने अब तक सात-सात शनिदेवों को ठेंगा दिखाकर उसके घर में सात-सात औरतों को पहुँचा देने की बात अभी-अभी कही थी, उसका विरोध अभी तुरन्त नहीं कर सका बैजनाथ मंडल। एक दिन के लिए क्या रोना! अब कुछ-कुछ रोना तो सिर्फ इस बात का कि इतने-इतने दिन बिल्कुल बिगड़ गये!

बैजनाथ मंडल को और एक नींद ले लेने की सलाह दे देने के बाद सहदेव झा फिर ओझाजी के पास लौट आया और उन्हें रात के भोज के बारे में विस्तार से बताने लगा।

यह इलाका कभी अमरपुर के माधवेन्द्र झा के नाम से जाना जाता था। वे ब्राह्मणों के शिरोमणि थे। हजारों बीघे जमीन थी उनके पास। इलाके की राजनीति ब्राह्मणों के हाथ में थी और हर नेता उनके इशारे पर राजनीति करता था। उनके एक इशारे पर किसी को भी ठिकाने लगा दिया जाता था। जब तक उनकी चलती रही, किसी राजपूत-यादव तक को सिर उठाने नहीं दिया उन्होंने।

यह जोर अचानक ही जाता रहा। सोलकनों का राज आ गया। जमीन हाथ से निकलती चली गयी। सोलकन ऊपर आ गये, ब्राह्मणों को दबा दिया। राजपूतों को आगे लाया गया, मगर वे भी सोलकनों से लोहा नहीं ले सके। राजनीति में ब्राह्मण छुटभैये बनकर रह गये। हजार बीघे का जोतदार माधवेन्द्र झा चालीस-पचास बीघे का मालिक बनकर रह गया। ये चालीस-पचास

बीघे भी उनके बेटों के पास नहीं रहे। कुछ शादी–ब्याह में बिक गये, कुछ बेटों की पढ़ाई–लिखाई में।

माधवेन्द्र झा ने जमाने का रंग–ढंग देखा और अपने को तुरन्त बदल लिया। वे जान गये कि अब उनकी पूछ नहीं रही, उनका जोर नहीं रहा। जो आदमी कभी वह कूवत रखता था कि इलाके के किसी भी आदमी को उठवा ले, किसी को भी मरवा दे, वही आदमी अब अपने खेतों में चर रही भैंसों पर भी किसी डर से हाथ उठाने से अपने घरवालों को मना करता है। दिन भर जिस–तिस को चिल्ला–चिल्लाकर गालियाँ पढ़ते रहनेवाला आदमी अचानक चुप हो गया।

अब उनकी इज्जत सिमटकर उन तीन बेटों पर टिक गयी थी जो अमरपुर छोड़ चुके हैं और अमेरिका–इंग्लैंड में रहकर अच्छी कमाई कर रहे हैं। सबसे बड़ा बेटा मिथिलेश अमरपुर से बाहर नहीं निकल सका और बाप की इज्जत बचाते–बिगाड़ते हुए गाँव में ही खेतीबारी करता रहा है। उसके पास भी अब बस उतनी ही इज्जत है जितनी उसे दूर बस गये अपने तीन छोटे भाइयों की बदौलत मिल रही है।

विदेशों में बस गये भाइयों ने गाँव और घर से नाता तोड़ लिया था, मगर बाप और बड़े भाई के कारण अभी भी वे रिश्ता तोड़ नहीं पा रहे थे। हालाँकि तीन भाइयों में से किसी ने गाँव या घर में अपना हिस्सा नहीं माँगा था, मगर वे अपनी कमाई का कोई हिस्सा भी बाप या बड़े भाई के हाथ आने नहीं दे रहे थे। अमरपुर आये किसी को पाँच साल और किसी को सात साल हो रहे थे। यह उन सबके मन में जरूर था कि बाप के मरने पर वे आखिरी बार जरूर अमरपुर जाएँगे।

बाप जर्जर हो चुका था और अब उसका मिथिलेश पर बोझ बनकर जिन्दा रहना कतई जरूरी नहीं था। हजार बीघे का जोतदार अब दस–बीस बीघे की गृहस्थी में समा नहीं रहा था। कच्ची गृहस्थी में धीरे–धीरे ढहे जा रहे अपने मकान को देखते हुए जिन्दा रहना उसे भी टीसता रहता होगा।

पिता के जर्जर होते ही मिथिलेश ने छोटे भाइयों को कई लम्बे–लम्बे पत्र लिखे थे, "तुम अपनी सुख–सुविधा छोड़कर यहाँ आते रहो, यह नहीं लिखूँगा मैं। मगर यह जरूर लिखूँगा कि जिस इज्जत के साथ उन्होंने अपनी जिन्दगी गुजारी है, उसी इज्जत के साथ वे मरें भी। यह इज्जत अब मैं उन्हें नहीं दे सकता। मेरे पास पैसे नहीं हैं, मामूली श्राद्ध–भोज के लिए भी नहीं हैं। तुम लोग इतना जरूर करो कि उनके मरने पर एक ऐसा भोज दो कि इलाके के लोगों को लगे कि सचमुच कोई हजार बीघे का जोतदार मरा है, कि मरने के समय बूढ़ा केवल हजार बीघे ही नहीं, तीन–तीन हजार बीघे जमीन का मालिक था...।"

विदेशों में बसे तीनों बेटों ने आपस में विचार–विमर्श कर बड़े भाई को अलग–अलग पत्र लिख दिया था कि वे श्राद्ध–भोज के लिए जरा भी चिन्ता नहीं करें और पिता के मरने की सूचना उनके आखिरी साँस छोड़ते–छोड़ते दे दें, ताकि वे समय पर पहुँच जाएँ। उन्हें यह भी बता दिया गया कि उनका पैसा भारत पहुँच चुका है और पिताजी के मरते ही अमरपुर पहुँच जाएगा। इसके साथ ही उन्होंने एक महाभोज का खाका तैयार कर भेज दिया था।

बिल्कुल मूक हो गये दुखी पिता के लिए प्रार्थना करता रहा था मिथिलेश। केवल प्रार्थनाएँ ही नहीं कीं उसने, पिछले तीन सालों से उन्हें कातिक–स्नान के लिए गंगाघाट भी लेकर जाता रहा

था। पिता के बिगड़ते स्वास्थ्य की घड़ी-घड़ी की जानकारी विदेश भेजता रहा था।

लगातार प्रार्थनाओं और तीन सालों से लगातार कातिक-स्नान के बाद पिता ने अपनी आखिरी साँस छोड़ दी। अविलम्ब सूचना विदेशों में भेज दी गयी। बेटों ने जो वायदा किया था, उसे निभाया। तीनों भाई अमरपुर पहुँच चुके हैं।

रात के भोज के बारे में इतना कुछ बता देने के बाद सहदेव झा बोला, ''और इसे तो मैं, ओझाजी, अपना और आपका सौभाग्य ही मानता हूँ कि यह महाभोज आज ही है।''

(7)

भोज खाने के लिए भोज में जाने के पूर्व आवश्यक तैयरी कर ली गयी। घर के लोग दिशा-मैदान से हो आये थे। पलटू ओझा को एक बार अपने साथ लेकर गया था सहदेव झा और, एक बार और, वह अकेले हो आया था। पलटू के ससुर कभी ओसारे पर प्रकट नहीं हुए थे। खड़ाऊँ की खटखट से बैजनाथ ने जान लिया था कि वे अन्दर के रास्ते ही आँगन और पिछवाड़े की ओर आते-जाते रहे थे। बैजनाथ को भी एक बार ठेलकर दिशा-मैदान के लिए भेजा गया था।

एक बार फरागत से पहले और एक बार फरागत के बाद सब लोगों को 'स्पेशल' चाय पिलायी गयी, बैजनाथ मंडल को भी। चाय का प्याला बैजनाथ मंडल को थमाते हुए सहदेव झा ने कहा था, ''इसे सुड़किये, मंडलजी।''

''यह क्या है?''

''चाय है।''

एक सुड़क लेकर बैजनाथ मंडल पूछ बैठा, ''यह चाय है?''

''हाँ, इसे लहसुनिया चाय कहते हैं। इस चाय में नींबू और लहसुन का रस मिलाया जाता है। भोज में जाने के पहले यहाँ लोग तरह-तरह के पाचक खाते हैं, मगर हम लोग लहसुनिया चाय ही पीते हैं। इससे कफ-वात-पित्त तो समाप्त होता ही है, पेट की पाचन-शक्ति बहुत तीव्र हो जाती है।''

जाने के पहले सहदेव झा यह पूछने भी आ गया था, ''अपना लोटा लेकर आये हैं न?''

''हाँ।''

''अपना लोटा साथ लेकर चलिएगा।''

बैजनाथ मंडल ने झटपट अपने थैले से अपना लोटा निकाल लिया था।

घर से सब एक साथ निकले थे—पलटू के ससुर, पलटू का साला, पलटू और उन सबके पीछे बैजनाथ मंडल। सब हाथ में अपना-अपना लोटा लिये हुए चल रहे थे।

अमरपुर पहुँचने तक ढेर सारे लोटावाले लोग रास्ते में मिले थे। बैजनाथ रास्ते भर केवल यह निहारता रहा था कि किसका लोटा कैसा है, किसके पेट में कितनी जगह होगी और किस पेट में क्या डाला गया होगा, किसी तरह का पाचक या लहसुनिया चाय...अटकन-मटकन दहिया चटकन...।

रास्ते में कितने ही लोग ऐसे मिले थे जिनका पलटू के ससुर और साले के साथ राम सलाम हुआ था। बैजनाथ इस बात से चौंका कि कोई तो पलटू के ससुर को 'प्रणाम, गंगा बाबू,' बोल रहा है और कोई बोल रहा है 'प्रणाम, विष्णु बाबू'। जिस आदमी को वह घर के अन्दर चल रही खड़ाऊँ की खटखट भर से जान रहा था और जिसे बैजनाथ अब एक रहस्य की तरह देखने लगा था, वह अपने दो नामों के कारण उसे और भी रहस्यमय दिखने लगा था। उसने मौका पाकर पलटू से पूछा था, "आपके ससुरजी का क्या नाम है?"

"श्री गंगाविष्णु झा," पलटू ने नाम बताया और फिर पूछा, "नाम क्यों पूछा आपने?"

"यों ही।"

"उन्हें कभी नाम से नहीं पुकारिएगा; बाबूजी बोलिएगा।" पलटू ने हिदायत दी।

"हाँ-हाँ, बाबूजी बोलूँगा," बैजनाथ ने उसे आश्वस्त किया, "जैसे आपके ससुर, वैसे ही मेरे भी।"

घर के अन्दर होते हुए भी पलटू जमाई अब तक केवल ससुरजी के पैर की खड़ाऊँ की खटखट ही सुन पाया था, उनके मुखारविन्द से कुछ भी नहीं। अमरपुर के रास्ते में ससुरजी ने अपनी चुप्पी तोड़ी थी और जमाई को हाँक लगाकर बिल्कुल अपने पास बुला लिया था।

जमाई तेजी से उनके पास पहुँच गया। ससुर ने अत्यन्त गम्भीर मुद्रा में उनसे पूछा, "काढ़ागोला घाट गये थे गंगास्नान करने?"

"हाँ गया था," पलटू ने जवाब दिया और फिर पूछ बैठा, "आपको किसने बताया?"

"किसने बता दिया इतनी जल्दी?"

"हाँ, तीन-चार दिन ही तो हुए हैं।"

"फुलकाहा से एक कौआ उड़कर आया था; वही मुड़ेर पर बैठकर काँव-काँव कर रहा था।"

पलटू सकपका गया; उसने सिर नीचे झुका लिया।

भोज-घर तक पहुँचने के पहले ससुर को एक हिदायत भी देनी थी; उन्होंने जमाई से कहा, "यहाँ किसी से कहिएगा नहीं कि आप शंकरपुर दुर्गाथान में पुजारी थे।"

पलटू चुप ही रहा, तो ससुर ने डपटा, "सुन रहे हैं या नहीं?"

"हाँ।" पलटू के मुँह से आवाज निकली।

"यह भी मत सुनाइएगा कि वीणा मास्टरनी हो गयी है।"

"ठीक है।"

जमाई पर लहसुनिया चाय का जो कुछ भी असर हुआ होगा, वह जाता रहा। पलटू श्री गंगाविष्णु झा के पीछे-पीछे मुँह लटकाये चलने लगा।

ब्राह्मण भोजियों का स्वागत मिथिलेश बाबू अपने दोनों छोटे भाइयों—कमलेश और राकेश—के साथ स्वागत-द्वार पर खड़े होकर कर रहे थे और उन्हें ले जाकर दरवाजे पर ब्राह्मणों के लिए बिछायी गयी चाँदनियों पर बैठा रहे थे। गंगाविष्णु बाबू और सहदेव बाबू का जोरदार स्वागत हुआ। जब उनसे पलटू का परिचय कराया गया, तो वे और भी खुश हुए कि अब इस बड़े भोज

की खबर फुलकाहा के ब्राह्मणों के बीच भी चली जाएगी। पलटू ससुर की नजर में भले ही गिर गया हो, मगर मिथिलेश बाबू की नजर में एक साधारण दामाद से अधिक ऊपर उठ गया था कि अभी भी यह ब्राह्मण एक खवास, जिसने अपना नाम बैजनाथ मंडल बताया था, अपने साथ लेकर चलता है।

तीनों ब्राह्मणों को अपने साथ लेकर जाने के पहले मिथिलेश बाबू ने बैजनाथ मंडल से कहा, ''आप यहीं पंडाल के आस-पास टहलते रहिये। जब आप लोगों की पंगत शुरू होगी, तब उसमें बैठ जाइएगा।''

बैजनाथ कुछ हकबका गया। वह जहाँ का तहाँ खड़ा रह गया था। उसे खो जाने का डर होने लगा।

सहदेव झा एक बार फिर आया था उसके पास, ''अभी सबसे पहले ब्राह्मणों को खिलाया जाएगा। उसके बाद ही सोलकनों की पंगत शुरू होगी। आप तब तक इन्तजार कीजिए। सारे सोलकन यहीं खड़े हैं। आप उन सबके साथ ही रहिये। पंडाल से बहुत दूर नहीं जाइएगा। घबराने की कोई बात नहीं है; खाना सबको मिलेगा; भंडार भरा है।''

बैजनाथ कंठहीन हो चुका था। उसने आँख के इशारे से कहा, ऐसा ही होगा।

भोज के इन्तजार में चाँदनी पर बैठे दूर-पास से आये ब्राह्मणों के बीच सिर्फ भोज के किस्से सुने-सुनाये जा रहे थे। चर्चा का श्रीगणेश इलाके के धनी-मानी सोलकनों के भोजों से और उन सबकी छीछालेदार से किया गया था। कुचर्चा का अन्त पोखरिया के शिरोमणि यादव के भोज से हुआ। छिद्रदर्शी ब्राह्मण ऐसे-ऐसे छिद्रों की जानकारी दे रहे थे कि सुननेवालों का हँसी से बुरा हाल हो रहा था।

किसी ने सुनाया, ''शिरोमणि यादव ने बहुत कोशिश की कि वह एक ऐसा महाभोज दे कि इलाके के लोगों को भुलाते न बने और जब भी किसी ब्राह्मण के भोज की चर्चा हो तो लोग उसके महाभोज को याद कर कह बैठें कि कोई ब्राह्मण वैसा महाभोज क्या देगा जो शिरोमणि यादव ने दिया है। मगर वह पैसा खर्च करके भी अपने उद्देश्य में सफल नहीं हुआ।''

''सफल तो हुआ वह।'' कोई बोल गया।

''कैसे?''

''लोग उसके महाभोज को भुला तो नहीं पा रहे हैं। अब तो जब भी कोई किसी बड़े भोज के आयोजन की बात करता है, तो लोग उससे कह बैठते हैं कि आपका भोज बड़ा हो या छोटा, मगर शिरोमणि यादव के महाभोज जैसा नहीं हो।''

ठहाकों के थमने के बाद कोई बोला, ''जब भी लोग भोज की चर्चा करेंगे, किसी ब्राह्मण के भोज की ही चर्चा करेंगे। रघुपति सिंह के भोज को भी लोग साल भर से ज्यादा याद नहीं रख सके। युगेश्वर झा के भोज ने उस भोज को दबा दिया था।''

''युगेश्वर झा के भोज को भी पीछे धकेल दिया आदित्य मिश्र के भोज ने। युगेश्वर झा के भोज में सिर्फ पाँच ब्राह्मणों को खाट पर लादकर भेजा गया था, मगर आदित्य मिश्र के भोज में ऐसे ग्यारह ब्राह्मण थे जो भोजन करने के बाद अपने आसन से भी उठ नहीं पा रहे थे। ग्यारह

खाटों का प्रबन्ध करना पड़ा था।''

''यहाँ जो तैयारी में देख रहा हूँ, उससे मुझे तो यही लगता है कि मिथिलेश बाबू अब सबसे आगे निकल जाएँगे।''

''तैयारी कैसे नहीं होगी? इंग्लैंड-अमेरिका तक से पैसा आ गया है।''

''अभी ही मैं नहीं मान लूँगा कि मिथिलेश बाबू सबसे आगे निकल जाएँगे। मैं यह देखूँगा कि यहाँ से कितनी खाटें उठती हैं, ग्यारह से अधिक या कम।''

''यह तो लग ही रहा है कि मिथिलेश बाबू कोई यादगार भोज देना चाह रहे हैं। उनकी नजर हर तरफ दौड़ रही होगी। युगेश्वर झा और आदित्य मिश्र के भोजों की भी अच्छी जानकारी उन्होंने ले ली होगी।''

''वह तो है ही; कारीगर तक कोलकाता से बुलाये गये हैं।''

ब्राह्मणों के बीच ये सब बातें हो ही रही थीं कि वहाँ मिथिलेश बाबू आ पहुँचे। पहले भी वे बीच-बीच में आते-जाते रहे थे। इस बार सरौनी के देवकुमार झा ने उनका हाथ पकड़कर उन्हें अपने बीच बैठा लिया और हँसते हुए पूछा, ''यह बताइए, मिथिलेश बाबू, कि भोजियों को घर पहुँचाने के लिए कितनी खाटों का प्रबन्ध हुआ है?''

इस सवाल पर मिथिलेश बाबू ठहाका लगा बैठे। उनका ठहाका रुका, तो एक ब्राह्मण कह बैठा, ''देवकुमार बाबू ने सही समय पर सही सवाल किया है, मिथिलेश बाबू। भोजनभट्ट ढेर हैं यहाँ, मगर वे खाटों का प्रबन्ध देखकर ही जमकर जीमने का मन बनाएँगे।''

''यही सोचकर तो मैंने यह सवाल किया।'' इस बार देवकुमार बाबू उठाकर हँसे।

''सुन लीजिए, देवकुमार बाबू,'' मिथिलेश बाबू ने सुनाया, ''इस भोज के आयोजन में सबसे अधिक ध्यान मेरा इस प्रबन्ध पर ही था, और इस पूरे आयोजन में मेरे लिए सबसे कठिन कार्य यही रहा। मगर मैंने ऐसा प्रबन्ध कर लिया है कि जो भी ब्राह्मण अपना जौहर दिखाएँगे, उन सबको हम खाट पर लदवाकर घर भिजवा देंगे। हाँ, यह नहीं होगा कि चार रसगुल्ले खाकर ही भोजासन पर पसर गये कि अब लाओ खाट, लदवाओ मुझे। हर कम खानेवाले ब्राह्मण पर हमारे आदमियों की नजर रहेगी।''

''अगर सचमुच आपने ऐसा प्रबन्ध कर लिया है, तब तो आपको दाद दूँगा मैं। इतना प्रबन्ध कोई कैसे कर सकता है! मान लीजिए, पचास खाट और इनके लिए पचास चौके कुल दो सौ आदमी।''

''मेरा अनुमान सौ खाटों का है, ''मिथिलेश बाबू बोल गये, ''सौ खाटों के लिए सौ चौके चार सौ आदमी।''

''यह हुआ कैसे?''

''इसका एक अलग ही किस्सा है,'' बोलकर मिथिलेश बाबू किस्सा सुनाने लगे...

अपने महाभोज की योजना बनाने के पूर्व मिथिलेश बाबू ने इलाके के कई भोजों पर बारीक नजर डाली थी। उन्हें स्मरण आ रहा था कि आदित्य मिश्र के भोज के बाद लोग किस भोज में क्या-क्या खिलाया-पिलाया गया, इसकी चर्चा कम, और इस बात की चर्चा अधिक कर

रहे थे कि आदित्य मिश्र के भोज में ग्यारह ब्राह्मणों को खाटों पर लादकर उनके घर पहुँचाया गया। उन्होंने काफी सतर्कतापूर्वक अपनी योजना तैयार की कि भोज में ब्राह्मणों को कया-क्या खिलाया जाये और किस तरह सिखाया जाये कि खाट पर लदकर जानेवाले ब्राह्मणों का अदद ग्यारह से अधिक हो जाये, और फिर मन में यह भी पक्का कर लि कि यह अदद कुछ ऐसा हो कि भविष्य में किसी का भी भोज इस अददे तक पहुँचे ही नहीं पाये। यह एक कठिन काम था वैसे समय में जब गाँव में एक खाट उठाने के लिए भी चार आदमी नहीं मिलते थे। वह जमाना तो था नहीं कि एक हाँक पर टोले भार के लोग दौड़े चले आते थे, ''क्या करना है, मालिक?''

मिथिलेश बाबू ने सोलकन टोलों के उन बूढ़ों से मिलने का मन बनाया जो अभी भी हाट-बाट में उन्हें नतमस्तक नमस्कार किया करते थे। सबसे पहले वे झूलन बूढ़ा के पास गये।

इस भोज की चर्चा पूरे अमरपुर में हो रही थी और भोज खाने के लिए गाँव के सोलकन टोलों का हर आदमी मन बना चुका था। मगर यह बात किसी के मन में नहीं आयी थी कि भोज खाने के बदले में भोजनभट्ट ब्राह्मणों को, जो दो-दो, तीन-तीन कोस तक से आते हैं, खाट पर लादकर उनके घर तक पहुँचाना पड़ सकता है।

झूलन बूढ़ा के साथ मिथिलेश बाबू की बात शुरू ही हुई थी कि वहाँ एक-एक कर टोले के युवक-नवयुवक पहुँचने लगे थे, और तब वहाँ झूलन बूढ़ा से अधिक वे सब ही सुनने-सुनाने लगे थे।

बहुत कुछ सुनना पड़ा मिथिलेश बाबू को; किसी ने मुँह पर कह दिया, किसी ने ओट लेकर सुनाया...

''...हम ऐसा भोज नहीं खाते कि खाकर उठे और खाट उठाने में जुत गये। रखिए अपना भोज अपने पास। आदित्य मिश्र ने तो फूलपुर में ऐसा भोज नहीं दिया था...नहीं, हम बदले नहीं हैं, मगर अब किसी की पालकी नहीं ढोएँगे...मिठाई खाने का कोई लोभ नहीं है। बाजार में कौन मिठाई नहीं मिलती? दिल्ली-पंजाब से सब मिठाई खाकर आ गये हैं हम लोग और घरवालों को भी चखा दी है...अब कौन किसका मालिक? रहे होंगे कभी जमींदार; अब तो नहीं हैं। अभी भी बाबू-काका बोलते हैं; यही क्या कम है?...इनके बाप-दादा ने बसाया था, तो क्या हुआ? बसाया था अपने लाभ के लिए; कभी हमारा भला भी सोचा था क्या?...हमें लोभ नहीं है अखबार में फोटो छपवाने का। छपवाएँ ब्राह्मण अपना फोटो। हमारा फोटो देखकर तो कहनेवाले यही कहेंगे कि अमरपुर के सोलकन अभी भी ब्राह्मणों की पालकी ढो रहे हैं...गाँव की इज्जत? पहले तो कभी गाँव की इज्जत की बात नहीं करते थे, हमेशा जाति की इज्जत की बात करते थे। हमें भी गाँव की इज्जत से कुछ लेना-देना नहीं; हम भी अब जाति की इज्जत की बात करेंगे। कोई सोलकन ब्राह्मण की लदनी नहीं करेगा...इनके पास इंग्लैंड-अमेरिका का पैसा है, तो हमारे पास भी दिल्ली-पंजाब का पैसा है। हम खूब जानते हैं कि इनके भाई क्या करते हैं इंग्लैंड-अमेरिका में। हम दिल्ली-पंजाब के होटल में कप-डिस धोते हैं, ये इंग्लैंड-अमेरिका के होटल में थाली माँजते होंगे...ठीक है, इतना निहोरा कर रहे हैं, तो हम जाएँगे, मगर मजदूरी पर जाएँगे। फी खाट सौ रुपये लेंगे, और अगर ब्राह्मण पैंसठ किलो से अधिक का हुआ, तो डेढ़ सौ लेंगे। हम हर ब्राह्मण को खाट पर लादने के पहले तौल लेंगे और घर पहुँचाने के पहले पैसे ले लेंगे...''

किस्सा सुन लेने के बाद कोई पूछा बैठा था, ''ब्राह्मणों को तौलेंगे कैसे वे, देह देखकर?''

''उन्हें पक्का वजन चाहिए, ''मिथिलेश बाबू ने सुनाया, ''एक बनिये को उन लोगों ने कहा है यहाँ काँटा-पल्ला लगाने।''

पंडाल के नीचे ब्राह्मणों की पंगत लग गयी। भोज शुरू हुआ। हालाँकि उसके फुलकाहा में भी ब्राह्मणों की अच्छी संख्या था और ब्राह्मण भोज होते ही रहते थे, मगर ब्राह्मण भोजों के बारे में उसने सुना भर था, कभी निकट से देखा नहीं था। यह भी सच था कि फुलकाहा में किसी ब्राह्मण ने कोई बड़ा भोजन नहीं दिया था। पंगत में बैठे ब्राह्मणों को देखकर उसे अपने गाँव के जगदेव झा याद आ गये जो उस इलाके में अपनी क्षुधा के लिए जाने जाते थे और भोजों में बड़े-बड़े भोजनभट्टों को पानी पिला देते थे। अपने जगदेव झा को याद कर वह आनन्दित हुआ।

बैजनाथ की नजर पंडाल में आस ग्रहण करते अपने पलटू और उनके ससुर-साले पर भी पड़ी। पटना रैली में उसने पलटू झा को पेट से ऊपर खाने से मना किया था, मगर यहाँ तो से खिलानेवाला उसका साला बगल में बैठा था। आज पलटू झा छककर खाएँगे और जगदेव झा बनकर रहेंगे। अपने पलटू झा को देखकर वह एक बार फिर आनन्दित हुआ।

वह यह सब देख ही रहा था कि मिथिलेश बाबू की नजर उस पर पड़ गयी। उन्होंने श्री गंगाविष्णु झा के दामाद के खवास को अच्छी तरह पहचान लिया था। वे उसके पास चले आये और कहा, ''मंडलजी, आप कहीं जाइएगा नहीं, यहीं एक किनारे खड़े रहिएगा।'' इस पहचान और मान से एक बार और आनन्दित हुआ बैजनाथ मंडल।

सचमुच बड़ा अच्छा भोज था। तरह-तरह की सब्जियाँ और तरह-तरह की मिठाइयाँ थीं। खिलानेवाले मन से खिला रहे थे। खानेवाले मन से खा रहे थे। परोसैयों की संख्या भोजियों से कम नहीं रही होगी। मिथिलेश बाबू अपने भाइयों के साथ उपस्थित थे और एक-एक भोजी पर नजर रख रहे थे; किसकी पत्तल में क्या नहीं पड़ा, क्या घट गया, कौन क्या झट चट कर गया, कौन किस परोसैया की ओर नजर दौड़ा रहा है। जब परोसैया को हाँक ही लगानी पड़ गयी, तो वह परोसैया कैसा!

पहले ही दौर में ब्राह्मणों की क्षुधा-निवृत्ति हो गयी।

खिलाई के बाद ठुसाई का दूसरा दौर चला।

अब केवल मिथिलेश बाबू और उनके भाई ही नहीं, भौजी भी एक-दूसरे को ठूँसकर खाने के लिए प्रेरित कर रहे थे। बात-बात पर ठहाके मारकर वे पेट में पहुँचा खाना भी पचाते जाने का प्रयास करते जा रहे थे। बैजनाथ मंडल बड़े गौर से उनकी बातें सुन रहा था और बार-बार मुस्करा पड़ता था उनकी बातें सुन-सुनकर...''यह क्या, भवेश बाबू, अभी ही बम बोल रहे हैं? इतना कम खाते तो मैंने आपको रघुपति सिंह के भोज में भी नहीं देखा था।...मिथिलेश बाबू! ललन बाबू को भरपेट रसगुल्ले खिलाइए। उन्हें रसगुल्ले की ही भूख रहती है। आदित्य मिश्र के यहाँ इन्होंने साठ रसगुल्ले खाये थे। मेरी नजर उन पर ही है। अभी वे चालीस पर भी नहीं पहुँचे हैं।...यह क्या कर रहे हैं, रामकिंकर झा? बगल में बैठे गिरीश मिश्र को देखकर भी तो कुछ

खाइए। आप इस तरह कीजिएगा, तब तो उनकी भूख भी मार दीजिएगा।...आनन्द बाबू! गाँव पैदल ही जाइएगा क्या? गाँववाले पूछेंगे नहीं कि कैसा भोज खिलाया आपको मिथिलेश बाबू ने कि आप गाँव तक पैदल चलकर आ गये? कुछ तो मिथिलेश बाबू की बदनामी का भी खयाल रखिए।...गंगाविष्णु बाबू! युगेश्वर झा के भोज में तो आपने किसी से हार नहीं मानी थी। यहाँ क्यों इतनी जल्दी हरदी बोल रहे हैं?..."

दूसरा दौर समाप्त हो रहा था। अब तक अधिकांश भोजी शिथिल पड़ चुके थे, मगर कुछ अभी भी पत्तल से कुछ चाट-चूट लेते थे। जब सबके हाथ रुक गये, तब भी आसन तोड़ा नहीं गया।

तीसरे दौर में और भी बहुत कुछ हुआ।

कितने ही लोगों को अब बैठे रहने में कठिनाई होने लगी थी। वे हाथ-पैर फैलाने लगे थे। पसरने की जरूरत महसूस होने लगी। नौकरों को आवाज दी गयी। वे घर से तकिये-गावत लिये लेकर पंडाल की ओर दौड़ आये। जिन्हें जरूरत महसूस हुई, उन्होंने मसनदों का सहारा लिया।

मसनदों का सहारा लिये हुए कुछ भोजियों का भोज अभी भी समाप्त नहीं हुआ था। अब एक-एक खानेवाले पर दस-दस खिलानेवाले थे। हर ओर से फटकार और ललकार की आवाजें आ रही थीं। हाल यह हुआ कि अब उनके हाथ इतने शिथिल पड़ गये थे कि पत्तल तक पहुँचते ही नहीं थे। अब परोसैयों का काम था उनके मुँह खुलवाना और अपने हाथ से मुँह में रसगुल्ले ठेल देना। वह समय भी आया कि कोई मुँह भी नहीं खोल पा रहा था।

भोज का आखिरी रसगुल्ला श्री गंगाविष्णु झा ने खाया था। उसके बाद पंगत तोड़ने की अनुमति दे दी गयी थी। जो आसन से उठ सकते थे, वे उठ गये; जिनसे उठना सम्भव नहीं हो पाया, उनके लिए नौकर-चाकर आ गये ओर उन्हें उठा-उठाकर दरवाजे पर बिछी चाँदनियों पर पसार दिया गया।

पंगत के टूटते ही मिथिलेश बाबू एक किनारे खड़े बैजनाथ मंडल के पास आ गये और उसने कहा, "और लोग भी हैं पत्तल उठाने के लिए; आप भी मदद कर दीजिएगा।"

बैजनाथ मंडल को पता नहीं चला कि यह मान हुआ या अपमान। पत्तल उठानेवाले और लोग भी ब्राह्मण ही थे, तब तो यह मान ही हुआ।

मिथिलेश बाबू बैजनाथ मंडल की फुर्ती और लगन से सचमुच बहुत प्रभावित हुए था और सोलकनों की पंगत शुरू होने के पहले एक बार फिर बैजनाथ के पास आये, "मंडलजी! सोलकनों को दो पालियों में खिलाया जाएगा। आप पहली पाली में नहीं बैठकर दूसरी पाली में बैठेंगे। आप बहुत काम के आदमी हैं।"

सोलकनों की पहली पाली के दौरान भी बैजनाथ एक किनारा पकड़कर खड़ा रहा और क्षुधालु सोलकनों को खाते देखता रहा। ऐसे भोजों में पहले भी शरीक हुआ था वह, मगर यहाँ सब कुछ नया-नया दिख रहा था उसे।

यहाँ खवैयों के साथ परोसैये भी बदले हुए थे। जहाँ ब्राह्मणों की पाली में लग रहा था कि कोई गीत-नाद चल रहा है,वहीं सोलकनों की पाली में लग रहा था कि कोई झगड़ा-फसाद शुरू हो गया है। सिर्फ बैजनाथ को ही नहीं, किसी को भी ऐसा ही लगता।

पहले दौर में तो किसी की भी क्षुधा-निवृत्ति नहीं हो पायी।

दूसरे दौर में भूख और स्वाद ने जमकर हल्ला मचाया...

पंगत में बैठा एक आदमी उठकर खड़ा हुआ, ''खिलाना हो तो ठीक से खिलाइए। पूरीवाला इधर नहीं आ रहा है; उसे भेजिए।'''...एक पूरीवाले पर एक खवैया गरम हो उठा, ''ना-ना का क्या मतलब? आपको पाँचवीं पूरी डालने से मना किया था; यह तो नहीं कहा था कि पत्तल में डाली गयी चौथी पूरी भी पत्तल से उठा लीजिए।''...एक बरफीवाले पर एक मिष्टान्न-प्रेमी बरसा, ''ऐ बरफी! लौटिए पीछे। आप एक बार 'बरफी' बोलते हैं और पाँच पत्तल पार कर जाते हैं; बरफी परोसते हैं कि बोली?''... ''श्रीखंड अभी तक नहीं आया है!''...''अरे, गुलाबजामुनवाला उधर से ही चला गया! गुलाबजामुन! गुलाब जामुन!''...''कढ़ी-बड़ी! कढ़ी-बड़ी! घट गयी है, तो साफ-साफ बोलिए।''...''चम्मच से क्या टपका रहे हैं? करछुल से डालिए।''...''सोहन हलुआ!''...''मोहन भोग!''...''श्रीखंड कहाँ चला गया?...''

एक आदमी उठ खड़ा हुआ, ''श्रीखंडवाले को भेजिए।''

एक परोसैया पास आ गया, ''श्रीखंड तो नहीं है।''

''सिर्फ ब्राह्मणों के लिए था?''

''नहीं, किसी के लिए नहीं था; किसी को नहीं परोसा गया है।''

''परोसा गया है,'' एक दूसरा आदमी झट खड़ा हुआ, ''मैंने सुना है, 'श्रीखंड, श्रीखंड, श्रीखंड'।''

''कुछ और सुना होगा।''

''नहीं, यही सुना था।''

''तो परोसैया से बोलने में गलती हुई होगी। कुछ और रहा होगा।''

''जो था, वही लाइए।''

एक तीसरे ने कहा, ''उजला-उजला था। मैंने देखा था।''

अब तक बैजनाथ मंडल का ध्यान कहीं और चला गया था। नजर उठाकर उसने दरवाजे के दक्खिन डाली तो थी, पर वहाँ ओहार लगे रहने के कारण कुछ नजर नहीं आ रहा था, सिर्फ कान में वहाँ की आवाजें रुक-रुककर आ रही थीं। वह ध्यान से सुनने लगा था...

''श्री गिरीश मिश्र, गाँव-राघोपुर, वजन-पचास बीस सत्तर तीन तिहत्तर किलो श्री भवेश चौधरी, गाँव-रसिकपुर, वजन-पचास दस साठ पाँच पैंसठ, पक्का पैंसठ किलो, श्री रामकिंकर झा, गाँव-दुधानी, वजन-पचास बी सत्तर दस अस्सी दो बेरासी किलो श्री आनन्द मिश्र, गाँव-सोनैली, वजन-पचास सत्तर पाँच पचहत्तर दो सतहत्तर एक अठहत्तर किलो...''

''बजाओ ताली, बजाओ ताली।''

''क्यों?''

''ग्यारह पार हो गया। आदित्य मिश्र के भोज का 'रेकार्ड' टूट गया।''

''...श्री ललन झा, गाँव-मननपुर, वजन-पचास बीस सत्तर दस अस्सी पाँच पचासी दो सतासी किलो...श्री गंगाविष्णु झा, गाँव-नवरसिया, वजन-पचास दस साठ पाँच पैंसठ दो सड़सठ किलो...श्री बेनी चौधरी, गाँव-मलहरिया, वजन-पचास दस साठ पाँच पैंसइ, पक्का पैंसठ

किलो...''

सोलकनों की दूसरी पाली में पंगत में बैठे खवैयों के लिए अभी पूरी का परसन शुरू ही हुआ था कि बैजनाथ के कानों से आवाज टकरायी, ''फुलकाहा के बैजनाथ मंडल!''

बैजनाथ ने सिर उठाकर देखा, मिथिलेश बाबू आवाज लगा रहे थे, ''बैजनाथ मंडल, फुलकाहा के!''

वह पंगत से उठ खड़ा हुआ और मिथिलेश बाबू के पास पहुँच गया।

''आइए मेरे साथ।'' बोलकर मिथिलेश बाबू उसे साथ लिये दरवाजे के दक्खिन वहाँ पहुँचे जहाँ ओहार लगा हुआ था और जहाँ से आ रही आवाजों ने बैजनाथ का ध्यान खींचा था। बैजनाथ ने वहाँ देखा कि कई लोग खाटों पर पसरे हुए हैं और बहुत लोग आस-पास खड़े हैं। वहाँ पहुँचते ही मिथिलेश बाबू बड़बड़ाने लगे थे, ''सोलकनों ने अच्छा धोखा दिया है। खाटों का इन्तजाम हो गया है, मगर इस वक्त आदमी कहाँ से आएँगे! मैं देख लूँगा इन सोलकनों को। यह सब बहाना है कि किसी के घर मेहमान आ गये हैं, कोई बीमार हो गया है और कोई दुधानी बाजार गया था तो अभी तक लौटा ही नहीं हे। मैं छोड़ूँगा नहीं।'' वहाँ खड़े-पसरे लोगों को इतना सुना देने के बाद उन्होंने बैजनाथ से कहा, ''आपके साथ दो आदमी और रहेंगे। आप गंगाविष्णु बाबू को पहुँचाकर आइए। वहाँ से आकर खाइएगा। भोर-भोर तक चलेगा भोज।'' और फिर उन्होंने वहीं खड़े जलेसर और गिरधारी से कहा, ''ले जाओ इसे अपने साथ। तुम दोनों खाट की मुरथारी के दोनों पौओं को सँभाल लेना और यह गोरथारी की पाटी को सिर पर थाम लेगा। सिर पर रखने के लिए एक बीड़ा बनाकर दे दो इसे।''

बैजनाथ मंडल क्या बोले! बोल नहीं फूटा।

गाँव में कई बार लाशों को कन्धा दिया था उसने, मगर इस तरह सिर पर बीड़ा रखकर नहीं। कन्धा बदलते हुए अरथी को दूर श्मशान तक पहुँचाया था उसने, मगर कन्धा या सिर बदले बिना किसी जिन्दा आदमी को खाट पर लादे कोस भर दूर उसके गाँव पहुँचाने नहीं गया था वह। उस पर यह भी कि दो सिरों का काम वह अपने अकेले सिर से ले रहा था। वह जरा भी आनन्दित नहीं हो रहा था। यह क्या हुआ? तन ने महसूस किया—यह रात हुई, अँधेरी रात, घोर अँधेरी रात; मन ने मरहम लगाया—हाँ, यह घोर अँधेरी रात हुई, मगर कल तो सूरज उगेगा न!

अभी बैजनाथ की खाट भतखोड़ा चौक के पास पहुँची ही थी कि किसी ने रुकने के लिए आवाज दी। बैजनाथ के एक संगी अंजनी ने आवाज पहचान ली और पूछा, ''कौन गज्जू?''

''हाँ, मैं ही हूँ।''

''क्या बात है?''

''यह बताओ कि खाट सौ रुपयेवाली है या डेढ़ सौ वाली?''

''डेढ़ सौ वाली।''

''तब जाओ।''

''कोई बात है क्या?''

''हाँ, बात है। हमारी खाट पर मलहरिया के बाबाजी हैं। इनका वजन बताया गया था

पक्का पैंसठ किलो। हम लोगों को शक हुआ वजन पर। खाट लिये हम पहुँच गये गंगा साह के पास। उसके काँटा पर बाबाजी को तौलाया। चार किलो अधिक वजन निकला। पचास रुपये का सवाल था। तौल का पुरजा गंगा साह से लिखवा लिया है। पचास रुपये मिथिलेश झा से वसूलकर रहेंगे।''

''हम लोग बढ़ते हैं।''

''कहाँ जाना है?''

''नवरसिया।''

''उधर जा रहे हो, अंजनी, तो एक काम करना। एक खाट रसिकपुर की भी थी। उस खाट पर जो बाबाजी है, उसके वजन में भी गोलमाल नजर आ रहा है मुझे। उसका वजन भी पक्का पैंसठ किलो बताया गया था। तुम्हें वह खाट रास्ते में मिले, तो उसे किसी बनिया के पास ले जाकर तौलवा देना।''

''ठीक है।''

खाट पर पसरे गंगाविष्णु झा जिस प्रार्थना को भतखोड़ा चौक तक मन-ही-मन बुदबुदाते आये थे, उसे भगवान के पास पहुँचने में विलम्ब होते देख अब मुँह से बड़बड़ाने लगे थे। यह बड़बड़ाहट तीनों खाट-वाहकों के कानों में पड़ने लगी थी।

अंजनी से नहीं रहा गया; वह पूछा बैठा, ''बाबा! यह आप क्या बड़बड़ा रहे हैं, 'हे भगवान! हवा छूटे, भगवान; हवा छूटे भगवान?''

बाबा ने कोई उत्तर नहीं दिया, मगर अपनी प्रार्थना जारी रखी, तो अंजनी एक बार फिर पूछ बैठा, ''बाबा! आप भगवान से कैसी हवा छोड़ने के लिए विनती कर रहे हैं?''

इस बार प्रार्थना रोककर बाबा ने अंजनी को डाँटा, ''तुम अपना काम करो।''

खाट-वाहक अपना काम कर ही रहे थे कि बाबा का अचानक आदेश हुआ, ''रास्ता बदलो; दुधानी चलना होगा।''

''आपको तो,'' अंजनी ने पूछा, ''नवरसिया जाना है न?''

''हाँ, मगर अब दुधानी जाकर लौटेंगे।''

''क्यों?''

''वैद्यजी के पास जाना होगा।''

''क्यों?''

''मन कैसा-कैसा तो कर रहा है। जल्दी पहुँचाओ; पेट अफर रहा है।''

दुधानी में वैद्यजी के घर पर सोनैली के आनन्द मिश्र की खाट लिये खाट-वाहक बैठे हुए मिले। वैद्यजी घर पर नहीं मिले। वे दुधानी के ही रामकिंकर झा के घर गये हुए थे। वैद्यजी को बुला लाने के लिए आदमी दौड़ाया गया था, मगर वहाँ से साफ जवाब आ गया था कि रामकिंकर बाबू की हालत गम्भीर है, वे उल्टी-पर-उल्टी किये जा रहे हैं और जब तक उनकी हालत में सुधार नहीं हो जाता, तब तक वैद्यजी नहीं आएँगे।

बैजनाथ मंडल ने जिस समय अपने सिर से बीड़ा हटाया था, उस समय भोर होने-होने को

था। पलटू के ससुर को घर के अन्दर कर लिया गया, मगर भूखे बैजनाथ का हाल-चाल पूछने फिर कोई बाहर नहीं आया। सुबह में ओसारे की चौकी पर सोये बैजनाथ की नींद तब टूटी, जब पलटू की सास की आवाज उसके कानों में पड़ी, ''जरूर बाड़ी से बैंगन की चोरी हुई है। मैं शाम में गिनकर गयी थी, तेरह बैंगन थे; अभी सिर्फ आठ देख रही हूँ।

(8)

पिता के अफरा रोग से ग्रस्त होने और पूरे घर के उनकी अरदली में व्यस्त हो जाने के बावजूद साला सहदेव झा बहनोई पलटू झा को विदा करने घर से बाहर आया। मन ही मन यह प्रार्थना करते हुए भी कि भगवान कभी इनसे मिलने की जरूरत पैदा नहीं करे, बैजनाथ ने उस आदमी को झुक-झुककर प्रणाम किया जो सात-सात शनिदेवों को ठेंगा दिखाकर उसके घर में सात-सात औरतों को पहुँचा सकता था और जिस आदमी को वह कभी भी अपने किसी काम में यह कहकर जोत सकता था कि कभी उसके बाप को उसकी अनबूझ और आपत्कालिक प्रार्थना के साथ खाट पर उठाये वह पूरी रात चलता रहा था।

गोरगामा के लिए ताँगा पर आसन ग्रहण करने के बाद पलटू झा ने बैजनाथ मंडल की चुप्पी तोड़ी, ''कैसा भोज रहा?''

बैजनाथ ने गहरी निगाहों से पलटू को देखा और जवाब दिया, ''अच्छा ही रहा।''

''अच्छा ही नहीं, बहुत अच्छा कहिए,'' पलटू बोला, ''बुरा बस इतना भर हुआ कि बाबूजी को अफरा रोग लग गया, मगर यह भोज का दोष तो नहीं है। और दोष भी है तो रहे; रोग कितने दिन रहेगा! इस भोज की याद तो जीवन भर बनी रहेगी। लोग बता रहे थे कि यह भोज इलाके के अब तक के सारे भोजों को पीछे छोड़ गया। हम लोगों के इलाके में तो उससे कुछ उन्नीस भोज भी नहीं होता। आपको इस भोज के कारण ही कल रोक लिया। मेरी ससुराल इस कारण भी तो आपको हमेशा याद रहेगी।''

पलटू ने भोज की एक-एक मिठाई और व्यंजन के स्वाद का जिक्र किया और ब्राह्मणों के भोज को देखकर आया हुआ बैजनाथ भरसक रूप और गंध के आधार पर हूँ-हाँ करता रहा। जब पलटू के लिए कुछ भी कहने को शेष नहीं रहा और उसने अपना मुँह बन्द किया, तब बैजनाथ ने पूछा, ''माताजी सुबह-सुबह हल्ला कर रही थीं कि बाड़ी से रात में पाँच बैंगन की चोरी हुई है; चोर का कुछ पता चला?''

गोरगामा पहुँचते ही बैजनाथ को नरदेव चौधरी की याद आयी जिसका पता उसे गाँव में जगत चौधरी ने दिया था। नरदेव चौधरी से मिलते हुए ककीरा जाने का उसका कोई इरादा नहीं था। न जाने कितने वर्षों के बाद उन्हें जगत बाबू का समाचार सुनने को मिलेगा! वे आग्रह कर सकते हैं, ''अब तो मेरे घर जूठन छोड़ना ही पड़ेगा। आप यों ही चले गये, तो मैं कभी जगत बाबू को मुँह दिखाने लायक भी नहीं रहूँगा।'' और फिर कोई पेंच भिड़ाकर वे भी सहदेव झा की तरह उन्हें अपने घर या घर के बाहर रात गुजारने पर मजबूर कर देंगे।

ककीरा से पहले की कोई भी रात अब बैजनाथ को घोर अँधेरी रात नजर आने लगी थी। मगर बैजनाथ ने यह जरूर जान लेना चाहा कि नरदेव चौधरी का घर गोरगामा में किधर है और वे दिवंगत तो नहीं हो गये हैं, ताकि यह परिचय वक्त-जरूरत काम आये।

ककीरा की पैदल यात्रा प्रारम्भ करने के पहले उन दोनों ने एक चाय की दुकान पर चाय पी। चायवाले से बैजनाथ नरदेव चौधी के बारे में पूछ सकता था, मगर उसने यह भी नहीं चाहा कि इस नरदेव चौधरी के बारे में पलटू झा कुछ भी जाने। लघुशंका के बहाने वह दुकान से बाहर निकला और नरदेव चौधरी के बारे में आवश्यक जानकारी लेकर ही वापस आया। उसके वापस आते ही पलटू झा ने पूछा, "क्या पूछ रहे थे उन लोगों से?"

"हाँ, कुछ पूछ रहा था।"

"क्या?"

"पूछ रहा था कि इस इलाके में ककीरा नाम के कितने गाँव हैं?"

"क्या बताया?"

"बताया तो कि एक ही गाँव है, पर पता नहीं, सच बताया या झूठ!"

ककीरा की ओर कदम बढ़ाने से पहले पलटू झा को भी पूछना पड़ गया कि ककीरा नाम का उस इलाके में एक ही गाँव है या एक से अधिक।

इलाके में ककीरा नाम का गाँव एक ही निकला, पर ककीरा में सिद्धू मंडल नाम के एक से अधिक व्यक्ति हो सकते हैं। यह सोचकर बैजनाथ ने मन-ही-मन प्रश्नोत्तरी तैयार कर ली...

"मुझे सिद्धू मंडल के घर जाना है।"

"किस सिद्धू मंडल के घर? एक सिद्धू मंडल ऐसा भी है जिसका घर तो है, पर वह इस संसार को छोड़ चुका है।"

"यह छोड़ना हाल-फिलहाल में हुआ है क्या?"

"नहीं, तीन साल हो गये।"

"उस सिद्धू मंडल के घर नहीं जाना है।"

"उसके बाद भी गाँव में चार सिद्धू मंडल हैं। बाप का नाम बताइए।"

"वह तो नहीं मालूम।"

"जहाँ से सिद्धू मंडल का पता लेकर आये हैं, वहाँ से उसके बाप का नाम भी लाइये।"

"वह तो नहीं मिलेगा।"

"कैसा चेहरा है?"

"कभी देखा नहीं।"

"उम्र का पता है?"

"तीस से साठ के बीच के होंगे।"

"इस बीच के तो चारों सिद्धू हैं। पक्का पता लेकर आना था।"

"पक्का पता है मेरे पास।"

"क्या?"

"उनके घर में एक विवाह योग्य लड़की है।"

"तीन सिद्धू मंडल के घर में लड़कियाँ हैं। लड़कियाँ हैं, इसलिए हमेशा विवाह योग्य हैं। किसी सिद्धू को जल्दी है, किसी को नहीं।"

"झट-मँगनी-पट-ब्याह वाले सिद्धू से मिलाइए।"

"ऐसे सिद्धू दो हैं।"

"उस सिद्धू से मिलना है जो कुछ दिन पहले फुलकाहा गये थे।"

"दोनों से पूछना पड़ेगा। चलिए हमारे साथ।"

दो सिद्धुओं के दर्शन कराने के बाद सिद्धू-दर्शक बैजनाथ मंडल से पूछता है, "आपको अच्छी तरह याद है, सिद्धू मंडल ही नाम है?"

"हाँ।"

"बुद्धू मंडल तो नहीं?"

जेब से पता का पुरजा निकलाकर पढ़ता है बैजनाथ, "सिद्धू मंडल, गाँव-ककीरा।"

"अब आखिरी सिद्धू के पास जा रहा हूँ। वह भी सही आदमी नहीं निकला, तो आपको वापस जाकर पता करना होगा कि गाँव ककीरा ही था या कोई और।"

बैजनाथ ने इसे अपना परम सौभाग्य माना कि ककीरा में सिद्धू मंडल सिर्फ एक निकला। उसका घर ढूँढ़ निकालने में कोई दिक्कत पेश नहीं आयी। मगर मिलते ही यह पूछा जरूर बैजनाथ मंडल ने, "आप हाल में फुलकाहा गये थे?"

"हाँ, गया था।"

"बैजनाथ मंडल के घर?"

"जी, हाँ।"

"मैं ही हूँ बैजनाथ मंडल।"

सिद्धू मंडल ने दोनों हाथ जोड़ दिये।

दरवाजे के मचान पर आसन ग्रहण करने के बाद बैजनाथ ने सिद्धू से पूछा, "लड़की आपकी ही है?"

"जी, हाँ।"

बैजनाथ मन-ही-मन प्रसन्न हुआ। बाप की उम्र बता रही थी कि बेटी कमसिन होगी। उसने बहुत उत्साहित होकर पूछा, "आपको मेरा पता किसने बताया था?"

"जगलालजी ने दिया था। उनका बेटा रीतलाल आपके यहाँ काम करता है न।"

"हाँ, काम करता है," बैजनाथ ने आगे पूछा, "जगलाल का पता कहाँ से मिला?"

सिद्धू ने हँसकर जवाब दिया, "लड़कीवाले तो लड़के का पता लगाते ही रहते हैं न। रीतलाल तो बहुत आराम से रह रहा है आपके घर में।"

"हाँ, मेरे घर में किसी चीज की कमी नहीं है। भगवान ने सब कुछ दिया है। सुखी घर है मेरा।"

''मुझे बहुत खुशी हो रही है कि आप हमारे घर आये।''

''जब आपका पता मिल गया, तब तो मुझे आना ही था। लड़कीवाले की बेचैनी मैं तो समझता हूँ न।''

''जगलालजी नहीं आये?''

''नहीं, उसके आने की जरूरत नहीं थी।''

''अभी तो कन्या-निरीक्षण के लिए ही आये होंगे न?''

''हर निर्णय मुझे ही लेना है। किसी और को साथ लेकर नहीं आना था। हाँ, एक पंडित को अपने साथ रख लिया है कि वक्त-जरूरत काम आये। मगर पहले कन्या-निरीक्षण तो हो जाये।''

''आज या कल?''

''शुभ कार्य में विलम्ब क्यों!''

शुभ कार्य में विलमब नहीं हुआ। भोजन के पश्चात कन्या-निरीक्षण का शुभ कार्य सम्पन्न हो गया।

कन्या-निरीक्षण के पश्चात सिद्धू मंडल ने बैजनाथ मंडल को जाल में फँसा लेने के लिए अपने गाँव के अत्यन्त अनुभवी और वाकपटु रामेश्वर लाल दास को उसके पीछे लगा दिया। बातचीत एक बन्द कमरे में शुरू हुई जहाँ बैजनाथ मंडल की मदद में पलटू झा मौजूद रहा।

रामेश्वर लाल दास ने बात शुरू की, ''बहुत लड़केवाले दहेज के माल की जानकारी ले लेने के बाद ही लड़की पसन्द या नापसन्द करते हैं। आप बताइए कि पहले आपसे क्या पूछूँ, यह कि क्या दान-दहेज चाहते हैं या यह कि लड़की पसन्द आयी या नहीं?''

''लड़की मुझे पसन्द है।'' बैजनाथ ने झट जवाब दिया।

''लड़की काटने लायक नहीं है,'' पलटू झा बोला, ''मगर उम्र की थोड़ी कच्ची है।''

''सुनिए, पंडितजी, शादी के पहले तो हर लड़की कच्ची ही नजर आती है,'' रामेश्वर बाबू ने पलटू झा को सुनाया, ''शादी के बाद ही तो बाढ़ आती है लड़की में। शादी होते ही वह पसरती है और पक्की हो जाती है।''

''सही बात बोल रहे हैं। रामेश्वर बाबू,'' बैजनाथ बोला, ''सही ढंग का खान-पान हो, तो लड़की झटपट सयानी हो जाती है। मेरे घर में खाने-पीने की क्या कमी! क्यों, पुरोहितजी?''

''हाँ-हाँ, इसमें क्या कहना! राजा का घर है आपका घर।''

''तब यह मान लूँ,'' रामेश्वर बाबू बोले, ''कि लड़की आप लोगों को पसन्द आ गयी?''

''हाँ-हाँ, यह मान लीजिए।'' बैजनाथ ने अपनी स्वीकृति दे दी।

''अब दहेज पर भी बात हो ही जाये।'' पलटू झा बोला।

''हाँ, हो जाये,'' रामेश्वर बाबू न जवाब दिया, ''आप लोग अपनी माँग सुनाइए।''

''मेरी कोई माँग नहीं है,'' पलटू झा की ओर देखकर बैजनाथ बोला, ''क्या नहीं है मेरे घर में!''

''आपकी कोई माँग हो या न हो,'' रामेश्वर बाबू ने कहा, ''मगर लड़की को हम छूँछी विदा तो नहीं कर देंगे। सिद्धू मंडल ने बेटी के लिए एक भैंस पहले से ही खरीद रखी है।''

"भैंस तो आप लड़की या लड़के को देंगे," पलटू झा ने मुस्कराकर कहा, "मगर पुरोहित को भी तो कुछ मिलना चाहिए।"

"मिलेगा," रामेश्वर बाबू ने भी मुस्कराकर जवाब दिया, "पुरोहित को भी मिलेगा।"

"आपको जो माँगना हो, पुरोहितजी, विवाह के बाद माँग लीजिएगा," बैजनाथ मंडल ने पलटू झा से कहा, "ये लोग नहीं देंगे, तो मैं दे दूँगा।"

"जब इतनी बात हो ही गयी," रामेश्वर लाल दास ने कहा, "तब क्यों नहीं लड़की का छेंका भी हो ही जाये?"

"हाँ, छेंका हो जाये।" बैजनाथ ने जवाब दिया।

"कल सुबह?"

"आज का काम कल पर क्यों छोड़ा जाये!" वह बोलकर बैजनाथ ने पलटू झा की ओर देखा।

"हाँ, आज ही हो जाये।" पलटू झा ने हामी भरी।

रामेश्वर बाबू की प्रसन्नता का ठिकाना नहीं रहा। जो काम उन्हें सौंपा गया था, उसे उन्होंने कर दिखाया था। वे प्रसन्नमुख उठे और बैजनाथ मंडल से कहा, "मैं सिद्धू बाबू से कहता हूँ छेंका की व्यवस्था करने के लिए।"

बैजनाथ का दिल बाग-बाग हो उठा।

रामेश्वर बाबू वहाँ से उठकर आँगन की ओर आये। आँगन में घर के लोगों से घिरा सिद्धू एक खाट पर बैठा हुआ था। रामेश्वर बाबू पर नजर पड़ते ही वह उठकर उनकी ओर बढ़ा। सिद्धू पर नजर पड़ते ही रामेश्वर बाबू ने गर्वित स्वर में कहा, "सिद्धू! छेंका की व्यवस्था करो।"

पूरे घर में खुशी की लहर दौड़ गयी।

सिद्धू ने एक बार पूछा, "अभी ही?"

"हाँ, अभी ही," रामेश्वर बाबू ने जोर देकर कहा, "अभी तुरन्त। करना क्या है! दो-ढाई किलो मिठाई मँगवा लो और दो जोड़ी धोती। इतने से ही काम चल जाएगा। वे भी कोई तैयार होकर तो नहीं ही आये होंगे। लड़की उन्हें पसन्द आ गयी और मैंने उन्हें छेंका के लिए तैयार कर लिया।"

बैजनाथ मंडल सचमुच छेंका के लिए कोई तैयारी करके नहीं आया था। उसके झोले में सिन्दूर की पुड़िया अभी भी थी जिसे वह बराबर साथ लेकर चलता रहा था, मगर छेंका का कोई सामान नहीं था, एक साड़ी तक नहीं। उसने पलटू झा से कहा, "छेंका का कोई सामान तो है नहीं?"

"है क्यों नहीं!" पलटू ने जवाब दिया, "अपने हाथ की एक अँगूठी खोल लीजिए। अँगूठी के साथ कुछ रुपये दे दीजिएगा।"

एक अँगूठी और एक-सौ-एक रुपये के साथ लड़की का छेंका कर दिया गया। जब छेंका के समय यह गीत गाया जाने लगा...

सम्हरि क बइसू हे बेटी, ससुर जेवर आनलन्हि हे।
आनलन्हि से सीथे सीसफूल, झुमका साथ आनलन्हि हे।

समहरि क बइसू हे बेटी, ससुर जेवर आनलन्हि हे।
आनलन्हि से गला के माला, आ नेकलेस साथ आनलन्हि हे।
सम्हरि के बइसू हे बेटी, ससुर जेवर आनलन्हि हे।
आनलन्हि से बनारसी साड़ी, साथ में चूड़ी आनलन्हि हे...

तब बैजनाथ ने पास बैठे रामेश्वर बाबू के कान में फुसफुसाकर कहा, ''अभी तो मैं तैयार होकर आया नहीं था। मेरा तो सहसौल बाजार में अपना सुनार है; उससे कह दूँगा कि महीना भर सिर्फ मेरे घर के लिए गहने बनाये।''

रामेश्वर बाबू मुस्करा उठे और फुसफुसाकर ही जवाब दिया, ''गीत पर ध्यान मत दीजिए। यह तो बस गीत जो जो गाया जाता है। ऐसे अवसरों पर गीत-नाद तो होना ही चाहिए।''

छेंका के बाद बैजनाथ ने रामेश्वर बाबू को अपने मरे में बुलाया और उनसे कहा, ''मैं तो यह कहूँगा, रामेश्वर बाबू, कि जब छेंका हो ही गया, तो अब शादी की तिथि भी अभी ही तय हो जाये।''

''हमें कोई एतराज नहीं है; हो जाये।''

''पुरोहितजी,'' बैजनाथ ने पलटू झा से कहा, ''कल की तिथि शुभ है?''

''हाँ, शुभ है,'' पलटू ने जवाब दिया, ''मैंने पतरा देख लिया है।''

''कल शादी हो सकेगी?'' रामेश्वर बाबू ने आशंका जतायी।

''हाँ, हो क्यों नहीं सकेगी!'' बैजनाथ बोला।

''आपने जगलालजी को कह दिया है कल रीतलाल को लेकर आने?''

''रीतलाल को लाने की क्या जरूरत है?''

रामेश्वर बाबू जोर से हँस पड़े और बोले, ''जब रीतलाल नही आएगा, तो किस विधि-विधान से होगा विवाह?''

''किस विधि-विधान से?'' बैजनाथ कुछ अचरज में आया, ''जिस विधि-विधान से लड़का-लड़की का विवाह होता है।''

''पर लड़का कहाँ है?''

''लड़का?'' बैजनाथ एक बार पलटू की ओर देखकर बोला, ''मैं ही तो हूँ लड़का।''

''आप लड़का हैं?''

''हाँ, बैजनाथ मंडल; मैं ही हूँ बैजनाथ मंडल।''

रामेश्वर लाल दास कुछ गम्भीर हुए और बोले, ''ठीक है, मैं जरा सिद्धू से बात करके आता हूँ कि एक दिन में शादी की तैयारी हो सकती है या नहीं।''

रामेश्वर बाबू के उठते-उठते बैजनाथ ने सुना दिया, ''किसी तैयारी की जरूरत नहीं है। जैसे बिना किसी तैयारी के छेंका हो गया, वैसे ही शादी भी हो जाएगी।''

आँगन की ओर कदम बढ़ाते हुए रामेश्वर बाबू इस बार हर कदम पर अधिकाधिक गम्भीर होते चले गये। आँगन में सिद्धू नहीं दिखा, तो उन्होंने हाँक लगायी, ''सिद्धू!''

सिद्धू को ढूँढ़कर लाया गया, तो उन्होंने सिद्धू से कहा, ''तुम्हें मुझसे झूठ बोलने की क्या जरूरत थी?''

"झूठ!" सिद्धू कुछ घबराया, "क्या हुआ?"

"तुमने यह नहीं कहा था मुझसे कि लड़का अठारह-उन्नीस साल का है?"

"हाँ, कहा था।"

"लड़का अठारह-उन्नीस साल का है?" गुस्से में आ गये थे रामेश्वर बाबू।

सिद्धू सकपकाया, "तब कितने का है?"

"पचास से कम का नहीं होगा।"

"पचास!" वहीं आ खड़ी हुई लड़की की माँ के मुँह से चीख निकल पड़ी।

"तुमने मुझसे लड़के का नाम बताया था रीतलाल?"

"हाँ, बताया था।"

"लड़का अपना नाम बता रहा है बैजनाथ मंडल।"

"बैजनाथ मंडल!"

"हाँ, जो बैजनाथ मंडल आया है, वह अपने को ही लड़का बता रहा है। उसके साथ विवाह करोगे बेटी का?"

बेटी का बाप कुछ बोले, इससे पहले ही बेटी की माँ गरज पड़ी, "नहीं होने दूँगी मैं अपनी बेटी की शादी बुड्ढे के साथ। बाप करमजरुआ है तो क्या हुआ! इसका मामा कराएगा इसका ब्याह।" और फिर उसने बेटी को आवाज लगायी, "गे बिमली! बाँध कपड़ा-लत्ता; चल, तुझे मामा के पास पहुँचा दूँ।"

"सुनो तो, बिमली की माँ," सिद्धू पत्नी के पास आ गया, "मैं किसी और लड़के को देखकर आया हूँ; वह अठारह-उन्नीस साल का था।"

"तुम कुछ भी कर सकते हो," पत्नी काली माई खेलने लगी, "तुम्हें बेटी से जरा भी मोह नहीं है। कठकरेज हो तुम। वह लड़का ठीक नहीं हुआ होगा तो इस बुड्ढे को ठीक कर लिया।"

और फिर बेटी की माँ आँगन में ही एक किनारे बैठकर जोर-जोर से रोने लगी।

रोने की आवाज बैजनाथ के कानों में पड़ी। यह रोना तो अपशकुन है उसके लिए, बैजनाथ के मन में आया। ऐसा ही रोना तो उसने कल भी सुना था पलटू की ससुराल में और रात भर उसके ससुर की खाट ढोता रह गया था।

बात साफ हुई। कई देवी-देवताओं की किरिया खाकर सिद्धू मंडल ने स्पष्ट कि कि बैजनाथ मंडल नाम का यह लड़का कभी भी उसके ध्यान में नहीं आया था और यह बैजनाथ मंडल किसी धोखे का शिकार हो गया है। उसने रामेश्वर बाबू से आग्रह किया कि जिस कुशलता से उन्होंने विवाह तय किया था, उसी कुशलता से अब विवाह तोड़ दें।

रामेश्वर लाल दास ने मन-ही-मन सोचा कि यह तो एक अच्छा नाटक हो गया। नाटक का मामला उन्होंने गाँव के नाट्य विशेषज्ञ चतुरानन 'प्रलय' के सुपुर्द कर देना चाहा जो ककीरा नाट्य परिषद के स्थायी अध्यक्ष और स्थायी निर्देशक थे। वे प्रलयजी के पास पहुँच गये और पूरा किस्सा सुना देने के बाद उनसे कहा, "विवाह तय करने में मेरी जो भी कुशलता हो, मगर विवाह तोड़ने की कोई कुशलता नहीं है मुझमें। आप जोड़ की ही नहीं, तोड़ की भी कला में निष्णात

माने जाते हैं। गाँव का मामला है। इस अनमेल विवाह को रोकिए। इस अधबैसू को तो इस बात की सजा मिलनी चाहिए कि अपनी इस उम्र में एक बहुत कम उम्र की लड़की से ब्याह करने के लिए बावला हो रहा है, मगर इससे अपराध हो नहीं पाया है। गाँव के कुछ युवकों को भड़काकर इस दुलहे को भगा दीजिए।''

प्रलयजी कुछ सोचकर युवकों को भड़काने और दुलहे को भगाने के लिए तैयार हो गये। उन्होंने रामेश्वर बाबू से कहा, ''आप दुलहे और बराती को लेकर मेरे पास आइए।''

ककीरा नाट्य परिषद एक दरिद्र गाँव का कंगाल परिषद था, इतना कंगाल कि मंडली के पास ढंग की पोशाक और परदे तक नहीं थे, राजा-रानी के लिए चमक-दमकवाले मोर-मुकुट तक नहीं। एक नाटक के मंचन के लिए अपना आधा घर खाली कर देने के बाद भी गाँव के दस घरों में निहोरा करना पड़ता था, साड़ी-चोली तक के लिए। और फिर चोली पहनने भर से तो कोई लड़का-लड़की की तरह नहीं दिखने लगेगा। गाँव के किसी घर से किसी युवती का पीन पयोधर भी माँग लाते या! यह सौभाग्य था ककीरा का कि हर नाटक के बाद फिर कभी नाटक नहीं करने की कसम खाने के बावजूद प्रलयजी गाँव के युवकों के मनाने पर कसम तोड़कर अगली प्रस्तुति के लिए प्रस्तुत हो जाते थे।

रामेश्वर बाबू के जाते ही उन्होंने अपने घर पर नाट्य मंडली के युवकों की सभा बुलायी।

जिस समय रामेश्वर बाबू के साथ दुलहा और इकलौते बराती का प्रलयजी के घर पदार्पण हुआ, सभा चल रही थी। उन तीनों पर नजर पड़ते ही प्रलयजी ने सभा भंग कर दी और उन तीनों को सुनाते हुए युवकों को चुपचाप अपने-अपने घर जाने का आदेश दिया। रामेश्वर बाबू ने भी अपनी उपस्थिति अनावश्यक बताते हुए विदा माँग ली।

बन्द कमरे में दोनों को बिठाकर प्रलयजी ने दोनों के चेहरों को एक-एक बार देखा और फिर बैजनाथ मंडल से पूछा, ''बैजनाथ मंडल आप ही हैं न?''

''हाँ।'' बैजनाथ मंडल ने जवाब दिया।

''पूरा किस्सा सुन लेने के बाद मैं यह कह सकता हूँ कि आपको धोखा हुआ है।''

''कैसा धोखा?''

''सिद्धू मंडल आपके घर गये थे अपनी बेटी के लिए रीतलाल को देखने, आपको दामाद बनाने के लिए नहीं।''

''रीतलाल ने ऐसा कुछ मुझे नहीं बताया था।''

''आपने उससे ऐसा कुछ पूछा नहीं होगा। उसने लड़कीवाले से उसका पता लिखवा लिया। उसने आपको बताया होगा कि एक लड़कीवाला आया था। आपने उससे लड़कीवाले का पता ले लिया, समझ बैठे कि आपके लिए रिश्ता लेकर आया था और धावा मारकर ककीरा पहुँच गये।''

''हाँ, कुछ ऐसा ही हुआ है।''

''आपसे गलती हुई है।''

''हाँ, हुई है गलती।''

''ऐसी गलती औरों से भी हो सकती थी, मगर आप तो अपराध कर बैठे हैं।''

"अपराध?"

"हाँ," प्रलयजी ने सुनाया, "यह देखकर भी कि लड़की कच्ची उम्र की है और आप उसके योग्य वर नहीं हैं, आप वहाँ से खिसकने को तैयार नहीं हुए और लड़की का छेंका तक कर दिया। बड़ा भारी अपराध किया है आपने।"

बैजनाथ चुप लगा गया। पलटू झा मन-ही-मन ईश्वर से प्रार्थना करता रहा कि उसका कोई अपराध किसी को नजर नहीं आये।

"आपने यह देखा होगा," प्रलयजी फिर चालू हुए, "कि मेरे घर पर युवकों की सभा हो रही थी। ये गाँव के युवक हैं और आपके विरुद्ध कोई सख्त कदम उठाना चाह रहे थे, जैसे बच्ची के साथ विवाह रचाने के जुर्म में पुलिस के सुपुर्द कर देना, जैसे सिर मूँड़कर गधे पर घुमाना, जैसे और भी बहुत कुछ।"

बैजनाथ ने निरीह निगाहों से प्रलयजी की ओर देखा। पलटू अपनी हृदयविदारक विनती को बैजनाथ के साथ होनेवाले फैसले तक स्थगित रखना चाह रहा था।

"आप भले आदमी हैं?" प्रलयजी ने बैजनाथ से पूछा।

"हाँ, बिल्कुल भला आदमी हूँ," बैजनाथ ने झट जवाब दिया, "आप रीतलाल को बुलाकर उससे पूछ सकते हैं।"

"मैं आपकी बात पर विश्वास करता हूँ। आपका चेहरा ही मुझे बता रहा है कि आप भले आदमी हैं। आपका चेहरा मैंने दूर से ही देख लिया था और युवकों को डाँटकर भगा दिया है। अब मैं यही सोच रहा हूँ कि आपको जाने दूँ या रोक लूँ।"

"बड़ी कृपा होगी आपकी," बैजनाथ बोला, "मुझे जाने दीजिए।"

"आपका भलापन मुझे मजबूर कर रहा है आपको रोकने के लिए।"

"आप मुझे बुरा मान लीजिए, बाबूजी, मगर जाने दीजिए।"

"ठीक है, मगर एक प्रश्न पूछकर कुछ करूँगा मैं।"

"प्रश्न?"

"हाँ।"

"प्रश्न का जवाब मेरे पुरोहितजी देंगे।"

पलटू झा कुछ बोले, इससे पहले ही प्रलयजी बोल गये, "नहीं, जवाब आपको ही देना होगा।"

अधमरी आवाज में बैजनाथ ने पूछा, "क्या प्रश्न है?"

"आप रँडुआ हैं?"

"हाँ।"

"विवाह करना चाहते हैं?"

"करना चाहता था, पर अब रँडुआ रहकर भी जी लूँगा।"

"नहीं, किसी भले आदमी को रँडुआ रहकर जीने की जरूरत नहीं है।"

"तो फिर क्या करूँ?"

"विवाह।"

''अब मेरा विवाह नहीं हो सकेगा, नहीं होगा। मैं अभागा हूँ।''

''मैं विवाह कराऊँगा आपका।''

''सच?''

''हाँ, सच। उस लड़की से नहीं, किसी और लड़की से जो अधिक सुन्दर है और अभी-अभी सयानी हुई है।''

''आपका उपकार जिन्दगी भर नहीं भूलूँगा मैं।''

''उपकार की बात तब हो जब आपका विवाह हो जाये। विवाह के पहले आप लड़की भी तो देख लेना चाहेंगे?''

''हाँ-हाँ,'' पलटू झा ने मुँह खोला, ''विधि-विधान से हो शादी।''

बैजनाथ चुप रह गया।

''कन्या-निरीक्षण के लिए मैं घंटे भर का समय लूँगा।'' प्रलयजी बोले।

बैजनाथ ने जवाब दिया, ''स्वीकार है।''

प्रलयजी के घर में ही कन्या-निरीक्षण का कार्य सम्पन्न हुआ। कन्या देखकर गद्गद् हो गया बैजनाथ मंडल। इतनी गोरी लड़की! लड़की के उरोज उन्नत थे, मगर यह स्पष्ट था कि लड़की अक्षतयौवना थी।

''इतनी सुन्दर लड़की,'' पलटू के मुँह से निकला, ''अब तक कुँवारी रही!''

''यह इस लड़की की तकदीर का दोष है।'' प्रलयजी ने जवाब दिया।

बैजनाथ ने मन-ही-मन लड़की की तकदीर के दोष के लिए भगवान को धन्यवाद दिया।

''कैसा दोष?'' जो बैजनाथ ने नहीं पूछना चाहा, वह पलटू कुछ बैठा।

''इस लड़की का दोष लोग यही मानते हैं कि यह अपने माँ-बाप को खा गयी है। इसका जन्म होते ही इसकी माँ मर गयी। जब यह तीन साल की थी, तब इसका बाप मर गया।''

''यह कोई दोष नहीं है,'' बैजनाथ बोला,''आदमी अपने भाग्य से जीता-मरता है। यह भगवान की मरजी थी कि इसकी माँ भी मर गयी और बाप भी।''

''लोग इस लड़की को अपशकुन मानते हैं,'' प्रलयजी कहने लगे, ''कोई लड़कावाला इस अपशकुन को अपने घर ले जाना नहीं चाहता। मैं भी यह क्यों चाहता कि यह किसी के घर जाये और वहाँ मार-काट शुरू करे! मगर मैंने कई बड़े-बड़े ज्योतिषियों से इसकी जन्मपत्री दिखायी है। हर ज्योतिषी ने यही कहा है कि यह लड़की दूधों नहायेगी, पूतों फलेगी।''

''मैं इस अपशकुन को अपने घर ले जाने के लिए तैयार हूँ।'' बैजनाथ ने छाती तानकर कहा।

''माँ-बाप के मरने पर यह लड़की अपनी नानी के घर पल रही थी। दो साल पहले इसकी नानी का स्वर्गवास हो गया। तब इसके मामा इसे लेकर ककीरा आ गये और यहाँ के पाँच लोगों को बुलाकर कहा, 'हमने इस भाँजी को पाल-पोसकर बड़ा कर दिया। अब हम इसे आप लोगों के सुपुर्द करने आये हैं। मैं अभी भी इसे अपने पास रखना चाहता हूँ, मगर इसकी मामी अब इसे रखने के लिए बिल्कुल तैयार नहीं है। उस पर अधिक जोर भी नहीं दे सकता मैं। जवान लड़की

को घर में रखने के पक्ष में नहीं है वह और मुझमें यह सामर्थ्य नहीं है कि मैं इसे हाथ पीले कर सकूँ। यह दो बार पोखर में डूब मरने के लिए भी घर से निकली है। अब आप लोग इसे सँभालिये। ऐसे भी यह अब मेरी भाँजी कम और इस गाँव की बेटी अधिक है।' पंचों की जबान में तो ताला लग गया, मगर गाँव के युवक आगे आये और उन्होंने इस लड़की के भार को उठाने का बीड़ा उठाया। अब यह इसी गाँव के अपने पुराने घर में गाँववालों के चन्दा पर जीवन गुजार रही है। सब ठीक-ठाक चल रहा है। अब तक तो यहाँ के लोग भी इस लड़की को अपशकुन मानने से इन्कार कर रहे हैं। इतनी सुन्दर लड़की भला अपशकुन हो! भगवान ने चाहा, तो किसी दिन गाँव का कोई युवक ही इसके साथ शादी के लिए आगे आ जाएगा। इतना तो होगा ही कि गाँव में किसी की बीवी मरेगी और इस लड़की का भाग्य खुलेगा।''

''इस लड़की का भाग्य खुल गया। क्यों मरे कोई गाँव में!'' बैजनाथ ने सुना दिया।

''मैं भी तो यही चाहता हूँ कि आप दोनों एक-दूसरे का उद्धार कर दें।''

''मैं उद्धार करने के लिए तैयार हूँ।''

''वह लड़की भी उद्धार करने के लिए तैयार है, मगर एक निवेदन करूँगा मैं।''

''आप आदेश दीजिए।''

''गाँव के युवकों की एक नाट्य मंडली है, बहुत ही गरीब है। जिन युवकों की बदौलत आपको यह लड़की मिल रही है, उन युवकों की इस नाट्य मंडली को आप कुछ आर्थिक मदद कर दें।''

''मैं तैयार हूँ। कितना दे दूँ?''

''अधिक नहीं, हजार-दो हजार रुपये।''

''दे दूँगा; एक हजार तो अभी मेरे पास ही हैं; वह अभी ही दे देता हूँ। और एक हजार जो आदमी लड़की को विदा कराने जाएगा उसे घर पर दे दूँगा।''

''तो अब शादी की तिथि तय हो जाये।''

''मेरे पुरोहितजी बता रहे हैं कि आज का दिन बड़ा शुभ है।''

''जब लगन जोर पकड़ता है, तब सब कुछ इसी तरह शुभ-शुभ होता चला जाता है,'' उठते हुए प्रलयजी ने सुनाया, ''अब आप लोग आराम फरमाइए; मैं विवाह की तैयारी करता हूँ।''

(9)

विवाह की तैयारी शुरू हो गयी।

रामेश्वर बाबू के पास एक बड़ा-सा गोहाल था। प्रलयजी अपने नाटकों के पूर्वाभ्यास के लिए इसका ही इस्तेमाल किया करते थे। इसे ही विवाह-स्थल बनाया गया। वहाँ झाड़-बुहार हो गया और विवाह के लिए उस गोहाल को अच्छी तरह सजा दिया गया। गाँव की कोई औरत 'अपशकुन' की शादी में शरीक नहीं हुई, मगर जिन युवकों ने 'गाँव की बेटी' की शादी कराने का बीड़ा उठाया था, वे तन-मन से इस विवाह की तैयारी में लगे थे। बैजनाथ मंडल और पलटू झा

प्रलयजी के घर पर बैठे-बैठे ही इस तैयारी को दूर-दूर से देखते रहे और आपस में बतियाते रहे। युवकों का उत्साह देखते नहीं बनता था। बैजनाथ तय नहीं कर पा रहा था कि युवकों में यह जोश उसके चन्दा ने पैदा किया है या अभागिन के दिन फिरने की खुशी ने। युवकों ने बैजनाथ मंडल को 'मेहमानजी' कहकर पुकारना शुरू कर दिया था। बैजनाथ को एक नजर में पचीसों सच्चे साले नजर आ गये; वह प्रमुदित हो उठा।

विवाह की तैयारी युद्ध स्तर पर की गयी, मगर तब भी समय लग गया। तैयारी पूरी हो जाने के बाद ही प्रलयजी 'मेहमानजी' के पास पहुँचे और कहा, "हमारी तैयारी लगभग पूरी हो गयी है। अब मैं यह पूछने आया हूँ कि यह विवाह शिव-विवाह हो या राम-विवाह?"

बैजनाथ ने पलटू झा की ओर नहीं देखा और प्रलयजी को जवाब दिया, "जो अच्छा हो।"

"राम-विवाह ही होने दीजिए।" पलटू ने अपनी राय दे दी।

"क्यों?" बैजनाथ ने पूछा।

"बस, यों ही।"

"बता नहीं सकते?"

"जजमान को सब कुछ बताना पुरोहित के लिए जरूरी नहीं है।"

"शिव-विवाह कट रहा है, इसलिए पूछ रहा हूँ। गाँवों में तो कुँवारी लड़कियाँ पार्वती की पूजा करती हैं शिव जैसा दुलहा पाने के लिए।"

"जो जी में आये, कीजिए-कराइए," पलटू झा को गुस्सा आ गया, "आपको सुनना है, तो सुनिए मैया मनाइन का विलाप...

हम नाहीं आजु रहब यही आँगन
जो बुढ़ होइता जमाई, गे माई।
एक तो बैरी भेल धि विधाता
दोसर धिया के बाप, गे माई।

सुनना है?

पहिलुक बाजन, डमरू फोड़ब
दोसर तोड़ब रुंडमाल, गे माई।
बरद हाँकि बरियाती बेलायब
धिया ले जाइब पराई, गे माई।

मुझे तो नहीं सुनना है...

तेसर बैरी भेल पलटू बाभन
जे बुढ़ आनल जमाई, गे माई।
धोती, लोटा, पोथी, पतरा
सेहो स लेबै छिनाय, गे माई।
जो किछ बचता, पलटू बभना
दाढ़ी धई लेबै घिसिआई, गे माई
दाढ़ी धई लेबै घिसिआई।"

बैजनाथ मंडल गम्भीर हो उठा और प्रलयजी बैजनाथ की ओर देखकर जोर-जोर से हँसने लगे। खुलकर हँस लेने के बाद उन्होंने कहा, "यहाँ मनाइन को बेटी का उद्धार सूझेगा। जिस मनाइन को यह गीत सूझा होगा, उसके घर से तो आप लोग निकलकर आ ही रहे हैं। मनाइन धिया लेकर नहीं भागी, जमाई को भगा दिया। यहाँ तो ऐसे भी पार्वती बिना माँ की है और सारे घराती बूढ़ जमाई और पलटू बभना का दिल और जान से स्वागत कर रहे हैं। मगर अब पुरोहितजी की ही बात रहेगी; राम-विवाह ही होगा।"

इतना बोलकर प्रलयजी एक बार गोहाल की ओर चले गये यह सूचना देने कि विवाह राम का होगा, शिव का नहीं।

राम-विवाह की तैयारी हुई और दुलहे को पुरोहित के साथ गोहाल ले जाया गया। वहाँ पहुँचते ही पलटू पुरोहित को प्रलयजी ने सुना दिया, "इस विवाह में आपकी भी भूमिका रहेगी, मगर आपको पुरोहित के रूप में कुछ भी नहीं करना है। हम लोग अपने ढंग से सीता का विवाह कराएँगे। आपको बस उतना ही करना है जितना आपसे कहा जाएगा। उसके बाद आप बस देखते रहिए। यहाँ उपस्थित सारे युवक ककीरा नाट्य परिषद् के सदस्य हैं और ये कुछ भी करते हैं तो एक नाटक की तरह करते हैं। आप देख ही रहे हैं कि यहाँ विवाह-मंडप नहीं, विवाह-मंच बनाया गया है और हमने नाटक के दो परदे टाँग दिये हैं। आपको लगेगा कि आप कोई नाटक देख रहे हैं। आनन्द मिलेगा आपको एक नाटक देखने का, एक विवाह का नाटक, वह भी आपके अपने राम के विवाह का।"

अब तक अध्यक्ष की भूमिका में कार्य कर रहे प्रलयजी अब निर्देशक की भूमिका में अवतरित हुए। हालाँकि नन्दकिशोर उनकी नजरों के सामने था तब भी उन्होंने उसे अनदेखा कर आवाज लगायी, "बहुरूपिया!"

"हाजिर हूँ।" नन्दकिशोर ने जवाब दिया।

"सीता की रूपभराई हुई?"

"हो गयी।"

"राम का रूप भरो।"

"राम के साथ जो लौकनाहा आया है, उसका भी कोई रूप भरना है?"

"उसके कई रूप होंगे। जब जिस रूप की जरूरत होगी, भर देना।"

नन्दकिशोर बैजनाथ को लेकर नेपथ्यशाला की ओर बढ़ा। निर्देशक ने पलटू झा को उठाया और उसे साथ लिये नन्दकिशोर के पीछे चला गया। मंच बिल्कुल खाली हो गया। सिर्फ एक किनारे ढोलकिया और हारमोनियम मास्टर अपने-अपने साज के साथ आकर बैठ गये।

परदे के पीछे से स्वागत-गान शुरू हुआ। गान शुरू होते ही साज बजने लगे...

आज ककीरा नगरिया निहाल सखिया,
आया दुलहा बड़ा ही कमाल सखिया।
जिनका लागी कुँवारी जग की तप कैयलन,
सेहे हमर ककीरा में पाहुन बनकर अइलन।
आज लोढ़ा से सेंकब इनकर गाल सखिया।

आज कीकरा नगरिया निहाल सखिया।
निहाल सखिया हे बेहाल सखिया।

ढोलक और हमारमोनियम की आवाज सुनकर गाँव के लोग गोहाल की ओर आने लगे थे। आनेवालों से गोहाल में बैठ जाने का निवेदन किया गया। राम-विवाह के इस अचानक आयोजन से लोगों को खुशी हुई।

गान के समाप्त होते ही मोर-मुकुट धारण किये बैजनाथ और लम्बी दाढ़ी लगाये पलटू झा मंच पर प्रकट हुए और मंच के बीच बैठ गये।

फिर चौपाई-गान हुआ...

जिन्ह निज रूप मोहनी डारी।
कीन्हे स्वबस नगर नर-नारी।
चले सकल गृह काज बिसारी।
बाल जुबान जरठ नर-नारी।

नेपथ्य के दोनों ओर से बीसों युवक मंच पर दौड़े हुए आये और राममय बैजनाथ मंडल को निरखने लगे। इसी समय नेपथ्य से निर्देशक की आवाज आयी, ''प्यारे दर्शको! 'नर नारी' पर ध्यान गया होगा आप लोगों का। मंच पर सिर्फ नर ही नहीं नजर आये आपको। इनमें कई नर ऐसे हैं जो साड़ी-चोली पहनकर इस मंच पर कितनी ही बार नारी बन चुके हैं। इस बार साड़ियों के अभाव के कारण वे बिना साड़ी के नारी हैं। मगर आपको नारी को पहचान लेने में जरा भी मुश्किल नहीं होगी।

''प्यारे दर्शको! हम एक ही साथ एक नाटक भी कर रहे हैं और एक विवाह भी। नाटक आप लोग अभी चुपचाप देख लें; विवाह के बारे में कल विस्तार से जान लेंगे। हम इस नाटक को इतना संक्षिप्त हो जाने देंगे कि दुलहा को कोहबर में जाने और सुहागरात मनाने का मौका मिल जाये। अब आपके सामने प्रस्तुत किया जा रहा है धनुषयज्ञ।''

इसी समय कई युवक मिलकर एक धनुष उठाये मंच पर आये और धनुष को मंच पर रख दिया।

निर्देशक के एक धक्के से राजा जनक नेपथ्य से मंच पर आ गया। अपने धक्के से वह पुन: मंच से नेपथ्य में चला गया। वह झगड़ने गया था। नेपथ्य में झगड़ा शुरू हो गया...

''आपने धक्का क्यों मारा?''

''तुम्हें जाने में देर हो रही थी।''

''नहीं हो रही थी देर; मैं तो जा ही रहा था।''

''क्या हो गया, अगर एक धक्का मारा ही तो? निर्देशक की हैसियत से किसी कलाकार को तमाचा भी मार सकता हूँ।''

''किसी गलती पर ही तो आप तमाचा मारेंगे। पहले भी आप बिना वजह मुझे धकियाते रहे हैं। ऐसे में मेरा अभिनय करना मुश्किल है।''

''मुश्किल है मेरे लिए ऐसे में निर्देशक बना रहना। किसी तरह विवाह करा दूँ; अब भविष्य में कोई नाटक नहीं कराऊँगा।''

''मैं भी विवाह सोचकर ही मंच से सीधे घर नहीं चला गया; रुक गया हूँ।''

''तो ठीक है, अभी जाओ मंच पर।''

राजा जनक का पुनः मंच पर प्रवेश हुआ। उसने दर्शकों की ओर तर्जनी उठाकर गुस्से में सुनाया,

अब जनि कोउ भाखे भट मानी।
बीर बिहीन मही मैं जानी।
तजहु आस निज-निज गृह जाहू।
लिखा न बिधि दुलारी बिबाहू।

पलटू झा बैजनाथ मंडल के कान में फुसफुसाया, ''लगता है, लड़की का नाम दुलारी है। बैदेही की जगह दुलारी आ गयी है।''

नेपथ्य से ही दाँत-पर-दाँत रखकर गरज पड़े थे निर्देशक महोदय, ''विश्वामित्र! राम के कान में क्या फुसफुसा रहे हैं? भोर कीजिएगा क्या? भूल गये, क्या कहना है आपको? *बिस्वामित्र समय सुभ जानी। बोले अति सनेहमय बानी।''*

पलटू झा ने झट उठकर बैजनाथ को कोंचते हुए कहा, ''हे बैजनाथ! उठो, शिवजी का धनुष तोड़ो और ककीरावासियों का सन्ताप मिटाओ।''

''*लेत चढ़ावत खैंचत गाढ़े...* बैजनाथ बाबू!'' निर्देशक महोदय की आवाज गूँजी, ''*काहुँ न लखा देख सबु ठाढ़े।* बैजनाथ मंडल!'' वे चिल्लाये, ''कहाँ ध्यान है? *तेहि छन राम मध्य धनु तोरा.. ।''*

बैजनाथ मंडल हड़बड़ाकर उठा, धनुष को उठाया और तोड़ दिया।

नेपथ्य में कई पटाखे फोड़े गये।

पलटू ने पटाखों की आवाज के बीच में बैजनाथ से कहा, ''पटाखों का मतलब समझ में आया?''

''क्या?'' बैजनाथ ने पूछा।

पलटू ने बताया, ''धनुष के टूटने से कठोर ध्वनि पैदा हुई है। धरती डोल रही है। सूरज के घोड़े रास्ता छोड़कर चल रहे हैं। सही नाटक हो रहा है। जितना कठिन दुलारी का ब्याह था, उतना ही कठिन बैजनाथ मंडल का।''

नेपथ्य में जयजयकार का स्वर उभरा,''बोलिए, बैजनाथ पाहुन की...''

पलटू के साथ प्रसन्नवदन बैजनाथ ने भी स्वरदान किया, ''जय...जय।''

जयकार के समाप्त होते ही निर्देशक की उद्घोषणा हुई, ''प्यारे दर्शको! नाटक को संक्षिप्त रखने के लिए मैंने चाहा था कि परशुराम का प्रवेश नहीं कराऊँ, मगर प्रभुदयाल की जिद है कि जब 'सुल्ताना डाकू' और 'सिन्दूर की लाज' जैसे नाटकों में भी उसके लिए एक दृश्य जोड़ा जाता रहा है, तो खास राम-विवाह में उसे परशुराम बनकर उतरने से कैसे रोक दिया जाएगा? अपने अभिनय के दौरान मंच पर तोड़ने के लिए उसने इस बार तीन जोड़ी खड़ाऊँ अपने पैसों से खरीदी है। जब से इस राम-विवाह की बात उसके कान में पड़ी है, तब से खड़ाऊँ की खोज में उसने पूरे ककीरा को छान मारा है और अभी-अभी दौड़ता-हाँफता यहाँ पहुँचा है। मेरे जैसा

निर्देशक ऐसे सच्चे कलाकार की अवहेलना नहीं कर सकता। मैंने उसका कहना मान लिया है।''

विश्वामित्र मंच से उठकर नेपथ्य में घुस गया...

''प्रलयजी! गलती हो रही है।''

''कैसी गलती?''

''पहले जयमाल हो जाये।''

''राम का आग्रह है?''

''नहीं, यह राम-विवाह का आग्रह है।''

''ठीक है, जयमाल करा देता हूँ। आप जाकर बैठिए अपनी जगह पर।''

पलटू झा के मंच पर आकर बैठते ही निर्देशक ने जयमाल शुरू की...

''सखिन्ह मध्य सिय सोहति कैसे।

छबिगनमध्य महाछबि जैसे।
कर सरोज जयमाल सुहाई।
बिस्व बिजय सोभा जेहि छाई।
तन सकोचु मन परम उछाहू।
गूढ़ प्रेमु लखि परइ न काहू।

बैजनाथ बाबू! खड़े हो जाइए। सिर झुकाइए मत; सामने देखिए।

जाइ समीप राम छबि देखी।
रहि जनु कुआँरि चित्र अवरेखी।
चतुर सखीं लखि कहा बुझाई।
पहिरावहु जयमाल सुहाई।
सुनत जुगल कर माल उठाई।
प्रेम बिबस पहिराइ न जाई।
सोहत जनु जुग जलज सनाला।
ससिहि सभीत देत जयमाला।
गावहिं छबि अवलोकि सहेली।
सियँ जयमाल राम उर मेली।

चलिए, हो गयी जयमाल। बैजनाथ बाबू! अब बैठ जाइए।''

बैजनाथ आहिस्ते बैठ गया और पलटू के कान में फुसफुसाया, ''दुलारी तो नहीं आयी?''

''नहीं आयी, तो नहीं आये,'' पलटू ने जवाब दिया, ''धीरज धरिए। मेरी बात रखने के लिए उन्होंने जयमाल करा दी। नहीं भी कराते, तो कोई हर्ज नहीं था। असली मोल सिन्दूर-दान का है। हजार रुपये दे चुके हैं, तो अब घबराना किस बात का? सिर्फ विवाह ही तो नहीं हो रहा है यहाँ आपका; एक नाटक भी हो रहा है। नाटक में फेर-बदल होता रहता है।''

बैजनाथ कुछ और नहीं पूछ सका। परशुराम के मंच पर आने की घोषणा हुई।

घोषणा के साथ ही परशुराम खड़ाऊँ खटखटाते हुए मंच पर दाखिल हुआ और नेपथ्य में चौपाई-पाठ हुआ,

''बृषभ कंध उर बाहु बिसाला।
चारु जनेउ माल मृगछाला।
कटि मुनिबसन तून दुइ बाँधे।
धनु सर कर कुठारु कल काँधे।''

बैजनाथ की टक परशुराम के फरसे पर टिक गयी। दोहा समाप्त होते ही परशुराम ने जमीन पर जोरदार पदाघात किया, ''शिव का धनुष किसने तोड़ा?''

गुस्से के पहले पदाघात में ही पैर की खड़ाऊँ टूट गयी। दर्शकों को दिखाकर परशुराम ने टूटी खड़ाऊँ मंच के नीचे फेंक दी। उसके लिए खड़ाऊँ का दूसरा जोड़ा आ गया। दूसरा जोड़ा पहनकर उसने एक बार फिर, मगर इस बार जरा हल्के से, पदाघात किया, ''किसने तोड़ा शिव का धनुष?''

बैजनाथ ने पलटू की ओर देखा।

नेपथ्य से आवाज आयी, ''जिसने तोड़ा वह जवाब दे। जिसने नहीं तोड़ा, उसका विवाह नहीं होगा।''

बैजनाथ ने झट जवाब दिया, ''मैंने तोड़ा।''

''क्या नाम है तुम्हारा?''

''शिव का धनुष तो राम ने ही तोड़ा।''

परशुराम ने कड़ककर कहा, ''अपना असली नाम बताओ।''

''बैजनाथ मंडल।'' स्वर भयभीत हो उठा था।

''क्यों तोड़ा शिव का धनुष? *सुन, बैजा! जेहिं सिवधुन तोरा। सहसबाहु सम सो रिपु मोरा।''*

''सिवधनु नहीं तोड़ा, विवाह का धनुष तोड़ा। कहा गया था तोड़ने के लिए। यहाँ कोई और तोड़नेवाला नहीं था।''

''रे मूढ़!'' पैर पटककर परशुराम गरजा, ''खड़ा तो हो जाओ।''

खड़ाऊँ टूट गयी। तीसरा जोड़ा आ गया।

बैजनाथ के दिल की धड़कन तेज हो गयी थी। वह देख रहा था कि उसे राम से बैजनाथ पर ले आया गया था और बैजनाथ से बैजा पर। वह उठकर खड़ा तो हुआ, मगर कह दिया, ''अब मुझे कुछ नहीं कहना है,'' और इतना भर कहकर बैठ गया।

नेपथ्य से आवाज गूँजी,

''बहु धनुहीं तोरीं लरिकाईं।
कबहुँन असि रिस कीन्हि गोसाईं।''

पलटू ने बैजनाथ के कान में कहा, ''रामलीला कभी देखी नहीं है क्या? निर्देशक की आवाज पर ध्यान देते रहिए। वे आपकी मदद कर रहे हैं। बोलिए अभी, *बहुत धनुहीं तोरीं लरिकाईं।''*

''नहीं,'' बैजनाथ ने मुँह झाड़कर जवाब दिया, ''मैं ऐसा कुछ नहीं बोलूँगा कि मामला बिगड़े। यह आदमी स्वभाव का गुस्सैल मालूम पड़ता है। आप देख नहीं रहे हैं, उसके हाथ में

असली फरसा है?''

नेपथ्य से आवाज फिर गूँजी, ''बहु धनुहीं तोरी लरिकाई...''

''फरसा असली हो या नकली,'' पलटू ने कहा, ''रामलीला के बाहर तो कुछ नहीं होगा।''

''हो सकता है,'' बैजनाथ ने सुनाया, ''होते मैंने देखा है। बरदाहा गाँव की रामलीला में देखा था। राम-रावण युद्ध हो रहा था। रावण राम को पटककर उसकी छाती पर चढ़ बैठा और बोला, 'बोलो, साले, मेरे सत्ताईस रुपये देते हो या नहीं?' यह रामलीला के बाहर नहीं हो रहा था क्या?''

''आप यहाँ हजार रुपये दे चुके हैं।''

''परशुराम को तो नहीं दिये हैं। इससे आप ही बतिआइये।''

''*बहु धनुहीं तोरीं लरिकाई...*''

पलटू झा उठा और परशुराम को जवाब दिया, ''ऐसे धनुष बैजू बाबू पहले भी कई बार तोड़ चुके हैं।''

''कई बार!'' परशुराम ने अपनी आँखों से रोष टपकाया, ''कितनी बार?''

''तीन-तीन बार।''

बैजनाथ बैठे-बैठे ही बोल गया, ''एक तरह से चार बार।''

''रे मूढ़!'' परशुराम ने बैजनाथ को सम्बोधित किया, ''मेरा फरसा बड़ा भयानक है। यह गर्भों के बच्चों का भी नाश करनेवाला है। तू अब तक बचा रहा?'' बोलकर परशुराम ने बैजनाथ पर फरसा उठाया। बैजनाथ ने पलटू झा की ओट ले ली।

''रुकिए, परशुराम!'' श्रीरामचरितमानस गुटका हाथ में लिये निर्देशक महोदय मंच पर दौड़ आये, ''अपराधी का अपराध क्षमा हो। अब तक इन्होंने धनुही ही तोड़ी थी, इस बार धनुष तोड़ा है। धनुष तोड़ा है इस गाँव के हित के लिए। दुलारी बेटी का ब्याह शुभ-शुभ हो जाने दीजिए।''

इतना बोलकर उन्होंने ऊँचे स्वर में सुनाया,

''कहि जय-जय-जय रघुकुलकेतू।
भृगुपति गये बनहि तप हेतू।''

''अभी ही?'' परशुराम ने अचरज प्रकट किया।

''हाँ,'' निर्देशक बोला, ''अब समय नहीं है। अभी तक एक-चौथाई विवाह भी नहीं हो पाया है।''

''मगर अभी तो मेरा खड़ाऊँ का आखिरी जोड़ा टूटा नहीं है।''

''उसे आशीष देने में तोड़ दीजिए। *कहि जय जय जय रघुकुल केतु...* ।''

'बैजनाथ बाबू की जय!' बोलते हुए परशुराम ने खड़ाऊँ पर गुस्सा उतारा, मगर जब तीसरी '*जय*' के बाद भी खड़ाऊँ का कुछ नहीं बिगड़ा, तो गलियाते हुए उसने खड़ाऊँ हाथ में उठा ली और हँसकर दर्शकों को सुनाया, ''बनवारी दास की खड़ाऊँ है; न लौटाऊँगा, न पैसे दूँगा।''

परशुराम को शाबाशी दे देने के बाद निर्देशक ने दर्शकों को सूचित किया, ''नाटक खत्म

हुआ, अब विवाह शुरू होगा। मगर इस विवाह में गाँव की इस सबसे दुलारी बेटी को अपशकुन मानकर गाँव की कोई भी औरत शरीक नहीं हो रही है। सारे विधि-विधान औरत के वेश में नाटक के युवक कलाकार ही करेंगे।'' और फिर उसने बैजनाथ की ओर मुँह करके पूछा, ''क्या दुलहा राजा को यह विवाह स्वीकार है?''

बैजनाथ ने जवाब के लिए पलटू की ओर देखा, तो पलटू ने उससे कहा, ''यही 'अपशकुन' अब फुलकाहा से अपने बाल-गोपाल का झुंड लेकर आना शुरू करेगी, तो यहाँ की औरतें निहोरा करेंगी उसका, 'किस थान में मनौती मानी थी, दुलारी दाय? किस पंडित से पूजा करवाती थी; मुझे नहीं बताओगी?''' और फिर उठकर निर्देशक को जवाब दे दिया, ''दुलहा राजा को विवाह स्वीकार है।''

निर्देशक का आदेश गुँजा, ''बीरबल! परदा गिराओ।''

''टुटतहिं धनुष भयउ बिबाहू।
सुर नर नाग बिदित सब काहू।
तदपि जाइ तुम्ह करहु अब जथा बंस ब्यवहारु।
बूझि बिप्र कुलबृद्ध गुर बेद बिदित आचारु।

''बीरबल! परदा उठाओ,'' नेपथ्य से आवाज आयी, ''और दर्शकों को दुलहे का परछन दिखाओ।''

परदा उठा।

बैजनाथ मंडल को घेरकर औरतें गीत गा रही थीं,

पाहुन धीरे-धीरे चलिअउ ससुर गलिया।
अहाँ क सरूप देखि हँसती हजार हे।
पुयल चदरिया पाहुन लिअ न सम्हारि हे।
धोती पहन पाहुन कोना किनलक बाप हे।
महिसक चरवाहा जकाँ ठेहुना उघार हे।
कतए सँ पनही पाहुन अनलऊ माँगि चाँग हे।
पहिरबाक लूरि नइ अछि चलई छी नेंगराए हे।

'परदा गिराओ' के साथ ही बैजनाथ एक बार उछलकर पलटू के पास आया और कान में कह गया, ''गाली बड़ी मीठी लग रही थी।''

'परदा उठाओ' के साथ ही मंच पर गीत के साथ 'नकधरी' की विधि सम्पन्न की जाने लगी। *सिर सँ मकुटी उतारल*...दुलहे के सिर से मुकुट और गले से हार तथा चादर उतारकर गाल पर एक चाँटा मारा गया। दूध से पैर पखारे गये और आँखों को आँजा गया। और फिर दुलहे की नाक पकड़कर उसे ले जाया गया।

बैजनाथ ने इस विधि का बुरा नहीं माना। चाँटा पर किसी को हँसते नहीं देखा उसने और नाक पकड़नेवाला आदमी काफी गम्भीर था।

अगले दृश्य में 'भाँवर' विधि सम्पन्न की गयी। बैजनाथ की गर्दन में अँगोछा लपेटकर उसे मंडप के चारों ओर गीत गाते हुए घुमाया गया...

बाबू धीरे-धीरे चलियौ ससुर गलिया।
ससुर गलिया हे ककीरा गलिया।
तोहर मउरिया में लागल अनार कलिया,
हे गुलाब कलिया।
बाबू धीरे-धीरे चलियौ ससुर गलिया।
ऊपर ताकब त हिलत मउरिया।
नीचा ताकब त खसत मउरिया।
बाबू धीरे-धीरे चलियौ ससुर गलिया।

बैजनाथ गद्गद हो गया; गीत की भाषा में कितना आदर भाव था! ऐसी शादी तो हर रोज हो, उसके मन में आया।

अगले दृश्य में कन्या-चिन्हाई की विधि सम्पन्न हुई। दुलहन और उसकी हमउम्र एक छोटी बहन को एक प्रकार के वस्त्रों में सजाकर और घूँघट निकालकर बैठा दिया गया और फिर दुलहे को गीत सुनाया जाने लगा...

बाम छथि कनिया, दाहिना छोट सारि यौ।
चीन्हू आपन नारी यौ, चीन्हू आपन नारी यौ।
हमर कथा जे सुनु, झूठ एक मानब यौ।
अपनहिं मन में लिअन बिचारि यौ।
मुख सँ बजैत जों लाज लगैये यौ।
धीरे-धीरे आमक पल्लव दीअ न खसाइ यौ।

बैजनाथ को कहा ही गया था मन में विचार कर लेने के लिए। उसने झट मन-ही-मन 'अटकन-मटकन दहिया चटकन' किया और आम का पल्लव अपनी 'नारी' के सामने रख दिया। सही नारी की पहचान पर सखियाँ चीख पड़ीं, "गे मैया, ऐसे पहचाना जैसे जनम-जनम की पहचान हो।" बैजनाथ ने आह्लादित होकर विफल प्रयास किया दुलहिन के हाथ में चिकोटी काट लेने का।

कन्या-चिन्हाई के बाद अँगूठा-पकड़ाई की विधि शुरू हुई। दुलहे ने दुलहन का अँगूठा छुआ ही था कि उसे गीत गाकर सुनाया गया...

करिया वर कुसुन्नर धिया क अँगूठा छुबे हे।
बाबा हे तोहें परलय बाबा, तोहें जतिया गमौलह हे।
बाबा हे तोहें परलय बाबा तोहें टकबा गनौलह हे।

इस बात की खुशी होने के बावजूद की प्रलयजी दुलारी के बाप बन गये, गीत सुनकर बैजनाथ के मन में दुलहन का अँगूठा कसकर दबा देने का उत्साह नहीं रहा, मगर जब दुलहन ने ही दुलहे का अँगूठा दबा दिया और उस दबाव में दुलहन की हल्की हँसी और मन की खुशी की ध्वनि मिल गयी, तो बैजनाथ बाग-बाग हो उठा, "रहे वह करिया-कुसुन्नर, दुलारी ने तो स्वीकार कर लिया उसे!'

इस बार नन्दकिशोर को परदा गिराने का आदेश दे देने के बाद निर्देशक महोदय मंच पर

प्रकट हुए और दर्शकों को सम्बोधित किया, ''प्यारे दर्शकों! भोर का कौआ बोलने लगा है। सूरज उगने के पहले दुलारी बेटी की विदाई हो जाएगी। दुलहा-दुलहन का कुछ देर के लिए कोहबर में भी रहना है। इसलिए अब अगले दृश्य में सिन्दूर-दान होगा। सिन्दूर-दान समाप्त होते ही दुलहा-दुलहन को कोहबर घर में ले जाया जाएगा।'' इतना बोलकर निर्देशक महोदय ने चिल्लाकर आदश दिया, ''नन्दकिशोर! परदा उठाओ।''

परदे की ओट में सिन्दूर-दान कराया गया। लोगों ने केवल गीत सुनकर जाना कि अन्दर में सिन्दूर-दान हो रहा है...

प्रिय पाहुन सिन्दुरदान करू।
एखन नहि थिक लाज करैके,
एखन नहि हठ मान करू।
प्रिय पाहुन सिन्दुरदान करू।
सोना सोबरन सिन्दूर लए हाथ,
सुभ सुभ क सिन्दुरदान करू।
प्रिय पाहुन सिन्दुरदान करू।

सिन्दूर-दान झटपट हो गया। बैजनाथ ने जरा भी हठ-मान नहीं किया। सिन्दूर-दान होते ही दुलहा-दुलहन को नेपथ्य में ले जाया गया।

नाटक और विवाह दोनों का समापन एक पुराने गीत के नवीन संस्करण से कर दिया गया...

दूलह बाबू बैजनाथ है, बेटी दुलारी हे दुलही, री।
घन-दामिन बर बरन, हरन-मन सुन्दरता नखसिनि बही, री।
ब्याह-बिभूषनबसन-बिभूषित, सखि अवली लखि ठगि सी रही, री।
जीवन-जनम-लाहु, लोचन ऊल है इतनोइ, लह्यौ आजु सही, री।
कहे प्रलय जोरी देखत सुख सोभा अतुल, न जाति कही, री।
रूप-रासि बिरची बिरंचि मनो, सिला लवनि रति-काम लही, री।

(10)

कनियाँ को बैलगाड़ी से गोरगामा तक पहुँचाने की व्यवस्था की गयी थी। जब बैजनाथ के कान में यह बात गयी, तो उसने प्रलयजी को अलग ले जाकर कहा, ''दुलहन को बैलगाड़ी से ले जाना मुझे अच्छा नहीं लग रहा है। आप पालकी की व्यवस्था करें; खर्च मैं दूँगा।'' प्रलयजी ने जवाब दिया था, ''हम लोगों के मन में भी यही बात थी। मगर यह सम्भव नहीं हो पाया। इस इलाके में बस लालपुर के जमींदार के पास एक पुरानी पालकी है। उनसे हम पालकी माँगकर ले आ सकते थे। कहारों की व्यवस्था भी हो जाती। मगर लालपुर जाने और वहाँ से पालकी लेकर आने में ही हमें दो दिन लग जाएँगे। क्या यह अच्छा होगा कि दुलारी को तो हम अभी ही शुभ घड़ी में गाँव से बाहर कर दें और फिर उसे बाहर के किसी बगीचे में बैठाकर पालकी के आने की प्रतीक्षा

करें?''

बैजनाथ ने यहाँ पलटू झा की राय लेने की जरूरत नहीं समझी।

विदाई की वेला में ये गीत तो नहीं गाये गये कि पितृगृह से विदा होकर जा रही बेटी का हृदय कितना विदीर्ण हो जाता है, माँ कितनी व्याकुल हो उठती है और बेटी के वियोग में पिता क्या-क्या सोचने लगता है, मगर दुलारी के पिता बने प्रलयजी ने बैजनाथ से आँखों में आँसू भरकर कहा, ''दुलारी पूरे गाँव की बेटी है, मेहमानजी; अगर इसे कोई कष्ट हुआ, तो पूरा गाँव रोएगा।'' बैजनाथ ने ससुर के आँसू पोंछे और जवाब दिया, ''यह मेरे घर में रानी बनकर रहेगी, बाबूजी।''

टप्परगाड़ी में बैठकर बेटी विदा हो गयी। गाड़ी के पीछे-पीछे बैजनाथ मंडल और पलटू झा पाँव पैदल चल पड़े। प्रलयजी अपने कलाकारों के साथ गाँव की सीमा तक विदा करने आ गये थे।

गाँव की सीमा से बाहर निकलते ही पलटू ने बैजनाथ से कहा, ''बहुत बड़ा काम हो गया, मंडलजी।''

''हाँ, पलटूजी, मेरा सबसे बड़ा काम हो गया। सिन्दूर-दान होने तक मैं यही सोचता रहा था कि शादी हो जाने के बाद मैं कहीं अकेले में बैठकर अपने सारे पुराने दुखों और चोटों को भुलाने के लिए खूब रोऊँगा और मन हल्का कर लूँगा।''

''अब तो मन बिल्कुल हल्का हो गया होगा।''

''मन तो हल्का हो गया है, मगर...।''

''उस 'मगर' की चिन्ता आप नहीं करें। मैं फुलकाहा पहुँचते ही वंशवृद्धि के लिए आवश्यक तन्त्र-मन्त्र शुरू कर दूँगा।''

''नहीं, उस बात की चिन्ता नहीं हुई है।''

''लड़की तो बहुत सुन्दर मिली है आपको।''

''हाँ, पलटूजी, दुलारी देखने में बहुत सुन्दर है। सिन्दूर-दान के समय तो वह पहले से भी अधिक सुन्दर लग रही थी।''

''उसकी सुन्दरता भी तो निखरती ही चली जाएगी।''

''हाँ, सो तो है, मगर...।''

''अब किस बात का 'मगर?' शादी हो गयी, सुन्दर लड़की से शादी हो गयी, तो अब किस बात से उदास हैं आप? सुहागरात कैसी कटी?''

''रात बची ही थी कितनी कि कटती?''

''साथ सोने का मौका हाथ आया या नहीं?''

''मौका तो आया, मगर हाथ से निकल गया।''

''हुआ क्या?''

''हम दोनों साथ ही कोहबर में घुसे थे। पलंग पर साफ-सुथरा बिस्तर बिछा था। दो तकिये लगे हुए थे। मैं बिस्तर पर पसर गया। वह एक किनारे खड़ी हो गयी। जब देर तक खड़ी रह गयी, तो मैं उसके पास गया और पूछा, 'क्या सोच रही हो?' उसने कहा, 'मैं सोऊँगी।' मैंने

उसका हाथ पकड़कर कहा, 'चलो, सोओ।' उसने मेरा हाथ झटक दिया और बोली, 'मुझे किसी की देह से सटकर सोने की आदत नहीं है।' मैंने कहा, 'ठीक है, मैं नीचे सो जाता हूँ। तुम पलंग पर सो जाओ।' मैं जमीन पर अपनी चादर बिछाकर बैठ गया। मेरी ओर एक बार देखा उसने और फिर पलंग पर जाकर लेट गयी।''

''उसके कहने पर आप नीचे बैठ गये? सुहागरात जमीन पर अकेले सोकर बितायी? अब वह आपकी बीवी थी; उसे वश में करने की कोशिश क्यों नहीं की आपने?''

''कोशिश तो की।''

''क्या कोशिश की?''

''थोड़ी देर तो मैं जमीन पर बैठा ही रह गया, मगर फिर मेरे मन में भी यह बात आ गयी कि वह मेरी बीवी है। मैं उठा और उसकी बगल में सटकर बैठ गया, और फिर उससे कहा, 'यह तो मैं जानता हूँ, दुलारी, कि तुम्हें किसी की देह से सटकर सोने की आदत नहीं होगी। मगर अब तो यह आदत बदलनी होगी। मैं तुम्हारा पति हो गया और अब तो तुम्हें मुझसे सटकर सोना ही है।' उसने मेरी बात का कोई जवाब नहीं दिया।''

''आपने कोई जोर-जबरदस्ती क्यों नहीं की?''

''की, जोर जबरदस्ती भी की। मैंने अपना मुँह झुकाकर उसे चूम लिया।''

''ठीक किया।''

''ठीक तो किया, मगर उसने पूरे जोर से मेरा मुँह ठेल दिया और बोल गयी, उफ! पसीने की गन्ध तो थी ही, मुँह भी महँक रहा है।''

''फिर?''

''फिर और किसी कोशिश का सामर्थ्य मुझमें नहीं रहा। मैं पलंग से नीचे आ गया।''

''और बैठे-बैठे रात काट दी?''

''हाँ।''

''मुझसे ही गलती हुई। मुझे आपके साथ रहना चाहिए था।''

''कोहबर में?''

''हाँ।''

''आप कोहबर में मेरे साथ रह सकते थे?''

''छिपकर तो रह ही सकता था। तब जो हुआ, वह तो नहीं होता।''

''क्या करते आप?''

''आपके कान में फुसफुसाता रहता।''

''क्या फुसफुसाते?''

''बिल्ली को छोड़ दें, तब भी आपने तीन-तीन ब्याह किये, मगर अनाड़ी-के-अनाड़ी ही रहे। अब तक जाना ही नहीं कि कोहबर में क्या-क्या हो सकता है। पति ही सही, मगर कोहबर में घुसते ही वह बिस्तर पर उतर सो जाती क्या? वह क्या बहुत मर्दों के साथ सोकर आयी थी कि आपके साथ सोने से पहले लजाती भी नहीं? आपने चूम लिया, तो वह झट आपसे लिपट जाती क्या? वह तो यहाँ तक कह सकती थी कि उसे मर्द जाति से ही नफरत है। दुलहन कोहबर में

रूठती है, सौ-सौ बहाने बनाती है और दुलहा उसे तरह-तरह से मनाता है।''

''किस तरह मनाता मैं?''

''अपने गले का हार उसके गले में डालकर, अपनी अँगुली की अँगूठी उसकी अँगुली में पहनाकर; यह कहकर कि घर पहुँचते ही तुम्हें यह ला दूँगा, वह ला दूँगा। आपने तो ऐसा कुछ भी नहीं किया। रात में कितनी गरमी थी! आपने पंखा हौंककर हवा भी नहीं की होगी।''

''ऐसा कुछ भी नहीं किया, यह तो मैं मानता हूँ, मगर आप भी मानिये कि रात में उसके ऐसे तेवर थे कि कुछ कहने से भी वह नहीं मानती।''

''जब किसी दुलहा को ऐसा ही लगे कि दुलहन माननेवाली नहीं है, तब वह किवाड़ खोलकर आँगन में आता है और हाँक लगाकर अपनी सलहज को बुलाता है।''

''मैं किस सलहज को बुलाता, पलटूजी! कोई सलहज थी कि मैं हाँक लगाता और वह आ जाती!''

''इसीलिए तो मैंने कहा कि मुझे आपके साथ होना चाहिए था। कोहबर में नहीं घुसता, आँगन में ही बैठा रहता। आप दुलहन को धमकाते, 'अभी तुम्हारी भाभी को बुलाता हूँ,' और आँगन से मुझे बुला ले जाते।''

''आप क्या करते?''

''मैं जो भी करता आपकी सलहज की तरह, उसकी भाभी की तरह करता।''

''करते क्या? जोर-जबरदस्ती?''

''नहीं, मैं उसकी भाभी बनकर उसे एक किनारे ले जाकर समझाता, ननदजी! कोई ऐंठ-अकड़ मत दिखाइए। बहुत मुश्किल से इतने दिनों बाद कोई लड़का मिला है। अगर यह भाग गया, तो फिर कोई लड़का मिले-ना-मिले। और इतना अच्छा लड़का तो कभी मिलेगा ही नहीं। अगर लड़का भाग गया, तो बात पूरे गाँव में फैल जाएगी। लोग जानेंगे ही कि लड़की ने लड़के को साथ सोने नहीं दिया। तब तो लोग यही कहेंगे न कि जरूर इस लड़की की किसी ओर लड़के से लगन लगी है। तब क्या होगा? अब आपके लिए इस गाँव में कोई आसरा नहीं है। भूत-भविष्य सोचकर काम कीजिए। आपन अपन व्यवहार से दुलहे को कष्ट पहुँचाया है। आप अपने दुलहे के पास जाइए और उसके पैरों पर गिरकर उससे क्षमा माँग लीजिए।''

''वह आ जाती क्षमा माँगने?''

''मैं उसे सुनाकर आपसे भी बहुत-कुछ कहता।''

''क्या कहते मुझसे?''

''मैं आपको भी डाँटता-फटकारता। आपसे कहा, आपका कुल-परिवार लम्पट ही रहा है क्या? यह लड़की अभी अबोध बालिका है। अभी उसे सांसारिक नियमों की जानकारी नहीं है। अभी तो कोहबर में घुसी ही है। अब तक आप उसके लिए पराये रहे हैं। आपको ठीक से देखेगी, ठीक से पहचानेगी, अपने पत्नी-धर्म का स्मरण करेगी; उसके बाद ही तो अंगदान करेगी वह। आप जल्दबाजी मत कीजिए। सुहाग की रात है, इसे मिलजुलकर आनन्दपूर्वक बिताइए।''

''इतना सब सुन लेने के बाद वह अंगदान कर देती?''

''अवश्य।''

"जो कुछ इसने रात में किया है, वह सब आज की रात भी कर सकती है। मैं महथीवाली भाभी को आज रात अपने ही आँगन में सोने के लिए बुला लाऊँगा। वह तो मामला सँभाल लेगी?"

पलटू झा हँसा और बोला, "अपने घर में क्या मामला? आपकी भाभी आकर क्या करेगी? आप मर्द नहीं हैं क्या? दुलहन को खाट पर पटककर खाट से उसके हाथ-पैर बाँध दीजिएगा। उसके बाद भी वश में नहीं आएगी क्या?"

कुछ रुककर बैजनाथ बोला, "हाँ,महथीवाली को कब तक अपने आँगन में सुलाता रहूँगा! रोज एक सेर दूध की फरमाइश करेगी।"

बैजनाथ का ध्यान कुछ देर से बैलगाड़ी की ओर था। गाड़ी के अन्दर से हल्की-हल्की सिसकियों की आवाजें आ रही थीं जो धीरे-धीरे तेज होती गयी थीं। उसने पलटू झा से पूछा, "आप कुछ सुन रहे हैं? मुझे लगता है कि दुलहन रो रही है।"

"मैं देर से सुन रहा हूँ। दुलहन रो रही है। उधर ध्यान देने की जरूरत नहीं है।" पलटू ने जवाब दिया।

बैजनाथ के ध्यान में सिर्फ दुलहन का रोना ही नहीं आया था। उसके साथ ही पिछले दो दिनों में दो औरतों का रोना भी उसके ध्यान में आ गया था। औरत के रोने से अब वह डरने लगा था और उसके अन्दर घबराहट पैदा होने लगी थी। पलटू झा की ससुराल में उसकी सास का रोना सुना था, तो रात भर उसके ससुर की खाट ढोता रह गया था। ककीरा में अपनी होनेवाली सास का रोना सुना, तो सिर मुँड़वाकर गधे पर घूमने की सजा से बाल-बाल बचा। उसके बाद भी किसी औरत के रोने का ध्यान नहीं दे वह!

"क्यों ध्यान देने की जरूरत नहीं है?" उसने पलटू से पूछा।

"फुलकाहा में किसी बेटी को विदा होते नहीं देखा है क्या? रोती है या नहीं? घर--परिवार छोड़कर जा रही है; बिछोह के दुख से रोती है।"

"बहुत देर से रोयी है यह, बहुत दूर आकर।"

"अब तक आँसुओं को रोके रही थी; अब नहीं रोक पा रही होगी।"

"कोई और दुख तो नहीं है?"

"हो सकता है, सुहागरात के अपने व्यवहार पर रो रही हो वह। पश्चात्ताप तो हो ही रहा होगा।"

"उसे चुप करा देना चाहिए।"

"आप ही चुप हो जाएगी।"

बैजनाथ ने पलटू झा की बात नहीं मानी। वह आगे बढ़कर गाड़ीवान के पास गया और उससे कहा, "दुलहन रो रही है, गाड़ीवानजी; उससे कहिए, चुप हो जाये।"

"चुप भी मैं ही कराऊँ?" बोलकर गाड़ीवान हँसा और फिर टप्पर के ओहार की ओर मुँह करके बोला, "चुप हो जाओ, दीदी।"

गाड़ीवान के कहने से चुप नहीं होते देख बैजनाथ पलटू का संग छोड़ गाड़ी के पीछे आ गया और पीछे-पीछे चलते हुए दुलहन की सिसकियों का जवाब देने लगा, "तुम्हारे रोने के दिन

बीत गये, दुलारी। जितना रोना था, रो चुकी तुम। अब तुम्हारे सुख के दिन आ गये हैं, हँसी-खुशी के दिन। देर से ही सही, मगर हम दोनों का मिलन हो गया है। अब हम एक प्राण, दो शरीर हैं। याद करो, कन्या चिन्हाई के समय किस तरह पहचाना था मैंने तुम्हें! तुम्हारी सखियों के मुँह से निकल गया कि मैंने ऐसे पहचाना जैसे जनम-जनम की पहचान हो। अब और मत रोओ; मुझसे तुम्हारा रोना देखा नहीं जाएगा। देखो, मेरी आँखें भींगने लगी हैं।''

सिसकियाँ तब भी नहीं रुकीं, तो बैजनाथ ने सुनाया,''रात जो हुआ सो हुआ; उस पर रोने की जरूरत नहीं है। उस बात को मन से निकाल दो। मैंने कल रात की किसी बात का जरा भी बुरा नहीं माना है। मैं जानता हूँ, किसी दुलहन के मन में उस समय क्या-क्या खयाल आते हैं। हम दोनों को तो अब एक-दूसरे के साथ लाखों रातें गुजारनी हैं, फिर हम-तुम या मैं--किसी एक रात का खयाल मन में क्यों आने दें? चुप हो जाओ।''

सिसकियाँ बन्द होने की बजाय कुछ तेज ही हो गयीं, तो बैजनाथ को दुलारी पर कुछ गुस्सा भी आया, ''बोलोगी, तभी तो जानूँगा कि किस बात का रोना है। लजाओ मत। बोलो, क्या चाहिए? भूख लगी है? प्यास लगी है?''

सिसकियाँ रोककर दुलहन ने जवाब दिया, ''उस बात के लिए नहीं रो रही हूँ।''

''तो फिर किस बात के लिए रो रही हो?''

दुलहा को कुछ बताने की बजाय दुलहन ने राम की गोहार मारी, ''हाय राम! यह क्या हो रहा है!''

''क्या हो रहा है?'' दुलहन की हाय से बैजनाथ घबराया।

''कैसे बोलूँ?'' रोनी आवाज में दुलहन बोली।

'नहीं बोल सकती? बोलनेवाली बात नहीं है?' बैजनाथ को अपना पहला फेरा याद आ गया। वह जान गया कि टप्पर की लड़की प्रसव-वेदना से कराह रही है। बेलागंज मठ से तो वह निकल भागा था, मगर यहाँ तो वह दुलहन को साथ लिये जा रहा है। कैसे भूल हुई उससे? इस पलटू ने तो कोई गोलमाल नहीं किया? सुहागरात में साथ नहीं सोने का कारण नजर आने लगा उसे। मगर उसने तो लड़की को गौर से निहारा था, सिर से पैर तक। लड़की ने किस चालाकी से पेट छिपा लिया! लम्पट प्रलय ने तो पूरी तैयारी कर ली होगी इस कसाबिन को उसे घर में ठेल देने की। अब क्या करना है उसे? आगे जो करना है, करेगा वह, मगर अभी तो सुरक्षित रखना होगा, बच्चा-जच्चा दोनों को।

वह टप्पर के पिछले ओहर से मुँह सटाकर दुलहन से बोला, ''तुम मुझसे बोल सकती हो, मगर अब मैं यह जिद नहीं करूँगा कि तुम बोलो ही। हाँ, एक काम यह जरूर करो कि गोरगामा तक दर्द को काबू में रखो। गोरगामा अब दूर नहीं है। आधा रास्ता हम तय कर चुके हैं। वहाँ मेरा एक परिचित है। उसके घर पर सारी व्यवस्था हो जाएगी। वहाँ किसी को यह मत बताना कि तुम शादी की दुलहन हो; बोल देना कि गौना के बाद ससुराल जा रही हो।'' और फिर उसने गाड़ीवान से कहा, ''गाड़ी बहुत हिचकोले खा रही है; धीरे-धीरे ले चलिए। बैलों को टिटकारिएगा नहीं।''

बैजनाथ को खुशी हुई कि दुलहन पर उसकी बातों का असर हुआ है, कि तभी अचानक टप्पर से तेज आवाज आयी, ''मैं बदल रही हूँ, बदल रही हूँ।''

"क्या?" बैजनाथ की समझ में कुछ नहीं आया; उसने पलटू झा को आवाज दी, "पलटू जी! जल्दी आइए।"

लपझप चाल से पलटू पास आ गया, तो बैजनाथ ने उससे कहा, "दुलहन बदल रही है; क्या हुआ इसका मतलब?"

"इसका मतलब?" पलटू ने सोचा, मगर जवाब नहीं सूझा, "मैं नहीं जानता मतलब।"

"मतलब बताओ; हम लोगों की समझ में कुछ नहीं आ रहा है। तुम बदल रही हो, इसका क्या मतलब हुआ?" बैजनाथ ने दुलहन से पूछा, "कुआँरी से माँ बन रही हो, यही न?"

दुलहन जवाब में रोते हुए चिल्लायी, "मैं मरूँगी।"

"क्या!" बैजनाथ के मुँह से चीख निकल गयी। उसने काँपती आवाज में गाड़ीवान से कहा, "गाड़ी रोको।"

गाड़ीवान ने बैलों की रास तानकर गाड़ी रोकी, मेहरा से उछलकर नीचे आया और बैलों के कन्धों से जुआ उतारकर जमीन पर रख दिया।

ओहार उठाकर दुलहन टप्पर से बाहर निकल आयी।

बैजनाथ ने एक नजर दुलहन के पिचके पेट पर डाली और फिर ओहार उठाकर टप्पर के अन्दर नवजात शिशु को ढूँढ़ा।

दुलहन ने अपनी छाती पर मुक्के मारकर कहा, "अब क्या करूँ मैं? मैं लड़की से लड़का हो गयी!"

"क्या!" बैजनाथ के मुँह से फिर चीख निकली।

"हो गयी, लड़का हो गयी। अब क्या होगा मेरा? मैं अपनी जान दे दूँगी।"

बैजनाथ, पलटू और गाड़ीवान तीनों भौचक्क उसे देखते रह गये और लड़का हो गयी लड़की रोते-चिल्लाते अपने ही अंगों और कपड़ों को नोचने लगी। उसने अपने सिर में हाथ डाला, तो सिर के बालों का पूरा-का-पूरा गुच्छा उसके हाथ में आ गया। अब उसकी जगह सिर पर लड़के के बाल लहरा रहे थे। गुच्छा उसने बैजनाथ मंडल की ओर फेंका। अभी भी गुच्छे के बालों में रात का सिन्दूर पड़ा था। उसने कुरती-चोली उतारी और उनका गोला बनाकर पलटू झा की ओर उछाल दिया। बैजनाथ ठक हो गया उसकी सिलपट छाती देखकर। उसने साड़ी उतारी और उसे गाड़ीवान की ओर फेंक दिया। अब उसके अधोदेश पर वस्त्र का एक मामूली टुकड़ा था।

यह सब करते हुए वह गालियाँ भी बक रही थी, "किसी ने मुझ पर जादू किया है। कोई कमरू-कमच्छा से जादू सीखकर आया है मेरी जिन्दगी बर्बाद करने। भगवान! उसका भला नहीं करना।"

और फिर उसने अधोदेश पर पड़ा वस्त्र का टुकड़ा हटाकर एक बार उन तीनों की ओर देखा और एक ओर चिल्लाते हुए भागी, "अब मैं मरूँगी। मैं किसी कुएँ-पोखर में डूब मरूँगी। मैं अपने लिए भी अपशकुन ही बनी। अब किस मुँह से जाऊँगी मैं ककीरा!"

लड़की भागी, तो बैजनाथ और पलटू को चुपचाप खड़े देखकर गाड़ीवान चिल्लाया, "बचाइए उसे। दौड़िए उसके पीछे।"

बैजनाथ दुलहन के पीछे दौड़ा, बैजनाथ के पीछे पलटू।

कुछ दूर दौड़कर ही पलटू ने बैजनाथ को रोका, ''रुकिए, अब लड़का के पीछे दौड़कर क्या होगा! उसे भागने दीजिए।''

''क्यों?''

''लड़की किसी कुएँ-पोखर में डूब गयी, तो हम फँस जाएँगे। हम उसे विदा कराके ले जा रहे थे। थाना-कचहरी का झंझट हो जाएगा।''

''और अगर हमने उसे डूबने के पहले ही पकड़ लिया, तो?''

''तब आपको उसे अपने साथ ले जाना पड़ेगा। जब लड़की थी, तब आपने शादी की थी; अब लड़का हो गयी है, तो आपको उसका निर्वाह करना पड़ेगा। ककीरावाले आपको छोड़ेंगे नहीं। क्या होगा लड़का ले जाकर? जगहँसाई होगी या नहीं? फुलकाहावाले कहेंगे, एक बार बिल्ली से ब्याह किया और इस बार एक लड़का से ब्याह रचाया है।

''तो अब क्या करना है?''

''अब हम लोग चुपचाप निकल भागें।''

''मेरे हजार रुपये डूब गये!''

''जान बची और लाखों पाये।''

''कोई हमारा पीछा तो नहीं करेगा?''

''कर सकता है। विपत्ति अकेले नहीं आती।''

''किधर भागेंगे?''

''भागना है, भटकना नहीं है। अभी ही दौड़ नहीं पड़े होंगे लोग ककीरा से। गाड़ीवान लौटकर ककीरा जाएगा, उसके बाद ही लोग हमारी टोह में निकलेंगे। हम लोग सीधे गोरगामा चलें। वे लोग गोरगामा पहुँचेंगे, उसके पहले ही हम लोग नवरसिया की ओर निकल जाएँगे। नवरसिया पहुँच गये, फिर तो उधर अपने बाप का राज है।''

पीछे मुड़कर उन दोनों ने गाड़ीवान को देखा जो गाड़ी पर निश्चिन्त बैठकर बीड़ी फूँक रहा था। गाछ-वृक्ष की ओट लेते हुए वे आगे बढ़े और चौकसी बरतते हुए गोरगामा की दिशा में चल पड़े। चालू सड़क छोड़कर चलने से यह तो जरूर हुआ कि कुछ देर से आये, मगर यह भी हुआ कि बिल्कुल दुरुस्त आये। भूख तेज होने के बावजूद वे ताँगा पड़ाव पर आ गये कि तेजी से निकल चलें, मगर किसी ताँगे को नहीं पाकर वे अपनी क्षुधा शान्त करने चले।

ताँगा पड़ाव से कुछ हटकर गोरगामा बाजार था। वे बाजार आ गये जहाँ उन्हें एक छोटा-सा भोजनालय मिला जिसमें खाना और नाश्ता मिलता था। दोनों उसमें घुस गये।

अभी उन्होंने आधा पेट ही खाया था कि बैजनाथ ने पलटू की बाँह में चिकोटी काटी और घबरायी आवाज में कहा, ''खाना बन्द कीजिए और मेरे पीछे आइए।'' इतना बोलकर वह उठा, हाथ-मुँह धोया, बासी तरकारी की शिकायत करने का विचार त्यागा, खाना के पूरे पैसे चुकाये और चोरी-चोरी दुकान से निकलने के पहले दुकानदार से पूछा लिया, ''पूरब किधर है?''

पलटू उसके पीछे-पीछे चलने लगा।

कुछ दूर निकल जाने पर बैजनाथ ने मुँह पीछे घुमाकर पलटू झा से कहा, ''विपत्ति यहाँ

तक आ चुकी है और हमें ढूँढ़ रही है। तेजी से आइए।''

तेज कदम चलते हुए पलटू ने पूछा, ''कुछ देखा आपने?''

''टप्परगाड़ी के साथ गाड़ीवान को देखा।''

''कहाँ?''

''आपको भी देखना था; आपने नहीं देखा। होटल के ठीक सामने सड़क पर देखा। गाड़ी का जुआ उतारते देखा।

''उसी गाड़ी और गाड़ीवान को देखा?''

''हाँ, सिर्फ गाड़ी में ओहार नहीं था।''

''गाड़ी में लोग थे?''

''गाड़ी भरकर आयी होगी; लोग अब तक हर तरफ फैल गये होंगे।''

''किधर जा रहे हैं हम लोग?''

''पूरब?''

''पूरब में क्या है?''

''सूरज उगता है।''

पलटू ने फिर कुछ नहीं पूछा।

बाजार के अन्तिम छोर पर पहुँचकर बैजनाथ रुका और पलटू से कहा, ''वह रहा तालाब। इधर देख लीजिए पीपल गाछ को। ठीक इसके सामने जो घर है उसी में रहते हैं नरदेव चौधरी। और पीपल के नीचे जो बूढ़ा खाट पर बैठा नजर आ रहा है, वह नरदेव चौधरी हो सकता है।''

''यह नरदेव चौधरी कौन है?''

''आइए मेरे पीछे।''

बैजनाथ पीपल के नीचे खाट पर बैठे बूढ़े के पास पहुँचा और बोला, ''हमें नरदेव बाबू से मिलना है?''

''नरदेव चौधरी से?''

''जी हाँ।''

''मैं ही हूँ नरदेव चौधरी। आप लोग कहाँ से आये हैं?''

''हम लोग फुलकाहा से आये हैं।''

''फुलकाहा!'' बूढ़े ने माथे पर जोर दिया।

''वहाँ के जगत चौधरी ने आपका पता दिया था। वे बहुत पहले यहाँ आये हुए थे और आपकी उनसे मुलाकात हुई थी।''

''फुलकाहा के जगत चौधरी!'' बूढ़े ने याद किया और बोला, ''हाँ, याद आ रहा है। बहुत साल पहले आये थे। यह याद नहीं आ रहा है कि क्यों आये थे।''

''किसी शादी-ब्याह के मामले में आना हुआ होगा।''

''हाँ-हाँ, याद आया, किसी शादी-ब्याह के सिलसिले में ही आयें थे। फिर कभी आना नहीं हुआ उनका। अहोभाग्य! आप लोगों के दर्शन हुए। आप लोगों का इधर किस काम से आना

हुआ है?"

"हम लोग भी शादी-ब्याह के सिलसिले में ही आये हैं।"

"अभी आये ही हैं या जा रहे हैं?"

"अभी फुलकाहा से आ रहे हैं।"

"जाना कहाँ है?"

"इधर एक गाँव है ककीरा। उसी के पास एक गाँव में जाना है।" बोलकर बैजनाथ पलटू से पूछ बैठा, "क्या नाम है गाँव का?"

"गाँव का नाम?" पलटू बोला, "हाँ, गाँव का नाम है पहाड़पुर।"

"होगा; ककीरा तो पास ही है," नरदेव चौधरी ने कहा, "घंटे भर में पहुँच जाइएगा।"

"हाँ, सो तो है," बैजनाथ ने उसे सुनाया, "मगर जगत बाबू ने कहा था कि आपके साथ एक रात गुजाकर आऊँ।"

"अहोभाग्य, आप लोग रात गुजारेंगे मेरे साथ! आइए, बैठिए, आराम कीजिए। मैं थोड़ी देर में आता हूँ।" बोलकर बूढ़ा खाट से उठा और धीरे-धीरे अपने घर की ओर चला गया।

दोनों को जगह निरापद लगी। दुलहन को छोड़कर भागने के बाद से अब तक जो बातें मन में घुमड़ती रही थी, उन पर बातचीत करना सम्भव लग रहा था। खाट पर पसरकर कुछ देर सुस्ताने के बाद बैजनाथ बोला, "लड़की से ब्याह हुआ! रास्ते में लड़की लड़का हो गयी! रोयी, चिल्लायी! कुआँ-पोखर में में डूब मरने के लिए दौड़ी! यह सब याद करते हुए मुझे लग रहा है कि मैंने कोई स्वप्न देखा है।"

"दुःस्वप्न!" पलटू ने आह भरी।

"यह क्या हो गया!"

"गजब हो गया।"

"ऐसा भी होता है!"

"ऐसा होता है, हय तो मैंने सुना था, मगर इतनी जल्दी होता है, यह में नहीं जान रहा था। अचानक छाती सिलपट हो जाये!"

"वही तो हुआ है; अचानक! रात में चूमते समय मैंने अपना हाथ भी उसकी छाती पर रख दिया था। तब मैंने महसूस किया कि लड़की तो बिल्कुल गदरायी हुई है। टप्पर में घुसते ही उसकी जवानी गायब होने लगी थी और टप्पर से बाहर आने तक बिल्कुल गायब हो गयी। इसे अचानक ही कहा जाएगा।"

"छाती सूखकर गायब नहीं हुई।"

"नहीं, सूखकर गायब नहीं हुई। आपने देखा नहीं कि कुरती-चोली का जो गोला उसने आपकी ओर फेंका था, उसमें से छिटककर कुछ गिरा और गेंद की तरह लुढ़कता हुआ एक ओर चला गया?"

"क्या था वह?"

"स्तन।"

"हाँ, वही रहा होगा। लड़की ने तो पूरी देह दिखा दी थी?"

''हाँ, दिखा दी थी। साड़ी खोलकर फेंकने के बाद तो उसने अन्दर का कपड़ा भी हटाया ही था। दिखाकर भागी थी। आपने देखा नहीं था क्या?''

''देखा था।''

''यह लड़की थी ही अपशकुन।''

''शादी होते ही बदल गयी! अगर साल-दो-साल भी रुक जाती, तो तब तक आपके दो-तीन बच्चे हो जाते।''

''मेरा क्या बिगड़ा! उसने अपना ही बुरा किया,'' बैजनाथ बोला, ''मुझे तो आज न कल कोई लड़की मिलेगी ही, पर उसे तो जीवन भर कोई दुलहा नहीं मिलेगा। क्यों,पलटूजी?''

''हाँ, उसने अपना बुरा किया। अब तो उसके लड़का बन जाने के बाद भी कोई लड़की डर से उसकी दुलहन नहीं बनेगी। जो लड़की से लड़का बन गयी, वह फिर लड़का से लड़की भी तो बन सकती है।''

रह-रहकर इस 'दुःस्वप्न' पर दोनों के बीच चर्चा होती रही। नरदेव चौधरी इस तरह गये थे, जैसे कि जाते ही घर से चाय भिजवाएँगे। मगर वे गये, तो फिर लौटकर नहीं आये। दोनों ही रह-रहकर उनके घर की ओर देख लिया करते थे कि अन्दर से निकलकर कोई उनकी ओर आ रहा है या नहीं। दोपहर ढल जाने के बाद तक कोई हाल-चाल पूछने भी नहीं आया। अब इन्हें भूख-प्यास सताने लगी थी, मगर बाजार की ओर अभी जाने की हिम्मत नहीं थी उनके पास। वे अँधेरे का इन्तजार करने लगे; शायद अँधेरे में कोई काम बने!

शाम होते ही घर से नरदेव चौधरी निकले और उनके पास आकर कहा, ''बिस्तर लेने आया हूँ।''

''ले जाइए,'' बोलकर बैजनाथ ने पलटू को खाट से उठने को कहा और खाट पर बिछा बिस्तर उठाकर चौधरीजी को दे दिया।

बैजनाथ के मन में आया कि कोई कारण रहा होगा कि नरदेव चौधरी ने भोजन-पानी के लिए नहीं पूछा, मगर ये उन दोनों के लिए घर में बिस्तर जरूर लगवा देंगे।

जब रात उतर आयी, तो नरदेव चौधरी एक बार फिर आये और बैजनाथ से कहा, ''अब आप लोग खाट छोड़ दीजिए, तो मैं घर में अपना बिस्तर लगाऊँ।''

''खाट छोड़ दूँ?'' पलटू के मुँह से निकला।

''हाँ।'' चौधरी बोला।

''नहीं, इस खाट पर मैं रात में सोऊँगा,'' खाट पर बैठे रहने के बावजूद पलटू ने दोनों हाथ से खाट पकड़ ली, ''खाट नहीं छोड़ूँगा।''

''नहीं छोड़ेंगे?''

''नहीं।''

नरदेव चौधरी बिना कोई हाथपाई किये वहाँ से चला गया और अपने घर में घुसकर घर का दरवाजा अन्दर से बन्द कर लिया।

(11)

बैजनाथ और पलटू की नींद, जिसे टूटन-थकान के कब्जे में होना था, धीरे-धीरे भय और भूख के कब्जे में चली गयी थी। प्यास उन्होंने बुझा ली थी, पोखर के पानी से। बैजनाथ ने नरदेव चौधरी के घर का दरवाजा एक बार खटखटाया तो था एक लोटा जल के लिए, मगर अन्दर से किसी की आवाज आ गयी, ''घर में पानी नहीं है।'' दोनों बिस्तर पर पसरे हुए तो थे, मगर ककुर नींद के साथ लगातार करवटें ले रहे थे। मन-ही-मन बैजनाथ जगत चौधरी को और पलटू बैजनाथ को गालियाँ देता रहा था।

कुछ सुनगुन कानों में पड़ी, तो दोनों ही उठकर खाट पर बैठ गये। उनका उठना हुआ कि अँधेरे से कड़कदार आवाज आयी, ''खबरदार! उठने की कोशिश मत करना।'' दोनों ने आवाज की ओर आँख गड़ायी, तो लगा कि कुछ लोग धीरे-धीरे उनकी ओर बढ़े चले आ रहे हैं। पलटू बैजनाथ के कान में फुसफुसाया, ''हम लोग धर लिये गये।''

''अब क्या होगा?''

''अँधेरा है; पोखर की ओर से भाग सकते हैं। भागिएगा?''

बैजनाथ ने खाट के नीचे पैर उतारे कि पोखर की ओर से आवाज आयी, ''खबरदार! भागने की कोशिश मत करना। जान से हाथ धो बैठोगे।''

भागने का खयाल झटककर पलटू ने झटपट बैजनाथ के कानों में फुसफुसाकर कहा, ''लड़की को स्वीकार कर लीजिएगा। शादी से इन्कार नहीं कीजिएगा। भगवान ने चाहा, तो लड़की फिर से लड़की हो सकती है। बिना काम की बिल्ली पोस रहे हैं न! यह तो घर का कुछ काम-धाम भी करेगी। यह उम्मीद भी रहेगी कि वह कभी भी लड़की बन जाये। रीतलाल को छुट्टी दे दीजिएगा। वह तो कभी लड़की नहीं बन सकता।''

''अगर लड़की डूब मरी हो, तो?''

पलटू को सलाह देने का मौका नहीं मिला। दोनों ओर से युवकों की दो टोलियाँ खाट के पास पहुँच चुकी थीं और उन्हें चारों ओर से घेर चुकी थीं। सारे युवक भाले-गँड़ासे से लैस थे।

नरदेव चौधरी के घर का दरवाजा खुला था और नरदेव चौधरी उससे बाहर निकलकर खाट के पास आ गये थे।

टोली के नायक ने अजनबियों से कड़ककर पूछा, ''कौन हो तुम लोग?''

इसी समय उसकी नजर अजनबियों के झोलों पर पड़ी। उसने एक युवक से कहा, ''फणीन्द्र! इनके झोलों की तलाशी लो।''

फणीन्द्र ने झटपट तलाशी ली और बोला, ''कोई हथियार नहीं है; कुछ कागज-पत्तर हैं।''

''झोलों को अपने पास रखो; कागज-पत्तर में इसके संगी-साथियों के नाम मिल सकते हैं।''

बैजनाथ पलटू की ओर देख रहा था जो अपनी सारी शक्तियों के साथ अपना नया परिचय ढूँढ़ने में व्यस्त हो गया था।

''बोलते क्यों नहीं?'' नायक फणीन्द्र को आदेश दे देने के बाद पलटू पर गुर्राया, ''कौन

हो तुम लोग?''

''पहले रस्सा लगाइए,'' नरदेव चौधरी ने नायक को सलाह दी, ''फिर अता-पता पूछिएगा।''

बैजनाथ मंडल ने हैरत से नरदेव चौधरी की ओर देखा। जगत चौधरी ने यह नहीं बताया था कि इस नरदेव चौधरी के साथ उसका कोई भीषण झगड़ा हुआ था। नरदेव चौधरी ने आँखें मिलते ही आँख चमकाकर बैजनाथ से कहा, ''मुझसे ही गुरुआई!''

पलटू झा ने नायक को जवाब दिया, ''हम लोग मुसाफिर हैं।''

''डाकू नहीं है?'' नरदेव चौधरी पलटू से पूछ बैठा।

''नहीं, चौधरी बाबू।'' पलटू का जवाब आया।

''अब जरा पूछिए इस मुसाफिर से,'' नरदेव चौधरी ने नायक से कहा, ''कि ककीरा के पास पूरब या पच्छिम में, उत्तर या दक्खिन में, किधर है गाँव पहाड़पुर। मैं तो अब बूढ़ा हो गया इस इलाके में रहते हुए, कभी नाम नहीं सुना पहाड़पुर या नदीपुर या पोखरपुर का। ये दोनों पहाड़पुर जा रहे थे! ये किसी 'पुर' नहीं जाते। ये मेरे घर में डाका डालने की पूरी तैयारी करके आये थे।''

''नहीं-नहीं, ऐसी बात नहीं है।'' बैजनाथ ने उन सबको सुनाया।

एक युवक डाकुओं को बाँधने के लिए रस्सा लेकर आ गया था। बाँकेलाल उसके हाथ से रस्सा लेकर डाकुओं की कमर बाँधते हुए नरदेव चौधरी से कहा, ''आपने बहुत सही समय पर हमें खबर कर दी, नरदेव चाचा, मगर आपने जान कैसे लिया कि ये डाकू हैं?''

''मैं तो चेहरा देखकर चोर पहचान लेता हूँ,'' नरदेव चाचा ने सुनाया, ''इनकी पहचान पक्की हो गयी इनकी बातचीत से। मुझसे न कोई काम-धाम, न कभी का राम-राम, फिर ये मुझसे मिलने क्यों चले आये? सिर्फ मिलने ही नहीं आये, मेरे साथ एक रात गुजारने भी चले आये! किसी जगत चौधरी ने इनसे कहा था मेरे साथ एक रात गुजारकर आने के लिए! क्यों, भाई, रात में क्या होगा? और यह कैसा जगत चौधरी जिसकी मुझे याद तक नहीं आयी! यहाँ तो जगत भर के चौधरी आते रहते हैं। पता नहीं, इनका कोई जगत चौधरी इस जगत में है भी या नहीं!''

''फुलकाहा में एक जगत चौधरी हैं, नरदेव बाबा। उन्होंने ही आपसे मिलने को कहा था।'' बैजनाथ ने बताया।

''फुलकाहा में जगत चौधरी है; होगा; मगर तुम्हारा पहाड़पुर किधर है?'' नरदेव चौधरी ने बैजनाथ को डाँट दिया और फिर युवकों को सुनाने लगा, ''जैसे ही इसने पहाड़पुर का नाम लिया, मैं जान गया कि ये डाकू हैं और आज रात मेरे घर में घुसेंगे।''

''ठीक इसी तरह, बिल्कुल इसी तरह, चार दिन पहले रहुआ गाँव में एक आदमी के घर डाकू घुसे थे,'' बृजनन्दन नाम के युवक ने सुनाया, ''दो डाकू बरेखिया बनकर दिन में ही उसके घर आ गये। दिन भर शादी-ब्याह की बातें करते रहे। रात में घरवालों ने इन्हें खाना खिलाया और फिर इनके सोने की व्यवस्था कर सोने चले गये। डाकू सोने तो आये नहीं थे। ये अपने साथियों के आने की प्रतीक्षा करने लगे। ज्यों ही इनके साथी आये, इन्होंने घर का दरवाजा खोल दिया और सारे डाकुओं को अन्दर कर लिया।''

"ऐसा ही ये मेरे साथ भी करते," नरदेव चौधरी बोला, "मगर मैंने तो इन्हें घर में घुसने ही नहीं दिया। ये दोनों दिन भर इस खाट पर पड़े रहे। शाम हुई, तो मैं बिस्तर उठा ले गया। रात हुई, तो मैं खाट ले जाने आया। इन्होंने खाट छोड़ने से इन्कार किया। तब मैंने मन में सोचा कि अब खाट ले जाना हो तो ले जाये; सात साल से इस झिलंगी खाट की सेवा ले रहा हूँ; अब और अधिक मोह नहीं रखूँगा। मगर यह भी सोचा कि बहुत आसानी से यह खाट भी नहीं ले जाने दूँगा; रात भर इस खाट पर नजर रखूँगा और खाट उठी नहीं कि हल्ला मचा दूँगा।"

"पन्द्रह दिन पहले कहरा गाँव में जो डकैती हुई थी," फणीन्द्र नाम के युवक ने सुनाया, "उसमें डाकू दिन में तो नहीं घुस आये थे, मगर आधी रात में धोखे से डाकू ने उसकी ससुराल का नाम बता दिया और कहा कि उसकी सास मरने पर है और अपनी बेटी को मिलने के लिए बुलाया है। पूरी जानकारी लेकर आये थे डाकू। घरवाले ने किवाड़ खोल दिया और सारे डाकू अन्दर घुस आये। घरवालों को हल्ला तक मचाने का अवसर नहीं दिया।"

"इन डाकुओं ने भी यह कोशिश की थी," नरदेव चौधरी ने सुनाया, "आधी रात से पहले ही इनमें से कोई एक पानी का बहाना बनाकर किवाड़ खुलवाना चाहा, मगर मैंने अपनी आवाज कुछ बदलकर इन्हें जवाब दे दिया कि घर में पानी नहीं है।"

"और उसके बाद ही हमें खबर करने आ गये?" टोली के नायक ने पूछा।

"मेरे मन में आया," नरदेव चौधरी सुनाने लगे, "कि जब गाँव में रक्षा दल काम कर रहा है, तो उसका काम केवल डाकुओं को गाँव में घुसने से रोकना ही नहीं है, घुस आये डाकुओं को पकड़ लेना भी है। मैं तुरन्त पिछवाड़े से निकलकर आपको सूचित करने चला गया। मुझे यह आशंका भी तो थी कि जब आप लोग पहरा देना शुरू करेंगे, तो पहरे की आवाज सुनकर ये दोनों खिसक सकते हैं।"

"अब आप ही बताइए, चाचा," नायक ने नरदेव चौधरी से पूछा, "कि इससे पूछताछ करूँ या पहले पिटाई ही कर दूँ?"

"मैं तो कहूँगा," नरदेव चौधरी ने राय दी, "कि पहले कुछ पिटाई ही हो जाये।"

"नहीं-नहीं, पिटाई मत कीजिए," पलटू ने दोनों हाथ जोड़कर विनती की, "पहले पूछताछ कर लीजिए। हम लोग डाकू नहीं हैं; भले आदमी हैं। हम किस्से सुन चुके थे कि इस इलाके में डाकू किस तरह धोखे देकर रात में घरों में घुसते हैं। हमारे मन में आया था कि हमें किसी के घर पर शाम में डेरा डालने का प्रयास नहीं करना चाहिए। मगर देखते-देखते शाम हो गयी और हम इस अनजान इलाके में यहाँ रात काटने पर मजबूर हो गये। जगत चौधरी वाली बात बिल्कुल सच्ची है।"

पलटू को हाथ जोड़ते देखकर बैजनाथ ने भी अपने दोनों हाथ जोड़ लिये थे।

"तो पहले यही बता दो," नायक ने पलटू से पूछा, "कि यह पहाड़पुर कहाँ है?"

"जीभ लटपटा गयी थी," पलटू बोला, "गलती से पहाड़पुर मुँह में आ गया था। यह पहाड़पुर दूसरे इलाके में है। सहसौल-राधोपुर के रास्ते में रघुनाथपुर गाँव है, उसके निकट धामन, उसके निकट तिनगच्छी, उसके निकट बगला और उसके निकट पहाड़पुर।"

"पहाड़पुर मुँह में क्यों आ गया?"

"अभी हाल में ही वहाँ गया था।"

"क्यों गये थे?"

"उस इलाके में गया था वहाँ के धोबियों से मिलने।"

"धोबियों से क्यों मिलते हो?"

"हम लोग धोबी महासंघ के आदमी हैं; महासंघ का काम करने धोबियों के गाँवों में जाते हैं।"

"इस इलाके में क्यों आये थे?"

"धोबियों से मिलने।"

"किसने बता दिया कि इधर धोबियों के गाँव हैं?"

"धोबियों के गाँव तो होते नहीं; गाँव-गाँव जाकर वहाँ के धोबियों का पता लगाना पड़ता है।"

"यह झूठ बोल रहा है," नरदेव चौधरी बीच में बोल पड़ा, "इसने मुझसे बताया था कि ये लोग शादी-ब्याह के सिलसिले में आये हैं और इन्हें ककीरा के पास पहाड़पुर गाँव जाना है।"

"झूठ नहीं बोला था," पलटू ने जवाब दिया, "महासंघ के काम में धोबियों के बेटों-बेटियों का ब्याह कराना भी आता है। हम पता लगाते रहते हैं कि किस धोबी के पास विवाह योग्य बेटे हैं और किसके पास विवाह योग्य बेटियाँ। हम लड़के-लड़की की सूचनाएँ बाँटते हैं और विवाह की ठहरौनी में मदद करते हैं।"

"तुम लोग धोबी हो?"

"हाँ।"

"क्या प्रमाण है?"

"ढेरों प्रमाण हैं। हम लोग जिस इलाके से आये हैं, वहाँ के सारे धोबी हमें जान रहे हैं। उस इलाके में कासीगंज है। कासीगंज पुलिस फाँड़ी के दारोगाजी भी हमें जानते हैं।"

"दारोगाजी जानते हैं तुम लोगों को?" नायक ने खुफिया निगाहों से पलटू की ओर देखते हुए उससे पूछा।

"हाँ, अच्छी तरह।"

"झूठ तो नहीं बोल रहे हो?" बाँकेलाल ने पूछा।

"नहीं।"

"क्या नाम है दारोगा का?"

"जयजयसियाराम सिंह।"

नायक ने बाँकेलाल से कहा, "कमर का रस्सा खोल दो," और फिर पलटू से बोला, "और कोई प्रमाण?"

कमर का रस्सा खुल जाने के बाद पलटू पूछ बैठा, "आप लोगों में कोई धोबी हैं?"

"यहाँ क्या काम है किसी धोबी से?" नायक ने सवाल किया।

"प्रमाणों से आप मेरी पहचान नहीं कर पाएँगे," पलटू ने जवाब दिया, "किसी धोबी को ले आइए, मैं प्रमाणों के ढेर लगा दूँगा।"

टोली के लोगों ने एक-दूसरे की ओर देखा। फणीन्द्र ने नायक से पूछा, "मैं सहदेव को बुला लाऊँ?"

"बुला लाओ।" नायक ने स्वीकृति दी।

सहदेव धोबी के साथ उसका बेटा मुनिलाल भी आ गया था। उनके आते ही नायक ने सहदेव से कहा, "सहदेव! ये दोनों अपने को धोबी बता रहे हैं। तुम इनसे कुछ ऐसी बातें पूछ सकते हो कि सच का पता चल जाये?"

सहदेव के मुस्कराने के साथ ही पलटू की ओर से जवाब आ गया, "इन्हें कुछ पूछने की जरूरत नहीं है। मैं ही इन्हें प्रमाण देता चला जाऊँगा।"

नायक से इतना बोलकर पलटू ने सहदेव से कहा, "सुनिए, सहदेव भाई, हम दोनों भाई-भाई हैं; सच का साथ दीजिएगा। धोबी जिस पर कपड़ा धोता है, उसे पटहा या पाट कहते हैं न?"

"हाँ, कहते हैं।" सहदेव ने हाँ में सिर हिलाते हुए कहा।

"पटहा के नीचे जो टेक होती है, उसे ठेहुआ कहते हैं?"

"हाँ।"

"धोबी के लोहा को इसतिरी कहते हैं?"

"हाँ।"

"कहीं-कहीं मिसतिरी भी?"

"कहते होंगे।"

बैजनाथ ने पलटू झा की ओर हैरत से देखा; जो असली धोबी नहीं जानता, उसे भी नकली धोबी जान रहा है!

"जिस कपड़े पर रखकर लोहा किया जाता है, उसे बैठन कहा जाता है?"

"कहा जाता है।"

"जो कपड़ा उठाकर पाट पर पटका नहीं जा सकता, उसे काठ से पीटा जाता है जिसे मुँगरी कहते हैं?"

"हाँ।"

"कहीं-कहीं मुँगरा भी?"

"एक ही बात है, मुँगरी या मुँगरा।"

"इसे कहीं डाँसल, कहीं सोंटा और कहीं लाठी भी कहा जाता है?"

"उतना मैं नहीं जानता।"

"शायद यह भी नहीं जानते हों कि कहीं इसे कठका और कहीं-कहीं धोबडंग भी कहते हैं?"

सहदेव जान गया, "नहीं जानता था; अब जान गया।"

बैजनाथ को खुशी हुई कि पलटू ने अपने को धोबी सिद्ध कर दिया था, मगर उसने पलटू झा को शक की निगाहों से घूरा। शंकरपुर में यह आदमी दुर्गाथान में पुजारी था या किसी धोबी के घर में नौकरी कर रहा था? हल्ला तो यही हुआ था कि दुर्गा माँ के गहने चुराकर भागा है।

"जिस डोरी पर कपड़े सुखाये जाते हैं, उसे तनाव कहा जाता है?"

"भैया!" सहदेव धोबी ने नायक से कहा, "यह धोबी ही है; कुछ और पूछने की जरूरत नहीं है।"

"नहीं," पलटू धोबी बोल गया, "मुझे प्रमाण का ढेर लगाने दीजिए।"

"लगाओ।" नायक ने अनुमति दे दी।

पलटू चालू हुआ, "कपड़े के मोट को बकुचा कहते हैं। कपड़े को पीटने की क्रिया को कुन्दी और उसे हाथ से फींचने की क्रिया को पीटब या धोएल कहा जाता है। इस पीटब को कहीं बिछरब, कहीं निछरब, कहीं निसारल, कहीं खींचब, कहीं छाँटब और कहीं-कहीं फींचब भी कहते हैं।"

"भैया!" सहदेव धोबी ने नायक से कहा, "मैं इस धोबी से हार मानता हूँ।"

पलटू नहीं रुका, "जो कपड़ा अच्छी तरह धुल जाता है, उसे कहीं निमाड़ और कहीं गोबरझाड़ कहते हैं। जो कपड़ा अधकचरा धोया हुआ हो, उसे कहीं खमसो और कहीं खामसो कहा जाता है।"

बैजनाथ की समझ में अब अच्छी तरह आ गया कि यह पलटू क्यों बार-बार धोबी बनने की बात कर रहा था। उसे पक्का विश्वास हो गया कि जरूर इसके पुरखे धोबी रहे होंगे। कोई परदादा-लकड़दादा किसी और देस से चलकर यहाँ आया होगा, यहाँ बस गया होगा और अपने को ब्राह्मण घोषित कर दिया होगा। ब्राह्मण बन तो गये, मगर धोबी की भाषा का त्याग नहीं कर पाये होंगे। घर में कपड़ों की धुलाई धोबी की तरह करते रहे होंगे। वह भाषा पुश्त दर पुश्त चलती रही। पलटू यह सब जान रहा था और आज के जातिवाद के युग में उसमें जोश आया होगा कि वह भी अपनी असली जाति के लिए कुछ करे। बैजनाथ मंडल दुखी होने लगा कि अब पलटू झा गरीबननाथ को नहीं छोड़ेगा। क्या रोक पाएगा वह पलटू को धोबी बनने से? यह सवाल मथने लगा था उसे, मगर अभी की मुसीबत की घड़ी में तो ऐसा कुछ भी नहीं कर सकता था वह।

"तुम लोग धोबी हो, यह हमने मान लिया," नायक बोला, "मगर डाकू नहीं हो, यह कैसे मान लें?"

"हम वैसे धोबी नहीं हैं," पलटू ने जवाब दिया, "जो दिन में कपड़े धोये और रात में डाके डाले। हम धोबी महासंघ के आदमी हैं। दिन-रात चक्कर लगाते रहते हैं। आपको दिखाता हूँ अपना कागज-पत्तर।"

इतना बोलकर पलटू ने अपना झोला खोला, उसमें से धोबी महासंघ की चन्दा की रसीद निकाली और उसे नायक को दिखाते हुए कहा, "मैं घूम-घूमकर धोबियों से चन्दा ले रहा हूँ। भारद में बाबा गरीबननाथ का दाह-संस्कार कराना है। वहाँ लाखों की संख्या में धोबियों को लेकर जाना है। मैंने धोबी महासंघ को अपना जीवन-दान कर दिया है। आप सोच सकते हैं कि ऐसे जीवनदानी के मन में कब तो डाका डालने का खयाल आएगा और कब उसे डाका डालने की फुरसत मिलेगी!"

सहदेव के बेटे ने बाप को अलग ले जाकर उसके कान में कुछ कहा। सहदेव ने आकर पलटू धोबी से पूछा, "आपने इससे पहले भी चन्दा लिया है धोबियों से?"

"हाँ, लिया है; उसी काम पर निकला ही हूँ।" पलटू ने जवाब दिया।

"आप पहले एक गधा साथ लेकर चलते थे?"

"लीजिए, आप तो सब कुछ जानते हैं। अब तक चुप रहे! पहले ही पूछना था।"

"मैं जरा घर से आता हूँ," सहदेव ने नायक से कहा, "तब इससे और कुछ पूछूँगा।"

गाँव में जैसे ही बात फैली थी कि दो डाकू पकड़े गये हैं, गाँव के लोग-लुगाई डाकुओं के दर्शन करने आने लगे थे। वे आते और दर्शन करके चले जाते। गाँव में धोबियों के दो घर थे। उन घरों से भी कुछ लोग दर्शन करके चले गये थे। इस बार सहदेव के साथ उन दोनों घरों के सारे लोग उलटकर आ गये थे।

सहदेव ने आते ही एक कागज नायक के हाथ में थमाया और बोला, "आप इसे पढ़िए।"

नायक ने कागज लेकर उसे जोर-जोर से पढ़ना शुरू किया,

बिहार प्रदेश धोबी सभा, पटना।

एक अति आवश्यक सूचना

प्रिय भाइयो!

प्रान्तीय कार्यालय को इसके एक सदस्य श्री मुनिलाल रजक ने सूचित किया है कि उनके इलाके में दो ठगों ने धोबी महासंघ के नाम पर धोबियों से चन्दा वसूला है। ये अपने साथ एक गधा भी रखते हैं और अपने को दिल्ली महासभा का आदमी बताते हैं। आप लोगों को सूचित किया जाता है कि ये दोनों आदमी फर्जी हैं और ठगी का धन्धा कर रहे हैं। पूरे प्रदेश के धोबियों को सावधान किया जा रहा है और इस ठगी की खबर अखिल भारतीय धोबी महासंघ को भी भेजी जा रही है।

ये दोनों फरजी धोबी कभी भी आपके पास अपने गधे के साथ पहुँच सकते हैं और आपको धोखे में रखकर चन्दा वसूल सकते हैं। ऐसे किसी ठग को चन्दा नहीं देना है। सम्भव हो तो इन्हें पुलिस के सुपुर्द कर दें।

निवेदक,

महामन्त्री, बिहार प्रदेश धोबी महासंघ,

पटना।

नायक ने पढ़ना समाप्त किया, तब सहदेव बोला, "तीन दिन पहले ही यह कागज हम लोगों के पास आया है। खुद मुनिलालजी ही यह कागज हमें देने आये थे।"

अब नायक और उसकी टोली के लोग नयी नजरों से दोनों फरजी धोबियों को देख रहे थे। नायक ने हँसकर पलटू से पूछा, "गधा कहाँ है?"

"बिक गया।" बैजनाथ ने जवाब दिया।

बैजनाथ अन्दर-ही-अन्दर खुश हो रहा था कि अब पलटू झा जीवन भर धोबी नहीं बन सकेंगे, मगर अभी वह अपनी खुशी का इजहार नहीं कर सकता था; अभी तो वह भी बराबर का अपराधी था।

नायक ने धोबियों से कहा, "इन दोनों को तुम लोग ले जाओ और इनके साथ जैसा सोचो

वैसा करो।"

"नहीं, भैया," सहदेव ने कहा, "हम इन्हें ले जाकर क्या करेंगे? अब ये धोबियों को नहीं ठग पाएँगे। किसी धोबी से इन्हें चन्दा मिलनेवाला नहीं है। आप लोग ही इनसे निपटिए।"

बैजनाथ ने नायक से कहा, "मैं आपसे कुछ कहना चाहता हूँ।"

"कहो।"

बैजनाथ ने नायक को कुछ अलग ले जाकर उसके कान में फुसफुसाया, "हममें से कोई भी धोबी नहीं है, बाबू। मुझे तो इस आदमी ने धोबी बना दिया था। यह भी मुसीबत में ही धोबी बना है। आप इसे पाँच-दस जूते मारकर छोड़ दीजिए; इतने भर से ही यह फिर कभी धोबी बनने का नाम नहीं लेगा।"

बैजनाथ की बात सुन लेने के बाद नायक ने टोली के सदस्यों से कहा, "हमारी मेहनत और पहरेदारी बेकार नहीं गयी। डाकुओं को न सही, ठगों को तो पकड़ा ही है हमने। हम इनकी जान नहीं लेंगे और पुलिस के सुपुर्द करना भी बेकार है। आप सब बस इतना कीजिए कि एक-एक जोरदार थप्पड़ इन दोनों के गाल पर मारकर इन्हें छोड़ दीजिए।"

पलटू को वहाँ उपस्थित युवकों की गिनती करते देर नहीं लगी।

बैजनाथ बुदबुदाया, "मुझे भी!"

बाँकेलाल ने पलटू के गाल पर चाँटा मारकर बैजनाथ के लिए हाथ ताना ही था कि कुछ दूर से आवाज आयी, "रुकिए, रुकिए।"

बाँकेलाल ने हाथ ढीला कर लिया और सारे लोग आवाज की दिशा में ताकने लगे। गाँव के मोहन मिश्र गाँव के कई ब्राह्मणों को साथ लिये आ रहे थे।

मोहन मिश्र सीधे पलटू के सामने जा खड़े हुए और पूछा, "क्या नाम बताया है आपने अपना?"

"नाम पूछा नहीं गया है।" पलटू ने जवाब दिया।

"आपका नाम प से शुरू होता है?"

पहली बार वह वहाँ 'तुम' की जगह 'आप' सुन रहा था। वह सच बोल गया, "हाँ।"

"नाम का अन्त टू से?"

"हाँ।"

गाँव में दो डाकू आये हैं, इसकी खबर मिलते ही मोहन मिश्र ने अपनी पत्नी से कहा, "दो डाकुओं को ग्राम रक्षा दल के लोगों ने पकड़ा है। मैं जरा इन्हें देखकर आता हूँ।"

डाकुओं के पकड़े जाने की खबर मिश्रजी की धर्मपत्नी को भी अपनी पड़ोसन से मिल चुकी थी। उसने पति से कहा, "मैं भी चलूँ?"

"तुम भी चलोगी?"

"हाँ, मैंने कभी डाकू देखे नहीं हैं।"

"तो चलो।"

"बच्चों को भी साथ ले लेती हूँ; वे भी देख लेंगे।"

"ले लो।"

मोहन मिश्र सपरिवार डाकुओं को देखने गये थे। उन्हें बहुत खुशी हुई कि पत्नी ने बड़े गौर से उन्हें देखा था और बच्चों ने कई सवाल पूछे थे।

''घर लौटते हुए पत्नी ने पति से कहा, मैं इस आदमी को पहचानती हूँ।''

''पहचानती हो?''

''हाँ। यह मुझे वीणा के पति जैसा लग रहा है।''

''कौन वीणा?''

''गंगाविष्णु मौसा की बेटी।''

''ऐसा हो सकता है क्या?''

''होना तो नहीं चाहिए, मगर कुछ भी हो सकता है। आप पता लगाइए, और अगर वही आदमी हो, तो उन्हें छुड़ा लाइये।''

''क्या नाम है इस आदमी का?''

''पलटू झा।''

''रक्षा दल वाले छोड़ेंगे?''

''कुछ ब्राह्मणों को साथ ले लीजिए। एक मुसीबत में पड़े ब्राह्मण की बात है। सब ब्राह्मण मिलकर छुड़ा लाइये।''

मोहन मिश्र पूरी तैयारी कर पलटू झा को छुड़ाने चले थे।

नाम का अन्त टू से सुन लेने के बाद मोहन मिश्र ने नायक से कहा, ''मैं इन्हें पहचानता हूँ। आप इन्हें मेरे साथ जाने दीजिए।''

''जाने दूँ?''

''हाँ। मैं एक बार पहले भी यहाँ से होकर गया हूँ और जान रहा हूँ कि अभी तक यहाँ क्या-क्या हुआ है। ये डाकू हैं, यह प्रमाणित नहीं हुआ है। ये ठग हैं, इसकी भी पुष्टि नहीं हुई है। बात अदालत में जाएगी और आप कुछ भी सिद्ध नहीं कर पाएँगे। कासीगंज पुलिस फाँड़ी का दारोगा इनके समर्थन में चला आएगा। मारपीट का मामला आप लोगों के लिए भारी पड़ सकता है। मैं इन्हें ले जा रहा हूँ।''

मोहन मिश्र के साथ आये ब्राह्मणों ने हाँ-हाँ करते हुए पलटू को अपने साथ किया और उसे लेकर जाने लगे।

बैजनाथ भी पलटू से सटकर चलने लगा था।

किसी ने नहीं रोका।

मोहन मिश्र पलटू झा और बैजनाथ मंडल को लेकर अपने घर चले गये।

पाँचवाँ फेरा

ज्यों-ज्यों गाँव निकट आता गया, बैजनाथ अपने मन में गुस्सा भरता चला गया। रास्ते भर अगियाने के बाद वह घर पहुँचते-पहुँचते अगिया बैताल हो जाना चाहता था। उसने सोच लिया था कि घर पहुँचने पर जैसे ही रीतलाल उसके आगे प्रकट होगा, वह तुरन्त कुछ बोलेगा नहीं, कुछ पूछेगा नहीं; पहले आगे बढ़कर उसके गाल पर एक जोरदार तमाचा जड़ देगा और तब पूछेगा, ''बूझो, क्यों मारा?'' गाल सहलाते हुए रीतलाल जवाब देगा, ''नहीं बूझा।'' तब उसे दूसरा तमाचा मारकर पूछेगा वह, ''अब बूझा?'' रीतलाल रतनी के पास चला जाएगा बूझने। रतनी जवाब दे देगी, ''मैं कैसे बूझूँ! तुम क्या भूले, मैं कैसे जानूँ? मुझे बताकर भूलते, तब तो बूझती मैं।'' तब रीतलाल शायद तीसरा तमाचा खाने से पहले बोल दे, ''मैं गाँव जाता हूँ, मालिक; वहाँ से बूझकर आता हूँ।'' अगर यह जवाब आया, तब तो उसे किसी तीसरे तमाचे का इरादा छोड़कर कहना पड़ेगा, ''तुम हमेशा गाँव जाने की रट लगाते रहते हो, रीतलाल। इसे बूझने के लिए गाँव जाने की जरूरत नहीं है। ककीरा का जो लड़कीवाला आया था, उससे यह क्यों नहीं पूछा कि वह अपनी लड़की के लिए तुम्हें देखने आया था या मुझे? अब यह जान लो कि वह न तो तुम्हें देखने आया था और न मुझे।'' दो तमाचे भी कम नहीं हुए। अब वह कह सकता था, ''जाओ, अपना काम करो।''

रीतलाल को काम पर भेजकर तुरन्त निकल जाएगा वह 'अहोभाग्य' जगत चौधरी के दर्शन करने। दर्शन होते ही वह जगत चौधरी को सुनाएगा, ''गोरगामा गया था, चाचा; नरदेव चौधरी से मिलकर आ रहा हूँ। आपको याद कर रहे थे वे।''

जगत चौधरी खुश हो जाएँगे, उसने सोचा, और अवश्य पूछेंगे, ''मेरे बारे में पूछ रहा होगा?''

''हाँ,'' वह जवाब देगा, ''पूछ रहे थे कि जगत चौधरी मर तो नहीं गया?''

''इस तरह पूछ रहा था; मर तो नहीं गया?''

''हाँ।''

''क्यों पूछ रहा था इस तरह? जब मैं उससे मिला था, तब ऐसा तो मैं नहीं दिख रहा था कि अब तक मर चुका होऊँगा। उसके मन में मेरे मरने की बात क्यों आयी?''

''वे डर रहे थे कि आप कहीं मर न गये हों। वे नहीं चाहते कि बिना उनका पैसा लौटाये आप मर जाएँ।''

"उसका पैसा! कैसा पैसा?"

चेतलाल के लड़के की शादी के बाद जयनाथ पंडित ने गाँव में यह अफवाह फैलायी थी कि इस शादी की ठहरौनी में जगत चौधरी ने लड़कीवाले से एक हजार रुपये की दलाली वसूली थी। इसी अफवाह को आधार बनाकर वह अँधेरे में तीर चला देगा, "आपकी कभी उनसे मुलाकात हुई है?"

"हाँ, हुई है एक बार। धनजी गुप्ता के बेटे की शादी की ठहरौनी में उससे मुलाकात हुई थी।"

"आपने उनसे दो हजार रुपये लिये थे?"

"झूठ बोल रहा है साला। मैं उससे क्यों लेने लगा! जो लिया वह धनजी के समधी से लिया। दो हजार की बात तो बिल्कुल झूठी है। हाँ, हजार रुपये लिये थे। क्यों नहीं लूँ? अपना काम-धाम छोड़कर जाता हूँ। मेरा नुकसान होता है या नहीं? धनजी के समधी से पैसे लिये, तो इस नरदेव के बाप का क्या गया? वह साला मुझसे पैसा वसूलेगा? कभी मिल गया, तो जूते मारूँगा हरामजादे को। तुमने उससे कुछ कहा नहीं?"

"मैं क्या कहता, चाचा? मैंने सोचा, शायद बात सच ही हो।"

"उसे कुछ तो बुरा-भला कहकर आते। कुछ नहीं कहा, तो अब मुझे क्या सुनाने आ गये! जाओ अभी; मेरा मन खराब हो रहा है।"

जगत चौधरी का मन खराब करने के बाद, उसने सोचा, वह पहुँचेगा अपने भ्राता कदमलाल के पास। नहीं, कदमलाल के पास मुँहचुथौवल करने नहीं पहुँचेगा वह, कदमलाल के विरुद्ध पंचायत बैठाएगा। उस पर तो ढेर सारे आरोप हैं। उन आरोपों की सूची बनानी होगी पंचायत के समक्ष रखने के लिए। उसने तय किया कि आज पूरी रात जगकर वह एक लम्बी सूची तैयार करेगा।

घर पहुँचने तक उसने अपना गुस्सा बरकरार रखा।

मगर घर पहुँचते ही जब उसने देखा कि घर का दरवाजा अन्दर से बन्द है और रीतलाल घर की छत पर पुतला बनकर खड़ा है और रह-रहकर लट्टू की तरह घूम जाता है, तब उसका सारा गुस्सा काफूर हो गया, "हाय राम, यह क्या!"

वह रीतलाल की ओर मुँह किये धीरे-धीरे आगे बढ़ा और रीतलाल के अत्यन्त निकट जाकर खड़ा हो गया। रीतलाल ने छत पर से मुँह झुकाकर नीचे मालिक की ओर देखा और बोला, "मुझे पहचाना, मालिक? मैं हूँ रीतलाल।"

"हाँ, रीतू, पहचान लिया है तुम्हें," बैजनाथ ने बुझे स्वर में कहा, "वहाँ क्यों खड़े हो?"

"नजर उतार रहा हूँ, मालिक; जब से आप गये हैं, रोज ही उतारता हूँ।"

"तुम्हें नजर लगी है?"

"नहीं, इस घर को।"

"किसने कहा?"

"यहाँ के लोग कह रहे हैं।"

"क्यों कह रहे हैं वे ऐसा?"

"उन्हें लग रहा है कि मालकिन मर जाएगी।"

"कौन मालकिन?"

"बिल्ली मालकिन।"

"क्या हुआ है उसे?"

"उसकी जान खतरे में है।"

"क्यों?"

"उसे न दूध पीने को मिला है, न पानी।"

"कब से?"

"जब से आप गये हैं, तब से।"

"क्यों?"

"वह वज्रगृह में बन्द है।"

"अभी भी?"

"हाँ।"

"नीचे उतरा," बैजनाथ चीख पड़ा, "दरवाजा खोलो।"

रीतलाल ने नीचे आकर दरवाजा खोल दिया।

बैजनाथ वज्रगृह की ओर बुदबुदाते हुए दौड़ा, "बिल्ली तो मर गयी होगी।"

"दूध और पानी के बिना," रीतलाल बोला, "चूहे तो उसे मिलते रहे हैं।"

वज्रगृह का दरवाजा खोलते हुए उसने नौकर से पूछा, "बिल्ली इसमें कैसे पहुँच गयी थी?"

"आप उसे बन्द कर चले गये थे, मालिक।"

"हाय राम! यह कैसे हो गया?"

अब तक लोगों की भीड़ जमा होने लगी थी।

बैजनाथ के वज्रगृह में बन्द बिल्ली ने पूरे गाँव को हिलकोर दिया था। गाँव में बिल्ली-वध की यह पहली घटना घटनेवाली थी। बिल्ली भी कोई साधारण बिल्ली नहीं; एक साथ गाँव की बेटी और बहू। गाँव की किसी और बेटी और बहू की मौत गाँव में इतनी हचल पैदा नहीं कर सकती थी, जितनी इस बिल्ली ने पैदा कर दी थी।

बैजनाथ के घर से चले जाने के बाद वज्रगृह से खड़बड़ की आवाजें आने लगीं। आवाजें दोपहर तक रुक-रुककर आती रहीं, तो रीतलाल घबराया कि वज्रगृह में यह क्या हो रहा है। वज्रगृह पहले भी बन्द होता रहा था, मगर ऐसी आवाजें कभी नहीं आती थीं। बाहर से यह देख लेना कि अन्दर क्या हो रहा है, सम्भव नहीं हुआ। किवाड़ के दोनों पल्लों के बीच कहीं कोई ऐसी सन्धि नहीं थी कि उससे झाँककर अन्दर देख ले। दीवार में बहुत ऊपर एक गोल छेद था जरूर, मगर वहाँ तक रीतलाल पहुँच नहीं सकता था, और पहुँचकर भी नीचे की ओर नहीं देख सकता था। किवाड़ और जमीन के बीच जो पानी बहने के लिए जगह छोड़ी गयी थी, वह ऐसी दरार नहीं थी

कि उससे अन्दर झाँका जा सके।

मगर यह दरार उसके काम आ गयी। अचानक उसे किवाड़ पर खरोंच की आवाज सुनायी पड़ी और उसने अपनी निगाह उस दरार पर टिका दी। और तब अचानक उसे उस दरार में उस पार से घुसाये जा रहे बिल्ली के चंगुल नजर आ गये। सिर्फ एक बार देख पाया वह चंगुलों को, मगर जान गया कि ये बिल्ली के चंगुल थे, किसी और जानवर के चंगुलों से अलग।

अन्दर कोई बिल्ली है, पक्की जानकारी मिल गयी उसे। इस कमरे में तो केवल मालकिन बिल्ली का आना-जाना होता था। किसी और बिल्ली को मालिक मार भगाते थे। अब उसे याद आया कि आज मालकिन नियत समय पर उससे दूध माँगने भी नहीं आयी थी। उसने मालकिन बिल्ली की सैरगाहों का चक्कर लगाकर अपनी यह जानकारी पक्की कर ली कि वज्रगृह में मालकिन बिल्ली फँसी हुई है।

शाम होने तक पूरे गाँव में हल्ला हो गया कि बैजनाथ मंडल अपनी ब्याही बिल्ली को अपने कमरे में बन्दकर न जाने कब तक के लिए घर से बाहर चला गया है। रात होने तक गाँव के सारे लोग कमरे में बन्द बिल्ली को देखने आये थे। हर किसी ने यही राय दी थी रीतलाल को कि कमरे का ताला तोड़ दो, और हर किसी को यही जवाब दिया था रीतलाल ने कि उसके मालिक ने हर हाल में उसे उस कमरे का ताला तोड़ने से मना किया है और घर में आग लग जाने पर भी वह उस कमरे का ताला न खुद तोड़ेगा, न किसी को तोड़ने देगा। गाँव के दोनों पंडित, रामभद्र झा और जयनाथ मिश्र, आये थे बन्द बिल्ली को देखने और उन्होंने रीतलाल को अच्छी तरह समझा दिया था कि जो मालिक कहकर गया है उस पर टिका रहना और किसी के भी कहने पर बन्द कमरे का ताला नहीं तोड़ना।

लोगों को आशंका होने लगी, अब बिल्ली मरेगी, बिल्ली कभी भी मर सकती है।

बिल्ली मर गयी, तब क्या होगा?

बिल्ली मरी या नहीं, यह जानने लोग बैजनाथ मंडल के घर अगली सुबह से ही आने लगे थे।

बिल्ली मर गयी तो बहुत बुरा होगा और इस बार घर की बहू के मरने भर का दुख नहीं होगा मालिक को, आनेवाले लोगों के मुँह से यह सब सुनकर बेचैन हुआ रीतलाल और कोठियापुरवाली काकी के पास दौड़ गया, "काकी! मालकिन बिल्ली को बचाने का कोई उपाय बताओ।"

कोठियापुरवाली काकी को उस घर से दूध नहीं मिलने का गम और गुस्सा था। उसने जवाब दे दिया, "मैं क्या उपाय बताऊँ! उस घर पर तो किसी की बुरी नजर लग गयी है। हर बहू मर जाती है।"

"यह बहू अभी मरी नहीं है, काकी। अगर नजर उतार दी जाये, तब तो नहीं मरेगी?"

"नजर कैसे उतरेगी, मैं नहीं जानती; किसी और से पूछो।"

नजर उतारने के लिए किसी और के पास नहीं जाना पड़ा रीतलाल को। जब कदमलाल की घरवाली ने अपने घर की छत पर नजरमार खड़ा किया था और नजरमार पुतले की नजर उसके मालिक के घर पर पड़ रही थी, तब उसके मालिक ने इस बुरी नजर का जवाब दिया था

और उसे पुतला बनकर छत पर खड़ा होने को कहा था। वह रतनी के बाप से कुरता और जूते माँग लाया और हाँड़ी जैसा मुँह बनाकर पुतला बन गया। पुतला बनकर वह रोज ही सुबह-दोपहर-शाम छत पर खड़ा होकर घर पर पड़ी या पड़ रही बुरी नजरों को उतारने लगा। उस बार मालिक ने उसे कदमलाल के घर की ओर मुँह करके खड़ा होने को कहा था; इस बार रीतलाल घूम-घूमकर चारों ओर की बुरी नजरों को मारने लगा था।

छत पर तैनात होने के पहले दिन ही उसके मन में यह खयाल आ गया कि पुतला बनकर बुरी नज़रों को तो मार रहा है वह, मगर घर में बन्द बिल्ली की भूख प्यास को कौन मारेगा? और उसी दिन वह महथीवाली भाभी के पास जा पहुँचा बिल्ली की भूख प्यास मारने का उपाय पूछने। महथीवाली ने उसका दुखड़ा सुन तो लिया, मगर चमककर बोली, "दूध पीये रतनी और उपाय बताऊँ मैं?"

"नहीं, रतनी दूध नहीं पीती।" रीतलाल ने जवाब दिया।

"बिल्ली के हिस्से का दूध अभी कौन पी रहा है?"

"कोई नहीं।"

"तो दूध ले आओ; उपाय बता देती हूँ।"

"ठोस उपाय बता दोगी न?"

"हाँ।"

बिल्ली के हिस्से का दूध महथीवाली को पीने के लिए देकर रीतलाल ने बिल्ली को खिलाने का उपाय जान लिया। महथीवाली आयी, वज्रगृह का मुआयना किया और दीवार के ऊपर बने गोल छेद की ओर इशारा करते हुए कहा, "चूहे मारकर उस छेद से अन्दर फेंको।"

गाँव की सारी चर्चाएँ दब गयीं और एक बिल्ली चर्चा का एकमात्र विषय बनकर रह गयी। सुबह-सुबह दिशा-मैदान के लिए निकले लोग एक-दूसरे से मिलते ही पूछ बैठते, "क्या हुआ बिल्ली का? अभी जिन्दा है या मर गयी?" और फिर देर तक बिल्ली और बैजनाथ मंडल पर बातें होती रहतीं। तरह-तरह की बातें कर लेने के बाद अलग होने के पहले कोई एक-दूसरे से कह बैठता, "बिल्ली क्या मरेगी! बैजनाथ की चौथी बीवी मर रही है।"

जब लोगों ने जान लिया कि बैजनाथ मंडल किसी अज्ञात दिशा की ओर निकला है और उसके लौट आने का समय किसी को ज्ञात नहीं है, तब लोगों ने मान लिया कि ऐसा हो सकता है कि एक ही समय में पालकी से उतरकर एक बहू घर के अन्दर आये और उसी घर से अरथी पर चढ़कर कोई बहू घर के बाहर जाये।

चर्चाएँ इन बातों पर भी केन्द्रित हुई थीं कि किसी बिल्ली की क्या उम्र होती है, बिल्ली कितने दिनों तक भूखी-प्यासी रह सकती है और बिल्ली दूसरों के हाथ मारे गये चूहे खाती है या नहीं।

ब्राह्मण समाज में इस चर्चा को इतना तूल दिया गया कि ब्राह्मणों की सभाएँ भी होने लगीं। रामभद्र झा और जयनाथ पंडित ने यह सवाल उठाया था कि अगर बिल्ली मर गयी, तो सोने की बिल्ली, कितनी भी छोटी, दान में किसे मिलेगी?

रामभद्र झा और जयनाथ पंडित दोनों ही अपना-अपना दावा सिद्ध करने में जी-जान से

लग गये थे। दोनों ही घरों की महिलाएँ दावा सिद्ध करने के प्रयोजन से सुबह-दोपहर-शाम अपने-अपने घरों से बाहर आकर उकटा पुरान बाँचते हुए चिल्ला-चिल्लाकर गालियाँ पढ़तीं और हर बार सन्तुष्ट होकर घर घुसते ही अपने-अपने देवताओं के सुमिरन कीर्तन में तल्लीन हो जातीं।

अशोक झा के मामा प्रेमनारायण झा के द्वारा बुलायी गयी सभा के बाद फुलकाहा में ब्राह्मणों की कोई और सभा नहीं हो पायी थी। ऐसा कभी-कभी ही हो सकता था कि एक इधर और एक उधर उछल जानेवाले मेढकों को एक साथ बैठाया जाये। पंडितों ने तो नहीं, मगर पंडिताइनों ने इन मेढकों को एक साथ बैठने को मजबूर कर दिया था, किसी-किसी दिन दिन में दो-दो बार। यह जरूर हुआ कि इस बार मेढकों की पूरी सभा एक दिन इधर और एक दिन उधर, और दिन में एक बार इधर और एक बार उधर, उछल-उछल जाती थी।

पहली सभा के पहले ही जयनाथ मिश्र ब्राह्मण टोले में घूम-घूमकर कह आये थे कि वे बैजनाथ मंडल के पुश्तैनी पुरोहित हैं और उनके दावे को नकारा नहीं जा सकता। सभा ने उनके पक्ष में निर्णय दे दिया। सभा के बाद रामभद्र झा घर-घर घूम आये। दूसरी सभा ने उनकी यह बात मान ली कि अब बैजनाथ मंडल ने अपना पुरोहित बदल लिया है और पलटू झा उसके नये पुरोहित हैं। तीसरी सभा में यह निर्णय हुआ कि बैजनाथ मंडल ने केवल विवाह का पुरोहित बदला है, अन्त्येष्टि का नहीं, इसलिए बिल्ली के मरने पर दान पाने के अधिकारी जयनाथ मिश्र ही हुए। चौथी सभा में इस बात को सही ठहराया गया कि इस बिल्ली का ब्याह पलटू झा ने कराया था, इसलिए इस बिल्ली के मरने पर सोने की बिल्ली, कितनी भी छोटी, पलटू झा को मिलनी चाहिए। पाँचवीं सभा में रामभद्र झा को इस बात की सजा सुनायी गयी कि ब्राह्मणों की सभा बुलाने के बजाय उन्होंने कुछ साल पहले मदनपुर और फुलकाहा के रास्ते में जयनाथ मिश्र को पटककर उनसे बेनीमाधव बाबू के घर से मिला सीधा और गमछा छीन लिया था। छठी सभा में यह निर्णय हुआ है कि पलटू झा अभी मारे-मारे फिर रहे हैं और सोना उन्हें मिलना चाहिए।

सातवीं सभा होने ही वाली है और इस सभा में शायद यह कहा जानेवाला है कि सोने की बिल्ली पर हक जयनाथ पंडित का ही बनता है, क्योंकि गंगास्नान कर लेने भर से रामभद्र झा अभी बिल्कुल शुद्ध नहीं हो गये हैं और उनकी पतोहू अभी भी चमरटोली से अशुद्ध होकर आया करती है।

बिल्ली-वध का प्रायश्चित करने के लिए सोने की बिल्ली का दान करना होगा, यह जानकर जिस किसी ने सोचा कि भविष्य किसी ने नहीं देखा है और किसी भूल से कभी वह भी बैजनाथ मंडल की तरह बिल्ली का वध कर सकता है, उसने इस दान का विरोध किया। वे नये जमाने की बात करने लगे और अपनों के बीच सुनाने लगे कि अब वह जमाना नहीं रहा कि ब्राह्मणों के बहलाने-फुसलाने या उनकी डाँट-फटकार पर कोई आदमी जमीन बेचकर दान करे और घर बेचकर भोज खिलाये।

उन्होंने फुलकाहा के धानुकों को उकसाया, "अगर किसी कारण कोई धानुक ब्राह्मणों के चंगुल में फँसा है, तो सारे धानुकों की यह जिम्मेदारी है कि उस धानुक को ब्राह्मणों के चंगुल से छुड़ा लाएँ। जिस तरह आज सारे यादव एक हैं, उसी तरह अब सारे धानुकों को भी एक हो जाना

चाहिए। अब मानता है कोई यादव ब्राह्मणों का विधान? वे अपना विधान बनाते जा रहे हैं। आज बथान में किसी यादव की गाय मरती है, तो ब्राह्मण को कुछ दान कर अब वह प्रायश्चित नहीं करता, उल्टे पाँच-दस घरों से भीख माँगकर इस पाप का प्रायश्चित करता है। गाय से क्या बिल्ली बड़ी?

"बिल्ली-वध को लेकर विधान बनाने का अभी तक कोई अवसर यादवों के हाथ नहीं आया है। गाँव में पहली बार यह मौका धानुकों को मिल रहा है। उन्हें तो चाहिए यह विधान बना देना कि किसी बिल्ली के मरने पर धानुक गाँव के सारे ब्राह्मणों के घर से भीख माँगकर अपने पाप का प्रायश्चित करे। कम से कम इतना तो कर ही सकता है कि प्रायश्चित में सोने की बिल्ली का दान नहीं करे, घास-फूस की बिल्ली बनाकर ब्राह्मण को दे दे।"

फुलकाहा के धानुक बिल्ली को लेकर नये जमाने में कूद गये।

धानुकों ने यहाँ तक सोच लिया कि सोने की बिल्ली तो क्या, वे घास-फूस की बिल्ली भी दान करने की मजबूरी पैदा होने नहीं देंगे। उन्होंने अपनी सभा आहूत की और उसमें उन उपायों पर गौर किया जिनसे बिल्ली के मरने के पहले बैजनाथ मंडल को घर बुला लिया जाये, और उस सभा में ही यह घोषणा भी कर दी गयी कि अगली आपातिक सभा कभी भी बुलायी जा सकती है जिसमें बिल्ली-वध के प्रायश्चित का नया विधान तैयार किया जाएगा।

धानुकों ने दिल खोलकर चन्दा दिया और बिल्ली को मरने से बचा लेने के लिए बैजनाथ मंडल को आकाश-पाताल तक से अविलम्ब फुलकाहा में हाजिर करा देने की हर सम्भव व्यवस्था की गयी।

पूरब-पश्चिम और उत्तर-दक्खिन के बीसों गाँवों, खासकर मदनपुर हाट, रहुआ हाटा, मंगलपुर हाट, अल्लागंज हाट और चैनपुर हाट, गें ढिंढोरा पिटवाया गया—सर्वसाधारण से निवेदन किया जाता है कि जिस किसी को बैजनाथ मंडल, पिता स्वर्गीय कनिक मंडल, गाँव फुलकाहा से मुलाकात हो, वह उन्हें सूचित करें कि उनकी बहू की जान खतरे में है और वे तुरन्त गाँव आ जाएँ। बैजनाथ मंडल का रंग साँवला है, नाक कुछ-कुछ चिपटी, ललाट चौड़ा। उनके पास सिर्फ एक मटमैले रंग का झोला है। वे पूरे साढ़े तीन हाथ के मर्द हैं। उनके साथ करीब तीन सवा-तीन हाथ का पलटू झा नाम का एक और आदमी है जिसके चेहरे का रंग ब्राह्मण और झोले का रंग लाल है। अगर बैजनाथ मंडल किसी संकट में हों और किसी कारण आने में असमर्थ हों तो उनके बारे में सूचना देनेवाले को इक्यावन रुपये का इनाम और आने-जाने का खर्च दिया जाएगा। वे मंडलजी को लेकर फुलकहा के धानुक टोला में आ जाएँ।

इस निवेदन को 'एक अति आवश्यक सूचना' के रूप में छपाया भी गया। छपे कागज सहसौल से राघोपुर जानेवली बसों, फुलकाहा से खुलनेवाले ताँगों और फुलकाहा के रास्ते से गुजरनेवाली टप्परगाड़ियों पर चिपकाये गये और बसों-ताँगों के यात्रियों और पैदल राहगीरों के बीच भी बाँटे गये।

इस गाँव में ऐसा आज़ तक नहीं हुआ था कि किसी एक का भला करने अनेक आयें। जब महथीवाली ने बिल्ली को भूख से नहीं मरने देने का उपाय सुझा दिया, तब रीतलाल चूहे मार लाने के अभियान पर निकलने लगा। इस अभियान में टोले के किसी लड़के ने दूध का लोभ नहीं

दिखाया और पूरे उत्साह से वे सब चूहे पकड़ने मारने का उत्सव मनाते रहे। अजोधी की घरवाली ने अपने बेटे को यह कहकर रोका भी था कि जब इसी बिल्ली को ढूँढ़ लाने के लिए दिन-दिन भर भूखे-प्यासे दौड़ते रहते थे, तब क्या इस रितललवे ने कभी चुल्लू भर गाय का दूध भी पीने को दिया था? इसी दुख से गुलेल की घरवाली ने तो बिरना बेटे को एक थप्पड़ भी मार दिया था। मगर दोनों ने ही रीतलाल की बात मानी, माँ की नहीं।

बच्चों के उत्साह को देखकर बड़ों ने भी इस काम में हाथ बँटाया। नेबी मंडल ने तो इतना तक किया कि घर आये समधी से पूछ बैठा, "आपने कभी चूहे पकड़े या मारे हैं?" और अभी समधी का मुस्कराना खत्म भी नहीं हुआ था कि उनसे आग्रह कर बैठा, "ऐसा तो हो ही नहीं सकता कि कभी चूहे पकड़े या मारे नहीं होंगे। हमारे गाँव में अभी एक यज्ञ चल रहा है जिसमें चूहों की बलि दी जा रही है, मरे चूहों की भी। आप आये हैं, तो कुछ पुण्य अरज लीजिए। मैं साथ चलूँगा और चूहों के ठिकाने बताता रहूँगा।"

बिल्लियों का प्रवेश होते ही बैजनाथ मंडल के घर से सारे चूहे कबके भाग चुके थे। टोले के दूसरे घरों में जो चूहे थे, वे भी अभियान के दूसरे दिन की सुबह तक उस टोले को छोड़कर भाग गये थे। जो चूहे छिपकर रह भी रहे होंगे, वे हाथ नहीं आ रहे थे, क्योंकि अब वे किसी बिल्ली से अधिक चूहामार दस्ते के किसी भी सदस्य को पहचानने लगे थे। चूहामार दस्ता को चूहों के लिए दूसरे टोलों में जाना पड़ रहा था। ऐसा भी हुआ कि कई टोलेवाले इस दस्ते को सादर अपने टोले में ले जाने के लिए स्वयं आ गये। सिर्फ ब्राह्मण टोले के किसी घर से उन्हें चूहे ले जाने की इजाजत नहीं मिली। कई घरों की ब्राह्मणियों ने तो अपने-अपने मालिक को खबर की थी, "चूहेमार जा रहे हैं; अपने घर के चूहे भी मरवा दूँ?" मालिक ने झिड़क दिया था, "पहले मंडल की बिल्ली को मर जाने दो, फिर घर के चूहों को मरवाना।"

बिल्ली जिन्दा है या मर गयी, यह टोह लेने लोग आते रहे थे। लोगों ने पतले कान से सुनने का प्रयास किया, मगर किसी को भी न कमरे से खड़बड़ सुनायी पड़ी और न किवाड़ पर खरोंच की आवाज। न रीतलाल, न और किसी ने दुबारा बिल्ली का चंगुल ही देखा।

चौथे दिन से ही वज्रगृह से दुर्गन्ध आने लगी। गन्ध विशेषज्ञ भी एकमत नहीं थे कि गन्ध मरे हुए चूहों की है या मरी हुई बिल्ली की। जो बात पूरे गाँव की जानकारी में होनी चाहिए थी कि कोई बिल्ली मरे हुए या दूसरे के मारे हुए चूहे खाती है या नहीं, वह जानकारी भी एकाएक गाँव से लुप्त हो गयी। जिन्हें विश्वास था कि बिल्ली अभी भी मरी नहीं होगी, उन्होंने भी दुर्गन्ध के कारण दीवार से कान लगाकर खड़बड़ या खरोंच की आवाज सुन लेने के लिए वहाँ आना बन्द कर दिया। जिन्होंने मान लिया कि बिल्ली मर चुकी है, उन्होंने उधर का रास्ता ही छोड़ दिया। धानुक सभा के कार्यकर्ता नया विधान बनाने की तैयारी में जुट गये। एक अकेला रीतलाल ही था जो दीवार से कान भी लगाता, बिल्ली के चंगुल देखने का प्रयास भी करता, अपने दल के साथ चूहे पकड़ने-मारने भी जाया करता और पुतला बनाकर तीनों वेला बुरी नजर को मारने-उतारने का काम भी करता जाता था।

बैजनाथ ने जैसे ही वज्रगृह का दरवाजा खोला, अन्दर से एक साथ घिरायँद, बिसायँध और

भुकरायँध बाहर आयीं, मगर इन सबके साथ बिल्ली भी बाहर आ गयी। बिल्ली मरी नहीं थी; हाँ, कुछ दुबली हो गयी थी।

पूरा गाँव उमड़कर आ गया था।

धानुक सभा के कार्यकर्ताओं की खुशी का ठिकाना नहीं था। अपनी सूझबूझ और कोशिशों से उन्होंने वह कर दिखाया जो क्या कभी ब्राह्मण-यादव भी कर पाते! बैजनाथ मंडल को बुला लिया! बिल्ली को बचा लिया! ब्राह्मणों को ठेंगा दिखा दिया! धनुक सभा की ठोस नींव डाल दी और किसी भी समय कैसा भी विधान बना डालने का गुर सीख लिया! उन्होंने जोर-जोर से नारे लगाये, ''धानुक सभा जिन्दाबाद...बैजनाथ मंडल जिन्दाबाद।'' एक कार्यकर्ता ने एक और नारा जोड़ दिया, ''बिल्ली-बहू जिन्दाबाद।''

जब नेबी मंडल ने बैजनाथ मंडल को विस्तार से बताया कि उसके जाने के बाद क्या-क्या हुआ, तब बैजनाथ मंडल के अचरज और खुशी का ठिकाना नहीं रहा। वह रह-रहकर पूछता रहा और नेबी मंडल आँखें नचा-नचाकर जवाब देता रहा :

''ऐसा हुआ?''

''हाँ।''

''यह भी हुआ?''

''हाँ-हाँ।''

''ऐसा कैसे हुआ?''

''बस, हो गया।''

''मैं तो सोच भी नहीं सकता कि ऐसा हुआ होगा।''

''मगर हुआ, ऐसा हुआ।''

''मैं यह नहीं मानूँगा कि ऐसा हुआ होगा।''

''मैं झूठ बोलूँगा! विश्वास नहीं होता, तो किसी से पूछ लो।''

सुनी हुई हर एक बात को सात-सात बार सुन लेने के बाद बैजनाथ मंडल बोला, ''इतना कुछ हुआ और हमें कोई खबर नहीं! जरा वह 'अति आवश्यक सूचना' वाला कागज तो दिखाइए जो चिपकाये-बाँटे गये थे।''

(2)

गोरगामा से निकलते हुए बैजनाथ मंडल इस दुख से दुखी नहीं हो रहा था कि विवाह होकर भी नहीं हुआ और न मन में इस बात की खुशी हो रही थी कि पलटू झा ने धोबी बनने का खयाल हमेशा के लिए तर्क दिया होगा। उसका सामना एक बड़े भारी दुख से हो गया था और यह दुख, वह अत्यन्त भयभीत हो उठा, उसे लील लेने के लिए दिन पर दिन सुरसा की तरह अपना मुँह फैलाता ही चला जाएगा। उसके कलेजे में रह-रहकर हूक उठने लगी थी।

पलटू झा ने रुक-रुककर गोरगामा में मोहन मिश्र के घर प्राप्त हुए स्वागत, सेवा और सत्कार की चर्चा की, मगर बैजनाथ लगातार इन सब की अनसुनी करता रहा और बहुत देर की

चुप्पी के बाद अपनी उदास चोंच को खुलने दिया, ''पलटूजी! क्या मैं अब कुछ डोल गया-सा नजर आता हूँ?''

''क्या मतलब?''

''पके आम की तरह नजर आना; गाछ से अब गिरा, तब गिरा?''

''आपकी जो भी आयु हो गयी हो, मगर अभी आप टिकाऊ हैं।''

''जवान तो नहीं रहा?''

''मैं ऐसा नहीं मानता। मैं आपकी जवानी देख चुका हूँ।''

''कब?''

''आपने खुद मुझे बताया है कि कोहबर में अंगदान करने के लिए दुलारी को आपने कितना मनाया-फुसलाया था। मैंने खुद देखा कि मुझे गाड़ी के पीछे-पीछे पैदल चलते आने के लिए छोड़कर उसकी टप्परगाड़ी में बैठने के लिए आप व्याकुल हो उठे थे। यह सब देखकर-सुनकर कोई कह सकता है कि किसी भी जवान के मुकाबले आपकी जवानी में कोई कमी है?''

''दुलारी का कोहबर याद आ रहा है; बिमली का घर भूल गये?''

''किस बिमली का घर?''

''सिद्धू मंडल की बेटी बिमली।''

''वह घर भी याद है।''

''क्या हुआ था उस घर में?'' बैजनाथ ने पूछा।

पलटू ने जवाब दिया, ''हम वहाँ से बिना ब्याह के विदा हुए थे।''

''विदा करने के पहले उस घर में औरत रोयी थी या नहीं?''

''हाँ, रोयी थी।''

''वह बिमली की माँ ही होगी।''

''सुनने को तो मैंने औरत की आवाज में यह भी सुना था, 'नहीं होने दूँगी मैं अपनी बेटी की शादी बुड्ढे के साथ।' यह तो बिमली की माँ ही थी, मगर उसके सुनाने और हमारे सुनने से क्या आप बूढ़े हो गये?''

''बेटी की माँ ने तो यही सोचा कि अब मैं जवान नहीं हूँ। रीतलाल से मैं किस बात में कम? वह मेरा नौकर, मैं उसका मालिक! एक इस बात की ही तो कमी नजर आयी होगी उसे कि नौकर की जवानी नहीं है मालिक के पास।''

''उस औरत ने यह सब नहीं सोचा; उसे डर हुआ होगा कि उसकी कच्ची कली को भैंसा भौंरा मसल देगा। बिमली की माँ ने जो सोचा, वह दुलारी के बाप ने तो नहीं सोचा। किसी बूढ़े के साथ नहीं ब्याह दिया था पूरे गाँव की बेटी को! आप अभी भी जवान हैं। क्या आपको लगता है कि आपकी जवानी ढल गयी है?''

''नहीं, बिल्कुल नहीं। उस बुढ़िया ने रोकर मेरे मन में शंका पैदा कर दी।''

''किसी के रोने का असर मत लीजिए। उस औरत के रोने के बाद भी आपका ब्याह हुआ या नहीं? यह तो अनहोनी हुई कि लड़की लड़का हो गयी। आप हर चिन्ता से मुक्त हो जाइए। ब्याह तो आपका आगे भी होगा; जब चाहिएगा, तब होगा और जितनी बार चाहिएगा, उतनी बार

होगा।''

पलटू झा के आश्वासन के बावजूद बैजनाथ मंडल आश्वस्त नहीं हुआ। उसे अपनी ढलती जवानी का एहसास हुआ। उसकी आँखें क्या वही आँखें हैं ? दूर की चीजों को ठीक से देखने के लिए उसे आँखें गड़ानी पड़ती हैं। पहले की तरह उसके कान भी तो पतले नहीं रहे। हर बात एक बार में ही नहीं सुन लेता है वह। उसे पूछना पड़ता है, 'क्या कहा ?' उसने कभी गौर नहीं किया है, मगर उसके सिर में दो-चार बाल जरूर पके नजर आने लगे होंगे। पन्द्रह दिन पहले एक दाँत भी दो-तीन दिनों तक दर्द करता रहा था।

बैजनाथ मंडल ने अपने ऊपर संकट के बादल मँडराते देख लिये।

कब होगी शादी, यह उसके अपने वश में नहीं था; मगर शादी हो जरूर, इसके लिए वह पुख्ता नींव डाल देना चाहता था।

उसे एक शुभचिन्तक की याद आयी, मगर उसने पलटू झा को बताया नहीं कि अभी उसे किस शुभचिन्तक की याद आ रही है।

गाँव तक का आधा रास्ता पार करते-करते बैजनाथ मंडल ने अपनी ढल रही जवानी की चिन्ता से अपने को बहुत कुछ मुक्त कर लिया और शेष आधा रास्ता उसने अपने में गुस्सा भरते हुए काटा।

घर आने पर जब वह कुछ स्थिर हुआ, तो अपने काफूर हो गये गुस्से को याद किया। अब उसके पास अपना पहला गुस्सा उतारने का अवसर नहीं था। दूसरा गुस्सा अब इतना ठंडा था कि उसे गरमाया नहीं जा सकता था। अब उसके पास केवल उसका तीसरा गुस्सा था और इस गुस्से को उतारने की तैयारी में वह लग गया। इस बात का खयाल किये बगैर कि कदमलाल के भलामानुसपन के बारे में कभी उससे क्या जगत चौधरी ने कहा था और क्या पलटू झा लगातार कहता आया था और क्या हाल-हाल में चन्द्रमोहन ने कहा था, उसने मान लिया था कि उसकी दुर्दशा का एकमात्र कारण उसका चचेरा भाई कदमलाल ही है और जब तक इसे अच्छी तरह जकड़ा नहीं जाता है, तब तक वह अपनी बुराई से बाज नहीं आएगा।

उसने कदमलाल के विरुद्ध आरोपों की एक लम्बी सूची तैयार की।

आरोपों की सूची अपनी जेब में रखकर उसने चरित्तर भगत के आने का इन्तजार किया और जब चरित्तर भगत नेबी मंडल से झगड़कर चला गया, तब वह प्रसन्नमुख नेबी मंडल के पास आ गया। उसके आते ही नेबी मंडल ने उसे झटपट सुनाया, ''कल शाम ही मैं चरित्तर भगत से उसकी दुकान पर जाकर कह आया था कि बैजनाथ घर आ गया है और जब तक वह घर से बाहर नहीं जाता तब तक आप सुबह-सुबह मुझसे झगड़ने के लिए मेरे घर आना बन्द रखें, मगर यह अधम एक दिन की डुबकी भी नहीं मार सकता। पता नहीं, उसे झगड़ने से क्या सुख मिलता है कि यह जानते हुए भी उसका बकाया नाजायज है और मैं अपने को देनदार नहीं मानता, वह मुझसे झगड़ने चला आता है।''

''आपका झगड़ा तो सुख का झगड़ा है, नेबी चाचा,'' बैजनाथ मंडल ने सुनाया, ''इसका अन्त नहीं होगा, मगर मेरा झगड़ा तो दुख का झगड़ा है और मैं इसका अन्त करने जा रहा हूँ।''

''किससे हुआ है झगड़ा?''

''और किससे!'' बैजनाथ बोला, ''भाई कदमलाल से।''

''झगड़े का अन्त कैसे करोगे, बैजनाथ?''

''पंचायत से।''

''हो जाएगा?''

''एक बार पंचायत से ही टेढ़े को सीधा किया था; इस बार भी पंचायत से ही टेढ़े को सीधा करूँगा।''

''पंच किसे बनाओगे?''

''कदमलाल जिन्हें बनाएँ, मेरी ओर से तो वही रहेंगे जो पिछली बार थे।''

''तब तो तुम्हारी ओर से मैं भी रहूँगा?''

''हाँ, अवश्य।''

''आरोपों को मैं बाद में जानता रहूँगा, अभी तुम मुझे यह बता दो कि कदमलाल को मैं क्या सजा सुनाऊँ। यह चरित्तर भगत हर सुबह उसके बरामदे पर ही छिपकर मेरे घर से बाहर निकलने का इन्तजार करता है।''

''आप पंचायत में केवल छीछी-थूथू करते रहें।''

''तुम यह बात और पंचों से भी कह आओ।''

''मैं अभी पंचों से मिलने ही जा रहा हूँ। शाम में पंचायत बैठेगी। आपको कहीं और तो जाना नहीं है?''

''दूसरी बार तो पंच बन रहा हूँ; कहीं नहीं जाऊँगा।''

''अपने आदरणीय चचेरे भाई के विरुद्ध आरोप सुनाने के पहले,'' बैजनाथ मंडल ने पंचों को सुना, ''मैं आदरणीय पंचों को यह सुना देना चाहता हूँ कि अपने आदरणीय चचेरे भाई की नजर में मैं उनका कैसा भाई हूँ। पिछली...''

''छीछी-थूथू!'' नेबी मंडल के मुँह से निकला।

''अभी रुक जाइए,'' बैजनाथ ने नेबी की ओर देखकर कहा और फिर आगे बढ़ा, ''पिछली बार जब मैंने इनके घर के सामने बैठकर आमरण अनशन पर जाने का निर्णय लिया था, तब इन्होंने यह निश्चय किया था कि ये मुझे अपने घर के सामने मर जाने देंगे और मेरी लाश डोम से किसी पोखर-तालाब में फिंकवा देंगे। उन दिनों मैं लगातार सपनों में अपनी लाश को कभी रेश झा और कभी नीलमणि मिश्र के पोखर में अकेला उतराता-तैरता देखता रहा था। मैं चाहता हूँ कि आदरणीय पंच मेरे आरोपों को सुनने के पहले मेरे आदरणीय भाई के मन का मैल अपने ध्यान में रख लें।'' इतना सुनाकर वह रुका और फिर पंचों से पूछा, ''क्या मैं मान लूँ कि मैल को आप सबने अपने-अपने ध्यान में रख लिया?''

''हाँ, रख लिया?'' पंचायत को सुनने आयी भीड़ से आवाज आयी। भीड़ ने नेबी मंडल से सुना, ''छीछी-थूथू।''

अत्यन्त उत्साहित होकर बैजनाथ ने एक टेढ़ी और तीखी नजर आदरणीय भाई की ओर

फेंकी और आरोपों पर उतर आया, "मैं मानता हूँ कि मैं अभागा हूँ, क्योंकि एक ही खानदान के होते हुए भी मेरे भाई के खाते में छह-छह बच्चे हैं और मेरे खाते में कोई अच्छी-बुरी घरवाली भी नहीं। मैं अभागा क्यों हूँ? मैं बुरी दशा में क्यों पड़ा हुआ हूँ? मैं पूछना चाहता हूँ कि मेरे भाई ने बाद के तीन बच्चे मेरी जायदाद के भरोसे क्यों पैदा किये? क्यों वे लगातार मेरे विवाह में रोड़े अटकाते आ रहे हैं? मैं बताता हूँ, क्यों? मेरी तीन बीवियों को मारने में उनका कुछ योगदान अवश्य रहा होगा, ऐसा सोचने का आधार मैं पंचों को बाद में दूँगा, अभी सिर्फ यह बता रहा हूँ कि वे मेरे घर को बिन घरनी बनाये रखने के लिए किस-किस तरह के प्रपंच रच रहे हैं। वे चाहते हैं कि मैं निर्वंश मरूँ और मेरी जायदाद उनके बाल-बच्चों के कब्जे में आ जाये। क्या अब तक मेरी शादी नहीं हो गयी रहती? भाई ने होने नहीं दी।"

"छीछी-थूथू।"

"आदरणीय भाई ने पहली कोशिश यह की कि मैं भरी जवानी में रामशरण हो जाऊँ। ये गाँव में आये किसी भी साधु-फकीर को ठेल-ठेलकर मेरे दरवाजे पर भेज देते। ये साधु-फकीर मुझसे कहते, 'बच्चा! दान करो; दान करो, बच्चा। दुनिया फानी है। हंसा किसी भी दिन उड़ जाएगा। फना हो जाओगे; कुछ भी साथ लेकर नहीं जा पाओगे।' मैंने भाई की यह कोशिश नाकाम कर दी। किसी साधु-फकीर को देखकर दूर से ही दुरदुरा देता। मगर दुख होता था साधुओं को दुरदुराते।"

बैजनाथ ने बात पूरी की, तो पंचों सहित भीड़ ने नेबी मंडल की ओर देखा; नेबी मंडल इस बार छीछी-थूथू करना भूल गया था।

बैजनाथ आगे बढ़ा, "मेरी बीवियों के मरने पर भाई घर-घर घूम-घूमकर यह झूठा प्रचार करते रहे कि मेरी बीवियाँ मेरे मुकियाने-लतियाने से मरती रही हैं; कि उनके घर में बच्चा पैदा होता था, तब मैं अपनी बीवी को लतियाता था; कि मेरी बीवी अगर सिरदर्द या पीठदर्द से कराहती थी, तब मैं उसे मुकियाता था। कौन बेटीवाला चाहता ऐसे मर्द के हाथ में अपनी बेटी देना? जो आये होंगे, वे चुपचाप लौट गये होंगे और घर पहुँचकर बढ़-चढ़कर बताते होंगे मेरे बारे में दूसरे बेटीवालों को। न जाने, कितने गाँवों को बंजर बना दिया मेरे लिए मेरे आदरणीय भाई ने!"

"छीछी-थूथू।"

"क्या मैं पंचों को कारी यादव के बैल और रसीद ताँगेवाले के घोड़े जैसा दिखता हूँ? बेटीवालों को तो जैसा दिखूँगा न! आदरणीय भाई ने मेरे रीतलाल को फुसलाया कि अगर कभी मैं थकान की शिकायत करूँ, तब वह मुझे वही काढ़ा पिलाये जो कारी यादव अपने थके बैलों को पिलाता है, और अगर कभी मेरी पीठ में मोच आये या दर्द हो, तो वह मेरा वही उपचार करे जो रसीद ताँगेवाला अपने घोड़े की कमर की लचक और मोच दूर करने के लिए करता है। मेरा नौकर इनके बहकावे में नहीं आया, मगर बेटीवाले तो बहकते ही होंगे जब बेटीवालों को आदरणीय भाई बताते होंगे कि मेरे घर में आदमियों को बैल और घोड़े की दवा पिलायी जाती है।"

"छीछी-थूथू।"

"इस गाँव में किसके बाईस बच्चे? और किसी के नहीं, सिर्फ मेरे। कौन कहता है? कहेगा कौन! आदरणीय भाई साहब। मेरे घर में मेरी एक ब्याही बिल्ली के चलते ग्यारह और बिल्लियों का आना-जाना शुरू हुआ। आदरणीय भैया ने उन ग्यारह बिल्लियों को मेरी ब्याही बिल्ली के बच्चे मान लिया। ठीक है, मान लिया; मगर जब बेटीवालों को बताने की बात आयी, तो ग्यारह का दूना कर दिया और बताया कि बैजनाथ मंडल के बाईस बच्चे हैं। झूठ-पर-झूठ। बाईस बच्चों का बाप वर बनने लायक रहा? रहा, पंचो? रहा, नेबी चाचा?"

"छीछी-थूथू।"

"आदरणीय भैया ने भरसक प्रयास किया था मेरी जन्मपत्री मेरे हाथ नहीं आने देने के लिए, मगर पंचों के जोर और मेरी धमकियों कि आगे झुकना पड़ा उन्हें। जन्मपत्री ने स्पष्ट कर दिया कि मुझ पर शनिदेव की कुदृष्टि है। मैंने शनि की पूजा शुरू की। भैया शान्त नहीं बैठे और मेरे पीछे लग गये। इन्होंने भी शनि की पूजा शुरू कर दी शनिदेव को अपने पक्ष में ले आने के लिए। मेरे पीछे इस तरह लगे कि राम जाने कैसे यह भी पता लगा लेते थे कि मैं जगे में क्या सोचता हूँ और सोये में कैसे-कैसे सपने देखता हूँ। जब मैं सहसौल के बनारसी सुनार के यहाँ अपनी अँगूठी बनवाने गया, तो उसने बताया कि फुलकाहा का एक और आदमी बिल्कुल मेरी जैसी अँगूठी बनवाकर ले गया है, लोहा नौ रत्ती और नीलम चार रत्ती। जब मैं पहली बार अपने स्थापित किये हुए शनि महाराज के पास दीपक जलाने गया, तो देखा कि एक दीपक तो वहाँ पहले से जल रहा है। यात्रा के समय घर से निकलता हूँ, तो भैया को अपना वाला मन्त्र ही पढ़ते सुनता हूँ, 'वन्दै शनैश्चरं वक्रदंष्ट्रं नील विभूषणम्।' ये मेरी तरह अपनी उँगलियों पर भी अँगूठियाँ चढ़ाते चले गये। इन्होंने तो इतना तक किया है कि अपने जिस नये पुरोहित पलटू झा की मार्फत मैं शनिदेव को प्रसन्न करने में लगा हुआ हूँ, उस पलटू झा के पेट में ही ये घुस गये हैं, और शनिदेव को अपने वश में करने के लिए इन्होंने शनिपूजा के विशेषज्ञ चन्द्रमोहन पंडित के लिए शनिदेव का मन्दिर ही बनवा दिया है। भैया की काली करतूतों का कैसा फल मिल रहा है मुझे कि मैं घर से आम खाने निकलता हूँ और बाहर से इमली खाकर आता हूँ! मेरी पंचों से यही प्रार्थना है कि वे मेरे आदरणीय भैया को अपनी हरकतों से बाज आने को कहें और मेरा ब्याह हो जाने दें। पंचों को अब मैं अपनी इस शंका से भी अवगत करा ही दूँ कि आदरणीय भैया ने ही मेरे नौकर रीतलाल की आँखों में धूल झोंककर वज्रगृह की दीवार के ऊपर बने छेद से मेरी ब्याही बिल्ली को वज्रगृह के अन्दर कुदाई होगी। जब आँखों के सामने वे ऐसा कुछ कर सकते हैं, तो आँखों के पीछे मेरी तीनों बीवियों को मारने के लिए इन्होंने क्या-क्या नहीं किया होगा! अब वे ऐसा कुछ नहीं करें। अपनी आदतों से बाज नहीं आ सकते वे, तब भी इतना तो अवश्य करें कि शनि महाराज को मेरे विरुद्ध उकसाना छोड़ दें। इस शनिदेव से उन्हें क्या लेना-देना! शनिदेव उनका कब का देवता! आदरणीय भैया शनिदेव से अपना नाता तोड़ें और अभी इसी घड़ी इस बात की घोषणा करें।"

कदमलाल ने बैजनाथ के हर आरोप को खारिज कर दिया। उसने इस बात से इन्कार किया कि उसने कभी बैजनाथ के मुक्के और लात की कहीं चर्चा भी की है और इसे महज गाँव की औरतों द्वारा फैलायी गयी अफवाह बताया। उसने बताया, "इस गाँव में पहले भी जवान बहुएँ

मरी हैं। मरने के दूसरे हजार कारण रहे हों, मगर औरतें यही कहा करती थीं कि बहू बाँझ थी, इसलिए उसे मार दिया; बहू के चाल-चलन पर शक था, इसलिए मार दिया; बहू के इलाज के खर्च से भागना चाहता था, इसलिए मार दिया; इस बहू से मरद का मन भर गया था, इसलिए मार दिया। बैजनाथ के मुकियाने-लतियाने की जो अफवाह फैली है, उसके बारे में आप यहाँ की औरतों से पूछताछ करें कि उन्होंने किससे ऐसा सुना, तो कोई किसी फुआ का नाम बताएगी, कोई किसी मौसी का, और कोई किसी दीदी का। फुआ, मौसी और दीदी किसी और फुआ, मौसी और दीदी का नाम बता देगी।''

कदमलाल ने स्वीकार किया कि वह साधु-फकीर को बैजनाथ के पास ठेलकर भेजता था, ''मगर,'' उसने सुनाया, ''भेजता था उसके भले के लिए; यह सोचकर भेजता था कि कब किस साधु-फकीर से उसका भला हो जाये; यह कहकर भेजता था, 'बाबा, वह घर है मेरे छोटे भाई का। भाई निपूता है। तीन-तीन बार रँडुआ हो चुका है। उसका भला करें। उसे ऐसा आशीर्वाद दें कि वह शीघ्र बाल-बच्चेदार हो जाये।' दुरदुराये जाने पर जब वही साधु-फकीर गुस्से में लौटकर मेरे पास आते थे शिकायत करने कि किस करमट्ठे के पास भेज दिया, तब उनका गुस्सा शान्त करने और छोटे भाई के लिए आशीर्वाद पा लेने के इरादे से मैं उसकी ओर से अलग से दो मुट्ठी चावल उनकी झोली में डाल देता था। वे साधु-फकीर हर साल आते हैं। अगर किसी को मेरी बातों का यकीन नहीं हो, तो इस बार उनके आने पर उनसे ही पूछकर सच जान लें।''

एक बार सामने नजर फिर लेने के बाद कदमलाल आगे बढ़ा, ''मैंने कभी अपने को कारी यादव का बैल या रसीद ताँगेवाला का घोड़ा माना कि बैजनाथ को मान लूँ? जो दवा या उपचार जानता था मैं, वही बताया था मैंने रीतलाल को। जो नहीं बताया अब तक किसी को, वह इस पंचायत में बताना पड़ रहा है। नन्दलाल बनिया अभी मरा नहीं है; उससे पूछ आइएगा। उसने मुझसे पूछा था, 'गुड़ एक पाव, हल्दी आधा छटाँक, अजवायन एक छटाँक, और चूना एक तोला—ऐसी खरीद तो कारी यादव करता है अपने बैल के लिए; आप किसलिए कर रहे हैं कदमलाल?' मैंने उस वक्त सच नहीं बताया था साहजी को; अभी आप सब सुन लीजिए कि मैंने अपने पीने के लिए काढ़ा बनाया था। खलील कसाई भी अभी जिन्दा ही है। अपनी कमर में मोच आने परमैं उससे बकरा का चमड़ा माँगने गया हूँ। उस चमड़े से अपना उपचार कर मैं घोड़ा तो नहीं होगया? मुझे काढ़ा और चमड़ा के उपचार से फायदा नहीं पहुँचा होता, तो मैं कभी नहीं जाता रीतलाल को कुछ बताने। अपने छोटे भाई के प्रति मेरा इरादा हमेशा नेक रहा है।

'मैंने जाने-अनजाने ऐसा कभी कुछ नहीं किया है कि छोटे भाई के ब्याह में बाधा आये। बाईस बच्चों की बात मैंने किसी बेटीवाले से नहीं कही है। मैं जब भी मिला हूँ, किसी बेटेवाले से ही मिला हूँ अपनी बेटियों के ब्याह के सिलसिले में। बेटियों के ब्याह ठहराऊँ और छोटे भाई का ब्याह बिगाड़ूँ! अगर मैं छोटे भाई का बुरा भी चाहता हूँ, तो उस ब्याही बिल्ली को मारकर क्या मिलतामुझे? दीवार के उस छेद से कोई बिल्ली को उस कमरे में कुदाकर दिखाये। अगर बिल्ली सही-सलामत निकल आयी, तो मैं शनि महाराज की पूजा करना छोड़ दूँगा।

'हाँ, अब यह मैं सुना ही दूँ कि शनिदेव की पूजा करना मैं नहीं छोड़ सकता। यह पूजा

मैं किसी के बुरे के लिए नहीं, अपने भले के लिए कर रहा हूँ। यह सच है कि शनिदेव कभी मेरे देवता नहीं रहे थे, मगर अब मैं उनसे नाता नहीं तोड़ सकता। उनकी पूजा और कृपा की बदौलत ही मेरी बेटियों की शादी कम दौड़-धूप और कम पैसे में होती चली जा रही है।

''बैजनाथ के शनि की पूजा प्रारम्भ करते ही क्यों शनिदेव मेरे इष्ट हो गये, कैसे मैं वही मन्त्र पढ़ने लगा जिसे छोटा भाई पढ़ता था, क्यों मैं अपनी उँगलियों को छोटे भाई की तरह अँगूठियों से भरने लगा, क्यों पलटू पंडित के पेट में घुसा और क्यों चन्द्रमोहन पंडित को शनि-मन्दिर के लिए जमीन दे दी, यह सब मैं अभी नहीं बता सकता। यह सब मैं बताऊँगा छोटे भाई के ब्याह के बाद। छोटे भाई का मन साफ हो, तो अभी वह विश्वास करे कि शनिदेव से मैं उसके अतिशीघ्र ब्याह के लिए भी प्रार्थना किया करता हूँ।''

पंच शिवदेनी गुप्ता ने दूसरे पंचों से कहा, ''अगर मुद्दई के आरोपों के जवाब ही नहीं देगा मुद्दालेह, तो पंच क्या निर्णय सुनाएँगे?'' और फिर कदमलाल से बोला, ''आप सबके सामने नहीं बता सकते, तो पंचों के कान में ही फुसफुसा दीजिए। हम बैजनाथ मंडल का ब्याह होने तक बात नहीं खोलेंगे, सिर्फ अभी न्याय सुना देंगे।''

''जब लोग किसी एक के भी एक पेट और एक जीभ का भरोसा नहीं करते, वहाँ मैं एक साथ पाँच पेट और पाँच जीभ का भरोसा कैसे कर लूँ? मगर मैं एक पेट और एक जीभ का भरोसा करूँगा और किसी एक पंच के कान में अपना राज फुसफुसा दूँगा, इस विश्वास पर कि ब्याह होने तक वे किसी के भी सामने, किसी पंच के सामने भी, मेरा राज नहीं खोलेंगे''

''तब उस पंच का न्याय भी,'' शिवदेनी पंच सारे पंचों की ओर से बोल गया, ''आपको मानना पड़ेगा। बोलिए, स्वीकार है?''

कदमलाल का जवाब आया, ''स्वीकार है।''

''अब यह बताइए, कदमलाल,'' शिवदेनी गुप्ता ने पूछा, ''किस पंच के कान में फुसफुसाना चाहते हैं आप?''

बैजनाथ मंडल झट बोल गया, ''नेबी मंडल के कान में फुसफुसाना होगा।''

शिवदेनी गुप्ता ने मुस्कराकर कदमलाल की ओर देखा, ''स्वीकार है?''

''हाँ, स्वीकार है,'' कदमलाल ने भी मुस्कराकर जवाब दिया, ''मुझे नेबी मंडल पर भरोसा है। उनमें एक यह गुण ही नहीं कि वे पेट के हलके नहीं हैं, अनेक दूसरे गुण हैं। न गुणों के कारण ही आज भी गाँव का कोई आदमी चरित्तर भगत के समर्थन में नेबी मंडल के विरुद्ध नहीं जाता, नहीं तो चरित्तर भगत जोर-जबर्दस्ती या पंचायत बैठाकर कब का अपना बकाया वसूल चुका होता। मैं उनके कान में फुसफुसा सकता हूँ।''

''तो उठिए,'' शिवदेनी पंच बोला, ''फुसफुसाइए।''

कदमलाल उठा, नेबी मंडल से सटकर बैठा और उसके कान के पास अपना मुँह ले जाकर अपने होंठ पटपटाने लगा। कुछ नहीं सुन पाने पर नेबी मंडल ने अपना कान हट लिया और बोला, ''नहीं सुन रहा हूँ; जोर से बोलना होगा।''

कदमलाल ने शिवदेनी गुप्ता की ओर देखा, ''मैं जोर से तो नहीं बोल सकता।''

''मगर सुनाना तो आपको पड़ेगा,'' शिवदेनी पंच ने कहा, ''आप उन्हें अलग ले जाकर

उनके कान में कुछ जोर से बोलिए।''

नेबी मंडल के कदमलाल से सब कुछ सुन आने के बाद जब पंचों ने उन्हें अपना निर्णय सुनाने को कहा, तब नेबी मंडल ने कहना शुरू किया, ''कदमलाल की शनिपूजा का राज जान लेने के बाद मैं सबसे पहले अब तक की अपनी सारी छीछी-थूथू वापस लेता हूँ। अपना निर्णय सुनाने के पहले मैं बैजनाथ को कुछ सलाह दूँगा। कदमलाल शनि महाराज को सँभाल लेंगे और उनकी पूजा-प्रार्थना पर शनि महाराज बैजनाथ पर अपनी कृपा बनाये रखेंगे। बैजनाथ को अब दूसरे देवताओं की शरण में भी जाना होगा, जैसे भोला औढरदानी, जैसे सिद्धिदाता गणेश, जैसे और कोई भी। एक जन्मपत्री पढ़वाकर वह निश्चिन्त हो गया, यह ठीक नहीं हुआ। उसे अच्छे ज्योतिषियों से अपना ललाट भी, अपने हाथ की रेखाओं को भी, पढ़वाना चाहिए और उनकी सलाह पर नये व्रत-उपवास और पूजा-पाठ पर प्रयोग करना चाहिए। जो कदमलाल का राज है, उसे कदमलाल की तरह अभी मैं भी नहीं खोलूँगा। वह राज बैजनाथ के ब्याह के बाद ही खुलेगा।'' कुछ ठमककर वह अपने निर्णय पर आया, ''अब मैं अपना निर्णय सुना रहा हूँ; कदमलाल की शनिपूजा चालू रहेगी।''

और फिर उसने पंचों सहित वहाँ उपस्थित भीड़ को सम्बोधित किया, ''बैजनाथ को केवल औढरदानी और सिद्धिदाता के भरोसे ही नहीं छोड़ा जा सकता, अब यह जरूरी है कि गाँव के सारे लोग इनके ब्याह के लिए प्रयास करें। आप सारे लोग मन ही मन यह संकल्प कर यहाँ से जायें कि अब रोज ही इस ब्याह के बारे में कुछ सोचेंगे और कुछ करेंगे।''

पंचायत समाप्त हुई और बैजनाथ, कुछ खुश, कुछ उदास, चुपचाप अपने घर चला आया। उसे उम्मीद थी कि रात में जिस समय डाइन के निकलने का समय होता है, ठीक उसी समय नेबी मंडल उसके घर आएगा और उसे कदमलाल का राज बता जाएगा। नेबी मंडल सुबह में भी नहीं आया।

और जब वह चरित्तर भगत के झगड़कर जाने के बाद नेबी मंडल से मिला, तो सनाका खा गया, हाय राम! इस चाचा ने तो तोते की तरह आँखें फेर लीं! राज नहीं जानेगा, तो फिर पंचायत के निर्णय में खोट निकालकर एक और पंचायत कैसे बैठाएगा? क्या वह खुशी मना ले कि अब गाँव के लोग भी उसके ब्याह में सहयोग करेंगे? इस बात का कोई दुख नहीं कि कदमलाल जीत गया और वह हार गया?

(3)

जिस घड़ी सहदेव झा का घड़े के साथ बहनोई के घर आगमन हुआ, घर के सारे सदस्य घर में उपस्थित थे और किसी को भी यह उम्मीद नहीं थी कि इस घड़ी नवरसिया के उस घर से फुलकाहा के इस घर में किसी का आगमन भी हो सकता है। घड़े के साथ इससे पहले भी कभी कोई सम्बन्धी नहीं आया था।

सहदेव झा ने दरवाजे पर पहुँचकर हाँक लगायी थी, ''मेहमानजी!'' हाँक के जवाब में पलटू झा घर से बाहर निकल आया था। बहुत दिनों के अन्तराल के बाद भी बहन ने भाई की

आवाज पहचान ली थी और जहाँ थी वहाँ से लपककर दरवाजे की ओर बढ़ी थी। उसकी सास ने बहू की उस तेज चाल से अनुमान कर लिया कि इसका भाई ही आया होगा। कन्धे पर घड़े लिये मजदूर को दी गयी आगन्तुक की हिदायत रामभद्र झा के कान में पड़ी, "घड़ा सँभालकर रखना।"

रामभद्र झा अपने कमरे से निकलकर दरवाजे पर आ गये थे घड़ा को देखने। पलटू झा ने कन्धे से घड़ा उतारने में मजदूर की मदद की। पलटू की बीवी ने मजदूर से घड़ा घर के अन्दर करवा लिया। पलटू की माँ घड़े के पास दो-एक बार मँडराकर पलटू के बाप के पास आ गयी जो घड़े को घूरकर देखते हुए सहदेव झा से चरण-स्पर्श करवाकर अपने कमरे में वापस आ गया था।

पलटू की माँ ने पलटू के बाप से कहा, "आज तो सूरज पश्चिम में उगा है। कैसे खयाल आ गया आज सहदेव झा को अपनी बहन का!"

"इसी बात का अचम्भा तो मुझे भी हो रहा है," बाप ने जवाब दिया, "जब से पलटू शंकरपुर से आया है, तब से नवरसिया का कोई कौआ तक नहीं आया है; आज यह कैसे आ गया? मुझे तो दाल में कुछ काला नजर आ रहा है।"

"कैसा काला?"

"आया तो है यह कुछ ले जाने ही। हर बार पलटू माल पहुँचा आता था, इस बार पलटू को जाने में देर हुई, तो खुद आ गया ले जाने।"

"यहाँ क्या मिलेगा ले जाने को?"

"गेहूँ-चावल ले जाने के लिए तो नहीं आया है कि बोरा लेकर आता। पलटू अपनी कमाई का हमें कोई हिसाब देता है क्या? साले की टेंट में माल खोंसेगा और विदा कर देगा। मगर यहाँ से ले जाना तो आसान नहीं होगा। विदा होने के पहले मैं धोती खुलवाकर देख लूँगा और नंगाझोरी के बाद ही घर से बाहर कदम रखने दूँगा।"

"घैला में न जाने क्या लेकर आया है! घैला भारी है।"

"ठगने आया है घैला लेकर। अधिक से अधिक क्या हो सकता है घैले में? घी से लबालब भरा हुआ हो, तब भी कुछ नहीं!"

"घी नहीं है घैले में। मैं तो घैले के पास से होकर आ रही हूँ। एक पतले कपड़े से मुँह बन्द है घैले का। घी रहता, तो अब तक घी की सुगन्ध चारों ओर फैल गयी होती।"

"तब दही होगा। एक घैला दही से हमें खुश करने चला आया है। मुझे तो मौका ही नहीं मिला, नहीं तो घैला सड़क पर फिंकवा दिया होता। बहू से अभी ही बोल दो कि उस घैला का दही मुझे भोजन में नहीं परोसेगी। जरा जोर से बोलना, ताकि दरवाजे पर पसरे उसके भाई के कान में भी आवाज चली जाये।"

पलटू ने अपने साले के लिए दरवाजे पर पड़ी चौकी पर ही बिस्तर लगा दिया था और वहीं एक कुरसी पर बैठकर उससे उसकी इस अप्रत्याशित यात्रा के बारे बतिया रहा था। अन्दर से माँ की जो आवाज आयी, वह उन दोनों के कान में पड़ी। सहदेव झा ने झट अपने बहनोई से कहा, "घैला में दही नहीं, जल है, मेहमानजी।" पलटू वहाँ से उठकर अपने पिता को सूचित करने आ

गया, ''पिताजी ! घैला में दही नहीं, जल है।''

''क्या है ?'' पिता की गर्जना पूरे घर ने सुनी।

पिता के तमतमा आये चेहरे को देखकर पलटू घबरा गया और कुछ समय के लिए पिता के साथ साले से भी नाता तोड़कर अपने कमरे में बन्द होने चला गया।

रामभद्र झा चढ़े तेवर में दरवाजे पर चले आये और सहदेव झा से पूछा, ''क्या है घैले में ?''

''जल है बाबूजी।''

''कैसा जल ?''

''गंगाजल।''

''क्या आपके यहाँ यही रिवाज है कि भाई बहन के घर जाये, तो गंगाजल लेकर जाये ?''

''नहीं, ऐसा रिवाज तो नहीं है।''

''तो फिर यहाँ गंगाजल लेकर क्यों आ गये ?''

''हमें तो यही खबर है कि अब इस घर में जो भी कुटुम्ब-रिश्तेदार बाहर से आते हैं, वे गंगाजल लेकर आते हैं। वे लोग छोटे बरतनों में लेकर आते होंगे। मैं बहुत दिनों के बाद आ रहा था, तो सोचा, घैला भरकर ले जाऊँ।''

''कहाँ से यह खबर मिल गयी आपको ?''

''खबर कहीं और से नहीं, फुलकाहा से ही गयी है,'' सहदेव झा ने सुनाया, ''मेरी एक फुआ हैं, कुन्ती फुआ; उनकी ननद फुलकाहा में ही अशोक झा के घर ब्याही गयी हैं। जो कुछ कुन्ती फुआ को अपनी ननद से सुनने को मिला था, उन्होंने हमें बता दिया। हमें तो यह भी बताया गया कि अगर कोई रिश्तेदार बिना गंगाजल के चला आता है, तो उसे आप लोग दरवाजे पर चढ़ने भी नहीं देते।''

''आप आते हैं हमारे घर और काम करते हैं यहाँ के किसी और घर की खबर पर ?''

''आप मान लीजिए कि हम आपकी चिट्ठी पर ही आये हैं।''

''कैसी चिट्ठी ?''

''गंगाजल लेकर आने की चिट्ठी आपने हर रिश्तेदार को लिख भेजी थी न ?''

''आपको मिली थी ?''

''चिट्ठी हमें नहीं मिली थी, मगर फुआ ने बताया था कि चिट्ठी भेजी गयी है। चिट्ठी डाक विभाग की गड़बड़ी के कारण हमें नहीं मिली होगी।''

''सब झूठे; आप झूठे, आपकी फुआ झूठी और आपकी फुआ की ननद झूठी। उठाइए अपना घड़ा और जाइए अपने घर। झूठ पर झूठ कि फुआ ने बताया, फुआ की ननद ने बताया, चिट्ठी गयी थी ! ले जाइए घड़ा; गंगाजल की हमें जरूरत नहीं है।''

''गंगाजल की जरूरत तो आपको है ही,'' सहदेव झा जवाब दे बैठा, ''क्या यह भी झूठ है कि आपकी बहू चमरटोली से रोज अशुद्ध होकर आती है और रोज देह पर गंगाजल छींटकर शुद्ध होती है ? अगर मैं एक घैला गंगाजल लेकर आ ही गया, तो कौन-सा अपराध कर बैठा ?''

''अपराध तो आपने किया ही है। मेरा बेटा तो कलशी में सोना-चाँदी भरकर आपके घर

जाये और आप चले आये चैला में गंगाजल भरकर! अब तक आपके गंगाजल के बिना हमारा काम चल रहा था या नहीं?''

''यह आपने कैसे कह दिया कि सोना भरी कलशी हमारे घर गयी है?''

''नहीं गयी है, तो कहाँ गयी पलटू की शंकरपुर की कमाई? क्या-क्या नहीं करवाया उससे शंकरपुर में आप लोगों ने और सारा माल उड़ा ले गये अपने घर!''

''आप गलत बात बोल रहे हैं, बाबूजी।''

''चुप रहिए, नहीं तो पुलिस ले जाकर आपके घर से सारा माल निकलवा लूँगा। सोने की जो मूर्ति हाल में पलटू आपके घर रखकर आया है, उसे तो आपने अभी बेचा नहीं होगा।''

''आपके जी में जो आये आप कीजिए, मैं तो आप लोगों का भला करने यहाँ आया हूँ।''

''हम लोगों का भला करने!'' रामभद्र झा के तेवर ढीले नहीं पड़े, ''क्या भला करेंगे आप?''

''आप जो अपने कुल पर कलंक पर कलंक लगाये चले जा रहे हैं, उसे हम धोना चाहते हैं।''

''क्या कलंक लगाया है हमने अपने कुल पर?''

''आप ब्राह्मण-कुल को छोड़कर धोबी-कुल की ओर जा रहे हैं।''

''कैसे?'' रामभद्र झा गरज उठे, ''बताइए, कैसे?''

''क्या हाल में फुलकाहा के ब्राह्मणों की एक गुप्त सभा हुई थी जिसके फैसले पर आपको सपरिवार गंगास्नान के लिए जाना पड़ा था?''

''यह भी आपकी कुन्ती फुआ ने ही बताया होगा?''

''झूठी बात है?''

''यह नहीं बताया कि गधा दान में मिला था?''

''यह भी बताया था, मगर क्यों ऐसी नौबत आये कि पंचायत बैठे और गंगास्नान का आदेश करे?''

''छोटा-मोटा पाप छुड़ाने लोग गंगास्नान करते ही रहते हैं। पंचायत का हमने सम्मान किया कि गंगास्नान करने चले गये। अगर आप भी दान में गधा ग्रहण करना पाप मान रहे हैं, तो वह पाप गंगास्नान से धुल गया। आपने तो बहुत बड़ी बात कह दी कि हम ब्राह्मण-कुल से धोबी-कुल की ओर बढ़ रहे हैं।''

''कैसे धुल गया आपका पाप गंगास्नान से? उसके बाद भी क्या आप धोबी-कुल की ओर नहीं बढ़े? नहीं बनाया मेहमानजी को धोबी?''

''मैंने धोबी बनाया पलटू को?''

''हाँ।''

''यह किस फुआ ने कह दिया?''

''यह किसी फुआ ने अपनी किसी ननद से सुनकर नहीं कहा है। यह सब कहा है मुझसे मेरी मौसेरी बहन और बहनोई ने। पूछिए मेहमानजी से कि गोरगामा में उन्होंने अपने को धोबी बताया था या नहीं और लोगों के बीच अपने धोबी होने के प्रमाण दे रहे थे या नहीं? वे क्या बिना

आपकी सहमति के धोबी बने थे?''

''मुझे तो इन बातों की खबर तक नहीं!'' बोलकर उन्होंने हाँक लगायी, ''पलटू!''

हाँक लगाने के बाद रामभद्र झा बुदबुदाये, ''ऐसा नहीं हुआ होगा।''

''होता तो बहुत कुछ,'' सहदेव झा बोला, ''मगर इनका सौभाग्य कि मेरे बहनोई मोहन मिश्र मेरी बहन के साथ पकड़े गये डाकुओं को देखने चले गये और बहन ने इन्हें पहचान लिया। गोरगामा के ब्राह्मणों ने मिलकर बहुत मुश्किल से इन्हें बचाया।''

''मैं क्या जानूँ कि यह क्या-क्या करता रहता है!'' बोलकर रामभद्र ने दोनों हाथों में अपना सिर थाम लिया और बुदबुदाये, ''अगर यह सच है, तब तो...अब मैं क्या करूँ!''

रामभद्र झा को ढहते देख सहदेव झा ने सुनाया, ''आपको कुछ नहीं करना है। अब जो करना है, मुझे करना है।''

''क्या करेंगे आप?''

''अब मैं दोनों को ही अपने साथ ले जाता हूँ, मेहमानजी को भी और दीदी को भी।''

''यह तो कुछ करना नहीं हुआ!'' रामभद्र झा ने खुफिया निगाहों से सहदेव झा की ओर देख, ''गाँव-समाज के लोग आपको घरफोड़ा कहेंगे, आपके काम को घरफोड़ी का काम।''

''लोग कहें, मगर मैं तो करूँगा घरभरी का काम।''

''घर आपका भरेगा, हमारा तो नहीं?''

''मेहमानजी अपना घर भरेंगे, मेरा नहीं।''

''अपना माने?''

''अपना माने क्या! अपना माने अपना। अपना माने फुलकाहा का यह घर जिसमें अभी मैं बैठा हुआ हूँ।''

''जरा मैं सुनूँ तो, घर भरेगा कैसे?''

''दिल्ली की कमाई से।''

''पलटू दिल्ली जाएगा?''

''हाँ।''

''बहू भी?''

''नहीं, दीदी तब तक नवरसिया में ही रहेगी, जब तक दिल्ली में परिवार रखने के लिए उन्हें कोई घर नहीं मिल जाता।''

''किसके साथ जाएगा दिल्ली?''

''मेरे साथ। आजकल में दिल्ली में ही रह रहा हूँ न।''

''नयी कोठी बनवायी है या बनी बनायी खरीद ली?''

''नहीं, अभी तो बनवायी नहीं है, मगर ईश्वर ने चाहा, तो शीघ्र ही अपनी कोठी बनवा लूँगा या खरीद लूँगा।''

''आपकी देखादेखी पलटू भी अवश्य कुछ करेगा ही?''

''हाँ, दिल्ली और ले जा रहा हूँ किसलिए!''

''अच्छा ही होगा कि बहू भी नवरसिया होते हुए दिल्ली पहुँच जाएगी। बुरा तो हमें भी

लगता था बहू को रोज-रोज चमरटोली भेजना, मगर पलटू के कारण यह सब हो गया; वह कोई सहयोग ही नहीं कर रहा था। यह तो पलटू पर गुस्सा था, जो आप पर उतर गया। मैं अभी आता हूँ," रामभद्र झा ने उठते हुए कहा, "जरा पलटू को भी बुला ले आता हूँ।"

किवाड़ पीट-पीटकर बाप ने पलटू को जगाया और चीख-चीखकर उसे बाहर बुलाया। उसके बाहर आते ही उसे समझाया भी, "घर में मेहमान आये हैं और तुम कमरे में बन्द हो गये! कितने साल हो गये इस दरवाजे पर उनके पैरों की धूल गिरे! तुम्हें तो यह भी पता नहीं होगा कि आजकल सहदेव बाबू दिल्ली में रह रहे हैं। चलो, तुम भी वहीं बैठना। उनके साथ कुछ जरूरी बातें कर रहा हूँ मैं।"

पलटू को साथ लेकर चलते हुए उन्होंने अपनी पत्नी से कहा, "अगर भोजन में विलम्ब हो, तो बहू से चाय भेज देने के लिए कह दो।"

चाय के साथ उन्हें कुरसी की भी याद आयी। पलटू को कहने की बजाय वे खुद ही अपने कमरे से अपनी कुरसी दरवाजे पर ले आये और सहदेव बाबू से उस पर बैठने के लिए आग्रह किया, "अब तो आप दिल्ली में रहते हैं; कुरसी पर बैठने की आदत हो गयी होगी। आप आराम से कुरसी पर बैठिए।"

कुछ संकोच प्रकट कर सहदेव झा कुरसी पर आसीन हो गये। रामभद्र झा ने बात आगे बढ़ायी, "अभी दिल्ली में पलटू क्या काम करेगा?"

"मैं दिल्ली से बात करके आया हूँ। एक मारवाड़ी सेठ को ब्राह्मण रसोइया चाहिए। नवरसिया के कई ब्राह्मण मेरे पीछे पड़े हुए हैं। मगर एक कहावत है न, पहले घर में दीया जलाओ, फिर मन्दिर में। मैं मेहमानजी को वहीं टिकाऊँगा।"

"रसोइया!" रामभद्र झा कुछ आहत हुए।

पलटू नवरसिया में ही अपने साले के मुँह से यह प्रस्ताव सुन चुका था और उसक मन भिनक गया था। उसने एक तीखी नजर साले की ओर फेंकी और फिर बाप का सामना करने के लिए सिर झुकाकर अपनी शक्तियों को बटोरने लगा।

सहदेव झा जरा भी मलिन नहीं हुआ, "दिल्ली में पहले पैर जमाने की जरूरत पड़ती है। जाते ही किसे काम मिल जाता है! कितने ही लोग तो जाते हैं, दो-चार-दस दिन घूमते-भटकते हैं और टिकान नहीं मिलने पर भागकर चले आते हैं। इन्हें तो जाते ही काम मिल रहा है। काम बहुत अच्छा नहीं, तो कोई बुरा भी नहीं। सेठ के घर का रसोइया! सेठ के घर में ये रसोइया कहलाएँगे भी नहीं, महाराज कहलाएँगे। पूरी इज्जत के साथ इन्हें अच्छा भोजन-भात, अच्छा कपड़ा-लत्ता मिलेगा; ऊपर से अच्छा माहवार भी। अभी जो धानुक के साथ दौड़-धूप कर रहे हैं, उसे तो फुरसत मिलेगी। धोबी बनने की नौबत तो नहीं आएगी।"

"अभी कितना माहवार मिल जाएगा?" रामभद्र झा ने पूछा।

"मिलेगा तो एक रसोइया का माहवार ही, किसी मुंशी-दीवान का तो नहीं मिलेगा। मगर किसी सेठ के रसोइया का माहवार कुछ अच्छा ही होगा। जब-तब इनाम बख्शीश भी मिलेगा ही। सेठ के नाते-रिश्ते के जो लोग आते रहेंगे, वे भी दस-बीस हाथ पर देकर ही जाएँगे। चतुराई से काम लेंगे, तो कुछ पैसा इधर-उधर से भी बना ही लेंगे।"

''इस कमाई से घर भरेगा, सहदेव बाबू?''

''वहाँ जाते-जाते घर भरने का विचार तो नहीं करना चाहिए; पहले पेट भरने का हिसाब तो बैठ जाये।''

''आप अभी वहाँ क्या कर रहे हैं?''

''मैं अभी वहाँ एक मन्दिर में पुजारी हूँ।''

''आप पलटू को भी किसी मन्दिर में ही लगा दीजिए।''

''मैं दिल्ली आया, तो सिर्फ किसी मन्दिर का पुजारी बन जाने का सपना लेकर नहीं आया। मन्दिर का पुजारी बने कोई कि सेठ का रसोइया, दोनों पेट भरने के लिए है, घर भरने के लिए नहीं। घर भरने के लिए कोई बड़ा पंडित, बड़ा ज्योतिषी, बड़ा गुरु बनना होता है। वहाँ साधु-संन्यासी, पंडित-ज्योतिषी मन्दिरों में घंटा नहीं बजाते, शंख नहीं फूँकते। वे महलों में रहते हैं और गरमी में भी उनके कमरों में ठंड रहती है। बड़े-बड़े नेता और सेठ उनके आगे सिर झुकाते हैं और पैसों की थैलियाँ उन्हें भेंट करते हैं। ये सब के सब कभी मेरी तरह ही दिल्ली गये हुए थे, और किसी दिन मुझे भी उनकी तरह बनना है। मैं जानता हूँ कि मेहमानजी वहाँ टिक गये, तो फिर ऊँचाई चढ़ते उन्हें देर नहीं लगेगी। और तब आपके इस छोटे से घर को भरते कितनी देर या कितने दिन लगेंगे!''

''ऐसा है, सहदेव बाबू,'' रामभद्र झा ने सुनाया, ''कि पलटू कोई मूर्ख ब्राह्मण तो है नहीं, पढ़ा-लिखा है, दुर्गाथान का पुजारी रह चुका है और शंकरपुर में रहते हुए ज्ञानार्जन भी करता रहा था। उसे तो उसकी योग्यता के लायक ही कुछ उन्नीस-बीस काम मिलना चाहिए।''

''वह तो मिलेगा ही, मगर अभी होशियारी तो इसी में है कि जो काम मिल रहा है, उसे तुरत पकड़ लिया जाये। ऐसा नहीं है कि दिल्ली में अब मन्दिरों का बनना रुक गया है या अभी के मन्दिरों के पुजारी कभी मरेंगे नहीं, पर इसमें समय लगेगा। मेहमानजी के दिल्ली पहुँच जाने के बाद तो मैं इस बात पर खास नजर रखूँगा कि कहाँ नया मन्दिर बन रहा है, या किस मन्दिर में पुजारी की जगह खाली होनेवाली है। तब तक ये वहाँ लोगों के बीच अपनी पहचान भी बनाएँगे।''

''ठीक है, पलटू को मन्दिर के पुजारी का पद जाते-जाते नहीं मिले, मगर ऐसा तो हो ही सकता है कि वह आपके साथ रहे और पुरोहित बनकर जजमानों के घर पूजा-पाठ कराये?''

''अभी जाते-जाते तो इन्हें जजमान नहीं मिलेंगे, जो इनसे पूजा-पाठ करायें। अभी तो इन्हें लोगों को यही जनाना होगा कि ये ब्राह्मण हैं।''

''यह क्या कह दिया आपने?'' रामभद्र झा भड़के, ''अब इसे यह भी सिद्ध करना होगा कि यह ब्राह्मण है? इसका पूरा नाम पलटू झा है। कोई और जाति तो नाम के साथ झा की पूँछ नहीं लगाती। आपके मन में अभी भी धोबीवाली बात आ रही है क्या?''

''धोबीवाली बात नहीं आयी है मन में। मैं तो जान ही रहा हूँ कि ये ब्राह्मण हैं, मगर मेरे जानने से ही तो नहीं हो जाता। दिल्ली में बहुत गोलमाल होता रहता है। एक नाई ब्राह्मण बनकर वहाँ पूजा-पाठ कराता था; चार साल तक कराता रहा। पाँचवें साल बात फूटी कि वह ब्राह्मण नहीं, नाई है, और उसे लात मुक्का खाकर वहाँ से भागना पड़ा। उसके सारे जजमानों ने अपने-

अपने घर विशिष्ट पूजा करवायी और अपने-अपने भगवान को शुद्ध किया। अब जजमान पूजा कराने के पहले ठोंक-बजाकर देख लेते हैं कि पुरोहित खाँटी ब्राह्मण है या नहीं।''

''अभी पलटू आपके बहनोई हैं या नहीं?''

''हाँ, अवश्य हैं।''

''दिल्ली में भी बहनोई ही रहेंगे?''

''अवश्य रहेंगे।''

''यहाँ आप जीजाजी कहते हैं?''

''हाँ, कहता हूँ।''

''वहाँ भी जीजाजी ही कहेंगे?''

''अवश्य कहूँगा।''

''लोग जान रहे हैं कि आप ब्राह्मण हैं?''

''हाँ, जान रहे हैं?''

''जिसे आप जीजाजी कहेंगे, उसे लोग कैसे ब्राह्मण नहीं मानेंगे? कोई ब्राह्मण किसी डोम-चमार को जीजाजी कह सकता है क्या?''

''यहाँ न भी कहता हो, मगर दिल्ली में तो कह ही रहा है। दिल्ली में किसी चमार सांसद के निवास पर चले जाइए, सांसद की ससुराल और उसके आस-पास के पचीस-पचास गाँवों के ब्राह्मण उन्हें जीजाजी कहकर पुकारते हुए मिल जाएँगे। यहाँ भी तो लोग जरूरत में गधे को बाप कहते ही हैं। दिल्ली तो बहुत आगे निकल गयी है। वहाँ तो लोग धन्धा ही करते हैं गधे को बाप बोलकर पैसा कमाने का। जिस नाई की बात मैं कर रहा था, उसे एक ब्राह्मण ही अपने गाँव से लेकर गया था। ब्राह्मण के पास इतने जजमान हो गये थे कि वह उन सबको सँभाल नहीं पा रहा था। किसी ब्राह्मण को ले जाने की बजाय वह ऐसे नाई को ले गया जो अपनी कमाई बाँटकर उसे दे दिया करे। नाई कपटी निकला। कभी कमाई के बँटवारे में खटपट हुई और उस ब्राह्मण ने ही उसके नाई होने की बात फोड़ दी। अब तो ब्राह्मण किसी को बाप कहे या जीजाजी, लोग तुरत नहीं मान लेंगे कि वह उस ब्राह्मण का बाप या जीजाजी ही है।''

''लोग धीरे-धीरे मानेंगे?''

''हाँ।''

''मुझे तो लगता है कि एक बार रसोइया बना, तो जीवन भर रसोइया ही बना रह जाएगा। कुछ और नहीं सूझ रहा है आपको?''

''सूझ तो रहा है, मगर सबसे उत्तम तो मैं अभी रसोइया को ही मान रहा हूँ। यह तो हो सकता है कि मैं कहीं भीड़ भरी जगह में सड़क के किनारे इन्हें पिंजड़े में बन्द एक मैना और सौ दो सौ भविष्य-फल के लिफाफे के साथ बैठा दूँ और ये मैना की मदद से लोगों को भविष्य-फल बतायें। मैना तीन-चार सौ रुपये में बनारस में मिल जाएगी। यह भी हो सकता है कि ये बिना मैना के पोथी-पत्रा लेकर बैठ जाएँ और लोगों की हस्तरेखाएँ पढ़ें। मेरी नजर से दिल्ली में ऐसे कई पंडित और ज्योतिषी गुजरे हैं, मगर जिसे देखा उसे दस-पन्द्रह दिनों तक ही देखा, दस-पन्द्रह दिनों के बाद फिर नहीं देखा। सब भाग गये। इस धन्धे में अब दिल्ली में कमाई नहीं है और इस

कमाई के लिए निकट का कोई कस्बा छोड़कर दिल्ली जाने की जरूरत नहीं है। उतनी कमाई तो मेहमानजी सहसौल चौक पर भी दुकान लगाकर कर सकते हैं। दिल्ली में जो गरीब मजदूर हैं, उन्हें अपनी कमाई और अपने भाग्य का पता है और वे अपना भाग्य जानने या भाग्योदय के लिए किसी पंडित या ज्योतिषी के पास नहीं जाते। जिनके पास कुछ पैसा है, वे किसी सस्ते पंडित या ज्योतिषी के पास जाने की बजाय किसी नाम-गिरामी पंडित और ज्योतिषी को पकड़ते हैं। मेहमानजी दिल्ली में रहकर धीरे-धीरे ही नाम कमाएँगे और नाम हो जाने पर अच्छी कमाई करेंगे।''

''यह तो विश्वास है न कि किसी दिन पलटू नाम कमा लेगा?''

''इस विश्वास पर ही तो ले जा रहा हूँ इन्हें। सिर्फ रसोइया बनाकर रखना होता, तो मैं कब का इन्हें वहाँ के किसी भोजनालय में नियुक्त करवा दिया होता। इन्हें जल्दी ही कोई मन्दिर पकड़ाऊँगा और इनके लिए जजमानों को जुटाऊँगा। उसके बाद लुटाते रहें ये अपना आशीर्वाद। ज्ञानी तो ये हैं ही। अगर किसी एक भी धनी-मानी जजमान हो इनका आशीर्वाद लग गया, तो उसी वक्त इनका बेड़ा पार है। उस एक से दस खिंचे चले आएँगे, दस से सौ।''

''पहले रसोइया बनना ही होगा?''

''हाँ, इनका सौभाग्य तो अभी उस सेठ के रसोईघर में ही सोया हुआ है। सौभाग्य को वहाँ से उठाकर उसके साथ इन्हें आगे जाना होगा।''

''ठीक है, सौभाग्य अभी जहाँ भी सोया हो, अब पलटू को उसे जगाना है। पलटू जाएगा आपके साथ। आप कब जा रहे हैं दिल्ली?''

''मैं आज के आठवें दिन चला जाऊँगा। मेहमानजी दो-चार दिनों में आ जाएँ।''

''मुझे तो,'' पलटू झा ने मुँह खोला, ''रसोई बनाना नहीं आता।''

''जन्म से ही कोई सीखकर तो नहीं आता,'' बाप ने बेटे को झिड़क दिया, ''सात दिन हमारे हाथ में हैं। इतने दिनों में तुम एक अच्छा रसोइया बन सकते हो। क्यों, सहदेव बाबू, सात दिनों मे नहीं सीख लेगा पलटू रसोई बनाना?''

''सब कुछ तो देखा हुआ होगा,'' सहदेव झा ने जवाब दिया, ''सिर्फ किया हुआ नहीं है। एक दिन में निपुण हो जाएँगे मेहमानजी।''

''ऐसा करता हूँ, सहदेव बाबू,'' रामभद्र झा बोले, ''कि मैं आज के सातवें दिन आपके पास पलटू को लेकर पहुँचता हूँ। बहू को भी अभी आपके साथ जाने नहीं दूँगा। सात दिनों में वह पलटू को दिल्ली के लिए तैयार कर देगी। उसे भी मैं साथ ही लेते आऊँगा। हाँ, आज से उसका चमरटोली जाना रोक देता हूँ।''

यहाँ बात समाप्त कर रामभद्र झा घर में घुसे और अपनी ब्राह्मणी से कहा, ''आज से रसोई पलटू सँभालेगा। उसे सात दिनों के अन्दर पाक कला में निपुण हो जाना है। बहू से कहो, मन लगाकर उसे यह काम सिखा दे। दिल्ली के एक मारवाड़ी सेठ के यहाँ रसोइया का काम मिल रहा है पलटू को। बहुत मुश्किल से सहदेव झा ने जुगाड़ बैठाया है।''

पलटू झा दरवाजे से आकर घर के गलियारे में उदास कदमों से घुसा ही था कि उसकी ब्राह्मणी उसका हाथ पकड़कर चटक चाल से उसे खींचते हुए अपने कमरे में घुसी और सुनाया,

"आप जरा भी हिया नहीं हारिएगा। सात दिनों के अन्दर मैंने आपको रसोई बनाने में पारंगत नहीं कर दिया, तो एक बाप की बेटी नहीं।"

(4)

मन में गुस्सा भरने और गाँव में प्रवेश करने के पहले पलटू झा के साथ बतियाते हुए बैजनाथ को अपने जिस शुभचिन्तक की याद आयी थी, वे बटुकदास थे। उसने एक बार भी पलटू झा से यह जिक्र नहीं किया कि अब आगे कहाँ की यात्रा करनी है। पलटू झा के आश्वासन के बावजूद कि वह अभी भी जवान है, बैजनाथ को लगने लगा कि उसकी जवानी खिसक रही है और ऐसे में उसकी चौथी बीवी दूर की कौड़ी होती जा रही है। अगर किसी एक ने भी उसे बूढ़े के रूप में देख लिया, तब तो वह बुढ़ापे के पास आ ही गया, और ऐसे में इस बची-खुची जवानी का अब क्या भरोसा! मगर बटुकदास की इस बात का भरोसा किया जा सकता है कि राजनीति में आ गये, तो घोर बुढ़ापे में भी बीवी का जुगाड़ किया जा सकता है। शादी अब जल्दी हो जाये, तो वाह वाह! अगर तुरत नहीं भी हो, तब भी कोई आह नहीं। बटुकदास ने कहा था, "अगर आप राजनीति में चले आते हैं, तो चौथी बीवी आसानी से मिल जाएगी; चौथी के रहते हुए पाँचवीं-छठी भी, साठवें साल में पाँचवीं, सत्तरवें साल में छठी।" और भी बहुत-कुछ कहा था बटुकदास ने; कहा तो यह भी था कि वे उसके लिए लड़की भी ढूँढेंगे। जरूर प्रयास किया होगा उन्होंने; प्रयास में सफल भी हुए होंगे। वह उनसे मिलने ही नहीं गया। अब उसे अपनी भूल का एहसास हो रहा था और उसकी छाती पर ढेंकी कूटी जाने लगी थी।

बैजनाथ मंडल ने मन बना लिया कि वह बटुकदास से मिलने के लिए अविलम्ब रतनपुर की यात्रा करेगा। अब उसे कोई और नहीं सूझ रहा था, केवल बटुकदास, केवल बटुकदास।

चन्द्रमोहन पंडित आकर चला गया। वह देर तक बकबक करता रहा था और बैजनाथ चुपचाप उसकी बातें सुनता रहा था, "बिल्ली मर जाती, तो अनर्थ हो जाता, मगर मैंने शनि महाराज़ की ऐसी पूजा की, ऐसी पूजा की, कि उन्होंने बिल्ली को मरने नहीं दिया। अब आपका रास्ता बिल्कुल साफ हो गया है, बैजनाथ बाबू; मैंने शनि महाराज की कुदृष्टि आपके ऊपर से हटा दी है। अब ब्याह कराने की जिम्मेदारी मेरी रही।"

बैजनाथ के मन में आया था, वह जवाब दे दे, "सौ बिल्लियाँ मर जातीं, तब भी कोई अनर्थ नहीं होता। अनर्थ यह हो रहा है कि मेरी शादी नहीं हो रही है। बिल्ली की जान निकल रही है, इसका खयाल आया, मेरी जान नहीं निकले, इसका कोई खयाल नहीं। आप मेरा ब्याह खाक कराएँगे! आपका ध्यान तो कदमलाल की बेटियों के ब्याह पर है। जाइए, अपना रास्ता पकड़िए; मैंने अपना रास्ता आप साफ कर लिया है। ब्याह तो मेरा होगा ही। आप यह कहने नहीं आइएगा कि आपके ही पूजा-पाठ से यह सम्भव हुआ।" मगर उसने इतना ही कहा, "पूजा के लिए धन्यवाद; और बातें बाद में करूँगा।"

जो वेदानन्द गवैया हाल-हाल तक बहुत मान-मनौअल के बाद ही किसी के घर भजन-कीर्तन

करने जाया करते थे, वे उस दिन भी बैजनाथ के घर आये थे जिस दिन बिल्ली-वध के अवसर पर बैजनाथ के घर भजन-कीर्तन सन्ध्या के आयोजन की उम्मीद थी, मगर बिल्ली ने, सिर्फ उतना सा दुबलाकर जितने से वह मरे नहीं, उनकी उम्मीद पर पानी फेर दिया। यह जानकर कि बैजनाथ मंडल इस बार भी अनब्याहा ही रह गया, और यह सोचकर कि जिस तरह एक बार पहले अपनी यात्रा पर निकलने के पहले बैजनाथ की इच्छा उनके भजन सुनने की हुई थी, उसी तरह इस बार भी अपनी अगली यात्रा पर जाने से पहले उन्हें देखते ही उसके मन में भजन सुनकर जाने की इच्छा जग जाये, वे उसके पास आ पहुँचे।

दरवाजे पर बैठे बैजनाथ ने उन्हें दूर से ही देखा, मगर उन्हें आते देखता भर रहा। पास आकर गवैयाजी ने ही पूछा, "क्या हाल-चाल है, बैजनाथ बाबू?"

"ठीक है।" बैजनाथ का जवाब आया।

"यहाँ इस बार रुकेंगे या फिर कहीं जाएँगे?"

"जाऊँगा।"

"बहुत दिनों से मिलना नहीं हुआ है आपसे; कब आऊँ भजन सुनाने?"

"कौन भजन, 'हे रघुनाथ अनाथ के' वाला, जिसे सुनकर रघुनाथपुर गया था रघुनी मड़ड़ के पास?"

"मेरे भजन में तो रघुनाथपुर या रघुनी मड़ड़ नहीं था। आपको दूसरे भजन ही सुनाऊँगा।"

"लौटकर आऊँगा, तब बताऊँगा कि मुझे कौन-सा भजन सुनना है। अभी तो आप जाइए, गवैयाजी।"

पलटू की कनियाँ ने, राम जाने, घरझँकनी चुल्हिया-माँ को क्या-क्या कहा और घरझँकनी चुल्हिया-माँ ने, राम जाने, अपनी ओर से कितना-कुछ मिलाकर उसके कहे को घर-घर सुनाया कि लोग बैजनाथ मंडल से बस एक ही बात कहने-पूछने चले आने लगे, "सुनते थे कि ऐसा मुलुक भी है जहाँ आदमी को भेड़-बकरा बना दिया जाता है। आप लोग तो यह लीला देखकर आ गये। पलटू पंडित का क्या दोष कि लड़की लड़का हो गयी! यह कारू-कमेच्छा किधर है, बैजनाथ भैया, जहाँ आप लोग इस बार गये थे?"

बैजनाथ मंडल ने हर एक को झिड़क दिया, "जाकर पलटू पंडित से ही पूछिए।"

पलटू पंडित के साथ निकलने का अब मन में खयाल हो न हो, उसके आने पर तो उसे जो-सो कहकर नहीं टरका सकता था बैजनाथ मंडल। और पलटू पंडित जब आया भी, तो हाथ पर ऐसी पट्टी बाँधे कि बैजनाथ में पूछने की उत्सुकता पैदा हो गयी। उसे पहले अपना ही मुँह खोलना पड़ा, "हाथ पर पट्टी क्यों, पलटू पंडित?"

"हाथ जल गया है।"

"कैसे?"

"माँड़ पसाने में।"

"नवरसियावाली अस्वस्थ तो नहीं है?"

"नहीं, वह स्वस्थ है। अभी मैं रसोई बनाना सीख रहा हूँ; वह मुझे सिखा रही है।"

"क्यों?"

"साले के साथ सातवें दिन दिल्ली जा रहा हूँ; अब वहीं रहना है।"

"वहाँ अपना खाना खुद पकाना होगा?"

"नहीं, सीख रहा हूँ एक सेठ के घर में खाना पकाने के लिए।"

"नौकरी पक्की हो गयी है?"

"हाँ, पक्की।"

"सात दिनों में तो आप नहीं जा पाएँगे?"

"क्यों?"

"सात दिन तो आपका हाथ ठीक होने में ही लग जाएँगे।"

"ठीक होने के लिए हाथ को समय नहीं दिया जा रहा है। हाथ के जलते ही पिताजी ने भोला डाक्टर को बुलवा लिया, मरहम-पट्टी करवा दी और मुझसे कहा, 'हाथ ठीक होता रहेगा; सीखना जारी रखो।'"

"सात दिनों में ही रसोई बनाना सीख लेंगे आप? रसोई बनाना झंझटिया काम है—चूल्हा चढ़ाई से लेकर फेंटाई, गुँथाई, भुँजाई, सिंकाई, तलाई, छौंकाई, और न जाने क्या-क्या ई ई।"

"सीखने को तो खाना बनाना सीख लूँगा। कच्चा खाना, पक्का खाना, साधारण आहार, स्वादिष्ट आहार—सब सीख लूँगा। सुबह चार बजे से रसोई कर्म शुरू कर देता हूँ और रात के ग्यारह बजे तक करता रहता हूँ। अब घर की रसोई सेठ की रसोई हो गयी है और सेठ के घर को ध्यान में रखकर हमारे घर में रसोई बनती है। दिन भर चूल्हे पर कुछ न कुछ चढ़ा होता है। प्रातः उपाहार बनता है, फिर मध्याह्न आहार, फिर सान्ध्य उपाहार, फिर रात्रि आहार। हमारा घर अभी सेठ का घर बना हुआ है। पिताजी सेठ की तरह रह रहे हैं, माताजी सेठानी की तरह, पत्नी सेठ की बहू बनकर, बच्चे उसके पोता-पोती बने हुए, एक में ही रसोइया की तरह रह रहा हूँ। पिताजी का खाना अलग बनाता हूँ, माताजी का अलग, पत्नी का अलग, बच्चों का अलग, और फिर अपना अलग। अभी तो मैं किसी तरह पत्नी को मनाकर आपसे मिलने चला आया हूँ। पिताजी को यह जानकारी नहीं होगी कि मैं रसोई में नहीं हूँ।"

"दिल्ली जाने के बाद कभी-कभी घर तो आएँगे न?"

"मैं दिल्ली नहीं जाऊँगा।"

"रसोई बनाना सीख रहे हैं दिल्ली जाने के लिए ही न?"

"जब तक घर में हूँ, सीख रहा हूँ। मैं अभी घर से भागकर आया हूँ आपके साथ यहाँ से भागने का कार्यक्रम बनाने के लिए।"

"भागने का कार्यक्रम?"

"हाँ, मैं अभी से लेकर सात दिनों के अन्दर कभी भी भाग सकता हूँ।"

"आपको अकेले ही भागना होगा, पलटूजी। अभी तो मेरे पास आपके साथ कहीं भागने का कोई कार्यक्रम नहीं है।"

"क्यों, अब कहीं नहीं जाना है क्या?"

''जाना तो है, मगर मैं अकेले ही जा रहा हूँ।''

''अकेले?''

''हाँ।''

''नहीं, मैं भी चलूँगा आपके साथ। आप मन्दिर की बात भूल तो नहीं गये?''

''नहीं, वह तो याद है, मगर विवाह हो जाये तब तो।''

''मैं आपका विवाह करवाकर ही दम लूँगा। बस, यही एक कारण है कि दिल्ली नहीं जा रहा हूँ।''

''मैं अभी आपको अपने साथ नहीं ले जा पा रहा हूँ, क्योंकि मैं राजनीति में प्रवेश करने जा रहा हूँ।''

''ब्याह के पहले राजनीति?''

''अब राजनीति के बाद ही ब्याह पक्का कर पाऊँगा।''

''मेरी समझ में आपकी बात नहीं आयी।''

बैजनाथ मंडल ने पलटू झा को वह सब सुनाया जो बटुकदास ने पटना रैली से लौटते हुए बस में साथ बैठकर राजनेताओं के ब्याह और राजनीति में आकर ब्याह को आसान बनाने के बारे में उससे कहा था। बटुकदास का कहा सुना देने के बाद उसने अपनी ओर से भी जोड़ा, ''राजनीति की जमीन मेरे लिए तैयार हो चुकी है। भला हो बिल्ली का कि बिना मरे उसने यहाँ के सारे धानुकों को मेरे पीछे ला खड़ा किया। मैं हाथ-पैर डुलाये बिना उनका नेता बन गया हूँ। और ठीक इसी वक्त आम चुनाव आ गया है। राजनीति में कूदने का इससे अचछा अवसर मेरे लिए और क्या हो सकता है? मैं जा रहा हूँ बटुकदास से मिलने और उसकी राय पर मैं अपनी रणनीति बनाऊँगा। उन्होंने यह वचन भी दिया था कि वे मेरे लिए एक लड़की की तलाश करते रहेंगे। सम्भव है, उन्होंने मेरे लिए अब तक कोई लड़की ढूँढ़ ली हो।''

''मैं आपको कहीं भी जाने से मना नहीं करूँगा,'' पलटू झा ने सुनाया, ''मगर किसी अँधेरे में कदम बढ़ा देने से आपको जरूर रोकूँगा, क्योंकि मेरी इच्छा है कि आपका शीघ्र ब्याह हो और मेरा स्वार्थ है कि मेरे लिए शीघ्र मन्दिर बने।

''बटुकदास की कोई बात मैं काटता नहीं, मगर ध्यान दीजिए कि उन्होंने केवल बड़े नेताओं के उदाहरण दिये हैं। जो नेता बड़े हैं और बूढ़े हैं, उनकी तो बात ही छोड़िए। हर आदमी सत्तर पार नहीं कर जाता। राजनीति आपको एक की जगह चार बीवियाँ दे दे, मगर साठ के बाद ब्याह करेंगे, तो बच्चे कब पैदा करेंगे? हर कोई साठ के बाद बच्चे भी पैदा नहीं कर सकता। साठ-सत्तर के नेताओं की जो बीवियाँ हैं, वे बच्चे पैदा करने के लिए ब्याह करतीं भी नहीं। बच्चों की इच्छा होती है, तो वे चालीसवें में ब्याह किया, एक रमई दास और दूसरे कुलानन्द सिंह। ये दोनों ही विवाह के समय विधायक बन चुके थे। आप अभी क्या हैं? थाना-मन्त्री भी नहीं! विधायक नहीं हैं, कोई बात नहीं, मगर ब्याह के लिए बड़ा नेता तो आपको बनना ही पड़ेगा। आप यहाँ से नाम कमाकर बटुकदास के पास जाइए, एक बड़ा नेता बनकर, और किसी भी इलाके में धानुकों का एक महान नेता कहलाइए।

''आप बटुकदास के पास जाइए, मगर बटुकदास बनकर नहीं। उनके चक्कर में जीवन

गुजर जाएगा और आप बिना बीवी के रह जाएँगे। बटुकदास ने अपना किस्सा तो सुना ही दिया था आपको। बीस बरसों तक वे पार्टी के साधारण कार्यकर्ता ही बने रह गये, पार्टी के रसोइया बनकर रह गये; जिला और थाना स्तर के नेता भी नहीं बन पाये। ऐसा क्यों हुआ, वह मैं जान रहा हूँ। आपको मैं एक बड़ा नेता बनकर राजनीति में प्रवेश करने की सलाह दूँगा।''

''आपकी सलाह मैं मानूँगा, पलटूजी,'' बैजनाथ बोला, ''दीजिए सलाह, बना दीजिए बड़ा नेता।''

''अभी जो बड़े-बड़े नेता हैं, उनमें ऐसे कम ही हैं जिन्होंने समाज की सेवा की, सेवा करके नाम कमाया और नेता बने। ये सब एक दिन में नेता नहीं बने थे, बहुत लम्बा समय समाज-सेवा में बिताना पड़ा था इन्हें। आपको एक दिन में नेता बनना है, क्योंकि अब कोई समय नहीं है आपके पास समाज-सेवा करने का। और अभी जो समय आ गया है, उसमें समाज-सेवा से कोई मेवा मिल भी नहीं रहा है। आप उन पर निगाह दौड़ाइए जो रातोंरात नेता बन गये। अगर आपको भी रातोंरात नेता बनना है,तो कल सुबह किसी का खून कीजिए; शाम तक बड़ा नेता बनाने की जिम्मेदारी मेरी रही।''

''यह क्या कह रहे हैं आप?'' पलटू झा की सलाह से कुछ भयभीत हो गया बैजनाथ मंडल।

''आज के अधिकांश बड़े नेता ऐसे हैं जिनके नाम दस-बीस खून हैं। यह जरूर है कि इन्होंने अपनी तैयारी चोरी-डकैती से शुरू की थी और तब कहीं जाकर खून करने लायक हुए थे। मगर आपको अभी ही खून करने की हिम्मत पैदा करनी है अपने में, क्योंकि चोरी-डकैती करने का समय अब आपके पास नहीं रहा। सारे चोर डकैत नेता बन भी नहीं गये। कितने ही पुलिस की मार से मर गये और कितने ही जेल में सड़कर बेकार हो गये। आपको उन खतरों से भी दूर ही रहना है।''

''अगर ब्याह खून करने से ही होगा,'' मन में नफा-नुकसान विचारकर बैजनाथ बोला, ''तो मैं खून कर सकता हूँ। मैं इसके लिए हिम्मत बटोर लूँगा।''

''सिर्फ पहली बार बटोरनी है हिम्मत। उसके बाद तो हिम्मत आप से आप आती रहेगी आपके पास; किसी का खून करने के पहले जरा भी हिचक नहीं होगी अभी की तरह।''

''एक खून के बाद भी खून करना होगा?''

''जो अपने जितने दुश्मनों को मारेगा-मरवाएगा, वह उतना बड़ा नेता होगा। अभी तो मैं यही देख रहा हूँ।''

''इतने दुश्मन मैं लाऊँगा कहाँ से? अभी तो मुझे सिर्फ एक दुश्मन नजर आ रहा है।''

''दुश्मनों की कमी रहेगी क्या? पहला खून होते ही जो खून के गवाह बनेंगे, उनका खून भी तो करना पड़ेगा, ताकि खून का कोई गवाह ही नहीं रहे। और जब आप नेता बन जाएँगे, तब तो आपको दुश्मन ही दुश्मन नजर आएँगे। एक-एक कर उनका खून करते रहना पड़ेगा। अभी तो हर खूनी नेता यही कर रहा है।''

''अकेले इतने खून कर पाऊँगा मैं?''

''नेता बन गये, तो अकेले कहाँ रहे! आपके साथ आपकी अपनी फौज रहेगी; फ़ौज के

पास हथियार रहेंगे, गोली, बम, बन्दूक। अब तो आपके लिए आपके इशारे पर आपके गुरगे-चेले खून करेंगे। अभी तो मैं यही देख रहा हूँ।''

''गुरगों-चेलों की फौज रहेगी मेरे साथ, तो इस फौज का खर्च मैं कैसे उठा पाऊँगा?''

''फौज अपना खर्च खुद जुटा लेगी, चोरी-डकैती से, रेल-बस लूटकर। आपको इसकी जरा भी चिन्ता नहीं करनी है। बड़ा नेता बन जाने के बाद आप सिर्फ उन्हें संरक्षण देते रहेंगे; आपके लिए सम्भव हो जाएगा उन्हें थाना-कचहरी से बचाते रहना। अभी तो मैं यही देख रहा हूँ।''

''आपके देखने में कहीं कोई भूल तो नहीं हुई है, पलटूजी? मामला खून का है।''

''सब आपकी नजर के सामने है। आप नेता का नाम बताइए, मैं उसका किस्सा सुना देता हूँ। औरों से पूछकर उस किस्से की जाँच कर लीजिए।''

''अब यह बताइए, पलटू पंडित,'' बैजनाथ ने प्रश्न किया, ''कि खून करने से मैं बड़ा नेता कैसे बन जाऊँगा?''

''खून करते ही आप खूँख्वार मान लिये जाएँगे और किसी को आपके विरोध में जाने की हिम्मत नहीं होगी। आज हर जाति अपने लिए खूँख्वार नेता चाहती है। आपको धानुक समाज झट अपना नेता मान लेगा। पहला खून के बाद अभी तुरत आपके समर्थन में भीड़ जुटाने की बात है; फुलकाहा के धानुक आपके साथ हैं ही।''

''बिल्ली-वध में वे मेरे साथ थे; नर-वध में मेरा साथ देंगे क्या?''

''देंगे, अवश्य साथ देंगे,'' पलटू झा ने विश्वास दिलाया, ''जो और जातियों में हो रहा है, वह आपकी जाति में भी होगा। उन्हें यह तो नहीं कहा जाएगा कि आपने नेता बनने के लिए खून किया है; उन्हें बताया जाएगा कि आपने अपनी जाति के उत्थान के लिए और अपनी जाति पर किये गये अत्याचार का बदला लेने के लिए खून किया है। किसी नामी बाबू-बबुआन का ही तो खून करना होगा; उसके और उसके बाप-दादे के अत्याचारों की मैं एक लम्बी सूची बनाकर दे दूँगा आपको।''

''क्या खून दिन-दहाड़े करना है?''

''मैं तो यही उचित मानता हूँ,'' पलटू ने जवाब दिया, ''जब लोग देखेंगे ही नहीं, जानेंगे ही नहीं, कि खून किसने किया है, तब किसे वे खूनी मानेंगे और कौन नेता इस खून से नाम कमाएगा? अभी जो हो रहा है, उसे देखकर तो मैं यही कहूँगा कि दिनदहाड़े खून करना ही उचित होगा। अगर किसी ने देखा-जाना नहीं, तब तो प्रचार करना होगा कि आपने खून किया है; तब लोग विश्वास करें न करें।''

''पुलिस तो तुरत आ जाएगी मुझे पकड़ने? उसके पहले ही मुझे यहाँ से भागना होगा?''

''तब तो सारा मामला ही बिगड़ जाएगा,'' पलटू बोला, ''आपको दिलेरी दिखाते हुए अपने घर पर रहना है। यह हल्ला होते ही कि आपने खून किया है, मैं धानुकों के बीच चला जाऊँगा यह कहने कि आपने क्यों और किसके लिए खून किया है। यह देखते ही कि पुलिस आपको पकड़कर लिये जा रही है, मैं धानुक युवकों को उकसा दूँगा कि वे आपको पुलिस दल से जोर-जबरदस्ती छुड़ा लें। इसके लिए थाना को घेरा और जलाया भी जा सकता है। जो देख

रहा हूँ, वह करवाऊँगा।''

''कदमलाल भी तो धानुक ही है; वह बाधक नहीं बनेगा?''

''कदमलाल ने अगर बाधा डालने की कोशिश भी की, तो उसे जाति से बहिष्कृत करवा दूँगा।''

''ऐसा न हो कि इस मामले में ही वह मेरा सफाया कर दे और उसके मन की मुराद पुरी हो जा जाये।''

''कदमलाल का तो आँधी में बगुले की तरह ठिकाना नहीं रहेगा। पूरे इलाके में आँधी चलेगी आपके पक्ष में। थाना जलेगा, तो बात आगे तक जाएगी। मैं यहाँ से सीधे बटुकदास के पास जाऊँगा और उनके साथ मिलकर इलाके के सारे धानुकों को एकजुट करूँगा। गाँव-गाँव में जुलूस निकलवाऊँगा, नारे लगवाऊँगा, आपके साथ की जा रही साजिश की खबर पहुँचाऊँगा। धरना, घेराव, आमरण अनशन—इन सबका सहारा लिया जाएगा। तब तक सिर्फ धानुक ही नहीं, और भी पिछड़ी जातियाँ आपकी मदद में आ जाएँगी।''

''आप ब्राह्मण होकर यह सब कर पाएँगे?''

''जब करूँगा, तब देखिएगा कि खाँटी धानुक आप हैं कि मैं हो गया हूँ।''

''खून करने के बाद मैं निश्चिन्त रह सकता हूँ?''

''हाँ, किसी भी बड़े नेता की तरह। अभी कितने ही नेता हैं जिन पर खून के बीस-बीस मामले चल रहे हैं, मगर वे निश्चिन्त हैं। थाना-कचहरी होता रहता है; मामला ठंडा पड़ता है और एक दिन रफा-दफा हो जाता है। यह सब देखकर मैंने आपको खून करने की सलाह दी है।''

''मैं खून करूँगा, यह तय हो गया,'' बैजनाथ ने गहरी साँस ली, ''अब यह तय कीजिए कि मैं किसका खून करूँ?''

''मैंने सोचा है कि आप जयनाथ पंडित का खून कर दें।''

''जयनाथ पंडित का?''

''हाँ,'' पलटू ने सुनाया, ''किसी ऐसे आदमी का ही खून करना है जिसे इलाके के बहुत लोग जानते हों। जयनाथ पंडित के जजमान यहाँ के ढेर सारे गाँवों में हैं। बात पूरे इलाके में नाच जाएगी। किसी ऐरा-गैरा को मारने से तो काम नहीं चलेगा। ऐसा न हो कि जिसका खून किया उसके घरवाले थाना-कचहरी भी नहीं चढ़ें और रो-धोकर चुप हो जायें। किसी गरीब-गुरबा की ओर से कोई गवाही देने भी नहीं आएगा। तब तो आपका सारा किया-धिया टाँय-टाँय फिस होकर रह जाएगा। आदमी ऐसा हो जिसके घर में पैसा हो। जयनाथ पंडित ने इधर जजमानी में बहुत पैसा कमाया है।''

''जयनाथ पंडित मेरे पुराने पुरोहित हैं, मेरे बाप के समय के पुरोहित; उनके पिताजी मेरे दादा के पुरोहित,'' बैजनाथ मंडल ने अपनी असमर्थता का इजहार किया, ''अभी भी मिलने पर मैं अपने दोनों हाथ जोड़कर उन्हें प्रणाम करता हूँ। मेरे पुरखे उन्हें मारने की इजाजत नहीं दे रहे हैं। ऐसा न हो कि वार करने के पहले ही हथियार मेरे हाथ से नीचे गिर जाये और मैं अपने दोनों हाथ उन्हें प्रणाम करने के लिए उठा लूँ।''

''आप मन को कड़ा नहीं कर सकते?''

''नहीं कर सकूँगा।''

''तब झटपट कोई दूसरा नाम सोचिए।''

''एक नाम मेरे ध्यान में आ रहा है।''

''किसका?''

''नरेश झा के दादा और बाप ने इलाके में जो इज्जत कमायी थी, वह अभी भी नरेश झा के साथ है। उन्हें पूरा इलाका जानता है। उनके पास पैसा भी है। मैं उनसे नजरें मिलाकर भी उन पर वार कर सकता हूँ। जब खून करने का विचार कर लिया, तो अब मेरे मन में नरेश झा के लिए कोई इज्जत नहीं रही। खून कर दूँ उनका?''

''मुझे कोई एतराज नहीं,'' पलटू झा ने अपनी सहमति दे दी, ''नरेश झा हमारे हितैषी कभी नहीं रहे। हमारे विरुद्ध ब्राह्मणों को सभा करने का निर्णय उनके ही दालान में लिया गया था और हमारे गंगास्नान कर शुद्ध होने पर सबसे अधिक जोर उन्होंने ही दिया था। आप सुबह से ही उन पर घात लगाये रहिए। वे सुबह में दिशा-मैदान के लिए निकलते हैं, दोपहर में अपने दालान में बैठते हैं और शाम में एक बार अपने बगीचे की ओर जाते हैं। आपको अपना काम कर तुरत अपने घर आकर शेर बन जाना है। ऐसा न हो कि बभनटोली के ब्राह्मण आपको नरेश झा पर वार करते ही पकड़ लें और वहीं आपकी चटनी बना दें।''

''जब खून करूँगा, पलटू झा, तो एक उस्ताद खूनी की तरह ही खून करूँगा। आप समझ लीजिए कि मैंने खून किया और अपने घर आ गया हूँ।''

''किस हथियार का इस्तेमाल करेंगे आप?''

''मेरे पास कुल्हाड़ी भी है और दबिया भी।''

''कुल्हाड़ी लेकर घूमनाशक पैदा करेगा। दबिया को तो कुरते के नीचे छिपाकर भी ले जाया जा सकता है।''

''दबिया लेकर ही निकलूँगा।''

''रात में ही उस पर सान चढ़ा लीजिएगा। काम एक वार में तमाम होना चाहिए।''

''आप निश्चिन्त रहें,पलटू पंडित।''

''पलटू झा ने जाने से पहले पूछा, ''आपने पहले किसी आदमी को हलाल किया है?''

''नहीं, कभी किया नहीं है, किसी मुर्गी या बकरा को भी नहीं।''

पलटू झा ने जाते-जाते कहा, ''पहली बार खून करने जा रहे हैं; अगर जरा भी घबराहट महसूस हो, तो दारू चढ़ा लीजिएगा।''

''यह तो मैंने पहले ही सोच लिया था।''

बैजनाथ मंडल ने प्रसन्नचित्त पलटू झा को विदा किया और निर्द्वन्द्व निश्चिन्त पलटू झा वहाँ से चलकर सीधे अपने रसोईघर में जा घुसे।

(5)

छीने और चक्के बनाने के लिए दो कद्दू पति के आगे रख देने के बाद नवरसियावाली शौच की प्रचंड प्रवृत्ति की सूचना देकर शौच निवृत्ति के लिए प्रचंड वेग से रसोईघर से बाहर निकल गयी। जिस वेग से गयी थी वह, उसी वेग से वापस आयी, ओर वेग तोड़ते-तोड़ते उसने पति को सुनाया, "नरेश झा को मार लग गयी।"

"अभी ही!" हाथ का कद्दू एक ओर रखते हुए पलटू झा ने अचरज प्रकट किया।

"हाँ, अभी-अभी।"

"गरदन साफ हो गयी होगी?"

"नहीं, लाठी की मार है।"

"लाठी!"

"हाँ।"

"गरदन लटक गयी है?"

"नहीं, सिर फूटकर रह गया है।"

"साँस टूटी या नहीं?"

"अभी साँस टूटने की खबर तो नहीं आयी है।"

"किसने लाठी चलायी है?"

"मैं नहीं जानती। जितना सुना, उतना सुना दिया।"

"मैं जानता हूँ, बैजनाथ मंडल ने लाठी चलायी है।"

"आप कैसे जान रहे हैं?"

"मैं रात में ही जान गया था।"

"रात में! घटना तो सुबह की है।"

"सपने में सब देखा था मैंने, मगर अभी सब उलटा-पुलटा सुन रहा हूँ। सपने में दिन का समय था, बैजनाथ मंडल ने दबिया चलाया था, और नरेश झा का सिर कटकर धड़ से अलग हो गया था। तुम उलटा-पुलटा कहाँ से सुनकर आ रही हो?"

"दरवाजे पर नीममणि मिश्र आये हुए हैं, बाबूजी के साथ बतिया रहे हैं। मैं उन दोनों की बातें सुनकर ही आपके पास दौड़ी चली आयी खबर करने।"

"अब मुझे बाहर निकलना होगा।"

"हाँ, हो आइए। सारे लोग नरेश झा के घर की ओर जा रहे होंगे।"

"मैं तो बैजनाथ मंडल के पास जाऊँगा।"

"वहाँ अभी नहीं जाने दूँगी मैं। जिसने लाठी चलायी, उसके पास कैसे जाएँगे आप?"

"मेरा उसके पास जाना जरूरी है। क्यों जरूरी है, वह बाद में बताऊँगा तुम्हें।"

"जहाँ भी जाना हो, बाबूजी से पूछकर जाइए। मुझे डाँट सुननी पड़ती है कि मैंने आपको रसोईघर से बाहर क्यों जाने दिया।"

"ठीक है, मैं बाबूजी को बोलकर जाता हूँ।" पत्नी की इजाजत लेकर पलटू ने लोटा उठाया, अपने कमरे में जाकर एक बही कमर में खोंसी और दरवाजे की ओर बढ़ा। दरवाजे पर

वह बाप से टकरा गया।

"कहाँ चले?" बाप ने पूछा।

बेटे ने लोटा दिखाया।

"लोटा क्या दिखा रहे हो!" बाप गुस्से में आ गया, "अभी दिन फूटा ही है और अब तक तुम्हें दो बार लोटा लेकर बाहर निकलते देख चुका हूँ। सेठ के यहाँ तो इस तरह काम नहीं चलेगा। दिन में सात बार लोटा लेकर निकलोगे, तो शक करेगा कि नहीं? मानेगा कि तुम सात बार झाड़ा फिरने निकलते हो? हर बार तुम्हारे लोटे की जाँच करेगा कि रसोईघर से लोटे में घी-तेल ले जाकर बाजार में बेचने तो नहीं जाते हो।"

"कल तक पेट ठीक ही था, आज कुछ खराब हो गया है।"

"ठीक है, जाओ; जल्दी आ जाना। और सुनो, नरेश झा को लाठी मारकर किसी ने घायल कर दिया है। मैं उनके घर जा रहा हूँ। तुम्हारे जाने की जरूरत नहीं है। तुम अपने काम में मन लगाओ।"

घर से निकलने पर रास्ते में पलटू झा को हर दूसरे-तीसरे घर के सामने लोगों के छोटे-छोटे झुंड आपस में बतियाते नजर आये। विस्तत जानकारी के लिए पलटू कहीं रुका नहीं और लोटे के साथ सीधे बैजनाथ मंडल के घर आ गया। हाँक लगाने पर रीतलाल घर से बाहर आया और पलटू झा को बैजनाथ के वज्रगृह में पहुँचा दिया।

वज्रगृह के अन्दर का नजारा देखकर पलटू झा ने गहरी निगाहों से गुमसुम बैठे बैजनाथ मंडल को देखा और पूछा, "हाल-चाल ठीक है न?"

"इधर का ठीक है, उधर का नहीं जानता।"

"नरेश झा का सर धड़ पर सही-सलामत है। आपने योजना में उलट-फेर क्यों कर दिया?"

"मैंने नहीं किया; बस हो गया।"

"कैसे हो गया!"

बैजनाथ मंडल ने रात से भोर तक का किस्सा सुनाकर यह प्रमाणित किया कि उसने सर कलम करने का मन बना लिया था, और अगर वह नरेश झा को केवल लाठी मारकर आया है, तो इसके लिए वह जरा भी जिम्मेदार नहीं।

'दिन दहाड़े' की तैयारी बैजनाथ मंडल ने शाम से ही शुरू कर दी थी।

शाम उतरते ही वह गंगा साह के पास पहुँच गया था। गंगा साह उसे देखते ही चहक उठा था, "आओ, आओ, बैजनाथ। कहाँ छुपे रहते हो? वह भी कोई पीना-पिलाना हुआ कि एक बार आकर गये, तो फिर कभी आये ही नहीं। कितना इन्तजार करता रहा हूँ मैं तुम्हारा! कलालखाने में भी बराबर पूछता रहा था कि तुम आते हो या नहीं।"

"मैं तो गाँव में कम ही रहता हूँ, भैया, और पीने का अवसर तो कभी-कभी ही आता है। आपके साथ पीकर गया था, फिर पीने का अवसर ही नहीं आया। कोई खुशी हो मन में, तब तो

बिना अवसर के भी पीया जाये।''

''आज अवसर आया है?''

''हाँ, भैया, आया है। उस बार पीकर गया था ब्याह करने, मगर उसका इतना बुरा असर हुआ कि आज तक इस ब्याह के पीछे मार खाता रहा। इस बार पीकर जा रहा हूँ मार करने और इसका अभी से ही इतना अच्छा असर हो रहा है कि मुझे अभी से अपनी दुलहिन नजर आने लगी है।''

''बड़ी अच्छी बात सुनायी तुमने; आज हम छककर पीएँगे।''

''आपके साथ अभी पी लेने के बाद भी मैं तो आज रात से कल दिन तक घर पर पीता रहूँगा।''

यही किया बैजनाथ मंडल ने। गंगा साह के साथ बैठकर पी लेने के बाद भी कलालखाना से तीन बोतल दारू घर पर पीने के लिए ले आया।

घर आते-आते बैजनाथ की उल्टी हुई। रीतलाल ने मालिक की पीठ दबाते हुए पूछा, ''कैसी तबियत है, मालिक।''

''जैसी पहले थी, वैसी ही है,'' मालिक ने जवाब दिया, ''मैं ठीक हूँ।''

''आप आराम कीजिए, मालिक।''

''आज आराम कहाँ, रीतलाल! जाओ, दबिया लेकर आओ।''

''दबिया! अभी?''

''हाँ, अभी ही।''

''क्या करेंगे दबिया का? मुझे काम बताइए; मैं कर दूँगा।''

''जो काम मेरे सामने है, वह मुझे ही करना है। तुम बस उतना ही करो, जितना करने के लिए मैं कहता हूँ। कुछ पूछो मत, सिर्फ देखो कि मैं आज क्या कर रहा हूँ और कल क्या-क्या करूँगा। जाओ, दबिया लाओ।''

रीतलाल दबिया लेकर आ गया, तो मालिक ने फरमाया, ''सिल लेकर आओ; दबिया पर सान चढ़ाना है।''

जब रीतलाल सिल लेकर आ गया, तो मालिक ने कहा, ''सान तुम चढ़ा सकते हो, चढ़ाओ; मैं कुछ और सोच रहा हूँ।''

नौकर सान चढ़ाने लगा और मालिक सोचने लगा।

देर तक सोचने के बाद मालिक ने पूछा, ''धार चोखी हुई?''

''हाँ, हो गयी,'' धार छूकर देख लेने के बाद नौकर ने जवाब दिया।

''नहीं, अभी नहीं हुई है,'' मालिक बोला, ''मगर पहले तुम एक कद्दू लाओ।''

''कद्दू घर में नहीं है।''

''तब भी लाओ।''

''यह पूछूँ कि कैसे लाऊँ?''

''कहीं से भी लेकर आओ।''

''यह पूछूँ कि अभी रात में कहाँ से लाऊँ?''

''कहीं से भी, कहीं से भी लाओ; किसी के घर से, माँगकर; किसी की बाड़ी से, चुराकर।''

रीतलाल को कुछ देर तो हुई, मगर एक कद्दू लेकर आ गया वह। मालिक ने नहीं पूछा, ''कहाँ से लाया? कैसे लाया?'' कद्दू के आते ही उसने आदेश दिया, ''पुतला बनाओ।''

''यह पूछूँ कि कैसा पुतला?'' रीतलाल ने पूछा, ''जैसा मैं कई बार बन चुका हूँ?''

''नरेश झा का पुतला बनेगा।''

''रतनी के बाप से कुरता और जूते माँग लाता हूँ।''

''नरेश झा का असली पुतला बनाओ, नकली नहीं। उसे मेरे जूते और मेरा कुरता पहनाओ।''

''मुंड तो असली नहीं होगा?''

''मुंड की जरूरत नहीं है; सिर्फ गरदन चाहिए।''

''असली गरदन?''

''कद्दू की गरदन बनाओ।''

रीतलाल ने पुतला बनाना शुरू किया। पुतले को बैजनाथ के जूते-कुरता पहना दिये। जिस बाँस का धड़ बना था, उसके ऊपर कद्दू को रस्सी से खड़ा बाँध दिया। पुतला देखकर बैजनाथ खुश हो गया। उसने दारू के दो घूँट लिये और रीतलाल से कहा, ''अब दबिया मेरे हाथ में दो।''

दबिया हाथ में लेकर वह घुटनों के बल बैठ गया और कद्दू की ओर मुँह करके बोला, ''नरेश बाबा! आपसे मेरा कोई बैर नहीं, मगर अपने कल्याण के लिए मुझे आप पर वार करना पड़ रहा है। अगर आप मरकर मुझे बड़ा नेता बना गये, तो मैं आपकी आत्मा की शान्ति के लिए जीवनभर ईश्वर से प्रार्थना करता रह जाऊँगा, जीवनभर, विवाह के बाद भी।''

अपनी विनती सुनकर वह उठ खड़ा हुआ, 'जय माँ काली' का उच्चारण किया और कद्दू पर दबिया चला दिया।

गरदन का ऊपरी हिस्सा कटकर दूर जा गिरा। रीतलाल ने ताली पीटी। बैजनाथ ने मुस्कराते हुए रीतलाल की ओर देखा।

दारू के दो-दो घूँट कई बार पीये बैजनाथ ने, हर बार 'जय माँ काली' का उच्चारण किया, कुछ और अधिक जोर से कद्दू पर दबिया चलाया, रीतलाल ने ताली पीटी, बैजनाथ ने उसकी ओर मुस्कराकर देखा। यह सब तब तक होता रहा, जब तक गरदन टुकड़े-टुकड़े होकर बाँस के ऊपर से अदृश्य नहीं हो गयी।

रीतलाल को फिर दबिया पर सान चढ़ाने के लिए तैनात कर बैजनाथ कुछ और सोचने के लिए बैठ गया। सोचते-सोचते उसने कद्दू के टुकड़ों पर नजर टिकायी और रीतलाल से कहा, ''कटहल लाओ।''

''कटहल!''

''हाँ, गरदन कटहल की बनेगी। जिस तरह कद्दू ले आये, उसी तरह कटहल ले आओ।''

"कटहल अभी कहीं नहीं मिलेगा, मालिक, न किसी के घर में, न किसी के बगीचे में! यह कटहल का मौसम नहीं है।"

बैजनाथ कुछ सोच में पड़ गया और रीतलाल से पूछा, "नरेश झा की गरदन कद्दू की तरह होगी या कटहल की तरह?"

"कद्दू जैसी तो नहीं होगी," रीतलाल ने जवाब दिया, "और कटहल जैसी भी नहीं होनी चाहिए।"

"धार चोखी हो गयी?"

"कब की हो गयी।"

"कुछ और चोखी करो।"

कुछ और चोखी होने के इन्तजार में बैजनाथ ने दारू के कई घूँट लिये और फिर रीतलाल से दबिया लेकर वह आधी रात के करीब दरवाजा खोलकर घर के बाहर आया। वह अपनी ही परीक्षा ले रहा था। उसे महसूस हुआ कि उसके हाथ काँप रहे हैं और पैर लड़खड़ा रहे हैं। उसे यह अशुभ-सा प्रतीत हुआ। अशुभ को शुभ में बदलने के प्रयास में वह कई बार दरवाजे के अन्दर-बाहर आया। क्या उसे कोई रोक रहा है? नहीं, वह किसी के रोके नहीं रुकेगा, उसने मन में ठान लिया। कुछ और उल्टियाँ हुईं। दबिया को अपने सिरहाने रखकर वह आराम करने लगा।

रात का किस्सा सुना देने के बाद बैजनाथ ने पलटू से कहा, "सुबह होते ही मैं शिकार की टोह में निकल गया। आपने सतर्क कर दिया था, इसलिए मैं बभनटोली में नहीं घुसा कि कहीं ब्राह्मणों के हाथ से चटनी न बन जाऊँ। मुझे उचित यही लगा कि शाम तक नरेश झा के बगीचे में आने का इन्तजार करूँ और सुबह में ही उस बगीचे में अपनी जगह पकड़ लूँ। हुआ यह कि शाम की बजाय सुबह में ही वहाँ मुझे नरेश झा दिख गये और मैंने वार कर दिया। अब मुझे सन्देह हो रहा है कि जिस पर मैंने वार किया वह नरेश झा ही था या कोई और।"

"वह नरेश झा ही था," पलटू बोला, "मगर उस पर दबिया तो नहीं चला है?"

"कैसे क्या हुआ, मैं नहीं कह सकता," बैजनाथ ने सुनाया, "जब दारू चढ़ाकर अभ्यास के लिए घर से निकलते मेरे हाथ-पाँव काँपने लगते थे, तब मैं यही सोचता था कि साले ने दारू में पानी मिलाया होगा। मगर अब लग रहा है कि दारू मुझ पर इतनी चढ़ी हुई थी कि काम को अंजाम देने जब मैंने घर में हथियार उठाया, तो मुझे होश ही नहीं रहा कि मैं दबिया उठा रहा हूँ या अपनी लाठी। सच कह रहा हूँ आपसे, यह होश मुझे तब तक नहीं आया, जब तक मैंने वार नहीं कर दिया। जब मैंने देखा कि मैंने तो लाठी चलायी है, तब इतना डर गया कि वहाँ से भागा-भाग घर चला आया। मन तो मैंने दबिया चलाने और सिर कलम करने का ही बनाया था, मगर कुछ से कुछ हो गया।"

वज्रगृह बता रहा था कि बैजनाथ के मन में झूठ नहीं था। दारू की दो-दो खाली बोतलें पड़ी हुई थीं और अभी भी दारू की गन्ध आ रही थी; कद्दू के टुकड़े बिखरे पड़े थे; बिना मुंड का पुतला, खड़ा था; एक ओर सिल पड़ा था, दूसरी ओर सान चढ़ाया हुआ दबिया। मगर खून तो नहीं हुआ, सिर्फ सिर से थोड़ा-सा खून बहकर रह गया। अब क्या हो?

पलटू ने पूछा, "नरेश झा ने आपको पहचान तो लिया होगा?"

"मैं नहीं कह सकता," पलटू ने जवाब दिया, "मैंने अपने चेहरे को गमछा से ढँक लिया था।"

"यह तो दिनदहाड़े नहीं हुआ?"

"हाँ, नहीं हुआ।"

"बगीचे से भागकर आप घर चले आये," पलटू ने कुछ रूखे स्वर में कहा, "अब तो बाहर निकलकर शोर मचाइए कि आपने नरेश झा को मार गिराया है।"

"मुझे डर लग रहा है।"

"किस बात का डर?"

"बभनटोली के सारे ब्राह्मण आ जाएँ और धानुकों में से कोई एक भी नहीं आये!"

"डर की कहीं जगह नहीं है। योजना के अनुसार काम होने दीजिए। आप यहाँ के धानुकों के बीच जाइए, उन्हें सुनाइए कि आपने नरेश झा पर वार किया और फिर बताइए कि यह वार क्यों किया। आपके सुनाने के लिए मैंने रात में ही कागज तैयार कर लिया था।" इतना बोलकर पलटू झा ने कमर में खुँसी बही निकाली और उसके अन्दर से एक कागज निकालकर बैजनाथ की ओर बढ़ाते हुए कहा, "इसे पढ़कर सुना दीजिए धानुकों को।"

"एक बार आप मुझे पढ़कर सुना दीजिए।"

"कागज रात में ही तैयार किया गया था और इसमें कत्ल का जिक्र आ गया है, दबिया चलाने का। मैं अब मजमून में आवश्यक संशोधन करके पढ़ रहा हूँ; आप भी मेरी तरह ही पढ़ेंगे," बोलकर पलटू झा ने पढ़ना शुरू किया,

मेरे प्यारे धानुक भाइयो!

अभी-अभी आपको खबर मिली होगी कि नरेश झा के बगीचे में नरेश झा पर हमला हुआ है। किसने किया हमला? हमला मैंने किया, मैंने, बैजनाथ मंडल वल्द कनिक मंडल ने। क्यों किया हमला? हमला किया फुलकाहा के धानुकों के पुरखों पर किये गये अत्याचारों का बदला लेने के लिए। क्या यह प्राणघातक हमला था? हाँ, प्राणघातक था। जैसा जैसा जुर्म, वैसी सजा। क्या वह बच गया है? अभी बच गया हो, मगर कब तक बचेगा! हमने युद्ध का बिगुल बजा दिया है।

आप सबको इस युद्ध में शरीक हो जाना है, मगर उसके पहले सुन लीजिए, ध्यान देकर सुनिए, कि कैसे-कैसे अत्याचार किये हैं नरेश झा के पुरखों ने हमारे पुरखों पर।

दसई मंडल के बेटे आज गरीब हैं, उनके पास खेती करने के लिए जमीन नहीं है, मगर दसई मंडल के दादा गरीब नहीं थे, उनके पास बीस बीघे की जोत थी। कहाँ गयी वह जमीन? जमीन गयी नरेश झा के परदादा के पेट में, जिसके पास उस समय एक बीघा जमीन भी नहीं थी। नरेश झा के परदादा ने छल किया, दसई के दादा छले गये। गोर हाथ पकड़कर नरेश झा के परदादा ने दसई के दादा से बाग-बगीचा लगाने के लिए दो बीघे जमीन खरीदी और मुंशी-हाकिम को घूस देकर कागज बनवा लिया बीसों बीघे का। नरेश झा का बगीचा वही बगीचा है जो कभी दसई के दादा का खेत था। मैं कितना खुश हूँ कि दसई के दादा के उसी खेत में मैंने

नरेश झा को मार गिराया। आज नहीं मरा, तो कल मारूँगा, उसी बगीचे में मारूँगा।

छतरू मंडल के दादा का किस्सा सुन लीजिए। भयंकर जाड़े की रात में नरेश झा के दादा ने उसे किसी काम से बुलवाया था। पेट में दर्द होने के कारण छतरू का दादा नहीं गया। तब नरेश झा के दादा ने अपने सिपाहियों को भेजकर उसे पकड़वाकर मँगवा लिया और सिपाहियों को आदेश दिया, इस साले को बहुत ठंड लगती है। इसे आज रात भर पोखर में गला तक पानी में खड़ा रखो। पहरे पर रहना कि भागे नहीं।

रात में एक बार मालिक को सिपाहियों ने खबर तो दी कि मुजरिम कैसे तो पोखर से निकल भागा, मगर खबर झूठी थी, मुजरिम भाग नहीं था। भोर में मालिक के पास दूसरी खबर पहुँची, मुजरिम भागा नहीं है, मगर अब वह पानी में खड़ा नहीं है, पानी पर पड़ा है। लोग-बाग पानी पर पड़े आदमी को देखने आ गये। लोगों ने पास जाकर देखा, पानी पर दतरू का दादा नहीं, उसकी लाश थी।

बैजनाथ ने टोका, "ये किस्से सच्चे तो नहीं है?"

"कौन कहेगा कि झूठे हैं?" पलटू ने जवाब दिया, "उस जमाने का अब कोई आदमी जिन्दा है इन्हें झूठ बतानेवाला?"

"दसई मंडल और छतरू मंडल के बेटे मुझसे पूछेंगे नहीं कि जो उनके बाप भी नहीं जानते, वह मैं कैसे जान रहा हूँ?"

"मैं जानता था, वे पूछेंगे, इसलिए मैंने इस सवाल का भी इलाज कर दिया है," बही बैजनाथ की ओर बढ़ाते हुए पलटू ने कहा, "यह आपके बाप की बही है। पिछले सौ बरसों में यहाँ के धानुकों पर जितने भी अत्याचार हुए हैं, सब के किस्से दर्ज हैं। आपके लकड़दादा ने कुछ किस्से आपके परदादा को सुनाए; आपके परदादा ने अपने समय के किस्से आपके दादा को तो सुनाए ही, उन किस्सों को भी सुनाया जो उन्हें आपके लकड़दादा ने सुनाये थे। ये सारे किस्से आपके बाप को आपके दादा के मुँह से सुनने को मिल गये। सारे किस्से दर्ज कर देने के बाद आपके बाप ने आपको लिखा, 'बेटा बैजनाथ! ये सब यहाँ के धानुकों के पुरखों के दर्दभरे किस्से हैं। नरेश झा के पुरखों पर हमला करने का विचार तुम्हारे लकड़दादा से लेकर तुम्हारे दादा तक के मन में आया था, मगर वे असमर्थ थे, कुछ कर नहीं पाये और एक बड़ा दुख साथ लिये मर गये। इस दुख के साथ अब मैं भी मरने जा रहा हूँ। मरने से पहले एक निवेदन कर रहा हूँ, बेटा, कि मेरा और मेरे पुरखों का यह दुख तुम दूर कर देना, और कुछ ऐसा करना कि यहाँ के सारे धानुकों के पुरखों की आत्मा को शान्ति मिले। अगर तुम कुछ नहीं कर सके, तो यह काम तुम्हारे बेटे करें, तुम्हारे पोते-परपोते करें, तुम्हारे लकड़पोते करें।' यह सुनाने के बाद भी क्या यहाँ के धानुक आपके पीछे नहीं आ खड़े होंगे? सारे धानुक आएँगे; सबके किस्से हैं, फागुनी मंडल का किस्सा, लालबिहारी का किस्सा, बनवारी का, राघो का, हरिहर का, जितना का,रामजतन का..."

"उनके क्या किस्से हैं?" पलटू ने पूछा।

"उस जमाने के अत्याचार के किस्से; किसी के परदादा को दिन भर कड़ी धूप में रखा

गया और वह मर गया; किसी के दादा पर एक बोझ धान चुराने का झूठा जुर्म मढ़कर उसे पूरे गाँव में गधा पर बैठाकर घुमाया गया, किसी के लकड़दादा पर खेत चराने का आरोप लगाकर उससे उसकी भैंस छीन ली गयी, किसी आरोप पर खूँटे से बाँधकर किसी के परदादा की कुटम्मस की गयी; किसी के दादा को सूद के जाल में ऐसा फँसाया गया कि वह घर से बेघर हो गया। सारे किस्से विस्तार से लिखे हुए हैं। अब समय नहीं है पूरा पढ़कर आपको सुनाने का। आप अविलम्ब निकल जायें इन किस्सों को धानुकों के बीच सुनाने के लिए। क्या सोच रहे हैं?''

''निकलने को सोच रहा हूँ,'' बैजनाथ बोला, ''जरा अपने को तैयार कर लूँ।''

''जल्दी तैयार कीजिए,'' पलटू ने कहा, ''तब तक मैं हल्ला करके आता हूँ कि आपने नरेश झा पर हमला किया था। मैं यह भी बोल दूँगा कि मैंने अपनी आँखों से बैजनाथ मंडल को नरेश झा पर लाठी चलाते देखा था।''

इतना बोलकर पलटू वहाँ से निकल गया।

पलटू जब लौटकर आया, तो उसके साथ बनवारी लाल भी था। बनवारी लाल आते ही चालू हो गया, ''क्यों, बैजनाथ भाई, आप तो बहादुर आदमी हैं! मर्द हैं, तो मर्द बने रहिए। किस बात का डर? समूचा धानुक टोला आपके साथ है। हम आपके साथ हैं। पलटू ब्राह्मण होकर भी आपके लिए लड़ेगा-कटेगा। क्या हो गया अगर नरेश झा पर लाठी चला ही दी तो? अगली बार आप उसका गला काटकर आइए; मैं बचा लूँगा आपको। अब तक कितनों को ही फाँसी के फन्दे से छुड़ाकर ले आया हूँ। पीछे मत हटिए। अभी क्यों पीछे हटना? अभी तो जो जी में आये, बकिए। यह तो बाद में सोचना है कि अदालत में क्या बकना है। हमें सोचना भी नहीं है; वकील सोचे यह सब।

''मेरी पैरवी-पहुँच कहाँ नहीं है! थाना से लेकर राजधानी तक है; निचली अदालत से लेकर उच्चतम न्यायालय तक है। गिरफ्तारी से डर रहे हैं? आज के जमाने में? कितने बड़े लोगों के पास तो यह गिनती भी नहीं होगी कि वे अब तक कितनी बार गिरफ्तार हुए हैं। कोई हथकड़ी लगाकर तो नहीं ले जाएगी आपको पुलिस! देह छूकर बोलेगी, 'गिरफ्तार किया।' आपको चुपचाप उसके साथ चल देना है।

''जो लोग पुलिस के डंडे खाते हैं,वे अभागे होते हैं कि उनकी मदद करनेवाला मेरे जैसा कोई आदमी नहीं होता। आपको पुलिस के डंडे नहीं खाने दूँगा, यह मेरी जिम्मेदारी रही। पुलिस को किसी व्यक्ति को दंड अथवा यातना देने का कोई अधिकार नहीं है। आपके मूल अधिकार का हनन तो नहीं होने दूँगा मैं। अगर किसी ने आपके साथ बदसलूकी की, तो उसकी नौकरी खा जाऊँगा। मैं तो कोशिश यह करूँगा कि बिना किसी खरोंच के आपके थाना से ही जमानत पर छुड़ाकर ले आऊँ। उसके बाद लड़ेंगे हम मुकदमा। मेरे हाथ में एक-से-एक अच्छे वकील हैं। अदालत का निर्णय अभी ही मुझसे लिखवा लीजिए; निर्णय होगा बीस-बीस बरस बाद; निर्णय होगा, बाइज्जत रिहा। मेरी बातों पर भरोसा हो रहा है?''

''हाँ,'' बैजनाथ ने सिर हिलाया, ''भरोसा हो रहा है।''

''तो फिर निकलिए।''

''हाँ, निकल रहा हूँ; मन को थोड़ा स्थिर कर लेने दीजिए।''

बनवारी लाल ने बैजनाथ को ऊहापोह की स्थिति से उबारने के लिए आगे सुनाया, ''बीस-तीस बरस बाद निर्णय होगा, तो क्या आप बीस-तीस बरसों तक जेल में रहेंगे? ऐसा मत साचिए। आपको तो तुरत जमानत मिल जाएगी। कभी यह बात उड़ी थी कि आपके बाईस बच्चे हैं। जेल जाते ही आप उसका लाभ उठा लेंगे। अदालत को सन्तुष्ट होना पड़ेगा कि आप पर बहुत बड़ी पारिवारिक जिम्मेदारी है और पारिवारिक बन्धनों के कारण आप पलायन नहीं करेंगे। अदालत क्या खोद-खोदकर पूछेगी कि बच्चे आपके हैं या बिल्ली के!

''अगर कुछ दिनों तक आपको जेल में रहना भी पड़ गया, तो कोई कष्ट नहीं होगा आपको। जेल में मजिस्ट्रेट आपके पास आते रहेंगे, आपकी शिकायतें सुनेंगे। आपके वकील आपसे मिलते रहेंगे, आपकी शिकायतें सुनेंगे। आपकी एक शिकायत पर जेल अधिकारी से लेकर गृह मन्त्री-मुख्य मन्त्री तक की नींद हराम हो जाएगी, जेल में कैदियों के खान-पान और स्वास्थ्य-सफाई पर पूरा ध्यान दिया जाता है। मैं तो कहता हूँ कि आप जेल से कुछ अधिक जवान होकर ही निकलेंगे।

''कुछ दिन जेल में रह लेना आपके लिए फायदेमन्द ही रहेगा, बैजनाथ भाई। वहाँ सारी चिकित्सा सुविधाएँ प्राप्त हैं। यदि आपको कोई नया-पुराना रोग हो, तो उसका इलाज भी वहाँ हो जाएगा, कहीं से भी बेहतर, बिल्कुल मुफ्त। इससे भी बड़ा एक और फायदा बताऊँ?''

''बताइए,'' उदास स्वर में बैजनाथ बोला।

''जेल में ताकतों का जमावड़ा है, इलाके की ताकतों का। वहाँ आपको एक से एक दिलेर-दिलावर और खूनी-खूँख्वार मिलेंगे। आप इन ताकतों के सम्पर्क में आएँगे, और जब जेल से निकलेंगे, तो अधिक ताकतवर होकर निकलेंगे। और जो सबसे बड़ा फायदा होगा, वह भी सुन लीजिए। सुनिएगा?''

मरियल आवाज में बोला बैजनाथ, ''सुनाइए।''

''जेल में एक जनाना किता भी होता है,'' बनवरी लाल ने सुनाया, ''जिसमें औरत कैदी रहती हैं। इनमें कितनी ही ऐसी होती हैं जिनके घर के दरवाजे उनके जेल में पहुँचते ही उनके लिए बन्द हो जाते हैं और ये बेसहारा हो जाती हैं। कितनों के घर ही नहीं होते; ये सड़क से जेल और जेल से सड़क आती-जाती रहती हैं। इन कैदियों में आप जिसे भी पसन्द करेंगे, वह आपके साथ आने के लिए तैयार हो जाएगी। इन कैदियों के बारे में जेल में रहते हुए कुछ आप पता लगाएँ, कुछ हम पता लगाएँगे। हम आपके साथ आपकी 'पसन्द' को भी जेल से बाहर निकाल लेंगे। इस शुभ कार्य में जेल के अधिकारी भी सहयोग करेंगे। अगर ऐसा कुछ हो गया, तो आप केवल जवान होकर ही नहीं, एक दुलहिन लेकर भी जेल से बाहर आएँगे। अब और क्या चाहिए? एक अदद दुलहिन के लिए ही आप क्या-क्या आँधी-तूफान झेलते आ रहे हैं आज तक! एक सुनहरा अवसर आया है आपके पास, इसे हाथ से जाने मत दीजिए, बैजनाथ भाई। चलिए, निकलिए।''

''मुझे थोड़ा एकान्त चाहिए,'' बैजनाथ मिमियाया, ''एकान्त में ही मैं अपने को तैयार कर पाऊँगा।''

''आप तैयार होइए,'' पलटू बोला। ''तैयार होकर धानुकों के बीच चले जाइएगा या सारे

धानुकों को यहीं बुला लीजिएगा। बिल्कुल बुलन्द रहिए। कागज और बही ठीक से सँभालिए। हम लोग और काम करने निकलते हैं।''

पलटू के साथ बनवारी लाल भी निकल गया।

(6)

लाठी को जो इज्जत गाँव-देहात में मिली हुई है, वह उसे बैजनाथ मंडल के हाथ नहीं मिली। कहाँ तो नरेश झा के ब्रह्मांड को दो टुकड़े हो जाना था और कहाँ हुआ यह कि ऊपर का थोड़ा-सा चमड़ा कटा और थोड़ा-सा खून बहकर रह गया। लगता था जैसे किसी ब्राह्मण ने लाठी चलायी हो। और वह भी कोई 'बिध' कर रहा हो। कोई मानेगा कि किसी धानुक ने लाठी चलायी है? लाठी चलानेवाला घर से दारू चढ़ाकर चला हो? सिर के दो-चार टुकड़े कर देने का इरादा रहा हो उसके मन में?

ऐसे में अगर मुँह को अँगोछे से नहीं भी ढँका होता बैजनाथ मंडल और कोई लाठी चलाते देख भी लेता उसे, तो लाठी की मार देख लेने के बाद वह बिल्कुल इन्कार कर जाता कि उसने बैजनाथ मंडल को लाठी चलाते देखा था। किसी को क्या पता होता कि लाठी चलाते क्षण बैजनाथ के हाथ काँप रहे थे!

नरेश झा पर किसी को लाठी चलाते किसी ने नहीं देखा था। अगर नरेश झा चोट खाकर अंटा गुड़गुड़ हो गये होते, तो तब तक पड़े रह जाते जब तक उन्हें होश नहीं आ जाता या कोई आदमी उस बगीचे के रास्ते से गुजरते हुए उन्हें मरा पड़ा देख नहीं लेता। यह भी नहीं होता कि पहला आदमी ही इतना हिम्मती होता कि लाश को देखते ही डर से भागकर घर जाने और घर में बन्द होकर सिर्फ घरवाली से बतियाने की बजाय लाश को पहचानने उसके पास तक आ जाता और तब गाँव में शोर मचाता कि नरेश झा किसी दुख से या किसी सुख के लिए घर से बाहर जाकर अपने बगीचे में मरे हैं।

नरेश झा ने भी लठमार को पकड़ने के लिए 'पकड़ो-पकड़ो' का शोर नहीं मचाया था। जमीन पर गिरने के बाद इसके मन में भय हुआ कि कहीं लठमार उसे अनमरा-अधमरा मानकर फिर लाठी मारने वापस नहीं आये। यह सोचकर ही उसने 'दौड़ो-दौड़ो' का शोर मचाया था। उस वक्त लाठीमार को पकड़वाना अधिक जरूरी था या अपनी बची-खुची जान को बचा लेना!

बगीचे के पास से गुजर रहे जिन चार-पाँच आदमियों ने नरेश झा के शोर को सुना, उन्होंने भी 'दौड़ो-दौड़ो' का शोर मचाया और जब काफी लोग दौड़कर उनके पास आ गये, तो सब एक साथ बगीचे की ओर बढ़े। तब तक बगीचे से भागकर आ रहे नरेश झा उनसे आ मिले। यह सोचकर कि कहीं लठैत अभी भी बगीचे में ही नहीं हो, यह उत्सुकता किसी में नहीं जगी कि वे बगीचे में घुसकर जानें कि कैसे क्या हुआ, किस जगह मार लगी, लठमार कहाँ छिपा था, किधर से आया, किधर भागा। वे सब नरेश झा को लेकर उनके घर की ओर चले गये।

नरेश झा पर हुए हमले की खबर जंगल की आग की तरह पूरे फुलकाहा में फैल गयी और आँधी

में उड़े वृक्ष के पत्तों की तरह फुलकाहा के ब्राह्मण नरेश झा के दालान में जमा होने लगे। नरेश झा के बेटों ने पिता को एक कमरे में बिस्तर पर लिटा दिया और कमरे में कोई भीड़ जमा नहीं होने दी। भोला झा को बुलाकर जख्म की आवश्यक मरहम-पट्टी करा दी गयी और उनसे भी निवेदन किया गया कि वे दालान में बैठें। ऐसा पहली बार हो रहा था कि बिना बुलाये इतने मेढक एक जगह आ बैठे थे और कोई वहाँ से इधर-उधर उछल नहीं रहा था। कमरे में लठमार के दर्शन से सुस्त पड़ गये ब्राह्मण की खबर दालान में बैठे लठमार का अगला निशाना बनने से डर गये चंचल ब्राह्मणों को लगातार मिलती रही।

कमरे में बेटा पुरुषोत्तम पूछ रहा था, ''पिताजी! ठीक है, आपने लठमार का चेहरा नहीं देखा, मगर उसके कद-काठी से बता नहीं सकते कि वह कौन हो सकता है? याद कीजिए, उस कद-काठी के किसी आदमी के साथ आपकी हाल में झड़प हुई है, कोई कहासुनी?''

''याद नहीं आता।''

''किसी भी आदमी से?''

''कुछ याद नहीं आता।''

''आप अपने दुश्मनों को याद कीजिए, पिताजी।''

''मेरा कौन दुश्मन, बेटा! कोई भी नहीं।''

''आप पीछे जाइए, पचास साल तक पीछे। ऐसा नहीं हो सकता कि आपने पचास सालों में एक भी दुश्मन नहीं बनाया। यह होता है कि किसी-किसी आदमी में बदले की आग पचास-पचास साल तक सुलगती रह जाती है और वह आदमी सिर्फ इसलिए जीना चाहता है और भगवान से अपने दुश्मन को जिन्दा रखने की प्रार्थना करता है कि वह अपनी आत्मा की शान्ति के लिए अपना बैर साधकर मरे।''

''अब मैं कुछ भी याद नहीं कर पाऊँगा, पुरुषोत्तम।''

दालान में बैठे ब्राह्मणों को अशोक झा सुना रहे थे, ''नरेश बाबू ने भले ही लठमार को बिल्कुल नहीं पहचाना हो, मगर मैं कुछ-कुछ पहचान रहा हूँ।''

''कौन है लठमार?'' एक साथ कई आवाजें आयीं।

''अभी के जमाने में किसी भी ब्राह्मण को कहीं मार लगती है, तो यह मान लिया जाना चाहिए कि मारनेवाला कोई सोलकन होगा।''

''मैं यह मानता हूँ,'' सुधीर झा ने झट अपनी सहमति जतायी।

''मेरे मामा प्रेमनारायण झा,'' अशोक झा ने आगे कहा, ''यहाँ ब्राह्मणों की पहली सभा कराने के बाद जाते-जाते यह भी कह गये थे कि ऐसी सभा यहाँ बराबर होती रहे जिसमें ब्राह्मणों के उत्थान-पतन पर चर्चा हो। अगर ऐसी सभाएँ होती रहतीं, तो लठमार को पता रहता कि ब्राह्मणों की सभाएँ होने लगी हैं, और तब वह किसी ब्राह्मण पर लाठी चलाने की हिम्मत नहीं करता। हम काट नहीं सकते, भूँक तो सकते हैं; मगर हम भूँकते भी नहीं। अभी तो लठमार को कुछ डर भी था कि उसने अपना चेहरा गमछा से ढँक लिया था, अगर हमने कुछ नहीं किया तो भविष्य में वह बिल्कुल नहीं डरेगा और अपना चेहरा दिखाकर लाठी मारेगा।''

''हम काट क्यों नहीं सकते? अब भूँकने से काम चलेगा क्या? मैंने उस बार भी कहा था, नीलमणि मिश्र ने सुनाया, ''और आज फिर कह रहा हूँ कि ब्राह्मण सेना का अविलम्ब गठन हो। सिर्फ सभा कर लेने से कुछ नहीं होगा। कब आँख खुलेगी ब्राह्मणों की?''

''जो हो, सो जल्दी हो,'' सुधीर झा बोला, ''मेरा कोई रिश्तेदार आता है, तो मेरे लिए उसे साथ लेकर गाँव में दिशा-मैदान तक के लिए निकलना मुश्किल हो जाता है। डर बना रहता है कि कब कौन सोलकन टकरा जाये और, प्रणाम तो साला क्या करेगा, तू-तुकार पर न उतर जाये।''

''मैंने तो पिछली सभा में ही कहा था,'' आदित्य मिश्र ने कहा, ''कि हमें एक परशुराम की जरूरत है। अब हम किसी परशुराम के आने की प्रतीक्षा नहीं कर सकते, एक परशुराम अविलम्ब पैदा करना होगा।''

''जब नरेश बाबू पर हमला हो गया है, तब मान लीजिए कि परशुराम भी पैदा हो गया,'' भोला झा ने सुनाया, ''मैं पुरुषोत्तम झा का गुस्सा देखकर आ रहा हूँ। अब इसी घर में पैदा होगा परशुराम। सिर्फ पता चल जाये कि लठमार कौन था।''

कौन हो सकता है लठमार, यह बताने के लिए लोग दूर-दूर की कौड़ी ला ही रहे थे कि पलटू झा दालान में हाजिर हुआ और उपस्थित ब्राह्मणों से पूछा, ''आप लोगों ने जाना कि किसने लाठी मारी थी?''

''नहीं जाना, नहीं जाना,'' आवाजें उभरीं।

''तो अब जान लेंगे,'' पलटू बोला, ''मैं पुरुषोत्तम झा को नाम बताकर आता हूँ।''

जब पलटू झा ने लठमार का नाम बताया, तो कमरे में उपस्थित घर के लोग चौंक पड़े। पलटू की बात पर किसी को विश्वास नहीं हुआ। स्वयं नरेश झा ने कहा, ''नहीं, यह झूठ है; यह सच नहीं है।''

''जो मैंने अपनी आँखों से देखा, उसे सच नहीं मानेंगे आप?''

''आपने अपनी आँखों से देखा?'' पुरुषोत्तम ने पलटू से पूछा।

''हाँ,'' पलटू ने जवाब दिया।

''जब आपने अपनी आँखों से देखा है,'' पुरुषोत्तम बोला, ''तब तो आपकी बात का विश्वास करूँगा मैं।''

''मुझे विश्वास नहीं होता।'' नरेश झा बोल पड़े।

''जो सच आँख का देखा हुआ है,'' पुरुषोत्तम ने पिता से कहा, ''उसे भी आप सच नहीं मानेंगे?''

''जितना मैंने देखा था,'' पिता ने जवाब दिया, ''उतना ही तो पलटू ने भी देखा होगा। मैंने क्या देखा! मुंड नहीं देखा, मुंड पर गमछा देखा।''

''मैं बिना मुंड के सौ धड़ों के बीच बैजनाथ मंडल का धड़ पहचान सकता हूँ,'' पलटू ने सुनाया, ''किसी से उजाले में भूल हो सकती है उसे पहचानने में, मैं उसे अँधेरे में भी पहचान लूँगा।''

"ऐसी पहचान में भूल हो सकती है, पलटू झा, " नरेश झा ने कहा, "मामला थाना-कचहरी का है। मैं किसी निर्दोष को नहीं फँसाऊँगा।"

"जब तक बैजनाथ मंडल खुद नहीं कहता कि उसने लाठी मारी है," पलटू झा बोला, "तब तक उसने लाठी नहीं मारी है?"

"कैसे मान लूँ कि मारी है?"

"तो सुन लीजिए कि अब बैजनाथ मंडल खुद भी कहता फिर रहा है कि उसने लाठी मारी है।"

"ऐसा कह रहा है बैजनाथ मंडल?"

"हाँ, कह रहा है; आप धानुक टोले में जाकर पता लगा लीजिए।"

"अब कुछ पता नहीं लगाना है," पुरुषोत्तम झा बोला, "अब कागज तैयार हो थाना में देने के लिए।"

पलटू झा झट कागज तैयार करने के लिए बैठ गया, "लाइए कलम-कागज।"

नरेश झा बुदबुदाकर रह गये, "ऐसा कह रहा है बैजनाथ मंडल!"

प्रथम सूचना रिपोर्ट तैयार होने लगी। अभियुक्त का नाम-पता लिखा गया; अपराध का दिन,समय और स्थान लिखे गये; अपराध करने का तरीका लिखा गया; साक्षी के रूप में पलटू ने अपना नाम लिख डाला; मगर अपराध करने की नीयत पर बात अटकी।

बैजनाथ की नीयत पर जब पलटू ने सविस्तार प्रकाश डाला, तो नरेश झा का मन दुखी हो गया, "हमें तो अपने पुरखों के इस इतिहास की कोई जानकारी नहीं है। जब तक बैजनाथ का बाप जिन्दा रहा, मेरा भक्त बना रहा। पता नहीं, जो बही उसे मिली है,वह उसके बाप की बही है भी या नहीं! ब्याह के लिए नेता बने तो बने, मुझे मारने क्यों आ गया! मैंने तो कभी उसके ब्याह में रोड़े नहीं अटकाये।"

पुरुषोत्तम ने पिता को झिड़क दिया, "आपने या आपके पुरखों ने क्या नहीं किया, उस पर हमें नहीं सोचना है। बही बैजनाथ मंडल के बाप की हो या उसके बाप के बाप की, किसी बही के बल पर कोई किसी पर लाठी नहीं चला सकता। हमें देखना है कि लाठी किसने चलायी है, और यह हमने देख लिया।"

"ठीक है, देख लिया," नरेश झा ने राय दी, "मगर झटपट कोई निर्णय मत ले लो, पुरुषोत्तम; कुछ और लोगों की राय भी ले लो।"

"ठीक है," पुरुषोत्तम बोला, "दालान में बहुत से ब्राह्मण बैठे हुए हैं; मैं उन लोगों के साथ विचार-विमर्श कर आता हूँ।"

यह संवाद मिलते ही कि बैजनाथ मंडल ने नरेश बाबू पर लाठी चलायी है, दालान में बैठे ब्राह्मणों के बीच विचार-विमर्श शुरू हो गया था कि उन्हें अब क्या कदम उठाना चाहिए। बात की तह में जाकर कुछ लोगों ने यह निष्कर्ष निकाला कि ब्याह नहीं होने के कारण बैजनाथ मंडल पागल हो गया है और जब तक उसका ब्याह नहीं हो जाता, तब तक वह जहाँ-तहाँ किसी पर भी लाठी चला सकता है। डर इस बात का अधिक था कि बैजनाथ ने पागलपन में भी कुछ सोचकर

ही एक ब्राह्मण को अपना निशाना बनाया है, और सम्भव है कि अपनी सोच पर कायम रहकर वह किसी ब्राह्मण को ही अपना अगला निशाना बनाये। ब्याह धानुक का नहीं हो और मार ब्राह्मण खाये! यह सरासर अन्याय था ब्राह्मण सभा की नजर में और सभा ने इसके प्रतिकार पर जोर दिया। कुछ लोग दूर की यह कौड़ी ले आये कि बैजनाथ मंडल अपनी अब तक की हानि को अब अपने लाभ में बदलना चाह रहा है और आगे-पीछे ब्याह करने के साथ वह अभी ही नेता बन जाने के फिराक में है। दो-चार और ब्राह्मणों के सिर फुड़ाने पर तैयार थी ब्राह्मण सभा, मगर इस बात पर कतई तैयार नहीं थी कि एक और सोलकन को नेता बनने दिया जाये। एक जनार्दन यादव ही अजीर्ण हो गया था,जो बात-बात में इन्कलाब जिन्दाबाद करवाता रहता था और गाँव में इज्जतदार लोगों का जीना दूभर कर दिया था। सारे ब्राह्मण एकमत थे एक और सोलकन को नेता बनकर सिर उठाने देने के पहले ही उसका सिर कुचल दिया जाये। बैजनाथ मंडल का सिर कुचलना तो और भी जरूरी था, क्योंकि इस शख्स ने तो नेता बनने की शुरुआत ही नारा-जुलूस की बजाय मार से की थी।

पुरुषोत्तम झा ने दालान में बैठे ब्राह्मणों की राय से पिता को अवगत करा दिया, तो नरेश झा ने कुछ सोचकर कहा, ''ठीक है, सबकी जो राय हो वह करो, मगर एक बार बैजनाथ मंडल से खुद जाकर पूछो कि उसने ऐसा क्यों किया।''

''अब बैजनाथ मंडल से पूछने जाऊँ?'' पुरुषोत्तम कुछ खीझ उठा।

''हाँ,'' नरेश झा बोले, ''अगर बैजनाथ अभी खुलकर कह रहा है कि उसने लाठी चलायी है, तो वह अपना मुँह ढँककर मुझे मारने नहीं आता। पलटू झा की बातों का तुरत विश्वास मत करो। वह लबाड़ है; कुछ भी कह सकता है, कर सकता है। शंकरपुर से क्या करके आया है, नहीं पता?''

''ठीक है, मैं जाता हूँ बैजनाथ मंडल के पास,'' पुरुषोत्तम ने पिता से कहा, ''मगर मैं पलटू झा को साथ लेकर जाऊँगा।''

पलटू झा पुरुषोत्तम झा के साथ बैजनाथ मंडल के पास जाने के लिए सहर्ष तैयार हो गया।

जिस एकान्त में सोच-सोचकर मन को स्थिर करने का प्रयास कर रहा था बैजनाथ, उस एकान्त में अचानक भीड़ लग गयी...बैजनाथ के दिल-दिमाग में हड़कम्प मच गया...

चित्रगुप्त धर्मराज के पास पहुँच गये हैं और उनसे निवेदन कर रहे हैं, ''महाराज! मेरे लेख में कुछ ऐसी अशुद्धियाँ थीं जिनके कारण कुछ ऐसे लोग, जिन्हें नरक में रहना था, अभी स्वर्ग में रह रहे हैं। मृत्युलोक में एक बही मिली है जिसमें इन लोगों के पाप टाँके हुए हैं। भूल-सुधार के लिए आपका आदेश चाहिए।''

धर्मराज का आदेश होते ही आगे की कार्रवाई शुरू हो जाती है।

धर्मराज के दूत चंड और महाचंड नरेश झा के पुरखों-बाप से लेकर परदादा तक—को गरदनिया देते हुए स्वर्ग से बाहर ले आकर उन्हें पेशी के लिए चित्रगुप्त के समक्ष ले जाते हैं। चित्रगुप्त उन्हें उनके गुनाह सुनाता है, तो सबके सब बिफर उठते हैं, ''यह झूठ है, महाराज, सारे

गुनाह झूठे हैं। हमें दो दिनों का समय दिया जाये। फुलकाहा के सारे धानुक यहाँ मिल जाएँगे। हम उनसे जिरह कर साबित कर देंगे कि जो बही बैजनाथ मंडल के पास है, वह झूठ का पुलिन्दा है। झूठ की सजा बैजनाथ मंडल और उसके पुरखों को मिलनी चाहिए, जो स्वर्ग में हैं उन्हें स्वर्ग से निकाला जाये, और जो किसी अच्छे नरक में हैं और उन्हें खराब नरक में डाल दिया जाये, खराब-से खराब नरक में।''

और अब नरेश झा के सारे पुरखे एक साथ स्वर्ग और नरक के चक्कर लगाकर दसई और छतरू से लेकर लालबिहारी और रामजतन तक के पुरखों को ढूँढ़ निकालते हैं और उन सबको साथ लेकर बैजनाथ मंडल के लकड़दादा और परदादा और दादा और बाप को पकड़ लाते हैं और उन सबको एक साथ बैठाकर उन्हें बही के किस्से सुनाते हैं और उन सबसे एक-एक कर पूछते हैं, बही का कौन किस्सा कितना सच है और कितना झूठ?

कनिक मंडल को काटो तो खून नहीं! उसकी थुड़ी-थुड़ी हो जाती है। परदादा से लेकर बाप तक की फटकार उसे सुननी पड़ती, ''रे कनिका! कैसा कुपुत्तर पैदा किया कि वह किसी दूसरे की बही को अपने बाप की बही बताता है! माँग, नरेश बाबू के पुरखों से क्षमा माँग, और जा, बेटे से बही लेकर आ जा।''

बाप कनिक बेटा बैजनाथ के पास पहुँच जाता है, ''रे बैजनाथ! किस चक्कर में पड़ा है कि झूठ के पुलिन्दा को बाप की बही बता रहा है? तुम्हारे कारण तुम्हारे सारे पुरखों पर आफत आयी हुई है। तुम्हारी इस बही से उनका परलोक बिगड़ रहा है। यहाँ तुम्हारी बही भले तुम्हारे काम आ जाये, मगर वहाँ इस बही के कारण तुम्हारे सारे पुरखे अनन्त काल तक नरक भोगते रह जाएँगे। तुमने अपना भला ही कहाँ सोचा, रे बैजनाथ! कितने दिन बने रहोगे नेता? मरकर आओगे, तो सीधे नरक में ठेल दिये जाओगे। नेता ही बनना है, तो लाठी खाकर बनो, लाठी मारकर नहीं। इस बही के झूठ को गले मत लगा, बेटा; ला, बही दे दे मुझे।''

पलटू झा ने रास्ते में ही पुरुषोत्तम झा से यह कह दिया था कि वह बैजनाथ मंडल से केवल यह सुनकर नहीं आ जाये कि उसने लाठी मारी थी, यह देखकर भी आये कि बैजनाथ मंडल ने सुबह में नरेश बाबू का सिर कलम करने के लिए रात भर दबिया मारने की तैयारी की थी, मगर नरेश बाबू की आयु अभी शेष थी, इसलिए किसी दैवी रुकावट से वह सुबह में दबिया की बजाय लाठी लेकर घर से निकल गया था। यह अनुमान लगाकर भी कि बैजनाथ मंडल अभी घर पर मिलने की बजाय धानुक टोले में घूमता हुआ मिलेगा, पलटू झा पुरुषोत्तम झा को बैजनाथ का वज्रगृह दिखाने उसके घर पर ही आया।

बैजनाथ मंडल अपने घर पर ही मिल गया। वह अपने वज्रगृह में ही विराजमान था। पलटू ने अपनी बुझी निगाहों से वज्रगृह और बैजनाथ दोनों को कई-कई बार देखा। वज्रगृह धो-पोंछकर बिल्कुल साफ कर दिया गया था और उस वज्रगृह में बैजनाथ तन्द्रिल अवस्था में बैठा हुआ था। वज्रगृह से कुछ पूछा नहीं जा सकता था; बैजनाथ मंडल से पूछने के लिए उसकी तन्द्रा तोड़नी पड़ी पलटू झा को। उसने बैजनाथ मंडल के कन्धे पर हाथ रखकर उसे हिलाया, ''बैजनाथ बाबू!''

जैसे किसी गहरी नींद से जगा हो, बैजनाथ मंडल ने अकचकाकर अपनी आँखें खोलीं और अपनी खुली और खोयी आँखें उन दोनों पर टिका दीं।

पलटू झा को कहना पड़ा, ''पुरुषोत्तम झा आये हैं।''

''हाँ, पुरुषोत्तम झा आये हैं!'' कुछ अलसाये स्वर में उच्चारित किया बैजनाथ ने और फिर पुरुषोत्तम झा की ओर देखकर बोला, ''नमस्कार, पुरुषोत्तम बाबू।''

पुरुषोत्तम झा ने इस नमस्कार का कोई उत्तर नहीं दिया।

बैजनाथ को चुप हो जाते देखकर पलटू ने कहा, ''पुरुषोत्तम झा आपके मुँह से सुनने आये हैं। जो सुनाना हो,सुना दीजिए इन्हें।''

''मुझे कुछ सुनाना है?'' बैजनाथ मंडल ने स्तम्भित स्वर में पूछा, ''क्या?''

''यही कि लाठी आपने चलायी है।''

''मैंने लाठी चलायी है!''

''पुरुषोत्तम झा यह पूछने नहीं आये हैं कि आपने क्यों, किस योजना के अन्तर्गत लाठी चलायी है।'योजना' पर ध्यान दीजिए। ये सिर्फ यह जानने आये हैं कि आपने लाठी चलायी है।''

''यह मैं क्या सुन रहा हूँ? कब, किस पर लाठी चलायी मैंने?'' बोलकर बैजनाथ अपने बदन को कई बार टटोलने के बाद बुदबुदाया, ''मैं कोई स्वप्न तो नहीं देख रहा हूँ!''

''होश में आइए, बैजनाथ बाबू,'' पलटू बोला, ''आपने जो आज सुबह नरेश बाबू को उनके बगीचे में लाठी मारी, उसके बारे में पूछने आये हैं पुरुषोत्तम झा।''

''नरेश बाबू को किसी ने लाठी मारी है? वैसे पूज्य आदमी को? भला नहीं होगा उसका। मगर मेरा नाम कैसे आ रहा है? किस साले ने मेरे नाम की अफवाह उड़ायी? जाइए, आप लोग, अब मैं रोऊँगा।''

''आपने मेरे पिताजी पर लाठी नहीं चलायी है?'' इस बार पुरुषोत्तम ने बैजनाथ से पूछा।

''आपको विश्वास हो रहा है क्या?'' बैजनाथ का स्वर रुआँसा हो उठा था, ''मेरे हाथ टूटकर अभी तक गिर नहीं गये होते?''

पुरुषोत्तम झा ने आँखें तरेरकर पलटू झा से कहा, ''आप होश में रहा कीजिए, पलटू झा। पिताजी ठीक ही कह रहे थे कि आप लबाड़ हैं। मैं तो झूठा मुकदमा करने जा रहा था, आपकी गवाही पर।''

''आप अब मुझे झूठा गवाह मान लें, पुरुषोत्तम झा,'' पलटू बोला, ''इससे पहले मैं झूठा नहीं था। आप मुझे लबाड़ मत समझिए।''

''अभी भी आप कहेंगे कि आपने बैजनाथ मंडल को लाठी चलाते देखा है?''

''अब कैसे कह सकता हूँ? मैं तो बैजनाथ मंडल के बल पर ही गवाही दे रहा था,'' पलटू ने जवाब दिया, ''जब इन्होंने लाठी चलायी ही नहीं, तब मैंने इन्हें लाठी चलाते कैसे देख लिया!'' और फिर उसने बैजनाथ मंडल से कहा, ''बैजनाथ बाबू! अब कुछ याद आ रहा है आपको?''

बैजनाथ मंडल कुछ बोले, इससे पहले ही पुरुषोत्तम झा तमककर बोला, ''आप याद करवाते रहिए; मैं चलता हूँ। और, सुन लीजिए,'' उसने जाते-जाते कहा, ''आप फिर कभी मेरे

दरवाजे पर कदम नहीं रखिएगा।''

पुरुषोत्तम झा के जाते ही पलटू ने बैजनाथ के कन्धे पर हाथ रख दिया और बोला, ''अभी भी कुछ बिगड़ा नहीं है, बैजनाथ बाबू। अभी भी आप हाँ बोलिए, तो मैं पुरुषोत्तम झा को हाँक लगाकर बुला लूँ। योजना के अनुसार काम होने दीजिए। हाथ आया मौका हाथ से जाने मत दीजिए, बैजनाथ बाबू। लगाऊँ हाँक?''

''मैं कुछ और सोच रहा हूँ, पलटू पंडित।''

''क्या?''

''हमारी योजना में लाठी कहीं नहीं थी। इस लाठी ने काम बिगाड़ दिया है। लाठी की सीढ़ी चढ़कर मैं कोई बड़ा नेता नहीं बन पाऊँगा। अगर मैंने दबिया चलाया होता, तो मैं अपनी योजना से जरा भी इधर-उधर नहीं होता और अब तक पुरुषोत्तम झा थाना जा चुके होते। अब इस लाठी की मार को गोल कीजिए। अच्छा हुआ कि किसी ने भी नहीं देखा। मैं एक बार बटुकदास से मिलकर आ जाता हूँ। मुझे लगता है कि उन्होंने अब तक मेरे लिए कोई लड़की ठीक कर रखी होगी। अगर लड़की ठीक हो गयी रहेगी, तो मैं वहाँ से आदमी भेजकर आपको बुलवा लूँगा। अगर वहाँ ना सुनने को मिलता है, तो मैं वहाँ से तुरन्त वापस आ जाऊँगा और यहाँ आते ही दबिया चला दूँगा।''

''क्या आप चाहेंगे कि मैं रसोइया बनकर जीवन काटूँ?''

''आप नहीं चाहेंगे, तो मैं भी नहीं चाहूँगा।''

''तो फिर मैं आपके साथ ही चलूँगा। पिताजी छठे दिन ही मुझे यहाँ से लेकर नवरसिया पहुँचा देंगे। आपका कोई ठीक नहीं कि आप यहाँ से जाकर फिर यहाँ कब लौटते हैं। आप नहीं रहेंगे, तो मैं अकेला कहाँ भागकर जाऊँगा?''

''मुझे आपको साथ ले चलने में कोई एतराज नहीं है। कठिनाई आपको हो सकती है कि आप ब्राह्मण हैं और वहाँ धानुक राजनीति की बातें होंगी। वहाँ तो आपको मेरे रंग में रँग जाना होगा।''

''आपका रंग तो मैंने हमेशा अपने ऊपर चढ़ा लिया है, बैजनाथ बाबू।''

''तो फिर चलिए मेरे साथ। मैं कल सुबह ही निकल रहा हूँ।''

''मुझे तो घर से मुँह-अँधेरे ही भागना होगा; और मेरी खोज शुरू हो, उससे पहले ही गाँव-बाहर हो जाना होगा।''

''यह मेरे लिए भी अच्छा ही रहेगा। नेबी मंडल और चरित्तर भगत के दर्शन नहीं होंगे!'' बैजनाथ ने कहा, ''आप अनन्ता बाबा के आश्रम के पास रहिएगा; मैं किरण फूटने से पहले वहाँ पहुँच जाऊँगा।''

दालान में ब्राह्मणों के बीच रामभद्र झा भी उपस्थित थे। गुस्सा उन्हें इस बात का जरूर आया था कि पलटू रसोई छोड़कर भागा आया था, मगर फिर उन्हें इस बात की खुशी हुई कि बेटा ब्राह्मणों के बीच महत्त्वपूर्ण हो रहा था। यह न जाने कब तक ब्राह्मणों के बीच चर्चा का विषय बना रहेगा कि रामभद्र झा के बेटे पलटू झा ने अपनी दोस्ती नहीं देखी, ब्राह्मणों का हित देखा! आन गाँवों

के ब्राह्मण बोलेंगे, 'फुलकाहा के रामभद्र झा का बेटा!' बेटा भाग्यवान था कि जो किसी ने नहीं देखा, वह उसने देख लिया; बेटा गुणी था कि अँगोछे से ढँके जिस चेहरे को कोई पहचान नहीं सकता था, उसे उसने पहचान लिया।

जब पुरुषोत्तम झा लौटकर आया और दालान में बैठे ब्राह्मणों को सुनाया कि पलटू झा भारी लबाड़ है और उसने आग लगाने की कोशिश की थी, तो रामभद्र झा वहाँ से चुपचाप खिसककर घर आ गये। घर आते ही उनका गुस्सा फूट पड़ा और उन्होंने जमीन-आसमान एक कर दिया। पलटू अब तक लौटकर घर नहीं आया था, इसलिए सारे ताने-तिशने पलटू की माँ और उसकी बहू को सुनने पड़ रहे थे।

धधककर खूब उछलने-कूदने के बाद वे अचानक बुझकर बैठ गये थे। उनके मन में आया कि सुस्त चाल से चलकर भी अब तक पलटू को बैजनाथ मंडल के घर से अपने घर पहुँच जाना था।

वे सोचने लगे, इस देर का क्या कारण हो सकता है?

कहीं पलटू इतना लज्जित तो नहीं हुआ है कि उसके मन में किसी पोखर में डूब मरने की बात आ गयी है! नरेश झा और नीलमणि मिश्र दोनों के ही पोखर अभी सुनसान होंगे। पलटू के पश्चात्तापी मन में नरेश झा के पोखर में ही मरने का खयाल आया होगा।

यह भी हो सकता है कि बैजनाथ के इन्कार पर पलटू को गुस्सा आ गया हो और उस गुस्से में बिना यह विचारे कि उसकी अपनी काया दुबली-पतली और निर्बल-दुर्बल है, वह बैजनाथ के साथ हाथापाई पर बैठा हो, और अब बैजनाथ बैलगाड़ी का बन्दोबस्त कर रहा हो उस पर पलटू को लादकर उसके घर भेजने के लिए।

जब उनकी बेचैनी बहुत बढ़ गयी, तो वे घर से निकलने को हुए, मगर तभी उनकी पत्नी ने आकर सूचित किया, "पलटू आ गया; रसोई में है।" पलटू के अपंग या अलोप होने के बाद के जो दृश्य रामभद्र झा की आँखों के आगे उपस्थित होने लगे थे, वे तत्काल अदृश्य हो गये और उन्होंने राहत की साँस ली।

राहत की साँस ले लेने के बाद उन्होंने मन को स्थिर किया और पलटू को हाँक लगायी। पलटू के प्रकट होते ही उन्होंने प्रश्न किया, "तुम्हारे मन में तो किसी पोखर में डूब मरने की बात आयी होगी?"

"क्यों आएगी डूब मरने की बात?"

"तुम्हारी पोल तो खुल गयी कि तुमने आग लगाने की कोशिश की थी। आगा-पीछा सोचा नहीं और झूठा गवाह बन गये! क्या मिलता तुम्हें बैजनाथ मंडल को झूठा मुकदमा में फँसाकर?"

"न मुकदमा झूठा, न गवाह मैं झूठा था। लाठी बैजनाथ ने ही चलायी थी और लाठी मैंने ही चलवायी थी। बैजनाथ झूठ बोल गया, इसलिए मुझे कुछ नहीं मिला; अगर बैजनाथ अपनी बात पर टिका रहता, तो मुझे मिलता बहुत कुछ।"

"तुम्हें क्या मिलता?"

"फुलकाहा के अवध मंडल और मदनपुर के जियालाल पोद्दार के बीच गहरी दोस्ती थी,

यह तो आप जानते हैं?''

''हाँ, जानता हूँ; यहाँ सब जानते हैं।''

''नीलमणि मिश्र का बाप सुकुमार मिश्र पहले तो अवध मंडल के घर में घुसा और फिर उसके पेट में घुसा; पेट में ऐसा घुसा कि पोद्दार के साथ उसकी पुरानी दोस्ती तुड़वा दी; दोस्ती ऐसी तुड़वा दी कि दोनों एक-दूसरे के खून के प्यासे हो गये।''

''खून भी हुआ; अवध मंडल ने जियालाल पोद्दार का खून कर दिया।''

''खून का मुकदमा चला?''

''हाँ, चला।''

''मुकदमे में अवध मंडल का पैरवीकार बना सुकुमार मिश्र?''

''हाँ, बना।''

''मुकदमे में अवध मंडल की बीसों बीघे जमीन बिक गयी?''

''हाँ, बिक गयी।''

''बिककर अवध मंडल की सारी जमीन सुकुमार मिश्र के पास आ गयी या नहीं?''

''हाँ, आ गयी।''

''अगर बैजनाथ मंडल खून के मुदकमे में फँस जाता, तो रामभद्र झा का बेटा आज नीलमणि मिश्र का बाप बन जाता या नहीं?''

रामभद्र झा मुस्कराये, ''वैसा हुआ नहीं!''

''नहीं हुआ, तो कुछ नहीं मिला,'' पलटू बोला,''अगर हो जाता, तो बहुत कुछ मिलता या नहीं?''

''होता, तो अच्छा ही होता; नहीं हुआ, तब भी ठीक,'' रामभद्र झा ने कुछ उदास स्वर में कहा, ''अब हाथ मलने से क्या होगा! तुम रसोई में अपना हाथ साफ करो।''

(7)

पलटू झा का घर से भागना तो हुआ, मगर ऐसा नहीं कि घर में किसी को खबर नहीं हो। किसी को घर में खबर तो थी, मगर ऐसा नहीं हुआ कि भागने के बाद उसकी खोज नहीं हो। खबर भी थी और खोज भी हुई।

खबर सिर्फ पलटू की पत्नी को थी और उसे भी सिर्फ पति के भागने की खबर थी, बैजनाथ मंडल के साथ भागने की नहीं। रात में सोने से पहले पलटू ने पत्नी से पूछा, ''तुम भी मुझे रसोइया बनाना ही चाहती हो?''

''मैं तो वही चाहूँगी,'' पत्नी ने जवाब दिया, ''जिसमें हमारा भला हो।''

''तुम्हें लगता है कि मेरे रसोइया बनने में मेरा और तुम्हारा भला है?''

''बाबूजी कुछ अच्छा सोचकर ही तो आपको रसोइया बना रहे हैं।''

''तुम्हें रसोइया की बीवी कहलाना अच्छा लगे-तो-लगे, मुझे रसोइया बनना मंजूर नहीं। तुम भले लोगों को अकड़कर सुनाती रहो कि तुम रसोइया की बीवी हो, सेठ के रसोइया की बीवी,

मगर मैं रसोइया रहकर जीवन नहीं काट सकता, मैं कुछ और बनूँगा।''

''क्या बनना चाहते हैं आप?''

''बाबूजी को सिर्फ मेरी बदकिस्मती नजर आ रही है, मेरी बुद्धि और गुण नहीं। किस्मत बदलती है या नहीं? इस बार मैं अपनी किस्मत बदल लूँगा। मैं पंडित बनूँगा, ऐसा पंडित जो अपनी बुद्धि और गुण से इज्जत और पैसा दोनों कमाये, इज्जत इतनी कि बड़े-बड़े लोगों का चरण-स्पर्श के लिए ताँता लगा रहे, और पैसा इतना कि उसे रखने के लिए बाबूजी को हर साल दो-चार तिजोरियाँ खरीदनी पड़े।''

''बाबूजी क्या ऐसा नहीं चाहेंगे! आप उनसे बोलिए।''

''वे अभी मुझे किस्मत बदलने की इजाजत नहीं देंगे; मैं घर से भागूँगा, कल सुबह ही। सिर्फ तुम्हें बताकर चला जाऊँगा।''

''बाबूजी मुझसे पूछेंगे, तो मैं क्या जवाब दूँगी?''

''तुम्हें जो जवाब सूझे, दे देना; सिर्फ यह मत बताना कि मैं तुम्हें बताकर भागा हूँ। सावधान रहना; ऐसा न हो कि मेरे जाने के बाद तुम्हें मुस्कान छोड़ते देख लें।''

''मैं आपके भागने के बाद देर तक रोऊँगी।''

''आँसू बहाकर?''

''हाँ।''

''सोना में सुगन्ध?''

अभी अँधेरा ठीक से छँटा भी नहीं था कि बैजनाथ ने रीतलाल को जगाया और बोला, ''रीतलाल! उठो, घर का दरवाजा बन्द कर लो; मैं निकल रहा हूँ।''

उठकर आँख मलने के बाद रीतलाल ने मालिक को गौर से देखा और कहा, ''क्या बोले, मालिक?''

''दरवाजा बन्द कर लो; मैं निकल रहा हूँ।''

''अभी तो रात ही है, मालिक। चरित्तर भगत के आने में बहुत देर है।''

''मुझे अभी ही निकलना है; मैं भाग रहा हूँ न!''

''भाग रहे हैं?''

''हाँ, रीतलाल, भागना पड़ रहा है।''

''आप साधु बनने जा रहे हैं, मालिक?''

''साधु क्यों बनूँगा रे? कदमलाल ने कुछ कहा है?''

''उन्होंने कुछ नहीं कहा है। मेरे गाँव का सोनेलाल भगत साधु बनने के लिए घर से भागा था; बीस साल बाद लौटा था साधु बनकर।''

''किसी से कहना मत कि मैं साधु बनने के लिए घर से भाग गया हूँ। मैं ब्याह करने जा रहा हूँ, साधु बनने नहीं।''

''ब्याह करने के लिए ही तो पहले भी जाते थे, मालिक; इस तरह भागकर तो नहीं जाते थे।''

''पलटू पंडित घर से भागकर जा रहा है, इसलिए मुझे भी उसके साथ भागना पड़ रहा है। हो सकता है, मेरे करम में यही लिखा हो कि घर से भाग कर जाओगे, तभी ब्याहकर घर आओगे।''

''हो सकता है, यही लिखा हो; इस विधि को भी आजमा लीजिए, मालिक।''

''मगर, सुन लो; पलटू पंडित का बाप तुमसे पूछने आये मेरे या पलटू के बारे में, तो उनसे कह देना कि पलटू पंडित से मेरी फूट-फटक हो गयी है और अगर पलटू पंडित पूरब की ओर भागे होंगे, तो मैं पच्छिम की ओर भागा होऊँगा।''

''पलटू पंडित उत्तर, तो आप दक्खिन?''

''हाँ।''

''अगर किसी और ने पूछा कि मालिक कहाँ गये हैं, तो उससे कहूँगा पहले यह पता लगाकर आने के लिए कि पलटू पंडित किस दिशा में भागे हैं।''

''कह सकते हो; हाँ, यही कहना।''

पलटू को पता था कि प्रातःस्मरण के पश्चात् जब पिताजी रोज की तरह पाकशाला में झाँकेंगे और पाएँगे कि सेठ का रसोइया बिना उनकी पूर्व अनुमति के अनुपस्थित है, तब पहले तो वे बगैर कुछ पूछे पुत्रवधू की ढिलाई पर थुड़ी-थुड़ी करेंगे, और जब पूछने पर उन्हें पुत्रवधू से सुनने को मिलेगा कि सुपुत्र अपनी बरियारी दिखाते हुए बाँह छुड़ाकर निकल गया है और बहुत देर से गया हुआ है, तो यह अनहोनी उनके मन में पुत्र के पलायन का सन्देह पैदा कर देगी, और वे भगोड़े की तलाश में तुरन्त कूच बोल देंगे। पकड़ लिये जाने पर पलायन के लिए फिर दूसरा प्रयास न करना पड़े और पहले प्रयास के असफल हो जाने के बाद फिर अगले किसी प्रयास का सफल होना असम्भव न हो जाये, यह सोचकर पलटू झा ने अनन्ताश्रम के पास बैजनाथ मंडल से मिलते ही उसे बता दिया कि बस पड़ाव के पास कहीं छिपकर बस के आने की प्रतीक्षा करने का खतरा उठाने की बजाय उन्हें झटपट फुलकाहा से बाहर निकल जाना चाहिए और कुछ दूर निकल जाने के बाद ही बस के आने का इन्तजार करना चाहिए।

वे दोनों मंगलपुर की ओर पैदल ही चल पड़े।

मंगलपुर में बस पकड़ने के बाद जब दोनों सहसौल पहुँच गये, तब पिछली यात्रा के अनुभवों को याद करते हुए उन दोनों ने यात्रा-मार्ग पर पुनः विचार-विमर्श किया। लोगों से पूछताछ करने पर पता चला कि रतनपुर वहाँ से करीब साढ़े तीन कोस दूर है और उस रास्ते में ताँगा केवल एक कोस दूर देवीपुर तक ही जाता है। बेलागंज होकर जाने पर उन्हें सिर्फ बेलागंज से रतनपुर तक डेढ़ कोस पैदल चलना पड़ेगा। पलटू मन-ही-मन यह सोचकर बेलागंज होकर जाने का खतरा उठाने को तैयार था कि अगर कहीं बेलागंज मठ के साधुओं ने उन्हें पकड़ भी लिया, तो वह बैजनाथ मंडल को उनके सुपुर्द कर खुद सही-सलामत निकल आएगा, मगर बैजनाथ की जिद के चलते उसे भी डेढ़ कोस पैदल चलने की बजाय ढाई कोस पैदल चलने पर तैयार होना पड़ा।

देवीपुर ताँगा पड़ाव पर ताँगा से उतरतर रतनपुर की ओर पैदल निकलने के पहले वे कुछ सुस्ताने, कुछ पूछताछ करने और आगे बढ़ने के पहले एक-एक प्याली चाय पी लेने के इरादे से

एक चाय दुकान में घुस गये। चाय दुकान के बाहर दो-तीन बेंचों पर लोग बैठे हुए थे, कुछ चाय पी रहे थे, कुछ ताँगा के खुलने के इन्तजार में बैठे हुए थे। पलटू और बैजनाथ चाय दुकान के अन्दर एक कोने में पड़ी बेंच पर जा बैठे।

बेंच पर बैठते-बैठते पलटू के होंठों पर मुस्कराहट उतर आयी। उसे मुस्कराते देख बैजनाथ ने पूछा, ''कुछ याद आ रहा है क्या, पलटू पंडित?''

''हाँ, बैजनाथ बाबू, याद आ गया है कुछ।''

''क्या याद आया?'' बैजनाथ ने पूछा, ''बेलागंज मठ?''

''नहीं,'' पलटू बोला, ''घर याद आ रहा है। अब तक घर में सब एकमत हो चुके होंगे कि मैं घर से भाग गया हूँ। अभी पिताजी अपनी पुत्रवधू से पूछ रहे होंगे कि मेरे भागने की दिशा कौन सी होगी?''

''क्या जवाब दिया होगा पुत्रवधू ने?''

पलटू पहले हँसा और फिर बोला, ''एक सुबह जब मैं सोकर उठा था, तो पत्नी ने मुझे बताया कि मैं रात में गहरी नींद में देर तक अपना हाथ इस तरह चलाता रहा था, जैसे कि कड़ाही में कोई सब्जी बना रहा होऊँ। मुझे लगता है कि अभी वह पिताजी को यही बता रही होगी कि मैं रात भर नींद में करछुल चलाता रहा था और ऐसा आदमी भागने का खयाल आने पर किसी भी दिशा में भाग सकता है।''

''आपके पिताजी के दिमाग में जरूर यह खयाल आया होगा, ''बैजनाथ बोला, ''कि बैजनाथ मंडल से कुछ सुराग मिल सकता है।''

''हाँ, यह खयाल तो आया ही होगा, और घर से निकलकर वे सीधे आपके घर पहुँच गये होंगे। अब यह तो आप ही बता सकते हैं कि रीतलाल ने उनसे क्या कहा होगा।''

''रीतलाल ने कुछ कहा नहीं होगा,पूछा होगा उनसे कि पलटू झा जी किस दिशा में भागे हैं। अब तक तो पूरे गाँव में खबर फैल गयी होगी कि पलटू झा और बैजनाथ मंडल गाँव छोड़कर भाग गये हैं।''

''मेरे पास भागने के सिवा और कोई चारा नहीं था, बैजनाथ बाबू।''

''मैं तो आपकी वजह से भागा हूँ, पलटूजी। मुझे भागना होता, तो लाठी चलाने के बाद ही भाग जाता।''

''पता नहीं, पिताजी मुझे ढूँढ़ने कहाँ-कहाँ जाएँगे!''

''आप लौटना चाहें, तो अभी भी लौट सकते हैं, पलटू पंडित। मैं तो लौटकर नहीं जा सकता।''

''आप लौट भी जायें, मैं तो नहीं लौट सकता।''

''मैं कैसे लौट जाऊँ! मेरे तो दोनों हाथ में लड्डू हैं, एक में राजनीति, दूसरे में दुलहिन।''

''मैं सिर्फ अपने लिए नहीं भागा हूँ, बैजनाथ बाबू, अपने से अधिक आपके लिए भागा हूँ।''

''मैं आपकी बात मानता हूँ, पलटू झा।''

पलटू और बैजनाथ की खुली बातचीत अभी बन्द भी नहीं हुई थी कि एक युवक अपने

पीछे चार-पाँच युवकों को लिये चाय दुकान में घुस आया। अगुआ ने एक-दूसरे युवक से बैजनाथ और पलटू की ओर इशारा करते हुए कहा, ''अजय! यही दोनों हैं।'' सारे युवकों ने उन दोनों को घेर लिया। दोनों हक्का-बक्का हो उठे। पलटू ने उन युवकों से पूछा, ''क्या बात है, भाई?''

''कुछ बात तो है ही,'' अजय ने पलटू से कहा, ''पहले आप यह बताइए कि आपका नाम क्या है?''

झूठ बोलने का कोई कारण नहीं पाकर पलटू सच बोल गया, ''पलटू झा।''

बैजनाथ की ओर लक्ष्य करके अजय ने फिर पलटू से पूछा, ''यह आदमी आपके साथ है?''

''हाँ, मैं इनके साथ हूँ या ये मेरे साथ हैं।''

''आपका क्या नाम है?'' इस बार अजय ने बैजनाथ मंडल से पूछा।

''बैजनाथ मंडल।''

''आप दोनों फुलकाहा गाँव के हैं?''

''हाँ।'' दोनों बोल गये।

''अब सच-सच बताइए कि आप दोनों घर से भागे हुए हैं?''

दोनों को घोर अचम्भा हुआ। ऐसा भी हो सकता है! जो खबर अब तक फुलकाहा के अन्दर भी घर-घर नहीं पहुँचती, वह फुलकाहा के बाहर न जाने किस जादू से गाँव-गाँव पहुँच गयी!

दोनों को घोर अचम्भा हुआ। ऐसा भी हो सकता है! जो खबर अब तक फुलकाहा के अन्दर भी घर-घर नहीं पहुँचती, वह फुलकाहा के बाहर न जाने किस जादू से गाँव-गाँव पहुँच गयी!

दोनों को जवाब देने में देर करते देख अजय ने कहा, ''कोई झूठ बोलकर बच नहीं सकते; सच-सच बता दीजिए।''

''एक बात मैं पूछूँ?'' पलटू ने पूछने की हिम्मत की।

''क्या?''

''हम भागे हैं,यह खबर आपको कैसे मिली?''

''इस जानकारी की आपको जरूरत नहीं है,'' अजय ने जवाब दिया, ''जो मैं पूछ रहा हूँ, उसका जवाब दीजिए। सवाल दुहरा रहा हूँ, क्या आप दोनों घर से भागे हुए हैं?''

''आपके सवाल का जवाब देना हमारे लिए जरूरी नहीं है,'' पलटू बोला, ''हम घर से भागे हैं या नहीं भागे हैं, इस बात से आपको क्या लेना-देना?''

''लेना-देना है, इसलिए पूछ रहा हूँ,'' अजय बोला, ''मेरे सवाल का जवाब दीजिए, नहीं तो हम बुरा सलूक कर बैठेंगे।''

''क्या बुरा सलूक करेंगे?''

''दोनों को खूँटे से बाँध देंगे।''

''मैं घर से भागा नहीं हूँ,'' बैजनाथ ने जवाब दिया, ''यह गलत खबर उड़कर यहाँ पहुँची

है कि मैं घर से भागा हूँ। मैं घर का मालिक हूँ। घर का मालिक घर छोड़कर क्यों भागेगा? आप पलटू झा से पूछिए कि वे घर से भागे हैं या नहीं। ये घर के मालिक नहीं हैं।''

''घर का मालिक नहीं हूँ,'' पलटू झा को बोलना पड़ा, ''मगर बच्चा भी नहीं हूँ कि घर से भाग गया! घर में भागने पर बुक्का फाड़कर रोनेवाली बीवी है, और पेट पीटकर रोनेवाले बाल-बच्चे हैं; उन्हें छोड़कर कैसे भाग जाऊँगा? बैजनाथ बाबू घर के मालिक तो हैं, मगर बिना बीवी-बच्चे के हैं; इनसे पूछिए कि ये घर से भागे हुए हैं या नहीं?''

''असली भगोड़ा तो यह बैजनाथ मंडल ही है,'' अगुआ युवक बोला, ''पलटू झा तो इसके साथ भागा है।''

''बिल्कुल उल्टी खबर मिली है आप लोगों को,'' बैजनाथ ने प्रतिवाद किया, ''आप यह भले कह सकते हैं कि पलटू पंडित घर से भागा है, और मैं, बैजनाथ मंडल, उनके साथ आ गया हूँ।''

''हमें इस झंझट में नहीं पड़ना है कि आप दोनों में कौन असली भगोड़ा है, कौन नकली। हमें आप दोनों के भागने की खबर है और यह अच्छा हुआ कि आप दोनों एक साथ पकड़ लिये गये हैं। अब यह बोलिए कि आप दोनों सीधे मन से फुलकाहा जाने के लिए तैयार हैं या नहीं?''

''फुलकाहा क्यों जाएँगे हम?'' पलटू ने विरोध किया।

''क्योंकि,'' अजय ने जवाब दिया, ''आप दोनों की खोज हो रही है।''

''मैं अभी फुलकाहा नहीं जा सकता।'' पलटू ने सुनाया।

''क्यों?''

''वहाँ मेरे लिए खतरा है।''

''क्या खतरा है?''

''देखिए, मैं एक ज्ञानी गुणी ब्राह्मण हूँ और अपने ज्ञान गुण के अनुरूप रोजी-रोजगार की तलाश में निकला हूँ। किसी कारण मेरे पिता मुझे रसोइया बना देना चाहते हैं। मैं रसोइया बनकर जीवन नहीं काट सकता। मेरे मन में आत्महत्या का खयाल आया था, मगर मैं अपनी पत्नी और बाल-बच्चों के कारण ऐसा नहीं कर सकता। मेरा भागना मेरे हित में है, और मैं अपना हित अवश्य देखूँगा। ऐसे मैं ठीक से भागा भी नहीं हूँ, पत्नी से कहकर भागा हूँ। आप सब एक पंडित को जबरन रसोइया बनाने का पाप अपने सिर पर मत लादिए।''

''मुझे वापस लौटाने का तो महापाप लगेगा,'' बैजनाथ बोलने लगा, ''पेट तो रसोइया बनकर भी भरा जा सकता है, मगर बिना एक घरवाली के घर तो भरा नहीं जा सकता। मैं ब्याह करने निकला हूँ; लड़की तैयार बैठी हुई है रतनपुर में। ब्याह में बाधा नहीं डालनी चाहिए। क्या आप सब चाहेंगे कि मैं ब्याह नहीं करूँ, निर्वंश मरूँ? मैं घर से भागा नहीं हूँ, ब्याह के बाद दुलहिन लेकर घर ही जाऊँगा।''

अजय ने युवकों को अलग ले जाकर उनके साथ विचार-विमर्श किया और फिर लौटकर पलटू और बैजनाथ से कहा,''हम सब आप दोनों के दुश्मन नहीं हैं कि आपके हित के विरुद्ध कुछ करें, मगर हमें हमारा इनाम तो मिलना ही चाहिए।''

''आप लोग मेरी तरफ से यहाँ चाय-पान ग्रहण कर लीजिए,'' पलटू ने सुनाया, ''और

हमें जाने दीजिए।''

''क्यों, सिर्फ चाय-पान क्यों? हमें इक्यावन रुपये और फुलकाहा का राह-खर्च तो मिलना ही चाहिए।

''इक्यावन रुपये और फुलकाहा का राह-खर्च! क्यों दे दूँ, भाई? जो दे रहा हूँ, वही कम है क्या? हमें फुलकाहा ले जाएँगे, तो क्या मिलेगा आप लोगों को?''

''इक्यावन रुपये मिलेंगे,'' अगुआ युवक ने बताया, ''और फुलकाहा तक का राह-खर्च मिलेगा।''

''वहाँ कौन देगा आपको इक्यावन रुपये?'' पलटू झा बोला, ''और ऊपर से राह-खर्च?''

''जिसने घोषणा की है, वह देगा।''

''ऐसी घोषणा हुई है?''

''हाँ, हुई है।''

''यह झूठ है,'' बैजनाथ बोला, ''मेरा नौकर उतना ही करेगा, जितना मैं उससे कहकर आया हूँ। मैंने उससे यह नहीं कहा था कि मेरे जाने के बाद मुझे ढूँढ़ लानेवाले को इक्यावन रुपये इनाम और राह-खर्च देने की घोषणा कर देना।''

''मैं तो कितनी ही बार घर से इधर-उधर भागा हूँ,'' पलटू ने सुनाया, ''मगर आज तक कभी मेरे पिताजी ने मुझे पकड़ लाने पर पाँच पैसे भी इनाम देने की घोषणा नहीं की है। ऐसी कोई घोषणा नहीं हुई होगी।''

अजय मुस्कराया और अगुआ युवक से कहा, ''बमबहादुर! पढ़कर सुना दो इन दोनों को।''

अब तक तमाशबीनों की अच्छी भीड़ लग चुकी थी।

बमबहादुर ने जब से घोषणा-पत्र निकाला और पढ़ने लगा...

''सर्वसाधारण से निवेदन किया जाता है कि जिस किसी को बैजनाथ मंडल, पिता स्वर्गीय कनिक मंडल, गाँव फुलकाहा से मुलाकात हो, वह उन्हें सूचित करें कि उनकी बहू की जान खतरे में है और वे तुरन्त गाँव आ जायें। बैजनाथ मंडल का रंग साँवला है,नाक कुछ-कुछ चिपटी, ललाट चौड़ा। उनके पास सिर्फ एक मटमैले रंग का झोला है। वे पूरे साढ़े तीन हाथ के मर्द हैं। उनके साथ करीब तीन सवा-तीन हाथ का पलटू झा नाम का एक और आदमी है जिसके चेहरे का रंग ब्राह्मण और झोले का रंग लाल है। अगर बैजनाथ मंडल किसी संकट में हों और किसी कारण आने में असमर्थ हों, तो उनके बारे में सूचना देनेवाले को इक्यावन रुपये का इनाम और आने-जाने का राह-खर्च दिया जाएगा। वे मंडलजी को लेकर फुलकाहा के धानुक टोला में आ जायें।''

''आप लोग धोखे में आ गये न?'' बैजनाथ बोला।

''कैसा धोखा?''

''यह कागज आज मिला है आपको?''

''नहीं, आज नहीं,'' बमबहादुर ने जवाब दिया, ''कुछ दिन पहले मेरे बड़े भैया राघोपुर

से सहसौल बस से आ रहे थे, तब फुलकाहा में उन्हें यह कागज मिला था। बस के यात्रियों के बीच यह कागज बाँटा गया था। भैया ने घर आकर मुझे यह कागज दिया था। मैंने पढ़कर इसे अपनी जेब में रख लिया था। संयोग से यह मेरी जेब में आज तक पड़ा रह गया।''

''यह कागज कुछ दिन पहले का है,'' बैजनाथ बोला, ''और हम लोग आज घर से आ रहे हैं।''

''कागज साल भर पुराना क्यों न हो,'' अजय बोला, ''मगर यह अभी भी लागू है। इक्यावन रुपये और राह-खर्च मिलेंगे, यह इस कागज में है। और, आप लोग घर से भागे हुए हैं, इसका सबूत हमें मिल चुका है।''

''इस कागज में कहीं नहीं है कि हम घर से भागे हुए हैं।''

''कागज में तो है कि आपकी बहू की जान खतरे में है, मगर आपने तो बताया कि आपके बहू है ही नहीं। हम जान रहे हैं कि कितना सच इस कागज में है और कितना सच आपके मुँह से निकल गया है। अब कुछ और बोल बतियाकर हम लोगों की आँखों में धूल झोंकने की जरूरत नहीं है। बमबहादुर! बताइए, ये लोग क्या बतिया रहे थे आपस में?''

बमबहादुर मुस्कराकर बोला, ''मैं संयोग से यहाँ आ बैठा था। ये दोनों रस ले-लेकर अपने-अपने भागने के किस्से एक-दूसरे को सुना रहे थे। इनकी बातचीत से ही मुझे इन दोनों के नाम सुनने को मिले और अचानक मुझे इस कागज के दोनों नाम याद आ गये। इसके बाद ही तो मैं आप लोगों के पास दौड़ गया था।''

''और कुछ सुनना है आप दोनों को?'' अजय ने बैजनाथ और पलटू से पूछा।

बैजनाथ या पलटू ने कोई जवाब नहीं दिया।

उन दोनों के चुप रह जाने पर अजय ने कहा, ''अब यह बताइए कि आप लोग इक्यावन रुपये और राह-खर्च हमें देते हैं या नहीं?''

''अगर आपको देने के लिए इक्यावन रुपये नहीं हों हमारे पास, तो कहाँ से दे दें?'' बैजनाथ ने मुँह खोला।

''इक्यावन रुपये भी नहीं हैं आपके पास?''

''जो भी है वह हमारे खर्च के लिए है। शादी-ब्याह का खर्च लेकर चले हैं हम। जितना है, वह भी कम ही पड़ेगा।''

''खर्च में कुछ और कटौती कर दीजिएगा।''

''बहुत कम रकम लेकर चला हूँ; अब इसे और कम नहीं कर सकता। ऐसा मत कीजिए कि ब्याह कर लूँ और विदाई नहीं कर पाऊँ। मैं इस रास्ते से ही लौटूँगा; वापसी में आपकी माँग पूरी कर दूँगा।''

''अभी भी आप ब्याह की बात कर रहे हैं, जबकि आपकी बहू आपके घर में है और उसकी जान खतरे में। आप साफ-साफ बोलिए कि पैसे देते हैं या नहीं?''

''हम पैसे नहीं दे सकते।''

''तब तो आप दोनों को लेकर हम फुलकाहा जाएँगे?''

''अगर हम फुलकाहा नहीं जाएँगे,'' बैजनाथ ने मुँह खोला, ''तो आप क्या कर लेंगे?''

"जाएँगे कैसे नहीं?" अजय ने जवाब दिया, "हम इतने आदमी हैं; आप दोनों को रस्सा से बाँधकर ले जाएँगे फुलकाहा। हमारा फर्ज है आप दोनों को वहाँ पहुँचा देना। इसके लिए हम कुछ भी कर सकते हैं। होगा यही कि यहाँ से आप दोनों को लेकर हम दस आदमी जाते हैं, तो वहाँ दस आदमियों का राह-खर्च वसूलेंगे।"

"इक्यावन रुपये की बात तो मेरी समझ में आ गयी," कुछ सोचकर पलटू बोला, "मगर राह-खर्च की बात मेरी समझ में नहीं आ रही है। जब हम इक्यावन रुपये का इनाम आपको यहीं दे देते हैं, तो फिर एक भी आदमी के राह-खर्च का सवाल कहाँ उठता है? फुलकाहा की राह आप गये नहीं, तो खर्च कैसा?"

"यह बात तो जँच रही है," एक तमाशबीन बोल उठा, "पलटू झा ठीक बोल रहे हैं।"

अजय ने उस तमाशबीन की ओर एक नजर देखा और बोला, "ठीक है, अगर राह-खर्च लेना अनुचित है, तो राह-खर्च की माँग वापस लेता हूँ। इक्यावन रुपये तो ये दे दें।"

तमाशबीन की बात मान ली गयी, तो वह खुश हो गया और पलटू झा से कहा, "चलिए, छूट मिल गयी; अब जल्दी से इक्यावन रुपये निकालिए और छुट्टी पाइए यहाँ से।"

"पलटू ने बैजनाथ से कहा, "दे दीजिए; हम यहाँ और समय बर्बाद नहीं कर सकते।"

बैजनाथ ने कुछ बुदबुदाकर टेंट से रुपये निकाले; गिनकर इक्यावन रुपये अजय की ओर बढ़ा दिये, और पलटू से कहा, "चलिए।"

वे दोनों अभी देवीपुर गाँव की सीमा पर पहुँचे ही होंगे कि एक डर बैजनाथ के दिमाग में कौंध गया और वह ठमक गया।

"क्या हुआ?" पलटू पंडित ने पूछा।

"जिस कागज के आधार पर हमें इस गाँव में पकड़ा गया, वह आधार तो आगे के गाँवों में भी हो सकता है। गाँव-गाँव में ढिंढोरा पीटा गया था, बस-ताँगा के यात्रियों के बीच यह कागज बाँटा गया था। कहाँ फुलकाहा और कहाँ देवीपुर! मगर वहाँ का कागज यहाँ आ गया। हम कैसे पहुँच पाएँगे रतनपुर तक?"

"अब हम ढिंढोरा नहीं पीटेंगे कि हम भागकर आ रहे हैं।" पलटू ने जवाब दिया था।

"कागज में और भी तो बातें हैं—मेरा कद, आपका कद; मेरा रंग; आपका रंग; मेरे झोले का रंग, आपके झोले का रंग; मेरा नाम; आपका नाम। ठीक है कि अब हम ढिंढोरा नहीं पीटेंगे कि हम भागकर आये हैं, मगर जो कद, रंग, झोले और नाम भागे हुए हैं, उनका ढिंढोरा तो पीटा जा चुका है। आगे भी वह कागज हमारा इन्तजार कर रहा होगा। मुझे तो बस एक उपाय सूझता है।"

"क्या?"

"अभी देवीपुर के युवक इक्यावन रुपये का श्राद्ध कर ही रहे होंगे। आप उनसे यह लिखवाकर ले आइए कि उन्होंने हम दोनों को फुलकाहा पहुँचाकर इक्यावन रुपये और राह-खर्च वसूल लिये हैं, और हम दोनों को पकड़कर फुलकाहा ले जाने पर अब किसी को कोई इनाम और राह-खर्च नहीं मिलेंगे।"

"युवकों के लिखे कागज की क्या औकात होगी भला! गाँव का मुखिया लिखकर दे, तभी

बात बनती है।''

''तो मुखिया से ही लिखवाकर ले आइए। युवकों को साथ लेकर जाइएगा मुखिया के पास।''

''अब इस पचड़े में मत पड़िए। मुखिया यों ही लिखकर नहीं दे देगा! मुखिया क्या करेगा, यह मैं जानता हूँ। वह लूट लेगा; एक सौ एक माँगेगा और नहीं मिलने पर हमें फुलकाहा पहुँचा देगा।''

''दस-बीस में काम नहीं बन सकता?''

''दस-बीस की ओर देखेगा भी नहीं।''

''आप एक बार युवकों से बात करके तो देखिए। मुखिया को बैठे-बैठे पैसा मिल रहा है।''

''एक बार बाघ के मुँह से निकलकर आप फिर बाघ के मुँह में जाना चाहते हैं? उन छोकरों ने आपके पैसे देख लिये हैं। उन्हें तो अब इस बात का अफसोस हो रहा होगा कि उन्होंने हमसे सिर्फ इक्यावन रुपये ही क्यों लिये। अब जितनी जल्दी हो यहाँ से निकल चलिए। कोई ठीक नहीं कि वे हमें फिर से पकड़ लेने के लिए पीछे से कड़क चाल से आ रहे हों।''

''पीछे से कुआँ आ रहा हो, मगर आगे भी तो खाईं बैठी हुई है।''

''खाईं का उपाय है।''

''क्या?''

''हम जब तक रतनपुर नहीं पहुँच जाते, तब तक केवल सुनसान में बातें करेंगे। मेरा झोला आप लीजिए, आपका झोला मैं ले लूँ। अगर कोई हमसे पूछ ही बैठे कि हम कहाँ जा रहे हैं, तो हमारा जवाब होगा कि हम भग्गुओं की तलाश में निकले हैं।''

''किन भग्गुओं की तलाश में?'' बैजनाथ ने कुछ अचरज से पूछा।

''बैजनाथ मंडल और पलटू झा।''

''हम लोग कौन हुए?''

''आप पलटू झा के बड़े भाई सुक्खी झा; मैं बैजनाथ मंडल का बड़ा भाई दुक्खी मंडल।''

दोनों रतनपुर तक रास्ते में राहगीरों से कन्नी काटकर निकलते चले गये। सुनसान में भी उन दोनों ने अपने ऊपर अंकुश रखा। सिर्फ एक घोर सुनसान में बैजनाथ मंडल ने पलटू झा से बड़े दबे स्वर में पूछा था, ''सुक्खी आप कि मैं?''

(8)

किसी के साथ कोई टोका-टोकी नही हो, इसलिए रतनपुर में प्रवेश कर बैजनाथ मंडल ने बटुकदास के घर जाने के लिए उसी पहचाने हुए रास्ते को पकड़ा जिसे पकड़कर वह पिछली बार उनके साथ उनके घर गया था। बेलागंज से भागने पर रतनपुर के जिस पाठशाला में उसे आश्रय मिला था, वहाँ से चलकर वह ठीक बटुकदास के घर के सामने जा खड़ा हुआ। वहाँ मचान पर कई लोग बैठे हुए आपस में जोर-जोर से किसी बात पर बहस कर रहे थे। बटुकदास

दूर से भी पहचाने जा सकते थे, मगर यह सोचकर कि कहीं बटुकदास साधु का बाना त्याग न चुके हों, बैजनाथ ने उन बैठे लोगों में बिना लम्बे बाल और लम्बी दाढ़ी के बटुकदास को पहचानने की कोशिश की। दो अजनबियों को अपनी ओर घूरते देख मचान पर बैठे लोगों में से एक ने उन्हें पास बुलाया और पूछा, ''कहाँ से आये हैं?''

''फुलकाहा से।'' बैजनाथ ने जवाब दिया।

''पार्टी के काम से आये हैं?''

''जी हाँ।''

''बटुक करैत से मिलना है?''

करैत! बैजनाथ अकबका गया। करैत का मतलब?

बैजनाथ का कंठ सूख गया था, मगर तब भी उसने जोर लगाकर पूछा, ''यहाँ प्यारेजी, रामयतनजी या मास्टर साहब रहते हैं न?''

''अभी किसी से मुलाकात नहीं होगी,'' जवाब मिला, ''यहाँ के सारे करैत सहसौल गये हुए हैं। वे शाम तक लौटेंगे। वहाँ पार्टी कार्यालय में कोई बैठक है। आप इस मचान पर बैठकर शाम तक उनके आने का इन्तजार कीजिए या अभी ही सहसौल पार्टी कार्यालय चले जाइए।''

पलटू झा बोल गया, ''हम लोग थोड़ा टहलकर आते हैं।''

''हाँ-हाँ, घूम-टहल लीजिए। हम लोग यहाँ न भी रहें, तब भी लौटकर इस मचान पर ही आ जाइएगा।''

पलटू झा ने बैजनाथ मंडल को कोहनी मारकर वहाँ से चलने का इशारा किया और वहाँ से आगे बढ़ते ही धीमी आवाज में पूछा, ''आपको अच्छी तरह याद है न कि वह वही रतनपुर है जहाँ आप आये थे?''

''मुझे तो अच्छी तरह याद आ रहा है,'' बैजनाथ ने दिमाग पर जोर डालकर कहा, ''कि यह वही गाँव है, वही रतनपुर। पाठशाला अपनी जगह पर है; पाठशाला से बटुकदास के घर का रास्ता भी वही। बटुक नाम भी मिल गया।''

''बटुक नाम हर गाँव में मिल सकता है,'' पलटू बोला, ''बटुकदास से मिलने आये थे; बटुक मंडल में भी कोई उलझन नहीं थी; बटुक कामती से भी काम चल सकता था; मगर यहाँ तो बटुक करैत मिल रहा है! आप लोग नाम के साथ 'करैत' की पदवी भी लगाते हैं क्या?''

''नहीं, 'करैत' क्यों लगाने लगे!'' बैजनाथ ने जवाब दिया, ''कोई धानुक-कीयट अपने को करैत नहीं कहता। करैत का अर्थ जानते हैं? करैत हुआ विषधर साँप।''

''आजकल हर जाति इतिहास-मन्थन करके अपने लिए अमृत निकालने में लगी हुई है। इसी मन्थन से सारे सोलकन आज अपने को क्षत्रिय मानने लगे हैं। आप बता रहे थे कि इधर आपकी जाति ने काफी विकास किया है। हो सकता है, आपकी जाति को इतिहास में कहीं करैत मिल गया हो; आपकी जाति का पहला देवता कोई करैत ही रहा हो।''

''यहाँ तो यादव भी करैत हो गये न! जिन प्यारेजी और रामयतनजी के बारे में मैंने पूछा, उन्हें भी तो उस आदमी ने करैत ही बताया। वे दोनों यादव हैं।''

''तब तो मामला गम्भीर है। अगर बटुक करैत का मतलब बटुकदास ही है, तब तो वे

सब बटुकदास और उनकी पार्टी के विरोधी हैं।''

''बटुकदास के घर पर बटुकदास के विरोधी?''

''बटुकदास घर पर उपस्थित तो नहीं हैं। यह पीठ में छुरा भोंकना हुआ।''

''बटुकजी के आने पर हम उन्हें सावधान कर देंगे।''

''यह सूचना गलत भी हो सकती है कि सोर करैत शाम तक लौट आएँगे। रात में हमें यहाँ रोकने की यह उनकी चाल भी हो सकती है। बटुकदास के नहीं रहते हम यहाँ रात नहीं गुजार सकते। बटुकदास के दुश्मन बटुकदास के दोस्तों के साथ कोई अच्छा सलूक नहीं करेंगे। हमारे साथ कुछ भी हो सकता है, बुरा से बुरा।''

''हमें अब क्या करना चाहिए?''

''हमें सहसौल वापस चल देना चाहिए; हम पार्टी कार्यालय में ही उनसे मिलें।''

''जिस रास्ते से हम आये हैं, उस रास्ते से तो दिन रहते वापस नहीं जाया जा सकता। कहाँ कौन पकड़ ले!''

''हम शाम तक बटुकदास का इन्तजार करें। उनके नहीं आने पर हम रात में यहाँ से निकल चलेंगे। तब तक हम बटुकदास के आने का इन्तजार करेंगे।''

इस निर्णय पर पहुँचने के बाद वे दोनों यह सोचकर गाँव का चक्कर लगाने लगे कि जो गाँव अब खतरनाक नजर आने लगा है, वहाँ मुसीबत की घड़ी में छिपने की जगह कहाँ-कहाँ हैं और भागने के रास्ते कौन कौन हैं।

पाठशाला के कुएँ के पास बैठकर सत्तू पी लेने के बाद जब दोनों गाँव के तीसरे चक्कर पर निकले, तो एक घर के सामने के मचान से उठकर एक सोलह-सत्रह साल का लड़का इनके पास सड़क पर आ गया और बोला, ''आप लोगों को पिताजी बुला रहे हैं।''

''कहाँ?'' बैजनाथ ने पूछा।

''वहाँ, मचान पर।'' लड़के ने जवाब दिया।

बैजनाथ ने पलटू की ओर देखा। पलटू ने देखा कि अभी भागा नहीं जा सकता, इसलिए बैजनाथ से कहा, ''चलिए।''

बैजनाथ का दिल कुछ अधिक धडकने लगा था; उसने पलटू से पूछा, ''हम फँस गये क्या?''

पलटू ने जवाब दिया, ''याद रखिएगा; आप सुक्खी झा, मैं दुक्खी मंडल।''

ये दोनों मचान के निकट पहुँचे ही थे कि मचान पर बैठा अवध मंडल मचान से उतरकर इनकी ओर बढ़ा और बैजनाथ मंडल का स्वागत किया, ''आइए, बैजनाथ बाबू; बहुत दिनों के बाद आपसे मिलना हुआ है।''

अवध मंडल को सचमुच उन दोनों में से किसी ने नहीं पहचाना था। बैजनाथ ने स्वागत को नकार दिया और बोला, ''मैंने आपको पहचाना नहीं।''

''आपने नहीं पहचाना, मगर मैंने पहचान लिया,'' अवध मंडल ने हँसते हुए कहा, ''आप बैजनाथ मंडल हैं न? और आपके यह साथी कोई झा जी?''

''आपने हम लोगों को गलत पहचाना,'' पलटू झा ने जवाब दिया, ''हमारी कभी आपसे

मुलाकात ही नहीं हुई है। आपकी जिस बैजनाथ मंडल से मुलाकात हुई है, मैं उसका बड़ा भाई दुक्खी मंडल हूँ; और बैजनाथ मंडल के साथ आपने जिस पलटू झा को देखा होगा, उसके बड़े भाई ये हैं सुक्खी झा जिन्हें आप बैजनाथ मंडल समझ रहे हैं।''

अवध मंडल थोड़ी देर सोच में पड़ा रह गया। कितनी अच्छी तरह पहचान लिया था इन दोनों को और पहचान कितनी गलत निकल गयी! नाम भी गलत, रूप भी गलत! और उस पर यह अजूबा कि जो बैजनाथ मंडल भारी-भरकम था, उसका बड़ा भाई छटंकी; और जो पलटू झा हलका-फुलका था, उसका बड़ा भाई गैंडा।

अवध मंडल से छुटकारा पाने के इरादे से पलटू झा बोला, ''अब हम लोग चलें?''

''नहीं-नहीं, ऐसे कैसे चले जाएँगे आप लोग?'' अवध मंडल ने जवाब दिया, ''आप बैजनाथ मंडल के बड़े भाई हैं, तो मेरे भी बड़े भाई ही हुए। चलिए, मचान पर बैठिए थोड़ी देर; चाय पीकर जाइए।''

उन दोनों को मचान पर बैठाकर अवध ने पूछा, ''इधर कैसे आना हुआ था?''

''हम लोग उन दोनों की खोज से निकले हैं,'' पलटू झा ने जवाब दिया।

''खोज में?'' अवध मंडल ने हैरत भरे स्वर में पूछा।

''हाँ,'' पलटू ने जवाब दिया, ''बैजनाथ अपने कमरे में एक बिल्ली को बन्द कर निकल गया है। उसके कमरे की चाभी लेनी है उससे। और, पलटू झा का साला पलटू को दिल्ली ले जाने के लिए आ गया है। उन दोनों को ढूँढ़ते हुए हम दोनों यहाँ आ गये हैं। वे दोनों रतनपुर के लिए ही निकले थे। यहाँ कोई बटुकदास हैं; उनके घर ही आये होंगे।''

''बटुकदास तो अभी घर पर नहीं मिलेंगे,'' अवध मंडल ने सुनाया, ''आज सहसौल में करैत पार्टी की कोई बैठक है। यह एक नयी पार्टी बनी है। इस पार्टी के जो भी कार्यकर्ता हैं, वे सब करैत कहलाते हैं। बटुकदास अब बटुक करैत हो गये हैं। बैजनाथ मंडल और पलटू झा भी अभी उनके साथ सहसौल में ही होंगे। वे सब शाम तक लौटेंगे। आप तब तक यहीं रुककर इन्तजार कीजिए।''

''हम लोग हड़बड़ी में हैं। बिल्ली की जान को खतरा है,'' पलटू झा ने कहा, ''और पलटू का साला भी पलटू के लिए अधिक नहीं रुकेगा। यहाँ बैठकर इन्तजार करने की बजाय अभी ही हम लोग सहसौल की ओर निकल जाएँगे।''

''ठीक है,'' अवध मंडल ने आग्रह किया, ''मगर चाय पीकर जाइए।''

इरादा सहसौल जाने का नहीं, अवध मंडल से पिंड छुड़ाने का था। किसी भय से दोनों यहाँ भी सुक्खी-दुक्खी बन गये थे, और बटुकदास से मिलने के पहले ही उन्हें इस सुक्खी-दुक्खी से पिंड छुड़ाना था। अवध मंडल से छुट्टी लेकर वे गाँव के सिवान पर सहसौल का रास्ता पकड़कर एक गाछ के नीचे गपशप करते हुए बटुक करैत का इन्तजार करने लगे। बटुक करैत करैतों की एक भीड़ के साथ वापस आ रहे थे। गाँव के सिवान पर ही उनकी मुलाकात बैजनाथ मंडल और पलटू झा से हो गयी। वे एक-एक कर दोनों से गले मिले और कहा, ''आप दोनों का स्वागत है रतनपुर में; रतनपुर के सारे करैतों की ओर से स्वागत है।''

उन दोनों को बटुक करैत ने अपने ही घर टिका लिया। रात में भोजन के पश्चात् बटुकजी

ने बैजनाथ मंडल के साथ अकेले में बैठकर उसके साथ लम्बी बातचीत की और अपनी राजनीति से अवगत कराते हुए कहा, ''यह आप जा रहे हैं कि बीस बरसों तक एक पार्टी का सक्रिय कार्यकर्ता बने रहने के बाद मैंने उसे छोड़ दिया था। पहली पार्टी छोड़कर मैं जिस दूसरी पार्टी में आया, पाँच बरस उसमें रहकर अब मैंने उसे भी छोड़ दिया है। इस पार्टी में भी मेरा कोई भविष्य नहीं था। मैं एक तीसरी पार्टी में आ गया हूँ, करैत पार्टी में। हालाँकि इस करैत पार्टी के नेता भी यादवजी ही हैं, दामोदर यादव, मगर उन्होंने मुझे इज्जत दी है और अभी ही मैं थाना समिति का अध्यक्ष बना दिया गया हूँ।

''दामोदर यादव पिछले पन्द्रह बरसों से कमलेश्वरी यादव के साथ थे और उसका दायाँ हाथ समझे जाते थे। दामोदर यादव के बल पर ही आज तक कमलेश्वरी यादव चुनाव जीतते आ रहे थे। वे भी किसी लोभ से ही रह रहे थे कमलेश्वरी यादव के साथ, और जब उनका लोभ पूरा नहीं हुआ, तो इस बार उनसे अलग हो गये। उनके मन में आया होगा कि जिस बल पर वे कमलेश्वरी यादव को विधायक बनाते आ रहे हैं, उस बल पर एक बार खुद भी विधायक बनें। उन्होंने कमलेश्वरी यादव से आग्रह किया कि वे किसी और क्षेत्र से चुनाव लड़ें। कमलेश्वरी यादव तैयार नहीं हुए और अब गुरु और चेला के बीच ही भिड़न्त हो रही है।

''दामोदर यादव ने कुछ और लोगों के साथ मिलकर एक नयी पार्टी ही बना ली और अभी इस पार्टी से कुल पाँच लोग विभिन्न क्षेत्रों से चुनाव लड़ रहे हैं। दामोदर यादव को मैं अब एक मँजा हुआ नेता मान रहा हूँ। उन्हें चुनाव लड़ने और जीतने के सारे गुर मालूम हैं। नयी पार्टी का नामकरण कई बड़े-बड़े तान्त्रिकों और ज्योतिषियों की राय से किया गया है।

''दामोदर जी पार्टी बनाने के पहले ही मेरे घर पर आये थे। उन्होंने मुझे आश्वासन दिया है कि अगले चुनाव में वे मुझे इस क्षेत्र से करैत पार्टी का प्रत्याशी बनाएँगे और खुद संसद का चुनाव लड़ेंगे। मैं उन्हें बहुत दिनों से जान रहा हूँ और मुझे उनकी बातों का भरोसा है। तब भी मैंने उन्हें तुरन्त हाँ नहीं सुना दी। हाँ कहने के पहले मैंने अपने धानुक संगी-साथियों के साथ परामर्श किया और अन्तिम राय लेने के लिए अमीरलालजी के पास चला गया था। उनकी राय मिल जाने के बाद ही मैं करैत पार्टी में शामिल हो गया।

''मैंने अच्छी तरह सोचकर यह देख लिया था कि कमलेश्वरी यादव के साथ रहने से मेरा या यहाँ के धानुक-कीयट का कोई भला नहीं हो सकता। वे केवल अपने या यादवों के हित के ही काम कर सकते हैं; किसी और पिछड़े को आगे बढ़ने नहीं दे सकते। दामोदर यादव सही सोच के आदमी हैं। ऐसा भी नहीं है कि हम हमेशा दामोदर यादव के साथ ही रहेंगे। हम कुछ और मजबूत हो लें, तब अपनी भी एक नयी पार्टी खड़ी कर लें। अगले पाँच साल में हम अपने को काफी मजबूत कर लें। मेरी राय है कि आप भी मेरे पीछे-पीछे चलिए। अब आपको यहाँ से जाना नहीं हैं। अभी से आप हुए बैजनाथ करैत। चुनाव में अभी एक महीना का समय है। आप एक महीना यहीं रुकिए। आपको भी यहाँ चुनाव प्रचार में निकलना है। यहाँ का चुनाव सम्पन्न होते ही मैं आपके इलाके में चलूँगा, अमीरलालजी को उस इलाके में उतारूँगा और वहाँ के धानुक-कीयट को जगा दूँगा। आपको अभी ही आपके जिले की करैत पार्टी का अध्यक्ष बनवा देता हूँ।

"आप यह बताइए कि क्या आपके साथ पलटू झा भी रहेंगे?"

"हाँ," बैजनाथ मंडल ने जवाब दिया, "वे भी रहेंगे। आप तो यह जान ही रहे हैं कि वे क्यों मेरे साथ रह रहे हैं। मेरा ब्याह अभी तक नहीं हुआ है न।"

"मैं तो न जाने कब से आपका इन्तजार करता रहा हूँ! कितनी लड़कियाँ अब तक ब्याह करके चली गयीं! आप आये ही नहीं। अब जब आ गये हैं, तो यहाँ से ब्याह कराके ही भेजूँगा। अभी तो एक ब्याह होगा ही, राजनीति में आकर फिर जब जी चाहे ब्याह करते रहिए।"

"अभी कोई लड़की नजर में है क्या?" बैजनाथ ने पूछा।

बटुकदास ने जवाब दिया, "अभी कोई खास लड़की नजर में नहीं है, क्योंकि किसी लड़की को मैंने अभी तक देखा नहीं है। मगर कुछ लड़कियाँ आने ही वाली हैं। भगवान ने चाहा, तो उनमें से ही एक को अपना जीवन-साथी बना लेंगे।"

"इन लड़कियों के बारे में कुछ बताइए न।"

बटुकदास ने विस्तार से बता दिया, "चुनाव जीतने के लिए मतदाताओं को जीतना पड़ता है। आपके इलाके में भी क्या-क्या होता है, यह आप जान रहे होंगे। गरीब मतदाताओं को थोड़ा अमीर बनाना पड़ता है, थोड़ी सुविधाएँ देनी होती हैं। आश्वासन बाँटने के बाद भी प्रत्याशी साड़ी-धोती बाँटते हैं, दारू पिलाते हैं, चापाकल लगवाते हैं, बाँस का पुल बनवा देते हैं या कुछ ऐसे ही दूसरे काम करते हैं। गाँव और टोला के मुखिया-मड़ड़ को नकदी मिलती है। बूथ लुटेरे भी पहले ही अपना मेहनताना तय कर लेते हैं। कार्यकर्ताओं और प्रचारकों को क्या मिलता है? उन्हें अब तक केवल पेटभत्ता पर काम करना पड़ रहा था। इधर दो-तीन बरसों से उनके लिए कुछ और भी इन्तजाम किया जा रहा है। वे दिन भर के थके-माँदे वापस आते हैं, तो उन्हें कुछ मनोरंजन चाहिए। अब गाँव-देहात में छोकरों को नचाकर उनका मनोरंजन नहीं किया जा सकता। जिस तरह चुनाव के अवसर पर हर प्रत्याशी चुनाव प्रचार के लिए साइकिल-मोटरसाइकिल और जीप कार खरीदता है, उसी तरह कार्यकर्ताओं और प्रचारकों के मनोरंजन के लिए कुछ नाच-गान में निपुण लड़कियाँ भी खरीद लायी जाती हैं; और जिस तरह चुनाव के समाप्त होते ही साइकिल-मोटरसाइकिल और जीप-कार को औने-पौने दाम में बेच दिया जाता है, उसी तरह इन लड़कियों की भी बिक्री हो जाती है। दामोदर बाबू ने मुझे बताया है कि उन्होंने सात लड़कियाँ खरीद ली हैं और अब जल्दी ही वे हमारे पास आ जाएँगी। एक लड़की के लिए मैं उनसे अभी ही बात कर लूँगा। उन लड़कियों के आ जाने पर आप मुझे बता देंगे कि कौन लड़की आपको पसन्द है।"

"वह तो मैं आपको पहले दिन ही बता दूँगा।" बैजनाथ बोल गया।

"यह खरीद तो पक्की रही," बटुकदास ने कहा, "उसके बाद भी अगर कोई लड़की हाथ लग गयी, तो उससे भी ब्याह रचाया जा सकता है।"

"ठीक है," बैजनाथ बोला, "दो को तो मैं आसानी से सँभाल लूँगा।"

"आप आज से ही निश्चिन्त नींद सोइए," बटुकदास ने कहा, "अब आज सोने से पहले मैं एक बार पलटू झा से भी बतिया लेना चाहता हूँ।"

"ठीक है," बैजनाथ बोला, "मैं अभी पलटू झा को लेकर आता हूँ।"

पलटू झा के आकर बैठते ही बटुकदास ने उससे कहना शुरू किया, ''इस बार भी बैजनाथ बाबू के साथ आपको देखना बड़ा अच्छा लग रहा है, पलटूजी। यह और भी अच्छा हुआ कि आप दोनों चुनाव के समय पहुँचे हैं। ब्याह तो इनका होगा ही, एक महीने में ये राजनीति के माहिर खिलाड़ी बन जाएँगे। मुझे बैजनाथ बाबू ने बताया है कि इनके साथ आप भी एक महीना यहाँ रहेंगे। हालाँकि आप ब्राह्मण हैं, और हमारी पार्टी पिछड़ों की है, मगर आपको कोई असुविधा नहीं होगी। आप तो पहले भी हमारे साथ पटना रैली में नारा लगा चुके हैं, 'बाभन, राजपूत, भुइँहार; इनसे सदा रहो होशियार।' वहाँ आपने शिवानन्द मिश्र और विश्वनाथ झा का भाषण भी सुना ही था। अभी हमारी पार्टी में एक भी ब्राह्मण या अगड़ी जाति का कार्यकर्ता नहीं है। आपके आने से हमारी पार्टी को काफी बल मिलेगा। इस क्षेत्र में ब्राह्मण मतदाताओं की भी अच्छी संख्या है। हम इस प्रयास में हैं कि कुछ ब्राह्मण प्रचारकों को भाड़ा पर ले आयें, मगर आप जिस तरह दिल लगाकर हमारा प्रचार करेंगे, उस तरह भाड़े के लोग नहीं करेंगे। मैं ठीक कह रहा हूँ न?''

''हाँ-हाँ,'' पलटू झा ने जवाब दिया, ''बिल्कुल ठीक कह रहे हैं।''

''मैं बिल्कुल ठीक कह रहा हूँ, तो अभी से आप हुए पलटू करैत। कोई एतराज तो नहीं?''

''नहीं, बिल्कुल नहीं।'' पलटू करैत ने जवाब दिया।

''कितना अच्छा होगा,'' बटुक करैत बुदबुदाए, ''कि दामोदर करैत बोला, मैं अपनी दुहरी जीत के लिए भी तैयार हूँ।''

''आज की बैठक में सारी बातें तय हो चुकी हैं। कल से ही हमारा चुनाव अभियान शुरू हो जाएगा, ''बटुकदास ने कहा, ''मैं तो कल से बहुत ही व्यस्त हो जाऊँगा, बैजनाथ करैतजी; इस तरह बैठकर बतियाने का समय नहीं मिलेगा। अभी ही यह तय हो जाये कि आप लोगों का कल से क्या कार्यक्रम रहेगा।''

''आप जिस काम पर भी,'' बैजनाथ बोला, ''हम लोगों को तैनात करना चाहें, कर सकते हैं।''

''कुछ काम ऐसे हैं,'' बटुकदास ने सुनाया, ''जिन्हें सिर्फ चुनाव के दिन करना है, जैसे बूथ लूटना, बोगस मतदान करना, समर्थक मतदाताओं को बूथ तक ले आना और विरोधी मतदाताओं को बूथ तक नहीं आने देना। बूथ लूटने का ठेका अवधेश मेहता गैंग और बिन्दा मंडल गैंग को दिया जा चुका है। शेष कामों का बँटवारा हम दो-तीन दिन पहले करेंगे। अभी सारे लोगों को प्रचार-कार्य में झोंक देना है।''

''आज रात क्या हम दोनों को सिर्फ सोना है?'' बैजनाथ पूछ बैठा।

''हाँ,'' बटुकदास बोले, ''आप लोग सोइए।''

''अगर अभी हम लोगों के करने लायक कोई काम हो, तो बताइए,'' बैजनाथ ने सुनाया, ''हमारे आराम का खयाल मत कीजिए।''

''अभी रात में अब कोई काम नहीं है।''

''तो अब कल का काम बता दीजिए।''

''मेरे प्रभार में लगभग साठ-सत्तर गाँव हैं,'' बटुकदास ने बताया, ''प्रचार-कार्य के लिए हमारे पास साइकिल हैं, मोटरसाइकिल हैं, और एक जीप है,'' और फिर पूछा, ''आप लोग किस वाहन से जाना चाहेंगे?''

बैजनाथ ने पलटू की ओर देखा।

''हम लोगों का यह इलाका देखा हुआ नहीं है,'' पलटू बोला, ''इसलिए हम लोग शुरू के कुछ दिन जीप से ही चलेंगे।''

''साइकिल-मोटरसाइकिल को विदा करने के बाद मैं जीप में जिन कार्यकर्ताओं को उठाऊँगा, उन्हें सुबह में गाँव-गाँव में छोड़ आऊँगा और शाम में फिर उन्हें उठाकर यहाँ ले आऊँगा।''

''यह व्यवस्था तो हमारे लिए सबसे उत्तम होगी।'' बैजनाथ ने खुशी जतायी।

''तो अब सोइए; सुबह जल्दी उठना भी है,'' बटुकदास बोले, ''मैं अब चलता हूँ।''

''एक बात मेरी, करैतजी,'' पलटू ने टोका, ''यहाँ कोई सँपेरा मिलेगा?''

''सँपेरा!'' बटुकदास ने कुछ हैरानी से पूछा, ''क्या काम है सँपेरा से?''

''मुझे प्रचार-कार्य में उसकी जरूरत पड़ेगी।''

''यह क्या सोचा आपने?''

''जब से मैं पलटू झा से पलटू करैत हुआ हूँ, तब से ही मैं करैत पार्टी के बारे में सोच रहा हूँ। कुछ सोचा है मैंने। आप मुझे एक सँपेरा से मिलवा दीजिए।''

बटुकदास ने पलटू झा की ओर शंकित निगाहों से देखा और फिर बोला, ''एक सँपेरे को तो मैं जानता हूँ जो हरिपुर में रहता है। मिलना जरूरी है?''

''हाँ, बटुक करैतजी,'' बैजनाथ बोल गया, ''इनके लिए मिलना जरूरी है। आप मिलवा दीजिए।''

''तो ठीक है,'' बटुकदास बोले, ''मैं आपको किसी के साथ सुबह मोटरसाइकिल से भेजता हूँ हरिपुर; आप सँपेरा से मिल आइए।''

सुबह में जब प्रचार-कार्य के लिए कार्यकर्ताओं को रवाना किया जा रहा था, तो वहाँ अवध मंडल की निगाह बैजनाथ मंडल और पलटू झा पर पड़ी। उसने पलटू झा से पूछा, ''आपको यहाँ देख रहा हूँ दुक्खी बाबू? बैजनाथ बाबू नहीं मिले क्या?''

''मैं दुक्खी बाबू नहीं हूँ।'' पलटू झा ने जवाब दिया।

''आप बैजनाथ मंडल के बड़े भाई दुक्खी मंडल नहीं हैं?''

''नहीं तो!'' पलटू झा ने कहा, ''आपने मुझे नहीं पहचाना, मगर आप अपने पुराने परिचित बैजनाथ मंडल को भी नहीं पहचान रहे हैं?''

''कहाँ हैं बैजनाथ मंडल?''

बैजनाथ मंडल की ओर इशारा करते हुए पलटू झा ने जवाब दिया, ''आपके सामने तो खड़े हैं।''

अवध मंडल ने गौर से बैजनाथ मंडल को देखा और फिर पूछा, ''आप सुक्खी झा नहीं हैं,

पलटू झा के बड़े भाई?''

''यह क्या बोल रहे हैं आप?'' बैजनाथ मंडल ने जवाब दिया, ''मैं बैजनाथ मंडल हूँ। मैं तो आपको कुछ-कुछ पहचान भी रहा हूँ; पटना रैली में देखा था आपको।''

अवध मंडल की मुद्रा गम्भीर हो उठी। वे वहाँ से सीधे बटुकदास के पास गये और उनसे कहा, ''मैं प्रचार में नहीं जा सकूँगा, बटुकजी।''

''क्यों?'' बटुकदास ने पूछा।

''मेरा दिमाग ठीक काम नहीं कर रहा है।''

''क्या हुआ?''

''जिसे बैजनाथ मंडल समझा, वह सुक्खी झा निकला; जब सुक्खी झा के रूप में पहचाना, तब वह बैजनाथ मंडल हो गया। पलटू झा का वही हाल। एक बार पहले पलटू झा, एक बार बाद में, बीच में दुक्खी मंडल। मेरा हाल ठीक नहीं है,बटुकदास। मैं यहाँ से सीधे सहसौल जाऊँगा, किसी डाक्टर के पास।''

''कभी-कभी अधिक गरमी से दिमाग गरमा जाता है, अवध करैत,'' बटुक करैत ने कहा,''तबितय आप से आप ठीक हो जाएगी। अभी जाइए, जहाँ जो रहे हैं।''

''नहीं-नहीं,'' अवध मंडल ने बात काट दी, ''आपका चुनाव मुझे काम नहीं देगा। कोई ठीक है कि कल से मुझे अपने घर के लोग भी कुछ से कुछ नजर आयें, कभी कुछ, कभी कुछ।''

(9)

दो दिनों के भ्रमण और मनन-चिन्तन के बाद पलटू झा हर छोटी-बड़ी सभा में भाषण देने लगा था। इतना दत्तचित्त प्रचारक पूरी करैत पार्टी में शायद कोई और नहीं था। उसके प्रभावशाली भाषण से मुग्ध होकर सारे करैतों ने उससे आग्रह किया था कि वह केवल मंच से ही नहीं बोले, घर-घर में घुसकर हर घर को अपने पक्ष में कर ले। पार्टी के कार्यकर्ताओं को विश्वास हो चला था कि यह ओजस्वी-तेजस्वी प्रचारक जहाँ भी जाएगा, मतदाताओं को अपनी ओर झुका लेगा। पलटू झा के भाषण को सुन-सुनकर करैत पार्टी के दूसरे प्रचारकों ने भी अपने-अपने भाषण में उचित काट-छाँट के साथ उसके मन्तव्यों-वक्तव्यों को डालना शुरू कर दिया था।

अपने हर भाषण में पलटू झा इतना अवश्य बोलता था,''हमारी पार्टी करैत पार्टी है, और हम सब करैत हैं। बहुत सवाल-जवाब के बाद हमारी पार्टी बनी है और हम साँप बने हैं, साँप भी करैत। सवाल है, 'हम साँप क्यों?' जवाब है, 'इसलिए कि हमें डसना है।' सवाल है, 'किसे डसना है?' जवाब है, 'जो हमें आज तक डँसता आया है।' अब यह सवाल नहीं है कि कौन हमें डसता आया है? डसनेवाले को हम हमेशा देखते आये हैं और आज भी देख रहे हैं। क्या आपको पता नहीं कि आपकी गत-कुगत किसने की है, किसने आज तक आपका दलन, मर्दन और शोषण किया है? आपको पता है, इसलिए सवाल यह नहीं है कि आपको किसने डसा? अब सिर्फ जवाब है कि आप भी उस डसनेवाले को डसें, साँप की तरह डसें।

''हाँ, एक सवाल अभी भी है; सवाल है, 'साँप तो और भी हैं, करैत ही क्यों?' जवाब है,

'जब डसना है, तो क्यों नहीं करैत?'

''साँप की एक ऐसी जाति भी होती है जिस जाति के साँप अन्धे होते हैं। ये तो बस नाम के साँप हैं,जिनसे चींटी और दीमक डरें। देखने में बहुत ही सुन्दर, मगर कैसे साँप कि छेड़ने पर भी नहीं काटें! इन अन्धे साँपों की एक ऐसी जाति भी होती है जिसमें साँप होते ही नहीं, सब साँपिन होती हैं। हाय राम, पहली बार यह सुनने को मिल रहा है! वे किस तरह अंडे देती हैं,यह सवाल नहीं है। सवाल है कि क्या हमें ऐसे साँप बनना मंजूर है जो अन्धे हों, और कुछ तो अन्धे भी हों और साँप नहीं, साँपिन हों? और उस पर वाह-वाह कि छेड़ने पर भी नहीं काटे! उनसे डरें चींटी-दीमक! कतई मंजूर नहीं है।

''अजगर बनकर ही क्या होता? छिपने तक की जगह खोजनी पड़ती है। भारी-भरकम शरीर को लेकर पड़े रहिए किसी ठौर; दिन भर धूप सेंकिए, धूप में सोइए। हम साँप धूप सेंकने के लिए बने हैं क्या? शिकार चाहिए, मगर दूर तक जाने से हिचकिचाएँगे। बैठे रहेंगे शिकार के आसरे में। एक शिकार मिला, तो फिर पचाने के लिए दिनों-हफ्तों आराम। शिकार नहीं मिला, तो साल-दो-साल तक उपवास करने को तैयार। हम ऐसा साँप नहीं बन सकते थे। इन्हें डसना भी आता है क्या? चूहों से लेकर हिरण तक को निगलना आता है। डसना आया नहीं, कहलाए साँप! क्या होता अजगर बनकर?

''कहने को तो 'माटी का साँप' भी साँप ही कहलाता है, मगर ऐसा साँप तो हम बनने से रहे। देखने में डंडा, काम छड़ी का भी नहीं। उछलकर काटे भी, तो बस काटे जोन का जरा-सा दर्द, और कोई खतरा ही नहीं। छेड़ने पर फुकार-फूत्कार तक नहीं, उलटे अपना सिर अपने शरीर के नीचे छिपा लेता है। किस दिमाग से बनाते हम 'माटी का साँप' हैं?

''कितना सुन्दर लगता सुनने में 'दोमुँहा साँप पार्टी' और कितना अकड़कर कहते आपसे कि हम दोमुँहा साँप हैं! ले बलैया! दोमुँहा साँप का दूसरा मुँह तो है ही नहीं! दुम इतनी भोथरी है, मानो सिरे से काट दी गयी हो। दुम कट गयी, मगर मुँह तो नहीं निकल आया। नाम दोमुँहा और स्वभाव ऐसा कि आसानी से वश में आ जाये, छेड़ने-पकड़ने पर सिर छिपाकर दुम हिलाये मुक्ति पाने के लिए। ऐसा निमुँहा साँप बनकर हम निमुँहा पार्टी नहीं बना सकते थे।

''धामन साँप भी क्या साँप! बहुत गुस्सा आया, तो गुर्रा उठे। काट लिया, तो दर्द जितना हो जाये, हानि जरा भी नहीं होगी। ये भखते रहें चूहे-मेढक को। लाल धामन का किस्सा भी सुन लीजिए। इसे छेड़िये तो यह नृत्य मुद्रा धारण कर लेता है। हम ऐसा साँप नहीं बन सकते थे जो छेड़ने पर नाच दिखाए और नाचकर रह जाए। मजे की बात तो यह है कि यह साँप काटने के बाद पेड़ पर चढ़ जाता है अपने शिकार का क्रिया-कर्म देखने। क्रिया-कर्म क्या देखना जब अन्तिम क्रिया होगी ही नहीं! हमें तो ऐसा साँप बनना था जो ऐसी क्रिया करे कि अन्तिम क्रिया निश्चित हो।

''यह सही है कि उड़नसर्प पतला है, तीव्रगामी है, रंग-बिरंगा है, और देखने से ही लगता है कि ऊर्जा-पुंज है, मगर यह क्या कि लोग देखकर भागें नहीं, ठहरकर देखने लग जाएँ साँप को! ऐसी तौहीन! बड़ा अच्छा, अचम्भा लगता है इसका एक पेड़ से दूसरे पेड़ की शाखा पर कूदना, मगर हमें कलाबाजी दिखाने के लिए तो साँप नहीं बनना था।

''हरा साँप बनने का लोभ तो किसी को भी होगा जब लोग उसे बताएँगे कि हरा साँप उछलकर आदमी की आँख पर वार करता है। मगर है यह झूठ, महाझूठ। हमारे दुश्मनों को पता लगाते देर नहीं लगती कि इस साँप से भय खाने का कोई कारण नहीं है। तब, हम मारकर आते कि जान गँवाकर? कोई भी आदमी मारने के लिए पार्टी बनाता है, मरने के लिए नहीं।

''बाघ साँप होता, तो हम कुछ सोचते, मगर उसकी जगह होता है बिल्ली साँप। उस पर भी केवल नाम बिल्ली, आक्रमण बिल्ली बराबर भी नहीं। ये साँप आक्रमण तो क्या करेंगे, छेड़े जाने पर आत्मरक्षा में कुंडली मारकर बैठते और दुम कँपकँपाते हैं। कोंचने पर एकदम उलट जाएँगे और ऐसा नाटक करेंगे जैसे कि मर गये हों। अब सोचे जनता-जनार्दन कि हम लोग क्या मरने का नाटक-नौटंकी करने घर से निकलते 'मरता पार्टी' बनाकर?

''तो भाइयो! एक-एक कर सारे साँपों को जान लेने के बाद हम करैत हुए। हम नाग भी हो सकते थे, मगर आप जान लीजिए कि करैत का विष नाग के विष से आठगुना विषैला होता है। गाँव-देहात में आप लोगों ने यह भी सुना होगा कि करैत साँप सोये हुए आदमी की साँस तक खींच लेता है। हम सिर्फ करैत ही हो सकते थे और करैत पार्टी ही बना सकते थे।''

पहली बार भाषण के इस अंश को सुनकर बैजनाथ मंडल ने अकेले में पलटू झा से कहा था, ''गोरगामा में जब आपकी परीक्षा हुई, तो आपने खाँटी धोबी बनकर दिखा दिया था। और आज जब साँपों की चर्चा शुरू की आपने, तो किसी भी सँपेरे से आगे निकल गये। यह सब कैसे हो रहा है, गुरुजी?''

पलटू झा ने जवाब दिया था, ''जब ब्राह्मण सभा के निर्णय के बाद मैं सपरिवार गंगास्नान करने गया था, तब मैं सिर्फ स्नान करके नहीं आ गया था, एक धोबी के साथ घंटों गुजारकर आया था और वहाँ से खाँटी धोबी बनकर आया था, क्योंकि मैंने अपना मन पक्का कर लिया था कि मुझे धोबी बनना है। और यहाँ आने पर जब मैं साँप बन गया और यह तय हो गया कि मुझे प्रचार में जाना है, तब मैं सँपेरा से मिलने चला गया। मैंने सँपेरे से आग्रह किया था कि वह अपनी झाँपी लेकर करैत पार्टी के प्रचार में मेरे साथ चले, पर उसने यह कहकर इन्कार कर दिया कि अब वह साँप नहीं पकड़ता और साँपों के खेल नहीं दिखाता। उसका बेटा पढ़-लिखकर हाकिम हो गया है और उसने पिता को आराम की जिन्दगी गुजारने के लिए विवश कर दिया है। वह साथ तो नहीं आया, मगर मैं उसे साँपों के बारे में जरूरी जानकारी लेकर आ गया। करैत पार्टी के प्रचार में साँपों की ही चर्चा नहीं हो, तो कोई भी भाषण कितना नीरस हो जाएगा!''

यह सुना देने के बाद कि करैत हो जाने के बाद उन लोगों ने करैत पार्टी बनायी, पलटू झा तुरन्त उलट जाता, ''और अब आप यह सुन लीजिए कि हमने यह पार्टी बनायी ही नहीं है, सच कह रहा हूँ, यह पार्टी हमने नहीं बनायी है। यह पार्टी बनायी है भगवान ने। हमारे सारे देवताओं ने मिलकर बनायी है यह पार्टी।''

इसके बाद वह आँखें मूँदकर पंचदेवों का स्मरण करता, ''ॐ विष्णवे नमः। ॐ शिवाय नमः। ॐ श्रीगणेशाय नमः। ॐ श्रीसूर्याय नमः। ॐ श्रीदुर्गायै नमः।''

'ॐ नमः' करने के बाद वह फिर चालू हो जाता, ''पूरी कथा ही संक्षेप में सुना देता हूँ।

धरती पर विचरनेवाले सारे देवता ब्रह्मा के पास जा-जाकर धरती का वृत्तान्त सुनाने लगे थे। वृत्तान्त का सारांश था कि सृष्टि में घोर हाहाकर मचा है और लोकपितामह को अविलम्ब इस ओर ध्यान देना चाहिए। एक दिन ब्रह्मा सारे देवताओं को साथ लिये वैकुंठधाम पहुँच गये और देर तक भगवान चतुर्भुज से विनती करते रहे। विनती का सारांश था कि पाप और अत्याचार के विनाश के लिए अब भगवान को एक और अवतार अविलम्ब लेना होगा। भगवान चतुर्भुज देर तक मुस्कराते रह गये जिसका सारांश था 'एवमस्तु'।

"हमारे परमपूज्य नेता दामोदर यादव हर साल की तरह पिछले साल भी अपने परमपूज्य गुरु से मिलने हरिद्वार गये थे जहाँ उनके परमपूज्य गुरु पिछले चार सौ वर्षों से निवास कर रहे हैं। इस बार हरिद्वार के परमपूज्य गुरु अपने परमपूज्य गुरु से मिलकर आये थे जो पिछले एक हजार वर्षों से हिमालय की किसी गुफा में तपस्या कर रहे हैं। हिमालय के परमपूज्य गुरु ने हरिद्वार के परमपूज्य गुरु से और हरिद्वार के परमपूज्य गुरु ने हमारे परमपूज्य नेता से जो कुछ कहा उसका सारांश सुन लीजिए 'कलि के अन्त में भगवान कल्कि के प्रादुर्भाव की बात तय थी। अभी कलि के कुछ हजार वर्ष ही बीते हैं और कल्कि अवतार होने में लाखों वर्ष बचे हुए हैं। पाप अभी ही अपने चरम पर पहुँच चुका है। पापियों के नाश के लिए भगवान को अपने अवतार का समय बहुत पीछे खिसकाना पड़ा है। सिर्फ समय ही नहीं खिसकाना पड़ा, अवतार का नाम भी बदलना पड़ा है। वे पृथ्वी पर अवतार ग्रहण कर चुके हैं, मगर भगवान कल्कि की जगह भगवान करैत का प्रादुर्भाव हुआ है।

"पहले यह निर्णय हुआ था कि किसी सम्भल ग्राम में विष्णुयश ब्राह्मण के घर भगवान कल्कि का अवतार होगा। बहुत सोच-समझकर भगवान ने यह निर्णय लिया कि वे इस बार किसी धानुक कुल में जन्म लेंगे। न जाने किन कारणों से हिमालय के परमपूज्य गुरु ने हरिद्वार के परमपूज्य गुरु को भी यह नहीं बताया कि किस गाँव के किस धानुक के घर उन्होंने जन्म लिया है; हाँ, यह जरूर बता दिया कि यह कोशी अंचल का एक गाँव है।

"हिमालय के परमपूज्य गुरु ने हरिद्वार के परमपूज्य गुरु से कहा, 'आज जो युग आ गया है उसमें केवल राजनीति के जरिए ही पापियों का विनाश और मानव का कल्याण हो सकता है, इसलिए मैं तुम्हें आदेश देता हूँ कि करैत भगवान के अवतार को सफल बनाने के लिए तुम कोशी अचंल के किसी शिष्य को अविलम्ब करैत पार्टी बनाने का आदेश दे डालो और उससे अगले चुनाव में चुनाव लड़ने के लिए कहो। कोशी अंचल से पाप और पापियों का सफाया हो जाने के बाद पूरी धरती से पापियों के विनाश और मानव के कल्याण के लिए कदम बढ़ाए जाएँगे।'

"अब तक मेरा यह कहा साफ हो गया होगा कि यह करैत पार्टी भगवान और हमारे सारे देवताओं ने मिलकर बनायी है। हमारे नेता दामोदर बाबू और उनके साथ हम सब तो निमित्त मात्र हैं।"

बैजनाथ मंडल पलटू झा के भाषा के इस अंश को पहली बार सुनकर उसकी विद्वता और ज्ञान से इतना प्रभावित हुआ था कि पलटू को पहले की तरह कोई मामूली गुरु या गुरुघंटाल नहीं मानकर मन ही मन अपना परमपूज्य गुरु मानने लगा और इस बात पर गर्व करने लगा कि वह इस परमपूज्य पलटू गुरु का इकलौता शिष्य है। तब भी क्या मन में आया कि वह पलटू से पूछ

बैठा, ''गुरुजी! आपने जो कुछ सुनाया, वह सच है न?''

''दामोदर यादव से ही पूछ लीजिए,'' पलटू ने जवाब दिया था, ''कि मैंने जो कुछ कहा है, वह सच है या झूठ।''

तब बैजनाथ ने बहुत दुखी स्वर में पलटू से कहा, ''गुरुजी! आप इतने बड़े विद्वान और ज्ञानी हैं, तब भी आप गधा का धोबी बनकर गाँव-गाँव मारा-मारा फिरने पर उतारू थे। अब फिर कभी जीवन में ऐसा खयाल नहीं लाइएगा, गुरुजी।''

''मैं जो भी अच्छा-बुरा कर रहा हूँ,'' पलटू झा ने जवाब दिया था, ''वह आपके लिए कर रहा हूँ, मंडलजी। आपका भाग्य मुझे जहाँ ले जाये, मैं सहर्ष जाऊँगा, मुझसे जो जो कराये, मैं सहर्ष करूँगा।''

''आपकी कृपा का मैं पाई-पाई चुका दूँगा, गुरुजी,'' बैजनाथ बोला, ''शादी हो, नहीं हो, फुलकाहा में आपका मन्दिर तो बनेगा ही।''

अपने भाषण में पलटू झा एक अपनी बात कहना कभी नहीं भूलता था, ''आप नहीं जान रहे होंगे कि मैं एक ब्राह्मण हूँ; पलटू झा मेरा नाम है और मैं फुलकाहा ग्राम का रहनेवाला हूँ। अब आपको यह अचरज हो रहा होगा कि एक ब्राह्मण होकर मैं पिछड़ों की करैत पार्टी में कैसे शरीक हो गया। मगर क्या सचमुच यह अचरज की बात है? सोचिए जरा, मैं ब्राह्मण सभा का निर्णय मानता या भगवान का आदेश? मैं ब्राह्मणों का साथ देता या करैत भगवान का? ब्राह्मणों की बड़ी-बड़ी सभाओं में मैंने हुँकार भरे शब्दों में कहा है कि हम ब्राह्मण हजारों वर्षों से अनुचित तरीके से यहाँ की जमीन-जायदाद पर कब्जा जमाये रहे हैं, और अब समय आ गया है कि हम अपने पापों का प्रायश्चित करते हुए अविलम्ब कम से कम अगले एक हजार वर्षों के लिए अपनी सारी जमीन-जायदाद पिछड़ों के सुपुर्द कर दें। मुझे इस बात की खुशी हो रही है कि अब पिछड़ों ने कानून को ताक पर रखकर लाठी के जोर से ब्राह्मणों की जमीन-जयादाद छीननी शुरू भी कर दी है।''

हर सभा में अपने भाषण का समापन पलटू झा बैजनाथ मंडल की चर्चा के साथ करता, ''हमारे बीच एक बैजनाथ मंडल हैं जिनका परिचय देते हुए मुझे सोचना पड़ रहा है कि इन्हें सिर्फ पार्टी का एक करैत कहूँ या करैत भगवान। लाखों की दौलत है इनके पास, मगर घर बिना घरनी का है। ये हमारे भावी नेता हैं और यश इनके पीछे-पीछे चल रहा है। पार्टी के काम की व्यस्तता के कारण इन्होंने अपनी शादी रोक रखी है। हालाँकि अभी तक यह तय नहीं हुआ है कि किस भागवन्ती से इनका विवाह होगा, मगर यह तय है कि मतदान की तिथि तक ये विवाह-बन्धन में बँध जाएँगे। हम इनके लिए लड़कियाँ देख रहे हैं और शीघ्र ही किसी एक शुभांगी का चयन कर लेंगे।''

पलटू झा के भाषण के समारम्भ के साथ ही पूरे अंचल में भगवान के नये अवतार की हवा उड़ गयी। लोग-बाग यह कहते सुने गये कि भगवान के अवतार का समय तो अब आ ही गया था,

क्योंकि मानव पतन के इतने गहरे गर्त में गिर चुका है कि अब महात्माओं के वश में नहीं रहा उन्हें उस गर्त से बाहर निकाल लेना। अभी तो पापात्माओं के पेशाब से चिराग जलता है। कोई महात्मा अपने गाँव के मुखिया का चुनाव जीतकर ही दिखा तो दे! जब मुखिया भी बनने से रहे, तो देश और समाज की बागडोर उनके हाथ कैसे चली आएगी?

लोग पहले से ही यह जान रहे थे, मान रहे थे, कि अभी भी हिमालय में ऐसे ढेरों तपस्वी हैं जो हजार-हजार सालों से दीन-दुनिया से दूर गुफाओं-कन्दराओं में तपोलीन हैं। चार सौ साल की उम्र के साधु तो बहुतों के देखे हुए थे। एक ऐसे साधु तो बहुत दिनों तक बनारस के अस्सी घाट पर स्नान करने आया करते थे जिनके चेले ही दो सौ, ढाई सौ वर्षों से उनके साथ रह रहे थे।

चार सौ साल की उम्रवाले किसी साधु ने अपना गुरु हिमालय के किसी तपोवृद्ध महात्मा को ही बनाया होगा, इसमें शक की जरा भी गुंजाइश नहीं थी। यह बात भी मान लेनेवाली थी कि शेषनाग को शय्या बनानेवाले प्रभु के मन में कच्छप और मत्स्य रूप धारण कर लेने के बाद साँप रूप धारण करने का विचार आया हो और उसके साथ ही यह विचार भी आ गया हो कि कलियुग में करैत रूप धारण करना ही उचित होगा।

यह बात भी अब अखबार पढ़-पढ़कर सारे लोग जान गये थे कि राजनैतिक दलों के सारे नेता-उपनेता अब बिना बड़े-बड़े ज्योतिषियों और तान्त्रिकों की राय लिये न कुछ बोलने के लिए अपनी जबान खोलते हैं, न कुछ करने के लिए अपने कदम बढ़ाते हैं। दामोदर यादव कमलेश्वरी यादव के साथ रहते हुए परमपूज्य गुरुओं के सम्पर्क में आ ही गये होंगे और जब उनके दिमाग में कमलेश्वरी यादव को पछाड़ने का खयाल आया होगा, तो उस वक्त ही कमलेश्वरी यादव के परमपूज्य को फोड़कर अपनी ओर ले आने का खयाल भी आ गया होगा।

शक इस बात पर किया जाने लगा कि दामोदर यादव को करैत पार्टी बनाने का आदेश मिला है। दामोदर यादव ने कुछ वैसा ही हथकंडा खेला है जैसा जनता की आँखों में धूल झोंकने के लिए चतुर-चालाक लोग आज तक खेलते आये हैं। जब गाँधी की धूम मची हुई थी, तब हर चालाक आदमी गाँधी का ही अनुयायी बना बैठा था, ताकि मुँह के राम को हर कोई सुने, मगर बगल की छुरी कोई देख न पाये। आज कोई यादव मुख्यमन्त्री बन जाये, तो हर संस्था के अध्यक्ष और मन्त्री यादव ही बनाये जाने लगेंगे, ताकि सरकारी संरक्षण और सहायता पाने में आसानी हो जाये। दामोदर यादव ने जब जाना होगा कि भगवान ने करैत अवतार ले लिया है और अब भगवान के करैत अवतार की खबर जल्दी ही जनता-जनार्दन के बीच पहुँच जाएगी, तो उसने झट करैत पार्टी बना ली।

इलाके के ब्राह्मण इस शक की ओर सबसे अधिक दिमाग दौड़ा रहे थे। हर रोज उनके मचानों पर एक इसी करैत पार्टी की चर्चा होती रहती। इस घोर कलियुग के अन्त और सवर्णों के उद्धार के लिए भगवान के एक और अवतार की अभी ही जरूरत तो थी उन्हें, पर यह क्या कि भगवान धानुक कुल में जन्म लेंगे और किसी निम्न कुल के आदमी को करैत पार्टी बनाने का आदेश देंगे जो ब्राह्मणों की और भी बुरी गत करने से बाज नहीं आएगा!

दामोदर यादव को पलटू झा के रूप में जैसे हीरा मिल गया था। जब वे कमलेश्वरी यादव के साथ थे, तो ब्राह्मणों ने उन्हें कभी ललकारा नहीं था, मगर कभी भी उनके पक्ष में मतदान नहीं

किया था। काफी चतुराई से ब्राह्मण हाँ बोलकर भी ना कर जाते थे। पलटू झा के भाषणों को सुनने के बाद दामोदर यादव के मन में यह आशा जगी कि इस बार के मतदान में पलटू झा अधिकांश ब्राह्मणों को करैत पार्टी की ओर खींच लाएँगे। ब्राह्मणों को पलटू झा यह समझा सकते हैं कि चुनाव में तो कोई ब्राह्मण प्रत्याशी सफल होने से रहा, इसलिए अपने पुराने दुश्मन कमलेश्वरी यादव को हराने के लिए वे निश्चिन्त होकर दामोदर यादव को अपना समर्थन दें, जिनका समर्थन करैत भगवान भी कर रहे हैं; और कोई भगवान करैत ही क्यों नहीं हो, वह ब्राह्मणों का बुरा कभी नही होने देगा।

बटुकदास के साथ विचार-विमर्श करने के बाद दामोदर यादव ने यह रणनीति बनायी कि पलटू झा से दिन भर भाषण करवाने के बाद हर शाम उन्हें ब्राह्मण गाँवों और हर गाँव के ब्राह्मण टोलों में दो-तीन घंटों के लिए अपना जादू चलाने के लिए छोड़ा जाये। यह तय हुआ कि जीबछ यादव मोटरसाइकिल पर पलटू झा को बिठाकर गाँव-गाँव घुमाएँगे ओर पलटू झा ब्राह्मण टोलों और मतदाताओं की सूची पढ़-पढ़कर अपना प्रचार-कार्य करेंगे।

एक शाम पलटू ने पड़ड़िया गाँव में प्रवेश किया।

जिस शक की ओर इलाके के ब्राह्मणों ने दिमाग दौड़ाना शुरू किया था, उस शक पर पड़ड़िया गाँव के ब्राह्मणों ने कुछ अधिक ही दिमाग खर्च किया था।

पड़ड़िया में ब्राह्मणों का ठठ्ठ था। कभी वहीं के सरयुग झा इलाके के विधायक हुआ करते थे। मगर इलाके में यादवों के उत्थान के साथ ही ब्राह्मणों का पतन हुआ और अब इस पड़ड़िया में जो भी ब्राह्मण नेता थे, छुटभैये थे। ये सारे नेता इलाके के बड़े नेताओं के पिछलग्गू और दलाल बनकर रह गये थे और इन बड़े नेताओं की बदौलत ही इनका भोजन-भात चल रहा था।

पिछले कई चुनावों से हार का मुँह देखते रहने के कारण यहाँ के ब्राह्मणों ने अपनी यह प्रतिज्ञा तोड़ डाली थी कि वे किसी ब्राह्मण प्रत्याशी को ही जिताएँगे और यह नयी प्रतिज्ञा ले ली थी कि वे लगातार जीत दर्ज कर रहे ब्राह्मण-विरोधी कमलेश्वरी यादव को धूल चटाएँगे। इस बार यह उम्मीद बँधी थी कि कमलेश्वरी यादव और दामोदर के आपस में टकराने से वे जीत का सेहरा इस बार के अपने प्रत्याशी बाबू रुद्रपताप सिंह के सिर बाँध सकते हैं। बाबू रुद्रप्रताप सिंह ने ब्राह्मणों की सुरक्षा और पुनरुत्थान का बीड़ा उठाया था।

पड़ड़िया के ब्राह्मणों ने पलटू झा के आगे मन खोलकर कहा कि उन लोगों ने अभी तक यह तय नहीं किया है कि वे किस प्रत्याशी का समर्थन करेंगे, मगर आज रात ही गाँव के श्रेष्ठजी श्री हितनारायण झा के आने पर अन्तिम निर्णय हो जाएगा। ब्राह्मणों ने पलटू झा को रात में पड़ड़िया में ही रुककर श्रेष्ठजी से मिल लेने और उन्हें मना लेने की सलाह दी। पलटू झा उनकी सलाह झट मान गया। उसने जीबछ यादव को यह कहकर विदा कर दिया कि वह अब सुबह आकर उसे ले जाये।

पड़ड़िया के ब्राह्मणों के साथ पलटू झा के भोजन के बाद भी गाँव की ठाकुरबाड़ी में देर रात तक तरह-तरह की बातें होती रहीं। ब्राह्मणों ने भगवान के करैत अवतार के बारे में पलटू झा से बहुत कुछ पूछा। बिल्कुल ब्राह्मणों के बीच होकर भी पलटू झा ने उनके खोद-खोदकर पूछे

जाने पर अत्यन्त सतर्कतापूर्वक उतना कुछ ही बताया जितना वह मंच से अपने भाषणों में सुनाता आ रहा था। वह जान रहा था कि दीवारों के भी कान होते हैं, और जब दामोदर यादव ने जीबछ यादव को उसके साथ जासूसी के लिए रख छोड़ा था, तो यहाँ भी जीबछ यादव ढूका लगाने के लिए उसके पीछे किसी को छोड़ गया होगा।

जब देर रात तक श्रेष्ठजी गाँव नहीं आये, तब ठाकुरबाड़ी के दायें ओसारे पर पलटू झा के सोने के लिए बिस्तर लगा दिया गया।

पलटू झा की नींद अभी लगी ही थी कि उसने देखा कि वह सपना देख रहा है और सपने में किसी चतुर्भुज को देख रहा है। उसने आँखें टिकाकर चतुर्भुज को देखा, दोनों हाथ जोड़ लिये और आनन्दविह्वल होकर बुदबुदाने लगा,

''शान्ताकारं भुजगशयनं पद्मनाभं सुरेशं,
विश्वाधारं गगनसदृशं मेघवर्णं शुभांगम्।
लक्ष्मीकान्तं कमलनयनं योगिभिर्ध्यानगम्यं,
वन्दे विष्णुं भवभयहरं सर्वलोकैकनाथम्।''

चतुर्भुज मुस्कराया, ''तुमने मुझे पहचान लिया, पलटू?''

बड़े हर्षित स्वर में पलटू ने जवाब दिया, ''हे भगवान चतुर्भुज! मैं तो आपको किसी भी रूप में पहचान लूँगा, करैत रूप में भी पहचान लूँगा।''

''तुमने यह कैसे जाना कि मैं करैत अवतार धारण करने जा रहा हूँ?''

''मैंने यह कहाँ जाना प्रभु!'' पलटू बोला, ''मैंने तो बस तुक्का चलाया।''

''किस आधार पर चलाया, वत्स?''

''मैंने तो यह सोचा, प्रभु, कि दूसरे सारे नेताओं की तरह दामोदर यादव ने भी अवश्य ज्योतिषियों, तान्त्रिकों और भविष्यज्ञाताओं से सलाह लेकर ही अपनी पार्टी का नामकरण किया होगा और इस पार्टी में करैत कोई अलौकिक शक्ति लेकर आ गया होगा। मैंने करैत पार्टी की करैत अवतार से जोड़कर सोने में सुगन्ध डाल दिया, प्रभु।''

''ऐसा क्यों किया तुमने?''

''मुझे करैत पार्टी का प्रचारक नियुक्त कर दिया गया, तो ऐसा कुछ तो करना ही था प्रभु।''

''सोलकनों के लिए इतना बड़ा झूठ बोल गये?''

''अभी तक जो भी बोल रहा था, अपने पेट और भविष्य के लिए बोल रहा था, प्रभु। सपने में ही सही, आपके दर्शन हो गये, तो अब मैं पेट और भविष्य दोनों की चिन्ता से मुक्त हो गया।''

''तुम सपना नहीं देख रहे हो, पलटू। जो देख रहे हो, वह सच है। मैं तुम्हें साक्षात् दर्शन दे रहा हूँ।''

''प्रभु की इतनी बड़ी कृपा! तो अब आप मुझे अपने चरणों में जगह दीजिए, प्रभु।''

''जगह दूँगा; ग्रहण करोगे?''

''ग्रहण नहीं करूँगा, तो दुनिया में और कहाँ ठौर मिलेगा मुझे?''

''ब्राह्मण हो; ब्राह्मणों का साथ दोगे?''

"अवश्य प्रभु, अवश्य।"

"तो अब जाओ, उनके साथ हो जाओ।"

इसी समय चतुर्भुज भगवान ने जोरदार ठहाका मारा। इस ठहाके के साथ ही भगवान ऐसे बँटे कि एक की जगह दो सिर प्रकट हो गये और चार भुजाएँ दो-दो में बँट गयीं। भगवान के ठहाके ने ओसारे के बाहर के अँधेरे से कितने ही ब्राह्मणों को खींचकर ओसारे पर पलटू के चारों ओर बैठा दिया। दोनों अर्द्धचतुर्भुज उस भीड़ में शामिल हो गये।

"मैं हितनारायण झा हूँ," भीड़ के एक ब्राह्मण ने अपना परिचय दिया और बोला, "हम यह जान गये कि भगवान ने कोई करैत अवतार नहीं लिया है। अब हमारा यह आग्रह है कि आप करैत पार्टी को छोड़कर हमारी पार्टी के साथ हो जाएँ और करैत भगवान के अवतार को झूठ और धोखा बता दें। अब आपको 'शेर छाप' के लिए वोट माँगना होगा।"

"मैंने अब तक जो किया है, उसे आगे भी करते रहने का वचन दामोदर यादव को दे दिया है। यह एक ब्राह्मण का वचन है। मैं उससे मुकर नहीं सकता। मैं करैत पार्टी के लिए भाषण देता रहूँगा।"

"मगर आपने भगवान के सामने ब्राह्मणों का साथ देने का वचन दिया है।"

"यह वचन भी मैं निभाऊँगा।"

"यह सम्भव है क्या?"

"मैं इसे सम्भव बनाऊँगा। वचन से मैं करैत पार्टी के साथ रहूँगा; मन और कर्म से आप ब्राह्मणों के साथ।"

पलटू झा दो नावों पर सवार हो गया।

(10)

ज्यों-ज्यों मतदान के दिन निकट आते गये, यह बात साफ होती गयी कि कमलेश्वरी यादव पिछड़ चुके हैं, और अब अखाड़े में ले-देकर दो ही पहलवान दम-खम वाले बचे हैं, दामोदर यादव और रुद्रप्रताप सिंह; और इन दोनों के बीच काँटे की टक्कर है।

दो नावों पर सवार पलटू झा दोनों ही नावों को बखूबी चला रहा था। वह दिन भर धुआँधार भाषण देता, और हर शाम जीबछ यादव उसे मोटरसाइकिल पर बिठाकर किसी ब्राह्मण गाँव या टोले में छोड़ जाता जहाँ वह अक्सर हितनारायण झा और वक्त-जरूरत रुद्रप्रताप सिंह के साथ गुप्त मन्त्रणा करता।

करैत पार्टी और शेर छाप के बीच सचमुच घमासान चल रहा था, मगर जहाँ करैत पार्टी की परेशानियाँ दिन-पर-दिन बढ़ती चली जा रही थीं, वहीं शेर छाप के कार्यकर्ता अपना पलड़ा भारी होते जाते देख हर दिन दुगुनी शक्ति और चौगुने उत्साह के साथ अपने प्रचार-कार्य पर निकलते रहे थे।

करैत पार्टी के चुनाव-कार्यालय में हर तीसरे दिन चुनाव-प्रचार की प्रगति का जायजा लेने के

लिए बैठक होती थी जिसमें दामोदर यादव अपने कार्यकर्ताओं से मिलते, उनकी बातें सुनते और उन्हें आवश्यक आदेश-निर्देश देते थे।

यह दूसरी या तीसरी बैठक रही होगी जिसमें उन्हें अपनी ही पार्टी के प्रचारकों के विरुद्ध अपनी ही पार्टी के कार्यकर्ताओं के मुँह से शिकायतें सुनने को मिलीं।

हरिपुर गाँव के एक श्यामसुन्दर यादव ने सुनाया, "मैंने अपने घर पर ही करैत पार्टी का कार्यालय खोल रखा है। परसों सुबह-सुबह पाँच मोटरसाइकिलों पर सवार करैत पार्टी के दस प्रचारक मेरे घर पर आये। मोटरसाइकिलों पर करैत पार्टी के झंडे लगे हुए थे और उनके पास पार्टी के पोस्टर वगैरह भी थे। उन लोगों ने पार्टी के प्रचार और स्थिति के बार में मुझसे जानकारी ली। उसके बाद वे सब मुझे साथ लिये मेरे गाँव के हलवाई फेकू साह की दुकान में घुसे, वहाँ डटकर मिठाइयाँ खायीं और फिर धड़ाधड़ मोटरसाइकिल पर सवार होकर भाग गये। अब फेकू साह मुझे पैसे के लिए पकड़ रहा है। गाँव में जो भी मेरे साथ पार्टी का प्रचार कर रहे थे, उन्होंने कार्यालय आना भी बन्द कर दिया है। पार्टी कार्यालय में मेरा बैठना भी हराम कर दिया है फेकू साह ने। गाँव के लोग चुटकी लेने लगे हैं कि कैसे करैतों की पार्टी का काम कर रहा हूँ मैं।"

यह किस्सा एक अकेला हरिपुर गाँव का ही नहीं था। और भी तीन-चार गाँवों के कार्यकर्ताओं ने बताया कि लगभग ऐसी ही घटना उनके साथ भी हुई है। खुद बटुकदास ने सूचित किया कि जब उनकी जीप देवीपुर से गुजर रही थी, तब वहाँ के एक हलवाई ने उनकी जीप रोककर उन मिठाइयों के पैसे माँगे जो करैत पार्टी के कार्यकर्ता उनकी दुकान से खाकर निकल गये थे। बैठक का पता लगाकर लालपुर का हलवाई अपना दुखड़ा सुनाने स्वयं आ गया था।

इन बुरी खबरों से दामोदर यादव काफी विकल हो उठे थे। उस दिन उन्होंने हलवाइयों के पैसे चुकाने के लिए सात सौ रुपये दे दिये, मगर उसके बाद बैठक में उपस्थित कार्यकर्ताओं को बड़े दुखी मन से सम्बोधित करते हुए कहा, "कमलेश्वरी बाबू से अलग होकर मैंने अपनी पार्टी सिर्फ अपने निर्णय से, अपने बल पर, नहीं बनायी थी, आप सारे लोगों की राय लेकर आप सबके बल पर बनायी थी। मुझे तब भी पुख्ता विश्वास था और आज भी पुख्ता विश्वास है कि हमारी विजय होगी। मगर हमें यह नहीं भूलना चाहिए कि हम एक दमदार विरोधी का मुकाबला करने जा रहे हैं जो अब तक दो बार विधायक बन चुके हैं। अगर यह हाल रहा जो आज हमें सुनने को मिला, तब तो हमें पराजय का मुँह देखना पड़ेगा। इस तरह तो जिन मतदाताओं को हमने कमलेश्वरी बाबू से तोड़ा है, वे हमसे भी टूटकर किसी और से जुड़ जाएँगे। क्या आप चाहेंगे कि रुद्रप्रताप सिंह हमें पटकनी दे दे और इलाके में राजपूतों का पताका फहराये?

"वह कोई और जमाना था जब हमने मतदाताओं को सुनाया था,

'जीतेंगे, तो बाँटेंगे,
हारेंगे, तो लूटेंगे।'

अब हम इस नारा से फायदा नहीं उठा सकते। फायदा कमलेश्वरी बाबू उठा लेंगे या दूसरे। लोग हमें गलम समझ बैठेंगे; यही समझेंगे कि जो भी लुच्चे-लम्पट कमलेश्वरी यादव के साथ थे, वे सब अब दामोदर के साथ हो गये हैं। यह जरूरी हो गया है कि हम जनता के सामने अपनी साफ-सुथरी छवि प्रस्तुत करें। बद अच्छा, बदनाम बुरा। अभी लूट-खसोट का समय नहीं

है। चुनाव होने तक हमारे हर कार्यकर्ता को अपने छिछोरेपन से बाज आना होगा, अपने ऊपर अंकुश रखना होगा। वे अभी सब्र करें। चुनाव के बाद लूटने के बहुत अवसर आएँगे, और लूटने को बड़े-बड़े खजाने मिलेंगे। हमारे कार्यकर्ता यह नहीं समझें कि विधायक बन जाने के बाद मैं कमलेश्वरी बाबू की तरह अकेले खाऊँगा। मैं सबका हिस्सा बराबर बाँटूँगा। जो आज मेरा साथ दे रहे हैं, मैं उनके सुख-दुख में उनका जीवन भर साथ दूँगा; कमलेश्वरी बाबू की तरह भुला नहीं दूँगा किसी को और किसी के साथ विश्वासघात नहीं करूँगा। जब वे जेल में रहेंगे, तब भी उनके लिए लड़ूँगा; जब जेल से बाहर रहेंगे, तब भी उनके लिए मरूँगा। चुनाव के बाद वे स्वतन्त्र हैं कुछ भी करने के लिए, मैं उनका साथ दूँगा; मगर जब तक चुनाव हो नहीं जाता, तब तक तो वे मेरा कहना मानें, क्योंकि इसी में मेरी और उनकी भी भलाई है।

"अभी ही उन्हें क्या कमी हो गयी! रोज का खर्च तो दे ही रहा हूँ मैं। जिसे जैसा खाना चाहिए, वह वैसा खाना खाये। सुबह से रात तक मिठाई खाना चाहें, तो मिठाई ही खायें। पैसे कम पड़ते हों, तो मुझसे पूरे पैसे लें। उनके खान-पान में कोई कसर न रहे, इसके लिए मैं शुरू से सावधान रहा हूँ। सहसौल की दुकान में शराब का भंडार समाप्त हुआ नहीं कि मैंने शराब की पेटियाँ आदमी भेजकर पटना से मँगवा लीं। दो-चार दिनों में उनके लिए रात का मनोरंजन भी शुरू हो जाएगा। चुनाव के समय नर्तकियों और गायिकाओं की कितनी माँग रहती है, इसका पता आप सबको नहीं होगा। हर शहर और कसबे के कोठे खाली हो जाते हैं। मुझे पता था और मैंने महीना भर पहले ही इन लड़कियों का इन्तजाम पक्का कर लिया था।

"मैं अपने प्यारे कार्यकर्ताओं से करबद्ध प्रार्थना करता हूँ कि वे चुनाव होने तक कोई बेजा हरकत न करें। जो चाहिए, मुझसे माँग लें। मेरी जीत उनकी जीत होगी; और मैं हार गया, तो वे भी हार जाएँगे, इस हार में अपना पूरा जीवन हार जाएँगे वे। अब मैं और कुछ नहीं बोलूँगा।"

इस सम्बोधन-भाषण ने दामोदर यादव की बेकली का अन्त नहीं कर दिया। उन्हें और कुछ भी बोलना पड़ा और बहुत बार बोलना पड़ा। छिछोरे कार्यकर्ताओं ने अपने चाल-चलन में रत्ती भर सुधार नहीं लाया और उनकी हरकतें बन्द होने की बजाय लगातार बढ़ती ही गयीं। कोई कार्यकर्ता यह स्वीकार नहीं करता कि उसने कभी ऐसा किया है और तब भी सुनने को मिलता कि कल भी या परसों भी उन्होंने ऐसा किया है। ऐसा कार्यकर्ता पकड़ में भी नहीं आ रहे थे। जैसे शेर एक जगह शिकार करने के बाद दूसरा शिकार दो-चार कोस दूर जाकर करता है, ठीक वैसी ही चाल ये लम्पट कार्यकर्ता खेल रहे थे। दामोदर यादव की नाक में दम आ गया। उसने हर गाँव के हर हलवाई को खबर करवा दी कि वह करैत पार्टी के किसी भी कार्यकर्ता को मिठाई का एक नन्हा टुकड़ा भी मुफ्त में नहीं खिलाएगा।

ऐसा होने लगा कि करैत पार्टी के कार्यकर्ताओं के दुकान में घुसते ही हलवाई उनके अगुआ से कह बैठता था कि वे सब अगर पचास रुपये की खाएँगे, तो पचास रुपये खाने के पहले ही जमा कर दें। और, उन कार्यकर्ताओं को मिठाई परोसते हुए दुकानदार का नौकर लगातार चिल्लाता रहता, "रसगुल्ले; बीस रुपये खत्म!..."रुको," मालिक चिल्ला पड़ता, "एक लड्डू तोड़कर एक रुपये का माल निकाल लो।"

बराबर ऐसा ही नहीं होता था। कभी-कभी ऐसा भी होता था कि कार्यकर्ता पैसा जमा

करने से इन्कार करते और उनका गिरोह हलवाई के साथ मारा-मारी करने पर उतारू हो जाता।

और अब ऐसा होने लगा कि 'करैत पार्टी जिन्दाबाद' का नारा कान में पहुँचते ही गाँव के हलवाई झटपट अपनी दुकानें बन्द कर भाग जाते। धीरे-धीरे इन कार्यकर्ताओं के उत्पात से तंग आकर गाँव की सारी दुकानें, लगभग पूरा गाँव ही बन्द होने लगा था।

पलटू झा को धोती और रेशमी कुरता के दो जोड़े भेंट में मिले थे। उसे यह सोचना पड़ा था कि वह दिन में भी इन कपड़ों को डाटकर भाषण देने जाये या सिर्फ शाम में जीबछ यादव को विदा करने के बाद ब्राह्मणों के बीच जाने के पहल पहन लिया करे।

गुप्त मार्गों से चलकर यह खबर एक घर से दूसरे घर और एक गाँव से दूसेर गाँव पहुँच गयी कि करैत पार्टी मतदान के पूर्व ही हर घर को एक नौकरी देने जा रही है और नौकरियाँ बाँटने की कार्रवाई शुरू हो गयी है। कितने अच्छे दिन आ रहे थे कि हर घर में माहवार आएगा और पहली तारीख की खुशियाँ घर-घर आएँगी! मामा ने अपने भानजे के घर खबर भिजवायी, फूफे ने सरबेटों के घर। मौसेरे भाइयों के बीच इस खबर का लेन-देन हो गया। चचेरे-मचेरे भाइयों ने भी भरसक इस खबर से एक-दूसरे को अवगत करा दिया।

कहीं नौकरी की यह गाड़ी छूट न जाये, हर घर इस गाड़ी में बैठने के लिए दौड़ गया। और, गाड़ी में किसी घर का कौन आदमी बैठे, इसके लिए घर-घर में वाद-विवाद शुरू हो गया। बाप ने बेटे को बताया, "अभी मेरी एक भी चूल हिली नहीं है; मैं ही नौकरी कर लेता हूँ।" बेटे ने बाप को सुनाया, "अब मरते-मरते लात मारकर मत जाइए; अब आप कितने दिनों के मेहमान! किसी भी दिन खाट पकड़ सकते हैं, और इस बार पकड़ेंगे, तो फिर छोड़ेंगे नहीं।" घर के भाइयों के बीच तर्क-वितर्क से बात नहीं बनती थी, और हर घर में भोर से आधी रात तक उठा-पटक होने लगी। कितने ही चालाक बापों ने तुरन्त अपने एक घर में अपने बेटों के अलग-अलग घर बसा दिये, पुराने एक घर में अब तीन-तीन, चार-चार नये घर, जाँच-पड़ताल का सामना करने के लिए हर नये घर में नया चूल्हा-चौका।

हर घर में फैसला, गलत या सही, लिया जाने लगा। घर में हुए वाद-विवाद और उठा-पटक के लिए किसी ने करैत पार्टी को नहीं कोसा। पहली बार तो ऐसा हुआ था कि कोई नेता जनता के काबू में आया था!

कितनी आसानी से आज तक सारे प्रत्याशी जनता को झूठे आश्वासन देते आये थे और मत बटोरकर ले जाते रहे थे! दामोदर यादव ने अक्लमन्दी का काम किया है और अपनी जीत पक्की कर ली है। कमलेश्वरी यादव का साथ छोड़कर चुनाव लड़ने का फैसला दामोदर यादव ने हवा में नहीं ले लिया है, पूरी तैयारी के साथ सिर उठाया है। अवश्य कमलेश्वरी यादव के साथ रहते हुए ही इसने इस इलाके के लिए 'हर घर, एक माहवार' की गुप्त योजना बनायी होगी, घर का पैसा लगाकर थोक में नौकरियाँ खरीदी होंगी और तब चुनाव लड़ने का फैसला किया होगा। अब टापते रहें कमलेश्वरी यादव; बहुत दिनों तक यहाँ की जनता को चराते रहे।

दूसरे दलों और छापों के समर्थक भी टूट-टूटकर करैत पार्टी में शामिल होने लगे।

लोगों के बीच जो भी खुशियाँ आयी हों, दामोदर यादव के पुराने गुरगों और करैत पार्टी के नये कार्यकर्ताओं का मन गुस्से से भर उठा था। उन्हें क्या पता नहीं कि सरकार का पैसा घर-घर

के लिए आता है, मगर हर घर नहीं पहुँचता; कि राहत की सामग्री हर घर के लिए आती है और न जाने कहाँ के चुने हुए किन-किन घरों में बँट जाती है? नौकरियाँ घर-घर के लिए आ रही हैं, मगर क्या हर घर को एक नौकरी मिल जाएगी? हल्ला होगा हर घर का और नौकरी मिलेगी किसी-किसी घर को। शायद अब तक नौकरीवाले घरों को चुन भी लिया गया हो। उसके घर तो कोई नहीं आया नौकरी की खबर करने। यह तो अजीब बात है कि गाँव के कुछ घरों में करैत पार्टी की ओर से खबर आ गयी, उन घरों से आवेदन-पत्र भी भरवाकर ले लिये गये और उसी गाँव के करैत पार्टी के कार्यकर्ता को कोई खबर तक नहीं! इसी से तो पता चल जाता है कि क्या गोलमाल होनेवाला है।

करैत पार्टी के नये कार्यकर्ताओं ने इसे अपने साथ धोखा माना। क्या सोचकर आये थे वे दामोदर यादव की इस नयी पार्टी में! कितना भरोसा किया था उन्होंने दामोदर यादव पर! उन्होंने यह तो नहीं चाहा था कि दामोदर यादव उन्हें विधान सभा में पहुँचाएँ, विधान परिषद में घुसाएँ, इस समिति का अध्यक्ष या उस विभाग का मालिक बना दें। कोई पुल-सड़क का बड़ा ठेका भी माँगने नहीं जा रहे थे वे। बस, एक अदद नौकरी चाह रहे थे; और, इस नौकरी के लिए दामोदर यादव के आदेश पर मरने-मारने को तैयार थे। यह अच्छा तमाशा हुआ कि जान दें वे और नौकरी ले जाये कोई और। होना तो यह चाहिए था कि पहले पार्टी के कार्यकर्ताओं की नौकरी पक्की कर दी जाती और तब हर घर और घर-घर की बात चलायी जाती।

इन नये कार्यकर्ताओं ने मान लिया कि दामोदर यादव का दिल काला है और वह भी वही कर रहा है जो आज तक दूसरे विधायक करते आये हैं। तो अब खटें-मरें वे जिन्हें नौकरी मिल रही है। ये नये कार्यकर्ता शिकायत करने भी पार्टी के कार्यालय में नहीं गये और पार्टी से नाता तोड़ लिया।

दामोदर यादव के पुराने गुरगों के मन को ठेस तो लगी थी, पर उनके लिए अपने हित में अभी ही दामोदर यादव से नाता तोड़ लेना आसान नहीं था। वे दामोदर यादव से अपने हजार काम करवाते आये थे और अभी भी उन्हें झुकाने की कुव्वत रखते थे अपने पास। उन्होंने पार्टी की इस गुप्त योजना और कार्रवाई पर आश्चर्य प्रकट करते हुए दामोदर यादव को बुरी तरह लथेड़ा।

दामोदर यादव ने जब अपने सहयोगियों की शिकायत सुनी, तो उन्हें भी अचरज और दुख हुआ। उन्होंने एक ऐसे युवक को बुला लाने को कहा जिसने नौकरी के लिए अपना आवेदन-पत्र करैत पार्टी के प्रचारकों के पास जमा किया था। युवक आया और उससे दामोदर यादव ने अपने और लोगों के सामने पूछताछ की।

"आपको किसने बताया कि करैत पार्टी की ओर से नौकरी दी जा रही है?" दामोदर यादव ने पूछा था।

"करैत पार्टी के कार्यकर्ताओं ने।" युवक ने जवाब दिया था।

"आपने कैसे जाना कि वे करैत पार्टी के कार्यकर्ता थे?"

"वे मेरे गाँव में घर-घर घूम-घूमकर करैत पार्टी का प्रचार कर रहे थे। उनके पास करैत पार्टी के झंडे और पोस्टर थे। जिस आवेदन-पत्र को वे मुझसे भरवाकर ले गये थे, उस पर भी करैत पार्टी लिखा हुआ था। आवेदन के साथ एक सौ रुपये भी मुझसे माँगकर ले गये थे वे।"

"नौकरी दी जाएगी, ऐसा कहा था उन्होंने?"

"उन्होंने कहा था कि अभी से करैत पार्टी का प्रचार कीजिए और आज के पन्द्रहवें दिन सहसौल के पार्टी कार्यालय में आकर नौकरी का कागज ले जाइए।"

"ऐसा कहा था?"

"हाँ।"

"आपको पार्टी कार्यालय में जाने की जरूरत नहीं है," दामोदर यादव ने युवक से कहा, "आप चुनाव के बाद मुझसे मिल लीजिए।"

युवक को विदा कर देने के बाद दामोदर यादव देर तक गुमसुम बैठे रह गये और फिर अपने सहयोगियों से कहा, "कार्यकर्ताओं का इस तरह उत्साह में आ जाना कि जब जो जी में आया कह दिया और कर दिया, पार्टी के लिए शुभ नहीं है। उनसे अब स्पष्ट कहना होगा कि वे अपने मन से कुछ न किया करें। आवेदन-पत्र तक छपवा लिया! कार्यकर्ता कागज भरवाकर ले आये, यहाँ तक तो ठीक, मगर पन्द्रहवें दिन क्यों बुला लिया? कौन बाँटेगा नौकरी के कागज पन्द्रहवें दिन? बुलाना ही था, तो चुनाव के बाद किसी दिन बुलाता। अब मुझे तो कुछ नहीं सूझता कि क्या करूँ; आप लोग ही कोई रास्ता निकालिए।"

एक सहयोगी ने रास्ता बताया, "अभी जो भी कार्यालय में नौकरी का कागज लेने आये, उससे यही कहा जाये कि चुनाव आयोग ने अभी नौकरी बाँटने पर आपत्ति जतायी है, इसलिए अब नौकरी चुनाव के बाद मिलेगी।"

एक दिमागदार सहयोगी ने बहुत सोच-विचार के बाद गुलझट को सुलझाने का रास्ता सुझाया, "जो नौकरी का कागज माँगने आये, उसे कागज दे दीजिए। नौकरी दिल्ली-मुम्बई की झूठी-सच्ची कम्पनी की हो और नौकरी पर आने की तिथि चुनाव के बाद की हो। हर किसी की बहाली दरबान या चपरासी या लिपिक के पद पर कर दी जाये। कार्यालय के सामने किसी एक दिन भीड़ लगने देना उचित नहीं होगा। कल से ही जो कार्यालय में पूछताछ करने आये, उसे चुपचाप एक नौकरी थमा दीजिए।"

दामोदर यादव ने राहत की साँस ली।

मगर साँस टँगी रह गयी।

कनफुसकियाँ तो तीसरे-चौथे दिन से ही शुरू हो गयीं। सात दिन होते-होते इलाका गरमा गया। कहाँ तो मतदान के पूर्व ही नौकरी देने की बात कही जा रही थी, और कहाँ अब नौकरी का सिर्फ कागज दिया जा रहा है! नौकरी पर जाना होगा महीने दिन बाद। पता नहीं, कागज सच्चा है या झूठा! मतदान के बाद दामोदार यादव के दर्शन भी होंगे क्या! लोगों का यह शक निराधार नहीं था। सहसौल का ही एक किस्सा बिल्कुल ताजा था लोगों के दिमाग में।

सहसौल में एक कार्यालय खुला था 'नौकरियाँ ही नौकरियाँ' का। कुछ बाहर के लोग थे उस दफ्तर में, उनके साथ कुछ यहाँ के भी। बीसों कम्पनियों के कागज दिखाकर वे दिल्ली-मुम्बई से लेकर दुबई और सिंगापुर तक की नौकरियाँ बाँट रहे थे। सैकड़ों युवकों को फाँस लिया उन्होंने। किसी से पाँच, किसी से दस और किसी से बीस हजार रुपये तक की रकम वसूली गयी नौकरी दिलाने का खर्च बताकर। और एक दिन दफ्तर के आगे ताला लटकाकर सब के सब

चम्पत हो गये। जो यहाँ के लोग थे उस दफ्तर में, वे भी फिर कभी नजर नहीं आये।

पन्द्रहवें दिन ही सहसौल में पार्टी कार्यालय को घेर लिया गया। युवक नारे लगा रहे थे, ''मुम्बई में सोफिया कम्पनी हमें बताओ कहाँ है?...हमारे पैसे वापस करो।'' एक युवक बार-बार अपना एक ही किस्सा सुना रहा था कि दिल्ली में 'अग्रवाल डिजाइन' के दफ्तरवालों ने उसके पूछताछ करने पर किस तरह धक्का मारकर उसे भगा दिया था।

पार्टी के दफ्तर में ताला लटकाकर सारे करैत भाग गये थे। सिर्फ एक करैत-सा कोई आदमी युवकों की भीड़ को सूचित करने आ गया था, ''जिन्हें नौकरी नहीं चाहिए, उन्हें उनके पैसे वापस मिल जाएँगे।''

लोग चुटकी लेने लगे थे, ''अभी से यह हाल! विधायक बन जाने के बाद क्या होगा? भीड़ जो नारा चाहे लगा ले, दामोदर यादव से अपना पैसा माँगने कौन वीर जाएँगे!''

करैत पार्टी के कार्यकर्ताओं को इलाके भर में थूक लगाया जाने लगा।

दिन भर करैत पार्टी के मंच से उछल-उछलकर जोरदार भाषण देते रहने के कारण उस दिन बहुत थका हुआ था पलटू झा और उसका चेहरा मुरझा गया था। मगर शाम में उसके चेहरे का कमल खिल उठा, जब एक ब्राह्मण गाँव में शेर छाप की ओर से एक अत्यन्त दुधारू गाय उसे दान में मिली।

यह क्या गजब हो रहा है।

ऐसा गजब पहले कभी हुआ था? बड़े-बूढ़ों ने बताया कि ऐसा गजब पहले कभी नहीं हुआ था। साँप इस तरह कभी बौराये-बौखलाये नहीं थे।

सब साँप कहाँ! सिर्फ करैत। सिर्फ करैतों को गुस्सा आया है।

एक बात पर गौर किया है? करैत साँप सिर्फ करैत पार्टी के कार्यकर्ताओं को ही डस रहा है!

ऐसा नहीं कि किसी दो-एक गाँव में करैतों ने उपद्रव मचाया है। लगता तो यही है कि करैतों की कोई सभा हुई है, सभा में कोई निर्णय हुआ है, और सभा के टूटते ही सारे करैत इलाके के गाँवों में फैल गये हैं और चुन-चुनकर डसना शुरू कर दिया है।

बातें बेबुनियाद नहीं थीं। गाँव-गाँव से सर्पदंश की खबरें आ रही थीं। ऐसा शायद ही कोई गाँव रहा होगा जहाँ से सर्पदंश से पीड़ित करैत पार्टी के किसी कार्यकर्ता को खाट पर लादकर ओझा-मन्तरिया या डाक्टर के पास ले जाते हुए भीड़ न गुजरी हो। भला हो शेर छापवालों का जिन्होंने इतनी जल्दी में झाड़-फूँक, जड़ी-बूटी और डाक्टरी इलाज तक की व्यवस्था कर डाली, गाँव-गाँव में कर डाली। तब भी तो सुनने में आ रहा है कि अब तक तीन युवकों का इन्तकाल हो गया, वे नहीं बचाये जा सके। उन तीनों में दो युवक तो दो दिन पहले ही करैत पार्टी में शामिल हुए थे। करैत का विष था! मन्तरिया-डाक्टर तक पहुँचने में देर हुई होगी। तीन मर गये, मगर सौ को तो बचा लिया होगा शेर छापवालों ने।

यह दैवी प्रकोप है, करैत पार्टीवालों का लाया हुआ। जो करैत निशाचर हुआ करता है, वह

अब दिन में भी डसने निकल आता है। इतना ही नहीं हुआ है। जो करैत खेतों के बिलों में और ईंट के ढेरों में रहते आये हैं, वे सब अब करैत पार्टी के कार्यालयों में घुस रहे हैं। लगमा के कार्यालय में देखा लोगों ने करैत, किशनपुर में देखा, चकाई में देखा। दूसरे गाँवों में भी कार्यकर्ता करैत पार्टी का कार्यालय बन्द कर भाग गये हैं। करैत पार्टी का कार्यालय खोलने के लिए अब किसी गाँव में लोग अपना घर-मकान नहीं दे रहे हैं।

यह सुना कि करैत अब करैत पार्टी के कार्यकर्ताओं और प्रचारकों को खदेड़ने भी लगे हैं ? कितने ही गाँवों से खबर आयी है कि करैत ने पीछा किया और प्रचारक जान बचाने के लिए अपना पोस्टर-झंडा फेंककर सरपट दौड़ गये हैं।

अब तो लोग अपने घर-मकान की दीवारों पर करैत पार्टी के पोस्टर साटने से भी मना कर रहे हैं; हाथ जोड़कर कह देते हैं, ''आप निश्चिन्त होकर जाइए कि वोट हम आपको ही देंगे। पोस्टर मत साटिये; करैत देख लेगा, तो पीछा करेगा।''

लोग करैत भगवान की पूजा तो करने लगे हैं, मगर उससे क्या होता है ! कहर टूटा है करैत पार्टी पर, और जो करैत पार्टी की पूजा करेगा, वह कभी भी करैत की चपेट में आ सकता है।

किसने राय दे दी दामोदर यादव को करैत पार्टी बनाने की? कमलेश्वरी यादव पुराने खिलाड़ी हैं। अच्छी पटकनी मारी अपने चेले को। उन्हीं गुरुओं और तान्त्रिकों के पास तो गये होंगे दामोदर यादव जिनके पास वे कमलेश्वरी यादव के साथ रहते हुए जाते रहे होंगे। कमलेश्वरी यादव उनके पुराने शिष्य; दामोदर यादव को तो डूबना ही था।

गुरु-तान्त्रिक क्या करेंगे! भगवान ने ही रचना है सब कुछ। करैत तो स्वजाति भक्षक होता ही है। 'करैत साँप' 'करैत आदमी' को डस रहा है। कौन हैं अभी करैत पार्टी में? जो लुच्चे-लफंगे, चोर-बदमाश पहले कमलेश्वरी यादव के साथ थे, वही सब अब करैत पार्टी में आ गये हैं। बहुत सोचकर ही भगवान ने कोशी अंचल में करैत अवतार लिया है। भगवान के अवतार की सबसे अधिक जरूरत इसी अंचल को थी।

दामोदर यादव को पार्टी ही बनानी थी, तो साफ-सुथरे लोगों को साथ रखकर बनाते पार्टी। जो साफ-सुथरे लोग आ भी गये हैं इस पार्टी में, उन्हें भी अभी ही सँभल जाना है, नहीं तो गेहूँ के साथ घुन भी पिसे जाएँगे।

परमपूज्य गुरुओं और तान्त्रिकों ने समझाया होगा कि करैत नाम देने से लोग तुरन्त आकर्षित होंगे कि यह पार्टी सारे दुष्टों का दलन करेगी और पूरे अंचल में अमलन-चैन का राज ले आएगी। अब रोते रहें दामोदर यादव के गुरुओं और तान्त्रिकों ने उन्हें भयंकर धोखा दिया।

करैत पार्टी की क्षत-विक्षत अवस्था पर खुश होकर उस रात पड़ड़िया में बाबू रुद्रप्रताप सिंह ने पलटू झा को गले लगा लिया था। उस रात उन्होंने हितनारायण झा और अपने अन्य सहयोगियों के साथ जो गुप्त बैठक की, उसमें देर तक इस बात पर विचार-विमर्श होता रहा कि ब्राह्मण-शिरोमणि पलटू झा को शेर छाप की ओर से क्या भेंट की जाये।

दुद्धा धार के उस पार करीब छह-सात सौ मतदाओं का एक गरीब-गुरबों का गाँव था गिदनी। बरसात में पानी सिर्फ धार में ही नहीं चढ़ता था, गाँव को चारों ओर से घेर लेता था और गिदनी पूरी तरह एक टापू बन जाता था। बाहर का सारा काम-काज ठप पड़ जाता था। बहुत जरूरत पड़ने पर गाँव के लोग जिधर पानी गले के नीचे तक रहता था, उधर से बाहर निकलते थे। सिर्फ गाँव के मर्द ही नहीं, औरतें भी धार में घुसने के पहले नजर बचाकर अपने सारे कपड़े खोलकर हाथ में ले लेती थीं और धार से उस पार निकलने पर कपड़े पहन लेती थीं।

इस गाँव को कई पुलों की जरूरत थी, कम से कम धार पर एक पुल का होना बहुत ही जरूरी था, क्योंकि बरसात के दिनों में बाहर की दुनिया से जुड़े रहने के लिए इस धार को पार करना जरूरी था।

यह भी अचरज की ही बात थी कि गिदनी के रहनहारों ने कभी पुल या सड़क के लिए आवाज नहीं उठायी थी। औरों के लिए भले ही यह अचरज की बात थी, मगर गिदनीवालों ने बहुत सोच-समझकर यह कदम उठाया था। उन्होंने यही देखा था कि इलाके के जिस किसी गाँव में सड़क बनी है, वह सड़क साल गुजरते-गुजरते इस तरह गायब हुई है कि किसी के लिए यह कहना मुश्किल है कि सड़क किधर बनी थी और कहाँ गुम हो गयी। उन्हें यह जानकारी भी मिल गयी थी कि बरसात आने के पहले गाँवों में धारों पर पुल तो बनाये जाते हैं, मगर वे पुल बाढ़ के डर से बाढ़ आने के पहले ही बह जाते हैं। वे ऐसी सड़कों और पुलों के बदले कोई स्थायी चीज चाहते थे। अब धार के इस पार के जानकार लाग गिदनीवालों को यह जरूर सुनाते हैं कि ऐसा तो हो ही नहीं सकता कि अब तक इस धार पर कभी कोई पुल नहीं बना हो; हाँ, यह हुआ होगा कि पुल बनते ही बह गया होगा। गिदनीवाले साफ सुना देते हैं कि उन्हें इस बात का जरा भी मलाल नहीं कि इस धार पर कोई पुल अँधेरे में बना और अँधेरे में ही बह गया।

गिदनी की सबसे बड़ी जरूरत थी एक मन्दिर।

अब तक गाँव में जितने भी नेता आये, सबके आगे गिदनीवालों ने एक ही प्रार्थना दुहरायी, ''हुजूर, इस गाँव को एक मन्दिर दे दीजिए और जन्म-जन्मान्तर के लिए पूरे गाँव का वोट ले जाइए।''

यह भी एक अजूबा ही था कि इतने बड़े गाँव के पास अब तक एक मन्दिर नहीं था। गाँव के अन्दर और सिवान पर जितने पीपल के पेड़ थे, सबके नीचे छोटा-बड़ा पत्थर रखकर और पत्थरों पर सिन्दूर मलकर उन्हें मन्दिर बना दिया गया था। इससे गाँव को भारी बेइज्जती का सामना करना पड़ रहा था। भगवान की पूजा करने या आफत आने पर भगवान को गाली देने के लिए भी किसी पीपल के पास जाना पड़ता था। कुछ रोकर गलियाइयो, तो दुख उजागर हो जाता था और पूरा गाँव हँसता था। भगवान के साथ कोई गुप्त सम्पर्क बनाकर रखना गाँव में किसी के लिए भी सम्भव नहीं था। व्रत-त्यौहार तक में रुकावट आती थी। और दिनों में तो लोग काठी या डूमर गाँव के मन्दिरों की ओर चले भी जाते थे, पर बरसात के दिनों में यह भी नहीं हो पाता था। काठी में जन्माष्टमी के अवसर पर बड़ा भारी मेला लगता था, मगर गिदनी के लोग घर पर बैठे-बैठे ही आँखें मूँदकर यथासम्भव उस मेले को देखने का आनन्द उठा लेते थे।

एक बड़े अचरज की बात यह भी थी कि गाँव में सिर्फ सोलकन ही सोलकन थे, ब्राह्मणों का एक भी घर नहीं था। अगर एक घर भी आ बसा होता, तो कब का एक मन्दिर का निर्माण हो गया रहता। ऐसा नहीं हुआ। गाँव के कई पुरोहित थे, मगर सब गिदनी से दूर-दूर बसते थे और बरसात में उनका गिदनी आना बिल्कुल बन्द हो जाता था। गाँव की औरतें पुत्रव्रत या हरितालिका व्रत भी प्रसन्न मन से नहीं कर पाती थीं।

लोगों ने कई बार झोंक में आकर मन्दिर-निर्माण की दिशा में कदम उठाये थे, मगर कदम बढ़ा नहीं पाये। गाँव में मन्दिर-निर्माण के लिए देह से खटनेवालों की कोई कमी नहीं थी। हजार-हजार ईंटें कई बार खरीदी गयीं, मगर जब तक दूसरा-तीसरा हजार आता और सिमेंट की व्यवस्था होती, तब तक पहला हजार गाँव के बिना पहरे के बगीचों के आम-कटहल या पोखर की मछलियों की तरह बिला जाता।

जब ब्राह्मण नेताओं का राज था, तब भी गिदनीवालों ने उनसे एक मन्दिर के लिए ही प्रार्थना की थी। उन नेताओं ने मन्दिर बनवा देने का आश्वासन तो बराबर दिया, पर मन्दिर बनवाया नहीं; पहली बार आश्वासन देकर जाने के बाद फिर दूसरी या तीसरी बार आश्वासन देने ही गाँव आये। जब ब्राह्मणों को पटककर यहाँ के राजा कमलेश्वरी यादव हुए और निराश हो गये गिदनीवालों की आशा जगी कि अब मन्दिर बन जाएगा, तब कमलेश्वरी यादव भी वही सब करने लगे जो ब्राह्मण राजा अब तक करते आये थे।

पहली बार उन्होंने भी झूठे आश्वासन से ही काम चला लिया। दूसरी बार उन्होंने कहीं से मुफ्त में मिल गयी हजार ईंटें गिरवा दीं और अगले पाँच साल तक देखने भी नहीं आये कि वे ईंटें मन्दिर की नींव में गयीं या गिदनी के घरों या सड़कों में पिला दी गयीं। पिछली बार गिदनीवालों ने सुना दिया कि जब तक मन्दिर नहीं बन जाता, तब तक यहाँ के लोग मतदान नहीं करेंगे। जैसा कहा उन्होंने, वैसा किया। यहाँ किसी ने मतदान किया ही नहीं।

इस बार उन्होंने गाँव के सिवान पर ही एक बाँस गाड़कर उससे एक तख्ता लटका दिया था जिस पर लिखा था, ''किसी पार्टी के प्रचारक हमारे गाँव में नहीं घुसे। निवेदक—गिदनी गाँव।''

बटुकदास ने पलटू झा को अकेले में अपने साथ बैठाकर कहा, ''एक गाँव है गिदनी। अपने सोलकनों का ही गाँव है। उस गाँव को सड़क की, पुल की, पानी की, बिजली की जरूरत है, मगर उन्हें यह सब नहीं चाहिए; उन्हें चाहिए एक मन्दिर। बहुत दिनों से वे एक मन्दिर की माँग करते आ रहे हैं।

''मन्दिर की माँग को कोई भी नेता कैसे पूरी करे! सड़क, पुल और पानी-बिजली के लिए सरकार पर दबाव बनाया जा सकता है, धरना-घेराव का सहारा लिया जा सकता है, मगर मन्दिर बनवा देने के लिए तो नहीं। तब, कोई नेता गाँववालों को केवल आश्वासन ही तो दे सकता है। मन्दिर क्या अपने पैसों से बनवाए? यह सम्भव है क्या? कोई प्रत्याशी मन्दिर बनवा देने तक का बटुआ लेकर तो चुनाव में नहीं उतरता। कमलेश्वरी यादव ऐसा कर भी सकते थे, बहुत पैसा अब तक जमा कर लिया है उन्होंने, मगर दामोदर बाबू तो इतना नहीं कर सकते। चुनाव का खर्च

आप देख ही रहे हैं। जितनी नकदी थी उनके पास उसका हिसाब तो लग ही गया, उसके बाद भी अपनी छह बीघे जमीन बेचनी पड़ी है दामोदर बाबू को चुनाव लड़ने के लिए। अब जब कमाएँगे तब, अभी तो एक मन्दिर बनवा देने का पैसा नहीं है उनके पास।

"और यह मामला बहुत टेढ़ा भी तो है। एक गाँव में मन्दिर बनेगा, तो क्या दूसरे गाँववाले चुप रह जाएँगे? वे भी एक मन्दिर बनवा देने की जिद नहीं कर बैठेंगे? किसी गाँव में दस मन्दिर हों, तब भी वहाँ के लोग ग्यारहवें के लिए जिद ठान लेंगे। बात यहीं नहीं थम जाएगी। हालाँकि गिदनी में एक भी मुसलमान नहीं है, मगर अभी जो हाल है उसमें दूसरे गाँवों के मुसलमानों को ज्यों ही पता चलेगा कि गिदनी में हिन्दुओं ने किसी पार्टी से मन्दिर बनवा लिया है, वैसे ही वे भी उस पार्टी से वोट नहीं देने की धमकी देकर गिदनी मे एक मस्जिद बनवाने की माँग कर बैठेंगे यह कहकर कि गिदनी के रास्ते से रोज सैकड़ों मुसलमान आते-जाते हैं और उन्हें उस रास्ते में एक मस्जिद की जरूरत बहुत दिनों से महसूस होती रही है। और सुन लीजिए, अब गाँव-गाँव में मन्दिर के साथ मस्जिद भी!"

"मगर, पलटू बाबू," बटुकदास ने बात आगे बढ़ायी, "कुछ तो हमें करना ही होगा। छह-सात सौ मतों का सवाल है। हम अनदेखा नहीं कर सकते। मेरी दामोदर बाबू के साथ लम्बी बातचती हुई है। वे गिदनी के मन्दिर के लिए कुछ पैसे देने को तैयार हैं। उन पैसों से मन्दिर के निर्माण का काम शुरू हो जाएगा और उतने पैसों से ही गिदनी का वोट खरीदना है। दामोदर बाबू का कहना है कि यह काम केवल आप ही कर सकते हैं।"

"कुछ रुककर मुस्कराए बटुकदास और पलटू झा से कहा, "मुझे बड़ी खुशी हुई जब दामोदर बाबू ने आपका नाम लिया। एक तीर से दो शिकार हो जाएँगे। गिदनी सोलकनों का गाँव है और धानुक-कीयट की वहाँ अच्छी संख्या है। आप बैजनाथ बाबू के लिए एक दुलहिन की तलाश भी वहाँ कर सकते हैं। मुझे तो लगता है कि भगवान ने ही हमें यह मौका दिया है। इस मौका को हाथ से जाने नहीं देना है। यह काम आपको अपने हाथ में लेना होगा।"

पलटू झा ने खुशी-खुशी यह काम अपने हाथ में ले लिया।

पलटू झा का अब व्यस्त कार्यक्रम होता था। कब, कहाँ भाषण देना है; किस शाम, किस ब्राह्मण गाँव में जाना है; और कब-कब गिदनी जाकर जमीन या कागज पर मन्दिर खड़ा करवाना है, इन सबके कार्यक्रम पहले से तैयार कर लिये जाते थे, और कम से कम अगले तीन दिनों का कार्यक्रम एक साथ बनता था।

अपनी पहली गिदनी यात्रा में पलटू झा ने अपने साथ करैत पार्टी के कार्यकर्ताओं को साथ ले जाने की सलाह नहीं मानी थी और अकेले ही कन्धे से लटकाये अपना झोला और हाथ में करैत पार्टी का झंडा लिये गिदनी में प्रवेश किया था। एक सुबह जीबछ यादव ने उसे दुद्धा धार के पास पहुँचा दिया था और धार के घुटने भर पानी को पार कर पलटू झा गिदनी में दाखिल हो गया था।

सिवान के पास रुककर उसने 'प्रवेश निषेध' का तख्ता पढ़ा, मुस्कराया, और फिर बस्ती की ओर बढ़ गया।

ज्यों ही वह गाँववालों की नजर में आया, कई युवक उसकी ओर दौड़ आये। उन्होंने पलटू झा का रास्ता रोका और उनमें से एक ने कड़ककर पलटू झा से पूछा, "करैत पार्टी?"

"हाँ।" पलटू ने मुस्कराकर जवाब दिया।

"क्यों घुस आये गाँव में?"

"गाँव में घुसना भी मना है?"

"हाँ, किसी पार्टी के झंडा के साथ घुसना मना है।"

"आप लोगों ने मुझे झंडा के साथ घुसते देखा; यह तो नहीं देखा कि मैं मन्दिर के साथ घुसा हूँ?"

"मन्दिर के साथ या मन्दिर के आश्वासन के साथ?"

"मैं यहाँ मन्दिर बनवाने आया हूँ।"

"करैत पार्टी की ओर से?"

"हाँ।"

"दामोदर यादव ने भेजा है?"

"हाँ।"

"पक्की बात?"

"हाँ।"

"तो आइए हमारे साथ; आपकी मुलाकात हम गाँव के मुखिया धनुकी नायक से करा दें।"

"पहले आप सब एक बार जय बोलिए, करैत पार्टी की जय।"

"अभी ही?"

"हाँ, उसके बाद ही मैं कदम बढ़ाऊँगा।"

युवकों ने जयजयकार कर दिया। धनुकी नायक के घर तक आते-जाते युवकों की छोटी-सी भीड़ मेला-ठेला में बदल गयी।

धनुकी नायक के दालान में पलटू झा को सादर बिठाया गया। गाँव के और भी कई बूढ़े-सयाने बुला लिये गये। बिना बुलाये पूरा गाँव उठ आया था। पलटू झा ने अपनी बात शुरू की, "मैं ब्राह्मण हूँ, मगर दामोदर यादव का खासुल खास। मुझे आपकी तकलीफों की जानकारी दे दी गयी है और मैं यहाँ करैत पार्टी की ओर से एक मन्दिर बनवाने आया हूँ।"

"आप कौन हैं और किसके खासुल खास हैं, यह जानना हमारे लिए जरूरी नहीं है," धनुकी नायक ने टोका, "हमें यह बताइए कि क्या आप भी वैसा ही मन्दिर बनवाने जा रहे हैं, जैसा आज तक यहाँ आनेवाले नेता बनाकर जाते रहे हैं?"

"दुनिया आश्वासन से न भी चले, मगर विश्वास से चलती है," पलटू झा ने जवाब दिया, "मैं ब्राह्मण हूँ; मेरा नाम है पलटू झा। आप एक ब्राह्मण के वचन पर विश्वास कर सकते हैं।"

"आपके ब्राह्मण होने से क्या होता है! बहुत दिनों तक ब्राह्मण नेता ही हमारे यहाँ आकर मन्दिर बनवाने का वचन देते रहे थे।" धनुकी नायक की बगल में बैठा दरोगी मंडल बोल गया।

"आपको जिन्होंने वचन दिये थे, वे नेता-ब्राह्मण थे; मैं पंडित-ब्राह्मण हूँ। मेरी बातों का

विश्वास आपको करना होगा।''

''हम अब किसी के वचन का विश्वास नहीं कर सकते,'' धनुकी नायक ने कहा, ''हम पहले मन्दिर देख लेंगे, फिर वचन का विश्वास करेंगे।''

''आप तो मेरी इस बात का भी विश्वास नहीं करेंगे,'' पलटू झा बोला, ''कि मैंने सिर्फ करैत पार्टी की जीत के लिए यहाँ मन्दिर बनवाने का काम अपने हाथ में नहीं लिया है? सच तो यह है कि मैंने इस गाँव में बस जाने का फैसला किया है। मुझे मालूम है कि इस गाँव में कोई पंडित-पुजारी नहीं है।''

''मन्दिर नहीं बना, तो आप भी नहीं बसेंगे यहाँ, भाग जाएँगे यहाँ से। हम आपको यहाँ बाँधकर तो नहीं रखेंगे।''

''दामोदर यादव तो नहीं भाग जाएँगे?''

''उनका हम क्या बिगाड़ लेंगे!''

''अगर मैं ऐसा कर दूँ कि उन्हें ही आपके गाँव में बाँधकर रख दूँ, तब तो विश्वास करेंगे आप मेरी बातों का?''

''वे यहाँ बँधनेवाले नहीं हैं।''

''मैं बाँधूँगा।''

''किस तरह बाँधेंगे आप?''

''मैं इस मन्दिर का शिलान्यास दामोदर यादव के हाथों करवा देता हूँ।''

''उतने से क्या मन्दिर बन जाएगा! चुनाव के समय तो नेतावृन्द स्मारकों के पत्थर गाड़ते ही रहते हैं। राजधानी से लेकर छोटे-छोटे कस्बों में चले जाइए, गली-गली में नेताजी के शिलान्यास मिल जाएँगे। फिर कभी नेताजी जानने की कोशिश भी करते हैं कि उन पत्थरों का क्या हुआ! हमें मन्दिर चाहिए, नेताजी का पत्थर नहीं। पत्थर तो हम गिदनी में बहुत जगह गाड़ हुए हैं।''

''तब तो मुझे कुछ और भी करना होगा।''

''हाँ, कुछ ऐसा कि मन्दिर बनकर खड़ा हो जाये।''

''दामोदर बाबू के माता-पिता का स्वर्गवास हो चुका है। मैं सबसे पहले मन्दिर का प्रवेश-द्वार ही बनवाता हूँ और उस पर लिखवा देता हूँ कि यह मन्दिर दामोदर बाबू ने अपने पूज्य माता-पिता की स्मृति में बनवाया है। जब यह लिखा चला जाएगा, तब तो दामोदर यादव पीछे नहीं हटेंगे?''

''हाँ, तब वे पीछे नहीं हटेंगे,'' दरोगी मंडल ने खुशी प्रकट की, ''तब उनके शिलान्यास पर भरोसा किया जा सकता है।''

''नहीं, अभी भी भरोसा नहीं किया जा सकता,'' धनुकी नायक बोल गये, ''हम यह तो नहीं जानते कि उनके माता-पिता उनके लिए कितने पूज्य हैं। जब वे अभी नेता हैं, तो अपना राजनैतिक जीवन अवश्य गुंडागर्दी से ही शुरू किया होगा। हो सकता है कि उनकी गुंडागर्दी के कारण उनके माँ-बाप का जीना दूभर हो गया हो और उन्होंने उस समय के इस नालायक बेटे को घर से निकाल दिया हो। तो ऐसे में नेताजी के माता-पिता अब नेताजी के लिए कितने पूज्य रहे

होंगे और उनके दिल में अपने माता-पिता के लिए अभी भी कितनी इज्जत बच रही होगी!''

पलटू झा कुछ सोच में पड़ा और फिर कुछ सोचकर बोला, ''ठीक है, दामोदर बाबू के दिल में अपने माता-पिता के लिए कोई इज्जत नहीं बची है, मगर यह तो आप मानेंगे कि दमोादर बाबू को अपनी इज्जत का जरूर खयाल रहेगा?''

''हाँ,'' धनुकी नायक ने सुनाया, ''यह हम मान सकते हैं।''

''आदमी की इज्जत आदमी की नाक में नहीं, उसकी मूँछ में है। दामोदर यादव गिदनी आएँगे और भरी सभा में अपनी मूँछ का एक बाल नोंचकर या उखाड़कर आपके पास बन्धक छोड़ जाएँगे, और उसे वापस तब ले जाएँगे जब मन्दिर बनकर खड़ा हो जाएगा। अब आपको विश्वास हो रहा है कि मन्दिर जरूर बन जाएगा? आप विश्वास कीजिए; कहीं-न-कहीं आपको विश्वास करना पड़ेगा दामोदर यादव को हमेशा चिन्ता रहेगी कि उनकी मूँछ गिरवी रखी हुई है, और जब तक उन्हें मूँछ वापस नहीं मिल जाती है तब तक उन्हें न रात में नींद आएगी न दिन में आराम। कीजिए, विश्वास कीजिए।''

''इससे अधिक और क्या हो सकता है!'' दरोगी मंडल ने अपनी राय दे दी, ''अब हमें विश्वास कर लेना चाहिए।''

धनुकी नायक को कुछ और बोलने पूछने का मौका ही नहीं मिला। उपस्थित भीड़ ने एक स्वर में हुँकारी भरी। युवकों ने नारा लगा दिया, ''करैत पार्टी जिन्दाबाद।''

मन्दिर बनाने के लिए जमीन के जिस टुकड़े को देखकर गाँव के पुरखे अब तक मरते आये थे, उस टुकड़े को पलटू झा धनुकी नायक के साथ देख आया। जब तक वह नायक के साथ रहा, मन्दिर और मन्दिर में नियुक्त होनेवाले पुजारी के सम्बन्ध में ही बातें होती रहीं। शाम होने से पहले पलटू ने एक और बातचीत के लिए अवसर निकाला। उसने धनुकी नायक से कहा, ''अब मेरा इस गाँव से नाता कभी टूटेगा नहीं, मगर मैं अपने सम्बन्ध को और भी मीठा बनाना चाहता हूँ।''

पलटू की बात सुनकर खुश हुआ धनुकी नायक और बोला, ''आप इस सम्बन्ध को जितना मीठा बना सकते हैं, बना दीजिए।''

''मैं करैत पार्टी के लिए गाँव-गाँव में भाषण देता आ रहा हूँ; कभी सुना है आपने मेरे भाषण को?''

''इसे तो एक भारी संयोग मानिए कि आप अभी हमारे साथ हैं। हम सब नेता और पार्टी को दूर से ही प्रणाम करते रहे हैं। किसी नेता के भाषण को सुनने अभी तक इस गाँव का कोई आदमी नहीं गया होगा।''

''मेरे एक संगतिया हैं, मेरे ग्रामीण, बैजनाथ मंडल। लाखों की दौलत है इनके पास, मगर घर बिना घरनी का है। ये पिछड़ों के भावी नेता हैं और ऐसा यशस्वी और तेजस्वी नेता पिछड़ों को शायद ही कभी नसीब हो। राजनीति की व्यस्तता के कारण अब तक ये विवाह-बन्धन में बँधने से इन्कार करते रहे हैं, मगर इस बार हमने उन्हें मना लिया है। उनका विवाह अब शीघ्र ही होगा; किसी भी दिन हो सकता है। हमने कई लड़कियाँ देखी हैं, मगर अभी भी एक सोना लड़की के

लिए हम रुके हुए हैं। मैं गाँव-गाँव में भाषण देने गया हूँ और अपने हर भाषण में बैजनाथ बाबू की चर्चा करता रहा हूँ, ताकि बाद में किसी धानुक-कीयट परिवार को यह मलाल न रह जाये कि उसके हाथ से एक हीरा लड़का निकल गया और उसकी सोना लड़की पड़ी रह गयी। अब मैं यही सोच रहा हूँ कि जब मैंने अपनी शेष जिन्दगी इस गाँव में काटने का फैसला कर लिया है, तो अब बैजनाथ बाबू का विवाह भी इसी गाँव में कराऊँ। लड़का मेरे हाथ में है; लड़की मैं ही पसन्द करूँगा। क्या आप एक सोना लड़की का जुगाड़ अपने गाँव में कर सकते हैं? जो मन्दिर मैं बनवाऊँगा, उसी में ब्याह कराऊँगा?''

''क्या यह सम्भव है कि झटपट ब्याह के लिए झटपट मन्दिर बन जाये?''

''मेरे लिए कुछ भी असम्भव नहीं है। आप लड़की दीजिए, मन्दिर लीजिए।''

''तो लीजिए, मैंने लड़की दे दी।''

''तो लीजिए, आज के पन्द्रहवें दिन ब्याह हो गया।''

''इसी मन्दिर में?''

''हाँ; मगर एक बात और।''

''क्या?''

''यह बात अभी गिदनी के बाहर नहीं जाये कि यहाँ बैजनाथ बाबू के ब्याह की बात पक्की हो गयी है, नहीं तो कभी भी ब्याह के लिए उनका अपहरण हो सकता है। कई लड़कीवाले उन पर नजर गड़ाये हुए हैं।''

''बात नहीं फूटेगी।'' धनुकी नायक ने पलटू झा को आश्वस्त कर दिया।

जब शाम में निश्चित समय पर गिदनी से बाहर निकलकर पलटू झा ने दुद्धा धार पार किया, तो वहाँ जीबछ यादव अपनी मोटरसाइकिल के साथ पहले से मौजूद था। पलटू झा के पास आते ही उसने मुस्कराते हुए पूछा, ''क्या हुआ, पंडितजी?''

''सीधे दामोदर बाबू के पास लेकर चलिए।'' मोटरसाइकिल पर सवार हो जाने के बाद पलटू झा ने जीबछ यादव के प्रश्न का जवाब दिया।

जीबछ यादव पलटू झा को साथ लिये सीधे चकमका दामोदर बाबू के घर पहुँच गये। दामोदर बाबू घर पर नहीं थे, चुनाव-प्रचार में किनेल हुए थे। उनका आना देर रात को हुआ, मगर आते ही उन्होंने पंडितजी को अपने पास बुला लिया और सशंक स्वर में पूछा, ''कैसा रहा, पंडितजी?''

''रहा, बहुत ठीक रहा,'' पलटू झा ने कुछ अकड़कर जवाब दिया, ''मैं गया था, तो कुछ अच्छा करके ही आता।''

दामोदर यादव खुश हो गया, ''लोग मान गये?''

''मान नहीं रहे थे, मगर मैंने उन्हें झुकाया।''

''मन्दिर में कब से हाथ लगेगा?''

''कल से,'' पलटू झा ने सुनाया, ''कल से ही हाथ लगेगा। मैं सब तय करके आ गया हूँ। आप कल दोपहर से पहले वहाँ ईंट-सीमेंट-बालू गिरवा दें। गाँववाले दोपहर तक नींव खोदकर

तैयार कर देंगे। दोपहर में मन्दिर का शिलान्यास होगा। दो सप्ताह में मन्दिर बनकर तैयार हो जाएगा। पन्द्रहवें दिन में पूजा-पाठ शुरू हो जाएगा। मैंने अपने को वहाँ का पुजारी भी नियुक्त कर लिया है।''

''दो सप्ताह के अन्दर मन्दिर तैयार हो जाएगा?''

''हाँ, कामचलाऊ मन्दिर तैयार हो जाएगा।''

''मैं आपको बता चुका हूँ कि मैं दस हजार से अधिक की राशि नहीं दे सकूँगा।''

''आपकी बात आपकी जगह, मेरी बात मेरी जगह।''

''तब ठीक है, आप बनवा दें मन्दिर। आप कुछ भी कर सकते हैं,'' दामोदर यादव मुस्कराते हुए बोला और फिर पूछा, ''शिलान्यास तो मुझे ही करना होगा?''

''यह काम भी मैं ही कर आता,'' पलटू ने जवाब दिया, ''मगर कुछ और कारण से आपका जाना जरूरी है।''

''किस और कारण से?''

''यह मन्दिर आप अपने माता-पिता की पुण्य स्मृति में बनवा रहे हैं। सबसे पहले मन्दिर का प्रवेश-द्वार बनेगा जिस पर यह लिखा जाएगा। आपको वहाँ की सभा में इस बात की घोषणा कर देनी है।''

''मेरी घोषणा पर विश्वास कर लेंगे वहाँ के लोग?''

''अब किसी नेता के आश्वासन या घोषणा पर विश्वास करते हैं गाँव के लोग कि आपकी घोषणा पर विश्वास कर लेंगे?'' पलटू बोला, ''मगर मैंने यहाँ भी उन्हें झुकाया है।''

''किस तरह?''

''जो काम आपकी जबान नहीं कर पाएगी, वह काम आपकी मूँछ कर देगी।''

''मगर किस तरह?''

''आप अपनी मूँछ का एक बाल गाँववालों के पास गिरवी रख देंगे जो मन्दिर बन जाने के बाद आपको वापस मिल जाएगा।''

''अगर मन्दिर नहीं बना, तो?''

''तो क्या हो गया! मूँछ का एक बाल गया!''

''आदमी की मूँछ का कुछ मतलब होता है, पंडितजी।''

''मतलब तो आदमी की जबान का भी होता है, दामोदर बाबू। मगर किसी नेता को अपनी जबान या मूँछ से क्या लेना-देना! उसे तो चुनाव के अखाड़े में अपनी हार-जीत से मतलब होता है।''

''हाँ, सो तो होता है,'' दामोदर यादव बोला, ''ठीक है, उन्हें पता भी नहीं चलेगा कि बाल मेरी मूँछ का है या किसी और की मूँछ का। मैं बाद में यह तो कह ही सकता हूँ कि बाल की जाँच करा लो, वह मेरी मूँछ का नहीं है।''

''अभी ही ऐसा कुछ नहीं करना है कि उन्हें आपकी मूँछ पर सन्देह हो जाये। ऐसे में बात बिगड़ सकती है। बाल आपकी मूँछ का ही होगा।''

''अभी तक तो ऐसा किसी नेता ने नहीं किया है।''

"जो कभी नहीं होता था, वह आज हो रहा है या नहीं? यह क्या आप नहीं जानते कि हर चुनाव में हर प्रत्याशी मतदाताओं को अपने पीछे लाने के लिए तरह-तरह के हथकंडे अपनाता है? भगवान का भला हो? यह तो मुझे अचानक सूझ गया कि मूँछ से काम निकाला जाये! अगले चुनाव से आप देख लेंगे कि हर प्रत्याशी साल भर पहले से अपनी मूँछ बढ़ाना शुरू करेगा और चुनाव-प्रचार समाप्त होते-होते उसकी मूँछ का एक-एक बाल उखड़ जाएगा। हम इस मूँछ का अभी लाभ उठा लें; फिर तो नेताजी की मूँछों का भी वही हाल होगा जो अभी नेताजी की जबान का हो रहा है। आपको गिदनी चलकर भरी सभा में मूँछ का एक बाल गाँववालों के सुपुर्द कर देना है। मैं अस्तुरा लेकर आपके साथ रहूँगा। आपका भाषा समाप्त होते ही अस्तुरा से आपकी मूँछ का एक बाल काटकर वहाँ के मुखिया के हाथ में दे दूँगा। बस, इतने में फतह! सात सौ मत अपनी जेब में!"

दामोदर यादव कुछ सोच में पड़ गये, तो पलटू झा ने उसे कोंचा, "कुछ सोचने की जरूरत नहीं है। सिर्फ दस हजार में मन्दिर बन रहा है, माता और पिता दोनों की स्मृति में! और मूँछ का एक बाल सात सौ मतदाताओं को अपनी गिरफ्त में ले रहा है! इससे बढ़िया सौदा और क्या हो सकता है! जीत की चिन्ता कीजिए जो पाँच साल में सिर्फ एक बार आपके पास से गुजरती है, मूँछ की नहीं जो हर दिन उगती-कटती है। मैं आपकी जीत का डंका बजाऊँगा। इस अवसर को हाथ से जाने मत दीजिए। आप तुरन्त हाँ कहिए।"

दामोदर यादव ने इस बार जरा भी देर नहीं लगायी; तुरन्त कह दिया, "हाँ।"

(12)

जब बटुकदास ने बैजनाथ मंडल को बताया था कि दमोदर यादव ने करैत पार्टी के कार्यकर्ताओं और प्रचारकों के मनोरंजन के लिए नाच-गान में निपुण सात लड़कियाँ खरीद ली हैं और जब चुनाव के बाद वे औने-पौने दाम में बेची जाएँगी, तो उनमें से एक उसे मिल जाएगी, तब बैजनाथ मंडल ने बटुकदास से कुछ पूछने-जानने की बजाय इन लड़कियों के बारे में अपनी शंका प्रकट करते हुए पलटू झा से कहा था, "मैं कुछ समझ नहीं पा रहा हूँ कि ये कैसी लड़कियाँ हैं जो खरीदकर लायी जा रही हैं! नाचने-गानेवाली लड़कियाँ अच्छी तो नहीं होती होंगी! कहीं ये नाटक-नौटंकीवाली लड़कियाँ तो नहीं हैं? यह भी डर है कि मैं किसी एक को पसन्द कर ले जाऊँ और उसे फुलकाहा जैसा देहात पसन्द ही नहीं आये! तब तो वह फिर भागकर अपनी कम्पनी में चली जाएगी। यह भी पता नहीं कि ये लड़कियाँ ताजा होंगी या बासी!"

तब पलटू झा को मंडलजी के दिमाग का कचरा साफ करना पड़ा था। उसने हँसकर बताया था, "आपकी शंका निराधार है, बैजनाथ बाबू। ये लड़कियाँ नेताजी की खरीद हैं। नेताओं में लाख खोट हों, वे खरीद खड़ा सोना की ही करते हैं। किसी भी नेता के घर में हर चीज खाँटी मिलेगी आपको। अपने कार्यकर्ताओं और प्रचारकों को बासी चीज परोसने का खतरा नहीं उठा सकता कोई नेता। उस पर सस्ती को छोड़कर महँगी क्यों खरीदेंगे नेताजी? नेताजी का मेला महीने भर का होता है, लड़कियाँ आठ-दस दिनों के लिए होती हैं; नाटक-नौटंकी की लड़कियाँ

सालों भर मेला करती हैं और महँगी होती हैं। अब जान लीजिए कि जो लड़कियाँ आ रही हैं, वे कौन हैं। हर साल ढेर सारी लड़कियाँ बाढ़ में बहकर आती हैं। जिन लड़कियों के गाँव-घर पानी में बह गये होते हैं, माँ-बाप डूबकर मर चुके होते हैं, वे बाजारों में आकर बिक जाती हैं। जब सूखा पड़ता है और सूखा अकाल लेकर आ जाता है, तब भी कितनी ही लड़कियाँ, जिन्हें गाँवों में काम के बदले अनाज नहीं मिलता, अनाज के बदले अपने को बेचने के लिए गाँवों से भागती हैं। कभी-कभी तो भूखे माँ-बाप भी अपने बच्चों को बेचने के लिए खरीदार ढूँढ़ने लगते हैं। जिस साल चुनाव होने को रहता है, उस साल नेताओं के गुरगे बाढ़ और सूखा के क्षेत्र में जाकर वहीं से इन लड़कियों को सस्ते में खरीदकर ले आते हैं। चुनाव आने तक इन्हें पार्टी के कार्यकर्ताओं और प्रचारकों के मनोरंजन के लिए कुछ नाचना-गाना सिखाया जाता है और चुनाव के बाद इन्हें इन्हीं लोगों के साथ मिट्टी के मोल बेच दिया जाता है। अब इन खरीदारों की मरजी कि वे इन लड़कियों को अपने घर में रखते हैं या बाजार में औरों के हाथ बेच देते हैं। आपको एक लड़की यहाँ से उठा ले जाने में कोई खतरा नहीं है, बैजनाथ बाबू। आप खुशकिस्मत हैं कि बटुकदास के कारण एक लड़की आपको मिल रही है।''

हालाँकि अभी तक लड़की नहीं मिली थी बैजनाथ मंडल को, मगर उसे राहत मिली कि एक शुद्ध लड़की मिलेगी।

जिन लड़कियों को पलटू झा ने शुद्ध-विशुद्ध बताया था, उन्हें वह मन-ही-मन बाजारू मान रहा था, मगर उसकी चिन्ता केवल यह थी कि बैजनाथ का ब्याह किसी भी लड़की—ताजा या बासी, शुद्ध या अशुद्ध—से, जितनी जल्दी हो सके, हो जाये। उसे इस बात का भी बहुत भरोसा नहीं था कि बटुकदास एक लड़की बैजनाथ मंडल के लिए उपरा ही लेगा, इसलिए उसने अपने प्रयत्न में कोई कमी नहीं आने दी थी और बैजनाथ के लिए अपनी ओर से लगातार लड़की की तलाश करता रहा था। गिदनी में जब उसका दाँव चल गया, तो उसने वहाँ से आकर अपना पहले का कहा उलटते हुए बैजनाथ मंडल से कहा, ''जो नाचने-गानेवाली लड़कियाँ होंगी, वे बासी न होकर भी बासी ही कही जाएँगी। जब हम ताजा पा सकते हैं, तो बासी पर क्यों जाएँ! मैंने इतना घमासान मचा रखा है क्या किसी बासी लड़की के लिए? माना कि उनमें कोई खोट नहीं है, मगर देखनेवाले तो उन्हें बुरी नजरों से ही देखेंगे, और बुरी नजरों की मैल से वे मैली तो हो ही जाएँगी। क्यों हम मैली चीज उठाकर ले जाएँ! यह भी भरोसा नहीं किया जा सकता है कि उनमें से एक आपको मिल ही जाएगी। दामोदर यादव हो या कोई और, किसी भी नेता पर कभी भरोसा नहीं कीजिएगा। बटुकदास आपके अपने हुए; उन पर आप भरोसा कर सकते हैं; मगर उनकी चलेगी नहीं, यह मैं जान रहा हूँ। दामोदर यादव के लग्गू-बज्झू बहुत हैं। दामोदर यादव सस्ता माल खरीदने का मौका पहले उन्हें देगा। सम्भव है, चुनाव होते ही उनके बीच मुफ्त में ही सारा माल बँट जाये और आप मुँह देखते रह जाएँ। मुझे एक-एक बात पर ध्यान रखना पड़ रहा है। एक मछली मेरे हाथ में आ गयी है; अब आपको पोखर की मछलियों की ओर टक नहीं लगानी है।''

इतना कहने के बाद पलटू झा ने हाव-भाव के साथ गिदनी गाँव में मछली पकड़ने का अपना पूरा किस्सा बैजनाथ मंडल को सुना दिया।

बैजनाथ मंडल चींटी की तरह गुड़ की ओर दौड़ गया। फिर जो पलटू का गिदनी जाना हुआ, तो बैजनाथ उसके साथ गया। पलटू का वहाँ रुकना हो न हो, बैजनाथ ने वहाँ डेरा डाल दिया। बाद के किस्सों में पलटू कम, बैजनाथ अधिक आने लगा था।

मन्दिर के निर्माण का कार्य पलटू झा की देख-रेख में प्रारम्भ हो गया। मगर उसके लिए अपना पूरा समय वहाँ देना सम्भव नहीं हो पा रहा था, क्योंकि अभी भी गाँव-गाँव में उससे भाषण कराये जा रहे थे और ब्राह्मण गाँवों और टोलों में उसका जाना जरूरी रखना माना गया था। वह जितने समय के लिए गिदनी से बाहर निकलता, उतने समय का काम बैजनाथ को समझाकर निकलता जो गिदनी का ही होकर रह गया था। मगर एक दिन ऐसा हुआ कि दामोदर यादव के यहाँ से उसका अत्यावश्यक बुलावा आ गया और वह कई दिनों तक कुछ समय के लिए भी गिदनी नहीं आ पाया।

तब तक केवल मन्दिर का प्रवेश-द्वार खड़ा हो पाया था।

दामोदर यादव ने अपने घर से पलटू झा को अविलम्ब बुला लाने के लिए आदमी दौड़ाया था। एक घंटा के अन्दर पलटू झा चकमका पहुँच गया। जिस समय पलटू पहुँचा, दामोदर यादव एक बन्द कमरे में अपने प्रचारकों के साथ विचार-विमर्श कर रहे थे। पलटू झा को तुरन्त उस कमरे में ले जाया गया।

पलटू झा ने देखा कि कमरे में सभी मन भारी किये दरी पर बैठे हुए हैं और हर किसी के चेहरे पर चिन्ता की रेखाएँ उभरी हुई हैं। कमरे में प्रवेश करने पर किसी ने उसे टोका तक नहीं, बैठने तक के लिए नहीं कहा। एक नजर देखकर दामोदर यादव ने भी नजर झुका ली। पलटू को ही बोलना पड़ा, ''मुझे बुलाया गया था, दामोदर बाबू?''

''हाँ, पंडितजी, आपको बुलाया गया था,'' दामोदर यादव ने जवाब दिया, ''आसन ग्रहण कीजिए। एक झमेला खड़ा हो गया है।''

दामोदर यादव की बगल में ही बैठकर पलटू ने पूछा, ''कैसा झमेला है?''

''झमेला बहुत बड़ा है,'' बोलकर दामोदर यादव ने उससे पूछा, ''आप इधर पड़ड़िया गाँव भी गये थे?''

''पड़ड़िया गाँव तो इधर दो-तीन दिनों के अन्दर जाना नहीं हुआ है,'' पलटू ने सुनाया, ''मगर पड़ड़िया के दो-तीन आदमियों से मेरी मुलाकात परसों गिदनी में हुई थी।''

''उन्होंने कुछ कहा था आपसे?''

''नहीं, किसी ने कुछ नहीं कहा था।''

''वहाँ से एक बुरी खबर आयी है मेरे पास।''

''बिल्कुल गलत खबर आयी होगी,'' पलटू बोला, ''मेरा सब कुछ ठीक किया हुआ है वहाँ। आप वहाँ से निश्चिन्त रहिए। सारे ब्राह्मण करैत पार्टी के साथ हैं।''

''रहे होंगे करैत पार्टी के साथ,'' दामोदर यादव ने सुनाया, ''अब वे एक शर्त पर करैत पार्टी का साथ देंगे।''

"मेरे साथ बातचीत में उन्होंने कभी कोई शर्त नहीं रखी थी," पलटू बोला, "अब क्या शर्त बतिया रहे हैं?"

"अब गिदनी की तरह उनके गाँव में भी एक मन्दिर चाहिए।"

"यह खबर आपको किसने दे दी?"

"पड़ड़िया के हितनारायण झा स्वयं कल यहाँ आकर मुझसे यह कह गये हैं।"

"गिदनी-सभा के बाद भी मैं पड़ड़िया गया हूँ। हितनारायण झा से मेरी मुलाकात भी हुई है। मुझसे तो उन्होंने ऐसा कुछ नहीं कहा था।"

"हो सकता है, गिदनी-मन्दिर की खबर तब तक पड़ड़ियावालों को नहीं हुई हो; हो सकता है, आपसे कहने में हितनारायण झा को संकोच हुआ हो। वे सीधे मुझसे कहने आ गये।"

"आपने क्या जवाब दिया?"

"मैंने आपका नाम ले लिया; उन्हें कोई जवाब नहीं दिया।"

"क्या सोचते हैं आप?"

"आपको सोचना है, मुझे नहीं।"

"मैं तो सोचता हूँ कि बात नहीं बिगड़े, इसलिए एक मन्दिर वहाँ भी बनवा ही दिया जाये।"

"मैं भी ऐसा सोच सकता था कि एक और टेढ़े गाँव को दस हजार देकर काम निकाल लूँ," दामोदर यादव बोला, "मगर अब कैसे सोचूँ?" कुछ उत्तेजित हो उठे यादवजी, "यहाँ अभी जितने लोगों को दरी पर बैठे देख रहे हैं, सब किसी न किसी गाँव में मन्दिर बनवाने का प्रस्ताव लेकर आये हुए हैं। लहरनिया और मलहरिया जैसे टोलों को भी मन्दिर चाहिए। बिना मन्दिर बनवाये इन गाँवों में वोट नहीं मिलेगा। ऐसे ग्यारह गाँव हैं जिन्हें मन्दिर चाहिए। यह झमेला आपका ही पैदा किया हुआ है; अब आप ही इसे सलटाइए।"

"मैं इसे झमेला नहीं मानता, दामोदर बाबू," पलटू झा ने दामोदर यादव को शान्त करने की कोशिश की, "जो हो रहा है, शुभ हो रहा है। जो गाँव मन्दिर माँग रहा है, उसे मन्दिर दे दीजिए। मैंने हाथी को निकालने का रास्ता बना दिया है; अब ऐसा मत कीजिए कि किसी गलती से पूँछ अटक जाये।"

"आपकी इस पूँछ को निकालने के लिए मैं एक लाख दस हजार लगाऊँ? जिस खर्च का कोई नामोनिशान नहीं था, वह भी मेरे मत्थे पड़ गया! और भी तो खर्च हैं, इससे बड़े-बड़े और अधिक जरूरी खर्च हैं," दामोदर यादव शान्त हो जाने की स्थिति में नहीं था, "कहाँ से लाऊँगा इतने पैसे? अब मेरे पास बेचने के लिए भी जमीन नहीं है।"

"मन्दिर तो दस हजार में भी नहीं बनता है, दामोदर बाबू," पलटू बोला, "मैं आपसे एक लाख दस हजार नहीं माँगूँगा। सिर्फ ग्यारह प्रवेश-द्वार बनवाने का खर्च आप दे दीजिए, ग्यारह दूना बाईस हजार रुपये।"

"आज ग्यारह गाँव हैं," एक कार्यकर्ता बोल गया, "कल पचीस हो सकते हैं, परसों पचास।"

दामोदर यादव ने पलटू झा की ओर देखा, बोला कुछ भी नहीं।

पलटू झा ने दामोदर यादव की ओर देखा और कहा, "शिलान्यास तो सौ दो सौ गाँवों में भी हो सकता है?"

"हाँ, वह तो हो सकता है," दामोदर यादव ने जवाब दिया।

"तो कल से शिलान्यास शुरू हो। और, अगर शिलान्यास का खर्च भी सम्भव नहीं हो, तो मैं केवल आपकी मूँछ के बालों से काम चला लूँगा। कोई झमेला नहीं हुआ है; आप लोग अपना मन हलका कर लीजिए।"

जब दामोदर यादव ने अपना मन हलका कर लिया, तब पलटू झा ने दामोदर यादव से कहा, "मुझे आपके मृत सगे-सम्बन्धियों—दादा-दादी, नाना-नानी, मौसा-मौसी, मामा-मामी, फूफा-फूफी, वगैरह—के नाम चाहिए।"

"वह क्यों, पंडितजी?" अबूझ की तरह पूछा दामोदर यादव ने।

पलटू ने बुझाया, "माधो राय ने इस इलाके में तेईस कॉलेजों की स्थापना की, अपने तेईस सगे-सम्बन्धियों के नाम पर। उसी तरह आप भी मन्दिरों का निर्माण करने जा रहे हैं। अभी सिर्फ ग्यारह नाम चाहिए मुझे। अगर गाँव ग्याहर से बढ़कर पचीस हो गये, पचास हो गये, तो और नामों की जरूरत होगी। तब आप अपने बड़े दादा, छोटे दादा, बड़े नाना, छोटे नाना,वगैरह की स्मृति में मन्दिर बनवाएँगे।"

"मन्दिर नहीं, मन्दिर का प्रवेश-द्वार भी नहीं, सिर्फ मन्दिर का शिलान्यास।"

"हाँ, अभी सिर्फ शिलान्यास," बोलकर पलटू ने आगे सुनाया, "माधो राय ने कॉलेजों की स्थापना करके खूब पैसा कमाया और अभी भी कमा रहे हैं; पहले बहाली में शिक्षकों से पैसा लिया और अब सरकार और विद्यार्थी दोनों से पैसा ले रहे हैं। मन्दिरों की स्थापना करके भी अच्छा पैसा कमाया जा सकता है। मैं रास्ता बता सकता हूँ। मगर अभी सिर्फ शिलान्यास; क्यों, दामोदर बाबू?"

"हाँ, अभी सिर्फ शिलान्यास; सिर्फ एक पत्थर और एक बाल का खर्च।" दामोदर यादव ने जवाब दिया।

हाथी निकला, उसकी पूँछ भी निकल गयी। कार्यकर्ताओं में प्रसन्नता की लहर फैल गयी। कार्यक्रम तैयार कर लिया गया। सभी कार्यकर्ता अपने-अपने मुकाम पर जाने के लिए विदा कर दिये गये।

पलटू झा ने मोरचा थाम लिया। जैसा उसने कहा, वैसा किया गया। अगले पाँच दिनों में ही ग्यारहों गाँवों में शिलान्यास का काम पूरा हो गया और दामोदर यादव की मूँछ के बाल उन गाँवों में बाँट दिये गये। पलटू झा ने हर गाँव की सभा में अपना ऐसा जोरदार और प्रभावशाली भाषण दिया कि दामोदर यादव को कहीं कुछ बोलने की भी जरूरत नहीं हुई। सिर्फ उस समय जब पलटू उनकी मूँछ का बाल काट रहा होता था, वे अपना मुँह घुमाकर पलटू के कान में फुसफुसाते भर थे,"इस बार इधर से बाल काटिए, पंडितजी।"

छक्का-पंजा चलाने के लिए पलटू को इन गाँवों की कई दिनों तक लगातार दौड़ लगानी पड़ी थी और उसे गिदनी से दूर-दूर ही रहना पड़ रहा था। दामोदर यादव ने हिदायत कर दी थी, "गिदनी में तो मन्दिर का काम चल ही रहा है। वहाँ बिना आपके गये भी काम होता रहेगा। अभी

आप इन ग्याहर गाँवों को सँभालिए।'' इन गाँवों से फुरसत पाने के बाद ही पलटू गिदनी जा पाया था।

यह सच था कि पलटू झा के नहीं रहने पर भी गिदनी में मन्दिर का काम ठीक-ठाक चल रहा था। असली सच तो यह था कि पलटू की अनुपस्थिति में काम बेहतर ढंग से हो रहा था। पलटू झा तो सारे दिन गुलसट्टा मारते रहते थे। बैजनाथ हर वक्त मजदूरों पर सवार रहता था, यह जानते हुए भी कि मजदूर गाँव के ही थे, बेगारी कर रहे थे और काम को अपना काम समझकर दिल लगाकर काम कर रहे थे। उसे यह भी तो दिखाना था कि इस मन्दिर से, इस गाँव से, उसे कितना लगाव हो गया है।

कुछ और भी तो दिखाना था उसे।

बैजनाथ के मन में यह खयाल आ चुका था कि अब वह गाँव का दामाद हुआ और ससुराल में उसे एक दामाद की तरह ही रहना चाहिए, मगर इस खयाल को दबाकर एक दूसरा खयाल भी आ गया था कि उसे अपने को एक 'हीरा लड़का' साबित करना है, नहीं तो अभी भी बनी बात बिगड़ सकती है। वह सिर्फ मजदूरों से ही काम नहीं ले रहा था, खुद भी एक मजदूर की तरह काम करने लग जाया करता था। कभी कुदाली चलाता, कभी ईंट उठाता, कभी बाँस गाड़ता, कभी पलस्तर का मसाला तैयार करता। मन्दिर का निर्माण-कार्य देखने गाँव का हर आदमी दिन भर में कम-से-कम एक बार जरूर आ जाया करता था। बैजनाथ मंडल मन के लड्डू फोड़ने लगा था कि आनेवालों में 'सोना लड़की' भी रहती होगी; देखती होगी, तो मन में जरूर सोचती होगी, 'दुलहा का पोटा तो तर है ही, दुलहा जाँगर का भी चोर नहीं है।'

सिर्फ दिखा ही नहीं रहा था अपने को बैजनाथ, किसी को देखने की कोशिश भी करता रहा था। हर उस लड़की को जिसकी माँग में सिन्दूर नहीं होता था, वह बड़े गौर से देखता था, मगर 'सोना लड़की' को वह और लड़कियों से अलग नहीं कर पाता, 'यही तो नहीं ?...शायद यह!...शायद वह!'

जब उसके धीरज का बाँध पलटू झा के जाने के दूसरे दिन ही टूट गया, तो बैजनाथ ने पलटू के आने तक रुकने की बजाय धनुकी नायक से ही अपने मन की बात कह डाली, "अभी तक मैंने लड़की नहीं देखी है, नायकजी।"

"अरे, अभी तक लड़की नहीं देखी है!" धनुकी नायक बोल गये, "लड़की तो अब तक कितनी ही बार आपको देखकर जा चुकी है। कल तो दो-तीन बार आयी थी। ठीक है, अब आपको लड़की दिखा ही देता हूँ।"

"कल मंगल है," बैजनाथ बोला, "मंगल शुभ दिन होता है लड़की देखने के लिए।"

जिस दिन 'लड़की दीजिए, मन्दिर लीजिए' का सौदा पलटू झा और धनुकी नायक के बीच पक्का हुआ था, उस दिन से ही धनुकी नायक ने गिदनी में बैजनाथ मंडल के लिए लड़की की तलाश शुरू कर दी थी, और 'झटपट मन्दिर' के लिए 'झटपट ब्याह' को ध्यान में रखते हुए उन्होंने अपनी तलाश काफी तेज भी कर दी थी। उन्होंने गाँव की कई ब्याह योग्य लड़कियों के बाप से

मुलाकात की और हर एक को अकेले में बैठाकर तरह-तरह से समझाया कि उसकी कुकुरदन्ती या ऐंचीतानी या पोदनी या धींगड़ी या लमटंगी बेटी को ऐसा 'हीरा लड़का' फिर कभी मिलने नहीं जा रहा है, और उसकी किस्मत खुली है कि लड़का कहीं दूर से बहकर आया है और इस गाँव में किनारे लग गया। कोई दान-दहेज नहीं! वे यह कहना भी नहीं चूकते थे कि कैसी भागवन्ती बेटी होगी कि ससुराल जाने के पहले नैहर को एक मन्दिर देकर जाएगी! जब एक उनके मनाने से किसी बेटी का बाप काबू में आता नहीं दिख रहा था, तो धनुकी नायक गाँव के और भी कई सज्जनों को साथ लेकर बेटीवालों के पास पहुँचने लगे। उनका ऐसा दुराग्रह हो रहा था कि बेटीवालों के मन में यह भय तक समाने लगा कि कहीं गाँव और मन्दिर के नाम पर वे लोग जोर-जबरदस्ती उसकी बेटी का ब्याह कागभुसुंड से न कर दें।

जियालाल के लिए सम्भव नहीं हुआ था उतने विशिष्ट लोगों को ना कहते। उसके साथ सोमवार की रात में ही तय हो गया कि अगले दिन दोपहर के पहले ही वह बुधिया को उसकी माँ के साथ नायकजी के घर भेज देगा जहाँ लड़का लड़की को देख लेगा।

जब देर तक इन्तजार करने के बाद भी बुधिया अकेली या किसी के साथ नहीं आयी, तो धनुकी नायक जियालाल के घर की ओर धावा मारा। वहाँ उसे जियालाल से सुनने को मिला कि बुधिया की नानी का दम चल रहा है और उससे आखिरी मुलाकात करने बुधिया की माँ बुधिया को साथ लेकर चली गयी है। जब धनुकी नायक ने इस बात पर उसे डाँटा कि बुधिया के चले जाने की खबर उसे मिल जानी चाहिए थी, तो जियालाल ने बताया कि लज्जावश वह खबर करने नहीं जा सका। सच यह था कि संकोचवश उससे धनुकी नायक को यह बताना सम्भव नहीं हुआ कि लड़के को देखने के बाद बुधिया की माँ ने उससे बुधिया का ब्याह करने से इन्कार कर दिया और जोर-जबरदस्ती किये जाने के डर से बुधिया को लेकर अपने मायके भाग गयी।

जो हाल मंगलवार का हुआ, वही हाल बुधवार का भी हुआ। बुधवार को बुचनी को दिखाने के लिए उसके बाप लोकनाथ को मना लिया गया था, मगर लोकनाथ ने भी डुबकी मारी। क्या करता वह? जब से बुचनी ने जाना कि उसका ब्याह एक अधबैसू से होने जा रहा है, उसने रो-रोकर अपना बुरा हाल कर लिया था और बहुत रो लेने के बाद माँ के आगे बक दिया कि वह किसी कुएँ में डूबकर मरने जा रही है। धनुकी नायक लोकनाथ के घर गये और खबर लेकर आये कि बुचनी अपने नाना का मरा मुँह देखने अपनी माँ के साथ चली गयी है।

गुरुवार को करार के मुताबिक पंचू अपनी बेटी लुखिया को दिखाता, मगर उसे भी करार तोड़ना पड़ा। धनुकी नायक को बताया गया कि सुबह-सुबह लुखिया का मामा पहुँच गया था और यह बताकर कि लुखिया के ब्याह की बात जहाँ पहले चल रही थी वहाँ पक्की हो गयी है, लुखिया और उसकी माँ को अपने साथ लेकर चला गया। पंचू ने हाथ जोड़कर क्षमा माँग ली।

शुक्रवार का दिन जंगी मंडल हजम कर गया। जब धनुकी नायक उसके घर पहुँचा, तो घर के दरवाजे पर ताला झूल रहा था। पड़ोसियों ने बताया कि जंगी के घर में रात में उसकी घरवाली ने हल्ला-हंगामा मचाया था, शायद गंगास्नान के लिए, और सूरज निकलने के पहले ही दरवाजे पर ताला लटकाकर घर के सारे लोग गाँव से निकल गये, शायद गंगास्नान के लिए।

शनिवार को किशनलाल को आने के लिए पटाया गया था। वह भी नहीं आया।

धनुकी नायक किशनलाल के घर यह पूछने भी नहीं गये कि वह किस साँसत में पड़ा। उन्होंने मान लिया कि इस बेटी को लेकर भी उसकी माँ गाँव से बाहर भाग गयी होगी। वे सोच में पड़ गये कि यह सब क्या हो रहा है! लड़का को देखकर लड़कियों की माँएँ अपनी-अपनी बेटियों को लेकर भाग क्यों रही हैं? ईंट और सीमेंट के समाप्त हो जाने से मन्दिर के निर्माण का काम भी रुक गया था। अब कैसे क्या होगा? पंडितजी तो कहेंगे ही कि मन्दिर तो खड़ा हो रहा है, लड़की नजर क्यों नहीं आ रही है?

उन्होंने युद्ध स्तर पर काम किया और तगड़ा मोरचा बनाया। हरदेव के घर पर गिदनी के पंच परमेश्वरी पहुँच गये।

धनुकी नायक ने हरदेव को सुनाया, ''तुम्हारी बेटी लिलिया को ससुराल से आये साल से ऊपर हो रहा है। हमें यह सुनने को मिला है कि उसका सास से झगड़ा हुआ है; वह ससुराल से भागकर आयी है और अब वहाँ जाने का नाम भी नहीं लेती। कब तक रखोगे ब्याही बेटी को अपने घर? उसकी सास के मरने का इन्तजार करोगे क्या? गाँव की बदनामी हो रही है। मौके से एक लड़का हमारे हाथ आ गया है, हीरा लड़का। उसके साथ तुम लिलिया का ब्याह कर दो। किसी दुख से ही लिलिया भागी है ससुराल से। कसाइन सास कोल्हू के बैल की तरह काम में जोतकर रखती होगी और खाने-पहनने का दुख भी देती होगी। हम लोग उस दलिद्दर घर में लिलिया को ठेलकर भेजने की राय नहीं देंगे। गाँव की बेटी क्यों दुख में रहे! जिस घर में भेज रहे हैं हम उसे, वहाँ राज रजेगी लिलिया, अकेले घर में छकेला मारेगी। सास-ननद की कोई झंझट नहीं है और लड़के के पास लाखों की जमीन-जायदाद है। हमें तो लगता है कि लिलिया के हाथ में ही गाँव का मन्दिर बनवाना लिखा है। भगवान ने इसकी सास और मरद दोनों की मति मार दी है और लिलिया को यहाँ रोक रखा है। तुम हाँ बोल दो। गाँव-समाज की बदनामी के कारण गिदनी के युवक अब गुस्से में आ गये हैं। लगातार आ रहे हैं हम लोगों के पास। कभी भी उनका गुस्सा फूट सकता है।''

अगले दिन ही लड़की दिखाने की बात तय हो गयी।

लिलिया की माँ लिलिया को लेकर नहीं भागी। उसने बेटी को समझाया, ''तू ब्याह कर ले, बेटी। अच्छा घर मिल रहा है तुम्हें। आज न कल तो तुम्हें ससुराल बसना ही है। यह घर भी देख ले। तुम्हारा मरद अगर तुम्हें लेने आया, तो हम तुम्हें खबर कर देंगे। अगर पहलेवाला घर ही तुम्हें जँचे, तो जैसे उस घर से भागकर आ गयी हो, उसी तरह इस घर से भी भागकर आ जाना।''

शनिवार की शाम में पलटू झा गिदनी में दाखिल हो गया। उसके आते ही बैजनाथ ने उससे शिकायत की, ''गुरुजी! लड़की तो अब तक नहीं दिखायी गयी है मुझे।''

बैजनाथ की बात पर गुस्सा आया था पलटू को, लड़की इसे देखेगी कि अब यह भी लड़की देखे! मगर उसने गुस्सा प्रकट नहीं किया और बैजनाथ से पूछा, ''लड़की दिखाने के लिए आपने धनुकीजी से कहा था?''

''हाँ, कहा था,'' बैजनाथ बहुत उदास स्वर में बोला।

''ठीक है, मैं बात करता हूँ।'' पलटू ने निश्चिन्त भाव से कहा।

पलटू झा के आने की खबर पाकर धनुकी नायक झट उसके पास चले आये। आते ही उन्होंने कहा, ''मन्दिर का काम तो रुक गया है, पंडितजी।''

''काम रुका है, तो फिर चालू हो जाएगा,'' पलटू बोला, ''विवाह की कितनी तैयारी हुई है? सोना लड़की को हम देख तो लेते।''

''लड़की तो कब से तैयार बैठी है,'' धनुकी नायक ने जवाब दिया, ''हम तो आपके आने का इन्तजार कर रहे थे। लड़की को कल ही देख लीजिए। मगर मन्दिर नहीं बना, तो विवाह कैसे होगा?''

''मन्दिर तो बनेगा ही,'' पलटू बोला।

''पन्द्रह दिनों की मियाद थी,'' धनुकी नायक ने सुनाया, ''बन पाएगा मन्दिर?''

''देर के लिए आप लोग जिम्मेवार हैं,'' धनुकी नायक ने सुनाया, ''बन पाएगा मन्दिर?''

''देर के लिए आप लोग जिम्मेवार हैं,'' पलटू झा ने कुछ रूखे स्वर में कहा, ''यह बात आपके गाँव से क्यों फूटी कि इस मन्दिर को दामोदर यादव अपने पैसे से बनवा रहे हैं? मैंने तो मना किया था ऐसा हल्ला करने से।''

''आपने मना किया था?''

''हाँ, मना किया था; आपने खुशी और जोश में ध्यान नहीं दिया इस पर। आज हर गाँव दामोदर यादव पर मन्दिर बनवाने के लिए दबाव दे रहा है। वे कुछ परेशानी में हैं। अब कुछ रुककर ही यहाँ का काम होगा। इससे कोई हर्ज नहीं है। आप मूँछ का बाल सँभालकर रखे रहिए। मैंने बीसों मन्दिरों को बनते देखा है। मन्दिर बनने में दस-दस साल लग जाते हैं। मन्दिर बनना शुरू होता है; मन्दिर में ज्यों ही देवता को रखने लायक जगह बन गयी, देवता की प्राण-प्रतिष्ठा कर दी जाती है; पूजा-पाठ शुरू हो जाता है; और उसके बाद दस साल तक मन्दिर बनता रहता है। आप लोगों ने तो जहाँ-तहाँ सड़क के किनारे ऐसे कितने ही हनुमान मन्दिर देखे होंगे जहाँ हनुमान पहले स्थापित कर दिये गये और बाद में उनका मन्दिर धीरे-धीरे दान और बेहरी से बनता रहा। नहीं देखा है ऐसा मन्दिर?''

''हाँ, देखा तो है,'' कुछ मरियल आवाज में धनुकी नायक ने जवाब दिया।

''मैं कुछ और ईंटों और सीमेंट की व्यवस्था करके आया हूँ। कल सुबह ही ये सामान यहाँ आ जाएँगे। यहाँ भी मियाद के मुताबिक देवता के रहने लायक जगह बना दी जाएगी, देवता की प्राण-प्रतिष्ठा कर दी जाएगी और हँसी-खुशी के वातावरण में बैजनाथ बाबू का ब्याह हो जाएगा।''

धनुकी नायक थोड़ी देर दुख-सुख के बीच झूलते रहे और फिर चोंच खोली, ''ठीक है, होने दीजिए मियाद के मुताबिक सारा काम।''

(13)

रात में जितनी देर जगा रहा पलटू झा, वह संस्कृत के श्लोक सुना-सुनाकर बैजनाथ मंडल के

अशान्त मन को शान्त करता रहा। जब बैजनाथ मंडल बाबा बैजनाथ के साथ और भी कई देवताओं की दुहाई बोलकर निद्रायमान हुआ, तब पलटू झा को समय मिला अपने कल के कार्यक्रम के बारे में सोचने के लिए। वह जब तक नहीं सोया, तब तक मन्दिर के सम्बन्ध में ही सोचने के लिए। वह जब तक नहीं सोया, तब तक मन्दिर के सम्बन्ध में ही सोचता रहा।

सुबह जब धनुकी नायक अपने दोनों मेहमानों के लिए चाय लेकर आये, तब पलटू झा ने उनसे कहा, ''अब समय हमारे पास काफी कम है, ले-देकर पाँच-छह दिन। तीन दिनों के अन्दर ही मैं मन्दिर को ऐसा बना देता हूँ कि यह किसी भी देवता का सुखवास हो जाये। आज जो ईंट-सीमेंट आ रहा है, उससे इतना काम पूरा हो जाएगा। देवता को धूप-वर्षा से बचाने के लिए अभी हम फूस की छत डाल देंगे। मन्दिर में राम-सीता की संगमरमर की मूर्ति लगवाने की बात दामोदर यादव के साथ तय हो गयी थी और एक आदमी जयपुर रवाना होने ही वाला था कि बीच में ही लफड़ा हो गया। दामोदर यादव एक गिदनी को छोड़कर और किसी गाँव के मन्दिर के लिए संगमरमर की मूर्ति का खर्च उठाने को तैयार नहीं हुए। अब अभी कहीं के लिए मूर्ति नहीं मँगायी जा रही है; सिर्फ गिदनी के लिए बाद में मँगायी जाएगी।

''मैं तो यही समझ रहा हूँ कि जो हुआ सो अच्छा ही हुआ, बहुत अच्छा। सीताराम का मन्दिर तो गाँव-गाँव में मिल जाएगा। यहाँ कोई ऐसा मन्दिर बने, जो विरल हो, पचास गाँवों को लाँघने के बाद किसी एक गाँव में देखने को मिले। मैंने सोच लिया है कि किस देवता को बैठाऊँगा इस मन्दिर में।''

''किस देवता को?'' धनुकी नायक ने मुस्कराकर पूछा।

''सिद्धिदाता गणेशजी को,'' पलटू ने सुनाया, ''आद्यौ पूज्यो विनायकः।''

''यह तो अच्छी बात हुई,'' धनुकी नायक बोला, ''मगर गणेशजी की प्रतिमा तो आ जाये। हम अब कोई पत्थर तो नहीं रख डालेंगे मन्दिर में और उसे गणेश मानकर पूजेंगे!''

''मन्दिर में गणेश की प्रतिमा ही बैठायी जाएगी।''

''किसी को भेज रहे हैं जयपुर?''

''एक अच्छी बात यह भी हुई है कि किसी को जयपुर भेजकर वहाँ से गणेशजी की प्रतिमा मँगाने की जरूरत नहीं है। प्रतिमा के पैसे मैं दामोदर यादव से ले लूँगा और उस पैसे से मन्दिर के कलश को चाँदी से मढ़वा दूँगा।''

''प्रतिमा कहाँ से आएगी?''

''गणेश मन्दिर में चोरी की प्रतिमा स्थापित की जाती है।''

''चोरी की?'' धनुकी नायक के अचरज का ठिकाना नहीं रहा, ''मैंने ऐसा तो आज तक नहीं सुना है।''

''आस-पास कोई गणेश मन्दिर रहा होता, तो आप सुने होते। मैंने बड़े-बड़े पंडितों के मुँह से सुना है, धर्मशास्त्रों में पढ़ा है।''

''चोर तो हैं हमारे गाँव में,'' धनुकी ने चिन्तित स्वर में कहा, ''मगर उन्हें यह पता तो नहीं होगा कि गणेश की प्रतिमा के लिए कहाँ सेंध मारी जाये।''

''उसका पता मुझे है,'' पलटू झा ने धनुकी नायक की चिन्ता दूर की, ''और वहाँ सेंध

लगाने की भी जरूरत नहीं है। यहाँ से चार कोस पूरब एक गाँव है मधुपुर।''

''हाँ, हम मधुपुर को जानते हैं; राजपूतों का गाँव है।''

''वहाँ एक बाबूसाहब हैं, रामबहादुर सिंह।''

''उनका नाम भी सुना हुआ लग रहा है।''

''मैं करीब सात-आठ दिन पहले चुनाव का भाषण देने मधुपुर गया था और वहाँ से गणेश-मन्दिर देखकर आया हूँ। बाबू रामबहादुर सिंह ने अपने किसी गुरु की सलाह से गणेश-मन्दिर स्थापित किया था। उस मन्दिर में गणेश भगवान की बहुत सुन्दर प्रतिमा है। यह मन्दिर उसकी ड्योढ़ी में ही है। मन्दिर में ताला भी नहीं लगाया जाता, सिर्फ साँकल चढ़ायी जाती है।''

''ड्यौढ़ी में घुसकर चोरी करने में कोई खतरा तो नहीं है, पंडितजी ?''

''प्रतिमा वहाँ से आसानी से लायी जा सकती है; कोई खतरा नहीं है। आप चोरों को तैयार कीजिए; मैं उन्हें सब कुछ समझा देता हूँ। अगर चोर पकड़े भी गये, तब भी खतरा नहीं है। बाबू रामबहादुर सिंह को गणेश-मन्दिर की स्थापना के बारे में पूरी जानकारी होगी। उन्होंने भी प्रतिमा कहीं से चोरी से ही मँगवायी होगी। वे धर्मात्मा आदमी हैं और उन्हें तो खुशी ही होगी कि उनके जैसा ही कोई और धर्मात्मा एक और गणेश-मन्दिर की स्थापना करने जा रहा हे। वे तो पकड़े गये चोरों को आदर सहित खिला-पिलाकर ही विदा करेंगे।''

''अभी तक तो सब कुछ शुभ-शुभ ही नजर आ रहा है,'' धनुकी नायक ने अपनी हार्दिक प्रसन्नता जतायी।

चोरों को उसी दिन तैयार कर विदा कर दिया गया मधुपुर के लिए।

चोर अगली सुबह ही गणेश की मूर्ति लेकर गिदनी में हाजिर हो गये।

चोर मूर्ति को एक बोरा में बन्द कर ले आये थे। धनुकी नायक ने बोरा पलटू झा के सुपुर्द किया। बोरा खोलकर पलटू झा ने एक नजर मूर्ति को देखा और फिर उसे धनुकी नायक को लौटाते हुए कहा, ''आप अभी ही मूर्ति को किसी पोखर या कुएँ में डाल दें। स्थापन के एक दिन पहले यह मूर्ति जल से निकाली जाएगी। उस दिन इसे विधि-विधान से पवित्र करूँगा। अगले दिन इस मूर्ति में वास करने के लिए मैं गणेश भगवान का आवाहन करूँगा और मन्दिर में मूर्ति का स्थापन कर दूँगा।''

निश्चित कार्यक्रम के अनुसार काम होता चला गया। ईंट और सीमेंट समाप्त होते-होते मन्दिर एक आदमी की ऊँचाई तक बनकर तैयार हो गया और उसकी अन्दर-बाहर की दीवारों पर पलस्तर भी चढ़ा दिया गया। कुछ सोच-समझकर धनुकी नायक या गाँववालों ने मन्छिर को कलश तक पहुँचा देने के लिए बखेड़ा नहीं किया। आधा बने मन्दिर पर फूस की छत डालकर उसे पूरा मन्दिर बना दिया गया।

मन्दिर में भगवान गणेश की प्रथम पूजा का दिन निर्धारित हो गया।

गिदनी के गणेश-मन्दिर में होनेवाली इस प्रथम पूजा का पूरे इलाके में ढिंढोरा पीटा गया और इलाके के सारे श्रद्धालुओं को इस प्रथम पूजा में शरीक होने के लिए आमन्त्रित किया गया।

गिदनी के बाहर रह रहे गिदनी के पुरोहितों को खबर थी कि गिदनी में क्या हो रहा है। कुछ तो गिदनी में बन रहे मन्दिर को देखकर भी गये थे। उन्हें गिदनीवालों से यह जानकारी भी मिल गयी थी कि पलटू नाम का एक पंडित कहीं से उपटकर गिदनी में बसनेवाला है और अभी से ही मन्दिर का पुजारी भी नियुक्त कर लिया गया है। उन पुरोहितों में खलबली मच गयी थी। यह पलटू तो उनके पेट पर लात मारने आ गया! काठी और डूमर मन्दिर के पुजारियों के मन में इस शंका ने घर कर लिया कि गिदनी में मन्दिर बन जाने से उनके मन्दिरों का माहात्म्य घट जाएगा। जब उन्होंने जाना कि गिदनी में गणेश–मन्दिर बन रहा है, तब वे कुछ और अधिक ही घबराए कि कहीं गिदनी का नया–नया गणेश उनके पुराने पड़ गये शिव या राम को पटकनी न दे दे।

इन लोगों के बीच कुमन्त्रणा शुरू हो गयी और एक षड्यन्त्र के तहत उन्होंने निर्णय लिया कि मन्दिर की प्रथम पूजा के दिन वे सब के सब अवश्य गिदनी में उपस्थित रहेंगे और इस पूजा को ध्यानपूर्वक देखेंगे। उन्होंने अपने जासूस तक लगा दिये जो हर दूसरे–तीसरे दिन गिदनी आकर मन्दिर के बारे में आवश्यक जानकारी लेने लगे थे।

गिदनीवालों की खुशी का वारपार नहीं था कि उनके मन्दिर की चर्चा सर्वत्र हो रही है और पूजा के प्रथम दिन गिदनी में इलाके के औरतों–मरदों के ठट्ठ के ठट्ठ लग जाएँगे। वहाँ उस दिन एक दिन का मेला लगाने की घोषणा भी कर दी गयी। गिदनीवालों ने दूर–पास के गाँवों के अपने सगे–सम्बन्धियों को उस दिन गिदनी आने का संवाद पठा दिया।

पलटू झा के कान तब खड़े हो गये जब बैजनाथ ने उसे सुनाया कि मन्दिर को देखने बाहर से आये हुए कुछ लोग उससे कैसे–कैसे सवाल करते रहे थे और यह भी बताया कि प्रथम पूजा के दिन इलाके के बहुत से पंडित गिदनी पहुँचेंगे। पलटू झा का बरगढ़ का जख्म ताजा हो गया। वहाँ तो अपना पुराना मित्र सत्यदेव झा था; यहाँ तो सब के सब अपरिचित और पराये ही हैं। वह प्रथम पूजा को लेकर चाक–चौबन्द हो गया।

जिस दिन प्रतिमा को विधि–विधान से पवित्र करना था, उस दिन प्रतिमा जल से बाहर निकाली गयी। प्रतिमा को पंचगव्य से धोने और पुरुषसूक्त पढ़कर नहलाने के बाद जब पलटू झा गुड़-चावल का नैवेद्य दे रहा था,तो अचानक उसका माथा ठनका, 'प्रतिमा में गणेश अकेले! मूसा कहाँ है? गणेश का वाहन मूसा? गणेश हो, और मूसा ही नहीं हो!'

उसने तुरन्त धनुकी नायक को बुलवाया और उनसे कहा, ''प्रतिमा में गणेश के साथ उसका वाहन मूसा नहीं है। शायद मधुपुर के मन्दिर में इस प्रतिमा के आस–पास अलग से मूसा की मूर्ति रही हो। आप चारों से पूछिए कि उन्होंने मूसा उठाया था या नहीं? जिस बोरे में प्रतिमा आयी थी, वह बोरा कहाँ है? हो सकता है, मूसा अभी भी उस बोरे में पड़ा हो। जहाँ जल में प्रतिमा रखी गयी थी, मूसा वहीं तो नहीं छूट गया? गणेश के साथ मूसा का रहना जरूरी है। अगर मूसा बोरे में या जल में नहीं मिलता है,तो चोरों को एक बार फिर मधुपुर जाना होगा और मूसे को लेकर सुबह तक आ जाना होगा।''

धनुकी नायक ने बड़े चिन्तित स्वर में जवाब दिया था, ''मैंने तो बोरा किसी को छूने भी नहीं दिया था, पंडितजी। बोरे में प्रतिमा मैंने ही निकालकर जल में डाली थी। उस बोरे में से

प्रतिमा के अलावे सिर्फ एक धूपदान और दो थालियाँ मिली थीं। मुझे तो अच्छी तरह याद आ रहा है कि कोई मूसा मुझे नहीं मिला था। मैं फिर से देखता हूँ।''

चोरों ने पूछताछ करने पर बताया, ''वहाँ प्रतिमा के पास हमें जो कुछ मिला, हमने बोरे में डाल दिया। उस वक्त गणेश भगवान की प्रतिमा के पास अगल-बगल, आगे-पीछे, छोटी-बड़ी और कोई मूर्ति नहीं थी। अगर कोई मूसा रहा भी होगा, तो उसे भूलवश कोई बिल्ली उठा ले गयी होगी। और अब अगर मन्दिरवालों को बिल्ली ने वह मूसा लौटा भी दिया हो, तो गणेश भगवान के जाने के बाद मन्दिर में अकेला मूसा नहीं रखा होगा उन्होंने। हम लोगों का दुबारा जाना बेकार होगा।''

यह शक हुआ कि कहीं मूसा बोरे में ही नहीं रह गया हो। जिस बोरे में प्रतिमा आयी थी, वह अब तक लम्बी यात्रा कर चुका था, एक जगह से दूसरी जगह, एक घर से दूसरे घर। उस बोरे का पीछा किया गया। उस एक की तलाश में सैकड़ों बोरों की तलाशी ले ली गयी, बीसों घरों में उसे तलाशा गया। मूसा नहीं मिला।

नायकजी को तो अब कुछ भी याद नहीं आ रहा था! यह शक भी हुआ कि कहीं प्रतिमा के साथ सटा-जुड़ा मूसा भी कुएँ में नहीं चला गया हो और कुएँ में गिरने के बाद गणेशजी से अलग हो गया हो। जिस कुएँ में प्रतिमा रखी गयी थी, वह धनुकी नायक का अपना कुआँ था, उनके दरवाजे पर। उस कुएँ का गहन मन्थन हो गया। कुएँ में दो लोटे मिले, एक बाल्टी मिली, मगर कोई मूसा नहीं मिला। जब तक प्रतिमा कुएँ में रही, किसी को भी उससे जल भरने की मनाही थी, मगर प्रतिमा के निकलते ही लोगों ने पानी भरना प्रारम्भ कर दिया था। पनहरों और पनहारिनों से गहन पूछताछ की गयी, मगर हर किसी ने देवी-देवता के साथ अपने बाल-बच्चे की किरिया खाकर यही छूँछा जवाब दिया कि अब तक वे उस कुएँ से बाल्टी में केवल जल भरकर घर आये हैं, मूसा भरकर कभी नहीं।

गणेश के साथ मूसा नहीं! यह घोर चिन्ता का विषय था, पलटू झा के लिए, धनुकी नायक के लिए, और वहाँ उपस्थित बैजनाथ के लिए। अभी से पलटू पंडित के कान में प्रथम पूजा के दिन बाहर से आये पंडितों के ठहाके पड़ने लगे और धनुकी नायक को ठट्ठ-के-ठट्ठ जमा हो गये औरत-मर्द की 'दुर दुर छी छी' सुनायी पड़ने लगी। उन दोनों से अधिक बैजनाथ मंडल घबरा गया; उसके कान से धनुकी नायक की बोली टकराने लगी, ''यह साला दुलहा ही अशुभ है। पहले तो गाँव की बेटियों को भगाना शुरू किया और इस बार गणेश बाबा के मूसा को ही भगा दिया। भगाओ, मार भगाओ इस साले को।''

''हर समस्या का निदान है, नायकजी,'' पलटू झा ने कहा, ''हर समस्या का निदान है।''

''एक मैं बताऊँ, पंडितजी?'' नायक बोले।

''बताइए।''

''कोई मूसा जैसा पत्थर का टुकड़ा?''

''ऐसा टुकड़ा नहीं मिलेगा। कुछ-कुछ मूसा जैसा मिल भी गया, तो उसके साथ उसकी पूँछ नहीं होगी, पूँछ नहीं होगी, पैर नहीं होंगे, कान नहीं होंगे।''

''मिट्टी का मूसा?''

''नहीं, कभी भी हाथ लगते ही पैर-कान अलग हो जाएँगे, छूते ही पूँछ-मूँछ टूट जाएगी; जरा-सा पानी पड़ते ही मूसा गल-फूलकर वक्रांग हो जाएगा। इस बात पर केवल हँसी होकर नहीं रह जाएगी, हिंसा हो जाएगी। हम ऐसा नहीं कर सकते कि गणेश भगवान को वाहन के लिए कोई लँगड़ा, कनटूटा, निपूँछा या वक्रांग मूसा दे दें। गणेश बाबा के लिए भी यह दुख असहनीय हो जाएगा। हमें हर खतरे को ध्यान में रखकर काम करना होगा।''

''तो अब?''

कुछ सोचकर पलटू झा बोला, ''भोर होने-होने तक कुछ मूसों को पकड़वाकर मँगवाइए। प्रतिमा के पास एक जिन्दा मूसा रखना होगा।''

''जिन्दा मूसा?''

''हाँ।''

''वह टिककर रहेगा वहाँ?''

''उसे बाँधकर रखा जाएगा।''

''खूँटे से?''

''हाँ, तब मूसा वहीं भाग-दौड़ करके रह जाएगा।''

''लोग खूँटे से बँधे मूसे को देखकर हँसेंगे नहीं?''

''हँस सकते हैं,'' बोलकर पलटू झा कुछ सोचने लगा।

बैजनाथ ने मुँह खोला, ''मैं यहाँ अपनी राय दे सकता हूँ?''

''दीजिए।'' पलटू ने जवाब दिया।

''आप ठीक प्रतिमा के पीछे एक परदा लगा दीजिए,'' बैजनाथ ने राय दी, ''मैं उस परदे के पीछे बैठूँगा। मूसा की पूँछ से बँधी रस्सी का छोर मेरे हाथ में होगा। मैं इस तरह खींचकर रखूँगा मूसे को कि किसी देखनेवाले को यह भी नहीं दिखे कि मूसा किसी डोर से बँधा हुआ है।''

पलटू झा मुस्कराया, ''यह तो बड़ी उत्तम राय है।''

''उत्तम, अति उत्तम,'' ताली पीटी धनुकी नायक ने, ''बस यही हो।''

मन्दिर की प्रथम पूजा देखनेवालों की अपार भीड़ थी। वह भी आया था गिदनी, जो पहले कभी गिदनी नहीं आया था। गिदनी के हर घर में मेहमान थे। पूरा गिदनी जगमगा उठा था; गिदनी का हर घर फुदक रहा था।

जो भी पंडित-पुरोहित आये थे, वे घर से ही हँसकर चले थे। किसी को भी हँसाने के लिए प्रतिमा के पास मूसा लगातार नाच रहा था और लोग हँसते-हँसते लोट-पोट हो रहे थे, मगर पंडितों-पुरोहितों ने यहाँ अपनी हँसी रोक रखी थी। उनका सारा ध्यान हँसाई पर था।

हाथ में पुष्प-अक्षत लिये पलटू पुजारी ने भगवान गणेश का स्मरण प्रारम्भ किया,

''सुमुखश्चैकदन्त कपिलो गजकर्णक:।
लम्बोदरश्च विकटो विघ्ननाशो विनायक:।
धूम्रकेतुर्गणाध्यक्षो भालचन्द्रो गजानन:

द्वादशैतानि नामानि यः पठेच्छृणुयादपि।
विद्यारम्भे विवाहे च प्रवेशे निर्गमे तथा।
संग्रामे संकटे चैव विघ्नस्तस्य न जायते।
श्रीमन्महागणाधिपतये नमः।''

''रुकिए, पुजारीजी,'' काठी मन्दिर के पुजारी चंडीचरण मिश्र चिचिया उठे, ''किनका नमन हो रहा है?''

''सुना नहीं, श्रीमन्महागणाधिपतये नमः?'' पलटू पुजारी ने जवाब दिया, ''गणपति का नमन हो रहा है।''

''गणपति कहाँ हैं?''

''आपके सामने।''

''गणपति के वाहन को तो देख रहा हूँ; वह प्राणवान है,'' पुजारी चंडीचरण बोला, ''मगर जिसे आप गणपति बता रहे हैं, वह तो एक निष्प्राण प्रतिमा है।''

''प्रतिमा में प्राण-प्रतिष्ठा कर दी गयी है। आपकी उपस्थिति आवश्यक नहीं थी।''

धनुकी नायक आगे बढ़ आये। उन्होंने पुजारी चंडीचरण से शांत हो जाने का निवेदन करते हुए कहा, ''पुजारीजी! इससे शुद्ध प्रतिमा और क्या होगी! हम शुरू से सावधान रहे हैं। प्रतिमा की शुद्धता को ध्यान में रखकर ही यह प्रतिमा चुराकर लायी गयी है। प्रतिमा में तो पहले से ही प्राण थे। उसके बाद भी हमारे पुजारीजी ने इसमें फिर से प्राण-प्रतिष्ठा की है।''

''प्रतिमा चोरी की है?''

''हाँ,'' धनुकी नायक ने डटकर जवाब दिया, ''हमारे पास गवाह हैं, यहाँ, इस वक्त। चोरी हमारे ही गाँव के चोरों ने की थी।''

''चोरी की प्रतिमा क्यों?'' चंडीचरण ने किसी नासमझ की तरह पूछा।

''क्योंकि,'' पलटू पंडित ने एक कदम आगे आकर जवाब दिया, ''गणेश-मन्दिर में गणेश की चोरी की प्रतिमा स्थापित की जाती है।''

''ऐसा होता है?'' चंडीचरण ने डूमर मन्दिर के पुजारी परमानन्द पाठक की ओर दृष्टिपात किया।

''पता नहीं, किस इलाके का पंडित है!'' परमानन्द पाठक इतना बोलकर चुप लगा गये।

''चुप भी रहिए,'' पलटू पुजारी ने परमानन्द पाठक को डाँट दिया, ''मैं कोई टोला और गँवई का पंडित नहीं हूँ, सर्वमान्य पंडित हूँ; शास्त्रार्थ कर सकता हूँ।''

''कहाँ के मन्दिर से यह प्रतिमा चुरायी गयी है?'' चंडीचरण पूछ बैठा।

पलटू झा ने धनुकी नायक को जवाब देने का अवसर नहीं दिया और झट बोल गया, ''क्या करेंगे आप जानकर? क्या बिगाड़ लेंगे चोरों का? आप चोरों से बैर ठानना चाहते हैं? रह सकेंगे जिन्दा उनके बैरी बनकर?''

''और, बिना चोरों से पूछे,'' धनुकी नायक बोलने से बाज नहीं आये, ''हम उनके नाम नहीं बता सकते।''

''हमें चोर और चोरी से कोई मतलब नहीं है। हम आपस में क्यों बैर ठहराएँ!'' परमानन्द

पाठक ने कहा, ''हम तो अभी कुछ और ही बात करेंगे। क्यों,चंडीचरणजी?''

''हाँ, हम गिदनीवालों का भला करने आये हैं, बुरा करने नहीं, उन्हें बैरी बनाने नहीं।'' चंडीचरण मिश्र ने सुनाया।

''हम तो गिदनीवालों से इस गणेश-मन्दिर के बारे में कुछ कहने आये हैं,'' डूमर मन्दिर का पुजारी बोला और फिर काठी मन्दिर के पुजारी चंडीचरण से कहा, ''कुछ कहना हो आपको, तो कहिए।''

''हाँ, मुझे कुछ कहना है,'' बोलकर चंडीचरण मिश्र ने कहना शुरू किया, ''हमें यह जानकर खुशी हुई थी कि गिदनी में गणेश-मन्दिर जैसा कठिन मन्दिर बनाया जा रहा है। मगर यहाँ आने पर हमें यह देखकर दुख हो रहा है कि ऐसा मन्दिर बनाकर भगवान गणेश का भारी अपमान किया जा रहा है, जिसका बुरा परिणाम इस गाँव के लोगों को भुगतना पड़ेगा। यह षड्यन्त्र इस गाँव के विरुद्ध क्यों रचा गया, हम नहीं बता सकते। हम इतना बता सकते हैं कि ऐसे मन्दिर में भगवान गणेश कभी वास नहीं कर सकते।''

''आपके कहने भर से आपकी बात नहीं मान ली जाएगी,'' पलटू पंडित ने कहा, ''आपको मेरे साथ शास्त्रार्थ करना होगा अपनी बात सिद्ध करने के लिए।''

''गणेश-मन्दिर में चोरी की प्रतिमा ही स्थापित हो, यह बड़ी बात हुई और इस बात पर हम कोई शास्त्रार्थ नहीं करेंगे। हम बहुत छोटी बात कहने आये हैं और इसके लिए किसी बड़े शास्त्रार्थ की जरूरत नहीं है।''

''बात कितनी भी छोटी हो,'' पलटू ने सुनाया, ''जबानी जमा खर्च से काम नहीं चलेगा; शास्त्रों का बल होना चाहिए।''

''हम शास्त्र भी लेकर आये हैं।''

''कौन-से शास्त्र हैं आपके पास?''

''हमारे पास हैं,'' अपने और परमानन्द पाठक के झोलों से किताबें निकालते हुए चंडीचरण मिश्र ने सुनाया, ''शिवपुराण, स्कन्दपुराण, अग्निपुराण, ब्रह्मवैवर्त्तपुराण और इनके साथ एक उपपुराण 'गणेशपुराण' भी। इससे अधिक तो नहीं चाहिए?''

''मन्दिर में क्या कमी है कि गणेश भगवान इसमें वास नहीं करेंगे?'' पलटू ने कड़ककर पूछा।

चंडीचरण मुस्कराया और बोला, ''गणेश-मन्दिर में सिर्फ गणेश की प्रतिमा ही नहीं होती। उसकी बायीं ओर गजकर्ण की ओर दाहिनी ओर सिद्धि की मूर्ति होनी चाहिए। उत्तर में गौरी की, पूर्व में बुद्धि की, आग्नेय दिशा में बालचन्द्र की, दक्षिण में सरस्वती की, पश्चिम में कुबेर की और पीछे की ओर धूमक की मूर्ति हो। गणेश-मन्दिर के चार फाटक होते हैं। हर फाटक पर दो-दो द्वारपाल रहते हैं; पूरब के फाटक पर अविघ्न और विघ्नराज,पश्चिम के फाटक पर गजकर्ण ओर गोकर्ण, उत्तर में सुसौम्य और शुभदायक, और दक्षिण में सुवक्त्र और बलवान। सारे द्वारपालों की प्रतिमाएँ वामन और घोररूपी हों। हर द्वारपाल के चार हाथ हों और हर एक के एक हाथ में दंड हो और दूसरा हाथ तर्जनी मुद्रा में हो। शेष दो हाथों में अविघ्न और विघ्नराज के पास परशु और पद्म, सुवक्त्र और बलवान के पास खड्ग और खेटक, गजकर्ण और गोकर्ण के पास

धनुष और वाण, और सुसौम्य और शुभदायक के पास पद्म और अंकुश हों। ये सब हों, तब हुआ गणेश-मन्दिर। अगर मूसा की तरह और प्रतिमाओं के बदले आप उनके रूप-आकार में स्त्री-पुरुष को बैठा देते, तब भी बात बनती, मगर आपको तो गणेश-मन्दिर का कोई ज्ञान ही नहीं हे। आप कहाँ के पंडित, कब के पंडित! आपके मन्दिर को तो बाहर से ही देखकर भगवान गणेश भाग खड़े हुए होंगे।''

''गणेश-मन्दिर स्थापित करना इतना ही आसान होता,'' परमानन्द पाठक ने जबान चलायी, ''तो अब तक गाँव-गाँव में गणेश-मन्दिर खड़ा हो गया होता।''

''अभी तक तो यह फैसला भी नहीं हुआ है,'' कोई और पंडित बोल गया, ''कि गणेश का सूँड़ बायीं ओर मुड़ा रहेगा या दाहिनी ओर।''

''इतनी सारी प्रतिमाएँ तो मधुपुर के गणेश-मन्दिर में भी नहीं हैं; एक अकेली प्रतिमा थी गणेश की।''

''कहाँ क्या है, क्या था, इससे किसी को क्या मतलब? आप शास्त्रों पर आइए।''

''अब अभी मैं कुछ नहीं बोलूँगा,'' पलटू झा ने कहा, ''मैं जरा शास्त्रों को एक बार फिर से देख लूँ।''

''अब क्या खाक बोलेंगे आप!'' धनुकी नायक बिदक उठे, ''मन्दिर बनाया आज और बोलेंगे साल भर बाद! भागिए आप यहाँ से। हम लोगों पर पाप चढ़ा दिया। मूर्ख पंडित!''

''आप चिन्तित मत होइए, नायकजी,'' पलटू ने धनुकी नायक से कहा, ''हर समस्या का निदान है। गणेश भगवान मन्दिर में प्रवेश कर चुके है; मैं शास्त्र के अनुसार भी उनका प्रवेश करा दूँगा। अभी सब कुछ शुभ-शुभ होने दीजिए। अभी पूजा समाप्त होती है। उसके बाद ही बैजनाथ बाबू का विवाह सम्पन्न करा दूँगा। आप कन्या को ले आइए।''

धनुकी नायक ने बड़े रूखे स्वर में कहा, ''कन्या गाँव छोड़कर भाग गयी।''

''भाग गयी!'' पलटू का मुँह खुला-का-खुला रह गया।

और कुछ बोले बिना धनुकी नायक वहाँ से निकल गये। इसी समय मूसा की डोर बैजनाथ के हाथ से छूट गयी और धनुकी नायक के पीछे मूसा भी वहाँ से तेजी से भागा।

(14)

बैजनाथ मंडल के पैरों के नीचे की जमीन तो पहले ही कितनी ही बार खिसकी थी, मगर इस तरह नहीं कि कसकर पकड़ी गयी मूसे की डोर हाथ से छूट जाये। इस बार बैजनाथ को ऐसा लगा कि सिर्फ जमीन खिसककर नहीं रह गयी, उसे वरमाला पहनाने कतार में खड़ी सारी लड़कियाँ सदा-सर्वदा के लिए उसके पास से खिसककर कहीं दूर, बहुत दूर चली गयीं।

'कन्या गाँव छोड़कर भाग गयी' सुनने के साथ ही पलटू पंडित ने धनुकी नायक की सलाह मानकर गिदनी से निकल भागने का मन बना दिया, और जब वह बैजनाथ मंडल के साथ गिदनी से बाहर निकला, तो इस इलाके से ही निकल भागने की बात सुना दी, ''मैं यह इलाका छोड़कर जा रहा हूँ, बैजनाथ बाबू।''

"क्यों?" बैजनाथ ने दुखी स्वर में पूछा।

"इस इलाके के पंडित-पुजारी मेरे पीछे पड़ गये हैं। धनुकी नायक तक ने मुझे मूर्ख पंडित कह दिया। यहाँ जिस चुनाव-अभियान में मैं फँस गया हूँ, उसमें अब कदम-कदम पर मेरे लिए खतरा है। मैं अभी ही आपसे विदा लेता हूँ। कल सुबह यहाँ से निकल जाऊँगा।"

"आज रात रतनपुर में नहीं टिकेंगे मेरे साथ?"

"नहीं, अब इधर ही कहीं टिक जाऊँगा।"

"कोई पूछेगा आपके बारे में, तो क्या बताऊँगा मैं?"

"मैं तो आपके साथ चलते हुए लापता हो रहा हूँ," पलटू झा ने कहा, "आप यही बताएँगे पूछनेवालों को। अपने भले के लिए आप यह सन्देह प्रकट कर सकते हैं कि इलाके के ब्राह्मणों ने मेरी हत्या करवा दी है, मेरी लाश कहीं जमीन के नीचे गड़वा दी है।"

"यह सब कह तो दूँ, मगर आप चले गये, तो मेरा क्या होगा, गुरुजी?"

"उतना तो होना ही चाहिए, जितना आप सोचकर आए हैं," पलटू पंडित ने सुनाया, "मेरे हाथ आयी हुई मछली हाथ से निकल गयी, मगर बटुकदास के पोखर में तो अभी मछलियाँ हैं ही। आप वहीं से एक मछली निकाल लीजिए।"

"मैं अकेले निकाल पाऊँगा?"

"मैं सीधे फुलकाहा जाऊँगा और वहाँ आपकी जोड़ी की प्रतीक्षा करूँगा।"

"जोड़िया संयोग होगा," बैजनाथ ने करुण कंठ से कहा, "तब न!"

"इस बार संयोग होगा," पलटू ने दिलासा दिया, "अब नहीं होगा, तो कब होगा! मेरी लाश तक गायब हो रही है; अब भी संयोग नहीं होगा! मेरी जान के बदले जान नहीं देंगे बटुकदास?"

कुछ दूर और साथ चलकर पलटू पंडित ने बैजनाथ का साथ छोड़ दिया।

डूबते हुए ने तिनके का रुख किया। रात के ग्यारह बजे लौटकर आये थे बटुकदास अपने घर। उनके आने के पहले घर के मचान पर बैठे मेहमान के लिए घर से भोजन का बुलावा आया था। भूख-प्यास का जोर नहीं था। बैजनाथ मंडल ने बटुकदास के साथ ही भोजन करने की इच्छा जाहिर कर दी और उनके आने पर उनके साथ ही भोजन के लिए बैठे। दो-चार कौर निगलने के बाद ही बैजनाथ मंडल ने अपने हित की बात शुरू कर दी, "अब तो मतदान का दिन भी बिल्कुल करीब आ गया है।"

"हाँ, अब तो कुछ ही दिन बचे हैं।"

"चुनाव समाप्त होते ही लड़कियाँ यहाँ से निकल जाएँगी?"

"नाचने-गानेवाली?"

"हाँ।"

"हाँ-हाँ, चुनाव के बाद उनका यहाँ क्या काम!"

"एक के लिए बात पक्की कर ली गयी है न?"

"आपके लिए न?"

"हाँ।"

"वह तो कब की पक्की हो चुकी है।"

"अब तो यह और भी जरूरी हो गया है कि मैं एक को लेकर जाऊँ।"

"यह तो पहले से ही तय था।"

"मगर अब तो यह और भी जरूरी है।"

"हाँ, अब तो आपके सम्मान की बात भी है; आपने चुनाव-प्रचार में अपने को पेरकर रख दिया।"

"पेरकर रख दिया, यह बात नहीं; यह बात नहीं, बटुक करैतजी। उसके बाद भी यह जरूरी हो गया है कि मैं एक को लेकर जाऊँ। कुछ खोकर जा रहा हूँ, तो अब कुछ पाकर ही जाना उचित होगा।"

"नहीं समझा मैं," कौर रोककर बटुकदास ने कहा।

"पलटू झा मर गये न।"

"मर गये?"

"अभी लापता हुए हैं, मगर मैं जान रहा हूँ कि अब उनकी लाश भी नहीं मिलेगी। उनकी हत्या हो चुकी है। इस चुनाव ने उनकी जान ले ली। अब किस मुँह से मैं बिल्कुल खाली हाथ फुलकाहा जाऊँगा? कुछ खोया है, तो अब कुछ पाकर ही जाऊँ?"

"नर्तकी ही न?"

"हाँ।"

"चुनाव में तो हिंसा होती ही है, बैजनाथ बाबू। पलटू पंडित के लिए क्या रोना! यह उनका भाग्य कि वे जिन्दा हैं या मुरदा। गर लाश मिल गयी, तो हम उनकी आत्मा की शान्ति के लिए प्रार्थना कर लेंगे। आप खुशी मनाइए कि आपके भाग्य में एक नर्तकी प्रवेश कर चुकी है। जिस दिन मतदान समाप्त होता है, उसकी अगली सुबह ही आप उन सातों नर्तकियों में से किसी एक का नाम मुझे बताइए। मैं उसे आपके साथ फुलकाहा भेजने तक का इन्तजाम कर देता हूँ। एक ही चाहिए न?"

"हाँ, दो से अधिक नहीं।"

"ठीक है; एक के लिए बात हो चुकी है, दूसरी के लिए भी बतिया लेता हूँ।"

"मतदान तक रुकना है?"

"बस, मतदान तक।"

मतदान तक का समय मिल गया बैजनाथ को, तो उसे खुशी ही हुई। एक-एक को देखने और परखने का समय मिल रहा था। अब तक ढेर सारे करैतों से परिचय गाँठ लिया था उसने। रतनपुर में ही पता चल जाता था कि अगली रात कहाँ किस नर्तकी को नचाया जाएगा। एक-एक का नाम उसे जिह्वाग्र हो गया—चन्दा, शबनम, सलमा, छमिया, शकीला, पूनम और मुन्नी। रूप भर नहीं देखा, एक-एक को गाते और नाचते देख लिया उसने।

बटुकदास दूसरी के लिए भी बात पक्की करके आ सकते हैं, मगर अभी तो किसी एक को

मानकर ही चलना था उसे। उसने चुनना शुरू किया...

चन्दा की काठी कितनी सुन्दर है! इसकी जवानी इसका साथ नहीं छोड़ेगी कभी!...शबनम की आँखें कजरारी, बड़ी प्यारी! इन आँखों में ही उलझकर रह जाये कोई भी!...सलमा के होंठ कितने रसीले हैं! जिसने इन होंठों का रस ले लिया, उसे क्या नही मिल गया!...शकीला की पिछाड़ी कितनी गुलगुली है! कोई क्या मुँह देखे किसी का, इसकी पिछाड़ी देख ले!...छमिया की अदा का क्या कहना! बाँकी अदा! हर अदा पर जान कुरबान; एक-एक अदा पर सौ-सौ जान!...पूनम कितनी सुन्दर! इसके बच्चे कितने सुन्दर होंगे! वह क्या दुर्भाग्य था जो आज तक इस भाग्यवान बैजनाथ मंडल, गाँव फुलकाहा, का पीछा कर रहा था...

इसकी यह...उसकी वह...! बहुत सावधानी बरतनी थी उसे। सात में से किसी एक को चुनना था; सौदा जीवन भर का था। किसी एक पर दिल टिक नहीं रहा था। दिन किसी एक के साथ गुजरता, तो रात में आँखों में नींद के झमकते ही कोई और दिल में समाने लगती। कब तो नींद आ जाती, और सुबह नींद टूटते ही रातवाली गायब, आँखों के आगे मुस्कराती कोई और...

पलटू झा नहीं है, तो क्या! अब तक था, तो क्या हो गया? अब नहीं है, तो बहुत कुछ—नहीं, सब कुछ होने जा रहा है। अब पलटू से पूछना भी क्या! पसन्द मेरी या उसकी? घाटा तो किसी सौदा में नहीं है।

मतदान की रात भी बीती। अभी भी किसी हड़बड़ी में कुछ गलत फैसला नहीं लेना चाहता था बैजनाथ मंडल। रात में अन्तिम निर्णय लिया तो था, मगर सुबह होते ही निर्णय अडिग नहीं रहा। मगर अब तो...अब सोचने का समय कहाँ!...इस तीन में कोई एक...इस दो में कोई एक...यह या वह...

अटकन-मटकन दिया चटकन
केरा कूस महागर जागर...

इसी समय बटुकदास हाँक लगाते हुए कमरे के अन्दर आ गये, "चलिए, जल्दी कीजिए।"

"जल्दी?"

"हाँ, अब एक ही बची है। अभी-अभी खबर मिली है। मेरा आदमी वहाँ मौजूद था; वही खबर करने आ गया मुझे।"

कमरे से निकलते हुए बैजनाथ ने पूछा, "दो की बात पक्की नहीं हो पायी थी?"

"बात पक्की थी, मगर इस मामले में कोई बात टिकती है क्या!" कदम बढ़ाते हुए बटुकदास ने सुनाया, "दस को लोग उठा ले गये।"

"कौन लोग?"

"कहीं का मुखिया, कहीं का सरपंच," बटुकदास बोले, "यहाँ तो एक अनार सौ बीमार का किस्सा होता है। एक दिन भी प्रचार में गया नहीं कि दावेदारी ठोंक दी। चार को तो लोग रात में ही उठाकर चलते बने।"

"ऐसा नहीं हुआ हो कि अब तक इस एक को भी कोई उठा ले गया हो!"

"उस एक के पीछे मेरा आदमी लगा हुआ है। एक के लिए मैंने पक्का प्रबन्ध कर लिया था।"

"कहाँ चलना होगा?"

"चकमका," बटुकदास बोले, "सबको वहीं टिकाया गया था न।"

"कोई मोटर साइकिल से वहाँ हमें पहुँचा नहीं देगा?"

"अब चुनाव के बाद पार्टी की मोटर साइकिल नजर आएगी आपको?" बटुकदास हँसकर बोले, "जिस-जिसके पस होगी, वही उसे हथियाकर अपने घर निकल गया होगा। चलिए, पैदल ही चलते हैं।"

"हम लोगों को कुछ तेज कदमों से ही चलना होगा।" बैजनाथ ने राय दी।

कदम तेज करते हुए बटुकदास ने जवाब दिया, "तेज चलने की तो मेरी शुरू से आदत है।"

कुछ दूर चलने के बाद बैजनाथ ने धीरे-से पूछा, "जो एक बची है, उसका नाम क्या है?"

"अब यह तो मुझे पता नहीं," बटुकदास बोले, "नाम उसका उससे ही पूछिएगा; पसन्द नहीं आये, तो अपनी पसन्द का नाम दे दीजिएगा। सब कुछ आपके हाथ में होगा।"

युद्धस्तर की चाल चलकर वे दोनों चकमका पहुँचे और सीधे पार्टी के दफ्तर में आ गये। वहाँ मास्टर साहब पार्टी के दो-तीन कार्यकर्ताओं के साथ मौजूद थे। इन दोनों पर नजर पड़ते ही उन्होंने बटुकदास का स्वागत किया, "आइए, आइए, बटुक बाबा; मैं आपके लिए ही रुका हुआ था।"

"मेरे लिए रुके हुए थे?"

"और नहीं तो क्या!" मास्टर साहब बोले, "चला गया होता, तो जो एक बची हुई है, वह भी अब तक निकाल ली गयी होती। पूरी रात जगा रह गया हूँ। कितनों को ही झूठ-सच बोलकर लौटाना पड़ा है। मैं आपको वचन दे चुका था, तो एक आपको सौंपकर ही तो जाता।"

"मैंने तो यह अनुभव किया है, मास्टर साहब," बटुकदास ने खुश होकर कहा, "कि पूरी पार्टी में आप अकेले ऐसे आदमी हैं जिसने अपना हर वचन निभाया है और मुझे उचित इज्जत दी है।"

"किसी और मामले में वचन निभाने में दिक्कत नहीं होती," मास्टर सहाब ने सुनाया, "मगर यहाँ तो मारामारी की नौबत आ जाती है। दो बहादुरों को हथियार के साथ इस लड़की की पहरेदारी पर तैनात कर रखा था। आप कोई सवारी लेकर आये हैं?"

"हम तो बहुत हड़बड़ी में आये हैं, मास्टर साहब, पाँव पैदल। अब कहाँ जाएँगे हम सवारी ढूँढ़ने? बड़ी कृपा होगी; आप यहीं कोई सवारी ठीक करवा दीजिए हमारे लिए।"

"मैं आप लोगों को जीप से रतनपुर तक पहुँचवा देता हूँ। वहाँ से जीप तुरन्त लौटा देंगे।" बटुकदास से इतना कहकर उन्होंने पास बैठे एक कार्यकर्ता से कहा, "तुम जाओ; पन्ना और लखना से मेरा नाम बोलकर छमिया को वहाँ से उठाओ और जीप से इन सबको रतनपुर पहुँचा दो।" और फिर बटुकदास से कहा, "आप इसके साथ जाइए।"

बाँकी अदा! अभी ही छमिया बैजनाथ मंडल के साथ हो गयी।

जिन सात गायिकाओं और नर्तकियों को पार्टी के कार्यकर्ताओं के मनोरंजन के लिए लाया गया था, उनके आवास की व्यवस्था दामोदर यादव ने चकमका में ही गाँव से कुछ बाहर तम्बू गड़वाकर की थी। जब भी लड़कियाँ उन तम्बुओं में होतीं, उनकी सुरक्षा के लिए वहाँ सशस्त्र पहरेदार होते।

एक लड़की अभी भी उस तम्बू के अन्दर मौजूद थी और पहरा हटाया नहीं गया था। कुछ दूर से ही बैजनाथ ने उन दोनों को पहचान लिया था। ये वही रक्षा-दल वाले थे जिनके साथ बस में बैठकर बैजनाथ ने रतनपुर से पटना की यात्रा की थी और जो बस में औरों की तरह चूड़ा फाँकने की बजाय काजू-किशमिश खाते हुए जा रहे थे। उनके सामने आते ही बैजनाथ ने कहा, "नमस्कार!"

बैजनाथ की ओर ध्यान देने की बजाय पन्ना ने हँसकर बटुकदास से कहा, "आप भी आ ही गये, बटुक बाबा!"

"अरे! मुझे तो आना ही था।" बटुकदास ने गम्भीरता बरती।

"अब इस उम्र में?" लखना ने ठहाका लगाया।

"धत!" बटुकदास भी हँस पड़े, "मैं अपने लिए नहीं ले जा रहा हूँ।"

बटुकदास की बात बैजनाथ ने पूरी की, "मुझे जरूरत पड़ी है, भाईजी।"

रतनपुर पहुँचकर बैजनाथ ने फटाफट फुलकाहा पहुँचने का कार्यक्रम बनाया। वह जल्दी से जल्दी दुलहिन को लेकर सहसौल पहुँच जाना चाहता था, जहाँ से फुलकाहा जाने के लिए उसे बस मिल जाएगी। रतनपुर में बटुकदास के रहते विवाह सम्पन्न हो जाये, ऐसा कोई इरादा नहीं था उसका। इसके लिए पूरा दिन, पूरी रात रतनपुर में रुकना पड़ जाता। पता नहीं, रतनपुर की रात के पेट में क्या हो! उसने बटुकदास को अपने विचार से अवगत करा दिया और उनसे सहसौल तक के लिए एक बैलगाड़ी की व्यवस्था कर देने का आग्रह किया।

छमिया को अपने घर ले जाने की बजाय बटुकदास ने रतनपुर के पार्टी कार्यालय में ही ठहरा दिया था। जब तक बैलगाड़ी नही आ गयी, बैजनाथ मंडल ने बटुकदास के साथ बतियाकर अपने समय का सदुपयोग किया। यह आश्वासन देने के बाद कि बटुकदास के किसी भी बुलावे पर वह अपने सौ काम छोड़कर रतनपुर का रुख कर लेगा, उसने बटुकदास से पूछा, "छमिया को लेकर दामोदर यादव के साथ आपकी कोई लिखा-पढ़ी तो नहीं हुई है?"

"बिल्कुल नहीं," बटुकदास ने जवाब दिया, "मैं कच्चा काम नहीं करता हूँ। अब छमिया आपकी हुई, नख से सिर तक आपकी।"

"अगर अगले किसी चुनाव में," बैजनाथ मंडल ने सुना दिया, "दामोदर यादव हफ्ता-पन्द्रहिया के लिए भी छमिया को मुझसे माँगने आते हैं, तो मैं साफ इन्कार कर दूँगा।"

"हाय राम! कैसे दे देगा कोई अपनी ब्याहता एक दिन या एक रात के लिए भी?" बटुकदास बोले, "और यह आपने कैसे सोच लिया कि दामोदर यादव छमिया देवी को माँगने

आपके पास जाएँगे? ऐसा क्यों लगा आपको कि अब बाढ़ नहीं आएगी और बाढ़ में बहकर लड़कियाँ नहीं आएँगी? अब सूखा नहीं पड़ेगा ओर भूख की मारी लड़कियाँ अपने को बेचने के लिए गाँवों से नहीं भागेंगी? जो अब तक ऐसी लड़कियों को नाचना-गाना सिखाकर उन्हें नेताओं के हाथ बेचते आये हैं, वे अपना धन्धा बन्द कर घर बैठ जाएँगे कि कहीं से भी लड़कियों का जुगाड़ करेंगे? आप हर तरह से निश्चिन्त होकर जाइए।''

बैजनाथ मंडल निश्चिन्त होकर 'बाँकी अदा' के साथ बैलगाड़ी में सवार हो गया। अपनी पहली नजर और पहली बोली पर ध्यान चला गया उसका; ऐसी नजर और ऐसी बोली कि अभी ही छमिया 'दो जिस्म, एक जान' हो जाये। गाड़ी में टप्पर नहीं था, इसलिए जब तक गाड़ी गाँव के बाहर नहीं निकल गयी, बैजनाथ ने आँखें चार नहीं कीं और मुँह से कोई बोल फूटने नहीं दिया।

उसने चोरी-चोरी एक कटीली मुस्कराहट का अभ्यास किया और सिवान के पार होते ही छमिया की ओर मुँह घुमाकर एक नपी-तुली मुस्कराहट फेंकी। छमिया पूछ बैठी, ''मैं कहाँ जा रही हूँ?''

''मेरे साथ, मेरे गाँव,'' बैजनाथ फिर मुस्कराया, ''चलोगी न?''

''चल तो रही हूँ।''

''खुश हो न?''

''कब तक रहूँगी वहाँ?''

''कब तक की क्या बात! रहोगी जीवन भर।''

''जीवन भर?'' छमिया ने खुफिया निगाहों से बैजनाथ की ओर देखा।

''हाँ; रहोगी न?''

छमिया ने नजरें झुका लीं, ''रहूँगी।''

छमिया के बोल सुनकर बैजनाथ अभी बुलबुल हुआ ही था कि पीछे से तेजी से आ रही एक मोटरसाइकिल वहाँ रुकी और उस पर बैठे दो सवारों ने गाड़ीवान से कहा, ''गाड़ी रोको; घुमाओ गाड़ी।''

गाड़ीवान ने मुड़कर बैजनाथ की ओर देखा।

बैजनाथ ने सहदेव कामती को पहचान लिया और उससे पूछा, ''क्या बात है, सहदेव बाबू?''

''छमिया की एक मौसी आ गयी है; छमिया को मिलने के लिए बुलाया है।'' सहदेव कामती ने जवाब दिया।

''आप मास्टर साहब के पास गये थे?''

''मौसी उनसे मिलकर आयी है, पन्ना और लखना से भी।''

''उन लोगों ने तो छमिया को मेरे हवाले कर दिया है।''

''उन लोगों से ही मौसी को इजाजत मिल गयी है छमिया के साथ दो-तीन घंटे बिताने के लिए। छमिया आपके साथ ही जाएगी, मगर अब मौसी से मिलकर जाये।''

"छमिया की विदाई तो हो गयी; अब किसी से क्या मिलना?"

"यह खबर सुनकर ही तो दौड़ी आयी है मौसी कि अब छमिया से फिर कभी मिलना नहीं होगा। आप यहीं रुके रहिए; छमिया दो घंटे बाद वापस चली आएगी।"

"कितनी दूर जाना होगा?"

"यहाँ से आधा कोस।"

बैजनाथ ने छमिया से पूछा, "यहाँ तुम्हारी कोई मौसी है?"

छमिया ने कोई जवाब नहीं दिया, एक नजर सहदेव कामती पर डालकर नजर झुका ली।

सहदेव कामती ने बैजनाथ मंडल को सुनाया, "जाने दीजिए छमिया को। अभी बखेड़ा करना उचित नहीं होगा।"

पटना रैली वाली यात्रा में ही बैजनाथ ने जान लिया था कि यह आदमी खतरनाक है। उसने भी घंटे-दो घंटे के लिए इस आदमी के साथ बखेड़ा करना उचित नहीं माना, मगर बोला, "इसके साथ मैं भी चलूँगा।"

"शौक से चलिए," सहदेव कामती ने जवाब दिया।

बैलगाड़ी छमिया की मौसी के घर की ओर चली। सहदेव कामती बैलगाड़ी के साथ चल रहा था। उसके साथ आया आदमी मोटरसाइकिल से पहले ही निकल गया। आधा घंटा चलकर ही गाड़ी छमिया की मौसी के गाँव आ गयी।

अजीब घर था छमिया की मौसी का। किसी का ऐसा घर भी हो सकता है क्या? और, जिसे ऐसा घर हो, वह किसी मेहमान को मिलने के लिए बुलाये अपने घर? और, ऐसी घरवाली की अर्दली में सहदेव कामती जैसा आदमी रहे?

घर किसी भी गाँव के सबसे गरीब के भूसाघर जैसा भी नहीं था; छोटी-सी मड़ई, दीवार के नाम पर पाट की संठी की टट्टियाँ बिना लिपाई-पुताई की, बाँस की बत्ती का दरवाजा जिस पर किसी ताला के लिए जगह नहीं, फूस की ऐसी पतली छौनी कि एक छोटा-सा ढेला भी गिरे तो छत फाड़कर अन्दर चला जाये।

मौसी घर के अन्दर रही होगी। घर के सामने एक चारपाई पर कई लोग बैठे हुए थे। बैलगाड़ी के आते ही सबने उठकर बैलगाड़ी का स्वागत किया। सहदेव कामती छमिया को बैलगाड़ी से उतारकर घर के अन्दर ले गये। बैजनाथ मंडल के लिए उस घर से कुछ दूर एक चारपाई डाल दी गयी ओर उस पर आराम करने के लिए कहा गया।

चारपाई पर आराम करते हएु बैजनाथ मंडल मौसी के घर पर निगाह जमाये उस घर के बारे में सोचता रहा। कैसे रहती होगी बुढ़िया उस घर में? कहाँ तो खाना पकाती होगी और कहाँ जाकर स्नान करती होगी? मगर यह सब सोचते हुए भी उसने अपने मन में कोई दया उपजने नहीं दी।

सहदेव कामती घर से निकला। मगर यह क्या कि उसके निकलते ही चारपाई पर बैठा एक आदमी उस घर में घुस गया! यह अच्छा नहीं लगा बैजनाथ को, मगर यह सोचकर वह शान्त रहा कि महज दो-तीन घंटों की बात है।

दूसरा घर से निकला, तो तीसरा उस घर में घुस गया। यह क्या हो रहा है? चारपाई पर सब छमिया के मौसे ही बैठे हुए थे क्या? कहाँ गये सहदेव कामती? घर से निकलकर वे किधर चले गये कि अब कहीं नजर नहीं आते?

सहदेव कामती नजर नहीं आया, मगर उस एक के बदले कितने ही लोग घर के सामने प्रकट होने लगे। चारपाई पर उसके बैठने की जगह कहाँ! सब घर के सामने खड़े होते चले गये। सब छमिया से मिलकर जाएँगे? यह मौसों का गाँव है क्या? कोई और मौसी तो मिलने नहीं आ रही है?

तीसरे के बाद चौथा...चौथे के बाद...अब गिनती गायब!...

अचानक एक चीख उभरी मड़ई से और उसके साथ ही गालियाँ।

घर के सामने सारे बैठे-खड़े लोग आवाज का पीछा कर मड़ई के पिछवाड़े की ओर दौड़ पड़े। अपनी चारपाई छोड़कर बैजनाथ भी दौड़ा।

अजीब नजारा देखा बैजनाथ ने। संठी की टट्टी फाड़कर दो मुंड बाहर निकल आये थे, सिर्फ मुंड। एक मुंड छमिया का था, दूसरा उसके किसी मौसा का। दोनों मुंड टट्टी के छेद से मुक्त होने के लिए छटपटा रहे थे; बाहरी लोग दनादन टट्टी की संठियाँ तोड़ रहे थे। मौसा का मुंड लजाया हुआ था, मगर छमिया का मुंड अभी भी गालियाँ पढ़ रहा था।

टट्टी के छेद से निकाल दिये जाने के बाद भी छमिया ने अपनी बची-खुची जान से ऐसी चीख-पुकार मचायी कि अब किसी मौसा के लिए उसे सँभाल लेना सम्भव नहीं रहा। अब उस घर में घुसने के लिए कतई तैयार नहीं थी वह। वह वहाँ से डगमग चाल से चलकर बैलगाड़ी में जा बैठी।

बैजनाथ मंडल की खोज हुई।

कहीं नजर नहीं आया बैजनाथ मंडल।

छठा फेरा

शंकरपुर से आया संवदिया पंडित रामभद्र झा को एक ऐसा पत्र दे गया, जो पहाड़ बनकर उनकी छाती पर बैठ गया। पत्र पढ़ते हुए ही पैर काँपने लगे थे उनके। संवदिया से कुछ कहने-पूछने की भी सुधि नहीं रही। पत्र लिये हुए वे काँपते पैरों से बाहर के ओसारे से चलकर अपने कमरे में आ गये और बिस्तर पर कटे पेड़ की तरह गिर पड़े। संवदिया को पत्र देने से काम था, वह बिना किसी सेवा-सत्कार के सूने ओसारे से विदा लेकर चला गया।

छाती पर पहाड़ था और कलेजे में रह-रहकर हूक उठती थी, कलेजा रह-रहकर मुँह को आता था। देह की सारी शक्ति निचुड़ी हुई-सी लगती थी। वे अथाह में डूब गये।

ब्राह्मणी को दरवाजे पर किसी बाहरी आदमी के आने की आहट मिल चुकी थी। वह तुरन्त दौड़ी चली नहीं आयी थी; अपना काम निबटाकर आयी और पंडितजी के कमरे में घुसी। अपने आने पर भी पंडितजी को गुमसुम छत की ओर देखते देख वह हकबकायी और कुछ ठमककर पूछा, "क्या बात है? कहीं कुछ हुआ है क्या?"

पंडितजी ने निगाह उसकी ओर की ओर बोले, "अनर्थ हो गया।"

"क्या?"

"पलटू मियाँ हो गया।"

"मियाँ?"

"हाँ, अब पलटू नहीं रहा, पलटुद्दीन मियाँ हो गया।"

"कैसे पता चला?"

पंडितजी ने पत्र दिखाते हुए कहा, "शंकरपुर से चिट्ठी आयी है। इस चिट्ठी में सब कुछ है।"

"तब तो बहू भी मियाँइन हो गयी होगी?"

"मियाँ की बीवी मियाँइन ही तो होगी। अब वह वीणा देवी थोड़े रही! उसको बनाया होगा नरगिस खातून या बीवी सुरैया या बेगम जरीना।"

"आपको तो मियाँ नहीं बनाया गया है?"

"मियाँ पलटुद्दीन अपने बाप का नाम रामभद्र झा तो नहीं ही बताता होगा; बताता-बोलता होगा रमजान मियाँ, रहमान मियाँ, रिजवान मियाँ।"

"आपके साथ तो मैं भी...?"

''मैं तो मियाँ बनने से रहा, मगर जब मियाँ पलटुद्दीन से उसकी माँ का नाम पूछा जाता होगा, तब तो वह किरण देवी नहीं बोलकर बोलता होगा कुलसुम बेगम, कुरेशा खातून या ऐसा ही कुछ। मैं मियाँ-मियाँइन के बहुत नाम नहीं जानता।''

''शंकरपुर के दुर्गाथानवालों ने बनाया है पलटू को मियाँ?''

''उन्हें बनाना होता, तो अब तक रुके रहते वे? कब का पलटू को मियाँ बना चुके होते। पलटू अपनी मरजी से बना है मियाँ और शंकरपुर से ही मियाँ बनकर बाहर निकला है।''

''यह चिट्ठी किसने भेजी है?''

''चिट्ठी भेजी है शंकरपुर के उसी कासिम मियाँ ने जिसने पहले भी एक चिट्ठी भेजी थी।''

''उस चिट्ठी में तो शंकरपुर के किसी मियाँ के मरने की खबर थी, पलटू के मियाँ बन जाने की तो नहीं।''

''खबर तो इसमें भी एक मियाँ के मरने की ही है, शंकरपुर के किसी सोहराब मियाँ के मरने की,'' पंडितजी ने कहा, ''मगर इस चिट्ठी में पलटू के मियाँ बन जाने की पक्की खबर है।''

''क्या लिखा है?''

''लिखा है कि सोहराब मियाँ के लिए भी पीर अली बाबा की दरगाह में जाकर दुआएँ माँग लीजिएगा, ताकि उन्हें भी जन्नत नसीब हो जाये,'' चिट्ठी से इतना सुनाकर पंडितजी बोले, ''अब सोचो कि तुम्हारा बेटा कितना पक्का मियाँ बन गया है कि वह शंकरपुर में मरनेवाले मियाँ के लिए भी किसी पीर अली बाबा की दरगाह में दुआएँ माँगने जाया करता है। तुम किसी पीर अली बाबा को जानती हो?''

''नहीं, किसी को नहीं।''

''अब मैं समझ रहा हूँ कि शंकरपुर दुर्गाथान से उसे क्यों भगाया गया।''

''क्यों?''

''पलटू किरिया खाकर भी यह कहने को तैयार था कि उसके पास शंकरपुर दुर्गाथन की कोई कमाई नहीं है। वह सच कह रहा था। उसे भगाया इसलिए गया कि वह दुर्गाथान का मियाँ पुजारी बना हुआ था। शंकरपुर दुर्गाथान छोड़ने के पहले वह मियाँ बन चुका था।''

''ऐसी गलती कैसे की पलटू ने!'' बोलकर ब्राह्मणी एक सुखद शंका प्रकट की, ''कहीं ऐसा तो नहीं कि दुर्गा माँ ने ही उसका कुछ भला सोचकर उसे सपना दिया हो मियाँ बन जाने के लिए?''

''चुप?'' पंडितजी ने डाँट दिया, ''दुर्गा माँ की यह हिम्मत होगी कि वह किसी हिन्दू पुजारी को मियाँ बन जाने का सपना दे? उसने शंकरपुरवालों को सपना दिया होगा कि मियाँ पुजारी को मारकर भगाओ।''

''मियाँ का रंग-ढंग तो मैंने पलटू में कभी नहीं देखा।''

''कभी देखने की कोशिश नहीं की, तो कैसे देखती? जो इतना पक्का मियाँ है वह घर में भी पाँचों वक्त नमाज पढ़ता होगा। तुमने नहीं देखा, मैंने नहीं देखा, मगर बहू ने तो जरूर देखा

होगा।''

''उसने कभी बताया नहीं।''

''मेरे लिए तो अब इस घर में रहना भी मुश्किल है। यह घर अब किसी ब्राह्मण का घर नहीं रहा।''

''हम क्यों नहीं रहें इस घर में? हम अभी भी ब्राह्मण-ब्राह्मणी हैं।''

''मेरा मन कैसा-कैसा तो कर रहा है। वह पूरा घर मियाँमय हो गया है। लगता है, नईम मियाँ और सोहराब मियाँ की कब्रें मेरे इसी कमरे में हैं। कासिम मियाँ इस कमरे से उस कमरे में आ-जा रहा है। तीन मियाँ बाहर के और एक मियाँ अपने घर का! न जाने यह घर का मियाँ कितने दिनों से मियाँ बनकर इस घर में रह रहा है!''

इसी समय एक जोर की सिसकी बहू के कमरे से सुनायी पड़ी। दोनों का ध्यान उधर चला गया। पंडितजी ने ब्राह्मणी से कहा, ''पूछो तो, वह किस बात पर रो रही है?''

ब्राह्मणी पूछकर आयी और बताया, ''एक मियाँ उसके कमरे में भी रह रहा है।''

''उसके कमरे में भी!'' पंडितजी बुदबुदाये और ब्राह्मणी से कहा, ''पूछो तो, वह कौन मियाँ है और कब से रह रहा है?''

ब्राह्मणी फिर बहू के पास दौड़ी और वहाँ से आकर बोली, ''कोई अख्तर मियाँ है। शंकरपुर से आने के बाद जब पलटू बैजनाथ धानुक के साथ पहली बार यात्रा पर निकला था, तब उस वक्त ही बहू को यह नाम थमा दिया था और बोला था कि वह इस नाम को हमेशा याद रखे और जब भी पलटू लौटकर आये तो उसे यह नाम सुना दे। उस समय से ही अख्तर मियाँ उसके पास उसके कमरे में है।''

''अब है तो रहे। उसे कहो चुप हो जाने। वह क्यों रोये? उसे तो पलटू के साथ ही जीना-मरना है।''

''क्यों नहीं रोये वह? वह भी तो ब्राह्मण की बेटी है। ब्राह्मण की बहू होकर आज तक जिन्दा रही और अब मरे मियाँ की बीवी होकर! मेरे कहने से यह रोना रुकेगा? अब तो उसके लिए जिन्दगी भर का रोना है।''

''मैं बहुत रो चुका,'' पंडितजी ने लम्बा नि:श्वास छोड़कर कहा, ''अब तो रोने से रहा। मैं अब प्राण त्याग दूँगा।''

''अभी ही प्राण त्याग की बात सूझने लगी आपको!'' ब्राह्मणी ने झिड़क दिया,''किसी जमाने में यहाँ के सारे हिन्दू कुँजड़े मियाँ हो गये; उन्होंने प्राण तो नहीं त्याग दिये अपने।''

''मियाँइन बनकर रहोगी?''

''अभी क्यों सोचूँ यह? अभी ही तो आप मियाँ नहीं हो गये,'' ब्राह्मणी ने जवाब दिया, ''क्या-क्या दुख नहीं झेला हमने? किस दुख को दूर नहीं किया? इस दुख को भी हम भगा देंगे। बैठकर उपाय सोचिए और अभी उस मरनी की चिट्ठी को फाड़कर फेंकिए।''

''नहीं, इस चिट्ठी को फाड़कर नहीं फेंकूँगा?''

''क्यों? मरनी की चिट्ठी घर में रखेंगे?''

''मेरे पास यही एक प्रमाण है पलटू के मियाँ बन जाने का। अगर यह भी नष्ट हो गया,

तो पलटू गाल बजाकर जीत जाएगा और हमारे मरने तक इस घर में मियाँ बनकर रहेगा।''

''मरनी की चिट्ठी तो मैं घर में नहीं रहने दूँगी।''

''घर में नहीं रहेगी चिट्ठी, मगर कहीं रहेगी जरूर,'' पंडितजी ने सुनाया, ''इसे घर के बाहर किसी डिब्बी में डालकर गाड़ दो। पलटू के आने पर उसे यह चिट्ठी दिखनी है। तुम इसे पिछवाड़ेवाले मैदान में पीपल के नीचे गाड़ आओ।''

''नहीं,'' ब्राह्मणी ने चिट्ठी उठाते हुए कहा, ''पीपल हिन्दू गाछ है। उसके नीचे किसी मियाँ की कब्र नहीं खोदूँगी। मैं इसे किसी बेर-बबूल के नीचे गाड़कर आती हूँ।''

ब्राह्मणी के जाते-जाते पंडितजी ने कहा, ''जगह अच्छी तरह याद रखना।''

ब्राह्मणी गयी और पंडितजी माथा पकड़कर सोच में डूब गये।

ब्राह्मणी लौटकर आयी, तो सिर उठाया पंडितजी ने। ब्राह्मणी के लहलहाते चेहरे को देखकर उन्हें बुरा लगा कि वे तो चिन्ता से मरे जा रहे हैं और यह मियाँइन होने की खुशी से तरबतर है। पंडितजी के चिन्तित चेहरे का जरा भी असर नहीं लिया ब्राह्मणी ने और बोली, ''आपको प्राण त्यागने की जरूरत नहीं है। जब मैं चिट्ठी गाड़ रही थी, तो मुझे एक उपाय सूझ गया।''

पंडितजी ने भी ब्राह्मणी की खुशी का कोई असर नहीं लिया और मरे हुए स्वर में बोले, ''क्या?''

''जैसे मरनी की चिट्ठी हमने घर से बाहर कर दी,'' ब्राह्मणी ने जवाब दिया, ''वैसे ही पलटू को भी घर से बाहर कर देंगे और उसके लिए मियाँ टोली में घर बना देंगे। मैं आज ही किसी बहाने मियाँ टोली जाती हूँ, किसी बहाने पता लगाती हूँ कि वहाँ एक घर के लायक कोई जमीन बिकनेवाली है या नहीं और अगर बिकनेवाली है तो फिर किसी बहाने उस जमीनवाले से जमीन की कीमत तक पूछकर आ जाती हूँ।''

पंडितजी ना में सिर हिलाने लगे, ''असली समस्या का यह हल नहीं है। समस्या विकट है, बहुत विकट है।''

''हर समस्या का हल है,'' ब्राह्मणी बोली, ''विकट समस्या का भी।''

इस बार पंडितजी ने कोई जवाब नहीं दिया और फिर सिर झुकाकर बैठ गये। ब्राह्मणी उनके पास बैठी रह गयी और बुदबुदाती रही, ''कुछ न कुछ हल तो सोचना ही पड़ेगा, यह नहीं तो वह, वह नहीं तो कुछ और।''

देर की चुप्पी के बाद पंडितजी ने सिर उठाया और ब्राह्मणी से कहा, ''अब तक मैं तुम्हारी इस बात को मान रहा था कि तुम सुहागन मरोगी, मगर अब नहीं, अब मैं पहले मरूँगा।''

''ऐसा क्यों कह रहे हैं आप?''

''पलटू का मियाँ टोली में बस जाने से ही समस्या का हल नहीं हो जाएगा। मैं जब मरूँगा, तब तो एक मियाँ का बाप होकर मरूँगा। पलटू मियाँ मेरा दाह-कर्म करेगा कि मुझे कब्र में दफन करेगा! फुलकाहा का कोई ब्राह्मण खड़ा होगा एक मियाँ के बाप को कन्धा देकर श्मशान तक ले जाने के लिए? उस समय तुम जिन्दा रहोगी, तो लड़-झगड़कर भी मुझे श्मशान तक पहुँचा दोगी, मेरा दाह-कर्म करवा दोगी।''

''अभी ही ऐसा मत सोचिए।''

''कैसे नहीं सोचूँ?'' चिन्तित स्वर में पंडितजी ने कहा, ''ब्राह्मण होकर कितने दिन जिन्दा रहूँगा; अधिक से अधिक सौ साल? उसके बाद तो करोड़ों साल कब्र में मियाँ बनकर रहूँगा। अगर पुनर्जन्म भी होता रहा, तो एक बार मियाँ के खाते में नाम लिख लिये जाने के बाद कभी ब्राह्मण के खाते में नाम लिखा जाएगा मेरा? जन्म-जन्मान्तर मियाँ कुल में पैदा होता रह जाऊँगा। कैसा कपूत तुमने पैदा किया अपनी कोख से! रोकर भी अपना दुख कम नहीं कर सकता।''

''अभी हिया मत हारिये,'' ब्राह्मणी ने कोमल स्वर में कहा, ''समस्या का कोई और हल सोचिए।''

''अब एक यही हल है।''

''आपने अपना हल तो सोच लिया,'' अब ब्राह्मणी का स्वर चिन्तित हो उठा, ''मेरे बारे में तो कुछ नहीं सोचा। मेरा क्या होगा? मैं कब्र में चली आऊँ? नहीं, मैं आपका साथ नहीं छोड़ूँगी।''

''तुम्हारा हल भी सोचा हुआ है,'' पंडितजी ने कहा, ''मेरे मरते ही तुम भागकर चली जाना अपने मायके अपने भाई-भतीजे की शरण में। मरने की घड़ी का इन्तजार मत करना फुलकाहा में रहकर; लड़खड़ा गयी, तो फिर भाग भी नहीं पाओगी।''

''अब चुप भी रहिए,'' ब्राह्मणी ने कुछ रूखे स्वर में कहा, ''अभी तो पलटू सिर्फ चिट्ठी में ही मियाँ है न; अभी सामने तो नहीं आ गया है मियाँ होकर। इस कुलच्छनी बहू को भी तो चुप कराऊँ। अभी ही इस रुलाई को घर से बाहर तो नहीं निकलने दूँ।''

पंडितजी के मुँह पर ताला लगाकर ब्राह्मणी बहू के पास पहुँच गयी, ''अब रोने से क्या होगा? जो हाल मेरा होगा, वही तो तुम्हारा भी होगा। मुझे तो यह डर भी है कि मायके में भाई-भतीजे ठौर देंगे या नहीं। तुम्हें क्या डर? तुम्हारे तो अभी माँ-बाप दोनों जिन्दा हैं। मियाँइन बनकर रहना मंजूर नहीं हो, तो बच्चों को लेकर भाग जाना नवरसिया।'' इतना बोलने के बाद फिर डाँटा ब्राह्मणी ने, ''बिल्कुल चुप हो जाओ। चुल्हिया-माँ कई दिनों से इधर आयी नहीं है; कभी भी आ सकती है। अभी ही घरझँकनी को तुम्हारी रुलाई का कारण मालूम हो गया तो, पलटू अभी जो भी हो, उसके आने के पहले ही सारा गाँव उसे मियाँ बना देगा।''

पलटू के आने तक पूरा घर चुप रहा।

पलटू के घर आने के पहले पलटू के गाँव में घुस आने की खबर पंडित रामभद्र झा को मिल गयी। अशोक झा का इरादा रामभद्र झा के पास आकर खबर सुनाने का न भी रहा हो, मगर जब उसने रामभद्र झा को दरवाजे की चौकी पर बैठा देख लिया, तो उनकी ओर बढ़ गया। रामभद्र झा ने उसकी ओर कुछ भयभीत निगाहों से ही देखा और जैसे ही अशोक झा ने बड़े प्रसन्न लहजे में सुनाया, ''पलटू झा तो अच्छा पंडित हो गया है।'' रामभद्र पंडित ने इसे वक्रोक्ति माना और सुना कि पलटू झा तो अच्छा मियाँ हो गया है। ऐसा सुनते ही उनके पाँव फूल गये। अब तो यह अशोक झा सीधे अपने मामा प्रेमनारायण झा को खबर कर यहाँ बुलाएगा और एक बार फिर ब्राह्मणों की

सभा कराएगा। उस बार तो गंगास्नान से शुद्धि हो गयी, इस बार तो जाति-बहिष्कार से कम की बात ही नहीं होगी। उन्होंने सूखे कंठ से पूछा, "कहाँ देखा उस...उस अभागे को?"

"अब उसे अभागा मत कहिए, भैया; उसका चन्द्रमा बलवान हो उठा है," अशोक झा ने सुनाया, "ऐसी दुधारू गाय लेकर आ रहा है कि देखिएगा तो देखते ही रह जाइएगा। वैसी गाय अब कोई जजमान किसी पुरोहित को दान में देता है क्या! चार सेर से कम दूध नहीं देगी। इस गाँव में तो ऐसी गाय कभी देखी नहीं गयी है। लोग तो उसे रास्ते में रोक-रोककर गाय को देख रहे हैं, गाय के बारे में जानकारी ले रहे हैं। मैंने उसे कारी यादव के घर के पास देखा। पाँच-दस मिनट के अन्दर यहाँ आ जाएगा।"

रामभद्र झा को कुछ बोलते नहीं बना। उन्हें चुप देखकर अशोक झा ने कहा, "अभी चलता हूँ। एक बार फिर आऊँगा इस गाय को देखने।"

अशोक झा के जाते ही ब्राह्मणी प्रकट हो गयी और बोली, "मैं गाय को चुमाऊँगी; आप कोई बखेड़ा नहीं कीजिएगा।"

"मगर," पंडितजी ने कुछ टूटे स्वर में पूछा, "वह मियाँवाली बात?"

"गाय तो मियाँ नहीं है न?"

"मगर मैं पलटू को अभी घर में घुसने नहीं दूँगा।"

"इस पर सोचा जाएगा," ब्राह्मणी ने कहा, "अभी आप चुपचाप यहाँ बैठे रहिए।"

पंडितजी ने कोई जवाब नहीं दिया, तो ब्राह्मणी घर के अन्दर दौड़ गयी।

घर के अन्दर घुसते ही वह बहू से टकरायी और उससे कहा, "पलटू गाय लेकर आ रहा है। गाय को चुमाना है। तुम जल्दी से पिछवाड़े से थोड़ी-सी दूब ले आओ। मैं थाल में धन और सिन्दूर डालती हूँ।"

बहू ने पिछवाड़े की ओर जाते-जाते कहा, "माँजी, लड्डू भी मँगवा लीजिए।"

थाल सजाने के पहले ही ब्राह्मणी दौड़कर पंडितजी के पास आ गयी और बोली, "आप हलवाई के यहाँ से पाव भर लड्डू लेकर आ जाइए।"

"लड्डू!"

"हाँ, लड्डू," ब्राह्मणी ने हड़बड़ी दिखायी, "जल्दी जाकर ले आइए।"

पंडितजी ने भारी मन से उठते हुए कहा, "पलटू आ जाये तो तुम उसे यहीं ओसारे पर बिठाना; घर के अन्दर घुसने मत देना। मैं अभी और बेचैन हो गया हूँ।"

जब पंडितजी लड्डू लेकर आ गये, तब हिन्दू गाय और मियाँ पलटू दरवाजे पर आये। गाय के साथ अभी भी छोटी-सी भीड़ आ गयी थी। अपनी खुशी को रोककर पंडितजी ने भीड़ को दुरदुराया, "जाइए आप लोग। कभी गाय देखी नहीं है क्या? इस गाय को और देखना हो, तो बाद में आइएगा।"

भीड़ के छँटते ही उन्होंने पलटू को धीमी आवाज में कहा, "तुम अभी ओसारे पर ही बैठना; घर के अन्दर मत घुसना।"

गाय की रास थामे और सिर पर मोटरी उठाये एक मजदूर भी पलटू के साथ आया था।

उसने दरवाजे की टट्टी से गाय को बाँध दिया और मोटरी ओसारे पर रख दी।

ब्राह्मणी बहू के साथ आयी और गाय को चुमाकर अन्दर चली गयी। अन्दर से वह एक बार फिर बाहर आयी और पलटू का झोला उठाकर पंडितजी से कहा, "मोटरी को घर के अन्दर कर दीजिए।"

पंडितजी ने मोटरी को घसीटकर घर के अन्दर किया। घर के अन्दर घुसते ही ब्राह्मणी ने उन्हें रोक लिया, "आपने पलटू को देखा?"

"देखा तो।"

"गौर से देखा?"

"ऊपर से क्या देखता?"

"अभी भी हिन्दू की टीक है या नहीं उसके पास?"

"हाँ, है।"

"मियाँ की दाढ़ी है?"

"नहीं है।"

"दान में हिन्दू की गाय लेकर आया है या मियाँ का मुरगा-मुरगी?"

पंडितजी बिना जवाब दिये बाहर आ गये।

बाहर आने पर उन्होंने मजदूर को ओसारे की जमीन पर बैठा हुआ देखा, तो पूछा, "क्या नाम है आपका?"

"अशरफी मेहता।"

पंडितजी ने कुछ ऊँचा और कुछ अधिक सुना, "शरफुद्दीन मियाँ?"

मजदूर ने दुबारा अपना नाम बताया, "अशरफी मेहता।"

पंडितजी का 'मियाँ' ब्राह्मणी के कान में पड़ा, तो उसने अन्दर से हाँक लगायी और पंडितजी के पहुँचते ही उन्हें झिड़कते हुए कहा, "आप अभी से 'मियाँ मियाँ' का ढोल मत बजाइए। मुँह सी लीजिए। 'मियाँ मियाँ' बोलकर बेटे की देह मत जलाइए।"

"ढोल तो आज न कल बजेगा ही," पंडितजी ने बुझे स्वर में कहा।

"घर के बाहर तो अभी कोई नहीं बजा रहा है।"

"अभी ही मैं बजा दूँ, तो यह मेरे हित में होगा।"

"कैसे बजा देंगे आप? किस बात पर बजा देंगे?" ब्राह्मणी ने डाँटा, "अभी भी उसके झोला से घर का हिन्दू लोटा ही निकला। अगर वह कल ही मियाँ नहीं बना है, तो क्या इतने दिनों में एक मियाँ का बधना भी नहीं होता उसके पास? पूजा-पाठ की वही किताबें हैं उसके झोले में जो पहले थीं। एक भी मियाँ किताब नहीं है। और अब देखिए इस मोटरी में क्या है?" बोलकर चुप हो गयी ब्राह्मणी।

पलटू के साथ आयी मोटरी पंडितजी के आगे खुली पड़ी थी और उसके सामान बिखरे हुए थे। उनकी निगाह मोटरी के बिखरे सामान पर तो गयी, मगर मुँह से कोई बोल नहीं फूटे।

पंडितजी को कुछ बोलते नहीं देख ब्राह्मणी बोली, "रेशमी कुरता और धोती के दो-दो जोड़े हैं, मियाँ की लुँगी एक भी नहीं। अगर मियाँ पंडित होकर किसी मियाँ से दान लिया होता,

तब कुछ तो मियाँ का होता। है कुछ भी मियाँ का?'' इतना बोलकर उसने एक रेशमी कुरता उठाया और पंडितजी से कहा, ''इसे पहनकर देखिए तो, नाप सही है या नहीं।''

''मैं पहनूँ?''

''और किसके लिए लेकर आया है पलटू?'' ब्राह्मणी ने सुनाया, ''इसे पहनने से तो मियाँ नहीं हो जाइएगा।''

जब पंडितजी ने कुरता पहना, तो घूँघट की ओट से बहू ने भी एक नजर ससुर को देख लिया।

कुरता पहनाकर ब्राह्मणी ने पंडितजी से कहा, ''अब इसे पहने रहिए और बाहर जाकर पलटू को भेज दीजिए अन्दर।''

''उससे कुछ पूछूँ भी नहीं?''

''अब उस बाहरी आदमी के सामने तो कुछ मत पूछिए,'' ब्राह्मणी ने जवाब दिया, ''जो पूछना हो, उसे घर के अन्दर कर पूछिए।''

बाहर निकलने के लिए पंडितजी मुड़े, मगर ठिठक गये और कुछ सोचकर ब्राह्मणी से कहा,''मुझे जो कुछ पूछना और कहना है, वह सब तुम दोनों जान रही हो। अब जो पूछना और कहना हो वह सब तुम दोनों ही उससे पूछो और कहो। मैं बस इतना चाहता हूँ कि शान्ति से जीऊँ ओर शान्ति से मरूँ।''

इतना बोलकर पंडिजी बाहर आ गये और पलटू से कहा, ''जाओ, तुम्हारी माँ बुला रही है।''

पलटू ने अशरफी को उठाया और उसे अपने साथ लिये घर की बगल के रास्ते से घर के पिछवाड़े की ओर चला गया।

पंडितजी वहाँ से उठकर अपने कमरे में चले गये।

करीब घंटे भर बाद पलटू पिता के सामने प्रकट हुआ और सुनाया, ''बाबू, अब आप वाला वह जमाना नहीं रहा कि एक रूप लेकर आदमी पूरी जिन्दगी काट ले। अब दुनिया के इस हाट-बाजार में एक आदमी को कई-कई रूप भरने पड़ते हैं। अब मैं भी बहुरूपिया हो गया हूँ। मेरे एक नकली रूप के साथ ये सारे मियाँ मेरे पास चले आये थे। आपको अभी ही कह दूँ कि अगर किसी दिन मैं आपको बिना टीक के, मियाँ की दाढ़ी के साथ दिख जाऊँ, तब भी आप किसी धोखे में नहीं आएगा और 'मियाँ मियाँ' चिल्लाने नहीं लगिएगा। माँ और नवरसियावाली ने घर में घुसे सारे मियाँ को घर के बाहर कर दिया है, अब आप भी उन्हें मन के बाहर कर दीजिए।''

पंडितजी ने गहरी निगाहों से बेटे को देखा और कहा, ''अब मेरा मन साफ हो गया, पलटू। इतना ही काफी है कि तुमने अपने मुँह से मुझे सुना दिया कि तुम मियाँ नहीं बने हो।''

इतना ही काफी नहीं था। पूरे घर को शुद्ध कर देने के बाद ब्राह्मणी पंडितजी के पास आयी और उनके सामने जलपात्र बढ़ाते हुए बोली, ''अब भले कोई मियाँ नहीं हो घर में, मगर इतने दिनों से मियाँ के साथ रहते-रहते आपके मन में बहुत मैल जमा हो गया होगा; एक घूँट लेकर मन का मैल दूर कर लीजिए।''

"क्या है इसमें?"

"गंगाजल।"

(2)

मालिक की हाँक पर दोनों ही भौंचक हो उठे। आवाज घर के अन्दर से आयी थी। चिहुँक उठी थी रतनी, "हाय राम!" रतनी को छोड़ रीतलाल घर के अन्दर भागा; देखा कि मालिक वज्रगृह खोलकर अपने बिस्तर पर विराजमान हैं। उसने जल्दी-जल्दी कमरे की सफाई की और बाहर निकल आया।

बैजनाथ की हर वापसी के बाद पलटू झा और जयनाथ पंडित के घर झाँक आने से नहीं चूकनेवाली गाँव की घरझँकनी चुल्हिया-माँ के चलते अब फुलकाहा का हर घर जान रहा था कि बैजनाथ एक अदद बहू की तलाश में जब भी परदेस जाता है,वहाँ से मार खाकर ही आता है। रीतलाल से फुसफुसाकर पूछनेवालों की संख्या भी अब कम नहीं होती थी, "क्यों रे रीतलाल, इस बार भी तुम्हारे मालिक को मार लग गयी है?" अब मालिक के आने पर रीतलाल के दिमाग में यह बात नहीं आती कि मालिक बहू लेकर आ रहे हैं और उसे अभी से ही कोयिापुरवाली काकी और महथीवाली भाभी को गीत गाने के लिए और रतनी-सबिया को ढोल बजाने के लिए तैयार रहने को कह देना है। अब उसका ध्यान इस बात पर रहता है कि मालिक के आते ही चोट-मार का अचूक इलाज करने के लिए उसे पूरा प्रबन्ध कर लेना है।

हालाँकि मालिक को उसने इस बार घर में घुसते नहीं देखा था और नहीं जान रहा था कि वे लड़खड़ाते कदमों से घर में घुसे थे या कराहते हुए, बिस्तर पर पसरे मालिक का चेहरा कुछ अधिक ही बुझा-बुझा और बदरंग देखकर रीतलाल को पक्का यकीन हो गया कि इस बार मालिक की कुछ अधिक ही कुटम्मस हो गयी है। बिना मालिक के कहे ही वह एक कटोरी सरसों तेल ले आया और मालिक की देह की अच्छी तरह मालिश कर दी। मालिश समाप्त कर उसने पूछा, "हल्दी-चूना ले आया था; गरम कर डालूँ लेप चढ़ाने के लिए?" मालिक ने कोई जवाब नहीं दिया। रीतलाल आगे बोला, "अनन्ता बाबा ने बताया है कि अगर हल्दी-चूना के लेप से आराम नहीं मिले, तो मैदाकाठ की छाल का लेप बनाऊँ। मैदाकाठ की छाल भी ले आकर घर में रख लिया है। कहेंगे तो, इसी का लेप तैयार कर दूँगा।" बैजनाथ ने नौकर को बोलते जाने दिया। रीतलाल आगे बढ़ा, "थकान और सूजन दूर करने के लिए जिस तरह कारी यादव अपने बैल का और रसीद ताँगेवाला अपने घोड़े का इलाज़..."

"चुप!" बैजनाथ से चुप नहीं रहा गया।

रीतलाल चुप हो गया, तब उसे आदेश हुआ, "जाओ अभी यहाँ से।"

रीतलाल जैसे ही बाहर आया, रतनी ने उसे धर लिया, "क्या कह रहे थे मालिक?"

"कुछ नहीं," रीतलाल ने जवाब दिया, "मैं उनकी मालिश कर रहा था।"

"पिछली बार भी उन्होंने हमें हँसते-खिलखिलाते देख लिया था और इस बार भी हँसते-खिलखिलाते सुना होगा," रतनी बोली, "वे जरूर गुस्से में आ गये होंगे; तभी तो तुम्हें टोका तक नहीं और चुपचाप घर के अन्दर घुस गये। उन्होंने जरूर तुमसे कुछ कहा होगा।"

"कुछ नहीं कहा," रीतलाल बोला, "क्या कहते?"

"कह सकते थे, 'तुम्हें बराबर रतनी के साथ हँसते-खिलखिलाते देखता हूँ; तो क्यों नहीं कर लेते उसी से ब्याह?' गुस्से में ऐसा कह सकते थे।"

"ऐसा नहीं कह सकते थे।"

"मेरे बाबू ने कैसे ऐसा कह दिया था मुझसे?"

"क्या कह दिया था?"

"कल शाम जब मैं जरा देर से घर पहुँची, तो बाबू गुस्से में आ गये और बोल गये, दिन-रात रीतलाल के पास ही पड़ी रहती हो, तो क्यों नहीं कर लेती उसी से ब्याह? मैं तो लजाकर भाग गयी थी।"

"तुम्हारे बाबू तुम्हें मेरे पास आने से रोकते हैं," रीतलाल बोला, "इसका मतलब तो हुआ कि वे मुझे अच्छा लड़का नहीं मानते?"

"मेरी माँ तो कह रही थी कि रीतलाल बहुत अच्छा लड़का है," रतनी ने सुनाया, "और बाबूजी भी तो मानते हैं कि तुम अच्छे लड़के हो। कोई बाप अपनी बेटी को कुएँ में कूद जाने के लिए तो नहीं कहेगा; कहेगा?"

"मैं नहीं जानता, कहेगा या नहीं।"

"मैं भी तो अच्छी लड़की हूँ। माँ कह रही थी कि जिस घर जाऊँगी उसे स्वर्ग बना दूँगी," रतनी बोली, "अब कोई बाप यह तो अच्छा नहीं मानेगा कि उसकी जवान बेटी किसी जवान लड़के के पास हर घड़ी पड़ी रहे; मानेगा अच्छा?"

"तुम्हें नहीं आना हो, तो मत आओ; अपनी माँ को ही यहाँ का काम-धाम करने भेज दिया करो," रीतलाल ने सुना दिया, "मैं कभी तुम्हारे घर जाता भी हूँ, तो तुम्हें बुलाने नहीं जाता। यहाँ आकर हँसती-खिलखिलाती हो, इससे मेरे मालिक को गुस्सा नहीं आनेवाला है। हाँ, मुझे कुछ ऐसा-वैसा करते देख लें, तो भले गुस्सा आ जाये उनको।"

"ऐसा- वैसा क्या?"

"तुमसे सटकर बैठा देख लें या तुम्हें चुम्मा लेते देख लें, यही ऐसा-वैसा।"

"यह कैसे देख लेंगे वे?" रतनी बोली, "मेरा कोई तुमसे ब्याह हुआ है कि इस तरह का ऐसा-वैसा देख लेंगे। और सुन लो, मैं भी तुम्हारी सूरत देखने नहीं आती, अपने काम से आती हूँ। अब जा रही हूँ; जाऊँ?"

"जाओ।"

"गुस्साओ मत," रतनी ने मुस्कराकर कहा, "अभी जाती हूँ। मालिक आ गये हैं, तो अब रह-रहकर बुलाएँगे तुम्हें।"

गाँव आते-आते बैजनाथ मंडल के दिमाग में जगत चौधरी से मिलने का खयाल आ गया था और

घर में बिस्तर पर पसरकर वह जगत चौधरी से ही बतिया रहा था। रीतलाल की बकबक को वह छलाँग लगाता पार करता चला जा रहा था और उसकी बातचीत जारी रहती, मगर कारी यादव के बैल और रसीद ताँगेवाले के घोड़े ने लंगी मार दी। रीतलाल के कमरे से निकल जाने के बाद उसने अपनी थकान मिटायी और तरोताजा होकर घर से बाहर निकल आया।

घर से बाहर निकलते ही उस पर नेबी मंडल की नजर पड़ गयी और नेबी ने उसे टोक दिया, "मैंने देखा था इस बार भी तुमको खाली हाथ ही आते। मगर लगे रहो, किसी दिन तो भाग्य पलटेगा ही। मन में यह मलाल मत रखना कि मैं कदमलाल का राज बता नहीं रहा हूँ। कदमलाल का राज खोलना अभी मेरे लिए उचित नहीं होगा। इतना तुम जान लो कि उसकी शनिपूजा से तुम्हारा कोई नुकसान नहीं हो रहा है। मैं फिर सलाह दे रहा हूँ तुम्हें कि शनि को अपने ऊपर सहाय मानकर तुम औढरदानी भोला, सिद्धिदाता गणेश आदि देवताओं को प्रसन्न करने का उपाय करो। कल्याण के लिए ढेर सारे व्रत-उपवास और पूजा-पाठ हैं। तुम इन्हें भी आजमाओ। अब तो गाँव के हर आदमी की शुभकामनाएँ तुम्हारे साथ हैं। कल्याण तो होकर रहेगा। देवी-देवता किसी एक की नहीं सुनेंगे; पूरे गाँव की नहीं सुनेंगे क्या?"

बैजनाथ खड़ा होकर नेबी मंडल की बातें सुनता रहा। जब नेबी ने अपनी बात समाप्त कर दी, तो उसने पूछा, "चरित्तर भगत का बकाया आपने चुका दिया?"

"कैसा बकाया!" नेबी बोला, "कोई बकाया नहीं है उसका मेरे पास।"

"अभी भी वह सुबह-सुबह झगड़ने आता होगा?"

"हाँ, आज भी आया था," नेबी ने सुनाया, "मगर कल सुबह से नहीं आएगा। मैं अभी उसके पास से ही आ रहा हूँ; कहने गया था कि तुम आ गये हो और अब वह सुबह-सुबह मुझे मुँह दिखाना बन्द कर दे।"

"यह कहने गये थे?"

"हाँ, कैसे नहीं जाता!" नेबी बोला, "सुबह के बाद मिलता है,तो सुबह से कुछ अधिक ही सुनाता है वह मुझे, मगर तुम्हारे लिए उस अधिक को भी बरदाश्त करना ही है मुझे। मेरे लिए यह कोई कष्ट नहीं रहा।"

"नहीं, मेरे लिए अब यह कष्ट उठाने की जरूरत नहीं है।"

"क्यों, बैजनाथ, इतना छोटा कष्ट मैं तुम्हारे लिए क्यों नहीं उठाऊँ?"

"अब मैं ऐसी किसी यात्रा पर निकलने नहीं जा रहा हूँ जिसका शुभ होना जरूरी हो। मैं अब ब्याह नहीं करूँगा।"

"यह क्या बोल गये, बैजनाथ!" आहत स्वर में नेबी ने कहा, "ऐसा अशुभ भी कोई बोले! तुम मुझ पर विश्वास करो, कदमलाल के राज में कुछ भी नहीं है। पंचायत के बीच की बात नहीं होती, तो मैं अभी खोल देता। तुम्हारे शुभ पर मेरी नजर है।"

"अब मैं चलूँ?"

"कहाँ जा रहे हो, यह पूछकर तुम्हारी यात्रा नहीं बिगाड़ूँगा, मगर अभी तो मुझसे यह कहकर जाना होगा," नेबी ने बैजनाथ का रास्ता रोकते हुए कहा, "कि तुम ब्याह करोगे। सिर्फ

पूँछ अटकी हुई है, बैजनाथ; हाथी तो निकला हुआ है। बोलो, ब्याह करूँगा।''

''कैसे कर लूँ ब्याह? किससे कर लूँ? ईंट-पत्थर से? गाछ-वृक्ष से? कुआँ-पोखर से?'' बैजनाथ झुँझला उठा, ''कोई लड़की मिले, तब तो।''

''हाँ-हाँ, लड़की से ही,'' नेबी के स्वर में राहत का भाव था, ''मिलेगी लड़की, जरूर मिलेगी।''

''ठीक है,'' बैजनाथ ने आश्वस्त किया,''लड़की मिलेगी, तो कर लूँगा।''

नेबी ने खुश होकर रास्ता छोड़ दिया। नेबी के आशीष से खुश होकर बैजनाथ ने जाते-जाते कहा, ''किसी काम से नहीं निकला हूँ; यों ही निकल गया हूँ खेत-बहियार देख आने।''

नेबी ने झूठ बोलकर बैजनाथ ने जगत चौधरी के घर का रुख किया।

इस बार किसी सूक्ष्म बुद्धि के सहारे नहीं जाना, पक्की जानकारी थी जगत चौधरी के पास कि बैजनाथ इतने दिनों के बाद फिर उनके पास क्यों आया है। उन्होंने बैजनाथ के आते ही पूछा, ''भोज का निमन्त्रण देने आये हो क्या, बैजनाथ?''

''कैसा भोज, चाचा?''

''ब्याह का भोज।''

''ब्याह हुआ कहाँ!''

''अभी तक अनब्याहे हो!'' जगत चौधरी ने अचरज प्रकट किया और बोले, ''तुम्हारे परदेस जाने और हर बार चोट-मार खाकर आने की जानकारी बराबर मिलती रही थी मुझे। कभी तुम आये नहीं, तो इस बार आया देखकर यही लगा कि इस बार एक से दो हो गये।''

''हर बार यही सोचता रहा था, चाचा, कि आपके पास ब्याह करके ही आऊँ, मगर इस बार सोचकर आया हूँ कि आपको एक जरूरी सूचना दे दूँ।''

''सूचना! कैसी सूचना, बैजनाथ?''

''मैंने विवाह का विचार त्याग दिया है,'' बैजनाथ ने सुनाया, ''जब विवाह होगा ही नहीं, तो क्यों दौड़ूँ-मरूँ उसके लिए?''

''विवाह नहीं होगा, यह कैसे सोच लिया?''

''अब सोचना क्या है! घूम-घूमकर देख तो लिया। कहीं कोई नजर नहीं आती।''

''यह तो जान ही लो कि भगवान के घर में जोड़ी पहले ही तय हो जाती है, दुलहा-दुलहिन का मिलन बहुत बाद में होता है,'' जगत चौधरी ने ढाढ़स बँधाया, ''तुम्हारी जोड़ी भी तय है, दुलहिन को ढूँढ़ निकालो।''

''यह मैं मानता हूँ,चाचा,'' बैजनाथ बोला,''मगर आप भी मान लीजिए कि तीन-तीन बार जोड़ी बनाने के बाद भगवान के घर में मेरे लिए चौथी बार जोड़ी नहीं तय की गयी।''

''ऐसा नहीं हो सकता, बैजनाथ,''जगत चौधरी ने सुनाया,''सुन लो मेरी बात। हर औरत को चाहिए भतार। भतार का मलतब होता है भर्ता, भर्ता का मतलब भरण करनेवाला। जो भरण कर सकता है, वह भतार होकर रहेगा। जब तक औरत को भर्ता की जरूरत होगी, तब तक भतार को औरत मिलती रहेगी। पचीस-पचास बरसों के बाद जो हो सो हो, मगर अभी तो मैं यह नहीं

मानता कि दुनिया में हर औरत ऐसी हो गयी है कि उसे भर्ता की जरूरत नहीं है। एक किस्सा ही सुन लो। बाप था एक विद्यालय का चपरासी और जवान बेटा था बैठा-ठाला। बाप ने अपनी कमाई से बेटे का पेट भरना बन्द कर दिया। एक ही घर में रहते हुए दोनों के चूल्हे-चौके अलग हो गये। बेटा ब्याह कर घर में एक औरत ले आया। औरत का पेट अपने भतार की कच्ची गृहस्थी में भर नहीं रहा था। मरभुक्खी औरत कब तक साथ देती अपने निठल्ले भतार का! ससुर रँडुआ था। ससुर की गृहस्थी में घुस गयी, उसका चौका-चूल्हा सँभाल लिया और उसके साथ रहने लगी। बेटे ने भारी उत्पात मचाया, मगर बाप ने पतोहू को छाँह दे दी और बेटे को जवाब दे दिया, बूता है तुममें एक औरत रखने का? यह नहीं रही तुम्हारे साथ, तो दूसरी आकर रहेगी, मगर बूता तो हो। पहले पेट भरने का जुगाड़ करो, फिर औरत रखने का खयाल मन में लाना। तुम क्यों हताश हो गये? एक औरत रखने का तुममें बूता नहीं है क्या?''

''मुझमें तो इतना बूता है, चाचा, कि दो को भी रख सकता हूँ,'' बैजनाथ ने जवाब दिया, ''इतनी जमीन-जायदाद है कि तीन-तीन तक को रख सकता हूँ।''

''तो फिर बुलन्द मन से जाओ और अपनी औरत को ढूँढ़ निकालो।''

''कहाँ-कहाँ तो ढूँढ़ा। अब क्या पाताल जाऊँ ढूँढ़ने?''

''पूरी धरती छान ली क्या?'' जगत चौधरी बोले, ''अभी तक मुश्किल से चार-पाँच बार घर से निकलना हुआ है तुम्हारा; मुश्किल से दस-बीस गाँव गये होगे। तिहेजू हो, यह क्यों भूलते? एक बार घर से निकलो, तो सौ-पचास गाँवों को छानकर आओ।''

''वह भी तो किया है, चाचा,'' बैजनाथ ने जवाब दिया, ''इस बार तो एक इलाके के सारे गाँवों में ढिंढोरा पिटवा दिया था, मगर सब बेकार गया।''

''तो अब दूसरे इलाके में जाओ, वहाँ ढिंढोरा पिटवाओ। अभी भी एक लड़की कहीं न कहीं होगी जो तुम्हारे घर आएगी। वह दिन पचीस-पचास बरसों के बाद आये तो आये, मगर अभी खुशकिस्मत हो तुम कि वह दिन नहीं आया है जब हजार घरों में जाने के लिए सिर्फ सौ दो सौ लड़कियाँ होंगी। अभी हिम्मत मत हारो। तब तक ढूँढ़ो उसे, जब तक वह मिल नहीं जाती।''

''मैं हिम्मत हार चुका हूँ, चाचा। आप कह रहे हैं कि जोड़ी तय हो चुकी है, तो अब आपको ही निकलना होगा मेरी जोड़ीदार को ढूँढ़ निकालने।''

''पलटू झा ने तुम्हारा साथ छोड़ दिया है क्या?''

''साथ छोड़ा नहीं है, मगर उसके किये कुछ हो नहीं रहा है। वह मुझे उसके पास जा पटकता है जिसकी जोड़ी भगवान के घर में किसी और के साथ तय कर दी गयी है। आप जहाँ भी पटकेंगे, सही जगह पर पटकेंगे। आपके पास जोड़ा पहचानने की नजर है, चाचा; जोड़ा बनाने का इल्म है। यह सब तो पलटू के पास नहीं।''

''कभी कुछ था जरूर मुझमें, पर अब कुछ भी नहीं है,'' जगत चौधरी ने कहा, ''तब भी नहीं था, जब तुम मेरे पास पहली बार आये थे। अब मैं गाँव-गाँव का चक्कर लगा भी नहीं सकता। यह अभी भी जरूर कर सकता हूँ कि अगर बात बननेवाली हो, तो मैं पुचारा मारकर उसे बिगड़ने से बचा लूँ। मगर पहले कहीं बात बनती दिखे तो! तुम मेरी बात मानो और फिर पलटू झा को साथ लेकर अपनी जोड़ीदार की तलाश में निकल जाओ। मुझे पलटू झा पर भरोसा है और

पलटू झा को अपने ऊपर। जब वह निराश नहीं हुआ है, तो तुम क्यों हताश हो रहे हो?"

"शायद अब पलटू झा के मन में मेरा साथ छोड़ देने का खयाल आ गया है।"

"पलटू झा तो हार नहीं मानेगा, यह मैं जानता हूँ," जगत चौधरी ने सुनाया, "अगर उसके मन में तुम्हारा साथ छोड़ने का खयाल आया भी होगा, तो अब उस खयाल को झटक देगा वह। मैं समझा दूँगा उसे, मगर अभी तुम मुझे यह बताओ कि तुम्हारे हिम्मत हारने के पीछे कोई और कारण तो नहीं हैं कि तुम विवाह का विचार ही त्याग रहे हो?"

"कारण हैं,चाचा, कई कारण हैं।"

"कारण बताओ।"

"अब मैं वह तो नहीं रहा जो पहले था।"

"क्या कमी नजर आ रही है तुम्हें?"

"मुझे अपने में कोई कमी नजर नहीं आती है, चाचा, मगर दूसरों को नजर आती है।"

"क्या कमी?"

"यही कि मैं जवान नहीं रहा।"

"तो क्या हो गये?"

"वही तो, वही तो," बैजनाथ की आवाज तेज हो गयी, "अभी ही मैं बूढ़ा हो गया!"

"हो गये बूढ़ा, तब भी क्या हुआ! इस कारण विवाह का विचार त्यागा नहीं जा सकता। बूढ़े का विवाह नहीं होता क्या? मैंने कई बूढ़ों के भी ब्याह कराये हैं। मगर अभी ही तुम बूढ़े नहीं हो गये। किसने कह दिया कि बूढ़े हो गये? आँख रतौंधी सुने न कान! यह बताओ कि बात कहीं बनती ही नहीं या बनकर बिगड़ जाती है?"

"बात कहाँ-कहाँ नहीं बनी, यह मैं क्या जानूँ! मगर बात बनकर भी बिगड़ी है, यह मैं जान रहा हूँ।"

"बात तय होकर टूट गयी?"

"हाँ।"

"हुआ क्या था?"

"कहीं बेटी के बदले बेटी की माँ विवाह करने चली आयी, कहीं बेटीवाला झूठ बोल गया कि बेटी भाग गयी।"

"यह सब हुआ और तुम चुपचाप चले आये, चुप लगा गये?"

"क्या करता मैं?"

"मेरे पास आते। मैं बताता कि क्या करना है तुम्हें," जगत चौधरी ने सुनाया, "एक बूढ़े के विवाह का किस्सा ही सुन लो। बात कुछ पुरानी हो गयी है। मैं किसी के विवाह के सिलसिले में ही उस दिन मदनपुर में था। सुनने को मिला कि कहीं दुलहा और घराती के बीच बकझक हो रही है। मैं भी देखने-सुनने वहाँ पहुँच गया। एक बूढ़ा विवाह करने आया था। बूढ़े का विवाह करानेवाले घटकों ने बेटी के बाप और उसके पंडित को पटा लिया था। लाल धोती पहने और आँखों में काजल लगाये बूढ़ा चुपके-चुपके हाजिर तो हुआ, मगर बेटी की माँ ने जैसे ही वर को देखा कि चीख मारकर रो पड़ी।"

"बिल्कुल यही, बिल्कुल यही हुआ था, चाचा, मेरे साथ," बैजनाथ बीच में ही बोल पड़ा, "एक औरत की ही चीख पड़ी थी मेरे कानों में। बेटी की माँ ही होगी। मैं बूढ़ा नजर आ गया होऊँगा उसे। मुझे देखकर ही उसने चीख मारी होगी।"

"मगर वह तो नहीं हुआ उसके साथ, जो तुम्हारे साथ हुआ," जगत चौधरी ने अपना किस्सा जारी रखा, "चीख सुनकर ढेर सारे लोग आ जमा हुए और बेटी की माँ का साथ देते हुए दुलहे को सुना दिया, 'घर जाइए; बुढ़ापे में ब्याह करने क्यों आ गये?' बूढ़ा यह सुनते ही उछल पड़ा, 'मैं बूढ़ा हूँ? अभी ही बूढ़ा हो गया? सिद्ध करोगे कि मैं बूढ़ा हो गया? चलो मेरे साथ,' उसने कई गाँवों के कितने ही बूढ़ों के नाम तड़ातड़ गिनाते हुए कहा, 'मैं दस गाँवों में घुमा लाता हूँ; देखो कि कहाँ-कहाँ मुझसे अधिक उम्र के लोगों ने ब्याह किये हैं। ससुरजी ने बात पक्की कर ली, तब आया हूँ मैं। इस गाँव में औरत का राज हो गया? मैं दस गाँवों के लोगों को जमा करूँगा और इस गाँव की दुर-छी कराऊँगा। किसी शौक से नहीं आ गया हूँ मैं; बाबा सिंहेश्वर ने विवाह करने का सपना दिया था, तब आया हूँ विवाह करने।' किस्से का अन्त जान लो कि बूढ़ा खाली हाथ नहीं लौटा था, दुलहिन को साथ लेकर गया था। तुम इस बात से निराश मत हो कि बूढ़े हो गये। अभी ही बूढ़े हो गये! जाओ, निकल जाओ औरत की तलाश में। बात बनते ही मुझे खबर करना; मैं पहुँच जाऊँगा, बात बिगड़ने नहीं दूँगा।"

"निकल तो जाऊँ, चाचा, मगर मन में कुछ और बात भी तो आती है," बैजनाथ निरश होने से बाज नहीं आ रहा था, "वह उम्र तो मेरी हो ही गयी है कि अब तक कोई कुआँरी लड़की रुकी नहीं रह गयी है मेरे साथ विवाह रचाने। किसी बच्चेवाली के साथ तो विवाह नहीं कर सकता न। बूढ़ा नहीं हुआ हूँ, मगर अधबैसू तो हो ही गया। जब भी होगा, अनमेल विवाह होगा, किसी कच्ची लड़की के साथ। अनमेल विवाह पर आजकल लोगों की कड़ी नजर रहती है। अब कहाँ हो रहा है अनमेल विवाह! अब तक किसी झंझट में नहीं पड़ा, पर कहीं भी फजीहत हो सकती है, कभी भी आफत आ सकती है।"

"फजीहत और आफत!" जगत चौधरी खिलखिलाकर हँसे, "मेरे पास किस्से सुनने आये हो क्या? बहुत किस्से हैं,विवाहों के किस्से। एक बिल्कुल हाल का किस्सा है, एक बयासी साल के बूढ़े उदयनाथ का किस्सा। उसने सौ पत्नियों का पति बनने का सपना देखा था। एक के बाद दूसरा ब्याह करता चला गया वह। सत्तर पार कर जाने के बाद भी उसका ब्याह रचाना रुका नहीं। बयासी साल की उम्र में उसकी मौत हो गयी और वह इस दुख के साथ मरा कि वह सौ को छू नहीं पाया था और उसमें आठ कम रह गये थे। बानबे शादियाँ की थीं उसने। तुम्हें एक के लिए सोचना पड़ रहा है! कच्ची-पक्की लड़की का खयाल मन में लाने लगे! और भी किस्सा सुनने का मन है?"

"सुना दीजिए।"

"पश्चिम में एक गाँव है जिसे तुम अधेड़ दुलहों और मासूम दुलहिनों का गाँव कह सकते हो। कोई-कोई अधेड़ तो बारह-बारह साल की दुलहिन उठा ले आया है। कच्ची-पक्की का खयाल किसी ने नहीं किया। पता लगा लिया कि लड़की कहाँ मिलती है, कहाँ बिकती है, वहाँ से ले आया कुछ पैसे देकर।"

"खरीदकर?"

"खरीदकर बोलो या पैसे खर्च कर। शादी–ब्याह बिना खर्च के तो नहीं होता। और खर्चों के साथ वह भी एक खर्च।"

"लड़की की क्या खुली खरीद हो जाती है? पुलिस नहीं पकड़ती?"

"मुझे सिर्फ एक गाँव की खबर है, मगर अधेड़ दुलहों और मासूम दुलहिनों के न जाने कितने गाँव होंगे। ऐसी कोई खबर नहीं है कि पुलिस ने किसी दुलहे को जेल में डाल दिया या किसी दुलहिन को दुलहे से छीनकर ले गयी। पुलिस ने पकड़ लिया, तो शादी का एक खर्च और। पुलिसवाले भी आदमी ही होते हैं। उनका दिल क्या नहीं पसीजता कि आखिर ये अधेड़ करें तो क्या करें!"

"मैं किसी खर्च से नहीं डरता, चाचा," बैजनाथ ने सुनाया, "मगर अब लड़की खरीदकर लाने की बात मन में लाऊँ?"

"मैंने कब कहा, खरीदकर ले आओ?" जगत चौधरी बोले, "मैं तो यह कह रहा था कि कच्ची–पक्की का खयाल मन में मत लाओ। तुम्हारी दुलहिन कहीं पड़ी हुई इन्तजार कर रही है तुम्हारा। जैसे अब तक उसे ढूँढ़ने के लिए जाते रहो, उसी तरह फिर जाओ और ढूँढ़कर ले आओ उसे, ढूँढ़कर ले आओ।"

"आप उन अधेड़ों की बात कर रहे थे जिनकी शादी हो चुकी है, और मैं ऐसा अधेड़ हूँ जो अब तक अनब्याहा है।"

"तो क्या हुआ?" जगत चौधरी ने जोर देकर कहा, "अब तक अनब्याहा रहे, अब ब्याह हो जाएगा।"

"मैं तो अभी लड़की खोज ही रहा हूँ न," बैजनाथ ने अपना दर्द बताया, "कब जाकर मिले! तब तक मैं अधेड़ भी न रहूँ, बूढ़ा हो जाऊँ!"

"लड़की तो तुम्हें जरूर मिलेगी, आज मिले या कल।"

"तब मिले, तब उम्र इतनी ढल गयी हो कि बच्चे पैदा करने लायक भी नहीं रहूँ, तो इस मिले का क्या मतलब! मैं औरत के सुख के लिए तो ब्याह नहीं कर रहा हूँ, चाचा, बाल–बच्चे के सुख के लिए करना चाहता हूँ।"

जगत चौधी ने बैजनाथ के चेहरे पर निगाह टिका दी और मुस्कराने लगे। देर तक मुस्करा लेने के बाद वे बोले, "जब लगे कि बूढ़े हो गये, तब मेरे पास आना।"

"तब आने से ही क्या भला होगा मेरा!" बैजनाथ ने गहरी साँस ली, "बच्चे पैदा करने की भी तो उम्र होती है न।"

"कितने और किस्से सुनोगे मुझसे? जब तुम आओगे मेरे पास, तब मैं तुम्हें उन बूढ़ों के पास ले जाऊँगा जिन्होंने बुढ़ापे में बच्चे पैदा किये। राधोपुर का एक साधु मठ छोड़कर घर चला आया, बुढ़ापे में ब्याह किया और अपने खाली घर को बच्चों से भर दिया। चार बच्चे पैदा कर चुकी पत्नी के असमय मर जाने से कुछ और भी बच्चे पैदा करने की इच्छा पूरी नहीं हुई थी गासोईंपुर के एक बूढ़े रत्नेश्वर सिंह की। उसने बुढ़ापे में शादी रचायी। इस शादी से दो बच्चे होने तक की जानकारी मुझे है, उसके बाद की नहीं। दूर के किस्से छोड़ो, पास का किस्सा सुन लो।

यहाँ के बेचन साह की बेटी ने अपने मर्द को उकसाकर अपने बूढ़े ससुर को इतना सताया कि ससुर ने गुस्से में आकर दो साल पहले दूसरी शादी कर ली और जमीन-जायदाद में हिस्सा बाँटनेवाला दूसरा बेटा पैदा कर दिखाया। हो सकता है, मरते-मरते तीसरा भी पैदा कर जाये। यह विचार मन में कभी मत आने दो कि ऐसा दिन भी आ सकता है जब तुम बच्चे पैदा नहीं कर सकते। जाओ, निश्चिन्त होकर लड़की की तलाश में भिड़ जाओ।''

''ठीक है, निकलता हूँ तलाश में,'' बैजनाथ बोला, ''मगर अब अपनी इच्छा से नहीं, आपकी इच्छा से निकलता हूँ।''

''मेरी इच्छा अब सिर्फ मेरी इच्छा नहीं है, बैजनाथ,'' जगत चौधरी ने सुनाया, ''जान लो कि यह अब पूरे गाँव की इच्छा है। किसी ने गाँव में तुमसे कहा कि अब अधबैसू हो गये, विवाह की इच्छा त्याग दो?''

''नहीं, ऐसा तो किसी ने नहीं कहा, कदमलाल ने भी नहीं।''

''अब यही सुनने को मिलगा तुम्हें हर किसी से, अब और मत टालो अपना ब्याह; अब जल्दी से अपना घर बसा लो। बोलो, कब तक निकल रहे हो?''

''पलटू झा से मिलकर दिन तय कर लेता हूँ। पता नहीं, वह अभी गाँव में है भी या नहीं।''

''वह गाँव में ही है। परासों उससे मेरी मुलाकात हुई थी। आज फिर मिलूँगा मैं उससे तुम्हारे मामले को लेकर।''

जगत चौधरी के घर से अपने घर तक आने के बीच बैजनाथ को देवन मंडल ने टोका, फिर वेदानन्द गवैया ने, फिर रघुनी यादव ने, फिर चरित्तर भगत ने। हर एक ने उससे यही कहा, ''आपने नेबी मंडल से यह क्यों कहा कि अब आप ब्याह नहीं करेंगे? अगर उसके मनाये नहीं मानते आप, तब मैं आता और आपको मनाकर ही जाता।''

बैजनाथ मंडल गद्गद हो गया, मगर याद करने लगा कि क्या सचमुच उसके मन में विवाह नहीं करने का कुविचार भी कभी आया था।

(3)

पलटू झा बैजनाथ से यह कहकर विदा हुआ था कि वह फुलकाहा में उसके आने की प्रतीक्षा करेगा। बैजनाथ को अविलम्ब मिल लेना था उससे, मगर जगत चौधरी से मिलकर आने के बाद उसने उस दिन पलटू झा से मिलना यह सोचकर टाल दिया कि अब आज पहले जगत चौधरी की ही मुलाकात पलटू से हो जाये।

जगत चौधरी से मुलाकात हंने पर पलटू झा उसी रात बैजनाथ मंडल से मिलने आ गया। आते ही उसने पूछा, ''आपने नेबी मंडल से क्या कह दिया था?''

बैजनाथ की निगाह उस बड़े-से झोले पर थी जिसे अपने साथ लेकर पलटू झा उसके घर में घुसा था। उसने पलटू के सवाल का जवाब देने की बजाय उससे सवाल किया, ''इतना बड़ा

झोला लेकर तो आप नहीं चलते; झोले में क्या है?''

''झोले में जो है सो है,'' पलटू बोला, ''पहले आप बताइए कि आपके मन में क्या था कि नेबी मंडल के पास अलाय-बलाय बकने लगे?''

''मैं तो सिर्फ यह टोह ले रहा था कि उसके मन में क्या है। यह भी पता चल जाता कि गाँववालों के मन में क्या है। यह जान लीजिए कि यह गाँव तो क्या, पूरी दुनिया भी उलट जाये, तब भी आपके रहते कोई बुरा विचार कभी मेरे मन में नहीं आ सकता।''

''मुझे यह जानकर दुख तो हुआ था कि आप रतनपुर में भी दुकेले होकर नहीं आये,'' पलटू ने कहा, ''मगर उससे अधिक दुख तब पहुँचा जब नेबी मंडल मेरे घर आकर मुझे सुना गया कि आपके मन में बुरे विचार आने लगे हैं। राहत की साँस मैंने तब ली जब जगत बाबू से मेरी मुलाकात हो गयी।''

''जगत बाबू ने यह भी तो कहा ही होगा कि अब फिर अगली यात्रा पर अविलम्ब निकल जाना है।''

''सब सोचकर आया हूँ मैं। पहले यह सुनाइए कि रतनपुर में आप दाँव कैसे चूक गये?''

''संक्षेप में तो यही जान लीजिए कि वहाँ भी लड़की लड़का हो गयी।''

''किस तरह हुई, यह तो सुनाइए मुझे, विस्तार में। कोई सीखने की बात सुनने को मिल सकती है भविष्य की यात्रा-यात्राओं में उपयोग के लिए।''

रतनपुर से रफूचक्कर हो जाने तक का किस्सा सुनाने के बाद बैजनाथ ने उसके बाद का भी किस्सा सुनाया।

उसके साथ क्या हुआ जो डर हो उसे! अभी भी उसकी उस औरत से शादी नहीं हुई थी और वह डंके की चोट पर शादी करने से इन्कार कर सकता था। मगर वह डर गया। उसके इन्कार करने से क्या हो जाता! छमिया के सारे 'मौसे' छमिया को उसके गले बाँध सकते थे; कह सकते थे, ''बलात्कार ही तो हुआ है! यह आये दिन हो रहा है या नहीं? बटुकदास बात पक्की करके गये थे। जिस दिन बात पक्की हो गयी उसी दिन ब्याह हो गया। अब आप इसे साथ ले जाने और इसके साथ घर बसाने से इन्कार नहीं कर सकते।''

वह सिर पर पैर रखकर भागा था; सहसौल पहुँचकर ही दम मारा उसने।

सहसौल बस पड़ाव पर उसकी नजर गंगापुर के जुगल किशोर बाबू पर पड़ गयी। जुगल बाबू को वह एक भले आदमी के रूप में जानता था, मगर अब किस 'करैत' से क्या बतियाना! उसने नजर चुराने का प्रयास तो किया, मगर नजर टकरा गयी और जुगल बाबू, 'अरे, आप!' बोलते हुए उसके पास आ गये और पूछ बैठे, ''कहाँ जा रहे हैं?''

''घर।'' बैजनाथ की आवाज लरज गयी।

''हाँ, अब तो यहाँ का खेल खत्म हुआ,'' जुगल बाबू बोले, ''मगर आपको अकेला देख रहा हूँ।''

''अकेला ही हूँ,'' बैजनाथ ने जवाब दिया, ''पलटू झा लापता हैं।''

''मैं पलटू की नहीं,'' जुगल किशोर मुस्कराए, ''पतुरिया की बात कर रहा हूँ।''

"कौन पतुरिया?"

जुगल किशोर खिलखिलाए, "मुझे सब खबर है।"

"कैसी खबर?"

"आप एक पतुरिया को यहाँ से साथ ले जानेवाले थे न?"

"नाचने-गानेवालों को?"

"हाँ।"

"यह बासी खबर है।"

"आज सुबह तक तो खबर बासी नहीं थी। मैं मास्टर साहब से मिलते हुए आ रहा हूँ। वे आप लोगों को इन्तजार कर रहे थे।"

"बासी होने में कितना समय लगता है!" अब कुछ ऐंठ आ गयी थी बैजनाथ की बोली में, "ताजी खबर आप अपनी आँखों से देख रहे हैं।"

"यह तो मैं बिना देखे भी जान जाता," हँसकर बोले जुगल बाबू, "कि अगर आज घर जाएँगे आप, तब तो आपको अकेले ही जाना होगा।"

बैजनाथ ने जुगल किशोर बाबू की ओर कुछ उत्सुक निगाहों से देखकर पूछा, "कैसे जान जाते आप?"

"बाजों के बीच से आज ही कबूतरी को उठा ले आना," मुस्कराए जुगल बाबू, "सम्भव नहीं था आपके लिए।"

"बाजों के बीच से?"

"हाँ; कबूतरी को उठा ले आना।"

"कितने दिनों में सम्भव होता है?"

"यह तो बाजों के मन पर है," जुगल बाबू ने कहा, "पिछले चुनाव के समय जो पाँच आयी थीं, उनमें से कोई भी कबूतरी एक पन्द्रहिया के पहले वापस नहीं लौटी थी।"

"ये बाज कौन हैं?"

"चुनाव में काम करनेवाले लुच्चे-लफंगे," जुगल बाबू बोले, "इनके लिए ही तो चुनाव के पहले कबूतरी मँगायी जाती हैं जिन्हें चुनाव के बाद, कभी इस गाँव के बाज तो कभी उस गाँव के बाज, कभी एक दिन के लिए तो कभी दो-चार दिनों के लिए, उठा ले जाते हैं; तब तक नहीं छोड़ते जब तक उनका मन नहीं भर जाता। कबूतरी को भी क्या एतराज! अच्छी कमाई कर लेती हैं।"

"ये कबूतरी कौन हैं?"

"सब गुलाबबाग की रंडियाँ हैं। चुनाव के समय इनका धन्धा चल निकलता है। महीनों पहले सट्टा हो जाता है। एक चुनाव में इतनी कमाई हो जाती है कि साल भर बैठकर खायें।"

"ये सब रंडियाँ हैं?"

"तो अब तक आप क्या समझ रहे थे?" बोलकर हँसे जुगल बाबू और कहा, "मैं चल रहा हूँ। मेरी बस आ गयी है। आप फिर रतनपुर आ रहे हैं न?"

"हाँ, आऊँगा।"

"आपसे भी कुछ बाज रास्ते से कबूतरी को छीनकर ले गये न?"

बैजनाथ सिकुड़ गया; कुछ ठमककर बोला, "हाँ।"

"यह छीनाछीनी पिछली बार भी हुई थी," जुगल बाबू ने बताया और फिर पूछा, "कुछ बताया कि कब कबूतरी आपके सुपुर्द कर देंगे?"

"हाँ, बताया; पन्द्रहवें दिन।"

"तो अब पन्द्रह दिनों के बाद ही आइए," जुगल किशोर बाबू ने राय दी, "आये रहेंगे, तो और दो-चार दिनों से अधिक रुकना नहीं पड़ेगा।"

"कबूतरी के लिए?"

"हाँ-हाँ, और किसके लिए!"

"ठीक है।"

किस्सा सुना देने के बाद कहा बैजनाथ ने, "दम में दम आया तब, जब मैं सहसौल आ गया, गुरुजी; मगर तब तक मेरे बदन का सवा सेर खून सूख चुका था। पल-पल आपकी याद आती रही थी; भागते हुए भी यह सोचता रहा था कि आप रहते तो कहीं भी लात-जूता भले खा लेता मैं, मगर किसी बड़े खतरे से निश्चिन्त रहता। आपको भागना नहीं चाहिए था।"

"मैं आपको किसी मुसीबत में छोड़कर नहीं भागा था, बैजनाथ बाबू; और, भागा था अपनी जरूरत से," पलटू ने अपना किस्सा सुनाया, "अगर उस समय ही नहीं भाग जाता, तो जो कुछ जोड़ा था मैंने, सब छोड़कर भागना पड़ता। मेरा सारा सामान पड़ड़िया के हितनारायण झा के घर पर ही था—शेर छाप और उसके प्रत्याशी बाबू रुद्रप्रताप सिंह की ओर से भेंट किये गये कुरता-धोती, दुधारू गाय और नकद एक हजार एक रुपये।"

"मुझे बिछुड़ने के बाद आप सीधे पड़ड़िया चले गये?"

"नहीं, पड़ड़िया में दूसरे दिन गया," पलटू ने सुनाया, "आपसे बिछड़ने के बाद मैं गिदनी के पास के ही एक गाँव हरिपुर आ गया और," मुस्कराया पलटू, "एक जरूरी काम से वहाँ शेर छाप के एक प्रचारक ब्राह्मण के घर टिक गया।"

"क्या जरूरी काम था वहाँ?"

"इस झोले में," अपने साथ लाये बड़े झोले की ओर लक्ष्य करके पलटू ने कहा, "वह प्रतिमा है जो मैं वहाँ के गणेश-मन्दिर से चुरा ले आया।"

"आप गये चुराने?"

"हाँ, और कौन जाता? आप तो थे नहीं मेरे साथ।"

"आपने यह खतरा कैसे उठा लिया? कोई देख लेता, तो शोर मचाकर पूरे गाँव को बुला लेता।"

"कोई खतरा नहीं था," पलटू बोला, "गाँव तो जैसे यह प्रार्थना करके सोया था कि अगर दिन के उजाले में गणेश भगवान मन्दिर से नहीं निकल गये हों, तो अब रात के अँधेरे में निकल भागें। जब मैं प्रतिमा उठा रहा था, उस वक्त अगर भगवान गणेश भी शोर मचाते कि 'दौड़ो, मुझे चोर चुराये ले जा रहा है,' तब भी जो जग जाते वे दम साधकर पड़े रहते और एक-दूसरे से कह

बैठते, 'अन्त भला तो सब भला।' मैं आराम से प्रतिमा उठाकर हरिपुर आ गया; वहाँ रात काटी और सुबह पड़ड़िया पहुँचकर वहाँ से अपना सामान उठया और हितनारायण झा के एक नौकर के साथ फुलकाहा का रास्ता पकड़ लिया। हितनारायण झा ने मुझे रोकने का प्रयास किया था, मगर मैं उनसे यह कहकर निकल गया कि मैं सामान घर पहुँचाकर तुरन्त वापस आता हूँ।''

''आप फिर जाएँगे पड़ड़िया?''

''झूठ बोलकर आया हूँ,'' पलटू बोला, ''मगर चुनाव-परिणाम रुद्रप्रताप सिंह के पक्ष में आ गया, तो एक बार उनके पास जाऊँगा। वे जीत गये, तो मुझे आँखों पर बैठाएँगे; हो सकता है, अपने पास से आने भी नहीं दें। मुझे अपना स्थायी सलाहकार बनाने की बात उनके मन में आ सकती है।''

''नहीं, गुरुजी, अब आप न तो उस इलाके में जाएँ और न रुद्रपताप सिंह के पास। आपकी जान को खतरा है। अगर दामोदर यादव चुनाव हार गये, तब तो फुलकाहा तक आपका पीछा करेंगे उसके आदमी।''

''यह कैसे जाना आपने?''

''जुगल किशोर बाबू की बातों से जान गया मैं,'' बैजनाथ ने सुनाया, ''वे बोल रहे थे, 'पलटू झा कपटी ब्राह्मण है और हमें लग रहा है कि उसने अपनी करतूतों से करैत पार्टी को काफी नुकसान पहुँचाया है। अगर दामोदर यादव चुनाव हार गये, तो उस ब्राह्मण का सफाया कर दिया जाएगा।' यह तो होता ही है, गुरुजी, कि जब कोई बाहुबली चुनाव हारता है, तो गुस्से में आकर सबसे पहले उन सबका सफाया कर देता है जिनके कारण वह चुनाव हारता है। आप सुन लीजिएगा कि चुनाव परिणाम आने के बाद उस इलाके में कितनी मार-काट मचती है। कमलेश्वरी यादव और दामोदर यादव के बीच भी खून-खराबी होगी। आपकी जान को अभी बहुत दिनों तक खतरा बना रहेगा। मुझे आपकी जान बहुत प्यारी है, गुरुजी। मैं तो आपको अब उस इलाके में फिर कभी जाने नहीं दूँगा। चुनाव परिणाम आ जाने के बाद यहाँ गाँव में भी बहुत बचकर रहना होगा आपको। अभी तो जितनी जल्दी यहाँ से भी लापता हो जाएँ आप, उतना अच्छा।''

''कभी जाना होगा उधर, तो सोच-समझकर जाऊँगा,'' बोलकर पलटू ने बात मोड़ी, ''आपके मन में यह जानने की इच्छा तो हो ही रही होगी कि मैं गणेश की प्रतिमा क्यों चुरा लाया?''

''यह तो मैं जान ही रहा हूँ।''

''क्या जान रहे हैं?''

''यही कि कहीं बिक गयी, तो कुछ पैसे निकल जाएँगे।''

''नहीं जान पाये, बिल्कुल नहीं जान पाये,'' पलटू ने कहा, ''किसी दिन मैं गणेश-मन्दिर बनवाऊँगा।''

''फिर गणेश?'' बैजनाथ मंडल ने दुरदुरा दिया, ''फिर तो क्या-क्या! आगे देव! पीछे देव! दायें देव! बायें देव! फाटक पर फाटक! हर फाटक पर द्वारपाल! एक नहीं,दो-दो! घुसा पाएँगे अपने मन्दिर में गणेश भगवान को?''

''कोई कल ही तो मैं नहीं बनवा रहा हूँ गणेश-मन्दिर!'' पलटू ने जवाब दिया, ''पहले

सारे दायें-बायें और आगे-पीछे का इन्तजाम कर लूँगा, तब स्थापित करूँगा मन्दिर में इस प्रतिमा को। मेरा मन्दिर इलाके का अकेला गणेश-मन्दिर होगा। आप देखकर दंग रह जाएँगे।''

''ठीक है, जो जी में आये, कीजिएगा आप,'' बैजनाथ अपनी बात पर आया, ''अभी जो जरूरी काम सामने है, उस पर बात हो जाये। आपने आते ही सुनाया था कि अगली यात्रा के लिए आप कुछ सोचकर आये हैं।''

''हाँ, सोचकर तो आया हूँ।''

''तो हम अभी ही यात्रा का कार्यक्रम तैयार कर लें।''

''कर लें,'' बोलकर पलटू ने पूछा, ''आपने कभी बाढ़ देखी है, बाढ़ के पानी में डूबे गाँव, डूबे लोग?''

''नहीं, कभी नहीं।''

पलटू ने अपना सोचा सुनाया, ''इस बार हम ऐसी जमीन पर जाएँगे जहाँ लड़कियाँ हमें ढूँढ़ते हुए मिल जाएँगी।''

''ऐसी कोई जमीन है क्या?''

''है, तब तो बोल रहा हूँ,'' पलटू ने कहा, ''यह जमीन बाढ़ आने पर पानी के बीच उग आती है और बाढ़ के पानी में डूबे गाँव-गँवई के बसैया बाढ़ में बह-बहकर इस जमीन पर आते रहते हैं। इनमें बाढ़ के पानी में डूब मरे माँ-बाप की जवान बेटियाँ भी होती हैं। मिल जाएगी न आपको एक?''

''ऐसा पहले भी हुआ है?''

''मैं जब शंकरपुर में था, तब एक साल बाढ़ में बहकर एक जवान लड़की वहाँ आयी थी, मगर उसके साथ बहते हुए उसकी बुढ़िया माँ भी आ गयी थी। गाँव के विद्यालय में सरकार की ओर से बाढ़पीड़ितों को टिकाया गया था। उन बाढ़पीड़ितों में वे दोनों भी थीं। उस विद्यालय में एक शिक्षक था जो बहुत दिनों से कुँवारा था। राहत शिविर के टूट जाने के बाद कौन किधर गया, किसके साथ गया, नहीं कह सकता, मगर वह कुँवारा शिक्षक उस जवान लड़की से ब्याह कर उसे उसकी बुढ़िया माँ के साथ अपने घर ले गया था। एक मामला मेरी नजर में आया था; ऐसे कितने ही मामले हुए होंगे।''

''एक बुढ़िया को भी साथ ले आना पड़ सकता है?''

''क्या हर्ज है! बाढ़ की मार खायी लुटी-पिटी बुढ़िया में साँसें ही कितनी बची रहती हैं!''

''आप इतने साल शंकरपुर में रहे, मगर मामला एक साल का ही सुनाया। हम शंकरपुर तो नहीं जाएँगे?''

''नहीं, हम शंकरपुर नहीं जाएँगे; उधर का कोई भरोसा नहीं। हम वहाँ जाएँगे जहाँ इस बात का भरोसा हो कि बाढ़ आएगी और बहकर आनेवालों के लिए पानी के बीच जमीन उग आएगी। ऐसा एक इलाका मेरी नजर में है। मेरे मामा अभी जिस गाँव में रह रहे हैं,वहाँ करीब तीस साल पहले आना हुआ था उनका। उनका पुराना गाँव बाढ़ में सिर्फ डूबा ही नहीं था, डूबकर लापता भी हो गया था। हम मामा के पुराने गाँववाले इलाके में ही जाएँगे। उधर अच्छी बाढ़ आती है।''

''हम कब तक निकल चलें?''

''कुछ दिन रुककर,'' पलटू ने बताया, ''अभी तो बाढ़ का पानी इकट्ठा ही हो रहा होगा। बाढ़ की खबर आ जाये, फिर हम निकल चलेंगे।''

''खबर नहीं आयी, तब?''

''कुछ दिन रुककर,'' पलटू ने बताया, ''अभी तो बाढ़ का पानी इकट्ठा ही हो रहा होगा। बाढ़ की खबर आ जाये, फिर हम निकल चलेंगे।''

''खबर नहीं आयी, तब?''

''ऐसा नहीं होता,'' पलटू बोला, ''बाढ़ के पानी से अधिक तेज बाढ़ की खबर चलती है। भला हो अखबारवालों का, गाँव-गाँव में खबरों की बाढ़ आ जाती है। फुलकाहा में कई लोगों के पास अखबार आता है। हम रोज अखबार देख लिया करेंगे।''

''अगर,'' बैजनाथ के मन में संशय उपजा, ''बाढ़ ही नहीं आयी तो?''

''ऐसा तो हो ही नहीं सकता, बैजनाथ बाबू'' पलटू जोर देकर बोला, ''सूरज किसी एक दिन पूरब में नहीं उगे, मगर बाढ़ किसी एक साल भी आना बन्द नहीं कर सकती। इतना मत डरिये कि आपकी बारी आयी, तो अब बाढ़ भी आने से रही।''

''जब तब बाढ़ आने की खबर नहीं आ जाती, तब तक क्या करूँगा मैं?'' बैजनाथ ने पूछा, ''अभी बाढ़ का पानी जमा ही हो रहा है! निकम्मा बैठा रहूँगा?''

''नहीं, निकम्मा नहीं बैठेंगे आप,'' पलटू ने सुनाया, ''मैं सब सोचकर आया हूँ। आपको इस समय का सदुपयोग कर लेना है।''

''किस तरह?''

''सावन शुरू होनेवाला है,'' पलटू बोला, ''आप काँवर लेकर बाबा बैजनाथ के दरबार में जाइए और बाबा को जल चढ़ाकर आ जाइए। फुलकाहा से हर साल पचीस-पचास आदमी काँवर लेकर जाते हैं। आपको उनके साथ हो जाना है। अगर आप मुझे साथ ले जाने की जिद करेंगे, तो मैं दे दूँगा आपका साथ। बाबा खुश हो गये, तो समझिए कि इस बार बेड़ा पार है। हर सावन में लाखों लोग जाते हैं औढरदानी के पास। किसी के मुँह से नहीं सुना कि बाबा के दरबार में कोई खाली हाथ भी लौटा है।''

बैजनाथ ने पलटू झा की सलाह ध्यानपूर्वक सुनी और तत्क्षण उसके ध्यान में नेबी मंडल की सलाह आ गयी। नेबी मंडल ने कदमलाल पर हुई पंचायत के दिन भी उसे औढरदानी भोला और सिद्धिदाता गणेश को प्रसन्न करने की सलाह दी थी और आज भी सुबह-सुबह अपनी पुरानी सलाह दुहरायी थी। उसने पलटू झा से कहा, ''मुझे आपकी यह सलाह जँच गयी कि हम दोनों ही काँवर लेकर बाबा बैजनाथ के जल चढ़ाने जाएँगे, मगर आपको मेरी भी एक बात माननी होगी।''

''बोलिए; माननेवाली बात क्यों नहीं मानूँगा!''

''आज यह गणेश प्रतिमा अपने साथ किसी मतलब से ही यहाँ लेकर आया हूँ,'' पलटू ने सुनाया, ''यह आपके पास ही रहेगी, मगर आपके घर में नहीं रहकर आपकी बँसबाड़ी में रहेगी।''

''बँसबाड़ी में?''

''हाँ, बँसबाड़ी में, जमीन के अन्दर,'' पलटू बोला, ''उसी जमीन पर तो आपने मेरे लिए मन्दिर बनाने का निर्णय लिया है और एक बार मुझे अपने साथ ले जाकर वह जमीन दिखा भी आये हैं। जब कभी उस जमीन पर मन्दिर बनकर तैयार हो जाएगा, प्रतिमा अन्दर से उखाड़कर मन्दिर में स्थापित कर दी जाएगी। आपकी पूजा में कोई अन्तर नहीं आएगा। आप रोज सुबह अपनी बँसवाड़ी जाएँगे और गणपति को हरी दूब चढ़ाकर उनकी स्तुति कर आएँगे।''

''मेरे लिए कोई अन्तर नहीं आता,'' बैजनाथ ने स्वीकार किया, ''सुबह का समय पूजा-पाठ में बीतता ही है, अब घर में बीते कि बँसबाड़ी में।''

''हाँ, एक बात और। यह ध्यान रहे कि एक गणपति को छोड़कर और किसी को आपकी इस पूजा की भनक नहीं मिले।''

''आप निश्चिन्त रहें, गुरुजी,'' बैजनाथ ने जवाब दिया, ''मैं तो दिशा-मैदान के बहाने लोटा लेकर जाया करूँगा बँसबाड़ी की ओर।''

''तो अब हम दोनों,'' पलटू उठ खड़ा हुआ, ''अभी ही बँसबाड़ी जाकर इस प्रतिमा को गाड़ आयें जमीन के अन्दर।''

''अभी ही?''

''हाँ, शुभ काम में देरी नहीं।''

(4)

पिछले पचीसों साल से किसी भी साल सावन के किसी सोमवार को बाबा बैजनाथ को जल चढ़ा आने के लिए फुलकाहा से जानेवाले काँवरिये गिनती में बीच-पचीस से कम नहीं होते होंगे, मगर गाँव इस बार की तरह कभी पहले गुलजार नहीं हुआ था।

किसी ने किसी को बाबाधाम जाते देखा न देखा; देखा, तो जाना न जाना। अब तो यही कहा जाएगा कि उन काँवरियों का आना-जाना चुपके-चुपके ही होता था। इस बार तो गाँव का बच्चा भी किसी के पूछने पर बता दे कि किस सोमवार को बाबाधाम में कौन-कौन जल चढ़ाएँगे।

कहनेवाले तो कहते ही थे कि बैजनाथ मंडल ने कथा बैठायी है, पर सच यह था कि कथाकीर्तन का गुल पलटू झा ने खिलाया था।

खयाल पलटू की खोपड़ी में अचानक रात को सोते समय कौंधा और सुबह होते ही वह बैजनाथ के पास आ धमका। बैजनाथ के साथ सारी बातें तय कर वह बैजनाथ के घर से निकला ही था कि नेबी मंडल ने उसे घेर लिया, ''रुकिए।''

''क्यों?''

बैजनाथ के यह कहने पर कि वह ब्याह नहीं करेगा, नेबी ने उससे वचन लिया था कि वह ब्याह करेगा-और मन में तय कर लिया था कि जब तक बैजनाथ अपनी अगली यात्रा पर निकल नहीं जाता, तब तक रोज सुबह-शाम वह बैजनाथ को अपने दिये वचन की याद दिलाता रहेगा।

सुबह-सुबह पलटू झा को उसके घर में घुसते देख नेबी को खुशी हुई थी कि बैजनाथ अपना वचन निभाने जा रहा है, मगर पलटू को उस घर से अकेले निकलकर जाते देख उसके मन में बैजनाथ के वचन-भंग का खयाल आ गया। उसने पलटू से कहा, ''चलिए तो एक बार मेरे साथ बैजनाथ के पास।''

पलटू बिना कुछ और पूछे नेबी के साथ हो गया। बैजनाथ के सामने आकर नेबी ने कहा, ''तुम अपना वचन तोड़ क्यों रहे हो, बैजनाथ?''

''कैसा वचन?''

''ब्याह करने का।''

''तोड़ तो नहीं रहा हूँ।''

''तुमने पलटू पंडित को लौट क्यों दिया?''

''लौटाया नहीं है,'' बैजनाथ ने जवाब दिया, ''हम कुछ दिनों के बाद निकलेंगे अपनी अगली यात्रा पर।''

''कुछ दिनों के बाद क्यों?'' नेबी ने कुछ डाँटती आवाज में कहा, ''यहाँ बैठकर क्यों दिन खराब करोगे तुम? शुभ काम में सुस्ती ठीक नहीं।''

अब जवाब पलटू झा ने दिया, ''हम सुस्त नहीं हुए हैं, मंडलजी। इस बार यात्रा को शुभ बना लेने की पक्की तैयारी कर रहे हैं हम लोग। बैजनाथ बाबू इस बार सावन में बाबाधाम जाएँगे काँवर लेकर। वहाँ से लौटकर आने के बाद ही हम अगली यात्रा पर निकलेंगे।''

''यह तो बड़ी अच्छी बात हुई, मगर तब तक हाथ-पर-हाथ धरे बैठे रहेंगे आप लोग?''

''बैठे नहीं रहेंगे, मंडलजी,'' पलटू बोला, ''हम ऐसा उपाय कर रहे हैं कि जब हम जलढरी करने जाएँ, तो बाबा हमें देखते ही झट पहचान लें और चट हम पर ढर जाएँ। ऐसा नहीं होगा कि और लोगों की तरह काँवर उठाया और चल दिये। बाबा को पता भी नहीं चलता कि कौन आया और कौन गया। भोलेनाथ को यहाँ से ही प्रसन्न कर उनके पास जाएँगे हम। जब तक सावन नहीं आ जाता, तब तक रोज रात में बैजनाथ बाबू के दरवाजे पर शिव-कथा का पाठ होगा।''

''शिव-कथा का पाठ?''

''हाँ, मैं यह कथा सुनाऊँगा,'' पलटू ने कहा, ''द्वादश ज्योतिर्लिंगों की कथा का पाठ करूँगा जिसके कहने और सुनने भर से ही व्यक्ति की इच्छाएँ पूर्ण होती हैं और वह मरने के बाद स्वर्ग जाता है। मैं बैजनाथ बाबू को इस कथा-पाठ में ही यह भी बता दूँगा कि काँवर के क्या नियम हैं और काँवरियों को किन-किन बातों पर ध्यान रखना चाहिए। किसी को कथा सुन्नने से मनाही नहीं है; अपने भले के लिए कोई भी आकर यह कथा सुन सकता है।''

नेबी यहाँ से गद्‌गद होकर गया था। इस कथा-पाठ के प्रचार के लिए कुछ करना नहीं पड़ा था पलटू झा को। दोपहर से ही गाँव के शिवभक्त बैजनाथ मंडल के पास यह पूछने आने लगे थे कि कथा-पाठ किस जगह होगा, किस समय होगा और औरतों के बैठने के लिए क्या व्यवस्था है।

कथा-वार्ता में श्रोताओं ने भगवान शिव के कालभैरव अवतार से लेकर अर्धनारीश्वर तक की विविध लीला-कथाएँ तो सुनीं ही, पलटू झा ने रावणेश्वर महादेव का ऐसा बखान किया कि हर श्रोता को बाबा बैजनाथ की हाँक भी सुनायी पड़ गयी।

जो बाबा की हाँक पर पहले कभी काँवर लेकर बाबा के दर्शन कर आये थे, उन्होंने भी जब पलटू झा के मुख से काँवर के नियम सुने, तो किसी को यह याद आने लगा कि उसने शायद एक बार काँवर गाछ के नीचे रख दिया था और किसी को यह सन्देह होने लगा कि शायद एक बार कुत्ता उसके काँवर के नीचे से निकल गया था। एक बार फिर बाबा की हाँक सुननेवालों में वे भी थे जिन्हें पलटू झा ने उन मन्दिरों और आस-पास के दर्शनीय स्थानों की जानकारी दी जिन्हें वे पिछली बार नहीं देख पाये थे।

कथा-वार्ता में सदा शान्ति बनी रही। श्रोताओं की भीड़ बढ़ती चली गयी थी। लोग भजन-कीर्तन का आनन्द भी उठाकर जाते थे। और, ऐसा कभी नहीं हुआ कि 'ॐ जय गंगाधर जय हर जय गिरिजाधीशा' की आरती के शुरू होते ही लोग आरती के दंड से बचने के लिए खिसकने लगे हों।

कथा-पाठ में कभी कोई विघ्न नहीं पड़ा। सिर्फ एक बार छोटी-सी बाधा आयी थी। जनार्दन यादव ने एक दिन टोक दिया, "पंडितजी! मैं कई दिनों से आपकी कथा सुनता आ रहा हूँ। यहाँ तक तो सच है कि वैद्यनाथ ज्योतिर्लिंग लेकर रावण आकाशमार्ग से लंका की ओर चला और लघुशंका के अत्यधिक वेग के कारण उसे बीच में ही पृथ्वी पर उतरना पड़ा। मगर उसके बाद आपका यह कहना झूठ है कि रावण ने थोड़ी देर रखने के लिए वह मूर्ति एक वृद्ध ब्राह्मण को सौंपी थी।"

"सच क्या है?" पंडितजी ने पूछा।

"सच यह है," जनार्दन यादव ने बताया, "कि जहाँ रावण उतरा था, वहाँ एक चरवाहा अपनी गायें चरा रहा था। रावण ने उस चरवाहे को ही मूर्ति सौंपी थी। वह चरवाहा एक यादव था और उसने बहुत सोच-समझकर वह मूर्ति जमीन पर रख दी थी।"

"क्या नाम था चरवाहे का?"

"नाम मैं नहीं बता सकता; आप यादवजी कहिए।"

पंडितजी ने अपनी कथा में सुधार कर लिया और उस दिन के बाद से हर दिन उन्होंने कथा का प्रारम्भ यह कहकर किया, "इस कथा में रावण ने जिस चरवाहे को मूर्ति सौंपी थी, वे कोई यादवजी थे। हम उन्हें नमन करते हैं।"

कथा-पाठ में कोई बाधा नहीं आयी, मगर कथा के बाहर बैजनाथ की बाधाओं से लगातार मुठभेड़ होती रही। कथा के दूसरे ही दिन पलटू झा ने बैजनाथ मंडल को सलाह दी, "आपका मामला बहुत टेढ़ा हो चुका है, मंडलजी। तीन-तीन बीवियों से आप हाथ धो चुके हैं। दुष्ट ग्रह आपके पीछे पड़े हैं और सदा जागरित हैं। आपके कल्याण के लिए कोई देवता कोंचकर जगाने से भी नहीं जग रहे। अब अन्तिम सहारा बाबा भोले का ही है। अगर कहीं इन्होंने भी मुँह फेर लिया, तो आपकी नैया कभी पार नहीं लगेगी।"

"मैं तो बाबा भोले के दरबार में जा ही रहा हूँ, पंडितजी।" बैजनाथ ने जवाब दिया।

"किस तरह जा रहे हैं?" पलटू पंडित बोला, "एक साधारण काँवरिया की तरह! इस तरह तो लाखों लोग जा रहे हैं। इन सबके साथ तो चौथी बीवी का चक्कर नहीं है। आपका मामला अति गम्भीर है। साधारण काँवरिया की तरह जाने से कोई ठीक नहीं कि बाबा आँख खोल ही देंगे।"

"तो फिर किस तरह जाऊँ?" बैजनाथ बोला, "मैं तो बाबा की आँख खुलवाने के लिए कुछ भी करने को तैयार हूँ।"

"आपको डाकबम बनकर जाना होगा।"

"डाकबम?"

"हाँ।"

"यह क्या होता है?"

"अजगैबीधाम से बाबाधाम की दूरी एक सौ पाँच किलोमीटर है। आपको अजगैबीधाम से इस चाल से चलना है कि आप बाबाधाम चौबीस घंटों के अन्दर पहुँच जाएँ।"

"दौड़कर जाना होगा?"

"हाँ।"

"दौड़ पाऊँगा?"

"हजारों-हजार डाकबम दौड़ रहे हैं, आप क्यों नहीं दौड़ पाएँगे?" पलटू झा ने जवाब दिया, "कितने ही डाकबम मिलेंगे जो पाँच-पाँच बार दौड़ लगा चुके हैं।"

"मेरा दौड़ने का अभ्यास तो छूटा हुआ है, पलटूजी।"

"आपको अभ्यास की जरूरत नहीं है। बिना अभ्यास के आप कितनी ही बार दौड़ चुके हैं। बेलागंज मठ से भागने के पहले आपने कोई अभ्यास किया था?"

"मगर एक सौ पाँच किलोमीटर? तीस-पैंतीस कोस!"

"आपने भागने के पहले सोचा था कि केवल कोस दो कोस भागना है? अगर मठ के साधु आपको पकड़ने के लिए आपके पीछे दौड़ पड़ते, तो क्या आप कोस दो कोस भागकर रुक जाते? बोलिए, रुक जाते?"

"नहीं रुकता," बैजनाथ ने धीरे-से सिर हिलाया और धीमी आवाज में बोला, "मगर चौबीस घंटे में पैंतीस कोस? अरे बाप!"

"क्यों अरे बाप?" पलटू झा ने झिड़क दिया, "जब बरगढ़ में बौरी से आपका ब्याह नहीं हुआ और उसकी माँ से आपने ब्याह करने से इन्कार कर दिया, तो वहाँ से भागते समय आपके मन में यह खयाल आया था कि आपको किस रफ्तार से भागना है? अगर वह राँड़ आपके पीछे पचास कोस प्रति घंटा दौड़नेवाला आदमी दौड़ा देती, तो आप पचपन कोस प्रति घंटा की रफ्तार से दौड़ते या नहीं? कितने ही डाकबम सोलह घंटे भी लगने नहीं देते बाबाधाम तक पहुँचने में। आपको चौबीस घंटे का समय मिल रहा है। आप क्यों अरे बाप?"

"बेलागंज या बरगढ़ में तो यह डर होता कि कोई पीछे से दौड़ा आ रहा है, यहाँ तो निश्चिन्त होकर दौड़ूँगा न? कोई दौड़ानेवाला तो नहीं होगा। कभी भी सुस्ती आ सकती है।"

"नहीं आएगी सुस्ती। आपको दौड़ानेवाले आपके आगे-पीछे दौड़ते रहेंगे। दौड़ते डाकबमों को देख-देखकर आप दौड़ेंगे। कहाँ-कहाँ ध्यान दौड़ा रहे हैं आप? आपका मामला कितना गम्भीर है, इस ओर ध्यान नहीं जाता आपका?"

बैजनाथ गम्भीर हुआ और बोला, "ठीक है, दौड़ूँगा," और फिर पूछ बैठा, "आप भी मेरे साथ दौड़ेंगे न?"

"नहीं, मैं नहीं दौड़ूँगा आपके साथ। मुझे दौड़ने की जरूरत नहीं है। आपके भाग्य के साथ मेरा भाग्य तो दौड़ ही रहा है। अब जान-बूझकर बाबा भोले की नजर में अपना मामला टेढ़ा तो नहीं बनाऊँगा मैं। हाँ, काँवर लेकर मैं जरूर जाऊँगा और बाबाधाम में ही आपसे मिलूँगा।"

"बाबाधाम में मिलेंगे?"

"अवश्य।"

"ऐसा न हो कि मैं दौड़ जाऊँ और आप जाएँ ही नहीं।"

"यह चिन्ता आपको क्यों?" पलटू झा ने झिड़कती आवाज में कहा, "मैं नहीं गया, तब भी क्या! आपका दौड़ना जरूरी है, मेरा जाना नहीं।"

"इस बात की चिन्ता तो है, गुरुजी," बैजनाथ बोला, "कि मैं लौटकर फुलकाहा आया और पाया कि आप यहाँ हैं ही नहीं।"

"ऐसा क्यों सोच लिया आपने?"

"आप मेरे साथ दौड़ नहीं रहे हैं, इसलिए सोच रहा हूँ ऐसा। आपका मन पड़ड़िया में अटका हुआ है। आप हितनारायण झा को कहकर आये हैं कि आप तुरन्त उनके पास आएँगे। आपके मन में रुद्रप्रताप सिंह का सलाहकार बनने की बात आ गयी है।"

"मुझे दुख हो रहा है कि अभी भी आप मुझे अपना जिगरी नहीं मान रहे हैं," पलटू ने जवाब दिया, "जब तक आपका ब्याह नहीं हो जाता, तब तक क्या मैं आपका साथ छोड़ सकता हूँ? अगर साथ छोड़ना होता, तो क्या मैं बेलागंज में ही आपका साथ नहीं छोड़ देता? महंथ अजगैबीदास मुझे बेटे की तरह मानने लगे थे। जटाधारी हो ही गया था मैं। किसी मठ की गद्दी मुझे मिल ही जाती। अभी तो स्वर्ग का सुख भोग रहा होता मैं। मगर उस सुख का त्याग कर आपके साथ लगा हुआ हूँ। मुझे दुख हो रहा है, बैजनाथजी।"

"नहीं, दुखी मत होइए आप। एक आपको छोड़कर मैं किसी को अपना नहीं मानता। मेरे लिए दर-दर भटक रहे हैं आप," बैजनाथ बोला, "मैं इतना हताश-निराश हो गया हूँ कि मेरे मन में जबरन गन्दे विचार आ जाते हैं और मैं कुछ से कुछ बोल जाता हूँ।"

"अब तो निराश-हताश होने की बात नहीं है। आप डाकबम बनकर जा रहे हैं बाबा के दरबार में।"

"हाँ, अब निराश-हताश होने की बात नहीं है; डाकबम बनकर जा रहा हूँ।"

निराश-हताश तो नहीं हुआ बैजनाथ मंडल, मगर दूसरे ही दिन डाकबम बनने से इन्कार करने चला आया, "गुरुजी, मैं डाकबम बनकर नहीं जाऊँगा।"

"क्यों?" अचरज और गुस्से से पलटू ने पूछा।

"आज सुबह जब मैं अपनी बँसबाड़ी जमीन के अन्दर गड़े गणेश की पूजा करने गया था, तो गणपति को हरी दूब चढ़ाकर उनकी स्तुति करते हुए यह खयाल आया कि क्यों ने मैं अपनी यह परीक्षा ले ही लूँ कि अजगैबीधाम से दौड़ते हुए बाबाधाम तक मैं जा सकता हूँ या नहीं। नहीं जा सकता हूँ, गुरुजी। चार खेत पार करने में मैं तीन बार गिरा। कुत्ते की तरह हाँफने लगा था। मैं नहीं दौड़ पाऊँगा।"

"आप खेतों में दौड़े थे; सड़क पर दौड़ेंगे, तो नहीं गिरेंगे।"

"सड़क पर भी मेरा यही हाल होगा, गुरुजी। मैंने कई काँवर लेकर गये लोगों से बात की है और उनसे डाकबमों के बारे में जानकारी ली है। मुझे जानकारी मिली है कि कितने ही डाकबम दौड़ते हुए गिरते-मरते हैं। रास्ते में सुइया पहाड़ है; उस पर दौड़ लगाना मेरे लिए सम्भव नहीं होगा। मैं काबू के बाहर का काम नहीं कर सकता; जान का खतरा है।"

"जान से भी अधिक जरूरी क्या है आपके लिए, इस पर ध्यान दीजिए। जान का बोझ उठाये रहे और जिन्दगी भर बेजान पड़े रहे, तो इसमें कितना भला है आपका? अगर सड़क पर गिर पड़ गये, तो आप लौट आइएगा।"

"नहीं, गुरुजी, तब तो मैं न इधर का रहूँगा, न उधर का; सामान्य काँवरिया की तरह भी जाना नहीं हो पाएगा।"

"मैंने जो राय दी है, सही राय दी है। आप मामले की गम्भीरता को समझिए।"

"मानता हूँ, मामला गम्भीर है, पर बाबा भोले निष्ठुर भी तो नहीं हैं। काँवर लेकर तो जा ही रहा हूँ; जल चढ़ाकर प्रसन्न कर लूँगा। बाबा तो लोगों को बुलाते हैं। मुझे कहाँ दिया बाबा ने ऐसा कोई सपना कि मेरे पास आओ! मैं तो बिना बुलाये जा रहा हूँ, काँवर लेकर। इतने से ही खुश नहीं हो जाएँगे क्या?"

"अब आप जानिए कि वे खुश होंगे या नहीं।"

"नहीं खुश होंगे, तो अगली बार चला जाऊँगा डाकबम बनकर ही। बाबा भोले बैजनाथधाम छोड़कर भागे तो नहीं जा रहे हैं! अभ्यास के लिए साल भर का समय भी मिल जाएगा। कोई काम करूँगा, तो कच्चा नहीं, पक्का काम करूँगा।"

पक्का काम करने के विचार से बैजनाथ ने अभी से ही वह सब करना शुरू कर दिया जो उसे काँवर यात्रा के दौरान करना था। ब्रह्मचर्य के पालन में तो कोई कठिनाई नहीं हो रही थी, मगर कठिनाइयों से जूझते हुए भी अभी से ही उसने शरीर में तेल-साबुन लगाना, सिर में कंघी करना, चारपाई पर सोना और जूते पहनना छोड़ दिया था। इसके बाद भी अगर कुछ गलतियाँ असावधानीवश हो रही थीं, तो वह उनके लिए जिम्मेवार नहीं था क्योंकि असावधानी के लिए वह अपने को कतई जिम्मेवार नहीं मानता था।

एक अपनी यात्रा की तैयारी ही नहीं कर रहा था वह, काँवर यात्रा के लिए उसे कई दूसरों को भी तैयार करना पड़ रहा था। काँवर लेकर पहली बार जानेवलों का वह अनायास जमादार बन गया था, और ऐसे लोग भी उसके पास आने लगे थे जिन्हें पलटू झा का कथा-पाठ सुन लेने के बाद भी खुद तो काँवर लेकर नहीं जाना था, मगर अपने परिवार के किसी और सदस्य को

जोर-जबर्दस्ती काँवरबम बनाकर भेजना था।

ऐसे लोगों में रामविलास पहला आदमी था जो अपने बाप का मामला लेकर आया था। उसने बैजनाथ से कहा, "भैया! आप अपने साथ मेरे बाबू को भी ले जाइए।"

"तुम्हारे बाबू तो बहत बूढ़े हो गये हैं," बैजनाथ ने मुस्कराते हुए पूछा था, "वे काँवर लेकर जा पाएँगे?"

"क्यों नहीं जा पाएँगे?" रामविलास ने जवाब दिया, "उनसे अधिक बूढ़े लोग जाते रहते हैं काँवर लेकर। मेरे बाबू में तो अभी बहुत दमखम है।"

"ठीक है, उन्हें मेरे साथ कर दो।"

"कर तो दूँ, मगर वे जाने के लिए तैयार नहीं हो रहे हैं।"

"पलटू पंडित के कथा-पाठ सुनाओ उन्हें।"

"कथा-पाठ सुनने तो रोज जा रहे हैं वे; एक दिन का भी नागा नहीं कर रहे हैं, मगर बाबाधाम जाने को तैयार नहीं हो रहे हैं।"

"क्या कहते हैं?"

"कहते हैं कि जब बाबा का बुलावा आएगा, तब किसी को कहना नहीं पड़ेगा।"

"यह तो ठीक ही कह रहे हैं वे।"

"ठीक क्या खाक कह रहे हैं! अब किस तरह बुलावा आएगा! बाबा सिर्फ कथा-पाठ सुनने के लिए बुलाते हैं क्या! असली बात है कि अब बाबा के लाख बुलाने पर भी वे नहीं जाएँगे।"

"क्यों?"

"उनके मन में यह डर समा गया है कि बाबा बुलाने को तो बाबाधाम बुला रहे हैं, मगर उन्हें धोखे से लेकर शिवधाम चले जाएँगे।"

"अगर यह डर है, तो पड़े रहने दो यहीं। यहीं शिव को भजें और पुण्य कमाएँ।"

"यहाँ तो वे पाप कमा रहे हैं, पुण्य खाक कमाएँगे।"

"शिव को भजेंगे, तो पाप कमाएँगे?"

"कब भजेंगे शिव को? गलियाँ बकने से फुरसत मिलेगी तब तो," रामविलास ने सुनाया, "अब तो शिव को भजने से भी बेड़ा पार नही होगा उनका। कोई चिन्ता है उन्हें कि कितना पाप चढ़ता जा रहा है उन पर! पतोहू पर दिन-रात गन्दी-गन्दी गालियों की बौछार करते रहते हैं। मैं टोकता हूँ, तो मुझे एक सुर में सौ गालियाँ दे डालते हैं। कोई और समझाता है, तो उसे भी नहीं बकसते। अब यह हाल है कि वे गालियाँ बकते रहते हैं और हम सब सुनते रहते हैं। हमारा कुछ नहीं बिगड़ता, मगर उनका तो बिगड़ रहा है। जब मरकर ऊपर जाएँगे, तो वहाँ इन गालियों का गट्ठर खुलेगा या नहीं? तब उन्हें कोई अच्छा नरक भी मिलेगा? आप उन्हें अपने साथ ले जाइए, भैया। जब तक काँवर के साथ रहेंगे, तब तक तो मुँह से गालियाँ नहीं फूटेंगी। गालियाँ पढ़ने की आदत कुछ दिनों के लिए भी छूट गयी, तो हो सकता है कि यह आदत हमेशा के लिए छूट जाये। वहाँ से कुछ सुधरकर ही तो आएँगे। बाबा चाहेंगे, तो वहीं इनसे गाली-दान करवा लेंगे।"

"मैं क्या करूँ, बताओ?"

रामविलास ने बताया, "आप चलकर उनसे इतना भर कहिए कि आप उन्हें अपने साथ सकुशल ले जाएँगे और सकुशल ले आएँगे। अगर उनका आना-जाना सकुशल नहीं भी हुआ, तो आपको चिन्ता करने की जरूरत नहीं है। आप तो उनका परलोक ही बना रहे हैं।"

किसी के परलोक बनाने का सुख बैजनाथ कैसे छोड़ देता? उसका भी तो इहलोक बन रहा था।

रामविलास के जाने के बाद घूँघट ताने भीमा की घरवाली अपनी सात साल की ननद के साथ आ गयी थी। बैजनाथ ने बच्ची को नहीं पहचाना; पूछा, "तू किसकी बेटी है?"

"तुलानन की।" बच्ची ने जवाब दिया था।

"भीमा की बहन?"

"हाँ।"

"क्या बात है?"

"भौजी कुछ कहने आयी है।"

"क्या?"

"बोलो न," भौजी ने ननद से कहा, "वे कभी नहाते नहीं हैं।"

"मैं नहीं बोलूँगी," भैया के बारे में यह सब बोलने से इन्कार कर गयी बहन।

तब घूँघट खुद बोलने लगी, "कभी नहीं नहाते हैं, पर्व-त्योहार के दिन भी नहीं। पूरा जाड़ा पानी के दर्शन भी नहीं करते। गरमी में कभी-कभार एक-आध लोटा पानी देह पर ढार लेते हैं। देह से दुर्गन्ध आती रहती है। मैं कितना भी कुहराम मचाती हूँ, उन पर कोई असर नहीं होता।"

"कौन नहीं नहाता है?"

"इसके भैया।" घूँघट ने जवाब दिया।

"कभी नहीं नहाता है?"

"हाँ, कभी नहीं।"

"तो मैं क्या करूँ?" बैजनाथ ने पूछा।

भाभी ने ननद की पीठ पर एक ठुनका मारा, "बोलो न।"

ननद हँस पड़ी और बोली, "भैया को भी बाबाधाम लेते जाइए।"

"कथा में पंडितजी बता रहे थे," घूँघट बोलने लगी, "काँवरिया को यात्रा में कब-कब नहाना पड़ेगा। उस तरह तो उन्हें दिन भर में कितनी ही बार नहाना पड़ जाएगा। जनम भर का मैल छूट जाएगा। कुछ तो साफ-सुथरा होकर आएँगे वहाँ से। वहाँ दिन में चार-चार बार नहाएँगे, तो हो सकता है, यहाँ एक बार नहाना शुरू कर दें। देख तो लूँ, कुछ होता है या नहीं; नहीं तो कोई और टोटका आजमाऊँगी।"

"ठीक है, मैं अपने साथ कर लूँगा।"

"वे जाने को तैयार नहीं हो रहे हैं।"

"तब मैं क्या करूँ?"

भौजी ने ननद की पीठ को कोंचा, "बोलो न।"

"भैया को आप," ननद बोली, "फुसलाकर ले जाइए।"

"न मानें तो," घूँघट बोल गयी, "मार-पीटकर भी।"

बैजनाथ तन-मन से सोचने लगा कि किस तरह इस औरत का उपकार किया जाये। कब कौन उसकी मदद कर बैठे, क्या पता!

भीमा की घरवाली के बाद फुलेरियावाली भौजी आ गयी थी; गूँजती आवाज में बोलने लगी, "क्यों हो बैजू, सब रहें ठीक-ठाक, एक मैं ही बर्बाद हो जाऊँ?"

"क्या हुआ, भौजी?"

"होगा क्या! मैं बर्बाद होने पर हूँ," फुलेरियावाली ने सुनाया, "आदमी पान खाये, ठीक; पान के साथ जरदा खाये, वह भी ठीक; खैनी खाकर भी कोई इतना होश नहीं खोता कि किसी को जमीन लिख दे; मगर जो दारू पीने लगे, उसका कोई भरोसा है?"

"कौन दारू पीने लगा?"

"और कौन? गोकुला, आपका भतीजा।"

"गोकुल दारू पीता है?"

"जरूर पीता होगा," फुलेरियावाली का जवाब आया, "पान-खैनी तो दिखाकर खाता है, मगर दारू चुराकर पीता होगा। जिस गंगा साह से कभी का लेना-देना नहीं, उसके पास उसकी उठ-बैठ क्यों होने लगी? उस दारूबाज के साथ दारू ही तो पीता होगा।"

"कभी पूछा है कि गंगा साह के पास क्यों जाता है?"

"पूछने से सच बता देगा क्या?" जवाब आया, "मेरी तो जमीन गयी। एक ग्रह का ही तो चक्कर नहीं है; दूसरा ग्रह भी आ पहुँचा है। जो बनवारीलाल कभी मेरे दरवाजे पर नहीं आया था, वह पिछले सात दिनों में पाँच बार आ चुका है गोकुला को खोजते हुए। जब पाँच बार खोजने आया है, तो पचीस बार मिल भी चुका होगा। अब मेरी जमीन-जायदाद नहीं बचेगी। अनन्दी भगत की जमीन दारू पिला-पिलाकर ही तो केसवर सिंह ने अपने नाम लिखवा ली थी। इस मुकदमेबाज बनवारीलाल को गोकुला से क्या काम? अब मेरी जायदाद नहीं बचेगी। वे लोग सब जमीन गोकुला से लिखवा लेंगे।"

"गोकुला से कैसे लिखवा लेंगे, भौजी?" बैजनाथ ने समझाया, "अभी जमीन-जायदाद की मालकिन तू है; तुम्हारे लिखने से ही कुछ होगा।"

"अभी मैं हूँ, मगर मेरे मरने के बाद तो गोकुला ही मालिक होगा। दारू की लत छूटेगी नहीं; पीता ही रहेगा,पीता ही रहेगा, और मेरे मरते ही उसकी जमीन उसके हाथ से निकल जाएगी।"

"तू अभी कहाँ मर रही है, भौजी! तू तो गंगा साह और बनवारीलाल को मारकर मरेगी।"

"नहीं-नहीं, वह सब मैं नहीं सुनूँगी। आपको गोकुला को भी अपने साथ बाबाधाम ले जाना होगा। अभी तो नयी-नयी आदत लगी है; दो-चार दिनों का ही नागा हुआ, तो छूट जाएगी। पुरानी आदत ही हुई तो क्या, सात दिनों में खैनी खाना भी भुला सकता है। जो लड़का किसी से

एक जूम खैनी खाने के लोभ में उसका बोझ-बोझ भर चैला चीड़ सकता है, वह लड़का दारू पीने के लोभ में क्या कुछ नहीं कर बैठेगा! मैं कुछ नहीं सुनूँगी। आपको अपने साथ उसे भी बाबाधाम ले जाना होगा। बोलिए, ले जाते हैं या नहीं?''

''मैं ले जाने को तैयार हूँ,'' बैजनाथ बोला, ''मगर वह जाने को तैयार हो, तब न।''

''तैयार मैं कर दूँगी,'' भौजी बोली, ''रस्से में बाँधकर सुलतानगंज तक पहुँचवा दूँगी। उसके पास भाड़ा का पैसा भी नहीं होगा कि भागकर वापस आ जाये। उसके खर्च के सारे पैसे आपको दे दूँगी।''

''ठीक है,'' बैजनाथ मुस्कराया, ''मैं उसे अपने साथ कर लूँगा।''

इस तरह और भी कितने ही आते रहे बैजनाथ से बोलने-बतियाने और उसकी टोली में भीड़ बढ़ाने। औरों को तैयार करने के दौरान पिछले सालों में बाबाधाम से जल चढ़ाकर आये काँवरियों ने उसे ऐसा तैयार किया कि बैजनाथ धीरे-धीरे महसूस करता गया कि जिस काम के लिए वह अपने को तैयार कर रहा था, वह काम तो अब तक पक्का कर लिया है उसने।

कथा-पाठ के समाप्त होते-होते बैजनाथ ने पलटू से कहा, ''मैं यह सोच रहा हूँ, गुरुजी, कि कथा भर सुनकर रह जाऊँ, जाऊँ नहीं बाबाधाम।''

''क्यों?''

''कथा-पाठ सुनकर मैंने पुण्यार्जन तो कर ही लिया, अब देह-विसर्जन करने यात्रा क्यों करूँ?''

''देह-विसर्जन!'' पलटू पंडित ने अचरज से पूछा, ''कैसा देह-विसर्जन?''

''मैंने सुना है कि बाबाधाम की यात्रा में कितने ही काँवरिया मर-खप गये हैं।''

''बिना यात्रा के भी लोग मरते रहते हैं।''

''नहीं, वह मरना नहीं, यात्रा के कारण मर जाना,'' बैजनाथ ने स्पष्ट किया, ''लम्बा रास्ता! रास्ता कँकरीला-पथरीला! पैरों में सूजन-छाले! कहीं मरहम-पट्टी तक की व्यवस्था नहीं! न साफ पानी, न शुद्ध भोजन! बीमार पड़ूँगा या नहीं?''

''जगह-जगह शिविर लगे रहते हैं; शिविर में बीमार काँवरियों के लिए उचित व्यवस्था रहती है।''

''अगर मैं रास्ते में बीमार पड़ा और किसी शिविर में रुकने को मजबूर हो गया, तो आपसे कैसे कहूँग कि आप बाबा बैजनाथ को छोड़कर बैजनाथ मंडल की सेवा में टिके रहें?''

''आप कहेंगे, तो मैं आपकी सुन लूँगा क्या?'' पलटू पंडित बोला, ''मैं बाबाधाम बाबा की भलाई के लिए जा रहा हूँ कि आपकी भलाई के लिए? मैं बाबा को छोड़कर आपके साथ रहूँगा। मगर, आप यात्रा के पूर्व क्यों बुरे खयालों को मन में आने दे रहे हैं?''

कुछ रुककर बैजनाथ बोला, ''किसी और खयाल को मन में नहीं भी आने दूँ, मगर एक खयाल को झटक तो नहीं सकता, गुरुजी।''

''कैसा खयाल?''

''यह बात तो छुपी नहीं रहेगी कि मैं काँवर लेकर बाबाधाम गया था?''

"क्यों छुपी रहे?" पलटू बोला, "यह तो अच्छी बात है।"

"साथ में तो यह बात आएगी न कि शुभ विवाह के लिए गया था?"

"तो क्या हुआ?"

"लड़कीवाले यह नहीं सोचेंगे कि काँवर लेकर बाबाधाम गया था, तो जरूर कोई ऐब है लड़के में?"

"जिनमें ऐब नहीं है, वैसे कुँआरे जा रहे हैं या नहीं?"

"हाँ, जा तो रहे हैं।"

"कल ही तो मैंने अपने पाठ में बताया था कि रावणेश्वर महादेव के पास सिर्फ भोग के लिए ही नहीं, मोक्ष के लिए भी जाते हैं लोग। आप अभी से कहना शुरू करें कि आप काँवर लेकर बाबा के पास मोक्ष के लिए जा रहे हैं।"

गुरुजी के रूखे स्वर को सुनकर बैजनाथ चुप लगा गया, मगर उसने मन में ठान लिया कि यह खयाल तो वह कभी अपने पास आने नहीं देगा कि वह भोग के लिए नहीं, मोक्ष के लिए जा रहा है। वाह-वाह, वह अभी ही मोक्ष के लिए जाये! यह पलटू तो पगला की तरह बतियाने लगा है!

(5)

कदमलाल के घर का यह हाल था कि एक बेटी के हाथ पीले हुए नहीं कि दूसरी शादी के लिए घर में तैयार बैठी मिलती थी। छह बेटियों का कुनबा था और अभी भी दो के ही कन्यादान हो पाये थे। तीसरी विदाई के लिए तैयार थी। शनि बाबा की दया से कहीं बहुत नाक रगड़नी नहीं पड़ी थी उन्हें और दोनों बेटियों के ब्याह कम लागत में शुभ-शुभ हो गये थे। ब्याह के लिए कदमलाल हाथ पर हाथ धरे सिर्फ शनि और शिव के आसरे पर ही नहीं रह गये थे, उन्होंने अपने हर परिचित को अपनी बेटियों के लिए लड़कों की तलाश में तैनात कर दिया था और इस तरह पूरे इलाके को छान मारने का उनका कार्यक्रम सफलतापूर्वक कार्यान्वित हो रहा था।

एक शाम चेतू नाई उन्हें खबर करने आ गया, "तारनपुर के जीतन मंडल के पास एक लड़का है। वह दस बीघे जमीन का जोतदार है। उसके दो बेटे हैं। बड़े की शादी हो चुकी है, छोटे के लिए लड़की देखी जा रही है; इस साल शादी हो जाएगी। बड़ा लड़का घर पर ही रहता है,मगर छोटे को सरकारी नौकरी मिल गयी है। सिर्फ जमीन ही नहीं है, पैसा भी है मंडल के पास। नौकरी पन्द्रह हजार रुपये में खरीदी है। कटिहार के किसी विद्यालय में बहाल करवाया है बेटे को। आप जितनी जल्दी हो, तारनपुर का रुख कीजिए।"

"तुम्हें यह सब जानकारी किससे मिली?"

"अवध मंडल से ही," चेतू ने सुनाया, "आज मेरे सैलून में दाढ़ी बनाने आया था। उसके साथ एक और आदमी था। कुछ उन दोनों की बातचीत से जाना, कुछ मैंने पूछ लिया। वे दोनों लड़की देखने चोपड़ा जा रहे थे। फुलकाहा से बस पकड़कर गये हैं; कल की बस से लौट आएँगे। आप उनके पास परसों जा सकते हैं।"

चेतू ने यह भी बता दिया था कि मंडल का पहनावा-ओढ़ावा अच्छा था और बातचीत से भी बहुत सज्जन लग रहा था वह। कदमलाल ने तारनपुर जाने का कार्यक्रम झटपट तय कर लिया और तीसरे दिन ही गाँव के देवन मंडल को साथ लेकर जीतन मंडल के दरवाजे पर हाजिर हो गया।

"आप लोग?" दरवाजा जीतन मंडल ने ही खोला था।

"हम लोग बरेखिया हैं," कदमलाल ने जवाब दिया, "फुलकाहा से आये हैं।"

"कहाँ से?" जीतन मंडल चौंका था।

"फुलकाहा से।"

जीतन ने उन दोनों को गौर से देखा और पूछा, "आप लोगों में पलटू पंडित कौन हैं?"

"पलटू झा को आप जान रहे हैं?"

"हाँ।"

"पलटू पंडित नहीं आये हैं हमारे साथ।"

"वही तो! हमने सुना था कि वह आदमी दुबला-पतला छोटे कद का है। आप बैजनाथ मंडल हैं?"

"नहीं, मैं हूँ कदमलाल; बैजनाथ मेरा चचेरा भाई है।"

"हमें तो सिर्फ एक टोली का पता था," जीतन ने बताया, "जिसमें बैजनाथ मंडल के साथ पलटू पंडित रहते हैं। आप लोगों की तो दूसरी टोली है। कितनी टोलियाँ निकली हैं फुलकाहा से?"

"टोलियाँ किसलिए निकलेंगी?"

"बैजनाथ मंडल के लिए रिश्ता ढूँढ़ने।"

"हम लोग बैजनाथ मंडल के लिए रिश्ता ढूँढ़ने नहीं आये हैं।"

"किसी के लिए भी आये हों, हमारे घर में लड़की नहीं है।"

"हम लड़की के लिए नहीं, लड़का के लिए बात करने आये हैं।"

"हमारे घर में लड़का भी नहीं है?"

"लड़का भी नहीं है?"

"हाँ, नहीं है।"

जीतन के इस जवाब पर कदमलाल ने देवन की ओर देखा। देवन ने मुँह खोला, "हमें तो यह जानकारी मिली है कि आपके घर में एक लड़का है। वह कटिहार में नौकरी कर रहा है। आप उसके लिए लड़की देखने चोपड़ा गये हुए थे।"

"किसने यह जानकारी दी आपको?"

"फुलकाहा के चेतू नाई ने," कदमलाल बोला, "आप उसके सैलून में दाढ़ी बनाकर निकले थे चोपड़ा के लिए।"

जीतन ने एक बार फिर उन दोनों को निहारा और बोला, "लड़का है, मगर मैं बेटे की शादी फुलकाहा में क्यों करूँ?"

"क्यों, फुलकाहा में क्या हुआ?"

"बैजनाथ मंडल की शादी क्यों नहीं हो रही?"

"कोई ढंग की लड़की मिलेगी, तभी तो होगी शादी।"

"हमें तो खबर है कि गाँव-गाँव में लड़की ढूँढ़ी जा रही है। इस इलाके में उसके लिए कोई ढंग की लड़की नहीं मिल रही?"

"अब तक नहीं मिली है; मिल जाएगी।"

"हमें तो कुछ और भी खबर है।"

"लड़के के किसी ऐब के बारे में?"

"पूरे गाँव में ही कोई ऐब है।"

"कैसा ऐब?"

"वह पता नहीं," जीतन मंडल बोला, "आप ही बताइए, उस गाँव के किसी लड़का-लड़की की शादी क्यों नहीं हो रही?"

"हो तो रही है," कदमलाल ने जवाब दिया, "मैंने ही अपनी दो-दो बेटियों की शादी की है। गाँव में शादियाँ हो रही हैं।"

"मेरे पास ताजा खबर है कि अब उस गाँव से किसी दुलहे की बरात नहीं जाती और वहाँ से किसी बेटी की डोली नहीं उठती।"

"यह झूठी खबर है, जीतन बाबू," देवन बोला।

"खबर झूठी होती, तो अब तक बैजनाथ मंडल की शादी हो गयी रहती।"

"यह कुयोग है कि अब तक उसकी शादी नहीं हुई है," कदमलाल बुदबुदाया, "भला पूरे गाँव में क्या ऐब हो सकता है! सब के सब लूले-लँगड़े? ऐंचे-काने? सनकी-बौरहा? भुतहा-भुतही? नहीं, ऐसा कोई ऐब नहीं है हमारे गाँव में।"

"आपने धमदाहा का नाम सुना है?"

"नाम तो सुना है।"

"कुछ और नहीं सुना है?"

"और क्या?"

"यही कि लोग अब धमदाहा इलाके के गाँवों में अपने बेटे-बेटी ब्याहना नहीं चाहते?"

"क्यों?"

"अब तो," कुछ रुककर जीतन बोला, "आप लोगों को बैठाना ही पड़ेगा।"

उन दोनों को दरवाजे के अन्दर कर जीतन ने दोनों को वहाँ पड़ी चौकी पर बिठाया और खुद भी एक ओर बैठकर विस्तार से बताया, "धमदाहा के गाँवों में अपराधियों का शासन चलता है; उनकी अपनी-अपनी अदालत है। अपराधियों के कई-कई गिरोह हैं। एक-एक गिरोह के पास चालीस-चालीस घोड़े हैं, किसी के पास पंजाब और हरियाणा की नस्ल के बड़े-बड़े घोड़े, तो किसी के पास भूटानी नस्ल के छोटे-छोटे घोड़े। ये गिरोह अपने हथियारबन्द दस्तों के द्वारा वहाँ के लोगों से रंगदारी वसूलते हैं। हर शिक्षक को हजार रुपये महीने देना पड़ता है, हर किसान को प्रति बीघा एक हजार रुपये। गरीब मजदूरों तक को पचास रुपये प्रतिमाह देने पड़ रहे हैं। वहाँ के लोग रात में डर से सोते तक नहीं। उन्हें यह डर बना रहता है कि न जाने कब घोड़ों पर सवार

हथियारबन्द अपराधी उनके घरों में घुसकर खून की होली खेल जाएँ। एक-एक रात बाईस-बाईस घरों को लूटकर चले गये हैं अपराधी। किसान-मजदूर गाँव छोड़कर भाग रहे हैं। शिक्षक स्कूल में पढ़ाने नहीं जाते। उस इलाके में अब कोई उत्सव मनाया नहीं जाता। किसी सुख-दुख में भी अब बाहर से कोई रिश्तेदार उनके पास नहीं आते। ऐसे किसी इलाके में मैं अपने बेटे का ब्याह क्यों करूँ? सर पर कफन बाँधकर बराती जाएँ?''

''आप जो हाल बता रहे हैं,'' देवन ने विश्वास दिलाना चाहा, ''वह हाल नहीं है हमारे फुलकाहा का।''

''तो बैजनाथ मंडल की शादी क्यों नहीं हो रही?''

''एक उसकी नहीं हो रही,'' कदमलाल ने जोर देकर कहा, ''औरों की तो हो ही रही है।''

''ठीक है,'' जीतन मंडल ने मुना दिया, ''जब बैजनाथ मंडल की शादी हो जाए, तब आप आइएगा मेरे पास। अगर तब तक मेरा बेटा कुँआरा रह गया, तो मैं फुलकाहा चला जाऊँगा आपकी लड़की देखने।''

''आप अभी भी चल सकते हैं, जीतन बाबू,'' कदमलाल ने चिरौरी की, ''आप लड़की दे नहीं रहे हैं, ले रहे हैं। मेरी बेटी सुरक्षित रहेगी यहाँ।''

''मगर मेरी बेटा तो असुरक्षित हो जाएगा,'' जीतन ने जवाब दिया, ''ससुराल ही तो है! कभी भूल-चूक से उधर का रुख कर लिया, तब तो जान से ही हाथ धो बैठे! आपकी बेटी एक बार यहाँ आ गयी, तो फिर लौटकर नहीं जाये मायके? यह कैसी शादी हुई कि लड़की को भगाकर ले आये और फिर सारे नाते-रिश्ते समाप्त! इस तरह की शादियाँ तो धमदाहा के गाँवों में भी हो रही हैं, मगर ऐसा रिश्ता मैं क्यों जोड़ूँ? मुझे बेटे के लिए लड़की नहीं मिल रही है क्या?''

''आप पता लगा लें, हमारे फुलकाहा का वह हाल नहीं है जो धमदाहा के गाँवों का है।''

''मैं क्या बिना पता किये इतना बोल गया? अब क्या किसी गाँव से छिपी हुई बात है कि बैजनाथ मंडल की शादी नहीं हो रही? बताइए, क्यों नहीं हो रही?''

''बताया तो, एक उसकी नहीं हो रही।''

''एक चावल छूने से पता चल जाता है कि हाँड़ी के और चावल पके हैं या नहीं।''

''बैजनाथ मंडल एक अलग चावल है; उसे फुलकाहा की हाँड़ी का मत मानिये।''

''बैजनाथ मंडल फुलकाहा का नहीं है क्या?'' जीतन ने सुना दिया, ''मुझे क्या पड़ी है कि मैं फुलकाहा में ही बेटे का ब्याह करूँ? आपका फुलकाहा हो ठीक-ठाक, मैं कोई खतरा मोल नहीं ले सकता। मैं बेटे का ब्याह वहाँ नहीं करूँगा; किसी का भी ब्याह तब तक नहीं, जब तक बैजनाथ मंडल का ब्याह नहीं हो जाता।''

''तो हम लोग निराश होकर जाएँ यहाँ से?''

''निराश होकर तो आपको न जाने कितनी जगहों से जाना पड़ेगा। बात फैल गयी है,'' कहकर जीतन मंडल ने राय दी, ''आप पता लगाइए कि धमदाहा के गाँवों में लोग बेटियों का ब्याह किस तरह कर रहे हैं।''

गाँव लौटने तक कदमलाल के पाँव के नीचे की जमीन खिसकी ही रही। वह रास्ते भर मगज मारता रहा कि अब आगे क्या करना है, तारनपुर के बाद भी किसी गाँव में जाना है या कहीं और जाने से पहले बैजनाथ मंडल का ब्याह करवा देना है।

उसने देवन को उसके घर पहुँचाकर कहा, ''मुझे रामभद्र पंडित से तुरन्त मिलना है, मगर अब आज नहीं, कल सुबह मिलूँगा। तुम भी मेरे साथ चलना।''

''क्यों मिलना है पंडितजी से?'' देवन पूछ बैठा था।

''बैजनाथ मंडल का ब्याह अब पूरे गाँव के लिए जरूरी हो गया है। मैं इस सम्बन्ध में ही उनसे कुछ बातें करूँगा।''

जीतन मंडल के घर से विदा होते ही देवन की बोली गुम हो गयी थी और वह रास्ते भर गुमसुम रहा था। हालाँकि उसकी बेटी अभी मुश्किल से छह साल की थी, मगर उसे लगने लगा कि मुनिया बीस पार कर गयी और अब तक अनब्याही है। उसने कदमलाल से कहा, ''मिलना हो, तो अभी ही चलिए। पंडित आदमी सुबह-सुबह कहीं दूर पूजा-पाठ के लिए निकल गया, तो फिर दिन भर मुलाकात नहीं होगी?''

वे दोनों उसी समय पंडित रामभद्र झा के पास पहुँच गये।

कदमलाल ने जाते ही पूछा, ''पंडितजी, यह बताइए कि बैजनाथ का ब्याह होगा या नहीं?''

''हाँ-हाँ, होगा,'' पंडितजी ने जवाब दिया ''होगा क्यों नहीं!''

''अब कब होगा?'' रुक्ष और करुण स्वर में कदमलाल बोला, ''अब तक नहीं हो जाना था क्या? पलटू झा ने बीड़ा उठया था ब्याह कराने का; क्या कर रहे हैं वे?''

''पलटू तो उसी के ब्याह के लिए मारा-मारा फिर रहा है अपना सारा काम-धाम छोड़कर। कितना नुकसान हो रहा है उसका!'' पंडितजी ने जवाब दिया, ''हमेशा फेरा लगता रहा। मगर, अब और कोई फेरा नहीं। इस बार तो ब्याह हो जाने की पूरी उम्मीद है।''

''कब उम्मीद नहीं थी?''

''काँवर लेकर गया है बैजनाथ बाबा भोले के दरबार में। वहाँ से कोई खाली हाथ नहीं लौटता।''

''देवी-देवताओं की पूजा कर-करके तो थक गया होगा बैजनाथ; अब तक तो हर दरबार से खाली हाथ ही लौटता रहा है वह।''

''बाबा औढरदानी हैं।''

''औढरदानी हैं, तो अब तक ढर गये होते बैजनाथ पर। बाबा को ही क्या कम भजा है बैजनाथ ने! मगर कभी बाबा नहीं जगे। इस बार भी जगेंगे या नहीं, क्या ठीक! जगेंगे भी, तो कितना जगेंगे! ऊँघते ही रह गये तो? जग भी गये, तो कोई ठीक नहीं कि बैजनाथ के लिए जोर लगाएँगे ही! कितना जोर लगाएँगे! न जाने कितने दुष्टग्रहों से घिरा हुआ है यह आदमी और न जाने कितने बैरी हैं इसके जो दूसरे देवी-देवताओं को उसके विरुद्ध जगाये बैठे हैं!''

''अब बेचारे बैजनाथ से किसी का क्या बैर?''

''बिना जरूरत के भी तो बैर ठानते हैं लोग, पंडितजी,'' दुखी स्वर में कदमलाल

बोला,"जिसने बैजनाथ के बाईस बच्चों के बाप होने की बात फैलायी थी, वह बैरी नहीं था क्या?"

"बाबा बैजनाथ ने तो कोई बैर नहीं ठाना होगा," पंडितजी बोल गये, "अब वे भी कुछ नहीं कर पायें, तो बैजनाथ मंडल की किस्मत!"

"अब उसकी किस्मत अकेली तो नहीं रही," कदमलाल ने सुनाया, "बैजनाथ मंडल की किस्मत के साथ पूरे फुलकाहा की किस्मत जुड़ गयी है।"

"फुलकाहा की किस्मत?"

"आपने धमदाहा का नाम सुना है?"

"खूब सुना है; वहाँ हमारे कई रिश्तेदार हैं।"

"रिश्तेदार हैं, तब तो शादी-ब्याह के न्योते भी आते होंगे?"

"क्यों नहीं आएँगे?" रामभद्र झा बोले, "हाँ, इधर कोई न्योता नहीं आया है। शादी-ब्याह हो, तब तो आये न्योता।"

"तो सुन लीजिए, पंडितजी," कदमलाल बोला, "अब इधर से कोई न्योता नहीं आनेवाला है आपके पास; उन गाँवों में शादी-ब्याह बन्द हैं।"

"क्यों?"

"वहाँ मार-काट मची है। लोग गाँव छोड़-छोड़कर भाग रहे हैं। आपके भी न जाने कितने रिश्तेदार अब तक भाग गये होंगे। आपको खबर लेनी चाहिए थी अपने रिश्तेदारों की। मगर अब खतरा उठाकर उधर जाएँ भी नहीं; किसी की चिट्ठी आये, तब भी नहीं। अब रिश्तेदारों का उन गाँवों में आना-जाना भी बन्द है।"

"तुम्हारी खबर सच्ची है?"

"पक्की खबर दे रहा हूँ मैं।"

"ठीक है, मैं भी पता लगाता हूँ।"

"अब उन रिश्तेदारों की चिन्ता छोड़िए, पंडितजी," कदमलाल बोला, "अब अपने गाँव की चिन्ता कीजिए।"

"यहाँ क्या हुआ है?"

"अब अपना फुलकाहा भी धमदाहा के गाँवों में से एक हो गया। अब यहाँ भी शादी-ब्याह बन्द। जो हो गया, सो हो गया।"

"यहाँ तो ऐसा कुछ नहीं है।"

"आप घर बैठे बोल रहे हैं, और मैं बाहर से घूम-घामकर आ रहा हूँ। तारनपुर यहाँ से कितनी दूर है! मगर वहाँ तक यह बात चली गयी है कि अब फुलकाहा शादी-ब्याह करने लायक गाँव नहीं रहा। पलटू झा और बैजनाथ ने इतने गाँवों के चक्कर लगाये हैं और ऐसे-ऐसे चक्कर में फँसे हैं कि अब यह अफवाह उड़ गयी है कि फुलकाहा गाँव में ऐब है। फुलकाहा की किस्मत अब बैजनाथ की किस्मत से जुड़ गयी है, पंडितजी।"

"तो अब क्या करोगे?"

"बैजनाथ की शादी।"

"उसके लिए तो प्रयास हो ही रहा है।"

"अब यह अकेले किसी के वश की बात नहीं, पूरे गाँव को प्रयास करना होगा।"

"क्या करे पूरा गाँव? बैजनाथ के ब्याह के लिए काँवर लेकर जाये बाबाधाम?" पंडित ने प्रश्न किया और फिर सुना दिया, "यहाँ के ब्राह्मण तो नहीं जाएँगे।"

"काँवर लेकर नहीं जाएँ," कदमलाल बोला, "मगर यह चिन्ता तो करें कि बैजनाथ का ब्याह किस तरह हो। वे दिन भर में कभी एक बार यह ध्यान में ले आयें कि बैजनाथ का ब्याह नहीं हुआ है। जब यह बात ध्यान में आएगी, तब, जहाँ कहीं भी वे रहेंगे, उनका इस ओर ध्यान जाएगा कि आस-पास कोई लड़की है या नहीं।"

"जाओ, घर-घर कह आओ कि सब बैजनाथ मंडल का ध्यान करें।"

"जरूरत ऐसी है कि मैं घर-घर जा सकता हूँ, मगर गाँव की एक सभा हो जाये, तो उसका असर अधिक होगा। सभा में तो ब्राह्मण आएँगे न?"

"मत बुलाओ ब्राह्मणों को। सभा में टाकरम हो जाएगा। ब्राह्मण बेंग होते हैं, एक इधर उछलेगा, एक उधर। कोई एक मत स्थिर नहीं हो पाएगा। धानुकों की सभा बुला लो।"

"कोई ब्राह्मण बेंग नहीं बनेंगा, पंडितजी। सिर्फ धानुकों के बेटे-बेटियों की शादी का सवाल नहीं है। संकट ब्राह्मणों पर भी है और संकट में वे बेंग नहीं बनेंगे। अशोक झा के मामा ने जो यहाँ ब्राह्मणों की सभा करायी थी, उसमें कोई ब्राह्मण बेंग की तरह उछला था क्या?"

"वह सभा तो ब्राह्मणों के उत्थान के लिए हुई थी, किसी सोलकन के लिए नहीं।"

"सभा तो एक धोबी को लेकर ही हुई थी," कदमलाल ने स्मरण कराया, "अशोक झा के मामाजी ने आपके घर गधा बँधा देखकर आपको धोबी नहीं समझ लिया था?"

"सुनो, कदमलाल," रामभद्र झा ने कहा, "तुम जानते हो, पलटू बैजनाथ की शादी के लिए जमीन-आसमान एक किये हुए है। मैं दिल से चाहता हूँ कि बैजनाथ की शादी जल्दी से जल्दी हो जाये। तुम सभा बुलाओ। औरों की मैं नहीं जानता। कोई आये न आये, मैं आ जाऊँगा।"

कदमलाल देवन मंडल को साथ किये सचमुच घर-घर घूम गया। एक पूरा दिन और एक आधी रात से भी कुछ अधिक का समय लगाया उन दोनों ने सभा के आयोजन को सफल बनाने के लिए।

यह तय हो गया था कि बैजनाथ मंडल की अनुपस्थिति में उसके दरवाजे पर ही सभा का आयोजन हो ताकि वह दरवाजा गाँववालों की चरण-धूल से पवित्र हो जाये और घर गाँववालों के शुभाशीष से भर जाये।

कदमलाल और देवन के मुँह से तारनपुर के किस्से को जिस किसी बेटे-बेटीवाले ने सुना, उसका दिल दहल गया।

क्या ये दोनों झूठ बोल रहे हैं? यह सवाल लोगों के दिमाग में उठा था, पर यह जवाब भी सवाल के साथ ही उपस्थित हो गया कि एक झूठ को गाँव के दो-दो आदमी एक साथ क्यों बोलने लगे! उन दोनों के राख पुते चेहरे देखकर कोई कह सकता है कि वे झूठ बोल रहे थे?

बात तो बिल्कुल सच्ची इस बात से लगती है कि जो कदमलाल बैजनाथ मंडल के विवाह में बाधक माना जाता रहा है, वही अब बैजनाथ के विवाह के लिए बेकरार हो गया है। नहीं कराये बैजनाथ का विवाह, तो फिर कैसे हो उसकी अपनी बेटियों के ब्याह?

अगर तारनपुर का किस्सा झूठा है, तो दस-पाँच दिनों में झूठ की पोल खुल जाएगी। मगर अभी ही इसे झूठा मानकर कल होनेवाली सभा को निष्फल होने नहीं दिया जा सकता। अगर किस्सा सच्चा हुआ, तो? फिर कभी हो पाएगी यह सभा!

गाँव के धानुकों ने यह भी नहीं विचारा कि किस्सा झूठा तो नहीं है। उन्होंने झटपट किस्से को सच्चा मान लिया। बैजनाथ मंडल के घर में बन्द बिल्ली को लेकर नये जमाने में कूद आये फुलकाहा के धानुकों ने जिस 'धानुक सभा' की कभी ठोस नींव डाली थी, वह नींव लापता हो चुकी थी। पहली सभा के बाद फिर कभी 'धानुक सभा' की आपातिक या साधारण सभा भी नहीं हुई, 'धानुक सभा जिन्दाबाद' का नारा लगाने तक का अवसर नहीं मिला। अब फिर एक अवसर हाथ आया था फुलकाहा के धानुकों को एकजुट होने का जिसे हाथ से फिसलने नहीं दिया जा सकता था।

गाँव में बैजनाथ के ब्याह को लेकर जो उबाल आया था, उसे देखकर जनार्दन यादव ने इसका राजनैतिक उपयोग कर लेना चाहा। अब तक नेतागिरी के कितने ही साल गुजर चुके थे, मगर उसके हाथ कोई ऐसी ठोस उपलब्धि नहीं आयी थी जिसकी चर्चा गाँव में हो या अपने मुख से ही जिसका वह बखान कर सके। नेतागिरी तो लम्बे समय तक उनकी कायम रहती है जो अपने गाँव या ससुराल तक रेलगाड़ी पहुँचा देते हैं, पक्की सड़कें बनवा देते हैं, अपने इलाके में कारखाने खुलवा देते हैं या ऐसा ही और कुछ करते हैं। उससे तो ऐसा कुछ भी करते नहीं बना है। कितना जिन्दाबाद किया था उसने, मगर एक स्वास्थ्य केन्द्र भी बनते-बनते रह गया। अब एक अच्छा मौका आया था कि पूरा गाँव बैजनाथ मंडल के ब्याह के लिए उमड़ पड़ा था। अगर ऐसा कुछ करे वह कि बैजनाथ का ब्याह कराने का सेहरा उसके सिर बँध जाये, तो लम्बे समय तक उसकी नेतागिरी पर कोई आँच नहीं आनेवाली है। अगले किसी भी चुनाव प्रचार में उसे कितना कम बोलना पड़ेगा!—"संकट की घड़ी में कौन काम आया था? याद करो, बैजनाथ मंडल का ब्याह किसने कराया था?"

ब्राह्मण भी छिटककर दूर नहीं हो गये। सोलकनों पर जनार्दन यादव का एकछत्र राज उन्हें कभी रास नहीं आया था। जब पहली बार धानुक सभा की नींव पड़ी थी, तो उन्हें हार्दिक खुशी हुई थी कि अब एक जनार्दन यादव की ऐंठ नहीं चलेगी। बदले हुए वातावरण में वे चाहते थे कि गाँव में सोलकनों के ढेर सारे नेता हो जायें ताकि उन्हें आपस में लड़ाया-भिड़ाया जा सके और ब्राह्मण, सलाहकार होकर ही सही, अपना उल्लू सीधा करते रहें। अब जब एक बार फिर किसी धानुक को लेकर धानुकों के बीच सुगबुगाहट हुई, तो उन्हें उत्साहित करना जरूरी था। ऐसे भी अब यह सम्भव नहीं था उनके लिए अपने को सोलकनों से दूर-दूर रखने का; सोलकनों से सौ काम पड़ते थे और अब कोई एक भी काम उन्हें मनाये बिना नहीं होता था।

गाँव में उस दिन बाहर से जो भी आये हुए थे, सब चले आये इस विचित्र सभा को देखने। उन सबके दिमाग में अपने-अपने गाँव के उन बदकिस्मतों के चेहरे प्रकट हो गये थे जो किसी

भी कारण से ब्याह की इच्छा रखने के बावजूद अनब्याहे मर गये या मरने जा रहे थे। अब तो ऐसी किस्मत किसी की नहीं हो उनके गाँव में! अविलम्ब अपने गाँव में किसी एक बदकिस्मत के लिए एक ऐसी सभा के आयोजन का खयाल आ गया था उन्हें। उन्होंने सभा में उपस्थित होकर यह देख लेना चाहा कि किस तरह सभा बुलाकर किसी का भी ब्याह कराया जा सकता है।

कदमलाल के विशेष आग्रह पर विवाह-विशेषज्ञ जगत चौधरी ने गाँव की आज तक की सबसे बड़ी सभा का उद्घाटन किया। अपना उद्घाटन-भाषण करते हुए उन्होंने कहा, "मैं कभी विवाह-विशेषज्ञ रहा होऊँगा, जब लूलों-लँगड़ों तक के ब्याह करा डालता था, मगर अब नहीं, क्योंकि अब मैं किसी विवाह-कथा में हाथ नहीं डाल रहा। बैजनाथ मेरे पास आया था। उसे खाली हाथ लौटा नहीं दिया था मैंने। पलटू झा की योग्यता पर विश्वास कर मैंने उन्हें बैजनाथ के साथ कर दिया था। अब तक यह बात सिद्ध हो चुकी है कि बैजनाथ का ब्याह कराना कोई गुड़ियों का खेल नहीं है। अब यह किसी एक के वश की बात नहीं रही और अगर अब मैं भी विवाह-यज्ञ का अनुष्ठान फिर से करूँ, तब भी बैजनाथ के दुख दूर नहीं कर सकता।

"चुल्हिया-माँ को घरझँकनी कहकर लोग भले ही बदनाम करें, मगर भला हो इस औरत का कि उसने कहाँ-कहाँ से किस्से ले-ले आकर यहाँ घर-घर को सुना दिया है कि एक औरत के लिए बैजनाथ ने पलटू झा के साथ कैसी-कैसी यात्राएँ की हैं, कहाँ-कहाँ मार खाते-खाते बचा है और कहीं-कहीं मार खा भी गया है, और किन परिस्थितियों में किन-किन जगहों से बगटुट घोड़े की तरह भागा है। अगर फूँक निकल जाने तक बैजनाथ ऐसी ही असफल यात्राएँ करता रह गया, तब तो उसकी आत्मा यहाँ से कलपती हुई विदा लेगी। तब क्या होगा? क्या कर बैठेगी यह आत्मा? आज फुलकाहा के कसी गाछ पर कोई भूत नहीं है; हम आधी रात में भी घर से निकलकर बिना किसी डर-भय के बाग-बगीचे और खेत-खलिहान की ओर चल पड़ते हैं। बैजनाथ के मरते ही फुलकाहा के एक गाछ पर एक भूत बैठ जाएगा। आप अन्दाजा लगा सकते हैं कि इस पूरे इलाके में अपनी तरह का अकेला यह भूत कैसा विकट होगा और कितना उत्पात करेगा! ऐसा एक दिन खाली नहीं जाएगा जब सुनने को नहीं मिले कि कल रात भूत ने किसी को पटका था और कल तो शाम में ही किसी को दूर तक खदेड़ा था।

"मुझे ग्लानि हो रही है कि आज मैं विवाह-विशेषज्ञ होकर भी बैजनाथ के लिए कहीं बाहर निकल नहीं सकता। हाँ, घर बैठे तरह-तरह की सलाहें मैं अभी भी दे सकता हूँ। मगर कोई सलाह देने के पहले मैं अभी बैजनाथ के कारण पूरे गाँव पर आये संकट की बात कर लूँ। आप सब जान रहे हैं कि तारनपुर गाँव में हमारे गाँव का जो नक्शा है, वह झूठा है, मगर हम निश्चिन्त नहीं रह सकते। शादी-विवाह का मामला है। हमें इस बात की चिन्ता होनी ही चाहिए कि दूसरे गाँवों की नजर में हमारा गाँव कैसा है। तारनपुर का जो किस्सा हमें कदमलाल और देवन के मुँह से सुनने को मिला है, वह किस्सा अब कितने ही गाँवों में नाच रहा होगा। इलाके में इस किस्से का हल्का-फुल्का नाच भी हमारे लिए बेहद खतरनाक है।

"अभी ही लोगों के मन में उपज रही एक शंका का निवारण मैं कर दूँ। जो लोग सोच रहे हैं कि बैजनाथ अब अपनी उम्र की ढलान पर है, अब उसके लिए एक अदद औरत का भी

बन्दोबस्त नहीं किया जा सकता और अब बैजनाथ को झेलने की बजाय उसके भूत को झेलने का उपाय किया जाना चाहिए, उन्हें मैं बता दूँ कि उनकी शंका निर्मूल है। यह खबर अखबारों में छपी है कि एक आदमी ने सौ शादियाँ करने का संकल्प किया था और बानबे शादियाँ उसने कीं भी। सौ से वह इसलिए चूक गया कि उसकी बयासी साल की उम्र में ही असमय मौत हो गयी। जिन्हें मेरी बात का विश्वास न हो, वे अखबार पढ़नेवालों से पूछ लें। अब मैं सलाह पर आ जाऊँ।

''बैजनाथ का दुख अब पूरे गाँव का दुख है। संकट सब पर है, इसलिए प्रयास सबको करना होगा। बैजनाथधाम से लौटकर आने के बाद भी बैजनाथ मंडल और पलटू झा विवाह हेतु अपनी यात्राएँ जारी रखेंगे, मगर अब गाँव का जो कोई भी, जिस किसी भी काम से, बाहर की यात्रा पर निकले, वह सोचकर निकले कि उसकी यात्रा एक विवाह-यात्रा भी है। अपने-अपने ढंग से बैजनाथ के लिए एक लड़की का पता लगाता चले वह।

''अब जरूरी हो गया है कि बैजनाथ को अधिक से अधिक देवी-देवताओं की कृपा उपलब्ध करायी जाये। कौन जाने, किस गाँव के किस देवता की कृपा काम आ जाये! किसे पता, किस गाँव का कौन देवता केवल ब्याह ही करवाता है! यात्रा पर निकले फुलकाहावाले को राह-बाट में जो भी देवालय मिले, उसके आगे बैजनाथ की ओर से शीश नवाता चले वह।

''जो गाँव में हैं, उन्हें गाँव में रहते हुए बैजनाथ के लिए देवी-देवताओं की आराधना करनी चाहिए। हर पूजा-प्रसाद में बैजनाथ का नाम भी पढ़ा जाये। गाँव की महिलाएँ जो भी व्रत करें, वह बैजनाथ के कल्याण के लिए भी हो। मैं समझता हूँ कि इतना कुछ किये जाने पर बैजनाथ का कल्याण होकर रहेगा।

''जो गाँव अपने किसी ग्रामीण के लिए इतना कुछ करेगा, उसका अपने उस ग्रामीण पर कुछ विशेष हक भी बनता है। मेरी राय में अब बैजनाथ के लिए लड़की गाँव ही तय करे। जिस किसी को, जहाँ कहीं, जो भी पहली लड़की मिले, उसे वह उठा लाये। बैजनाथ को उस लड़की को कबूल करना पड़ेगा। हाँ, लड़की बिल्कुल ऐसी नहीं हो कि उसे देखकर बैजनाथ विक्षिप्तावस्था में चला जाये या चिमटा-कमंडल लेकर रामशरण हो जाये। बस मेरी ओर से अब और कुछ नहीं। मैं अपना भाषण समाप्त करता हूँ।''

जगत चौधरी की सलाह गाँववालों को शिरोधार्य है, यह जताने के लिए उपस्थित भीड़ ने नारा लगाया,''जगत चौधरी—जिन्दाबाद!''

जिन्दाबाद के बाद सभा अचानक भंग न हो जाये, इसलिए जनार्दन यादव ने उठकर सभा से दो शब्द बोलने की इजाजत माँगी और बोलना शुरू किया, ''जगत बाबू ने अभी-अभी जो सलाह हमें दी है, उस पर मैं गौर कर चुका हूँ। बैजनाथ भाई के नौकर रीतलाल से भी मैंने कुछ जानकारी प्राप्त कर ली है। इन सबके आधार पर रात भर अपने साथियों के साथ जगकर मैंने अपना कार्यक्रम तैयार कर लिया है। कार्यक्रम के सही कार्यान्वयन के लिए हमने 'बैजनाथ-विवाह कार्यालय' खोलने का निर्णय लिया है। यह कार्यालय मेरे घर पर अवस्थित होगा और कल से काम करना प्रारम्भ कर देगा।

''इस कार्यालय में फुलकाहा से हर दिशा में दस कोस तक की दूरी पर बसे गाँवों के देवालयों की सूची उपलब्ध रहेगी। जो जिस दिशा में यहाँ से निकलें, उस दिशा के देवालयों की

सूची कार्यालय से प्राप्त कर लें।

''हमारे कार्यालय में महीने के तीसों दिनों के व्रतों की सूची भी तैयार मिलेगी। हम अपनी ओर से भी हर सुबह घर-घर अपने आदमी भेजकर उस दिन के व्रत की सूचना दे आएँगे। गाँव की महिलाओं को बैजनाथ के कल्याण के लिए व्रत करने को प्रोत्साहित किया जाएगा। फूल और बेल पत्र वगैरह कार्यालय से मुफ्त उपलब्ध कराये जाएँगे।

''हमें रीतलाल से और फिर बैजनाथ भाई की कोठियापुरवाली काकी और महथीवाली भाभी से यह जानकारी मिली थी कि बैजनाथ की भी पहली कुछ यात्राओं की सफलता के लिए उन्होंने बहुत कुछ किया था, मगर बाद में खार खा गयी थीं कि बैजनाथ ने अपना वादा पूरा नहीं किया, यहाँ तक कि कभी एक पाव दूध तक नहीं दिया। हमने उन दोनों से वचन ले लिया है कि अगर छठ पूजा तक बैजनाथ भाई की शादी नहीं हो जाती है, तो वे बैजनाथ भाई के कल्याण के लिए हमारे खर्च पर छठ व्रत करेंगी। अगर वे अपने वचन से मुकरती हैं, तो हम उनके घर के सामने आमरण अनशन पर बैठ जाएँगे।

''हमने हर मंगलवार और शनिवार की रात को भजन-कीर्तन का कार्यक्रम तैयार किया है। इस कार्यक्रम के कार्यान्वयन की जिम्मेवारी गाँव की भजन मंडली पर होगी। जब तक भजनीकों को खिलाने के लिए गाँव से चन्दा नहीं हो जाता, तब तक उन्हें भूखे पेट भजन करना होगा। हम दूसरे गाँवों की भजन मंडलियों से भी सम्पर्क करेंगे और उन्हें यह कहकर तैयार करने की कोशिश करेंगे कि जितने दिन वे हमारे यहाँ आकर नाचेंगे, उतने दिन हम भी उनके यहाँ जाकर नाच आएँगे।

''हमारे कार्यालय में हर दिन की प्रगति का लेखा-जोखा तैयार किया जाएगा, ताकि हमें अपनी कोर-कसर की जानकारी मिलती रहे। कार्यालय में चौबीसों घंटे एक पुस्तिका उपलब्ध रहेगी जिसमें कोई भी अपनी सलाह या शिकायत दर्ज कर सकता है।

''मैं समझता हूँ कि इससे बेहतर कोई और कार्यक्रम तैयार नहीं किया जा सकता और आप सब समझिए कि इससे बेहतर किसी कार्यक्रम की जरूरत भी नहीं है। आप लोग यहाँ से यह मानकर जाइए कि गाँव का संकट टल गया। अब मैं अपने दो शब्द समाप्त करता हूँ।''

बैजनाथ के बैठते ही उसकी टोली ने आवाज लगायी, ''जनार्दन यादव—जिन्दाबाद!'' दूसरे लोगों ने भी कहा, ''हाँ-हाँ, जिन्दाबाद।''

''कुछ मैं भी कहूँगा,'' बोलकर देवन मंडल कहने लगा, ''मैं समझता हूँ कि बैजनाथ भैया ने जाने-अनजाने अपने विचार-व्यवहार से जिस किसी के मन में कभी बैर-भाव उत्पन्न किया होगा, उसके दिल का मैल अब तक धूल चुका होगा और उस दिल में बैजनाथ भैया के कल्याण का भाव घर कर चुका होगा। मगर इतना ही काफी नहीं है। हाल के दिनों जो बैर-भाव गाँव में पनपे हैं, उनसे भी बैजनाथ भैया का नुकसान हो रहा है। बैजनाथ भैया ने अपना पुरोहित बदल लिया, तो पंडित रामभद्र झा और पंडित जयनाथ मिश्र के सम्बन्ध बिगड़ गये। इसका असर बैजनाथ भैया की शादी पर पड़ रहा है। पंडित जयनाथ मिश्र क्यों चाहेंगे कि पलटू झा को बैजनाथ भैया की शादी कराने में सफलता मिले? क्यों ऐसा कुछ टोना-टोटका करना नहीं चाहेंगे जिससे बैजनाथ भैया के साथ पलटू झा भी हर यात्रा से मार खा-खाकर आते रहें?''

"नहीं-नहीं," जयनाथ पंडित ने खड़ा होकर आरोप का प्रतिवाद किया, "मेरे मन में ऐसा कोई बुरा भाव नहीं है।"

"तो फिर," देवन मंडल ने हँसकर कहा, "आप पंडित रामभद्र झा से गले मिल लें।"

"हाँ-हाँ," जयनाथ मिश्र रामभद्र झा की ओर बढ़ गये, "मिल लेता हूँ गले।"

दोनों पंडितों के अँकवार भरते ही जनार्दन यादव के साथ आये उज्ज्वल यादव ने कहा, "हम लोगों को रीतलाल से यह जानकारी मिली थी कि नेबी मंडल और चरित्तर भगत के बीच जो बकाया का झगड़ा होता रहता है, उसके कारण भी बैजनाथजी की कई यात्राएँ खराब हुई थीं। यह झगड़ा भी अब सलट जाना चाहिए।"

"यह बात सही है," चरित्तर भगत उठ खड़ा हुआ, "नेबी मंडल को शरम आनी चाहिए कि पन्द्रह रुपये के लिए वह एक पड़ोसी को सता रहा है।"

"एक घर डाइन भी बकसती है," नेबी मंडल का जवाब आ गया, "बैजनाथ बाबू की शादी के नाम पर क्या यह बनिया पन्द्रह रुपये बट्टा खाता में नहीं डाल सकता?"

"झगड़ा यहीं खत्म हो," देवन फिर हँसा, "साढ़े सात का घाटा दोनों सहें।"

कुछ रुककर चरित्तर बोला, "मैं बैजनाथ बाबू के लिए कुछ भी कर सकता हूँ।"

"मैं भी," नेबी ने सुना दिया, "पीछे हटनेवाला नहीं।"

जिन्दाबाद के नारे लग गये, तो एक बार फिर जनार्दन यादव उठा, "अगर बैजनाथ भाई के विवाह को प्रभावित करनेवाले और भी किसी झगड़े को किन्हीं को जानकारी हो, तो वे हमारे कार्यालय को सूचित कर दें। हम राह का हर कंटक दूर कर देना चाहते हैं।"

सभा-विसर्जन के पूर्व कदमलाल ने एक निवेदन किया, "हम गाँव के ब्राह्मणों से विशेष निवेदन करेंगे कि वे बैजनाथ को ध्यान में रखें।"

जवाब अशोक झा ने दिया, "इस निवेदन की जरूरत नहीं थी। देखा नहीं आपने कि दोनों पंडित किस तरह गले मिले! इतनी देर तक सभा होती रही, तरह-तरह की बातें हुईं, कोई बेंग उछला? अब तो ध्यान नहीं देने पर भी बैजनाथ मंडल पर ध्यान चला जाएगा।"

सभा का समापन धानुक सभा के नारों से हुआ,

इनकलाब जिन्दाबाद—
धानुक सभा जिन्दाबाद।
जो हमसे टकराएगा—
चूर-चूर हो जाएगा।
सौ-सौ ब्याह कराएँगे—
बैजनाथ के, बैजनाथ के।

(6)

बाबा बैजनाथ को जल चढ़ाकर जब बैजनाथ मंडल फुलकाहा पहुँचा, तब वहाँ उसे जो कुछ सुनने को मिला, उससे उसे इस बात का पक्का एहसास हो गया कि उसके गाँव से बाहर पैर रखते

ही बैजनाथधाम में बाबा जग गये थे, और जब वह जल चढ़ा रहा था, तो अवश्य बाबा ने आँखें खोलकर उसकी ओर देखा होगा, मुस्कराया होगा और शायद मन ही मन बुदबुदाया भी होगा, ''तुम आ गये, बैजू, तो अब तुम्हारा कल्याण हो गया। तुम्हारी झोली में मैंने एक लड़की भर दी हैं,'' शायद अश्रव्य स्वर में पूछा भी होगा, ''एक ही न?''

इस गाँव को अब तक बहुत बार गलियाने का अब बेहद अफसोस हो रहा था उसे। धन्य भाग्य उसका कि इस गाँव में जन्म लिया उसने जहाँ हर कोई उसके लिए फिक्रमन्द हो उठा है! वह भावविभोर होता रहा और जहाँ हर कोई शुभचिन्तक था, वहाँ हर किसी से मिलने-बतियाने और उसके प्रति अपनी कृतज्ञता प्रकट करने के लिए वह घर से बार-बार बाहर निकलता रहा, अक्सर झोंक में। जनार्दन यादव को तो वह यहाँ तक कह आया, ''धानुक सभा अपनी जगह पर है, जनार्दन बाबू; धानुकों के असली नेता तो आप ही हैं और बने रहेंगे, तब तक जब तक आपका बेटा जवान होकर आपकी जगह नहीं ले लेता,'' और जब कोठियापुरवाली काकी और महथीवाली भाभी से मिलने गया वह, तो दूध भरा लोटा लेकर गया।

जब काँवर-यात्रा पर जाते हुए गंगा पार कर रहा था बैजनाथ, तो लबालब भरी गंगा की उफान-उबाल को देखकर उसने पलटू झा से पूछा था, ''गंगा में बाढ़ का पानी आ गया है क्या?''

''हाँ, पानी तो बाढ़ का ही है,'' पलटू ने जवाब दिया था, ''मगर अभी वह बाढ़ नहीं आयी है जिसका हमें इन्तजार है।''

''इस बाढ़ के बाद उस बाढ़ को आते कितनी देर लगेगी!''

''देर लगेगी,'' पलटू ने सुनाया, ''अभी नदियाँ भर रही हैं, अच्छी तरह भर जाने के बाद पानी फेंकेंगी।''

''एक रात में ही क्या से क्या हो सकता है! बाल्टी से तो बाल्टी-बाल्टी पानी नहीं फेंकेगी कोई नदी? अगर अभी ही बाढ़ की खबर आ गयी तो?''

''खबर आ भी गयी, तो हम समय पर बाबाधाम से लौट आएँगे। लोगों के डूबने-बहने में समय लगता है।''

''बहुत समय नहीं लगता होगा,'' बैजनाथ ने खबरदार किया, ''हमें चौकन्ना रहना पड़ेगा।''

''अब यह तो नहीं होगा,'' रूखे स्वर में पलटू बोला, ''कि हम बीच रास्ते से लौट जाएँ।''

''हाँ, सो तो है।'' बैजनाथ के मुँह से आह भरा स्वर निकला।

यहाँ से आगे की यात्रा में बैजनाथ खुद चौकन्ना तो रहा, मगर पलटू झा को एक बार भी खबरदार नहीं किया। इतने बम तो साथ-साथ चल रहे थे! जो वे बताएँगे, वह क्या पलटू झा बता पाएगा? उसे जब भी मौका मिलता, साथ चल रहे बम से कुछ पूछ लेता। बैजनाथ के प्रश्न हुआ करते, ''आप किस इलाके से आये हैं? आपके इलाके में बाढ़ आती है या नहीं? बाढ़ आयी हुई है क्या? बाढ़ में लोग डूबते-बहते तो होंगे? कितने दिनो में बाढ़ आ जाएगी? बाढ़ आने के क्या-क्या लक्षण हैं?'' इन प्रश्नों को उसने इतने लोगों से और किसी-किसी से भूलवश इतनी बार पूछा कि बाबाधाम तक पहुँचते-पहुँचते और बमों के बीच वह 'बाढ़ बम' के नाम से विख्यात

हो गया। हर किसी की सलाह लेता गया वह, ''अभी आप बाढ़ के बारे में क्यों सोच रहे हैं, बम? अभी तो आप बम भोला के बारे में सोचिए,'' और हर किसी की सलाह को स्वीकार करता गया वह, ''हाँ, सो तो है।'' सलाह और स्वीकार का यह लेन-देन बाबाधाम तक अनवरत चलता रहा।

बाबा को जल चढ़ाते ही अविलम्ब वापस आने की उसकी उातवली बेहद बढ़ गयी। पलटू ने बहुत समझाया, ''बाबाधाम लोग बार-बार तो नहीं आते, बैजनाथ बाबू। जब गृहस्थी में उलझ जाएँगे, बाल-बच्चेदार हो जाएँगे, तब क्या आना हो पाएगा आपका? बाल-बच्चों में ही इनता रम जाएँगे कि बाबा याद भी नहीं आएँगे। अब दो-एक दिन रुककर हम यहाँ के उन दर्शनीय स्थलों को देख ही लें जिन्हें फिर कभी देखना नहीं हो पाएगा। यहाँ से सिर्फ दो कोस की दूरी पर एक पर्वत पर महर्षि वाल्मीकि का तपोवन है। वहाँ शिखर पर एक शिव-मन्दिर भी है और शूलकुंड नाम का कुंड भी। हम उन्हें देख आयें। यहाँ से पाँच कोस पर त्रिकूटेश्वर शिव-मन्दिर है। हम वहाँ भी चलें। यहाँ से उत्तर-पूर्व हरिलाजोड़ी है जहाँ एक हर्र के वृक्ष के नीचे रावण ने ब्राह्मणवेशधारी श्रीनारायण के हाथ में वैद्यनाथलिंग दिया था। हमें वहाँ भी चलना...।''

''नहीं-नहीं,'' बैजनाथ ने पलटू को आगे चलने से बीच में ही रोक दिया, ''हम कहीं नहीं जाएँगे। सब जगह शिव ही शिव हैं। हमने असली शिव को प्रसन्न कर लिया। अब किसी शिव के दर्शन करने की जरूरत नहीं है। चलिए बाढ़ के दर्शन करने।''

''यहाँ सिर्फ शिव के ही नहीं,'' पलटू ने बताया, ''दूसरे देवी-देवताओं के भी मन्दिर हैं—गणपति-मन्दिर, ब्रह्माजी का मन्दिर, हनुमान-मन्दिर, सूर्य-मन्दिर, गंगा-मन्दिर, राम-मन्दिर, बगला देवी का...।''

''बस कीजिए,'' बैजनाथ मंडल ने टोक दिया, ''हम और किसी मन्दिर में नहीं जाएँगे। बाबा भोले को गुस्सा आ सकता है कि जब मेरे पास आया ही था, तो फिर औरों के पास क्यों गया? हम कहीं नहीं जाएँगे।''

''वासुकिनाथ तो जाएँगे?'' गुस्साकर पूछा पलटू झा ने।

''वहाँ क्यों?''

''है तो वहाँ भी शिव-मन्दिर ही,'' पलटू ने बताया, ''मगर यह मान्यता है कि बाबाधाम की यात्रा तब तक पूरी नहीं होती जब तक लोग वासुकिधाम में चन्द्रकूप सरोवर का जल शंकरजी पर नहीं चढ़ाते।''

''ऐसा है, तब तो चलना ही होगा,'' बोलकर बैजनाथ ने पूछा, ''वहाँ भी तो आस-पास दर्शनीय स्थल होंगे और ढेर सारे मन्दिर?''

''हाँ, हैं,'' पलटू गिनाने लगा, ''आस-पास दुखहरणाथ, नीमानाथ नामक तीर्थ हैं; और मन्दिर तो अन्नपूर्णा, तारा, त्रिपुरसुन्दरी, कमला, बटुक भैरव...''

''बहुत हैं,'' फिर टोका बैजनाथ ने, ''अभी ही सुन लीजिए कि हम वहाँ चन्द्रकूप सरोवर का जल शंकरजी को चढ़ाकर उलटे पाँव लौट आएँगे।''

''जैसी आपकी मरजी।''

उतावली गाँव आकर भी दूर नहीं हुई बैजनाथ की, दिन-दिन बढ़ती ही गयी। गाँववाले बहुत कुछ कर रहे थे। लोग यात्रा पर निकल रहे थे और हर यात्रा में दस-बीस देवालयों के आगे शीश नवाकर ही आते। औरतें व्रत करने में कोताही नहीं कर रही थीं। मंगल और शनि को भजन-कीर्तन चालू रहा। मगर वह तो नहीं हो रहा था—ब्याह!

अब तक तो कभी का यह खयाल भी उसके मन में जाता रहा था कि लड़की हंसा या हाथी की तरह चलती हो, कोमल शरीर हो उसका और दाँत उसके छोटे-छोटे हों। गाँववालों के इस निर्णय का कि 'जिस किसी को, जहाँ कहीं, जो भी पहली लड़की मिले, उसे वह उठा लाये,' उसने विरोध नहीं किया, कभी आह-ऊँह तक नहीं की। किया बस इतना भर कि अभियान पर निकले हर शुभचिन्तक के कान में चुपके-चुपके इतना भर कह दिया, "विवाह ठहराने के पहले एक बार मुझे चुपके से लड़की अवश्य दिखला दीजिएगा, ताकि मैं यह जाँच लूँ कि उसे देखकर मैं विक्षिप्तावस्था में तो नहीं चला जाता हूँ।" मगर तब भी कहाँ कुछ हो रहा था!

बाढ़ की खबर भी नहीं आ रही थी!

वह अधीर होता चला गया।

हर दिन, दिन में कम-से-कम दो बार, बैजनाथ पलटू झा के घर जाता रहा था हाल-चाल पूछने। एक दिन सुबह-सुबह पलटू ही आ गया। उसे देखते ही बैजनाथ हुलस उठा, "आ गयी खबर?"

"कैसी?"

"बाढ़ की?"

"अभी तक तो नहीं आयी है।"

"ऐसा न हो कि बाढ़ आकर चली भी जाये और हम यहाँ बेखबर पड़े रहें!"

"ऐसा हो सकता है क्या!" पलटू बोला, "एक साँड़ के गड्ढे में गिर जाने की खबर तक अखबारों में छप रही है; सौ-सौ गाँवों के बाढ़ में बह जाने की खबर ही नहीं छपेगी! मैं नियम से हर दोपहर बनवारीलाल के यहाँ अखबार पढ़ने चला जाता हूँ। बाढ़ की खबर अखबार से भी पहले रेडियो से सुनने को मिलेगी। मैं रोज रात में रेडियो से समाचार सुनने नरेश बाबू के घर जाया करता हूँ।"

"अब आप मेरे घर ही आ जाया करें," बैजनाथ ने सुनाया, "मैं आज ही सहसौल जाकर एक रेडियो खरीद ले आता हूँ।"

"आप रेडियो खरीद लीजिए," पलटू ने कहा, "मगर अभी मैं एक और बात ही कहने आया था।"

"क्या?"

"जो काम अब तक हम दोनों कर रहे थे, वह अब पूरा गाँव कर रहा है। अब हम निश्चिन्त हो जाएँ और निश्चिन्त होकर मन्दिर बनवा लें। उधर दुलहन आएगी, इधर मन्दिर तैयार मिलेगा।"

"मन्दिर बनते देर लगेगी क्या! दुलहन तो आ जाये।"

"अब तो दुलहन आ ही गयी समझिए। किसी भी दिन खबर आ जाएगी, ब्याह की ठहरौनी हो गयी। बाबा भोले को जल चढ़ाकर बाबाधाम से हो आये हैं; उन्होंने झोली नहीं भर दी होगी क्या? बाबा भोले का भरोसा नहीं?"

"भरोसा तो है कि बाबा ने झोली में लड़की भर दी है, नहीं तो पूरा गाँव मेरे ब्याह का बीड़ा नहीं उठा लेता; मगर जब तक लड़की झोली से निकलकर मेरे हाथ में नहीं आ जाती, तब तक तो दिन नहीं मानेगा, बेचैनी कम नहीं होगी। आप तो जान ही रहे हैं कि कितनी ही बार हाथ में आयी लड़की हाथ से फिसल गयी है, शादी होते-होते रुक गयी है। आप देख रहे हैं कि गाँववाले इतना कुछ कर रहे हैं, तब भी मैं बाढ़ के लिए व्याकुल हो रहा हूँ। बेचैनी में मन्दिर का काम शुरू करने के लिए मुझसे मत कहिए, गुरुजी।"

"तब तो यही होगा कि गाँव वाले अपना काम करते रहें, हमें बाढ़ की खबर पर कान लगाये रहना पड़ेगा और खबर मिलते ही धावा बोलना होगा?"

"और क्या, और क्या!" बैजनाथ लगभग चीख पड़ा, "कुछ और कैसे सोच लिया आपने, गुरुजी? बाबा भोले भी तो जान रहे हैं कि हम वहाँ से छूटेंगे, तो बाढ़ की तरफ दौड़ेंगे। क्या पता, बाबा ने जिस झोली में लड़की भरी है, उस झोली का मुँह बाढ़ की रस्सी से ही बँधा हो। आप भी तो मेरे साथ काँवर लेकर गये थे; बाबा नहीं चाहेंगे कि मेरे ब्याह का यश आपको मिले?"

"ठीक है," पलटू बोला, "जैसा आप चाहेगे, वैसा ही होगा।"

बैजनाथ उसी दिन एक ट्रांजिस्टर ले आया और सुबह से आधी रात तक ट्रांजिस्टर को कान से लगाये बाढ़ की कैसी भी खबर सुन लेने के लिए तरसता रहा। एक रात वह ट्रांजिस्टर लिये हुए पलटू झा के घर की ओर दौड़ गया। हाँक सुनकर जैसे ही पलटू बाहर आया, बैजनाथ, लगभग उतनी ही खुशी से जितनी खुशी उसे अपने ब्याह हो जाने पर होती, हुक्के की तरह गड़गड़ाया, "अभी-अभी खबर सुनी है मैंने; बाढ़ आ गयी।"

"कहाँ आ गयी?"

"कहीं आ गयी।"

"मैं भी अभी नरेश बाबू के घर से ही आ रहा हूँ समाचार सुनकर," पलटू बोला, "बाढ़ अभी वहाँ नहीं आयी है, जहाँ हम जाएँगे।"

"कहाँ आयी है?"

"सीवान के इलाके में।"

"कहाँ आना जरूरी है?"

"सहरसा-सुपौल के इलाके में।"

"बाढ़ तो बाढ़ ही है, इस इलाके में आये या उस इलाके में। खबर में कहा गया है कि सैकड़ों गाँव पानी में डूब गये हैं। लोग तो वहाँ भी पानी में डूब ही रहे होंगे, धारा में बह-बहकर किनारे लग रहे होंगे।"

"आपने समाचार ध्यान देकर सुना था?" पूछा पलटू ने और सुनाने लगा, "समाचार में गाँवों के डूबने की बात कही गयी है, लोगों के डूबने की नहीं। लोग धारा में बह रहे हैं, ऐसी कोई खबर नहीं है।"

"हम चलकर देख लेते।"

"जो इलाका हमारा देखा-सुना नहीं है, जिस इलाके की बाढ़ की हमें कोई जानकारी नहीं है,वहाँ जाकर क्यों बेवकूफ बनें हम! वहाँ लोग डूबते हैं या नहीं, बहते हैं या नहीं, कुछ भी जानते हैं हम? हो सकता है, इस इलाके में लोग सरकार से कर्ज लेकर पक्के दोतल्ले-तिनतल्ले बनवा चुके हों और बाढ़ के समय छतों पर जा बैठते हों; यह भी हो सकता है कि उस इलाके में सरकार ने बड़े-बड़े जंगल लगा रखे हों; ताकि पानी आते ही लोग अपने-अपने घर से निकलकर जंगल के पेड़ों पर जा बैठें। मैं आपको पहले ही बता चुका हूँ कि हम मामा के पुराने गाँव के इलाके में जाएँगे। उधर लोग अभी भी बेसहारे हैं। और दो-चार दिन दम धरिए। एक तरफ बाढ़ आ गयी, तो दूसरी तरफ बाढ़ आने में कितना समय लगेगा?"

"वही तो मैं भी कह रहा हूँ, गुरुजी," बैजनाथ ने कहा, "अब दूसरी तरफ भी बाढ़ आने में कितना समय! दो-चार दिन तो टिकान ढूँढ़ने में ही लग जाएँगे। हम अभी ही घुस जाएँ उस इलाके में, निकल चलें यहाँ से।"

"बैजनाथ बाबू!" पलटू कुछ खीजकर बोला, "हम पानी देखकर टिकान बनाएँगे।"

"ठीक है, और दो-चार दिन! अब आपकी मरजी से ही चलूँगा," आह भरकर बैजनाथ ने ताकीद की, "मगर अपना झोला तैयार रखिए। खबर आयी नहीं कि हम घर से निकले।"

"घड़ी की देर नहीं होगी," पलटू ने जवाब दिया।

गाँव से जो लोग बाहर की यात्रा पर निकल रहे थे, उनकी ढूँढ़ती निगाहों में सिर्फ बैजनाथ के लिए एक लड़की ही नहीं होती थी, वे तारनपुर के किस्से के सच-झूठ का पता लगाने की भी धड़कते दिन से एक कोशिश अवश्य करते थे।

किसी ने किसी गाँव के अपने मौसा से पूछा था,"यहाँ ऐसा कुछ सुनने को मिला है, मौसा, कि यहाँ के लोग अब अपने बेटा-बेटी का ब्याह फुलकाहा में करना नहीं चाहते?"

"ऐसा तो कुछ नहीं सुना है," मौसा ने जवाब दिया था, "हाँ, यह सुना है कि फुलकाहा का कोई बैजनाथ मंडल किसी बाभन को साथ लिये गाँव-गाँव भटक रहा है और उसे कोई लड़की नहीं मिल रही है। वहाँ कोई बैजनाथ मंडल है क्या?"

"हाँ, है तासे।"

"गाँव-गाँव भटक रहा है?"

"भटक तो रहा है।"

"शादी नहीं हो रही?"

"अभी तक तो नहीं हुई है।"

"तब कोई बात जरूर है," मौसा बोल गये, "मैंने पूरे फुलकाहा के बारे में तो नहीं सुना है,मगर हो सकता है, औरों ने सुना हो। तुम्हें इसकी भनक कब लगी?"

“एक गाँव है तारनपुर; वहीं से बात फूटी है।”

“बात फूटी है, तो बिल्कुल निराधार नहीं होगी। बैजनाथ मंडल का किस्सा तो सबके सामने है। पूरा किस्सा भी यहाँ पहुँच ही गया होगा; मैं पता लगाता हूँ।”

“किसी से यह मत कहना,” बेटे से सारा किस्सा सुनकर बाप ने कहा, “कि तुम्हारे मौसा ने केवल बैजनाथ मंडल का किस्सा सुना है, तारनपुर का किस्सा नहीं। मौसा से कह आये हो, तो अब तक तुम्हारा मौसा अपने पूरे गाँव को यह किस्सा सुना चुका होगा।”

किसी ने किसी गाँव के अपने फूफा से मिलकर घर आने के बाद बाप को खबर दी, “तारनपुर का किस्सा झूठा लगता है, बाबू; फूफाजी को कोई खबर नहीं।”

“एक तुम्हारे फूफाजी ने गाँव में घूम-घूमकर पता लगाया; वहाँ कोई बुरी खबर नहीं पहुँची है, बैजनाथ मंडल के बारे में भी कुछ नहीं।”

“खबर अब तक नहीं पहुँची है, तो कैसे सोच लिया कि अब पहुँचेगी ही नहीं? खबर हर तरफ तेज नहीं भागती, किसी किसी ओर लँगड़ाकर भी चलती है। और लोग भी तो बाहर जा रहे हैं,पता लगा रहे होंगे। उन्हें ही बताने दो कि तारनपुर का किस्सा सच्चा है या झूठ।”

“मैं कुछ नहीं बोलूँ?”

“बोलो; यही बोलो कि किस्सा सच्चा है।”

“झूठ बोलूँ?”

“अगर कल किस्सा सच्चा निकल गया, तो तुम यहाँ के लोगों से दस बातें सुनोगे। अगर किस्सा झूठा ही है, तो रहे; कुछ बुरा तो नहीं हो रहा है। यह किस्सा बैजनाथ मंडल की शादी करा दे, तो क्या बुरा? भला होने दो उस बेचारे का। गाँववालों को पता चल गया कि किस्सा झूठा है, तो ब्याह से हाथ खींच लेंगे।”

जमीन सूँघकर अन्दर गड़े मुकदमों का पता लगा लेनेवाले बनवारीलाल ने जब बैजनाथ के ब्याह को सूँघा, तो उसके अन्दर से मुकदमे की गन्ध आ गयी। कुछ दिन लग गये, मगर सहसौल कचहरी में बैठे-बैठे ही उसने बीसों गाँवों के लोगों से जान लिया कि उनकी जिस सूची में धमदाहा के गाँव हैं, उसमें फुलकाहा नहीं है। मौसा-फूफा के गाँवों से लौटकर आये लोगों की तरह वह चुप नहीं लगा गया। बैजनाथ का ब्याह जाये भाड़ में। वह किसी का ब्याह देखे या अपना मुकदमा!

जिस दिन उसे लगा कि कुछ और गाँवों की जानकारी प्राप्त करने के लिए कुछ और दिन रुक जाने पर उसे ‘चिड़िया चुग गयी खेत’ का रोना न रोना पड़े, उस दिन कचहरी से आकर वह सीधे देवन मंडल के पास गया और उसे जीवन-मरण के सवाल पर विचार-विमर्श करने के लिए साथ लेकर कदमलाल के पास पहुँच गया।

बन्द कमरे में बनवारीलाल ने अपनी बात शुरू की; पहला सवाल किया, “तारनपुर में आप लोग किसके पास गये थे?”

“जीतन मंडल के पास।” कदमलाल ने जवाब दिया।

''उस आदमी का कभी फुलकाहा के किसी धानुक के साथ झगड़ा भी हुआ है?''

''ऐसा तो इधर कुछ नहीं हुआ है।''

''बाप-दादा के समय में हुआ हो?''

''बाप-दादा के समय में!'' कदमलाल बुदबुदाया, ''हमें तो इसकी कोई जानकारी नहीं है।''

''पूरे गाँव के साथ झगड़ा हुआ होता, तब तो मुझे इस झगड़े की जानकारी रहती। मगर झगड़ा अवश्य हुआ है—हो सकता है,शादी-ब्याह की बात को लेकर ही हुआ हो—उस आदमी के बाप-दादा की आपमें से किसी के बाप-दादा के साथ। अब उसका बेटा या पोता बैजनाथ मंडल को आधार बनाकर पूरे फुलकाहा से बदला लेना चाहता है। उसने जो अफवाह उड़ायी है, वह झूठी है। मैं एक सौ एक गाँवों से जानकारी लेकर आ गया हूँ। बैजनाथ मंडल की चर्चा जहाँ-तहाँ है, मगर हमारा गाँव धमदाहा का गाँव नहीं हुआ है। जीतन मंडल झूठ बोल रहा है और जब उसका बाप-दादा के जमाने का इतना पुराना बैर जग गया है, तब अवश्य वह जी-जान से इस झूठ को जिन्दा रखने का प्रयास कर रहा होगा। यह जान लीजिए कि कोई झूठ बहुत दिनों तक जिन्दा रह गया, तो वह सच बन जाता है। हमें अभी ही इस झूठ का प्रतिवाद और प्रतिकार करना होगा,नहीं तो हम कहीं के नहीं रहेंगे, यह पूरा गाँव कहीं का नहीं रहेगा।''

''क्या करना होगा?'' कदमलाल ने धीमी आवाज में पूछा।

बनवारीलाल ने जोर देकर कहा, ''जीतन मंडल की पिटाई।''

''पिटाई!'' कदमलाल और देवन दोनों के मुँह से हल्की-सी चीख निकल आयी।

''हाँ,'' चीख से बेअसर बनवारीलाल ने कहना शुरू किया, ''पिटाई से यह बात सामने आ जाएगी कि पिटाई क्यों हुई। जिन गाँवों तक अभी जीतन मंडल का झूठ नहीं पहुँचा है,वहाँ के लोग किसी गाँव को बदनाम करनेवाले की पिटाई को उचित ठहराएँगे और हमारा साथ देंगे। जीतन मंडल के झूठ को अगर दूसरे किसी गाँव के किसी नकलोल ने अब तक लोक भी लिया होगा, तो वह तुरन्त इस झूठ को यह सोचकर फेंक डालेगा कि उसकी भी पिटाई हो सकती है। अभी की पिटाई से जीतन मंडल का झूठ अभी ही दम तोड़ देगा और हमारा गाँव गर्त में गिरने से बच जाएगा। अगर जरूरत हुई तो हम इलाके के गाँव-गाँव में इस पिटाई का ढोल बजवा देंगे।''

''जीतन मंडल को पीटने कौन जाएँगे?'' कदमलाल पूछ बैठा।

''जाएँगे आपके धानुक,'' अपनी जाँघ पर मुक्का मारकर बनवारीलाल ने सुनाया, ''क्यों नहीं जाएँगे? सभा में उन्होंने नारे नहीं लगाये थे, 'जो हमसे टकराएगा, चूर-चूर हो जाएगा?' सौ-सौ ब्याह कराने का भी नारा दिया था उन्होंने। पहले ब्याह में ही घूँघट काढ़ लेंगे? किसी एक को भी चूर करने को तैयार नहीं?''

''नारा तो लगाया है सबने,'' कदमलाल ने कुछ संकुचित स्वर में कहा, ''मगर मार करने यहाँ से तारनपुर शायद ही कोई जाएगा! मैं खुद नहीं जा पाऊँगा। मारकर भागना पड़ेगा न? मैं दौड़ ही नहीं पाता हूँ।''

''मैं भी जा पाऊँगा क्या!'' देवन बोल गया, ''जाना बीमार है। बुढ़िया अब-तब पर है। एक बैल सानी नहीं खा रहा; उसका इलाज। मुझसे सुबह से देर रात तक घर का काम करना

पड़ता है।''

''छोड़िए, आप लोगों को मार करने नहीं जाना है,'' बनवारीलाल ने सहज भाव से कहा,''यह काम मेरे जिम्मे। कचहरी में रोज ही मुझे लुच्चे-लफंगों से भेंट होती रहती है। किन्हीं दो को मैं तैयार कर लूँगा। मगर वे तीन-चार सौ रुपये से कम नहीं माँगेंगे।''

''यह पैसा कहाँ से आएगा?'' कदमलाल ने पूछा।

''अभी तो सब कुछ बैजनाथ मंडल के लिए ही हो रहा है।''

''बैजनाथ से पूछना पड़ेगा।''

''पूछना क्या है!'' बनवारीलाल गरमाया, ''उससे कहिए कि वह पैसा निकाले।''

''एक बात और है, बनवारी बाबू।'' देवन बोला।

''बोलिए, हर सवाल का जवाब है मेरे पास।''

''हमारे लड़ाके पकड़े जा सकते हैं?''

''उसकी चिन्ता आप क्यों करें? हमने चार सौ में ठीक दे दिया, बस।''

''अगर पकड़े गये, तब तो वे बैजनाथ मंडल का नाम उगल देंगे?''

''नाम तो उन्हें हर हाल में उगलकर आना है, नहीं तो काम कहाँ हुआ हमारा! लोग कैसे जानेंगे कि क्यों पिटाई हुई?'' बनवारीलाल ने सुनाया, ''ठोंक-कूटकर जीतन मंडल का भुरकस निकालते हुए लड़ाके उसे यह भी बताएँगे कि वे दोनों फुलकाहा के बैजनाथ मंडल के पहलवान हैं।''

''तब तो बैजनाथ मंडल पर मुकदमा ठोंक सकता है जीतन मंडल?''

''ठोंके,'' बनवारीलाल ने अकड़कर कहा, ''हम क्यों डरें!''

''थाना-कचहरी में तो खर्च होगा?''

''नहीं के बराबर,'' बनवारीलाल ने कहा, ''जहाँ किसी का दस होता है, वहाँ हमारा एक होगा। जिन्दगी भर तो कचहरी में ही पापड़ बेलता रहा हूँ; वह किस दिन काम आएगा। मैं बहुत कम खर्च में मुकदमा लड़ लूँगा। आप लोग पैसा मत देखिए, यह देखिए कि कितना बड़ा काम हो रहा है।''

''मुकदमा हुआ,'' कदमलाल ने शंका जतायी, ''तब तो बैजनाथ जेल का दरवाजा भी देख सकता है?''

''दरवाजा देख सकता है,'' कदमलाल ने आश्वासन दिया, ''मगर सजा नहीं होने दूँगा। दो-चार दिनों में ही जेल से बाहर निकाल लूँगा।''

''अगर ब्याह की तिथि पड़ जाये और बैजनाथ जेल में ही पड़ा रहे, तो?''

''ऐसा होने दूँगा मैं? आप मुझे घर की मुरगी दाल बराबर मत समझिए। मैं अभी लिखकर दे सकता हूँ कि ब्याह के दिन बैजनाथ को जेल से निकाल ले आऊँगा या लड़की को जेल पहुँचाकर वहीं ब्याह करवाऊँगा।''

''मैं बैजनाथ से बतिया लेता हूँ,'' कदमलाल ने कहा, ''उसे कुछ अधिक पैसों का जुगाड़ करना पड़ेगा।''

''जुगाड़ कर लेगा वह,'' बनवारीलाल ने सुनाया, ''कुछ अभी कर ले, और कुछ-कुछ

धीरे-धीरे करता रहे। हाँ, कल के लिए चार सौ रुपये कचहरी जाने के पहले मुझे मिल जाना चाहिए। कल शाम तक मैं काम करवा लेता हूँ; परसों आप ढोल बजवा दीजिए।''

''हम अभी ही जाकर बैजनाथ से मिल लेते हैं।''

''उसे ठीक से समझाइएगा,'' कदमलाल के कन्धे पर हाथ रखकर बनवारीलाल ने कहा, ''मैं सुबह आपका इन्तजार करूँगा।''

सुबह होते ही कदमलाल का इन्तजार करने की बजाय बनवारीलाल उसके घर पहुँच गया। कदमलाल ने बताया कि उनसे मिलने के लिए बैजनाथ अब घर से निकल ही रहा होगा। बैजनाथ का घर दूर तो नहीं था। वहाँ उनकी मुलाकात बैजनाथ के नौकर रीतलाल से हुई। पूछने पर रीतलाल ने बताया, ''मालिक पैसे का जुगाड़ करने गये हैं।''

''कब तक लौटेंगे?''

''कुछ कहकर नहीं गये हैं।''

तीन दिनों तक सुबह-शाम बनवारीलाल से नजर मिलते हीरीतलाल तोते की तरह टें-टें कर उठता, ''नहीं आये हैं, अभी नहीं आये हैं।''

चौथे दिन कदमलाल ही उन्हें सुबह-सुबह सूचित करने आ गया, ''बैजनाथ गाँव से भाग गया।''

''कब?''

''अभी-अभी, थोड़ी देर पहले, पलटू झा के साथ।''

(7)

भोर का कौआ अभी बोला नहीं था। मंगलपुर पहुँचने पर कौओं का काँव-काँव उनके कान में पड़ा। मंगलपुर तक उन दोनों की बोली भी नहीं फूटी थी, कौओं के बोलने के बाद भी नहीं। उन्हें लग रहा था कि गाँव के लोग उन दोनों को पकड़ने के लिए दौड़े चले आ रहे हैं और जब फुलकाहा बस पड़ाव पर उन्हें नहीं पाएँगे, तो मंगलपुर बस पड़ाव तक धावा मारेंगे। जब मंगलपुर में सहसौल जानेवाली बस में सवार हो गये वे, तब उन्होंने राहत की साँस ली और उनके कंठ खुले।

तीन दिनों के बाद मिल रहे थे दोनों; बोलने-बतियाने को बहुत कुछ था। पहले बैजनाथ ने ही मुँह खोला, ''यह तो मैंने बहुत बुद्धिमानी का काम किया था, गुरुजी, कि उस रात कदमलाल भैया और देवन के अपने घर से निकलते ही मैं आपके घर की ओर दौड़ गया?''

''मुझे याद नहीं कि इस टक्कर की बुद्धिमानी आपने पहले कभी दिखायी हो,'' पलटू बोला, ''अगर रात में ही नहीं आ गये होते, तो अगले दिन मेरे पास आने के पहले आपके पास गाँव के ढेर सारे लोग पहुँच जाते। बनवारीलाल ने कदमलाल और देवन को तो अपने चंगुल में फँसा ही लिया था, पूरे गाँव को अपने जाल में फँसा लेता, और फिर पूरे गाँव को आपके दरवाजे पर ला खड़ा करता। सिर्फ आपका नहीं, पूरे गाँव का मामला था। गाँववालों के आगे आपको

झुकना पड़ता। झुकना पड़ता या नहीं?"

"हाँ, गुरुजी, झुकना पड़ता।"

"तब क्या होता, सोचिए," पलटू ने भविष्य दिखलाया, "जीतन मंडल को मार गलती, मुकदमा होता। कोई बाहर का आदमी गाँव में घुसकर मारकर जाये, यह बात पचा नहीं पाते तारनपुरवाले। तब क्या होता? जहाँ किसी फुलकाहावाले को पकड़ते वे, वहीं उसकी कुटाई कर देते। तब क्या होता? एक की जगह कई-कई मुकदमे होते और गाँववालों के दबाव में आपको हर मुकदमे का खर्च उठाना पड़ता। तब क्या होता? एक धुर जमीन भी बचती आपके पास? आपका घर-मकान तब बिक जाता। मैं तो अभी भी यह सोचकर सिहर उठता हूँ कि आप उस बँसबाड़ी तक को बेच डालते जिसमें गणेशजी गड़े पड़े हैं और जिस पर हम मन्दिर बनवाएँगे। घबराहट में तो देवी-देवता की भी सुध नहीं रहती।"

"घर-जमीन बिक कैसे जाता, गुरुजी?" बैजनाथ बोला, "यह बात सच है कि उस समय मेरे मन में मुकदमे के पीछे घर-जमीन बिकने का खयाल नहीं आया था, मगर जब मुझे बताया गया कि जेल भी जाना पड़ सकता है, तब क्या मेरे मन में भोर से पहले गाँव से निकल भागने का खयाल नहीं आ गया था? मैं उसी समय अपना झोला तक लेकर आपके पास पहुँच गया था या नहीं? कहा था या नहीं कि अभी इसी समय गाँव छोड़कर चलिए मेरे साथ?"

"उसी समय गाँव छोड़कर निकलने की जरूरत नहीं थी, यह तो अब आप महसूस कर रहे होंगे। कहाँ-कहाँ तीन दिनों तक भरमते-भटकते रहते हम! यह तो अच्छा हुआ कि आपको हठ पकड़ने का कोई अवसर नहीं दिया मैंने और आपने झख मारकर मेरी सलाह मान ली। किसी ने जाना कि आप घर में छिपे हुए हैं?"

"नहीं, किसी ने नहीं जाना," पहली बार मुस्कराया बैजनाथ, "जब तक मैं लौटकर गाँव नहीं आ जाता हूँ, तब तक रीतलाल हर किसी को यही जवाब देता रहेगा कि मालिक घर में नहीं हैं, पैसे का जुगाड़ करने गये हैं। कुछ लोग तो आज भी भोर-भोर पूछने आ गये होंगे।"

"हमें किसी ने भी आपके घर से निकलते नहीं देखा होगा।"

"कोई आवाज नहीं हो, इसीलिए तो मैंने रीतलाल को बाहर ही सुला दिया था। कदमलाल भैया कागारोर के पहले ही जग जाते हैं। आपने रीतलाल को धीरे-से जगाया था न?"

"देह हिलाकर," पलटू बोला, "रीतलाल ने ही किवाड़ खुलवाने के लिए कुछ तेज आवाज में आपको हाँक लगायी थी।"

"अब किसी ने आवाज सुनी भी हो तो क्या! घर से निकलते देखा भी हो, तो क्या!" हँसा बैजनाथ, "क्यों, गुरुजी, तो क्या?"

"हाँ, तो क्या!" पलटू हँसी में शरीक हो गया, "अब क्या?"

बस में रास्ते भर बोलते-किलकते वे दोनों सहसौल आ गये।

सहसौल में बस से उतरते ही उनके कानों में अखबारवालों की आवाजें पड़ीं, "बाढ़ का तांडव शुरू!...सैकड़ों गाँव जलमग्न!...लाखों लोग तबाह!...।" यह सब सुनकर बैजनाथ गद्‌गद्‌ हो गया। उसने तुरन्त एक अखबार खरीद लिया और पढ़ने लगा।"

"चलिए जल्दी से स्टेशन," पलटू झा ने उसे अखबार पढ़ने से रोक दिया, "बाढ़ के समय रेलगाड़ियाँ रद्द होने लगती हैं। न जाने कब मिले! कोई छूट न जाये!"

पूरे तीन घंटे के बाद गाड़ी मिली उन्हें। इन तीन घंटों में बैजनाथ ने पूरा अखबार चाट लिया, किस खबर में बाढ़ की खबर मिल जाये! 'सरकार राहत पहुँचाने में विफल!'— इस खबर पर बुदबुदाया था वह, "क्या-क्या करेगी सरकार!"

गाड़ी सहरसा शाम में पहुँची। स्टेशन के पास के ही एक 'पवित्र हिन्दू भोजनालय' में 'दाल भात तीन तरकारी, चटनी' खाकर उन्होंने स्टेशन के प्लेटफार्म पर ही रात काट ली।

यात्रा के शुरू में ही पलटू झा ने बैजनाथ को बता दिया था, "सहरसा से बस पकड़कर हम महेशपुर जाएँगे। वहाँ से करीब आधा कोस पैदल चलकर हम खरैया बाँध पर पहुँचेंगे। बाँध से उतरते ही वह इलाका शुरू हो जाता है जिसमें मेरे मामाजी का गाँव था।"

"उस गाँव का अब कोई नाम-निशान नहीं रहा?" बैजनाथ ने पूछा था।

"नाम तो है, निशान नहीं रहा। वहाँ से परिवार को लेकर निकल जाने के बाद भी मामाजी हर साल बाढ़ उतरने के बाद वहाँ जाते रहे थे यह देखने कि गाँव उगा या नहीं। चार-पाँच सालों के बाद वहाँ जाना बन्द कर दिया। नदी के पेट से निकलता गाँव, तो बालू के पेट में समा जाता। पेट बदलता रहा, मगर किसी के पेट से सही-सलामत बाहर नहीं निकला मामाजी का गाँव।"

"निशान नहीं रहा, तो नाम कैसे रह गया?"

"मामाजी के गाँव का नाम था मोहनपुर। उसके आस-पास के कुछ गाँवों के नाम मुझे अभी भी याद हैं—शंकरपुर, लड़कनियाँ, रसिकपुर, महसौरा, चपरा, वगैरह। इन गाँवों का भी वही हाल हुआ था जो मामाजी के गाँव का हुआ था। गाँवों के लापता हो जाने के बाद जो जहाँ भाग सके, भाग गये, मगर भागकर जहाँ समाये, वहीं अपना टोला बसा लिया और उस टोले को अपने डूब गये गाँव का नाम दे दिया। मामाजी अभी जहाँ रह रहे हैं, उस गाँव का नाम मोहनपुर ही है।"

बैजनाथ को विश्वास था कि बाढ़ की ओर जानेवाली बस में भीड़ नहीं होगी, मगर अपने और पलटू झा के लिए जगह पा लेने के प्रयास में उसे ठेलमठेल बस में घुसना पड़ा। जिन कुछ लोगों से उसने पूछा कि वे कहाँ जा रहे हैं, उनमें से अधिकांश ने यही बताया कि वे अपने बाढ़पीड़ित सम्बन्धियों को देखने जा रहे हैं।

बस में सवार यात्रियों के बीच लगातार बाढ़ के बारे में ही बातें हो रही थीं, मगर ये बातें तब अचानक रुक गयीं जब सबने एक साथ सुना, "दिल्ली।"

बस की सबसे आगे की बर्थ पर तीन व्यक्ति बैठे हुए थे। उनमें से एक अन्य दो से कह रहा था, "यह हमारा सौभाग्य है, सर, कि आप दोनों दिल्ली से यहाँ आ गये। आज तक दिल्ली का कोई पत्रकार यहाँ नहीं आया था। मैं यहाँ की खबरों को दिल्ली तक पहुँचाने का बराबर प्रयास करता रहा, मगर मेरी खबरों को दिल्ली के किसी अखबार में कभी जगह नहीं मिली। मैं तो यहाँ का एक छोटा-मोटा पत्रकार हूँ, सर; स्थानीय अखबारों में छपता हूँ; मगर अब आपका सान्निध्य पाकर मुझे लग रहा है कि अब मैं बहुत छोटा नहीं रहा और दिल्ली में भी छपूँगा। यह मेरा सौभाग्य कि आपकी कहाँ से तो 'विनोद कुमार' नाम मिल गया और महेशपुर में आपने मुझे ढूँढ़

निकाला।''

विनोद कुमार ने अपने सौभाग्य की चर्चा अब तक न जाने कितनी बार की थी कि दिल्ली से आये दोनों पत्रकार इस बार मुस्कराये भर।

जब बिना किसी अन्तराल के अपने सौभाग्य की चर्चा की गुंजाइश नहीं रही, तब बस के खुलते ही विनोद कुमार ने दिल्ली के दोनों पत्रकारों के सौभाग्य की चर्चा शुरू कर दी, ''दिल्लीवाले हमें भले तुच्छ मान रहे हों, मगर हमारी यह धरती महान रही है, सर। आपने उस धरती पर पाँव रखे हैं जो मानवीय मूल्यों की ध्वजा फहरानेवाले सन्तों-महात्माओं की धरती रही है। ऋषि विभांडक का आश्रम यही था। ऋषि शृंगी यहीं रहते थे। यहीं महर्षि विश्वामित्र ने प्रचंड तपस्या की थी।

''विक्रमशिला के बौद्ध आचार्य इस क्षेत्र से होकर ही तिब्बत गये थे। यहाँ बौद्धों का एक गढ़ था—सिकलीगढ़ धरहरा, जहाँ अभी भी अशोक स्तम्भ है। गोरखनाथ भी 'मछिन्दर' की खोज में इधर ही आये थे। महिषी के मंडन मिश्र की पत्नी भारती ने यहीं शंकराचार्य को पराजित किया था। आप कल्पना कीजिए सर, कि किस धरती पर आपके पाँव पड़े हैं!

''अब नहीं रहे, मगर कभी यहाँ बड़े-बड़े जंगल थे जिनमें रुद्राक्ष, साल, सागवान, गंभार, बबूल, खैर के वृक्ष होते थे और उन जंगलों में वन-पशु विचरण करते थे। यहाँ फलदार वृक्षों के बड़े-बड़े बगीचे होते थे—अभी भी छोटे-छोटे मिल जाएँगे—जिनमें आम, लीची, कटहल, गुलाबजामुन, जलेबी, तूत, अमरूद आदि के पेड़ होते थे। फूलों के बाग जो यहाँ, वैसे और कहाँ! हन बागों में कदम्ब, चम्पा, सेमल, बकुल, अमलतास, गुलमोहर, कृष्णचूड़ा, हरसिंगार, मौलसरी, लोधा, फरहर आदि के फूल खिला करते थे। यहाँ कास, कुश, पटेर, सवई, मूँज, मोथा आदि के बड़े-बड़े मैदान होते थे जिनमें हिरण, नीलगाय, चौसिंगा आदि धमाचौकड़ी करे थे।

''यह पूरा इलाका चिड़ियाघर है,सर, जहाँ तरह-तरह के पक्षियों का वास है। उन सबके नाम नहीं गिना सकता; कुछ तो बिना नाम के ही उड़ रहे हैं। गाँववालों के पास उनके लिए कोई नाम ही नहीं है। मेरी उम्र पचीस साल है, मगर अभी भी कभी-कभी कोई ऐसा पक्षी दिख जाता है जिसे पहले मैंने कभी नहीं देखा था। अब कम आया करते, मगर अभी भी यहाँ देश-विदेश के पक्षी आते हैं, रूस और साइबेरिया तक के।

''अभी भी हमारे यहाँ नदी के कछारों पर गाय-भैंस के बथानों की भरमार है और यहाँ दूध-दही की कमी नहीं रहती। आप जान लीजिए, सर, कि यहाँ की संस्कृति को हमारी ही देन है माछ-दही और पान-मखान। आप दोनों को एक बार फिर यहाँ आना ही पड़ेगा। आइए और यहाँ का माछ-दही, पान-मखान पन्द्रह दिनों तक खाकर जाइए। मैं यहाँ आप दोनों के टिकने की और इस क्षेत्र में घूमने की अच्छी व्यवस्था कर दूँगा। अगर हर साल रूस और साइबेरिया के पक्षी तक आ जाते हैं यहाँ, तो दिल्ली से आप क्यों नहीं आ सकते!''

तीनों खिलखिलाकर हँस पड़े थे; बस में सवार और भी कई लोगों ने इसमें साथ दिया था। दिल्ली के पत्रकारों ने हँसने के बाद कहा था, ''हम आने का प्रयास जरूर करेंगे।''

''अगर आप पन्द्रह दिनों के लिए आ जाते हैं, सर,'' विनोद कुमार बोला, ''तब तो आप यहाँ का बहुत कुछ देखकर जाएँगे। 'विदापत नाच' का नाम आपने जरूर सुना होगा, सर...

राधाक पहिरन दछिनक चीर। पीत बसन सोभे सामु सरीर।
तन जौवन अधर मुख पान। दामिनी उपर उगल लवि चान...

अधर पर ताम्बूल रस की लाली है, सर। यहाँ की राधा भी पान खाती है।"

"नाम सुना है विदापत नाच का," एक दिल्लीवाले ने बताया, "मगर नाम भर सुना है।"

"यहाँ के कितने नाचों के तो आपने नाम भी नहीं सुने होंगे सर," विनोद कुमार ने सुनाया, "हम एक-एक नाच आपको दिखा देंगे, ऐसे-ऐसे नाच भी जिन्हें मर्द नहीं देखा करते। जट-जटिन एक ऐसा ही नाच है जिन्हें मर्द नहीं देख सकते। यहाँ के कुछ मर्द ही लुक-छिपकर देख पाते होंगे। हम यहाँ के सारे लोकनाट्य आपको दिखाने का जुगाड़ कर लेंगे। यों तो ये लोकनाट्य अलग-अलग महीनों में होते हैं, मगर हम ऐसी व्यवस्था करेंगे कि आप पन्द्रह दिनों के अन्दर ही सारा कुछ देख लें।

"यह मत सोचिए, सर, कि यहाँ के नाचों और लोकनाट्यों में छूँछा नाच ही है; देहाती औरतों के मन को पढ़ने के लिए बहुत कुछ मिलेगा। क्या कोई सिनेमा की छोकरी वह कहेगी जो जटिन कहती है! जट कहता है,

'लैबिके चलिहैं गे जटिन, लैबिके चलिहैं गे।
जइसे बेंत के रे छड़िया वइसे लैबिके चलिहैं गे।'

तब जटिन झुककर चलने के लिए तैयार नहीं हो जाती; वह जवाब दे बैठती है,

'ऐंठके चलबौ रे जटा, ऐंठके चलबौ रे।
हम त बाबू के दुलारी धिया,ऐंठके चलबौ रे।'

नहीं झुकेगी वह; नैहर का दरवाजा खुला हुआ है उसके लिए। तूँ क्या कर लेगा, रे जटा; क्या कर लेगा? असली आनन्द तो तब आएगा, सर, जब आप छुपकर उनकी बोली सुनिएगा और अकड़ देखिएगा।

"जो आपने आज तक कभी नहीं सुना होगा, वह हमारे 'डोमकछ' में सुनेंगे। विरह के दुख से दुखी डोमिन जार-जार रो रही है। लोग पूछते हैं,

'अनारवती डोमिन, तोहर डोम कहँ गइलौ गे?'

अनारवती जवाब देती है,

'डोमरा गहले कलकतवा नगरिया वोही में रम गइले।
राजा के बेटिया बड़ी मोहनिया से ही से लुभइले।'

अनारवती डोमिन जार-जार रो रही है, सर? नहीं, वह तो हाहा ठीठी हँस रही है कि उसके डोम ने राजा की बेटी को अपने प्रेम में फँसा लिया है। वाह रे मेरे डोम! बाहर नहीं हो रहा हो वैसा कुछ, 'डोमकछ' में तो हो रहा है।"

"अब तो मैं यहाँ एक बार और आने के लिए गम्भीरता से सोच रहा हूँ।" दिल्लीवाले की आवाज आयी।

"सोचिए मत, सर, अभी ही कार्यक्रम तय कर लीजिए। 'दीना-भदरी' मुसहरों की लोकगाथा है। गाँव-घर में मुसहर बाबू लोगों के लात-घूँसे सहते रहे हैं, मगर 'दीना-भदरी' में मुसहरों ने इन अत्याचारियों पर जमकर लाठियाँ बरसायी हैं। यह सब देख लीजिए, सर; एक नया

अनुभव होगा।''

दिल्लीवालों ने विनोद कुमार का निवेदन स्वीकार कर लिया और महेशपुर पहुँचते-पहुँचते उसे सुना दिया, ''आप यह तय मानिए कि हम लोग फिर आ रहे हैं। दिल्ली जाते ही हम अपना कार्यक्रम लिख भेजेंगे।''

''बहुत धन्यवाद, सर, बहुत-बहुत धन्यवाद!'' बहुत उत्साहित होकर बोला विनोद कुमर, ''मगर कम से कम पन्द्रह दिन पहले मुझे आपका कार्यक्रम मिल जाना चाहिए, सर। हमें व्यवस्था करने में इतना समय तो लग ही जाएगा।''

उन तीनों का वार्तालाप निर्बाध नहीं चला था। कभी बस ने और कभी बस के यात्रियों ने बाधा पहुँचायी थी।

महेशपुर तक यात्रियों को कितनी ही बार बस से नीचे उतारा गया था, कभी किसी गड्ढे को पार करते समय और कभी कीचड़ में फँस गयी बस को ठेल निकालने के लिए। एक दिल्लीवाले ने अपना गुस्सा प्रकट कर दिया और अपने कन्धे से लटकते कैमरे से कई गड्ढों की तस्वीरें खींच लीं।

बस के कई यात्री भी तब अपना मुँह बन्द नहीं रख पाये थे, जब विनोद कुमार बगीचों के कई फलदार और बागों के कुछ फूल के वृक्षों के नाम लेना भूल गये थे। नाम तो किसी एक चिड़िया का भी नहीं लिया था स्थानीय पत्रकार ने। कई स्थानीय लोगों ने चिड़ियों के नाम गिनाने के लिए अपना-अपना मुँह खोला।

'दिल्ली' की छाप बैजनाथ के दिल पर दिल्ली का नाम सुनते ही पड़ गयी थी। वह चाहता रहा कि कितनी जल्दी वह दिल्लीवालों के कितने निकट चला जाये! निकटता बढ़ाने के लिए वह, कैमरा से गड्ढे की जितनी तस्वीरें खींची गयीं, सबमें गड्ढे से सटकर खड़ा रहा।

जब महेशपुर में बैजनाथ बस से उतरा, तो उसने विनोद कुमार को दिल्लीवालों से यह कहते सुन लिया, ''यहाँ से हम लोग चाय पीकर चलेंगे, सर; थर्मस में भी चाय भरवा लेंगे। खरैया बाँध पर कुछ नहीं मिलेगा, इसलिए कुछ खाने-पीने की चीजें भी खरीद लेंगे; कुछ पान के बीड़े भी बँधवा लेंगे।'' बैजनाथ ने पलटू झा से कहा, ''हम लोग यहाँ से दिल्लीवालों के साथ ही आगे बढ़ेंगे।'' बस से उतरकर बहुत सारे लोग खरैया बाँध की ओर बढ़ गये, मगर बैजनाथ और पलटू दिल्लीवालों के लिए रुके रहे।

खरैया बाँध के रास्ते में ही पलटू ने बैजनाथ को टोका, ''अब आगे मामाजी का इलाका शुरू हो जाता है। मामाजी ने सुनाया था कि इस इलाके में बलुआ खेत के खेतिहर हर साल कोशी माँ से प्रार्थना करते थे, 'हे कोशी मैया! तुम्हें हमारा जो कुछ लेना हो ले लेना, मगर हमें भी इन खेतों से दो मुट्ठी अनाज लेने देना। इस कृपा के लिए हम तुम्हारे घाट पर जोड़ा छागर चढ़ाएँगे।' मैं चाहता हूँ कि आप अब और आगे बढ़ने से पहले अभी ही कोशी मैया से प्रर्थना कर लीजिए।''

''मैं क्या प्रार्थना करूँ, गुरुजी?''

''आप प्रार्थना कीजिए, 'हे कोशी मैया! मेरे तो यहाँ कोई खेत नहीं हैं कि दो मुट्ठी अनाज माँगूँ, मगर तब भी मैं तुम्हारे घाट पर जोड़ छागर चढ़ाने आऊँगा। मुझे एक अदद दुलहन दे देना।' जहाँ हम जा रहे हैं, वहाँ कोशी मैया ही तो आपके लिए दुलहन लेकर आएगी, बैजनाथ

बाबू।''

कोशी मैया को प्रार्थना सुनाकर बैजनाथ फिर आगे बढ़ गये दिल्लीवालों के पास पलटू झा को भी अपने साथ दौड़ाते हुए तेज चाल से पहुँच गया और उनके साथ-साथ चलने लगा।

दूर से ही खरैया बाँध नजर आ गया। बाँध के आगे बाढ़ का पानी फैला हुआ था और उसका कोई छोर दिख नहीं रहा था। बाँध पर खूब गहमागहमी थी। लोगों के गोल-गोल, छोटे-छोटे समूह बाँध पर बिखरे हुए थे। जहाँ सड़क बाँध को छूती थी, वहाँ एक बड़ा जमावड़ा था। किसी बात पर सब के सब गुस्से में थे और हर किसी की तेज और रोषपूर्ण आवाजें कुछ दूर से भी सुनी जा सकती थीं।

अभी विनोद कुमार की टोली दस कदम दूर ही रही होगी कि जमावड़े के पाँच-सात आदमी लपककर टोली के सामने आ गये। एक ने पूछा, ''आप लोग कौन हैं?''

विनोद कुमार ने अपना परिचय देने के बाद अपने दोनों मेहमानों का परिचय दिया, ''ये दिल्ली से आये पत्रकार हैं, यहाँ आयी भीषण बाढ़ को देखने आये हैं।''

''बाढ़ देखने आये हैं?''

''हाँ।''

''मारो साले को,'' कोई बोला और इस आदेश के साथ ही किसी ने एक जोरदार तमाचा दिल्ली के एक पत्रकार के गाल पर जड़ दिया।

टोली के सारे लोग हक्के-बक्के!

तमाचा खानेवाला क्या बोले! जब तक विनोद कुमर तमाचा के जवाब में कुछ बोले, तब तक तो दूसरा तमाचा तैयार हो गया, ''इस कैमरावाले को मारो; साला तस्वीरें खींचने आया है।''

भरपूर तमाचा खाने के पहले ही कैमरावाला पत्रकार पीछे की ओर भागा और भागता ही चला गया। उसका साथी उसके पीछे दौड़ा। विनोद कुमार ने जब देखा कि जितना अधिक बोलो उतनी अधिक मार पड़ रही है, तब हताश होकर वह भी अपने मेहमानों के पीछे भाग चला।

पलटू झा उन तीनों के पीछे भागने में खतरा महसूस कर चुपचाप बाँध की ओर सरक गया और बाँध पर, जहाँ अभी-अभी दो आदमी, जिनमें एक बाहर से आया हुआ बूढ़ा था, जब बैठे थे और उनमें कोई भी गुस्से में नहीं था, वहाँ उनके पास ही जा बैठा। काठी अधिक मजबूत रहने के बावजूद बैजनाथ कुछ अधिक काँप रहा था और पलटू से चिपक गया था। बाँध पर बिखरे सारे समूह अब सड़क पर एक समूह में बदल गये थे। पलटू और बैजनाथ वहीं बैठे-बैठे उस समूह से उभरती आवाजें सुनते रहे।

जो कुछ उन्होंने सुना, उससे उन्हें यह जानकारी मिली कि बाँध पर पड़े लोग कई दिनों से भारी गुस्से में हैं। नेताओं के हवाई जहाज आकाश में उड़कर चले गये हैं, मगर राहत का कोई सामान आज तक नहीं पहुँचा है। सरकार ने उन्हें मरने के लिए छोड़ दिया है। दो दिन पहले एक राज्यमन्त्री की जीप को इन लोगों ने घेर लिया था, गन्दी-गन्दी गालियाँ दी थीं और उसे बाढ़ क्षेत्र में नहीं घुसने की हिदायत देकर वापस लौटा दिया था। कल भी कुछ छुटभैयों और पत्रकारों की पिटाई हुई थी। आज की पिटाई का कारण भी उनकी समझ में आ गया। भीड़ से बाहर आकर

किसी ने स्पष्ट किया था, ''हम मर रहे हैं और ये साले सब आते हैं अपना धन्धा करने। ये हमारी करुण गाथा अखबारों में छापेंगे, हमारी तस्वीरों की प्रदर्शनी लगाएँगे, नाम और पैसा कमाने के लिए। हमारे लिए क्या करने आये थे यहाँ? हमारे लिए सरकार से राहत लेकर आते।'' किसी के मुँह से यह भी निकला था, ''अगर मन्त्री को भी मार लग जाती, तो अब तक राहत सामग्री आ गयी रहती।'' किसी ने उसका समर्थन किया था, ''ठीक कह रहे हो, जो यहाँ से मार खाकर जाएगा, वही जानेगा कि हमारा दुख कितना भारी है।'' कुल जमा यह बात स्पष्ट हो गयी थी कि अब जो केवल हाल पूछने आ रहे हैं, उनकी पिटाई हो रही है।

भीड़ अभी भी जहाँ की तहाँ जमी हुई थी, शायद यह सोचकर कि जब अनुष्ठान हो गया है, तब कुशल क्षेम पूछने आ रहे कुछ और लोगों को राजी-खुशी सुनाकर पारण भी कर ही लिया जाये। आवाजें अभी भी उधर से आ रही थीं, मगर अब पास में बैठे दोनों अपरिचितों, जिनमें एक बाँधवासी था, की बातचीत ने पलटू और बैजनाथ का ध्यान अपनी ओर आकर्षित कर लिया था।

''मैं दो साल पहले की बाढ़ में आया था,'' बूढ़ा बाँधवासी को बता रहा था, ''तब यहाँ से नाव से घोरमारा गया था।''

''उस साल गये होंगे,'' बाँधवासी बोला, ''इस साल तो अभी नहीं जा सकते।''

''मैंने तो देखा था यहाँ से कितने ही गाँवों के लिए नाव खुलते और लोगों को अपने-अपने गाँव जाते।''

''इस साल तो नहीं देख रहे।''

''हाँ, नहीं देख रहा, मगर तब कैसे जा पाऊँगा मैं घोरमारा?'' बूढ़े ने अपनी चिन्ता प्रकट की, ''बेटी को बाढ़ से बाहर निकाल ले आना जरूरी है मेरे लिए। छोटे-छोटे बच्चे हैं उसके। पिछले साल तो बाढ़ के पहले ही उसे बुला लिया था, मगर इस बार नहीं आ पायी वह। मैं तो वहाँ जाने के लिए ही आया हूँ।''

''अब क्यों जाएँगे आप घोरमारा?'' बोलकर बाँधवासी ने बाढ़ के विस्तार पर बूढ़े का ध्यान खींचते हुए कहा, ''वहाँ जो एक पक्का मकान की छत नजर आ रही है, वह है पोखरिया। उस छत पर अभी कोई नजर नहीं आ रहा है। उसके दक्खिन आप देख रहे हैं एक शिव-मन्दिर का कलश। वह है रसिकपुर। वहाँ भी मन्दिर में शिवजी को छोड़कर और कोई नहीं होगा। इन दोनों के बहुत पीछे जो कुछ नजर आ रहा है आपको, वह है लड़कनियाँ की बँसवाड़ी। इन तीनों के बीच है आपका घोरमारा। वहाँ का कुछ भी नजर नहीं आ रहा है। क्या करेंगे आप वहाँ जाकर? तैरकर तो जा भी नहीं सकेंगे।''

बूढ़ा गुमसुम हो गया।

थोड़ी देर बाद उसने आह भरी, ''न जाने किस हाल में होंगे वे सब!''

''जिस हाल में हम सब हैं।'' बाँधवासी ने जवाब दिया था।

''बाढ़ में डूब-बह नहीं गये हों!''

''इतना बुरा मत सोचिए, बाबा। जिसकी मौत लिखी होती है, वही डूबता है,'' बाँधवासी बोला, ''इसी बाँध पर एक बुढ़िया मिलेगी जो बाढ़ से लड़कर आ गयी है, अपनी बकरी के साथ।''

''मैं अपने लोगों को कहाँ ढूँढ़ूँ?''

''इस पूरे बाँध पर लोग शरण लिये हुए हैं। आप एक बार बाँध पर घूम जाइए। यहाँ न मिलें, तब तो राहत शिविरों में जाइए। बहुत लो राहत शिविरों में टिके हुए हैं।''

''किधर हैं राहत शिविर?''

''आप महेशपुर लौट जाइए और वहीं पता लगाइए कि राहत शिविर कहाँ-कहाँ लगाये गये हैं।''

बूढ़ा अब और बैठा नहीं रहा, बाँध की परिक्रमा करने के लिए तुरन्त उठ गया।

बूढ़े और बाँधवासी की बातें तो सुन रहा था पलटू, मगर उसके मन में यह बात उमड़ती रही कि यहाँ जो केवल हाल पूछने आ रहे हैं, उनकी पिटाई हो रही है। और फिर, उसका मन मथा जाने लगा। वह क्यों आया है यहाँ इस बैजा मंडल को लेकर? इसका ब्याह कराने? अब इस बाँध पर रुका जा सकता है क्या?

बूढ़े के उठते ही उसने बैजनाथ को चिकोटी काटी और उठ खड़ा हुआ। बाँधवासी ने उनकी ओर देखा, और जब देखा कि सड़क की ओर से आये हुए वे दोनों फिर सड़क की ओर जा रहे हैं, तो उसने हाँक लगा दी, ''सुनिए, आप लोगों को कहाँ जाना था?''

''कहीं नहीं,'' पलटू ने उलटकर छोटा-सा जवाब दिया और फिर आगे बढ़ गया।

''कहीं नहीं!'' बाँधवासी बुदबुदाया और फिर सड़क पर खड़े कई युवकों को आवाज देकर बुला लिया और बोला, ''इन दोनों को कहीं नहीं जाना था। पूछो कि ये क्यों आये थे? कल भी बाँध पर से कुछ लोगों का सामान गायब हुआ है।''

जब उन्होंने पलटू और बैजनाथ को रोक लिया, तब एक युवक ने उन्हें गौर से देखते हुए कहा, ''इन दोनों को तो मैंने दिल्लीवालों के साथ देखा था।''

''नहीं, उनके साथ आया था,'' पलटू बोला, ''मगर उनके साथ था नहीं।''

''बाढ़ देखने आये थे?''

''नहीं, हम लोग यों ही आ गये, भूल से आ गये।''

''आ गये, तो अब बाढ़ देखकर ही जाइए।''

''अब क्या देखना! हम लोगों को जाने दीजिए।''

''अभी आप लोगों ने बाढ़ देखी कहाँ है! चलिए, हम लोग बाढ़ दिखा देते हैं।''

उन दोनों को लिये हुए पाँच-सात युवक बाँध पर आये और उन्हें घेरकर बैठ गये। एक युवक बोला, ''सुरेश भैया! आप ही इन दोनों को बाढ़ दिखाइए।''

सुरेश भैया वही बाँधवासी था जो बाँध पर बैठकर बूढ़े से बतिया रहा था और जिसने उन्हें पकड़वाया था।

भैया ने बाढ़ के पानी की ओर मुँह करके पलटू और बैजनाथ को अपने अगल-बगल बैठा लिया और बाढ़ दिखाने की शुरुआत की।

''आप दोनों अपनी-अपनी आँखें मूँदिये।''

भैया का आदेश सुनकर बैजनाथ ने पलटू की ओर देखा। पलटू को देर हुई यह देख लेने

में कि किसी के पास कोई कटार–कृपाण तो नहीं है, और वह अभी खुश हो ही रहा था कि उन सबके पास केवल उनके हाथ–पैर हैं, कि तभी पीठ पर किसी का घूँसा पड़ा, ''जल्दी करो।''

बैजनाथ ने झट अपनी आँखें मूँद लीं। पलटू एक कराह के साथ बोला, ''मूँद तो रहा था।''

दोनों ने आँखें मूँद लीं। क्षण भर बाद भैया ने उन्हें आँखें खोलने का आदेश दिया और पूछा, ''अब सामने देखिए और बताइए कि क्या नजर आ रहा है?''

पलटू ने जवाब दिया, ''एक पक्का मकान की छत नजर आ रही है, उसके दक्खिन एक शिव–मन्दिर का कलश...।''

भैया ने डाँट दिया, ''अभी ही नजर आ गया शिव–मन्दिर का कलश? अभी तो आकाश बरसकर गया है और नदियों ने अपना पानी ठेलना शुरू ही किया है। नजर यह आ रहा होगा कि गाँव–घरों में पानी घुस आया है।''

''हाँ, नजर आ रहा है,'' बैजनाथ बोल गया और पलटू से कहा,'' बोलिए न, 'हाँ'।''

''पलटू की 'हाँ' के बाद भैया ने पूछा, ''अब क्या नजर आ रहा है?''

पलटू ने जवाब दिया, ''लोग घर छोड़कर भाग रहे हैं।''

''अभी ही घर छोड़कर भाग जाएँगे?'' भैया ने फिर डाँटा पलटू को, ''इस तरह कोई घर–बार छोड़कर भागता है? अभी तो घर में पानी घुसा ही है, घर तो नहीं डूब गया है पानी में। और, कोई अभी ही घर कैसे छोड़ देगा? छोड़ देगा लुट जाने के लिए? और फिर, घर में बूढ़ा है, बीमार है; उन्हें लादकर यहाँ से ले जाना होगा। माल–मवेशी हैं; उनके लिए भी कुछ सोचना होगा। दो–चार दिनों तक खाने के लिए साग–सत्तू भी तो हर घर में रहता ही है। जब तक घर डूबने को नहीं हो जाता और घर में खाने–पीने के लिए कुछ अनाज–पानी बचा रहता है, तब तक तो घर छोड़कर नहीं भाग जाएँगे घर के लोग। हाँ, लोगों ने अब अपना सामान समेटना अवश्य शुरू कर दिया है। देख रहे हैं सामान समेटते? आ रहा है कुछ नजर?''

''हाँ, देख रहे हैं, नजर आ रहा है,'' बैजनाथ बोला, ''आप दिखाते न जाइए, भैयाजी; हमें सब नजर आता जाएगा।''

''घरवालों ने सारा सामान समेट लिया?''

''हाँ।'' दोनों ने एक साथ कहा।

''नहीं!'' भैया चीखा, ''आज तक कोई अपना सारा सामान समेटकर निकल पाया है घर से! इस दुविधा में तो कोई भी घरवाला रहेगा कि घर आज ही छोड़े या आज भर देख ले। सब कुछ समेटकर भागने के पहले ही तो बाढ़ दबोच लेती है।''

''दबोच लेती होगी।'' पलटू बोला।

''किस तरह? किस तरह दबोच लेती है?''

''आप बोलिए न, भैया, किस तरह? हमें नजर आ जाएगा।'' बैजनाथ ने भैया से आग्रह किया।

''कुछ सोचिए भी, और तब देखिए।''

''ठीक है।'' पलटू ने राय मान ली।

''अब आसमान के छोर पर तीव्र गति से क्या आता नजर आ रहा है?''

''एक बाँस?''

''हाँ।''

''अब वैसी चीज भी देख लूँ जो कभी सम्भव ही नहीं है?'' पलटू बोला, ''आपने भी तो कभी नहीं देखा होगा, भैया।''

''यहाँ का तो हर आदमी देख चुका है।'' भैया ने सुनाया।

एक घूँसा फिर पड़ा पलटू की पीठ पर, ''तुम भी देखो।''

''मैं तो देख रहा हूँ,'' बैजनाथ बोल गया, ''अरे बाप! एक बाँस पानी!''

''ठीक है, मैं भी देख लेता हूँ,'' पलटू बोला, ''हाँ, देख लिया।''

''अब लोगों को देख रहे हैं घरों से निकलकर भागते हुए?''

''हाँ, देख रहा हूँ।'' दोनों ने एक स्वर में कहा।

''किसी के सिर पर गठरी है, किसी की गोद में बच्चा और किसी की पीठ पर है कोई बीमार, कोई बूढ़ा?''

''सब देख रहा हूँ।''

''किधर भाग रहे हैं?''

''आप जिधर कहिए, भैया,'' बैजनाथ बोला, ''उधर देख लूँ।''

''वे भाग रहे हैं किसी बड़े बाँध पर, किसी ऊँची सड़क पर, ऊँची जगह पर पहुँच जाने के लिए।''

''हाँ, उधर ही भाग रहे हैं।''

''सब पहुँच गये उधर सही-सलामत?''

''हम तो यही देखेंगे न, भैया,'' बैजनाथ ने बड़े आत्मीय स्वर में कहा, ''कि भगवान की दया से सब सही-सलामत पहुँच गये?''

''भगवान की दया यहाँ किसी पर नहीं होती,'' इस बार का घूँसा बैजनाथ के हिस्से पड़ा, ''जो देख रहे हो, वही देखो।''

घूँसा भैया ने नहीं जमाया था; उसने स्वर में मिठास भरकर कहा, ''कैसे सब पहुँच पाएँगे सही-सलामत! तेज गति से आ रहा पानी का पहाड़ उन्हें बीच में ही पकड़ लेता है न! कुछ पहुँचे, कुछ पहाड़ की पकड़ में आ गये।''

दोनों ने देख लिया, सब नहीं पहुँच पाये थे सुरक्षित स्थानों पर।

''अब देख रहे हैं कि बहुत-से लोग पानी में डूब-उतरा रहे हैं?''

''हाँ, एक बाँस पानी के बाद भी यह नहीं देखें!''

''और अब पानी की तेज धारा में बही जा रही हैं फूस की छतें?''

''हाँ, बही जा रही हैं।''

''उन छतों पर बैठे लोग चीख-चिल्ला रहे हैं, 'बचाओ, बचाओ'?''

''हाँ, चीख रहे हैं, चिल्ला रहे हैं।''

''बचाएँगे आप?''

''हमें तो सिर्फ देखना है न?''

''चाहकर भी बचा लोगे क्या?'' एक घूँसा पड़ गया पलटू की पीठ पर।

भैया ने दर्द हल्का किया, ''उस तेज धारा में कोई अच्छा तैराक भी उन्हें नहीं बचा सकता। कोई भी देखनेवाला केवल देखता रहेगा उन्हें, सुनता रह जाएगा उनकी चीखें।''

''अब हम लोग क्या देखें?'' बैजनाथ जल्दी से सब देख लेना चाहता था।

''अब देखिए कि पानी में तैर-तैरकर थक गये गाय-बैल पानी की धारा में बहे चले जा रहे हैं। देख रहे हैं?''

''हाँ।''

''और हमारी ओर मुँह करके जोर-जोर से रँभा रहे हैं?''

''हाँ, मगर हम कुछ नहीं कर सकते।''

''और अब देखिए कि डूब गये लोगों की लाशें बही चली जा रही हैं।''

''हाँ, देख रहा हूँ।''

''कोई-कोई अकेले-अकले; कितने ही टोलियों में।''

''हाँ, अकेले भी और टोलियों में भी।''

''कितना सुन्दर लगता है इनका पानी पर बहते हुए जाना!''

''सुन्दर लगता है?'' पलटू ने भैया को खुश कर देना चाहा।

''नहीं लगता?'' भैया के चेहरे पर खुशी नहीं दिखी, ''इस सुन्दरता को देखने के लिए ही तो हवाई जहाज उड़ाकर दिल्लीवाले आते रहते हैं यहाँ, हर साल इस मौसम में। आप दोनों भी तो यही सब देखने आये थे न?''

''नहीं, भाईजी, मैं पहले ही बता चुका हूँ कि हम भूल से यहाँ चले आये,'' पलटू ने बोलना शुरू किया, ''मैं पंडित आदमी हूँ। मेरा झोला जाँच लीजिए; इसमें पूजा-पाठ की किताबें हैं। महेशपुर में एक जजमान ने बताया कि यहाँ आये हैं, तो खरैया बाँध देखकर जाइए। बस, उसके कहने में आ गया। इस नाई को,'' बैजनाथ की ओर लक्ष्य कर उसने कहा, ''हमेशा साथ लेकर चलता हूँ। यहाँ आया, तो इसे भी साथ लेते आया।''

''पूजा-पाठ करते हैं?''

''हाँ।''

''किस-किस देवता की पूजा करते हैं?''

''किसी भी देवता की।''

''कोशी मैया की?''

''कोशी मैया की पूजा तो कभी मैंने नहीं की है।''

''यहाँ अभी और किस देवता की पूजा! देख नहीं रहे, मैया ने सारे देवताओं को अपने पानी में डुबा दिया है?''

''कोशी मैया की पूजा करानेवाला कोई पंडित तो होगा यहाँ?''

''पंडित की जरूरत नहीं है,'' भैया ने बताया, ''मैया की पूजा हम सालों भर बिना पंडित के करते हैं। हर पर्व-त्यौहार में उसकी धारा में स्नान करते हैं; धूप दिखाते हैं, रोली चढ़ाते हैं;

दूध-खीर-सकरौरी का भोग लगाते हैं; और फिर मैया के गीत गाते हैं। आप बस इतना कीजिए कि अभी ही धारा में स्नान कर पवित्र हो जाइए और आज रात भर मैया के गीत गाकर सुबह विदा हो जाइए।''

''हम अभी पवित्र हो जाते हैं, भाईजी,'' पलटू ने चिरौरी की, ''रात भर मत रोकिए, अभी ही जाने दीजिए।''

''अपने जजमान के आग्रह पर जिस खरैया बाँध को देखने आये थे आप, उसे अभी देखा कहाँ! स्नान कर शाम तक विचरण कीजिए बाँध पर और फिर हमारे साथ भोजन कर लेने के बाद रात में शुरू कीजिए गीत-नाद।''

''एक ही रात की बात है, पंडितजी।'' बैजनाथ ने पलटू से कहा।

''मगर मैं कोशी मैया के गीत तो नहीं जानता।'' पलटू ने जवाब दिया।

पलटू को जवाब दिया भैया ने, ''गीतों की पोथी हम आपको दे देंगे। ढेर सारे गीत हैं उसमें। आप कई-कई रातों तक गाते रह सकते हैं।''

रात के दूसरे प्रहर में जाग्रत हो उठा था पलटू का रसीला कंठ...

गाम गाम धुपबा दियेलै माय कोशिका
मैया तोरा नहि माया दरेग
बिछिया करे अनघोल
टेढ़ी-डेढ़ी नैया गे माय कोशिका
घाट-घाट चढ़ेलौं लड़ुवा
गे मैया बिछिया करे अनघोल
धारे धारे चढ़ेबौ गे कोशिका
खस्सी, पाठी, मिठइया
गे मैया बिछिया करे अनघोल
मैया तोरा नहि माया दरेग...

रात के अन्तिम प्रहर में भी सुना बाँधवासियों ने पलटू का सुरीला कंठ...

भुइयाँ लोटे नामी-नामी केश,
कोशी माय लोटै छौ गे केश।
केशवा सम्हारी कोशी जुड़वा बन्होओल,
कोशी गे खोपवा बन्होओल।
ओही खोपवा कुहके मयूर...

रात भर गीत-नाद चलता रहा। पलटू गाता रहा, बैजनाथ कंठ मिलाता रहा। युवक उन्हें घेरकर रात भर बैठे रहे; ढोल बजाया, झाल बजाया। बस एक बार एक युवक पलटू से कहने आया था, ''पंडितजी! कंठ बैठ रहा है; लीजिए, मुँह में मुलेठी रख लीजिए।''

(8)

"अगले साल इसी समय इसी बाँध पर हम सब फिर मिल जाएँगे, पंडितजी। आप लोग अगले साल फिर बाढ़ देखने आाएँगे न?" ब्राह्मण-नाई को विदा करते हुए बाँधवासी युवकों ने उनसे अगले साल भी आने का आग्रह किया था।

वहाँ से निकलते ही यह आग्रह बैजनाथ के पीछे पड़ गया था। उसने पलटू से पूछा, "अगले साल फिर आएँगे, गुरुजी?"

"इस साल से मन नहीं भरा क्या?"

"आपने तो हाँ भर दी थी।"

"तो क्या उन्होंने मेरी हाँ का विश्वास कर लिया होगा?" पलटू बोला, "उन्होंने तो यहाँ तक सोच लिया होगा कि मैं तो यहाँ से छूटते ही तीर की तरह उस जजमान के यहाँ पहुँचूँगा, जिसने मुझे खैया बाँध देख आने की सलाह दी थी, और उसे यहाँ तक कह डालूँगा कि अब वह अपने लिए कोई नया पुरोहित देख ले।"

"दिन बड़ा खराब गुजरा!" बैजनाथ ने आह भरी।

"मगर," पलटू ने सन्तोष प्रकट किया, "रात तो ठीक गुजरी!"

"खाक ठीक गुजरी! रात भर कनस्तर की तरह बजाते रहे हमें वे सब।"

"कोशी मैया के गीत गाकर मैया को खुश तो कर दिया।"

"जब मैया ने मेरी प्रार्थना नहीं सुनी, तब उसने हमारे गीत भी नहीं सुने होंगे। दुलहिन माँगी थी, मिले घूँसे। मैया ने मेरा जोड़ा छागर कबूल नहीं किया।"

"अभी ही कैसे कह रहे हैं ऐसा?"

"मैं तो बहुत निराश हो रहा हूँ, गुरुजी। अभी भी कोई आशा है क्या?"

"पूरी आशा है।"

"यहाँ से कहीं और चलेंगे?"

"हाँ।"

"मुझे तो कोई आशा नजर नहीं आ रही है, गुरुजी; हर तरफ खरैया बाँध ही नजर आ रहा है। ऐसा न हो कि आपकी आशा के पीछे हम दो-चार बाँध घूम आयें, दो-चार रात गीत गायें और दस-बीस घूँसे खाकर यहाँ से घर का रास्ता पकड़ें।"

"ऐसा नहीं होगा, बैजनाथ बाबू," पलटू ने बताया, "हम लोग सुखियों के बीच पहुँच गये थे। ऐसा कहीं हो सकता है कि जो एक बाँस पानी से होकर आएँगे, वे बाँध पर उत्सव मनाएँगे, रात भर गीत-नाद सुनेंगे! देखा नहीं कि ये सब ढोल-झाल तक लेकर आ गये थे? इन लोगों का पानी ने कुछ भी नहीं बिगाड़ा है। ये सब पानी आने से पहले बाँध तक टहलते चले आये हैं और पानी उतरने के बाद घर तक टहलते चले जाएँगे। जब तक बाँध पर हैं, सरकारी अनाज-कपड़ा के लिए मारामारी कर रहे हैं। हम लोगों को दुखियों के बीच जाना है जो सचमुच एक बाँस पानी के बीच से बच आये हैं।"

"ये दुखिये कहाँ मिलेंगे?"

"राहत शिविरों में," पलटू ने बैजनाथ का दुख दूर करने का प्रयास किया, "आपने तो

यह सब सुना ही था जो बाँध पर बूढ़े को साला सुरेशवा बता रहा था। हमें अब राहत शिविरों की शरण में जाना है। महेशपुर में थोड़ी देर रुककर हम किसी अच्छे राहत शिविर का पता लगा लेंगे और तुरन्त वहाँ का रास्ता पकड़ लेंगे।''

''अब कहीं भी पहले से ही सारा कुछ पता लगाकर जाना होगा। ऐसा न हो कि हम फिर किसी खरैया-मरैया शिविर में पहुँच जाएँ।''

''अब ऐसा होगा क्या!''

महेशपुर आकर इन दोनों ने माना कि सचमुच इलाके में बाँस भर पानी आया होगा। अखबार ने बता तो दिया था उन्हें यात्रा के शुरू में ही कि कितने गाँव जलमग्न हुए और कितने लोग तबाह हुए, मगर तब सारा पानी सिर्फ अखबार पर नजर आया था,और महेशपुर में भी उनकी नजर इस ओर नहीं गयी थी कि डूबे गाँवों के लोग सपरिवार सिर पर गठरी-मोटरी लादे भाग-भागकर वहाँ पहुँचे हुए हैं। एक बाँस पानी का उबाल वहाँ पहुँचा हुआ था। वह पूरा इलाका इस कस्बे की छोटी-सी तस्वीर में समा गया था।

पलटू और बैजनाथ ने जान बचाकर निकल आये कई लोगों से बातें कीं। कुछ राहत शिविरों की ओर से ही आ रहे थे और कहीं दूर बसे हुए अपने सगे-सम्बन्धियों के पास जा रहे थे। राहत शिविरों की ओर जानेवाले कितने ही परिवार मिल गये। राहत शिविरों के बारे में अच्छी जानकारी मिल गयी। कोई कोस भर की दूरी पर था, कोई दो कासे की दूरी पर; रास्ता कच्चा, कोई सवारी नहीं। उन्होंने तय किया कि वे भी जानेवालों की भीड़ में शरीक हो जाएँगे। बैजनाथ ने एक बार पलटू से पूछ लिया, ''कोस भर दूर जाएँगे या दो कोस दूर?'' पलटू ने जवाब दिया था, ''पहले कोस भर; फिर वहाँ से कभी इधर कोस भर, कभी उधर कोस भर।'' बैजनाथ को खुशी हुई कि पलटू ने कमर कस ली है।

जब दोनों ने कुछ शरणार्थियों के साथ महेशपुर से अपनी यात्रा शुरू की, तो राहत शिविर की ओर फूटनेवाली सड़क पर उन्होंने सामान से लदा एक ट्रैक्टर खड़ा देखा। सबने देखा होगा और कुछ ने पलटू की तरह उस ट्रैक्टर पर लगा बैनर भी पढ़ा ही होगा, मगर औरों की तरह आगे बढ़ जाने की बजाय पलटू बैनर पढ़कर रुक गया। बैनर पर लिखा हुआ था, 'कल्याण सेवा समिति'। उसने मगज लड़ाया, अभी यह समिति किसकी सेवा करेगी? यह ट्रैक्टर किसकी सेवा के लिए खड़ा है यहाँ?

दो-चार लोग ट्रैक्टर के पास ही खड़े थे और ट्रैक्टर का चालक अपनी जगह पर बैठा हुआ था। पलटू ने चालक से पूछा, ''यह ट्रैक्टर कहाँ जाएगा?''

''कहीं नहीं।'' चालक ने मुँह झाड़कर जवाब दिया।

पलटू निराश नहीं हुआ, ''कहीं तो जा ही रहा होगा?''

''जा रहा है राहत शिविर,'' चालक गुस्से में आकर बोला, ''इस पर राहत का सामान जा रहा है; आपको लादकर कहीं पहुँचाने के लिए नहीं है यह ट्रैक्टर। इस पर केवल समिति के आदमी जाएँगे।''

''कहाँ हैं समिति के आदमी?''

"मुझे नहीं पता।"

पलटू ने पता लगा लिया। ट्रैक्टर के पास खड़े लोगों से बतियाकर वह उस मुखिया तक जा पहुँचा जिसके सामने चालक मुँह झाड़कर बात नहीं कर सकता था।

मुखिया ने उससे मुँह झाड़कर बात नहीं की।

पलटू ने उनसे अपनी बात कही, "श्रीमान! हम दो आदमी दूर से आये हुए हैं। कल हम दोनों खरैया बाँध पर थे। हमने बाढ़ के दृश्य देखे और हमारा कलेजा मुँह को आ गया। हम अपनी आत्मा की आवाज पर बाढ़पीड़ितों की सेवा करना चाहते हैं। आप हमें अपने साथ ले चलिए और हमें दुखियों की सेवा का अवसर दीजिए।"

"हमें तो अधिकाधिक स्वयंसेवकों की जरूरत है, मगर आप क्या हमारे साथ काम कर पाएँगे?"

"क्यों नहीं कर पाएँगे, श्रीमान?" पलटू बोला, "जब सेवा का मन बना लिया है, तो सेवा का कोई भी काम करेंगे।"

"कोई भी काम?" हँसकर पूछा श्रीमान ने।

"हाँ," पलटू ने जवाब दिया, "कोई भी काम।"

"अपने साथी से भी पूछ लीजिए।"

"वह तो सेवा के नाम पर मुझसे भी पहले आग में कूदेगा, पानी में कूदेगा।"

"ऐसी भावना है, तो चलिए हमारे साथ।"

इजाजत मिलते ही बैजनाथ को सूचित करने गया पलटू और फिर उसे साथ लेकर श्रीमान के पास आ गया पूछने, "ट्रैक्टर कब तक खुलेगा, श्रीमान?"

"कभी भी," श्रीमान ने कहा, "आप लोग जाकर ट्रैक्टर पर बैठ जाइए। हम लोग रुके हुए हैं पुलिस-बल के लिए। कई राहत गाड़ियों को रास्ते में बाढ़पीड़ितों ने लूट लिया है। पता नहीं, बाढ़पीड़ित ही थे या डाकू-लुटेरे। हम पुलिस-बल के साथ ही चलेंगे।"

"हम लोग यहीं पास की किसी दुकान में कुछ खा-पी लेते हैं," पलटू बोला, "ट्रैक्टर तो भड़भड़ाएगा ही; हमारा ध्यान रहेगा भड़भड़ाहट पर।"

"खाने के लिए जाना चाहते हैं?"

"हाँ, श्रीमान।"

"आप तो अब हमारे स्वयंसेवक हुए। खाने का सामान है हमारे साथ। चलिए, आप दोनों खा लीजिए।"

उन दोनों को साथ लिये श्रीमान ट्रैक्टर के पास आया और वहाँ खड़े एक स्वयंसेवक से कहा, "उमाशंकर! इन्हें कुछ खाने के लिए दे दो।"

"कौन हैं ये? बाढ़पीड़ित तो नहीं लगते?"

"बाढ़पीड़ित नहीं हैं; बाढ़पीड़ितों की सेवा करना चाहते हैं। बाहर से आये हैं, हमारे साथ चलेंगे।"

"हमारे साथ काम करेंगे?"

"हाँ।"

श्रीमान के वहाँ से हटते ही ट्रैक्टर के चालक ने उमाशंकर से कहा, ''उमा बाबू! खाना खिलाकर इन दोनों को ट्रैक्टर पर बैठाइए। खाना खाकर भागने तो नहीं देंगे।''

''हम लोग भागनेवाले नहीं हैं,'' पलटू ने उमा बाबू का आश्वस्त किया।

चालक मुँह झाड़कर टोक न दे, इसलिए खाना समाप्त करते ही दोनों ट्रेलर पर चढ़ गये। ट्रेलर पर कई भरे बोरे थे और भोजन के हजारों पोलिथिन के छोटे-छोटे थैले रहे होंगे। दोनों ने एक किनारे में अपने लिए जगह बना ली।

लपझप चल से आकर एक स्वयंसेवक ने चालक से कहा, ''बनारसी! गाड़ी खोलो; पुलिस-बल आ गया।''

ट्रैक्टर के भड़भड़ाते ही जिधर-तिधर खड़े-बैठे छह-सात स्वयंसेवक ट्रेलर पर चढ़ गये। श्रीमानजी चालक की बगल में ट्रैक्टर के हूड पर जा बैठे।

पुलिस-बल अपने साथ दो और राहत गाड़ियों को लेकर आया था। तीनों ट्रैक्टर एक साथ चले। आगे-आगे पुलिस की जीप चल रही थी।

कुछ दूर बढ़ते ही बैजनाथ ने फुसफुसाकर पलटू से पूछा, ''अगर लुटेरे लूटने आ गये, तो हम क्या करेंगे?''

''पुलिस को देखकर लुटेरे तो नहीं आएँगे,'' पलटू ने भी फुसफुसाकर जवाब दिया, ''हाँ, भूख से छटपटा रहे बाढ़पीड़ित आ सकते हैं; उन्हें जान का डर नहीं होगा।''

''तब क्या करेंगे?''

''हमें क्या करना!'' पलटू बोला, ''पुलिस भी क्या करेगा! भीड़ को देखकर भाग जाएगी या हवा में गोली चलाकर रह जाएगी। मरभुक्खों को भगा पाएगी पुलिस? हाँ, दो-चार को मारकर गिरा सकती है।''

''उनके आने पर हमें भागना भी है?''

''हम क्यों भागें!'' पलटू ने सुनाया, ''पुलिस नहीं भागी, तो हम भी इन स्वयंसेवकों की तरह उन्हें लूटने देंगे; पुलिस भाग गयी, तो हम भी इन स्वयंसेवकों की तरह यहाँ पड़े थैले उनकी ओर फेंकना शुरू कर देंगे।''

कल्याण सेवा समिति ने जिस भवन में अपना शिविर लगाया था, वह कोई प्राथमिक विद्यालय था। गाँव का नाम था विद्यापुरी। जर्जर भवन को देखते ही पहचान लिया पलटू ने और बैजनाथ के कान में फुसफुसाया, ''हम सही जगह पर आ गये हैं। यह विद्यालय ही है। शंकरपुर के एक विद्यालय में ही राहत शिविर लगाया गया था। मैं बता चुका हूँ; उस विद्यालय के एक कुँआरे शिक्षक ने वहीं से एक बाढ़पीड़ित लड़की को उड़ाया था।''

''मुझे याद है,'' बैजनाथ बोला, ''लड़की के साथ उसकी माँ को भी।''

''हाँ, बुढ़िया को भी।''

ट्रैक्टर के रुकते ही ट्रेलर पर बैठे सारे लोग नीचे कूद गये। श्रीमानजी खाली हाथ भवन के अन्दर चले गये। चालक वहाँ से खिसक गया। मगर इन दोनों के बदले शिविर में पहले से उपस्थित कई स्वयंसेवक हाजिर हो गये। सारे स्वयंसेवकों ने मिलकर ट्रेलर पर रखा सामान अन्दर

पहुँचाना शुरू किया। पलटू और बैनजाथ दोनों अब तक कल्याण सेवा समिति के पक्के स्वयंसेवक हो चुके थे। मगर जब बैजनाथ ने भी पलटू की तरह थैलों को उठाने में हाथ लगाया, तो किसी स्वयंसेवक ने उसे टोक दिया, "आप बोरों में हाथ लगाइए।"

गुस्से में आ गये एक स्वयंसेवक की बड़बड़ाहट से उन्होंने अब जाना कि श्रीमान का नाम सत्यदेव सिंह है।

राहत–कार्य दो भागों में बँटा हुआ था, एक था शिविर में टिके शरणार्थियों को खाना खिलाना और दूसरा था अभी भी पानी के बीच फँसे लोगों तक राहत पहुँचाना।

विद्यालय के एक कमरे में समिति का कार्यालय था, शेष दो कमरे राहत सामग्री के लिए सुरक्षित थे। विद्यालय के आस–पास कई पंडाल लगे हुए थे; एक स्वयंसेवकों के लिए था, शेष में शरणार्थियों को टिकाया गया था। एक पंडाल विद्यालय से सटाकर पीछे की ओर लगाया गया था जिसमें रसोई बनती थी। पानी में फँसे लोगों के पास नाव से जाना होता था। हर नाव पर चार स्वयं सेवकों की एक टोली रहती थी। नाव सुबह–सुबह सामग्री लादकर निकलती थी और शाम तक वापस आ जाती थी।

जिस समय ट्रैक्टर के चालक ने उन्हें सुनाते हुए उमा बाबू से कहा था,"खाना खिलाकर इन दोनों को ट्रैक्टर पर बैठाइए; खाना खाकर भागने तो नहीं देंगे," उस समय ही पलटू का माथा ठनका था कि न जाने कैसा काम होगा इस सेवा समिति का कि मन में भागने की इच्छा जन्म लेगी! शिविर में अपनी जगह पकड़ने के पहले पलटू बैजनाथ को विद्यालय के ओसारे पर बैठाकर विद्यालय के तीनों कमरों में झाँकने और सारे पंडालों से घूम आने के लिए निकल गया। शरणार्थियों और स्वयंसेवकों से पूछ–पूछकर उसने वहाँ की पूरी जानकारी प्राप्त कर ली और बैजनाथ के पास लौट आया। आकर उसने बैजनाथ को उठाया और स्वयंसेवकों के पंडाल में चला गया। दोनों एक खाली बिस्तर पर पसरकर सुस्ताने लगे।

सुस्ताना बन्द कर बैजनाथ ने पूछा, "कोई आशा नजर आयी, गुरुजी?"

"आपको राहत शिविर नजर आ रहा है या नहीं?"

"हाँ।"

"शरणार्थी नजर आ रहे हैं या नहीं?"

"हाँ।"

"वे भी जो नजरों के सामने नहीं है?"

"वे कहाँ हैं?"

"पानी में फँसे हुए।"

"हाँ, अब वे भी नजर आ रहे हैं।"

"अब नजर घुमाइए और देखिए कि आपकी आशा कहाँ है।"

"वह कैसे देखूँ?"

"उसी पर तो विचार करना है।"

"अब करें विचार।"

राहत कार्यक्रम की पूरी जानकारी देकर पलटू ने कहा, ''यहाँ का सारा काम स्वयंसेवक ही कर रहे हैं। हमें यह निर्णय लेना है कि हम रसोई की किचकिच में फँसे या नौका-विहार पर निकल जाएँ।''

''आप तो रसोइया ही बनना चाहेंगे, गुरुजी?''

''क्यों?''

''आप तो दिल्ली में रसोइया बनने के लिए घर में रसोइया का काम बहुत दिनों तक करते रहे थे और पाक कला में निपुण हो गये थे।''

''घर की रसोई और शिविर की रसोई में बहुत फर्क है। घर में दो-चार-दस आदमियों की रसोई बनानी पड़ती है, शिविर में सौ-सौ, पाँच-पाँच सौ आदमियों की। गाँव के मामूली भोज में भी खाना बनाने का काम खास लोग ही किया करते हैं। मैं भोज की रसोई बनाने में निपुण नहीं हूँ। मैं यह काम पकड़ भी लूँ, तब भी मैं जानता हूँ कि मुझे रसोई बनाने का काम नहीं मिलेगा। मैं नया स्वयंसेवक हूँ; मुझे काम मिलेगा हाँड़ी-लोहिया माँजने का, जूठे पत्तल उठाने का, पसेरी-पसेरी भर मसाला पीसने का और बाल्टी-बाल्टी भर पानी भरने का। मैं तो सुबह से आधी रात तक काम की चक्की में पिसता रहूँगा। कब समय मिलेगा आशा की किरण देखने के लिए?''

''आशा तो इस शिविर में ही है न!'' बैजनाथ बोला, ''बरतन-बासन माँजने से लेकर मसाला पीसने और पत्तल उठाने का काम मेरे जिम्मे रहा, आप आराम से पानी भरते रहिएगा। यहाँ दिन-रात शिविर के पास रहना होगा हमारा; किसी दुखिया से चिपकने-चिपकाने का मौका तो यहीं मिलेगा।''

''मैं सारे पंडाल घूमकर आ गया हूँ, बैजनाथ बाबू,'' पलटू ने कहा, ''अभी यहाँ शिविर में निराशा-ही-निराशा है। दो-तीन दुखिया हैं, मगर सब अधेड़ हैं। हमें अभी ही किसी अधेड़ औरत से क्या काम! एक लड़की है, मगर आप उसे दुखिया नहीं कह सकते; उसके साथ तीन-तीन मुस्टंडे हैं। जब तक शिविर नहीं टूटता, तब तक यहाँ कोई दुखिया है भी नहीं। शंकरपुर में शिविर टूटने पर ही शिक्षक ने लड़की को हथियाया था। हम शिविर के टूटने तक दुखिया का इन्तजार नहीं कर सकते। जिधर दुखिया मिले, उधर निकल जाना है। अभी असली दुखिया पानी में ही फँसे हुए हैं। हम सीधे वहाँ से कोई अच्छी दुखिया उठा लाएँगे। हम नौका विहार पर ही निकलेंगे; हमें पानी में घुसना होगा।''

''मैं पानी में घुसने के लिए तैयार हूँ।'' बैजनाथ ने हुलसकर अपनी स्वीकृति दी।

शाम तक शिविर के कई-कई चक्कर चला लेने के बद वे दोनों फिर अपने पंडाल में आ गये। उनकी उमा बाबू और सत्यदेव सिंह से कई मुलाकातें हुईं, पर किसी ने उन्हें किसी काम में नहीं नाधा। अभी वे खुद कोई काम माँगते क्या! एक दिन के काम में भी देह आधी हो जाती। अभी के गये आधी रात को निकलते रसोईवाले पंडाल से। अभी कहीं नहीं जाने के कितने ही बहाने तैयार कर लिये थे पलटू पंडित ने।

पंडाल में आराम फरमा रहे नये स्वयंसेवकों को एक पुराने स्वयंसेवक ने सूचित किया, ''आप दोनों को कार्यालय में प्रधानजी बुला रहे हैं।'' श्रीमानजी की तरह प्रधानजी का नाम जानने में भी बहुत समय न लग जाये, इसलिए पलटू ने पूछ लिया, ''क्या नाम है प्रधानजी का?''

''सुशील सिंह।'' बोलकर पुराना स्वयंसेवक चला गया।

कार्यालय में प्रधानजी के साथ सत्यदेव सिंह भी बैठे हुए थे। इन दोनों के घुसते ही प्रधानजी ने सत्यदेव सिंह से बही में इन दोनों के नाम-पते टाँक लेने को कहा। सत्यदेव ने सिर्फ एक बार इनसे कहा, ''सच-सच लिखाइएगा; समिति की ओर से सेवा-कार्य का प्रमाण-पत्र दिया जाएगा।'' अभी इनके नाम-पते टाँके ही जा रहे थे कि एक स्वयंसेवक एक युवक को लेकर हाजिर हुआ और प्रधानजी से कहा, ''यह आदमी पाँच दिनों से पड़ा हुआ है, जाने का नाम ही नहीं लेता।''

''इसके साथ कोई और भी है?''

''कोई नहीं है; न बूढ़ा, न बूढ़ी, न बीमार, न बच्चा, न कोई औरत।''

प्रधानजी ने गौर से उस युवक की देह-दशा देखी और कहा, ''क्यों भाई, ऐसा क्यों? यहाँ की खिचड़ी बहुत अच्छी लग रही है क्या?''

''खिचड़ी तो मजबूरी में खा रहा हूँ, सर।''

''मगर आपको जानना चाहिए कि आप जैसे लोगों के लिए यहाँ तीन दिनों से अधिक ठहरने की इजाजत नहीं है।''

''वह तो जानता हूँ, सर, मगर जाऊँ तो कहाँ जाऊँ?''

''जहाँ आपके और साथी गये,'' युवक को जवाब देकर स्वयंसेवक ने प्रधानजी से कहा, ''इनके साथ और भी तीन-चार युवक थे। कोई एक दिन खिचड़ी खाकर चला गया, कोई दो दिन खाकर गया। यह आदमी जा ही नहीं रहा है।''

''वे गये,'' युवक ने प्रधानजी से कहा, ''मैं तो नहीं जा सकता, सर। मेरा गाँव पानी में डूब गया; घर पानी के ऊपर बह गया होगा। मेरे परिवार के सारे लोग पानी में फँसे हुए हैं। कौन कहाँ हैं, किस हाल में हैं, कुछ मालूम नहीं। घर के लोग बहकर दूर नहीं चले गये हों, इसलिए पाँच कोस के अन्दर जितने भी राहत शिविर हैं, सबको देख आया। मैं पानी घटने का इन्तजार कर रहा हूँ। पानी कमर तक भी आ जाये, तो मैं यहाँ से चला जाऊँगा।''

''जब तक पानी घट नहीं जाता, तब तक आप किसी सम्बन्धी के घर चले जाइए।''

''मेरे सारे सम्बन्धियों के गाँव और घर डूबे हुए हैं। एक मौसा कटिहार में नौकरी करते हैं, मगर अभी वे भी कटिहार में ताला चढ़ाकर अपने घर-परिवार को ढूँढ़ने आ गये हैं।''

''तब आप ऐसा कीजिए, भाई,'' प्रधानजी ने रास्ता सुझाया, ''कि किसी दूसरे शिविर में चले जाइए।''

''सर, यहाँ से मेरे गाँव का सीधा रास्ता है। अब मैं यहाँ से अपने गाँव ही जाऊँगा। देह में अब ताकत नहीं बची है और दौड़-भाग करने की। कहाँ-कहाँ भटकूँ! जो बचे होंगे, वे लौटकर आ जाएँगे। मुझे मत भगाइए, सर।''

''किसे भगा रहे हो, सुशील?'' बोलते हुए राजकिशोर बाबू अन्दर आये।

सबकी निगाहें उनकी ओर उठ गयीं। सुशील सिंह और सत्यदेव सिंह कुरसी से उठ खड़े हुए और प्रणाम किया। स्वयंसेवक ने प्रणाम करने के बाद एक खाली कुरसी पर पड़ी धूल पोंछने का अभिनय किया। युवक ने भी अपने दोनों हाथ जोड़ लिये थे, ''प्रणाम, नेताजी।''

कुरसी पर बैठ जाने के बाद नेताजी ने युवक की ओर देखा और पूछा, ''आप मुझे पहचानते हैं?''

''अवश्य पहचानता हूँ, सर। आप हमारे इलाके के नेताजी हैं।'' युवक ने जवाब दिया।

''किस गाँव के हैं आप?''

''सरिया के।''

''जो महुआ के पास है?''

''हाँ, सर।''

''क्या चाहते हैं आप?''

युवक से पहले सुशीलजी बोल पड़े, ''ये पाँच दिनों से हैं हमारे शिविर में। हम किसी को तीन दिन से अधिक नहीं टिकने देते।''

''इन्हें टिकने दो,'' सुशील सिंह को आगे बोलने नहीं दिया नेताजी ने और युवक से कहा, ''जब तक शिविर चालू है, तब तक आप टिके रहिए। जाइए।''

युवक के जाते ही सत्यदेव सिंह ने पलटू से कहा, ''अभी आप लोग भी जाइए; थोड़ी देर बाद आइएगा,'' और उन दोनों की ओर नेताजी को नजर फिराते देख नेताजी से कहा, ''ये हमारे नये स्वयंसेवक हैं।''

पलटू ने नेताजी को गौर से देखा, तो उसे लगा कि यह चेहरा देखा हुआ है। कहाँ देखा था, यह याद नहीं आ रहा। पिछली किसी यात्रा में देखा था क्या? रतनपुर में तो नहीं? पटना रैली में जाते हुए? मगर चेहरा तो बहुत हाल का देखा हुआ लगता है!

अगर यह कोई पुराना परिचित निकल गया, तो उसके काम आ सकता है। नेताजी ने उसे पहचाना नहीं! कैसे पहचानता? एक बार भी तो उसकी ओर नजर नहीं डाली थी उसने।

थोड़ी देर के लिए कहीं बाहर जाने की बजाय पलटू कार्यालय के ओसारे पर ही रुक गया और टूटी खिड़की के पास खड़ा होकर नेताजी की बातें सुनने लगा।

''इस युवक को भगाना नहीं था, सुशील,'' नेताजी बोल रहे थे, ''मैंने तो इलाके का नक्शा और अपने सारे गाँवों की सूची तुम्हें दे दी है। तुम उसके गाँव का नाम तो पूछ लेते।''

''नाम पूछने ही जा रहा था कि आप आ गये।'' सुशील सिंह ने मुस्कराकर जवाब दिया।

''हाँ, भाई, इस बात पर ध्यान रखना होगा, छोटी-छोटी बात पर भी,'' नेताजी ने कहा, ''कि हम अपने जिस मतदाता को छू दें, वह हमारे लिए सोना बन जाये; हमारे पास से झुलसकर नहीं जाये कोई।''

''और यह भी,'' सुशील सिंह ने जोड़ा, ''कि हम अपने हर मतदाता को छू डालें।''

''हाँ, भाई, इस बार का चुनाव मुझे हर हाल में जीतना है, अश्विनी मिश्र को हर हाल में हराना है। पिछले दो चुनावों में ही बिक गया था। इस बार भी हार गया, तो फिर जीवन भर कंगाल बना रह जाऊँगा। अगली सरकार हमारी पार्टी बनाएगी। सत्ताधारी दल पटकनिया खाएगा इस बार। अगर मैं अश्विनी मिश्र को हराकर जाता हूँ, तो मेरा मन्त्री बनना तय है। यह बाढ़ वरदान है मेरे लिए, मेरे साथ तुम सारे लोगों के लिए। इस बाढ़ के लिए तो मैंने अपनी पूरी तैयारी बहुत पहले कर ली थी।

''इस बाढ़ में तो अश्विनी मिश्र भी बह गये हैं, भैया। हमने बाजी मार ली; उनको बहुत पीछे छोड़ दिया है,'' सुशील सिंह बोला, ''बाढ़ के बाद इलाके में हर किसी के मुँह से आपका गुणगान ही सुनने को मिलेगा।''

''अभी ही सन्तुष्ट नहीं हो जाना है, सुशील; हम धोखा खा चुके हैं,'' नेताजी ने कहा, ''अभी भी बहुत काम बाकी है। मैं तो रोज आ ही रहा हूँ; अगर कहीं कोई कमी नजर आये तो तुरन्त बताना, मैं सब पूरा करूँगा। यह बताओ कि राहत सामग्री की कोई कमी तो नहीं है?''

''कोई कमी नहीं है। हर दूसरे दिन तो ट्रैक्टर से सामान आ ही जाता है।''

''कोई कमी नहीं होने दूँगा। अब तो मेरे कार्यकर्ता कस्बों से निकलकर गाँवों में घुस गये हैं और बाढ़पीड़ितों के लिए घर-घर चुटकी माँग रहे हैं। आज जितने थैले आये हैं यहाँ, सब गाँवों से आये हुए थैले हैं।''

पलटू के दिमाग में बिजली की तरह कौंधा, इस आदमी का चित्र तो उसने राहत वाले थैलों पर देखा था, हर थैला पर।

बातचीत समाप्त कर नेताजी बाहर निकले, तो उनके साथ कमरे के सारे लोग निकल आये। अपने पीछे कार्यकर्ताओं और स्वयंसेवकों की भीड़ लिये हुए उन्होंने सारे पंडालों का निरीक्षण किया, बाढ़पीड़ितों से शहद स्वर में बातें कीं और फिर अपनी जीप से चले गये।

उनको विदा कर ज्यों ही सुशील सिंह और सत्यदेव सिंह कार्यालय में घुसे, उनके पीछे पलटू के साथ बैजनाथ भी घुसा।

नाम-पते टाँककर सत्यदेव सिंह ने सुशील सिंह को सलाह दी, ''इन दोनों के मन में बाढ़पीड़ितों की सेवा की जो नैसर्गिक और पुण्यपूर्ण भावना है और जैसा उत्साह छलक रहा है, उसे देखते हुए मैं तो सही सलाह दूँगा, प्रधानजी, कि आप इन दोनों को पानी में फँसे लोगों के पास राहत पहुँचाने का काम सौंपें।''

''आपकी सलाह मैं मानूँगा,'' प्रधानजी ने सत्यदेव सिंह को सुनाया, ''मैं भी यही सोच रहा था।''

''हाँ, हम यह काम करेंगे,'' पलटू ने उत्साहपूर्वक कहा, ''हम कोई भी काम करेंगे।''

प्रधानजी ने बैठे-बैठे हाँक लगायी, ''गौरीशंकर!''

बगल के कमरे से आवाज आयी, ''गौरीशंकर रसोई पंडाल में हैं; बुला लाऊँ?''

''हाँ,'' बोलकर प्रधानजी सत्यदेव सिंह से कहने लगे, ''हमारे पास अभी एक ही नाव है जिसे हमने खुद उपराया है। उस एक नाव से ही अभी जैसे-तैसे काम चलाया जा रहा है। सरकार की ओर से हमें अभी तक एक भी नाव नहीं मिली है। अश्विनी मिश्र ने कोई खेल खेला होगा। कई दिनों से हम और नावों की तलाश में हैं। आज सुबह भी गौरीशंकर को नाव के लिए भेजा था।'' इतना बोलकर वे अचानक पलटू की ओर उन्मुख हुए, ''आप लोगों को तैरना आता है?''

''तैरना!'' पलटू, जिसने सुन लिया था कि नाव की कमी है, पूछ बैठा, ''हमें तैरकर जाना होगा?''

''नहीं-नहीं,'' हँस पड़े प्रधानजी, ''यों ही पूछ लिया; पानी के साथ तैरना जुड़ जाता है न! आपको नाव मिलेगी। कहीं तैरने की नौबत नहीं आएगी।''

"हमें तैरना आता भी नहीं।"

गौरीशंकर हाजिर हुआ, तो प्रधानजी ने उससे पूछा, "क्या हुआ? कोई नाव मिली?"

"नहीं मिली।"

"क्यों, भाई," प्रधानजी ने अचरज व्यक्त किया, "पानी का इलाका है; मल्लाहों की बस्तियाँ हैं यहाँ; नाव क्यों नहीं मिल रही?"

"जिस मल्लाह से भी बात करता हूँ, वह यही बोलता है कि उसकी नाव पानी में डूब गयी है। असली जानकारी कुछ दूसरे लोगों ने दी। उन्होंने बताया कि सरकार ने मल्लाहों को पिछले साल का बकाया अब तक नहीं चुकाया है, इसलिए उन्होंने इस साल अपनी-अपनी नाव छिपा रखी है।"

"आपने किसी मल्लाह से बात नहीं की कि हम सरकारी आदमी नहीं हैं; काम करो और पैसा लो?"

"एक को तैयार तो किया, मगर वह हर सुबह पैसा पहले धरा लेगा, तब नाव लेकर आएगा।"

"ठीक है, उसकी बात ही रहे। बुला लाइए उसे।"

"एक दिन के तीन सौ रुपये माँगता है।"

"दे देंगे।"

"मैंने उससे कल सुबह शिविर में आने के लिए कह दिया है।"

"नहीं, वह आये-न-आये!" प्रधानजी ने कहा, "आप सुबह उठकर सीधे उसके पास जाइए और उससे कहिए कि वह अपनी नाव लेकर आ जाये।"

गौरीशंकर के जाते ही सत्यदेव सिंह बोला, "अगर इनके लिए दूसरी नाव नहीं आ पाती है, तो जो नाव जाती है, उसकी टोली में इन दोनों को शामिल हो जाने दीजिए।"

"यही तो मैं भी सोच रहा था," बोलकर प्रधानजी ने पलटू और बैजनाथ से मुस्कराते हुए कहा, "जाइए, आप दोनों का नाव से जाना तय हो गया। सुबह जल्दी तैयार हो जाइएगा। आपके साथ रामेश्वर और विश्वनाथ रहेंगे। आप अभी ही जाकर उनसे मिल लीजिए।"

(9)

जिस ठाँव शिविर की नाव बँधी थी, वहाँ पलटू और बैजनाथ सबसे पहले पहुँच गये थे। नाव पर मल्लाह तक नहीं था। सुबह में जब सारे स्वयंसेवक एक साथ नाश्ता कर रहे थे, तब पलटू ने विश्वनाथ को देखा जरूर था, मगर उसने उसे यह बताना जरूरी नहीं समझा कि वे दोनों नाश्ता करने के बाद नाव पर जा बैठेंगे।

कई बार इस शंका से गुजरने के बाद कि कहीं नौका-विहार का कार्यक्रम स्थगित न कर दिया गया हो, दोनों ने देखा कि कन्धे पर मोटी-मोटी गठरी लादे कई स्वयंसेवक नाव की ओर बढ़े चले आ रहे हैं।

स्वयंसेवकों ने चादर खोलकर उनमें बँधी राहत सामग्रियाँ नाव में डालीं, तो पलटू की

नजर उन पर चली गयी। सिर्फ भोजन के छोटे-छोटे थैले ही नहीं थे, ढेर सारे कपड़े भी थे—धोती, साड़ी, अँगोछे, वगैरह। पलटू का मन ललचा, क्या इन कपड़ों में उसके काम की एक भी चीज नहीं? क्या वह भी बाबा भोले हो गया जो दुनियावालों में सब कुछ बाँटता है, मगर खुद कुछ नहीं लेता?

माल को नाव में डालकर स्वयंसेवक चादर लेकर चले गये। सिर्फ दो स्वयंसेवक रुके रहे और नाव पर आ बैठे। उनमें एक विश्वनाथ भी था।

नजर मिलाकर नजर फेरते देख पलटू ने अत्यन्त मृदु स्वर में विश्वनाथ से कहा, "बहुत विलम्ब हुआ?"

"विलम्ब हुआ आप दोनों के कारण," विश्वनाथ ने अपना गुस्सा प्रकट कर दिया, "कितना ढूँढ़ा! आप दोनों कहीं मिल ही नहीं रहे थे। जब मैंने प्रधानजी को सूचित किया कि आप लोग पानी में घुसने के डर से नाश्ता खाकर भाग गये हैं, तब वहाँ बैठे सत्यदेव सिंह बोले कि आप लोग नाव पर बैठे मिल जाएँगे। इस तरह नहीं आना था आप लोगों को; मुझसे कहकर आते। माल भी तो लादना था नाव पर। आप लोग अभी से ही जाँगर चुराने लगे।"

"ऐसी शिकायत का अवसर नहीं दूँगा, विश्वनाथजी," पलटू बोला, "हाँ, अभी यह गलती हुई कि कहकर नहीं आया। याद ही नहीं रहा। आपके साथ रामेश्वरजी नहीं आये?"

"वह भी कहीं भाग गया," विश्वनाथ बोला, "अभी शिविर में नहीं था। नाव खुल जाएगी, तब आ जाएगा। उसके बदले रामदेव को ले जा रहा हूँ। पता नहीं, लोग पानी में जाने से इतना घबराते क्यों हैं! जब सेवा का व्रत लिया है, तब सेवा से डरना क्या!"

"हम नहीं डरते, कभी नहीं डरते," बोलकर पलटू ने विश्वनाथ से पूछा, "अभी हम लोगों को किस दिशा में कितनी दूर जाना है?"

"हम लोगों को बेना और झौसा गाँव की ओर जाना है। उस ओर हमारी नाव अब तक नहीं गयी है। उधर तबाही कुछ अधिक ही हुई है। कम ही लोग पानी से बाहर सुरक्षित स्थानों पर पहुँच पाये हैं। शिविर में बेना और झौसा के कई बाढ़पीड़ित टिके हुए हैं और वे कई दिनों से हल्ला मचा रहे थे कि उनके गाँववालों की खोज-खबर हो। कल उन्होंने राजकिशोर बाबू को भी घेर लिया। राजकिशोर बाबू को यह वचन देना पड़ा कि आज नाव उनके गाँवों की ओर भेजी जाएगी।"

नाव के लदते ही किधर से तो आकर मल्लाह ने अपनी जगह पकड़ ली।

नाव खुलते-खुलते बहुत शिविरवासी नाव के पास आ गये थे पूछने-कहने,"... आप लोग बेना जा रहे हैं, तो थोड़ा आगे चकाई तक चले जाइएगा। वहाँ बहुत लोग फँसे हुए हैं...झौसा से ही पूरब की ओर नजर आ जाएगा बोकड़ा का भीटा; उधर जरूर नजर डाल लीजिएगा...बेना के रास्ते में ही अवध भगत का पोखर है; उसके मुँडेरा पर भी कुछ लोग शरण लिये हुए दिख जाएँगे...बैगना से ज्यों ही आगे बढ़िएगा, दक्खिन की तरफ एक बहुत बड़ा बगीचा नजर आएगा। बहुत ऊँची जमीन पर है यह बगीचा। ध्यान दीजिएगा कि उधर से लोग चिल्लाकर आप लोगों को हाँक तो नहीं लगा रहे हैं...चकाई के पास ही बेलागंज है, थोड़ा ही आगे..."

नाव के डाँड़ पकड़ते ही मल्लाह ने जयनाद किया, "कोशी महारानी की जय हो! रन्नू सरदार की जय हो!"

नाव खुल गयी, तो विश्वनाथ ने मल्लाह से पूछा, "आपको मालूम है, आज कहाँ जाना है?"

"मालूम है।"

"भटकेंगे तो नहीं?"

"पूरा इलाका छाना हुआ है," मल्लाह ने जवाब दिया, "यह भी बता सकता हूँ कि पानी के अन्दर कहाँ कौन गाँव छिपा हुआ है। यह तक बता सकता हूँ कि नाव के नीचे किस गाँव की चमरटोली है और किस गाँव की मुसहरटोली।"

"यह तो जान ही रहे हैं कि जहाँ जा रहे हैं, वहाँ से कैसे भागना भी है?"

"रोज तो यही कर रहा हूँ।"

पलटू यह जान रहा था कि कहीं जाना है, यह नहीं कि वहाँ से भागना ही है; कैसे भागना है, यह तो बिल्कुल नहीं। उसने विश्वनाथ से पूछा, "भागने की क्या बात है?"

"आपके जानने की कोई बात नहीं है," विश्वनाथ ने जवाब दिया, "मैं आपके साथ हूँ; जैसा कहूँगा, वैसा कीजिएगा।"

डुबाव पानी में उस आदमी से, जिसकी पीठ पर पानी का बादशाह मल्लाह भी है, बतबढ़ाव करना अक्लमन्दी का काम नहीं है, यह सोचकर चुप लगा गया पलटू।

देर तक चुप बैठा नहीं रह गया पलटू। मुँह फुलाकर बैठे हुए विश्वनाथ को छोड़कर मल्लाह को अपने हाथ में कर लेने के लिए उसने अपनी चुप्पी तोड़ी, "कोशी महारानी की जय का मतलब तो मैं समझ गया, पर यह रन्नू सरदार कौन है, मल्लाहजी?"

"रन्नू सरदार?"

"हाँ।"

"वह कोशी का प्रेमी है; कोशी उसे सदा साथ लिये चलती है," बोलकर मल्लाह ने गीत सुनाया,

"उतरहूँ खोजलों हो रानू दछिनहु खोजलों हो
खोजित लेलूँ मगहा मुँगेर हो
तोरा सन के लोग हो रानू कतहूँ ने मिलले हो
खोजित अइलों मगहा मुँगेर हो
लेहो केरा लेहो हो रानू कान्हा पर कोदरिया हो
चलि देहो संग साथ हो।"

"आप तो बहुत अच्छा गाते हैं, मल्लाहजी," बोलकर पलटू ने उससे पूछा, "कैसा था रानू कि वैसा कोई और नहीं मिला कोशी को?"

हँसकर गाया मल्लाह ने,

"कमला जे पूछै छै सुन बहिन कोशिका हे
केहेन छथिन रानू सरदार हे

भैंसा सन खुखब गे बहिनों बजर सन गात हे
मोंछ रानू के बहिंगा सन-सन आब है,"

"आप तो पूरा किस्सा जानते हैं, मल्लाहजी," मुस्कराया पलटू, "अब यह बताइए कि कोशी उसे सदा साथ लिये क्यों चलती है?"

"गाँव-घर और खेत-खलिहान को दहाने, भँसाने, काटने और उजाड़ने में रन्नू सरदार कोशी की सहायता करता है। उसकी कुदाल अस्सी मन की है और उस कुदाल की बेंट बयासी मन की। कई-कई बीघे जमीन को वह एक वार में काट डालता है। अकेले कोशी के वश का है इतना भयंकर प्रलय मचा देना! एक रन्नू सरदार ही तो नहीं होता उसके साथ। वह तो अपने साथ सारे नये-पुराने भूतों की फौज लेकर चलती है।"

"भूत?"

"हाँ," मल्लाह ने बताया, "नाव पर सवार जो भी यात्री डूबते हैं, वे कोशी की फौज में भरती कर लिये जाते हैं। कोशी अपनी इस फौज के बलपर ही गाँव-घर और खेत-खलिहान डुबोती-काटती है। अभी तो हाल में करीब सौ नये भूत फौज में भरती हुए हैं। केदली और कुनदह घाट पर दो नावें डूबीं, सौ से ऊपर लोग डूबकर मर गये।"

पलटू ने कुछ रुककर पूछा, "अभी ये सब भूत कोशी के साथ होंगे?"

"हाँ, सब के-सब।"

"वे तो पानी के अन्दर ही रहते होंगे?"

"हाँ।"

"बाहर भी आते हैं?"

"नहीं, बाहर तो नहीं आते, मगर हमारे बहुत निकट तक आ जाते हैं। हो सकता है, दो-चार भूत हमारी नाव के नीचे-नीचे हमारे साथ चल रहे हों।"

"किसलिए?"

"हमें डुबाने के लिए।"

पलटू सोंठ मार गया।

करीब दो घंटे के खेवन के बाद मल्लाह ने हाथ के इशारे से बताया, "वही है अवध भगत का पोखर। मुँडेरा पर मुंड नजर आ रहे हैं। चलना है उधर?"

"उन लोगों ने भी हमें देख लिया होगा?" विश्वनाथ ने पूछा।

"अभी तो वे पानी में बहनेवाले एक-एक तिनके को देख रहे होंगे," मल्लाह ने जवाब दिया, "इतनी बड़ी नाव को नहीं देखेंगे!"

"तब तो हमें चलना है," विश्वनाथ बोला, "चलिए, यहाँ से होकर आगे बढ़ेंगे।"

मल्लाह ने पोखर की ओर नाव मोड़ दी।

"एक बात पूछूँ, विश्वनाथजी?" पलटू ने बहुत विनम्र स्वर में कहा।

पलटू को अपने काबू में देखकर विश्वनाथ ने पूछने की अनुमति दे दी।

पलटू ने पूछा, "उन लोगों ने नहीं देखा होता, तो हम उधर क्यों नहीं जाते?"

"क्यों जाते? कितना तरद्दुद करें हम?" विश्वनाथ ने जवाब दिया, "हम निकले हैं सिर्फ बेना और झौसा के लिए, मगर हमें देख लेनेवालों को भी हमें देखना होगा। अगर हम उन्हें बिना देखे निकल गये, तो आज न कल यह बात फूटेगी कि राजकिशोर सिंह की नाव पोखर के पास से गुजरी तो थी, मगर पोखर तक राहत पहुँचाने नहीं आयी। तब तो पानी उतरने के बाद पोखर पर से जो लोग जिन्दा अपने-अपने गाँव लौटेंगे, वे सब तो राजकिशोर सिंह के हाथ से गये! गाँव का गाँव बैरी हो जाएगा उनका। सब अश्विनी मिश्र के साथ हो जाएँगे।"

"बहुत दूर तक सोचते हैं आप, विश्वनाथजी।"

"सोचना पड़ता है।" विश्वनाथ ने गम्भीर स्वर में संक्षिप्त जवाब दिया।

नाव को आते देख पोखर के मुँडेरा पर बैठे सारे प्राणी एक जगह जमा हो गये थे और चिल्ला-चिल्लाकर नाव वालों की दुहाई बोलने लगे थे।

जब नाव पोखर के बहुत करीब आ गयी, तो विश्वनाथ ने मल्लाह से कहा, "अब नाव यहीं रोक दीजिए, माँझी।"

"हम कुछ और आगे जा सकते हैं, बाबूसाहब," मल्लाह बोला, "थैला फेंकने में आसानी होगी।"

"पोखरवाले पानी में उतर आये, तो?"

"नहीं उतरेंगे पानी में," मल्लाह ने बताया, "मुँडेरा के नीचे हाथी-डुबाव पानी है।"

कुछ और आगे बढ़ाकर मल्लाह ने नाव खड़ी कर दी। विश्वनाथ ने स्वयंसेवकों को अभागों की ओर राहत के थैले फेंकने का आदेश दिया और स्वयं प्रक्षेपण का निरीक्षण और अगला आदेश सुनाने के लिए चुपचाप खड़ा रहा। प्रक्षेपण की त्रुटियों की ओर उसका ध्यान अनायास चला गया और उसने पलटू और बैजनाथ दोनों को डाँट पिलायी। बैजनाथ थैला फेंकने में इतना अधिक जोर लगा रहा था कि अधिकांश थैले मुँडेरा को पार कर पोखर के पानी में गिर रहे थे और पलटू इतने कम जोर से फेंक रहा था कि अधिकांश थैले हाथी-डुबाव पानी पार नहीं कर पा रहे थे।

जब उसके 'बस, बस,' के आदेश के साथ ही पलटू बस नहीं कर सका, तो उसके कर कमल पर विश्वनाथ ने अपने वज्र हाथ का ऐसा प्रहार किया कि पलटू अकबका गया। अपनी कानी उँगली भी नहीं हिला पाये उसके विरुद्ध यह आदमी, इसलिए विश्वनाथ ने झट उसे सुना दिया, "सब यहीं फेंक देंगे, तो बेना और झौसा क्या लेकर जाएँगे? कद्दू? आप अभी भी कुछ सोचते नहीं।"

पलटू ने अपना मुँह लटका लिया।

चीखते-चिल्लाते लोगों को छोड़कर नाव आगे बढ़ गयी। नाव में विश्वनाथ ने एक बार फिर पलटू को काँटों में घसीटा, "अगर भूखे लोग थैले निकाल ले आने के लिए हाथी-डुबाव पानी में गये और डूब मरे, तो उसके लिए कौन जिम्मेवार होगा? आप राहत की नाव लेकर चले हैं या यमराज की भैंस?"

पलटू कान-पूँछ दबाकर रह गया।

पानी से उग आये टूटे-फूटे घरों का एक गाँव नजर आया, तो विश्वनाथ ने मल्लाह से पूछा, "यह कौन-सा गाँव है, माँझी?"

"यह है बैगना।" मल्लाह ने जवाब दिया।

"यहाँ तो एक भी आदमी नजर नहीं आ रहा।"

"पानी के अन्दर से घर निकलेगा, आदमी तो नहीं।"

"बेना और झौसा में भी तो अब पानी के अन्दर से केवल घर ही निकले होंगे?"

"मगर पानी से निकल आये घरों के लोग हमें कहीं आस-पास ही मिल जाएँगे। जब हमें बेना और झौसा की ओर जाने को कहा गया है, तो हमें वहाँ के बाढ़पीड़ितों को देख आने के लिए कहा गया है, उनके घर देख आने के लिए नहीं। घर से निकलकर लोग पोखर के मुँडेरा पर होंगे, किसी ऊँचे टीले पर, अपने पक्के मकान पर, किसी मन्दिर की छत पर या किसी गाछ-वृक्ष पर। हम एक चक्कर लगा आते हैं। अगर उन्होंने हमें देख लिया, तो ठीक; अगर किसी ने भी नहीं देखा, तो हम लौटकर अवध भगत के पोखर पर ही सारा माल फेंक जाएँगे।"

"बैगना तो अब पानी से बाहर है; यहाँ के लोगों को तो लौट आना चाहिए था?"

"भागकर जहाँ टिके होंगे वे सब, वहाँ से लौट आने का रास्ता अभी पानी ने नहीं दिया होगा।"

"आस-पास उनका तो कोई ठिकाना नजर नहीं आ रहा है?"

"पानी में डूबे-अधडूबे गाछ-वृक्ष नजर नहीं आ रहे हैं क्या?" मल्लाह बोला और फिर सावधान किया, "आप लोग आँख गड़ाकर देखिए कि किसी गाछ से लोग हाथ तो नहीं हिला रहे हैं, कान लगाकर सुनिए कि किसी गाछ से कोई आवाज तो नहीं आ रही है।"

"वह सब हम देख रहे हैं," विश्वनाथ बोला, "आप बढ़ते चलिए।"

पलटू बहुत सोच-समझकर चल रहा था। मल्लाह के मुँह से बैगना का नाम सुनते ही वह दक्खिन की ओर मुँह करके बैठ गया।

बगीचा सबसे पहले उसे ही नजर आया और वह चिल्लाती आवाज में बोला, "वह रहा बगीचा।"

"हाँ, उधर कुंजी मड़ड़ का बगीचा है," मल्लाह बोला, "काफी ऊँची जमीन पर है वह बगीचा!"

"हाँ, उधर कुंजी मड़ड़ का बगीचा है," मल्लाह बोला, "काफी ऊँची जमीन पर है वह बगीचा।"

"हमें तो उधर जाना होगा?" पलटू ने विश्वनाथ से पूछा।

"क्यों?"

"बगीचे में लोग हैं; बैगनावाले होंगे।"

"रहने दीजिए।"

"मगर उन्होंने हमें देख लिया है। आप गौर से देखिए, सब बगीचे से बाहर पानी के पास आ गये हैं। वे चिल्ला रहे हैं। मैं तो उनकी चिल्लाहट भी सुन रहा हूँ।"

"यहाँ से दूर है बगीचा," विश्वनाथ ने कहा, "हम यह मानकर चल सकते हैं कि हमने न तो किसी को देखा और न किसी का चिल्लाना सुना।"

"अगर हम सोचकर चलें, तो ऐसा नहीं कर सकते।"

"क्या सोचकर?"

"याद कीजिए, घाट पर कई शिविरवासियों ने बताया था बैगना से आगे बढ़ते ही दक्खिन की ओर के इस बगीचे के बारे में। हम लौटकर जाएँगे, तो क्या जवाब देंगे हम उन्हें? मैं यह कैसे बोल पाऊँगा कि विश्वनाथजी ने मल्लाह को उधर नाव ले जाने से रोक लिया था!"

विश्वनाथ ने पलटू पर एक कुदृष्टि डाली और मल्लाह से कहा, "ले चलिए, माँझी, नाव उधर ही ले चलिए।"

नाव को उधर मोड़ते ही मल्लाह ने सूचित कर दिया, "हम बगीचे के बहुत पास नहीं जा सकते। वहाँ उतना पानी नहीं होगा कि नाव चल पाये। मैं नाव कुछ इधर ही रोक दूँगा। वहाँ से बगीचे तक थैले नहीं फेंक पाएँगे आप लोग। सब थैले पानी-कीचड़ में ही गिर जाएँगे। आप लोगों को नाव से उतरना होगा बगीचे तक माल ले जाने के लिए।"

विश्वनाथ ने फिर एक कुदृष्टि पलटू पर डाली।

मल्लाह ने ज्यों ही नाव खड़ी की, विश्वनाथ ने पाँच-सात धोती-साड़ियाँ निकालीं और उन्हें फैलाकर पलटू से कहा, "इनमें थैले और कपड़े भरकर गठरी बनाइए और अपने साथी के साथ मिलकर गठरियाँ बगीचे में पहुँचा आइए।"

"सिर्फ हम दोनों?" पलटू ने पूछा।

"हमारे तो कन्धे छिल गये हैं गठरी-मोटरी ढोते-ढोते। आप स्वयंसेवक नहीं हैं क्या? एक दिन भी तो आप लोग यह काम कीजिए। कोई कोस भर तो जाना नहीं है।

"हम लोग तो कितनी ही बार," इस बार रामदेव ने भी मुँह खोला था, "दो-दो कोस तक गये हैं सिर पर गठरी उठाकर।"

विश्वनाथ नहीं चूका यह भी कहने से, "यहाँ आने की जिद भी तो इन्होंने ही की थी।"

पलटू ने कोई प्रतिवाद नहीं किया।

बगीचे में जो जिधर थे घर से आ-आकर किनारे पर इकट्ठे हो गये थे। पलटू ने अन्दाजा लगाया, इन सबके लिए थैले और कपड़े की कम-से-कम दस गठरियाँ बनानी पड़ेंगी और उन दोनों को पाँच बार नाव से बगीचा और बगीचा से नाव तक कीचड़-पानी में आना-जाना पड़ेगा। उसने मन में सोच लिया कि दो खेप माल पहुँचा आने के बाद वह बैजनाथ से कह देगा, "मेरी कमर में तो लचक पड़ गयी, बैजनाथ बाबू; अब तो जो गठरियाँ बची हैं, उन्हें बगीचे तक दे आने के लिए आप अकेले ही खेप भरिये।"

पहली खेप की गठरियाँ सिर पर उठाये अभी पलटू और बैजनाथ किनारे तक पहुँचे भी नहीं थे कि गठरियों पर टूट पड़ने की बजाय बगीचे के भुक्खड़ों की भीड़ पानी में घुसकर नाव की ओर दौड़ पड़ी थी। जैसे ही पलटू और बैजनाथ ने गठरियों को बगीचे में सिर से उतारा, उनके कानों से एक तेज आवाज टकरायी, "भागो!" वे कुछ सोच पाते, इससे पहले ही उन्होंने भीड़ को लौटते और नाव को भागते देखा।

देर तक वे दोनों जहाँ के तहाँ मूर्तियों की तरह खड़े रह गये; जब तक नाव बिन्दु बनकर विलुप्त नहीं हो गयी, तब तक देखते रहे उसकी ओर।

जब पलटू ने उलटकर पीछे की ओर देखा, तब बैजनाथ ने पूछा, ''यह क्या हुआ, गुरुजी?''

''वे भाग गये।''

''क्यों भाग गये?''

''कुछ सोचकर।''

''क्या सोचकर?''

''नाव के खुलते ही विश्वनाथ ने मल्लाह से भागने की बात की थी। जब मैंने विश्वनाथ से पूछा कि भागने की क्या बात है, तो उसने सुना दिया कि वह हमारे साथ है, इसलिए हमारे जानने की कोई बात नहीं है। मगर वह हमारे जानने की बात थी। अगर भागने की बात मैं जानता रहता, तो इन करमजलों के पानी में घुसते ही मैं सिर की गठरी पानी में पटकता और दौड़कर नाव में जा बैठता, और मैं बोलता मल्लाह से, 'भागो!' ये सब-के-सब नाव में लद जाने के लिए दौड़े थे, इसलिए विश्वनाथ नाव भगा ले गया।''

''अब क्या करें हम?''

''नाव के आने का इन्तजार।''

''वे भागकर गये हैं; अब फिर आएँगे?''

''आएँगे, कुछ सोचकर।''

''क्या सोचकर?''

''हम स्वयंसेवक हैं,'' पलटू ने धीरज बँधाते हुए कहा, ''समिति के कार्यालय में विश्वनाथ से कैफियत तलब की जाएगी कि हमारा क्या हुआ। तहलका मच जाएगा कि दो स्वयंसेवक पानी में डूब गये! विश्वनाथ एक बार जरूर आएगा हमें यहाँ से किसी तरह बाहर निकाल ले जाने।''

''किस तरह, गुरुजी?''

''वह नाव लेकर आएगा और नाव को कुछ डुबाव पानी में रखकर ही हमें हाँक लगाएगा। हम ज्यों ही उसके कुछ पास पहुँचेंगे, वह नाव हमारे पास ले आएगा और हमें नाव में बैठाकर नाव भगाएगा।''

''नाव का इन्तजार क्या हम यहाँ खड़े-खड़े करें?''

''नहीं, कब तक खड़े रहेंगे हम! पता नहीं, कितनी दूर हैं यहाँ से बेना और झौसा!'' पलटू बोला, ''चलिए, कहीं बैठ जाएँ। मगर हम दोनों की नजर उधर ही रहे जिधर हमारी नाव भागी है।''

बगीचे में घुसने के लिए कदम उठाते ही बैजनाथ ने एक शंका प्रकट की, ''बगीचेवाले तो यही समझ रहे हैं कि नाव लेकर भागनेवाले हमारे साथी हैं। वे हमारे साथ कोई बुरा व्यवहार तो नहीं करेंगे?''

''क्या बुरा करेंगे?''

''वे कह सकते हैं कि जमीन पर हमारे लिए जगह नहीं है, हम गाछ पर जाकर बैठें।''

"वे कह सकते हैं और हमें गाछ पर बैठना होगा। हम डुबाव पानी में फँसे हुए हैं। उनसे रार नहीं कर सकते। कब तक बैठना होगा गाछ पर? नाव के आने भर की देर है। कहीं भी बैठें, नजर उधर ही रहेगी जिधर नाव भागी है।"

"हमारे लिए अच्छा तो यही होगा कि गाछ पर बैठने की बजाय वे हमें पानी में खड़े रहने के लिए कहें। हम अपनी नाव के अधिक करीब रहेंगे।"

पलटू ने कोई जवाब नहीं दिया।

भीड़ अब तक बिखर गयी थी। कब थैलों और कपड़ों की लूट हुई, न पलटू ने देखा न बैजनाथ ने। पूरे बगीचे में फैल गये भूखे लोगों को उन्होंने अभी सिर्फ हप-झप खाते देखा। केवल एक बौना बूढ़ा बगीचे के बीचोंबीच एक गाछ के नीचे अकेला बैठा हुआ था और वह कुछ खा नहीं रहा था। पलटू की नजर उस पर पड़ी और उसने बैजनाथ से कहा, "चलिए, उस बूढ़े के पास बैठते हैं।"

"किसी का भी ध्यान हमारी ओर नहीं है।" पलटू ने बताया।

"वे सब तो अब हमसे निगाह चुराएँगे," पलटू बोला, "कि उनके कारण ही हमारी नाव छूट गयी।"

दोनों उस बूढ़े के पास जा बैठे और पलटू ने बैठते ही पूछा, "आपने कुछ खाया, बबा?"

"नहीं," बूढ़े ने जवाब दिया, "थैला लूटने नहीं गया था; लूट नहीं पाता न!"

"भूखे तो होंगे?"

"सब भूखे हैं। किसी की पोटली में कुछ बचा नहीं रहा होगा। कोई-कोई तो तीन-तीन दिनों के भूखे होंगे।"

"और लोग तो खाना खा रहे हैं।"

"थोड़ी देर में मैं भी खाऊँगा। गाँव में भी यही होता है। लोग मुझ पर दया करते हैं और खाना दे जाते हैं। इस समय तो कोई भी कुछ कम दया करेगा: मेरी याद किसी को भी कुछ देर से आएगी।"

"आप किस गाँव के हैं?"

"बैगना के।"

"गाँव तो पानी के ऊपर आ गया है।"

"पर कोई साधन तो नहीं है हमारे पास गाँव तक जाने के लिए। जब पानी रास्ता दे देगा, तब जाएँगे। अभी वहाँ है भी क्या! खाने को तो कुछ भी नहीं है। अभी तो जैसा यह बगीचा, वैसा वह गाँव। आज जिन्हें खाना मिल गया, वे और दो-तीन दिन काट ही लेंगे। उसके बाद भी पानी नहीं उतरा, तो भगवान जिसे रखे, जिसे उठाए!"

बाबा ने ठीक ही बताया था कि थोड़ी देर में वे भी खाएँगे। एक आदमी आया और दोने की शक्ल में एक मगछा उनकी ओर बढ़ाते हुए बोला, "दो मुट्ठी चूड़ा और गुड़ है, बाबा। थैलों में यही सब आया है। यह गमछा भी मिला; आप रख लीजिए।" इतना बोलकर वह पलटू और बैजनाथ को अनदेखा करते हुए चला गया।

बाबा ने चूड़ा-गुड़ की पोटली एक ओर रख दी और पलटू से कहा, "यह निरंजन है, मेरे

ही गाँव का; मेरा बहुत खयाल रखता है।''

''यहाँ सब बैगना के ही हैं।''

''नहीं, कई गाँवों के लोग हैं।''

''आपका शुभ नाम, बाबा?''

''जैसा रूप, वैसा नाम!'' तीन दिनों तक और जिन्दा रह जाने की आशा ने बाबा के होंठों पर एक क्षीण मुस्कराहट उतार दी थी, ''मेरा नाम है पोदन दास। बचपन में कोई और नाम रहा होगा, मगर जब लोगों ने देखा कि मैं पोदना का पोदना ही रहूँगा, तब सबने मेरा यही नाम धर दिया। मैं भी खुश हूँ। पोदना तो नहीं कहते, आदर से कहते हैं पोदन दास। नाम से क्या धरा है! पोदना भी कह लें! पेट तो वही भर रहे हैं। बदले में गीत सुनाता हूँ मैं उन्हें; उनका मन भी तर कर देता हूँ।'' इतना बोलकर बाबा ने पूछा, ''आपका तो कोई अच्छा-सा नाम होगा?''

''मेरा नाम है पलटू झा,'' पलटू ने बेहिचक बताया, ''और मेरे इस साथी का नाम है बैजनाथ मंडल। हम लोग कल्याण सेवा समिति के स्वयंसेवक हैं, बाढ़पीड़ितों की सेवा करने आये हैं।''

बाबा ने किसी नाम पर ध्यान नहीं देकर उनके काम पर ध्यान दिया, ''बहुत पुण्य का काम कर रहे हैं आप लोग।'' बाबा अपने नाम की चर्चा के बाद उसके नाम की चर्चा पर नहीं आ जाएँ, इसलिए पलटू झट सवाल कर बैठा, ''आपको तो लोग गाँव से कन्धे पर लादकर भागे होंगे, बाबा?''

''मैं भाग नहीं सकता हूँ, मगर चल-फिर तो लेता ही हूँ। और लोग पानी के घर में घुसने, घर के आधा डूब जाने पर भागते हैं, मगर मैं पानी को गाँव की ओर आते देखकर ही अपना झोला उठाता हूँ और गाँव छोड़ देता हूँ। लोग मेरी बात नहीं मानते। जो पानी में भागते हैं, उनमें से बहुत पहुँच जाते हैं पानी के पार, मगर कितने ही हर साल पानी में विलीन हो जाते हैं। मैं पंगु पोदना हूँ, मगर अभी तक जिन्दा हूँ।''

''आप हर साल इसी बगीचे में आते हैं?''

''हाँ, हर साल,'' पोदन दास ने बताया, ''इसी गाछ के पास। देख रहे हैं न, इसका तना कितना छोटा है और डालियाँ कितने नीचे से निकली हुई हैं! चढ़ने में कोई मदद नहीं करे, तब भी चढ़ जाता हूँ।''

पोदन दास के पास बैठा पलटू अपनी जबान खर्च करने के साथ अपना दिमाग भी खर्च कर रहा था और बगीचे के बाहर भी अपनी निगाहें दूर-दूर तक दौड़ा रहा था। जब एक जगह उसने अपनी निगाहें जमा लीं, तब बाबा से पूछा, ''गाछ पर कब तक बैठे रह गये थे, बाबा?''

''तीन दिन, तीन रात!'' बाबा ने जवाब दिया, ''आज सुबह ही तो सब उतरे हैं गाछ से। कल शाम से ही पानी घटने लगा था।''

''कैसा लगता होगा, बाबा, गाछ पर चढ़कर बैठना और नीचे बहते पानी को देखना!''

''कैसा!'' बाबा ने क्षण भर के लिए आँखें मूँद लीं और फिर कहा, ''जो बैठे वही जाने।''

''एक बार मैं भी गाछ पर बैठकर देखना चाहता हूँ कि कैसा लगता होगा।''

''चढ़ जाइए इसी गाछ पर।''

"इसके नीचे पानी नहीं है।"

"पानी तो अब बगीचे में किसी गाछ के नीचे नहीं है।"

पलटू ने बगीचे के बाहर एक गाछ की ओर इशारा करते हुए कहा, "वहाँ उस गाछ के नीचे पानी है।"

बाबा ने उधर देखा और कहा, "वहाँ भी हाथ भर से अधिक पानी नहीं होगा।"

"मगर नीचे पानी तो देखूँगा?"

"जाइए, देख आइए।"

बैजनाथ को पलटू की उलट गयी खोपड़ी पर तरस आ गया, मगर गुरुजी के साथ अभी तो उसे हर हाल में चलना था।

पानीवाले गाछ की ओर बढ़ते ही पलटू ने बैजनाथ से कहा, "आप नाव के बहुत करीब रहने की बात कह रहे थे न? तो देख लीजिए कि उस गाछ के पास रहकर हम नाव के कितने करीब हो जाएँगे! नाव जैसे ही इधर से गुजरेगी, हम झट गाछ से उतरकर हाँक लगाएँगे और नाव पर बैठकर निकल जाएँगे। पलक झपकते यह खेल हो जाएगा। बगीचे वालों को बगीचे से बाहर आने तक का मौका नहीं मिलेगा। मैंने बहुत सोच-विचारकर यह युक्ति ढूँढ़ी है।"

बैजनाथ ने मुस्कराकर गुरुजी की खोपड़ी की दाद दी। दोनों गाछ पर चढ़कर दो मोटी टहनियों पर अलग-अलग बैठ गये। गाछ पर बैठकर बैजनाथ ने कहीं और निगाह जमाने के पहले बाबा की ओर नजर घुमायी और पलटू से कहा, "कुछ लोग बाबा के पास आ गये हैं।"

"आने दीजिए।"

"वे हमारे बारे में ही बतिया रहे होंगे।"

"बतियाने दीजिए," पलटू बोला, "बाबा ने बता दिया होगा कि हम गाछ पर क्यों चढ़ बैठे हैं। आप उधर मत देखिए; जिधर देखना है, उधर देखिए।"

जिधर देखना था, उधर देखे अभी थोड़ा ही समय गुजरा होगा कि...

छप!

पलटू गाछ से गिरा था।

दूसरी छप!

बैजनाथ भी गिर पड़ा था।

"क्या हुआ, गुरुजी?" बैजनाथ ने पलटू के पास आकर उसे उठाते हुए पूछा।

"साँप!" पलटू ने लड़खड़ाते पाँव से उठते हुए लड़खड़ाती आवाज में बताया और पूछा, "आपने भी देखा?"

"नहीं, मैंने नहीं देखा।"

"तो आप कूदे क्यों?"

"आपको कूदते देखकर।"

(10)

दो पिंडों को गाछ से जमीन पर लद-लद गिरते देख बाबा पोदन दास की पूरी सभा ही पतन-स्थल की ओर दौड़ गयी। वहाँ पहुँचकर भीड़ ने उन दोनों को अपने घेरे में लिया और मुखर बैजनाथ से यह जानकारी लेकर कि कुदान किस ऊँचाई से हुई है और साँप ने काटा तो नहीं, मौन पलटू को बहुत हिफाजत से बाबा के गाछ के नीचे ले आयी।

एक चादर बिछायी गयी और पलटू को उस पर लिटा दिया गया। पहले की छोटी सभा अब बड़ी सभा का रूप ले चुकी थी।

पलटू मौन था, मगर पलकें खुली थीं। किसी ने पूछा,''आपने ठीक से देखा था; साँप ही था?''

पलटू ने उस आदमी की ओर एक बार देखा, मगर कोई जवाब नहीं दिया।

उस आदमी से किसी दूसरे ने कहा, ''अभी कुछ मत पूछिए, बलवीरजी; जान सूली से उतारकर आये हैं; दम दुगदुगी तक आया हुआ होगा।''

''साँप का भ्रम भी तो हो सकता है,'' बलवीर कहने लगा, ''तीन रातों में मुझे ही कितनी बार भ्रम हुआ था कि कोई साँप गाछ पर चढ़ने की कोशिश कर रहा है; गौर से देखा तो कभी खूँटा, कभी पगहा। बाढ़ में तो लाखों कीड़े-मकोड़े गाछ पर चढ़ जाते हैं। साँप नहीं देखा हो, कुछ और ही देखा हो।''

''नहीं, साँप ही था,'' पलटू ने मौन तोड़ दिया, ''काला, मोटा साँप! कोई भ्रम नहीं हुआ है।''

''साँप था,'' बाबा बोले, ''तब भी आपको कूदना नहीं था।''

''मैं कूदा कहाँ!'' पलटू ने जवाब दिया, ''मेरे तो पाँव काँप गये और डाली हाथ से छूट गयी। अब तो याद भी नहीं आ रहा कि मैं किस तरह गिरा था।''

''आपको इस तरह डरना भी नहीं था। बाढ़ में कोई बैर नहीं रखता, किसी को गुस्सा नहीं आता। खूनी साँड़ किसी पर नहीं झपटता, मराना बैल किसी को सींग नहीं मारता,विषधर डँसना भूल जाता है।''

''मेरी ओर देखकर जीभ लपलपा रहा था।''

''काटता नहीं,'' बाबा बोले, ''जब इस इलाके में बड़े-बड़े जंगल थे और उनमें सूअर, हिरन और घोड़पाड़े हुआ करते थे, तब पानी के बढ़ते ही ये सारे जानवर ऊँची जमीन की ओर भागते थे। सूअर और घोड़पाड़े दोनों हिरन के दुश्मन हैं पर एक टीले पर एक साथ रहकर भी कोई किसी पर आक्रमण नहीं करता था। उस विपत्ति में कोई किसी का बैरी नहीं! हाँ, उस काल में अगर आप गाछ से गिरे होते, तो नीचे से कोई बोचा उठा ले गया रहता।''

''बोचा?''

''मगरमच्छ, मगरमच्छ।'' किसी ने स्पष्ट किया।

''अब नहीं आते,'' बाबा ने बोलना शुरू किया, ''मगर तब पानी में बोचे भी आया करते थे। एक बार तो एक बोचा का बच्चा सिर्फ एक हाथ पानी में घर में घुस आया था, बैगना में, फगुनी चौधरी के घर में। मैंने तो बचपन में एक बार पानी में उग आये एक टीले पर सौ-सौ बोचों

को आराम फरमाते देखा था। उस काल में जो लोग गाछ से गिरते थे, उन्हें मरने के पहले बोचा ही ले भागता था।''

''अभी भी तो एक-आध आ ही जाता होगा।'' कोई बोला।

''अब कहीं दिखायी नहीं देता,'' बाबा बोले, ''पहले तो कोशी के हर धार में दो-चार बोचे रहते ही थे और धार से निकलकर लोगों को खदेड़ते तक थे। कोशी के कमर भर पानी में घुसने में भी राहगीरों की रूह काँपती थी। मगर अब यह सब सुनने में नहीं आ रहा।''

''यह सब क्या सुनाने बैठ गये, बाबा!'' निरंजन बोला, ''ये फिर कभी बाढ़ में हमारी मदद करने आएँगे भी नहीं। इन्हें तो यहाँ के मीठे-मीठे गीत सुनाइए; चोट का दर्द भी कुछ कम होगा।''

''सुनाऊँगा, सुनाऊँगा,'' बाबा बोले, ''कुछ स्थिर तो हो जायें ये।''

पलटू यहाँ के किस्से सुनते हुए कुछ सोच भी रहा था। उसने बाबा से गीत सुनाने का कोई आग्रह नहीं किया और बोला, ''बाबा! एक निवेदन है।''

''बोलिए।''

''जितनी राहत सामग्री मैं लेकर चला था,'' पलटू ने धीरे-धीरे सबको सुनाकर बोलना शुरू किया, ''सब मुझे यहाँ उतारने नहीं दिया लोगों ने। कल फिर मुझे ही यहाँ नाव लेकर आना है दिन भर खेप भरकर लोगों को राहत शिविर में पहुँचाने के लिए। अभी हम लोगों के लिए नाव आएगी। आप लोगों से कहिए कि आज नाव की ओर दौड़कर अपने पैर आप कुल्हाड़ी नहीं चलाएँ।''

''आप जो कहेंगे, वही होगा,'' बाबा ने पलटू से कहा और फिर हाथ उठाकर उपस्थित भीड़ से बोले, ''सुन लिया न, भाई-बन्धु! आज कोई नाव की ओर नहीं दौड़ेगा। कल भी वही होगा, जो पलटूजी कहेंगे।''

भीड़ ने आश्वस्त किया कि आज कोई उधर झाँकेगा तक नहीं और कल भी कोई उधर दौड़कर नहीं जाएगा।

काठीकुंड के नन्दकिशोर मेहता को लगा कि पलटू ने उसकी ओर कनखियाकर देखा है और नाव की ओर दौड़नेवालों में उसकी पहचान कर ली गयी है। उसने बाबा से कहा, ''मैं बहुत बेकल था, बाबा, इसलिए दौड़ पड़ा था। मैंने बाँस और केले के थम्ब के चौकोर टट्टर पर नदी पार कर जाने के लिए बहू को उसके बच्चे के साथ बैठाकर विदा किया था। वह पार कर पायी या नहीं, जानने को व्याकुल हूँ।''

''गेरुलिया पर बैठकर उसने पहले कभी नदी पार की थी?''

''नहीं, कभी नहीं, मेहता ने कहा, ''अपराध मुझसे ही हो गया। यह सोच ही नहीं पाया कि इस साल इतना पानी आ जाएगा। हर साल सावन के पहले ही बेटी और बहू दोनों को विदा कर देता था। इस साल बेटी तो चली गयी, बहू की विदाई नहीं हो पायी। बेटा दिल्ली में है। समधी ने किसी को भेजा नहीं विदाई के लिए। मैं समधी के आसरे बैठा रह गया। जब घर आधा डूब गया, तब बहू को और नहीं रोका। गाँव से और भी लोग गेरुलिये से भाग रहे थे। मैंने गेरुलिया पर बहू को बैठाकर उसके हाथ लग्गा थमाया और बोला, 'बेटी! भगवान का नाम लेकर नदी पार कर

जाओ। मैं पीछे से आ रहा हूँ।' कहा, मगर जा नहीं पाया। घर बचाने में लगा रहा। जब घर डूब गया, तब कोई गेरुलिया भी नहीं बना पाया अपने लिए और तैरकर इस बगीचे तक आ पाया।''

मेरा मन एक गीत गाने का हो रहा है।'' बाबा बोल गये।

नन्दकिशोर कुछ बोला नहीं, सिर झुका लिया।

बाबा का स्वर फूटा,

''सोनमो जे बीतलै रे सुगना
भादो बीति रे गइलै
उड़ल उड़ल जइहिएँ रे सुगना
बाबा जी के रे लगीचबो
समझाई केरऽ कहियें रे सुगना बुझाई केरऽ कहियें
सबके बेटिया हो बाबा खेलै छै नैहरबा
तोहरे के बेटिया हो बाबा रोबै छऽ हो ससुरबा
उड़ल उड़ल जइहिएँ रे सुगना आमा के रे लगीचबा... ''

सुगना सन्देश लेकर अम्मा के पास भी जाता है, मगर ज्यों ही वह उड़ता है भैया के पास जाने के लिए, नन्दकिशोर सिर उठाता है, ''बस, बाबा; अब आगे की कड़ी मत गाइये।''

''गीत आधा गाकर रह जाऊँ?''

''हाँ, बाबा।''

''पोदन दास झूठ नहीं बोलता; आपकी बहू अपने बच्चे के साथ नदी पार कर गयी है। मुझे उन बेटियों का दुख गा लेने दीजिए जो इस साल के पहले किसी साल गेरुलियों पर चढ़कर विदा हुई थीं...

चढ़ते सावन हे भादो भइया अइले हे लियोनमा
कउन विधि जइबइ हे सखिया, भाय ते ने हे बहिनिया
काटबै मे सामर हे सिकिया, मेहरबै में गेरुलिया
ओहि चढ़ि जइबइ हे सखिया, भाय ते ने हे बहिनिया
बीच ही समुन्द्र हे सखिया, टूटि गेलै हे गेरुलिया
हमहूँ जे भेलियै हे सखिया, वन के हे कोयलिया
भैया मोरा भेलै हे सखिया, कोशी माय के हे संदेसबा
आमा मोरा कहतै जे होइतै, बेटी बसे हे ससुरबा
सासु मोरा कहतै जे होइतै, पुतहू गइले हे नैहरबा।''

बाबा का वचन था, वे झूठ नहीं बोलते, मगर नन्दकिशोर की आँखें भीग चुकी थीं। वह उठकर अपने गाछ की ओर चला गया था।

पलटू उठकर बैठ गया था। नन्दकिशोर को उसने जाते देखा और मन में निर्णय ले लिया कि जब उसकी नाव आ जाएगी, तब नन्दकिशोर को बुलाकर उसे भी वह अपने साथ नाव में चढ़ा लेगा।

''आप तो झूठ नहीं बोलते, बाबा,'' फुलधरिया का कमलानन्द बोलने लगा, ''मगर

कारूबाबा तो झूठ बोलते हैं।''

''कैसा झूठ?''

''कारू बाबा के थान पर पूजा-प्रसाद हुआ,'' कमलानन्द ने बताना शुरू किया, ''भगता ने उनका गुणकीर्तन किया। लोग अपना दुख भगता को सुनाते रहे। जब भगता में कारूबाबा का भाव आ गया, तब उसने मृदंग की थाप पर थिरकते और लाठी भाँजते हुए हमें मुक्ति का वरदान दे दिया।''

''क्या वरदान दिया?''

''भगता ने दूर बहती कोशी की धारा को देखा, दो पल उधर देखते रहे और फिर हमें सुनाया, 'रात में कोशी आयी थी मेरे पास; बहुत चिरौरी कर रही थी कि मुझे यह गाँव काटने दीजिए। मैंने कह दिया, दूर रह यहाँ से, नहीं तो तुम्हें इस किता के बाहर फेंक दूँगा। वह बहुत डर गयी और कहकर गयी है कि वह भूल से भी इस गाँव की ओर नहीं आएगी।' हम कारूबाबा के झूठ में फँस गये।''

''कारूबाबा ने झूठ नहीं कहा होगा'' पोदन दास बोले, ''आयी होगी कोशी उनके पास और झूठ बोलकर चली गयी होगी। उसने तो सिंहेश्वर महादेव को भी नहीं बख्शा था और और वहाँ भी कटनियाँ लगा दिया था। कारूबाबा का आदेश कैसे मान लेती! कारूबाबा या कोई और बाबा इस निर्लज्ज को तो भगाते ही रहे हैं। कोशी तो भागती ही रही है इस किता से उस किता। आप लोग कारूबाबा के झूठ में नहीं, कोशी के झूठ में फँसे हैं।''

''हाँ, बाबा, कोशी ही झूठी है।''

''कोशी के झूठ बोल जाने का कारण रहा हो,'' अमरपुर का अनन्दी बोलने लगा था, ''कि मार-सँभार करे वह और पूजा पुजाये कारूबाबा, ले-देकर माल-मवेशी का रक्षक! मगर हम लोगों ने तो सीधे कोशी मैया की पूजा-अर्चना की थी।''

''यह गीत गाया होगा।'' बोलकर बाबा ने गीत छेड़ दिया,

''कथी बिनु आहे कोशिका मुँहमाँ मलिन भेलौ
कथी बिनु डोलै हे शरीर
पान बिनु आहो सेवक मुँहमाँ मलिन भेलै
लडु ले डोलैये शरीर
चढ़इबौ गे कोशी माय खीर पान भोजन
पाठा देबौ कोशी माय चढ़ाय
गावल सेवक जन दुहु कल जोड़ि
बिपति के बेरी मैया कोशिका होखु ने सहाय।''

''गीत गाया, खीर-पान चढ़ाया, धूप-दीप जलाया,पाठी की बलि भी दे दी, मगर नहीं मानी कोशी; पीछे हटने की बजाय आगे ही बढ़ती आयी।''

''तब तो निराश हो गये होंगे?'' पलटू पूछ बैठा था।

''नहीं, अभी निराश नहीं हुए,'' अनन्दी ने जवाब दिया, ''यह तो हम जानते ही थे कि कोशी कुत्ता और सुअर की बलि से चिढ़ती है। हमने झट कुत्ता और सुअर की बलि दे दी। मगर

कोई चिढ़ नहीं! जरा भी नहीं चिढ़ी हरामजादी, बढ़ती ही चली आयी।''

''कुछ और भी क्या?'' पलटू को जानने की इच्छा हुई।

''हाँ, किया,'' अनन्दी बोला,''कोशी की धारा में सिन्दूर भी फेंका। वह कुँआरी है, इसलिए लोग उसकी ओर सिन्दूर फेंककर भी उसे भगाते हैं। और गाँवों से भागी हो वह सिन्दूर के डर से, हमारे अमरपुर से तो नहीं भागी।''

''कोशी कुँआरी है!'' पोदन दास ने मुँह बिगाड़कर कहा, ''किसने कह दिया कि कोशी कुँआरी है?

कोशी के माथ पर टीका शोभत है,
सिनुरा सोहत अजब रंग हे कोशी माय
खेलत है चौंहटिया।

''कुँआरी हुई कोशी?

जीमय ले बैसल भैरव छोट भइया,
कोशी बहिन बेनिया डोलाय।
बेनिया डोलाबैत बहिनो चुबलै पसीना
नैनो से ढरै मोती नीर।
जनू कानू जनु खिझू कोशिका हे बहिनो,
तोरो जोकर डोलिया बनाय।
घर पछुअरबा में सब छै कहरबा,
कोशी जोकर डोलिया बनाय।
झलकैत जेती ससुरारि।

''अब क्या कहेंगे आप?'' पोदन दास गुस्से में आ गया, ''कुँआरी नहीं है और कोई सतवन्ती भी नहीं है यह कोशिका। उछाल छक्का है; मरद के लिए छुछुआती फिरी है। गिन लीजिए उसके भतार। पहला भतार रन्नू सरदार...

चानन काटि मैया खाट देबै घोराय गे सोना से
डँड़बा देबौ छराय गे सोना से
अगिया लगैबौ रे सेबक तोर डँरकस
रानू सरदार छिये हमर लोग।

''उसका दूसरा भतार रैया रणपाल...

पहिलुक पूजा कोहला देव, तोहरे देबऽ हो
चलऽ कोहला देव हमर साथ हो
माय के आँखि देबौ, बाप के काया देबौ बनाय हो
चलू कोहला वीर हमर साथ हो।

''उसकी तीसरा भतार झिमला मल्लाह...

गौनाक रलै झिमला कोहबर बसैले
कोहबर से कोशिका करै छै जबाब

भीन होइयौ भीन होइयौ हे कुमर
बड़का भैया के लड़िका बहुत कै छै जबाब

"उसका चौथा भतार..." रुककर पोदन दास ने 'जय शिव, जय शिव, जय हो महादेव!' उच्चारित किया और फिर सुनाया, "लोग मानते हैं कि कोशिका की शादी सिंहेश्वर के महादेव से भी हुई थी। जिस घरफोड़ी औरत ने झिमला के घर में कोहबर की रात से ही घरफोड़ शुरू कर दिया था, उसने महादेव को भी नहीं बख्शा और शिव-मन्दिर में ही कटनियाँ लगा दिया। भगाया महादेव ने उसे अपने किता से...

जब तोहर हे कोशिका भेल सिंघेसर से अपमान
घाटे-घाटे नैया डुबैलें..."

"बाबा!" किसी ने टोक दिया, "आप बहुत गुस्से में हैं क्या?"

"नहीं आये गुस्सा?" बाबा और भी गुस्से में आ गये, "कौन गुस्से में नहीं है? क्यों नहीं आये गुस्सा? यह कोशी तो हत्यारिन है,पापिन है। कैसी बलबेली नार! लोग पानी में डूब रहे हैं, मर रहे हैं, और इस ससुरी पर शौक चढ़ा है पान खाने का!

कथी बिनु आ हे कोशिका मुँहमा मलिन भेलऽ
पान बिनु आ हो सेबक मुँहमा मलिन भेलै...

"एक गीत कुछ लोग गाते हैं यहाँ; मैं नहीं गाता," पोदन दास के चेहरे पर घृणा का भाव उभर आया, "मगर वह गीत आपको अभी सुना देता हूँ...

चनन जामुन के नैया बनाओल
हिंगुर रंगल दुनूँ माँगि
लाबू-लाबू झिमला मलहा रे नैया
झट दय उतरब पार
कुछ नैया चललै कुछ भसियेलै
कुछ बुड़लै आधहि धार
धरम के नैया पार उतरि गेल
पापक नैया बुड़ल मझधार...

"पाप की नैया को डुबोती है यह कोशी? डूब गयी नाव पर पापी सवार रहते थे? कौन पापी? बोलिए, कौन पापी?"

कोई कुछ बोले, उससे पहले ही बाबा ने एक और गीत छेड़ दिया,

"नाहि मोरा ससुर दुख नाहि मोरा नैहर दुख
नाहि मोरा कन्त बिदेस बसऽ हे
सात बालक कोशी माय, सातो हरि लेलन
आठम के भरोसा नाहि हे
नून तेल पायब कोशी माय
गोदी के बलकबा कैसे पायब हे...

"सातों बालक पापी थे? उस माँ ने सात पापियों को जन्म दिया था? आठवें का भी भरोसा

नहीं! बोलिए, कौन पापी?''

''बाबा का सत्य वचन!'' सबने एक स्वर में कहा, ''हत्यारिन है कोशी, पापिनि है कोशिका।''

सबकी जीभ खुजला उठी। हर एक ने कोशी को गालियाँ देकर जीभ की खुजली मिटायी।

एक ऐसा आदमी भी था जो कोशी को गालियाँ नहीं दे रहा था और मन ही मन अपने को, अपने घरवालों को और अपने गाँववालों को कोस रहा था। उससे चुप रहते नहीं बना। वह बोला, ''बाबा! और गाँवों के लोग सिर्फ कोशी को ही भले गलियायें, मगर इस बार तो हमारे गाँव के लोग अपनी गलती से बेहाल हुए हैं।''

''आप दिबरा के हैं न?'' बाबा ने पूछा था।

''हाँ, बाबा।''

''नाम बजरंग भगत?''

''हाँ, बाबा।''

''बाबा!'' पलटू को अचरज हुआ, ''आप यहाँ हर आदमी को जान रहे हैं?''

बाबा ने मुस्कराकर पलटू को जवाब दिया, ''हम आस-पास के गाँवों के ही हैं न! इस बगीचे में तो लगभग हर साल हमारी मुलाकात हो ही जाती है।''

पलटू ने बजरंग की ओर मुँह किया, ''क्या गलती हुई आप लोगों से? कोशी तांडव करने आती है, इसमें आपकी गलती!''

''पूजा-अर्चना तो हम गाँव वालों ने भी की थी,'' बजरंग बोला, ''बलि भी दी थी, सिन्दूर भी फेंका था, मगर यह तो हम जान ही गये थे कि कोशी नहीं मानेगी।''

''कैसे जान गये थे?''

''कोशी ने अपना किनारा लाँघा ही था,'' बजरंग सुनाने लगा, ''कि हमारे गाँव का किसुन मड़ड़ पूरे गाँव में घूम गया और घर-घर सुना आया, 'आज मैंने सुबह-सुबह रन्नू सरदार को कन्धे पर कुदाल लेकर भित्ता पर टहलते देखा है। गाँव से निकल जाने में भला है।' ''

''अस्सी मन की कुदाल?'' पलटू बोला।

''हाँ।''

''और बयासी मन की बेंट।'' बाबा ने जोड़ा।

''किसी ने मड़ड़ की बात पर ध्यान नहीं दिया,'' बजरंग आगे बढ़ा, ''सबने यही सोचा कि बूढ़े ने रन्नू सरदार को तो क्या देखा होगा! यों ही बकबक कर रहा है।''

''हाँ,'' पोदन दास ने आह भरी, ''बूढ़े की बात आजकल कौन सुनता है!''

''बूढ़े की नहीं सुनते; किसी की तो सुनते?'' बजरंग बोला, ''गाँव के कुत्ते आकाश की ओर मुँह करके रोने लगे थे, 'भोंऽऽऽऊँ, भोंऽऽऽऊँ।' क्या हम नहीं जानते थे कि कुत्तों का रोना अच्छा नहीं होता! गाय-बैलों तक की आँखों में आँसू आ गये थे। किसी ने उधर ध्यान नहीं दिया; सिर्फ यह ध्यान रहा कि कब उन्हें खूँटों से खोल देना है। हम इस धोखे में रह गये कि कोशी लौट जाएगी; तब भागे, जब कोशी हमें लीलने आ गयी।''

''मैं तो मर ही गया था, बाबा। उम्र बाकी थी, इसलिए बच गया,'' दिबरा के ही

मानिकचन्द ने सुनाया, ''मेरे पीछे तो साक्षात् मौत दौड़ी आ रही थी। जिस सड़क से दौड़ता हुआ भाग रहा था मैं, उस पर मेरे पीछे मेरे गाँव के कई युवक दौड़े चले आ रहे थे। कोशी ने उन्हें अपनी चपेट में ले लिया और भँवर में निगल गयी। मेरे भाग्य ने बचा लिया मुझे। मैं तो उनसे बस एक बाँस आगे दौड़ रहा था।''

''मेरे घर को तो मेरे बाबू की जंजाली बुद्धि ने बुड़ा दिया। आदमी जान देखे कि माल-टाल!'' कालीपुर के मोतीलाल ने सुनाया, ''मेरे बाबू को माल-टाल अधिक प्यारा। जब पानी दरवाजे को छू गया, तब मैंने उनसे कहा कि बाबू, भागिये; बाँध टूट गया। वे मुझ पर ही बिगड़ गये, किसने कह दिया कि बाँध टूट गया? चोरों-डकैतों ने हल्ला किया होगा। पहले भी कई साल ऐसा हल्ला हुआ था। लोग घर खाली करके भाग गये और लुटेरों ने उन घरों को लूट लिया। मैं नहीं भागता; तुम्हें भागना हो, तो भागो।''

''जब पानी घर में घुस आया और बरतन-बासन पानी में तैरने लगे, तब मैं फिर उनसे कहने गया, मगर उनका जवाब आया कि अभी और देख लो। उनके आदेश के लिए चाचाजी भी रुके हुए थे। मैंने चाचाजी से जाकर कहा,'महिलाओं और बच्चों को नाव से निकाल दीजिए।' चाचाजी ने पानी का हाल देखकर मेरी बात मान ली। हमारे गाँव में सिर्फ दो घरों के पास नाव हैं,एक हमारे पास और एक यादव टोले के मोहन बाबू के पास। हमने नाव पर महिलाओं-बच्चों को बिठाया और अपने छोटे चचेरे भाई के हाथ में लग्गा थमा दिया। सब भगवान का नाम लेकर विदा हो गये।''

''महिलाओं ने भगवान का नाम नहीं लिया होगा,'' पोदन दास ने टोक दिया, ''वे सब कोशी को गलिया रही होंगी।''

''वह समय किसी को गलियाने का है, बाबा?'' मोतीलाल बोला।

''देवी-देवताओं को तो वे सालों भर सुमिरती हैं, मोतीलाल,'' बाबा के जवाब दिया, ''अब क्या सुमिरना! जब बाढ़ में अपना गाँव-घर छोड़कर विदा होती हैं महिलाएँ, तो कोशी को कोसती-गिलियाती जाती हैं...

कथी ले लगेलिये हे कोशी माय आम जामुन गछिया हे
कथी ले लगेलिये हरिहर बीट बाँस हे
कथी ले बढ़ेलिये हे कोशी माय लामी-लामी केसिया हे
कथी ले कयलिये पातरे बलमुआ हे
खाइयो नै भेले हे कोशी माय आम-जमुनमा हे
बान्हियों नै भेले गिरहि घर हे
तोहरे जे अयने हे कोशी माय नामी केस टूटि भासले हे
तोहरे जे अयने पिया भेल परदेसी हे...

गाली सुनाकर पोदन दास ने पूछा, ''फिर क्या हुआ, मोतीलाल?''

''वह हुआ, जो नहीं होना था,'' मोतीलाल बोला, ''आधा घर डूब गया। बाबू छप्पर पर जा बैठे। चाचा और मैंने उनसे बहुत निहोरा किया कि अभी भी भागिए। उन्होंने एक नहीं सुनी। हमें सुना दिया, तुम लोग भागो। मैं घर छोड़कर नहीं जाऊँगा।

"हम और नहीं रुक सकते थे, बाबा। हम भागे, मगर चाचा पानी में मुझसे बिछड़ गये। मैं यहाँ आ गया; वे कहीं और बहकर चले गये हैं। पता नहीं, बाबू किस हाल में हैं?"

"जब तक मैंने उन्हें देखा," पोदन दास बोले, "आपके बाबू सही-सलामत थे।"

"आपने मेरे बाबू को देखा?"

"हाँ।"

"कब?" मोतीलाल ने पूछा, "कहाँ?"

"आपने धारा में घर के छप्परों को बहते देखा था?"

"हाँ, देखा तो था।"

"एक छप्पर पर एक बिल्ली निश्चिन्त सोयी बही जा रही थी; देखा था?"

"नहीं देखा था।"

"एक और बहते हुए छप्पर पर एक बूढ़ा बैठा था; यह देखा था?"

"नहीं देखा था, बाबा।"

"वह आपके बाबूजी ही थे।"

"अगर थे, तो पता नहीं बहकर किधर गये होंगे।"

"पोदन दास झूठ नहीं बोलता; वे कहीं किनारे लग गये हैं।"

उकड़ूँ बैठे मोतीलाल ने दोनों घुटनों के बीच अपना सिर गड़ा लिया।

बाबू की बात पर सोथा के पुरुषोत्तम ने अपने बाबू की चर्चा कर दी, "मेरे घर के लोगों को तो बाबू की खैनी ने पानी में फँसा दिया।"

"खैनी ने?" आँखें फाड़कर बोला पलटू।

"हाँ, मुझे तो ऐसा ही लगता है।"

"किस तरह?"

"जैसे ही हमें लगा कि अब पानी गाँव को घेरेगा," पुरुषोत्तम सुनाने लगा, "हमने पानी के बीच से निकल जाने का विचार किया, मगर बाबू ने हम सबकी बात काट दी, अभी कहाँ है पानी! पानी को पाँच-सात दिन झेल लेने का सामान तो है ही घर में। तब तक पानी उतर जाएगा।

"जब माँ ने उन्हें बताया कि घर में नमक और चीनी सिर्फ आज भर का है, तो वे बिगड़ गये, लोगों को पानी में पेट भरना मुहाल है और तुम लोगों को जीभ का स्वाद सूझ रहा है! भूख से तो नहीं मरोगे न? स्वाद बिना मर जाना।

"जब उन्हें बताया गया कि आटा-चावल खत्म हो गया, तो उनका जवाब आया, चूड़ा-मुड़ही तो है बचा हुआ।

"चूड़ा-मुड़ही के खत्म होने तक वे नहीं रुके। उन्होंने अचानक कहा, 'अब निकल चलो।' सब निकल भागने के लिए पहले से तैयार बैठे थे। किसी ने नहीं पूछा, अब तक क्यों नहीं निकल चले? अब क्यों निकल चलो?'

"हम लोग गेरुलिये तैयार रखे हुए थे। जब मोटरी-गठरी उठाकर बाबू मचान से उतरे, तो मैंने देखा कि हरदम खैनी का बटुआ साथ लेकर चलनेवाले बाबू का बटुआ मचान पर छूट रहा है। मैंने कहा, 'बाबू, आपका बटुआ।' उनका जवाब आया, 'खैनी खत्म।'

''मैं कैसे नहीं मानूँ,'' पुरुषोत्तम बोला, ''कि बाबू की खैनी ने हमें पानी में फँसाया? अगर बाबू की खैनी एक दिन पहले भी खत्म हो गयी रहती, तो हम पानी के रेला में नहीं फँसते।''

''सत्य वचन! पुरुषोत्तम, सत्य वचन!'' बाबा बोल गये, ''आपके सारे गेरुलिये सही-सलामत किनारे लग गये हैं और आपके बाबू अभी अपनी खैनी लटा रहे हैं।''

जब भीड़ में किसी के पास कुछ सुनाने को नहीं रहा, तब सिर्फ सुनने के लिए रुकी हुई भीड़ धीरे-धीरे पतली होकर अदृश्य हो गयी। पलटू ने सबके चले जाने पर बाबा से पूछा, ''बाबा! जब यह कोशी इतनी मार-काट मचाती है, तो फिर आप लोग उसके गीत क्यों गाते, उसकी पूजा क्यों करते हैं?''

पोदन दास ने पलटू पर निगाह टिकायी और बोले, ''माँ को नहीं पूजें?''

''यह माँ हुई?''

''हाँ, पलटूजी, गुस्से में आ गयी माँ,'' पोदन दास के स्वर में तरलता आ गयी, ''यही माँ तो गुस्सा उतर जाने पर फिर हमें हाँक लगाती है, 'आ जाओ, बेटो! तुमने दो मुट्ठी अनाज माँगा था, मैं तुम्हें चार मुट्ठी दूँगी।' इस माँ को हम नहीं पूजें?''

(11)

नाव की प्रतीक्षा करते हुए उन दोनों की आँखें पथराने लगी थीं। दुख के किस्से सुनते हुए पलटू के मन में यह शंका भी उग आयी थी कि कहीं उसके भी किसी बहुत बड़े दुख का कोई किस्सा बहुत तेजी से बन तो नहीं रहा है, जिसका बहुत थोड़ा बना है और बहुत अधिक बननेवाला है! अगर नाव नहीं आयी, तो?

पलटू ने पोदन दास से पूछा, ''बाबा! बेना और झौसा कितनी दूर हैं यहाँ से?''

''बहुत दूर तो नहीं हैं,'' बाबा ने जवाब दिया, ''कोस भर भी नहीं।''

''हमारी नाव अब तक नहीं लौटी?''

''अब तक तो आ जानी चाहिए थी।''

''नाव लौटेगी तो इसी रास्ते से?''

''पानी पर कोई ऐसी सड़क तो नहीं होती, पलटूजी,'' बाबा ने जवाब दिया, ''कि उस सड़क से ही आनाजाना हो। पानी पर तो सड़क ही सड़क। अगर आपके साथी यह भूल गये होंगे कि वे आप दोनों को यहाँ छोड़ गये हैं, तो निकल गये होंगे किसी भी रास्ते से।''

''यह तो नहीं हो सकता है कि वे हमें भूल गये हों।''

''उन्हें यहाँ लौटकर आना ही था?'' बाबा ने पूछा।

''हाँ, आना ही था।''

''तब किसी और कारण से विलम्ब हो रहा है।''

''नाव पानी में डूब तो नहीं गयी?''

''नावें तो डूबती ही रहती हैं। कुछ साल पहले तो एक सरकारी नाव डूब गयी थी जिसमें दस-बारह कर्मचारी थे। उनमें उनका हाकिम भी था,'' बाबा ने जवाब दिया, ''मगर आपकी इस

नाव के डूबने का खतरा नहीं है। नाव पर कोई भीड़ नहीं थी और पानी में अब भँवरे नहीं हैं।''

पलटू को सन्नाटे में आते देख बाबा ने आगे कहा, ''आपके साथी तो देर-सवेर आएँगे ही; अभी उधर से ध्यान हटाइए। मेरी राय मानिए तो जब तक आप लोग यहाँ हैं, तब तक यहाँ की शोभा निहारिए।''

''शोभा!'' पलटू की मरियल आवाज बाहर आयी।

''हाँ, पलटू बाबू,'' बाबा ने जवाब दिया, ''जो शोभा हम देख चुके हैं, वह तो आप कभी नहीं देख पाएँगे। हमने देखा है कि पानी दौड़ा चला आ रहा है और जगह-जगह भँवरें पैदा हो रही हैं। भँवरें कभी छोटी होती हैं और कभी-कभी बहुत बड़ी-बड़ी। जमीन पर दौड़ता पानी कहीं बीच में ही बँट जाता है। पानी के साथ उसका पीले-उजले रंग का फेन दौड़ रहा है, चक्कर काट रहा है। पानी में मछलियाँ उछल रही हैं। भरना पड़ रहा है और उस टापू पर जीव-जन्तु जमा हो रहे हैं। यह सब तो आप लोग देखने से रहे! मगर अभी भी बहुत कुछ है आप लोगों के देखने के लिए। यहाँ तो सब दुखिया हैं, क्या देखेंगे इस शोभा को! मगर आप लोग तो किसी दुख के मारे नहीं हैं; देख आइए।''

पलटू ने कुछ सोचकर बैजनाथ से कहा, ''चलिए, बैजनाथजी, शोभा देख आएँ।''

वे दोनों पानी के किनारे बैठ पानी की शोभा की बजाय पानी का मसान निहारने लगे।

कुछ देर की चुप्पी के बाद बैजनाथ बोला, ''गुरुजी! आपको ऐसा नहीं लगता कि बाबा भोले हम पर सहाय हैं?''

''कैसे?''

''अगर हमारी नाव डूब गयी हो, तब तो बाबा भोले सहाय हैं हम पर। हमारा सौभाग्य कि हमारे साथी हमें छोड़कर भाग गये!''

''चुप रहिए,'' पलटू ने डाँट दिया, ''अभी ही सौभाग्य के दर्शन हो गये! देख नहीं रहे हैं यहाँ—आगे पानी, पीछे पानी?''

कुछ देर के बाद पलटू ने चुप्पी तोड़ी, ''शोभा देख रहे हैं?''

बैजनाथ ने अनमना-सा जवाब दिया, ''देख रहा हूँ।''

''पानी में दो लाशें बही जा रही हैं?''

''बैजनाथ ने आँखें गड़ायीं और बोला, ''हाँ, बही जा रही हैं।''

''किनकी हैं?''

''मैं क्या जानूँ!''

''एक मेरी, एक आपकी।''

बैजनाथ ने गहरी निगाहों से पलटू को घूरा और बोला, ''इतना अशुभ मत बोलिए, गुरुजी। उठिए यहाँ से।''

दोनों उठकर बाबा के पास लौट आये और अपनी चादर पर बैठ गये। बाबा ने मुस्कराकर पूछा, ''देख लिया?''

''हाँ, देख लिया,'' पलटू ने छोटा-सा जवाब दे दिया, ''जो कभी नहीं देखता, वह सब देख लिया।''

बाबा ने खुशी जाहिर की।

पलटू की छाती पर ऊखल कूटा जा रहा था---नाव अभी तक नहीं आयी! कल भी नहीं आयी और कभी आयी ही नहीं, तो? आत्मलीन हो गये पलटू ने पोदन दास से पूछा, "बाबा! पानी बढ़ भी सकता है?"

"इस बात की चिन्ता हो रही है?" बाबा हँस पड़े, "पोदन दास का सत्य वचन! पानी अब नहीं बढ़ेगा। पानी का चढ़ना दो-तीन दिनों तक होता है। यह चढ़ा हुआ पानी तीन-चार दिनों से अधिक नहीं टिकता। पानी का उतरना शुरू होता है और दस-पन्द्रह दिनों के अन्दर पूरा पानी उतर जाता है।"

"जब रास्ते में कमर भर पानी रहेगा, तब तो लोग अपने घर जाना शुरू कर देंगे?" पलटू ने पूछा और सुनाया, "अपना घर अपना घर होता है!"

"बेधड़क नहीं चल देंगे लोग," बाबा ने बताया, "बाढ़ जब जाती है, तो कहीं मिट्टी भरकर 'भरना' बनाती है और कहीं मिट्टी खोदकर कुंड बना जाती है। कुंड तो कुंड ही है, यह भरना भी बहुत खतरनाक होता है। इसकी दलदल में गाय-भैंस ही नहीं, आदमी भी फँसकर जान से हाथ धो बैठते हैं। अपने बचपन में मैंने तो एक हाथी को भी इस दलदल में धँसते देखा था।"

पलटू ने बात का रुख मोड़ा और वहाँ से बीस-पचीस हाथ दूर एक गाछ की ओर इशारा करते हुए पूछा, "बाबा! उस गाछ के नीचे तो अभी कोई नहीं हैं?"

"अभी कोई नहीं है," बाबा ने बताया, "हाँ,जब पानी था, तब सब गाछ पर लोग थे, उस गाछ पर भी। अब उतने लोग हैं भी तो नहीं बगीचे में। कुछ लोग गाछ से गिरकर भी तो पानी में बह गये हैं।"

"आपके पास बहुत लोग बैठने-बतियाने आते हैं, बाबा," पलटू बोला, "हम लोग उस गाछ के नीचे ही चादर बिछाकर आराम करते हैं।"

बाबा ने मुस्कराकर कहा, "ठीक है।"

नये गाछ के नीचे चादर पर बैठते ही बैजनाथ ने पूछा, "बाबा के पास बैठना तो अच्छा ही लग रहा था; यहाँ क्यों चले आये, गुरुजी?"

"शान्त मन से आये हुए संकट पर सोचने के लिए।"

पलटू झा के मन-मस्तिष्क में पानी पर बही जा रही लाशों की पहचान अभी भी धुँधली हुई या नहीं, यह जानने के लिए बैजनाथ बोला, "गुरुजी! बाबा तो अपना सत्य वचन बोल रहे हैं कि अब पानी बढ़ने का कोई खतरा नहीं है।"

"बाबा कोई सत्य वचन बोलता है क्या!" पलटू ने जवाब दिया, "बाबा ने नन्दकिशोर को सत्य वचन बोल दिया कि उसकी बहू और बच्चे गेरुलिये पर बैठकर नदी पार कर गये हैं; मोतीलाल को सत्य वचन बोल दिया कि तेज धारा में बहते हुए छप्पर पर बैठा उसका बाप कहीं किनारे लग गया है; पुरुषोत्तम को बोल दिया कि पानी के रेला में फँस गया उसका पूरा परिवार सही-सलामत है और उसका बाप किनारे पर बैठा खैनी लटा रहा है! बाबा ने देखा कुछ भी नहीं और सत्य वचन बोले चले जा रहे हैं! सब बच ही गये तो यहाँ के पानी पर लाशें किनकी तैर रही

हैं? कोई विश्वास कर रहा है बाबा के सत्य वचन का? यहाँ किसी की आँखों में यह आशा बची है कि उसके परिजन बच गये हैं? सब जान रहे हैं कि बाबा उन्हें केवल सान्त्वना देने के लिए तड़ातड़ सत्य वचन बोले जा रहे हैं। सबके मन में हाहाकार मचा हुआ है।''

''बाबा ने अब तक जितना सुनाया, उसमें सत्य वचन एक भी नहीं?''

''सत्य वचन इतना ही कि यहाँ के पानी में मगरमच्छ तक आते हैं, यहाँ की दलदल में हाथी फँसता है, और रन्नू सरदार यहाँ अपनी अस्सी मन की कुदाल लेकर घूमता है। बाबा का यह वचन झूठा कि अब और पानी नहीं आएगा।''

''इस बगीचे में तो हम सुरक्षित हैं, गुरुजी।''

''अभी कोई सुरक्षित नहीं है,'' पलटू ने जवाब दिया, ''यहाँ किसी के चेहरे पर है यह खुशी कि उसने अपनी जान बचा ली, बेदाग बच निकला?''

''अगर पानी आ भी गया,'' बैजनाथ बोला, ''तो हम औरों की तरह ही गाछ पर चढ़ बैठेंगे।''

''मैं भी चढ़कर बैठा रहूँगा क्या?''

''क्यों?''

''गाछ पर साँप नहीं होगा?''

''साँप हर गाछ पर हो सकता है, मगर लोग तो हर गाछ पर बैठेंगे। यह तो हम भी जान ही गये कि साँप काटता नहीं है।''

''साँप नहीं काटे, मगर साँप को देखकर मेरे पैर नहीं काँपेंगे क्या? डाली मेरे हाथ से नहीं छूट जाएगी?''

''यह तो भारी मुसीबत है आपके साथ।''

''आप भी मन के लड्डू मत खाइए कि गाछ पर आप निश्चिन्त बैठे रह जाएँगे,'' कुछ रूखी आवाज में बोला पलटू, ''बाबा का यह सत्य वचन सुना या नहीं कि गाछ पर बैठे लोग भी पानी में गिरकर बह गये हैं?''

पलटू की रुखाई के जवाब में बैजनाथ ने बहुत गमगीन स्वर में कहा, ''बाबा भोले सहाय नहीं हैं क्या!''

''खूब सहाय हैं,'' पलटू ने सुना दिया, ''*मरनो भलो विदेस में जहाँ न आपन कोय।* बाबा ने सोचा कि अब कहीं और इनका आना-जाना हो न हो, इन दोनों काँवरियों को यहीं से शिवलोक के लिए उठा लो।''

अब बैजनाथ को गुस्सा आ गया, ''अशुभ मत बोलिए, गुरुजी। मुसीबत आपके कारण आयी है। अभी हम रसोई पंडाल में आराम कर रहे होते। हो सकता था कि अब तक अपना काम बनाकर वहाँ से निकल भी गये होते।''

''मेरे कारण कैसे आयी है मुसीबत?''

''आप क्या बचपन में अपने मामा के बाढ़वाले गाँव कभी नहीं गये थे?''

''गया था, वहाँ रहा भी था,'' पलटू ने जवाब दिया, ''मगर हमेशा बाढ़ के बहुत पहले या बाढ़ के बहुत बाद।''

"मामा ने कभी कुछ बताया नहीं?"

"बताया बस इतना ही कि उनका गाँव कोशी में कट गया और वे नये मोहनपुर में आ बसे हैं।"

"कभी तो किस्से सुनाये होंगे बाढ़ के?"

"सुनाये होंगे किस्से," पलटू ने जवाब दिया, "मगर उन किस्सों का क्यों! जो कभी देखा नहीं, कभी भोगा नहीं, उसे मैं आज के संकट से जोड़कर कैसे रखता? आपने भी तो अखबार में पढ़ा था कि इतने गाँव डूब गये और इतने लोग बह गये, मगर तब कैसे चले आये कुंजी मड़ड़ के इस खूनी बगीचे में? मैंने जान-बूझकर अपनी जान फँसायी है क्या? मैं तो अब आपको सुनाकर रहूँगा कि यह मुसीबत आपकी लायी हुई है।"

"मेरी लायी हुई?"

"हाँ।"

"कैसे?"

"बाबा भोले का मन दुखाकर।"

"मैंने दुखाया है मन बाबा भोले का?"

"हाँ," पलटू ने स्पष्ट किया, "मैंने आपको सलाह दी थी कि आप तीन-तीन बीवियों से हाथ धो चुके हैं और दुष्ट ग्रह आपके पीछे पड़े हैं, इसलिए आप डाकबम बनकर जाइए बाबा के दरबार में; और, आप मुझसे कहने चले आये कि आप बाबाधाम जाना नहीं चाह रहे हैं और केवल कथा सुनकर रह जाना चाहते हैं। बाबा बहरे तो नहीं हैं! उन्होंने हम दोनों की बातें सुनी होंगी, मेरा हित उपदेश भी और आपका हीन विचार भी।"

"बाबा का मन तो आपने दुखाया होगा, पलटू झा। कैसा घोर अपराध किया है आपने!" बैजनाथ ने जवाब दिया, "कथा-पाठ में जो गलती की आपने, उसकी ओर ध्यान क्यों नहीं जाता? आपने झट जनार्दन यादव की बात मान ली कि रावण ने वैद्यनाथलिंग एक यादव चरवाहे के हाथ में दिया था। कहाँ ब्राह्मणवेशधारी श्रीनारायण और कहाँ एक यादव चरवाहा! मन तो वहीं खट्टा हो गया होगा बाबा भोले का।"

"उस समय अगर मैं जनार्दन यादव से रगड़ा करता, तो बाबा भोले सहाय नहीं हो सकते थे मुझ पर। बाबा ने मेरी मजबूरी नहीं समझी होगी क्या? उस समय का वह अपराध क्षम्य था।"

"मैं नहीं मानता," पलटू ने सुना दिया, "बाबा ने तो अपराध की सजा तक दे डाली आपको। गाछ से आपको गिराया या नहीं?"

"गिरे तो आप भी?"

"मैं गिरा नहीं था; आपको गिरते देखकर कूदा था।"

"मान लिया कि एक छोटे-से अपराध का एक छोटा-सा दंड बाबा ने मुझे दे दिया, मगर अभी जो मैं आपके साथ इस बगीचे में सजा भुगत रहा हूँ—जिस सजा का आरम्भ देख रहा हूँ, अन्त नहीं जानता!—वह किसके अपराध के कारण? आप काँवर लेकर तो चले थे, मगर कभी बाबा पर ध्यान जमाया था? हमेशा बाढ़ पर ध्यान लगा रहा आपका। और लोग 'यह बम'-'वह बम' थे, आपको लोगों ने 'बाढ़बम' कहना शुरू कर दिया।"

''बाबा को मैंने कभी नहीं छोड़ा था,पलटू झा। बाढ़ का ध्यान जरूर आता था, मगर उसके पहले और उसके बाद बाबा पर ध्यान जरूर जाया करता था।''

''एक बाबा का ही नहीं, ढेर सारे देवी-देवताओं का अपमान किया है आपने।''

''लो! और किसका क्या किया मैंने!''

''कैसे नहीं किया?'' पलटू बोलने लगा, ''बाबाधाम में बाबा के दर्शन किये और सुनाया कि चलिए अब बाढ़ के दर्शन करने! वहाँ गणपति, ब्रह्मा, हनुमान, सूर्य, बगला देवी, गंगा, इन सबका अपमान नहीं किया आपने? गये थे और मुझे भी जाने दिया था उनके मन्दिर दर्शन करने? वासुकिनाथ में भी आपने अन्नपूर्णा, तारा, त्रिपुरसुन्दरी, कमला, बटुक भैरव आदि से बैर मोल ले लिया। गंगा की ही बहन है कोशी। और देवी-देवताओं को तो कुछ सोचने में समय भी लगा होगा; गंगा ने तो फुसफुसाया भर होगा कोशी के कान में, 'देख, बहन, एक पापी मेरा अपमान कर गया है तुम्हारे पानी में; बचकर नहीं लौटे।' आपके कारण मेरे गले में भी फँसरी लग गयी।''

''मैं सारे देवी-देवताओं से क्षमा माँगता हूँ, गुरुजी।''

''माँगकर देखिए,'' पलटू का जवाब आया, ''मैं तो अब निराश हो गया हूँ। हमें यहीं मरना है। दस से पन्द्रह दिनों तक हमें रुकना पड़ सकता है यहाँ। कोई एक मुट्ठी अनाज नहीं देगा हमें खाने के लिए। मैं तो भूख से दो-तीन दिनों में ही मर जाऊँगा।''

''हम नहीं मरेंगे,'' बैजनाथ बोला, ''मेरा दिल कह रहा है, हम नहीं मरेंगे। जिन्हें मरना था, वे मर गये। पानी घट रहा है। जैसे ही बगीचे से और लोग निकलेंगे, हम उनके साथ निकल जाएँगे।''

''वे सब तो अपने-अपने गाँव जाएँगे; हम कहाँ जाएँगे?''

''विद्यापुरी, जहाँ से हम आये हैं।''

''मैं नहीं जा सकता। मैं भूख से मर सकता हूँ, मगर किसी कुंड में डूबकर या दलदल में धँसकर मरना मुझे पसन्द नहीं।''

''तो हम तब तक रुके रहेंगे इस बगीचे में ही, जब तक कुंड या दलदल हमें नजर नहीं आने लगे। भूख से हम नहीं मरेंगे। भूखे लोग तो अपने इलाके में भी गाछ की छाल खाकर जिन्दा रह जाते हैं। हम गाछ के पत्ते खाकर दस-पन्द्रह दिन जिन्दा रह जाएँगे। इतने सारे गाछ हैं; सारे पत्ते पन्द्रह दिनों के भीतर समाप्त नहीं हो जाएँगे।''

''मैं भूख में भी पत्ते नहीं खा पाऊँगा, बैजनाथ बाबू।''

''आप निश्चिन्त रहिए, गुरुजी,'' बैजनाथ ने बताया, ''जब भूख का वेग बढ़ेगा, तो हाथ आप से आप पत्तों की ओर चले जाएँगे।''

पलटू झा ने कोई जवाब नहीं दिया। वह चादर पर प्राणायाम की मुद्रा में बैठ गया और अपनी आँखें बन्द कर लीं। बैजनाथ को शक हुआ कि पलटू प्राण-रक्षा के लिए कोई जाप कर रहा है। उसने भी आँखें बन्द कीं और मन ही मन जपने लगा, ''कोशी मैया की जय...रन्नू सरदार की जय...''

किसी आहट पर पलटू ने आँखें खोलीं, तो देखा कि बैजनाथ गाछ के पत्ते तोड़ रहा है। उसने पूछा, ''भूख लग गयी?''

"अभी पत्ते खानेवाली भूख नहीं लगी है," बैजनाथ ने जवाब दिया, "मैं यह देख रहा हूँ कि भूख लगने पर मैं पत्ते खा सकता हूँ या नहीं।"

पलटू आँखें बन्द कर फिर प्राणायाम में चला गया।

नाव नहीं आयी; रात आ गयी।

एक पहर नहीं बीता कि चादर पर लेटा हुआ पलटू उठ बैठा और जग रहे बैजनाथ को उठाकर उससे कहा, "जरा जाँचिए तो, मेरी साँसें ठीक से चल रही हैं न?"

साँस जाँचने का कोई अनुभव नहीं होने के बावजूद बैजनाथ ने गुरुजी को साँस लेते-छोड़ते देखा और बोला, "सब ठीक है।"

"मुझे इतनी गरमी क्यों महसूस हो रही है?"

"गरमी तो मैं भी महसूस कर रहा हूँ।"

"बाढ़ का कोई रोग तो नहीं है यह जिसने हमें पकड़ लिया है?"

"बाढ़ का रोग है, तो इसका इलाज भी बाबा जानते होंगे।"

"आप बाबा से पूछकर आइए तो।"

बैजनाथ पूछने गया, तो बाबा उसके साथ पलटू के पास आ गये और बताया, "इस इलाके में बहुत कम गरमी पड़ती है, पलटू बाबू। रात में आजकल भी एक चादर की जरूरत महसूस होती है। मगर बाढ़ का पानी ज्यों ही आता है, कड़ी गरमी पड़ने लगती है। साँस लेने तक में कठिनाई महसूस होगी। किसी तरह आज की रात काट लीजिए।"

पलटू के दिमाग में कई रातों का खयाल आ गया, उन रातों के बीच ही अपनी आखिरी रात का भी।

भादों का महीना और चाँदनी रात! किसे अच्छा नहीं लगा होगा भादों के चाँद हँसना! मगर पलटू का हियरा क्यों सुलग रहा है इस चाँद को देखकर? कनखियों से देखता है पलटू चाँद को और अपने आपसे पूछता है, "यह चाँद इतना हँस क्यों रहा है? किस बात की खुशी?" धीरे-धीरे बह रही है हवा और उसके थपेड़ों से लहरें उठ रही हैं पानी पर। लहरें टकराती हैं आपस में और मीठे-मीठे स्वर में कुछ बोल जाती हैं एक-दूसरे से। क्या बोल जाती हैं? कोई हिसाब-किताब?...इतने तो हो गये; अब बस दो अदद और...। चाँद और चाँदनी के साथ खेलते हुए भागे जा रहे हैं बादल के टुकड़े पश्चिम की ओर। उनसे भी अधिक वेग से पानी पर उनकी छायाएँ भाग रही हैं। भला क्यों इतनी भाग-दौड़? क्या कुंजी मड़ड़ के बगीचे को चारों ओर से बाँध लेने का कोई षड्यन्त्र रचा जा रहा है? दुलहिन की तरह नजर नहीं आ रही कोई जलपरी अपना विशाल आँचल फैलाये! मगर पलटू को लग रहा है कि वह कैद हो गया है किसी जादुई भूलभुलैया में जहाँ से फुलकाहा की ओर कोई रास्ता नहीं फूटता।

हड़-हड़ की आवाज तो ठीक, मगर यह धड़ाका!

धड़ाके की पहली आवाज पर ही पलटू और बैजनाथ दोनों हड़बड़ाकर उठ बैठे।

"रन्नू सरदार आ गया!"

"नहीं तो!"

"हाँ, अभी वह कुछ दूर है।"

"कैसे कह रहे?"

"यह धड़ाका उसकी कुदाल की आवाज है।"

"यह बगीचा तो तीन-चार छौ में ही कट जाएगा।"

"और लोगों ने आवाज नहीं सुनी क्या? बगीचे में कोई हड़कंप नहीं मच रहा?"

"हड़कंप एक छौ के बाद मचेगा।"

"चलिए बाबा के पास।"

बाबा ने बताया, "कोई नहीं जानता कि यह धड़ाके की आवाज क्यों होती है। लोग इसे 'कोशी बन्दूक' कहते हैं।"

रात के तीसरे पहर में बाबा ने गीत छेड़ दिया,

सगरे समैया कोशी माय हँसि खेलि बितेलियै से भादो मासे
कोसी माय लागै छै पहाड़ से भादे हे मासे
एक तै अन्हार राति, दोसर बसात घाती सूझै नाहि
मैया गे रेत के बहाव से सूझै नाहि
मलरि-मलरि कोशिका करै अनघोल से नदी बीचे
कोशी मैया मन डरपाय से नदी बीचे
फाटल नैया कोशी माय गून पतबार टूटि गेलै
मैया गे लागहू गोहरि से दया करू
गोड़ लागौं पैयाँ पड़ौं मैया सतवन्ती से राखि लेहू
मैया गे हमर सोहाग से राखि लेहू...

पलटू अपने गाछ से चलकर बाबा के गाछ के पास आ गया और बाबा से विनती की, "बाबा! ऐसा गीत तो भादों की रात में मत गाइये।"

"यह गीत तो भादों की रात में ही गाने का है। क्यों नहीं गाऊँ, पलटूजी?"

"मुझे डर लगता है।"

"गीत तो मैं डर भगाने के लिए गा रहा था, पलटूजी," बाबा ने कहा, "ठीक है, आज की रात अब भादों की रात का कोई गीत नहीं गाऊँगा।"

सुबह नाव आ गयी। उमाशंकर बाबू नाव में राहत के थैले और बोरे लादकर आये थे, अधमरे पलटू और बैजनाथ को लादकर वापस हो गये।

नाव में लदते हुए पलटू को एक बार भी उस नन्दकिशोर का खयाल नहीं आया जिसे उसने अपने साथ नाव पर चढ़ा ले जाने का निर्णय लिया था।

जब नाव खुलने को हुई, तो एक आदमी दौड़ता हुआ नाव के पास आया और उमाशंकर

से पूछा, "बाबूजी! आपके पास एक बीड़ी है?"

उमाशंकर को गुस्सा आ गया, "आपको अभी बीड़ी चाहिए?"

"नहीं, अपने लिए नहीं माँग रहा।"

"तो फिर किसके लिए माँग रहे हैं?"

"रामधन के लिए।"

"कहाँ है वह?"

"वह तो मर गया।"

"मर गया! तो फिर उसके लिए क्यों माँग रहे बीड़ी?"

"वह मेरे ही गाछ पर बैठा था। गाछ से गिरकर पानी में बह जाने के पहले उसने मुझसे बीड़ी माँगी थी। मैं उसे एक बीड़ी पिलाकर इस बगीचे से जाना चाहता हूँ।"

"अब कैसे पिलाएँगे उसे बीड़ी?"

"एक बीड़ी उसके नाम पर यहाँ पानी में फेंक दूँगा।"

"ठीक है, मैं अपने ठिकाने पर नाव से उतरते ही उसे बीड़ी पिला दूँगा।"

(12)

यह जानकारी पाकर कि विश्वनाथ दोनों नये स्वयंसेवकों को पानी से घिरे एक बगीचे में नाव से उतारकर भाग आया है, उमाशंकर को महेशपुर में उन दोनों को ट्रैक्टर पर बैठाने के पहले चालक बनारसी का यह कहा बार-बार याद आने लगा, 'उमा बाबू! खाना खिलाकर इन दोनों को ट्रैक्टर पर बैठाइए। खाना खाकर भागने तो नहीं देंगे।' यह सोच बैठा कि अवश्य उन दोनों को यही लग रहा होगा कि उन्हें किसी अज्ञात षड्यन्त्र का शिकार बनाया गया है। उमाशंकर को इस बात की चिन्ता हुई कि कल्याण सेवा समिति और उसके स्वयंसेवकों की भारी बदनामी हो जाएगी। बदनामी से बचने-बचाने का अब एक ही उपाय था कि उन दोनों को अविलम्ब बगीचे से निकाल ले आया जाये।

यह जानकारी पाकर वह और भी विचलित हो उठा कि कोई भी स्वयंसेवक कल से नाव लेकर जाने के लिए तैयार नहीं हो रहा है और यह तय हो गया है कि अब तीन-चार दिनों के बाद से ही नावों से पानी में फँसे लोगों तक राहत सामग्री पहुँचाने का काम शुरू होगा। वह तुरन्त सत्यदेव सिंह के पास दौड़ गया।

सत्यदेव सिंह ने जब यह जाना कि जिन दो स्वयंसेवकों में उसने बाढ़पीड़ितों की सेवा की नैसर्गिक और पुण्यपूर्ण भावना देखी थी और किसी से भी अधिक उत्साह देखा था उनके साथ विश्वनाथ ने इतना बुरा सलूक किया है, तो वह बिफर उठा। सारे पंडालों में खोज करने के बाद भी जब विश्वनाथ कहीं नजर नहीं आया, तो उसने उमाशंकर से कहा, "मैं अभी प्रधानजी से बात कर लेता हूँ। नाव कल जाएगी। नाव पर आपको ही जाना होगा। हम लोग उन दोनों को लेकर यहाँ आये थे। हमारी जिम्मेदारी है उन्हें बगीचे से यहाँ सुरक्षित निकाल ले आना। पता नहीं, उनके पास कुछ खाने के लिए है भी या नहीं! बगीचे में उनका अपना कोई नहीं! कुछ होगा भी खाने के

लिए उनके पास, तो बगीचेवाले उनसे छीन चुके होंगे। दोनों भूखे मर जाएँगे वहाँ। हम दूसरों को खाना खिलाएँ और हमारे स्वयंसेवक भूखे मर जाएँ! रामदेव विश्वनाथ के साथ गया था; आप उसे अपने साथ कर लें।''

नाव किनारे लग रही थी, तो वहाँ केवल पलटू और बैजनाथ उपस्थित हुए थे। बगीचे में एक जगह भीड़ एकत्र तो हुई थी और सारी आँखें नाव की ओर ही लगी हुई थीं, पर कोई एक भी नाव की ओर बढ़ा नहीं था, तब भी नहीं जब नाव से राहत की सामग्रियाँ किनारे पर रखी जा रही थीं। जब नाव खुलने को हुई, तब भीड़ के रोकने के बावजूद सिर्फ एक आदमी बीड़ी माँगने दौड़ा आया था। पूरी भीड़ तब किनारे की ओर दौड़ी, जब नाव किनारा छोड़कर निकल चुकी थी। तो क्या विश्वनाथ झूठ बोल गया था?

पलटू और बैजनाथ दोनों ने उमाशंकर को पहचान लिया था, मगर जब पलटू कुछ नहीं बोला, तब बैजनाथ भी बिना कुछ बोले ही रह गया। दोनों नाव पर चुपचाप बैठ गये और नाव खुलने के बाद भी गुमसुम ही बने रहे।

उमाशंकर की नजर जब से पलटू और बैजनाथ के चेहरे पर पड़ी थी, तब से वहीं टिकी रह गयी थी। हालाँकि नाव पर दोनों ही उछलकर चढ़े थे और उनके चेहरे चमक भी रहे थे, मगर किसी के मुँह से बकार तक नहीं फूट रही थी। जब ऐसा लगा कि दोनों यात्रा के अन्त तक सोंठ मारे रह जाएँगे, तब उमाशंकर ने उनके चेहरे से नजर हटायी। वह सोचने लगा कि भूख से इनकी बोली निकल नहीं रही है या कोई ऐसा सदमा पहुँचा है कि इनकी बोली ही छिन गयी है! उसे लगा कि दोनों भूखे हैं। भूख में भी उनसे उछलकर नाव पर चढ़ना इसलिए सम्भव हुआ कि वे मौत से हाथापाई कर रहे थे; और चेहरे की चमक तो प्राणों को बचा लेने से पैदा हुई है।

वह पलटू के पास आ बैठा और पूछा, ''आप लोग भूखे तो नहीं हैं?''

''विश्वनाथजी ने हमसे यह तो नहीं कहा था कि और बाढ़पीड़ितों की तरह हम भी दो-चार थैले लूट लें! कुछ बोले-बताये और दो-चार थैले हमारी ओर फेंके बिना भाग गये। क्या खाते हम सब वहाँ?''

''तो पहले आप लोग कुछ खा लें,'' उमांशकर बोला और चूड़ा-गुड़ के दो थैले उनके हवाले कर दिये।

जब दोनों थैलों पर टूट पड़े, तो उमांशकर ने पूछा, ''कोई और तकलीफ तो नहीं हुई?''

''अब कोई तकलीफ नहीं है,'' पलटू ने मुँह झाड़कर जवाब दिया, ''तकलीफ कल तब हुई थी जब विश्वनाथजी नाव लेकर भाग गये। आप लोगों से जाकर यही तो कहा होगा कि दोनों पानी में डूब गये?''

''नहीं-नहीं, ऐसा नहीं कहा था,'' उमाशंकर हँस पड़ा, ''ऐसा कैसे कह सकता था वह!''

''यह सोचकर कि अब दोनों जिन्दा वापस आनेवले तो हैं नहीं!'' पलटू बोला, ''आप नहीं आये होते, तो उसका सोचा सच साबित हो जाता।''

''उसने तो बताया कि आप दोनों की जान बचाने के लिए उसने ऐसा किया था।''

''जान बचाने के लिए?''

''हाँ।''

''हमारी जान साँसत में डालकर वह हमारी जान बचा रहा था?''

''विश्वनाथ ने बताया था कि नाव पर चढ़ने के लिए बगीचे की पूरी भीड़ दौड़ पड़ी थी, इसलिए उसे नाव लेकर भागना पड़ा था। मैं तो मानता हूँ कि अगर ऐसा सचमुच हुआ था, तब तो उसने होशिशरी की। अगर पूरी भीड़ नाव पर सवार हो जाती, तो कोई ठीक नहीं कि नाव उस किनारे तक पहुँच भी पाती या नहीं! ऐसा कितनी ही बार हुआ है कि नाव की क्षमता से अधिक लोग नाव पर सवार हो गये हैं और नाव बीच में डूब गयी है। क्या ऐसा हुआ था कल कि भीड़ नाव पर चढ़ने के लिए दौड़ आयी थी?''

''ऐसा हुआ तो था।''

''आज तो ऐसा कुछ नहीं देखा मैंने?''

''मैंने उन्हें मना कर दिया था।''

''मना नहीं किया होता, तब भी आज हम आप दोनों को निकाल ले जाते। हम पूरी तरह तैयार होकर आये थे कि किस तरह भीड़ को दूर रखना है और नाव को दूर-दूर रखकर ही आप दोनों को नाव पर चढ़ा ले जाना है। हम उनसे चिल्लाकर कहते कि राहत के थैले लेने हों, तो किनारे से दूर रहो। अब मुझे लगता है कि विश्वनाथ ने जो किया, वह अच्छा ही किया।''

''नहीं, अच्छा नहीं किया,'' पलटू बोला, ''वह इधर से नाव लेकर जा तो सकता था, नाव किनारे लगाये बिना हमें हाँक लगा तो सकता था। हम छाती भर पानी में जाकर भी नाव पर चढ़ सकते थे। वह एक बार देखता तो कि भीड़ फिर नाव की ओर दौड़ती है या नहीं।''

''एक बात तो मानिए, पलटूजी, कि जब आदमी को अपनी जान बचाने की फिक्र होती है, तब उसके दिमाग में दूसरों की जान बचाने का खयाल नहीं आता। विश्वनाथ के साथ ऐसा ही हुआ। वह अपनी जान लेकर भागा।''

''विश्वनाथजी ने अपने लिए जो भी अच्छा किया हो, हमारे लिए तो बुरा किया।''

''कैसे मान लूँ?''

''अपना दोष छिपाने के लिए विश्वनाथ यह झूठ तो कह ही सकता था कि आप दोनों पानी में डूब गये,'' उमाशंकर बोला, ''सोचिए, तब क्या होता?''

''क्या होता?''

''तब आज यहाँ मैं नहीं आता, कोई नहीं आता,'' उमाशंकर ने सुनाया, ''हम केवल एक शोक-सभा करके रह जाते। और यह शोक-सभा नकली होकर भी असली होती।''

''असली?''

''हाँ, आप क्या खाते यहाँ? क्या खाकर जिन्दा रहते? कितने दिनों तक जिन्दा रह पाते बिना कुछ खाये? बगीचे के और लोगों को बाढ़ में जिन्दा रहने का अभ्यास है, बचपन से बाढ़ के पानी से लड़कर जिन्दा रहते आये हैं। उन्होंने अगले दस-पन्द्रह दिनों तक अपने जिन्दा रह जाने कोई न कोई इन्तजाम कर रखा होगा। आपके पास क्या इन्तजाम था? आप दोनों तो दो-चार दिनों के अन्दर मर जाते। नकली शोक-सभा को असली होते कितना समय लगता? दो-चार दिन।''

''पलटू झा की बात मैं नहीं जानता, पर मैं तो नहीं मरता।'' बैजनाथ बोल गया।

''कितने दिन?''

''जब तक गाछ में पत्ते रहते।''

''मैं भी नहीं मरता,'' पलटू बोला, ''यह कैसे कह सकता हूँ कि भूख में मैं पत्ते नहीं खाता!''

''पत्ते खाने की नौबत तो आ ही गयी थी, पलटूजी,'' उमाशंकर ने बताया, ''आज से नाव से राहत सामग्री लेकर पानी में फँसे लोगों तक पहुँचाना बन्द कर दिया गया है। अभी कई दिनों तक नावें नहीं चलेंगी। अभी भी नावों के डूबने का खतरा है। कोई भी स्वयंसेवक पानी में जाना नहीं चाहता। मल्लाह तक पानी में नाव उतारने से कतराता है। किसी तरह मैंने इस मल्लाह को तैयार किया और खतरा उठाकर आया हूँ आपके पास। आप यहाँ गाछ के पत्ते तोड़कर खाते और जिन्दा रह जाते, तो क्या हमारी कल्याण सेवा समिति से नाता तोड़कर नहीं चले जाते?''

''नहीं, उमा बाबू,'' बैजनाथ बोला, ''हम आपकी सेवा समिति से कभी नाता नहीं तोड़ सकते, पत्ते खाकर भी नहीं, भूख से छटपटाकर भी नहीं। हम कोई कच्चे खिलाड़ी नहीं हैं कि जरा-सा दुख पड़ते ही छिटक जाएँ।''

अब तक की बातचीत के दौरान पलटू ने कितनी ही बार पानी में बही जा रही दो लाशों—एक मेरी, एक आपकी—को देखा था; कितनी ही बार गुहार की थी, 'कोशी मैया की जय, रन्नू सरकार की जय'; और कितनी ही बार मन ही मन बैजनाथ को वह दिन दिखाने के लिए गालियाँ दी थीं। मगर जब उसके कानों में बैजनाथ की भीष्म-प्रतिज्ञा का डंका बजा, तो उसने सब कुछ भुलाकर आगे की बातचीत को अचानक एक नया मोड़ दे दिया और बोला, ''हाँ, उमा बाबू, हम लोग आपकी सेवा समिति से नाता तोड़कर नहीं जा सकते। जब सेवा का व्रत उठाया है, तो किसी दुख से क्या घबराना! हम तो अपने जीवन को सेवा की आग में झोंक चुके हैं। ऐसा इरादा नहीं है हमारा कि हम कुछ दिनों की सेवा का पुण्य अर्जित कर यहाँ से निकल जाएँ। हम सेवा में अपनी पूरी जिन्दगी गुजार देना चाहते हैं।''

''यह तो बड़ा ही अच्छा खयाल है आप लोगों का,'' उमाशंकर ने सुनाया, ''हमारी सेवा समिति का शिविर तो जब-तब लगता ही रहता है। आप हमारी समिति से जुड़ें रहेंगे, तो जिन्दगी भर सेवा करते रह जाएँगे।''

''यह तो मेरे लिए होगा, उमा बाबू, कि जब-तब की सेवा से अपनी जिन्दगी को जोड़े रहूँगा। मगर आपके सामने एक ऐसा आदमी भी है जिसे जब-तब की सेवा से चैन नहीं मिलेगा। आप जिस बैजनाथ बाबू को अपने सामने देख रहे हैं वह अपनी जिन्दगी का एक-एक क्षण सेवा में गुजारना चहाते हैं। यह तो आपके जब-तब के शिविर से सम्भव नहीं है। इसके लिए मैंने कुछ और सोचा है।''

''क्या?''

''किसी असहाय अबला का उद्धार हो और बैजनाथ बाबू जीवन भर क्षण-क्षण की सेवा से जुड़ जाएँ।''

''यह किस तरह हो?''

''पता नहीं, किसी और के आगे मैं अपना मुँह खोलता या नहीं! आप तो हमारे आत्मीय हैं। हमारा पहला परिचय आपसे ही हुआ था, इसलिए आपके आगे मुँह खोल सकता हूँ।''

''उसी आत्मीयता के कारण तो मैं भी आप दोनों के लिए खतरा उठाकर दौड़ा चला आया हूँ। खोलिए, मुँह खोलिए।''

''बात तो कहीं अकेले में बैठकर करने की है, मगर यहाँ भी कोई सुननेवाला तो है नहीं।''

''बात उद्धार की हो रही है। कोई सुने भी तो क्या! आप शुरू कीजिए अपनी बात।''

पलटू ने अपनी बात शुरू की, ''बैजनाथ बाबू मेरे ग्रामीण हैं और मेरे अभिन्न सखा भी। एक-एक कर अब तक इनकी तीन पत्नियों का स्वर्गवास हो चुका है। कोई भी इन्हें एक बच्चा सौंपकर नहीं गयी। इस दुख से दुखी होकर इन्होंने तय कर लिया था कि अब आगे ये ब्याह नहीं करेंगे और अपना शेष जीवन दुखियों-असहायों की सेवा में काट देंगे।

''मुझसे न इनका दुख देखा जा रहा था, न आल-औलाद से खाली इनका घर। ये हमारे गाँव के एक सम्पन्न गृहस्थ हैं; बीस बीघे की जोत है, अपने बाग-बगीचे हैं, पोखर-तालाब हैं, बथान पर दस रास मवेशी हैं। इनकी दौलत पर इनके चचेरे भाई की नजर है जो चाहता है कि ये बिना औलाद के मर जाएँ। मैं ऐसा होने देता भला?

''मैंने इन्हें समझाया कि आपने सेवा का व्रत लिया है तो किसी दुखिया का उद्धार कर इस व्रत को पूरा कीजिए। जिन्दगी भर उस दुखिया की सेवा करने का पुण्य आपको अलग से मिलता रहेगा। बहुत मुश्किल से इन्होंने मेरी बात मान ली।

''लड़कियाँ बहुत मिलीं हमें, मगर दुखियारिन एक भी नहीं। हम दुखियारिन की तलाश में निकल गये। हमें पता चला कि बाढ़ में कितने ही सुखिया दुखिया हो जाते हैं। यह संयोग ही था कि महशेपुर में आपसे भेंट हो गयी। हम इस आशा से आपके साथ हो गये कि राहत शिविर में हमें दुखियों की सेवा करने के अवसर भी मिलेंगे और भगवान ने चाहा तो कोई ऐसी दुखियारिन भी मिल जाएगी जिसका बैजनाथ बाबू उद्धार करें।

आपको तो दुखियारिनों का पता होगा; बैजनाथ बाबू के हाथों किसी एक का उद्धार करा दीजिए।''

उमाशंकर बाबू ने ध्यानपूर्वक पलटू झा की बातें सुनीं और उनके चुप हो जाने के बाद पूछा, ''आप लोग रुपौली क्षेत्र के हैं?''

''नहीं, हम लोग फुलकाहा के हैं। यह गाँव सहसौल-राधोपुर सड़क पर है,'' पलटू ने जवाब दिया और फिर पूछ बैठा, ''आपने यह सवाल क्यों पूछा?''

''मैं आप लोगों की भावना की कद्र करता हूँ,'' उमाशंकर बाबू ने बताया, ''मगर मैं यह नहीं चाहूँगा कि कोई दुखियारिन रुपौली क्षेत्र में जाये और दुखियारिन की दुखियारिन बनी रहे।''

''ऐसा क्या है उस क्षेत्र में?''

''उस क्षेत्र में लोग अब अपनी बहनों-बेटियों के ब्याह नहीं करते। उस क्षेत्र में अपराधियों-उग्रवादियों का आतंक है। वहाँ पंजाबी और भूटानी नस्ल के घोड़े दौड़ते हैं और लोग रात में सोते तक नहीं कि न जाने कब कौन गिरोह घोड़ों पर सवार होकर खून की होली खेलने आ जाये। वहाँ कोई उत्सव नहीं होता। वहाँ वालों के रिश्तेदारों ने भी उनके पास जाना बन्द कर दिया है। डर से

विद्यालयों में शिक्षक तक पढ़ाने नहीं जाते। किसान-मजदूर गाँव छोड़कर भाग रहे हैं। ऐसे में कौन अपनी बहन-बेटी को ब्याहेगा उन गाँवों में? अगर आप उस क्षेत्र से आये होते दुखियारिन की खोज में, तो मैं कभी किसी दुखियारिन को आपके हाथ पड़ने नहीं देता।''

''हमारे क्षेत्र में ऐसा कुछ नहीं है।'' बैजनाथ ने कहा।

''हाँ, ऐसा कुछ भी नहीं,'' पलटू बोला, ''आप पता लगा सकते हैं। रुपौली का तो हम लोगों ने नाम भर सुना है। रुपौली के गाँवों में हमारे किसी गाँववाले का रिश्ता नहीं। आप निश्चिन्त होकर एक दुखियारिन हमें सौंप सकते हैं।''

''कोई दुखियारिन अभी मेरे हाथ में तो है नहीं कि मैं आपके सुपुर्द कर दूँ,'' उमाशंकर बाबू ने कहा, ''हाँ, इस शिविर में कितनी ही आयीं और चली गयीं। आप लोगों को बिल्कुल शुरू में ही आ जाना था। अब तक तो बैजनाथ बाबू का घर मनसायन हो गया होता। मगर अभी भी बिल्कुल निराश होने की बात नहीं है। जिस दिन शिविर टूटेगा, उस दिन तो सारे शरणार्थियों को जाना होगा। तब पता चलेगा कि कौन कहाँ जा रहा है किसके साथ कौन है या कोई है भी या नहीं। उस दिन दुखियारिन आपके हाथ लग सकती है।''

''हम शिविर टूटने तक रुकेंगे।'' बैजनाथ बहुत उत्साहित होकर बोला।

''बस, आपका सहयोग चाहिए,'' पलटू ने कहा, ''आपका सहयोग मिल गया, तो हमारा बेड़ा पार है।''

''सहयोग सिर्फ मैं ही नहीं, कल्याण सेवा समिति के सारे लोग करेंगे आपको,'' उमाशंकर बाबू ने सुनाया, ''क्योंकि इस दुखियारिन के उद्धार का श्रेय हमारी समिति को भी मिलेगा। मैं आज ही प्रधानजी से विस्तार से बातें करूँगा।''

''इस बात को गुप्त नहीं रखेंगे आप?'' पलटू ने पूछा।

''नहीं, गुप्त क्यों?'' उमा बाबू ने जवाब दिया, ''आप नेक कर्म करने जा रहे हैं। कोई-कोई ऐसा करता है। बात जब प्रधानजी और कल्याण सेवा समिति के सारे स्वयंसेवकों में चली जाएगी, तो सब मिलकर दुखियारिन की तलाश करेंगे।''

''आप जो उचित समझें वह करें, उमा बाबू,'' बैजनाथ बोल गया, ''हम पूरी तरह आपकी राय से चलेंगे।''

''आप लोग शिविर पर अपना पूरा ध्यान दें। शरणार्थियों से कुछ पूछताछ करते रहेंगे, तो आपकी नजर में भी दुखियारिन आ सकती है। यह तो तय है कि एक दुखियारिन मैं आपको दिलाऊँगा। शिविर के टूटते तक कोई न कोई दुखियारिन मिल जाएगी यहाँ। अगर यहाँ नहीं मिली, तो मैं ऐसी कुछ जगहों के पते आपको बताऊँगा जहाँ से एक दुखियारिन आप उठा लेंगे।''

''और कहाँ मिल सकती है दुखियारिन, उमा बाबू?'' पलटू पूछ बैठा।

''कई इलाकों में और आपके अपने इलाके में भी,'' उमा बाबू ने बताया, ''पूर्णिया से नौगछिया तक ढेर सारे ऐसे गाँव हैं जहाँ गरीब लोग ब्याह के नाम पर बेटियाँ बेच रहे हैं। किसी-किसी गाँव की तो पचास बेटियों को इस तरह विदा कर दिया गया है। ये सब अभी दूसरे प्रदेशों में जा रही हैं। ढेर सारे ऐसे दलाल घूम रहे हैं जो दुलहिन की माँग पूरी करते हैं। ये ब्याह के नाम पर लड़कियाँ खरीदते हैं और फिर दूसरों के हाथ बेच देते हैं। दिल्ली में तो ऐसी एजेंसी भी है जो

लड़कियों की खरीद-बिक्री का धन्धा करती है। मगर आपको वहाँ तक जाने की जरूरत नहीं है, एजेंसी के आदमी खरीद के लिए इस इलाके में आते रहते हैं। आपको मधुपुर और हजारीबाग से आगे जाने की जरूरत नहीं है।''

''क्या कीमत होती है एक लड़की की?'' बैजनाथ ने पूछा।

''अगर आप ब्याह करते हैं,'' उमा बाबू ने बताया, ''तो ब्याह का खर्च उठाइए और हजार-पाँच सौ अपने ससुर के हाथ में दे दीजिए। एजेंसीवाले नौकरी दिलाने के नाम पर दो-दो हजार देकर लड़कियाँ खरीदते हैं और दिल्ली जैसे शहरों के बाजारों में चार से दस हजार तक में बेचते हैं। दलाल नौकरी दिलाने और ब्याह कराने के नाम पर लड़कियाँ ले जाते हैं और हजार-दो हजार से लेकर दस-बीस हजार तक में सौदा पटाते हैं।''

''हजार-दो-हजार में लड़की मिल जाये, तब तो सस्ता ही है।'' बैजनाथ ने प्रसन्नता जाहिर की।

''यह हमारा सौभाग्य है कि आपसे मुलाकात हो गयी।'' पलटू बोला।

''मैं आपके मामले में इसलिए रुचि ले रहा हूँ कि यह एक दुखियारिन का भी मामला है,'' उमा बाबू ने बताया, ''जो दुखिया की बेटी अभी ब्याह या नौकरी के नाम पर जा रही है वह जीवन भर दुखियारिन बनी रहेगी। उसका जीवन भर शोषण होगा। अगर ब्याह हुआ, तो ससुराल में वह घर की सम्पत्ति मानी जाती है और उसके साथ वही व्यवहार होता है जो घर के माल-मवेशियों के साथ। जो नौकरी के नाम पर जाती है, वह भी कभी लौटकर घर नहीं आ पाती। जो दलालों के हाथ बिकती है, वह तो वेश्यालय तक में पहुँचा दी जाती है। आपके घर जो भी जाएगी, वह तो सुखी जीवन जीएगी।''

''इसके लिए आप निश्चिन्त रहिए, उमा बाबू।'' बैजनाथ ने आश्वस्त किया।

''अगर हमारा काम यहाँ नहीं बनता है,'' पलटू बोला, ''तो आपको, उमा बाबू, हमारे साथ दुखियारिन की खोज में निकलना पड़ेगा। हम यात्रा का सारा खर्च उठाएँगे। क्यों, बैजनाथ बाबू?''

''हाँ, खर्च की परवाह नहीं है।'' बैजनाथ ने आसन बदलते हुए कहा।

''मैं तो आप लोगों के साथ जा नहीं सकूँगा,पलटूजी,'' उमाशंकर बाबू ने सुनाया, ''बात खर्च की नहीं, खतरे की है। मैं खतरा नहीं उठा सकता।''

''खतरा कैसा, उमा बाबू?'' पलटू ने पूछा।

''यह धन्धा इतना बदनाम हो चुका है कि आप ब्याह का सौदा करते रहेंगे और आपके पीछे पुलिसवाले चले आएँगे। अब पुलिसवाले यह तो नहीं मानेंगे कि आप किसी दुखियारिन का उद्धार करने आये हैं। कितने ही दुलहे पुलिस के हत्थे चढ़ चुके हैं। एजेंसीवाले भी पुलिस की जाँच और पकड़ में आये हैं और गिरफ्तार भी हुए हैं। दलालों की धर-पकड़ हो रही है। अब तो दलालों के चंगुल से निकल आयी लड़कियाँ थाना-कचहरी भी चढ़ने लगी हैं। मैंने राह बतायी आपको, अब उस पर आगे-आगे चलूँगा नहीं।''

''पुलिसवालों को तो कुछ चटाकर उनसे छुटकारा पाया जा सकता है, उमा बाबू।''

''वह सब आप करें,'' उमा बाबू ने जवाब दिया, ''मैं तो उस झंझट में नहीं पड़ूँगा।''

"क्यों, बैजनाथ बाबू," पलटू ने बैजनाथ से पूछा, "क्या सोचते हैं?"

"आप जैसा सोचेंगे, वैसा करूँगा मैं," बैजनाथ बोला,"खतरों से तो हम गुजरते ही रहे हैं।"

"दलालों से खरीदने में एक खतरा और भी है, पलटूजी।" उमाशंकर बोला।

"वह क्या?"

"ऐसा भी हो सकता है कि जो लड़की आपको बेची जा रही है, वह पहले भी तीन दुलहों के साथ बिक चुकी हो। आप दलाल से यह तो नहीं कह सकते कि लड़की की जाँच के लिए बैजनाथ बाबू को एक रात का समय दें?"

"मुझसे सही-सही जाँच हो पाएगी भला!" बैजनाथ बोला, "यहाँ तो खतरा ही खतरा है।"

"अभी ही खतरों की बात क्यों सोचने लगे आप लोग?" उमाशंकर ने ढाढ़स बँधाया, "खतरों पर हम तब सोचेंगे, जब शिविर में लड़की नहीं मिलेगी। तब मैं आपको लड़कियों के मिलने के सही-सही पते भी बता दूँगा और खतरों से बच निकलने के रास्ते भी।"

"हाँ, हम सब दुखियारिन की तलाशी शिविर में ही करें।" बैजनाथ ने शिविर पर जोर दिया।

"हाँ, गहन तलाशी," पलटू बोला, "क्यों, उमा बाबू?"

"हाँ, आपकी ओर से भी," उमा बाबू ने जवाब दिया, "और हमारी ओर से भी।"

गहन तलाशी के अभी दो दिन ही हुए थे कि अत्यन्त प्रसन्न मुद्रा में उमाशंकरजी पलटू के पास पहुँचे और सुनाया, "बेड़ा पार हो गया आपका।"

"क्या हुआ?"

"मैंने यहाँ आते ही प्रधानजी के साथ बैजनाथ बाबू के बारे में विस्तार से बातें की थीं। उन्होंने बहुत ध्यानपूर्वक मेरी बातें सुनीं और सुनकर आप लोगों से बहुत प्रभावित हुए थे। उन्होंने उस वक्त ही मुझे वचन दिया था कि वे जी-जान से एक दुखियारिन का पता लगाएँगे और आपके साथ लगा देंगे। आज दो दिन भी नहीं हुए और उनके प्रयास ने रंग लाया। अभी-अभी उन्होंने मुझे बुलाकर कहा कि दुखियारिन उन्हें मिल गयी है और मैं आपको साथ लेकर उनके पास आऊँ। चलिए, तुरन्त चलिए।"

"मैं भी चलूँ न?" बैजनाथ पूछ बैठा।

"हाँ-हाँ, आप भी चलिए।" उमाशंकर ने जवाब दिया।

दोनों चलने को हुए, तो पलटू ने बैजनाथ को टोक दिया, "गंजी पहने ही चलिएगा? बदन पर कुरता तो डाल लीजिए।"

(13)

अपने कार्यालय में बैठे हुए सुशील सिंह कुछ स्वयंसेवकों के साथ हँस-बोल रहे थे कि राजकिशोर

सिंह की जीप आ गयी। जीप की आवाज सुनकर सुशील सिंह कार्यालय से बाहर निकल आये और नेताजी को प्रणाम कर उन्हें कार्यालय में ले आये। नेताजी ने कुरसी पर बैठते ही कहा, ''मैं एक जरूरी काम से आया हूँ, सुशील।''

''कैसा काम, भैया?''

''मुझे एक लाश चाहिए।''

''लाश?''

''हाँ, सुशील।''

''वह क्यों, भैया?''

''तुम यह मानते हो कि बाढ़ग्रस्त क्षेत्र में बहुत लोग भूख से भी मर गये होंगे?''

''मानना क्या और न मानना क्या, भैया!'' सुशील सिंह बोला, ''जब मैं आपके साथ हूँ, तो मैं वही मानूँगा जो आप मानेंगे।''

''मैं तो मानता हूँ कि लोग भूख से मरे होंगे।''

''इस सच को मानने में क्या कठिनाई होगी मुझे?'' सुशील ने कहा, ''यहाँ मैं तो क्या, कोई भी आदमी इस सच से इन्कार नहीं करेगा।''

''चार दिन पहले मैंने महेशपुर में सरकार के विरुद्ध एक जुलूस निकलवाया था। उस जुलूस मैंने जो नारे लगवाए थे, उन्हें तुम भी सुन लो...

बिलबिलाते, छटपट करते,
भूखे मरते लोग कहाँ।
सोयी है सरकार कहाँ?

भूखी जनता को है कौन
रहा मौत के घाट उतार?
यह सरकार, यह सरकार।

भूखे को क्यों अन्न नहीं?
कौन गया सब माल डकार?
यह सरकार, यह सरकार...

''बोलो, कैसे हैं नारे?''

''बिल्कुल सही और बहुत मारक।'' सुशील सिंह ने जवाब दिया।

''इन नारों के विरुद्ध अश्विनी मिश्र ने अखबारों में अपना वक्तव्य छपवाया है और महेशपुर में परचे भी बँटवाए हैं। उसका कहना है कि बाढ़ जितने को बहाकर ले गयी हो, भूख से किसी को मरने नहीं दिया गया है। उसने यह चुनौती दी है कि अगर यह सिद्ध हो जाये कि कोई एक आदमी भी भूख से मरा है, तो वह राजनीति से संन्यास ले लेगा। यह चुनौती सीधे-सीधे मुझे दी गयी है,योंकि मैं ही उसका असली विरोधी हूँ और अगले चुनाव में उसे टक्कर देने जा रहा हूँ। मुझे यह सिद्ध कर देना है कि आदमी भूख से मर रहे हैं। यह सिद्ध करने के लिए मुझें एक लाश

चाहिए। हम लाश के साथ जुलूस निकलवाएँगे।''

कुछ सोचकर सुशील सिंह ने पूछा, ''एक दिन के लिए लाश चाहिए न?''

''हाँ, सिर्फ एक दिन के लिए।''

''मैं समझता हूँ, लाश का प्रबन्ध हो जाएगा,'' सुशील सिंह ने सुनाया, ''हम एक साथ पचास गाँवों पर नजर रखते हैं। कोई न कोई बूढ़ा तो मरेगा ही। हम उसके परिवारवालों को पटाकर एक दिन के लिए लाश माँग लाएँगे। यह जिम्मेदारी मेरी रही।''

''हमें अश्विनी मिश्र की चुनौती का जवाब तुरन्त देना है। बात आज की हो रही है, आज के बाद की नहीं। अभी लोहा गरम है, अभी हथौड़ा मारना है। हम किसी बूढ़े के मरने का इन्तजार तो नहीं कर सकते। और, तुम्हारे लाख पटाने पर भी कोई घर अपने बूढ़े को मारकर तो तुम्हें नहीं सौंपेगा।''

''कब तक चाहिए लाश?''

''कल-परसों तक।''

''बहुत कम समय दे रहे हैं, भैया,'' सुशील बोला, ''इतनी जल्दी लाश का प्रबन्ध कैसे होगा?''

''कैसी बात कर रहे हो, सुशील?'' नेताजी कुछ बिफरे, ''इतनी बड़ी बाढ़ आयी और एक लाश मिल नहीं रही तुम्हें!''

''सारी लाशें तो बहकर निकल गयीं, भैया,'' सुशील ने जवाब दिया, ''अगर सात दिन पहले ऐसी जरूरत पड़ी होती, तो लाशों का अम्बार लग गया होता। अब कहाँ बहकर आ रही है कोई लाश!''

''पानी में फूली हुई लाश नहीं चाहिए हमें। लाश ऐसी हो जिसे देखकर लगे कि मरनेवाला भूख से मरा है। मैं बताता हूँ, कहाँ मिलेगी तुम्हें ऐसी लाश। बाढ़ में डूबे लोगों ने जहाँ-जहाँ आश्रय लिया था, उन जगहों को छान मारो। अभी सारे लोग अपने गाँव और घर नहीं लौट गये होंगे। हो सकता है, कहीं पर बिल्कुल आज का ताजा मरा हुआ आदमी तुम्हें मिल जाये। दो दिन पहले के मरे हुए से भी काम चल जाएगा।''

''मरे को तो पानी में फेंक दिया करते होंगे उनके साथ के लोग। वहाँ मुरदा जलाना सम्भव तो है नहीं।''

''तब ऐसा करो, सुशील सिंह,'' कुरसी से उठते हए नेताजी ने कहा, ''कि कहीं से किसी मरियल को ही पकड़ लाओ और उसका गला दबाकर उसे लाश बना दो। मुझे एक लाश चाहिए।''

''रुकिए, भैया, एक मिनट रुकिए।''

कुरसी पर फिर से बैठते हुए नेताजी बोले, ''बोलो, क्या कहते हो?''

''आप परसों जुलूस निकालने की तैयारी कीजिए।''

''बिना लाश के?''

''लाश का प्रबन्ध हो गया,'' सुशील सिंह ने मुस्कराते हुए कहा,''परसों सुबह आपके महेशपुर कार्यालय में लाश आपके सुपुर्द कर दी जाएगी।''

नेताजी खिल उठे और इस बार सुशील सिंह की पीठ ठोंककर वहाँ से विदा हुए।

नेताजी को अपनी जरूरत में यह होश भी नहीं रहा था कि उतने लोगों के बीच किसी का गला दबाने की बात न करें। उनके जाते ही एक स्वयंसेवक ने सुशील सिंह से कह दिया, "सुनिए, प्रधानजी, कल्याण सेवा समिति के जरिए हम नेताजी को बहुत लाभ पहुँचा रहे हैं, मगर हम किसी का गला दबा नहीं सकते। हम यहाँ गला दबाने नहीं आये हैं। हमार कोई भी स्वयंसेवक यह काम तो नहीं करेगा।"

सुशील सिंह हँसकर बोले, "गला दबाने की बात उन्होंने मुझसे कही, मैंने तो आपसे नहीं कही। आप लोग इतना तो करेंगे कि अगर कहीं कोई हाल का मरा पड़ा हो, तो उसे उठा लाएँगे?"

"हाँ, यह कर देंगे।" स्वयंसेवक ने जवाब दिया।

"आप लोगों को सिर्फ एक दिन कल का समय दे रहा हूँ मैं।" सुशील सिंह ने बात समाप्त की।

वह एक दिन बेकार गया। स्वयंसेवकों ने पूरी गम्भीरता और मेहनत से सुबह से शाम तक लाश की खोज की, मगर सफलता कोसों दूर रही। ऐसा भी कोई नहीं दिखा जिसके सुबह तक मर जाने की थोड़ी भी सम्भावना हो।

सुशील सिंह ने अपनी दूरदृष्टि से लाश का प्रबन्ध पहले ही कर लिया था। उसने उमाशंकर को बुलाकर पलटू झा को बुला लाने को कहा। जब उमाशंकर के साथ पलटू और बैजनाथ उसके कमरे में घुसे, तो उसने उन दोनों को सादर बैठाया और पलटू झा से कहा, "मुझे उमाशंकर ने आपकी जरूरत के बारे में विस्तार से बताया था। उसने बात पूरी ही की होगी कि आपकी जरूरत मेरी अपनी जरूरत हो गयी। आप किसी दुखियारिन का उद्धार करेंगे और हमारी कल्याण सेवा समिति के मुकुट में एक और मोरपंख जुड़ जाएगा। ईश्वर का लाख-लाख शुक्रिया! हमने एक दुखियारिन का प्रबन्ध कर लिया। एक ही चाहिए न?"

"हाँ, सिर्फ एक।" बैजनाथ ने मुँह खोला।

"अगर आपके साथ दो की मजबूरी हो," पलटू बोला, "तो हम स्वीकार करेंगे, मगर उस दूसरी का उद्धार भी बैजनाथ बाबू ही करेंगे।"

"नहीं, दो की मजबूरी नहीं है मेरे साथ," सुशील सिंह ने मुस्कराकर कहा, "मगर एक मजबूरी है।"

"क्या?" पलटू ने पूछ।

"आप दोनों को एक दिन के लिए लाश बनना होगा?"

"लाश?" बैजनाथ की आवाज थी।

"हाँ, सिर्फ एक दिन के लिए।"

"दोनों को?" पलटू ने पूछा।

"जरूरत हमें एक लाश की ही थी," सुशील सिंह ने सुनाया, "मगर मुझे लगा कि आप दोनों इस तरह आपस में जुड़े हुए हैं कि एक को मुरदा देखकर दूसरा जिन्दा रहना पसन्द नहीं

करेगा।''

''हम दोनों की अरथी बनेगी?''

''हाँ, अरथी तो बनेगी ही; लाश पैदल तो नहीं जाएगी!''

''अरथी के साथ तो 'राम नाम सत्त' की टोली भी चलेगी?''

''नहीं, हम अरथियों को मुरदा-घाट तो नहीं ले जा रहे,'' सुशील सिंह ने बताया, ''हम लाशों को महेशपुर ले जाएँगे। वहाँ एक बार बाजार में लाशों को घुमाया जाएगा। उसके बाद दिन भर के लिए कहीं लाशों को स्थिर कर दिया जाएगा।''

''तो अब बनने की तैयारी शुरू कर दीजिए,'' सुशील सिंह ने कहा, ''मैं उमाशंकर को अपके साथ कर देता हूँ। ये बाँस-रस्सी का इन्तजाम कर देंगे। आप दोनों रात में ही अपनी-अपनी अरथी बना लीजिए। मैंने नेताजी को यह खबर कर दी है कि कल सुबह तक दो लाशें उनके हवाले कर दी जाएँगी। अब आप लोग जाइए।''

जब वे तीनों कमरे से निकलने लगे, तो सुशील सिंह ने उन्हें रोककर कहा, ''एक बात और। अभी जो बात हुई, वह अप तीनों के बीच ही रहे। किसी चौथे को कुछ बताना होगा, तो मैं बताऊँगा।''

''यह बात,'' उमाशंकर ने पूछा, ''नेताजी को बता दी गयी है?''

''नहीं, अभी उन्हें भी कुछ नहीं मालूम,'' सुशील सिंह ने जवाब दिया, ''मैं यहाँ से लाशों के साथ चलूँगा। लाश नेताजी के हवाले करते समय ही उन्हें लाशों के बारे में जानकारी दे दी जाएगी। उन्हें खुशी ही होगी कि एक की जगह मैंने दो-दो लाशों का प्रबन्ध कर दिया। वहाँ लाशों को दिन भर लाश बने रहने का प्रशिक्षण अरथी उठाने के पहले नेताजी द्वारा दिया जाएगा।''

जुलूस के लिए भीड़ जुटाने का काम युद्धस्तर पर किया गया था। राजकिशोर सिंह को सारे विरोधी दलों का सहयोग प्राप्त हो गया था। महेशपुर के सुभाष मैदान में सुबह से ही देहातों से लोगों का आना शुरू हो गया था। यह शोर मचाया गया था कि भूख से मरे हुए लोगों की लाशें आ रही हैं। आनेवालों में अधिकांश ऐसे थे जिन्होंने भूख से मरे हुए लोगों को अपनी आँखों से नहीं देखा था। आदमी ढोकर लाने के लिए कितने ही तरह के वाहन उपयोग में लाये गये थे। मैदान में भीड़ लाशों का बेसब्री से इन्तजार करने लगी।

लोगों के जुटाव-जमाव से नेताजी की खुशी बढ़ती जा रही थी।

अरथियों और लाशों को ट्रक पर लादकर नेताजी के महेशपुर कार्यालय में ले आया गया। लाशों के बारे में जो जानकारी सुशील सिंह ने नेताजी को दी, उससे जरा भी नहीं घबराए नेताजी, उल्टे उन्होंने सुशील सिंह की अक्लमन्दी की दाद दी।

जब लाशों को कन्धे देकर सुभाष मैदान तक ले जाने के लिए कार्यकर्ता तैयार होने लगे, तो सुशील सिंह ने नेताजी को राय दी, ''अगर ऐसा ही एक जुलूस इन लाशों के साथ राजधानी में भी निकाला जाये, तो मजा आ जाएगा। ये लाशें तो सड़ेंगी नहीं। यहाँ काम समाप्त कर हम लाशों को लिए राजधानी की ओर चल चलें।''

''नहीं, सुशील,'' नेताजी ने जवाब दिया, ''राजधानी में जुलूस निकालने की हमें कोई

जरूरत नहीं है। हमारी लड़ाई तो एक अश्विनी मिश्र से है। हम एक उसकी छवि खराब करना चाहते हैं और इस क्षेत्र के लोगों की नजरों में उसे गिराना चाहते हैं। अब ले साला संन्यास राजनीति से। हमने पहले यह कार्यक्रम बनाया था कि इन लाशों के साथ प्रखंड कार्यालय घेरेंगे। मगर मुझे रात में ही मालूम हुआ कि प्रखंड पदाधिकारी बलराम झा यहाँ से भाग गया है। यह भी अच्छा ही हुआ। अब हम यहाँ की मुख्य सड़क जाम करेंगे। हमारी माँग बस इतनी भर होगी कि अश्विनी मिश्र इन लाशों को देख जाये। वह नहीं आता है लाशों को देखने, तब भीड़ क्या करेगी, यह तो मैं भी नहीं कह सकता।''

''वह लाशों को देखने आता है, तब भी तो भीड़ उसके साथ कुछ कर सकती है।''

''करे; वह कुछ अनुचित नहीं होगा।'' नेताजी ने सुना दिया।

लाशों के आग्रह पर उन्हें अरथियों से हल्के-फुल्के ढंग से बाँधा गया था, सिर्फ इतनी सावधानी के साथ कि परिक्रमा में कभी लाश अरथी से लुढ़ककर जमीन पर न आ जाये और जमीन पर गिरते ही उठकर खड़ी न हो जाये, और कफन की चादर इतनी पतली दी गयी कि लाश कभी-कभी पलकें उठाकर बाहर की धुँधली जिन्दगी देख लिया करे, मगर इतनी पतली भी नहीं कि वह लाश की साँसों के साथ ताल देने लगे। कन्धों पर लादकर लाशों को सुभाष मैदान पहुँचाया गया और अरथियों को दर्शनार्थियों की सुविधा हेतु मैदान में निर्मित ऊँचे मंच पर रख दिया गया। मैदान में राजकिशोर सिंह और कई छुटभैयों के हृदयविदारक भाषण हुए और जोशीली आवाज में नारे लगाये गये...

ऐ ऐयाश! ऐ ऐयाश!
हो गया तेरा पर्दाफाश।
डिबिया लेकर आ जाओ,
देखो मरभुक्खे की लाश।
गर जबान के पक्के हो,
राजनीति से लो संन्यास।
लो संन्यास, लो संन्यास।

ऐ ऐयाश! ऐ ऐयाश!
इस अंचल का किया विनाश।
कौन करे तुम पर विश्वास?
खुद तो खाये हलवा-पूरी,
जन को नहीं मयस्सर घास।
देखो मरभुक्खे की लाश।
राजनीति से लो संन्यास।

ऐ ऐयाश! ऐ ऐयाश!
लो संन्यास, लो संन्यास

शव–यात्रा सुभाष मैदान से शुरू हुई और कस्बे की एक परिक्रमा के बाद शास्त्री चौक पर समाप्त हो गयी। अरथियों को सड़क के बीचोंबीच रखा गया और सड़क जाम कर दी गयी। इस जाम को कोई तोड़ने की कोशिश नहीं करे, इसके लिए नेताजी के कार्यकर्ता लाठियाँ लहराने लगे।

सत्ता–पक्ष के विधायक अश्विनी मिश्र ने जब अपना वक्तव्य अखबारों में छपवाया था, तब उन्होंने इतना भर सोचा था कि उनके वक्तव्य के विरोध में विरोधी दलों के नेताओं के वक्तव्य आएँगे। उन्होंने यह नहीं सोचा था कि उनका परम विरोधी राजकिशोर सिंह बहुत बड़ी भीड़ जुटाकर मरभुक्खों की लाशों के साथ जुलूस निकलवा देगा। उन्हें स्पष्ट नजर आ गया था कि यह जुलूस एक उनके राजनैतिक जीवन को समाप्त कर देने के विचार से निकाला जा रहा है।

उन्होंने इस विरोध को असफल करने के लिए अपने स्तर से युद्धस्तर पर प्रयास किया। जिला पदाधिकारी उनके अपने आदमी थे जिन्हें उन्होंने मुख्यमन्त्री से पैरवी कर अपने जिला में पदस्थापित करवाया था। वे महेशपुर से प्रखंड पदाधिकारी को साथ लिये जिला पदाधिकारी के पास जा पहुँचे। जिला पदाधिकारी ने घेराव–धरना के विशेषज्ञ माने जानेवाले दंडाधिकारी चन्द्रानन प्रसाद को महेशपुर रवाना कर दिया। वे तीनों रातोंरात महेशपुर आ गये और रास्ते में ही विधायकजी के कष्टों से अवगत होकर दंडाधिकारी चन्द्रानन प्रसाद को महेशपुर रवाना कर दिया। वे तीनों रातोंरात महेशपुर आ गये और रास्ते में ही विधायकजी के कष्टों से अवगत होकर दंडाधिकारी ने अपनी योजना तैयार कर ली और उस योजना से विधायकजी को अवगत करा दिया।

राजकिशोर सिंह ने जुलूस के संचालन का भार अपने निकटतम कार्यकर्ता राजकिशोर सिंह को सौंप दिया था और स्वयं एक गुप्त स्थान में छिपकर वहीं से संचालक के लिए आवश्यक आदेश–निर्देश निर्गत करते रहे।

प्रदर्शनकारियों के साथ पहले दौर की बातचीत करने आरक्षी निरीक्षक महबूब आलम आया।

प्रदर्शनकारियों की माँगें उसे अजीब लगीं। पहली बार कोई जुलूस मौत का हरजाना नहीं माँग रहा था; न प्रदर्शनकारियों का यह कहना था कि मुख्यमन्त्री या किसी बड़े अधिकारी के आने पर लाशों को हटाया जाएगा। उनकी बस इतनी भर माँग थी कि विधायक अश्विनी मिश्र यहाँ आकर अपनी आँखों से इन लाशों को देख जाये; न रत्ती भर अधिक, न रत्ती भर कम; भले ही इन दो लाशों के चलते और दस–बीस लाशें गिर जाएँ। जब महबूब आलम ने विधायक के लापता होने की बात बतायी, तो प्रदर्शनकारी उसे पाताल से भी पकड़ ले आने की जिद कर बैठे। लगातार नारे लगाये जाते रहे...

डिबिया लेकर आ जाओ,
देखो मरभुक्खों की लाश।
ऐ ऐयाश! ऐ ऐयाश!

लो संन्यास, लो संन्यास।

पहले दौर की बातचीत समाप्त कर महबूब आलम लौट आया।

शाम उतर आयी, मगर बातचीत का दूसरा दौर आया ही नहीं।

सुभाष चौक पर अचानक दो गाड़ियाँ पहुँचीं। जीप में स्वयं दंडाधिकारी चन्द्रानन प्रसाद थे, पुलिस वैन में कुछ बन्दूकधारी जवान और कुछ लाठीधारी शुरू किया। भीड़ पतली हुई नहीं कि चार-पाँच सिपाहियों ने दोनों लाशों को अरथी सहित पुलिस वैन में लाद लिया। जिन आठ-दस प्रदर्शनकारियों ने लाशों का साथ नहीं छोड़ने की जवाँमर्दी दिखायी, उन्हें भी पुलिस गाड़ी में ठूँस दिया गया। यह सब आनन-फानन हुआ और दोनों गाड़ियाँ महेशपुर-सहरसा सड़क पर दौड़ गयीं।

जीप पर सवार होते ही आरक्षी निरीक्षक महबूब आलम ने पूछा था, "हम लोग कहाँ जा रहे हैं सर?"

"अनन्त की ओर।" दंडाधिकारी ने बिना मुँह घुमाए जवाब दिया था।

महबूब आलम कुछ और बोलता, मगर दंडाधिकारी ने 'अनन्तपुर' नहीं, 'अनन्त की ओर' बताया था।

जब करीब बीस किलोमीटर का सुनसान रास्ता तय हो गया, तो दंडाधिकारी ने अपनी गाड़ी रुकवायी। पीछे से आ रही पुलिस गाड़ी भी रुक गयी। दंडाधिकारी ने सारे गिरफ्तार प्रदर्शनकारियों को गाड़ी से नीचे उतरवाया और उनके अगुआ राजकिशोर सिंह से पूछा, "आप लोगों को लाशें कहाँ मिलीं?"

"सुभाष मैदान में।" राजकिशोर सिंह ने जवाब दिया।

"इन दोनों के क्या नाम हैं?"

"हमें नहीं पता।"

"दोनों किस गाँव के हैं?"

"हमें नहीं पता।"

"ठीक है," दंडाधिकारी बोला, "आप लोगों को मुक्त किया जाता है। आप लोग अपने-अपने घर जाइए।"

"यहाँ से हम किस तरह जाएँगे?"

"हमें नहीं पता।"

"लाशों को कहाँ लिये जा रहे हैं?"

"यह भी नहीं पता।"

आरक्षी निरीक्षक को पता था; उसने सुना दिया, "अनन्त की ओर।"

गाड़ियाँ आगे बढ़ीं और एक छोटे-से जंगल के पास फिर रोकी गयीं। दंडाधिकारी ने हँसते हुए आरक्षी निरीक्षक से कहा, "हमारा अनन्त आ गया।"

"यहाँ रुकना है?"

"हाँ।"

"कब तक?"

''प्रखंड पदाधिकारी को यह भार सौंपा गया है कि वे लाशों के नाम-गाम पता लगाकर उनके परिजनों को ढूँढ़ निकालें और उन्हें साथ लिये यहाँ आयें,'' दंडाधिकारी ने बताया, ''यहाँ लाशें इनके परिजनों को सौंपी जाएँगी और इनका दाह-कर्म यहीं करवा दिया जाएगा। आप लाशों को गाड़ी से उतरवाकर जंगल में रखवा दीजिए।''

''बलराम साहब को तो आने में देर हो सकती है, सर?''

''हाँ, देर तो हो ही सकती है; हो सकता है, आधी रात हो जाये, भोर हो जाये।''

''तब एक काम कर लेना होगा, सर।''

''क्या?''

''यहाँ से चार-पाँच किलोमीटर आगे सँझेली बाजार है; हम वहाँ से खा-पीकर आ जायें। यहाँ लाशों के पास दो सिपाहियों को छोड़ जाएँगे।''

''हाँ, यह हो सकता है।''

महबूब आलम ने पुलिस गाड़ी में बैठे सिपाहियों से कहा, ''आप लोग लाशों को उतारकर जंगल में रखिए। इन लाशों को यहीं जलाया जाएगा। बलराम साहब के आने पर यह काम होगा। हो सकता है, वे आधी रात तक आयें या भोर तक। हम लोगों को खा-पी लेना होगा। यहाँ दो सिपाही लाशों के पास रहेंगे। शेष सारे लोग खाना खाने सँझेली जाएँगे और इन दोनों के लिए भी वहीं से खाना लेते आएँगे।''

''दोनों सिपाही लाशों के पास नहीं रहकर सड़क के किनारे रहेंगे,'' दंडाधिकारी ने सूचित किया, ''बलराम बाबू के आने के पहले एक ट्रक आ जाएगा लाशों को जलाने के लिए लकड़ियाँ लेकर। आपको देखकर ही यहाँ गाड़ी रुकेगी। आप लकड़ियाँ उतरवाकर ट्रक को छोड़ देंगे और फिर सड़क पर तैनात होकर बलराम बाबू की गाड़ी का इन्तजार करेंगे।''

''उससे पहले ही हम लोग आ जाएँगे, सर।'' आरक्षी निरीक्षक बोला।

लाशों को जंगल में रखते हुए एक सिपाही खीझ भरे स्वर में बोला, ''क्या-क्या काम करना पड़ता है हमें!''

''यह काम बुरा नहीं है।'' दूसरा बोला।

''कैसे?''

''लाश को जलाने का बड़ा भारी पुण्य मिलता है। अभी एक साथ दो लाशों को जलाने का पुण्य मिलेगा हमें! इस नौकरी में रहते हुए कितना पुण्य कर पाते हैं हम!''

सँझेली बाजार की ओर गाड़ियों के निकलते ही महेशपुर की ओर से लकड़ी वाला ट्रक आ गया। लकड़ी उतारकर दोनों सिपाही प्रखंड पदाधिकारी की गाड़ी के आने का इन्तजार करने लगे। प्रखंड पदाधिकारी की गाड़ी नहीं आयी; करीब दो घंटे के बाद सँझेली की ओर गयी अपनी गाड़ियाँ लौट आयीं।

गाड़ी से उतरते ही दंडाधिकारी ने सड़क पर तैनात दोनों सिपाहियों से पूछा, ''आप लोग बीच-बीच में लाशों को देख आते थे या नहीं?''

''हम दोनों तो शुरू से सड़क पर ही बैठे हैं, हुजूर।''

"लाशों को क्या देखना, सर?" महबूब आलम ने कहा, "वे पड़ी हुई हैं जंगल में।"

"इसीलिए तो देखना जरूरी है," दंडाधिकारी बोला, "जंगल में सियार रहते हैं या नहीं? लाशों को खाना शुरू कर देंगे। एक बार भेजिए किसी को देख आने।"

जिस सिपाही को लाशों को देख आने भेजा गया, वह बदहवास तेजी से लौटकर आया, "हुजूर, वहाँ लाशें नहीं हैं।"

"क्या?" दंडाधिकारी अकबका गया।

"हाँ, हुजूर," सिपाही बोला, "अरथियाँ हैं, लाशें नहीं।"

दंडाधिकारी के साथ सारे लोग जंगल की ओर दौड़ पड़े...अरथियाँ ज्यों की त्यों, लाशें गायब!

"ऐसा कैसे हो सकता है!" दंडाधिकारी बुदबुदाया, "ऐसा तो नहीं हुआ है कि एक साथ ढेर सारे सियार आये हैं और दाँतों से बन्धनों को काटकर लाशों को कहीं दूर घसीट ले गये हैं? आप लोग जंगल को छान मारिए।"

पूरा दल पूरी रात टॉर्च की रोशनी में जंगल और उसके आस-पास की जगहों को छानता रहा।

सातवाँ फेरा

''अब अँधेरा बिल्कुल छँट गया, बैजनाथ बाबू।'' सहरसा जानेवाली बस के खुलते ही पलटू झा ने बैजनाथ मंडल से कहा, ''हम महेशपुर से बाहर निकल आये।''

''मुझे तो अब घना अँधेरा नजर आ रहा है।''

''कैसे?...''

मरघट से निकलते ही दोनों मुरदों ने दौड़ना शुरू कर दिया था, पलटू के पीछे बैजनाथ। बाधा-दौड़ में गिरते-पड़ते जब पलटू का दम फूल गया, तो वह एक जगह रुककर जमीन पर बैठ गया। दस कदम आगे तक दौड़ गया बैजनाथ रुककर पीछे आया। वह भी पलटू के सामने बैठ गया और पूछा, ''हम अभी कहाँ हैं, गुरुजी?''

''अँधेरे में।'' गुरुजी ने छोटा-सा जवाब दिया।

जब गुरुजी ने थोड़ा दम ले लिया, तो बैजनाथ ने पूछा, ''हम क्या यहीं बैठे-बैठे अँधेरा काटेंगे?''

''हम अँधेरे से अँधेरे की ओर तो नहीं दौड़ेंगे,'' बैजनाथ बोला, ''अँधेरी रात की बात मत कीजिए। अभी जीवन में अँधेरा है।''

''इसे दूर कीजिए, गुरुजी।''

''कहीं रोशनी की कोई किरण तो नजर आये।''

''अभी,'' लम्बी साँस छोड़कर बैजनाथ ने पूछा, ''कोई किरण नजर नहीं आ रही है?''

''आ रही है,'' पलटू ने जवाब दिया, ''एक किरण नजर आ रही है।''

''किधर?''

''सँझेली बाजार में।''

''तो चलिए, दौड़ें।''

''खेतों में दौड़ते हुए हम खतरे में रहे हैं। अब हम सड़क से चलेंगे।''

''किधर है सड़क?''

''जंगल से निकलते ही मैं सड़क पर नजर रखते हुए दौड़ता रहा हूँ। वह रही सड़क। हम इसी सड़क को पकड़कर सँझेली बाजार जाएँगे।''

''तो खतरे में यहाँ क्यों बैठे रहें हम?'' बैजनाथ बोला, ''जल्दी से सड़क पकड़ लें।''

"अभी उस सड़क पर खतरा है। पुलिस की गाड़ियाँ सँझेली बाजार गयी हैं। उन गाड़ियों को लौट आने दीजिए। पुलिसवाले हमें रात में सड़क पर देखकर रोक-टोक कर सकते हैं; पूछ सकते हैं कि हम कहाँ से आ रहे हैं और कहाँ जाएँगे।"

"हम कुछ झूठ-सच बोल देंगे।"

"हम सच बोलेंगे नहीं," पलटू बोला, "और इस अनजान जगह में झूठ बोलेंगे, तो पकड़े जाएँगे। झूठ पकड़ लेने पर पुलिसवालों को हमसे मार-मारकर यह सच उगलवाते देर नहीं लगेगी कि हम थोड़ी देर पहले जंगल में क्या थे।"

"तब हम इस अँधेरा को निकल ही जाने दें, गुरुजी।"

सँझेली एक गाँव था जिसके पास दस-पाँच दुकानों का एक छोटा-सा बाजार था। बाजार रात उतरते ही बन्द हो गया था। गाँव में घुसने पर कुत्तों के सिवा और किसी ने उन्हें नहीं टोका। पलटू की राय हुई कि यहाँ का विद्यालय ढूँढ़ा जाये। विद्यापुरी विद्यालय का जर्जर आलय बैजनाथ के दिमाग में भी था। दोनों ने मिलकर सँझेली बाजार का विद्यालय ढूँढ़ लिया।

विद्यालय के सामने ही एक चापाकल था। दोनों ने पानी पिया। चापाकल की आवाज सुनकर एक आदमी वहाँ प्रकट हुआ, "आप लोग कौन हैं?"

"हम लोग राहगीर हैं," पलटू ने जवाब दिया, "रात भर रुकेंगे यहाँ; सुबह चले जाएँगे।"

"आप कब जाएँगे, यह मुझे नहीं जानना है। आप लोग जाइए।"

"क्यों, भैया? ऐसा क्यों कह रहे हैं? हम कमरे में नहीं सोएँगे, ओसारे पर सो जाएँगे।"

"आप यहाँ क्षण भर के लिए भी नहीं रुक सकते। हमारा विद्यालय बदनाम हो चुका है कि यहाँ चोरी के पहले चोर जमा होते हैं और चोरी के बाद यहीं माल का बँटवारा करते हैं।"

"हम लोग चोर नहीं हैं, भाई।"

"तन तो तुरन्त यहाँ से निकल जाइए; पकड़े जा सकते हैं।"

विद्यालय से निकलते ही पलटू मन्दिर का कलश ढूँढ़ने लगा। कलशवाला कोई मन्दिर नहीं मिला। एक मकान से सटाकर बनाया गया एक छोटा-सा मन्दिर मिला जिसके शिखर पर एक त्रिशूल लगा हुआ था। उस मन्दिर के पास एक छोटा-सा ओसारा भी था। पलटू ने बैजनाथ से कहा, "यहीं टिक जाना है।"

उनके पाँवों की आहट सुनकर एक अधबैसू औरत दरवाजा खोलकर बाहर निकल आयी और इन दोनों से पूछा, "आप लोग कौन हैं?"

"हम लोग राहगीर हैं," पलटू ने जवाब दिया, "महेशपुर जाना है। रात काटकर सुबह चले जाएँगे। मन्दिर देखकर देवता के पास सोने चले आये।"

"इस देवता के पास कोई ताँगा-छकड़ा नहीं है आप लोगों को महेशपुर ले जाने के लिए," कर्कश स्वर में औरत बोली, "बस अड्डा में महेशपुर की बस खड़ी है; उसमें जाकर सोइए।"

"बस अड्डा किधर है?" पलटू ने पूछ लिया।

“दायीं ओर,” औरत ने जवाब दिया, “नाक की सीध में।”

औरत ने रास्ता सही बताया था। नाक की सीध में थोड़ी दूर चलने पर ही एक बस सड़क के किनारे खड़ी मिल गयी। अड्डा जैसा कुछ नहीं था; हाँ, किसी विधायक द्वारा बनाया गया एक रैनबसेरा था। बस का दरवाजा अन्दर से बन्द था और आस-पास कोई नहीं था। पलटू ने दरवाजा खटखटाया, तो अन्दर से तेज आवाज आयी, “कौन है?”

“हम लोग यात्री हैं,” पलटू ने जवाब दिया, “महेशपुर जाएँगे।”

“बस आठ बजे खुलेगी,” अन्दरवाले ने कहा, “बस का दरवाजा सात बजे खुलेगा। अभी जाइए।”

“हम लोग इसी में सो जाते।”

“सामने रैनबसेरा है; उसकी बेंच पर सो जाइए।”

दिन में लोग बैठते-रुकते होंगे उस बसेरा में, मगर रैनबसेरा का असली उद्‌घाटन इन दोनों ने ही किया होगा। बेंच की धूल झाड़कर दोनों ने इकलौती बेंच पर अपने-अपने लिए जगह छेंकी और तालमेल बिठाकर सोने का प्रयास किया। प्रयास के आरम्भ में ही बैजनाथ बोला, “आज की रात मुझे हमेशा याद रहेगी।” प्रयास शुरू करने के काफी देर बाद पलटू ने बैजनाथ की नींद में बाधा डालकर सुनाया, “मुझे यहाँ के मच्छर जीवन भर याद रहेंगे। सुबह तक मलेरिया न हो जाये!”

बैजनाथ की रात कुछ आँखों में कटी, कुछ अच्छे-बुरे सपनों में। रात की अधकचरी नींद और उस नींद में एक बुरा सपना देख लेने के बावजूद वह सुबह बहुत प्रसन्नवदन नजर आ रहा था। उसने पलटू के सामने अपनी प्रसन्नता जाहिर कर दी, “अब तो अँधेरा छँट गया, गुरुजी?”

“हाँ, सुबह हो गयी, रात का अँधेरा दूर हो गया।”

बैजनाथ ने पलटू के चेहरे पर निगाह टिका दी, “और जीवन का अँधेरा?”

“जीवन अभी भी खतरे में है।”

“रात में मैंने एक बुरा सपना देखा तो था, गुरुजी, मगर...”

“क्या देखा था सपने में?”

“सपने में देखा कि हम लोग कहीं सोये हुए हैं। विद्यालय वाला मास्टर...”

“धत्! वह साला मास्टर नहीं, चपरासी था।”

“हाँ, तो वह साला चपरासी एक दारोगा को लेकर चला आया था हमारे पास। उसने हमें जगाया और दारोगा से कहा कि हम दोनों चोर हैं।”

“फिर मैंने क्या कहा दारोगा से?”

“नहीं, आपने कुछ नहीं कहा, मैंने कहा।”

“क्या कहा?”

“कहा कि हमने कोई चोरी नहीं की है।”

“फिर?”

“दारोगा ने कहा कि अभी तक नहीं की है, तो अब जल्दी से करके आओ। मैं यहाँ बैठता

हूँ। एक आदमी काम पर जाओ, दूसरा मेरे साथ बैठो। पहला आ जाये, तो वह मेरे पास बैठेगा और दूसरा काम पर जाएगा।''

''फिर?''

''आप झटपट काम पर जाने को तैयार हो गये, मगर दारोगा ने आपको रोका और मुझे विदा किया।''

''आपने चोरी की?''

''न चोरी की, न लौटकर आया,'' बैजनाथ बोला, ''मैं सिर्फ आप लोगों की नजरों से ओझल होकर जमीन पर रात भर बैठा रहा और सुबह चोरी-चुपके सिर्फ यह देखने आया कि दारोगा ने आपको छोड़ा या नहीं। नहीं छोड़ा था, आपको अपने पास बैठाये हुआ था।''

''फिर?''

''यह सिलसिला कई दिनों तक चला। मैं दिन और रात कहीं बैठा-बैठा काट देता और हर सुबह सिर्फ यह देखने चला आता कि दारोगा ने आपको छोड़ा या नहीं।''

''लम्बा सपना था।''

''हाँ, बहुत लम्बा,'' बैजनाथ ने कहा, ''मैं अब हर सुबह जाने की बजाय हर दो दिन के बाद आपको देखने जाने लगा था।''

''यह तो आपने अच्छा ही किया, बैजनाथ बाबू,'' पलटू भरसक दुखी स्वर में बोला, ''जंगल में आप तो लाश बनकर पड़े रह जाते? मैंने आपको भी उठाया या नहीं? अपने साथ भगाया या नहीं?''

''जितना आपने किया, उससे भी अधिक मैं करता, गुरुजी,'' बैजनाथ का जवाब आया, ''अगर मैं फुलकाहा भी चला आता, तब भी साल में कम से कम एक बार मैं आपको देखने जरूर जाता। साला दारोगा कब तक बैठाकर रखता आपको? किसी दिन तो दारोगा की बदली होती सँझेली बाजार से और वह आपको छोड़कर जाता।''

''आपने फुलकाहा अकेले लौट आने का मन बना लिया था?''

''नहीं, उसकी जरूरत नहीं पड़ी। दो दिन वाली पाली में दूसरी ही बार मैं लुक-छिपकर देखने जा रहा था कि नींद टूट गयी। मैंने राहत की साँस ली।''

''अभी ही राहत की साँस मत लीजिए, बैजनाथ बाबू। इस सपने का मतलब है कि हम पकड़े जाएँगे और सालों जेल में रहेंगे।''

''नहीं, गुरुजी,'' बैजनाथ ने सुनाया, ''इसके बाद जो मैंने दुलहावाला सपना देखा, उसके सामने यह चोरवाला सपना बिल्कुल फीका पड़ गया है। यह रात का आखिरी सपना था, भोर का सपना।''

''क्या देखा इस सपने में?''

''हम लोग रात में जिस मन्दिर में सोने गये थे, उस मन्दिर का पट खुलता है और देवता बाहर निकल आते हैं। उनके बाहर निकलते ही वह औरत...''

''वह औरत भगवान की दासिन थी।''

''दासिन भी दरवाजा खोलकर बाहर आ जाती है। देवता उसके सिर पर हाथ देते हैं और

वह सोलह साल की सजी-धजी दुलहन बन जाती है। देवता मुझसे कहते हैं कि तुम लोग मेरे पास सोने आये थे, तो अब तुम अपने लिए यह दुलहन ले जाओ। मैं उसका हाथ पकड़कर एक कदम बढ़ता ही हूँ कि नींद टूट जाती है।''

''सिर्फ एक कदम बढ़ाने पर ही?''

''हाँ, मगर मैंने उसका हाथ पकड़ लिया था।''

''जिस देवता ने हमें अपने पास सोने तक नहीं दिया, उसकी नीयत के बारे में अभी ही कुछ कहा नहीं जा सकता। अभी हम राहत की साँस नहीं ले सकते। अभी अँधेरा दूर नहीं हुआ है।''

''अभी भी कैसे नहीं?''

''जंगल में लाशों की तलाश पुलिसवालों ने रात भर की होगी। सुबह होने तक और भी कितनी ही पुलिस गाड़ियाँ वहाँ पहुँच गयी होंगी और अब सब चारों ओर फैलकर लाशों को तलाश रहे होंगे। वे यहाँ भी आ गये होंगे या आ रहे होंगे।''

''हमें क्या? अब हम लाश थोड़े ही हैं!''

''अभी नहीं हैं, कभी तो थे,'' बोलकर पलटू ने बैजनाथ से पूछा, ''जब आप लाश थे, तो किसी सिपाही ने आपका मुँह भी देखा था?''

''मुझे तो अच्छी याद है कि किसी ने मेरे चेहरे से कफन नहीं हटाया था। अब अगर किसी तरह किसी ने मेरा चेहरा देखा भी हो, तो अब चेहरा देखने के पहले यह तो देखेंगे कि वह लाश है या नहीं।''

''अगर कोई सिपाही आपको देखते ही दारोगा को बुला लाये और कहे कि हुजूर, इस आदमी का चेहरा एक लाश के चेहरे से बिल्कुल मिलता है; यह आदमी अवश्य उस लाश का छोटा या बड़ा भाई है और लाशों को जंगल में इसने ही गायब किया होगा; इस आदमी से कड़ाई से पूछताछ की जाये, तब क्या होगा? पुलिस के पल्ले पड़ गये, तो कितनी देर तक लाश का भाई बनकर रह पाएँगे? और अगर उसने यह भी जोड़ दिया कि हो सकता है कि दूसरी लाश का भी बाप-भाई आया हुआ हो और उसे भी ढूँढ़ा जाये, तब तो मैं भी गया बूँट लादने। मुझे तो भागने तक का मौका नहीं मिलेगा। इस तरह सोचा है? सोचिए।''

''नहीं, गुरुजी,'' बैजनाथ ने विनती की, ''इस तरह आप भी मत सोचिए। मीठा सपना देखा है मैंने। अब किसी सूरत में लाश नहीं बन सकता।''

बस में सकुशल सवार होने के बाद दोनों सही-सलामत महेशपुर आ गये। बस से उतरते ही बैजनाथ ने अँगड़ाई लेकर देह तोड़ी और पलटू के कान में फुसफुसाकर कहा, ''अब तो अँधेरा दूर हो गया, गुरुजी?''

''अब आप जैसा सोचेंगे, वैसा ही मैं भी सोचूँगा।'' पलटू ने जवाब दिया।

कहने को तो कह दिया पलटू ने कि अब वह भी बैजनाथ मंडल की तरह ही सोचेगा, मगर जब बैजनाथ ने महेशपुर में घर की ओर रवाना नहीं होने की बजाय विद्यापुरी का रुख करने को सोचा, तो पलटू ने विरोध किया, ''जिस कल्याण सेवा शिविर के कारण हम अभी-अभी दम

का खेल खेलकर आये हैं, वहाँ फिर जाने को कैसे सोच लिया आपने, बैजनाथ बाबू?''

''सही सोचा है, गुरुजी; सही सोच रहा हूँ।''

''आप यह नहीं सोच रहे कि हम किस तरह बचकर निकले हैं,'' पलटू बोला, ''जिस समय हमारे अगल-बगल प्रदर्शनकारियों पर पुलिसवाले लाठियाँ चला रहे थे, उस समय हम भी लाठी की मार खा सकते थे या नहीं?''

''हाँ, खा सकते थे।''

''पहली ही लाठी में मैं चीख पड़ता या नहीं? तब क्या हाल होता? मेरे चीखते ही आप उठकर भागते या नहीं? भाग पाते आप? तब कितनी लाठियाँ बरस जातीं हम दोनों पर!''

''लाशों पर वे लाठी नहीं चलाते। हमें बचना था।''

''इसे आप बचना कहेंगे?'' पलटू ने मुँह बिगाड़कर कहा, ''पुलिस की गाड़ियाँ जलायी जाती हैं या नहीं? जिस समय हमें पुलिस गाड़ी में लाद दिया गया, उस समय मेरे दिल की धुकधुकी बढ़ गयी थी कि अब प्रदर्शनकारी अवश्य इस गाड़ी में आग लगा देंगे। आग की मौत कितनी कष्टदायक होती है, यह है पता आपको?''

''ऐसा नहीं होना था; नहीं हुआ।''

''क्या नहीं हुआ!'' पलटू चालू रहा, ''अनन्त की यात्रा पर तो हम निकल ही गये थे। जब दारोगा ने सिपाहियों से कहा कि दोनों लाशें जंगल में ही जलायी जाएँगी, तब आपका मन कफन फेंककर भाग जाने को हुआ था या नहीं?''

''हाँ, हुआ था,'' बैजनाथ ने कहा, ''मगर जब तक आपको भागते देख नहीं लेता, तब तक मैं नहीं भागता। कितना अच्छा हुआ कि आप नहीं भागे!''

''अब तो मुझे यह अचरज हो रहा है कि मैं भागा क्यों नहीं! अच्छा हुआ, नहीं भागा, मगर अभी तो मुझे रोना आ रहा है। मुझे जलाने के लिए लकड़ियाँ तक आ गयी थीं!''

''अब रोने के दिन बीत गये, गुरुजी; हँसी-खुशी के दिन आ गये। चलिए विद्यापुरी।''

''फिर कल्याण सेवा शिविर! वहाँ जाने की जिद जहाँ से आपकी अरथी उठी है!''

''डोली भी तो वहीं से उठेगी,'' खुशामदी लहजे में बैजनाथ बोला, ''हाथी निकल गया, गुरुजी, अब पूँछ भी निकाल लें।''

''पता नहीं, आगे की यात्रा में और क्या कुछ लिखा है!''

''कोस भर की तो यात्रा है, गुरुजी। इस छोटी-सी यात्रा में कितना कुछ लिखा हो सकता है? उठिए, अब सब अच्छा ही लिखा होगा। अब वह होगा, जो आज तक नहीं हुआ, बहुत अच्छा।''

जहाँ कल्याण सेवा शिविर था, वहाँ दूर से ही उजाड़ नजर आया। पास आने पर देखा कि अभी भी कुछ उजड़ ही रहा था। वे सीधे शिविर कार्यालय की ओर गये, तो देखा कि कमरे से शिविर कार्यालय गायब है और वहाँ केवल विद्यालय बचा है। सारे पंडाल उखाड़े जा चुके थे। बहुत-से सामान जमीन पर पड़े थे और उन्हें बाँधा जा रहा था। सिर्फ वहीं पाँच-सात आदमी दिख पड़े उन्हें। वे दोनों टहलते हुए उनके पास पहुँच गये।

उन दोनों को पहचानते ही उमाशंकर भौंचक रह गया, ''आप लोग यहाँ?''

''हाँ, यहाँ तो आना ही था; आ गये हम लोग।'' बैजनाथ ने मुस्कराकर जवाब दिया।

कुछ और पूछने की बजाय उमाशंकर अपने गोल से निकलकर उनके पास आ गया और पलटू के कन्धे पर हाथ देकर उन दोनों को विद्यालय के कमरे में ले आया। टूटी बेंच पर बैठते हुए उसने पलटू से कहा, ''सच-सच बताइएगा, पलटूजी; मुझसे झूठ नहीं बोलिएगा; आपके पीछे पुलिस भी आ रही है यहाँ?''

''नहीं, कोई नहीं आ रहा।'' पलटू ने जवाब दिया।

''आपने पुलिसवालों को मेरा नाम भी बताया था?''

''नहीं तो; बिल्कुल नहीं।''

''किन-किन लोगों के नाम बताये आपने?''

''किसी का नहीं।''

''मार तो पड़ी होगी नाम बताने के लिए?''

''नहीं, पुलिस का डंडा खाकर नहीं आये हैं हम लोग।''

''पुलिसवालों ने क्या-क्या पूछा?''

''लाशों से वे क्या पूछते? कुछ नहीं पूछा।''

''जब आप मुरदा से जिन्दा हुए, तब तो पूछा होगा?''

''तब हमसे पूछनेवाला कोई नहीं था।''

''पुलिसवालों ने बिना कुछ पूछे छोड़ दिया?''

''वे क्यों छोड़ने लगे!'' पलटू बोला, ''हम उन्हें छोड़कर निकल गये।''

''कैसे?''

उमाशंकर के 'कैसे?' का जवाब जब पलटू ने अपने 'ऐसे!' से दिया तो उमाशंकर ने एक आह भरी, ''ओह, बेकार ही भाग गये सब लोग!''

''कौन लोग?'' बैजनाथ ने पूछा।

''प्रधानजी सुशील सिंह भाग गये, सत्यदेव सिंह भाग गये, उनके साथ कुछ और लोग भी, जिन्हें डर लगा, भाग गये। संयोग से आप लोगों से मेरी मुलाकात हो गयी, नहीं तो आपके झोले भी मेरे साथ ही चले जाते। मैं भी भागने को ही था। ट्रक पर यह सामान लादने के लिए रुकना पड़ा। ट्रक किसी भी क्षण आ सकता है।''

''कब भागे प्रधानजी?'' फिर बैजनाथ ने ही पूछा।

''वे शाम में ही यहाँ लौट आये थे; कागज-पत्तर समेटा और निकल गये। उनके साथ ही सत्यदेव सिंह भी निकले। शरणार्थियों को रात में ही बता दिया गया कि शिविर तोड़ा जा रहा है और वे सब अपने लिए कोई और ठौर ढूँढ़ लें। सुबह होते ही स्वयंसेवकों ने भी यह जगह छोड़ना शुरू कर दिया।''

''यह बताइए, उमा बाबू,'' बैजनाथ ने बहुत धीमी आवाज में पूछा, ''दुखियारिन तो नहीं भागी है न?''

''कौन दुखियारिन?''

''जिस दुखियारिन का प्रधानजी ने मेरे लिए प्रबन्ध किया था।''

''शिविर में तो अब कोई नहीं है।''

''आपको कुछ कहकर नहीं गये हैं प्रधानजी?''

''नहीं, कुछ भी नहीं।''

''प्रधानजी का काम हम लोगों ने कर दिया, अब हमारा भी काम होना चाहिए था,'' व्यग्र आवाज थी बैजनाथ की, ''प्रधानजी भागकर कहाँ गये?''

''वे लापता हो गये हैं; उनका कोई सुराग नहीं मिलेगा।''

''उनके घर का पता तो होगा?''

''वे घुमन्तू आदमी हैं,उनका कोई घर नहीं।''

''ऐसा कैसे हो सकता है!'' बैजनाथ बोला, ''कहीं तो घर होगा जिसमें उनके बीवी- बच्चे रहते होंगे?''

''उस घर का हमें पता नहीं।''

''अब उनसे हमारी मुलाकात नहीं हो सकती?''

''हो सकती है, मगर अब अगले साल, इसी समय, इसी जगह।''

व्यथित दृष्टि से बैजनाथ ने पलटू की ओर देखा। पलटू ने उमाशंकर से पूछा, ''क्यों भाग गये प्रधानजी?''

''उन्हें भय हुआ कि पुलिस ने आप लोगों से सब कुछ उगलवा लिया होगा और अब पुलिस आप लोगों को लाश बनाने और अरथियों से बाँधने के जुर्म में उन्हें गिरफ्तार करने आ रही होगी। यह अच्छी बात है कि आप लोग कुछ उगलकर नहीं आये हैं। मगर यह संकट अभी भी दूर नहीं हुआ है। आप लोगों को यहाँ से मुरदों की तरह ही निकल जाना है। अगर कोई आप लोगों को पहचान रहा हो और लाशों का रहस्य जान रहा हो, तो वह पुलिस को खबर कर सकता है कि दोनों लाशें खुल्लमखुल्ला घूम रही हैं। तब प्रधानजी का संकट बरकरार रहेगा और आप भी थाना-कचहरी के चक्कर में पड़ जाएँगे।''

''अब हम मुरदों की तरह कैसे जाएँ?'' पलटू ने पूछा।

''आप दोनों हमारे साथ महेशपुर तक ट्रक में चलिए। महेशपुर में हम आपको छोड़कर आगे निकल जाएँगे। महेशपुर बस पड़ाव से आप अपनी बस पकड़ लें। जब तक वहाँ से आपकी बस खुल नहीं जाती, तब तक यह सावधानी बरतें कि कोई आप दोनों को घूरकर देखे नहीं।''

''हम ऐसा ही करेंगे।'' बैजनाथ ने सहमति जतायी।

''आप दोनों के झोले किसी गट्ठर में बँधे हैं। झोले निकालकर अपने पास रख लीजिए।''

झोले निकालकर दोनों विद्यालय की बेंच पर जा बैठे। बैजनाथ ने बहुत उदास स्वर में कहा, ''गुरुजी! अँधेरा पीछा नहीं छोड़ रहा है।''

''अब तक हम लोग महेशपुर से काफी आगे निकल गये होते,'' पलटू ने सुनाया, ''आपने कहा कि यात्रा छोटी है। अब कोई ठीक है कि आपकी छोटी यात्रा कितनी लम्बी हो जाती है।''

महेशपुर में घुसते ही उमाशंकर ने इन दोनों को ट्रक से उतार दिया। वहाँ से जैसे ही ट्रक आगे बढ़ा कि बैजनाथ अचानक ट्रक की ओर दौड़ा। ट्रक पकड़ में नहीं आया, तो वह लौट आया। पलटू ने पूछा, "क्या बात थी?"

"एक गलती हो गयी।"

"कैसी गलती?"

"हमें उमा बाबू से उनके घर का पता पूछ लेना था।"

"क्यों?"

"उन्हें पता है कि लड़कियाँ कहाँ-कहाँ मिलती हैं।"

"उन्होंने तो सब बता ही दिया था," पलटू ने जवाब दिया, "ढूँढ़ने तो हमें ही जाना होगा।"

"अब अँधेरा बिल्कुल छँट गया, बैजनाथ बाबू।" सहरसा जानेवाली बस के खुलते ही पलटू झा ने बैजनाथ मंडल से कहा, "हम महेशपुर से बाहर निकल आये।"

"मुझे तो अब घना अँधेरा नजर आ रहा है।"

"अब कैसा अँधेरा?" पलटू ने सुनाया, "अँधेरा वहाँ था जहाँ जीवन-लीला समाप्त हो रही थी, यात्रा छोटी से लम्बी हो रही थी। अब कोई अँधेरा नहीं।"

"आप दुखियारिन के बारे में नहीं सोच रहे?"

"अब तो उसके लिए हजार रास्ते खुल गये हैं। अब भी कोई दुखियारिन नहीं मिलेगी क्या!"

फुलकाहा तक उनके बीच कोई विशेष बातचीत नहीं हुई। फुलकाहा में घुसने के पहले पलटू ने बैजनाथ से कहा, "कोई जाने नहीं कि हमारी अरथी उठी है।"

"मैं तो कभी किसी को कुछ नहीं बताता, गुरुजी," बैजनाथ ने सुनाया, "पता नहीं, गाँव में बात कैसे फूट जाती है!"

(2)

पिछवाड़े के रास्ते से घुसकर ज्यों ही घरझँकनी जयनाथ पंडित के आँगन में आयी, पंडिताइन ने उसका स्वागत किया, "आओ, आओ चुल्हिया-माँ, बहुत दिनों बाद आयी हो। आज तो मैं सुबह से तुम्हारा इन्तजार कर रही थी।"

"बहुत दिनों के बाद तो नहीं आयी हूँ, पंडिताइन," चुल्हिया-माँ ने जवाब दिया, "आप याद नहीं रखतीं, छह-सात दिन पहले तो मैं आयी ही थी। मैं तो आ ही जाती हूँ; किसी को इन्तजार करने का समय नहीं देती।"

"कल रात में कुछ ऐसा हुआ है कि सुबह से इन्तजार कर रही हूँ तुम्हारा। रामभद्र पंडित के घर भी गयी थी?"

"दुर, वहाँ क्या जाने का मन करता है! वह तो बहू है उसकी जो कभी मिलते ही शिकायत

कर बैठती है कि मैं आपके घर तो आती हूँ, मगर उसके घर नहीं जाती। एक बार हो जाऊँगी उसके घर से भी।"

"नहीं गयी हो, तब तो तुम्हें भी पता नहीं होगा कि उसकी बहू रात में क्यों रो रही थी?"

"रो रही थी?"

"हाँ।"

"क्यों रो रही थी?"

"किसी को पता नहीं।"

"आप लोगों को तो उस घड़ी में जाना चाहिए था उनके घर।"

"कौन नहीं गया उस रुलाई को सुनकर?" पंडिताइन बोली, "मगर कोई जान थोड़े ही पाया कि क्यों रो रही थी पलटू झा की कनियाँ! किसी को तो घर में घुसने तक नहीं दिया। दरवाजे पर भीड़ देखकर बाहर आ गये रामभद्र झा और लोगों से कह दिया, 'आप लोग अपने-अपने घर जाइए; यहाँ कुछ नहीं हुआ है।' लोगों को भगाया और अन्दर से दरवाजा बन्द कर दिया। लोग क्या रामभद्र झा का मुखड़ा देखकर जान जाते कि घर में क्या हुआ है?"

"जब ऐसा हुआ है, तब जरूर सास-पतोहू में झगड़ा हुआ होगा।" चुल्हिया-माँ ने अनुमान लगाया।

"सास-पतोहू का ऐसा झगड़ा भी कभी नहीं हुआ है उस घर में कि बहू चीखे न चिल्लाये, झट रोने लग जाये।" पंडिताइन ने चुल्हिया-माँ के अनुमान को गलत ठहरा दिया।

"तब तो अब आप ही बताइएगा, पंडिताइन, कि और किस कारण से बहू रो सकती है। आपका घर पड़ोस में है, घड़ी-घड़ी की खबर रहती होगी आपको; मैं तो बहुत दूर रहती हूँ।"

"ऐसी रुलाई तो औरत किसी अपने की मौत पर ही रोये।"

"बाप मरा होगा।"

"इतनी ऊँची रुलाई बाप के मरने पर नहीं रोती वह। हो सकता है, भाई मर गया हो।"

"उसके मायके से कोई नहीं आया है?"

"पलटू झा आ गया है। वही कोई खबर लेकर आया होगा।"

"घर का दरवाजा जब से बन्द हुआ है, तब से खुला नहीं है?"

"एक बार रामभद्र झा लोटा लेकर निकले थे और लोटे में कुछ लेकर आये थे। जाते दरवाजा बन्द करवा दिया था और आने पर बन्द कर दिया था। अब तो बहुत समय हो गया है; हो सकता है, दरवाजा खुल गया हो।"

"मैं तो पिछवाड़े से ही जाऊँगी।"

"तो तुम पहले वहाँ से हो ही आओ," पंडिताइन बोली, "मगर लौटकर आना जरूर; बताकर जाना कि रोने का असली कारण क्या था?"

नवरसियावाली आँगन के ओसारे पर चुपचाप एक चटाई पर बैठी मिल गयी। चुल्हिया-माँ के घुसते ही नवरसियावाली ने नजर उठाकर उसकी ओर देखा। चुल्हिया-माँ उसके पास आकर बोली, "यहाँ चुपचाप क्यों बैठी हो, बहू?"

''यों ही।'' बहू ने जवाब दिया।

''सास से झगड़ा हुआ है क्या?''

''नहीं तो।''

''देख तो रही हूँ कि सब घर के अन्दर हैं और तुम घर के बाहर।''

''घर के अन्दर कुछ काम हो रहा है। मैं यों ही बाहर आकर बैठ गयी।''

''मैं तो जान रही थी कि तुम्हारी सास ने कल रात में तुम्हें बहुत मारा-पीटा था और तुम रो रही थी।''

''कैसे जान गयी तुम?''

''रात में किसने नहीं सुनी होगी तुम्हारी रुलाई?''

''तुमने भी सुन ली थी?''

''मैं कैसे सुन लेती? मुझे तो मालूम हुआ जयनाथ पंडित के घर। यह अन्दाजा तो मैंने लगाया कि सास ने मारा होगा; वह तो बहुत अंडबंड बोल रही थी।''

''क्या बोल रही थी?''

''बोल रही थी कि वैसी रुलाई और तब बाप-भाई की मौत पर ही रोती है।''

''बाप-भाई मरें उसके, मेरा कोई नहीं मरा है।''

''मगर, बहू, तुम्हारी उस रुलाई को सुनकर तो कोई भी कहेगा कि कोई मरा है। रात के पहर में तुम्हारी रुलाई तुम्हारे टोले के हर घर में पहुँच गयी थी। सब लोग अब तक यही माने बैठे होंगे। असली कारण तो किसी ने नहीं जाना।''

नवरसियावाली हँस पड़ी, ''तुम बस इतना जान लो, चुल्हिया-माँ, कि मैं किसी के मरने पर नहीं, किसी बात पर रो रही थी।''

''रो तो रही थी किसी दुख से ही न, बहू?'' चुल्हिया-माँ बोली, ''मैं तुम्हारा दुख नहीं जान लूँ, तो चैन मिलेगा मुझे? तुम हँस रही हो और मेरा दिल जोर-जोर से धड़कने लगा है। तुम्हें अपना दुख तो मुझे बताना ही होगा, बहू। मैं तुम्हें अपनी समझूँ और तुम मुझे परायी मानो!''

''मेरा अपना क्या दुख, चुल्हिया-माँ! दुख में दुख एक दुख कि मेरी सास बदमाश है। मैं तो रो रही थी तुम्हारे बैजनाथ मंडल के दुख के कारण। प्रीतू के बाबू को भी इस बैजनाथ ने क्या सुँघाया है या खिलाया है कि ये उसका साथ ही नहीं छोड़ते। हर बार यही बैजनाथ हमें कुछ दुख दे देता है।''

''और कभी इस तरह तो तुम नहीं रोयी थी, बहू। इस बार क्या दुख दे दिया बैजनाथ ने?''

''पता नहीं, इस अभागे को ब्याह करने के लिए क्या-क्या करना पड़ेगा!'' बोलकर बहू ने सुनाया, ''इस बार लड़कीवाले ने कहा कि दुलहा को पहले लाश बनाकर अरथी पर सुलाया जाएगा और अरथी को दिन भर शहर-बाजार में घुमाया जाएगा।''

''तब होगा लड़की से ब्याह?''

''हाँ।''

''मैंने तो इस उमर तक कभी नहीं सुना था, बहू, कि ब्याह का ऐसा भी बिध होता है। पालकी पर नहीं, अरथी पर!''

''मैंने ही कब सुना था! मगर होता होगा उस इलाके में, तभी तो हुआ।''

''बिध हो गया, तो ब्याह क्यों नहीं हुआ? बैजनाथ तो कनियाँ लेकर नहीं आया है।''

''दैव विपरीत था, तो बैजनाथ कनियाँ लेकर क्या आता! कनियाँ के लोभ में अरथी पर सोये-सोये जलकर भसम हो जाता और उसकी मुट्ठी भर राख पहुँचती फुलकाहा। वह तो प्रीतू के बाबू थे उसके साथ कि उसे लेकर भागे।''

''हुआ क्या था, बहू?''

''कहीं बाजार में वर के साथ चल रहे सरातियों की किसी बात पर पुलिस से तकरार हो गयी,'' बहू ने बताया, ''पुलिसवालों का गुस्सा! कुछ बूझा न सूझा, तड़ातड़ सरातियों पर लाठियाँ बरसाने लगे वे। सारे सराती भाग गये। पुलिसवाले क्या उन्हें हाँक लगाकर कहते कि लाशों को लेकर जाओ! उन्होंने दोनों लाशों को उठाया और जलाने चले गये।''

''वहाँ दो लाशें थीं?''

''हाँ, एक अरथी पर प्रीतू के बाबू थे न,'' बहू बोली, ''तभी तो मैं रो रही थी रात में।''

''हाय राम, पलटू झा को क्या सूझा कि उस इलाके में ब्याह करने गये! तुम्हारी सास जो न कराये।''

''नहीं, वे ब्याह करने नहीं गये थे। उस इलाके के बिध से यह भी है कि दुलहा के साथ जो भी बराती रहेंगे, सबको लाश बनना पड़ेगा और अरथी पर सोकर घूमना होगा। इस बैजनाथ के कारण उन्हें भी अरथी पर सोना पड़ा।''

''तुम्हें तो खुश होना चाहिए, बहू, कि जिस पलटू झा को पुलिसवाले जलाने के लिए ले गये, वह सही-सलामत घर आ गया।''

''घर आया किस तरह?'' बहू ने जवाब दिया, ''लाश बनकर घर आया न? लाश को कैसे घर में रखती? उसके साथ कैसे सोती-रहती?''

''जिन्दा आदमी को तुम लाश कैसे कह रही हो, बहू?''

''कैसे न कहूँ?'' बहू बोली, ''जो आदमी अरथी पर चढ़ाया गया, जिसे जलाने के लिए लकड़ियाँ तक आ गयीं, और, प्रीतू के बाबू ने मुझसे बात छुपा ली, मगर मैं जानती हूँ कि मुँह में आग भी दे ही दी गयी होगी, उस आदमी को जिन्दा मानूँ कि लाश?''

''घर तो वह जिन्दा आ गया है, बहू।''

''उस आदमी को शुद्ध तो करना पड़ेगा, चुल्हिया-माँ; वह आदमी तो मरकर आया है,'' बहू ने सुनाया, ''यहाँ तो जो लाश नहीं बना होता है, अरथी पर नहीं चढ़ा होता है, उसे भी अगर मरा हुआ मान लिया जाता है तो उसका श्राद्ध कर दिया जाता है। बारह बरस तक आदमी परदेश से नहीं आता है, तो उसे मरा हुआ मान लिया जाता है या नहीं और उसका श्राद्ध कर दिया जाता है या नहीं?''

''पलटू झा को गये हुए बारह बरस तो नहीं हुए थे, बहू?''

''लाश बनकर अरथी पर तो चढ़े थे,'' बहू ने सुनाया, ''शास्त्र की बात मानोगी या नहीं? बारह बरस बाद आदमी जिन्दा भी लौटता है, तो उसको शुद्ध करना पड़ता है। जो आदमी मरकर आया है, उसे तो शुद्ध करना ही पड़ेगा।''

"किस तरह शुद्ध किया जाता है, बहू?"

"आदमी को घी के कुंड में डुबोया जाता है..."

"घी के कुंड में?"

"हाँ, मगर अब घी का कुंड बनाना सम्भव है क्या? आदमी को तो दाल में डालने के लिए घी नहीं मिल रहा है," बहू ने सुनाया, "पंडितजी कहीं से एक लोटा घी लेकर आये और प्रीतू के बाबू को एक कुंड में बैठाकर उन पर घी उड़ेल दिया।"

"इतने भर से शुद्ध हो जाता है आदमी?"

"नहीं रे," बहू बोली, "फिर उसको स्नान कराया जाता है। और उसके बाद जातकर्म से लेकर सभी संस्कार किये जाते हैं। तब होता है आदमी शुद्ध।"

"बैजनाथ मंडल तो अभी अशुद्ध ही है?"

"भाड़ में जाये बैजनाथ मंडल। मुझे उससे क्या!" बहू ने सुना दिया, "मैं तो अब कभी उसे दरवाजे पर भी चढ़ने नहीं दूँगी। लाश को कोई दरवाजे पर चढ़ने देगा क्या?"

"पलटू झा लाश बनकर आये थे, तुम इसलिए रो रही थी?"

"नहीं, वे शुद्ध होने के लिए तैयार नहीं हो रहे थे, इसलिए," बहू ने जवाब दिया, "मैं कैसे मान लेती उनकी बात? मैं भी पंडित की बेटी हूँ। मैंने रोना शुरू कर दिया। सास-ससुर को भी मेरी बात माननी पड़ी। मेरी बात नहीं मानी प्रीतू के बाबू ने, मगर जब ससुर लाल-पीले हुए, तब जाकर शुद्ध होने को तैयार हुए वे। सुबह से घर के अन्दर एक-बाद-एक संस्कार हो रहे हैं।"

इसी समय घर के अन्दर से सास की आवाज आयी, "बहू! आ जाओ।"

"आ रही हूँ," बोलकर बहू उठी और चुल्हिया-माँ से कहा, "तुम बैठना चाहो तो बैठो, चुल्हिया-माँ; मैं ब्याह करके आती हूँ।"

"हाय राम, ब्याह करने जा रही हो!" हैरत में पड़ गयी चुल्हिया-माँ, "किससे?"

"मरकर आने के बाद मेरा ब्याह तो नहीं हुआ है प्रीतू के बाबू के साथ। अब ब्याह भी करना होगा।"

"मैं चलती हूँ, बहू, बाद में आऊँगी," चुल्हिया-माँ ने उठते हुए कहा, "ब्याह में समय लगेगा।"

वहाँ से निकलर चुल्हिया-माँ जयनाथ पंडित के घर की बजाय बैजनाथ मंडल के घर की ओर भागी।

बैजनाथ के घर से कुछ हाथ दूर रहकर ही उसने बैजनाथ को हाँक लगायी। कई हाँकों के बाद अन्दर से रीतलाल बाहर आया और चुल्हिया-माँ को पहचानते ही पूछा, "क्या बात है, चाची?"

"बैजनाथ कहाँ है?"

"घर में।"

"कहो, जल्दी से बाहर आये।"

बैजनाथ ने दरवाजे के चौखट से बाहर पैर बढ़ाया ही था कि चुल्हिया-माँ बोली, "बस-बस, वहीं रुके रहो और बताओ कि क्या तुम अभी भी लाश ही हो?"

"लाश!" बैजनाथ अकबकाया, "नहीं तो।"

"तुम कभी लाश बने थे? अरथी पर चढ़े थे?"

"तुम्हें किसने बताया?"

"जो पूछ रही हूँ, उसका जवाब दो।"

कुछ रुककर बोला बैजनाथ, "हाँ, यह सब हुआ था।"

"शुद्ध हुए?"

"शुद्ध!"

"हाँ, शुद्ध होना पड़ेगा, नहीं तो गाँव में तुम्हें कोई अपने घर में घुसने नहीं देगा, कोई अपने साथ उठने- बैठने नहीं देगा, बोले-बतियाएगा भी नहीं। पलटू पंडित शुद्ध हो गये; तुम भी जल्दी से शुद्ध हो जाओ। सुन लो, लाश को कोई अपनी बेटी नहीं देगा। मैं अभी जाती हूँ, बाद में आऊँगी।"

इतना सुनाकर चुल्हिया- माँ चली गयी।

बैजनाथ मंडल पर पहाड़ टूट गया। पलटू झा अकेले ही क्यों शुद्ध हो गया? शुद्ध हो जाने का सन्देश तक उसे क्यों नहीं भिजवाया? उसने रीतलाल को पलटू पंडित के घर दौड़ाया, मगर पलटू की औरत ने उसे दरवाजे पर से ही डाँटकर भगा दिया। अब क्या करे वह?

उसे अपने धानुक भाइयों की याद आयी जिन्होंने कभी बिल्लीवाले मामले में उसकी सहायता की थी और उसे ढूँढ़ मँगाने के लिए तरह-तरह के उपाय किये थे। मगर क्या अभी ही उचित होगा धानुक समाज के सामने जाकर ढोल पीटना?

उसके मन में आया, क्यों नहीं कदमलाल भैया की सहायता ली जाये? अब तो उनकी भलमनसाहत पर सन्देह नहीं किया जा सकता। हर कदम पर अब उनका साथ मिल रहा है और उसके विवाह के लिए तो अब वे भी प्रयास करते नहीं थकते।

वह अपने घर से चला और जिस तरह चुल्हिया-माँ उसके घर के आगे खड़ी हुई थी, उसी तरह वह भी कदमलाल के घर के आगे खड़ा हो गया और हाँक लगायी, "कदम भैया!"

हाँक सुनते ही कदमलाल बाहर निकल अया और बैजनाथ को दूर खड़ा देख बोला, "अरे, वहाँ क्यों खड़े हो? आओ, अन्दर आ जाओ।"

"नहीं, भैया, अभी मैं लाश हूँ।"

"लाश!" कदमलाल को कँपकँपी छूट गयी; उसने अपनी पत्नी को पुकारा, "साबो- माँ! जल्दी आओ।"

साबो- माँ आयी, तो उसके कन्धे पर एक हाथ रखकर कदमलाल ने लाश से पूछा, "तुम बैजनाथ की लाश हो?"

"हाँ, भैया।"

"कब मरे थे?"

बैजनाथ ने अपनी पूरी कहानी सुना दी और भैया से निवेदन किया कि वे पलटू झा की

तरह उसे शुद्ध करवा दें। भैया ने आश्वस्त किया, "तुम घर जाकर आराम करो। मैं शुद्धि का प्रबन्ध कर देता हूँ।

"भैया, जितनी जल्दी हो सके।"

"मैं अभी निकलता हूँ इस काम पर।"

साबो-माँ के साथ देर तक विचार-विमर्श करने के पश्चात् कदमलाल अपने अभियान पर निकल गया। सबसे पहले वह पलटू के घर गया और पलटू के साथ ही उसके पिताजी से भी बात की। वहाँ से चलकर वह जयनाथ पंडित के पास आया जिनके साथ देर तक बतियाता रहा वह। उसके बाद अपने घर से होते हुए वह कोठियापुरवाली काकी के पास जा पहुँचा।

बैजनाथ की पूरी कथा सुनाकर कदमलाल ने कोठियापुरवाली काकी से कहा, "अब बैजनाथ का जनम तुम्हारी ही कोख से हो, काकी।"

"मेरी कोख से क्यों?" कोठियापुरवाली काकी कुछ रूखे स्वर में बोल गयी।

"क्योंकि असली काकी एक तुम ही बची हो जिसे मैं भी काकी कहता हूँ और बैजनाथ भी।"

"अब इस उमर में मैं बच्चे को जनम दूँ?" कोठियापुरवाली काकी का जवाब आया, "और फिर बिना बाप का बच्चा होता है क्या? मैं किसको बाप बनाऊँगी, बोलो तो?"

"बाप की जरूरत नहीं है, काकी। यहाँ कोई सचमुच का बच्चा देना तो नहीं है।"

"जरूरत नहीं है, मगर नाम का बाप तो कोई होगा।"

"जो बैजनाथ का असली बाप है कनिक मंडल, नाम तो उसी का रहेगा।"

"दुर, अब इस उमर में मैं कनिक की घरवाली कहाऊँ?"

"तुम जो हो वही रहोगी, काकी। यह तो एक बिध है। किसी का भला करने जा रही हो तुम।"

"बैजनाथ ने मेरा क्या भला किया है आज तक जो मैं उसका भला करने जाऊँ?" काकी गुस्से में आ गयी, "कब रीतलाल मुझे बुलाने आया और मैं ब्याह के गीत गाने नहीं गयी उसके घर? वह यात्रा पर निकलता था, तो मैं दही का बरतन लिए रास्ते में खड़ी रहती थी। कभी इन बातों का खयाल आया उसे? गाँव ही हर बिल्ली उसके घर का दूध पीकर मोटी होती रही, मगर मैं एक बूँद दूध के लिए तरस गयी। कितनी बार निहोरा किया कि पाव भर दूध मुझे भी पिलाओ, मगर किसी एक दिन भी पिलाया? कैसी काकी जो घर की बिल्ली के बराबर भी नहीं!"

"अब उन बातों को भूल जाओ, काकी। तुम्हें रोज पाव भर दूध चाहिए; वह अब तुम्हें मिलेगा।"

"अब मैं पाव भर दूध को भी भूल गयी हूँ," काकी बोली, "अब मैं लूँगी, तो, बहुत कुछ लूँगी।"

"बोलो, क्या लोगी?"

"मैं तो एक ब्याह भी करा चुकी हूँ उसका," कोठियापुरवाली काकी ने कहना शुरू किया, "और हमेशा उसके लिए दौड़ गयी हूँ, मगर काकी को बैजनाथ ने न कभी सोने का एक

तार दिया न चाँदी का एक थान। अब तक तो मैं यह कहती आयी थी बैजनाथ से कि उसकी शादी पर सोने का कंगन लूँगी, पर जब जनम दूँगी, तो कंगन लेकर नहीं रह जाऊँगी मैं। मैं सोने का कंगन लूँगी, उसके साथ सोने की करधनी और सोने की सिकड़ी। इतने से कम पर मैं माँ नहीं बनूँगी; काकी हूँ, काकी रह जाऊँगी।''

''सोने का इतना-इतना कहाँ से देगा बैजनाथ? अब क्या पैसे होंगे उसके पास! शादी के पीछे तो टूट चुका है बेचारा।''

''अब जहाँ से दे वह,'' काकी बोली, ''मैं भी तो कोई छोटा-मोटा काम नहीं कर रही हूँ।''

''मैं पूछता हूँ बैजनाथ से।'' बोलकर चलने को हुआ कदमलाल, तो काकी ने टोका, ''सुन लो, सिर्फ हाँ कह देने से नहीं मान जाऊँगी मैं; पहले सारी चीजें अपने हाथ में ले लूँगी मैं, तब जाऊँगी जनम देने।''

''अब हमारी हाँ का भी विश्वास नहीं?''

''नहीं रे, कैसे कर लूँ विश्वास?'' काकी ने सुना दिया, ''जनार्दन यादव तो कहकर गया था कि छठ पूजा तक बैजनाथ की शादी नहीं हो जाती है, तो वह बैजनाथ के कल्याण के लिए अपने खर्च पर मुझसे छठ व्रत कराएगा। आया खर्च देने? पैसे के कारण मैं छठ व्रत नहीं कर सकी।''

कदमलाल इस बार बिना कुछ बोले चला गया।

बैजनाथ आराम करने की बजाय बेचैनी से कदम भैया की दौड़भाग अपने घर से ही देखता रहा था। जब कदमलाल जयनाथ पंडित के घर से लौटा था, तो बैजनाथ पूछने आ गया, ''भैया, कुछ काम हुआ?''

''सब हो गया है,'' कदमलाल ने जवाब दिया, ''अब सिर्फ माँ की तलाश बाकी है।''

जब कदमलाल कोठियापुरवाली काकी के घर से आया, तो बैजनाथ फिर आ धमका, ''माँ मिली, भैया?''

''अभी नहीं मिली है,'' कदमलाल बोला, ''मगर मिल जाएगी। कुछ पैसे का जुगाड़ कर लो; जो माँ बनेगी, वह कोई गहना-जेवर माँग सकती है।''

जब कदमलाल सन्तलाल टोला में भोला मंडल के मचान पर बैठा उसके साथ बतिया रहा था, तो कदम भैया को ढूँढ़ते हुए बैजनाथ वहाँ आ पहुँचा और कुछ दूर से ही कदमलाल को पुकारा, ''भैया, यहाँ आइए।''

मचान से उतरकर ज्यों ही कदमलाल बैजनाथ के निकट गया, बैजनाथ ने हर्षित स्वर में सुनाया, ''माँ मिल गयी।''

''मिल गयी?'' कदमलाल ने प्रसन्नता जाहिर की।

''हाँ, भैया।''

''भारी काम हो गया,'' बोलकर कदमलाल ने पूछा, ''है कौन?''

फुलकाहा में जितनी बहुएँ आयी थीं, सब नैहर-गाँव के नाम से ही पुकारी जाती थीं—चैनपुरवाली, कुठनीवाली, मदनपुरवाली, कटोरियावाली...मगर धीरे-धीरे हर एक की संज्ञा बदल गयी और वे कही जाने लगीं—दुलिया-माँ, रेखिया-माँ, ललुआ-माँ, शिबुआ-माँ...। फुलेरिया से ही आनेवाली शिवदेनी गुप्ता की फुलेरियावाली को सतवा-माँ बनते देर नहीं लगी थी, मगर भुजंगी भगत की फुलेरियावाली आज तक फुलेरियावाली ही बनी रह गयी है। अब तो वह चालीस पार कर गयी है। गाँव के लोगों ने बीस साल पहले से यह कहना शुरू कर दिया था कि यह औरत बाँझ है।

फुलेरियावाली के कानों में भी यह बात पड़ी कि बैजनाथ मंडल को जनम देने के लिए माँ ढूँढ़ी जा रही है, यह भी कि उसकी कोठियापुरवाली काकी इस काम के लिए गहने-जेवर माँग रही है। उसने अपने स्वामी भुजंगी भगत को बैजनाथ मंडल के पास भेजा।

जिस समय भुजंगी बैजनाथ के घर पहुँचा, बैजनाथ घर के अन्दर ईश-प्रार्थना में लीन था कि प्रभु उस पर कृपा करें और एक माँ उपरा दें। भुजंगी के आने की खबर रीतलाल ने दी, तो उसने भुजंगी को अन्दर बुला लिया और उसके आते ही पास बैठाकर पूछा, "क्या बात है, भुजंगी भैया?"

भुजंगी ने कहा, "हमने सुना है कि तुम एक माँ ढूँढ़ रहे हो?"

"सच सुना है, भैया।" कुछ उदास स्वर में जवाब दिया बैजनाथ ने।

"फुलेरियावाली तुम्हारी माँ बनने को तैयार है।"

"सच?"

"हाँ, बैजनाथ, उसने मुझे ठेलकर भेजा है तुम्हारे पास।"

कुछ और बोले भुजंगी भगत, उसके पहले बैजनाथ ही पूछ बैठा, "माँ बनने के लिए मुझसे क्या लेगी वह?"

"कुछ नहीं, कुछ नहीं लेगी वह," भुजंगी ने सुनाया, "हमें मालूम हुआ है कि तुम्हारी कोठियापुरवाली काकी को इस काम के लिए सोने के गहने-जेवर चाहिए। फुलेरियावाली को कुछ नहीं चाहिए। जनम के बाद तुम उसे माँ कहोगे, इतना ही बहुत है उसके लिए।"

"मैं तो अभी से माँ कहूँगा, भैया।"

"मुझे भी भैया मत कहते रह जाना," हँसा भुजंगी भगत, "जनम के बाद बाबू बोलना मुझे।"

बैजनाथ के अन्दर खुशी दौड़ रही थी, "जरूर बोलूँगा बाबू।"

रतनी को आने में देर हुई, तो रीतलाल विभिन्न स्रोतों से प्राप्त खबरों के साथ उसके पास दौड़ गया। सारी बातें सुनने के बाद रतनी ने पूछा, "जब जनम हो रहा है, तब तो गीत-नाद भी होगा?"

"जरूर होगा," रीतलाल अपनी औकात तौलकर बोला, "तुम तैयार हो जाओ।"

"ढोलक घर में ही है?"

"नहीं, जगरूप ढोलकिया उठा ले गया था," रीतलाल ने कहा, "मैं अभी माँगकर ले आता हूँ।"

''ठीक है, तुम ढोलक ले आकर रखना,'' रतनी बोली, ''मैं सारी गवनहारिनों को तैयार रहने के लिए कह आती हूँ।''

''सुनो,'' रीतलाल ने चेताया, ''कोठियापुरवाली बुढ़िया को मत कहना; उसे नहीं बुलाना है।''

फुलेरियावाली को सादर बुला ले आने रतनी और सबिया गयी थीं। जब दोनों के साथ फुलेरियावाली बैजनाथ के घर आ गयी, तो रीत ने हँसते हुए कहा, ''चाची, तुमने तो गाँव में कितनों के लिए ही गीत गाये होंगे, आज हम गाएँगी तुम्हारे लिए।''

''क्या गाओगी?'' फुलेरियावाली ने पूछा।

''सोहर।''

''वह तो जान रही हूँ मैं,'' फुलेरियावाली मुस्करायी, ''तुम यह तो बताओ कि कौन-से गीत गाओगी?''

''सबसे पहले मैं गाऊँगी,'' बोलकर रतनी गीत गाने लगी,

''आँगन निपल दुअरिया, देहरी धए ठाढ़ि भेल रे।
ललना, गे चेरिया काठ के बालक आनि देहि,
कि जिअरा बुझाएब रे।''

गीत की पहली लड़ी के साथ ही फुलेरियावाली गीत की औरत बन गयी जिसे बिना बालक के आँगन नहीं सुहाता और जो दासी से काठ का कठपुतला बनवाकर ले आने को कहती है। कठपुतला आ तो जाता है, पर उस औरत का जी नहीं भरता। वह अपने पति से कहती है, ''काइ का बालक न हँसता है, न बोलता है और न चलता है। मैं अपने हृदय को कैसे शान्त करूँ?'' फिर वह विह्वल होकर दासी से उसका बच्चा माँगती है। दासी जवाब दे बैठती है, ''नमक-तेल का ही उधार-पैंचा सम्भव है। कोख का उधार-पैंचा नहीं होता। मैं अपना बाकल कैसे दे दूँ?''

''नहीं, रतनी,'' गीत की पहली लड़ी पर ही फुलेरियावाली ने टोक दिया, ''यह गीत मत गाना। यह गीत मैं आज तक बिना किसी के गाये भी सुनती रही हूँ।''

''फिर तुम ही बताओ, कौन-कौन गीत सुनोगी?''

''जो जी में आये गाना,'' फुलेरियावाली ने सुनाया, ''बस एक गीत मेरी पसन्द का गा देना।''

''कौन- सा गीत?''

''एक धनि अँगहुक पातरि, दोसरे गरभ सँ रे।''

एक पंक्ति सुनाकर फुलेरियावाली रुक गयी, तो रतनी बोली, ''यह गीत मुझे याद नहीं आ रहा, चाची; पूरा गीत सुनाओ।''

अपनी निगाह रतनी पर टिकाकर फुलेरियावाली मुस्करायी और फिर रतनी बनकर रतनी को गीत सुनाने लगी,

''एक धनि अँगहुक पातरि, दोसरे गरभ सँ रे।

ललना, तेसर बाबा क दुलारी, दरद कोना अँगवत रे...''

गीत शुरू करते ही बाबा की दुलारी बन जाती है फुलेरियावाली। प्रसव-वेदना से व्याकुल है वह। किसी और दिन पति की बाँहों पर सिर रखकर सोती थी, आज सौरी में अकेली छटपटा रही है। अगर अपनी माँ रहती, तो बगल में आ बैठती, कमर दबाती। सास तो कठोर है, पास तक नहीं फटकती। अगर कभी पति आ जाते, तो खूब खरी-खोटी सुनाती वह और पंचों को बुलवाती कि आधा दर्द पति भी बाँटे।

एहि अवसर सइयाँ पबितहुँ, सब किछु कहितहुँ रे।
ललना, पंडित पंच बहसबितहुँ बेदन बँटबितहुँ रे।

पति उसकी बातों को सुनकर जवाब देता, ''क्यों अपनी माँ को बुलाओगी और पंचों को बैठाओगी? इस गर्भ-गठरी को हम दोनों ने हँस-खेलकर बाँधा है; यह धीरे-धीरे खुल जाएगी।

कथिला मया बजाएब, पंच बइसाएब रे।
ललना, हँसि खिले बान्हल मोटरिया,
कले कले फूजत रे।

(3)

फुलकाहा के अशोक झा की पत्नी सुनयना जब कभी कोई समाचार अपने मायके भेजती, तो कुन्ती भाभी की जानकारी के लिए वह उस घर का समाचार भी लिखना नहीं भूलती जिस घर में भाभी के भाई गंगाविष्णु झा की बेटी वीणा रहती थी। पलटू की कुन्ती फुआ जिस खबर को अपने मायके पहुँचा देना आवश्यक समझती, उसे वह झटपट मायके रवाना कर देती। इस बार तो सुनयना ननद ने अपने एक नौकर को चिट्ठी देकर भेजा था। उस चिट्ठी की खबर को नवरसिया पहुँचा देना अत्यावश्यक माना कुन्ती देवी ने और अपने एक नौकर को चिट्ठी देकर अपने मायके भेज दिया।

बहन की चिट्ठी ने भारी आघात पहुँचाया गंगाविष्णु झा को। वे देर तक गुम्मा बने बैठे रहे। उनकी आँखों में खून उतर-उतर आता था। वे सोचने लगे, क्या करें? और शीघ्र ही सोच लिया, क्या करना चाहिए।

उन्होंने समधी के नाम एक छोटा-सा पत्र लिखा और गाय-बैल बाँधनेवाला एक चार हाथ का पगहा ढूँढ़ लाये। इतना कर लेने के बाद उन्होंने जोर-जोर से साँसें लीं और अपने छोटे बेटे कमलदेव को हाँक लगायी।

कमलदेव के उपस्थित होते ही उन्होंने बेटे से कहा, ''तुम्हें फुलकाहा जाना है। जाकर यह पत्र और यह पगहा वीणा के ससुर को दे आओ।''

''पगहा भी?''

''हाँ,'' बाप ने कहा, ''देकर उल्टे पाँव चला आना।''

''दीदी से मिलूँगा या नहीं?''

''नहीं, तुम्हें वहाँ रुकना नहीं है। अवसर नहीं मिलेगा दीदी से मिलने का। जाओ, जाने

की तैयारी करो।''

बेटी के घर पगहा भेजते देख पंडिताइन पूछने आ गयी, ''रस्सी क्यों भेज रहे हैं समधी के पास?''

''दहेज में देना बाकी रह गया था।''

जवाब सुनकर चुप लगा गयी पंडिताइन, तो पंडितजी ने सुनाया, ''इस बार अरथी पर से उठकर भागा है तुम्हारा जँवाई।''

पगहा के बारे में जानकारी लेने के लिए कमलदेव ने रास्ते में पत्र खोलकर पढ़ लिया था। दरवाजे पर ही मिल गये रामभद्र झा को पत्र और पगहा सौंपते हुए वह बोला, ''मुझे अभी ही लौट जाना है; जाता हूँ।''

पगहा पर से ध्यान हटाकर उन्होंने एक बार कमलदेव को जाते हुए देखा, टोकर नहीं।

देर तक पगहा को चकपक निहारते रहने के बाद वे पत्र और पगहा को लिए हुए अपने कमरे में आ गये। यह पगहा क्यों? पत्र खोलने के पहले उन्होंने देर तक और दूर-दूर तक अपना ध्यान दौड़ाया। जब समझ में कुछ भी नहीं आय, तब उन्होंने पत्र खोला।

पत्र पढ़कर उन्होंने आँखें मूँद लीं, देर तक आँखें मूँदे बैठे रहे और हाँक लगाने के लिए आँखें खोलीं, ''पलटू!''

उस अनोखी हाँक पर सिर्फ पलटू ही नहीं, पूरा घर दौड़ आया।

''पढ़ो यह चिट्ठी।'' पलटू के आते ही उसके आगे चिट्ठी फेंकते हुए रामभद्र झा ने कहा।

''किसकी चिट्ठी है?'' चिट्ठी उठाते हुए पूछा।

''नवरसिया की।''

''कौन लेकर आया?''

''कौआ।''

सहमते हुए पलटू ने पढ़ने के लिए चिट्ठी खोली, तो बाप ने उठकर उसके हाथ से चिट्ठी छीन ली और बोले, ''पूरे घर के पढ़ने के लिए है यह चिट्ठी; मैं पढ़ता हूँ।''

रामभद्र झा जोर-जोर से अपने भाष्य के साथ चिट्ठी पढ़ने लगे, ''श्री...सबसे ऊपर लिखा है 'श्री'। यहाँ आदिमंगल की कामना है और देवताओं का स्मरण किया जा रहा है। श्री के बाद है अंकुश का चिह्न।'' इतना बोलकर उन्होंने हवा में अपनी उँगली से 卐 बनाया और आगे बढ़े, ''यह विघ्ननिवारक गणेशजी का शस्त्र है और सुरक्षा का प्रतीक। इसके बाद लिखा गया है 'परमाराध्य रामभद्र बाबू। इस बार 'समधीजी' नहीं लिखा गया है, लिखा गया है 'रामभद्र बाबू।' इसके बाद अथ वृत्तम्', मतलब, पत्र का मुख्य विषय। अब ध्यान से सुनो अब 'अथ वृत्तम्'...मुझे फुलकाहा की पल-पल की खबर मिलती रहती है। सात दिनों के अन्दर होली के अवसर पर सहदेव घर आ रहा है। वह यहाँ आते ही फुलकाहा का रास्ता पकड़ेगा। आप अपने,'' कुछ रुककर आगे बढ़े वे, ''अपने कुलांगार, कुलकलंक, कुलकज्जल, कुलक्षण और कुलबोरन बेटे को...''

''ऐसा लिखा है ?'' पंडिताइन ने तेज आवाज में अपनी आपत्ति दर्ज की।

''लिखा तो है सिर्फ 'सुपुत्र','' पंडितजी बोले, ''मगर यहाँ 'सुपुत्र' का मतलब वही है जो मैंने सुनाया।''

''आगे पढ़िए।'' पंडिताइन ने रूखी आवाज में कहा।

पंडितजी आगे बढ़े, ''अपने सुपुत्र को सहदेव के साथ कर दीजिएगा। जब तक सहदेव वहाँ पहुँच नहीं जाता है, तब तक सुपुत्र को घर छोड़ने नहीं दीजिएगा। रस्सी भेज रहा हूँ; उसे इस रस्सी से बाँधकर घर के अन्दर रखिएगा। इसके बाद और कुछ नहीं लिखा है, बस इतना भर लिखा है, थोड़ा लिखा है, बहुत समझिएगा।''

''बहुत लिख दिया है,'' पंडिताइन बोल उठी, ''और यह सब लिखा है एक समधी ने!''

''यह वही समधी, वही गंगाविष्णु झा नहीं है,'' रामभद्र झा ने जवाब दिया, ''यह है 'आपका अधन्य, अकुशल, अभागा, करमजला, दईमारा, दुखिया, अधमरा समधी गंगाविष्णु झा।' यहाँ मैं कोई मतलब नहीं बोल रहा हूँ।''

''चिट्ठी फाड़कर फेंक दीजिए।'' पंडिताइन ने सलाह दी।

''चिट्ठी में एक अच्छी बात तो है,'' पंडितजी बोले, ''कि सहदेव झा यहाँ आ रहा है। नहीं है अच्छी बात?''

''बस, एक यही बात।''

''और उसके आने पर पलटू को उसके सुपुर्द कर देना है?''

''हाँ, यह बात भी।''

''रस्सी से बाँधकर नहीं रखूँगा, मगर घर के अन्दर तो रखना है कि फिर उस धानुक के साथ यह भागने नहीं पाये।''

''हाँ, इसका पिंड छोड़े वह।''

''जब तक सहदेव झा नहीं आ जाता, मैं दरवाजे पर पहरा दूँगा। तुम लोग पिछवाड़े का भार सँभालो।''

''बहू सँभालेगी यह भार।''

अब रामभद्र झा ने बेटे से कहा,''जब तक सहदेव झा नहीं आ जाता, तब तक घर में बन्द रहकर भाग्य सँवारो अपना।''

पलटू झा शुरू से अन्त तक सिर झुकाए खड़ा रहा था, सिर झुकाए ही वहाँ से विदा हुआ।

अनोखी हाँक सुनकर नवरसियावाली दौड़कर तो आयी थी, मगर ससुर को अपने एक पुराने रूप में ही देख लेने के बाद वहाँ से हटकर किवाड़ की ओट में खड़ी हो गयी थी। पंडिताइन जैसे ही अन्दर घुसी कि बहू से टकरा गयी। उसे देखते ही बोली वह, ''सब सुन लिया न? अब सँभालो अपने स्वामी को।''

सास के पीछे दो-चार कदम चलते ही बहू ने, उन दिनों को याद कर जब वह स्वामी को रसोई बनाना सिखा रही थी, सास से कहा, ''मैं नहीं सँभाल पाऊँगी, माँजी; आप उन्हें रस्सी से बाँधकर रखिए।''

नवरसियावाली जब बार-बार पलटू के सामने से आयी-गयी और पलटू ने एक बार भी उसकी ओर नजर नहीं फेंकी, तो वह पति के पास आकर बैठ गयी और बोली, "आप इतना उदास क्यों हो गये?"

"बहुत कारण हैं उदास होने के।" पलटू ने मुँह झाड़कर जवाब दिया।

"मैं घरनी हूँ आपकी," पत्नी बोली, "मैं नहीं जानूँ कारण? आप उदास होंगे, तब मुझे भी तो उदास होना पड़ेगा।"

"तुम क्यों उदास होने लगी!" पलटू बोल गया, "तुम तो अभी भी अपने बाप की ही बेटी हो, मेरी पत्नी थोड़े ही हो।"

"ऐसा कैसे कह रहे हैं आप? किस बात पर मैं बाप के साथ रही और आपका साथ छोड़ दिया?"

"यह उदास होने की बात नहीं है कि ससुराल से मेरे लिए पगहा आया है? आज तक किसी ससुर ने जँवाई के लिए पगहा भेजा होगा? तुम जरा भी उदास हुई?"

"नहीं, प्रीतू के बाबू, यह उदास होने की बात नहीं है," पत्नी ने जवाब दिया, "पगहा मत देखिए, ससुर की पीड़ा देखिए। कितना दुख हुआ है उन्हें!"

"ससुरजी का दुख तो समझ में आया, मगर बाबूजी का दुख तो पगहा आने के पहले ही दूर हो गया था मेरी शुद्धि से," पलटू बोला, "पगहा के आते ही क्यों वे इतना दुखी हो गये कि मुझे कुलांगार, कुलकलंक, कुलकज्जल, कुलक्षण और कुलबोरन बेटा कह दिया? मेरे उदास होने के ठोस कारण हैं, वीणा।"

"बाबूजी का गुस्सा ठोस कारण नहीं हो सकता," ना में सिर हिलाते हुए वीणा ने जवाब दिया, "बाबूजी ने तान तोड़ा आप पर, मगर गुस्सा तो उन्हें पगहा पर आया था। उनका गुस्सा तब मुझे भी बुरा लगता जब उनकी जिद होती आपको पगहा से बाँधकर रखने की। ऐसा उन्होंने नहीं किया। बोलिए, है कारण ठोस?"

"यह तो ठोस कारण है कि जहाँ बाप ने बेटे को पगहा से बाँधकर रखना उचित नहीं समझा, वहीं पत्नी ने पति को रस्सी से बाँधकर रखने की सलाह दे दी? तुमने माँ से नहीं कहा था ऐसा?"

"यह सलाह कोई दिल से मैंने थोड़े ही दी थी! मैं तो अपना बोझ छुड़ा रही थी।" पत्नी बोली, "मेरी सलाह से क्या हो जाता? आज तक कोई बाप जवान बेटे को घर में बाँधकर रख पाया है? बाल-बच्चेदार बेटे को बिना बाँधे भी घर में बन्द कर रखा जा सकता है क्या? मैंने तो उस समय इसलिए यह सलाह दे दी कि जब आप पिछली बार की तरह इस बार भी भागेंगे, तो पिछली बार की तरह कोई मुझ पर तो आरोप नहीं लगाएगा कि मैंने आपको भागने में मदद पहुँचायी।"

"सच-सच बोलो, इस बार क्या तुमने मन बना लिया है कि मैं रसोइया ही बनूँ?"

"मैं क्यों बनाऊँ मन?" पत्नी कह बैठी, "आप जो उचित समझें, करें। आपको रसोई बनाने में पारंगत बनाने के बाद भी जब आप पिछली बार रसोइया बनकर दिल्ली नहीं गये, तो मैं एक बार भी रोयी थी क्या?"

"हाँ, वीणा, मैं रसोइया नहीं बन सकता। बैजनाथ की शादी आज न कल होगी ही। मेरे हाथ से मन्दिर निकल जाएगा। अगर इस फुलकाहा में एक मन्दिर मेरे हाथ में हो जाये, तो मैं इस फुलकाहा को एक तीर्थ-स्थल बना डालूँगा, बैजनाथ धाम की तरह। मैं भागूँगा, फिर भागूँगा।"

"सहदेव भैया को आ तो जाने दीजिए," पत्नी ने सुनाया, "उसके बाद भागिए।"

"वह तो मुझे रसोइया ही बनाएगा न?"

"सुन तो लीजिए कि क्या कहते हैं वे," पत्नी बोली, "उन्होंने जब जान लिया है कि आप रसोइया बनना नहीं चाहते, तब आपको कुछ और ही बनाना सोचकर आएँगे वे।"

"एक बात सुन लो," पलटू बोला, "मैं आज एक बार भागूँगा।"

"अभी तो भागने की बात मत कीजिए।"

"नहीं भागूँगा, तो बैजनाथ मंडल गाँव छोड़कर भाग जाएगा। जब वह मुझे लापता समझ लेगा, तब क्या रुका रहेगा गाँव में? ब्याह करने नहीं निकल जाएगा अकेले या किसी और को साथ लेकर?"

"सिर्फ बैजनाथ के घर तक ही भागना है न?"

"हाँ।"

"वहाँ तक भागकर जाने के लिए तो मैं रोज रात में जुगाड़ बैठा दूँगी।"

पगहा पहले जा चुका था, इसलिए सहदेव झा बहुत सँभलकर आया था फुलकाहा। पिछली बार गंगाजल लेकर जाने पर जो स्वागत हआ था उसका, इस बार पगहा भेजकर आने पर उससे भी अधिक जोरदार स्वागत का भय हो रहा था। कहीं उसे देखते ही वीणा का ससुर बमक न उठे, "आ गया; लगाओ तो इसकी कमर में रस्सा।"

ऐसा नहीं हुआ। पगहा की तो चर्चा तक नहीं छेड़ी वीणा के ससुर ने। सिर्फ एक बार चौकन्ना हुआ था वह, जब सदाकोपी ब्राह्मण ने उसके पहुँचते ही कहा, "आइए, आइए सहदेव बाबू, हम लोग आपका ही बाट जोह रहे थे।" जब रामभद्र झा के मुँह से 'कुरसी लाओ रे,' 'पानी लाओ रे,' 'नाश्ता लाओ रे' उच्चरित हुए, तब कहीं जाकर सहेदव झा निश्चिन्त हुआ और उसके चेहरे पर चमक आयी।

जब मेहमान का जलपान समाप्त हो गया, तब रामभद्र झा ने बात छेड़ी, "आप दिल्ली के लिए कब निकल रहे हैं? पलटू बिल्कुल तैयार होकर बैठा है आपके साथ चलने के लिए।"

"मैं होली के दूसरे दिन निकलूँगा," सहदेव झा ने सुनाया।

"पलटू को तो अभी ही आपके साथ कर दूँ?"

"नहीं, मैं घर से यहाँ होते हुए जाऊँगा और ओझाजी को अपने साथ कर लूँगा।"

"तब तो पलटू को कुछ और दिन यहाँ रुकना पड़ेगा?"

"अब कितने दिन? सात-आठ दिन।"

"पलटू कचपेंदिया है न," खीस निपोरकर बोले रामभद्र झा, "क्षण तोला, क्षण माशा। देखिए, घर में घुसा बैठा है। कोई ठीक नहीं, होली आने तक क्या मन बना ले!"

"उसी मन को पक्का करने तो मैं आया हूँ आज," सहदेव बोला, "ऐसा पक्का कर दूँगा

कि मैं नहीं आया तो, ये चूहा पर चढ़कर भी दिल्ली मेरे पास पहुँच जाएँगे।''

''नहीं-नहीं, उसे तो आप साथ लेकर ही जाइए। दिल्ली इसकी देखी हुई नहीं है।''

''इसीलिए तो मैं आ रहा हूँ, नहीं तो यहाँ क्यों आता? वहीं से चिट्ठी लिखकर इन्हें बुला लेता।''

''आपका पत्र कभी नहीं आया,'' रामभद्र झा बोले, ''मारवाड़ी सेठ के यहाँ रसोइया की जगह अभी खाली ही है न?''

''इस बार मैं कुछ और सोचकर आया हूँ।''

''क्या?''

''ओझाजी को रसोइया बनना मंजूर नहीं, तो इन्हें मैं कुछ और ही बनाऊँगा।''

''हाँ-हाँ, कुछ भी बनायें,'' बोलकर रामभद्र झा ने पूछा, ''सोच तो लिया होगा कि अभी जाते-जाते क्या बनाना है?''

''ज्योतिषी।'' बोलकर सहदेव मुस्कराया।

''अच्छा सोचा है,'' रामभद्र झा ने खुशी जतायी और प्रश्नात्मक लहजे में बोले, ''ज्योतिषी की कमाई भी तो रसोइया से अधिक होती होगी।''

''कमाई की तो पूछिए मत, बाबूजी,'' सहदेव ने सुनाया, ''भाग्य साथ दे तो लीख से लाख होते साल नहीं लगेगा। शहर दिल्ली में तो लखदाता लोग रहते हैं न; लखौरी तक चढ़ाते हैं। मैं तो ज्योतिषियों की कमाई जानता हूँ। किसी-किसी की कमाई तो साल में तीस-तीस लाख रुपये है।''

''तीस लाख?''

''कोई-कोई इससे भी अधिक कमा लेता है।''

रामभद्र झा ने बेटे को हाँक लगायी, ''पलटू!'' और उसके आते ही कहा, ''यहीं बैठो; सुनो, सहदेव बाबू क्या बोल-बता रहे हैं।'' और फिर सहदेव झा से पूछा, ''कोई-कोई ज्योतिषी साल में तीस लाख से भी अधिक कमा लेता है?''

''हाँ, बाबूजी,'' सहदेव झा ने सुनाया, ''ज्योतिष का धन्धा अभी खूब फल-फूल रहा है। बड़े-बड़े व्यापारिक घरानों ने ज्योतिषियों को नौकरी पर रखा है। बड़े-बड़े अखबारों और पत्रिकाओं को भविष्यवक्ता चाहिए। टेलीविजनवाले भी ज्योतिषियों की सेवाएँ ले रहे हैं।''

''इन्हें तो हर महीने बँधी-बँधाई रकम मिल जाती होगी। कल की चिन्ता नहीं!''

''जो ज्योतिषी नौकरी पर नहीं हैं, मगर जिनका धन्धा चल निकला है, उन्हें भी कल की कोई चिन्ता नहीं। आज की जिन्दगी में तो हर किसी को ज्योतिषी की सलाह चाहिए। इन ज्योतिषियों के यहाँ तो कारखाना लगा रहता है और दम मारने की फुरसत नहीं मिलती। इनसे मिलने के लिए समय लेना पड़ता है।''

''अगर दो-दो रुपये भी लेगा, तो दिन भर में सौ-दो-सौ कमा लेता होगा।''

''यह क्या कह दिया आपने, दो-दो रुपये!'' सहदेव को हँसी छूट गयी, ''इन ज्योतिषियों की फीस दो सौ इक्यावन रुपये से लेकर पन्द्रह हजार रुपये तक है। आप सोच लीजिए कि एक दिन में कितना कमा लेते होंगे ये और एक दिन की कमाई से इनकी साल भर की दाल-रोटी की

चिन्ता दूर हो जाती होगी या नहीं? कितने ही ज्योतिषियों ने तो टेलीफोन पर सलाह देना शुरू कर दिया है। आप अपने प्रश्नों की सूची और अपने बारे में कुछ सामान्य जानकारी डिमांड ड्राफ्ट के साथ भेज दें, आपको टेलीफोन पर जवाब मिल जाएगा। इन्हें कोई नौकरी पसन्द भी आएगी!''

''पन्द्रह हजार रुपये तक देनेवले हैं दिल्ली में?''

''देनेवाले तो लाख तक देकर जाते हैं ज्योतषियों को। जो होशियार ज्योतिषी हैं, वे केवल भविष्य ही तो नहीं बताते, उसे कैसे बेहतर बनाया जाये, यह भी बताते हैं। ऐसा कोई राजनेता है जो ज्योतिषियों से सलाह नहीं लेता हो? चुनाव के समय तो ज्योतिषियों के घर तार बँध जाता है इन राजनेताओं का। ऐसा कोई-कोई ही मिलेगा जिसने कोई-न-कोई यज्ञ नहीं करवाया हो। ये लोग तो भाषण देने तक का मुहूर्त निकलवाते हैं ज्योतिषियों से। इन लोगों के पास पैसे की क्या कमी! और जब राजनीति में मरने-जीने का सवाल हो, तो ये पैसा देखेंगे! ज्योतिषी माँगेगा लाख, तो ये दो लाख देकर जाएँगे। करोड़ों की कमाई करनेवाले फिल्मी सितारे जब पहुँचते हैं ज्योतिषियों के पास, तब क्या वे सिर्फ पन्द्रह हजार लेकर जाते हैं? दक्षिणा में लाखों दे आते हैं, बाबूजी।''

सहदेव झा के चुप हो जाने के बाद जब देर तक रामभद्र झा के मुँह से कुछ नहीं फूटा और वे सहदेव झा के चेहरे पर अपनी मुग्ध निगाह टिकाये रह गये, तो सहदेव झा पूछ बैठा, ''आप यह तो नहीं सोचने लगे, बाबूजी, कि जब ज्योतिषी की ऐसी मीठी कमाई है दिल्ली में, तो मैं अब तक ज्योतिषी क्यों नहीं बना और अभी भी क्यों मन्दिर में घंटी बजा रहा हूँ?''

''सोच तो नहीं रहा था, पर सोचना चाहिए था,'' रामभद्र झा ने मुस्कराकर जवाब दिया, ''अब तक मैं दो-चार बार सपरिवार दिल्ली घूमकर आ गया होता।''

''मैंने अपने पैरों में आप कुल्हाड़ी मारी, बाबूजी,'' सहदेव झा ने मुँह बनाकर कहा, ''मैंने तो पिछली बार भी आपको बताया था कि पुजारी बनने मैं भी दिल्ली नहीं गया था, मगर मिल रही नौकरी को छोड़कर किसी बेहतर नौकरी या धन्धे की प्रतीक्षा करने का धीरज मेरे पास नहीं रहा। तब मैं इस धन्धे के बारे में बहुत जान भी तो नहीं रहा था। सबसे बड़ा कारण यह था कि नाम मात्र की भी ज्योतिष विद्या मेरे पास नहीं थी। अभी जितना ओझाजी जानते हैं, उसकी चौथाई भी तो नहीं जान रहा था।''

''यह तो सच है कि पलटू में गुण हैं और बहुत तरह की विद्याएँ उसने प्राप्त कर ली हैं, मगर यहाँ न तो कोई गुण का परखैया है, न ग्राहक।''

''दिल्ली में परखैया भी मिलेंगे और ग्राहक भी। सब सोचकर इनके लिए धन्धा चुना है मैंने। एक बार ये दिल्ली पहुँच तो जाएँ; धीरे-धीरे धन्धा जमा लेंगे ये।''

''धीरे-धीरे?'' रामभद्र झा पूछ बैठे।

''हाँ, समय तो लगेगा ही,'' सहदेव झा ने जवाब दिया, ''एक दिन में ही तो सब कुछ नहीं हो जाएगा। किसी भी धन्धे को जमाने में समय लगता है, बहुत तरह के तिकड़म भिड़ाने पड़ते हैं।''

''मैं तो अभी भी मान रहा हूँ, सहदेव बाबू, कि पलटू का भाग्य कच्चे धागे से लटका हुआ है,'' रामभद्र झा बोले, ''आप यह बताइए कि कैसे-कैसे इसका चाँद चढ़ेगा, धीरे-धीरे?''

''मैंने तो ऐसा देखा है, बाबूजी,'' सहदेव झा ने कहना शुरू किया, ''कि भाग्य बतानेवाले

बहुत पंडित बनारस या कहीं से तीन-चार सौ रुपये में खरीदकर एक सिखायी-पढ़ायी हुई मैना लिये आते हैं और सड़क के किनारे चादर बिछाकर बैठ जाते हैं। चादर पर एक साले लिफाफे को खोलकर पढ़ ले अपना भाग्य या पंडितजी से बँचवा ले। इससे जिज्ञासु का मन नहीं भरता। जिज्ञासु उन बातों को भी जानना चाहते हैं जो लिफाफे में नही हैं। इस धन्धे में कमाई नहीं है; किसी-किसी दिन तो मैना के पेट का खर्च भी नहीं निकलता है। इनके पास आनेवाले लोग भी अनमने भाव से आते हैं, कँगला किस्म के लोग; मैना ने मन लुभा लिया तो एक पान का पैसा मैना के मालिक को थमा दिया।''

''यह काम तो धुनिया-जुलाहा भी कर सकता है कि एक मैना ज्योतिषी को बहाल कर लिया,'' रामभद्र झा ने कहा, ''मेरा पलटू तो गुणवनत है, हाथ देखकर, ललाट देखकर भाग्य बाँच सकता है।''

''हाथ और ललाट देखकर भाग्य बाँचनेवाले भी सड़क के किनारे बैठते हैं, बाबूजी,'' सहदेव झा ने सुनाया, ''कमाई इनकी भी बहुत नहीं होती। इनके पास पहुँचनेवाले भी रुपये-दो-रुपये में कमा सलटा लेना चाहते हैं। उनके पास जितना पोथी-पतरा होता है, उससे बहुत अधिक तो अभी भी ओझाजी के पास होगा। यह तो ओझाजी के लिए बेकारी का धन्धा हो सकता है।''

''यहाँ बेकार है क्या कि बेकारी का धन्धा करने दिल्ली जाएगा? आप किसी ठौर पर पहुँच जाइए अपने बहनोई को।''

''वह सब मैं सोचकर आया हूँ,'' सहदेव बोला, ''मिथिला के महान ज्योतिषी पलटू झा 'ज्योतिष मार्तंड' के लिए मैं किराये पर किसी अच्छी जगह में एक अच्छा-सा कमरा ले लूँगा। यह प्रचारित करवा दिया जाएगा कि सप्ताह में सिर्फ दो दिनों का समय देंगे ज्योतिष मार्तंड दिल्लीवालों के लिए। शेष पाँच दिनों में एक दिन मार्तंडजी के आराम का दिन होगा, दो-दो दिन मुम्बई और कोलकातावालों के लिए। इनसे एक मुलाकात की फीस होगी पाँच सौ एक रुपये।''

''पाँच सौ?'' मुदित स्वर में लगभग चीख पड़े रामभद्र झा।

''पाँच सौ एक, बाबूजी।'' सहदेव झा ने मुस्कराकर सुधार और आगे बोला, ''इस फीस का कारण है कि ज्योतिषी यहाँ केवल भविष्य ही तो नहीं बताता है, उसे बेहतर भी बनाता है, बेहतर बनाने के उपाय भी बताता है।''

''पलटू उपाय बता सकेगा?'' बोलकर रामभद्र झा ने एक बार बेटे की ओर देखा।

''खूब अच्छी तरह,'' जवाब सहदेव झा ने दिया, ''शान्ति, वशीकरण, स्तम्भन, विद्वेषण, उच्चाटन और मारण—इन सबके मन्त्र तो किताबों में लिखे हुए हैं और किताबें ओझाजी के हाथ में हैं, फिर उपाय क्यों नहीं बताएँगे?''

''मेरे पास 'मन्त्र महोदधि' तो है,'' पलटू ने चोंच खोली, ''उसमें सारे मन्त्र हैं।''

''बस,'' सहदेव झा बोल गया, ''आप अभी से ही हुए मन्त्राचार्य।'' इतना बोलकर उसने पलटू से पूछा, ''आपको तो उल्लू तन्त्र की भी जानकारी है?''

''हाँ,'' पलटू ने सुनाया, ''मैं कौआ तन्त्र, गिद्ध तन्त्र, मुर्गा तन्त्र और बाज तन्त्र भी जानता हूँ।''

''इसके बाद और क्या जानना!'' सहदेव झा ने रामभद्र झा से कहा, ''भविष्य बनाने के

सारे उपाय तो इन तन्त्रों में हैं ही।'' और फिर पलटू झा को सुना दिया, ''आप अभी से हो गये तन्त्राचार्य।''

''मैं भी नहीं जान रहा था,सहदेव बाबू, कि मेरा पलटू इतना कुछ जान रहा है।''

''घर की मुर्गी दाल बराबर!'' बोलकर सहदेव झा ने पलटू से कहा, ''आप रत्नों के बारे में भी जान ही रहे होंगे। बैजनाथ मंडल की दसों उँगलियों में अँगूठियाँ हैं। अगर नहीं जान रहे हों, तो उन पर भी किताबें हैं। कोई एक किताब अपने पास रख लीजिए।''

''मेरे पास किताब है,'' पलटू ने बताया, ''और मैं बिना किताब देखे भी यह सलाह दे सकता हूँ कि किसे कौन-सा रत्न पहनना है।''

''तब कौन नहीं कहेगा आपको रत्नाचार्य?'' यह बोलकर उसने रामभद्र झा की ओर मुँह किया, ''अब बोलिए, बाबूजी, कि ओझाजी किसी भी ज्योतिषी से टक्कर ले सकते हैं या नहीं? हर जिज्ञासु और दुखिया के लिए इनके पास सलाह होगी, दवा होगी। समय-समय पर, खासकर चुनाव के समय, बड़े-बड़े नेता बड़ा-बड़ा यज्ञ करवाते हैं, बगलामुखी, महामृत्युंजय। जब ये यज्ञ करवाने लगेंगे, तो दौलत फट पड़ेगी इनके घर।''

''अब तो मुझे विश्वास हो गया, सहदेव बाबू, कि पाँच सौ एक रुपये देने में कोई आनाकानी नहीं करेगा।''

''खुशी-खुशी देगा,'' जोर देकर सहदेव झा ने सुनाया, ''अपनी जरूरत से देगा, अपनी मुसीबत से देगा।''

''ऐसा तो नहीं होगा,'' रामभद्र झा ने पूछ लिया, ''कि सब कुछ जान-पूछ लिया और बिना फीस दिये ही भाग गये? शहर में तो कुछ भी होता है।''

सहदेव झा ने हँसकर कहा, ''ऐसा नहीं होगा। फीस की रकम पहले ही धरा ली जाएगी,'' और फिर गम्भीर होकर बोले, ''मगर हर किसी से नहीं।''

''किससे नहीं?''

''अगर कोई मोटा आसामी आता है, जैसे कोई फिल्मी सितारा, जैसे कोई राजनेता, तब पूछने पर भी ज्योतिषी अपनी फीस नहीं बताता, खीसें निपोरकर कहता है, 'आपसे भला फीस! दक्षिणा में जो जी में आये दे दीजिएगा।' इतना कह देना ही काफी है मालामाल होने के लिए। ऐरे-गैरे के लिए फीस, खास के लिए जो खुशी से मिल जाये।''

''मुझे तो लगता है, सहदेव बाबू,'' रामभद्र झा ने गद्गद भाव से कहा, ''कि आपके बहनोई की तकदीर बदल गयी।''

''बदल तो गयी हो,'' सहदेव झा बोला, ''जो आदमी मुरदा की ठठरी पर सोकर आया है, वह सोना-चाँदी की पटरी पर सोएगा।''

(4)

जिस दिन ससुराल से पलटू झा के लिए पगहा आया था, उस दिन नवरसियावाली ने पति से कह तो दिया था कि बैजनाथ मंडल के घर तक भागने के लिए वह रोज रात में जुगाड़ बैठा देगी, मगर

जब रात में खा-पीकर पूरा घर सो गया और पलटू ने पत्नी से कहा, ''अब मैं भागूँ?'' तो पत्नी अपनी बात से पलट गयी, ''अभी जुगाड़ कहाँ बैठा है!''

''जाने का जुगाड़ तो अभी ही बैठता है, प्रीतू की माँ,'' पलटू ने बताया, ''दिन में भागना तो सम्भव नहीं है।''

''जुगाड़ बैठे तब तो!'' पत्नी बोली, ''बुढ़िया दिन में लगातार ताक-झाँक करती रही है,रात में क्या एक बार भी नहीं आएगी? बुढ़िया क्या अब रात में नींद से सोएगी? रात भर अधजगी पड़ी रहेगी। उठकर एक बार जरूर आएगी देखने।''

''माँ कमरे के अन्दर नहीं आएगी; तुम बोल देना, सोये हुए हैं।''

''आपकी माँ कितनी सयानी है, यह क्या आप नहीं जानते?'' पत्नी ने जवाब दिया, ''कहेगी, 'जगाकर दिखाओ, बाहर लाकर दिखाओ।' तब किसको जगाऊँगी मैं? किसको बाहर लाऊँगी? मुझसे बुढ़िया की बात-बोली बर्दाश्त नहीं होती।''

''मैं कोई रात भर के लिए थोड़े ही भागूँगा!'' पलटू बोला, ''कुछ खतरा तो तुम्हें उठाना ही होगा, प्रीतू की माँ।''

''मैं गाली का खतरा नहीं उठा सकती, प्रीतू के बाबू। बुढ़िया बहुत गन्दी गालियाँ देती है। सीधे कहेगी, 'गे छिनरी, जब सब जान रही थी, तब जान-बूझकर भागने क्यों दिया?' उस गाली के जवाब में रहेगी कोई गाली मेरे पास?''

''कुछ सोचो, प्रीतू की माँ; मेरा नहीं, तो अपना भला-बुरा ही सोचो। बैजनाथ मंडल को मेरे हाथ से मत निकल जाने दो। माँ-बाप मेरी जरूरत नहीं समझते; तुम तो समझो।''

''मैं जान-बूझकर नहीं भगा सकती, प्रीतू के बाबू,'' पत्नी बोली, ''आपको जोर-जबर्दस्ती भागना होगा।''

''ठीक है, माँ अगर आ जाये और कहे कि बाहर लाकर दिखाओ, तो बोल देना कि जोर-जबर्दस्ती भाग गये।''

''यह कैसे सिद्ध करूँगी कि आप जोर-जबर्दस्ती भागे हैं?'' पत्नी ने कहा, ''भगाने के समय मैं आपको रोकूँगी या नहीं? आपसे उलझ जाऊँगी या नहीं? उठापटक होगी या नहीं?''

''तब तो पूरा घर जगकर इस कमरे के अन्दर चला आएगा,'' पति बोला, ''ऐसा कुछ हो कि जोर-जबर्दस्ती तो हो, मगर उठापटक नहीं। कुछ सोचो, प्रीतू की माँ।''

कुछ सोचकर नवरसियावाली बोली, ''आप कितनी देर के लिए भागेंगे?''

''गया और आया,'' पति ने जवाब दिया, ''बैजनाथ मंडल से इतनी बात कहने में जो समय लगे कि जब तक मैं अपने भागने की खबर नहीं दे देता तब तक वह रुका रहे।''

''इतनी-सी बात कहने के लिए रोज रात को तो नहीं जाएँगे न?''

''नहीं, रोज क्यों जाऊँ!''

''जो बात करनी हो, वह आज ही कर लेंगे। रोज-रोज मैं अपने को बाँधने नहीं दूँगी।''

''जब भगाने की पक्की योजना बन जाएगी, तब उसे पक्की खबर देने तो जाऊँग।''

''बस, एक रात और?''

''हाँ।''

"अब ऐसा कीजिए," नवरसियावाली ने कहा, "कि किसी साड़ी से मेरे हाथ-पाँव बाँध दीजिए। मैं कह सकती हूँ कि मुझे पता भी नहीं चला और कब तो वे मुझे बाँधकर भगा गये।"

झट साड़ी से हाथ-पाँव बाँधकर पलटू ने पूछा, "अब भागूँ?"

'हाँ' सुनकर पलटू ने ज्यों ही दरवाजे की आरे कदम बढ़ाया कि नवरसियावाली के दिमाग में कुछ कौंधा और वह हड़बड़ाकर बोली, "रुकिए।"

पलटू रुककर बोला, "बोलो।"

नवरसियावाली ने कहा, "हाथ-पाँव बँध गये, मगर जबान का क्या होगा? वह तो नहीं बँधी? बुढ़िया बोलेगी नहीं, 'गे भठियारिन, हाथ-पाँव बँधे थे, तो क्या जबान भी बँधी हुई थी? जबान हिला नहीं सकती थी? चिल्ला नहीं सकती थी, 'भागा, भागा, भागा?' तब उसका क्या जवाब दूँगी मैं अपनी किस गाली के साथ?"

"जबान कैसे बाँधू?" सोच में पड़ गया पलटू।

"एक ब्लाउज मेरे मुँह में ठूँस दीजिए हल्के से, ताकि मैं जब चाहूँ जीभ से उसे हल्के से ठेलकर मुँह के बाहर कर दूँ।"

बैजनाथ के घर आकर जब किवाड़ खुलवाया पलटू ने, तो से देखते ही बैजनाथ बोल पड़ा, "अरे आप! अभी? मैं तो कब का शुद्ध हो गया था, गुरुजी। आपको अब किस बात का डर कि आधी रात को मिलने आये? मैं कितना व्याकुल हो रहा था आपसे मिलने के लिए!"

"मैं कैद में हूँ, बैजनाथ बाबू," पलटू ने जवाब दिया, "अभी कैद से भागकर आया हूँ।"

"कैसी कैद, गुरुजी?"

"मेरा साला आ रहा है मुझे दिल्ली ले जाने के लिए।"

"तो अभी ही निकल भागते हैं हम। पीछे से कभी भी आपके पिताजी आपको ढूँढ़ते हुए यहाँ आ सकते हैं," बैजनाथ बोला, "मैं तुरन्त तैयार हो जाता हूँ।"

"नहीं, अभी तो मुझे लौटना होगा।"

"फिर कैद में?"

"हाँ, अभी मैं नहीं भाग सकता। अगर अभी भाग जाऊँ, तो सुबह होते-होते बाबूजी मेरे बीवी-बच्चे को घर से भगा देंगे। इस बार मैं उनकी बात काटकर भाग नहीं सकता।"

"तो आपने सोच लिया है कि आप रसोइया बनकर ही अपने दिन काटेंगे?"

"ऐसा कैसे सोच सकता हूँ भला!" पलटू बोला, "दिल्ली जाना है, इसलिए जा रहा हूँ। अगर साले ने रसोइया बनने को कहा, तो मेरे पास सौ बहाने रहेंगे दिल्ली से भगा आने के लिए।"

"आप दिल्ली जाएँगे ही?"

"जाना ही होगा।"

"मेरे बारे में क्या सोचा है?"

"जो कुछ सोचा है, आपके बारे में ही सोचा है, और दिल्ली में रहकर भी जो कुछ सोचूँगा, आपके बारे में ही सोचूँगा।"

"मेरा ब्याह कैसे होगा?"

"वह तो होगा," पलटू बोला, "मैं यहाँ नहीं रहूँगा, तब भी होगा। मुझे दुख यही है कि ब्याह होने के समय मैं आपके साथ नहीं होऊँगा।"

"आपके बिना कैसे होगा ब्याह?"

"मैं नहीं रहूँगा, तब भी वही होगा जो मेरे रहते होता," पलटू ने सुनाया, "अब तो आपको कल्याण सेवा समिति के उमाशंकर बाबू की सलाह पर ही चलना होगा। उन्होंने हमें लड़कियों के पते दे ही दिये थे।"

"यह सोच लेने पर कि अब आप मेरे साथ नहीं होंगे, मुझे कोई पता याद नहीं आ रहा, गुरुजी।"

"मुझे याद हैं,"बोलकर पलटू ने सुनाया, "आप अपनी यात्रा पूर्णिया से शुरू करेंगे और नौगछिया में समाप्त कर देंगे। आपको नौगछिया तक जाने की शायद जरूरत ही नहीं पड़े। उमा बाबू ने बताया था कि पूर्णिया से नौगछिया तक ढेर सारे ऐसे गाँव हैं जहाँ गरीब लोग ब्याह के नाम पर बेटियाँ बेच रहे हैं। आप पूर्णिया से नैगछिया की ओर बढ़ते जाइए और एक-एक गाँव को खँगालते जाइए।"

"यह काम मेरे लिए कठिन है," बैजनाथ ने बहुत उदास स्वर में कहा, "कैसे खँगालूँगा गाँव?"

"काम आसान है," पलटू ने सुनाया, "आप किसी पान दुकान में एक की बजाय दो खिल्ली पान खाइए और पानवाले से फुसफुसाकर बतिया लीजिए। आप चाय दुकान पर एक की बजाय चार प्याली चाय पीजिए और चायवाले से फुसफुसाकर बतिया लीजिए। ये लोग आपको लड़कीवाले असामी का पता बता देंगे। उसे सौ-पचास का लोभ दे देंगे, तो वे असामी के घर तक पहुँचा सकते हैं। जो लड़कियाँ खरीदनेवाले दलाल होते हैं, वे तो इन दुकानों पर ही मिल जाएँगे आपको। काम बहुत आसान है,बैजनाथ बाबू।"

"आप तो कठिन काम को भी आसान बना देते हैं, गुरुजी; मैं तो आसान काम को भी छूता हूँ, तो वह पहाड़ हो जाता है।"

"आप काम शुरू तो कीजिए," पलटू बोला, "आधा काम तो काम शुरू होते ही पूरा पूरा हो जाता है। मैं भी तो आ ही रहा हूँ, दिल्ली कोई वहाँ बस जाने के लिए तो नहीं जा रहा हूँ।"

"आप यहाँ से जाकर कब आएँगे, क्या ठीक?" बैजनाथ ने गहरा निश्वास छोड़ा, "मेरी उम्र तो तेजी से भागी जा रही है।"

"उम्र पर नहीं, लड़की पर ध्यान जमाइए, बैजनाथ बाबू," पलटू ने ढाढ़स बँधाया, "मेरा दिल कह रहा है, अब आपके लिए भी दिल्ली दूर नहीं।" बोलकर उठ खड़ा हुआ पलटू, "अब मैं चलूँगा। हो सकता है, घर पर भागे हुए कैदी की तलाश हो रही हो। मैं फिर उस रात आऊँगा जिस दिन मेरा साला आएगा। आप तब तक गाँव में रुके रहिए। कुछ और बताना होगा, तो उस रात ही बताऊँगा।"

देवन का भतीजा बिजेन्दर, जो दिल्ली में किसी फल की दुकान में नौकरी करता था, उन दिनों गाँव में ही था जब धानुकों ने बैजनाथ के सौ-सौ ब्याह कराने के नारे लगाये थे। उसे सुनने को

मिला था कि बैजनाथ चाचा का ब्याह नहीं हो रहा है और उसे इस बात पर हैरत हुई थी। जब वह दूसरी बार दिल्ली से लौटकर आया और यह सुना कि अभी भी बैजनाथ चाचा रँडुआ ही हैं, तो उससे रहा नहीं गया और वह कुठनीवाली चाची के पास पहुँचा, ''चाची, मैं एक बात कहने आया हूँ।''

''कहो।'' चाची ने जवाब दिया।

''पिछली बार जब मैं आया था, तो धानुकों का नारा सुना था कि वे बैजनाथ चाचा के सौ-सौ ब्याह कराएँगे। इस बार आया हूँ, तो देख रहा हूँ कि चाचा का एक भी ब्याह नहीं हो पाया है। मैं अकेला धानुक इनका ब्याह करा सकता हूँ।''

चाची हँसकर बोली, ''करा दोगे?''

''हाँ, चाची।''

''सोच-समझकर बोलो; बड़े-बड़े पानी भर रहे हैं।''

''में सोचकर बोल रहा हूँ।''

''कैसे कर दोगे ब्याह?'' चाची ने पूछा।

बिजेन्दर ने बताया, ''मैं जहाँ रह रहा हूँ वहाँ के दो लड़के, जो इसी इलाके के हैं और वहाँ फैक्ट्री में काम करते थे, दो लड़कियों को भगाकर ले आये हैं। और भी कई लड़कियों के बारे में मैंने सुना है जो भगाकर इस इलाके में लायी गयी हैं। अगर बैजनाथ चाचा की शादी बिल्कुल नहीं हो रही है, तो मैं कोशिश कर सकता हूँ कि इनके लिए भी एक लड़की भगाकर यहाँ ले आयी जाये। मेरे ऐसे कई परिचित हैं जो मेरे लिए यह काम कर सकते हैं। जहाँ मैं रह रहा हूँ वहाँ बेटीवाले बहुत गरीब बाप रह रहे हैं। भगानेवाले को हजार पाँच सौ दे देने से काम बन जाएगा।''

''ये कैसी लड़कियाँ हैं जो भागती हैं?''

''गरीब बापों की बेटियाँ हैं; खाते-पीते घरों में ब्याह हो जाने के लोभ में फँस जाती हैं।''

''कोई लफड़ा नहीं होता?''

''क्या लफड़ा होगा!'' बिजेन्दर बोला, ''हाँ, यह मैंने देखा है कि जो लड़के लड़कियों को लेकर भागे हैं, वे फिर वापस नही लौटे हैं। लफड़ा तब हुआ है जब कोई लड़का किसी कोठी में घरेलू नौकर बनकर रहा है और पैसा-जेवर लूटने के इरादे से कभी मालिक और कभी उनके बच्चों को मारकर भागा है। लड़की के बाप को मारकर तो लड़की भगानी नहीं है और न बैजनाथ चाचा को लड़की के साथ या अकेले भी कभी दिल्ली जाना है।''

''बैजनाथ भैया को तो अभी दिल्ली जाना होगा?''

''ऐसे तो उनका जाना जरूरी नहीं है। लड़की उन्हें सहसौल बस अड्डा पर सौंपी जा सकती है। मगर अच्छा यह होगा कि वे अपनी आँखों से लड़की को दिल्ली में ही देख लें,'' बिजेन्दर बोला, ''ऐसा नहीं हो कि लड़की यहाँ आ जाये और उसे देखकर बैजनाथ चाचा कह बैठें कि यह लड़की उन्हें पसन्द नहीं है। तब तो लड़की बलाय हो जाएगी।''

''हाँ-हाँ, वे लड़की पहले ही देख लें,'' कुठनीवाली बोली, ''जंगल-पहाड़ जाते रहते हैं, तो दिल्ली जाने में क्या है! ऐसा थोड़े होता होगा कि लड़की कहीं मिलती ही न होगी! लड़की

पसन्द नहीं आती होगी। साथ में एक बभना भी जाता है न; वर-कन्या का गुण मिलान करने लगता होगा।''

''मैं और दो-तीन दिन यहाँ रहकर दिल्ली चला जाऊँगा,'' बिजेन्दर बोला, ''तुम देवन चाचा से कहो कि वे बैजनाथ चाचा से बात करें और उन्हें मेरे साथ कर दें। बैजनाथ चाचा को जब तक रुकना होगा, वे मेरे डेरे पर रुकेंगे। उन्हें किसी तरह का कष्ट नहीं होने दूँगा मैं।''

''तुम खुद बैजनाथ चाचा से बात क्यों नहीं करते?''

''मुझे लाज लगती है, चाची।''

''ठीक है, मैं तुम्हारे चाचा को भेजती हूँ बैजनाथ भैया के पास।''

देवन बैजनाथ के पास गया था और उसे सारी बातें बतायी थीं, मगर बैजनाथ उस समय दिल्ली जाने के लिए तैयार नहीं हुआ था। वह अभी पलटू की नाव में सवार था और उस नाव को छोड़कर किसी ऐसी नाव में नहीं बैठना चाहता था जिसमें न जाने कितने छेद हों, जो न जाने कितने पानी में डूब जाये और जिसके डूबने पर ठीक नहीं कि कोई पलटू जैसा बचानेवाला मिल ही जाये! असली बात भरोसा की थी। बिजेन्दर जैसा भतीजा बैजनाथ जैसे चाचा का ब्याह करा देगा, इस बात का रत्ती भर भरोसा नहीं हुआ था उसे।

एक साथ ही ज्योतिषाचार्य के साथ-साथ मन्त्राचार्य, तन्त्राचार्य और रत्नाचार्य की उपाधियों से विभूषित हो गये पलटू ने दूर दिल्ली में अपने चाँद को इस तेजी से चढ़ते देखा कि उसे अब दिल्ली के सिवा कुछ और नहीं सूझ रहा था और वह बेसब्री से अपने साले सहदेव के आने का इन्तजार करने लगा। होली के एक दिन पहले उसे अपना शिष्य बैजनाथ मंडल भी सूझा और उसने मुनासिब माना उसे यह कह आना कि अब वह सदा के लिए विदा और उससे जुदा हो रहा है।

बैजनाथ मंडल भी गुरुजी के मुँह से यह सुनने के लिए कमर कसकर तैयार बैठा था।

ज्यों ही पलटू ने अपने चलने की बात कही, बैजनाथ ने कहा, ''आपके साथ मैं भी चलूँगा।''

''आप भी?''

''हाँ, गुरुजी।''

''आप क्या करेंगे वहाँ जाकर?''

''वहीं शादी करूँगा।''

''वहाँ की किसी लड़की का पता चला है क्या?''

''वहाँ जाने पर लड़की का पता चलेगा।''

''किसके पास है पता?''

''आपके साले सहदेव बाबू के पास।''

''यह कैसे जान रहे हैं आप?''

''मेरी बात हो चुकी है सहदेव बाबू के साथ।''

''कब?'' पलटू ने अचरज से पूछा, ''कहाँ?''

''जब आपके साथ नवरसिया जाना हुआ था मेरा और सहदेव बाबू के साथ मिलना भी।''

''मुझे कुछ याद नहीं आ रहा।''

''हाय राम, याद नहीं आ रहा!'' बैजनाथ बोला, ''जब आपको याद नहीं आ रहा, तब तो सहदेव बाबू भी भूल गये होंगे!''

''कौन-सी बात?''

''यह तो याद है आपको कि मैं आपके साथ नवरसिया गया था?''

''हाँ, यह याद है।''

''सहदेव बाबू के साथ आपकी ढेर सारी बातें हुई थीं?''

''हाँ, बातें हुई थीं।''

''उस बातचीत में ही उन्होंने मेरे ब्याह की चर्चा की थी।''

''क्या कहा था?''

''कहा था कि वे सात-सात शनिदेवों के प्रकोप को दूर कर मेरे घर सात-सात औरतों को बिठा सकते हैं।''

''कहा होगा।''

''हाँ, कहा था; मुझे अच्छी तरह याद है।''

''अब उन्हें याद हो, तब तो।''

''मैं याद करा दूँगा उन्हें।''

''मुझे तो आपके साथ रहने से खुशी ही होगी, मगर याद कराने पर भी सहदेव झा खुशी-खुशी आपको अपने साथ ले जाने के लिए तैयार हो जाएँ, तब तो।''

''मैं उन्हें तैयार कर लूँगा।''

''ठीक है, वे आप जाते हैं, तो उन्हें लेकर आता हूँ मैं आपके पास।''

''एक झूठ बोलना पड़ेगा आपको उनसे।''

''कैसा झूठ?''

''आप इतना भर कह देंगे कि अगर वे मुझे दिल्ली नहीं ले जाते हैं, तो आप भी नहीं जाएँगे दिल्ली।''

''बोलने को मैं बोलूँगा, अन्तिम घड़ी तक बोलूँगा, मगर झूठ झूठ ही रहेगा; जाने की घड़ी में मैं उनके साथ हो जाऊँगा।''

''ठीक है, मैं ही अपने इस सच पर अडिग रहूँगा कि पाताल तक पलटू गुरुजी के साथ जाऊँगा।''

पलटू ने अपने साले को बैजनाथ मंडल की प्रार्थना सुनायी और उसके सामने उन बोलों का भी पाठ किया जो कभी नवरसिया में बैजनाथ मंडल के विवाह के सम्बन्ध में उसके मुँह से निकले थे, मगर बैजनाथ मंडल को अपने साथ ले जाना सहदेव झा को रास नहीं आया। पलटू की जिद पर यह सोचकर वह बैजनाथ मंडल से मिलने गया कि कुछ बहाने बनाकर मंडल को जाने से मना कर देगा।

कुछ याद करने की बजाय सब कुछ भूल जाने का नाटक किया सहदेव झा ने और बैजनाथ मंडल के पास पहुँचते ही उससे पूछा, ''मैंने कुछ कहा था, मंडलजी?''

''हाँ, सहदेव बाबू,'' बैजनाथ ने जवाब दिया, ''आपने कहा था, कि अगर मेरे ऊपर सात-सात शनिदेवों का भी प्रकोप हो तो आप उसे दूर कर देंगे और मेरे घर में सात-सात औरतों को लाकर बिठा देंगे।''

''ऐसा मैंने आपसे कहा था?''

''कहा तो था आपने पलटू बाबू से,'' बैजनाथ ने कहा, ''मगर मैंने अपने कान से सुन लिया था।''

''हो सकता है, कहा होऊँ,'' सहदेव बोला, ''मगर तब की बात और थी।''

''तब सात की बात थी,'' बैजनाथ ने सुनाया, ''सात की मुझे क्या जरूरत? मैं सिर्फ एक माँगता हूँ। एक का जुगाड़ कर दीजिएगा। तब सात, तो अब क्या एक भी नहीं?''

''ठीक है, मैं जुगाड़ करूँगा,'' सहदेव झा ने कहा, ''मगर उसके लिए कुछ रुकना पड़ेगा। अभी जाते-जाते तो कोई लड़की नहीं मिल जाएगी आपको। पता करना पड़ेगा। मैं वहाँ जाकर चिट्ठी लिखूँगा आपको आने के लिए। आप मेरी चिट्ठी पर आइए। एक महीना के अन्दर आपका काम कर डालूँगा।''

''मैं एक महीना वहीं रह लूँगा।''

''मैंने एक महीना कहा, मगर बात पक्की होते-होते छह महीने भी लग सकते हैं।''

''मैं छह महीने भी रह लूँगा।''

''कहाँ रह लेंगे आप?'' सहदेव झा ने कुछ रुष्ट स्वर में कहा, ''मैं तो एक छोटे-से कमरे में रह रहा हूँ। किसी तरह ओझाजी उसमें समाएँगे। आपको क्या सड़क पर भेज दूँगा सोने-बैठने के लिए?''

''आप पर सिर्फ एक अदद लड़की उपराने का बोझ रहेगा, सहदेव बाबू, और कोई बोझ नहीं,'' बैजनाथ बोला, ''मेरे सोने-बैठने की चिन्ता आप ही करें; मैंने उसका प्रबन्ध कर लिया है।''

''क्या प्रबन्ध किया है?''

''मेरा एक भतीजा बिजेन्दर रह रहा है दिल्ली में,'' बैजनाथ ने जवाब दिया, ''मैंने उसका पता ले लिया है। मैं उसके साथ ही रहूँगा।''

''किसी एक का पता लेकर दिल्ली जा रहे हैं; अगर वह नहीं मिला तो?''

''और भी कइयों के पते इकट्ठे कर लिये हैं मैंने। फुलकाहा के बहुत लोग काम कर रहे हैं दिल्ली में। कोई न कोई तो मिल ही जाएगा।''

''दिल्ली में घर में बाँधकर नहीं रह रहे होंगे आपके फुलकाहावाले। ये लोग शहर में अपनी जगह बदलते रहते हैं।''

''अगर कोई एक भी नहीं मिला,'' बैजनाथ ने सुना दिया, ''तो मैं बेघर भिखमंगे की तरह छह महीने काट लूँगा। ये भिखमंगे तो अपनी पूरी जिन्दगी काट लेते होंगे वहाँ।''

''तो आप जाएँगे ही?''

"हाँ, सहदेव बाबू, मुझे साथ लिये चलिए।"

"ठीक है," सहदेव झा ने बैजनाथ मंडल की विनती मान ली, "हम लोग कल सुबह ग्यारह बजेवाली बस से जाएँगे। आप बस अड्डा पर आ जाइएगा।"

सहदेव झा के लिए जरूरी हो गया बैजनाथ मंडल को धोखा देकर फुलकाहा से निकल जाना। रामभद्र झा ने धानुक को साथ ले जाने से बिल्कुल मना कर दिया था। सहदेव झा ने बैजनाथ मंडल को सटाये रखने से होनेवाली दिक्कतों और ज्योतिष व्यवसाय में आनेवाले व्यवधानों का जिक्र कर पलटू झा को धानुक मित्र को धोखा देने के लिए तैयार कर लिया।

रामभद्र झा ने जब सुना कि बैजनाथ मंडल भी पलटू के साथ लग रहा है, तो वह पलटू पर बरस पड़ा, "तुम साफ-साफ बताओ, इस धानुक से तुम्हें इतना मोह क्यों है?"

"मुझे सिर्फ एक मन्दिर का मोह है,बाबू," पलटू ने जवाब दिया, "और कोई मोह नहीं।"

"दिल्ली में लग गये, तो हर महीने एक मन्दिर बनवाओगे," बोलकर रामभद्र झा ने सहदेव झा की ओर मुँह किया, "क्यों, सहदेव बाबू?"

"हाँ, हर महीने।" सहदेव झा सहमत हुआ।

"अब आप लोगों को यह करना है," रामभद्र झा ने उन दोनों से कहा, "कि अभी से घर में बन्द रहना है और मुँह-अँधेरे यहाँ से निकल जाना है। सात बजेवाली बस के आने का इन्तजार नहीं करना है; ताँगा से निकल जाइएगा।"

मुँह-अँधेरे घर तो छोड़ दिया उन्होंने, मगर जाने के लिए कोई ताँगा नहीं मिला। उन्हें सात बजेवाली बस ही पकड़नी पड़ी।

सहसौल में बस से उतरकर अभी ये दोनों अपने अंगों को तान ही रहे थे कि पीछे से आवाज आयी, "प्रणाम, सहदेव बाबू।"

दोनों ने एक साथ पीछे उलटकर देखा, तो देखा कि सामने मुस्कराता हुआ बैजनाथ मंडल खड़ा है। एक साथ दोनों के मुँह से निकला, "आप!"

"हाँ, आ गया।"

"कब आये?" सहदेव झा ने पूछा।

"इसी बस से उतरा हूँ।" बैजनाथ बोला।

"हम लोगों ने रात में तय किया कि ग्यारह बजेवाली बस पकड़ने से अच्छा है सात बजेवाली बस से निकलना," पलटू बोलने लगा, "बाबूजी को कह दिया था भोर होते ही आपको खबर कर आने।"

"खबर करने आये होंगे वे," बैजनाथ ने कहा, "मैं घर पर नहीं था।"

"तब कहाँ थे?"

"मुझे रात में नींद आ ही नहीं रही थी," बैजनाथ ने सुनाया, "आधी रात तक करवट बदलता रह गया था। मैंने सोचा कि अब अगर भोर को गहरी नींद आ जाये और ग्यारह बजे तक

मेरी आँख ही नहीं खुले, तब तो अनर्थ हो जाएगा। तब मैंने सोचा कि अब घर में सोने से अच्छा है बस पड़ाव में जाकर सोना। वहाँ नींद आ भी जाये, तो बस की गड़गड़ाहट और सवारियों के हल्ला-गुल्ला से आँख खुलेगी ही। उससे भी आँख नहीं खुली, तो जब जागो साह अपनी चाय दुकान खोलने आएगा, तो मुझे जगाएगा ही। मैं आधी रात को ही घर से आकर जागो साह अपनी चाय दुकान खोलने आएगा, तो मुझे जगाएगा ही। मैं आधी रात को ही घर से आकर जागो साह की खाली चौकी पर पसर गया।"

"अपने झोला-बिस्तर के साथ?"

"हाँ," बैजनाथ ने मुस्कराकर कहा।

(5)

नयी दिल्ली रेलवे स्टेशन पर उतरकर वे तीनों एक खाली बेंच पर बैठ गये। सहदेव झा ने बैजनाथ से पूछा, "अब बताइए कि आप कहाँ टिकेंगे? किसका पता लेकर आये हैं?"

बैजनाथ ने जेब से कागज का एक पन्ना निकाला और उसे पढ़कर बताने लगा, "नवीन शाहदरा में एक जगह है बिहारी कॉलोनी; वहाँ किशुन मंडल का बेटा बिजेन्दर रहता है।"

"वह क्या काम करता है?"

"वह किसी फल की दुकान में नौकरी करता है।"

"और किस जगह का पता है?"

"एक जगह है लाडोसराय जहाँ दो आदमी एक साथ रहते हैं, एक है बीरो चौधरी का बेटा कैलाश और दूसरा है पगलू चौधरी का बेटा दशरथ।"

"ये लोग क्या करते हैं?"

"ये लोग कपड़ा बेचते हैं।"

"और कोई जगह?"

"एक कोई जगह है सीलमपुर। वहाँ भी दो आदमी रहते हैं, मोहन मेहता का बेटा कलानन्द और सनीचर मेहता का बेटा लखन।"

"ये लोग क्या करते हैं?"

"ये लोग सब्जी बेचते हैं।"

"अब मैं पूछना..."

"एक और जगह है।"

"बोलिए।"

"कोई जगह है शालीमार गार्डेन जहाँ तारिनी मंडल का बेटा पवन रहता है। इसके बारे में ठीक से पता नहीं कि क्या करता है। इतना भर बताया उसके घरवालों ने कि दिल्ली में वह पानी बेचता है।"

"अब यह बताइए कि इन सबमें आपका सबसे अपना आदमी कौन है?"

"सबसे अपना आदमी तो," बैजनाथ ने बताया, "बिजेन्दर ही है, किशुन भैया का बेटा,

देवन का भतीजा।''

''आप टिकना किसके साथ चाहेंगे?''

''बिजेन्दर के साथ ही।''

सहदेव झा के मन में आया कि अगर वह बिजेन्दर के साथ सिर्फ चार किलोमीटर की दूरी पर टिकता है, तब तो रोज ही सुबह-शाम उसके मन्दिर आ जाया करेगा; इसे इतनी दूर रखा जाये कि कभी-कभार ही यह उसके मन्दिर का रुख करे। उसने बैजनाथ मंडल को सलाह दी, ''नहीं, मैं बिजेन्दर के पास रुकने की सलाह नहीं दूँगा। वह दुकान में नौकरी करता है; दुकानदारी करेगा कि आपको सँभालेगा? उसके पास तो अपने लिए भी रात में ठीक से सोने की जगह नहीं होगी। यह उसके मालिक की मरजी पर है कि वह अपने नौकर के साथ आपको उठने-बैठने या बोलने-बतियाने की भी इजाजत देता है या नहीं। कोई दो-चार दिन काटने की बात नहीं है; महीनों रहना पड़ सकता है। ऐसा न हो कि आपके चलते उस बेचारे की नौकरी चली जाये।''

''कहाँ जाना ठीक होगा?'' बैजनाथ ने भारी मन से पूछा।

''आप लाडोसराय ही जाइए,'' सहदेव ने सुझाया, ''वे लोग कपड़ा का काम करते हैं, तो घर-मकान लेकर रहते होंगे। वहाँ आपको किसी बात की दिक्कत नहीं होगी। मैं आपको वहीं खबर पहुँचाता रहूँगा।''

''ठीक है, चला जाऊँगा।''

''तो चलिए, बस पकड़ा दूँ मैं।''

''अभी ही?''

''हाँ, यहाँ से बस मिलेगी; आप बस पकड़ लीजिए।''

''नहीं-नहीं,'' बैजनाथ ने इन्कार कर दिया, ''आपकी जगह तो देख लूँ मैं। कब क्या जरूरत पड़ जाये! यहाँ तो असली सहारा आपका ही है।''

''सहारा तो भगवान का होता है,'' सहदेव झा बुदबुदाया और फिर बैजनाथ से बोला, ''ठीक है, चलिए, मेरी जगह देखकर ही विदा होइए।''

तीनों ने साहिबाबाद के लिए लोकन ट्रेन पकड़ी और सहदेव झा के ठिकाने पर आ गये।

अपना ठिकाना दिखा देने के बाद सहदेव झा ने बैजनाथ मंडल को शीघ्र वहाँ से टरका देना चाहा, मगर उसकी हर दुतकार-धिक्कार-फटकार को बरदाश्त करते हुए बैजनाथ मंडल ने मन्दिर के शौचालय में ही मल-विसर्जन किया, मुख-धावन किया, देह-मज्जन किया और अपने चूड़ा-चीनी का भरपेट भोजन किया। इतना कुछ हो जाने के बाद जब सहदेव झा ने फूटी आँख से देखते हुए फूटे मुँह से बोला, ''अब और कुछ?'' तब बैजनाथ ने दिन के भोजन तक के लिए रुकना मुनासिब नहीं मानकर जवाब दिया, ''अब कुछ नहीं। चलिए, मुझे रास्ता पकड़ा दीजिए।''

निकलने के पहले बैजनाथ ने अपना पता वाला कागज पलटू झा की ओर बढ़ाते हुए कहा, ''इसे आप अपने पास रख लीजिए, गुरुजी।''

''पता आपके पास रहना चाहिए कि आपके गुरुजी के पास?'' सहदेव झा ने टोक दिया, ''इसे आप अपने पास ही रखिए।''

''मेरे पास एक और पन्ना है मेरी टेंट में।'' बैजनाथ ने जवाब दिया।

''टेंट में कुछ रखते हैं, तो टेंट पर ध्यान रखिए,'' सहदेव झा ने बताया, ''यहाँ डेग-डेग पर जेबकतरे रहते हैं; टेंट में रखा माल भी निकाल लेंगे।''

''एक पन्ना मेरे गट्ठर में भी है।'' मुस्कराकर बोला बैजनाथ, ''दिल्ली के लिए निकलने से पहले दिल्ली को अच्छी तरह जान लिया था।''

''गट्ठर भी गायब हो सकता है।'' सहदेव झा बोला।

''उसका भी उपाय कर लिया है मैंने।''

''क्या उपाय?''

''सारे पते मुझे कंठस्थ हैं, कहिए, तो बिना पन्ना देखे सुना दूँ?''

''नहीं, सुनना है,'' सहदेव बोला, ''उठिए, चलिए।''

जब बैजनाथ ने उठकर अपना कदम बढ़ाया, तो सहदेव झा ने टोका, ''अपना गट्ठर तो उठाइए।''

''अभी गट्ठर लेकर नहीं जाऊँगा, सहदेव बाबू।''

''तो फिर लाडोसराय से आइएगा गट्ठर ले जाने?''

''अभी मैं बिजेन्दर के पास जाऊँगा।''

''जहाँ जाना हो जाइए, मगर गट्ठर लेकर जाइए।''

''बिजेन्दर का घर ढूँढ़ना होगा बिहारी कॉलोनी में। वहाँ से उसकी दुकान पर जाना होगा। बोझ लेकर ढूँढ़ने में दिक्कत होगी। मैं बिजेन्दर को लेकर आता हूँ, उसके साथ ही गट्ठर लेकर जाऊँगा।''

सहदेव झा खिसिया उठा, ''जो जी में आये, कीजिए। मगर याद रखिए कि वह गट्ठर अब मन्दिर में नहीं खुलेगा। मन्दिर में जगह नहीं है; रात में सोने के लिए मैं गट्ठर खोलने नहीं दूँगा।''

''मैं आपको कोई कष्ट होने नहीं दूँगा, सहदेव बाबू,'' बैजनाथ बोला, ''आपकी शरण में क्या आपको कष्ट देने के लिए आया हूँ?''

बैजनाथ को विदा कर सहदेव झा भानस-भात के जुगाड़ में लगा। आनेवाले दिन ऐसे नहीं हों जब 'साहब बहनोई' की खिदमत में 'गुलाम साला' हर घड़ी एक टाँग पर खड़ा रहे, यह सोचकर उसने पहले ही दिन में बहनोई को काम में जोत देने के इरादे से कहा, ''यहाँ कोई भनसिया तो है नहीं; मैं अपना भानस खुद बनाता था। अब एक से दो हुए, तो अच्छा हुआ। आप भात बना लीजिए, मैं बाद में दाल और सब्जी बना लूँगा। तब तक मैं घर की साफ-सफाई कर लेता हूँ।''

रसोई घर की जानकारी ले लेने के बाद पलटू ने पूछा, ''कितना चावल डालूँ?''

''मेरे लिए एक मुट्ठी,'' सहदेव बोला, ''अपने लिए आप जानिए।''

सहदेव झा को गुस्सा तब भी आया था जब उसने भात भरी बटलोई देखी, इस बात पर गुस्सा कि इस आदमी को अभी तक अपने पेट का अन्दाजा भी नहीं है; मगर जिस गुस्से में आग तलवों से लगती है और सिर में जाकर बुझती है, वह गुस्सा तब आया जब अपना हिस्सा खा लेने के बाद उसने देखा कि बटलोई में बचा पूरा भात ओझाजी भकोस गये। गुस्सा पचाते हुए उसने पलटू झा से पूछा, ''आपके यहाँ कोई एक नामी भोजन-भट्ट हैं जो आपकी बरात में नवरसिया

भी आये थे?"

"हाँ-हाँ, जगदेव झा नाम था उनका," पलटू ने बताया, "अब वे नहीं रहे।"

"किस तरह मरे थे?" सहदेव झा ने पूछा, "कहीं भोज खाने से मौत हुई थी क्या?"

"भोज तो वे खाते ही रहते थे," पलटू बोला, "पहले तो कभी वे भोज खाने से नहीं मरे थे।"

"सुना था कि भोज खाने के बाद वे उठ नहीं पाते थे, दो-चार आदमी उन्हें सहारा देकर उठाते थे?"

"सच सुना था।"

"यह भी सुना था कि घर में वे भोज की तरह नहीं खाते थे, खाना सूँघकर उठने की तरह खाते थे?"

"यह भी सच सुना है।"

"एक सलाह मैं आपको दूँगा।"

"क्या?"

"दिल्ली लोग कमाने आते हैं, खाने नहीं। यह सीखना हो तो आप अपने इलाके से दिल्ली कमाने आये कामगारों से सीखिए। वे अपनी पूरी कमाई यहाँ से लेकर घर चले जाते हैं।"

"वह मैं जानता हूँ।"

"जिस घर में अभी आपने खाना खाया, वह अपना घर है, नवरसिया का घर या फुलकाहा का घर। यह घर भोज-घर नहीं है।"

"हाँ, भोज-घर नहीं है, अपना घर है।"

"यह मानकर चलना होगा कि यहाँ कहीं भोज-घर है ही नहीं," सहदेव झा ने कहा, "यहाँ अगर कोई पुरोहित भी किसी घर में भोज-घर की तरह खाता है, तो यजमान तुरन्त अपना पुरोहित बदल डालता है। आपको भोज-घर का जगदेव झा बनने की बजाय अपने घर का जगदेव झा बनकर रहना होगा।"

"वह तो मैं बन गया।"

मौका-महल देखकर सहदेव झा बोला, "एक और बात आपके ध्यान में डाल ही दूँ।"

"हाँ, जरूर, जरूर," पलटू बोला, "हर जरूरी बात।"

"यहाँ कोई अपने किसी सगे-सम्बन्धी को बुलाता है, तो तब तक ही अपने साथ रखता है जब तक उसे काम नहीं मिल जाता," सहदेव झा ने सुनाया, "कमाई शुरू होते ही उसे इशारा कर दिया जाता है अपना अलग प्रबन्ध कर लेने के लिए। जो इशारा नहीं समझता, उससे मुँह खोलकर कहा जाता है। जो कहने पर भी जोंक की तरह चिपकता है, से धकिया-मुकियाकर भी बाहर का रास्ता दिखाते देखा है मैंने।"

"धकिया-मुकियाकर?"

"हाँ, दिल्ली में यही होता है।"

"बिजेन्दर कब तक रखेगा बैजनाथ मंडल को अपने साथ?"

"दिल्ली में कोई दूसरों के बारे में नहीं, अपने बारे में सोचता है।"

"और क्या-क्या सोचना है मुझे अभी अपने बारे में?" पलटू ने पूछा।

"यह अच्छी बात है कि अभी से आपको चिन्ता सताने लगी," सहदेव झा ने कहना शुरू किया, "सबसे पहले आपको किसी अच्छी जगह में एक अच्छा-सा कमरा किराये पर ले लेना है। हजार रुपये महीने से कम किराया नहीं लगेगा एक कमरे का।"

"हजार रुपये महीना?"

"हाँ, सिर्फ कमरे का किराया; एक महीने का किराया अग्रिम दे देना होगा," सहदेव आगे बढ़ा, "उसके बाद टेलीफोन लगाना है। उसके लिए भी तुरन्त दो हजार चाहिए, और फिर उस पर हर महीने हजार-पाँच सौ का खर्च।"

"बहुत पैसे लगेंगे?"

"हाँ, लगेंगे। यह युग विज्ञापन और दिखावा का है। आपको स्थापित होने में ही काफी खर्च करना पड़ जाएगा। अच्छी कमाई के लिए अच्छी पूँजी फँसानी पड़ेगी। फिर तो उस पूँजी से आप माल दुहते रहिए जीवन भर। अभी तुरन्त तो आपको नये कपड़े भी बनवाने होंगे। जो कपड़े आप अभी पहन रहे हैं, उनमें तो कोई आपका तान्त्रिक-मान्त्रिक-यान्त्रिक नहीं मानेगा। अन्दर से आप कितने भी बड़े आश्चर्य हों, लोग आपका बाहर देखेंगे आपका अन्दर देखने के लिए।"

"आपको जो ठीक जँचे, वह कीजिए।"

"आज हम लोग आराम कर लें," सहदेव झा बोला, "कल खा-पीकर आपके काम पर निकलेंगे। साथ में तीन-चार हजार रुपये रख लीजिएगा।"

"तीन-चार हजार?" पलटू ने चौंकती आवाज में कहा, "रुपये?"

"हाँ, उससे कम क्या!"

"मैं पैसे लेकर तो नहीं आया हूँ।"

"तब क्या सोचकर आ गये आप?"

"आपने यह कहाँ कहा था कि थैली भरकर दिल्ली आऊँ?"

"अब और किस तरह कहा जाता?" सहदेव बोला, "कहा तो था कि किराये पर कमरा लेना होगा, कमरे में टेलीफोन लगाना होगा। थैली लेकर नहीं आये हैं, तो बटुआ में कितना लेकर आये हैं?"

"मैं बटुआ लेकर भी नहीं आया हूँ," पलटू बोला, "कमरा लेने और टेलीफोन लगाने से मैं नहीं मुकर रहा, मगर अभी मेरे पास पैसे नहीं हैं। आप पैसा लगाइए, मैं कमाकर लौटा दूँगा।"

"मेरे पास पैसे रहे होते, तो क्या मैं अभी तक इस मन्दिर में घंटी बजाने के लिए रुका रहता? मैं क्या अब तक खुद ज्योतिषाचार्य से लेकर तन्त्राचार्य-मन्त्राचार्य तक नहीं बन गया होता? आपके पास पैसे नहीं हैं, यह कोई मानेगा? शंकरपुर दुर्गाथान से आप छूँछे हाथ तो नहीं निकले होंगे। यह बात मन में क्यों नहीं लाते कि आपका भविष्य बनने जा रहा है?"

"अभी मेरे हाथ छूँछे हैं।"

"हाथ डुलाते चले आये यहाँ!" सहदेव झा बुदबुदाया और फिर पलटू से बोला, "अब बताइए आप कि क्या उपाय हो?"

"आप मुझे लेकर आ गये, तो अब उपाय भी आपको ही करना होगा।"

"उपाय तो अभी बस यही है कि मैं आपके पिताजी को एक पत्र लिखूँ और आपके लिए किसी सेठ के घर रसोइया की जगह तलाशूँ।"

"मैं रसोइया बनने के लिए दिल्ली नहीं आया हूँ; वापस लौट जाऊँगा।"

"वापस लौटने के लिए टिकट के भी पैसे तो नहीं होंगे आपके पास?"

"बिना टिकट के चला जाऊँगा।"

कुछ सोचकर सहदेव झा बोला, "ठीक है,आप ज्योतिषाचार्य बनकर ही दिल्ली में रहिए। मैं ही कुछ उपाय सोचता हूँ।"

आपस की बातचीत बन्द कर दोनों अलग-अलग बिस्तर पर गाल फुलाये आराम करने लगे। दोपहर ढलते ही सहदेव झा उठ बैठा और पलटू झा से कहा, "मैं अब आपके काम से बाहर निकल रहा हूँ। मुझे लौटने में देर होगी, रात हो सकती है। आप रोटी-सब्जी बना लीजिएगा।"

"मैं कितनी रोटियाँ खाऊँगा?" बहनोई ने रोबदार आवाज में पूछा।

"पेटभर," साला झुक गया, "हाँ, पेट के ऊपर नहीं, तबीयत बिगड़ जाती है।"

सहदेव झा के वापस आने के पहले ही बैजनाथ बिजेन्दर को साथ लिये आ गया था। बिजेन्दर ने पलटू झा से पूछा था, "यहाँ कोई दिक्कत तो नहीं है, पंडितजी?"

"साला के घर में कैसी दिक्कत?" पलटू झा ने हँसकर जवाब दिया था, मगर जब बैजनाथ अपना गट्ठर उठाकर जाने लगा, तो पलटू ने फुसफुसाकर उसके कान में कहा, "मेरे लिए भी जगह बनाये रखिएगा; मैं कभी भी यहाँ से आपके पास जा सकता हूँ।"

"अभी ही चलिए।" बैजनाथ बोला।

"नहीं, अभी नहीं, समय आने पर," पलटू ने जवाब दिया, "अभी ही यहाँ से जाने का समय नहीं आया है।"

सहदेव झा ने बहुत देर नहीं की। खाना बनकर तैयार हुआ ही था कि वह आ गया। आते ही उसने पलटू को सुनाया, "बहुत दौड़धूप करनी पड़ी।"

पलटू को लगा कि यह मरदूद कई सेठों के यहाँ से होकर आया है। जब रुख कड़ा है इसका, तो व्यवहार भी कड़ा हो सकता है। किसी सेठ को कहकर नहीं आया हो कि चार मुस्टंडों को भेजिए ब्राह्मण रसोइया उठा ले आने के लिए। उसने डरते-डरते पूछा, "कहाँ-कहाँ गये थे?"

कन्धे से झोला उतारकर उसमें से एक टाट का टुकड़ा निकला सहदेव झा ने और पलटू से कहा, "मैं वह जगह देखकर आ गया हूँ जहाँ आपको आसन जमाकर अपना धन्धा जमाना है। इससे कोई बेहतर जगह नहीं हो सकती जहाँ इस इलाके का सबसे बड़ा अस्पताल भी है और सबसे बड़ा मन्दिर भी; आप जहाँ आसन लगाएँगे, ठीक उसके सामने। आपको वहीं अपना टाट बिछाकर बैठ जाना है।"

झोला से एक पट्ट निकालकर पलटू को दिखाते हुए उसने कहा, "देख लीजिए, इस पर लिखवा दिया है 'पलटू झा, ज्योतिषाचार्य'। पट्ट के साथ लिखाई के पचास रुपये नकद ले लिया कलाकार ने। तन्त्राचार्य, मन्त्राचार्य और रत्नाचार्य लिखवाने के सवा सौ रुपये माँग रहा था। पैसे

के कारण अभी सिर्फ ज्योतिषाचार्य बन पाये आप। दुखी नहीं होना है; पैसा आते ही बड़ा पलटू लिखवाया जाएगा।''

झोला के अन्दर से एक थैली निकालते हुए उसने कहा, ''इस थैली में एक किलो रुद्राक्ष हैं, एक से लेकर बारहमुखी तक। हर एक के अलग-अलग गुण हैं और अलग-अलग कीमत।''

''रुद्राक्ष भी बेचना है?''

''पट्ट पर आप सिर्फ ज्योतिषाचार्य हैं तो क्या! आपको करना है सब कुछ,'' सहदेव झा बोला, ''आप तान्त्रिक भी बनकर रहिए और मान्त्रिक भी। सिर्फ भविष्य बताना ही नहीं है, भविष्य के संकटों को भी तन्त्र-मन्त्र से दूर करना है। हर किसी को रत्न पहनने की सलाह दीजिए। जो रत्न माँगे उससे पैसे जमा करवाइए और रत्न के लिए उसे अगले दिन बुलाइए। रुद्राक्ष का अच्छा बाजार है; दिनोंदिन इसकी बिक्री बढ़ती ही जा रही है। रुद्राक्ष से जुड़ी ऐसी कई संस्थाएँ हैं जो प्रदर्शनी के माध्यम से इसका प्रचार कर रही हैं।''

''रुद्राक्ष के बारे में मेरी जानकारी बहुत कम है, सहदेव बाबू।''

''रुद्राक्ष बेचने के लिए जितनी जानकारी आपको चाहिए, वह अभी ही मैं दे देता हूँ,'' बोलकर सहदेव झा ने जानकारी देनी शुरू की, ''मैं दोमुखी से लेकर तेरहमुखी रुद्राक्ष तक आपके लिए ले आया हूँ। दोमुखी से लेकर सातमुखी तक आसानी से मिलते हैं। इनमें भी सौ में पंचानबे रुद्राक्ष पाँचमुखी होते हैं और पाँचमुखी की कीमत सबसे कम होती है, पचास रुपये से अधिक नहीं। सातमुखी रुद्राक्ष की कीमत चार सौ रुपये। हाँ, दोमुखी से लेकर छहमुखी तक आप छह सौ में बेचेंगे। आठमुखी की कीमत पन्द्रह सौ, नौमुखी की इक्कीस सौ, मगर दसमुखी की उससे कम, अठारह सौ। ग्यारहमुखी सत्ताइस सौ, बारहमुखी पैंतालीस सौ और तेरहमुखी पाँच हजार।''

''पाँच हजार!'' पलटू की आँखें अचरज से फैल गयीं।

''और सुन लीजिए,'' बोलकर सहदेव झा ने आगे सुनाया, ''सबसे महँगा होता है इक्कीसमुखी रुद्राक्ष। इसकी कीमत बारह से पन्द्रह लाख होती है। एकमुखी रुद्राक्ष भी बहुत कम मिलते हैं और इनकी कीमत भी लाखों में होती है। आपको एकमुखी और इक्कीसमुखी नहीं दे रहा हूँ। अभी आपके पास इन्हें माँगनेवाले आएँगे, ऐसी उम्मीद नहीं है मुझे। हाँ, जब आप कमरा ले लेंगे, टेलीफोन लगा लेंगे और बड़ावाला पट्ट भी, तब शायद इन्हें खरीदनेवाले पहुँचे आपके पास। अगर अभी कोई इनकी माँग कर बैठता है, तो उसे लेकर मेरे पास आ जाइए।''

रुद्राक्ष के गुण पूछने के पहले ही पलटू पूछ बैठा, ''ये रुद्राक्ष आप उधार ले आये हैं या नकद पैसे देकर?''

''नकद,'' सहदेव झा ने जवाब दिया, ''पैसे देकर।''

''ये सारे रुद्राक्ष तो लाखों के हुए?''

''हाँ, लाखों के,'' सहदेव बोला, ''गिन लीजिए और पैसे जोड़ लीजिए।''

पलटू झा को इस बात की खुशी हुई कि व्यवहार कैसा भी रहा हो सहदेव झा का, मगर शंकरपुर दुर्गाथान को लेकर उसके बारे में उड़ी अफवाहों को सुन लेने के बावजूद साला को इतना विश्वास तो है ही कि बहनोई उसकी लाखों की दौलत लेकर भागेगा नहीं। मगर इस खुशी

के बावजूद एक कचोट उठी पलटू झा के कलेजे में और वह दुखी स्वर में बोल गया, "लाखों का माल आप नकद ले आये, सहदेव बाबू; तब क्या एक कमरा किराया पर नहीं लिया जा सकता था और उसमें टेलीफोन नहीं लगाया जा सकता था?"

"यह माल जब बिकेगा, तब लाखों लाएगा," सहदेव झा ने जवाब दिया, "यह खरीदा गया है सिर्फ सात सौ रुपये में।"

"चोरी का माल?"

"नहीं, नकली माल," सहदेव झा बोला, "ये सारे रुद्राक्ष नकली हैं।"

"यह तो मेरे लिए खतरे का धन्धा है?"

"अभी असली धन्धा नकली माल का ही है। धड़ल्ले से बिक रहे हैं नकली माल। आप बेधड़क बेचिए इन रुद्राक्षों को।"

"असली-नकली की पहचान तो होती होगी?"

"होती है," सहदेव बोला, "खरीदार असली-नकली पहचानकर खरीदें।"

"कोई खरीदार बाद में भी तो आ सकता है लफड़ा करने?"

"दुकानदारों को रोज ही छोटे-मोटे लफड़े झेलने होते हैं।"

"कोई लाख का माल ले गया, तो वह लौटकर छोटा-मोटा लफड़ा करने तो नहीं आएगा? न जाने कितनी फौज और कैसा मुकदमा लेकर आये!"

"जब लाख हाथ में आ गया, तब क्या आप उससे दूसरी मुलाकात के लिए रुके रहेंगे? उसके आने के पहले भाग नहीं जाएँगे? तब मैं यहाँ आपको रोककर रखूँगा कि यहाँ से ठेलकर भगा दूँगा?"

"दुकान लगाने के बाद से ही दुकान छोड़कर भी भागने के लिए तैयार रहना पड़ेगा।"

"अभी लाख का सपना आप मत देखिए, ओझाजी," सहदेव बोला, "अभी हजार-बाजार में ही रहिए। अगर यहाँ भी नकली माल का हल्ला हुआ, तब भी आपका धन्धा रुकेगा नहीं। आप इसी शहर में बने रहेंगे, नयी जगह पर, नये वेश में, कभी मुछन्दर और कभी मुछमुंडा, कभी केशी और कभी सिरमुंडा। इस शहर के बाद और कई-कई शहर। आप निश्चिन्त रहिए।"

"रोज एक रुद्राक्ष भी बिक जाये," पलटू आह्लादित हो उठा, "तो अपना चन्द्रमा चढ़ने लगेगा।"

"एक ही क्यों बिकेगा?" सहदेव बोला, "मगर रुद्राक्ष बिकते नहीं हैं, बेचे जाते हैं। हर आनेवाले असामी को बताना पड़ेगा कि बड़े-बड़े धर्माचार्य, राजनेता, उद्योगपति, फिल्मी सितारे रुद्राक्ष पहनते हैं और रुद्राक्ष के बल पर ही वे जीवन में कामयाब हुए हैं। यह भी बताना होगा कि रुद्राक्ष लाख दुखों की एक दवा है और सिर से पैर तक के सारे रोगों का इलाज रुद्राक्ष के पास है। मगर यहाँ आपको एक काम करना पड़ेगा।"

"क्या?"

"अभी रुद्राक्ष की मालाओं की अधिक माँग है। आप इन रुद्राक्षों को गूँथकर अलग-अलग बन्ध तैयार कर लीजिए। अलग-अलग लोगों को अलग-अलग बन्ध पहनने की सलाह देंगे आप।"

घूँघट उठाने के बाद पड़े न पछताना।

खोयी हुई ताकत और जवानी दोबारा प्राप्त कर भरपूर आनन्द लें।

अगर आपमें नपुंसकता आ गयी है, रतिक्रिया में आपको पूरी तसल्ली नहीं होती है, आप चरम सुख नहीं भोग पाते हैं, आपका शीघ्रपतन हो जाता है, तो हमसे हमारे सेक्स क्लीनिक में मिलिए या हमें लिखिए। जरा भी नहीं शरमाइए और तुरन्त आइए।

आयुर्वेदिक सेक्स क्लीनिक,
सीलमपुर,
दिल्ली।

इतना पढ़कर उसने बैजनाथ से कहा, ''बिल्कुल आपके काम की चीज है।''

बैजनाथ ने कोई जवाब नहीं दिया।

पलटू आगे बढ़ा, ''अब आगे बढ़ने के पहले आप मेरे प्रश्नों के उत्तर कीजिए।''

''कैसे प्रश्न?'' बैजनाथ पूछ बैठा।

''जो प्रश्न इस इश्तहार में पूछे गये हैं,'' यह बोलकर पलटू ने बैजनाथ से पूछा,''क्या आप औरत के पास जाने से डरते हैं?''

''अपनी या किसी और की?'' बैजनाथ पूछ बैठा।

बैजनाथ की ओर तिरछी निगाहें डालकर पलटू ने पूछा, ''किसी और की?''

''कभी किसी और की औरत की तरफ मन नहीं दौड़ाया, गुरुजी,'' बैजनाथ ने जवाब दिया, ''इसलिए कैसे बताऊँ कि डरा या नहीं? यहाँ किसी की तरफ मन दौड़ाकर देखूँ?''

''हरगिज नहीं,'' पलटू ने सावधान किया और फिर पूछा,''यह बताइए कि अपनी औरत के पास जाने से डरते थे?''

''कभी नहीं डरा,'' जोर देकर बोला बैजनाथ, ''वहाँ क्या डरना! जब रीतलाल का बाप जगलाल मेरे यहाँ नौकरी करता था, तो उसने एक-आध बार मुझे बीवी से लिपटते-लटपटाते देख लिया था और तब मैं लजाया था। लजाया था, तो मान लीजिए कि उससे डरा भी था। बीवी से कभी नहीं डरा।''

''नहीं डरने का एक कारण यह तो हो ही सकता है कि आपकी बीवी ही आपको घर में इतनी डरकर रहती होगी कि आपका अपना डर भाग जाता होगा,'' इतना कहकर पलटू ने पूछा, ''अब यह बताइए, बैजनाथ बाबू, और सच-सच बताइए कि क्या उसके बाद आपको कभी बीवी ने गाल पर थप्पड़ मारा था या पीछे लात जमायी थी?''

''किस हरामजादी की मजाल होती कि मुझ पर थप्पड़ उठाती!'' बैजनाथ ने जवाब दिया, ''तीनों में से किसी एक की भी कभी हिम्मत नहीं हुई थी। मैं तो यह सुनकर भौंचक हूँ कि कोई औरत अपने मर्द के पीछे लात भी जमा सकती है! फुलकाहा में औरत गाली देकर रह जाती है, हाथ नहीं उठा सकती, लात नहीं चला सकती।''

''फुलकाहा के घर-घर की बातें आप क्या जानें!'' पलटू बोला, ''औरत उचित समय पर हाथ और लात चलाने से बाज नहीं आती, मगर वह इतना हिसाब-किताब जरूर रखती है कि जवाब में मर्द जो दो-चार हाथ चलाएगा या दो-चार लात जमाएगा, उन्हें वह बर्दाश्त कर पाएगी

या नहीं। आपकी पत्नियों को तो डर रहता ही होगा कि कहीं आपके पहले जवाबी थप्पड़ में ही उसके प्राण-पखेरू न उड़ जाएँ। बोलिए, यह डर रहता होगा या नहीं?''

बैजनाथ हँसकर बोला, ''हाँ, यह डर तो रहता होगा।''

बैजनाथ ने चुप्पी साध ली और अत्यन्त गम्भीर हो उठा, तब पलटू बोला, ''यह निर्णय मैं ले चुका हूँ कि यहाँ से ले जाने के लिए आपको कोई औरत मिले न मिले, मगर आपको यहाँ से बिल्कुल जवान बनाकर ही ले जाऊँगा मैं, ताकि ऐसा नहीं हो कि जब औरत आपके घर आ जाये, तब उस और के लायक आप रहें ही नहीं और वह औरत कुछ समय गँवाकर भाग जाये। यह एक मौका मिला है यहाँ आपको अच्छी तरह जवान हो जाने का। आपको इस सेक्स क्लीनिक के वैद्य से इलाज कराना ही है। वैद्य आपसे तरह-तरह के सवाल पूछेगा और आपको बिना शरमाए उसे सही जवाब देना है। मैं अभी इसलिए भी पूछ रहा हूँ कि आपका जवाब अभी ही तैयार हो जाये।''

बैजनाथ ने मौन भंग किया, ''अब यह भी कैसे बताऊँ, गुरुजी? अपनी पत्नी रही नहीं, और अभी जवाब देने के लिए तो किसी और औरत की ओर ही तो मन दौड़ाना पड़ेगा।''

''मुझे नहीं लगता,'' पलटू बोला, ''कि वैद्य को भी यह प्रश्न पूछने की जरूरत पड़ेगी। अब तक के जवाबों से ही वह जान लेगा इस प्रश्न का भी जवाब।''

बैजनाथ ने ईश्वर को याद किया कि वैद्य उसे कोई दवा दे तो दे, मगर हर तरह से जवान जरूर साबित कर दे।

(8)

देर के लिए सहदेव झा की डाँट सुनने के डर से बैजनाथ पलटू के साथ वापस मन्दिर नहीं आया, मगर सहदेव झा का कलेजा तर रखने के लिए उसने आधा किलो सेब खरीदकर पलटू झा के हाथ में दे दिया। पलटू झा को प्रिंस स्टूडियो से शाम में फोटो लेते जाने के लिए कहकर बैजनाथ यह बोलकर वापस बिहारी कॉलोनी चला गया कि अगली सुबह वह फिर मन्दिर में ही आ जाएगा।

सुबह-सुबह तो क्या, तब तक भी बैजनाथ नहीं आया जब तक धन्धे पर निकलने के पहले पलटू मन्दिर में उसका इन्तजार करता रहा। वह आया तब, जब पलटू सड़क के किनारे अपनी जगह पर टाट बिछा चुका था। बैजनाथ के हँसते मुखड़े को देखकर पलटू ने पूछा, ''मन्दिर से होकर आ रहे हैं क्या?''

''नहीं तो,'' बैजनाथ ने जवाब दिया,''मैं तो जान ही रहा था कि अब तक सहदेव बाबू ने आपको ठेलकर यहाँ भेज दिया होगा।''

''आपके चेहरे को देखकर मुझे तो यही लगा कि आप मन्दिर से होकर आये हैं और सहदेव झा ने ब्याह की कोई अच्छी खबर आपको दी हो।''

''वह खुशी अभी ही कैसे देख ली आपने मेरे चेहरे पर? ब्याह की खबर से क्या मैं इतना ही खुश हुआ होता? अभी तो बहत थोड़ी खुशी झलक रही होगी मेरे चेहरे से। कुछ खुशी की बात थी, इसलिए खुश-खुश आया हूँ।''

"खुशी की खबर लेकर तो आपको तुरन्त आ जाना था; आपने तो बहुत देर कर दी। उधर ही अपनी खुशी बाँटते रहे।"

"देर हुई, तभी तो खुशी भी हुई है।"

"ऐसा क्या हुआ कि देर करने से खुशी हुई है?"

बैजनाथ ने अपनी कमीज की जेब से सात-आठ इश्तहार निकालकर पलटू के आगे रख दिये और बोला, "देखिए इन्हें।"

पलटू ने सरसरी निगाहों से एक-एक इश्तहार देख लिया और पूछा, "इतने सारे कहाँ मिल गये?"

खुशी से फूला हुआ बैजनाथ बोला, "जब मैं बिजेन्दर के डेरे से चला, तो थोड़ी दूर चलने पर ही मुझे एक पेशाबघर दिख गया। पेशाबघर देखते ही मुझे पेशाब लग गया और मैं उसमें घुस गया। उसमें घुसते ही मैंने सामने दीवार पर एक कागज चिपका हुआ देखा। मैंने उसे आधा पढ़ा और पूरा-का-पूरा उखाड़ लिया। मेरे मन में यह बात आ गयी कि हर पेशाबघर की दीवार पर ऐसा इश्तहार सटा होता है। अब तो मैं यहाँ आने तक रास्ते भर पेशाबघर ढूँढ़ता रहा, पेशाब के बहाने उसमें घुसता रहा और वहाँ की दीवार पर सटे इश्तहार बेधड़क उखाड़ता रहा। मैं रास्ते भर इन्हें पढ़ता आया हूँ। आप भी एक-एक को पढ़ जाइए और तब विचार कीजिए कि किस वैद्य-हकीम के पास जाया जाये। यह जरूरी नहीं है कि हम सीलमपुर के क्लीनिक में ही जाएँ।"

"आप सचमुच एक अच्छा काम करके आये हैं," पलटू ने खुशी जतायी, "अब मैं एक-एक को पढ़ जाता हूँ और फिर सोचता हूँ कि आपको किसके पास जाना चाहिए।"

"अगर आपको सोचने में दिक्कत हो, तो मैं यह काम झटपट कर सकता हूँ," बैजनाथ बोला, "अटकन-मटकन के जरिए।"

"नहीं," पलटू ने जवाब दिया, "अटकन-मटकन से यह निर्णय नहीं लिया जा सकता। मैं सोच-समझकर निर्णय लूँगा। आज तो कुछ होगा नहीं; अब हम कल ही इस काम पर निकलेंगे। मुझे रात भर का समय मिल जाएगा निर्णय लेने के लिए। इन सारे इश्तहारों को मैं एक बार रात में भी ठंडे दिमाग में पढ़ूँगा।"

"सहदेव बाबू से छिपाकर न?"

"हाँ, बिल्कुल छिपाकर," पलटू ने आश्वस्त किया, "मैं अपनी कोई बात उसे थोड़े जानने देता हूँ।"

"कल मैं फिर कब आऊँ?"

"सुबह-सुबह ही आना पड़ेगा आपको," पलटू ने कहा, "यह काम घंटे दो घंटे का नहीं है; पूरा दिन लग सकता है इस काम में।"

"पूरे दिन की छुट्टी मिलेगी आपको?" बैजनाथ ने शंका जतायी, "सहदेव बाबू से क्या कहेंगे आप?"

"आप मन्दिर नहीं आएँगे। मैं यह बोलकर निकलूँगा कि बिजेन्दर खबर करने आया था कि आप बीमार हैं और मैं आपको देखने जा रहा हूँ। सहदेव झा रोकेगा जरूर, मगर मैं उसके रोके भी नहीं रुकूँगा। आप सुबह आठ-नौ बजे तक साहिबाबाद रेलवे स्टेशन पर आ जाइए। हम

वहाँ से हाथ चलेंगे।''

बैजनाथ पलटू के साथ दो-तीन घंटे और बिताकर बिहारी कॉलोनी लौट गया।

नियत जगह पर बैजनाथ नियत समय से पहले आ गया था। पलटू पर नजर पड़ते ही वह उसके पास आ गया और आते ही पूछा, ''कहाँ चलना है, गुरुजी? मेरे अटकन-मटकन में तो सीलमपुर ही आया था।''

''हम न सीलमपुर जाएँगे, न लक्ष्मीनगर,'' पलटू ने जवाब दिया, ''हम जाएँगे गाजीपुर चौराहा। वहाँ पर है आयुर्वेदिक खानदानी दवाखाना। एक उसके इश्तहार में ही लिखा हुआ है कि यहाँ गरीब आदमी का भी इलाज किया जाता है। किसी और क्लीनिक में फँसने का डर है। अब हमें सावधान रहना चाहिए कि कंघी करने का भी एक रुपया नहीं देना पड़े।''

''यह आपने ठीक सोचा है, गुरुजी।''

''मन्दिर में भजन-कीर्तन के लिए एक तिवारीजी आते हैं। मैंने गाजीपुर चौराहा पहुँचने का पता उनसे पूछ लिया है। हम लोग यहाँ से सीधे वहीं चलेंगे।''

गाजीपुर चौराहा तक आसानी से पहुँच गये दोनों, मगर आयुर्वेदिक खानदानी दवाखाना में घुसने में कठिनाई महसूस की बैजनाथ मंडल ने। जब पलटू ने कहा, ''यह राह आयुर्वेदिक खानदानी दवाखाना; चलिए, घुसिए,'' तो बैजनाथ बोला, ''रुकिए, दम मारने दीजिए; जरा मन को तैयार तो कर लें।''

''मन को क्या तैयार करना!''

''मैं नपुंसक तो हूँ नहीं, गुरुजी,'' बैजनाथ बोला, ''इस घर में घुसने से पहले यह मानना नहीं पड़ेगा कि मैं नपुंसक हो गया?''

''यह मानकर ही तो इलाज कराने आये हैं।''

''न जाने कितने लोग हमें देखेंगे इस घर में घुसते हुए।''

''तो क्या हो गया?''

''वे मेरे बारे में क्या-क्या तो सोचेंगे!''

''क्या सोचेंगे?''

''आप दुबले-पतले हैं, आपके बारे में कुछ नहीं भी सोचें,'' बैजनाथ ने कहा, ''मगर मेरे बारे में वे क्या यहाँ तक नहीं सोच सकते हैं कि मुस्टंडा मर्द बीवी की लात खाकर इलाज कराने आया है? सोच-सोचकर हँसेंगे या नहीं?''

''कौन सोचेगा और कौन हँसेगा?'' पलटू बोला, ''जिसने अब तक बीवी की लात नहीं खायी है, वह हमें देखकर यही सोचेगा कि वह भी अब जल्दी से लात खाने से पहले ही अपना इलाज करा ले। यहाँ नपुंसकों की भरमार है। तभी तो हर पेशाबघर की दीवार पर इलाज का इश्तहार सटा मिल जाता है। क्या आपको नहीं लगता कि इस दवाखाना पर जिस क्षण जिसकी नजर पड़ती होगी, वह उसी क्षण अपने को नपुंसक महसूस करने लगता होगा?''

अभी इन दोनों में बातें हो ही रही थीं कि दवाखाना से एक आदमी निकलकर इन दोनों के

पास चला आया और बोला, ''आप लोग देर से इस दवाखाना को निहार रहे हैं; अन्दर चलकर बैठिए।''

बैजनाथ ने पलटू की ओर मुँह किया, तो उस आदमी ने पलटू से कहा, ''लजाने-शरमाने की कोई बात नहीं है। इलाज कराने आये हैं, तो अन्दर चलिए।''

''हम थोड़ी देर में आएँगे।''

''मैंने बहुतों को देखा है कि आप लोगों की तरह वे भी दवाखाना को देर तक निहारते रहे और फिर शरमाकर वापस लौट गये। शर्म ने बहुतों का जीवन बर्बाद कर दिया है। आप लोग मत शरमाइए।''

''हम इलाज कराने आये हैं, तो अब शरमाकर लौटनेवाले नहीं हैं,'' पलटू ने जवाब दिया, ''मगर कुछ देर खड़ा होकर इस चौराहा का नजारा देख लेते हैं हम लोग।''

''आप सही जगह आ गये हैं और यहाँ खड़े हो गये हैं, इसलिए जिद कर रहा हूँ मैं,'' आगन्तुक ने कहा, ''दिल्ली में ढेर सारे नीम-हकीमों ने इस तरह के दवाखाने खोल रखे हैं और रोगियों को अपने गलत इलाज का शिकार बना रहे हैं। उन नीम-हकीमों के दलाल हर जगह घूमते रहते हैं। आप लोगों को इस तरह दवाखाने को निहारते देख कोई न कोई दलाल आपके पास आ जाएगा और आप लोगों को बहला-फुसलाकर गलत ठिकाने पर ले जाएगा।''

''हम तो अब कहीं और जानेवाले नहीं हैं,'' बैजनाथ बोला, ''मगर हम लोग शाम में आएँगे। अभी घूमने-फिरने का विचार है।''

''घूमना-फिरना तो कभी भी हो जाएगा, मगर डाक्टर साहब से हर समय मिलना सम्भव नहीं हो पाएगा,'' आगन्तुक बोला, ''शाम में उन्हें फुरसत नहीं रहेगी। शाम का समय उन लोगों के लिए है जिन्होंने पहले से ही फोन पर डाक्टर साहब से समय माँग लिया है। ये बड़े-बड़े लोग हैं जो शाम के बाद ही आना पसन्द करते हैं। इन बड़े-बड़े लोगों में देश के बड़े-बड़े नेता, बड़े-बड़े उद्योगपति और बड़े-बड़े रईस-नवाब होते हैं। ये लोग दिन में आएँगे, तो भीड़ लग जाएगी यहाँ। अखबार और टेलीविजनवाले भी यहाँ आ धमकेंगे। अभी कोई भीड़ नहीं है। चलिए, अभी ही डाक्टर साहब से मिल लीजिए; वे अच्छी तरह देख पाएँगे आप दोनों को।''

''मुझे नहीं दिखाना है,'' पलटू बोला, ''मेरे संगी को मिलना है डाक्टर साहब से।''

''यहाँ तक आ गये हैं, तो आप भी मिल ही लीजिए डाक्टर साहब से,'' आगन्तुक ने पलटू से कहा, ''कोई भी कमी होगी, तो दूर हो जाएगी।''

''पहले इनका इलाज हो जाये,'' पलटू बोला, ''फिर मैं दूर करूँगा अपनी कमी को।''

''ठीक है,'' आगन्तुक बोला, ''इनका इलाज ही पहले देख लीजिए। दो दिनों के बाद ही आप चले आएँगे डाकटर साहब से मिलने।''

''चलिए,'' बैजनाथ ने पलटू से कहा, ''बहुत लोग घूरने लगे हैं हमें।'' इतना बोलकर बैजनाथ ने दवाखाने की ओर कदम बढ़ा दिये।

आगन्तुक आयुर्वेदिक खानदानी दवाखाना के डाक्टर रमेश आर्या का दलाल नहीं, सहायक था। वह उन दोनों को दवाखाने के बरामदे में एक बेंच पर बैठाकर कमरे के अन्दर बैठे डाक्टर से मिलने चला गया और फिर वहाँ से आकर बैजनाथ से कहा, ''आप जाइए अन्दर।''

बैजनाथ ने उठते हुए पलटू से कहा, ''आप भी चलिए।''

''नहीं,'' सहायक ने रोक दिया, ''आप अकेले ही जाइए। कोई जरूरत होगी, तो इन्हें बुला ले जाइएगा।''

बैजनाथ ने धड़कते दिल से कमरे में प्रवेश किया। कुरसी पर बैठे डाक्टर पर नजर पड़ने के साथ ही उसकी नजर सामने और अगल-बगल की दीवारों पर भी पड़ी। उसने लाज से नजरें झुका लीं। डाक्टर ने उसे सामने की कुरसी पर बैठने का इशारा किया।

नजर झुकाए बैठे बैजनाथ से डाकटर ने पूछा, ''आपने दीवार से टँगे चित्रों को देखा?''

''हाँ, देखा।''

''इन चित्रों को देखकर लजा क्यों गये?''

''नहीं, लजाया नहीं हूँ।''

''नजरें क्यों झुका लीं?''

''कब तक देखता?'' बैजनाथ ने जवाब दिया, ''एक बार में ही देख लिया।''

''ये बार-बार देखने की चीजें नहीं हैं?''

बैजनाथ ने कोई जवाब नहीं दिया, तो डाक्टर पूछ बैठा, ''चित्रों को देखकर आप भीतर से कुछ गरम हुए?''

''अभी मैं बिना औरत के हूँ, मगर मेरा एक बार विवाह हो चुका है,'' बैजनाथ ने झिझकते हुए जवाब दिया, ''चित्रों को देखकर क्या गरमाना!''

डाक्टर ने गहरी निगाहों से बैजनाथ को देखा और फिर मेज पर पड़ी दो किताबें उसकी ओर बढ़ाते हुए बोला, ''इनके एक-एक चित्र को आप देख लीजिए।''

बैजनाथ किताब के चित्रों को देखने लगा और डाक्टर ने बैजनाथ को कई बार बीच-बीच में आँख मीचते देख लिया।

जब बैजनाथ ने सारे चित्र देखकर दोनों किताबें सामने की मेज पर रख दीं, तो डाक्टर ने पूछा, ''आपने कभी कोई 'ब्लू फिल्म' देखी है?''

''सिनेमाघर में जो फिल्म दिखायी जाती है, वह मैंने देखी है।''

''फिल्म में नंगी औरतों को देखा?''

''हाँ, देखा; आधी उघाड़ छाती देखी, साफ उघाड़ जाँघ देखी, उघाड़ पीठ देखी, उघाड़ पेट देखा।''

''नंगे मर्द को बिल्कुल नंगी औरत पर चढ़ा हुआ नहीं देखा?''

''छि:'' बैजनाथ लजाकर बोला, ''ऐसा कभी नहीं देखा है।''

''आज देख लीजिए।''

बैजनाथ के मन में लज्जा उपजने के बावजूद नंगी औरतों को देखने की इच्छा पैदा हुई। देखे बहुत दिन भी तो हो गये थे। डाक्टर अपनी जिद से दिखा रहा है, तो वह क्यों जिद कर बैठे नहीं देखने की! इलाज कराने आया है, तो ठीक से इलाज होने दे।

डाक्टर ने कम्प्यूटर पर एक ब्लू फिल्म चालू कर दी। नंगी औरतें आने लगीं बैजनाथ की नजरों के सामने। बैजनाथ को याद नहीं आया कि अपनी तीनों औरतों में से किसी एक को भी

कभी उसने इतनी नंगी देखा था।

बैजनाथ जब कभी सम्भोगरत जोड़ों पर से अपनी नजर हटाकर डाक्टर की ओर करता, डाक्टर टोक देता, "इधर नहीं, उधर; उधर टिकाइए नजर।"

जब बैजनाथ ने पूरी फिल्म देख ली, तब डाक्टर ने मुस्कराकर पूछा, "अब कैसा लग रहा है?"

"हाँ, ठीक हूँ।" बैजनाथ ने स्थिर आवाज में जवाब दिया।

"अभी जरूरत महसूस हो रही है एक औरत की?"

"औरत की जरूरत तो मुझे है ही, डाक्टर साहब," बैजनाथ बोला, "मेरा घर बिना औरत का है; घर में बाल-बच्चे नहीं हैं।"

कुछ ठहरकर डाक्टर ने पूछा, "फिल्म एक बार फिर दिखाऊँ?"

"एक बार देख ली; अब दुबारा क्या देखना!"

"एक दूसरी फिल्म?"

"नहीं, छोड़िए," बैजनाथ ने मना कर दिया, "वही सब तो देखूँगा दूसरी में भी।"

थोड़ी देर तक डाक्टर रोगी को निहारता रहा और फिर बताया, "तीन-चार साल पहले एक मन्त्रीजी आये थे मेरे पास। उनका नाम नहीं बताऊँगा। नाम गुप्त रखे जाते हैं यहाँ। आपका नाम भी मैं किसी को नहीं बता सकता। मन्त्रीजी उस समय केन्द्र की सरकार में मन्त्री थे। अभी भी देश के बड़े नेताओं में उनकी गिनती है। उनके साथ भी यही होता था जो आपके साथ हो रहा है।"

"क्या होता था उनके साथ?"

"कुछ होता ही नहीं था," डाक्टर ने सुनाया, "इतना कुछ दिखाया मैंने आपको, मगर आप कमर के ऊपर जितना शान्त हैं उतना ही कमर के नीचे भी। यही उस मन्त्री के साथ भी हुआ था।"

"कमर के नीचे?"

"हाँ," जोर देकर बोला डाक्टर, "कमर के नीचे।"

"सामने अपनी औरत हो, तब तो कुछ हो।"

"तब भी आप बहुत कुछ करने के लायक नहीं रहे।"

"नहीं, डाक्टर साहब, ऐसी बात नहीं है।"

"आप अपने बारे में जितना बता सकते हैं, उससे अधिक अब मैं आपके बारे में बोल सकता हूँ। रोगी को अपने रोग का पता नहीं रहता। अगर आपको ही अपने रोग का पता रहता, तो आप बहुत पहले मेरे पास आ गये रहते। आप तो मर्द रहे ही नहीं। अभी बूढ़े नहीं हुए हैं आप, मगर क्या मतलब हुआ आपकी इस जवानी का! भगवान ने भला किया आपका कि समय रहते सही जगह पर आ गये। अगर और देर की होती, तो जीवन नष्ट हो गया रहता आपका। ऐसा रोगी दो-चार साल में ही कोई एक आता है। मेरे पास मन्त्रीजी के बाद आप आये हैं। जो हाल मन्त्रीजी का, वह हाल आपका। आप तो किसी औरत के पास जाने लायक रहे ही नहीं। विवाह करने लायक आप रहे क्या? अगर विवाह कर भी लिया होता, तो क्या होता आपके साथ? आप तो

औरत के पास जाने से भी लजाते। अगर औरत आपको अपनी बाँहों में समेट भी लेती, तो मुरझाए रहते आप और औरत की लात खाकर लौट जाते। बहुत बुरा हाल है आपका।''

''जब औरत थी, तब बुरा हाल नहीं था मेरा, डाक्टर साहब,'' बैजनाथ ने सुनाया, ''बहुत दिनों से औरत नहीं रहने के कारण, हो सकता है, मेरा बुरा हाल हुआ हो।''

''हाल तब भी कुछ बुरा ही रहा होगा जब आपके पास औरत थी,'' डाक्टर बोला, ''मगर तब आपको पता नहीं चला। बहुतों के साथ यही होता है। ऐसा इसलिए हुआ है कि बचपन में गलत सोहबत में पड़कर आप कुछ गलत काम कर बैठे हैं।''

''ऐसा तो कुछ नहीं हुआ है।''

''पुरानी बातें याद नहीं आ रहीं आपको, मगर मुझे तो सब नजर आ रहा है। आपकी कुछ नसें बिल्कुल कमजोर हो गयी हैं।'' इतना बोलकर डाक्टर ने सहायक को हाँक लगायी और उसके आते ही उससे कहा, ''मरीज को एक इंजेक्शन लगाओ।''

सहायक कुछ अधिक पास आ गया डाक्टर के और धीमी आवाज में पूछा, ''कौन-सा?''

डाक्टर ने भी फुसफुसाकर जवाब दिया, ''कैल्सियम ग्लूकोनेट का।''

इंजेक्शन के नाम से बैजनाथ चौंका और डाक्टर से कहा, ''मैं अपने साथी को बुला लेता हूँ, डाक्टर साहब।''

''कोई जरूरत नहीं है साथी को बुलाने की,'' डाक्टर ने जवाब दिया, ''किसी मर्द को बुलाकर क्या होगा! जरूरत एक औरत की पड़ेगी; कहिए तो एक मँगा दूँ।''

बैजनाथ चुप लगा गया।

सहायक इंजेक्शन लगाकर चला गया, तब डाक्टर ने बैजनाथ से पूछा, ''अब शरीर में गरमी महसूस हो रही है?''

''हाँ, महसूस हो रही है।''

''लग रहा है कि ताकत आ गयी?''

''हाँ, ऐसा लग रहा है।''

''आपको मेरा दो महीने का कोर्स करना पड़ेगा,'' डाक्टर ने बताया, ''मन्त्रीजी ने भी यही कोर्स किया था और उनकी सारी कमजोरी दूर हो गयी थी। इस कोर्स के बाद आप अपने को बिल्कुल जवान महसूस करेंगे, अठारह साल के छोकरे की तरह।''

''इस कोर्स पर क्या खर्च आएगा?''

''सिर्फ ढाई हजार रुपये।''

''ढाई हजार!'' दिल बैठ गया बैजनाथ का, ''यह तो मेरे लिए एक मोटी रकम है, डाक्टर साहब।''

''ढाई हजार मत देखिए,'' डाक्टर बोला, ''अपनी जवानी को देखिए, अपनी मर्दानगी को देखिए। आपने जब तय कर लिया है कि विवाह करेंगे, तो यह देखिए कि विवाह के बाद आप किस हाल में होंगे। विवाह के बाद की चिन्ता कीजिए। यह देखिए कि आपकी औरत किसी और से नहीं फँस जाती है, किसी और के साथ भाग नहीं जाती है।''

''अभी तो मैं इतने पैसे लेकर नहीं आया हूँ, डाक्टर साहब, ''बैजनाथ बोला, ''मुझे पैसे

के लिए घर जाना होगा।''

''कहाँ है आपका घर?''

''मैं बिहार से आया हूँ, बिहार के एक गाँव से।''

''गाँव से दुबारा आप आ पाएँगे दिल्ली! जब आ गये हैं, तो इलाज कराकर जाइए,'' डाक्टर ने राय दी, ''आप अपने साथी से पैसे उधार ले लीजिए।''

''पैसे तो मेरे साथी के पास भी नहीं होंगे।''

''पूछ तो लीजिए,'' डाक्टर बोला, ''उससे कहिए कि वह पैसे का जुगाड़ कर दे।'' इतना बोलकर उसने सहायक को हाँक लगायी और उसके आते ही उससे कहा, ''मरीज को अपने साथी से बात कराकर लाओ।''

बैजनाथ ने पलटू के साथ देर तक फुसफुसाकर बातें कीं और जब डाक्टर के पास वापस आया, तो पलटू को साथ लिये आया। पलटू ने आते ही डाक्टर से कहा, ''हम लोग गरीब आदमी हैं, डाक्टर साहब और परदेस में हैं जहाँ पैसे का जुगाड़ नहीं कर सकते। हमारा कम पैसे में इलाज कर दीजिए, यह आदमी जीवन भर आपका नाम लेता रहेगा।''

''जीवन भर नाम ले, इसीलिए तो दो महीने का कोर्स करवा रहा हूँ।''

''दो महीने का समय भी तो नहीं है इनके पास। अब इनकी शादी होने ही वाली है, किसी भी दिन हो सकती है, दस-पाँच दिनों के अन्दर। शादी के बाद कोई बीवी से दे-चार दिनों तक दूर-दूर रह ले, दो-दो महीने तो दूर नहीं रह सकता। आप कोई दस-पाँच दिनों वाला इलाज कर दीजिए, डाक्टर साहब, ऐसा इलाज कि शादी होते-होते रोगी का रोग दूर भाग जाये।'' बोलकर पलटू बुदबुदाया,''समय भी नहीं है और पैसा भी नहीं है।''

''कितने पैसे हैं अभी आपके पास?'' डाक्टर ने बैजनाथ से पूछा।

पलटू ने जवाब दिया, ''चालीस-पचास रुपये होंगे।''

''इतने पैसे से तो इलाज नहीं हो पाएगा,'' डाक्टर ने सुनाया, ''आपसे मैं पचास रुपये ठग लूँ और तासीरवाली कोई दवा ही नहीं दूँ, यह तो मुझसे नहीं होगा। मेरी भी तो बदनामी होगी।''

''मैं दो सौ रुपये तक निकाल सकता हूँ।'' बैजनाथ बोल गया।

पलटू ने सुनाया, ''घर लौटने के लिए रेल का भाड़ा तो बचाकर रखना होगा, डाक्टर साहब।''

''करीब साल भर पहले एक राज्यपाल आये हुए थे मेरे पास,'' डाक्टर ने एक किस्सा सुनाना शुरू किया, ''सत्तर साल की उम्र में उन्होंने एक नयी शादी कर ली। शादी तो कर ली, मगर खूबसूरत बीवी को सँभालना मुश्किल हो गया। बूढ़े आदमी से उस जवान औरत का मन भर ही नहीं रहा था। राज्यपाल महोदय को शक हुआ कि वह औरत तो रोज एक जवान मर्द की तलाश करती है। वे दौड़े-दौड़े आये मेरे पास। पैसा तो था उनके पास, मगर समय उनके पास भी नहीं था। एक-एक दिन उन्हें भारी पड़ रहा था। तब मैंने उन्हें सात दिनों की ही दवा दी थी। आठवें दिन से उनमें ऐसी जवानी आयी कि सारा काम-काज छोड़कर दिन-रात बीवी को अपने से लिपटाए रखने लगे। वे दुबारा आये थे मेरे पास मुझे बख्शिश देने।''

''बस, इन्हें भी सात दिनों की ही दवा दे दीजिए।'' पलटू ने डाक्टर से निवेदन किया और

फिर बैजनाथ से पूछा, ''क्यों, बैजनाथ बाबू?''

''हाँ, सात दिनों की,'' बैजनाथ ने जवाब दिया, ''मगर वही दवा जो राज्यपाल को दी गयी थी।''

''सात दिनों के इलाज में मैं मरीज को गोलियाँ खिलाता हूँ,'' डाक्टर ने बताया, ''मेरे यहाँ तीन तरह की गोलियाँ हैं, पहली 'पहलवान', दूसरी 'सुखसागर' और तीसरी 'बुलेट थ्री-नॉट-थ्री'। पहलवान गोलियाँ खाकर सात दिनों के बाद आप महसूस करने लगेंगे कि पहलवान हो गये और आप औरत के पास जाने लगेंगे। सात दिनों तक सुखसागर खाने के बाद आप आठवें दिन से सुख के सागर में गोते लगाने लगेंगे; औरत अपनी इच्छा से आपके पास आने लगेगी। जब-तब औरत को पकड़कर पटक देने की इच्छा होती रहेगी। राज्यपाल महोदय को मैंने बुलेट थ्री-नॉट-थ्री की गोलियाँ ही दी थीं।''

''तो बैजनाथ बाबू को भी 'बुलेट' गोलियाँ ही दे दें,'' बोलकर पलटू ने बैजनाथ से पूछा, ''क्यों, बैजनाथ बाबू?''

''दे दीजिए,'' बैजनाथ ने हाँ भर दी।

''राज्यपाल महोदय तो मुझे हजारों रुपये दे गये थे,'' डाक्टर बोला, ''मगर आपसे मैं इन गोलियों के सिर्फ चार सौ रुपये लूँगा। हिमालय से लायी गयी जड़ी-बूटियों से ये गोलियाँ बनती हैं।''

''बात दो सौ पर ही खत्म कीजिए, डाक्टर साहब,'' पलटू बोला, ''हम गरीब आदमी हैं।''

''बहुत गरीब हैं, तो मैं पचास रुपये और छोड़ दूँगा,'' डाक्टर ने जवाब दिया, ''इससे कम में इलाज कराना हो, तो किसी ठग वैद्य-हकीम के पास ही जाइए। जड़ी-बूटियों में बहुत पैसे लगते हैं। हम घर का पैसा लगाकर इलाज नहीं कर सकते।''

''ठीक है, डाकटर साहब,'' बैजनाथ बोल गया, ''आप दीजिए गोलियाँ; मैं दूँगा साढ़े तीन सौ रुपये।''

''सोच-समझकर बोलिए, बैजनाथ बाबू,'' पलटू ने टोका,''आपके साथ एक औरत भी रहेगी; उसका भी रेलभाड़ा देना होगा।''

''हाँ, देना तो होगा,'' बैजनाथ ने जवाब दिया, ''मगर अभी जो काम सर पर है, पहले उसे ही तो देखना होगा। भगवान जब औरत दे देगा, तो क्या उसके रेलभाड़ा का जुगाड़ नहीं कर देगा?''

पैसे लेकर लाल-पीली गोलियाँ देते हुए डाक्टर ने बैजनाथ से कहा, ''रोज दो गोलियाँ, एक लाल ओर एक पीली, दूध के साथ लीजिएगा।''

बैजनाथ ने स्पष्ट पूछ लिया, ''दूध गाय का या भैंस का?''

''किसी का भी,'' डाक्टर ने भूल-चूक की गुंजाइश दूर कर दी।

'बुलेट' गोलियाँ लेकर क्लीनिक से बाहर निकलते ही पलटू ने बैजनाथ से कहा, ''किसी चाय दुकान पर बैठकर दूध लीजिए और एक-एक लाल-पीली अभी ही खा लीजिए।''

"अभी ही?"

"हाँ, पता तो चले कि कमजोरी दूर हो रही है या नहीं।"

"आपको कुछ भी याद नहीं रहता?"

"क्या?"

"क्या कहा था डाक्टर ने?"

"क्या कहा था?"

"मैं अभी गोली खाने का खतरा नहीं उठाऊँगा," बैजनाथ ने स्पष्ट कह दिया, "मैं अभी औरतों से घिरा हुआ हूँ; बिजेन्दर के डेरे के सामने से गुजरती हैं औरतें, आपके मन्दिर में भजन-पूजन के लिए आती रहती हैं औरतें और मेरे आने-जाने के रास्ते में औरतें ही औरतें। न जाने ये गोलियाँ कितनी असरदार हैं! कीमती गोलियाँ हैं। राज्यपाल को दी गयी थीं यही गोलियाँ। अगर पहले दिन की गोलियों में ही सातवें दिन की गोलियों का असर पैदा हो गया, तब क्या होगा? अपने को काबू में रख पाऊँगा मैं? कब कहाँ किस औरत को पटक दूँ!"

(9)

क्लीनिक से निकलने के बाद भी ऐसा नहीं हुआ कि बैजनाथ बिहारी कॉलोनी चला गया और पलटू मन्दिर लौट आया। दिल्ली से जाने के पहले दोनों ही अधिक से अधिक दिल्ली देख लेना चाहते थे। जब भी अवसर हाथ आता, वे थोड़ी-थोड़ी दिल्ली देख लिया करते। उस दिन भी वे शाम उतरने तक मटरगश्ती करते रहे। जब शाम हुई, तब दोनों एक-दूसरे से अलग हुए। बैजनाथ पलटू झा को मन्दिर के पास तक पहुँचाकर वापस चला गया।

पलटू का खयाल था कि सहदेव झा अभी मन्दिर में नहीं होगा और उसे मौका मिलेगा अपनी चाभी से कमरा खोलकर बिस्तर पर पसर जाने का और तब तक सोये रहने का जब तक सहदेव झा आकर उसे जगाता नहीं है। ऐसा नहीं हुआ; सहदेव झा कमरे में विराजमान था।

पलटू पर नजर पड़ते ही सहदेव झा ने पूछा, "क्या हाल है बीमार का?"

"तेज बुखार आया था," पलटू ने जवाब दिया, "अब उतर गया है।"

"डाक्टर के पास भी जाना पड़ा था?"

"हाँ, डाक्टर के पास ले गया था बिजेन्दर," पलटू झूठ बोल गया।

"तब तो खूब पैसे कटे होंगे?"

"बहुत ही भला लड़का है बिजेन्दर," पलटू ने सुनाया, "वह पैसे देखता या चाचा को?"

"हजार-पाँच सौ से कम नहीं लगे होंगे?"

"यह मैंने नहीं पूछा।"

"इतने तो लगे ही होंगे," सहदेव झा ने कहा, "मैं दिल्ली के डाक्टरों को खूब जानता हूँ। आपको भी सावधान कर देता हूँ कि यहाँ छींक के इलाज में भी दो-चार हजार का पुरजा थमा देता है डाक्टर। सिर्फ एक बार फँस तो जाइए उसके चंगुल में। बगैर मुझसे पूछे कभी किसी डाक्टर के पास नहीं चले जाइएगा। अगर फुलकाहा से कोई रोग लेकर आये हैं आप, तो अभी ही

बता दीजिए। मैं बिना पैसे का इलाज करवा दूँगा। यहाँ के अस्पतालों में इलाज कराना चाहिए। अस्पतालों में गरीबों का भी अच्छा इलाज हो जाता है। मेरे साथ जो पुजारी पांडेजी कभी-कभी यहाँ आते हैं, वे हृदय रोग से पीड़ित हैं। जब उन्हें पहला झटका लगा था, तब मुझे ही उन्हें लेकर अस्पताल जाना पड़ा था। तीन दिनों तक रहना पड़ा था अस्पताल में। केवल दस रुपये में इलाज हो गया। कहीं और गया रहता, तो दस हजार से कम में जिन्दा वापस नहीं आते पांडेजी। रोग छिपा अच्छी बात नहीं है। कोई नया-पुराना रोग हो, तो अभी ही बोल दीजिए।''

''मुझे कोई रोग नहीं है,'' पलटू ने बता दिया।

कुछ देर चुप रहकर सहदेव झा बोला, ''एक रोग तो है आपके साथ।''

''क्या रोग है?''

''यह रोग नहीं है क्या कि धन्धे में आपका जी नहीं लगता?''

''यह साला धन्धा ही रोगी है। बरकत नहीं है इसमें।''

''आपको इतना कुछ बता दिया था कि इस धन्धे में रहकर लोग लाखों-करोड़ों कमा रहे हैं, तब भी आप ऐसी बातें कर रहे हैं। मैं जान रहा हूँ कि क्यों आपका जी नहीं लग रहा।''

''क्यों?''

''जब तक बैजनाथ मंडल का ब्याह नहीं हो जाता, तब तक आपको चैन नहीं है; और जब तक आपको चैन नहीं है, तब तक आप किसी भी धन्धे में मन नहीं लगाएँगे।''

''हाँ, यह बात तो है।''

''ऐसा लगता है आपको कि उसका ब्याह हो जाये, तो फिर आप अपने धन्धे में पिल पड़ेंगे?''

''जब बेचैनी दूर हो जाएगी, तब तो बस एक अपना धन्धा ही बचेगा न? मन आप से आप लगेगा।''

''मैं तो उसके ब्याह के लिए प्रयास कर ही रहा हूँ,'' बोलकर सहदेव झा ने सुनाया, ''मेरे एक यजमान हैं शामलालजी जो दिलशाद गार्डेन में रहते हैं। 'शादी सर्विस' नाम की एक संस्था है जो लोगों के ब्याह कराती है। शामलालजी का बड़ा बेटा आकाश उस संस्था का बिजनेस हेड है। मैंने आकाश बाबू से बैजनाथ मंडल के ब्याह के बारे में बात की थी। उन्होंने मेरा मोबाइल नम्बर ले लिया था। यह जगह उनकी देखी हुई है; एक बार पहले भी वे यहाँ आ चुके हैं। आज आप लोगों के जाने के बाद ही उनका फोन आया था कि वे कल दिन के बारह बजे यहाँ आएँगे और बैजनाथ मंडल से कुछ पूछताछ करेंगे। बैजनाथ मंडल यहाँ आ पाएगा या नहीं?''

''आ जाएगा।''

''अगर फिर बुखार आ गया हो, तो?''

''शादी की बात पर तो बुखार उतर जाना चाहिए।''

''उसे लाने के लिए तो आपको जाना पड़ेगा?''

''चला जाऊँगा।''

''सुबह होते ही निकल जाइए आप,'' सहदेव झा बोला, ''और उसे किसी तरह लेकर ही आइए। आकाश बाबू को फुरसत नहीं रहती है। बहुत मुश्किल से समय निकाला होगा उन्होंने

मेरे लिए। वे बार-बार नहीं आएँगे।''

सुबह बैजनाथ पलटू के साथ इस तरह आया जैसे कि आने के लिए बहुत पहले से तैयार बैठा हो; और जब तक आकाश बाबू आ नहीं गये तब तक सहदेव झा उसे इस तरह पढ़ाता रहा जैसे कि किसी चटिया को पढ़ा रहा हो...

''सुन लीजिए कि जो आदमी आ रहा है वह बड़ों-बड़ों की शादी कराता है। आपके मामले में तो वह बिल्कुल दिलचस्पी नहीं लेता, मगर मैंने आपको बड़ा बना दिया है...आपका क्या नाम है?...नहीं, अब आपका नाम है बैजनाथ सिंह मंडल। यहाँ 'मंडल' की कोई पहचान नहीं है, 'सिंह' की पहचान है। मंडल के साथ सिंह को जोड़ना होगा। आपके इलाके में भी ऐसा जोड़ होता है; कपिलेश्वर ठाकुर का नाम होता है ठाकुर कपिलेश्वर सिंह और कामेश्वर यादव अपना नाम लिखता है कामेश्वर सिंह यादव...अब यह बताइए कि आपके पास कितनी जमीन है?...अरे घोंचूजी! आपको उस दिन ही बता दिया था कि आपके बाप-दादा फुलकाहा इस्टेट के जमींदार थे और अभी भी आपके पास तीन सौ बीघे जमीन और सोने की पन्द्रह-सोलह ईंटें हैं। मुझे आपकी शादी की चिन्ता है कि मैं यह सब याद रखे हुआ हूँ, मगर आपको कोई चिन्ता नहीं! रट लीजिए, कभी बाप-दादा जमींदार और अभी तीन सौ बीघे जमीन के साथ पन्द्रह-सोलह सोने की ईंटें...और अब यह सवाल कि आप शादी करने अपना इलाका छोड़कर दिल्ली क्यों आ गये? फिर से इसका जवाब सुन लीजिए कि पहली पत्नी के मरने के बाद आपने अपने इलाके में विवाह नहीं करने का मन बना लिया है, कि दिल्ली आपके दिल में बहुत दिनों से बसी हुई है और अब आप दिल्ली शहर की ही किसी लड़की के साथ अपना घर बसाना चाहते हैं...''

इतना कुछ पढ़ा देने के बाद सहदेव झा बोला, ''मैंने मूल बातें बता दीं। अब आकाश बाबू जो भी सवाल करेंगे, उन सबके जवाब आप इन्हीं बातों की लपेट में रखकर दीजिएगा। मैं आकाश बाबू के पीछे बैठा रहूँगा। जब हाँ-ना का जवाब नहीं सूझे, तो मेरी ओर देख लिया कीजिएगा। मैं कुछ इशारा कर दिया करूँगा, कभी आँखों से ना में आँखें तरेरकर और हाँ में पलकें गिराकर और कभी हाँ-ना में दायें-बायें, ऊपर-नीचे मुँह हिलाकर।''

आकाश बाबू कार से आये थे। उनके लिए कमरे में ही एक कुरसी डाल दी गयी थी। उन्होंने सचमुच बहुत मुश्किल से पुजारी सहदेव झा के आग्रह पर यहाँ आने के लिए समय निकाला होगा। कुरसी पर बैठते ही उन्होंने विवाहार्थी को अपने सामने किया और कहा, ''पुजारीजी ने मुझे आपके बारे में सारी बातें बता दी हैं, मगर मैं कुछ ऐसी बातें पूछने आ गया हूँ जिन्हें केवल आप बता सकते हैं।''

''पूछिए, सर।'' बोलकर बैजनाथ ने एक बार सहदेव झा की ओर देखा।

''आप अपना इलाका छोड़कर दिल्ली शहर की एक लड़की से ब्याह करने आये हैं, तो अवय आपके दिमाग में किसी खास तरह की लड़की का नक्शा होगा। वह नक्शा देने आया हूँ मैं। अक्सर नक्शा एक ऐसी लड़की का हुआ करता है जो देखने में ऐश्वर्या जैसी लगे, हेमामालिनी जैसी परम्पराओं पर चलनेवाली हो, कहीं जाये तो वह सुष्मिता सेन की तरह नजर आये और

उसका व्यक्तित्व शिल्पा शेट्टी जैसा हो। आपका नक्शा भी एक ऐसी ही लड़की का तो नहीं है?''

''नहीं, ऐसा नक्शा नहीं है,'' बैजनाथ ने बिना सहदेव झा की ओर देखे जवाब दे दिया, ''किसी भी तरह की एक लड़की चाहिए।''

''यह तो अच्छी बात है; काम आसान हो गया, नहीं तो सर्वगुणसम्पन्न लड़की को ढूँढ़ निकालना एक मुश्किल काम होता है,'' आकाश बाबू बोले, ''अब सवाल यह है कि क्या आपको ऐसी लड़की चाहिए जो कोई खेल खेलना जानती हो, जैसे टेनिस, बैडमिंटन, शतरंज आदि?''

जवाब देने के लिए सहदेव झा की ओर देखने की जरूरत नहीं पड़ी। बैजनाथ ने अपनी बुद्धि से ही जवाब दे दिया,''मैं कोई खेल नहीं खेलता; कोई खेल नहीं खेलनेवाली लड़की भी चलेगी।''

''काम और भी आसान हो गया,'' आकाश बाबू आगे बढ़े, ''पुजारीजी ने बताया था कि आपके माँ-बाप नहीं हैं। यह एक अच्छी बात है, नहीं तो ऐसी लड़की ढूँढ़ने की जरूरत पड़ जाती जो सास-ससुर के पाँव छुए। अक्सर शहर की लड़कियाँ झुककर सास-ससुर के चरण छूना नहीं चाहतीं। मगर ऐसी लड़की की जरूरत आपको महसूस हो सकती है जो खाना बनाना जानती हो। बहुत लोग ऐसे होते हैं जो नौकर के हाथ का खाना नहीं खाते।''

बैजनाथ ने कोई शर्त नहीं रखी, ''मैं किसी के हाथ का भी खाना खा सकता हूँ। मेरे घर में बहुत नौकर-चाकर हैं। घर की मालकिन खाना बनाये, यह जरूरी नहीं है।''

''बात बनती जा रही है,'' आकाश बाबू ने सुनाया, ''शादी के बाद शहर की लड़की मजबूरी में पाक-शास्त्र पढ़-पढ़कर कच्चा-पक्का खाना तो बना लेती है, मगर शादी से पहले जिस घर में यह मजबूरी नहीं देखती है, उस घर में कूद पड़ने के लिए अधिक तैयार रहती है। अब एक बात और पूछना चाहूँगा।''

''जो कुछ पूछना हो, पूछ लीजिए, आकाश बाबू,'' सहदेव झा बोल गया,''बाद में कोई गड़बड़ी नहीं हो।''

हाँ में सिर हिलाकर आकाश बाबू बैजनाथ से कहने लगे, ''आप तो जमींदार खानदान के रहे हैं, बाप-दादा की रईसी-ऐयाशी देखी ही होगी और कुछ-कुछ रंगीन तबियत तो आपने भी पायी ही होगी। बाप-दादा के जमाने में आपने देखा होगा कि कानपुर-लखनऊ की तवायफें दौरे पर निकलती थीं और इलाके के रईसों-जमींदारों के यहाँ अपना नाच-गाना प्रस्तुत करती थीं। अब वह जमाना नहीं रहा; तवायफें दौरे पर नहीं आतीं, मगर नाच-गाना का शौक मर तो नहीं गया होगा।'' इतना कहकर उन्होंने पूछा, ''क्या आपको डांसर बीवी चाहिए, नाचनेवाली?''

''नहीं, सर,'' बैजनाथ ने चुस्त जवाब दिया, ''मेरा घर गाँव में है; गाँव के घर में बीवी को नचाना अच्छा नहीं लगता।''

''घर में नहीं,'' आकाश बाबू बोले, ''मगर जब कभी पार्टीज या डिस्को में आप जाते होंगे, तब तो महसूस करते होंगे कि आपके साथ नाचने के लिए डांसर बीवी चाहिए?''

''मैं कहीं नाचने नहीं जाता हूँ, सर।''

आकाश बाबू हँस पड़े, ''लगता है, आप अपनी आमदनी बहुत सँभालकर रखते चले जाते हैं। घर के बाहर कोई खर्च होने ही नहीं देते।'' हँसना समाप्त कर बोले, ''यह अच्छी बात है कि बाहर नहीं जाते, मगर नशा-पानी का शौक तो होगा ही और घर के अन्दर यह सब चलता होगा। ऐसी हालत में तो आप चाहेंगे कि आपका साथ देने के लिए बीवी भी स्मोक-ड्रिंक करनेवाली हो, जाम-से-जाम टकराये, सिगरेट का धुआँ उड़ाए?''

''नहीं, सर, ऐसी बीवी नहीं चाहिए,'' बैजनाथ ने झट जवाब दे दिया, ''मैं नशा-पानी भी नहीं करता।''

''यह तो और भी अच्छी बात है कि घर के अन्दर भी आप नशा-पानी पर खर्च होने नहीं देते।''

''इन्हें किसी खर्च से परहेज नहीं है, आकाश बाबू,'' सहदेव झा ने टोका, ''मगर इन्हें कोई हाईफाई बीवी नहीं चाहिए। ये शान्त स्वभाव के आदमी हैं, किसी तरह का तनाव पसन्द नहीं करते।''

''आप शहर की उस लड़की को तो हाईफाई नहीं कहेंगे जो घर में फिल्मों के डायलॉग बोले?'' आकाश बाबू पूछ बैठे।

''नहीं, वह हाईफाई नहीं हुई,'' सहदेव झा बोला, ''शहर के तो बच्चे भी फिल्मों के डायलॉग में ही बातें करते हैं।''

''बोले न बोले, उसकी मरजी,'' बैजनाथ ने सुनाया, ''मुझे इस बात से कोई लेना-देना नहीं।''

''अब मैं समझ गया कि आपको कैसी लड़की चाहिए,'' बोलकर आकाश बाबू ने स्पष्ट किया, ''आपको मल्लिका शेरावत जैसी लड़की चाहिए जिसे देख-देख जीने का मन करे। चाहिए न ऐसी?''

''हाँ सर, जीने का मन करे,'' बैजनाथ बोल गया, ''मरने का मन नहीं करे।''

आकाश बाबू ठठाकर हँसे, ''आपने मेरा काम बिल्कुल आसान कर दिया। आपको हजारों में एक ढूँढ़कर दूँगा मैं।''

''यह बात मैंने पहले ही बैजनाथ सिंह मंडलजी से कही थी,'' सहदेव झा बोला, ''कि मैंने आकाश बाबू से बात कर ली है और अब आप निश्चिन्त हो जाइए कि यहाँ एक बहुत अच्छी लड़की से ब्याह कर उसे घर ले जाएँगे।''

आकाश बाबू मुस्कराए और कहा, ''एक बात और, पुजारीजी।''

''बोलिए।''

''अब लड़की के पक्ष से सोचिए।''

''हाँ, सोचिए।''

''कोई अच्छी लड़की या उसका बाप यह तो जरूर चाहेगा कि लड़का दिलवाला और दौलतवाला हो?''

''जरूर चाहेगा।''

''दिल और दौलत देखने यहाँ से कोई आपके घर तो नहीं जाएगा,'' आकाश बाबू ने

सुनाया, "लड़कीवाले तो यहीं आपका दिल भी देखेंगे और दौलत भी।"

"यहीं दिखा देंगे," पलटू बोला और फिर पूछ बैठा, "मगर दिखाएँगे किस तरह?"

"किस ठाटबाट और धूमधाम से आप शादी करते हैं,शादी में खुले हाथ खर्च करते हैं या हाथ खींचकर," आकाशबाबू ने बताया, "इन सबमें ही देखा जाएगा कि आपका दिल कैसा है और कितनी दौलत है आपके पास।"

"हाथ खींचकर क्यों करेंगे?" पलटू ने जोर देकर कहा, "हाथ खोलकर करेंगे खर्च।"

"आप किस मद में क्या खर्च करेंगे, इसकी एक सूची शादी से पहले ही लड़कीवाले को सौंप देनी होगी।"

"बनाइए सूची; हो सूची से ही शादी," बोलकर पलटू ने बैजनाथ से कहा, "कीजिए शादी ठाटबाट से, धूमधाम से।"

"सबसे पहले हम वर-वधू के परिधानों की बात करें," आकाश बाबू ने बोलना शुरू किया, "परिधानों में लहँगे, सूट, साड़ी और शेरवानी पसन्द की जाती हैं। अलग-अलग डिजाइनरों के अलग-अलग कलेक्शन हैं और उनकी कीमतें भी अलग-अलग हैं। नामी डिजाइनर रीतू कुमार के बनाए लहँगे की कीमत दो लाख रुपये तक है।"

"दो लाख!" बैजनाथ के मुँह से शब्द गिरे, "अरे बाप!"

"अधिक-से-अधिक दो लाख," आकाश बाबू ने झट सुनाया, "बीस हजार के लहँगे भी हैं इनके पास।"

"कीमत तो ऊँची ही कहलाएगी।" पलटू ने बैजनाथ का पक्ष लिया।

"वस्त्रों में रेशम की कढ़ाई, आरी, जरदोजी आदि का काम ज्यादा होता है," आकाश बाबू ने बताया, "इनमें सोने-चाँदी के तारों और कीमती पत्थरों का भी खुलकर उपयोग किया जाता है। इन कारणों से इनकी कीमतें बढ़ी हुई रहती हैं। रीतू कुमार के कलेक्शन में साड़ियाँ भी दस हजार से लेकर पैंतीस हजार तक की मिलेंगी। एक-दूसरे डिजाइनर हैं निखिल शांतनु। इनके परिधानों की कीमत साठ हजार रुपये से लेकर डेढ़ लाख तक है।"

किसी को कुछ नहीं बोलते देख आकाश बाबू ने आगे सुनाया, "अगर आप लोगों को लगता है कि ये कीमतें आसमान छू रही हैं, तो आसमान से नीचे आ जाइए। इसके लिए आपको ग्यान्स कम्पनी के पास जाना पड़ेगा। इनके कलेक्शन की कीमत ढाई हजार से अस्सी हजार तक है। इनके कलेक्शन में आपको इंडो-वेस्टर्न स्टाइल मिलेगा। इन्होंने अपना कलेक्शन यह मानकर तैयार किया है कि अब यह जमाना नहीं रहा कि वधू लम्बे घूँघट में रहे; अब तो लहँगे के साथ स्लीवलेस और बैकलेस चोली पहनने का फैशल चल पड़ा है।"

"नहीं-नहीं, गाँव में यह स्टाइल नहीं चलेगा," पलटू ने टोका, "वहाँ तो घूँघट वाला स्टाइल चाहिए। क्यों, बैजनाथ बाबू?"

"हाँ," बैजनाथ ने कुछ अनमने ढंग से कहा, "गाँव में दुलहन गाँव के फैशन पर नहीं चलेगी, तो सब दुरदुराएँगे। गाँव में तो अधिक चमक-दमकवाले कपड़े को देखकर भी लोग छिया-छरद करेंगे।"

बैजनाथ पर एक निगाह डालकर पलटू बोला, "गाँव के फैशनवाला कोई और कलेक्शन

बताइए, आकाश बाबू।''

''कुछ और सस्ता भी?'' आकाश बाबू बोला।

''हाँ।'' बैजनाथ की आवाज आयी।

''आप निशा सागर का कलेक्शन ले लीजिए,'' आकाश बाबू ने राय दी, ''इनकी साड़ियों पर रेशम और हाथ से की गयी पेंटिंग का काम अधिक मिलेगा। इनके कलेक्शन की कीमत आठ हजार से लेकर चालीस हजार तक है।''

''कम से कम, तब भी आठ हजार!'' फिर शब्द गिरे बैजनाथ के मुँह से, ''अरे बाप!''

''नहीं, इसमें बाप नहीं,'' आकाश बाबू बोल गये, ''शादी बार-बार नहीं होती। यही तो एक मौका मिलता है पैसा खर्च करने का। कहाँ खर्च करेंगे आप अपने पैसे? और अगर यहाँ पैसा खर्च हो रहा है, तो कहीं बच भी तो रहा है।''

''कहाँ बच रहा है?'' बैजनाथ कुछ पूछने लायक नहीं रह गया था, इसलिए पलटू ने पूछा।

''आभूषणों की खरीद में।'' आकाश बाबू ने बताया, ''खरीदनेवाले तो अभी भी खरीद ही रहे हैं सोना, हीरा, मोती और प्लेटिनम के आभूषण, मगर अब सोने की पॉलिश किये आभूषण ही अधिक बिक रहे हैं। अब लड़कियाँ यह देखती हैं कि आभूषण कितने आधुनिक और सुन्दर डिजाइन के हैं। इन आभूषणों की विशेषता है कि सोने से कम नहीं और खो जाने का गम नहीं। सैन गोल्ड ज्वेलर्स के गोल्ड पॉलिश आभूषणों की कीमत पाँच सौ से लेकर पचीस हजार रुपये तक है।''

''सिर्फ पाँच सौ!'' पलटू बैजनाथ की ओर देखकर बुदबुदाया।

''हाँ, सिर्फ पाँच सौ, और अधिक से अधिक पचीस हजार।'' आकाश बाबू ने दुहराया और आगे बढ़े, ''नक्शा ज्वेलर्स के पास ह्वाइट गोल्ड और डायमंड की मॉडर्न ज्वेलरी है। इनकी कीमत भी सिर्फ दो हजार से शुरू होती है और सत्तर हजार रुपये तक जाती है।''

''दो हजार भी अधिक नहीं हुए!'' पलटू फिर बुदबुदाया।

''सिर्फ कीमत सुनकर आपको भले ही यह लगे कि ये सस्ते आभूषण न जाने कैसे होंगे,'' आकाश बाबू बोले, ''मगर जब आप इन आभूषणों को देखेंगे तो देखते रह जाएँगे, नजर हटाने का मन नहीं करेगा।''

''इसके बाद तो कोई खर्च नहीं?'' पलटू बोला, ''सिर्फ सिन्दूर का खर्च?''

''शादी से पहले ही लड़की यह जरूर जान लेना चाहेगी,'' आकाश बाबू बोले, ''कि जिस घर में जा रही है वह, उस घर का रसोईघर कैसा है, वहाँ फूड प्लेट्स कैसे हैं, डिनर सेट और कॉफी सेट कैसे हैं।''

''इन पर तो सोना-हीरावाला खर्च नहीं आएगा।'' बैजनाथ राहत की साँस ले, इसलिए पलटू उसकी ओर देखकर बुदबुदाया।

''अगर आप मैगपी के स्टील बरतन खरीदते हैं, तब तो कुछ खर्च आ सकता है,'' आकाश बाबू ने बताया, ''फुल प्लेट की कीमत होगी छह सौ पंचानबे रुपये, चम्मच की कीमत पचहत्तर रुपये और चाकू की कीमत एक सौ रुपये। डिनर सेट नौ हजार नौ सौ पंचानबे रुपये में

मिल जाएगा और कॉफी सेट की कीमत होगी उनतीस हजार नौ सौ पंचानबे।''

''चाकू-चम्मच तो बाजार में बहुत सस्ते में बिकते हैं,आकाश बाबू।'' पलटू ने सुनाया।

''सस्ते में तो आपको डिनर सेट और कॉफी सेट भी मिल जाएँगे,'' आकाश बाबू ने बताया, ''मगर आपको यह सोचना होगा कि जैसे बरतन लेंगे आप वैसी ही लड़की भी लाएँगे आप। बरतन जितने महँगे होंगे, लड़की उतनी गुणसम्पन्न होगी; बरतन जितने सस्ते होंगे, लड़की उतनी ही साधारण और कामचलाऊ होगी।''

''हम सोच लेते हैं कि कैसे बरतन खरीदेंगे हम।'' पलटू ने सिर झुकाए बैठे बैजनाथ की ओर एक नजर डालकर आकाश बाबू से कहा।

''सोच लीजिए।'' बोलकर आकाश बाबू आगे बढ़े, ''अब आइए आप शादी के बाद नये घर में व्यवहार किये जानेवाल तकिये, चादर, गिलाफ वगैरह पर। 'सीजन्स' ने सिल्क फेब्रिक्स पर जरदोजी और सिक्वेंस का काम किया है। इनके सामान की कीमत दो सौ रुपये से लेकर नौ हजार रुपये तक है। 'हैंड्स कार्पेट्स' वाले के पास आपको शुद्ध ऊन और सिल्क पर हाथ की कारीगरी से बने कालीन और आसन मिलेंगे। यहाँ कीमत होगी तीन सौ रुपये से लेकर डेढ़ लाख रुपये तक।''

''हम सौ-हजार से भी काम चला सकते हैं?'' जानकारी लेने के अन्दाज में पलटू ने पूछा।

'सौ' सुनकर बैजनाथ ने एक बार सिर उठाया तो था, मगर 'लाख' याद आते ही फिर सिर झुकाकर बैठ गया।

''हाँ, चला सकते हैं,'' आकाश बाबू बोले, ''आप जो निमन्त्रण पत्र छपवाएँगे, वह एक पन्द्रह रुपये का हो सकता है और पन्द्रह सौ रुपये तक का भी।''

'पन्द्रह' सुनकर भी इस बार बैजनाथ ने सिर नहीं उठाया।

आजकल अच्छे कार्ड में मोती और रेशम के धागों से तरह-तरह की कढ़ाइयाँ की जाती हैं,'' आकाश बाबू ने बताया, ''लड़कीवाले यह देखकर ही कि आप कितने कार्ड छपवाएँगे और किस कीमत के कार्ड छपवाएँगे, जान जाएँगे कि आपकी क्या हैसियत है। ऐसा न हो कि कार्ड की कीमत देखकर लड़की बिदक जाये कि किस कँगले के साथ शादी होने जा रही है या कार्ड की गिनती सुनकर उसका बाप उखड़ जाये कि यह कैसे कुलहीन जमींदार का बेटा-पोता है।''

''कार्ड हम अच्छा ही छपवाएँगे, आकाश बाबू, और सौ से कम तो नहीं ही छपवाएँगे।'' पलटू ने बोलना जरूरी समझा।

''कोशिश यह रहे कि कार्ड चार सौ से कम नहीं छपाए जाएँ।''

बैजनाथ को देख-देखकर अब तक इतना निराश हो चुका था पलटू झा कि बड़े ही उत्साहित स्वर में बोल गया, ''छपवा लेंगे चार सौ, पाँच सौ; मन्दिर में पूजा-भजन के लिए लोग आते ही रहते हैं; एक-एक को थमाते चले जाएँगे।''

''एक खर्च डेकोरेशन का भी है,'' आकाश बाबू ने बताया, ''यह भी एक जरूरी खर्च है।''

''कितना खर्च आएगा डेकोरेशन पर?''

"डेकोरेशन करनेवाले को अलग से बुक किया जाता है। इसका खर्च भी हजारों-लाखों में है।"

"हम लाख तक चले जाएँगे," पलटू ने जवाब दिया, "लाखों में नहीं जाएँगे।"

"एक लाख का डेकोरेशन भी अच्छा माना जाएगा," आकाश बाबू ने खुशी जाहिर की, "इससे भी बहुत कम खर्च आएगा कॉस्मेटिक्स और फोटोग्राफी पर। इनमें तीस-चालीस हजार से अधिक नहीं लगेंगे।"

"और कोई खर्च?" पलटू ने पूछा।

"हाँ,एक खर्च और," आकाश बाबू बोले, "और शादी का आखिरी खर्च। रिवाज है शादी के बाद वर-वधू के हनीमून में जाने का। जिनके पास पैसा है, वे हनीमून मनाने विदेश जाते हैं। जो कम खर्च में काम निकाल लेना चाहते हैं, वे देश के अन्दर ही किसी पर्यटन-स्थल की ओर निकल जाते हैं।"

"इंग्लैंड-अमेरिका जाने में कितना खर्च आएगा?"

"उसमें तो कुछ लाख निकल जाएँगे," आकाश बाबू बोले, "आजकल लोग सिंगापुर जाया करते हैं। वहाँ इंग्लैंड-अमेरिका से अधिक रंगीनी है। एक लाख में काम चल जाएगा। मेरी राय है कि सिंहजी हनीमून के लिए सिंगापुर ही जाएँ।"

"सिंगापुर ही सही; खर्च कम, रंगीनी अधिक," पलटू झा बोला, "आपने बैजनाथ बाबू का खर्च बचा दिया, आकाश बाबू," पलटू झा मुस्कराया, "आगे और कोई खर्च भी नहीं। अब बच गया बस एक सिन्दूर का खर्च।"

"हाँ," आकाश बाबू भी मुस्करा उठे, "बस एक सिन्दूर का खर्च।"

"खर्च का अन्दाजा तो लग गया, आकाश बाबू," सहदेव झा बोला, "अब हम लोगों को सूची बना लेनी है।"

"सारे मदों पर अलग-अलग सोचना है बैजनाथ सिंह मंडलजी को," पलटू बोला, "इन्हें आज भी सोचने का समय दिया जाये। हम कल सुबह सूची तैयार कर लेंगे।"

"मैं तो अब नहीं आ सकूँगा," आकाश बाबू बोले, "सूची तैयार कर पुजारीजी के हाथ मेरे पास भिजवा दें। सूची मिलते ही हम अपना काम शुरू कर देंगे।" इतना बोलकर आकाश बाबू वहाँ से विदा हो गये।

उनके जाते ही बैजनाथ ने भी उठते हुए कहा, "अभी मैं भी जाता हूँ; कल सुबह आऊँगा।"

(10)

जब आकाश बाबू ने सूची बनाने के लिए खर्च के मदों का ब्योरा देना शुरू किया था, तो हर मद के साथ बैजनाथ मंडल की जमीन-जायदाद का एक हिस्सा बिक जाता था और वह कुछ अधिक उदास हो जाता था। गाँवों में मुसीबत में किसी को भी औने-पौने दाम में जमीन बेचनी पड़ती है, मगर बैजनाथ ने चालू दर से कुछ बढ़ाकर ही अपनी जमीन का दाम लगाया; तब भी

डेकोरेशन तक पहुँचते-पहुँचते उसकी पूरी जमीन बिक गयी और हाथ से आधा घर भी निकल गया। जो आधा बचा था, वह कॉस्मेटिक्स और फोटोग्राफी में चला गया। अब उसके पास सिर्फ बगीचा और पोखर बचे थे। ये हनीमून में उड़ गये। अब दुलहन को फुलकाहा ले जाने के लिए रेलभाड़ा भी नहीं बच रहा था। तो अब फुलकाहा भी कैसे जाये वह? अब वहाँ रहा क्या? न घर, न जमीन।

वह धीरे-धीरे निढाल हुआ था, और जब मन्दिर से बिहारी कॉलोनी के लिए चला तो बिल्कुल बेहाल था। न जाने कब तक वह इस बेहाली में रहा! कहकर गया था कि अगली सुबह वह आएगा, पर पूरा दिन इन्तजार करते रह गये उसका पलटू झा और सहदेव झा।

बैजनाथ मंडल के जाने के बाद मौन पसरा गया मन्दिर में। करीब घंटा भर बीतने के बाद सहदेव झा ने हँसते हुए पलटू झा से कहा, ''बैजनाथ मंडल तो ऐसा भागा है जैसे कि अब कभी लौटकर आएगा ही नहीं।''

पलटू ने हँसी में साथ नहीं दिया और गम्भीर स्वर में बोला, ''आपने उसे भगाया ही है उस तरह।''

''मैंने भगाया या आकाश बाबू ने?''

''आकाश बाबू को बुलाया तो आपने ही था।''

''मैंने कोई जान-बूझकर थोड़े ही बुलाया था!'' सहदेव झा बोला, ''मैं खुद नहीं जान रहा था कि दिल्ली में इतनी महँगी शादियाँ होती हैं।''

''अब तो किसी ऐसे आदमी को बुलाइए जो सस्ते में शादी करा दे।''

''मैं लगा हुआ तो हूँ,'' सहदेव झा ने सुनाया, ''एक आकाश बाबू से ही तो कहने नहीं गया था; और भी कई मुहल्लों में बैजनाथ मंडल की चर्चा कर चुका हूँ।''

''बैजनाथ मंडल की या बैजनाथ सिंह मंडल की?''

''बैजनाथ मंडल की।''

इसके बाद बैजनाथ की शादी को लेकर उन दोनों के बीच कोई बात नहीं हुई। बैजनाथ अगली सुबह नहीं आया था। पलटू झा अपने धन्धे पर चला गया। बैजनाथ उससे मिलने उसकी दुकान पर भी नहीं आया। पलटू को यह चिन्ता सताने लगी कि कहीं वह घबराकर दिल्ली से भाग न गया हो।

उस दिन जब सहदेव झा दोपहर को निकलकर रात में आया, तो आते ही पूछा, ''बैजनाथ मंडल से मुलाकात हुई?''

''नहीं।'' पलटू ने छोटा-सा जवाब दिया।

''घर तो नहीं भाग गया?''

''क्या पता!''

''उसकी शादी की बात बन रही है,'' सहदेव झा बोला, ''सचमुच बदकिस्मत है क्या?''

''शादी की बात बने,'' पलटू बोला, ''तो मैं उसे घर से भी बुला लाऊँगा।''

''उसे बुलाना तो होगा बात पक्की करने के लिए।''

"मैं सुबह जाता हूँ बिहारी कॉलोनी। अगर वहाँ होगा, तो लेकर आ जाऊँगा।"

"हाँ, जाइए और बुला लाइए।"

"क्या कहूँगा उससे?"

"यही कि वह लड़कीवालों के साथ बात पक्की करने आ जाये।"

"लड़कीवाले आनेवाले हैं?"

"हाँ, आनेवाले हैं, दो-दो जगहों से। आज मेरी उन लोगों से बातें हुई हैं।" सहदेव झा ने सुनाया, "मगर पहले मैं मंडलजी की हाँ सुन लूँ, फिर उन्हें आने के लिए खबर करूँगा।"

"किस बात पर हाँ?" पलटू झा पूछ बैठा, "यहाँ भी आकाश बाबू बीच में हैं क्या?"

"अब और आकाश बाबू नहीं!" सहदेव झा ने कहा, "अब मैं आकाश बाबू को अलग रखकर बातें कर रहा हूँ।"

"दिल्ली के हैं, तो कोई सूची भी जरूर होगी इनके पास भी?"

"सूची है, पर उसमें कोई खर्च नहीं है, सिर्फ एक शर्त है।"

"क्या शर्त है?"

"वह मैं बैजनाथ मंडल के आने पर उसे बताऊँगा," सहदेव झा बोला, "आप उसे शर्त सुना दीजिएगा, तो शायद वह नहीं भी आये। मैं यहाँ उस शर्त पर राजी होने के लिए उसे मना लूँगा।"

"मेरा जाना और उसे लेकर आना बेकार तो नहीं होगा?"

"नहीं, जब शादी नहीं हो रही है उसकी और उसे शादी करनी है, तब यह शर्त उसके लिए बहुत मामूली है।"

जब पलटू झा बैजनाथ मंडल को साथ लेकर आया, तो उनके मन्दिर में कदम रखते ही सहदेव झा ने बैजनाथ मंडल से मुस्कराते हुए पूछा, "आप भाग क्यों गये, मंडलजी?"

"मैं भागा तो नहीं था," बैजनाथ मंडल ने जवाब दिया, "कहकर गया था कि आऊँगा, मगर मैं दुखी होकर गया था यहाँ से।"

"क्यों?"

"आपने मेरा गलत परिचय देकर बुलाया था आकाश बाबू को।"

"यह गलती हुई कि आपके बाप-दादा को जमींदार बताया?"

"नहीं, उससे बात नहीं बिगड़ी," बैजनाथ बोला, "जमींदारों के बेटों-पोतों को कौन पूछता है अब? हमारे इलाके में तो कोई नहीं पूछता। है किसी जमींदार के बेटे-पोते की कुव्वत कि गाँव से दिल्ली आकर यहाँ की सूची से शादी कर ले? आकाश बाबू ने कभी ऐसे किसी राजकुमार की शादी करायी भी होगी क्या? किसे नहीं पता है अब उनके बुरे हाल का? बाग-बगीचे तक बिक गये हैं उनके। डिनर सेट और कॉफी सेट की तो बात ही मत कीजिए, घर के पुराने बरतन-बासन बेच देने के बाद वे क्या सौ-सौ रुपये के चाकू और पचहत्तर रुपये की चम्मच भी खरीद सकेंगे?"

"तो यह बोलना बुरा हुआ कि आपके पास तीन सौ बीघे जमीन है?"

"नहीं, बुरा यह बोलना भी नहीं हुआ," बैजनाथ बोला, "अब कोई सुननेवाला ऐसी बातों का विश्वास ही कहाँ करता है! हमारे इलाके में तो डींग हाँकनेवाले हाँकते हैं, सुननेवाले मुस्कराते हैं। खाता-खतियान जरूर दिखा देगा कोई तीन सौ और चार सौ बीघे का, मगर पता लगाने पर पता चलेगा कि कब्जे में सिर्फ दस-बारह बीघे जमीन ही है, अधिक से अधिक बीस-पचीस बीघे; शेष जमीन पर औरों ने कब्जा कर लिया है और उसकी उपज खा रहे हैं। आकाश बाबू की भी तो ऐसे लोगों से मुलाकात हुई ही होगी जिन्होंने हजार-पाँच सौ बीघे बात की होगी और सूची से शादी करने के पहले ही भाग गये होंगे। आपने भी जब मुझे तीन सौ बीघे का जोतदार बताया होगा, तो आकाश बाबू मुस्कराए होंगे।"

"तो फिर यह नहीं बताना था कि आपके पास सोने की ईंटें हैं?"

"यह भी तो नहीं कहा कि सिर्फ एक-आध ईंट है," बैजनाथ मंडल बोला, "एकबारगी छलाँग मारकर पन्द्रह-सोलह पर चले गये। यहीं उनकी पहली मुस्कराहट बिला गयी होगी और दूसरी मुस्कराहट उतर आयी होगी।"

"दूसरी मुस्कराहट?"

"हाँ, यह सोचकर कि अब सूची से शादी हो जाएगी।"

"मेरा पासा उल्टा पड़ गया, मंडलजी," सहदेव झा ने सुनाया, "मैंने ब्याह पक्का कर लेने के विचार से यह सब कहा था; सोचा था कि यह सब सुनाने से अच्छी से अच्छी लड़की हाथ लग जाएगी। मैं क्या जानता था कि ऐसा कहूँगा, तो गोटी मेरे हाथ से निकल जाएगी! आकाश बाबू की सूची का खयाल कभी मेरे दिमाग में आया ही नहीं।"

"पलटूजी के दिमाग में भी तो कोई खयाल नहीं आया," बैजनाथ बोला, "शुरू में ही सुना दिया कि शादी ठाटबाट से करेंगे, धूमधाम से करेंगे; उछल-उछलकर खर्च बढ़ाने लगे, निमन्त्रण-पत्र चार सौ नहीं, पाँच सौ छपवाएँगे। इन्हें यह खयाल तक नहीं आया कि जब ब्याह के बाद कंगाल हो जाऊँगा तो इनके लिए कहाँ से भीख माँगकर मन्दिर बनवाऊँगा?"

"मैं तो बाद में उल्टीवाणी बोल रहा था, बैजनाथ बाबू," पलटू बोला, "मन्दिर का खयाल तो बराबर मेरे दिमाग में रहा है।"

"यह खयाल तो आना था आपके दिमाग में, सहदेव बाबू," बैजनाथ ने सहदेव झा से कहा, "कि अगर लड़कीवालों ने सोने की एक ईंट भी दिल्ली ले आकर दिखाने को कह दिया, तब क्या होगा? जो फुलकाहा नहीं जा रहा था मेरा घर देखने, वह सोने की कम से कम एक ईंट तो जरूर देख लेना चाहता।"

"कल जिन दो लड़कीवालों से मैंने बातें की हैं, उन्हें वैसा कुछ नहीं कहा है जो आकाश बाबू के आगे बक दिया था।"

"कोई सूची भी है इन दोनों के पास?"

"नहीं, सूची नहीं है," सहदेव झा बोला, "मगर एक शर्त है।"

"क्या शर्त है?"

"एक की शर्त यह है कि शादी के छह महीने के अन्दर अगर लड़का माँ-बाप के साथ दिल्ली में रह रहा है,तो माँ-बाप से अलग होकर दिल्ली में एक फ्लैट ले ले। मैंने उन्हें यह शुभ

समाचार दे दिया कि लड़के को माँ-बाप से छुट्टी मिल गयी है। अब बाप को अपनी बेटी के लिए सिर्फ एक फ्लैट चाहिए; इस शर्त के बाद कोई सूची नहीं।''

''दूसरे की शर्त?''

''इसकी शर्त है कि आप अपनी गाँव की जमीन-जायदाद बेचकर दिल्ली में बस जाएँ। दिल्ली की बेटी दिल्ली या दिल्ली जैसे शहर में ही रहना चाहती है और उसका बाप भी नहीं चाहता कि बेटी दूर देस देहात में जाकर बसे।''

कुछ देर गुमसुम रहकर बैजनाथ ने सहदेव झा को सुना दिया, ''मैं गाँव लौट जाता हूँ,सहदेव बाबू; नहीं कर सकूँगा दिल्ली में ब्याह। आपको बुलाने पर आ गया, नहीं तो इतनी दूर दिल्ली क्यों आता भला!''

''मेरे बुलाने पर क्यों आने लगे आप!'' सहदेव झा ने झनकती आवाज में जवाब दिया, ''आप तो यहाँ आने के लिए मुझसे लटक गये थे।''

''आपने लटकने के लिए मजबूर नहीं किया था क्या?'' बैजनाथ ने भी कुछ उखड़ती आवाज में सुनाया, ''शादी का भरोसा नहीं दिलाया था आपने? याद कीजिए, नवरसिया में सात-सात शनिदेवों के प्रकोप को दूर कर मेरे घर सात-सात औरतों को बिठा देने की बात कही थी आपने। यहाँ आते समय भी आपने कहा था कि एक का जुगाड़ करेंगे आप।''

''जुगाड़ तो मैंने किया,'' सहदेव झा बोला, ''आप ब्याह को तैयार नहीं हो रहे।''

''यह जुगाड़ करना हुआ क्या?'' बैजनाथ ने जवाब दिया, ''जुगाड़ करते वक्त यह देखो कि ब्याह करने की मेरी औकात है या नहीं?''

''औकात तो है आपकी।''

''एक फ्लैट की क्या कीमत होगी?''

''सात-आठ लाख रुपये में मिल जाएगा एक फ्लैट।''

''अपनी सारी जमीन-जायदाद बेचकर मैं एक फ्लैट खरीद लूँ?''

''जब फ्लैट खरीदकर दिल्ली में बस जाना है, तब क्या फर्क पड़ता है कि फुलकाहा में आपकी कोई जमीन-जायदाद रहे न रहे?''

''दिल्ली में जिसके पास फ्लैट नहीं होता,'' बैजनाथ पूछ बैठा, ''उसका ब्याह क्या दिल्ली में नहीं होता?''

''दिल्ली में दिल्ली के गरीबों के ब्याह होते हैं,'' सहदेव झा ने सुनाया, ''बाहर के गरीब यहाँ कमाने आते हैं,ब्याह करने नहीं। जो बाहर से गरीब आते हैं,वे गाँव से ब्याह कर आते हैं या पहले कामकर दिल्ली में फ्लैट खरीदते हैं, तब यहाँ ब्याह रचाते हैं।''

''दिल्ली का बिना फ्लैटवाला गरीब दिल्ली में ब्याह कर सकता है, तो बाहर का जमीन-जायदादवाला गरीब क्यों नहीं कर सकता? मैं कोई वैसा गरीब भी नहीं हूँ; बीस बीघे जमीन है, बाग-बगीचे हैं,पोखर-तालाब हैं।''

''कारण तो बता दिया कि दिल्ली में पली-पुसी लड़की दूर देहात में जाना नहीं चाहती।''

''मुझे पक्की जानकारी है कि यहाँ की लड़कियाँ ब्याह कर दूर देहातों में रहने गयी हैं।''

''इसके साथ यह जानकारी नहीं मिली है कि वे देर-सबेर भागकर चली भी आयी हैं?''

''भागकर क्यों आएँगी ?''

''भागकर आने के लिए ही वे ब्याह करती हैं,'' सहदेव झा ने कहा, ''कहिए, तो किसी दलाल से मिलकर ऐसी एक लड़की आपके लिए भी ढूँढ़ निकालूँ? दलाल दो-चार हजार रुपये लेगा और दिल्ली रेलवे स्टेशन पर एक लड़की का हाथ आपको पकड़ा देगा। अब इसके बाद यह ठीक नहीं कि वह लड़की मुगलसराय में गायब हो जाती है या पटना तक आपके साथ जाती है। अगर लड़की अधिक चालाक हुई तो आपके घर तक चली जाएगी और महीना भर के अन्दर पहनाये गये गहने-जेवर और आपका जमा-जथा लेकर उड़नछू हो जाएगी।''

''नहीं, ऐसी लड़की नहीं,'' पलटू झा ने टोक दिया, ''फिर तो दुहरा काम हो जाएगा, ब्याही को ढूँढ़ो और साथ-साथ एक अनब्याही को भी ढूँढ़ो।''

''हाँ,ऐसी लड़की मुझे नहीं चाहिए।'' बैजनाथ ने पलटू की बात का समर्थन किया।

''तब आपके देहात जानेवाली ऐसी लड़की मिलेगी जिसे आप ही कबूल नहीं करेंगे, नाक-भौं सिकोड़ेंगे।'' सहदेव झा ने सुनाया।

''नहीं सिकोड़ूँगा नाक-भौं, कबूल कर लूँगा,'' बैजनाथ बोला, ''आप बताइए तो, कैसी लड़की ?''

''दिल्ली में लगभग रोज ही लड़कियों का बलात्कार हो रहा है,'' सहदेव झा ने बताना शुरू किया, ''जिन लड़कियों के बलात्कार की खबरें अखबारों में छप जाती हैं, उनके माँ-बाप जरूर उन्हें दिल्ली से बाहर निकाल देना चाहते होंगे। इन लड़कियों में से एक आपको मिल सकती है। इस एक लड़की को ढूँढ़ निकालना होगा। आसान काम है। रोज अखबार लेकर बैठिए और जहाँ जहाँ की खबर छपी है, वहाँ-वहाँ पहुँचकर लड़की के माँ-बाप से सम्पर्क साधिए। किसी न किसी एक के माँ-बाप इसे अपना सौभग्य मानेंगे कि आप मिल गये।''

''आप चाहते हैं कि जान-बूझकर मैं मक्खी निगलूँ?'' बैजनाथ ने साफ नकार दिया, ''ऐसी लड़की भी मुझे नहीं चाहिए।''

''तो फिर कहाँ से लाएँ आपके लिए लड़की ?'' सहदेव झा खीझ उठा, ''कहीं तो हाँ कहिए,'' सहदेव झा ने जोर देकर कहा, ''दिल्ली में अपना घर हो, यह सपना होता है हर किसी का। भाग्य आपको दिल्ली में बसाना चाहता है, तो आप बसने को ही तैयार नहीं हो रहे।''

''कैसे बस जाऊँ दिल्ली में ?'' रुआँसी, मगर तेज आवाज थी बैजनाथ की भी।

सहदेव झा का भी उतनी ही तेज आवाज़ में जवाब आया,''ब्याह कर, फ्लैट खरीदकर, घर की जमीन-जायदाद बेचकर।''

''जमीन-जायदाद बेचकर आ जाऊँ, तो दिल्ली में खाऊँ क्या ?''

''वे यहाँ खा रहे हैं या नहीं जिन्हें घर पर जमीन-जायदाद नहीं है ?'' सहदेव झा ने सुनाया, ''आपके लिए तो मैंने पहले से ही कमाई का एक अच्छा रास्ता सोच लिया है।''

''क्या ?''

''आप अभी हट्टे-कट्टे हैं और सिर पर मन-डेढ़-मन का बोझ उठा सकते हैं। बोलिए, उठा सकते हैं या नहीं ?''

''हाँ, उठा सकते हैं।'' पलटू बोल गया।

पलटू की ओर देखकर बैजनाथ ने सहदेव झा को जवाब दिया, ''उठा सकता हूँ, जरूरत पड़ने पर।''

''अब ब्याह से बड़ी जरूरत और क्या होगी!'' बोलकर सहदेव झा ने सुनाया, ''मैं एक नेत सिंह को जान रहा हूँ। वह राजस्थान का रहनेवाला है और अभी लाजपतनगर में रह रहा है। उसने यहाँ की कमाई से अपने घर पर अच्छी जायदाद खड़ी कर ली है और वहाँ उसके बाल-बच्चे सुख से जी रहे हैं। अब वह भी अपने बाल-बच्चों के पास चला जाना चाहता है। उस आदमी को कुछ कम पैसे में पटाकर उसका बिल्ला खरीदा जा सकता है।''

''कैसा बिल्ला?''

''रेलवे कुली का।''

''किसलिए?''

''अभी आपको यह चिन्ता सता रही है न कि दिल्ली में रहेंगे तो खाएँगे क्या? तो खाइए रेलवे कुली की कमाई।''

''मैं कुली की कमाई खाऊँ?''

''कुली की नहीं, रेलवे कुली की,'' सहदेव झा जोर देकर बोला, ''कोई आसानी से बिल्ला मिल भी नहीं जाएगा। अभी कुलियों की भर्ती हो नहीं रही है और पुराने कुलियों के बिल्ले ही दूसरों को दिये जा रहे हैं। बिल्ला पाने के लिए आपको नेत सिंह का एक नजदीकी रिश्तेदार बनना होगा। कानूनन तो बिल्ला उसी को मिलता है जिसके साथ उसका खून का रिश्ता हो, मगर कुली के कहने पर नजदीकी रिश्तेदार को भी दिया जा सकता है।''

''ब्याह के बाद एक और रिश्ता जोड़ूँ यहाँ?''

''रिश्ता जोड़ने से ही काम नहीं हो गया,'' सहदेव झा बोला, ''पहले तो नेत सिंह अपने को किसी रोग का रोगी बताएगा। उसे मेडिकल जाँच में अनफिट बताया जाएगा। इसके बाद आपकी फिजिकल, मेडिकल और पुलिस जाँच होगी। जाँच के बाद एक कमिटी आपका इंटरव्यू लेकर रिपोर्ट देगी और आपकी बहाली हो जाएगी। यह सारा काम पैसे पर होता है और यह सब नेत सिंह खुद कराएगा। आपको सिर्फ बिल्ला के पैसे उसे दे देने हैं।''

''कितने पैसे?''

''मैंने यह सोचा है कि आप घर की जमीन-जायदाद बेचकर जो रकम लाएँगे, उसमें से फ्लैट खरीदने के पहले हम बिल्ला के पैसे निकाल लेंगे। फ्लैट कोई उन्नीस-बीस ले लेने से भी काम चलेगा। बिल्ला लेने में दो लाख लग जाएँगे।''

''दो लाख?''

''हाँ, दो-पौने दो लाख,'' सहदेव झा ने सुनाया, ''दो लाख इसलिए कि नेत सिंह गाजियाबाद का कुली है। अगर वह निजामुद्दीन रेलवे स्टेशन का कुली होता, तो पाँच लाख के आसपास माँगता। नयी दिल्ली रेलवे स्टेशन का कुली तो छह-सात लाख के नीचे बात ही नहीं करता।''

''कैसी राय दे रहे हैं आप, सहदेव बाबू?'' बैजनाथ बोला, ''मैं गाँव की जमीन-जायदाद बेचकर यहाँ कुली बन जाऊँ? इतना बुरा मत सोचिए। मेरी हैसियत देखिए और उसे एक कुली की हैसियत से मिलाइए।''

''उसकी हैसियत आपकी हैसियत से कम थोड़े ही है!'' सहदेव झा ने जवाब दिया, ''उसके पास जो पीतल का बिल्ला है, वह आधा किलो सोना से अधिक कीमती हुआ या नहीं? और उसके बाद उसकी कमाई देखिए। स्टेशन पर अपने रेट से उठाता है वह यात्रियों के सामान; एक छोटा-सा बैग देखकर भी कहेगा, 'पचास रुपये लगेंगे।' है ऐसी कमाई आपको अपने गाँव में?''

''जिसे गाँव में जगह-जमीन नहीं है, वही आएगा यहाँ कुली बनने,'' बैजनाथ ने ठोस जवाब दे दिया, ''मैं गाँव का खाता-पीता गृहस्थ हूँ, शहर आकर कुलीगिरी नहीं कर सकता।''

''कुलीगिरी नहीं कर सकते, तो शहर में और काम नहीं हैं क्या?'' सहदेव झा ने कहा, ''बाहर के इतने लोग आ-आकर काम पकड़ रहे हैं, आपके लिए ही काम की कमी पड़ जाएगी यहाँ! आप आ तो जाइए।''

''पहले काम तो जान लूँ।''

''क्या काम कर रहा है आपका बिजेन्दर? आप नहीं कर सकते?''

''मालिक की तरह घर पर रह रहा हूँ; यहाँ नौकर की तरह रहूँ?''

''आपके इलाके के लोग यहाँ आकर मालिक की तरह भी बहुत काम कर रहे हैं, आप भी मालिक की तरह ही एक काम कीजिए।''

''कैसा काम?''

''अंडा बेचिए, सब्जी बेचिए, फल बेचिए, पान बेचिए, पानी बेचिए,'' सहदेव झा ने काम गिना दिये, ''काम की कमी नहीं है यहाँ। और भी कितने ही काम निकल आएँगे। यहाँ रहेंगे, तो रोज एक नया काम सूझेगा आपको, मालिकवाला काम।''

''मेरे बाप-दादा ने इतना अरजकर मुझे दे दिया है कि मैं बैठकर खाऊँ और आराम की जिन्दगी जीऊँ। मुझे क्या पड़ी है हाथ-गोड़ मैला करने की, सुबह से शाम तक खटने-मरने की!''

''आप बैठकर खाते हैं, मगर गाँव में अपने खेत-खलिहान तो देखने जाते होंगे, बगीचा तक हो आते होंगे, पोखर-तालाब देख आते होंगे?''

''हाँ, उतना तो करता ही हूँ।''

''तो यहाँ भी उतना ही करना होगा।''

''किस धन्धे में?''

''भिखमंगी में।''

''क्या मतलब?''

''मतलब, भीख माँगने का धन्धा। आपके लिए सबसे अच्छा धन्धा।'' सहदेव झा बोले, ''घर का पूरा पैसा लगाकर एक अच्छा-सा फ्लैट खरीद लीजिए और आराम से अपना धन्धा कीजिए।''

बैजनाथ ने कुछ हतप्रभ होकर सहदेव झा की ओर देखा ओर फिर बोला, ''आप गुस्से में आ गये, सहदेव बाबू?''

''नहीं, गुस्से में नहीं आया हूँ,'' सहदेव झा ने जवाब दिया, ''आपके लायक धन्धा आपको बता रहा हूँ। आप जैसे बहुत लोग कर रहे हैं यह धन्धा; आप भी कीजिए, आराम से

कीजिए।"

"भीख माँगने से मेरा पेट भरेगा?"

"भरेगा, खूब भरेगा," सहदेव झा ने सुनाया, "बहुत लोग भर रहे हैं अपना और अपने परिवार का पेट। पेट तो भरेगा ही, अक्सर लज्जतदार भोजन का स्वाद भी मिलेगा। किसी अच्छे रेस्टोरेंट के आगे खड़े हो जाइए और उससे बाहर निकलते धन्ना सेठों के आगे हाथ फैलाइए, अपने पेट पर हाथ मारकर उनसे खाना माँगिए, एक न एक ढरेगा आपके ऊपर और आपको वहाँ का खाना खिला देगा। कॉलेज-स्कूल के गेट के पास खड़े हो जाइए और बाहर निकलकर आइसक्रीम खा रहे लड़कों से आइसक्रीम माँगकर खाइए। एक खाइए, एक अपनी बीवी के लिए लेकर घर जाइए। अच्छे-अच्छे को नसीब नहीं होता यह सब यहाँ। मैं मन्दिर में चूड़ा-चीनी फाँककर रहूँगा और आप मेरे पास आकर बर्गर-पिज्जा की डकार लेंगे।"

"मैं रहूँ फ्लैट में और माँगूँ भीख?" बैजनाथ के चेहरे पर खिन्न मुस्कराहट उतर आयी, "फ्लैट से बाहर निकलूँ और पड़ोसी पूछ दे कि कहाँ जा रहे हैं, तो उससे कहूँ कि भीख माँगने जा रहा हूँ, यात्रा पर टोक दिया तो अब बोहनी कर दीजिए?"

"पड़ोसी एक दिन टोकेगा, हर दिन तो नहीं।"

"एक दिन टोकेगा और हर दिन हँसेगा कि साला रहता है फ्लैट में और माँगता है भीख।"

"नहीं हँसेगा, मंडलजी," सहदेव झा ने कहा, "जब वह आपका भरा-पूरा घर देखेगा, घर में फ्रीज, कलर टी.वी. और टेपरिकॉर्डर देखेगा, तो नहीं हँसेगा। आपकी कमाई से भले उसका जी जल जाये। यहाँ किसी धन्धे पर कोई हँसता है क्या? अगर पड़ोसी के घर में आपके घर से कोई एक चीज भी कम पड़ गयी, तो बीवी की मार पड़ जाएगी उसे कि जो काम पड़ोसी कर रहा है वही तुम भी करो। हँसने की फुरसत उसे कब मिलेगी?"

"ब्याह के बाद गाँव की किस जमीन को बेचकर घर भरूँगा; यह और वह खरीदूँगा?"

"अगर आप घर भरकर ही धन्धा शुरू करना चाहते हैं, तो सारी चीजें बाजार से ले आइए।"

"बाजार से ले आऊँ?" बैजनाथ ने अचरज से पूछा, "भीख माँगकर?"

"भीख माँगकर नहीं, खरीदकर।" सहदेव झा ने बताया, "यहाँ फ्लैटवाले को बाजार में एक-एक चीज मिल जाती है। ले आइए और कीमत मासिक किस्तों में चुकाते रहिए।"

"भीख से इतनी कमाई हो जाएगी कि पेट भी भर लूँगा और मासिक किस्त भी चुका दिया करूँगा?"

"कमाई तो ऐसी होती है," सहदेव झा ने भिखारी का मान बढ़ाते हुए कहा, "कि बहुत भिखमंगे अपने अड्डे पर रिक्शा और ऑटो रिक्शा से जाते हैं। कितनों के ही बच्चे महँगे स्कूलों में पढ़ते हैं। यहाँ ऐसे भिखमंगों की कमी नहीं है जिनके घर में फ्रीज-टी.वी. हैं। कमाई नहीं है, तो कैसे हैं ये चीजें उनके घर में? दो-तीन साल की कमाई से ही ये सारी चीजें खरीकर घर ले आते होंगे। आप दो-तीन साल रुकना नहीं चाहते, तो किस्तों पर ही ले आइए सारी चीजें।"

"ठीक है, किस्तों पर ले आऊँगा, मगर मुझे भीख मिलेगी क्या?" बैजनाथ बोला, "आपकी नजर में मैं हृष्ट-पुष्ट हूँ, तो क्या दूसरों की नजर में मैं भीख माँगने लायक रहूँगा?"

''हृष्ट-पुष्ट हो या छटंकी-सुखंडी, यहाँ हर आदमी को, जो दुखिया दिखता है, भीख मिल जाती है,'' सहदेव झा ने बताया, ''मैंने हृष्ट-पुष्ट भिखमंगों को भी भीख माँगते देखा है।''

''वे दुखिया दिख रहे थे?''

''हाँ, कोई लूला, कोई लँगड़ा, कोई अन्धा।''

''मैं तो लूला-लँगड़ा नहीं हूँ, अन्धा नहीं हूँ।''

''नहीं हैं, तो बन जाइए।''

''कैसी बातें कर रहे हैं आप!'' बोलकर बैजनाथ ने एक बार पलटू झा की ओर देखा और फिर सहदेव झा के सामने फूटा, ''घरबार बेचकर ब्याह करूँ, ब्याह कर भीख माँगूँ और भीख माँगने के लिए अपने हाथ-पैर तुड़वा लूँ या अपनी आँखें फोड़ लूँ?''

''आपने अब तक जितने लँगड़े भिखारियों को देखा होगा, वे सब-के-सब लँगड़े नहीं होंगे, और न सारे अन्धे भिखारी बिना आँख के। मैंने ऐसे लँगड़े भिखारी को देखा है जो समय पर अपने अड्डे पर पहुँच जाने के लिए आपसे अधिक तेज चाल में चलकर रोज कोस भर की दूरी तय करता है और ऐसे अन्धे को भी देखा है जिसने अपने सामने फैली चादर पर से भीख में मिले सिक्के बहुत सावधानी से उठा रहे एक उचक्के छोकरे की गरदन पकड़ ली थी। आपको बस उसी तरह लँगड़ा या अन्धा बन जाना है जिस तरह कभी बचपन में खेल में बनते रहे होंगे या गाँव में कभी नाटक में बने होंगे।''

''यह तो कोई कमरतोड़ धन्धा हुआ ही नहीं,'' पलटू ने अपनी चोंच खोली, ''मन को भानेवला खेल हो गया।''

''बना तो जा सकता है, मगर ऐसा लँगड़ा या अन्धा किसी एक दिन तो पकड़ा ही जाएगा।''

''कौन बैठा हुआ है यहाँ पकड़ने के लिए?'' सहदेव झा ने सुनाया, ''यहाँ तो सड़क पर कत्ल होता है, अपहरण होता है, और लोग आँखें मूँदकर अपनी राह निकल जाते हैं। भीख नहीं देगा आपको, मगर कोई यह शोर तो नहीं मचाएगा, दौड़ो, पकड़ो, भिखारी ठग है, लँगड़ा नहीं है, अन्धा नहीं है। वह जानता है कि शोर मचाने पर भी कोई दौड़ा नहीं आएगा। उसे तो यह डर होगा कि शोर मचाते ही हृष्ट-पुष्ट लँगड़ा भिखारी अपनी बैसाखी फेंककर दौड़ पड़ेगा उसका गला टीपने के लिए और छटंकी-सुखंडी अन्धा भिखारी अपना काला चश्मा उतारकर जोर-जोर से उसे गन्दी-गन्दी गालियाँ पढ़ने लगेगा। देखने-सुननेवाले बस इतना भर करेंगे कि ठहाके मार-मारकर हँसना शुरू कर देंगे।''

''पकड़ाने का कोई डर नहीं!'' पलटू बोला, ''वाह!''

''अगर आपको मेरी बातों का विश्वास नहीं हो रहा हो,'' सहदेव झा ने बैजनाथ से कहा, ''तो अगले सात दिनों में सात भिखमंगों का पीछा कीजिए और जान लीजिए कि कौन कितना अन्धा है और कौन कितना लूला-लँगड़ा।''

''मैंने आपकी बातों का विश्वास कर लिया, सहदेव बाबू,'' बैजनाथ ने कहा, ''मगर मैं जानता हूँ कि मुझसे भीख नहीं माँगी जाएगी; न मेरा हाथ फैलेगा भीख के लिए, न मेरे मुँह से कोई बोल फूटेगा।''

''सिर्फ एक बार हिम्मत करने की बात है, मंडलजी,'' सहदेव झा बोला, ''फिर हाथ भी फैलेंगे और बोल भी फूटेंगे। यह सोचकर हिम्मत करनी है कि यह आपके जीवन की जरूरत है; ब्याह करना जरूरी है आपके लिए। यह सच है कि जो भी कोई और धन्धा कर रहा होता है, उसे यह धन्धा नागवार गुजरता है, मगर यह भी सच है कि जो एक बार इस धन्धे में घुस गया, उसे फिर और कोई धन्धा रास नहीं आता। मेरी बात गाँठ बाँध लीजिए कि आपके बाद आपके बाल-बच्चे जरा भी नहीं हिचकिचाएँगे भीख माँगने से। उनका रास्ता साफ कर दीजिए। मैं तो करम का मारा था कि यहाँ आते ही किसी ने मुझे इस धन्धे के बारे में कोई जानकारी नहीं दी थी और आज मैं मन्दिर में करम कूट रहा हूँ। आप करम के धनी हैं कि अपने इलाके में कहीं ब्याह नहीं हुआ और आप मेरे साथ दिल्ली चले आये। यहाँ आपके पास कोई पुराना धन्धा नहीं है जो आपकी राह रोके। यह बिल्कुल नया धन्धा है आपके लिए; यहाँ क्या सोचना, क्या शरमाना!''

''मेरे वश की बात तो रही नहीं,'' बैजनाथ बोला, ''हाथ और मुँह मेरे काबू में नहीं रहेंगे।''

''यह कौन बड़ी बात है!'' सहदेव झा ने कहा, ''एक दिन के अभ्यास में काबू में आ जाएँगे ये। आप एक दिन किसी सुनसान सड़क पर भिखमंगी का अभ्यास कर लीजिए; दूसरे दिन से ही भीड़वाली सड़क पर बैठने के लिए तैयार हो जाएँगे आप, हाथ फैलने लगेंगे, बोल फूटने लगेंगे।''

''ठीक है, अभ्यास करता हूँ,'' बैजनाथ ने सहदेव झा की बात नहीं काटी, ''देखता हूँ, हाथ-मुँह काबू में आते हैं या नहीं।''

(11)

दो दिनों की डुबकी लगायी बैजनाथ मंडल ने और तीसरे दिन उगा तो सहदेव झा को अपने अभ्यास के बारे में जानकारी देने मन्दिर आने की बजाय सीधे पलटू झा की दुकान पर पहुँचा। पलटू ने उसके प्रकट होते ही पूछा, ''अभ्यास किया था?''

''नहीं।'' बैजनाथ ने स्पष्ट सुना दिया।

''सहदेव झा ने ठीक ही कहा था कि आप अभ्यास नहीं कर पाएँगे।''

''उन्होंने कहा था ऐसा?''

''हाँ।''

''उन्हें विश्वास हो गया न कि मैं भीख नहीं माँग सकता?''

''नहीं, यह विश्वास क्यों होने लगा!'' पलटू बोला, ''उन्हें आपके अभ्यास पर शक हुआ था।''

''कैसा शक?''

''आप न तो लँगड़ा भिखारी का अभ्यास कर सकते थे और न अन्धा भिखारी का। आपको पास न तो आँखों पर चढ़ाने के लिए काला चश्मा था और न बाँह टिकाने के लिए बैसाखी। आप लगातार आँखें बन्द कर रह नहीं सकते थे और राहगीरों से आँख मिलाकर कोई अन्धा का स्वाँग

कर सकता है क्या? बिना बैसाखी के न तो आप अपने को लँगड़ा महसूस करेंगे और न राहगीर आपको लँगड़ा मानेगा। आपके जाने के बाद सहदेव झा को यह सब याद आया। वे आपके आने का इन्तजार कर रहे थे।''

''सहदेव झा मुझे भिखमंगा बनाने पर तुले हुए हैं क्या?''

''उन्हें तो आपका भला भिखमंगी में ही दिखता है?''

''बीस बीघे का जोतदार अब भीख माँग रहा है, कोई यह सुनेगा तो क्या कहेगा?''

''हाँ, अच्छा नहीं कहेगा।''

''आपने भी तो कभी एक बार भी सहदेव झा को नहीं टोका कि वे अच्छी राह नहीं दे रहे हैं।''

''मेरा सारा ध्यान आपके ब्याह पर था, बैजनाथ बाबू।''

''नहीं, गुरुजी, ऐसे ब्याह पर आपका ध्यान नहीं टिकना था,'' बैजनाथ बोला, ''मैं तो मन्दिर से ही चला था यह सोचकर कि मैं भीख माँगने का धन्धा नहीं पकड़ूँगा। रास्ते भर यह सोचकर सिहर-सिहर उठता था कि मेरी जमीन-जायदाद हाथ से निकल गयी है और मैं भीख माँग रहा हूँ।''

''तब तो,'' पलटू बोला, ''हम दिल्ली से जितनी जल्दी निकल जायें, उतना अच्छा। अब तक तो नौगछिया से पूर्णिया तक के गाँवों के छाँककर एक लड़की निकाल चुके होते हम।''

''यही तो आपके मुँह से सुनने के लिए बेचैन हो गया हूँ मैं,'' बैजनाथ बोला, ''आपको यहाँ रहते ऊब नहीं हो रही?''

''मैं तो आपके ऊबने का इन्तजार करता रहा हूँ,'' पलटू बोला, ''आप ऊबे नहीं कि मैं ऊबा।''

''मुझे विश्वास है कि मैं तीसरे-चौथे दिन बिल्कुल ऊब जाऊँगा और उसी दिन आपको साथ लेकर निकल जाऊँगा। आपको किसी भी घड़ी मेरे साथ निकल जाने के लिए तैयार रहना है।''

''मैं अभी से तैयार हूँ, और सोच रहा हूँ कि जब तक जाता नहीं हूँ तब तक कुछ और काम कर लूँ।''

''अब यहाँ क्या काम, गुरुजी?''

''दिल्ली में देखने की बहुत चीजें हैं,'' पलटू बोला, ''जाने से पहले कुछ और देख लें दिल्ली को।''

''दिल्ली में अपना ब्याह नहीं देखा, तो अब दिल्ली का कुछ और क्या देखना!''

''कुछ और देखते रहने से ही तो दिल कुछ और कचोटेगा, जी कुछ और जल्दी ऊबेगा।''

''ठीक है, ऊबने के खयाल से दो-तीन दिन और देख लें हम दिल्ली को।''

''मैं कल भोजन करने के बाद आपके पास आ जाता हूँ।''

''आ जाइए।'' बैजनाथ ने कहा।

अपने कहे के मुताबिक पलटू झा बैजनाथ के पास आ गया। बैजनाथ इन्तजार तो जरूर कर रहा

था, मगर उसे विश्वास नहीं हो रहा था कि सहदेव झा उसे रोक नहीं लेगा। पलटू के आते ही उसने पूछा, ''सहदेव बाबू ने आपको रोका नहीं?''

''नहीं,'' पलटू ने जवाब दिया,''ठेलकर भेज दिया।''

''ठेलकर?''

''हाँ,'' पलटू बोला,''मैंने उससे कहा कि मंडलजी का अभ्यास नहीं हो पा रहा है और वे मेरी मदद माँगने आये थे। तब सहदेव झा बोला, 'कर दीजिए मदद; दुखिया है बेचारा; किसी तरह उनको भीड़वाली सड़क के किनारे खड़ा कीजिए। जब तक बैसाखी नहीं बन जाती है, तब तक आँखों पर चश्मा चढ़ाकर अन्धा भिखारी का अभ्यास कराइएगा।' उसने तो मुझे भोर होते ही ठेलना शुरू कर दिया था, मगर मैं ही जिद कर बैठा कि भोजन के बाद जाऊँगा।''

''तो अब हम ऊबने के लिए निकलें?''

''हाँ, निकल चलें।''

''किधर निकलना है?'' बैजनाथ ने पूछा।

पलटू ने सुनाया, ''सहदेव झा अब कहीं पूजा-पाठ करने जाता है, तो मुझे भी साथ कर लेता है। परसों हम लोग एक आदमी के घर पूजा करने लाजपत नगर गये थे। जब हम लोग पूजा के बाद लौट रहे थे, तो मेरी नजर एक दुकान पर अटक गयी। एक पट्टी पर मोटे-मोटे अक्षरों में लिखा हुआ था 'नक्शा घर'। मैं शंकरपुर में ही यह जान गया था कि बड़े लोग अपना मकान बनवाने के पहले उस मकान का नक्शा बनवाते हैं और जब हम करैत पार्टी में थे और मैं चुनाव का भाषण देने मधुपुर गया था, तब वहाँ जाना कि बाबू रामबहादुर सिंह ने जो गणेश मन्दिर स्थापित किया था, उसका उन्होंने नक्शा बनवा लिया था। मैं नक्शा-घर के सामने रुककर पढ़ने लगा कि मोटे अक्षरों के नीचे छोटे-छोटे अक्षरों में क्या लिखा हुआ है।''

''क्या लिखा हुआ था?''

''यह तो नहीं लिखा हुआ था कि यहाँ मन्दिर का भी नक्शा बनाया जाता है,'' पलटू बोला, ''मगर जब मकान का नक्शा बनाया जाता है, तब मन्दिर का नक्शा भी जरूर बनता होगा। मन्दिर भी तो मकान ही हुआ न?''

''हाँ, भगवान का मकान।''

''अभी हम लोग वहीं चलेंगे।''

''किसलिए?''

''आप जो मन्दिर बनवाएँगे, उसका नक्शा बनवा लेने।''

''नक्शा की हमें क्या जरूरत, गुरुजी!'' बैजनाथ ने कहा, ''हमारे पास तो नसीर जैसा राजमिस्त्री है। मन्दिर बनाने में माहिर है वह। अब तक दसों मन्दिर बना चुका है अपने इलाके में; फुलेरिया का मन्दिर उसने बनाया था, मदनपुर का मन्दिर उसने बनाया था, महथी और ताजपुर...''

''वह सब मैं जान रहा हूँ,'' पलटू ने टोका, ''मगर आप यह बताइए कि इनमें से किसी भी मन्दिर का देवता एक इंच भी ऊपर गया है? जो जहाँ बैठाया गया, वहीं सुटुककर बैठा हुआ है। कभी सुना कि इस या उस मन्दिर के देवता का बड़ा माहात्म्य है? गाँव के बाहर के लोग कभी

अपने घर से सोचकर आते होंगे किसी देवता के आगे शीश नवाने या उससे कुछ माँगने? हमारे मन्दिर का देवता रोज एक हाथ ऊपर चढ़ेगा। मन्दिर स्थापित होने के पहले ही उसका माहात्म्य स्थापित हो जाएगा। लोगबाग में अभी ही चर्चा शुरू हो जाएगी कि फुलकाहा में बननेवाले मन्दिर का नक्शा दिल्ली से बनकर आया है। आप देख लीजिएगा, साल बीतते-बीतते यहाँ सौ गाँवों के लोगों का आना-जाना शुरू हो जाएगा और दूसरे-तीसरे साल से तो हजार गाँवों के लोग आने लगेंगे हमारे मन्दिर के देवता के पास अपनी मुराद माँगने। आपके मन में यह बात आने लगेगी कि साल में एक बार यहाँ मेला लगना चाहिए, कम से कम पन्द्रह दिनों का।''

''नक्शा बनवाने में तो पैसे लग जाएँगे?''

''हाँ, कुछ पैसे तो लगेंगे ही।''

''अभी हमने दिल्ली छोड़ा नहीं है, गुरुजी,'' बैजनाथ बोला, ''अगले दो-तीन दिनों में कब क्या जरूरत पड़ जाये, कहा नहीं जा सकता। बहुत पैसे लेकर नहीं आया हूँ मैं। ऐसा न हो कि ऐन जाने के वक्त पैसे का टोटा पड़ जाये। अभी नक्शा पर खर्च मत कीजिए। ब्याह होते ही मैं आपको दिल्ली रवाना कर दूँगा नक्शा बनवाकर ले आने के लिए।''

''यह तो पूछ लूँ कि यहाँ मन्दिर का नक्शा बनता है या नहीं?''

''हाँ, यह पूछा जा सकता है।''

''यह भी तो पूछ ही लेना है कि नक्शा बनवाने में कितने पैसे लगेंगे?''

''हाँ, यह भी जान लेना जरूरी है।''

दोनो नक्शा-घर में जा घुसे, आगे-आगे पलटू, पीछे-पीछे बैजनाथ।

एक छोटा-सा कमरा था, कमरे में कुल चार आदमी थे। चपरासी स्टूल पर बैठा हुआ था। एक बड़ी-सी मेज थी जिस पर काठ का एक बित्ता भर लम्बा त्रिकोणी टुकड़ा रखा हुआ था और उस पर लिखा हुआ था 'वास्तुकार ओम प्रकाश मेहरा'। मेहरा साहब अपनी कुरसी पर विराजमान थे। उस मेज पर ढेर सारी किताबों और कागज-पत्तर रखे हुए थे। मेज के सामने तीन-चार खाली कुरसियाँ पड़ी हुई थीं। शेष दो मेजों पर दो व्यक्ति कम्प्यूटर पर काम कर रहे थे।

चपरासी ने उठकर पलटू और बैजनाथ का स्वागत किया। मेहरा के आग्रह पर दोनों खाली कुरसियों पर बैठ गये। पलटू ने कुरसी पर बैठते ही पूछा, ''आपके यहाँ मन्दिर का नक्शा बनता है?''

''अब तक हम लोग दो-चार सौ मन्दिरों के नक्शे बना चुके हैं,'' मेहरा मुस्कराया, ''आप लोग कहाँ से आये हैं?''

''बिहार से।'' पलटू ने जवाब दिया।

चपरासी बीच में आ गया, ''बिहार से बहुत लोग आ रहे हैं, मकान से अधिक मन्दिर बनवाने। बाहरवाली पट्टी पर 'मन्दिर' लिखवा देना है। बाहरवालों को धोखा होता है। मैं कल ही पेंटर को बुलाकर लिखवा देता हूँ।''

''ठीक है, लिखवा देना।'' बोलकर मेहरा ने पलटू से पूछा, ''आप लोग अपने दिमाग में कोई नक्शा लेकर आये हैं?''

"नहीं, हम लोगों के दिमाग में सिर्फ मन्दिर है," पलटू ने जवाब दिया, "मन्दिर का नक्शा नहीं।"

"बन जाएगा नक्शा," मेहरा बोला, "जैसा चाहेंगे, वैसा नक्शा बन जाएगा।"

"एक नक्शा का क्या दाम लेते हैं?"

"दो हजार भी लेते हैं।"

"दो हजार!" बैजनाथ की आँखें फैल गयीं।

"दो हजार से लेकर बीस हजार तक," मेहरा बैजनाथ की ओर शब्दायमान हुआ था, "जैसा नक्शा, वैसा दाम।"

"हम लोग अभी केवल दाम पूछने आये थे," बैजनाथ ने धीरे-धीरे कुरसी से उठते हुए कहा, "नक्शा बनवाने बाद में आएँगे।"

"बाद में आइएगा, मगर अभी ही क्यों उठने लगे?" मेहरा के स्वर में डाँट का हल्का पुट था, "यह तो मैं जान ही रहा हूँ कि जब उतनी दूर से नक्शा बनवाने आये हैं, तो नक्शा बनवाकर ही जाएँगे।"

"हाँ, नक्शा तो बनवाकर ही जाएँगे।" पलटू बैजनाथ को बैठने का इशारा करते हुए बोला।

"दाम भी अभी कहाँ जाना आपने?" मेहरा बोला, "यह बताइए कि किस तरह के मन्दिर का नक्शा चाहिए आप लोगों को; उसके बाद ही उसका दाम बताया जा सकता है।"

"साधारण मन्दिर का नक्शा चाहिए।" पलटू ने बताया।

"कितना साधारण?" मेहरा बोला, "आधार होगा या नहीं जिस पर सम्पूर्ण भवन खड़ा किया जाएगा? जंघा होगी जिसमें दीवारें, विशेष रूप से गर्भगृह आदि की दीवारें, होंगी। नींव और दीवारों के बीच मसूरक होगा। गर्भगृह के ऊपर शिखर होगा। शिखर की ग्रीवा होगी। शिखर पर कलश होगा। कलश के नीचे आमलक होगा। यह सब होगा या नहीं?"

"हाँ, इतना तो होगा ही।" पलटू ने सहमति जतायी।

"अब यह बताइए कि किस देवता का मन्दिर होगा?"

एक बार कभी सोचा था पलटू ने कि वह गणेश-मन्दिर स्थापित करेगा और इसके लिए गिदनी गाँव के मन्दिर से चुराकर लायी गयी गणेश की प्रतिमा उसने बैजनाथ मंडल की बँसवाड़ी में गाड़ भी रखी थी, मगर कोई अन्तिम निर्णय नहीं लिया था उसने ओर उसके दिमाग में यह विचार बराबर बना रहा कि स्थापना से पहले वह अच्छी तरह देख लेगा कि किस देवता की चलती सबसे अधिक है। वह अभी ही अपने को किसी देवता से बाँध लेना नहीं चाहता था। नक्शावाला मन्दिर से मतलब रखे, देवता से उसे क्या मतलब? उसने मेहरा को जवाब दिया, "अभी हमने देवता के बारे में कुछ सोचा नहीं है; उसके बारे में बाद में निर्णय लेंगे।"

"कोई हर्ज नहीं है कि अभी आपने निर्णय नहीं लिया है," मेहरा बोलने लगा, "तब भी हर्ज नहीं होगा जब आप मन्दिर में एक देवता को स्थापित कर लेने के बाद उसे हटाकर किसी दूसरे देवता को स्थापित करना चाहेंगे। ऐसा पहले हुआ है कि बौद्ध विहार मन्दिर बना दिये गये और मन्दिरों को मस्जिदों में बदल डाला गया। मगर उसमें लफड़ा है कि तोड़-फोड़ करनी पड़ती

है। एक जगह है पत्तदकल, जहाँ एक मन्दिर है पापनाथ मन्दिर। जब यह बना था तब विष्णु-मन्दिर था, बाद में यह शिव-मन्दिर बन गया। कोई तोड़-फोड़ नहीं हुई थी। मैं भी ऐसा नक्शा बना दूँगा कि इसमें जब जिस देवता को बैठाना चाहते हैं, बैठा दीजिए।''

''हाँ, ऐसा ही नक्शा बनाना है।''

''मैं जानता था, आप लोग ऐसा ही नक्शा बनवाएँगे,'' मेहरा मुस्कराया, ''अब तो कभी भी देवता को बदलने की नौबत आ सकती है। आपके विहार में तो इसकी जरूरत महसूस होने लगी है। वहाँ अब हर जाति अपनी जाति के देवता को ढूँढ़ रही है और उसके नाम पर मन्दिर बना रही है। मैं ठीक कह रहा हूँ न?''

''हाँ, कुछ-कुछ ठीक कह रहे हैं।'' पलटू ने जवाब दिया।

''अब यह बताइए,'' मेहरा ने पूछा, ''कि यह मन्दिर व्यक्तिगत होगा या सार्वजनिक?''

''मन्दिर व्यक्तिगत ही होगा,'' बैजनाथ की ओर इशारा करते हुए बोला पलटू, ''ये हैं श्री बैजनाथ मंडल। ये ही निर्माण करवाएँगे मन्दिर का।''

''अक्सर लोग किसी की स्मृति में व्यक्तिगत मन्दिर बनवाते हैं,'' मेहरा ने कहना शुरू किया, ''मेरे पास ऐसे लोग मन्दिर का नक्शा बनवाने आये हैं जिनके नाम उनके नाना या मौसा ने अपनी पूरी दौलत कर दी थी और वे नाना या मौसा के उपकार का बदला उनकी स्मृति में मन्दिर बनवाकर चुकाना चाहते थे। क्या आप भी किन्हीं की स्मृति में मन्दिर बनवाना चाहते हैं?''

मेहरा को जवाब देने की बजाय बैजनाथ ने पलटू झा की ओर इस तरह देखा जैसे कि उसके ऊपर नाना या मौसा के उपकार की सही जानकारी पलटू झा के पास ही हो और उसे ही इस पर निर्णय भी लेना हो।

मेहरा आगे बढ़ा, ''ग्वालियर दुर्ग के भीतर के ग्यारह मन्दिरों के समूह में एक है 'सास-बहू मन्दिर'। सास-बहू के बारे में तो मैं नहीं बता सकता, मगर यह मन्दिर किसी सास-बहू की जोड़ी की स्मृति में ही बनाया गया होगा। आप भी ऐसा ही एक मन्दिर बनवा सकते हैं, 'नाना-नानी मन्दिर' या 'मौसा-मौसी मन्दिर'। 'सास-बहू मन्दिर' दो मन्दिरों का बना है; एक का आकार बड़ा है, दूसरे का छोटा। आपका मन्दिर भी ऐसा ही बनेगा। अगर नानी का प्यार अधिक था, तो नानी को बड़ा मन्दिर दे दीजिए और नाना को छोटा। उसी तरह मौसा-मौसी को छोटा या बड़ा मन्दिर दीजिए। ऐसे मन्दिर का नक्शा कुछ अलग होगा।''

''इन पर किसी का उपकार नहीं है,'' पलटू ने जवाब दिया, ''मन्दिर में कोई देवता ही बैठेगा।''

मेहरा ने बैजनाथ से अचानक पूछा, ''आप किस जाति के हैं?''

बैजनाथ कुछ अकबकाया और फिर धीरे-से बोला, ''धानुक।''

''आपकी जाति में भी कई देवता होंगे?''

''हाँ, हैं,'' बैजनाथ ने झट बता दिया, ''भैरव परमेश्वरी हैं, लोरिक मनियार हैं, गोरेया भी हैं।''

''आपको ऐसा नहीं लगता कि जब आप मन्दिर बनवाना शुरू करेंगे, तो आपकी जाति के

लोग आप पर दबाव डालेंगे कि अपनी जाति के देवता का मन्दिर बनवाओ?''

''हमारे गाँव में धानुक सभा तो है,'' बैजनाथ ने जानकारी दी, ''मगर आज तक वहाँ जाति के देवता का मन्दिर बनाने की कभी बात नहीं हुई है।''

''और गाँवों में भी तो धानुक होंगे, धानुक सभा होगी और वहाँ अपने देवता के मन्दिर पर बात हो रही होगी,'' मेहरा बोला, ''आज के जमाने में एक गाँव की बात को कितना समय लगता है दूसरे गाँवों तक पहुँचने में! आपके गाँव तक बात नहीं पहुँच सकती है क्या?''

''पहुँच सकती है।''

''मैंने इसलिए पूछा कि अगर कभी ऐसी नौबत आती है, तो मैं अभी ही आपके देवता के बारे में आवश्यक जानकारी लेकर ऐसा नक्शा बना दूँगा कि आप कभी भी अपनी जाति के देवता को उसमें बैठा सकते हैं। ग्वालियर-दुर्ग के मन्दिरों में ही एक मन्दिर है 'तेली का मन्दिर'। मुझे नहीं पता कि इसे तेलियों ने ही बनवाया था, मगर आप इसी तर्ज पर अपने मन्दिर का नाम रख सकते हैं 'धानुक का मन्दिर'। मैं ऐसा नक्शा तैयार कर दूँगा कि दूर से ही देखकर लोग अनुमान लगाएँगे कि यह मन्दिर धानुक मन्दिर है, धानुक देवता का मन्दिर। और आपके बाबा भैरव परमेश्वरी या लोरिक मनियार के बारे में कुछ और जानकारी लेकर देवता का ऐसा आसन और मंडल तैयार करने का नक्शा बना दूँगा कि मन्दिर के अन्दर घुसते ही अनुमान लगानेवाले लोग मान लेंगे कि इस आसन पर कोई धानुक ही बैठ सकता है।''

'धानुक का मन्दिर' पर राय जानने के लिए जब मेहरा ने बैजनाथ पर निगाह टिकायी, तो बैजनाथ मंडल के दिमाग में 'सास-बहू मन्दिर' आ गया। धानुकों या उनके देवताओं ने ही उसका क्या उपकार किया है कि वह 'धानुक का मन्दिर' या 'धानुक देवता का मन्दिर' बनवाए? उपकार तो उस बहू का मानना होगा जो उसके साथ ब्याह करेगी। 'धानुक मन्दिर' क्यों? 'बहू मन्दिर' क्यों नहीं? 'बहू मन्दिर' का खयाल तो आया, मगर इन नक्शावालों के सामने अपने ब्याह की बात खोलने से हिचकिचाया बैजनाथ मंडल।

''नहीं,'' पलटू ने बैजनाथ की तरफ से जवाब दे दिया, ''ऐसा कोई मन्दिर नहीं बनवाना है हमें।''

''अच्छा ही सोचा है आपने; अब एक अच्छा और सोचिए,'' मेहरा बोलने लगा, ''यह तो मान लिया कि नाना-मौसा ने बैजनाथ बाबू पर ऐसा उपकार नहीं किया है कि बैजनाथ बाबू उनकी याद में मन्दिर बनवादें, मगर यह क्या बैजनाथ बाबू मानेंगे कि उनके बाप-दादा ने भी उन पर कोई उपकार नहीं किया है?''

''बाप-दादा का उपकार कैसे नहीं मानेंगे बैजनाथ बाबू?'' पलटू हँसा, ''बाप-दादा ने ही तो उन्हें मन्दिर बनाने लायक बनाया है।''

मेहरा आगे बढ़ा, ''दिलवाड़ा में एक विमलशाही मन्दिर है। गुजरात के शासक भीमदेव का मन्त्री था विमलशाह। उसने ही इस मन्दिर का निर्माण कराया था। मन्दिर के पास ही उनके परिवार के सदस्यों की मूर्तियाँ हैं। वे सब हाथी पर बैठे हुए हैं। मैं मन्दिर के साथ ही कुछ ऐसे मंडपों का नक्शा भी बना देता हूँ जिनमें बैजनाथ बाबू घोड़े पर बैठे हुए अपने पुरखों की मूर्तियाँ बैठा देंगे।''

''नहीं,'' मेहरा का प्रस्ताव अस्वीकृत कर दिया पलटू झा ने, ''पुरखों की मूर्तियाँ कहाँ से लाएँगे बैजनाथ बाबू?''

''लाएँगे,'' मेहरा बोला, ''जयपुर से बनवाकर ले आएँगे।''

''क्या देखकर बना देंगे जयपुरवाले इनके पुरखों की मूर्तियाँ?'' पलटू ने जवाब दिया, ''किसी पुरखे का कोई चित्र नहीं है इनके पास।''

''चित्र की क्या जरूरत?'' मेहरा बोला, ''बैजनाथ बाबू एक-एक पुरखे की कद-काठी और मुँह-कान के बारे में बताते चले जाएँगे और मूर्तिकार मूर्तियाँ गढ़ता चला जाएगा।''

''नहीं-नहीं,'' बैजनाथ को बोलना पड़ा, ''मुझे तो अब अपने बाबू की सूरत भी ठीक से याद नहीं आ रही। मूर्ति बनवाऊँ मैं अपने बाबू का और उसे देखकर यहाँ के बूढ़े-पुराने बोल उठें, यह तो फलाँ यादव का बाप लगता है। मैं मन्दिर के भीतर ही कहीं अपने बाप-दादा के नाम लिखवा दूँगा।''

''जैसी आपकी मरजी।'' बोलकर मेहरा आगे बढ़ा, ''अब मैं यह कहना चाहूँगा कि जब आपका मन्दिर व्यक्तिगत से सार्वजनिक होने जा रहा है, तो आप उड़ीसा-शैली में मन्दिर बनवाएँ। इसमें मन्दिर के सामने जगमोहन बनेगा जो मंडप की तरह होगा। इसमें धार्मिक सभाएँ हुआ करेंगी।''

बैजनाथ और पलटू ने एक-दूसरे की ओर देखा।

एक-दूसरे को देखकर जब फिर दोनों मेहरा को देखने लगे, तो मेहरा ने सुनाया, ''सभाकक्ष के सामने दो और कक्ष बनेंगे, नटमंडप और भोगमंडप। नटमंडप में नृत्यसंगीत का आयोजन हुआ करेगा और भोगमंडप में इष्टदेव को नैवेद्य अर्पित किया जाएगा। गर्भगृह का शिखर...''

पलटू ने टोक दिया, ''ऐसा है, मेहरा बाबू, कि हमारे इलाके में इस तरह के मन्दिर नहीं बनाये जाते हैं। हमें तो एक साधारण-सा मन्दिर बनवाना है।''

मेहरा ने पलटू पर निगाह टिकायी और कुछ रुककर बोला, ''आपका बजट कितने का है? कितना खर्च करेंगे मन्दिर पर?''

''अभी कुछ सोचा नहीं है।''

''कुछ तो सोचा होगा?'' मेहरा ने कहा, ''एक करोड़...पाँच करोड़...दस करोड़?''

''करोड़ में नहीं।''

''पचास लाख...साठ लाख?''

पलटू ने एक बार बैजनाथ की ओर देखा और फिर बोला, ''लाख-दो-लाख।''

''देखिए,'' मेहरा ने कहना शुरू किया, ''इस तरह मन्दिर का बजट नहीं बनता है। अगर आप लाख रुपये अभी लगा रहे हैं, तो मानकर चलिए कि करोड़ दो करोड़ का मन्दिर बनेगा। व्यक्तिगत मन्दिर जैसे ही सार्वजनिक होगा, पैसे बरसने लगेंगे। लोग तो एक पत्थर रख देते हैं देवता के नाम से और वहाँ मन्दिर बनना शुरू हो जाता है चन्दा और दान से। भक्तों का यह हाल है कि वे अपना घर बनाना रोककर भी मन्दिर बनाने के लिए पैसे देंगे। अभी लाख लगाना है, मगर अभी ही करोड़ का नक्शा बनवा लेना है।''

''नक्शा बनवा लेंगे करोड़ का,'' पलटू ने तंग आकर कहा, ''मगर उसमें जगमोहन नहीं

होगा और न नटमंडप और भोगमंडप।''

''तब ऐसा करता हूँ,'' मेहरा बोला, ''मध्यप्रदेश के भमरा मन्दिर को ध्यान में रखकर नक्शा बना देता हूँ। इसमें गर्भगृह के चारों ओर प्रदक्षिणा के लिए खुली जगह होगी। मन्दिर के सामने एक छोटा-सा मंडप होगा। प्रवेश-द्वार के दोनों ओर दो छोटे-छोटे देवालय होंगे। यह नक्शा तो जँच रहा है आपको?''

''हाँ, यह जँच गया,'' पलटू ने जवाब दिया, ''ऐसा ही नक्शा बनवाएँगे।''

''अभी बन जाता है।'' बोलकर मेहरा ने सामने बैठे एक कम्प्यूटरवाले को आवाज दी, ''मणीन्द्र!''

''नहीं, अभी नहीं बनवाना है।''

''क्यों?''

''अभी हम पैसे लेकर नहीं आये हैं।''

''आप यहाँ बैठकर नक्शा बनवाइए,'' मेहरा बोला, ''और बैजनाथ बाबू को भेज दीजिए पैसा ले आने के लिए।''

''ऐसा है,'' लटपटाते हुए जवाब दिया पलटू ने, ''कि घर से अभी पैसा आया नहीं है; दो-तीन दिनों में आ जाएगा।''

''अभी पास में कितने पैसे हैं?''

''अभी हम लोगों के पास दो-तीन सौ ही होंगे।''

''उतने से तो काम नहीं चलेगा,'' मेहरा बोला, ''तीन सौ तो हमारी सलाह के ही हो गये।''

''सलाह के पैसे?''

''हाँ, तीन सौ,'' मेहरा ने सुनाया, ''जब आप नक्शा बनवाएँगे, तो हम तीन सौ रुपये बाद कर देंगे।''

''हम लोग तो सलाह लेने भी नहीं आये थे,'' बैजनाथ बोला, ''सिर्फ पूछने आ गये थे कि यहाँ मन्दिर का नक्शा बनता है या नहीं।''

''उतना ही पूछने के लिए तो आप लोग कुरसी पर नहीं बैठ गये थे। कितना समय लिया आपने हमारा और कितना कुछ जान लिया, इस पर ध्यान दीजिए।''

''यह तो हम नहीं जानते थे कि सलाह के भी पैसे लगेंगे।''

''नहीं लगेंगे, मगर तब नक्शा तो बनवाइए।''

''नक्शा जरूर बनवाएँगे, मगर अभी नहीं,'' पलटू ने कहा, ''अभी सलाह के पचास रुपये ले लीजिए आप।''

''कैसे ले लें पचास रुपये?'' मेहरा ने कड़ा रुख अपना लिया, ''बिजली जलती है, दुकान का भाड़ा लगता है, कर्मचारियों को वेतन देना पड़ता है और फिर अपनी मजदूरी चाहिए। एक पैसा कम नहीं होगा; आप तीन सौ देकर जाइए।''

जब सलाह का शुल्क चुकाकर दोनों नक्शा-घर के बाहर आये, तो बैजनाथ ने खिसियायी आवाज में पलटू से कहा, ''आप तो तुरन्त अन्दर घुस गये, कुरसी पर बैठ गये! बाहर से खड़े-

खड़े पूछ लेना था कि मन्दिर का नक्शा बनता है या नहीं। इतनी जल्दी भूल गये कि नाई ने कंघी छूने का पैसा वसूल लिया था? कुरसी पर सोच-समझकर बैठना था या नहीं?''

(12)

बिजेन्दर के नाम लिखी गयी चिट्ठी में देवन से सब कुछ खोलकर लिखवा देने के बाद बैजनाथ को भतीजे के आगे मुँह खोलकर सिकुड़ने-शरमाने की नौबत नहीं आयी थी। बिजेन्दर उसे और भी अपना तब लगा जब बिजेन्दर ने उससे कहा कि वह अभी से ही उस चिट्ठी पर काम करना शुरू कर देगा।

बिजेन्दर ने सचमुच अविलम्ब काम शुरू कर दिया था। उसने अगले ही दिन लाडोसराय में रह रहे कैलाश और दशरथ से भेंट की और फिर सीलमपुर जाकर कलानन्द और लखन से मिल आया। फुलकाहा में कही-सुनी जा रही बैजनाथ-कांड की ढेरों कथाओं के आधार पर उसने सबके सामने बैजनाथ चाचा की भाग-दौड़ और दारुण संघर्ष का ऐसा हृदयविदारक चित्र प्रस्तुत किया कि पाँचों ने मिलकर यह बीड़ा उठा लिया कि बैजनाथ चाचा को यहाँ से बैरंग नहीं जाने देना है और जितनी जल्दी हो एक चाची को ढूँढ़ निकालना है। उन पाँचों ने अपने-अपने साथियों के बीच बैजनाथ मंडल की चर्चा कर डाली और सबके अपने अभियान में शरीक कर लिया। बिजेन्दर ने ललन और मकसूदन नाम के उन दो लड़कों का पता लगाना चाहा जो लड़कियों को भगाकर गाँव ले गये थे, ताकि उनसे एक और लड़की को भगा ले जाने का निवेदन किया जा सके या उनसे लड़की भगाने का गुर ही सीखा जा सके। एक से भी उसकी भेंट नहीं हुई और यही पता चला कि वे गाँव गये तो फिर लौटकर नहीं आये हैं। दशरथ ने बताया कि लाडोसराय से सदानन्द नाम का एक लड़का एक लड़की को लेकर भागा तो था, मगर पन्द्रह दिनों के अन्दर फिर वह वापस आ गया और अभी जगह बदलकर मेहरौली में रह रहा है।

''उससे कोई मदद मिल सकती है हमें?'' बिजेन्दर ने पूछा।

दशरथ ने बताया, ''उसे तो लड़की के बाप से मदद मिली थी।''

''बाप से?''

''हाँ,'' दशरथ ने सुनाया, ''उस लड़की की माँ अपने शराबी पति की रोज-रोज की लात-गाली से तंग आकर किसी और मर्द के पास भाग गयी। वह अपने छोटे बेटे को साथ लेकर और जवान बेटी का बोझ बाप पर डालकर भागी थी। जब वह लौटकर नहीं आयी, तो उसके हिस्से की लात-गाली बेटी के हिस्से में पड़ने लगी। बाप रोज बेटी को लतिया-गलियाकर बोलता, 'भाग हरामजादी, तूँ भी भाग। भाग जा तूँ भी किसी मर्द के साथ।' बाप की गालियाँ हमारे कानों में पड़ती थीं, मगर हमें क्या मतलब! सदानन्द को मतलब था। लड़की को अपनी माँ का कोई पता नहीं था; बाप की बात मानकर वह सदानन्द के साथ भाग गयी।''

''सदानन्द उस लड़की के पास गया होगा?'' बिजेन्दर ने पूछा।

''लो!'' दशरथ हँसा, ''मन्त्र से उड़ा ले गया क्या?''

''बहुत हिम्मत की होगी उसने?'' मुस्कराकर पूछा इस बार बिजेन्दर ने।

"उसे मतलब था, तो हिम्मत नहीं करता?" दशरथ ने जवाब दिया, "अब हमें भी मतलब है, तो क्या हम हिम्मत नहीं करेंगे!"

"उसके पास जाकर सदानन्द ने क्या कहा होगा उससे?" बिजेन्दर ने जान लेना चाहा था।

"सीधे-सीधे कहा होगा," दशरथ बोला, "बाप भगा रहा है, तो मेरे साथ भागो। मैं तुम्हें अच्छा खाना, अच्छे कपड़े और अच्छी जिन्दगी दूँगा।"

"इतना तो मैं भी कह सकता हूँ," बिजेन्दर बोला, "अब उसके बाद भी लड़की नहीं भागे, तो उसकी मरजी।"

"उसके बाद लड़की की क्या मरजी!" दशरथ बोला, "सदानन्द के साथ लड़की भागी या नहीं?"

"ऐसा तो नहीं होगा कि लड़की मेरे साथ भागेगी और फिर मुझसे लटक जाएगी?" बिजेन्दर के लिए यह पूछना भी जरूरी था।

"लड़की खाना-कपड़ा और अच्छी जिन्दगी से लटकेगी कि आदमी से?" दशरथ ने जवाब दिया, "यहाँ से उठाकर लड़की को सीधे बैजनाथ चाचा के घर में पटक देना है।"

यह संकल्प किया गया कि आज से ही उनमें से हर एक उस एक घर को ढूँढ़ निकालने का तन-मन-धन से प्रयास करेगा जिस घर का बाप बेटी को भगाने पर तुला हुआ है और बिना कोई देर किये उस बेटी से जा कहेगा, "बाप भगा रहा है, तो मेरे साथ भागो," बिना देर किये ताकि कोई दूसरा उनसे पहले ही उसे भगा न ले जाये।

यह संकल्प किया ही गया था कि कैलाश बोला, "हमेशा बाप की बात पर ही लड़कियाँ नहीं भागती हैं, कुछ लड़कियाँ किसी दुख-तकलीफ के कारण अपनी इच्छा से भी भागने की तैयारी करती हैं और आँख लड़ाकर लड़कों को भगाने के लिए उकसाती हैं। मैं अच्छी तरह जानता हूँ कि जो दो लड़कियाँ ललन और मकसूदन के साथ भागी हैं,वे बाप के भगाने से नहीं भागी हैं, अपनी इच्छा से आँख लड़ाकर भागी हैं। उनके बाप तो हमेशा उन्हें घर के अन्दर बन्द रखना चाहते थे। ललनवाली लड़की को तो एक बार दरवाजे पर खड़ी रहने के कारण मार भी लग गयी थी। अगर बैजनाथ चाचा की शादी करानी है, तो हमें इस बात पर भी नजर रखनी पड़ेगी कि कोई लड़की हममें से किसी के साथ आँख लड़ाना तो नहीं चाह रही है।"

"एक बात यहाँ सोचने की है, कैलाश," बिजेन्दर बोला, "कि लड़की बैजनाथ चाचा से आँख नहीं लड़ा रही है, वह हममें से किसी से आँख लड़ाएगी। ललन और मकसूदन आँख लड़ाकर लड़की ले गये हैं, तो अब लड़कियाँ उनसे लटकी हुई भी तो हैं। उन दोनों में से कोई भी गाँव से वापस नहीं आया है। लड़कियों से ब्याह रचा लिये होंगे दोनों ने। ये मुहब्बत के मामले हुए। हम आँख लड़ा सकते हैं, मुहब्बत तो नहीं कर सकते, लड़की को अपने से लटका तो नहीं सकते।"

"हमारा काम है आँख लड़ाकर लड़की ले जाना," कैलाश ने स्पष्ट किया, "हमसे लटकं वह जरूरी जाएगी, मगर लटकाएँगे हम उसे बैजनाथ चाचा से ही। हम उसे लेकर सीधे बैजनाथ चाचा के घर पहुँचेंगे।"

''ऐसा होगा कि वह आँख लड़ाएगी तुमसे और लटकेगी बैजनाथ चाचा से ? अटकेगी वह वहाँ ?''

''अटकेगी नहीं, तो भागकर कहाँ जाएगी ?'' कैलाश बोला, ''घर से भागी हुई लड़की किस मुँह से घर लौटेगी ? अगर मैं आँख लड़ाकर ले जाता हूँ लड़की को, तो चाचा के घर में रखकर उससे कहूँगा, 'प्यारी ! मैं एक मामूली मजदूर हूँ। मेरे साथ वह सुख नहीं मिलेगा तुम्हें जो इस घर में नसीब होगा। तुम्हारे दुख देख चुका हूँ मैं। अब तुम्हें सुख चाहिए, भरपूर सुख। तुम बैजनाथ चाचा से शादी कर इस घर में राज करो। तुम्हारे सुख के लिए अपने प्यार की कुर्बानी कर रहा हूँ मैं। आज से प्यारे-प्यारी का रिश्ता खत्म। मुझे खुशी-खुशी विदा करो। अब मैं चलता हूँ, चाची।''

''इसके बाद भी वह तुमसे लटक गयी, तो ?''

''तो क्या !'' कुछ उत्तेजित हो उठा कैलाश, ''मैं उसे झटककर दूर करूँगा और बाहर निकल जाऊँगा। लड़की मैंने बैजनाथ चाचा के सुपुर्द कर दी, अब उसे अटकाये रखने की जिम्मेवारी उनकी है या नहीं ?''

''हाँ, जिम्मेवारी है।'' सबने एक स्वर से कहा।

पाँचों के बीच यह भी तय हो गया कि पंचक का हर सदस्य आँख लड़ा रही लड़की से बिना झेंपे आँख लड़ाएगा और तब एक प्यारे-प्यारी के रिश्ते में बँधा रहेगा जब तक उसके साथ चाची-भतीजा का रिश्ता कायम नहीं हो जाता।

बहुत देर से कुछ बोलने को चाह रहा कलानन्द अब जाकर बोला, ''करीब साल भर पहले मेरे पास एक आदमी आया था जिसने मुझे बताया था कि वह गाँव की गरीब लड़कियों को यहाँ नौकरी दिलाता है और कमाऊ लड़कों के साथ ब्याह भी कराता है। उसने मुझसे कहा था कि अगर मैं उसे गाँव से गरीब लड़कियाँ लाकर दूँ, तो वह मुझे प्रति लड़की एक हजार रुपये देगा।''

''ऐसा कोई आदमी मेरे पास तो कभी नहीं आया है,'' लखन बोला, ''मगर मैं इन लोगों के बारे में जानता हूँ। ये दलाल हैं और लड़कियों का रोजगार करते हैं।''

''करें दलाली, करें रोजगार; हमें क्या !'' कैलाश ने कहा, ''अगर हमें ब्याह के लिए एक लड़की दे देता है, तो बैजनाथ चाचा तो उसे देवता ही मानेंगे।''

''हाँ, दे दे वह हमें एक लड़की,'' बिजेन्दर ने सुनाया, ''एक हजार में लाता है, हमसे दो हजार ले ले।''

''खोजना होगा दलाल को।'' लखन बोला।

''खोजेंगे हम,'' बिजेन्दर ने कहा, ''चौतरफा काम करेंगे।''

अपने अभियान में हाथ लगाते ही बिजेन्दर ने चाचा को सूचित किया, ''मैंने अपने साथियों के कान में बात डाल दी है, चाचा, मगर यह काम ऐसा है कि इसमें समय लगेगा।''

''कितना समय, बिजेन्दर ?'' बैजनाथ पूछ बैठा, ''साल दो साल।''

''नहीं, चाचा, साल दो साल नहीं,'' बिजेन्दर ने जवाब दिया, ''हाँ, महीने भर का समय।''

''मैं अभी घर चला जाऊँ या महीने भर यहीं रहूँ?''

''घर क्यों चले जाएँगे आप? जैसे घर पर रहेंगे, वैसे यहाँ रहिए। यह भी जरूरी नहीं है कि महीना लग ही जाये। किसी भी दिन काम बन सकता है; ईश्वर ने चाहा, तो पन्द्रह दिनों के अन्दर, सात दिनों के अन्दर।''

''ठीक है, यहीं समय काटता हूँ।''

समय काटने की बात बैजनाथ के दिमाग में आ तो गयी, मगर जब उसके दिमाग में सहदेव झा की कहावत 'एक दिन पहुना, दूसर दिन ठेहुना, तीसर दिन केहू ना' कौंधी, तो दिल बेचैन हुआ। उसने फिर से गौर किया कि बिजेन्दर ने उस दिन उससे क्या कहा था। कहा था, 'जैसे घर पर रहेंगे, वैसे यहाँ रहिए।'' यहाँ तो उस तरह नहीं रह रहा है वह, जिस तरह घर पर रहता है। घर पर अपना खाता था, यहाँ दूसरे का खा रहा है। उसी दिन उसने बिजेन्दर नसे कहा, ''सुनो, बिजेन्दर, आदमी एक दिन किसी के घर 'पहुना' बनकर रह सकता है; दूसरे दिन नहीं, तो तीसरे दिन वह 'केहूना' बन जाता है। मैं महीने भर रहूँ और तुम्हारा खाऊँ, यह मुझसे नहीं होगा।''

''मैं आपको किसी होटल में तो खाने नहीं दूँगा, चाचा।''

''तो फिर तुम खाना के पैसे ले लो मुझसे।''

''चाचा से पैसे लूँ?''

''हाँ, पैसे लो,'' जोर देकर सहदेव झा का कहा दुहरा दिया बैजनाथ ने, ''यह शहर है। 'परमुंडे फलाहार:' मुझसे नहीं होगा, बिल्कुल नहीं होगा।''

बिजेन्दर जोर-जोर से हँसने लगा और बोला, ''तब एक काम कीजिए, चाचा, और अपना ही खाइए। जितना चावल-दाल आप खाते हैं यहाँ, उतना चावल-दाल आप घर पर मेरे बाबूजी को दे दीजिएगा।''

''यह ठीक है; यह कर सकता हूँ मैं।''

बैजनाथ की बेचैनी दूर हुई। वह निश्चिन्त हो गया कि अब वह आराम से महीना काट सकता है; जरूरत पड़ी, तो आराम से साल भी काट सकता है और दो साल भी।

हर दिन की प्रगति से अवगत होने के लिए बिजेन्दर लगातार अपने साथियों के सम्पर्क में रहा। वह हर किसी की कोशिश पर उसकी पीठ ठोंक आता और हर किसी की नाकामयाबी पर उत्तरोत्तर अधिकाधिक विचलित होता जाता।

एक दिन सुबह-सुबह लखन अपनी एक कामयाबी की खबर लेकर बिजेन्दर के पास आ गया। उसने बिजेन्दर को बातया, ''मैंने अपनी जान-पहचान के कुछ साथियों के बीच एक लड़की उपराने की चर्चा की थी। उनमें से एक कल मुझे कहने आया कि एक लड़की उससे आँख लड़ा रही है।''

''लड़ा रही है?'' बिजेन्दर खिल उठा था, ''सच?''

''हाँ, सच।''

''कौन है वह?''

"अपने ही इलाके का है," लखन ने बताया, "मालडीह के पास चकला गाँव का रहनेवाला है। यहाँ फोन बूथ में काम करता है।"

"क्या नाम है?"

"दयानन्द चौधरी।"

"कब तक भगा लेगा वह लड़की को?"

"वह कुछ कह रहा था।"

"क्या?"

"वह भगाने के पैसे माँग रहा है।"

"कितने पैसे?"

"पाँच हजार रुपये।"

"पाँच हजार में फुलकाहा तक पहुँचा देगा?"

"हाँ।"

"तुमने उससे क्या कहा?"

"उस दिन तुमने दलाल को दो हजार तक देने की बात कही थी, "लखन बोला, "मैंने भी उसे दो हजार तक देने की बात कह दी।"

"क्या जवाब दिया उसने?"

"वह तैयार नहीं हुआ, पाँच हजार पर अड़ा हुआ है।"

"तुम उस लड़की का घर देख आ सकते हो?"

"हाँ, देख लूँगा।"

"तैयार होना होगा तुम्हारे दयानन्द को," बिजेन्दर ने कहा, "उससे कहा कि मुफ्त की कमाई हो रही है से। दो हजार पर नहीं माने, तो एक हजार और बढ़ा दो। अगर बिल्कुल नहीं माने, तो उसे डराना कि अगर वह तीन हजार पर तुमसे सौदा नहीं करता है, तो तुम लड़की के बाप को खबर कर दोगे।"

"अभी उसे डराना उचित नहीं होगा, बिजेन्दर।"

"तो फिर जैसे भी हो, मनाओ उसे," बिजेन्दर बोला, "मनाना तो होगा।"

बिजेन्दर ने चाचा को सूचित किया, "चाचा, आप भाग्य के बली हैं।"

"मैं?" एक मुरझायी मुस्कराहट बैजनाथ के चेहरे पर उतरी, "कैसे?"

"जिस काम में महीनों लगते हैं, साल तक लग जाता है,वह काम पन्द्रह दिनों के अन्दर हो गया।"

"कैसा काम?"

"एक लड़की नजर आ गयी है।"

बैजनाथ, जिसे रोज ही सौ–पचास लड़कियाँ नजर आती थीं, बुदबुदाया, "नजर आ गयी है!" और फिर पूछ बैठा,"मतलब?"

"एक लड़की फँसा ली गयी है," बिजेन्दर ने सुनाया, "मेरा एक परिचित है अपने ही

इलाके का। उसने फँसा लिया है एक लड़की को।''

''मेरे लिए?''

''हाँ।''

''क्या नाम लड़का का?''

''दयानन्द चौधरी।''

''भगवान भला करे दयानन्द चौधरी का!''

''भला तो करे, मगर,'' बिजेन्दर बोला, ''वह पैसे माँग रहा है इस काम के; इस हाथ से लड़की लो, उस हाथ से पैसे दो।''

''दे दूँगा,'' बैजनाथ ने झट कहा, ''कितने पैसे माँग रहा है?''

''तीन-चार हजार रुपये।''

''मुझे एक बार घर जाना होगा, बिजेन्दर।''

''क्यों?''

''पैसे कम पड़ जाएँगे,'' बैजनाथ ने कहा, ''अभी न जाने और कितने दिन रहने पड़ेंगे! एक बार घर जाना होगा।''

''अधिक दिनों का मामला नहीं है, चाचा,'' बिजेन्दर बोला, ''किसी भी दिन दयानन्द लड़की को आपके पास ले आ सकता है। आप पैसे की चिन्ता नहीं करें। मैं तो पैसे घर भेजता ही हूँ; इस बार आपको ही दे दूँगा। जितना दूँगा आपको, उतना आप घर पर मेरे बाबूजी को दे दीजिएगा।''

''हाँ, यह हो सकता है।'' बोलकर बैजनाथ ने अपनी एक आशंका प्रकट की, ''कैसा लड़का है यह दयानन्द? घात तो नहीं करेगा?''

''कैसा घात?''

''ऐसा न हो कि हमसे पैसा भी ले ले और लड़की को भगा ले जाये खुद उसके साथ ब्याह रचाने के लिए?''

''वह शादीशुदा है, चाचा।''

''शादी हुई हो, मगर उस औरत से बाल-बच्चे नहीं हुए हों।''

''उसके दो-दो बच्चे हैं।''

''तब ठीक है, धोखा ही देगा,'' बैजनाथ बोला, ''मैंने इसलिए कह दिया कि सोच-समझकर काम करना।''

''सब सोच-समझकर कर रहा हूँ, चाचा।'' बोलकर बिजेन्दर ने पूछा, ''आप लड़की देखेंगे न, चाचा?''

''मैं भी देखूँ?''

''हाँ, देख लीजिए,'' बिजेन्दर ने कहा, ''बाद में आप यह नहीं सोचें कि लड़की हजार की भी नहीं है और बिजेन्दर ने चार हजार लगा दिये।''

''ऐसा नहीं सोचूँगा, बिजेन्दर,'' बैजनाथ बोला, ''मुझे तुम पर विश्वास है। तुमने लड़की देख ली है न?''

''अभी नहीं देखी है,'' बिजेन्दर ने कहा, ''मगर मैं पैसे गिनने के पहले लड़की देख लूँगा।''

''तुम देख लेना; मुझे देखने की जरूरत नहीं है,'' बैजनाथ ने सुनाया, ''ब्याह के पहले लड़की देखना मेरे लिए हमेशा अशुभ होता रहा है। मैं जानता हूँ, तुम ठोंक-बजाकर देख लोगे। फुलकाहा में तुम कभी इस चाची से मिलकर जाओगे, तो किसी से यह कहना क्या तुम्हें अच्छा लगेगा कि मैं 'गूँगी चाची' या 'लँगड़ी चाची' से मिलकर आ रहा हूँ?''

''ऐसा नहीं होगा, चाचा,'' बिजेन्दर बोला, ''आप क्या गूँगी-लँगड़ी से ब्याह करने दिल्ली आये हैं? मैं सब तरह से देख लूँगा, मगर मैं सोचता हूँ कि आप लड़की नहीं देखेंगे, तो पलटू चाचा को दिखा देता हूँ।''

''नहीं-नहीं,'' बैजनाथ झट बोल गया, ''उसे भी नहीं दिखाना है। वह भी तो हमेशा मेरे साथ रहा करता था। क्या पता, अशुभ मेरे देखने से नहीं, उसके देखने से होता रहा हो। मैंने पलटू झा को इधर के बारे में कुछ भी नहीं बताया है, तुम भी कभी उससे कुछ कह मत बैठना।''

''ठीक है।''

जब बैजनाथ को पक्की खबर मिल गयी कि दयानन्द चौधरी ने किला फतह कर लिया है और बैजनाथ मंडल के लिए अब किसी भी दिन लड़की को लेकर निकल भागेगा, तब उसे बिजेन्दर ने गाँव से फोन आने की सूचना दी।

''किसके पास फोन आया था?'' बैजनाथ ने पूछा।

''मेरे पास,'' बिजेन्दर ने बताया, ''घर पर अपने मालिक का टेलीफोन नम्बर देकर आया हूँ मैं।''

''किसका फोन था?''

''देवन चाचा का।''

''क्या कह रहा था?''

''आपको गाँव लौट आने के लिए कह रहे थे।''

''क्यों?''

''उन्होंने बताया कि एक लड़की वहाँ ढूँढ़ ली गयी है।''

''ढूँढ़ ली गयी है?''

''हाँ।''

''मेरे लिए?''

''हाँ, चाचा।''

''हल्के-फुल्के ढंग से कहा था या जोर देकर?''

''जोर देकर, चाचा।''

''ठीक से सुना था,'' बैजनाथ ने पूछा, ''ढूँढ़ ली गयी है या ढूँढ़ी जा रही है?''

''ठीक से सुना था, चाचा,'' बिजेन्दर ने सुनाया, ''लड़की ढूँढ़ ली गयी है।''

''तुमने देवन की आवाज पहचानी थी?''

"देवन चाचा की आवाज कैसे नहीं पहचानूँगा?" बिजेन्दर बोला, "उनकी ही आवाज थी।"

"मेरे लिए लड़की ढूँढ़ ली गयी है और मैं गाँव लौट आऊँ?"

"हाँ, चाचा।"

"लड़की ढूँढ़ ली गयी है, मगर मैं गाँव नहीं लौटूँगा," बैजनाथ ने कहा, "यहाँ लड़की मिल गयी है, तो अब लड़की लेकर ही जाऊँगा। एक मछली हाथ में है, एक पोखर में। हाथ की मछली फेंककर पोखर की तरफ जाऊँ? पोखर की मछली का क्या ठिकाना?"

"अच्छी तरह सोच लीजिए, चाचा।"

"सोचा हुआ है।"

"ऐसा न हो कि बात पक्की कर ली गयी हो?"

"वहाँ की शादी रद्द करवा दूँगा।"

"पूरा गाँव आपके लिए लड़की ढूँढ़ रहा था, चाचा," बिजेन्दर बोला, "वे लोग बुरा मान सकते हैं।"

"बहुत बुरा?"

"हाँ, चाचा," बिजेन्दर ने सिर हिलाकर कहा, "मान सकते हैं।"

बैजनाथ बेफिक्र लहजे में बोला, "तब एक शादी और कर लूँगा।"

बिजेन्दर ने फिर और कुछ नहीं कहा, और कुछ नहीं पूछा।

दो दिनों के बाद ही बिजेन्दर ने चाचा से कहा, "यह तो सच है, चाचा, कि लड़की भगायी जा रही है?"

"हाँ, यह सच है," बैजनाथ बोला, "मैंने कब इससे इन्कार किया है!"

"जैसे ही माँ-बाप को पता चलेगा कि बेटी घर से भाग गयी है,वैसे ही घर में कुहराम मच जाएगा; मच जाएगा या नहीं?"

"हाँ मच जाएगा।" बोलकर बैजनाथ ने कहा, "हम एक काम कर सकते हैं।"

"क्या?"

"तुम लड़की के बाप के नाम एक चिट्ठी लिखकर डाक में डाल देना। चिट्ठी में लिखना कि आपकी बेटी एक राजकुमार के साथ ब्याह दी गयी है और बेटी को सुखवास मिल गया है। रोना-धोना तुरन्त बन्द कर दीजिए। क्यों रुलाया जाये उसे! भगाकर ही ले जा रहा हूँ, मगर अब वह मेरा ससुर तो हो ही गया। चिट्ठी में 'राजकुमार' जरूर लिखना। लिखना कि आपके दामाद का नाम है बैजनाथ सिंह मंडल। हाँ, अभी ही गाँव-घर का पता भूल से भी मत लिखना।"

"ठीक है, लिख दूँगा।"

"तुम्हें बौकू मंडल का किस्सा याद है न?" बैजनाथ बोला, "बौकू का बेटा भाग गया और बेटे की माँ तीन साल में रो-रोकर अन्धी हो गयी। बेटा आठ साल बाद लौटकर आया, तो माँ के पास उसे देखने के लिए आँखें नहीं थीं। ऐसा नहीं होने दूँगा मैं। मैं एक रोज भी सास को

रोने नहीं दूँगा। जैसे ही लड़की दिल्ली से बाहर निकले, तुम चिट्ठी लिखना और आँख बचाकर उसके दरवाजे पर फेंक आना। यह हो सकता है कि भागने की खबर पर ही सास मूर्च्छित होकर गिर पड़े और फिर कभी उठे ही नहीं। ऐसा हुआ है और ऐसा हो सकता है।''

''ठीक है, चिट्ठी लिखकर फेंक आऊँगा उसके दरवाजे पर।''

''चिट्ठी में यह भी लिख देना कि अभी भाग रही है, मगर किसी दिन आप लोगों से मिलने आएगी।''

''यहाँ आएगी मिलने?''

''बेटी सुखवास में रहेगी, तब क्या उसकी इच्छा नहीं होगी कि वह अपने माँ-बाप को अपने सुखवास के बारे में अपने मुँह से सुना आये?''

''हाँ, इच्छा होगी।''

''माँ जानेगी कि बेटी सुखवास में रह रही है, तब मामूली दुख भुला देने के बाद क्या अपनी बेटी से मिलने की उसकी इच्छा नहीं होगी? वह नहीं चाहेगी कि जल्दी-से-जल्दी वह नानी कहलाए? मैं भी तो चाहता हूँ कि मेरी ससुराल बनी रहे।''

''चिट्ठी मैं फेंक जाऊँगा,'' बिजेन्दर बोला, ''अब आप मेरी बात ध्यान से सुनिए।''

''बोलो।''

''लड़की भगायी जा रही है,इसलिए इसमें खतरा है।''

''खतरा!'' बैजनाथ बुदबुदाया और फिर बोला, ''और क्या खतरा?''

''चिट्ठी पढ़ लेने के बाद भी माँ-बाप बेटी को भगाये जाने से रोकने के लिए उसका पीछा कर सकते हैं, अपने आदमियों को पकड़ लाने के लिए दौड़ा सकते हैं। आप बात मानिए मेरी, पीछा कर सकते हैं वे। नहीं भी कर सकते हैं, मगर कर भी सकते हैं।''

''मान लेता हूँ, पीछा कर सकते हैं।''

''जिस गाड़ी से आप लोग लड़की को लेकर भागेंगे, उसके हर डिब्बे की तलाशी वे कर सकते हैं।''

''कर सकते हैं।''

''आजकल खबर रेलगाड़ी से अधिक तेज चलती है, इसलिए दिल्ली से निकल जाने के बाद भी आप मुगलसराय या पटना में धरे जा सकते हैं।''

''हाँ, सकते हैं।''

''इसलिए आप लोग दयानन्द चौधरी को अपना असली पता-ठिकाना कभी नहीं बताएँगे और अगर रास्ते में कहीं उसके साथ पुलिस का लफड़ा होता है, तो आप लोग चुपचाप उस गाड़ी को छोड़कर दूर निकल जाएँगे।''

''दूर निकल जाएँगे? लड़की को छोड़कर भी?''

''हाँ, निश्चित रूप से।''

''ठीक है।''

''मैं आपको दयानन्द चौधरी के घर का पता दे देता हूँ। अगर किसी कारण से आप लोग रास्ते में ही एक-दूसरे से बिछुड़ गये, तो आप उसके गाँव जाकर उससे लड़की ले लेंगे।''

"यह ठीक सोचा है।" बहुत देर तक अप्रसन्न रहने के बाद बैजनाथ प्रसन्न हुआ।

(13)

बैजनाथ को अचानक सामने देख पलटू अकचकाया, "अरे, आप किधर से? आने का पता तक नहीं चला।"

"बहुत देर से आया हुआ हूँ," बैजनाथ ने जवाब दिया, "सहदेव बाबू के यहाँ से निकलने का इन्तजार कर रहा था। दायें मोड़ पर खड़ा था। वहीं से इधर नजर गड़ाये हुआ था।"

"सहदेव झा तो उस मोड़ की तरफ ही निकले," सहदेव झा हँसा, "आपसे तो टकरा गये होंगे?"

"नहीं," बैजनाथ बोला, "उन्हें अपनी ओर ही आते देख मैं झट पक्की सड़क पर चला गया और फिर वहाँ से बायें मोड़ पर आ गया।"

"सहदेव झा से डर लगता है?"

"डर की कोई बात नहीं है," बैजनाथ बोला, "मगर तब भी डरता हूँ। डर तो हमेशा यह भी लगता रहा था कि कहीं वे मेरे डेरे पर ही पहुँचकर जिद न कर बैठें कि चलिए, मैं भीख माँगने के धन्धे में आपको पकठोस बना देता हूँ। मगर अब कोई डर नहीं। अब तो मैं यहाँ से चला। आज ही निकल जाना है।"

"अब जी बिल्कुल ऊब गया?"

"हाँ, गुरुजी," बैजनाथ ने धीरे-से कहा, "लड़की मिल गयी न!"

"कैसी लड़की?"

"दुलहन।"

"आपने एकाएक ऐसा कैसे कर लिया?"

"किसी और ने किया है मेरे लिए," बैजनाथ ने जवाब दिया, "संसार इसी तरह चलता है; एक का भला दूसरे करे, दूसरे का भला तीसरा।"

"किसने भला किया आपका?"

"बिजेन्दर ने," बैजनाथ बोला, "खेल-खेल में बिजेन्दर ने यह कमाल किया है।"

"आपने कभी बताया नहीं," पलटू ने खुफिया निगाहों से बैजनाथ की ओर देखा, "एक दिन के खेल में तो बिजेन्दर ने यह कमाल नहीं किया होगा।"

"मुझे ही क्या पता था कि बिजेन्दर कोई खेल खेल रहा है मेरे लिए," बैजनाथ ने कहा, "उसने मुझे पहले कभी बताया नहीं। अचानक रात में आकर बोला कि उसे चाची मिल गयी और आज शाम की गाड़ी से वह चाचा-चाची को विदा करेगा।"

"आज शाम की गाड़ी से?"

"हाँ।"

"तब तो ब्याह नहीं हुआ होगा?"

"अब ब्याह की झंझट तो अपने हाथ में है," बैजनाथ बोला, "घर पर ही करेंगे ब्याह,

धूमधाम से करेंगे।''

''आपने लड़की देख ली है?''

''बिजेन्दर ने देखी है,'' बैजनाथ ने कहा, ''उसने देख ली, तो समझिए कि मैंने भी देख ली।''

''आपने तो अपने ससुर को भी नहीं देखा होगा?''

''नहीं देखा है,'' बैजनाथ बोला, ''ससुर से क्या लेना-देना! ससुर कोई हो और कैसा भी हो, मुझे क्या!''

''ससुर ने आपको देख लिया है?''

''हो सकता है, कभी देखा हो मुझे, नजर पड़ी हो कभी मुझ पर,'' बैजनाथ बोला, ''मगर उसने यह नहीं जाना होगा कि मैं उसका दामाद बनने जा रहा हूँ।''

''सिर्फ इतना जान रहा होगा कि उसका होनेवाला दामाद एक जमींदार है?''

''वह तो यह भी नहीं जान रहा कि कोई उसका दामाद होने जा रहा है।''

''क्या मतलब?''

''लड़की बाप के घर से भागेगी।''

''भागेगी?''

''हाँ।''

''बिजेन्दर के साथ?''

''नहीं, किसी और के साथ,'' बैजनाथ बोला, ''भगानेवाला भला लड़का है, अपने ही इलाके का। वह लड़की को साथ लिये नयी दिल्ली रेलवे स्टेशन आ जाएगा, गाड़ी खुलने से दस मिनट पहले। गाड़ी सात बजे खुलेगी। मैं बिजेन्दर के साथ एक घंटा पहले ही स्टेशन पर आ जाऊँगा। आप भी एक घंटा पहले आ जाइए। मैं टिकट घर के पास मिलूँगा। हम सब गाड़ी में एक साथ चलेंगे। भगानेवाला लड़का रास्ते में, जहाँ हम उसे बोलेंगे, लड़की हमें सुपुर्द कर देगा।''

''अगर लड़की शाम सात बजे तक स्टेशन पर नहीं आयी, तो?''

''आज नहीं आयी, तो कल आएगी, उसी समय, सात बजे। उसके घर से भागने का एक वही समय है उसके पास। किसी भी समय घर से नहीं भाग सकती वह। भागना तो भागना ही होता है न? सबकी नजर से भागना; इस तरह भागना कि जब तक लोग हो जानें, तब तक वह आकाश से बहत दूर निकल गयी हो, पाताल के बहुत करीब आ गयी हो।''

''अगर आज नहीं आयी, तो क्या करेंगे हम? कल शाम होने तक कहाँ टिकेंगे?'' पलटू ने पूछा और सुना दिया, ''मैं एक बार मन्दिर से चला आऊँगा, तो फिर लौटकर सहदेव झा के पस नहीं जाऊँगा।''

''लौटकर बिजेन्दर के डेरे पर जाना तो मुझे भी अच्छा नहीं लगेगा,'' बैजनाथ ने कहा, ''हम दोनों यहीं प्लेटफॉर्म पर टिके रहेंगे।''

''रात भर?''

''हाँ, रात भर,'' बेफिक्री के अन्दाज में बोला बैजनाथ, ''टिक जाएँगे।''

''और रात के बाद फिर दिन भर?''

''यह तो निश्चित नहीं है कि आज वह भागने में कामयाब हो ही जाएगी, मगर यह तय है कि किसी न किसी दिन वह भागकर आएगी जरूर, ठीक उसी समय, सात बजे। हम तब तक टिके रहेंगे जब तक लड़की भागकर नहीं आ जाती। बिजेन्दर हमें घड़ी-घड़ी की खबर पहुँचाता रहेगा।''

''हम रोज टिकट खरीदेंगे और रोज लौटाएँगे?''

''हाँ, रोज करेंगे ऐसा,'' बैजनाथ ने जवाब दिया, ''मैंने पता कर लिया है कि कितना नुकसान होगा।'' बेफिक्र लहजे में फिर बोला बैजनाथ, ''कोई बड़ा नुकसान नहीं होगा।''

''एक बात सुन लीजिए,'' पलटू ने सुनाया, ''रात हो या दिन, प्लेटफॉर्म पर रहूँ या बाहर, मेरा बिस्तर लगा होना चाहिए सोने और आराम करने के लिए।''

''वह मेरी जिम्मेवारी रही,'' बैजनाथ ने आश्वस्त किया।

''आपने दयानन्द चौधरी को कभी देखा है या नहीं?''

''हाँ, देखा है,'' बैजनाथ ने जवाब दिया, ''उसे देखते ही पहचान लूँगा। उसके यहाँ से होते हुए आपके पास आया हूँ। सुबह-सुबह बिजेन्दर मुझे साथ लेकर उसके डेरे पर गया था। उससे सारी बातें हो गयी हैं। मैंने उसके घर का पता-ठिकाना तक अपने पास लिखकर रख लिया है।'' अब यह तय हो गया कि हमें आज जाना है।

''हाँ, आज ही जाना है, और शाम सात बजे तक यहाँ से निकल जाना है।''

''आज दिल्ली को अन्तिम बार देख लेना है।''

''हाँ, अन्तिम बार,'' बैजनाथ बोला, ''अभी के हाल में अन्तिम बार।''

''क्या देख आयें हम?''

''यहाँ के देवी-देवताओं की कृपा हुई है, तो यहाँ के देवी-देवताओं के दर्शन कर आयें हम।''

''ठीक है,'' पलटू ने सुनाया, ''हम यही करेंगे। सहदेव झा आ जाते हैं, फिर मैं निकलता हूँ यहाँ से।''

''अभी तो कुछ भी कहकर निकल जाएँगे आप,'' बैजनाथ बोला, ''मगर यहाँ से भागेंगे कैसे सात बजे की गाड़ी पकड़ने के लिए?''

''भागकर नहीं, बताकर जाऊँगा,'' पलटू ने जवाब दिया, ''बोलूँगा कि बैजनाथ की बीमारी बढ़ गयी है और उसे फुलकाहा पहुँचा देना है।''

''वे तब भी आपको रोक सकते हैं।''

''तब मैं बताकर नहीं,'' पलटू झा ने सुना दिया, ''भागकर जाऊँगा।''

''अभी मैं भागता हूँ यहाँ से,'' बैजनाथ बोला, ''सहदेव बाबू अब आ सकते हैं। उनके आते ही आप निकल जाइए। मैं मोड़ पर मिल जाऊँगा।'' बोलकर उसने पूछा, ''किस मोड़ पर खड़ा रहूँ, दायें पर या बायें पर?''

''मैं दायें-बायें दोनों देख लूँगा।''

तब भी बैजनाथ अटकन-मटकन करने लगा और बोला, ''दायें।''

पलटू झा के आने की प्रतीक्षा में देर तक रुकना पड़ गया था बैजनाथ मंडल को, मगर वह जरा भी नहीं ऊबा। बिजेन्दर ने उसे कह दिया था कि वह पाँच बजे तक डेरे पर वापस लौट आये, ताकि तुरन्त चलकर सात बजेवाली गाड़ी स्टेशन पर कुछ पहले ही पहुँचकर पकड़ी जा सके। बैजनाथ ने अपने बिखरे सामान बाँधकर गठरी बना ली थी, ताकि डेरे पर आते ही वह गठरी उठाये और बिजेन्दर के साथ निकल जाये। अब उसे इससे कोई फर्क नहीं पड़ता था कि पलटू झा उसके पास जल्दी आ जाये या 'दायें मोड़' पर खड़ा-खड़ा वह बाकी समय काट डाले।

जब पलटू झा उसमें दायें मोड़ पर आ मिला, तब बैजनाथ ने पूछा, "किधर चलना है?"

"सबसे पहले मैं राधाकृष्ण मन्दिर जाऊँगा जहाँ मैं अपनी दुकान लगाने के पहले रोज जाया करता था। वहाँ अन्तिम प्रणाम तो कर आऊँ कि राधा और कृष्ण दोनों ने मिलकर मेरी दुकान को जमने नहीं दिया और उन दोनों की कृपा से अब मैं फुलकाहा में अपना मन्दिर बनवाऊँगा। वहीं बैठकर हम विचार करेंगे कि वहाँ से हमें कहाँ-कहाँ चलना है।"

"ठीक है, चलिए।"

दोनों राधाकृष्ण मन्दिर आ गये और राधाकृष्ण के दर्शन कर लेने के बाद बाहर मैदान की हरी घास पर बैठ गये। बैजनाथ ने पूछा, "सोच तो लिया होगा कि कितने देवी-देवता हैं यहाँ किस तरह एक-एक कर उसके दर्शन कर लेने हैं?"

"सब सोचकर आया हूँ मैं," पलटू ने जवाब दिया, "सबसे पहले हम अक्षरधाम मन्दिर देखने जाएँगे, वहाँ से लोटस मन्दिर, वहाँ से बिरला मन्दिर, वहाँ से..."

"रुकिए," बैजनाथ ने टोका, "आप मन्दिरों को देखने की बात करने लगे, जबकि हमें जरूरत है यहाँ के सारे देवी-देवताओं के दर्शन कर लेने की। अब मैं अपनी पुरानी गलती दुहरा नहीं सकता। आप बाबाधाम की यात्रा का स्मरण कीजिए। आपने ही मुझे डाँटा था कि मैंने वहाँ गणपति, ब्रह्मा, हनुमान, सूर्य, बगला देवी, गंगा आदि के दर्शन नहीं कर उनका अपमान किया था और वासुकिनाथ में अन्नपूर्णा, तारा, त्रिपुरसुन्दरी, कमला, बटुक भैरव आदि से बैर मोल ले लिया था। अगर गंगा कोशी से फुसफुसाकर कह सकती है कि 'एक पापी मेरा अपमान कर यहाँ से गया है, तुम उसे अपने पानी से बचकर नहीं आने देना,' तब क्या यहाँ के किसी देवता को बुरा नहीं लग सकता कि हम बिना उसके दर्शन किये निकल गये और रास्ते में कोई बखेड़ा नहीं कर सकता? उस दयानन्द चौधरी पर ही इस तरह सवार हो सकता है वह देवता कि मुगलसराय पहुँचते-पहुँचते वह मुझसे कह दे, 'चाचा, इस लड़की पर तो मेरा दिल आ गया है। अब आपके लिए कोई लड़की अगली बार फँसाऊँगा।' यहाँ के किसी देवता को नाराज कर यहाँ से नहीं निकलना है, गुरुजी। अब मैं फिर लगाऊँ अपने गले में वह फँसरी जो बाबाधाम से लौटकर आने के बाद लगी थी!"

"यहाँ के सारे देवी-देवताओं की कृपा हो चुकी है; तभी तो आपको खेल-खेल में लड़की मिल गयी," पलटू ने जवाब दिया, "अब समय कहाँ है सबके दर्शन कर आने का? गिनती के दो-चार देवता हैं कि हम दर्शन कर आयें? उन्होंने हमारे रवाना हो जाने का समय तक तय कर दिया। दर्शन के लिए कहाँ रोका उन्होंने? अब क्या दर्शन के लिए उनकी बात काटकर रुकेंगे?

यों भी लोग दिल्ली में देवताओं के दर्शन करने नहीं जाते, मन्दिरों को देखने जाते हैं। हमारे पास जो समय है, उसमें हम कुछ दर्शनीय मन्दिर देख आयें। सबसे पहले हम।''

बोलते-बोलते पलटू झा रुक गया और अपने पेट पर एक हाथ रख दिया। बैजनाथ ने उसे चुप होते देख पूछा, ''सबसे पहले?''

पलटू ने दोनों हाथ से पेट पकड़ लिया।

बैजनाथ घबरा गया, ''क्या हुआ?''

''दर्द!'' महीन आवाज आयी।

''बढ़ रहा है?''

''हाँ, जानमारू दर्द हो रहा है।''

''क्या खाया था सुबह में?''

''चूड़ा-दही।''

''चूड़ा पानी में फुलाया था?''

''जैसे रोज खाता था, वैसे ही खाया था।''

''कारण समझ में आ गया।''

''क्या?'' मरी हुई आवाज थी पलटू की।

''आपने मेरी बात काटी; देवताओं के दर्शन पर तैयार नहीं हुए। किसी देवता को बुरा लग गया है।''

''अब जान बचे, तो सबके दर्शन कर लेंगे।''

''बच जाएगा जान; देवताओं का सुमिरन कीजिए।''

पलटू और भी जोर से पेट दबाने लगा, ''ओह! मर रहा हूँ; डाक्टर के पास ले चलिए।''

''सहदेव बाबू को बुलाने जाऊँ?''

''नहीं; डाक्टर, डाक्टर।''

मैदान में हरी घास पर जहाँ-तहाँ कितने ही सज्जन बैठे हुए थे। एक की ओर देखकर बैजनाथ ने पलटू से कहा, ''मैं पता करता हूँ कि पास में कोई डाक्टर है या नहीं।''

बैजनाथ ने दो कदम बढ़ाए ही होंगे कि पलटू ने चीखती आवाज में उसे रोका, ''सुनिए।''

सुनने को वापस लौटा बैजनाथ, तो पलटू ने गिरती-पड़ती आवाज में कहा, ''डाक्टर का नहीं, किसी अस्पताल का पता लगाइए।''

जिस भले सज्जन से अस्पताल के बारे में पूछने गया था बैजनाथ, उसने पास के ही एक अस्पताल का नाम लिया और वहाँ तक पहुँचने का रास्ता भी बता दिया। बैजनाथ लौटकर आया और बोला, ''पास में ही एक अस्पताल है; पैदल चल सकेंगे आप?''

''सहारा देकर ले चलिए।'' बढ़ते दर्द और समीप आती मौत के डर से पलटू ने जवाब दिया।

पलटू को सहारा देकर बैजनाथ कपूर अस्पताल तक ले आया। अन्दर दाखिल होते ही दर्द से छटपटाता पलटू जमीन पर बैठ गया। अस्पताल का एक कर्मचारी वहीं अपनी मेज लगाकर बैठा हुआ था। ''क्या हुआ है?'' कहते हुए वह कुरसी से उठकर रोगी के पास आ गया।

''पेट में दर्द।'' बैजनाथ ने जवाब दिया।

''कैसा दर्द?''

''भीषण,'' बैजनाथ बोला, ''जानमारू।''

कर्मचारी अन्दर गया और अन्दर से दो आदमियों के साथ एक स्ट्रेचर लेकर आया। दोनों आदमी पलटू झा को लादकर अन्दर ले गये। कर्मचारी ने बैजनाथ को अपने पास ही रोक लिया और एक खाली कुरसी की ओर इशारा करते हुए कहा, ''आप यहीं बैठिए। यहाँ आ गये तो अब रोगी के मरने का खतरा नहीं है। आप निश्चिन्त होकर बैठिए।''

बैजनाथ की घड़ी अभी से सात बजाने लगी थी। निश्चिन्त नहीं बैठ पा रहा था वह। कुरसी पर बैठकर वह लगातार पलटू को कोसता रहा कि अपनी बोली से उसने यहाँ के कम से कम किसी एक देवता को रुष्ट किया है और उस देवता ने अभी ही विघ्न पैदा कर दिया।

मुश्किल से पाँच-सात मिनट गुजरे होंगे कि बैजनाथ ने पूछा, ''मैं अब रोगी के पास जा सकता हूँ?''

''अभी जाँच चल रही होगी,'' कर्मचारी बोला, ''जाँच पूरी होते ही मैं आपको उसके पास ले आऊँगा।''

तीन-चार मिनट बाद बैजनाथ ने फिर आग्रह किया कर्मचारी से, ''अब तक जाँच हो गयी होगी। आप ही देखकर आइए कि वे किस हाल में हैं।''

कर्मचारी ने इशारे से कुछ और देर रुकने को कहा।

कुछ देर बाद एक परिचारक अन्दर से आया और कर्मचारी से बोला, ''रामकुमार बाबू! डाक्टर साहब बुला रहे हैं।''

रामकुमार बाबू ने पलटू झा और बैजनाथ मंडल का नाम-पता लिखा और अन्दर चला गया। करीब दस मिनट बाद एक परिचारक बैजनाथ को हाँक लगाकर अन्दर बुला ले गया। बैजनाथ को जहाँ रोका गया वहाँ से एक कमरे मे बिस्तर पर पड़ा पलटू नजर आ रहा था। वह हिल-डुल नहीं रहा था और उसके पास ढेर सारे इलाज के उपकरण जमा थे। उसके पास ही एक डाक्टर कुरसी पर बैठा हुआ पलटू को टकटकी बाँधकर देख रहा था। रामकुमार बाबू वहीं खड़ा था और बैजनाथ पर नजर पड़ते ही वह बाहर निकल आया।

बाहर आकर उसने बैनजाथ से कहा, ''अगर और दस-पाँच मिनट का विलम्ब होता, तो आप हमारे पास रोगी को नहीं, उसकी लाश को लेकर आते।''

''ऐसा था?''

''हाँ, हृदयगति रुकने को थी; 'हार्ट अटैक' हुआ था।''

''उसने तो बताया था कि पेट में दर्द हो रहा है।''

''दर्द सीने में हो रहा होगा; उसने महसूस किया होगा पेट में।''

''उसने तो कसकर पेट पकड़ा था।''

''उसे सीना पकड़ना चाहिए था।''

''दर्द पर हाथ आप से आप चला गया था, सर।''

''बहस मत कीजिए,'' रामकुमार बाबू बोला, ''डाक्टर हम हैं कि आप? अभी भी रोगी

की जान खतरे में ही है। हमें ऑक्सीजन चढ़ाना पड़ा था। अभी पानी चढ़ाया जा रहा है। अभी जिन्दा रख लिया है हमने, आगे का हाल भगवान जाने। अस्पताल की मरीज-पुस्तिका बना दी गयी है। आप अभी तुरन्त दस हजार रुपये जमा कीजिए।''

''दस हजार?''

''हाँ, अभी तुरन्त दस हजार, नहीं तो आगे का इलाज रोक दिया जाएगा। तब रोगी कभी भी मर सकता है।''

''अभी दस हजार रुपये हम कहाँ से ले आयें!'' बैजनाथ ने सुनाया।

''रोगी अपका कौन लगता है?''

''मेरे गाँव के हैं, मेरे संगी हैं।''

''आप संगी की जान लेकर दिल्ली आये हैं या नहीं?''

''हाँ, आये हैं।''

''जान लेकर जाएँगे या नहीं?''

''हाँ, जाएँगे।''

''जब पैसे का जुगाड़ नहीं करेंगे, तो कैसे उसकी जान लेकर जाएँगे? आपको अपने संगी की जान से कोई मोह-ममता नहीं है?''

''उसकी जान मेरी अपनी जान के बराबर है, सर,'' बैजनाथ ने सुनाया, ''मगर पैसे का जुगाड़ कैसे करेंगे हम? यहाँ हमारा कोई नहीं है।''

''अभी जिनके पास टिके हुए हैं, वे कौन हैं?''

''वे रोगी के साले हैं।''

''कोई साला अपने बहनोई को मरने नहीं देगा। आप उनसे बात कीजिए; उन्हें कहिए पैसे का जुगाड़ करने।''

''वे भी हमारी तरह परदेस में रह रहे हैं; पैसे का जुगाड़ वे भी नहीं कर पाएँगे। हम बहुत दूर से आए हैं; यहाँ हम लोगों का कोई नहीं है।''

''सुन लीजिए,'' रामकुमार बाबू बोला, ''इलाज मुफ्त में नहीं होता है।''

''आप अभी इलाज कर दीजिए, ''बैजनाथ ने कहा, ''पैसे हम घर जाकर भेज देंगे।''

''इलाज उधार भी नहीं होता है,'' रामकुमार बाबू बोला, ''कहाँ घर है आपका?''

''बिहार में।''

''यहाँ बहुत बिहारी हैं; आप उन सबसे मदद लीजिए। जाइए, देर मत कीजिए। रोगी का कोई ठीक नहीं है कि इलाज के अभाव में कब दम तोड़ दे।''

''मैं एक बार रोगी से बात कर सकता हूँ?''

''इस हाल में बात नहीं कर सकते। अभी अपने डेरे पर जाकर पैसा जमा कीजिए और तुरन्त आइए।''

''आप इलाज चालू रखिएगा,'' बैजनाथ बोला, ''मैं अभी लौटकर आता हूँ।''

बैजनाथ वहाँ से भागा और सीधे मन्दिर आया।

कमरे का दरवाजा बन्द था और सहदेव झा वहाँ नहीं थे। वह मन्दिर के ओसारे पर बैठ

गया।

कब तक आएँगे सहदेव बाबू? दस हजार! दस हजार का प्रबन्ध कर लेंगे वे? अब क्या उचित होगा उसके लिए? सात बजे की गाड़ी से जाना है उसे। विघ्न उपस्थित हुआ है। इस विघ्न को कैसे पार करे वह? पलटू झा को छोड़कर जाया जा सकता है। उसका साला बचाए उसकी जान। दस हजार! इलाज के बिना पलटू झा मर गया, तो? तो सहदेव झा की बहन विधवा होगी। उसका अपना क्या नुकसान? पलटू झा के मरने से भी अब उसका कोई नुकसान नहीं होगा। उसे तो फायदा ही होगा कि मन्दिर बनाने के खर्च से बच जाएगा वह। दुर, ऐसा नहीं सोचना चाहिए! किसी के मरने के बारे में नहीं सोचना चाहिए। मगर जान तो अब सहदेव झा ही बचा सकता है। उसे तो सात बजे की गाड़ी से निकल जाना है। सहदेव झा रोकेगा, तो वह कहेगा, 'आप रुपयों का यहाँ इन्तजाम कीजिए; मैं गाँव जाकर पलटूजी के पिताजी से बात करता हूँ, गाँव में पैसे का प्रबन्ध करता हूँ।' इतना कहकर निकल जाना है। सात बजे की गाड़ी से हर हाल में जाना है।

ऐसे ही खयालों में खोया हुआ था बैजनाथ कि सहदेव झा ने उसका ध्यान भंग किया, "अरे, आप?"

बैजनाथ झट उठ खड़ा हुआ और बोला, "चलिए मेरे साथ।"

"कहाँ?"

"कपूर अस्पताल," बैजनाथ बोला, "तुरन्त चलिए।"

"क्यों?"

"पलटूजी अस्पताल में हैं।"

"अस्पताल में?" सहदेव झा घबराया, "जिन्दा हैं न?"

"हाँ, मैं जिन्दा देखकर आया हूँ।"

सहदेव झा बिना रुके बैजनाथ के साथ चल पड़ा। चलते हुए उसने पूछा, "क्या हुआ था?"

"पेट में दर्द," बैजनाथ ने सुनाया, "बिना फुलाये चूड़ा खाने का दर्द नहीं था। अचानक दर्द हुआ पेट में। नहीं होता; उनकी गलती से दर्द हुआ। आज उन्होंने गाँव जाना तय किया था। आखिरी दिन दिल्ली में कुछ देखने की बात आयी थी उनके मन में। मैंने कहा, "यहाँ के देवी-देवताओं के दर्शन कर लीजिए।' उन्होंने जवाब दिया, 'हम देवताओं के दर्शन करने नहीं, मन्दिरों को देखने चलेंगे।' जैसे ही उन्होंने ऐसा कहा, पेट में जोर का दर्द हुआ।"

वे दोनों कपूर अस्पताल पहुँचे। रामकुमार बाबू, अपनी जगह पर बैठा मिल गया। बैजनाथ पर नजर पड़ते ही उसने पूछा, "पैसे ले आये?"

"नहीं, उनके आदमी को लेकर आया हूँ।"

"आपसे मैंने पैसे लेकर आने को कहा था या आदमी लेकर आने को?"

"आप इनसे बात कर लीजिए।"

"बात करता रहूँगा," रामकुमार बाबू ने सहदेव झा से कहा, "बैजनाथजी से मैंने दस हजार रुपये जमा करने को कहा था। आप जाइए और रुपये लेकर आइए। रोगी का हाल बुरा है; कभी भी कुछ हो सकता है।"

"मुझे एक बार रोगी से मिलना है।" सहदेव झा ने रामकुमार बाबू से कहा।

"क्या करेंगे रोगी से मिलकर?" रामकुमार बाबू बोला, "उसे अभी इलाज की जरूरत है, मिलने-जुलने की नहीं।"

"पैसे के लिए उनसे बात करना जरूरी है।"

"आप मिल लीजिए," रामकुमार बाबू ने कहा, "मगर अधिक बोलचाल से रोगी की जान को खतरा है। पैसे का इन्तजाम करने के लिए जितना जरूरी हो उतना ही पूछिएगा।"

सहदेव झा और बैजनाथ को साथ लिये रामकुमार बाबू ने उन्हें पलटू झा के 'बेड' के पास पहुँचा दिया और अपनी जगह पर लौट आया। पलटू की आँखें बन्द थीं। शायद वह कोई मानसिक जप कर रहा था, क्योंकि बैजनाथ के यह बोलते ही कि अभी सोए हुए हैं, पलटू झा ने आँखें खोल दीं।

प्राणरक्षकों को देखते ही पलटू झा उठ बैठा और सहदेव झा के दोनों हाथ पकड़कर बोला, "मुझे यहाँ से ले चलिए, सहदेव बाबू।"

"हाँ-हाँ, ले चलूँगा," सहदेव झा ने जवाब दिया, "जरा रुपये का प्रबन्ध कर लूँ।"

"कितने का?" पलटू ने पूछा।

सहदेव झा ने जवाब दिया, "दस हजार का।"

"हाँ, दस हजार का," पलटू ने कहा, "मुझे भी यही बताया गया है, दस हजार। आप प्रबन्ध कर सकते हैं, सहदेव बाबू; जल्दी प्रबन्ध कीजिए।"

"आप यहाँ क्यों चले आये?"

"पेट में जोर का दर्द उठ गया था," पलटू बोला, "लौटकर डेरा तक जाना सम्भव नहीं था। यहाँ चला आया। और कहाँ जाता?"

"ऐसा दर्द पहले भी कभी हुआ था?"

"नहीं, कभी नहीं।"

"वैसा वचन कभी पहले इनके मुँह से निकला ही नहीं होगा। दैवी कोप से दर्द हुआ है।" धीमी आवाज में बैजनाथ बोल गया।

"आपको याद नहीं रहा," सहदेव झा ने पलटू से पूछा, "कि मैंने आपको यहाँ के डाक्टरों के चंगुल में फँसने से मना किया था; किसी भी रोग का इलाज अस्पताल में कराने को कहा था?"

"अच्छी तरह याद था," पलटू ने जवाब दिया, "तभी तो मैंने बैजनाथजी को किसी डाक्टर के पास ले जाने से रोक दिया था। वे मुझे अस्पताल लेकर आ गये।"

"यह कोई सरकारी अस्पताल थोड़े है!" सहदेव झा ने बताया, "यह प्राइवेट अस्पताल है, प्राइवेट नर्सिंग होम। खुद फँसे, मुझे फँसा दिया।"

"इस धोखा को तो मैं नहीं जान रहा था, सहदेव बाबू।"

"अब कैसी तबियत है?"

"ठीक हूँ। पेट में दर्द नहीं है। चलकर दिखाऊँ?"

"नहीं-नहीं, आप पड़े रहिए," सहदेव झा ने कहा, "डाक्टर ने अभी बोलने तक से मना

किया है। मैं अभी चलता हूँ; जल्दी ही लौटूँगा।''

बैजनाथ ने जाते-जाते पलटू से कहा, ''आप दो-तीन दिन यहाँ रुककर देवी-देवताओं के दर्शन कर लीजिए; मैं आज निकल जाता हूँ।''

''मैं भी साथ चलूँगा, बैजनाथ बाबू,'' पलटू का निवेदन था, ''आप लोग जल्दी लौटकर आइए।''

रामकुमार बाबू को सूचित कर कि वे लोग पैसे का प्रबन्ध करने जा रहे हैं, सहदेव झा बैजनाथ के साथ मन्दिर पर लौट आया।

मन्दिर पर आकर बैजनाथ ने सहदेव झा से पूछा, ''आप पैसे का प्रबन्ध कर लेंगे?''

''दस हजार का?''

''हाँ।''

''नहीं कर सकूँगा,'' सहदेव झा ने कहा।

''आप मन्दिरवाले मालिक से माँगिए; आकाश बाबू से भी माँग सकते हैं।''

''वे लोग एक पैसा नहीं देंगे,'' सहदेव झा ने सुनाया, ''मैं सौ दो सौ का प्रबन्ध कर सकता हूँ। शेष का प्रबन्ध आपको करना पड़ेगा। आप इस पर सोचिए।''

''मैंने सोचा है।''

''क्या?''

''मैं आज ही फुलकाहा के लिए निकल जाता हूँ और वहाँ पलटूजी के पिताजी के साथ मिलकर पैसे का जुगाड़ करता हूँ।''

''नहीं, आपका अभी मरीज को छोड़कर जाना उचित नहीं है। जब तक वे अस्पताल से बिल्कुल स्वस्थ होकर बाहर नहीं निकल आते, तब तक आप यहाँ से नहीं जा सकते।''

''जब तक मैं यहाँ से जाता नहीं हूँ, तब तक वे अस्पताल से स्वस्थ या अस्वस्थ बाहर भी तो नहीं आ सकते। पैसे का जुगाड़ करना है या नहीं?''

''अगर ओझाजी स्वस्थ नहीं होते हैं, तो यह सवाल उठेगा कि आपने उन्हें क्या खिलाया-पिलाया था कि वे अस्वस्थ हो गये। पुलिस का चक्कर लगेगा। अभी ही निकल जाते हैं आप, तब तो मुझे थाना जाकर यह सूचना देनी होगी कि आप रोगी को जहर खिलाकर भाग गये हैं। मैं आपको अभी जाने नहीं दूँगा। पैसे का जुगाड़ यहीं रहकर करना होगा।''

बैजनाथ के ऊपर पहाड़ टूट पड़ा था। उसने कहा, ''मेरे साथ तो आज उनका कोई खाना-पीना नहीं हुआ था। वे यहीं से चूड़ा-दही खाकर निकले थे।''

''जब पुलिसवाले आपसे पूछताछ करेंगे, तब यह जवाब दीजिएगा आप।''

कुछ ठमककर बैजनाथ बोला,''पैसे का जुगाड़ यहाँ रहकर तो मैं नहीं कर सकता।''

''कर सकते हैं आप,'' सहदेव झा ने कहा, ''बिजेन्दर के पास जाना होगा आपको।''

''ठीक है, मैं बिजेन्दर से बात करता हूँ।''

''चलिए, मैं भी साथ चलता हूँ।''

बैजनाथ को अपने उन रुपयों की चिन्ता हो गयी जो दयानन्द चौधरी को देने के लिए बिजेन्दर

उसे देता। वह पंछी की तरह उड़कर बिजेन्दर के पास पहुँच जाना चाहता था ताकि उसे मिलनेवाली रकम उसके लिए सुरक्षित रहे। सहदेव झा बचाये अपनी बहन को विधवा होने से, उसे तो अपने आपको अब और रँडुआ बनकर रहने से बचाना है। पलटू झा अब मर कहाँ रहा है! वह चलने-फिरने लायक तो हो ही गया था। अब सहदेव झा अपने बूते पर उसे अस्पताल से बाहर ले आये। सहदेव झा रोक रहा है उसे, तब तो सात बजेवाली गाड़ी उसके रुकने तक लड़की को लेकर निकल जाएगी। मरदूद सहदेव उसके साथ लग गया था! बिजेन्दर के पास पहुँचने के पहले उसने भगवान के पास अपनी प्रार्थना पहुँचायी। भगवान ने उसकी सुन ली।

बैजनाथ ने बिजेन्दर के पास पहुँचते ही उसे आँख का इशारा मारा तो था, मगर वह इशारा जितना 'हाँ' बोलता था उतना ही 'ना' भी। बिजेन्दर ने अपने दिमाग से काम लिया और सहदेव झा की किसी बात में नहीं आया। एक बिहारी को बचाने के लिए बिहारियों के बीच चन्दा उगाहकर एक दिन में रकम का जुगाड़ कर लेना उसने अपने पुराने अनुभवों के आधार पर असम्भव बताया। उसने यह भी सुना दिया कि वह अपने मालिक से बहुत कह-सुनकर अगले दो महीनों के भी पैसे ले चुका है और अब मालिक उसे एक कानी कौड़ी भी नहीं देगा। उसने डेढ़ सौ रुपये सहदेव झा के हाथ में रख दिये और सुना दिया कि अब इससे अधिक का जुगाड़ नहीं है उसके पास।

बिजेन्दर ने बैजनाथ को भी अपने पास रोक लेना चाहा, मगर सहदेव झ़ा ने उसे सुना दिया कि बैजनाथ बाबू अभी उसके साथ ही रहेंगे क्योंकि अस्पतालवालों के खबर करने पर हो सकता है कि अब तक अस्पताल में पुलिसवाले आ गये हों और बैजनाथ बाबू को ढूँढ़ रहे हों; ओझाजी के अस्पताल से निकलते ही इन्हें छोड़ दिया जाएगा।

बैजनाथ को कोई और इशारा मारने नहीं दिया सहदेव झा ने और बिजेन्दर भी बैजनाथ से बस इतना भर चुपके से कह पाया, "आपको सात बजे की गाड़ी से जाना है, चाचा। मैं स्टेशन पहुँच जाऊँगा।"

सहदेव झा डेढ़ सौ रुपये और बैजनाथ को लेकर मन्दिर पर लौट आया।

अब शाम हो रही थी। सात बजने में अधिक देर नहीं थी। बैजनाथ व्याकुल हो रहा था। अब उसे स्टेशन के लिए निकल जाना चाहिए था। उसने भगवान से प्रार्थना की, "हे भगवान! मुझे छुटकारा दो। सहदेव झा को कहो मुझसे यह कहने के लिए, 'आप अब जा सकते हैं। फुलकाहा से पैसे का जुगाड़ करके आइए।' हाथी निकल गया है, अब पूँछ भी छुड़ा दो, भगवान।" भगवान ने प्रार्थना नहीं सुनी।

मन्दिर पहुँचने के बाद कुछ देर सोच-सुस्ताकर सहदेव झा ने अपने बक्से से अपनी जमा पूँजी निकाली और बैजनाथ को साथ लिये कपूर अस्पताल आ गया। उनपर नजर पड़ते ही रामकुमार बाबू ने डाँटना शुरू किया, "कहाँ थे अब तक? रोगी के मरने-जीने की कोई चिन्ता नहीं! आप लोगों के जाने के बाद उनकी हालत बहुत बिगड़ गयी थी। पता है, किस तरह मरने से बचाया है मैंने आपके मरीज को? पैसे लेकर आ गये?"

"हाँ।"

''निकालिए पैसे; जमा कराइए।''

''मैं डाक्टर साहब से मिलना चाहता हूँ,'' सहदेव झा बोला।

''यहाँ बहुत डाक्टर इलाज कर रहे हैं; किन-किन से मिलवाऊँ आपको?''

''जिनके पास मेरा पैसा जाएगा, उनसे मिलवाइए।''

''चलिए, उनसे ही मिल लीजिए।''

रामकुमार बाबू ने उन दोनों को मालिक डाक्टर के पास पहुँचा दिया, और मालिक से कहा, ''ये अभी पैसे लेकर आये हैं; आपके पास ही जमा करेंगे।'' इतना बोलकर वह चला गया।

रामकुमार बाबू के जाते ही सहदेव झा ने जेब में हाथ डाला और वहाँ से जितने रुपये निकले उन्हें मेज पर रख दिया, ''मैं गरीब ब्राह्मण हूँ, सरकार; एक छोटे-से मन्दिर में पुजारी हूँ। किसी तरह दाना-पानी चल रहा है। किसी तरह इतने रुपये लेकर आया हूँ।''

''कितने हैं?'' रुपयों पर एक निगाह फेंककर डाक्टर ने पूछा।

''तेरह सौ,'' सहदेव झा बोला।

''तेरह सौ!'' डाक्टर ने भौं चढ़ायी और फिर बोला, ''पता है, कितना देना है?''

''हाँ, दस हजार।''

''दस हजार नहीं,'' डाक्टर ने सुनाया, ''सत्ताइस हजार।''

''नहीं, सरकार, दस हजार; पेटदर्दवाला मरीज है मेरा।''

''मैं उसी मरीज की बात कर रहा हूँ। उसकी हालत बिगड़ रही थी, तो सात-सात हजार के तीन इंजेक्शन लगाने पड़े। देह का खून जमा जा रहा था। हम मरीज को मरने तो नहीं देते। आपका इन्तजार करते रहते, तो कब का मरीज मर चुका होता।''

''अब दस हो या सत्ताइस, सरकार; हम जो पान-फूल लेकर आये हैं, उसे स्वीकार कर लीजिए।''

''यह खैराती अस्पताल नहीं है, जनाब,'' डाक्टर ने कहा, ''सत्ताइस हजार में सत्ताइस पैसे भी कम नहीं होंगे। पैसे लेकर आइए और मरीज को ले जाइए।''

''ऐसा मत कहिए, सरकार; हम पर दया कीजिए।'' बोलकर सहदेव झा झुका और मेज के नीचे जाकर डाक्टर के पैर पकड़ लिये।

डाक्टर ने पैर छुड़ाने की कोशिश की, मगर नहीं छुड़ा पाने पर हाँक लगायी, ''मुनीलाल!''

मुनीलाल पहलवान के आते ही उसे आदेश मिला, ''इन दोनों को कमरे के बाहर निकालो।''

बैजनाथ झट कमरे के बाहर निकल गया। मुनीलाल ने सहदेव झा को मेज के अन्दर से खींचकर बाहर किया और उसे धकियाते हुए कमरे से बाहर करने लगा। सहदेव झा ने धक्का खाते हुए डाक्टर से पूछा, ''मैं मरीज से मिल सकता हूँ?''

''क्या करेंगे मिलकर?'' डाक्टर गुस्से में आ गया था, ''मरीज की टेंट में तो पैसे नहीं हैं! मरीज अब बिल्कुल ठीक है। पैसे लेकर आइए और मरीज को ले जाइए।''

सहदेव झा जल्दी से बाहर आया कि कहीं बैजनाथ मंडल भाग न गया हो। बैजनाथ को उसने रामकुमार बाबू के पास ही पकड़ लिया और उसके साथ एक बार फिर मन्दिर पर आ गया।

मन्दिर पर पहुँचकर सहदेव झा फिर एक बार सोचने-सुस्ताने लगा। बैजनाथ ने पूछा, "अब क्या सोचा है, सहदेव बाबू।"

"कुछ सूझ नहीं रहा है; कुछ सोच नहीं पा रहा हूँ।"

"मैंने सोचा है।"

"बोलिए।"

"मुरदा पर जैसा दस मन मिट्टी, वैसा सत्ताइस मन मिट्टी," जैसे दस का जुगाड़ नहीं हुआ, वैसे ही सत्ताइस का जुगाड़ भी नहीं होगा। अब जुगाड़ की चिन्ता छोड़ दीजिए और घर में चुपचाप बैठ जाइए। अब पलटू झा स्वस्थ हो गये हैं। कब तक रखेगा अस्पताल रोगी को और मुफ्त का खिलाएगा? जब हममें से कोई भी नहीं पहुँचेगा रोगी के पास, तो अस्पतालवाले धक्का मारकर भगा देंगे उन्हें। मैं भी अब निकलता हूँ। यह बहुत जरूरी है कि पलटूजी के पिताजी को मैं पूरी खबर दे आऊँ, नहीं तो बाद में वे मुझे बहुत डाँट पिलाएँगे और फिर कभी मुझ पर विश्वास नहीं करेंगे। बेटे के सुख-दुख की खबर बाप को मिलनी ही चाहिए। हो सकता है, गाड़ी देर से खुले और मैं पकड़ लूँ। बिजेन्दर स्टेशन पर मेरा इन्तजार कर रहा होगा।"

"आप अच्छी खबर लेकर जाइएगा, अभी ही बुरी खबर लेकर नहीं जाना है। कब जाना है, यह बता दूँगा मैं आपको। अभी चलिए मेरे साथ।"

"कहाँ?"

"आकाश बाबू के पास।"

जब ये दोनों आकाश बाबू के घर पहुँचे, तो आकाश बाबू अभी-अभी दफ्तर से आये हुए थे और उनसे मिलने के लिए सहदेव झा को आधा घंटा से अधिक इन्तजार करना पड़ा था। उनके प्रकट होते ही सहदेव झा ने उन्हें पूरी कथा सुनायी और पूछा कि अब क्या किया जाये।

आकाश बाबू कथा के अन्त तक पहुँचते-पहुँचते काफी गम्भीर हो उठे थे। सहदेव झा के सवाल के जवाब में उन्होंने कहा, "पैसे तो देने पड़ेंगे, पुजारीजी। दिल्ली के एक निजी अस्पताल का किस्सा सुनाता हूँ। एक मरीज का इलाज चल रहा था, मगर वह स्वस्थ होने के पहले ही मर गया। अस्पतालवालों ने मरीज के घरवालों को मरीज के इलाज पर आये खर्च का पुरजा थमा दिया, सतहत्तर हजार रुपये का पुरजा। घरवालों ने पैसे देने से इन्कार किया, तो अस्पतालवालों ने लाश देने से इन्कार कर दिया। दो दिनों तक लाश अस्पताल में पड़ी रही। हारकर घरवालों ने पैसों का इन्तजाम किया और लाश को अस्पताल से छुड़ा लाये। यहाँ तो आपको लाश छुड़ा लाने के लिए भी अस्पताल को पैसे देने पड़ेंगे।"

"मरीज मर गया रहता, तब क्या मुझे पैसे की चिन्ता होती, आकाश बाबू। मैं तेरह सौ रुपये लेकर जाता लाश उठाने? तेरह पैसे देने से भी इन्कार कर जाता। रखें वे लाश अस्पताल में ही। मरीज को सद्‌गति मिल गयी, 'मरनो भलो विदेस में।' मगर समस्या तो यह है कि मरीज अभी भी जिन्दा है और मरीज को छुड़ा ले आने के लिए मेरे पास पैसे नहीं हैं।"

"मरीज जिन्दा है, तब भी आप चिन्ता नहीं करें, पुजारीजी," आकाश बाबू बोले, "आप मरीज के बाप को खबर कर दें और अपने घर में चैन की नींद सोयें। आये उसका बाप पैसे लेकर

और छुड़ा ले जायें बेटे को।''

''खबर जाएगी, तो कब तो पैसे का जुगाड़ होगा और कब रोगी के घरवाले यहाँ आएँगे!'' सहदेव झा ने मुँह बिचकाकर कहा, ''पन्द्रहिया लग जाएगा मरीज को अस्पताल से बाहर आते-आते।''

''आपको पन्द्रहिया का क्या दुख?'' आकाश बाबू ने सावधान कर दिया, ''आप ऐसी गलती नहीं कीजिएगा कि कहीं से कर्ज-उधार लेकर मरीज को छुड़ा लाइएगा। ऐसा कीजिएगा, तो पूरी रकम को अभी ही बट्टा खाता में लिख डालिएगा। मरीज छूटकर आ गया, तो मरीज के घर से पैसा नहीं आएगा आपके लिए।''

''कुछ तो करना ही पड़ेगा, आकाश बाबू।''

''कुछ करना ही हो, तो वह मरीज के छूटकर आने के बाद कीजिएगा।''

''उसके बाद क्या करना?''

''आपने बताया है कि मरीज को इससे पहले कभी कोई दर्द नहीं हुआ था, न पेट का दर्द, न छाती का दर्द?''

''हाँ, आकाश बाबू, कभी कोई दर्द नहीं हुआ था,'' सहदेव झा ने जोर देकर कहा, ''रोगी बिल्कुल रोगमुक्त था।''

''अब दिल्ली के एक और निजी अस्पताल का एक और किस्सा सुनिए,'' बोलकर आकाश बाबू ने किस्सा सुनाना शुरू किया, ''एक आदमी को छाती के दाहिने हिस्से में दर्द महसूस हुआ। उसका बेटा उसे लेकर अस्पताल गया। वहाँ डाक्टर ने बताया कि उसे 'हार्ट अटैक' हुआ है और यह भी कह दिया कि अगर उसे तुरन्त अस्पताल में भरती नहीं किया गया, तो उसकी जान को खतरा है। बेटे ने बाप को तुरन्त अस्पताल में भरती कर दिया। मरीज को 'सघन चिकित्सा कक्ष' में सात सौ पचास रुपये प्रति घंटा की दर से रखा गया और इलाज के खर्च के नाम पर उससे छिहत्तर हजार रुपये वसूले गये।

''करीब एक महीने बाद जब उस रोगी ने अपनी जाँच राममनोहर लोहिया अस्पताल में करवायी, तो वहाँ यह बात खुली कि उसे कोई हृदय रोग नहीं था और कभी 'हार्ट अटैक' नहीं हुआ था।

''रोगी ने उपभोक्ता अदालत में उस निजी अस्पताल पर मुकदमा ठोंक दिया जिसने उससे छिहत्तर हजार वसूले थे। उपभोक्ता अदालत ने उस निजी अस्पताल पर पाँच लाख का जुरमाना ठोंक दिया यह कहकर कि रोगी के एक साधारण हृदय दर्द को 'हार्ट अटैक' बताकर बिना जरूरत के 'सघन चिकित्सा कक्ष' में रखा गया, कि गलत कमाई के लिए एक पवित्र धन्धे को अपवित्र किया गया, कि रोगी और उसके घरवालों को भीषण मानसिक कष्ट पहुँचाया गया।''

इतना सुना देने के बाद आकाश बाबू ने कहा, ''भगवान करे कि आपके रोगी का मामला भी बस ऐसा ही मामला हो। रोगी को छूटकर आ जाने दीजिए, राममनोहर लोहिया अस्पताल में ही उसकी जाँच कराइए और फिर सत्ताइस हजारवाले अस्पताल पर उपभोक्ता अदालत में मुकदमा ठोंककर दो-चार लाख की कमाई कर लीजिए।''

सहदेव झा ने आकाश बाबू की सलाह सुनी और कुछ देर उस पर गौर करने के बाद

बोला, ''और कुछ तो नहीं हो सकता?''

''और क्या!'' आकाश बाबू ने जवाब दिया, ''अभी और कुछ नहीं हो सकता।''

सहदेव झा वहाँ से बैजनाथ के साथ मन्दिर पर लौट आया। रात उतर आयी थी। अस्पताल जाकर पलटू झा को देख आने का कोई रास्ता नहीं सूझा उसे। अब सुबह में देखा जाएगा, उसने मन-ही-मन सोचा। बेचैनी की रात उसने मन्दिर में ही काटी और बैजनाथ को भी बेचैन रखने के लिए अपने पास मन्दिर में ही सुला लिया। अपनी नींद में कितनी ही बार बैजनाथ ने सात बजे वाली गाड़ी पकड़ी थी और मुगलसराय तक हो-हो आया था, मगर जब भी नींद टूटी उसकी, उसने सहदेव झा को बिस्तर पर जगा हुआ बैठा पाया।

भोर-भोर सहदेव झा बैजनाथ मंडल को साथ लिये अपने संगी पांडेजी के पास पहुँचा और सब कुछ विस्तार से बताने के बाद कहा, ''सत्ताइस हजार रुपये का जुगाड़ किसी भी तरह नहीं किया जा सकता। अब मेरे पास सिर्फ एक उपाय बचा है।''

''क्या?'' पांडेजी ने पूछा।

''ओझाजी अच्छे रसोइया हैं,'' सहदेव झा ने बताया, ''एक बार एक सेठ ने मुझसे एक ब्राह्मण रसोइया की माँग की थी और मैंने ओझाजी को उसके यहाँ बहाल हो जाने के लिए मन बनाने को कहा था। उन्हें रसोइया बनना पसन्द नहीं आया था और वे उस बार किसी सेठ के यहाँ भी रसोइया बनने के लिए तैयार नहीं हुए थे। अब तो पसन्द-नापसन्द का सवाल नहीं है। उन्हें हर हाल में रसोइया बनना होगा; रसोइया बनकर ही अस्पताल का पैसा चुकाना होगा।

''यहाँ के सेठों की रसोइयों में ब्राह्मण रसोइया की माँग बराबर बनी रहती है। मैं किसी न किसी सेठ का पता लगा ही लूँगा जिसे ब्राह्मण रसोइया चाहिए। आप भी थोड़ी मदद कर देंगे ढूँढ़ने में।''

रसोइया बनकर किस तरह अस्पताल का पैसा चुका देंगे पलटू झा, इस पर अच्छी तरह चर्चा कर लेने के बाद सहदेव झा ने पांडेजी से कहा, ''अब आप कपूर अस्पताल जाकर एक बार मरीज से मिल आइए और वहाँ का हाल-चाल भी पता लगाकर आइए। मैं तब तक बैजनाथ बाबू के साथ दो-चार सेठों की कोठियों से घूमकर आ जाता हूँ।''

खाली हाथ मरीज से मिलने गये पांडेजी को मरीज से तब तक मिलने नहीं दिया गया जब तक रामकुमार बाबू ने जान नहीं लिया कि पैसे के जुगाड़ के लिए ही यह नया आदमी मरीज से मिलने आया है।

मरीज एक तालाबन्द कमरे में था। रामकुमार बाबू ने कमरे का ताला खोला और पांडेजी को मरीज के साथ आधा घंटा बतियाने का समय देकर बाहर से दरवाज बन्द कर दिया।

ताला खुलने की आवाज के साथ ही पलटू झा बिस्तर पर उठ बैठा था। पांडेजी को देखते ही वह उसके पास तक आ गया और पूछा, ''सहदेव बाबू कहाँ हैं?''

''वे सोच-विचार में लगे हुए हैं कि आपको कैसे यहाँ से छुड़ा ले जाया जाये,'' पांडे ने कहा और पलटू झा के साथ बिस्तर पर बैठ गया।

''उन्हें मालूम है न कि अब कितने का जुगाड़ करना है?''

''मालूम है,'' पांडे बोला, ''सत्ताइस हजार का।''

''जुगाड़ की कोई उम्मीद है?''

''कोई उम्मीद नहीं।''

''तो अब क्या होगा?''

''गाँव में आपकी जमीन तो होगी?''

''हाँ, है।''

''अब एक ही उपाय है कि गाँव की जमीन बेचकर पैसा मँगवाएँ आप।''

''जमीन बिकनेवाली नहीं है।''

''क्यों?''

''पिताजी अभी जिन्दा हैं।''

''जिन्दा हैं, तो क्या हुआ!'' पांडे ने सुनाया, ''बेटे के इलाज में बाप जमीन नहीं बेचता है क्या? बिना पैसे लिए अस्पतालवाले जाने नहीं देंगे आपको। तब क्या बाप के मरने तक आप यहीं पड़े रहेंगे?''

''मैं तो बस दो-एक दिनों का मेहमान हूँ।''

''आप तो अब स्वस्थ हो गये हैं,'' पांडे बोला, ''दो-एक दिनों के मेहमान हैं! ऐसा क्यों बोल रहे हैं आप?''

''ऐसा अस्पतालवाले बोल रहे हैं।''

''क्या बोल रहे हैं?''.

''बोल रहे हैं कि अगर पैसे की चुकती दो-एक दिनों में नहीं हुई, तो वे मेरी किडनी निकालकर बेच लेंगे।''

''ऐसा कहा है?''

''हाँ।''

पांडे का चेहरा अचानक तनावग्रस्त हो गया। उसने पूछा, ''कब कहा था ऐसा।''

''रात में ही।''

पांडे ने खुफिया निगाहों से पलटू झा को घूरा और कुछ देर ठमककर पूछा, ''सुबह पेशाब उतरा है?''

''हाँ, उतरा है; अभी तक दो बार पेशाब करने जा चुका हूँ,'' पलटू ने जवाब दिया और कुछ सशंकित होकर पूछ बैठा, ''यह क्यों पूछा आपने?''

''अस्पतालवाले केवल धमकी देकर ही रह नहीं जाते,'' पांडेजी बोल गया, ''कभी-कभी बिना धमकी के भी कुछ कर गुजरते हैं।''

''क्या?''

''मेरे गाँव का एक रिक्शावाला अपेंडिक्स का आपरेशन कराने एक निजी अस्पताल 'लाइफ लाइन चिकित्सालय' में पहुँचा था। डाक्टर ने उसके अपेंडिक्स का आपरेशन करते समय धोखे से उसकी किडनी निकाल ली। आपरेशन के बाद मरीज का पेशाब उतरना बन्द हो गया

था। इस धोखे का पता पटना के अस्पताल में जाँच-पड़ताल के बाद चला। मुझे शक हो गया था कि कहीं डाक्टरों ने आपकी किडनी न निकाल ली हो।''

यह किस्सा सुनकर पलटू असहज हो गया; उस पर चुप्पी लद गयी। पांडेजी को पूछना पड़ गया, ''क्या सोचने लगे?''

''मेरे साथ भी वही होगा,'' पलटू धीमी आवाज में बोलने लगा था, ''ये लोग मुझे ताला लगाकर रख रहे हैं, ताकि मैं भागने न पाऊँ। कब तक आसरा देखेंगे ये पैसा आने का? सुबह रामकुमार बाबू मुझसे कहने आया था कि हर दिन पाँच सौ रुपये जुड़ते जा रहे हैं इलाज के खर्च में। तीस हजार कभी पार नहीं होने देंगे वे। पैसे का इन्तजाम हो नहीं रहा है। मेरी किडनी निकाल लेंगे अस्पताल वाले। हे भगवान! अब मैं क्या करूँ? मेरी तो जान गयी। पांडेजी! आप सहदेव बाबू को कहकर आइए कि सुबह से मेरा पेशाब नहीं उतरा है। तुरन्त मेरे लिए कोई उपाय करें वे।''

''जान नहीं जाएगी, पलटूजी,'' पांडेजी बोला, ''मैं सहदेव झा के साथ विचार-विमर्श करके आ रहा हूँ। आपके लिए उपाय किया जा रहा है।''

''क्या उपाय किया जा रहा है?'' पलटू ने बेचैन स्वर में पूछा।

''आपको किसी सेठ के यहाँ रसोइया के पद पर बहाल करवा दिया जाएगा,'' पांडेजी ने सुनाया, ''खाना-कपड़ा के अलावे कम से कम पाँच सौ रुपये मासिक वेतन मिलेगा आपको। सौ रुपये महीना आपको जेब खर्च के लिए दे दिया जाएगा। शेष चार सौ रुपये हर महीने अस्पतालवालों को दे दिए जाएँगे। हम लोगों ने हिसाब जोड़ा है कि सत्ताइस हजार रुपये पाँच साल सात महीने पन्द्रह दिन में चुक जाएँगे। अगर आपके हिसाब से अब अस्पतालवाला हजार दो हजार बढ़ाकर बोलता है, तो दो-चार-छह महीने और लग जाएँगे। इसके बाद आप बिल्कुल मुक्त हो जाएँगे। जान बची हुई है। अब हम लोगों को किसी तरह अस्पतालवालों को मना लेना है कि वे हमारा प्रस्ताव मान लें।''

पलटू झा कुछ बोला नहीं, किसी सेठ की रसोई में खो गया।

पांडेजी ने उठते हुए कहा, ''अब मैं चलता हूँ। तुरन्त सहदेव झा के साथ लौटूँगा। आप आराम करें।''

रामकुमार बाबू दरवाजे पर ही खड़ा था। जैसे ही पांडेजी पलटू के कमरे से बाहर निकला, उसने पांडेजी से कुछ पूछा तक नहीं, चुपचाप कमरे का ताला लगा दिया।

करीब तीन घंटे बाद सहदेव झा सारे देवताओं को सुमिरकर पांडेजी और बैजनाथ मंडल को साथ लिये अपने मन्दिर से कपूर अस्पताल के लिए निकला। मन्दिर से सड़क पर आते ही बिजेन्दर मिल गया। वह बैजनाथ से कुछ जरूरी बातें करने आया था। सहदेव झा ने उससे कहा, ''हम लोग ओझाजी को छुड़ाने जा रहे हैं। चलो तुम भी हम लोगों के साथ।''

दिन का एक बज रहा होगा। वे लोग सड़क पार कर कपूर अस्पताल के अहाते में घुसने ही वाले थे कि अचानक सड़क के इस पार ही रुक गये। कपूर अस्पताल में अचानक भूचाल आ गया था।

'भागो भागो' और 'पकड़ो, पकड़ो' की तेज आवाजों के बीच उन्होंने काँख तले कपड़ों की पोटली दबाये हुए एक नंगे आदमी को अस्पताल से बगटुट घोड़े की तरह सारे पीछा करनेवालों को बहुत पीछे छोड़ते हुए भागते देख। मुख्य सड़क पर उसका रास्ता आप से आप साफ होता गया था। लोग उसका रास्ता छोड़-छोड़कर भाग रहे थे। कई महिलाएँ उसे अपनी ओर दौड़कर आते हुए देख बेहोश होकर गिर गयी थीं। मुख्य सड़क पर थोड़ी देर ही दौड़ा होगा वह कि उसे एक गली मिल गयी और वह उस गली में गुम हो गया।

कुछ पता नहीं चल रहा था कि कौन भागा और क्यों भागा?

सड़क के लोग अस्पताल की ओर बढ़ रहे थे।

"अभी वहाँ हम लोगों का जाना उचित नहीं होगा," सहदेव झा ने अपनी राय दी और बिजेन्दर से कहा, "तुम्हें वहाँ कोई नहीं पहचानेगा। तुम पता लगाकर आओ कि क्या बात है।"

बिजेन्दर अस्पताल में जमा भीड़ में शरीक हो गया।

बात का पता लगाकर वह जल्दी ही वापस आ गया। आते ही उसने सुनाया, "कोई मरीज भागा है।"

सहदेव झा ने धीमे-से पूछा, "क्या नाम बताया मरीज का?"

"बिना नाम का मरीज है," बिजेन्दर बोला, "एक डाक्टर ने जब एक कर्मचारी से पूछा कि कौन भागा, तो कर्मचारी ने जवाब दिया कि 'सत्ताइस हजार' भाग गया।"

"सत्ताइस हजार?"

"हाँ।"

"कैसे भागा?"

"एक कर्मचारी 'सत्ताइस हजार' की देखभाल के लिए तैनात था। 'सत्ताइस हजार' भाग सकता है, ऐसा उन लोगों का अनुमान रहा होगा, क्योंकि उसे बन्द कमरे में रखा जाता था। कर्मचारी उसे खाना देने गया था। जैसे ही वह कमरे का ताला खोलकर हाथ में थाली लिये अन्दर घुसा कि 'सत्ताइस हजार' तेजी से अन्दर से बाहर निकल आया और भागा। कर्मचारी तो अकबका गया कि यह कौन भागा। जब उसने बिस्तर पर मरीज को नहीं देखा, तब उसे होश हुआ कि मरीज भागा। उसे तो चिल्लाने में भी देर हो गयी। देखा तो उसे अस्पताल में और भी लोगों ने भागते हुए, मगर कोई यह कैसे जानता कि कोई मरीज भाग रहा है? सबको लगा कि कोई पगला घुस आया होगा अस्पताल में जो अब भगाया जा रहा है।"

"मरीज को कमरे में बन्द रखा जाता था?"

"हाँ," बिजेन्दर बोला, "वहाँ तो यही सुनने को मिला।"

सहदेव झा ने एक बार पांडेजी की ओर देखा और फिर बोला, "हम लोग उस गली में ही चलें जिसमें नंगा आदमी घुसा था।"

"क्यों?" पांडेजी ने पूछा।

"सताइस हजार और बन्द कमरे में मरीज!" सहदेव झा बोला, "वह नंगा आदमी और कोई नहीं, ओझाजी थे।"

"हाँ, पलटूजी ही थे," बैजनाथ बोला, "हालाँकि बिना कपड़ों के मैंने कभी उन्हें भागते

देखा नहीं है, मगर जिस तरह वह भाग रहा था, उस तरह मैंने कई बार पलटूजी को भागते देखा है।''

वे चारों उस गली में घुस गये जिसमें नंगा आदमी घुसा था।

(14)

गली में घुसकर जिन गलियों से गुजरते हुए अपना रास्ता बनाता गया था नंगा आदमी, वह स्पष्ट था। लोग घरों से बाहर निकल आये थे और उन गलियों में हँस-बोल रहे थे।

वे चारों गली में घुसकर आदमी की चाल से चल तो सकते थे, घोड़े की चाल से दौड़ नहीं सकते थे। जब नंगा आदमी दौड़ रहा होगा, तब गली के लोग घरों में घुस गये होंगे और रास्ता साफ कर दिया होगा। अब लोग घरों से निकलकर गलियों में आ गये थे और रास्ता जाम कर दिया था। नंगा आदमी एक 'बिन्दु' की तरह दौड़ गया था, इन चारों को एक 'लकीर' की तरह दौड़ना पड़ता। उस पर गलीवालों के पूछने पर रुक-रुककर यह उपहासास्पद जवाब देना पड़ता कि वे सब नंगा आदमी के पीछे दौड़ रहे हैं।

गली में घुसने के बाद दो-चार कदम चलकर ही सहदेव झा रुक गया और बोला, ''हम उस आदमी का पीछा नहीं कर सकते जो अपनी जान लेकर पत्तातोड़ भागा है। गली का अन्त तो मिलेगी हमें, पर ओझाजी नहीं मिलेंगे। गलियों से बाहर निकलकर वे किसी सुनसान में रुकेंगे; आश्वस्त होकर कि अब कोई पीछा नहीं कर रहा है, कपड़े पहनेंगे और फिर पूरब-पश्चिम पर ध्यान देते हुए धीरे-धीरे सावधान कदमों से मन्दिर की दिशा में बढ़ेंगे। वे देर-सवेर मन्दिर पहुँच जाएँगे। हमें मन्दिर में ही उनका इन्तजार करना चाहिए।''

हालाँकि पलटू झा घुड़दौड़ के घोड़े की तरह दौड़ा था और सहदेव झा का जत्था दुलहों को पीठ पर चढ़ाये घुड़चढ़ी के घोड़ों की चाल से चला था, मगर तब भी एक ही मंजिल पर सहदेव झा अपने जत्थे के साथ पहले पहुँचा और पलटू झा घंटों बाद।

प्रकट होते ही वह तेजी से बैजनाथ मंडल के सामने आया और बोला, ''चलिए, हमें अभी तुरन्त दिल्ली छोड़ देना है।''

पलटू बहुत लस्त-पस्त नजर आ रहा था और भय से उसका चेहरा विवर्ण हो उठा था।

बैजनाथ की जब सात बजेवाली पहली गाड़ी छूट गयी थी, उसके बाद सोते-जागते कितनी ही बार उसकी सात बजेवाली गाड़ी छूटती रही थी। अब अगली किसी भी गाड़ी से चलने के लिए वह झट उठ खड़ा हुआ था।

पलटू अपना सामान सरियाने लगा, तो सहदेव झा उसके पास जाकर बोला, ''आप थोड़ी देर आराम तो कर लीजिए।''

''अब यहाँ एक क्षण भी आराम किया जा सकता है क्या?'' पलटू ने सुनाया, ''अस्पतालवालों के हाथ में मेरी किडनी फिसल गयी है; वे क्या मुझे पकड़ने के लिए कुछ नहीं करेंगे?''

''अभी आपको जाने से मैं रोकूँगा नहीं,'' सहदेव झा बोला, ''मगर फिर कितने दिनों बाद

लौटकर आ रहे हैं आप?''

''जिस शहर ने इन्हें नंगा किया है,'' बैजनाथ बोला, ''उसमें फिर लौटकर आने के लिए कह रहे हैं आप? आप समझ रहे हैं,सहदेव बाबू, कि पलटूजी को नंगा हो जाने का कितना दुख हो रहा होगा?''

''शहर में नंगा होने का दुख कोई दुख नहीं होता,'' सहदेव झा ने सुनाया, ''नंगा होने का कोई बुरा नहीं मानता यहाँ। शहर सौ बार नंगा कर दे, तब भी कोई दुख नहीं, अगर नंगा करने के पहले या बाद में वाजिब पैसा दे दे।''

''नंगा करने के पहले क्या दिया शहर ने इन्हें?'' बैजनाथ बोला, ''और नंगा करने के बाद अब इन्हें देगा कि इनसे लेगा?''

''अब कोई इनसे कुछ नहीं ले पाएगा,'' सहदेव झा बोला, ''बहुत लोग वेश बदलकर रह रहे हैं यहाँ।''

''मैं आऊँगा,'' सारी बातें सुन लेने के बाद पलटू बोला, ''एक महीने बाद।''

''एक महीने बाद ही सही,'' सहदेव झा आश्वस्त हुआ, ''मैं तब तक सोच लूँगा कि धन्धे को नये सिरे से किस तरह जमाना है।''

बैजनाथ और पलटू को यात्रा के लिए तैयार देखकर बिजेन्दर ने बैजनाथ से कहा, ''मैं डेरा जाकर आपका सामान लिये सीधे स्टेशन आ जाता हूँ। वहाँ टिकट घर के पास आप लोगों को ढूँढ़ लूँगा।''

लगभग एक ही समय में तीनों स्टेशन आ गये थे। स्टेशन पर पहुँचने के लगभग तीन घंटे बाद पटना जाने के लिए गाड़ी मिली। उन दोनों को गाड़ी में बैठाकर विदा करने तक बिजेन्दर उनके साथ रहा और दयानन्द चौधरी का नाम-पता लिखा कागज और लड़की के बदले उसे दी जानेवली रकम चाचा को थमा देने के बाद उन्हें समझाता रहा कि किस तरह दयानन्द चौधरी के घर जाकर उससे लड़की को ले आना है।

पलटू अभी भी सहज नहीं हो पाया था, स्टेशन पर कपूर अस्पतालवालों द्वारा पकड़ लिये जाने की चिन्ता से नहीं, एक अन्य मानसिक विकार के कारण। एक बार उनके पास से थोड़ी देर के लिए बिजेन्दर खिसका नहीं कि उसने बैजनाथ से पूछा, ''मैं अभी नंगा दिख रहा हूँ क्या?''

''नहीं तो,'' बैजनाथ ने उसे अच्छी तरह देख लेने के बाद कहा, ''आप तो कपड़े पहने हुए हैं।''

''मुझे रह-रहकर लगता है कि मैं नंगा हूँ, कपड़े नहीं हैं बदन पर।''

''आप उधर से ध्यान हटाइए।''

एक बार और बिजेन्दर खिसका, तो बैजनाथ ने पलटू से पूछा, ''एक महीना बाद कैसे लौट आएँगे आप दिल्ली? दिल्ली में कपड़ा पहने रहने पर भी कभी लगेगा आपको कि आप कपड़ा पहने हुए हैं?''

''मैं लौटकर आनेवाला नहीं हूँ,'' पलटू ने जवाब दिया, ''आने की बात इसलिए बोल गया कि जाने के समय सहदेव झा कोई टंटा नहीं करे मुझ पर हुए किसी खर्च को लेकर।''

रेलगाड़ी के खुलते ही बैजनाथ ने पलटू को जानकारी दे दी कि उन्हें अब किस गाँव जाना है और वहाँ कितने रुपये देकर लड़की को अपने गाँव लिये चला जाना है और किस तरह उसने दिल्ली में ही पैसे का जुगाड़ कर लिया।

उन दोनों की रेलगाड़ी अभी घंटा भर ही चली होगी कि बैजनाथ ने पूछा, "गुरुजी, अब गोलियाँ खा लूँ?"

"कौन-सी?"

"बुलेट," बैजनाथ ने जवाब दिया,"बुलेट थ्री-नॉट-थ्री, आयुर्वेदिक खानदानी दवाखानावाली।"

"आपको कुछ याद नहीं रहता क्या?" पलटू बोला, "अभी दूध कहाँ मिलेगा? ऐसी क्या हड़बड़ी है कि बिना दूध के ही गोलियाँ गटक जाएँ?"

"जहाँ दूध मिलेगा, वहाँ?"

"नहीं, रास्ते में कहीं नहीं," पलटू ने जवाब दिया, "हमें गोलियों के असर का ठीक-ठीक पता नहीं है। अभी आपकी दुलहन आपके सामने बैठी हुई नहीं है; दिल्ली दूर है। अगर गोलियाँ खाकर घंटा भर बाद ही आप बहकने लगे, तब क्या करूँगा मैं? पहुँच पाएँगे आप मालडीह? मैं क्या मुँह लेकर जाऊँगा फुलकाहा?"

मालडीह तक का नक्शा उनके सामने था। वे पटना आये और वहाँ से बस पकड़कर सुबह-सुबह पूर्णिया पहुँच गये। बस से उतरते ही बैजनाथ ने बताया, "यहाँ से हम बस या जीप पकड़कर एक-डेढ़ घंटे में बनमनखी पहुँच जाएँगे। वहाँ से दो कोस पैदल मालडीह तक चलना है। मालडीह से सटा हुआ है चकला गाँव। चार घंटे के अन्दर हम चकला में हैं,दयानन्द के घर पर।"

"अभी ही हम चल दें क्या?" पलटू ने मुँह झाड़कर पूछा।

"अब यहाँ क्या करना?" बैजनाथ ने जवाब दिया, "चकला में हमारा इन्तजार हो रहा होगा।"

"आपने अपना मुखमंडल देखा है?" बैजनाथ के चेहरे पर नजर गाड़े हुए पलटू बोला, "बिखरे बाल, फिट्टा चेहरा! दुलहा ऐसा ही मुँह लेकर दुलहन के पास जाता है? आपको इतनी हड़बड़ी क्यों है? अभी तो हम शौच से भी निवृत्त नहीं हुए हैं। चकला पहुँचते ही हम दयानन्द से कहेंगे कि लोटा लाओ, पैखाना जाना है, और जल्दी से नाश्ता बनवाओ, हम बिना खाये-पीये चले आये हैं?"

"तो अब हम क्या करें?"

"यहाँ से बिल्कुल तैयार होकर चलना है। शौच से निवृत्त हो जाएँ हम, फिर स्नान-ध्यान कर लें, फिर कुछ पेट में डाल लें; इसके बाद ही यहाँ से निकलेंगे हम।"

बस पड़ाव में सारी सुविधाएँ उपलब्ध थीं। जब जलपान कर वे दुकान से निकले, तो पलटू ने कहा, "मेरे मन में एक खयाल आया है।"

"क्या?"

"सुनना आपको बुरा लगे, मगर यह सच है कि आप एक खूसट दुलहा नजर आ रहे हैं," पलटू ने सुनाया, "चेहरे पर रौनक नहीं है, उम्र ढलान पर नजर आ रही है। चटक नहीं, चमक नहीं। आपको तो ऐसा दिखना है कि दयानन्द लड़की का हाथ पकड़कर आपके हाथ की ओर बढ़ाए नहीं कि लड़की झट आपका हाथ पकड़ ले। ऐसा नहीं हो कि तब लड़की 'हाय माय' बोलकर दयानन्द का हाथ झटक दे और चमककर दूर खड़ी हो जाये। अब हम और कोई चूक नहीं कर सकते।"

"अब मैं क्या करूँ?"

"आपको यहाँ के किसी ब्यूटी पार्लर में चलकर अपना चेहरा बनवा लेना है। वे चेहरे पर चमक तो ला ही देंगे, आपकी उम्र भी कम से कम दस साल घटा देंगे।"

"मैं तैयार हूँ। खोजिए ब्यूटी पार्लर।"

एक पान दुकानवाले से पूछना पड़ा और कुछ कदम पर ही एक ब्यूटी पार्लर मिल गया।

दुमंजिले पर था ब्यूटी पार्लर। दोनों सीढ़ियों से ऊपर आये और दुकान के अन्दर कदम रखा। बैजनाथ का आगे बढ़ा हुआ कदम किसी धक्के से पीछे चला आया और वह दुकान के बाहर हो गया। बैजनाथ के धक्के में आग या पलटू ने पूछा, "क्या हुआ?"

"यहाँ तो सब लड़कियाँ हैं; बेंच पर बैठी बतिया रही हैं आपस में। कोई मर्द नहीं है।"

"तो क्या हुआ!" पलटू बोला, "आजकल लड़कियाँ बाल- दाढ़ी भी बनाती हैं। पान दुकानवाले ने तो हमें अच्छी तरह देख लिया था कि हम मर्द हैं। यहाँ कोई गड़बड़ नहीं है। आइए मेरे पीछे।"

इस बार एक लड़की ने आगे बढ़कर उनका स्वागत किया, "आइए, बैठिए।"

पलटू ने तुरन्त सुनाया, "एक चेहरा निखारना है। कितने पैसे लगेंगे?"

"सिर्फ चेहरा?" लड़की ने मुस्कराकर पूछा।

"हाँ, एक चेहरा," पलटू ने बैजनाथ की ओर इशारा करते हुए कहा, "इनका।"

"कम से कम पचास रुपये लगेंगे।"

"एक चेहरा निखारने के पचास रुपये?"

"हाँ, कम से कम।"

"ठीक है, निखारिये," कुछ सोचकर इस बार बैजनाथ बोला, "पचास रुपये वाला चेहरा।"

"चेहरा बिल्कुल निखर जाना चाहिए," पलटू बोला, "तरोताजा लगे, सुन्दर दिखे।"

"हम अपने मेहमानों को इतना सन्तुष्ट कर देते हैं कि वे हमारे यहाँ बार- बार आते हैं।" लड़की ने आश्वस्त किया।

"मैं इनके पचास रुपये में ही," पलटू ने पूछा, "अपने बालों में कंघी कर सकता हूँ?"

लड़की हँसकर बोली, "कर लीजिए।"

अभी लड़की रुई के फाहे से बैजनाथ के चेहरे पर क्लीनजिंग मिल्क मल हो रही थी कि 'पुलिस–

पुलिस' का हल्ला हुआ। पार्लर की लड़कियाँ भागीं। उनके पीछे पलटू भी दौड़ गया। बैजनाथ अकबका गया और जब तक बाहर निकलता कि पुलिसवालों ने उसे धर लिया।

एक बैजनाथ ही पुलिसवालों की पकड़ में नहीं आया था। पलटू को खदेड़कर पकड़ा था पुलिसवालों ने। पार्लर की चार लड़कियाँ भी पुलिस की पकड़ में आ गयी थीं। उन सबको जीप में बैठाकर थाना ले जाया गया।

बैजनाथ का सिर घूम रहा था...यह क्या हो गया? कैसे हो गया? क्यों हो गया?

लड़कियों को अपने जुर्म का पता था; वे जीप में सिर झुकाये बैठी रहीं।

जीप में बैठते ही बैजनाथ और पलटू एक-दूसरे का मुँह ताकते हुए आँखों-ही-आँखों में लगातार पूछते रहे, ''हमने क्या जुर्म किया है भला?''

ऐसा नहीं हुआ कि बिना जुर्म के सजा सुना दी गयी। थानेदार ने अपने ही दरबार में जुर्म बताया और सजा सुनायी।

दोनों अपराधियों को हवलात में बन्द कर थानेदार कहीं और धावा मारने चला गया था। रात उतर जाने पर लौटकर आया वह और तब उसके आदेश पर एक सिपाही ने उन्हें हवालात से निकालकर उसके सामने पेश किया।

दोनों को अच्छी तरह निहारकर थानेदार ने सच को पकड़ा, ''तुम दोनों असली इश्कबाज हो।''

''नहीं, हुजूर,'' दोनों हाथ जोड़कर पलटू ने असहमति जतायी, ''हम दोनों में कोई इश्कबाज नहीं है।''

''ऐसे इश्कबाज कि हमारा भी डर नहीं!''

''हमें आपका डर है, सरकार।''

''तुम्हें तो खदेड़कर पकड़ा गया था?''

''मैं कुछ अधिक डर गया था, सरकार।''

''तुम दोनों एक-दूसरे को जानते हो?''

''हाँ, सरकार,'' कोई झूठ बोलने से डर गया पलटू झा, ''मैं पलटू झा और यह बैजनाथ मंडल।''

''ब्यूटी पार्लर में ही परिचय हुआ था?''

''नहीं, सरकार, हम दोनों एक गाँव के रहनेवाले हैं।''

''किस गाँव के?''

''सहसौल-राघोपुर सड़क पर एक गाँव है फुलकाहा; हम वहीं के हैं।''

''उतनी दूर से यहाँ आते हो रंडीबाजी करने?''

''रंडीबाजी! हे राम! हे राम!'' आँखें फैलाने और बन्द करने के बाद पलटू बोला, ''हम पवित्र लोग हैं, सरकार; हम दोनों में कोई भी ऐसा-वैसा नहीं है। मेरे खानदान में किसी ने यह कुकर्म नहीं किया है।''

बैजनाथ ने मुँह खोला, ''मेरे खानदान में भी किसी ने नहीं।''

एक नजर बैजनाथ पर डालकर थानेदार ने पलटू से पूछा, ''उस ब्यूटी पार्लर में अब तक

कितनी बार जा चुके हो?''

''पूर्णिया हम दोनों पहली बार आये हैं, सरकार,'' पलटू बोला, ''उस ब्यूटी पार्लर में हम दोनों पहली बार घुसे थे।''

''उस ब्यूटी पार्लर में ही क्यों घुसे?''

''हम बस से बस पड़ाव पर उतरे थे। एक पानवाले से ब्यूटी पार्लर के बारे में पूछा, तो उसने उस ब्यूटी पार्लर का पता दे दिया।''

''उसने यह कैसे समझ लिया कि तुम दोनों रंडीबाज हो?'' थानेदार ने नजर टेढ़ी की, ''जरूर तुम दोनों ने कोई पूछताछ की होगी।''

''नहीं, सरकार,'' पलटू बोला, ''सिर्फ पान खाया था और ब्यूटी पार्लर का पता पूछा था।''

''पानवाले ने यह नहीं बताया था कि वहाँ कई बार छापे पड़ चुके हैं रंडियों और रंडीबाजों को पकड़ने के लिए?''

''नहीं, सरकार, कुछ नहीं बताया था।''

''उसने तुम दोनों को वहाँ भेजा,'' थानेदार बोला, ''इसका मतलब कि वह रंडियों का दलाल है?''

''है, जरूर है, सरकार,'' पलटू ने सहमति जतायी।

''कल उसे भी जेल भिजवाता हूँ,'' दारोगा ने सुनाया, ''तुम गवाही दे देना।''

''दूँगा गवाही, सरकार,'' पलटू ने जोर देकर कहा, ''जरूर दूँगा।''

''अब यह बताओ कि ब्यूटी पार्लर का पता तुमने क्यों पूछा?''

''बैजनाथ मंडल का ब्याह होनेवाला है,'' पलटू ने सुनाया, ''आज लड़की से इनका सामना है। इन्हें अपना चेहरा निखारना था, ताकि लड़की मंजूरी देने में अगर-मगर न करे। आप देख ही रहे हैं, सरकार, इनका चेहरा निखारना कितना जरूरी था।''

''सच बोल रहे हो?''

''हाँ, सरकार, बिल्कुल सच बोल रहा हूँ।''

''अभी भी चेहरा चिपचिपाया हुआ है,'' गाल पर हाथ रखते हुए बैजनाथ ने कहा, ''कोई तेल लगाया था लड़की ने।''

थानेदार पूछा बैठा, ''कमर-जाँघ में भी कुछ लगाया था?''

''जाँघ नहीं खुलवायी थी, सरकार,'' पलटू बोला, ''मैं ऐसा होने नहीं देता।''

कुछ ठमककर थानेदार बोला,''तुम्हारी बात मैं मान लेता हूँ, मगर तब भी जो जुर्म तुम दोनों कर बैठे हो, उसकी सजा मिलेगी तुम्हें।''

''तुर्म तो तब हो, सरकार, जब मैं पानवाले के विरुद्ध गवाही नहीं दूँ,'' पलटू बोला, ''और तो कोई जुर्म नहीं हुआ है हमसे।''

''यह जुर्म है कि तुम दोनों को उस ब्यूटी पार्लर के बारे में जानकारी नहीं थी,'' दारोगा ने सुनाया,''उससे भी बड़ा जुर्म यह हुआ कि तुम लोगों ने भागने की कोशिश की। तुम्हें तो खदेड़कर पकड़ना पड़ा था।''

''कान पकड़ता हूँ, सरकार, कि फिर ऐसा जुर्म नहीं करूँगा,'' अपने कान पकड़ते हुए पलटू ने बैजनाथ से कहा, ''पकड़िए कान कि फिर कभी किसी ब्यूटी पार्लर में नहीं जाना है।''

''नहीं, इतने से नहीं होगा,'' थानेदार बोला, ''तुम दोनों को पाँच-पाँच सौ रुपये जुरमाना देने होंगे।''

''उतने पैसे हमारे पास कहाँ, सरकार!'' पलटू बोला, ''ब्यूटी पार्लर को देने भर के पैसे हैं हमारे पास। लड़की के बाप से पैसा लेकर घर जा पाएँगे।''

''पैसे नहीं हैं, तो बेंत खाकर जाओ,'' दारोगा ने कुरसी से उठते हुए कहा,''सुन लो, पाँच सौ रुपये या पचास बेंत। रात भर में फैसला कर लो। सुबह पैसे लाओ या बेंत खाकर जाओ।''

इतना सुनाकर थानेदार चला गया।

सिपाही ने उन दोनों को फिर हवालात में बन्द कर दिया।

देर तक चुप्पी साधे रहने के बाद बैजनाथ बोला, ''क्या सोच रहे हैं, गुरुजी?''

''अब सोचने से कुछ नहीं होगा,'' पलटू ने जवाब दिया, ''थानेदार चला गया। अब रात भर यहीं रहना होगा।''

''रात की बात नहीं कर रहा हूँ; सुबह की पूछ रहा हूँ।''

''सुबह में कोई झंझट नहीं है; बेदाग निकल जाएँगे।''

''किस तरह?'' बैजनाथ ने पूछा, ''पैसे देकर?''

''हाँ, पैसे देकर।''

''पैसे कहाँ हैं?'' बैजनाथ ने सुनाया, ''सिर्फ दयानन्द चौधरी को देने लायक पैसे हैं।''

''उसे अभी हजार रुपये कम ही देंगे,'' पलटू ने रास्ता बताया,''बकाया बाद में देने की बात कह देंगे या बुला लेंगे उसे फुलकाहा पैसे ले जाने के लिए।''

''वह नहीं माना, तो?''

''इलाके का लड़का है, मान जाएगा।''

''मैं यह खतरा नहीं उठाना चाहता, गुरुजी,'' बैजनाथ बोला, ''नहीं माना, तो सब किया-धिया बर्बाद हो जाएगा। अब तक तो लड़की के कितने ही गाहक आ चुके होंगे उसके पास। वह अब तक रुका होगा मेरे लिए। कम पैसे पर वह हरगिज नहीं मानेगा।''

''यहाँ से निकलेंगे, तभी तो जाएँगे आपके दयानन्द के पास,'' पलटू बोला, ''यहाँ से निकलने का हमारे पास और कोई उपाय भी तो नहीं है।''

''उपाय तो है।''

''क्या?''

''हम पचास-पचास बेंत खा लें,'' पलटू ने थानेदार का बताया हुआ उपाय बताया, ''यहाँ कौन देखता है कि हम पर बेंत की मार पड़ी है!''

''आप पचास बेंत खाने के लिए तैयार हैं?''

''हाँ।''

''तैयार मैं भी हो जाता,'' पलटू ने कहा, ''मगर मैं पचास बेंत खाने लायक नहीं हूँ।''

"आप इस लायक हैं, गुरुजी," बैजनाथ ने रिरियाती आवाज में कहा, "आप मेरी बात का विश्वास कीजिए।"

"कैसी बातें कर रहे हैं आप?" पलटू ने रुष्ट होकर कहा, "मैं चौथी-पाँचवीं के बाद ही दम तोड़ दूँगा।"

"बेंत की मार से दम नहीं टूटेगा, गुरुजी," बैजनाथ बोला, "थाना में बेंत की मार से कोई नहीं मरा है। मेरी बात का विश्वास नहीं हो रहा, तो आप सिपाहीजी से पूछ लीजिए।'''

"एक काम कीजिए आप।"

"क्या?"

"आप बेंत खाकर अपने पैसे बचा लीजिए। मुझे बेंत से बचाने के लिए जो पाँच सौ लगेंगे, उसके लिए दयानन्द को मना लेने की मेरी जिम्मेवारी रही।"

"यह बात तो मैं कहता, गुरुजी, कि आप बेंत खा लीजिए और मुझे बेंत खाने से बचा लीजिए।"

"आप बेंत नहीं खाइए और मैं बेंत खाऊँ?"

"मेरा लड़की से सामना होगा," बैजनाथ बोला, "रूप सँवारने के लिए ब्यूटी पार्लर गया था; अब पचास बेंत की मार खाकर लड़की के आगे जाऊँगा, तो किस रूप में जाऊँगा मैं? दयानन्द पहचान लेगा मुझे? लड़की अगर-मगर करेगी या नहीं? आप तो किसी भी रूप में मेरे साथ हो सकते हैं। यह मेरे लिए आपकी अन्तिम कुर्बानी होगी, गुरुजी।"

"यह क्या मेरी कुर्बानी नहीं है कि मैं आपके साथ हवालात में हूँ?" पलटू ने जवाब दिया, "जब बिना बेंत खाये काम बन रहा है, तो मैं बेंत क्यों खाऊँ? आप बुरा नहीं मानें, ऐसी कुर्बानी मैं नहीं दे सकता कि बिल्कुल कुर्बान हो जाऊँ।"

"तब आपको भी एक काम करना होगा।"

"क्या?"

"सिर्फ पाँच सौ के लिए ही नहीं, एक हजार रुपये के लिए मनाना होगा दयानन्द चौधरी को।"

"वह मैं करूँगा," पलटू ने सुनाया, "अवश्य करूँगा।"

"अवश्य मना भी लेंगे?"

"हाँ, मना लूँगा, अवश्य मना भी लूँगा," पलटू ने जवाब दिया, "हाथ जोड़कर, पैर पकड़कर।"

कुछ सोचकर बैजनाथ ने कहा, "हम तो यह कह चुके हैं कि हमारे पास पैसे नहीं हैं; फिर पैसे कहाँ से लाएँगे हम?"

"हम पैसे लाएँगे लड़कीवाले के यहाँ से," पलटू बोला, "आपको यहाँ छोड़कर मैं बाहर निकलूँगा। आपसे पैसे लेकर जाऊँगा और फिर बाहर से आकर थानेदार को पैसे दे दूँगा।"

"आप बाहर जाकर भूल तो नहीं जाएँगे कि मैं अन्दर हूँ?" बैजनाथ ने अपनी शंका जाहिर की, "बाहर निकलकर फिर हवालात की ओर आएँगे आप?"

"पास में पैसे रहेंगे, तो कैसे भूल जाऊँगा आपको?"

"तब भी...तब भी," बैजनाथ ने कहा, "यह काम मैं ही करता हूँ। मैं ही जाऊँगा पैसे लाने।"

"जाइए आप ही," पलटू बोला, "मगर तब मेरे पास हजार रुपये छोड़कर जाइएगा।"

सुबह हवालात से निकलते-निकलते नौ बज गये। शुक्र खुदा का कि पान दुकानवाले के विरुद्ध गवाही देने के लिए उन्हें रोका नहीं गया। पैसा मिलते ही थानेदार ने उन्हें स्वतन्त्र कर दिया।

स्वतन्त्र होते ही उन्होंने पल भर की देर नहीं की। तय हुआ कि अब रास्ते में ही चलते रहेंगे और रूप सँवारते रहेंगे। रूप सँवारने के लिए फकत एक कंघी और एक आईना खरीद लिया उन्होंने।

बनमनखी तक आते बारह बज गये थे। वहाँ खाना खाया और रास्ता पूछकर मालडीह के लिए पैदल चल पड़े।

आ गया मालडीह! मालडीह से सटा हुआ चकला!

वे मालडीह में घुसे ही थे कि उन्होंने लगभग हर घर के सामने दो-चार लोगों को खड़े-खड़े बतियाते देखा। कुछ और आगे बढ़े तो एक चाय दुकान पर कुछ अधिक लोगों की भीड़ देखी। उनकी बातचीत कुछ ऊँचे स्वर में हो रही थी और कई बार दयानन्द का नाम सुनने को मिला। वे ठिठक गये। पलटू ने राय दी, "हम लोग भी यहाँ से चाय पीकर चलें।"

चाय दुकान पर उन्हें दयानन्द चौधरी का पूरा समाचार मिल गया।

दयानन्द लड़की को साथ लिये चकला आ गया था। उसने बाप को बताया कि लड़की दूसरे की अमानत है और दो-तीन दिनों के अन्दर चली जाएगी, मगर बाप बेटे की बात में नहीं आया और लड़की को एक क्षण के लिए भी अपने घर में रखने से इन्कार कर दिया। हारकर दयानन्द लड़की को लेकर वहाँ से चला। जाने से पहले उसने बाप से कहा, "मैं अभी दीदी के घर जा रहा हूँ। इस लड़की का आदमी यहाँ आपके पास आएगा ओर मेरे बारे में पूछेगा। आप मुझे खबर कर दीजिएगा।"

दयानन्द लड़की को साथ लिये तीन कोस दूर अपनी बहन के घर चला गया। लड़की का बाप दिल्ली की पुलिस के साथ कल शाम चकला आ गया। दयानन्द के बाप को पुलिस के दो-चार डंडे ही लगे कि उसने दयानन्द का पता बता दिया। पुलिसवाले उसे साथ लिये दयानन्द की बहन के घर जा पहुँचे। दयानन्द के बाप को तो उन्होंने छोड़ दिया, मगर लड़की के साथ दयानन्द और उसके बहनोई को भी गिरफ्तार कर दिल्ली लिये चले गये।

समाचार सुनते हुए वे दोनों सिकुड़ते चले गये थे। चाय समाप्त कर पलटू सड़क पर आ गया। बैजनाथ ने चाय के पैसे दिये और पलटू के पास आ गया जो बनमनखी की ओर मुँह किये सड़क पर खड़ा था। बैजनाथ के आते ही पलटू ने चुपचाप अपने कदम बढ़ा दिये।

दस-बीस कदम चलने के बाद बैजनाथ ने मुँह खोला, "मेरा भाग्य ही फूटा हुआ है, गुरुजी।"

"हमारा सौभाग्य पूर्णिया में ही हमारे साथ हो गया था।"

"कैसे?"

"अगर पूर्णिया में हम बस से उतरते ही ब्यूटी पार्लर नहीं चले गये रहते और थानदेार हमें पकड़कर नहीं ले गया रहता, तो कल हमें दिल्ली की पुलिस यहाँ से पकड़कर दिल्ली ले गयी होती।"

बैजनाथ ने कोई जवाब नहीं दिया।

पूर्णिया पहुँचकर बैजनाथ ने पूछा, "आपको लगता है कि सौभाग्य अभी भी हमारे साथ है?"

"हाँ, लगता है," पलटू ने जोर देकर कहा, "जरूर लगता है।"

"तो यहाँ से सीधे फुलकाहा चलें हम," बैजनाथ ने सुनाया, "अब वहाँ परीक्षा होगी कि सौभाग्य हमारे साथ है या नहीं।"

"कोई बात है क्या?"

"हाँ, है," बैजनाथ बोला, "मगर अब वह फुलकाहा में ही बताऊँगा।"

समापन कथा

दिल्ली से रेलगाड़ी बैजनाथ मंडल को लेकर चली और दिल्ली से यह खबर देवन के पास चली आयी कि बैजनाथ चाचा फुलकाहा के लिए प्रस्थान कर गये हैं। इस खबर को लेकर देवन को पूरे गाँव में नाचना पड़ा। इस खबर का इन्तजार पूरे फुलकाहा का था। इस खबर के साथ एक और खबर थी। उसे छिपा लेना था क्या? नहीं, वह भी सुना देनी थी, नहीं तो लोग पूछते रहेंगे, ''क्यों रे देवन, तुम्हें भी यह खबर नहीं थी?'' लोग बुरा मानकर बुरा-भला सुनाएँगे, ''क्यों रे देवन, तुमने यह बात छिपायी क्यों भला?'' खबर थी कि बैजनाथ मंडल दुलहन लेकर आ रहा है। लोगों ने पूछा, ''दुलहन को दिल्ली से अपने साथ लेकर चला है?''

''नहीं, दिल्ली से बिना दुलहन के चला है,'' देवन ने बताया, ''दुलहन रास्ते में मिलेगी।''

''उस दुलहन का भरोसा नहीं,'' किसी ने सुनाया, ''रास्ता लम्बा है। पटना आते-आते सात मिल जाये उसे; मगर फुलकाहा आने तक कोई एक भी उसके साथ आ जाये, तब तो! उसका चन्द्रमा बलवान तो नहीं रहा। पा तो लेता था वह पहले भी, मगर यहाँ तक ला तो नहीं पाता था। उल्टे चोट खाकर आता था हर बार।''

''साथ आये या एक भी नहीं!'' किसी की आवाज आयी, ''अब क्या सोचना? अब तो चन्द्रमा बलवान हो उठता है।''

''अगर साथ में एक आ गयी, तो?''

''तो क्या?'' बोलनेवाला हँसा,''धानुकों ने कभी नारा लगाया था,

'सौ-सौ ब्याह कराएँगे—
बैजनाथ के, बैजनाथ के।'

सिर्फ एक के आने से तो अब तक की कसर पूरी भी नहीं होती।''

''एक को लेकर आये या सात को, इस पर क्या सोचना? बस, बिना मार खाये आ जाये। भगवान न करे कि इस बार भी मार खाकर आये।''

''मार खाकर आये, तब भी क्या सोचना? बस, आ जाये किसी तरह, जान बचाकर आ जाये।''

गाँव में बैजनाथ मंडल के घुसते ही गाँव खदबदाया। जंगल की आग की तरह खबर फैली कि बैजनाथ मंडल आ गया। जो जहाँ था वहीं से बैजनाथ को देखने लपका। घर पहुँचने के पहले लोगों से घिर गया बैजनाथ मंडल। अपने घर की ओर रुक-रुककर आना हो पा रहा था उसका;

हर किसी के घर के सामने रुकना पड़ रहा था।

न जाने और भी कितने लोग कदमलाल की तरह अपना बाहर का काम रोककर रुके हुए थे गाँव में बैजनाथ के आगमन की प्रतीक्षा में, उसकी अगवानी में शरीक होने के लिए। कदमलाल को अपनी तीसरी बेटी के ब्याह के सिलसिले में बाहर निकलना था, मगर ज्यों ही उसने जाना कि बैजनाथ आ रहा है, उसने अपना जाना अनिश्चित काल के लिए रोक दिया। वह जान रहा था कि गाँव में आते ही बैजनाथ की सबसे बड़ी जरूरत क्या होगी। वह जरूरत पूरी करने के लिए उसने रीतलाल के साथ मिलकर तैयारी की थी।

बैजनाथ की जरूरत जानने के लिए कदमलाल पलटू झा के पास पहुँचा। बैजनाथ के साथ चल रहे पलटू को उसने भीड़ से बाहर निकाला और अकेले में पूछा, ''पंडितजी, ठीक हाल में हैं न?''

''हाल मत पूछिए, कदमलालजी; जान बचाकर आया हूँ।''

''जान बचाकर?''

''हाँ, मेरी तो किडनी ही निकाली जा रही थी। किसी तरह भागकर जान बचायी मैंने।''

''भागते हुए लाठी-डंडे की मार खायी होगी?''

''किस तरह भागा, क्या गुजरा भागते हुए, यह सब मत पूछिए। इस बात की खुशी मनाइए कि मैं सही-सलामत आ गया हूँ।''

''चोट-खोट का इलाज है मेरे पास, इसलिए पूछ रहा हूँ।''

''अब अपना कोई इलाज मैं घर जाकर ही करूँगा।''

''मेरे पास विशेष इलाज हैं,इसलिए पूछ रहा हूँ।''

''विशेष इलाज की ज़रूरत होगी, तो आपको खबर कर दूँगा।''

''बैजनाथ को इलाज या विशेष इलाज की जरूरत है या नहीं?''

''यह तो बैजनाथ से ही पूछ लीजिए।''

पलटू झा ने अपने घर का रुख किया। कदमलाल भीड़ को चीरकर बैजनाथ के पास आया और लोगों से कहा, ''अब आप लोग बैजनाथ को और मत रोकिए, उसे तुरन्त घर जाने दीजिए। उसे बेहद आराम की जरूरत है। जिन्हें दर्शन करने हों, वे उसके घर तीन-चार घंटों के बाद आयें।''

कदमलाल भीड़ से बैजनाथ को निकालकर उसके घर आ गया। रीतलाल ने पहले से बिस्तर तैयार कर रखा था। कदमलाल के आदेश पर रीतलाल ने घर का मुख्य दरवाजा बन्द कर दिया, ताकि कोई दर्शनेच्छु घुसने नहीं पाये।

इस बार कदमलाल के पास न तो रसीद ताँगेवाले का वह इलाज था जिससे रसीद अपने घोड़े की कमर की लचक और मोच को दूर करता था और न कारी गोप का वह इलाज था जिसमें कारी गोप अपने थके बैल को दो-तीन कम्बलों में लपेटकर थोड़ी-सी शराब पिला देता था और ऐसी जगह बाँधता था जहाँ प्रकाश तो हो, मगर हवा नहीं आती हो। बैजनाथ लौटकर गाँव आ रहा है, यह खबर मिलते ही वह आस-पास के दस गाँवों तक धावा मारकर वहाँ के वैद्यों, हकीमों और जानकारों से मिला और उनसे जानकारी लेकर लौटकर घर आ रहे बैजनाथ की हर टूट-फूट

की शीघ्रातिशीघ्र मरम्मत का पुख्ता इन्तजाम कर लिया था। उसने जानकारी के अनुसार रीतलाल से काम आनेवाली सारी दवाइयाँ घर में तैयार करवा ली थीं।

बैजनाथ के बिस्तर पर पसरते ही उसने रीतलाल से पूछा, "सुबह में नारियल ले आये थे जागो साह के यहाँ से?"

"हाँ।"

"जाओ, यहाँ ले आओ," कदमलाल बोला, "आज वाला लाना, कलवाला नहीं।"

"कलवाला बचा कहाँ!" रीतलाल ने कहा, "कलवाला बासी हो जाता, इसलिए रात में ही फोड़कर मैं पानी पी गया।"

"ठीक किया। जाओ, अब जल्दी से नारियल लेकर आओ।"

रीतलाल दौड़कर दवा-घर से नारियल ले आया। कदमलाल ने कहा, "अब जल्दी से उसे फोड़कर मालिक को पानी पिलाओ।"

बैजनाथ पूछ बैठा, "यह किसलिए?"

"मुझे यह पूछने की जरूरत नहीं थी, इसलिए नहीं पूछा। दूर से आये हो, तो थककर ही आये हो। यह पानी, नारियल का ताजा पानी, थकान मिटाने के लिए है। थकान में इसे पिलाने के लिए इलाके के सारे वैद्यों ने कहा है और इलाके के सारे हकीमों ने भी। अब इसके बाद मुझे पूछने की जरूरत थी? यह बताओ कि देह में कहाँ-कहाँ दर्द हो रहा है?"

"दर्द?" बैजनाथ बोला, "नहीं, भैया, कोई दर्द नहीं हो रहा है।"

"देह की किसी हड्डी में?"

"नहीं, किसी हड्डी में नहीं।"

"हड्डी टूटी नहीं हो, मगर दर्द तो हो ही रहा होगा। मार लगी होगी, तो चोट हड्डी तक अवश्य पहुँची होगी।"

"किसने कह दिया कि मार लगी है?"

"किसी ने नहीं," कदमलाल बोला, "मगर जब हर बार चोट-मार खाकर आते रहे हो, तो कैसे मान लूँ कि इस बार बिना किसी चोट-मार के बचकर चले आये हो? हो सकता है, मार पड़ी हो और उस मार पर तुम्हारी नजर नहीं पड़ी हो।"

"नहीं, भैया, कोई मार नहीं पड़ी है।"

"बिजेन्दर ने खबर भेजी थी कि तुम दुलहन लेकर गाँव आ रहे हो।"

"इस खबर में कोई झूठ नहीं था।"

"तुम तो बिना दुलहन के आये हो?"

"हाँ, आना पड़ा।"

"खाली हाथ आये हो, तो कहीं से मार खाकर ही आये हो, किसी को मारकर तो नहीं। पलटू पंडित बता रहे थे कि भागना पड़ा है। एक अकेले वह थोड़े भाग रहा होगा; तुम्हारे पीछे-पीछे ही तो भाग रहा होगा वह।"

"वह मुसीबत में फँसा था और उसे भागना पड़ा था। मैं मुसीबत में फँसते-फँसते रह गया और मुझे भागना भी नहीं पड़ा।"

"निस्संकोच बताओ, बैजनाथ," कदमलाल ने जोर देकर कहा, "तुम्हारी शादी तय हो गयी है, शीघ्र हो जाएगी और यह मेरी जिम्मेवारी है कि शादी के दिन तक मैं तुम्हें बिल्कुल स्वस्थ कर दूँ।"

"मैं बिल्कुल स्वस्थ हूँ, भैया; यहाँ तक आने में कहीं कोई खरोंच तक नहीं लगी है।"

"स्वस्थ महसूस कर रहे हो तो अच्छी बात है," कदमलाल बोला, "मगर जब धीरे-धीरे अस्वस्थ महसूस करोगे, तो रीतलाल को बताते जाना। बगलवाले कमरे को मैंने तुम्हारा दवा-घर बना दिया है। हर तरह की दवा तुम्हारे दवा-घर में मौजूद है, टूटी हड्डी तक की। पीपल के पिसे हुए एकतीस पत्तों को एक सौ ग्राम गुड़ में मिलाकर मटर बराबर गोलियाँ बना ली गयी हैं। तुम्हें सिर्फ दो-दो गोलियाँ दिन में चार बार चबाकर खानी हैं और आधा गिलास दूध आधी चम्मच पिसी हल्दी मिलाकर पी जाना है। पन्द्रह दिनों में हड्डी जुड़ जाएगी।"

"हड्डी नहीं टूटी है, भैया।"

"नहीं टूटी है, यह सौभाग्य है तुम्हारा, नहीं तो पूरे पन्द्रह दिन हड्डी के जुड़ने तक गोलियाँ खानी पड़तीं और दूध-हल्दी पीना पड़ता। बचा हड्डी का दर्द। वह आधा चम्मच अधजला आटा दो चम्मच शहद में मिलाकर दिन में दो बार सेवन करने से सप्ताह भर में देर हो जाएगा।"

"किसी हड्डी में कोई दर्द नहीं है।"

"हड्डी में दर्द नहीं है, मगर चोट का दर्द तो होगा ही। उसकी दवा भी तैयार है। दो-तीन बार पीने से ही दर्द दूर हो जाएगा। दो ग्राम फूली फिटकिरी एक गिलास गरम मीठे दूध में पीना है। अगर कूल्हे में..."

आगे बोल नहीं सका कदमलाल।

"बहरे हो?" रीतलाल पर चिल्लाया बैजनाथ, "सुन नहीं रहे हो कि कोई दरवाजा पीट रहा है? देखकर तो आओ, कौन है?"

रीतलाल ज्यों ही वहाँ से गया, बैजनाथ ने कदमलाल से कहा, "भैया, अब आप जाइए; और लोगों से भी भेंट-मुलाकात कर लूँ। मुझे शरीर में कोई कष्ट महसूस होगा, तो रीतलाल को आपके पास दौड़ा दूँगा।"

"दौड़कर आने में भी मुझे देर हो सकती है। हर कष्ट की दवा है दवा-घर में और मैंने रीतलाल को अच्छी तरह समझा दिया है। मेरे आने का इन्तजार मत करना; तुम तुरन्त दवा का सेवन कर लेना।"

"ठीक है।"

कदमलाल ने रीतलाल पर आये गुस्से को देखकर कहा, "अब रीतलाल पर कभी गरमाना-गुस्साना नहीं, उससे चिल्लाकर कुछ नहीं कहना। वह अब भाग सकता है।"

"भाग सकता है! क्यों?"

"उसका ब्याह हो गया है।"

"क्या?"

"हाँ, हो गया है। यह अच्छा हुआ, बहुत अच्छा हुआ। तुम्हें सिर्फ उस पर गरमाना-

गुस्साना नहीं है।''

रीतलाल लौट आया और बोला, ''दरवाजा के सामने तो बहुत लोग हैं, मगर दरवाजा जनार्दन बाबू पीट रहे थे।''

बैजनाथ ने गहरी निगाहों से रीतलाल को देखा और कहा, ''तुम कदमलाल भैया को दरवाजे के बाहर कर दो और जनार्दन बाबू से कहा कि कुछ देर बाहर ही ठहरने की कृपा करें। दरवाजा बन्द कर तुरन्त आओ।''

जैसा कहा गया वैसा करने के बाद रीतलाल पुनः मालिक के सामने हाजिर हो गया। बैजनाथ ने एक बार उसे गौर से निहारा और फिर उठकर नौकर के गाल पर एक जोरदार थप्पड़ जड़ दिया।

रीतलाल अकबका गया।

बैजनाथ पुनः बिस्तर पर पसरते हुए बोला, ''तुम्हारा ब्याह हो गया?''

''हाँ, मालिक।''

''कहाँ हुआ ब्याह?''

''यहीं, रतनी से।''

''कितने दिन पहले?''

''सिर्फ सात दिन पहले।''

''तुम्हें शर्म नहीं आयी कि मालिक का ब्याह हुआ नहीं, तो नौकर कैसे ब्याह कर रहा है?''

''शर्म तो आयी थी, मालिक।''

''फिर ऐसा क्यों किया?''

''मैं यह कहाँ जान रहा था कि आपके पहले मेरा ही ब्याह हो जाएगा? मैं तो यह जान रहा था कि आपका ब्याह होने के बहुत बाद ही मेरा ब्याह हो सकेगा।''

''कैसे जान रहा था?''

''सात बार आप बाहर जाकर हो आये; अब जाकर ब्याह हो रहा है। मेरे लिए भी तो बाबूजी को सात बार, दस बार, बीस बार बाहर जाना पड़ता। मालिक का ब्याह सात बार में होता है, तो नौकर का ब्याह सात बार में होता या नहीं? यह तो धोखा हुआ कि पहली बार में ही ब्याह की बात पक्की हो गयी।''

''क्या धोखा हुआ?''

''बाबूजी आये और मुझसे कहा कि अब वे मेरे ब्याह की बात पक्की करने निकलेंगे। मैं तो यही जान रहा था कि वे साल-दो-साल तक बात पक्की करने के लिए निकलते रहेंगे। मैंने रतनी से बस इतना भर कहा था कि मेरे बाबूजी मेरे ब्याह की बात पक्की करने जा रहे हैं। रतनी ने अपने बाप को बताया होगा। उसका बाप आ गया मेरे बाबूजी से मिलने। एक बार में ही बात पक्की हो गयी। धोखा हुआ या नहीं?''

''तुम्हारा ब्याह सात दिन पहले हुआ,'' बैजनाथ बोला, ''जब ब्याह की बात पक्की हो ही गयी, तब क्या सात दिनों तक तुम रुक नहीं सकते थे।''

"मैंने रुकने की कोशिश की थी, मगर यहाँ के लोगों ने मेरी बात काटकर मेरा ब्याह करा दिया।"

"गाँववालों की नजर में तो मैं था, तुम पर कैसे नजर पड़ गयी?"

"इस घर में रह रहा था, इसलिए।"

"इसलिए क्यों?"

"ब्याह तो मैं अपने घर से यहाँ बरात ले आकर करता, मगर गाँववालों ने जोर दे दिया कि इस घर से ही ब्याह करूँ।"

"इस घर से ही ब्याह करता, मगर इतनी हड़बड़ी क्यों हो गयी?"

"ब्याह की तिथि भी तय नहीं हुई थी। मगर ज्यों ही लोगों को पता चला कि मेरा ब्याह होने जा रहा है, उन्होंने तिथि भी तय कर दी, आज से सात दिन पहले की।"

"मेरे आने के बाद की कोई तिथि तय करने को कहते।"

"यह कैसे कहता मैं, मालिक?" रीतलाल बोला, "लोग कहने लगे कि ब्याह के नाम पर यह घर ऐसा बंजर हो गया है कि अब इस घर में ब्याह ही नहीं हो रहा, कहीं बात तक पक्की नहीं हो रही, दुलहन आते-आते छिटक जाती है। उन्होंने मुझ पर जोर डाला कि मैं आपके आने के पहले ब्याह कर लूँ, ताकि आपके ब्याह की जो बात पक्की हो गयी है, वह टूटे नहीं, ब्याह में और कोई अड़चन नहीं आये, दुलहन आते-आते छिटक नहीं जाये। उन सबका कहना मानकर मैंने ब्याह किया, मालिक। इस घर पर जो ग्रह था, उसे काटने के लिए ब्याह किया। नहीं करता ब्याह?"

"इस घर पर ग्रह था?"

"हाँ, लोग ऐसा ही कह रहे थे।"

बैजनाथ ने लम्बी साँस ली और बोला, "तुमने मेरा उपकार किया, रीतलाल।"

"कैसे नहीं करता?" रीतलाल ने मुस्कराकर कहा, "नौकर हूँ या नहीं!"

"तुमने मेरा उपकार किया," बैजनाथ बोला, "अब अगर मैंने तुम्हारे गाल पर एक थप्पड़ मार ही दिया, तो क्या हो गया!"

"कुछ नहीं हुआ।"

"अधिक चोट लग गयी?"

"जरा भी नहीं।"

"अब यह बताओ कि आज के बाद फिर कभी मैं तुम पर गुस्साऊँ या नहीं? तुम पर चिल्लाऊँ या नहीं?"

"खूब गुस्साइए, खूब चिल्लाइए; मुझे क्या करना!"

"भाग तो नहीं जाओगे?"

"मैं जिस तरह काम करता आया हूँ, उसी तरह करता रहूँगा। अभी थप्पड़ खाकर भागा?"

बैजनाथ ने नौकर की पीठ थपथपा दी और बोला, "जाओ, अब जनार्दन बाबू को अन्दर ले आओ।"

बैजनाथ मंडल के विवाह के लिए चिन्तित ग्रामवासियों को ध्यान में रखकर कभी जनार्दन यादव ने 'बैजनाथ-विवाह कार्यालय' खोला था और इस कार्यालय ने जोर-शोर से काम करना भी शुरू कर दिया था, मगर जब इस परियोजना के लिए कोई सरकारी अनुदान नहीं मिला और न गाँव की ओर से ही चन्दा-बेहरी के रूप में कोई रकम आयी, तो वह ढीला पड़ गया और यह कार्यालय लगभग बन्द ही हो गया। जब इस बार बैजनाथ-विवाह की हवा नहीं बहकर आँधी बहने लगी, तो वह फिर इस कार्यालया को बिना अनुदान और चन्दा के ही चालू करने पर विवश हो गया। धानुकों ने यहाँ तक धमकी दे डाली थी कि अगर निकट भविष्य में बैजनाथ का विवाह नहीं हो पाया, तो वे उसे धानुकों का नेता मानने से इन्कार कर देंगे।

जनार्दन यादव ने कमरे में घुसते ही सुनाया, "मेरा यज्ञ पूरा हुआ, बैजनाथ भाई। इतना बड़ा यज्ञ मैंने इससे पहले कभी नहीं किया था और इतनी सफलता मुझे कभी आमरण अनशन पर बैठने से भी नहीं हुई थी। आज मेरा रोम-रोम पुलकित हो रहा है।"

"मैं भी बहुत खुश हूँ, जनार्दन भाई।"

"यह सही है कि आपके ब्याह की खुशी मेरी सबसे बड़ी खुशी है, मगर इसके बाद भी मुझे ढेरों खुशियाँ मिली हैं।"

कुछ अधिक मुस्कराहट के लिए बैजनाथ ने अपने ओठों को कुछ अधिक फैलाया, "और कैसी खुशियाँ?"

जनार्दन यादव ने बताना शुरू किया, "पहले कभी यहाँ के ब्राह्मण-राजपूतों ने मुझे एक नेता नहीं माना था, हमेशा परोक्ष में मुझे लुच्चा-लम्पट कहते रहे थे, मगर आज वही ब्राह्मण-राजपूत मुझे नेताजी कहकर पुकारते हैं। आज तक मैंने कितने ही धरना-घेराव और आमरण अनशन में हिस्सा लिया था, पर आज तक मुझे ऐसा मान नहीं मिला था। गाँव में ऐसी एकता कभी नहीं थी। आपके ब्याह को लेकर आज सारा गाँव मेरी पीठ ठोंक रहा है। आज तक मैंने किसी यादव का ब्याह नहीं कराया था, पहली बार आपके ब्याह में हाथ डाला और सफलता ने मेरे चरण चूम लिये। इधर गाँव के धानुक मुझसे कुछ रूठे हुए थे और मुझे अपना नेता मानने से इन्कार करने लगे थे, मगर अब उन्होंने मान लिया है कि उनका असली और सम्पूर्ण नेता मैं ही हूँ। इधर कई दिनों से धानुक युवक रोज सुबह-शाम मेरे कार्यालय के सामने इकट्ठे होकर नारे लगते हैं, 'बैजनाथ मंडल जिन्दाबाद' के साथ 'जनार्दन यादव जिन्दाबाद' के नारे भी। ध्यान देकर सुनिएगा, शाम में यहाँ तक नारे की आवाज पहुँचेगी। इस एक ब्याह ने मुझे वह सब दे दिया जिसके लिए मैं आज तक तरसता रहा था।"

बैजनाथ ने धीरे-से कहा, "ब्याह तो अभी हुआ नहीं है।"

"अब तो ब्याह होकर रहेगा," जनार्दन यादव ने जोर देकर कहा, "ब्याह का पुख्ता इन्तजाम कर लिया गया है, हर तरह की व्यवस्था। सुरक्षा की ऐसी व्यवस्था हुई है कि कोई अनहोनी नहीं घट सकती। मेरे सारे कार्यकर्ता दिन-रात चौकसी बरत रहे हैं, हवा तक को सूँघ रहे हैं कि किधर से कैसी हवा बहकर आ रही है। उधर से आप बिल्कुल निश्चिन्त रहिए। अब तक जो हुआ, सो हुआ। तब मेरे बुरे दिन चल रहे थे।"

बैजनाथ के दिमाग में एक-एक कर वे सारे गाँव आने लगे जहाँ पलटू के साथ उसका जाना हुआ था। किस गाँव में सौभाग्य सोया हुआ था उसका और अपने सोये सौभाग्य को जगा नहीं पाया था वह? या, ऐसा हुआ कि जिस गाँव में उसका ब्याह होने जा रहा है, उधर उसके दुर्भाग्य ने कदम बढ़ाने ही नहीं दिया? उसने धीरे-से पूछा, ''किस गाँव की है लड़की?''

जनार्दन यादव मुस्कराया, ''अच्छा नहीं लग रहा है कि दुलहा के पूछने पर भी यह बताने से बाज आऊँ कि दुलहन किस गाँव की है, मगर सुरक्षा का जो अभेद्य किला बनाया है मैंने, उस किला को ध्वस्त होने से बचाने के लिए अभी मैं कुछ भी किसी को नहीं बता सकता, उस गाँव का तो क्या, उसके आस-पास के गाँवों के नाम भी नहीं बता सकता। आप जिद न कीजिए, बैजनाथ भाई। आपको बता तो दूँ, मगर तब एक दिन में न जाने कितनी बार आप उस गाँव का नाम ले लेंगे, और तब मेरे किला का भेदन हो जाएगा। हाँ, यह जरूर करूँगा कि गाँव से बरात निकलने के साथ ही मैं आपको बता दूँगा कि बरात किस गाँव जा रही है।''

आयुर्वेदिक खानदानी दवाखाना की लाल-पीली बुलेट गोलियाँ अभी भी बैजनाथ के पास सुरक्षित थीं। यह जान लेना जरूरी था कि ब्याह किस दिन होने जा रहा है। उसने जनार्दन यादव से पूछा, ''शादी की तिथि तो तय हो गयी है न?''

''तिथि तय हो गयी है,'' जनार्दन यादव ने जवाब दिया, ''मगर वह भी सुरक्षा को ध्यान में रखते हुए गुप्त रखी जा रही है। बरातियों को भी बरात निकलने के दो घंटे पहले खबर दी जाएगी कि बरात जा रही है। दुलहा को बारह घंटे पहले खबर करने की बात तय हुई है।''

''मैं तो आधा मिनट में तैयार हो जाऊँ, मगर औरों के लिए दो घंटे का समय कम नहीं है क्या? ऐसा न हो कि बरात में कोई शरीक ही नहीं हो पाये!''

''ऐसा नहीं होगा,'' जनार्दन यादव ने सुनाया, ''सारे बरातियों को तीस मिनट के अन्दर तैयार हो जाने के लिए कहा गया है। सुबह चार बजे से रात के दस बजे तक कभी भी उन्हें चलने के लिए हाँक लगायी जा सकती है। इस बात पर पूरे गाँव की सहमति प्राप्त हो गयी है, बैजनाथ भाई।''

''कितने बराती जा रहे हैं?''

''हर घर से कम से कम एक आदमी।''

कुछ रुककर बैजनाथ बोला, ''वह मुझे जरूर बताइए कि कि उन्होंने यह शादी तय करवायी और मेरा उद्धार किया?''

''पूरे गाँव ने,'' जनार्दन यादव बोला, ''किसी एक का नाम नहीं लिया जा सकता। सारा काम मेरे कार्यालय से ही हुआ है, मगर मैं यह भी नहीं कह सकता कि किसी एक या दो या चार व्यक्तियों का विशेष सहयोग है।''

भावविह्वल होकर बैजनाथ बोला, ''मेरा फिर-फिर जनम हो इस गाँव में!''

''यह प्रार्थना तो अब इस गाँव का हर आदमी कर रहा है,'' यह सुनाकर जनार्दन यादव पूछ बैठा, ''इसके बाद भी आप पूछना चाहेंगे कि लड़की कैसी है?''

''नहीं, नहीं पूछना चाहूँगा, नहीं पूछूँगा। यह लड़की कितनी शुभ है कि मेरे पास मेरा पूरा गाँव लौट आया है!''

"अब मैं चलता हूँ, बैजनाथ भाई," जनार्दन यादव ने उठते हुए सुनाया, "कार्यालय में कार्यकर्ता मेरा इन्तजार कर रहे होंगे। कल के काम का बँटवारा आज ही करना है। सब काम समय से करना होता है।"

अब तक बैजनाथ मंडल के दरवाजे के सामने की भीड़ छँट चुकी थी। लोग-बाग अपने-अपने घर की ओर भाग गये थे। हर एक के मन में यह बात बैठी हुई थी कि खबर मिलते ही दो घंटे के अन्दर तैयार होकर शरीक हो जाना है बरात में और जो इस बरात में नहीं गया, उसका फुलकाहा में जनम लेकर 'बिरथ जनम गँवायो' हो गया।

बैजनाथ के आदेश से मुख्य दरवाजा खोल दिया गया था। रीतलाल को दरवाजे पर ही तैनात रहने के लिए कहा गया और यह निर्देश दिया गया कि जो भी मिलनेवाला आये, उसे सादर ले आया जाये।

थोड़ी ही देर बाद रीतलाल वेदानन्द गवैया और उनके भतीजे चन्द्रमोहन को सादर बैजनाथ के पास ले आया। बैजनाथ ने उनका स्वागत किया, "आइए, आइए, मुझे बड़ी खुशी हो रही है आप दोनों के चेहरे पर खुशी देखकर।"

"चन्द्रमोहन के चेहरे पर जो खुशी देख रहे हैं आप," वेदानन्दजी ने कहा, "वह तो तब आयी जब आपके ब्याह की बात पक्की हो गयी। उससे पहले तो यह फिट्टा मुँह लिये फिरता था।"

"क्यों, क्या हुआ था चन्द्रमोहनजी के साथ?"

"मैं जेल काटकर आया था।" चन्द्रमोहन ने कहा।

"जेल?"

"हाँ, बनमनखी स्टेशन पर एक लफड़ा हो गया,"चन्द्रमोहन ने बताया, "एक जेबकतरे ने किसी की जेब काटी और मेरी जेब में रुपये डालकर भागा यह कहकर कि थोड़ी देर बाद आकर रुपये ले जाएगा। थोड़ी देर बाद क्या आता, वह तुरन्त आ गया। वहाँ से भागने से पहले वह पकड़ लिया गया और मार पड़ते ही बोल दिया कि उसने मुझे रुपये दिये हैं। लोग उसे पकड़कर मेरे पास ले आये और पुलिसवाले हम दोनों को पकड़कर चालान कर दिया। उस साले के साथ मुझे भी तीन महीने जेल में रहना पड़ा।"

मैंने तो पहले भी इससे भस्म बाँटने का धन्धा बन्द करने को कहा था," गवैयाजी ने कहा, "रोज-रोज किसी न किसी यात्री से मुँहचुथौवल हो ही जाता था, मार-पीट तक की नौबत आती रहती थी। मुझे तो खुशी ही हुई कि किसी कारण इसका वह धन्धा बन्द तो हुआ।"

"मुझे भी अब खुशी हो रही है कि मुझे जेल हो गयी," चन्द्रमोहन बोला, "जेल से मैं बहत ही पवित्र होकर निकला हूँ। जेल में भी दिन-रात पूजा-पाठ में ही अपना समय गुजारता था, दिन-रात भगवान का नाम लेता था।"

"मैंने इससे कहा है," गवैयाजी ने बैजनाथ से कहा, "कि भगवान में इतने रमे हुए हो तो किसी मन्दिर को पकड़ लो और दिन-रात भगवान के ध्यान में लीन रहो। घर में रहकर भगवान में ध्यान नहीं लगा सकते हो; वहाँ गृहस्थी का जंजाल है, घड़ी-घड़ी बाधा उपस्थित होती रहती

है, ध्यान टूटता रहता है, मन उचट जाता है। आप तो ब्याह होते ही मन्दिर बना रहे हैं न?''

''हाँ, मन्दिर तो बनवाऊँगा।''

''तो बस,'' गवैयाजी बोले, ''उसी मन्दिर में यह जगह पकड़ ले। यह तो अब इतना अच्छा पंडित हो गया है कि भगवान भी इसके आने से खुश हो जाएँगे।''

''मन्दिर के पुजारी तो पलटू पंडित रहेंगे न?'' बैजनाथ ने बताया।

''पलटू पंडित हेड पुजारी रहेंगे,'' गवैयाजी बोले, ''यह असिस्टेंट बनकर रहेगा। इस मन्दिर को छोटे से बड़ा होते देर लगेगी क्या! इसने जो मन्दिर के विस्तार और माहात्म्य स्थापित करने की योजना बनायी है, उससे तो यह मन्दिर बहुत कम दिनों में इतना बड़ा मन्दिर हो जाएगा कि इसमें पाँच से दस पुजारियों की जरूरत पड़ जाएगी।''

''मैं तो अब किसी मन्दिर में पुजारी न भी बनूँ और केवल घंटा बजाने पर रहूँ, तब भी मेरे नाम को शान्ति मिलेगी और मेरे चेहरे पर खुशी बनी रहेगी, मगर आपका क्या होगा, चाचा?'' चाचा को बोलकर चन्द्रमोहन ने बैजनाथ मंडल से कहा, ''चाचा का शरीर अब थक गया है, भजन-मंडली के साथ कहीं जाया नहीं जाता। भजन गाकर भगवान को भजने की आदत है, तो अब घर में रहकर ही भजन गाते रहते हैं। मगर घर में क्या खाक भजन-पूजन होगा! घर का वातावरण ठीक नहीं है। नाती-पोते देह से लटके रहते हैं। पतोहुओं ने नाक में दम कर रखा है, उनकी फरमाइशें कभी पूरी ही नहीं होतीं। एक भजन भी कभी पूरा गा नहीं पाते होंगे। मैंने इनसे कहा कि अब घर छोड़िए और बैजनाथ बाबू का मन्दिर पकड़िए। वहीं रहकर बैजनाथ बाबू और उनके बाल-बच्चों के कल्याण के लिए भगवान को भजन सुनाते रहिए। इतना चढ़ावा तो आएगा ही कि एक और पेट का गुजारा हो जाएगा।''

''सो तो मैंने अभी से ऐसे भजन लिखने शुरू कर दिए हैं जिनमें जितनी बार भगवान के नाम आते हैं उतनी ही बार बैजनाथ बाबू के भी,'' गवैयाजी बोले, ''अब मन्दिर तो बन जाये, फिर तो गाँववालों को भी अपने भजन सुनाकर प्राण त्यागूँ।''

बैजनाथ मंडल ने अपनी खुशियों के बीच उन दोनों को आश्वस्त किया, ''मन्दिर में आप दोनों के रहने से मुझे प्रसन्नता होगी। मैं पलटू पंडित से बतिया लूँगा; पहले मन्दिर तो बन जाये।''

गवैया और चन्द्रमोहन को बैजनाथ मंडल ने सादर विदा किया ही था कि रीतलाल बनवारीलाल को सादर ले आया। बनवारीलाल मुस्कराते हुए घुसा कमरे में और घुसते ही पूछा, ''यह आपको मालूम हुआ कि नहीं कि मैं आपके ब्याह के लिए गाँव की ओर से कानूनी सलाहकार नियुक्त हुआ हूँ?''

''कानूनी सलाहकार?''

''हाँ।''

''किसी ने बताया नहीं!''

''अचरज है कि जनार्दन यादव ने भी आपको नहीं बताया,जबकि मैं उसके बैजनाथ-विवाह कार्यालय से जुड़ा हुआ हूँ और अभी उस कार्यालय में ही बैठ रहा हूँ। वह तो अभी आपसे मिलकर गया है?''

"हाँ, आये तो थे।"

"अचरज की बात नहीं भी है। उसने बताना जरूरी नहीं समझा होगा। सारा गाँव जानता है कि इस पूरे इलाके में मुझसे बेहतर कानूनी सलाह कोई और नहीं दे सकता और किसी और की नियुक्ति इस पद पर हो ही नहीं सकती।"

"ब्याह में कानूनी सलाह की भी जरूरत पड़ेगी क्या?"

"आज जीवन में हर कदम पर कानूनी सलाह की जरूरत है," बनवारीलाल ने बोलना शुरू किया, "इसके बिना आप एक कदम आगे क्या बढ़ाएँगे, आपको पीछे भागना पड़ेगा, जैसा आज तक आपके साथ हुआ है, हमें गाँव में अब यही सुनने को मिला है कि आपको हर बार एक लड़की मिलते-मिलते रह गयी, मिली तो छिन गयी, दूर तक साथ आयी पर कब तो छिटक गयी। आपने जब विवाह के लिए पहली यात्रा की थी, उस वक्त ही आपको मेरे सम्पर्क में आ जाना था। उस पहली यात्रा से ही आप अपनी चौथी बीवी लेकर घर आते। सात यात्राएँ हुईं और सब बेकार गयीं; उल्टे हर यात्रा में देह तुड़ाकर आये। अगर आप चाहें, तो मैं अभी भी आपकी पिछली सारी यात्राओं को सफल बना सकता हूँ। कानून का ऐसा पेंच कसूँगा कि 'आपके सातों सास-ससुर अपनी-अपनी बेटी को लेकर हाजिर हो जाएँगे। सात और आठ से क्या डरना! यहाँ के धानुक तो आपके सौ-सौ ब्याह कराने के लिए कमर कसे हुए हैं।"

"बनवारीलालजी, मैं आपके आगे हाथ जोड़ता हूँ कि अब बीते समय की याद नहीं दिलाएँ। मन के अन्दर आँधी चलने लगती है और बदन में झुरझुरी पैदा हो जाती है। एक ब्याह हो रहा है, हो जाये, मैं अब किसी दूसरी को आने भी नहीं दूँगा।"

"किसी और दूसरी को आप आने नहीं दें, मगर एक दूसरी को तो आपको लाना ही पड़ेगा, बैजनाथ भाई।"

"किस दूसरी को?"

बनवारीलाल ने चारों ओर झाँक लेने के बाद कहा, "आपको मालूम है कि आपकी तीसरी बीवी मरी नहीं है?"

एक धक्के से उबरकर बैजनाथ ने खुफिया निगाहों से बनवारीलाल को घूरा और बोला, "मैं तो जान रहा हूँ कि वह मर गयी। उसे साँप ने डस लिया था।"

"बिल्कुल झूठ," बनवारीलाल ने कहा, "आपके साथ धोखा हुआ है। वह औरत यहाँ से भागी और भागकर अपने एक बहनोई के साथ घर बसा लिया। वह औरत महथी की थी न?"

"हाँ।"

"महथी के ही एक आदमी ने मुझे पूरा किस्सा सुनाया है।"

"वह किस्सा तो समाप्त हुआ, बनवारीलालजी। अब वह मरी या जिन्दा है, मुझे उससे क्या लेना-देना!"

"लेना-देना कैसे नहीं है, बैजनाथ भाई?" बनवारीलाल बोला, "वह औरत अभी भी आपकी इज्जत है। यह आप कैसे सहन कर लेंगे कि आपकी इज्जत एक गैर मर्द के साथ सोये, सालों सोती रहे?"

"मैं इसे अनदेखा मान रहा हूँ, बनवारीलालजी; बहुत कुछ सहा है, यह भी सह लूँगा।"

"कैसे सह लेने को तैयार हैं अपनी बेइज्जती? घोर अपमान? वह औरत आपको तलाक देकर नहीं गयी है। वह अभी भी कानूनन आपकी बीवी है। आप मेरे कानून पर भरोसा कीजिए और मेरे कानून के साथ चलिए। अगर आपने मेरा कहा माना होता, तो कब का अपना घर बसा चुके होते। आप नरेश झा का गला काटकर आये होते, तब भी मैं आपको बचा लेता, मगर आप उस पर केवल एक लाठी चलाकर रह गये और नेता बनने से चूक गये। क्या आपको यह डर लग रहा है कि जो आदमी आपकी इज्जत के साथ खिलवाड़ कर रहा है, वह लाठी और पैसेवाला है और आप उससे पार नहीं पाएँगे? सुन लीजिए कि मैं अपनी कानूनी मार से उसकी लाठी भी तोड़ दूँगा और उसके पैसे भी उड़ा दूँगा। आप हाँ तो बोलिए, फिर देखिए चुपचाप आगे का तमाशा। वह मर्द आपकी बीवी को आपके घर पहुँचाने आ जाएगा।"

"अब उस छिनाल को मैं फिर अपने घर लाऊँ, बनवारीलालजी?" बैजनाथ बोला, "मैं तो उसकी सूरत तक देखना नहीं चाहता।"

"तब तो मेरा कानून अब उल्टी दिशा में दौड़ेगा।"

"किस दिशा में?"

"जो औरत छिनाल होती है, वह बड़ी छतीसी भी होती है," बनवारीलाल ने कहा, "आपकी शादी होने जा रही है, यह खबर सुनकर, हो सकता है, वह थाना-कचहरी चढ़ जाये कि आपने से घर से निकाल दिया है और उसे जीवनयापन भत्ता तक नहीं दे रहे हैं; तब तो आपकी मुश्किल बढ़ेगी और इस ब्याह में बाधा पड़ेगी। हो सकता है, ऐन बरात के निकलने के समय वह दारोगा-सिपाही के साथ यहाँ आ धमके।"

"ऐसा भी हो सकता है?"

"उसके कानून से हो सकता है, मगर मैं अपने कानून से ऐसा होने नहीं दूँगा। मैं अभी ही ऐसे कागज तैयार कर लेता हूँ जिनसे सिद्ध हो जाएगा कि वह उढ़री अपने पहले पति का परित्याग कर भागी है और अभी अपने दूसरे पति के साथ रह रही है।"

"अब आपके कानून का ही सहारा है, बनवारीलालजी। ऐसा कीजिए कि शुभ-शुभ शादी हो जाये।"

"शादी के बाद भी कभी कुछ अशुभ, अकल्याण नहीं होने दूँगा। अब तो मैं जीवन भर के लिए आपका कानूनी सलाहकार हो गया। वह मन्दिर भी अब क्या कम बखेड़ा की जड़ है! अब तो न्यायालयों में भी मन्दिरों के मामले आने लगे हैं और आए दिन महन्थों-पुजारियों की हाजिरी होती रहती है।"

"मैं अभी से ही," बैजनाथ मंडल बोला, "आपको अपना कानूनी सलाहकार नियुक्त करता हूँ, बनवारीलालजी, जीवन भर के लिए।"

बनवारीलाल ने क्या टोना किया कि उसके जाते ही बैजनाथ की महथीवाली बीवी दरवाजे पर प्रकट होकर हाय-हाय मचाने लगती है। बैजनाथ बिस्तर से उछलकर दरवाजे पर जाता है और चिचियाता है, "भाग, छिनाल, भाग।" मगर वह जबरजंग औरत भागने की बजाय घर में घुसने के लिए जोर लगाती है। "रीतलाल! रीतलाल!" बैजनाथ चिल्लाता है, "उस छतीसी को घर में

घुसने नहीं देना। गरदनिया देकर भगाओ उसे।''

हाय राम! अब क्या हो? पिछली यात्राओं में जिन औरतों से पिंड छुड़ाकर पत्तातोड़ भागा था वह, वे सबकी सब अपने साथ अपने लोगों की छोटी-छोटी भीड़ लिये पहुँचने लगी हैं उसके दरवाजे पर। अनायास ही उसके मुँह से फूटता है, ''कानूनी सलाहकार! कानूनी सलाहकार!'' और वह रीतलाल को आवाज लगाता है, ''रीतलाल! बुलाओ, जल्दी से बुलाओ बनवारीलालजी को। दौड़कर जाओ, रीतलाल।''

यह खेल तब तक चलता रहता है जब तक नेबी मंडल उसके सामने प्रकट होकर सारी अप्रकटित औरतों को भगा नहीं देता है।

नेबी मंडल आया और मुस्कराते हुए बैजनाथ के सामने खड़ा होकर उसे निहारने लगा। बैजनाथ पूछ बैठा, ''बहुत खुश नजर आ रहे हैं, नेबी चाचा?''

''तुम्हारे मन में केवल ब्याह की खुशी होगी, बैजनाथ,'' नेबी मंडल ने जवाब दिया, ''मेरे चेहरे पर किसी और बात की भी खुशी है।''

''और किस बात की खुशी, चाचा?''

''मुझे डर था कि इस बार कहीं तुम साधु-संन्यासी का बाना धारण कर घर नहीं आओ!''

''यह डर क्यों, चाचा?''

''तुम कितने हताश हो चुके थे, सोचो!'' नेबी मंडल बोला, ''ब्याह नहीं करने की बात तक तुम्हारे मन में आ गयी थी। पिछली बार जब मैंने टोका, तो तुम मुझ पर ही झुँझला उठे थे, 'कैसे कर लूँ ब्याह? किससे कर लूँ? ईंट-पत्थर से? गाछ-वृक्ष से? कुआँ-पोखर से? कोई लड़की मिले, तब तो।' मेरा तुम्हें साधु-संन्यासी बनने से रोकना उचित था या नहीं? अब तो लड़की मिल गयी न?''

''आप सबके आशीर्वाद से ही ऐसा हुआ, चाचा। मैं तो निराश-हताश हो ही गया था।''

''पूरे गाँव का आशीर्वाद था तुम्हारे साथ,'' नेबी मंडल मुस्कराया, ''उस राज में भी यही बात थी।''

''किस राज में?''

''वही जो पंचायत में कदमलाल ने मेरे कान में फुसफुसाया था।''

''क्या फुसफुसाया था?''

नेबी मंडल जोर-जोर से हँस पड़े, ''नहीं, अभी नहीं बताऊँगा। यह माना कि ब्याह तय है, इस बार ब्याह होना ब्रह्मा की लकीर है, और अब मैं राज खोल सकता हूँ, मगर तब भी अभी राज नहीं खोलूँगा, क्योंकि तब मेरे घर में बवाल खड़ा हो जाएगा।''

''आपके घर में?'' अचरज से पूछा बैजनाथ ने, ''बवाल?''

''हाँ, बैजनाथ,'' नेबी मंडल ने सुनाया, ''मेरी पतोहू को तो जानते ही हो कि वह कैसी घरफोरी और खटपटिया है। तुम्हारी पंचायत के दूसरे दिन ही उसने मुझे सुनाते हुए अपनी छोटी बेटी से कहा, ''दादाजी से पूछो तो, कदमलाल चाचा ने फुसफुसाकर उनके कान में क्या कहा था?' पोती पूछने आ गयी, तो मैंने भी बहू को सुनाते हुए उससे कहा, 'वह राज की बात है; बैजनाथ के ब्याह के पहले किसी को बतायी नहीं जा सकती।' इतना सुनना था कि वह बिफर

उठी, 'राज की बात है, तो मैं क्या किसी को बताने जा रही थी! घर की बहू भी नहीं जाने कोई राज की बात! अब तो यही मानूँगी कि न मैं किसी की पतोहू, न मेरा कोई ससुर।' सिर्फ बोलकर ही नहीं रह गयी वह। मेरी चाय बन्द कर दी। जब भोजन की वेला में मैंने पोती से कहा कि अपनी माँ से मेरा खाना परासे देने को कहो, तो कर्कशा की आवाज कानों में पड़ गयी, 'जिसे भूख लगी है, वह अपने से परोस ले खाना। अब क्या मैं घर की बहू हूँ कि सबको खाना परोस-परोसकर खिलाऊँ?' दो दिनों तक मैं खुद खाना परोसकर खाता रहा, मगर राज नहीं बताया। उस बार तो वह दो दिनों तक ही मुँह फुलाकर रह गयी थी। अगर आज तुम्हें बता दूँ, और उसने कभी भी जान लिया कि मैंने ब्याह के पहले ही किसी और को यह राज बता दिया था, तो उस दिन के बाद घर में चैन से दो घड़ी बैठना भी मुश्किल हो जाएगा। अब तुम्हें ही क्या जल्दी पड़ी है! अब शादी के बचे ही कितने दिन! लड़की की माँग में सिन्दूर पड़ेगा और मैं उसी घड़ी तुम्हारे कान में राज फुसफुसा दूँगा।''

''तब तो आप बरात में चल रहे हैं?''

''अरे, मैं ही नहीं जाऊँ!'' नेबी मंडल बोले, ''अभी यहीं से सीधे बरात में शामिल हो सकता हूँ। घर पर झोला तैयार है; उठाऊँगा, चल दूँगा। पैसे का टोटा था, फिर भी नयी धोती खरीदकर ले आया हूँ, पूरे एक सौ दस रुपये की।''

''पैसे का टोटा हो, तो मुझसे कहिए, चाचा।''

''नहीं, मेरा काम चल गया; बरात जाने के लिए अब कोई टोटा नहीं,'' बोलकर नेबी मंडल उठे, ''अब चलता हूँ, बैजनाथ। पतोहू को पता है कि मैं कहाँ जाने के लिए घर से निकला था। अब जाकर उसे सुनाना होगा कि तुम्हारे बहुत जिद करने पर भी राज की बात मैंने तुम्हें नहीं बतायी, नहीं तो चली आएगी वह रीतलाल से फुसलाकर पूछने, रे रीतू! पंचायत में कदमलालजी ने मेरे ससुर के कान में क्या कहा था? औरों से बहुत मीठा बोलती है यह जनाना।''

बोलकर जोर से हँसे नेबी मंडल और अपने घर का रुख किया।

नेबी मंडल के जाते ही पवित्तर भगत आ गया। खुशमिजाज बैजनाथ ने उसे छेड़ दिया, ''नेबी चाचा को ढूँढ़ते हुए आये हैं, भगतजी?''

''अरे नहीं, पवित्तर भगत बोला, ''मैं तो आपसे मिलने आ गया। नेबी मंडल को ढूँढ़ना तो कब का बन्द कर दिया। आपके कारण ही तो हुआ ऐसा; मेरी सुबह की हवाखोरी ही बन्द हो गयी है। दिन में कभी निकलने की फुरसत ही नहीं मिलती। आज तीन दिनों के बाद घर से निकला हूँ।''

''सुबह की हवाखोरी मैंने बन्द कर दी?''

''कैसे नहीं बन्द कर दी?'' पवित्तर भगत बोला, ''आपने उसके पास आने से मना किया था या नहीं? मुँह देखने तो नहीं आता? पैसे वसूलने ही आता। तब झगड़ा होना ही था। झगड़ा बन्द, तो सुबह का निकलना बन्द। किसी और के पास तो बकाया है नहीं कि वसूली में निकलूँ। जो असामी दिन में उधार ले भी जाता है, वह सुबह होने के पहले ही बकाया दे जाता है।''

''मेरे कारण हवाखोरी बन्द हुई है, भगतजी, तो वह बकाया मैं दे दूँगा; चौदह रुपये ही हैं

न?''

''अरे नहीं, वह बकाया मैं आपसे क्यों लेने लगा! अपना बकाया मैं उधारी से ही वसूलता हूँ। अब दिन ही कितने बचे हैं! फिर शुरू होगी हवाखोरी और अब नेबी मंडल के साथ मुँहचुथौवल भी पहले से कुछ अधिक होगा।''

''कुछ अधिक क्यों, भगतजी।''

''अरे भैया, आज उसने मुझे फिर फँसा लिया और अपनी गोटी लाल कर ली।''

''हुआ क्या?''

''आज फिर वह मुझसे एक धोती उधार ले आया।''

''एक सौ दस रुपये की?''

''हाँ, भैया,'' पवित्तर भगत बोला, ''मगर आपने कैसे जाना?''

''नेबी चाचा ही बोल रहे थे कि उन्होंने एक सौ दस रुपये की धोती खरीदी है बरात में जाने के लिए।''

''यह भी बोल रहा था कि वह मुझे झाँसा देकर आ गया?''

बैजनाथ को हँसी छूट गयी, ''नहीं-नहीं, ऐसा नहीं बोल रहे थे वे, मगर जब पहले से उनके पास आपका उधर पड़ा था और आप दोनों के झगड़ों का अन्त नहीं हो रहा था, फिर आपने उन्हें उधार कैसे दे दिया, और वह भी पूरे एक सौ दस रुपये का?''

''कैसे नहीं देता?'' पवित्तर भगत बोला ''आपके गाँव आने के बाद बरात जाने के लिए कँपड़ा खरीदनेवालों की भीड़ आने लगी थी दुकान में। नेबी मंडल भी आ गया। धोती पसन्द कर ली और कहा, पैसे बाद में दूँगा; अभी पैसे का टोटा है। मैंने उधार देने से इन्कार किया, तो चिल्लाने लगा, अभी पैसे नहीं हैं, तो मैं बैजनाथ की बरात में नहीं जाऊँ? हल्ला मचाऊँ कि पवित्तर भगत मुझे बैजनाथ की बरात में जाने से रोक रहा है? मैं किसी को आपकी बरात में जाने से रोकता, तब तो अपनी दुकान ही लुटवाता गाँववालों से। मैंने उधार दे दिया।''

''मुझे तो लगता है कि इस बार आपने दस-बीस वर्षों की हवाखोरी का इन्तजाम कर लिया।''

''मेरे लिए चिन्ता की बात नहीं है। नेबी मडल यह नहीं सोचे कि मेरा उधार डकारकर वह दम तोड़ देगा। मैंने अपने एक भी उधारी को बिना उधार चुकाये मरने नहीं दिया है। हाँ, अभी तक आधे मन से झगड़ता था, अब पूरे मन से झगड़ूँगा।'' बोलकर पवित्तर भगत उठा, ''अब चलता हूँ, बैजनाथ भाई; विवाह कार्यालय से कभी भी खबर आ सकती है बरात में चलने के लिए।''

अचानक आँगन से हारमोनियम की आवाज आयी, फिर ढोल की और फिर गीत के बोल कानों में पड़े—

अँगने अँगने बूलै, बेटा केर माए।
हमरा दुलरुआ क संगे, केओ नहिं जाए।
जनि कानू जनि खीजू, बेटा केर माए।

तोहरे दुलुआ संगे, सब केओ जाए।

कानों में बोल पड़े नहीं कि बैजनाथ बिल्ली के पाँव से दरवाजे तक आया और उचककर आँगन की ओर झाँका। यह क्या! ढोलक पर न रतनी, न सबिया; गवनहारिनों में न कोठियापुरवाली काकी, न महथीवाली भाभी। हारमोनियम बजाने यह कहाँ की बाई आ गयी है! आँगन में इन्द्र का अखाड़ा! इतनी सारी और सबकी सब अनजानी!

बैजनाथ ने रीतलाल को हाँक नहीं लगायी और चुपचाप अपने बिस्तर पर लौट आया। यह मानकर कि उसके ब्याह के बीत गाये जा रहे हैं, उसने अपनी माँ का स्मरण किया, "हाँ, माँ, तुम्हारे दुलरुआ की शादी में पूरा गाँव बराती बना है।"

जब किसी काम से रीतलाल कमरे में घुसा, तो बैजनाथ ने उसे इशारे से अपने पास बुलाया और धीरे-से पूछा, "आँगन में कहाँ की औरतें हैं?"

"बभनटोली की।"

"ये रोज आती हैं गीत गाने?"

"नहीं, रोज नहीं, आज बुधवार है, आज इनकी पारी है।"

"कितने दिनों से हो रहा है यह गीत-नाद?"

"दस-बारह दिनों से," रीतलाल ने बताया, "कल कायथटोली की पारी थी और कल मियाँटोली की पारी है।"

"मियाँटोली की?"

"हाँ, खूब अच्छे गीत गाती हैं मियाँइन सब," हँस पड़ा रीतलाल और मियाँइन के एक गीत की नकल की, "*पहिले जे नौता अल्ला मियाँ। हाँ...जी...तब कए जुमले जहान, अल्ला मियाँ। आबे पाँचों पीर, अल्ला मियाँ। अल्ला मियाँ आबे, साहब मियाँ आबे।*"

गाकर चुप हुआ रीतलाल, तब बैजनाथ ने पूछा, "अभी हारमोनियम कौन बजा रही है रे?"

"नहीं पहचाना?" रीतलाल को अचरज हुआ, "नवरसियावाली चाची है, पलटू पंडितजी की घरवाली।"

"कोठियापुरवाली काकी आती है या नहीं?"

"हाँ, आती है।"

"और, महथीवाली भाभी?"

"वह भी आती है," रीतलाल बोला, "उन सबकी पारी सोमवार को है।" किसी ने नया गीत उठाया था—

साजह आहे आमाँ सिनुरक पुड़िया,
नगर में दय हँकार हे।
साजह आहे बाबा आपन दुलरुआ,
दूर जाएत बरिआत हे।
कौने भड़आ क साँकर गलिया,
दूरे लागल बरिआत हे।

जब बरिअतिया डेयोढ़ि बीच आएल,
चेरिया कलस धैने ठाढ़ हे।
देबौ गे चेरिया सोने क गेरुलिया,
सीता क बखान कहि देहु हे।
सीता क सूरति देखि चान छकित भेल,
छकित भेल सब बरिआत हे।

बैजनाथ मंडल भावविभोर हो उठा और बुदबुदाया, ''नहीं हो सीता की सूरत, नहीं हो चाँद चकित; इस ब्याह में कोई भी स्वीकार, सीता भी, शूर्पणखा भी।''

जब सारे लोग-लुगाई घर-आँगन से विदा हो गये, तब आये पलटू पंडित के पिता पंडित रामभद्र झा। बैजनाथ के ब्याह की चिन्ता अब पलटू से भी अधिक उसके पिताश्री को हो गयी थी। जो शंका पंडित रामभद्र झा के मन में घर कर गयी थी, वह निर्मूल सिद्ध नहीं हुई; बेटे को दिल्ली भेजकर भी वे राहत की साँस लेने से रह गये। दिल्ली से सहदेव झा की चिट्ठी आ गयी थी जिसमें मिथिला के महान ज्योतिषी पलटू झा 'ज्योतिष मार्तंड' के लिए किसी अच्छी जगह में एक अच्छा-सा कमरा नहीं ले पाने के पीछे पैसे के अभाव की चर्चा तो थी ही, साथ ही यह भी स्पष्ट लिखा हुआ था कि जब तक पलटू झा का पिंड बैजनाथ मंडल नहीं छोड़ता है, तब तक पलटू झा का भाग्य कच्चे धागे से बँधा ही रह जाएगा और लीख से लाख होने का सपना पूरा नहीं होगा, और यह भी कि जब तक बैजनाथ मंडल का ब्याह नहीं हो जाता तब तक पलटू झा अपना पिंड उससे नहीं छुड़ाएँगे। रामभद्र झा के लिए अब एक ही उपाय था कि वे भी विवाह के अखाड़े में ताल ठोंककर कूद जाएँ। वे कूद गये। पहले तो उन्होंने कभी बैजनाथ मंडल के सौ-सौ ब्याह करानेवाले धानुकों को ललकारा और फिर जनार्दन यादव के 'बैजनाथ-विवाह कार्यालय' की खिल्ली उड़ाते हुए उसे सावधान कर दिया कि उसकी नेतागिरी अब उसकी मुट्ठी से फिसलती जा रही है। इसके बाद उन्होंने बभनटोली को पेरा। एक-एक ब्राह्मण को, जो पिछली बार बैजनाथ मंडल के ब्याह के लिए आयोजित की गयी सभा में शरीक हुआ था, उन्होंने बताया कि अब तो इलाके में फुलकाहा के ब्राह्मणों की भी छीछालेदर हो रही है कि वे कैसे हीन ब्राह्मण हैं और उनके आशीष कितने छूँछे कि उनके गाँव में एक रँडुआ का ब्याह अभी तक लटका हुआ है। उन्होंने इन ब्राह्मणों को इस बात के लिए तैयार कर लिया कि एक बार फिर वे बैजनाथ को आशीष दें और उसके ब्याह के लिए, जो कुछ भी कर सकते हैं, अवश्य करें।

आशीष और सहयोग के लिए 'हाँ' कह देने के बाद अशोक झा ने एक और बात कही, ''यह अजीब लगता है कि हमारी शुभेच्छाओं, सबके सत्प्रयासों और पलटू झा के लगे-भिड़े रहने के बाद भी हाथ-पैर से दुरुस्त इस आदमी का ब्याह नहीं हो रहा! उल्टे ब्याह के लिए जाता है,तो मार खाकर आता है! मुझे तो लगता है कि यह आदमी अशुद्ध है।''

''अशुद्ध है?''

''हाँ, भैया, शत-प्रतिशत।''

''गंगास्नान करवा दूँ?''

"गंगा और कोशी में तो इसने कितनी ही बार नहाया होगा," अशोक झा बोला, "इसे पूरी तरह शुद्ध करना होगा।"

"वह कैसे हो?"

"मेरे मामाजी इसे शुद्ध कर सकते हैं," अशोक झा ने रास्ता बताया, "वे यहाँ आ जाएँ और कुछ दिन बैजनाथ के साथ रहकर उसे शुद्ध कर दें।"

"तुम आज ही मामाजी को चिट्ठी लिख दो कि उन्हें एक आदमी को शुद्ध करने के लिए यहाँ आना पड़ेगा, क्योंकि मामला यहाँ के ब्राह्मणों की बेइज्जती का है। बैजनाथ जैसे ही गाँव आता है, तुम स्वयं मधुबनी जाकर मामाजी को ले आओ। मामाजी को लिख देना कि वे अभी से आने की तैयारी पूरी कर लें, ताकि तुम्हारे वहाँ पहुँचते ही वे फुलकाहा के लिए प्रस्थान कर जाएँ।"

अशोक झा ने मामा के पास विस्तार से चिट्ठी लिख दी और कुछ ही दिनों में मामा का जवाब भी आ गया कि वे ब्राह्मणों के नाम पर अपनी जर्जरावस्था में भी आने को तैयार हैं और आदमी को शुद्ध करने में कम से कम दस दिन लगेंगे।"

बैजनाथ के गाँव आते ही पंडित रामभद्र झा अशोक झा के पास दौड़ गये और उसके साथ देर तक विचार-विमर्श कर लेने के पश्चात् उचित समय पर बैजनाथ मंडल के पास जा पहुँचे।

आसन ग्रहण करते ही उन्होंने बैजनाथ को सुनाया, "बैजनाथ बाबू, अभी जो सबसे अधिक आवश्यक काम है, मैं उसी काम से आया हूँ। आपको शुद्ध होना पड़ेगा। अभी आप अशुद्ध हैं।"

"मैं अशुद्ध हूँ?"

"हाँ; यह मेरी राय तो नहीं थी, मगर अब मेरी राय भी है। पलटू को बहुत परेशान और पस्त देखकर मैंने आपकी जन्मपत्री पर बहुत बड़े-बड़े पंडितों और ज्योतिषियों से सलाह ली। उन सबने सिर्फ इतना कहा कि आप अशुद्ध हैं और जब तक आप शुद्ध नहीं हो जाते, तब तक ब्याह नहीं हो सकता। ब्याह की बात पक्की हो गयी है, मगर अभी तक ब्याह तो नहीं हुआ है। ऐसा तो कितनी ही बार हुआ कि ब्याह होते-होते रह गया। मैं नहीं चाहता कि अब और कोई खतरा उठाया जाये। आपको ब्याह के पहले शुद्ध हो जाना है।"

"मैं शुद्ध होने के लिए तैयार हूँ," बैजनाथ बोला, "क्या करना होगा शुद्ध होने के लिए?"

"अशोक झा के मामा प्रेमनारायण झा बहुत बड़े पंडित हैं," रामभद्र झा ने बताया, "मधुबनी के रहनेवाले। घर से बाहर उनका निकलना कभी-कभार ही होता है। पिछली बार पाँच साल पर वे फुलकाहा अशोक के पास आये थे। एक बार मैं थोड़ा अशुद्ध हो गया था, तो उन्होंने ही मुझे शुद्ध किया था। मेरे बहुत कहने पर अशोक ने अपने मामा से आपके बारे में बात की और उसके बहुत कहने पर मामा यहाँ आकर आपको शुद्ध कर देने पर तैयार हुए हैं। मैं कल सुबह ही अशोक झा को मधुबनी भेजता हूँ मामा को ले आने के लिए। राह-खर्च के लिए अशोक झा को दो सौ रुपये देने होंगे। अभी मैं चलता हूँ, सुबह आकर रुपये ले जाऊँगा।"

बोलकर पंडितजी चलने को हुए, तो बैजनाथ बोला, "रुकिए, पंडितजी, सुबह का

झमेला छोड़िए, मैं अभी ही रुपये दे देता हूँ।''

दूसरे दिन सुबह-सुबह देवन मिलकर गया ही था कि जनार्दन यादव फिर आ गया। उसने सुनाया, ''मेरे पास रामभद्र पंडित आये थे और बताया कि आपको शुद्ध करने के लिए अशोक झा के मामा प्रेमनारायण झा मधुबनी से आ रहे हैं और मैं दस-बारह दिनों के बाद ही बरात निकालूँ। हालाँकि मैं अब किसी भी दिन बरात लेकर निकल सकता हूँ, मगर मैंने उनकी बात मान ली हे। पहली बार ब्राह्मण इतना झुके हैं, तो उन्हें क्यों दुरदुराया जाये! ऐसा कभी हुआ था कि सोलकन के ब्याह में ब्राह्मणी गीत गाने आये? सारा गाँव हमारे साथ है। रसीद ताँगेवाला खुद कहने आ गया था कि मियाँइन भी विवाह के गीत गाएँगी। आप बिल्कुल शुद्ध हैं और ब्याह पक्का है, मगर दस दिनों का ब्राह्मण भोज लिखा हुआ है, तो वह भी हो जाने दीजिए। मामाजी आपको शुद्ध क्या खाक करेंगे! दस दिनों तक तर माल खाने आ रहे हैं, खाकर चले जाएँगे। अब यह भी हो जाए। मैं चलता हूँ; काम से लदा हुआ हूँ।''

मिलने को ढेर सारे लोग बैजनाथ के पास आये और आते रहे, मगर एक बार का गया पलटू झा फिर लौटकर नहीं आया। बैजनाथ के लिए यह अचरज की बात थी। अब तो पलटू पंडित को उससे चिपक जाना था और मन्दिर के निर्माण के लिए अपना डेरा-डंडा उसके घर में ही डाल देना था।

आया क्यों नहीं पलटू पंडित? बात अचरज की तो थी, पर पलटू पंडित आता कैसे? वह तो गाँव से बाहर निकल गया था। जिस दिन पलटू बैजनाथ के साथ वापस गाँव आया था, उस रात में ही उसने पत्नी को सुना दिया, ''मैं सुबह नवरसिया जा रहा हूँ।'' यह सुनना तो अच्छा लगा था नवरसियावाली को, मगर जैसा कभी नहीं सुना था वैसा अभी सुनकर कुछ अचरज हुआ उसे और वह पूछ बैठी, ''कोई खास बात है क्या?''

''नहीं, कोई खास बात नहीं है,'' पलटू बोला, ''मगर सहदेव बाबू के साथ इतने दिन रहकर आया हूँ,तो मेरा फर्ज है कि तुम्हारे माता-पिता को उनका हाल-समाचार सुना आऊँ। जाना चाहिए या नहीं?''

''जरूर जाना चाहिए,'' नवरसियावाली बोली, ''मगर मेरे सास-ससुर को तो यह अच्छा नहीं लगेगा कि इतने दिनों बाद घर आये और आते ही ससुराल की ओर दौड़ गये।''

''अब मैं अपना अच्छा-बुरा सोचूँ कि जिनगी भर माँ-बाप का ही अच्छा-बुरा सोचता रह जाऊँ?'' पलटू ने पत्नी के मन की बात कही और फिर बोला, ''कोई रोक-टोक नहीं हो, इसलिए मैं सुबह उन्हें बताये बगैर निकल जाऊँगा; तुमसे पूछें, तो बोल देना कि बिना कुछ बोले कहीं चले गये हैं।''

''कहीं क्यों?'' नवरसियावाली बोली, ''ताल ठोंककर कहूँगी कि नवरसिया गये हैं। बात-बोली सुनने से कब तक डरूँ? जिन्दगी भर?''

पलटू ने पत्नी को भी सच नहीं बताया था। घर से निकलकर वह शंकरपुर की ओर चला। शंकरपुर में उसे कासिम मियाँ के घर जाना था।

शंकरपुर के मुसलमानों की पन्द्रह–बीस घरों की मियाँटोली गाँव के दक्षिणी छोर पर थी। इन घरों में एक घर कासिम मियाँ का था। वे एक सम्पन्न किसान थे और शंकरपुर के सबसे सम्मानित मुसलमान।

यों तो शंकरपुर के कितने ही मुसलमानों से पलटू झा की जान–पहचान थी, मगर कासिम मियाँ के साथ उसका सम्बन्ध शंकरपुर छोड़ने के कुछ ही दिन पहले बहुत अधिक गाढ़ा हो गया था। यह सम्बन्ध महज इतने भर से गाढ़ा नहीं हुआ था कि पलटू झा को दो–चार बाँस माँगने के लिए कई बार कासिम मियाँ पास जाना पड़ा था और अपनी मीठी बातों से उसने कासिम मियाँ का दिल जीत लिया था। आत्मीयता तब स्थापित हुई थी जब उसने कासिम मियाँ को यह विश्वास दिला दिया था कि अगर कभी शंकरपुर में हिन्दू–मुस्लिम दंगा होता है, तो वह मुसलमानों की ओर से लड़ेगा।

मियाँटोली के पास गाँव में अपनी कब्रगाह थी। शंकरपुर छोड़ने के कुछ दिन पहले पलटू झा कासिम मियाँ के पास गया था, इस बार बाँस माँगने के लिए नहीं। कुछ देर बोलने–बतियाने के बाद उसने कहा, ''आज मैं आपके साथ यहाँ की कब्रगाह देखने चलूँगा।''

''कब्रगाह!'' मियाँजी को हैरत हुई, ''वहाँ क्या देखेंगे आप?''

''एक बात आज तक शंकरपुर में मैंने किसी को नहीं बतायी है, ''पलटू झा ने मुस्कराते हुए कहा, ''आज मैं आपको बता दूँगा।''

''कैसी बात, पंडितजी?''

''चलिए,'' पलटू ने कहा, ''कब्रगाह में बैठकर ही बताऊँगा।''

कब्रगाह में एक खाली जगह पर बैठकर पलटू झा ने बताना शुरू किया, ''मेरे जन्म के लिए मेरी माँ ने बहुत मन्नतें मानी थीं, मगर हिन्दू के किसी देवी–देवता के यहाँ माँ की सुनवाई नहीं हुई। मेरा ननिहाल सिसवा गाँव में है जहाँ पीर अली की दरगाह है। पीर अली बाबा ने मेरी माँ को सपना दिया, तुम मेरे दर पर आओ; मैं तुम्हारी झोली भर दूँगा। माँ उनकी मजार पर चादर चढ़ा आयी और मैं पैदा हुआ। पीर अली बाबा की नेक निगाह मुझ पर हमेशा बनी रही। अब वे माँ की बजाय मेरे सपनों में आने लगे। शंकरपुर मैं उनके आदेश पर ही आया था और यहाँ आने पर फिर वे मेरे सपनों में आये उन्होंने कहा, तुम एक नेक इन्सान हो और हिन्दू होकर भी आधा से अधिक मुसलमान हो। शंकरपुर के मुसलमान खुदा के सच्चे बन्दे हैं; तुम उनका भला सोचना और हर मरनेवाले के बारे में मेरी मजार पर आकर मुझे बता जाना ताकि मैं उसके जन्नत में जाने का रास्ता साफ कर दूँ। आज तक मैंने ऐसा किया है। मेरे रहते यहाँ इजहार मियाँ और अखतर मियाँ मरे हैं। मैं जब घर गया था, तब अपने ननिहाल भी चला गया था और पीर अली बाबा की मजार पर जाकर इनके लिए दुआएँ माँगी थीं। आज वे दोनों जन्नत में आराम से दिन काट रहे होंगे। मेरे दिल में आज यह बात आयी कि जिनके लिए मैंने दुआएँ माँगी, उनकी कब्रें तो देख लूँ; फिर क्या पता, कभी देखना हो पाये या नहीं!''

''देखना क्यों नहीं हो पाया!'' कासिम मियाँ बोल गये,'' कब्रगाह क्या भागी जा रही है?''

''मैं तो भगाया जा सकता हूँ, कासिम बाबू।''

''आपको कौन भगाने लगा, पंडितजी?''

"दुर्गाथान समितिवालों ने यह भाँप लिया है कि मैं मुसलमानों की ओर झुका हुआ हूँ और वे दुर्गाथान में कोई ऐसा पुजारी नहीं रखना चाहेंगे जो कहीं से भी थोड़ा भी मुसलमान हो। कल समिति के अध्यक्ष से बातचीत हो रही थी। मैंने दो बार खुदा का नाम ले लिया, तो वे बिगड़ गये, आप दुर्गाथान में रहते हैं और खुदा-खुदा करते हैं। खुदा की खिदमत करनी हो, तो किसी मस्जिद को पकड़िए। मैं दुर्गाथान छोड़ सकता हूँ, मगर खुदा को तो नहीं छोड़ सकता, कासिम बाबू। पीर अली बाबा ने मेरी माँ की झोली भरी थी। मैंने सोच लिया है कि शंकरपुर का दाना-पानी अब और मेरे भाग्य में लिखा हुआ नहीं है। पीर बाबा की नेक निगाह है मुझ पर, तो कहीं भी सुख से ही रहूँगा।"

बातचीत समाप्त कर पलटू झा ने इजहार मियाँ और अख्तर मियाँ की कब्रों को देखा और फिर उस कब्रगाह के बारे में ढेर सारी जानकारियाँ प्राप्त कीं। उसे यह महत्त्वपूर्ण जानकारी भी मिली कि अभी पाँच-सात मरनेवालों के लिए कब्रगाह में बिल्कुल खाली जमीन है। इस खाली जमीन पर कब्रों के बन जाने के बाद ही पहले की कब्रों के आस-पास की जमीन कब्र के लिए खोदी जाएगी।

कब्रगाह से लौटकर फिर पलटू झा कासिम मियाँ के साथ उनके घर आ गया और उनसे कहा, "मेरा यहाँ से जाना कभी भी हो सकता है, कासिम बाबू। खुदा को लेकर अध्यक्ष के साथ कभी भी बखेड़ा हो सकता है। किसी ने कोई तिरछी बात कह दी, तो मैं एक घड़ी रुकनेवाला नहीं; उसी घड़ी अपना झोला-डंडा उठाऊँगा और शंकरपुर छोड़ दूँगा। कोई ठीक नहीं कि उस हाल में मैं आपसे मुलाकात भी कर पाऊँ या नहीं। मैं अभी ही आपके पास अपने घर का पता छोड़ जाता हूँ। जब भी यहाँ कोई मुसलमान मरे, आप मेरे घर पर खबर करवा देंगे, ताकि मैं उसके लिए पीर अली बाबा की मजार पर जाकर दुआ माँग सकूँ।"

जब उसने कासिम मियाँ से विदा माँगी, तो कासिम मियाँ ने कहा, "आपके पैरों पर लोटने का मन करता है, पंडितजी।"

"नहीं," पलटू ने उसके दोनों कन्धों पर अपने हाथ रख दिये, "आपको शुक्रगुजार होने की कतई जरूरत नहीं है। मैं तो अपना फर्ज निभा रहा हूँ, कासिम बाबू, पीर अली बाबा के आदेश का पालन कर रहा हूँ।"

मामा प्रेमनारायण झा मधुबनी में फुलकाहा आने के लिए तैयार बैठे थे। जिस दिन अशोक झा गया, उसके दूसरे दिन रात के उतरते ही मामा को लेकर फुलकाहा में हाजिर हो गया। उस रात अपने घर में रखकर अगली सुबह ही स्नान-जलपान के बाद अशोक झा मामा और उनकी किताबों के दो गट्ठर बैलगाड़ी पर लादकर बैजनाथ मंडल के घर आ गया। घर में कदम रखते ही मामा ने नाक-भौं सिकोड़ी, "कहाँ ले आया, रे अशोक? यह तो पूरा घर ही अशुद्ध लग रहा है।"

मामा को भागने नहीं दिया गया। खूब निहोरा कर उन्हें काम पर तैनात हो जाने के लिए तैयार कर लिया गया। मामा को बैजनाथ मंडल के घर स्थापित कर अशोक झा अपने घर चले गये।

बैजनाथ ने मामाजी को बाहर के बरामदे से सटे बड़े कमरे में स्थापित किया। आसन जमाते ही मामा ने हाँक लगायी, ''बैजनाथ।'' बैजनाथ दौड़कर हाजिर हुआ, ''हाँ, मामाजी।''

मामा की आवभगत के लिए पूरी तरह सिखा-पढ़ाकर तैयार कर दिया गया रीतलाल भी बैजनाथ के पीछे दौड़कर आ गया था।

बैजनाथ के सामने प्रकट होते ही मामा ने कहा, ''बैजनाथ, तुम नर नहीं हो, वानर हो।''

बैजनाथ ने दोनों हाथ जोड़ दिये, ''वानर?'' उसने आँख के इशारे से रीतलाल को अन्तर्धान हो जाने को कहा।

''हाँ,'' बोलकर मामा ने एक श्लोक सुना दिया,

''मतयो यत्र गच्छन्ति तत्र गछन्ति वानराः।
शास्त्राणि यत्र गच्छन्ति तत्र गच्छन्ति ते नराः।

जो शास्त्र के अनुसार आचरण करते हैं, वे नर होते हैं, और जो मनमाना आचरण करते हैं, वे वानर होते हैं। मैं तुम्हें वानर से नर बनाने आया हूँ।''

''मैं नर बनने के लिए तैयार हूँ, मामा।''

''तुम्हें शास्त्र के अनुसार आचरण करना होगा।''

''करूँगा।''

''मुझे आज से तुम्हारा अन्न ग्रहण करना है। मनुष्य का सारा पाप उसके अन्न में स्थित होता है—*दुष्कृतं हि मनुष्यस्य सर्वमन्ने व्यवस्थितम्,* ऐसा पद्मपुराण और कूर्मपुराण में कहा गया है। जो जिसका अन्न खाता है, वह उसका पाप भोजन करता है। मनुस्मृति और कूर्मपुराण में लिखा है कि चुगलखोर, असत्यभाषी, नपुंसक, कृतघ्न और कृपण का अन्न नहीं खाना चाहिए। सच-सच बताओ, तुम इनमें से नहीं हो?''

''नहीं, मामा बिल्कुल नहीं।''

''कृपण भी नहीं हो?''

''सिर्फ एक कंजूस पैदा हुआ था फुलकाहा में कभी। उसका नाम था पूरन साह। उसके बाद आज तक कोई दूसरा कंजूस पैदा नहीं हुआ है यहाँ। मैं पूरन साह बनूँ जिसका सुबह-सुबह नाम लेने से भी लोग डरें!''

''तुम्हारी बात को मैं सच मान लेता हूँ; यह तो मैं स्वयं परख लूँगा कि तुम कृपण हो या नहीं।''

''आपके भोजन की व्यवस्था मेरे नौकर रीतलाल के हाथ में है, मामा। आज तक मेरे घर जिसने भी उसके हाथ से खाया, अफरकर खाया।''

''बुलाओ उसे,'' मामा ने आदेश दिया।

रीतलाल कहीं पास ही खड़ा था, झट हाजिर हो गया।

मामा ने भानजे को सुनाया, ''मार्कंडेयपुराण में लिखा है कि भोजन की ओर देखनेवाले मनुष्य को न देखकर कदापि भोजन न करें। बाहर के भोज-भात को छोड़कर मैं कहीं भी एकान्त में भोजन करता हूँ, इसलिए मुझे देखनेवाला कोई नहीं होता। मगर यह नौकर तो मुझे देखेगा। चरकसंहिता में लिखा है कि भूख से पीड़ित नौकर आदि का लाया हुआ भोजन नहीं करना

चाहिए।'' इतना सुनाकर मामा ने रीतलाल से कहा, ''तुम मुझे खाना खिलाने के पहले भरपेट भोजन कर लेना।''

''हाँ, नाना,'' रीतलाल बोला, ''कर लूँगा।''

''यह भी जान लो कि मैं इस घर में केवल पक्का खाना खाऊँगा, कच्चा खाना नहीं।''

जवाब बैजनाथ ने दिया, ''हाँ, मामा, अशोक बाबू ने मुझे यह बता दिया है।''

''एक बात और जान लो।''

''क्या, मामा?''

''धर्मसिन्धु में लिखा है कि जब तक कलह, चक्की और ऊखल-मूसल का शब्द सुनायी दे, तब तक भोजन नहीं करना चाहिए।''

''मैं सब बन्द करवा दूँगा, मामा, भोजन के समय झगड़ा तक की मनाही। अभी आदमी दौड़ा देता हूँ आस-पास के सारे घरों में।''

मामा के भोजन में दो दिनों तक रसगुल्ले डालने के लिए एक किलो रसगुल्ले सत्तो साह हलवाई की दुकान से मँगवा लिये गये थे। गरम-गरम पूरी छानने के लिए रतनी को बुला दिया गया था। भोजन एकान्त में हो, इसके लिए पूरी चौकसी बरती गयी।

जब रीतलाल पूछने आ गया कि मामा के लिए कितनी पूरियों का आटा साना जाये, तब बैजनाथ सोच में पड़ गया, सोचने लगा कि यह ब्राह्मण कितनी पूरियाँ खा सकता है? इस ब्राह्मण के बारे में अन्दाजा लगाते हुए उसे अमरपुर गाँव का वह भोज याद आ गया जिसमें वह अपने ससुर और साला के साथ शरीक हुआ था और जिस भोज में उसने कई भोजनवीर ब्राह्मणों को देखा था। उसने रीतलाल से कहा, ''मामा के पेट में तो पाँच पूरियों के सामने की भी जगह नहीं है, मगर तुम पूरे घर के लिए पूरियाँ छनवा लो। कोई खतरा उठाना ठीक नहीं। जितनी पूरियाँ खायें मामा; कोई कंजूसी नहीं। हाँ, एक खाट पहले से तैयार रखना और खाट में कन्धा देने के लिए ताराचन्द और इनरजीत को भी यहीं बुलाकर रखना।''

रीतलाल और रतनी की आँखें अचरज से जरूर फैलती चली गयी थीं, मगर बैजनाथ गद्गद् हो रहा था कि पचीस पूरियों के बाद ही मामा बम बोल गये। वह मामा के पास जाकर बोला, ''कोई कृपणता, मामा?''

''नहीं, जरा भी नहीं।'' मामा ने प्रसन्न स्वर में कहा।

''अब खाट ले आऊँ?'' बैजनाथ ने पूछा।

''सुनो; कूर्मपुराण, पद्मपुराण, स्कन्दपुराण, भविष्यपुराण, मनुस्मृति, सबने अतिभोजन आरोग्य, आयु, स्वर्ग और पुण्य का नाश करनेवाला और लोकनिन्दा करानेवाला है। मैं अतिभोजन नहीं करता। खाट नहीं चाहिए; हाँ, तुम दोनों मुझे सहारा देकर उठा दो।''

बिस्तर पर विराजमान होकर मामा ने कहा, ''अब आज का दिन यों ही गुजरेगा। तुम्हारी शुद्धि सुबह से शुरू होगी। मगर तुम मेरे आचार-विचार पर अभी से ध्यान दिये रहो, ताकि तुम्हारी शुद्धि का मार्ग प्रशस्त हो जाये।'' इतना बोलकर उन्होंने पूछा, ''पूरब किधर है?''

''बैजनाथ ने पूरब दिशा की ओर संकेत किया।

मामा ने पूछा, ''तुम किस दिशा की ओर सिर करके सोते हो?''

"किसी भी ओर।"

"रे मूर्ख, उत्तर की ओर सिर करके सो रहे होगे, तब तो अब तक तुम्हारी मृत्यु हो जानी चाहिए थी, केवल हानि होकर रह गयी है। पच्छिम की तरफ सिर करके सोते रहे, तो ब्याह की चिन्ता तुम्हारे मरने तक बनी रहेगी। तुम्हें क्या चाहिए, विद्या या धन और लम्बी आयु?"

"मुझे सब दिला दीजिए, मामा।"

"रे मूर्ख, तुम्हें क्या दो सिर हैं कि एक पूरब की ओर कर दो और दूसरा दक्षिण की ओर? मुझे विद्या चाहिए, इसलिए मेरा सिरहाना पूरब की ओर होता है। तुम अपना सिरहाना दक्षिण की ओर करो, क्योंकि तुम्हें धन और लम्बी आयु चाहिए।"

"ठीक है, मामा, जो आप उचित समझें।"

"तुम गाय पालते हो?" मामा ने पूछा।

"हाँ, मामा, अभी मेरे बथान में दो गायें हैं।"

"बृहत्पराशरस्मृति में लिखा है," मामा ने जानकारी दी, "कि सदा गौओं का पालन-पोषण करना चाहिए और सदा गौओं का दान करना चाहिए। दान से पुण्य मिलता है।"

'दान से पुण्य मिलता है,' सुनकर बैजनाथ को उस गधे के दान का खयाल आ गया जिसे रामभद्र झा ने गाँव के लोकन धोबी को दान किया था और जिस गधे पर आधा हक होने के कारण दान का आधा पुण्य उसे भी मिलेगा, मगर जिस गधे ने रामभद्र झा को सपरिवार गंगास्नान के लिए भेज दिया था, उसके दान की चर्चा उसने नहीं की। उसने बहुत सोच-समझकर जवाब दिया, "ब्याह हो जाये, मामा, उसके बाद तो दान ही दान करना है।"

बिस्तर पर थोड़ी देर ही आराम किया होगा मामा ने कि अचानक एक जोर की हाँक लगायी उन्होंने, "रीतलाल!"

रीतलाल हाजिर हुआ, तो मामा ने पूछा, "एक बिल्ली इधर से अन्दर गयी; यह रोज आती है क्या?"

"यह घर की बिल्ली है, नाना।"

"घर की बिल्ली!" मामा बुदबुदाये और आदेश दिया, "भगाओ इसे घर से।"

"घर में पचासों बिल्लियाँ थीं, नाना; एक-एक करके भगा दिया। इस एक को तो नहीं भगा सकता न?"

"क्यों?" मामा ने आँखें तरेरीं।

"यह मालकिन बिल्ली है," रीतलाल ने बताया, "मालिक का इसके साथ ब्याह हुआ है।"

"बिल्ली के साथ ब्याह किया और बिल्ली को ससुराल में बसने दिया!" मामा बुदबुदाये और खुद ही हाँक लगायी, "बैजनाथ!"

बैजनाथ मामा की पहली हाँक पर ही दौड़ पड़ा था, मगर रीतलाल के साथ दौड़ में पिछड़ जाने के कारण वह पीछे ही रह गया और रीतलाल के साथ हो रही मामा की बातचीत सुनने लगा। अपनी पुकार पर वह झट आ गया। मामा ने तीखे शब्दों में पूछा, "तुमने बिल्ली के साथ ब्याह रचाया?"

''गाँववालों के कहने पर।''

''और उसे अपने घर में बसाया?''

''रीति-रिवाज देखकर, मामा।''

''बिस्तर पर सुलाते भी हो क्या?''

''मैं नहीं सुलाता, मगर दिन में कभी-कभार बिस्तर पर चढ़ जाती है, तो से भगा तो नहीं सकता।''

''यह बिल्ली कभी तुम्हारा उद्धार होने देगी? आज तक होने दिया तुम्हारा ब्याह? मैं नहीं आया होता, तब तो तुम अनब्याहे रह जाते,'' इतना बोलकर मामा ने बताया, ''विष्णुपुराण और ब्रह्मपुराण दोनों में लिखा है कि बिल्ली पालनेवाला मनुष्य नरक में गिरता है, कृमिपूय नरक में गिरे या पूयवह नरक में। नारदपुराण में लिखा है कि बिल्ली की धूलि शुभ प्रारब्ध को हर लेती है। तुम अभी मेरे सामने बिल्ली को भगाओ इस घर से।''

बैजनाथ ने रीतलाल को धीरे-से कहा, ''भगाओ।''

रीतलाल अन्दर गया और बैजनाथ की 'घरवाली' को गोद में लिये नाना के सामने से घर के बाहर चला गया।

थोड़ी देर बाद ही बैजनाथ ने अकेले में रीतलाल से पूछा, ''कहाँ रख आये बिल्ली?''

''रतनी के घर।''

''बिल्ली फिर मामा के सामने न आये।''

''नहीं आएगी।''

रात में सोने से पहले रीतलाल बैजनाथ के कान में फुसफुसाया, ''मालिक, गधे की धूलि भी बहुत अशुभ होती है।''

''किसने बताया?''

''नाना ने।''

''उन्हें कैसे मालूम कि गधे के साथ रहा हूँ?''

''उन्हें कुछ नहीं मालूम,'' रीतलाल बोला, ''मैंने पूछा, तब उन्होंने यह बताया।''

''तुम क्यों पूछने चले गये?''

''इस 'अशुभ' को तो काटना है न, मालिक?''

''शुद्ध हो रहा हूँ, तो सारे अशुभ दूर हो जाएँगे,'' बैजनाथ ने हिदायत की, ''फिर कभी बगैर मुझसे पूछे तुम मामा से कुछ मत पूछना।''

अभी बैजनाथ की पलक लगी ही थी कि मामा की हाँक सुनायी पड़ी। बैजनाथ हड़बड़ाते हुए आया। मामा ने कहा, ''अभी ही पूछ लेना जरूरी था। यह बताओ कि सुबह में शौच के लिए किधर निकलोगे?''

''बाहर जाने की कोई जरूरत नहीं है, मामा,'' बैजनाथ ने सुनाया, ''अब पहलेवाली बात नहीं रही; फुलकाहा के घर-घर में शौचालय बन गया है।''

''घर का शौचालय घर की औरतों के लिए रहने दो,'' मामा बोले, ''अबर तुम्हें ब्याह करना है, तो शौच के लिए बाहर निकलना होगा।''

"मेरी आदत तो बाहर निकलने की ही है, मामा। शौचालय बनने से क्या होता है! घर में शौचालय के रहते भी लोग शौच के लिए बाहर निकलते हैं। अभी भी घर के शौचालय में कितने ही लोगों का पाखाना नहीं उतरता। हर घर में शौचालय बन रहा था, तो मैंने अपने घर में भी बनवा लिया। मैं इसका उपयोग नहीं के बराबर कर रहा हूँ, अब बिल्कुल नहीं करूँगा; शौच के लिए हमेशा बाहर ही निकलूँगा।"

"बाहर निकलोगे, तो यहाँ से किस दिशा में निकलोगे?"

"किसी भी दिशा में निकल सकता हूँ," बैजनाथ का जवाब आया, "पूरब में मेरी अपनी बाँसबाड़ी है; उत्तर में भी मेरा अपना बगीचा; पश्चिम में चेतलाल की बाँसबाड़ी है और शौच के लायक लम्बे-लम्बे गड्ढे हैं। दक्षिण में भी नरेश झा का बगीचा है, मगर उन्होंने रोक लगा रखी है। सुबह की वेला में उनका सिपाही बगीचे के पास डंडा लेकर खड़ा रहता है और किसी को बगीचे में शौच के लिए घुसने नहीं देता। वह इतना बदमाश है कि शौच पर बैठे आदमी का लोटा तक उठाकर चल देता है। उठाये लोटा, मेरे लिए जगह की कमी नहीं है।"

"जगह की कमी तो हो गयी, बैजनाथ," मामा ने सुनाया, "तुम्हें शुद्ध होने के लिए दक्षिण दिशा में ही जाना पड़ेगा, दक्षिण या दक्षिण-पश्चिम नैर्ऋत्य कोण में।"

"तब मैं ऐसा करूँगा, मामा, कि तब तक हगास को रोककर रखूँगा जब तक नरेश झा का सिपाही बगीचे से चला नहीं जाता है।"

"मैं तो ऐसा नहीं कर सकता।"

"ऐसा तो हो सकता है, मामा, कि सिपाही के आने के पहले ही हम बगीचे से अपना काम-तमाम कर लौट आयें?"

"नहीं, भयभीत अवस्था में मुझसे मल-विसर्जन नहीं होगा," मामा ने कहा, "तुम अभी ही कुछ ऐसा करो कि हम बेरोक-टोक बगीचे में जायें, नहीं तो तुम्हारा शुद्धीकरण खटाई में पड़ जाएगा। मैं अभी ही अशोक के घर चला जाऊँगा।"

बैजनाथ उसी क्षण कदमलाल के पास दौड़ गया। कदमलाल नरेश झा के पास दौड़ा। रात में ही वह बैजनाथ को सुनाने आ गया कि नरेश झा ने सहर्ष इजाजत दे दी है।

उस रोज मामा के रात में सोने तक बैजनाथ ने वही किया जो मामा ने बताया था, मामा के आचार-विचार पर ध्यान देना। वह इस खयाल के साथ सोने गया कि सुबह होते ही उसकी शुद्धि शुरू हो जाएगी और यह खुशी उसके साथ सोयी कि खेत की निकौनी की तरह उसकी देह और मन की निकौनी हो जाएगी और सारे बेकार और बाधक झाड़झंखाड़ झाड़कर अलग कर दिये जाएँगे।

'कराग्रे वसते लक्ष्मी: करमध्ये सरस्वती' का पाठ ज्यों ही प्रारम्भ किया मामा ने, बैजनाथ की आँख खुल गयी और वह हड़बड़ाकर बिस्तर पर उठ बैठा। ध्यान देकर सुनन पर जब उसे लगा कि मामा किसी श्लोक का पाठ कर रहे हैं, तब उसने भी अपने पुराने श्लोक का स्मरण किया और तेज आवाज में उसका पाठ कर डाला,

''वन्दै शनैश्चरं वक्रदंष्ट्रं नील विभूषणम्।
वामजानुस्थतदृस्तं साभ्यान्कराम्बुजम।''

मामा को लगातार श्लोकों का पाठ करते देख उसने अपने श्लोक का एक और पाठ किया, मगर फिर रुक गया और ध्यान से मामा के श्लोकों को सुनता रहा। जब मामा का पाठ बन्द हुआ, तो वह मामा के पास आकर बोला, ''मैं तो सिर्फ एक श्लोक '*वन्दै शनैश्चरं*' जानता हूँ, मामा; मुझे भी तो वे सारे श्लोक सीखने होंगे जिनका पाठ अभी आपने किया?''

मामा ने जवाब दिया, ''मैं सुबह में भूमि-वन्दना, मंगल-दर्शन, मानसिक शुद्धि के मन्त्र और प्रात:स्मरणीय श्लोकों का पाठ करता हूँ। तुम अभी जो श्लोक जानते हो, उसी का पाठ करो। अभी तुम्हें ब्याह भर के लिए शुद्ध हो जाना है। इस शुद्धि के लिए ही तुम्हें बहुत कुछ सीखना है। एकबारगी ही सब कुछ सीखना चाहोगे, तो गड़बड़ हो जाएगी। ब्याह हो जाये, फिर मुझे ले आना एक महीने के लिए। उस एक महीने में मैं तुम्हें इतना कुछ सिखा दूँगा कि तुम आराम से अपनी जीवन-नैया खेते रहोगे।''

''जरूर ले आऊँगा, मामा।''

शौच पर निकलने के पूर्व मामा ने शौच-क्रिया से जुड़े ढेर सारे नियम बताये और कागज में एक मन्त्र लिखकर आवश्यक निर्देश के साथ कागज बैजनाथ को थमा दिया।

जब दोनों शौच के लिए नियत जगह पर पहुँचे, तो देखा कि कदमलाल वहाँ पहले से आया हुआ है और नरेश झा के सिपाही के साथ हँस-हँसकर बातें कर रहा है।

सिपाही ने मामा को प्रणाम किया और आशीष ग्रहण कर मुस्कराया। दोनों बगीचे में घुसे और दो दिशाओं में बँट गये।

शौच के लिए स्थान ग्रहण कर बैजनाथ ने जब से कागज निकाला और मन्त्र पढ़ा,

गच्छन्तु ऋषयो देवा: पिशाचा ये च गुह्यका:।
पितृभूतगणा: सर्वे करिष्ये मलमोचनम्।

मन्त्र पढ़ने के बाद कम-से-कम अपने पितरों के लिए, जिनकी समझ में यह श्लोक नहीं आता, उसने मामा का बताया हुआ अर्थ भी बाँच दिया, ''यहाँ जो ऋषि, देवता, पिशाच, गुह्यक, पितर तथा भूतगण हों, वे चले जाएँ; मैं यहाँ मलत्याग करूँगा।'' इतना बाँचकर उसने तीन बार ताली बजायी और सिर को गमछा से ढककर मलत्याग प्रारम्भ किया।

दन्तधावन के बारे में भी बैजनाथ को अच्छी जानकारी दे दी गयी कि किन वृक्षों की दातुनें पवित्र होती हैं और किनकी अपवित्र और खतरनाक, दातुन कितनी मोटी हो, कितनी लम्बी हो और किस ओर मुँह करके दन्तधावन करना चाहिए।

उस दिन से ही बैजनाथ पुत्रलाभ को ध्यान में रखकर महुआ की दातुन से दन्तधावन करने लगा। वह अच्छी तरह देख लेता था कि दातुन की लकड़ी सीधी, हरी, गीली और छिद्रहीन है। वह अच्छी तरह नाप लेता था कि दातुन की मोटाई कानी अँगुली की मोटाई के बराबर है और लम्बाई बारह अँगुल।

जोख-परख के बाद वह दातुन को धोता था, पूरब अथवा उत्तर की ओर मुँह करता था

और दातुन को अभिमन्त्रित करने के लिए मन्त्र पढ़ता था,

''आयुर्बलं यशो वर्चः प्रजाः पशुवसूनि च।
ब्रह्म प्रज्ञा न मेधां च तवं नो देहि वनस्पते।

''वनस्पते! तुम मुझे आयु, बल, यश, तेज, सन्तति, पशु, धन, ब्रह्मज्ञान, बुद्धि तथा धारणाशक्ति प्रदान करो।''

तैलाभ्यंग के नियमों को देखते हुए बैजनाथ ने दस दिनों तक रोज बदन में तेल मलने का नियम बना लिया, ताकि जिस किसी दिन तेल लगाने के कारण यह भूल न हो जाये कि रविवार को तेल लगाकर वह क्लेश को आमन्त्रित करे, मंगलवार को तेल लगाकर वह व्याधिग्रस्त हो जाये, गुरुवार को तेल लगाकर कपाल पर कंगला की भाग्यलिपि लिखवा ले और शुक्रवार को तेल लगाकर हानि की चपेट में आ जाये, और फिर यह भी याद रहे न रहे कि प्रतिपदा, षष्ठी, अष्टमी, एकादशी वगैरह के दिन बदन पर तेल नहीं लगाना चाहिए।

स्नान से सम्बन्धित सारे नियमों को बताने के बाद मामा ने बैजनाथ को आगाह किया कि गाँव में जो नीलमणि मिश्र और नरेश झा के दो सरोवर हैं, उनमें से किसी एक में भी उसे स्नान नहीं करना है, क्योंकि वाधूलस्मृति के अनुसार दूसरों के बनाये हुए सरोवर में स्नान करने से सरोवर बनानेवाले का पाप स्नान करनेवाले को लगता है, और अगर इच्छा प्रबल हो जाने पर या किसी अन्य मजबूरी में स्नान करना ही पड़े तो बृहत्पराशरस्मृति के अनुसार पाँच या सात ढेला मिट्टी निकालकर स्नान करे।

वस्त्रधारण सम्बन्धी बताये गये नियमों के अन्तर्गत बैजनाथ को अपना धोबी आप बनना पड़ा। उसे पद्मपुराण का वह श्लोक सुना दिया गया जिसके अनुसार विद्वान पुरुष धोबी के धोए हुए वस्त्र को अशुद्ध मानते हैं और अपने हाथ से पुनः धोने पर ही वह वस्त्र शुद्ध होता है। उसे रोज ही अपने वस्त्रों को धोना पड़ रहा था, क्योंकि विष्णुस्मृति के अनुसार पहले के पहने हुए वस्त्र को बिना धोए पुनः नहीं पहनना चाहिए। इतना ही नहीं हुआ। उसे तुरन्त अपने लिए नये वस्त्र खरीदने पड़े, क्योंकि मामा ने यह आशंका जतायी कि उसकी लम्बी अनुपस्थिति में जरूर उसका नौकर उसके वस्त्रों को पहनता रहा होगा और विष्णुधर्मोत्तरपुराण के अनुसार दूसरों के पहने हुए कपड़े नहीं पहनने चाहिए। इसके बाद भी महाभारत के अनुसार सोने के लिए एक वस्त्र, सड़क पर घूमने के लिए दूसरा वस्त्र और पूजा के लिए तीसरा वस्त्र। मामा ने स्कन्दपुराण का वह श्लोक भी नौकर और मालिक दोनों को सुना दिया जिसमें यह ज्ञान था कि नील के रँगे वस्त्र धारण कर जो रसोई बनायी जाती है वह विष्ठा हो जाती है और वह अन्न खिलानेवाला यजमान सीधे नरक में जाता है।

भोजन के नियम बताने के लिए मामा ने बैजनाथ को अपने सामने बैठाकर भोजन करवाया। एक-एक नियम बताने और उसका पालन करवाने के दौरान मामा कई बार गुस्से में आ गये। एक बार तो गुस्से में वे उबल पाड़े थे, ''फिर बाहर! फिर एक अँगुली बाहर रह गयी! अरे अधम, बार-बार कह रहा हूँ कि कोई अँगुली बाहर नहीं रहे। बौधायनधर्मसूत्र में स्पष्ट लिखा है कि सभी अँगुलियों से मुँह में अन्न डालना चाहिए।'' दूसरी बार तो ऐसा गुस्सा फूटा कि उन्होंने रीतलाल को आदेश तक दे दिया, ''लाओ तो एक छड़ी,'' और तर्जनी चमका-चमकाकर

तर्जन-गर्जन करने लगे, ''बन्द करो यह चपर-चपर। खाते समय मुँह से आवाज नहीं करनी चाहिए। नारदपुराण ने बिल्कुल मना किया है ऐसा करने से और कह दिया है कि ऐसा आदमी नरकगामी होता है।'' जब बैजनाथ भोजन समाप्त कर उठने को हुआ, तो मामा चीख पड़े, ''बैठो अभी,'' और फिर उबलते स्वर में कहा, ''रे चट्टू! कुछ तो छोड़ते थाली में। सब चाट-पोंछकर खा गये! धर्मसिन्धु में लिखा है कि शहद, जल, दूध, दही, घी, खीर और सत्तू को छोड़कर थाली में परोसे हुए अन्य पदार्थों का भक्षण सम्पूर्ण रूप से नहीं करना चाहिए। थोड़ा अन्न और मँगाओ, खाओ और थाली में कुछ छोड़कर उठो।''

छुटकारा इतने पर ही नहीं मिल गया था बैजनाथ मंडल को। नियमों का ताँता बँध गया था—किस पहर में क्या करें और क्या नहीं करें, किसका स्पर्श करें और किसके स्पर्श से बचें, किस पर निगाह डालें और किसकी निगाहों से बाहर रहें, किसकी छाया अपने पर नहीं पड़े और किस पर अपनी छाया नहीं पड़ने दें, किसकी धूलि ग्रहण करें और किसकी धूलि से दूर-दूर रहें। नियमों की कैद में डाल दिया गया वह और फिर लगा कि उसके पाँवों में बेड़ियाँ भी डाल दी गयीं। एक आसान काम था चरित्तर भगत की दुकान तक जाकर वस्त्रधारण सम्बन्धी नियमों के पालन के लिए नये कपड़े खरीद लाना, मगर कितना कठिन था वहाँ जाना और वहाँ से सुरक्षित लौट आना?—घर-घर में शौचालय हुआ, तो क्या हो गया! गाँव की सड़क है; बच्चे वहीं किनारे बैठकर मल-विसर्जन करेंगे। तब भी बाबा का नियम, 'राह में मल-मूत्र की ओर नहीं देखना, बैजनाथ।' पाँव नहीं पड़े, इसके लिए भी सावधानी और सौभाग्य की जरूरत है। यह कहाँ सम्भव है कि उधर नजर भी नहीं पड़ने दे?...गाँव में पागलों और मतवालों की कमी है क्या? जिससे पूछो, वही गाँव के दस पागलों के नाम गिना देगा। रास्ते में ही शिवदेनी गुप्ता का घर है। अपने दस जरूरी काम हर्ज कर भी मुरदा जलाने चला जाता है; एक अपने गाँव में ही नहीं; चार दिन पहले कटोरिया, तो दो दिन पहले मदनपुर। गाँव का असली पागल। अगर आज आस-पास के किसी गाँव में कोई मरा नहीं हो, तब तो वह अपने दरवाजे पर ही खाट पर बैठा मिल जाएगा। नजर उस पर नहीं पड़ेगी क्या? दूसरा पागल कुसुमलाल। कहीं किन्हीं दो के बीच लड़ाई-झगड़ा चल रहा हो, तो वह घर से आकर भी उसमें किसी भी एक का पक्ष लेकर कूद पड़ेगा। वह भी तो दरवाजे पर ही बैठा होगा यह सुनने के लिए कि कहीं से लड़ाई-झगड़े की आवाज आ रही है या नहीं। उस पर नजर पड़ सकती है या नहीं? रूपन को भी पागल ही कहिए कि किसी की बकरी उसकी बाड़ी में घुसकर दो गाल खायी नहीं कि वह बकरी को भगाने-मारने की बजाय लाठी उठाता है और बकरीवाली का कान-कपार फोड़ने चला जाता है। एक और पागल अगहनू; हर पन्द्रहिया घरवाली की कुटम्मस करेगा और उसके बाद कभी चोट पर गरम हल्दी की लेप लगाते हुए और कभी घाव पर शहद की पट्टी बाँधते हुए रो-रोकर अपना इतना बुरा हाल कर लेगा कि घरवाली ही उसके आँसू पोंछने लगेगी। इन सारे पागलों के घर रास्ते में! किसी एक पर भी नजर नहीं पड़ेगी क्या?...''खलक खुदा का, फुलकाहा बैजनाथ का। सावधान! बाबू बैजनाथ मंडल सड़क पर आ रहे हैं। लोग-लुगाई अपनी-अपनी बकरियाँ, बिल्लियाँ, गधे और कुत्ते अपने घरों में समेट लें, ताकि ताकि इनमें से किसी की अशुभ धूलि बाबू बैजनाथ मंडल पर नहीं पड़े, और अपनी-अपनी गायों को घर से सड़क की ओर हाँक दें, ताकि इनकी शुभ धूलि से बाबू बैजनाथ

मंडल चकाचक हो जाएँ।'' यह सब हो भी जाये, मगर आवारा कुत्तों और आवारा बिल्लियों का क्या होगा? हर हाल में अशुभ धूलि का खतरा है।...इसके बाद भी तो! इसके बाद भी तो मार्ग-गमन में शुक्रनीति और चाणक्यनीति के अनुसार बैजनाथ मंडल बैलगाड़ी से पाँच हाथ, बैल से दस हाथ, घोड़े से दस हाथ और हाथी से सौ हाथ पर रहे।...

एक आसान काम कितना मुश्किल हो गया! मुश्किलों को पार करना कठिन हो गया बैजनाथ के लिए। चरित्तर भगत की दुकान तक स्वयं जाकर कपड़े खरीद ले आने की बजाय उसने रीतलाल को कहा, ''जाओ चरित्तर भगत की दुकान पर और भगतजी को साथ लेकर आओ।'' घर से बाहर निकलना ही बन्द कर दिया बैजनाथ ने। बरात ले जाने के लिए बिल्कुल तैयार बैठा था जनार्दन यादव; अपढ़ औरत की तरह हर दूसरे दिन आकर बैजनाथ और मामा से पूछ जाता, ''अब कितने दिन बचे हैं?''

किसी तरह दस दिनों तक कैद भोगकर बैजनाथ ने ब्याह के लिए अपना बेड़ा पार लगाया। मामा ने जाते-जाते उसे वैतरणी भी पार करा दी।

ग्यारहवें दिन सुबह-सुबह ही अशोक झा मामा को ले जाने के लिए बैलगाड़ी लेकर आ गये थे। विदाई के समय गाँव के कितने ही लोग उपस्थित थे और मामा से आशीष ग्रहण कर रहे थे। किताबों के दोनों गट्ठर बैलगाड़ी पर लादे जाने के बाद मामा भी उस पर लद गये और भानजे से कहा, ''अशोक! बथान में जो भूरी गाय बँधी है, उसे खोलकर ले चलो। गाय दान में मिली है।''

''गाय दान में!'' बैजनाथ बुदबुदाया और फिर बोला, ''गाय का दान तो मैंने नहीं किया है, मामा?''

''किया है न!'' मामा ने याद कराया, ''कल हम दोनों बथान पर नहीं गये थे?''

''हाँ, बथान पर गये थे।''

''तुम भूरी गाय की पूँछ के पास पूरब की ओर मुँह करके बैठे और मैं उत्तर की ओर मुँह करके बैठा।''

''हाँ, यह मुझे याद है।''

''वहाँ मैंने एक मन्त्र पढ़वाया था या नहीं?''

''हाँ, पढ़वाया था,'' बैजनाथ बोला, ''मगर वह तो शुद्धीकरण का मन्त्र था न?''

''नहीं, वह गोदान का मन्त्र था।''

''उस मन्त्र का अर्थ आपने बताया नहीं था, मामा।''

''जिस किसी मन्त्र का अर्थ तुमने पूछा था, तो अर्थ मैंने बताया था या नहीं?'' मामा बोले, ''गोदानवाले मन्त्र का अर्थ तुमने पूछा था?''

''नहीं, पूछा तो नहीं था।''

''तो हो गया दान,'' मामा ने सुनाया, ''देवता साक्षी हैं,गाय साक्षी है।''

''नहीं मामा,'' भीड़ से बाहर निकलकर जनार्दन यादव बोला, ''यह तो दान नहीं हुआ।''

''नहीं हुआ, तो वापस ले ले दान,'' मामा ने रूखे स्वर में कहा, ''हाँ, यह मैं नहीं चाहूँगा

कि याज्ञवल्क्य और कात्यायन दोनों ऋषियों का अपमान कर बैजनाथ मंडल इस लोक में मेरा ऋणी बनकर रहे और मरने के बाद परलोक में भी मेरा ऋणी बना रहे।'' इतना बोलकर स्वर को कुछ और तेज किया मामा ने, ''और तुम भी सुन लो, जनार्दन यादव, कि जो प्रदत्त दान वापस लेने की सलाह देता है, वह स्कन्दपुराण के अनुसार मरने के बाद प्रेत हो जाता है।''

कोई और कुछ बोले, इससे पहले ही बैजनाथ ने अशोक झा के आगे हाथ जोड़ दिये, ''गाय लेकर जाइए, अशोक बाबू; मैं अभी बथान से भूरी गाय लेकर आता हूँ।''

शाम का धुँधलका छा चुका था। शंकरपुर गाँव में घुसे बगैर ही पलटू खेत-खेत चलकर सीधे कासिम मियाँ के घर आ गया। कासिम मियाँ घर पर मौजूद थे। पलटू झा पर नजर पड़ते ही उन्होंने चौकी से उठकर उसका स्वागत किया, ''अरे, आप! आइए, आइए। बहुत दिनों बाद आपका आना हुआ, पंडितजी?''

''बहुत दिनों से सोच रहा था आने को,'' पलटू ने एक किनारे अपना झोला रखते हुए जवाब दिया, ''अब जाकर आने का समय निकाल पाया।''

चौकी पर बैठने का इशारा करते हुए कासिम मियाँ ने पूछा, ''मेरी चिट्ठियाँ मिल गयी थीं?''

''मैं घर पर नहीं था, मगर घर आने पर चिट्ठियाँ मिल गयी थीं।''

''खबर मिलने में कोई गड़बड़ नहीं हो, इसलिए दोनों बार मैंने आदमी की मार्फत चिट्ठी भिजवायी, नईम मियाँ के मरने पर भी और सोहराब मियाँ के मरने पर भी।''

''मैंने ननिहाल जाकर उन दोनों के लिए दुआएँ भी माँग लीं, कासिम बाबू; अभी दोनों अपने नये ठिकाने पर होंगे।''

''उन दोनों की कब्रें भी देखना चाहेंगे आप?''

''आया हूँ, तब तो देख ही आऊँगा,'' पलटू ने जवाब दिया, ''मगर आज नहीं, अब कल; आज बहुत थका हुआ हूँ।'' पलटू झा ने उस समय से ही आराम करना शुरू किया। रात में खा-पीकर वह जल्दी ही सो गया। बन्द कमरे में सोने की बजाय वह बाहर ओसारे की चौकी पर ही सोया। अभी चकचुहिया के बोलने में भी एक पहर बाकी ही था कि पलटू झा उठ बैठा, अपने झोले से खुरपा निकाला और कब्रगाह की ओर निकल गया। कब्रगाह में घुसकर वह सीधे अख्तर मियाँ की कब्र के पास गया और उसके सिरहाने से सटी जमीन को खुरपा से खोदने लगा। वह ढेर सारी आशंकाओं से घिर गया था। दिल में धुकधुकी हो रही थी और खुरपा चलाते उसके हाथ काँप रहे थे।

अचानक उसके हाथ रुक गये। दिल की धुकधुकी गायब हो गयी। उसने लम्बी साँस ली और शंकरपुर की दुर्गा का स्मरण कर मन ही मन बुदबुदाया, ''तुम्हें प्रणाम, माँ, असंख्य बार प्रणाम।''

उसका खुरपा उस डिब्बे से टकरा गया था जिसे वहाँ गाड़कर उसने शंकरपुर छोड़ा था।

डिब्बे को लेकर वह कासिम के घर आ गया, मगर केवल तब तक रुकने के लिए जब तक अँधेरा फट नहीं गया। उसने कासिम मियाँ को जगाया तक नहीं, भोर का उजास फैलते ही

वहाँ से निकल गया।

पलटू झा बैजनाथ के पास उस रात मिलने आया जिस दिन बैजनाथ ने मामा को विदा किया था। बड़ा सूखा-मुरझाया चेहरा था पलटू झा का। आँखें अन्दर धँस गयी थीं, गाल कुछ अधिक पिचक गये थे। जितना चमाचम बैजनाथ का चेहरा था, उतना ही फिट्टा पलटू का मुँह। बैजनाथ उसे देर तक देखता ही रह गया था और फिर पूछा था, "आप बहुत बीमार हैं, गुरुजी?"

"किसी तरह चलकर आपके पास आया हूँ।"

"मेरे लिए तो कहीं बाहर निकलना सम्भव ही नहीं हो रहा था," बैजनाथ बोला, "मामा ने तो मुझे घर में बिल्कुल बन्द कर दिया था। रीतलाल को दौड़ाता रहा था आपके घर। पहले तो पता चला कि आप घर में हैं ही नहीं, और फिर बाद में खबर मिली कि आप बीमार हैं। आज फिर दौड़ाया, तो यह खबर लेकर आया कि आप रात में आएँगे मेरे पास। आप बहुत कमजोर दिख रहे हैं, गुरुजी।"

"जब से आया हूँ, तब से बीमार ही हूँ।"

"आप तो जब तक मेरे साथ रहे, बिल्कुल टनाटन थे," बैजनाथ ने अचरज प्रकट किया, "घर आते ही बीमार कैसे पड़ गये?"

"राम जाने।"

"कोई अन्दरूनी चोट तो नहीं लगी है?"

पलटू बीमार तो उसी दिन पड़ा जिस दिन अन्दरूनी चोट लगी, मगर वह कैसे बताये अन्रूनी चोट की बात?

शंकरपुर से पलटू झा सीधे अपने घर आया। घर आकर वह सीधे अपने कमरे में घुसा। बिना बुलाये पत्नी भी उसके पीछे आ गयी थी। पलटू ने कमरा अन्दर से बन्द किया और पत्नी से कहा, "मैं यह झोला बक्से में बन्द कर रहा हूँ। कभी भूल से भी बक्सा खोलकर इस झोले को मत खोलना यह देखने कि इसमें मैं क्या लेकर आया हूँ। इसमें मेरा सौभाग्य है। मेरे सिवा कोई भी इस झोले को खोलेगा, तो इसके अन्दर बन्द मेरा सौभाग्य उड़ जाएगा। भूल से भी माँ-बाबूजी को मत बताना कि मैं कोई ऐसा झोला लेकर आया हूँ जिसमें मेरा सौभाग्य बन्द है। आज से बक्सा सिर्फ मैं खोलूँगा और बन्द करूँगा।"

जब पलटू ने झोला डालकर बक्सा बन्द किया, तो नवरसियावाली ने पूरी ताकत से तीस किलो चावल भरी एक बोरी जमीन पर से उठकार बक्से पर रख दी।

पलटू ने अगली सुबह बहुत सोच-समझकर झोला से माँ दुर्गा की नथ और टीका निकाला और उन्हें लेकर सहसौल रुके बगैर कटिहार चला गया जहाँ के सराफों के बारे में वह सहसौल के बनारसी सुनार से सुन रखा था।

वह सराफ की एक दुकान में घुसा, अपने दोनों गहने दिखाए और पूछा कि बेचने पर इनकी क्या कीमत मिलेगी। सर्राफ ने दोनों गहनों को देखा-परखा और उन्हें पलटू को लौटाते हुए बोला कि अभी उसने सोने की खरीद बन्द कर दी है। उस दुकान से निकलकर पलटू एक दूसरी

दुकान में घुसा। उस दुकान के एक कर्मचारी ने अन्दर जाकर दोनों गहनों की जाँच की और बाहर आकर पलटू से बोला कि अभी उसके मालिक नहीं हैं, इसलिए अभी खरीद नहीं हो पाएगी। जब तीसरे सर्राफ ने भी जाँच पूरा कर लेने के बाद भी माल खरीदने से इन्कार किया, तो पलटू कुछ तमककर बोला, ''यह क्या बात हुई, भाई? सोना-चाँदी की इतनी बड़ी दुकान लेकर बैठे हुए हैं और माल जाँच लेने के बाद सोना खरीदने से इन्कार कर रहे हैं? यह तो अच्छी बात नहीं है। पहले ही क्यों नहीं बताया कि आप सोना नहीं खरीदते?''

''पहले यह कहाँ जानता था कि आप बहुत भले आदमी हैं और सोने का झाँसा देकर पीतल बेचने आये हैं!''

''क्या बक रहे हैं आप?'' पलटू कुछ और गरमाया, ''मैं पीतल बेचने आया हूँ? ये गहने पीतल के हैं?''

''और नहीं तो क्या?'' बोलकर दुकानदार ने दोनों गहने जमीन पर फेंक दिये और पलटू से कहा, ''उठाइए अपने गहने और चुपचाप घर का रास्ता पकड़ लीजिए।''

अपना गुस्सा बरकरार रखते हुए पलटू ने अपने गहने उठाये और दुकान के बाहर निकल आया। दुकान से बाहर आते ही गुस्से की जगह शंका ने ले ली, शायद यह सर्राफ ठीक ही कह रहा हो, शायद यही कारण रहा हो कि पिछले दो सर्राफों ने भी इन गहनों को खरीदने से इन्कार कर दिया था। वह चुपचाप घर लौट आया, मगर अभी भी कुछ आशा बची हुई थी। सहसौल जा-जाकर उसने बनारसी सुनार से माँ दुर्गा के एक-एक गहने की जाँच करायी, नथ की, टीक की, मुकुट की, हार की, कंगन की, पायल की। सारे गहने पीतल और गिलट के बने थे। बुखार सहसौल में ही चढ़ने लगा था, घर आकर बीमार पड़ गया वह। एक-एक गहने पर हूक उठी थी, और फिर हाहाकार मच गया था उसके अन्दर। वह कलप उठा, यह कैसे हुआ? यह किसने किया? क्या माँ दुर्गा कृतघ्न निकली और सोना-चाँदी को पीतल-गिलट में बदल दिया? क्या श्रद्धालुओं ने ही पीतल-गिलट के गहने चढ़ाये थे? क्या दुर्गाथान समिति के अध्यक्ष की कारगुजारी है यह कि उसने अपनी घरवाली को माँ दुर्गा के असली गहने पहना दिये और माँ दुर्गा को नकली बनवाकर दे दिये? या, कब्र से निकलकर अख्तर मियाँ ने ही कोई हेराफेरी की?

बैजनाथ के सवाल पर पलटू कुछ देर चुप रहा, फिर बोला, ''नहीं, कोई अन्दरूनी चोट नहीं लगी है।''

इसी समय जनार्दन यादव आ गया और आते ही उसने घोषणा की, ''बैजनाथ भाई की बरात कल सुबह निकलेगी।''

बैजनाथ ने उठकर जनार्दन यादव को अपने पास बैठाया।

पलटू ने धीरे-से पूछा, ''कल सुबह?''

''हाँ, कल सुबह।''

''कितनी दूर जाना है?''

''अभी ही बता दूँ?'' जानर्दन यादव मुस्कराया, ''बता देता हूँ। अब आप लोगों को बताने में कोई हर्ज नहीं है। बरात यहाँ से चार कोस पश्चिम लालपुर जाएगी।''

'नहीं,' बैजनाथ के मन में खयाल आया, 'लालपुर की ओर मैं कभी नहीं गया था।'

''शादी तो रात में होगी न?'' पलटू ने पूछा था।

''हाँ, रात में होगी।'' जनार्दन यादव का जवाब आया।

''तो सुबह बरात लेकर चलने की क्या जरूरत है?'' पलटू बोला, ''चार कोस जाने में चार घंटे से अधिक नहीं लगेंगे। हम शाम चार बजे तक भी यहाँ से चल सकते हैं।''

''चार कोस का यह रास्ता दूसरे चार कोसों के रास्ते से अधिक कठिन है,'' जनार्दन यादव ने सुनाया, ''हम यह मानकर चल रहे हैं कि हमें दुर्गम पहाड़ियों से होकर चार कोस की यात्रा पूरी करनी है, उफनती-घहराती नदियों को चार कोस तैरकर पार करना है,विकट जंगलों के बीच से खतरनाक जीव-जन्तुओं का सामना करते हुए चार कोस का रास्ता तय करना है। यह कठिन ब्याह का रास्ता है, पलटूजी। इस रास्ते को तय करने के लिए हमें बहुत-बहुत तरह से तैयार होना पड़ा है।''

पलटू झा को चुप लगाते देख जनार्दन यादव ने बैजनाथ से कहा,''अब मैं चलता हूँ, बैजनाथ भाई। बरात ले जाने की अन्तिम तैयारी पर अभी से ही काम शुरू कर दूँ। अब हाथ में सिर्फ रात भर का समय है।''

जनार्दन यादव के जाते ही बैजनाथ ने पलटू से कहा, ''आप बीमार हैं, मगर आपको भी बरात में जाना है, गुरुजी।''

''मैं जाने लायक हूँ क्या?''

''नहीं हैं, तब भी जाना है,'' बैजनाथ ने सुनाया, ''यह हमारी सात यात्राओं का फल ही है कि अब मेरा ब्याह होने जा रहा है। सातों यात्राओं में आप मेरे साथ रहे, ब्याह में ही मेरा साथ छोड़ देंगे? आपको जाना ही है।''

''ठीक है, कोशिश करूँगा।''

''कोशिश क्या करना!'' बैजनाथ बोला, ''मेरा ब्याह होते ही आपका मन चंगा हो जाएगा।''

''देखिए।''

''देखना क्या है, गुरुजी!'' बैजनाथ बोला, ''बाहर की कोई चोट नहीं, अन्दर की कोई चोट नहीं! तब देखना क्या है? सात यात्राओं की थकान है आपको। मेरी थकान दूर हो गयी। मन्दिर का काम शुरू होते ही आपकी थकान भी दूर हो जाएगी। जब मन्दिर का काम शुरू होगा, तब आप पर मन्दिर चढ़ेगा कि बुखार? आप वचन देकर जाइए, गुरुजी, कि आप बरात में चलेंगे।''

कुछ-कुछ चंगा होने लगा था पलटू झा। उसने बरात में शरीक होने का वचन दिया और फिर वापस घर जाने के लिए उठा।

बैजनाथ ने रीतलाल को पलटू झा के साथ कर दिया उसके घर तक उसे पहुँचा आने।

शुभ यात्रा की पूरी तैयारी के साथ बैजनाथ मंडल की बरात उसके घर से निकली। सुरक्षा और शुभ शकुन के सारे प्रबन्ध समय से पहले ही पूरे कर लिये गये थे। बैजनाथ-विवाह कार्यालय में

पिछले पन्द्रह दिनों से दिन-रात काम होता रहा था। फुलकाहा और लालपुर के बीच जो सात प्रमुख गाँव सड़क के किनारे बसे हुए थे, उनका चप्पा-चप्पा छान मारा था इन पन्द्रह दिनों में विवाह कार्यालय के कार्यकर्ताओं ने। विवाह कार्यालय की एक नहीं, कई शाखाएँ खुल गयी थीं चार कोस की दूरी में।

जब बरात के सुबह में निकलने की खबर रीतलाल को लग गयी, तो वह रात में ही मालिक से पूछने आ गया, ''मालिक, मालकिन बिल्ली को ले आऊँ?''

''क्यों?'' बैजनाथ ने नौकर को घूरकर पूछा, ''क्यों ले आओगे?''

यात्रा शुभ हो, इसलिए मालिक की विवाह हेतु दूसरी यात्रा के समय से ही रीतलाल का यह प्रयास होता था कि यात्रा के समय बिल्ली के मुँह में कोई खाने की चीज हो और वह 'म्याऊँ' बोल जाये।

उसने जवाब दिया, ''बिल्ली को म्याऊँ नहीं बोलना है क्या?''

''बोलना तो है,'' बैजनाथ सोच में पड़ गया, ''मगर उस बिल्ली को अभी इस घर में तो नहीं आने देना है।''

''तब ऐसा करता हूँ, मालिक,'' रीतलाल ने कहा, ''कि बिल्ली जहाँ, है, वहीं म्याऊँ बोल दे।''

''हाँ, ऐसा करो, ऐसा ही करो।''

जब बरातियों से लदी बैलगाड़ियों की कतार लालपुर के लिए बढ़ी, तो दुलहे की बैलगाड़ी रीतलाल के इन्तजार में कुछ देर रुकी रही। रीतलाल दौड़ा हुआ आया और बैलगाड़ी पर चढ़कर मालिक के कान में कहा, ''मालिक, खबर आ गयी।''

''कैसी खबर?''

''रतनी घर से दौड़कर बढ़ी थी कि रीतलाल ने फिर मालिक के कान में कहा, ''घंटी की आवाज सुन रहे हैं न, मालिक? इस बार की यात्रा बिल्कुल शुभ है।''

शुभ ही शुभ!

दही के बर्तन के साथ कोठियापुरवाली काकी सामने से आती हुई नजर आ गयी। काकी बैलगाड़ियों की कतार देखकर रुक गयी और उस बैलगाड़ी के सामने आ जाने तक रुकी रही जिस पर दुलहा सवार था। जैसे ही बैजनाथ की गाड़ी उसके सामने आयी, उसने बैजनाथ से नजर मिलाकर मुस्कराते हुए मुँह चमकाया, जिसका मतलब होता था कि इस बार कोई हीला-हवालारनहीं, जो कहा है वह लेकर रहूँगी। बैजनाथ ने भी मुस्कराकर ऊपर-नीचे मुँह डुलाया जिसका मतलब हुआ कि इस बार कोई कसर नहीं रखूँगा और घर जाकर सब पहुँचा दूँगा।

कुछ दूर आगे बढ़े ही सबने देखा कि बैजनाथ की महथीवाली भाभी कन्धे पर जल भरा कलश उठाये चली आ रही है। वह काकी की तरह रुकी नहीं, बैलगाड़ियों की ओर छुपी निगाहों से देखती हुई अपने घर की ओर बढ़ती गयी। जब बैजनाथ की बैलगाड़ी से कुछ दूर निकल गयी

वह, तब अचानक रीतलाल बैलगाड़ी से नीचे कूदा और दौड़कर महथीवाली के पास गया। उसने महथीवाली से कुछ कहा और फिर दौड़कर वापस आ गया। बैजनाथ ने उससे पूछा, ''क्या कहने गये थे महथीवाली से?'' रीतलाल ने सुनाया, ''मालिक, मैं हर बार आपके गाँव से निकलते ही खुद जाकर कलश ले आया करता था। एक बार सुबह नहीं जाकर शाम में गया, तो उसने बताया कि कलश घर में ही था, मगर अब मिल नहीं रहा है। मैं तो आज रहूँगा नहीं; वह फिर कलश पचा लेगी। मैंने उससे कह दिया कि कलश नीलमणि मिश्र के यहाँ से माँगकर लाया गया है, इसलिए वह अभी ही कलश रतनी को दे आये जो अभी ही कलश लौटा आएगी।''

संयोग अच्छा था कि कारी यादव का बेटा महेसरिया सबसे आगे की बैलगाड़ी में बैठा हुआ था। दूर से ही उसे अपना दरवाजा दिख गया और वह गाड़ी से कूदकर अपने घर की ओर भागा। बाप दरवाजे पर मौजूद था, मगर उससे कुछ कहे बगैर वह गाय-घर में घुसा और वहाँ से बछड़े को बाहर ले आकर गाय के पास बाँध दिया। इतना कर चुकने के बाद उसने बाप को डाँटना शुरू किया, ''आपको कुछ भी याद रहता है या नहीं? जब आपको अच्छी तरह पढ़ा दिया गया था कि गाय के साथ बछड़े को भी बाँधना है, तब फिर बछड़े को बाँधना भूल कैसे गये आप? अभी कितना बड़ा अशुभ हो जाता!'' जब बैलगाड़ियाँ उसके दरवाजे के सामने से गुजरने लगीं, तो वह गर्व से मुस्कराते हुए उछलकर अपनी बैलगाड़ी में जा बैठा।

अभी बरात घघरी गाँव पार कर चकवा गाँव के पास पहुँचने को ही थी कि कुछ दूर से ही एक मुरदा दिख गया। कई लोग चहक उठे, ''मुरदा! मुरदा! शुभ! शुभ! महाशुभ!''

जब बरातियों को कुछ निकट से मुरदा के दर्शन करने का अवसर मिला, तो किसी एक की निगाह एक शवयात्री पर पड़ी ओर वह बोला, ''अरे, कन्धा देनेवालों में तो एक अपना शिवदेनी गुप्ता है!''

''लो, आज भी वह मुरदा जलाने आ ही गया! रात में ही खबर हुई होगी उसे और सुबह-सुबह मुरदा जलाने हाजिर हो गया।''

''अरे, एक शिवदेनी गुप्ता ही तो नहीं है,'' कोई बोला, ''बच्चन को भी देख रहा हूँ।''

''गोकुल भी है।''

''हरेराम भी।''

''ये लोग कैसे आ गये यहाँ?''

''शिवदेनी गुप्ता ही सबको अपने साथ घसीट लाया होगा।''

''यह तो अच्छी बात नहीं है,'' किसी ने अप्रसन्नता जाहिर की, ''उसे नहीं जाना था बरात में तो नहीं जाता, दूसरों को लेकर क्यों चला गया मुरदा जलाने।''

''मैं नहीं मान सकता कि इनमें से कोई भी इस बरात में जोन का लोभ त्याग सका होगा,'' किसी का जवाब आया, ''देख लेना, वे सब लालपुर में हमें शाम तक नजर आ जाएँगे। दाहक्रिया सम्पन्न होते ही वे स्नान कर शुद्ध होंगे और पाँव-पैदल दौड़ पड़ेंगे लालपुर की ओर।''

बैजनाथ-विवाह कार्यालय में चिन्तन-मनन और मन्थन के दौरान यह बात उभरकर आयी कि कितनी ही बार ऐसा हुआ कि बरात अपने गन्तव्य तक नहीं पहुँच पायी है और बीच रास्ते से ही लौट आयी है। क्यों लौट आयी बीच रास्ते से ही? तीन व्यक्तियों की एक समिति बनायी गयी थी जिसे तीन दिनों के अन्दर दुर्घटना के कारणों का पता लगा लेना था और सम्भावित दुर्घटनाओं से बच निकलने के लिए आवश्यक सुझाव देने थे। समिति ने तीन दिनों के अन्दर इलाके के लगभग पचास गाँवों का सर्वेक्षण किया। उस सर्वेक्षण से ऐसी सिर्फ दो दुर्घटनाओं की जानकारी मिली जिनसे बच निकलने के लिए विवाह कार्यालय को आवश्यक कार्रवाई करनी थी। भादा से पकरी जा रही बरात को मनसारा से लौट आना पड़ा था। मनसारा के दर्जनों कटहा कुत्तों ने बरात की बैलगाड़ियों को रोक लिया। वे बैलों पर इस तरह टूट पड़े कि बैल भड़क गये, कई बैलगाड़ियाँ उलार हो गयीं और कितने ही बराती जमीन पर लोट गये। कुत्तों ने जिन बरातियों को काट खाया उनमें दुलहा भी था। भूँककर मरने के लिए आगे बढ़ने से हर जख्मी ने इन्कार कर दिया, दुलहे ने भी।

कामतपुर से बरियागंज जा रही बरात बाँसगाँव से लौट गयी थी। कहाँ से तो झुंड-की-झुंड मधुमक्खियाँ उड़ती हुई आयीं और अपने जहरीले काँटे बरातियों के शरीर में चुभाने लगीं। देखते-देखते दुलहे का मुँह फूल गया और वह दर्द से कराहने लगा। बरातियों के बीच कुहराम मच गया था। बरात वहीं से लौट गयी। इन दो आपदाओं के अतिरिक्त एक और आपदा पर विचार किया गया जो इतिहास में तो उपलब्ध नहीं हुई, मगर जिसके भविष्य के गर्भ में होने से इन्कार नहीं किया जा सकता था। समिति के एक सदस्य ने इस आपदा की ओर संकेत करते हुए कहा, ''कठिन ब्याह का नाजुक मामला है। हम केवल भगन्दर को ही ध्यान में न लायें, छोटी-छोटी फुंसियों पर भी ध्यान दें। देखा गया है कि बैलगाड़ी के बैलों पर साँड़ों का आक्रमण होता है। हमें इसके बारे में भी सोचना चाहिए।''

''सोचने की जरूरत नहीं समझता हूँ मैं,'' दूसरे सदस्य ने कहा, ''एक बार मेरी बैलगाड़ी को भी एक साँड़ ने घेरा था, गाड़ीवान ने सोंटा चमकाकर ही उसे भगा दिया गया था।''

''मैं बिगड़ैल साँड़ों की बात कर रहा हूँ,'' पहले सदस्य ने दूसरे की बात काटी, ''उन्हें आप सोंटा चमकाकर नहीं भगा सकते, और गुस्से में आया एक भी साँड़ गुस्से में आये सौ कुत्तों से अधिक खतरनाक होगा। सोंटों पर भरोसा नहीं कर हमें डंडों का सहारा लेना पड़ेगा।''

''आप साँड़ पर डंडे चलाएँगे, तो साँड़ के गाँववाले विरोध नहीं करेंगे कि शिव के वाहन पर डंडे नहीं चलाइए, सिर्फ हाथ जोड़कर उसी तरह प्रार्थना कीजिए जिस तरह वे खेतों में घुस आए साँड़ से प्रार्थना करते हैं?''

''हम साँड़ की प्रार्थना में कब तक लटके रहेंगे? हमें रात उतरने तक विवाह-स्थल पर पहुँच जाना है या नहीं?'' बोलकर पहले सदस्य ने जोड़ा, ''हम हाथ जोड़कर गाँववालों से ही कहेंगे कि खेत आपके हैं, मगर यह सड़क किसी के बाप की नहीं है, और सरकारी सड़क पर जनविरोधी काम को अंजाम देने का हक किसी भी प्राणी को नहीं है। हम साँड़ पर लाठी चलाएँगे, भले ही इसके लिए बाद में गाँववालों पर भी चलानी पड़े। क्या होगा अगर मारामारी में

हमारे दस-पाँच आदमी घायल ही हो गये तो? इस हो-हल्ला में इतना तो जरूर होगा कि हम दुलहा की गाड़ी को विवाह-स्थल की ओर बढ़ा देंगे। आप मेरी बात मानिए; कठिन ब्याह का नाजुक मामला है; समिति साँड़ को ध्यान में रखकर अपना सुझाव दे।''

सारे सुझाव सर्वसम्मति से दिये गये।

तीन सदस्यों की एक और समिति यह जानकारी लेने के लिए गठित की गयी कि किन कारणों से कभी तो वाग्दत्ता बैजनाथ मंडल को देकर बिदक गयी है और कभी बैजनाथ मंडल वाग्दत्ता को देखकर भाग खड़ा हुआ है। नवरसियावाली और घरझँकनी चुल्हिया-माँ के सहयोग से समिति ने अपना विस्तृत विवरण तैयार किया और ठोस सुझाव दिये। समिति के सदस्यों को इसके लिए कई बार लालपुर का दौरा करना पड़ा।

चकवा पार कर भंगहा पहुँचते ही बरातियों को 'ग्रामसिंह संकटमोचन दस्ता' से भेंट हो गयी जिसका नेतृत्व वेदनारायण कर रहा था। इस दस्ते में पाँच जवान थे और सभी साइकिल पर सवार बरात के आगे-आगे चल रहे थे। बरात निकलने के पन्द्रह मिनट पहले ही उन्होंने फुलकाहा छोड़ दिया था। इस दस्ते ने 'संवेदनशील' स्थलों की 'काली सूची' चार दिन पहले ही तैयार कर ली थी और अब काफी चौकसी बरतते हुए बराती को रास्ता पार करा रहे थे। परम्परा निर्वहण हेतु रास्ते से गुजरनेवाली बैलगाड़ियों पर भूँकनेवाले कुत्ते उन्हें लगभग हर गाँव में मिले थे, कहीं दो-चार बार भूँककर चले जानेवाले, कहीं कुछ देर तक भूँकते रह जानेवाले। कटहा कुत्ते दो भंगहा में थे और एक गंगोली में। भंगहा के कुत्तों ने अपने ही गाँव के दो बच्चों को ढेला मारने के जुर्म पर काट खाया था। गंगोली के कुत्ते ने ने एक साइकिल सवार को तब हबक लिया था जब उसकी पूँछ सवार की साइकिल के चक्के के नीचे दब गयी थी।

बराती को भंगहा से सकुशल निकाल लेने के बाद 'ग्रामसिंह संकटमोचन दस्ता' तेजी से आगे निकल गया। गंगोली में बरातियों को फिर एक बार इस दस्ते से भेंट हुई। यहाँ से भी वे सुरक्षित निकाल लिये गये। आगे कोई खतरा नहीं था; एक गाँव अमाही जहाँ कुत्ते भूँककर रह जाएँगे, और उसके बाद का गाँव अपना लालपुर ही।

'मधुमक्षिका संकटमोचन दस्ता' चतुर-सुजान विन्ध्याचल की अगुआई में दो दिन पहले ही अपना काम पूरा कर फुलकाहा लौट आया था। चार कोस तक मधुमक्खी के सारे छत्तों की निशानदेही की गयी थी और फिर एक-एक कर उनका सफाया कर दिया गया था। जहाँ कहीं भी गाँववाले विरोध करने आये, वहाँ उन्हें सुना दिया गया कि पन्द्रह दिनों के अन्दर किसी भी दिन इस क्षेत्र के विकास की बड़ी-बड़ी योजनाएँ लेकर मुख्यमन्त्री इस राह से गुजरनेवाले हैं; अगर एक भी मधुमक्खी ने मुख्यमन्त्री के चपरासी को भी डस लिया, तो मुख्यमन्त्री सारी योजनाओं को वापस लौटा ले जाएँगे और उनके लश्कर पर आने-जाने का जो खर्च होगा, वह गाँववालों पर सामूहिक जुर्माना लगाकर वसूल किया जाएगा। गाँववालों के सहयोग से सारे छत्ते या तो उजाड़ दिये गये या उतार लिये गये।

जब 'ग्रामसिंह संकटमोचन दस्ता' ने कुत्तों के साथ साँड़ों से भी निपटने का अतिरिक्त भार लेने से इन्कार कर दिया, तो सुखन की सरदारी में 'नन्दीसंकटमोचन दस्ता' का गठन कर दिया गया। इस दस्ते ने न सिर्फ यह पता लगाया कि चार कोस के रास्ते में कहाँ-कहाँ कितने साँड़ों का सामना करना पड़ सकता है, बल्कि यह भी अनुमान लगा लिया कि शिव-वाहन को लाठी से बचानेवाले शिव-भक्तों का सामना करने के लिए किस गाँव के विरुद्ध पाँच लाठियाँ ही काफी होंगी और किस गाँव के विरुद्ध पचीस लाठियाँ भी कम पड़ेंगी। यह सुझाव देने के बाद कि बरात के साथ एक बैलगाड़ी केवल लाठियों से लदी होगी, इसने उन बरातियों की सूची भी तैयार कर दी जो आक्रमण के लिए हरावल दस्ता में और रक्षा के लिए चँदावल दस्ता में शरीक होंगे।

जहाँ और बराती अमाही पार करते ही विवाह-स्थल तक सुरक्षित पहुँच जाने की खुशी में मूसल से नगाड़े बजा रहे थे, वहीं सुरक्षित यात्रा के दुख से चकवा के बाद से ही लोकनाथ का मुँह लगातार लटकता चला गया था। अमाही पार करते ही वह असह्य दुख के बोझ से फट पड़ा, "जब मधुमक्खी के सारे छत्ते उजाड़ ही दिये गये थे और उसका पुख्ता इन्तजाम कर लिया गया था कि कोई एक भी मधुमक्खी बरातियों तक फटकने नहीं पाये, तो फिर क्या जरूरत थी पाँच किलो प्याज के पिसे छिलके की हाँड़ी मुझे थमाने की? किसी एक बराती को भी किसी एक मधुमक्खी ने भी काटा होता और डंक के दर्द का इलाज में प्याज के पिसे छिलके लगाकर कर देता, तब इस हाँड़ी को कलेजे से सटाये जाने का दुख तो मुझे नहीं होता। मैं बहुत दुखी हूँ।"

पास में बैठे उमेश ने उसका दुख कुछ कम किया, "ऐसा मत कहो, लोकनाथ। मेरे बाबू एक बार पाट के बोझों पर बैठकर बैलगाड़ी से सहसौल बाजार जा रहे थे। ताजपुर के पास कहाँ से तो उड़ता हुआ मधुमक्खियों का एक झुंड आया और पूरा झुंड मेरे बाबू के मुँह पर इस तरह बैठ गया कि उनका मुँह मधुमक्खी का छत्ता जैसा दिखने लगा। वे लुढ़ककर बैलगाड़ी से नीचे गिर गये थे। मैंने जैसे ही सुना कि 'मधुमक्षिका संकटमोचन दस्ता' का गठन किया है, मैं जान गया कि रास्ता संकट से घिरा है। बरात में जाने का लोभ था, मगर बाबूजी लगातार बैलगाड़ी से गिरकर जमीन पर लुढ़के नजर आ रहे थे। क्या करूँ, क्या न करूँ? जब जाना कि इलाज साथ-साथ चल रहा है, मैं बाँसों उछल पड़ा था। मैं उसी बैलगाड़ी में चढ़ा जिसमें तुम बैठे। बिल्कुल तुम्हारी बगल में बैठा रहा, तुम कभी हाँड़ी लेकर पेशाब करने के लिए नीचे उतरे, तो मैं भी तुम्हारे साथ नीचे उतर गया। अगर तुम साथ नहीं होते, तो अब तक मेरे बदन का आधाखून डर से सूख गया रहता। तुम अपना दुख भुला दो, लोकनाथ; तुम्हारा हाँड़ी लेकर आना बेकार नहीं गया।"

बरात दोपहर होते-होते लालपुर पहुँच गयी। ग्रामसिंह संकटमोचन दस्ता यहाँ साथ हो गया। गाँव के सिवान पर ही लालपुरवालों ने बरातियों का स्वागत किया। पूरे गाँव में चहल-पहल थी। जिस तरह हर घर चमकता हुआ नजर आ रहा था और घर-घर से बाजे पर विवाह गीत बजाये जा रहे

थे कि यह बताना किसी भी बराती के लिए मुश्किल था कि गाँव के किस घर में शादी नहीं हो रही है।

जनवासा का प्रबन्ध प्राथमिक पाठशाला के भवन और आसपास के कई उत्तम कोटि के गुहालों में किया गया था। सारे बरातियों को वहीं ले आया गया। जनवासा तक जाते हुए किसी बराती ने देखा और किसी ने नहीं देखा 'लाली-विवाह कार्यालय'।

बरात की शोभा-यात्रा निकली, तो विवाह-स्थल तक ले जाने के पहले उन्हें गाँव के शिव-मन्दिर के पास ले आया गया। बरातियों के आते ही मन्दिर-द्वार पर कई ग्रामवासी आ गये और उन्होंने जयजयकार किया, 'जय हो, जय हो, लँगड़ेश्वर महादेव की जय हो।'

जयकार समाप्त होते ही गाँव की भजन-मंडली ने दुलहा और बराती के स्वागत में एक गीत गाकर सुनाया

जय लँगड़ेश्वर जय लँगड़ेश्वर
औढर ढरे हमारे ऊपर
जय लँगड़ेश्वर जय लँगड़ेश्वर
जय लँगड़ेश्वर महादेव
जय जय लँगड़ेश्वर।

जो सुख कभी न मिल पाता
सारी दुनिया की दौलत पाकर
उससे बढ़कर सुख पाया
लाली बेटी को पार लगाकर
जय लँगड़ेश्वर जय लँगड़ेश्वर

जिस सुख का मिलना मुश्किल था
लाख बार तीरथ जाने पर
उससे बढ़कर सुख घर आया
लाली की बरात आने पर
जय लँगड़ेश्वर जय लँगड़ेश्वर

जो सुख कोई माँ न पाती
जुड़वें बच्चे को जनमाकर
उससे बढ़कर सुख देगी
लाली बेटी सासुर-घर जाकर
जय लँगड़ेश्वर जय लँगड़ेश्वर

जो सुख कोई माँ पाती
अपने मुन्ने को दूध पिलाकर
उससे बढ़कर सास सुखी
बैजू जमाई को खीर खिलाकर
जय लँगड़ेश्वर जय लँगड़ेश्वर
जय लँगड़ेश्वर महादेव
जय जय लँगड़ेश्वर

स्वागत-गीत के बोल हर बराती की समझ में आ गये, मगर लँगड़ेश्वर महादेव के जयकार का अर्थ किसी की समझ में नहीं आया। कितने ही महादेवों के नाम सुने थे उन्होंने, पर किसी लँगड़ेश्वर महादेव का नाम कभी नहीं सुना था। जो कहीं नहीं, वह यहाँ! कहाँ से आ टपका लँगड़ेश्वर महादेव इस गाँव में?

लालपुर के मुखचपल सुखदेव बाबू ने बताया था कि हिमालय से आया कोई साधु इस गाँव से गुजर रहा था, तो विश्राम करने के लिए वह एक रात यहाँ रुका था और उसी ने गाँववालों को सलाह दी थी कि गाँव में लँगड़ेश्वर महादेव को स्थापित करो, मगर लँगड़ेश्वर महदेव की स्थापना के पीछे का सच कुछ और था।

लाली ने एक दिन अपने पिता से पूछा, ''बाबू, लँगड़ों का कौन देवता है?''

''लँगड़ों का देवता!'' पिता रामदयाल बुदबुदाये और लाली से कहा, ''मुझे नहीं पता, बेटी।''

''आप पता कीजिए, बाबू,'' बेटी बोली, ''मैं अब उसी देवता की पूजा करूँगी।''

''क्यों बेटी?''

''आपका दुख अब और मुझसे देखा नहीं जाता, बाबू,'' बेटी ने जवाब दिया, ''मैं और देवताओं को पूजकर थक गयी हूँ, अब लँगड़ों के देवता को पूजूँगी।''

पिता रामदयाल चुप लगा गये, तो बेटी ने उन्हें फिर टोका, ''लँगड़ों का कोई न कोई देवता अवश्य होगा। नहीं है तो नहीं रहे; अब मैं किसी और देवता को नहीं पूजूँगी।''

रामदयाल ने कितने ही लोगों से पूछा होगा कि हमारे तैंतीस करोड़ देवताओं में कोई लँगड़ों का देवता है या नहीं, मगर तैंतीस करोड़ तो क्या, हजार देवताओं की जानकारी भी किसी के पास नहीं थी। अपनी जानकारी के सौ-पचास देवताओं को ठोंक-बजाकर कितनों ने ही देखा, मगर उनमें कोई भी लँगड़ों का देवता नहीं निकला। एक दिन अचानक रामदयाल के ध्यान में चानन गाँव के पुलिन्दर झा आ गये जो इलाके के सबसे ज्ञानी पंडित माने जाते थे। वे पुलिन्दर झा के पास पहुँच गये।

पुलिन्दर झा सवाल सुनकर सिर खुजलाने लगे और बहुत सोच लेने के बाद कहा, ''लँगड़ों का कोई देवता मुझे किसी शास्त्र में नहीं मिला है। हाँ, शनि को आप एक लँगड़ा देवता मान सकते हैं। मुनि पिप्पलाद के पिता को शनि ने अपनी क्रूर दृष्टि से पहले तो रोगी और दरिद्र बना दिया था और फिर उन्हें मार डाला था। जब बड़ा होने पर पिप्पलाद ने अपनी माँ से यह

किस्सा सुना, तो वह क्रोधावेश में आ गया। उसने अपने योगबल से ब्रह्मदंड उत्पन्न किया और उस ब्रह्मदंड से शनिदेव पर ऐसा प्रहार किया कि शनि के पैर टूट गये। शनि का एक नाम पंगु भी है और टूटे पैरों की मन्द गति कारण वह मन्द देवता भी कहलाता है।''

''ऐसा हो सकता है, पंडितजी, कि हम शनिदेव को लँगड़ों का देवता मान लें?''

''नहीं, ऐसा नहीं हो सकता। पैरों के टूटने के बाद भी शनिदेव डाकुओं के देवता बने हुए हैं, वे लँगड़ों के देवता नहीं बनाये जा सकते।''

''मैं बहुत कष्ट में हूँ, पंडितजी।''

''कैसा कष्ट?''

''मुझे लँगड़ों का एक देवता चाहिए।''

''किसलिए?''

''मेरी बेटी इसी देवता की पूजा करेगी।''

''क्यों?''

''उसके मन में यह बात आ गयी है कि इस देवता की पूजा से ही उसका और मेरा भला होगा।''

''कोई सपना आया है क्या?''

''सपने की बात तो उसने नहीं बतायी है, मगर जब मन में बात आ गयी, तब तो यह सपना आना ही हुआ।''

पंडित पुलिन्दर झा ने कुछ सोचकर कहा, ''महादेव सबके देवता हैं, वे सबका भला करते हैं। आप बेटी को कहिए कि वह लँगड़ेश्वर महादेव की पूजा करे।''

''लँगड़ेश्वर महादेव!''

''हाँ, एक और महादेव, लँगड़ेश्वर,'' पंडितजी ने सुनाया, ''जैसे सिंहेश्वर महादेव, वरुणेश्वर महादेव, कुशेश्वर महादेव।''

''ऐसा हो सकता है?''

''क्यों नहीं हो सकता?'' पंडितजी ने हेतुपूर्ण युक्ति दी, ''जिस पिप्पलाद मुनि की कथा मैंने आपको सुनायी, उनके पहले कोई पिप्पलेश्वर महादेव नहीं थे। उन्होंने ही पिप्पलेश्वर महोदव को स्थापित किया और शनिदेव को मजबूर कर दिया कि वह पिप्पलेश्वर महादेव की पूजा करनेवले भक्तों को जरा भी न सतायें। तब की बात छोड़िए और आज की बात सुनिए; रेलवालों ने हाल में रेलेश्वर महादेव की स्थापना की है।''

रामदयाल जब घर लौटे, तो उनका मन प्रफुल्लित था।

घर में बेटी ने लँगड़ेश्वर महादेव की पूजा शुरू की और गाँव में बाप ने लँगड़ेश्वर महादेव का मन्दिर बनवा दिया।

मुखचपल सुखदेव भगत लालपुर के पहुँचे हुए बरदेखिया थे, फुलकाहा के जगत चौधरी से जरा भी उन्नीस नहीं। बरात की शोभा-यात्रा निकलने के पहले ही वे जगत चौधरी को ढूँढ़ते हुए जनवासा आ गये थे और उनके साथ बैठकर अड्डा जमाया था। आते ही उन्होंने जगत चौधरी से

पूछा, ''सब ठीक-ठाक है न, जगत बाबू?''

''हाँ,'' चौधरीजी ने हँसकर जवाब दिया, ''सब ठीक है।''

''हमें इस बात की बहुत खुशी हो रही है कि हमारा एक विवाह-सम्बन्ध फुलकाहा से हो गया।''

''आपसे अधिक खुशी मुझे हो रही है, भगतजी,'' चौधरीजी ने सुनाया, ''कि जो सम्बन्ध आपने कभी होने नहीं दिया, वह आज मैंने स्थापित कर लिया।''

''ऐसा मत कहिए कि मैंने होने नहीं दिया,'' भगतजी ने सुनाया, ''मैं तो हमेशा सम्बन्ध बनाने के पीछे रहा हूँ। जहाँ मैंने वर-वधू का हित नहीं देखा, सिर्फ वहीं मैंने अड़ंगा लगाया है। आपको याद है, हमारी पहली मुलाकात तारनपुर में हुई थी?''

''हाँ, याद है, मैं लालकृष्ण की बेटी का रिश्ता लेकर गया था।''

''और दूसरी मुलाकात जगरामपुर में?''

''वह भी याद है; बेचन साह की बेटी का विवाह करवाया था मैंने।''

''मैंने कोई अड़ंगा लगाया था?'' चौधरी बोला, ''दोनों बार मैंने आपके लाये रिश्ते को मंजूर करवाया।''

''मगर लालपुर में तो आपने अड़ंगा लगाया ही था, भगतजी। बात तो अब पन्द्रह साल पुरानी हो गयी है,मगर अभी भी आप भूले नहीं होंगे। दो साल के अन्दर दो बार मैं रिश्ता लेकर लालपुर गया था, दोनों ही बार आपने दुरदुरा दिया था। उसके बाद तो मैंने लालपुर का नाम लेना भी छोड़ दिया।''

''मैं कुछ भी भूला नहीं हूँ, चौधरीजी,'' भगतजी ने सुनाया, ''पहली बार आप लालपुर जीबछ के लिए रिश्ता लेकर आये थे, और दूसरी बार आये थे रामबदन के लिए रिश्ता लेकर।''

''दोनों ही बार मैं खूबसूरत लड़की दे रहा था।''

''सूरत का मान तो मेरे लालपुर में कभी नहीं रहा, चौधरीजी। *'भार्या रूपवती शत्रुः'* हमारे शास्त्रों ने ऐसा कहा है,'' भगतजी ने सुनाया, ''मगर जीबछ के साथ रिश्ता नहीं हो पाने का कुछ और ही कारण था।''

''क्या कारण था?'' चौधरीजी ने पूछा, ''आज जान सकता हूँ?''

''सुन लीजिए,'' भगतजी ने सुनाया, ''जीबछ की शादी के सात साल बीत गये थे, मगर उसके कोई सन्तान नहीं हुई। उसने न जाने कितने ज्योतिषियों को अपना हाथ दिखााया होगा। सबने यह तो बताया कि हस्तरेखाओं में पुत्रयोग है, मगर सबकी बात झूठी सबित हो रही थी। एक पंडित ने उसकी जन्मपत्री देखकर कहा कि वह दूसरी शादी करे और किसी लँगड़ी लड़की के साथ करे, तो वह सन्तानवान हो सकता है। आपके लाये रिश्ते को नकारने का यही कारण था कि हम उसके लिए एक लँगड़ी लड़की की तलाश कर रहे थे।''

''पंडित की बात सच निकली?''

''बिल्कुल सच!'' भगतजी ने कहा और फिर हँसकर सुनाया, ''जीबछ की शादी के चौदह-पन्द्रह साल हो रहे हैं और अभी वह सात बच्चों का बाप है, छह बेटे और एक बेटी।''

''दूसरी बार भी क्या लँगड़ी लड़की ही चाहिए थी?'' चौधरीजी ने भी हँसकर ही पूछा।

"दूसरी बार का किस्सा भी सुन ही लीजिए," बोलकर भगतजी ने सुनाया, "यह रामबदन का किस्सा है। यह बात गाँव में फैल गयी थी कि किसी पंडित की सलाह से जीबछ की शादी लँगड़ी से हुई है। साल लगते-लगते लँगड़ी के बेटा हुआ। रामबदन की विधवा माँ ने जीबछ से उस पंडित का पता पूछा जिसकी सलाह से उसने शादी की थी। वह पंडित के पास पहुँची, तो पंडित ने उसके बेटे की जन्मपत्री देखकर उसे भी लँगड़ी बहू घर में लाने को कहा। रामबदन की माँ मेरे पास आयी कि उसके बेटे के लिए मैं कोई लँगड़ी लड़की ढूँढ़ दूँ। बेटा माँ के पास रोने गया कि उसकी शादी किसी लँगड़ी से नहीं करे। माँ ने उससे कहा, मेरे मरने के बाद तुम सात ब्याह कर लेना, मगर तुम्हारा पहला ब्याह किसी लँगड़ी से ही होगा। मेरी जिन्दगी का अब क्या ठिकाना! मैं पोता का मुँह देखकर मरना चाहती हूँ। अब सुन लीजिए कि बुढ़िया अगर आज भी मरती है, तो चार पोतों और दो पोतियों के मुँह देखकर मरेगी। लँगड़ी ने भी कमाल किया, लगातार दो बार जुड़वाँ बच्चे को जन्म दिया। लँगड़ी की तो उस घर में पूजा होती है।"

"लँगड़ी बहुओं का आना रुका या नहीं?" बोलकर ठहाकर लगाया चौधरी ने।

"नहीं रुका," भगतजी ने सुनाया, "रुकता कैसे? हमारे शास्त्रों में लिखा है '*पुत्रप्रयोजना दारा:,*' अर्थात् पत्नी का प्रयोजन पुत्र-प्राप्ति के लिए है। बहू लँगड़ी हो तो हो, मगर बच्चा जरूर जने। वह पंडित अभी भी जिन्दा है या नहीं, मुझे नहीं पता, मगर अब लोग पंडित के पास जाने की बजाय सीधे मेरे पास आने लगे और लँगड़ी लड़की की माँग करने लगे। यहाँ के लोगों के दिमाग में यह बात बैठ गयी है कि लँगड़ी बाँझ नहीं होती। सोना में सुगन्ध यह कि हर लँगड़ी नेक कदम, साक्षात् लक्ष्मी! यहाँ जिस घर में भी लँगड़ी आयी, उस घर में उसके आते ही धन बरसने लगा। अब तक मैं बीस लँगड़ी बहुओं को इस गाँव में ला चुका हूँ।"

"बीस?" चौधरीजी की आँखें फैल गयीं।

"हाँ, आज की गिनती बीस की," गिनती को स्पष्ट किया भगतजी ने, "मैं ही धोखा खा गया था और पिछले साल धोखे से एक सही टाँग की लड़की से जयलाल का ब्याह करा दिया। बहू के आते ही जयलाल की माँ मेरे पास दौड़ी आयी और शिकायत करने लगी कि मैंने उसके साथ धोखा किया है, लड़की तो जरा भी लँगड़ी नहीं है। भगवान को मेरी लाज रखनी थी। इस बार जो लड़की मायके से आयी है, तो अब लँगड़ाकर चल रही है। मेरी गिनती बीस तक पहुँच गयी। दो-चार दिन पहले ही जयलाल की माँ मुझे यह खुशखबरी देने आयी कि बहू के पैर भारी हैं।"

सुखदेव भगत और जगत चौधरी को घेरकर बैठे बरातियों ने सुखदेव भगत के मुँह से जो कुछ जनवासा में सुना, उसे विवाह-घर में देख लिया।

विवाह में गाँव की सारी लँगड़ी बहुएँ पहुँची हुई थीं। कुछ गाँव की बेटियाँ-बच्चियाँ और सासें ही सही टाँगोंवाली थीं। इतनी बड़ी संख्या में लँगड़ियों को एक साथ किसी ने कहीं नहीं देखा था। विवाह-मंडप में तो सिर्फ लँगड़ी टाँगें ही चलती नजर आ रही थीं। सुखदेव भगत को झूठा ठहराने के लिए कई बरातियों ने लँगड़ियों की गिनती तक शुरू कर दी थी। कइयों की ही गिनती बीस तक पहुँच गयी। जिसने सत्रह-अठारह तक गिना, उसने भी मान लिया कि सुखदेव भगत की बात में रत्ती भर भी झूठ नहीं है। थोड़ा-सा झूठ तब पकड़ा जा रहा था, जब एक लँगड़ी

अचानक दो-चार कदम बिना लँगड़ाते चली, मगर किसी सास की एक धौल पीठ पर लगते ही वह फिर लँगड़ाने लगी थी और अन्त तक लँगड़ाती रही थी।

बरातियों के सामने लँगड़ाकर चलते हुए कोई भी लँगड़ी लजा नहीं रही थी। सब की सब बहनों से लदी और लकदक लिबास में थीं। हर किसी की चाल में मस्ती थी और चेहरे पर कई-कई बच्चों की माँ होने का गर्व। वे हँस रही थीं, ठठोली कर रही थीं और जब-तब कभी इस बेटे को तो कभी उस बेटे को हाँक लगा बैठती थीं।

जब सातफेरी शुरू हुई और वर-वधू अग्नि की परिक्रमा करने लगे, तब खूब चहकती आवाज में 'लवा-छिटाई' का गीत गाया जाने लगा...

लाबा छिट्टु लाबा छिट्टु,
रघुबर संग हे।
आज सुदिन दिन थिक हे,
गजगामिनि सिया।
आग आगा जानकी,
से लाबा छिरिआबथि हे।
पाछाँ पाछाँ रघुबर जाथि हे,
गजगामिनि सिया।
खिड़की के ओट धय,
ताकथि सुनयना हे।
आइ हमर बड़ भाग हे,
गजगामिनि सिया।

गीत को ध्यानपूर्वक सुनने के साथ ही बरातियों ने वर-वधू को अग्नि-कुंड की परिक्रमा करते हुए भी बड़े ध्यान से देखा। वधू को लँगड़ाते पैरों से परिक्रमा करते देख कोई भी मर्माहत नहीं हुआ कि बेचारे बैजनाथ के भाग्य में लँगड़ी ही बदी थी। सबने माना कि बैजनाथ का सौभाग्य उसे अब तक रोके रहा था,नहीं तो कोई ठीक नहीं कि सात विकट यात्राओं के बीच कोई एक अभागिन लड़की इसके साथ आ गयी होती और इस बहू के भी मर जाने या पुत्र-प्राप्ति का प्रयोजन सिद्ध नहीं होने पर इस बैजनाथ मंडल को फिर-फिर लड़की के लिए विकट यात्राओं पर निकलना पड़ता और इन यात्राओं का अन्त इसकी अन्तिम साँसों के साथ ही होता। चन्द्रमा बलवान बैजनाथ का कि वह 'सोना बहू' को लेकर घर जा रहा है। सुगन्ध की उसे क्या जरूरत? घर तो भरा-पूरा है उसका। असली जरूरत तो बाल-बच्चों की थी; वह पूरी हुई। देखते-देखते छगन-मगन से घर भर जाएगा। देखेगी दुनिया, अगले साल से ही लँगड़ी जुड़वाँ बच्चों को जन्म देना शुरू कर देगी।

किसी दिन गाँव में आये बरदेखिया को बैजनाथ के किसी दुश्मन ने सुना दिया था कि वह बाईस बच्चों का बाप है। झूठ तो इतना कि उस समय बैजनाथ के घर में बिल्ली के भी इतने बच्चे नहीं थे। अगर वह बिल्ली के बच्चों का बाप मान भी लिया जाता, तब भी वह केवल ग्यारह

बच्चों का बाप कहा जा सकता था। वह झूठ अब शायद सच बन जाये जब वह लँगड़ी के बाईस बच्चों का बाप बनेगा। *जय लँगड़ेश्वर महादेव, जय जय लँगड़ेश्वर!*

ऐसी कन्या के लिए विवाह कार्यालय क्यों?

बैजनाथ तो किस्मत का मारा था, मगर लाली तो सुलक्षणा थी; इसके लिए 'लाली-विवाह कार्यालय' क्यों? माता-पिता के लाड़-दुलार के कारण लाड़ली लाली को अपने बचपन में कभी यह एहसास नहीं हुआ कि वह लँगड़ी है। होता भी कैसे? उसके दोनों पैर मुड़े हुए थे, मगर वह पिता के साथ अपने खेत-बगीचे तक जाया करती थी, दूसरे बच्चों की तरह दौड़ सकती थी और गाछ तक पर चढ़ सकती थी।

वह अपनी माँ के साथ व्रत-उपवास करती थी, मन्दिरों में पूजा करने भी जाती थी, मगर कभी उसने यह प्रार्थना नहीं की कि उसके मुड़े पैर ठीक हो जाएँ। जब उसके विवाह की बात उसके कानों में पड़ी, तब देवताओं के आगे उसने बुदबुदाना शुरू किया कि उसे एक अच्छा वर मिले।

लाली के लिए वर ढूँढ़ने का काम पिता ने गाँव के नामी बरदेखिया सहदेव भगत के जिम्मे छोड़ा।

फरफंदी सुखदेव भगत के मुकुट में एक और मोरपंख जुड़ जाता, मगर बना खेल बिगड़ गया। हाथ-पैर से दुरुस्त कामतपुर गाँव के एक लड़के के लोभी बाप को पटा तो लिया था भगतजी ने; बाप बेटे की बरात लेकर निकल भी गया कामतपुर से लालपुर के लिए, मगर बीच रास्ते में ही दुलहे के कान में कोई क्या तो फुसफुसाया और दुलहा उसी क्षण पालकी से कूदकर ऐसा बगटुट भागा कि बरातियों के बीच जो सबसे तेज धावक था उसकी पकड़ में भी नहीं आया।

बड़ा गहरा आघात पहुँचा लाली के मन को। कई दिनों तक वह चुपचाप आँसू बहाती रह गयी और एक दिन अपने पिता से कहा, "बाबू, मैं शादी नहीं करूँगी।"

"क्यों, बेटी?" पिता अस्थिर हो गये।

"मैं लँगड़ी हूँ न?"

"तो क्या हुआ!" पिता ने भरसक मीठी आवाज में कहा, "भगवान ने हर किसी का जोड़ा बनाया है, बेटी। जिसके साथ नहीं होना था ब्याह, नहीं हुआ; जिसके साथ होना है, उसके साथ होगा।"

"किसी लँगड़े के साथ?"

"इसे भगवान की मरजी पर छोड़ दे, बेटी।" पिता रामदयाल की आवाज काँप गयी थी।

कुछ दिनों के बाद ही लाली ने पिता को सुना दिया था कि वह लँगड़ों के देवता की पूजा करेगी।

इस बार बाँसगाँव के एक चलते घर का लँगड़ा लड़का मिला था भगतजी को। लड़के का पिता लाली को पसन्द कर गया था, मगर घर जाकर उसने खबर भिजवायी कि लड़का भी लड़की को देखना चाहता है और अगर लड़की उसे पसन्द आ गयी, तो बात वहीं पक्की हो जाएगी।

लड़का यह देखना चाहता था कि लड़की कितनी लँगड़ी है। वह अपने कुछ संगी-साथियों

के साथ लाली को देखने आ गया।

लाली उनके सामने आयी और निरीक्षण समाप्त होते ही जब जाने लगी, तो लड़के का एक संगी बोल गया, "बात पक्की हुई; लड़की हमें पसन्द है।"

दो कदम बढ़ा चुकी लाली रुक गयी और उलटकर कहा, "मगर मुझे लड़का पसन्द नहीं है," और इतना कहकर अन्दर चली गयी।

हंगामा हो गया। लड़का तनतनाकर उठा और घर से बाहर निकल गया। उसके पीछे उसके संगी-साथी निकल गये। रामदयाल दौड़कर उन्हें मनाने गये, मगर लड़का एक क्षण रुकने को तैयार नहीं हुआ और जाते-जाते उसने लाली के पिता को सुना भी दिया, "अब करते रहिए इस बेटी की शादी; मैं इसकी शादी होने नहीं दूँगा।"

रामदयालजी अथाह में पड़ गये। दो दिनों तक वे बेटी से आँख चुराते रहे, मगर तीसरे दिन उसके पास जाकर उससे पूछा, "लाली, तुमने ऐसा क्यों किया?"

लाली नरम पड़ गयी थी और पिता के सामने उसकी आँखों में आँसू आ गये। उसने टूटती आवाज में कहा, "बाबू, आपने देखा नहीं, वह कितना लँगड़ा था? मैं तो लँगड़े के साथ ब्याह को तैयार हो ही गयी हूँ, मगर लड़का उतना लँगड़ा तो नहीं हो। मैं जैसी हूँ, वैसा तो हो वह। नहीं हो कोई वैसा, तो नहीं करूँगी मैं विवाह; इसी घर में बुढ़िया होकर मर जाऊँगी।"

"ऐसा मत बोलो, बेटी," पिता ने कहा, "तुम्हारा भी विवाह होगा; घर-वर खोजने में जो देर हो जाये।"

"घर के लिए तो मैं कुछ नहीं बोल रही हूँ, बाबू; किसी भी घर में चली जाऊँगी," बेटी ने सुनाया, "वर का मुँह आप देख लें; उसके पैर मैं देखूँगी, बाबू।"

रामदयालजी अपनी हँसी रोक नहीं पाये, "ठीक है, तुम्हारी ही बात रहेगी; वर के पैर देखकर विवाह करना।"

भगतजी ने फिर लड़कों की खोज शुरू की। इस बार एक चक्कर लगाकर वे रामदयालजी के पास आये, तो बहुत उदास थे। रामदयालजी ने पूछा, "क्या हाल है, भगतजी?"

"हाल अच्छा नहीं है," भगतजी ने सुनाया, "बाँसगाँववाले लाली के बारे में कुप्रचार कर रहे हैं।"

"कैसा कुप्रचार?"

"यही कि लालपुर की लँगड़ी सिर्फ लँगड़ी ही नहीं, पगली भी है।"

"कैसे पता चला आपको?"

"बरियागंज में एक ऐसे लड़के का पता चला जो केवल उचककर चलता है और उसे ठीक से लँगड़ा भी नहीं कहा जा सकता। मैंने अभी बात चलायी ही थी कि लड़के का बाप बोल गया, 'हमें लालपुरवाली लड़की के बारे में पता है। हम बेटे का ब्याह किसी लँगड़ी से कर सकते हैं, मगर किसी पगली से तो नहीं कर सकते।' यह बात खुल गयी कि उनके पास बाँसगाँव से यह खबर आयी है।"

रामदयालजी का चेहरा बदरंग हो उठा था, "अब क्या होगा, भगतजी?"

"ब्याह तो होगा," भगतजी ने हिम्मत बँधायी, "मगर अब यह कुछ कठिन ब्याह हो गया। पता नहीं, बाँसगाँववालों ने कहाँ-कहाँ कुप्रचार किया है। अब लाली के ब्याह में पूरे गाँव का सहयोग चाहिए। एक अकेला मैं कितने लड़कों का पता लगा पाऊँगा। अगर पूरा गाँव सहयोग करे, तो इस इलाके के बाहर के लड़कों का भी पता मिल सकता है। एक अकेला मैं ही नहीं, पूरा गाँव लाली के लिए लड़का ढूँढ़े।"

लालपुर आनेवाली बरात आधे रास्ते से ही लौट गयी, यह जानकर पूरा गाँव आहत हुआ था। जब उन्हें पता चला कि लालपुर की एक बेटी के ब्याह में बाँसगाँव अड़ंगा लगा रहा है, तो लालपुरवालों में गाँववाद का जोश आ गया। रामदयालजी की लाली अब गाँव की लाड़ली हो गयी थी। लाली-विवाह कार्यालय की नींव यहीं पड़ गयी।

विवाह कार्यालय का काम धीरे-धीरे बढ़ता ही चला गया था। जब बैजनाथ मंडल के साथ ब्याह की बात पक्की हो गयी, तो कार्यकर्ताओं की व्यस्तता अपने चरम पर थी।

बैजनाथ मंडल के साथ ब्याह की बात पक्की कैसे हुई?

कदमलाल अपनी तीसरी बेटी सीमा की शादी के सिलसिले में तारनपुर लालकृष्ण के समधी के घर गया हुआ था। वहीं उसकी मुलाकात लालपुर के सुखदेव भगत से हुई थी। भगतजी ने कदमलाल से लाली की चर्चा की थी और उससे पूछा था कि लाली के लायक कोई लड़का फुलकाहा में है या नहीं। कदमलाल के मन में अब सिर्फ बेटियों के ब्याह की ही चिन्ता नहीं थी, बैजनाथ के ब्याह की चिन्ता भी समा गयी थी। उसने लाली को देखने की इच्छा प्रकट की। सुखदेव भगत उसे साथ लिये लालपुर गये और लाली को दिखा दिया। कदमलाल वहाँ से यह कहकर घर आया कि शीघ्र ही वह फुलकाहा से अपना संवाद भेजेगा।

कदमलाल घर आकर सीधे देवन के पास पहुँचा और लाली के बारे में विस्तार से बताकर उसे भी एक बार लाली को देख आने की सलाह दी। देवन कदमलाल के साथ लालपुर गया और लाली को देख आया।

लाली को देखकर देवन काफी उत्साहित हुआ और शादी की बात पक्की कर लेने कि सलाह दी। कदमलाल ने कहा, "मेरी तो दिली इच्छा है कि यह शादी हो ही जाये, मगर गाँव के लोग क्या यह नहीं कहेंगे कि कहाँ तो धानुक सभा सौ सौ ब्याह कराने के नारे लगाती थी और कहाँ एक ब्याह हुआ भी तो एक लँगड़ी से?"

"अब लूली-लँगड़ी नहीं देखना है, कदम भैया," देवन ने सुनाया, "इस लड़की से ब्याह करा देना है। जो लूली-लँगड़ी की बात कहे, वह एक शुभ अंगोंवाली लड़की लेकर आये; उससे भी ब्याह करा दिया जाएगा।"

"धानुक सभा के लोग भी तो कह सकते हैं कि इस ब्याह से सभा की नाक कट गयी।"

"धानुक सभा को किसने रोका है दूसरा तीसरा ब्याह कराने से? अब तक तो एक भी ब्याह नहीं करा पायी है धानुक सभा। वह सौ सौ ब्याह कराये, मगर ब्याह का श्रीगणेश तो हो जाने दे। मैं जानता हूँ, कोई कुछ नहीं कहेगा, सब व्याकुल हो रहे हैं बैजनाथ भैया के ब्याह के लिए।"

"अगर बैजनाथ को ही यह ब्याह स्वीकार नहीं हुआ, तब?"

"अब भैया को कोई हक नहीं है अस्वीकार करने का," देवन बोला, "उनकी उम्र निकलती जा रही है; अब वे झटपट ब्याह करेंगे या रूप कुरूप देखेंगे? उन्हें रूपा-कुरूपा की जरूरत है या बाल-बच्चों की? आप ब्याह की ठहरौनी करके चलिए यहाँ से। इस लड़की को हाथ से निकलने नहीं देना है।"

"यह तो तुम सोच रहे हो, मैं सोच रहा हूँ," कदमलाल बोला, "बैजनाथ ऐसा सोचे, तब तो?"

"अब उन्हें कुछ सोचने ही नहीं देना है," देवन ने जवाब दिया, "हम किसी तरह बरात ले आयें यहाँ और उन्हें पकड़कर उनका ब्याह करायें। कोई बराती उन्हें विवाह मंडप से भागने नहीं देगा। यह जिम्मेवारी लड़कीवालों पर सौंपें कि कोई बराती भी यहाँ से भागकर नहीं जाये। जोर-जबर्दस्ती का विवाह हो, मगर हो जरूर।"

कदमलाल और देवन ने रामदयालजी के साथ विस्तार से सारी बातें कर लीं। उन्हें बता दिया गया कि अभी लड़का गाँव में नहीं है; ज्योंही लड़का गाँव आएगा, लालपुर संवाद पहुँच जाएगा और रामदयालजी स्वयं आकर लड़का को देख लेंगे। शादी की तैयारी अभी से ही शुरू कर देने की सलाह रामदयालजी को देकर वे दोनों फुलकाहा लौट आये।

फुलकाहा आकर उन दोनों ने रामभद्र पंडित से मिल लेना जरूरी समझा। रामभद्र झा ने जब सुना कि बैजनाथ के विवाह की बात लगभग पक्की हो गयी है, तो वे फूले नहीं समाये। वे जान रहे थे कि जब तक बैजनाथ का ब्याह नहीं हो जाता, तब तक उनके बेटे पलटू का भाग्य भी फूटा ही रहेगा। एक भारी बोझ उन्हें अपने कलेजे से उतरता हुआ महसूस हुआ। उन्होंने कदमलाल और देवन को सलाह दी, "बैजनाथ के बहुत दुश्मन हैं; अब कोई लड़की में लाख खोट भी निकाले कि लड़की लूली है या लँगड़ी है या अन्धी है या बहरी है, किसी की बात में मत आना। जैसे भी हो, बैजनाथ का ब्याह कराओ इस बार।"

अब वे दोनों जनार्दन यादव के पास पहुँचे। उन दोनों से सारी बातें सुनने-जानने के बाद जनार्दन यादव ने अपने 'बैजनाथ-विवाह कार्यालय' को जोर-शोर से चालू कर दिया।

बैजनाथ के गाँव में घुसते ही लालपुर के लिए संवदिया रवाना हो गया। रामदयालजी ने आकर लड़का देखा और ब्याह की बात पक्की करने में जरा भी देर नहीं लगायी। बैजनाथ के शुद्धीकरण को ध्यान में रखकर उन्हें 'बैजनाथ-विवाह कार्यालय' की ओर से ब्याह की तिथि बता दी गयी।

घर पहुँचकर रामदयालजी ने पूरे गाँव को शुभ समाचार सुनाया और लाली को अपने पास बुलाकर कहा, "तुम पर लँगड़ेश्वर महादेव की कृपा हो गयी, बेटी।"

"हो गयी?"

"हाँ, लाली।"

कुछ क्षण रुककर लाली ने कहा, "तो अब मुझे लड़का दिखाने की बात नहीं रही?"

"मैं अपनी बात पर कायम हूँ," बाप मुस्कराया, "मैंने लड़के का मुँह देख लिया है; तुम विवाह के पहले विवाह-मंडप में उसके पैर देख लेना।"

विवाह सम्पन्न होने तक दोनों विवाह कार्यालयों के कार्यकर्ता आपस में मिलते रहे थे और दोनों के ही कठिन ब्याह को सरल बनाने के लिए आवश्यक व्यूह-रचना कर डाली थी।

लँगड़ेश्वर महादेव के जयकार के साथ लाली बेटी ससुराल के लिए विदा कर दी गयी। जब से पतोहू के पूछने पर भी नेबी मंडल ने उसे राज की बात बताने से इन्कार कर दिया था, तब से ही पतोहू की चालढाल देखकर नेबी को लगता रहा था कि यह कटखनी औरत अभी भी अपनी बात पर कायम है और न तो अपने को किसी की पतोहू मान रही है और न किसी को अपना ससुर। पतोहू का गुस्सा झेल रहे नेबी ने मन में यह तय कर लिया था कि अपना वचन निभाते हुए राज तो वह खोलेगा बैजनाथ के विवाह के बाद ही, मगर घर की बहू को खुश कर देने के लिए सबसे पहले वह बहू के सामने ही राज खोल देगा। जब बैजनाथ की बरात गाँव से निकल रही थी, तब नेबी ने मान लिया कि अब बैजनाथ का विवाह हो गया। वह अपने घर से कुछ देर से निकला और घर की बहू को गाँववालों से पहले ही इस आग्रह के साथ कि वह कहीं मुँह नहीं खोलेगी राज की बात बताकर निकला।

बरात के लौटकर आते ही नेबी का मन राज खोलने के लिए कुलबुलाने लगा। उसे लगा था कि बरात के लौटकर आते ही लोग उसे घेरना शुरू कर देंगे कि अब वह राज खोलिये जो पंचायत में कदमलाल ने आपके कान में फुसफुसाया था, मगर किसी को ऐसा नहीं करते देख वह सीधे पंचायत के पंच शिवदेनी गुप्ता के पास पहुँचा और बोला, "बैजनाथ का विवाह हो गया, तो अब गाँव की एक सभा भी हो ही जाये।"

"किस बात के लिए?" शिवदेनी गुप्ता ने पूछा।

"पिछली पंचायत में निर्णय हुआ था न कि विवाह के बाद राज खोला जाएगा?"

"कैसा राज?"

"कदमलाल मेरे कान में फुसफुसाया था न?"

"यही न कि बैजनाथ से पिंड छुड़ाने के लिए बैजनाथ की जन्मपत्री बताकर कदमलाल ने उसे अपनी ही जन्मपत्री सौंप दी थी और बैजनाथ उस जन्मपत्री के अनुसार ही पूजा-पाठ करता रहा और उस पूजा-पाठ से कदमलाल का कल्याण होता रहा?"

"आपने कैसे जाना?"

"मैं बरात से लौटकर आया, तो मेरी घरवाली ने बताया।"

कुछ सोच में पड़ गया नेबी और कुछ रुककर बोला, "आपके घर बात आ गयी हो, मगर गाँववालों को तो बताना पड़ेगा?"

"अब किसे बताना?" शिवदेनी गुप्ता बोला, "सारा गाँव तो जान गया है।"

"सारा गाँव जान गया है?"

"हाँ," शिवदेनी गुप्ता ने बताया, "अभी तक जिससे भी मैं मिला हूँ, उसने इसी राज की चर्चा की है।"

नेबी मंडल किसी और से कुछ कहने-सुनने की बजाय सीधे अपने घर आ गया और गुस्से से मुँह फुलाये घर में बैठा देर तक यही सोचता रहा कि अब आज दिन से वह किसी भी औरत को अपनी पतोहू और अपने को किसी औरत का ससुर माने या नहीं।

तीन दिनों तक लगातार बैजनाथ मंडल के दरवाजे पर कई-कई घंटे बैठकर वापस लौट जाने के बाद चौथे दिन पलटू झा कामयाब हुआ बैजनाथ मंडल से मिल पाने में। प्रसन्नवदन बैजनाथ के प्रकट होते ही पलटू ने पूछा, ''कुछ भूल तो नहीं गये, बैजनाथ बाबू?''

''सात यात्राओं के कष्ट भूल गया हूँ, गुरुजी,'' बैजनाथ ने जवाब दिया, ''उसके बाद और कुछ भी भूला नहीं हूँ।''

''मैं तो सोच रहा था कि लालपुर से आते ही आप रीतलाल को मेरे घर भेजेंगे मुझे बुला लाने के लिए। तीन दिनों से आप मुझे तो भुलाए ही बैठे हैं।''

''तीन दिनों से मैं आपको ही याद करता रहा हूँ।''

''मेरी याद करते रहे?''

''तीन दिनों से लालपुरवाली के साथ आपके लिए मन्दिर बनाने पर विचार-विमर्श करता रहा हूँ, तो यह आपके बारे में सोचना नहीं हुआ क्या?''

''अवश्य हुआ,'' पलटू झा खिल गया और पूछा, ''विचार-विमर्श अभी क्या और भी कुछ दिन चलेगा?''

''नहीं, अब नहीं, निर्णय ले लिया गया।''

''क्या निर्णय हुआ?''

''निर्णय यह हुआ कि मन्दिर उस बँसबाड़ी में नहीं बनेगा जहाँ हम दोनों ने मन्दिर बनाने का निर्णय लिया था। अब मन्दिर के लिए मैं उससे अधिक कीमती जगह दे रहा हूँ। पिछवाड़े की सड़क के पार जो मेरी जमीन का बड़ा सा टुकड़ा है, उस पर बनेगा मन्दिर।''

''लालपुरवाली के कहने पर?''

''हाँ,'' बैजनाथ बोला, ''लालपुरवाली का कहना है कि मन्दिर घर के पास ही बने, ताकि वह भी सुबह-शाम मन्दिर जाकर लँगड़ेश्वर महादेव की पूजा कर सके।''

''लँगड़ेश्वर महादेव का मन्दिर?''

''हाँ।''

''लालपुरवाली के कहने पर?''

''अब लँगड़ेश्वर महादेव एक उसके ही इष्टदेव तो नहीं रहे, मेरे भी हो गये न।''

''अब आज से मैं भी लँगड़ेश्वर महादेव की जय बोलूँगा; अब मेरे भी इष्टदेव वही हुए।''

''और कल से मन्दिर-निर्माण का काम शुरू कर दें।''

''हाँ, कल का दिन बड़ा शुभ है; नींव की खुदाई कल ही करा देता हूँ।''

''बँसबाड़ी में जो गणेश की मूर्ति गड़ी है, उसका क्या करेंगे, गुरुजी?''

''उसे वहीं गड़ी रहने दें,'' पलटू झा बोला, ''वह मूर्ति मेरा भाग्य है, बैजनाथ बाबू, कभी भविष्य में मेरे काम आएगी।''

□□□

णाणं पयासयं

वीर नि.सं 2470

ई.सन 1944

भारतीय ज्ञानपीठ